JENNIFER L.
ARMENTROUT

BLOOD AND ASH

LIEBE KENNT KEINE GRENZEN

Roman

Aus dem Amerikanischen übersetzt
von Sonja Rebernik-Heidegger

WILHELM HEYNE VERLAG
MÜNCHEN

Titel der amerikanischen Originalausgabe
FROM BLOOD AND ASH

FSC
www.fsc.org
MIX
Papier aus verantwortungsvollen Quellen
FSC® C083411

Penguin Random House Verlagsgruppe FSC® N001967

4. Auflage
Deutsche Erstausgabe 08/2021
Redaktion: Martina Vogl

in der Penguin Random House Verlagsgruppe GmbH,
Neumarkter Straße 28, 81673 München
Printed in the Czech Republic
Umschlaggestaltung: DAS ILLUSTRAT, München,
unter Verwendung des Originalentwurfs von Hang Lee
Satz: KompetenzCenter, Mönchengladbach
Druck und Bindung: CPI books GmbH, Leck

ISBN 978-3-453-32141-0

www.heyne.de

Für dich, liebe Leserin und lieber Leser

I

»FINLEY WURDE HEUTE ABEND GEFUNDEN. Am Rand des Blutwaldes. Tot.«

Ich hob den Blick von meinen Karten und ließ ihn über die tiefrote Tischplatte zu den drei Männern auf der gegenüberliegenden Seite wandern. Ich hatte diesen Ort aus gutem Grund gewählt. Ich hatte ... nichts gefühlt, als ich vorhin zwischen den vollbesetzten Tischen hindurchgeschlendert war.

Keinen Schmerz, weder körperlich noch psychisch.

Ich forschte für gewöhnlich nicht grundlos nach, ob jemand unter Schmerzen litt. Es wäre zu sehr einem Eindringen gleichgekommen. Doch in einem Trubel wie hier war es schwer, den Grad dessen zu kontrollieren, was ich mir zu fühlen erlaubte. Es gab immer jemanden, dessen Schmerz so tief ging und so roh war, dass die Qualen zu etwas Greifbarem wurden, sodass ich mich nicht einmal öffnen musste, um sie zu spüren, und sie nicht einfach ignorieren und hinter mir lassen konnte. Solche Leute projizierten ihr Leid auf ihre ganze Umgebung.

Trotzdem war es mir verboten, etwas dagegen zu unternehmen. Ich durfte nicht über die Gabe sprechen, die mir von den Göttern verliehen worden war, und ich durfte nichts tun, um die Qualen zu lindern, die ich spürte.

Nicht, dass ich immer das tat, was von mir erwartet wurde.

Offensichtlich.

Ich hatte mich bemüht, Leuten auszuweichen, die unter großen Schmerzen litten, und in Gegenwart dieser Männer spürte ich nichts, was angesichts ihres Berufs überraschend war. Die drei waren Wächter der Mauer, jener hoch aufragenden Wand aus Kalkstein und Eisen aus den Elysium-Bergen, die seit dem Ende des Krieges der zwei Könige vor vierhundert Jahren ganz Masadonien umgab. Und jede Stadt im Königreich von Solis wurde von einer solchen Mauer geschützt, und kleinere Ausführungen umgaben Dörfer, Trainingsplätze, die landwirtschaftlichen Gemeinschaften und andere, weniger dicht bewohnte Siedlungen.

Das, was die Wächter regelmäßig zu sehen bekamen, und das, was sie tun mussten, bereitete ihnen großes Leid – sei es aufgrund von Verletzungen oder von Dingen, die tiefer gingen als blutige Haut und gebrochene Knochen.

Doch heute Abend hatten sie nicht nur ihren Schmerz zurückgelassen, sondern auch ihre Uniformen. Stattdessen trugen sie weite Hemden und Hirschlederhosen. Allerdings wusste ich, dass sie auch außer Dienst stets wachsam blieben und ständig auf der Hut vor dem gefürchteten Nebel und dem Schrecken waren, den er mit sich brachte. Sie rechneten jederzeit mit denen, die die Zukunft des Königreiches zerstören wollten, und sie waren bis an die Zähne bewaffnet.

Genau wie ich.

Unter den Falten meines Mantels und dem dünnen Kleid, das ich drunter trug, presste sich der kühle Griff eines Dolches gegen meinen Schenkel. Ich hatte ihn zu meinem sechzehnten Geburtstag bekommen, und er war weder die einzige noch die tödlichste Waffe, die ich besaß, aber trotzdem mein Lieblingsstück. Der Griff bestand aus den Knochen eines seit Langem ausgestorbenen wölfischen Wesens – weder Mensch noch Tier, sondern eine Mischung aus beidem –, und die Klinge aus Blutstein war mörderisch scharf.

Natürlich war ich gerade wieder einmal dabei, etwas unglaublich Waghalsiges, Unangebrachtes und streng Verbotenes zu tun, aber ich war nicht so dumm, einen Ort wie das *Red Pearl* ohne Waffe zu betreten, und ich verfügte sowohl über die Fähigkeiten, sie zu benutzen, als auch über den Willen, sie ohne zu zögern einzusetzen.

»Tot?«, meinte der zweite Wächter, ein junger Kerl mit braunem Haar und sanftem Gesicht. Wenn ich mich nicht irrte, hieß er Airrick und war kaum älter als ich mit meinen achtzehn Jahren. »Er war nicht bloß *tot*. Finley hatte keinen Tropfen Blut mehr im Körper, das Fleisch hing in Fetzen herab, als hätte ihn ein Rudel wilder Hunde in Stücke gerissen.«

Meine Karten verschwammen, und in meinem Magen bildeten sich winzige Eisklumpen. Es gab keine wilden Hunde im Blutwald, dem einzigen Ort der Welt, an dem die Bäume bluteten, sodass sich ihre Rinde und die Blätter tiefrot färbten. Es gab allerdings Gerüchte über andere Tiere, außergewöhnlich große Nager und Aasfresser, die über jeden herfielen, der sich zu lange im Wald aufhielt.

»Und ihr wisst, was das bedeutet«, fuhr Airrick fort. »Sie sind ganz in der Nähe. Der Angriff wird ...«

»Ich bin mir nicht sicher, ob das ein angemessenes Thema ist«, unterbrach ihn der älteste Wächter. Ich kannte ihn. Er hieß Phillips Rathi und diente schon seit Jahren auf der Mauer, was ungewöhnlich war. Wächter wurden normalerweise nicht besonders alt. Er deutete mit dem Kopf in meine Richtung. »In Gegenwart einer Lady.«

Einer Lady?

Nur die Aufgestiegenen wurden als Lady bezeichnet. Aber niemand – vor allem nicht die Leute im *Red Pearl* – hätte mich je hier vermutet. Wenn ich entdeckt wurde, war ich in größeren Schwierigkeiten, als ich jemals gewesen war, und würde mich strengen Strafen stellen müssen.

Strafen, die Dorian Teerman, der Herzog von Masadonien, mir nur allzu gerne auferlegte. Und denen sein enger Vertrauter, Lord Brandole Mazeen, mit großer Freude beiwohnte.

Angst stieg in mir hoch, während ich den dunkelhäutigen Wächter musterte. Phillips konnte auf keinen Fall wissen, wer ich war. Die obere Hälfte meines Gesichtes lag unter einer weißen Augenmaske verborgen, die ich vor Ewigkeiten im königlichen Garten gefunden hatte, und ich trug einen einfachen eierschalenblauen Mantel, den ich mir von Britta, einer der unzähligen Dienstbotinnen, *geborgt* hatte, nachdem ich gehört hatte, wie sie mit anderen über das *Red Pearl* geredet hatte. Hoffentlich vermisste sie ihn nicht, bevor ich ihn am Morgen zurückbringen konnte.

Aber selbst ohne Maske hätte mich wohl niemand erkannt, denn nur eine Handvoll Leute in Masadonien hatte schon einmal mein Gesicht gesehen, und keiner von ihnen würde heute Abend hier auftauchen.

Als die Jungfräuliche – die Auserwählte – trug ich normalerweise einen Schleier über meinem Gesicht und den Haaren, unter dem nur meine Lippen und mein Kinn zu sehen waren.

Ich bezweifelte, dass Phillips mich nur anhand dieser Merkmale wiedererkannt hatte, und falls doch, hätte ich längst nicht mehr am Tisch gesessen. Man hätte mich unverzüglich, wenn auch angemessen sanft, zu meinen Vormündern, dem Herzog und der Herzogin von Masadonien, zurückgeschleift.

Also kein Grund zur Panik.

Ich zwang die Muskeln an meinen Schultern und im Nacken, sich zu entspannen, und lächelte. »Ich bin keine Lady. Ihr könnt gerne über alles reden, was euch in den Sinn kommt.«

»Wie dem auch sei, ein weniger morbides Thema wäre

angebracht«, sagte Phillips und warf den beiden anderen Wächtern einen vielsagenden Blick zu.

Airrick sah mich an. »Ich bitte um Entschuldigung.«

»Eine Entschuldigung ist nicht nötig, wird aber angenommen.«

Der dritte Wächter zog den Kopf ein und hielt den Blick starr auf seine Karten gerichtet, während er sich ebenfalls entschuldigte. Seine Wangen waren gerötet, was ich ziemlich süß fand. Die Wächter der Mauer mussten ein grausames Training überstehen, verstanden sich im Gebrauch zahlloser Waffen und im Nahkampf. Keiner kam von seinem ersten Gang auf die andere Seite der Mauer zurück, ohne Blut vergossen und dem Tod ins Auge geblickt zu haben.

Trotzdem wurde dieser Mann gerade rot.

Ich räusperte mich und hätte gerne mehr über Finley erfahren. War er ein Wächter gewesen oder ein Mitglied der Jägerschaft, die als Untergruppe der Armee für die Kommunikation zwischen den Städten verantwortlich war und Reisende und Waren eskortierte? Jäger verbrachten die Hälfte des Jahres außerhalb der Mauer. Es war einer der gefährlichsten Berufe überhaupt, und sie reisten nie allein. Manche kamen trotzdem nicht mehr zurück.

Und diejenigen, die zurückkamen, waren leider nicht mehr dieselben. Der Tod folgte ihnen und schlug überall dort zu, wo sie hinkamen.

Sie standen unter dem Fluch.

Nachdem ich spürte, dass Phillips jedes weitere Gespräch im Keim erstickt hätte, schluckte ich die Fragen hinunter, die mir auf der Zunge brannten. Wenn andere bei Finley gewesen waren, hatten diejenigen, die Finley getötet hatten, vermutlich auch seine Kameraden verwundet, und in diesem Fall würde ich früher oder später ohnehin herausfinden, was passiert war.

Ich hoffte nur, dass mich keine angsterfüllten Schreie auf die richtige Spur führen würden.

Das Volk von Masadonien hatte keine Ahnung, wie viele den Fluch von der anderen Seite der Mauer in die Stadt zurückbrachten. Sie sahen nur eine Handvoll da und dort, und nicht die Wirklichkeit. Würden sie dies tun, würde Panik von der ganzen Bevölkerung Besitz ergreifen, die im Grunde keine Vorstellung von dem Grauen außerhalb der Mauer hatte.

Im Gegensatz zu mir und meinem Bruder Ian.

Was auch der Grund war, warum ich mit aller Kraft gegen die Eisschicht ankämpfte, die sich über mich gelegt hatte, während sich das Gespräch wieder banaleren Dingen zuwandte. Unzählige Leben waren geopfert und genommen worden, um die Leute innerhalb der Mauer zu schützen. Aber das System war fehlerhaft – war immer schon fehlerhaft gewesen –, und zwar nicht nur hier, sondern im ganzen Königreich von Solis.

Der Tod ...

Der Tod fand immer wieder den Weg über die Mauer.

Stopp!, befahl ich mir selbst, während das Unbehagen in mir weiter anschwoll. Heute Abend ging es nicht um die Dinge, die ich wusste, obwohl ich nichts darüber wissen sollte. Heute Abend ging es darum, zu leben und nicht die ganze Nacht einsam und allein wach zu liegen und gegen das Gefühl anzukämpfen, ich hätte keine Kontrolle über mein Leben und keine Ahnung, wer ich war. Mal abgesehen davon, *was* ich war.

Ich bekam ein weiteres mieses Blatt, und ich hatte oft genug mit Ian Karten gespielt, um zu wissen, dass ich keine Chance hatte. Ich beendete das Spiel, und die Wächter nickten mir zu, als ich mich erhob, und wünschten mir noch einen schönen Abend.

Ich schlenderte zwischen den Tischen hindurch, nahm

eine Champagnerflöte, die mir ein Kellner mit behandschuhter Hand anbot, und versuchte, die Spannung heraufzubeschwören, die durch meine Adern gerauscht war, als ich vorhin durch die Straßen gestreift war.

Ich konzentrierte mich auf mich selbst, während ich mich umsah. Selbst diejenigen, die ihren Schmerz nicht auf die Umwelt projizierten, musste ich nicht einmal berühren, um ihn dennoch zu spüren. Ich musste lediglich den Blick auf sie richten und mich auf sie konzentrieren. Sie sahen nicht anders aus, wenn sie unter Schmerzen litten, und ihr Aussehen änderte sich auch nicht, wenn ich mich konzentrierte. Ich *spürte* ihren Kummer.

Körperlicher Schmerz war fast immer heiß, doch die Qualen, die nicht nach außen hin sichtbar waren?

Sie waren fast immer kalt.

Derbes Gejohle und Pfiffe rissen mich aus meinen Gedanken. Eine in Rot gekleidete Frau saß auf der Kante des Tisches neben den Karten spielenden Wächtern. Ihr Kleid war aus rotem Satin und hauchdünnem Stoff und bedeckte kaum ihre Oberschenkel. Einer der Männer griff nach ihrem Rock.

Sie schlug seine Hand mit einem anzüglichen Grinsen fort, ließ sich auf den Rücken zurücksinken und rekelte sich verführerisch auf dem Tisch. Ihre dicken blonden Locken ergossen sich über vergessene Münzen und Chips. »Na, wer von euch hat heute Abend Lust auf den Hauptgewinn?«, fragte sie mit tiefer, rauchiger Stimme, und ihre Hände glitten über ihr spitzenbesetztes Korsett. »Ich garantiere euch, dass ich euch länger Vergnügen bereiten werde als ein Topf Gold.«

»Und was passiert, wenn das Spiel unentschieden endet?«, fragte einer der Männer. Der modische Schnitt seines Mantels ließ vermuten, dass es sich um einen reichen Kaufmann oder einen anderen Geschäftsmann handelte.

»Dann wird die Nacht noch amüsanter für mich«, erwiderte sie, und ihre Hand wanderte über ihren Bauch und zwischen ihre ...

Meine Wangen begannen zu glühen. Ich wandte mich eilig ab und nahm einen Schluck von dem prickelnden Champagner. Mein Blick fiel auf einen der herrlichen Kronleuchter aus Rotgold. Das *Red Pearl* florierte offensichtlich, und die Besitzer hatten gute Beziehungen. Strom war teuer und wurde vom königlichen Hof streng reglementiert. Ich fragte mich, welche Leute hierherkamen, um derartigen Luxus zu rechtfertigen.

Unter dem Kronleuchter war ein weiteres Kartenspiel im Gange. An diesem Tisch saßen auch einige Frauen. Sie hatten die Haare zu aufwendigen Frisuren hochgesteckt, die mit funkelnden Steinen geschmückt waren, und sie waren weitaus weniger gewagt gekleidet als die Frauen, die hier arbeiteten. Ihre Gewänder strahlten in Violett, Gelb, Pastellblau und Lila.

Ich selbst durfte bloß Weiß tragen. Ganz egal, ob ich mich in meinem Zimmer oder in der Öffentlichkeit aufhielt, was selten vorkam. Dementsprechend fasziniert war ich, wie sehr die verschiedenen Farben der Kleider die Haut und die Haare ihrer Trägerinnen zur Geltung brachten. Ich sah vermutlich aus wie ein Geist, wenn ich ganz in Weiß durch die Hallen von Burg Teerman wandelte.

Die Frauen trugen ebenfalls Augenmasken, die ihre Identität verbargen. Ich fragte mich, wer sie wohl waren. Verwegene Ehefrauen, die zu oft allein gelassen wurden? Junge Frauen, die noch nicht verheiratet waren oder ihren Mann verloren hatten? Dienstbotinnen oder Frauen, die in der Stadt arbeiteten und am Abend ausgingen? Befanden sich unter den Maskierten am Tisch und in der Menge auch Hofdamen und Hofherren? Waren sie aus denselben Gründen hier wie ich?

Aus Langeweile? Aus Neugierde?

Aus Einsamkeit?

Wenn ja, dann waren wir uns ähnlicher, als mir bewusst war. Obwohl es sich bei ihnen um zweitgeborene Töchter und Söhne handelte, die an ihrem dreizehnten Geburtstag während des alljährlichen Auswahlrituals dem königlichen Hof übergeben worden waren. Und ich ... ich war Penellaphe von Burg Teerman, Nachkommin der Balfours und der Liebling der Königin.

Ich war *die* Jungfräuliche.

Auserwählt.

In etwas weniger als einem Jahr, an meinem neunzehnten Geburtstag, würde ich aufsteigen. Genauso wie alle anderen Hofdamen und Hofherren. Die Rituale würden sich voneinander unterscheiden, aber es würde auf jeden Fall das größte Ereignis seit dem ersten Segen der Götter nach dem Krieg der zwei Könige werden.

Den Hofdamen und Hofherren drohte keine allzu schwere Strafe, wenn man sie erwischte. Ich hingegen ... ich würde den Zorn des Herzogs zu spüren bekommen. Ich presste die Lippen zu einer dünnen Linie zusammen, während das Samenkorn der Wut Wurzeln in mir schlug und sich mit einem beharrlich klebenden Rest aus Abneigung und Scham vermischte.

Der Herzog war ein Fluch, dessen Hände mir nur allzu vertraut waren und der ein widernatürliches Verlangen nach Rache in sich trug.

Aber ich würde jetzt nicht an ihn denken. Oder mir Sorgen über das Ausmaß seiner Strafe machen. Sonst konnte ich genauso gut wieder in meine Gemächer zurückkehren.

Ich riss meinen Blick von dem Tisch los, und mir fiel auf, dass es auch lächelnde und lachende Frauen im *Pearl* gab, die keine Masken trugen und ihre Identitäten nicht verheimlichten. Sie saßen gemeinsam mit Wächtern und Geschäftsmännern an den Tischen oder standen in dunklen Nischen und unterhielten sich mit maskierten Frauen, Männern und auch mit den Bediensteten des *Red Pearl*. Sie schämten sich nicht oder hatten Angst, gesehen zu werden.

Wer auch immer sie waren, sie verfügten über die Freiheit, nach der ich mich so sehr sehnte.

Eine Freiheit, die ich mir heute Abend genommen hatte, denn maskiert und unerkannt wussten nur die Götter, dass ich hier war. Und was sie betraf, hatte ich schon vor langer Zeit beschlossen, dass sie sehr viel Besseres zu tun hatten, als mich die ganze Zeit zu beobachten. Denn wenn sie wirklich auf mich geachtet hätten, hätten sie mich schon unzählige Male zur Rechenschaft gezogen, weil ich etwas Verbotenes getan hatte.

Heute Abend konnte ich also jeder sein, der ich sein wollte.

Es war berauschender, als ich gedacht hatte.

Heute Abend war ich nicht die Jungfräuliche. Ich war nicht Penellaphe. Ich war einfach nur Poppy. So hatte mich meine Mutter früher genannt, und heute verwendeten den Spitznamen nur noch mein Bruder Ian und eine Handvoll andere.

Als Poppy gab es keine strengen Regeln und keine Erwartungen, die ich erfüllen musste. Kein Aufstiegsritual, das schneller näher rückte, als mir lieb war. Es gab keine Angst, keine Vergangenheit und keine Zukunft. Heute Abend durfte ich *leben*, wenn auch nur für ein paar Stunden, und ich würde so viele Erfahrungen sammeln, wie ich konnte, bevor ich in die Hauptstadt und zur Königin gebracht wurde.

Bevor man mich den Göttern übergab.

Ein Schaudern schlich über meinen Rücken – eine Mischung aus Unsicherheit und einer Spur Trostlosigkeit. Ich unterdrückte es, weigerte mich, ihm Platz einzuräumen.

Es hatte keinen Sinn, über das nachzudenken, was ohnehin kommen würde und nicht geändert werden konnte.

Außerdem war Ian vor zwei Jahren aufgestiegen, und seinen monatlichen Briefen nach war er immer noch derselbe. Der einzige Unterschied war, dass er seine Geschichten nicht mehr mit seiner Stimme spann, sondern zu Papier brachte. Erst letzten Monat hatte er über zwei Kinder geschrieben, einen Bruder und eine Schwester, die bis zum Grund des Stroud Meeres schwammen und Freundschaft mit dem Wasservolk schlossen.

Ich hob lächelnd die Champagnerflöte an meine Lippen. Keine Ahnung, wie er auf solche Dinge kam. Soweit ich wusste, war es unmöglich, bis zum Grund des Meeres zu schwimmen, und es gab auch kein Wasservolk.

Kurz nach dem Ritual hatte er auf Befehl der Königin und des Königs Lady Claudeya geheiratet.

Ian erzählte nie von seiner Frau.

War er glücklich mit ihr? Mein Lächeln verblasste. Die beiden hatten sich vor der Hochzeit kaum gekannt. Auf jeden Fall nicht lange genug, um den Rest des Lebens miteinander zu verbringen.

Und die Aufgestiegenen lebten sehr, sehr lange.

Es war immer noch seltsam, dass Ian nun einer von ihnen war. Er war zwar kein zweitgeborener Sohn, aber nachdem ich die Jungfräuliche war, hatte die Königin die Götter um eine Ausnahme gebeten, und sie hatten ihm erlaubt aufzusteigen. Mir selbst würde es nicht so gehen wie Ian. Ich würde keinen Fremden heiraten, keinen anderen Aufgestiegenen, dessen höchste Priorität sicherlich die körperliche Schönheit war, weil sie als göttlich galt.

Obwohl ich die Jungfräuliche war – die Auserwählte –, würde man mich nie für eine Gottheit halten.

Der Herzog meinte immer, ich wäre alles andere als schön.

Er bezeichnete mich als *Tragödie*.

Meine Finger glitten unbewusst über den kratzigen Spitzenbesatz auf der linken Seite meiner Maske. Im nächsten Moment zog ich ruckartig die Hand zurück.

Ein Mann, den ich als Wächter wiedererkannte, erhob sich von einem Tisch und wandte sich an eine Frau, die wie ich eine weiße Maske trug. Er streckte ihr die Hand entgegen, sprach ein paar Worte, die zu leise waren, um sie zu verstehen, und sie antwortete mit einem Nicken und legte ihre Hand in seine. Sie erhob sich ebenfalls, und der violette Stoff ihres Kleides umspielte ihre Beine, während er sie auf die einzigen beiden Türen zuführte, die den Gästen zugänglich waren. Die rechte Tür war der Ausgang. Die linke führte nach oben in die Privatgemächer, in denen laut Britta alles Mögliche passierte.

Der Wächter bat die maskierte Frau durch die linke Tür.

Er hatte gefragt, und sie war einverstanden gewesen. Was auch immer sie dort oben taten, sie wollten es beide und hatten sich bewusst dafür entschieden, egal, ob es nur wenige Stunden oder ein ganzes Leben andauerte.

Mein Blick ruhte auf der Tür, noch lange nachdem sie ins Schloss gefallen war. War das ein weiterer Grund, warum ich heute Abend hierhergekommen war? Um ... um mit jemandem Genuss zu erleben, den ich mir selbst ausgesucht hatte?

Ich konnte es, wenn ich wollte. Ich hatte Gespräche zwischen den Hofdamen belauscht, von denen nicht erwartet wurde, dass sie unberührt blieben. Ihren Erzählungen nach gab es viele Dinge, die eine Frau tun konnte, um Lust zu empfinden und gleichzeitig ihre Reinheit zu bewahren.

Reinheit.

Ich hasste dieses Wort und seine tiefere Bedeutung. Als würde meine Jungfräulichkeit meine Tugendhaftigkeit und Unschuld definieren. Als wäre die Tatsache, dass ich noch

Jungfrau war – oder eben nicht –, irgendwie wichtiger als sämtliche Entscheidungen, die ich jeden Tag traf.

Manchmal fragte ich mich sogar, was die Götter tun würden, wenn ich nicht als Jungfrau vor sie trat. Würden sie über alles hinwegsehen, was ich getan oder nicht getan hatte, weil ich nicht länger unberührt war?

Ich war mir nicht sicher, aber ich hoffte nicht. Nicht, weil ich jetzt sofort, in einer Woche oder überhaupt einmal mit einem Mann schlafen wollte, sondern weil ich die Entscheidung selbst treffen wollte.

Ich hatte keine Ahnung, wie ich mich jemals in einer Situation wiederfinden sollte, in der sich diese Frage überhaupt stellte. Andererseits konnte ich mir durchaus vorstellen, dass es willige Kandidaten gab, um die Dinge zu tun, die laut den Hofdamen im *Red Pearl* passierten.

Ich spürte ein nervöses Flattern in der Brust, als ich einen weiteren Schluck von dem Champagner nahm. Die süßen Bläschen kitzelten im Hals und erlösten mich von der plötzlichen Trockenheit in meinem Mund.

Ehrlich gesagt war der heutige Ausflug eine spontane Entscheidung gewesen. In den meisten Nächten schlief ich erst kurz vor dem Morgengrauen ein. Und wenn es so weit war, wünschte ich beinahe, ich wäre wach geblieben. Alleine diese Woche war ich drei Mal aus einem Albtraum hochgefahren, und meine Schreie hatten in meinen Ohren gedröhnt.

Wenn die Albträume so häufig und geballt auftraten, fühlten sie sich beinahe an wie Vorboten. Sie glichen einem Instinkt, ähnlich meiner Fähigkeit, die Schmerzen anderer fühlen zu können. Sie waren wie Warnschreie.

Ich nahm einen flachen Atemzug, und mein Blick wanderte zurück zu dem Tisch, an dem ich vorhin gesessen hatte. Die Frau in Rot lag nicht mehr länger auf dem Rücken, sondern saß auf dem Schoß des Kaufmannes, der gefragt hatte, was bei zwei Gewinnern passieren würde. Er studierte seine Karten, doch seine Hand war dort, wo ihre Hand vorhin gewesen war, und verschwand zwischen ihren Schenkeln.

Bei den Göttern.

Ich biss mir auf die Lippe und wandte mich ab, bevor mein Gesicht Feuer fing. Ich machte mich auf den Weg in einen abgeschiedenen Bereich hinter einer Trennwand, wo ebenfalls Karten gespielt wurde.

Ich sah noch mehr Wächter, von denen einige sogar zur königlichen Wache gehörten. Es waren Soldaten wie jene an der Mauer, doch sie beschützten die Aufgestiegenen. Jeder Aufgestiegene hatte persönliche Wächter. Immer wieder versuchten Leute, die Mitglieder des Hofstaates zu entführen, um Lösegeld zu erpressen. Dabei wurde zwar selten jemand verletzt, doch es hatte auch schon Entführungsversuche mit einem sehr viel brutaleren Hintergrund gegeben.

Ich blieb neben einer Topfpflanze mit winzigen roten Knospen stehen und überlegte, was ich jetzt tun sollte. Ich konnte in ein weiteres Kartenspiel einsteigen oder das Gespräch mit den zahllosen Leuten suchen, die um die Tische herumstanden, aber Unterhaltungen mit Fremden lagen mir nicht. Zweifellos würde ich mit einer bizarren Äußerung herausplatzen oder eine Frage stellen, die nichts mit dem Gespräch zu tun hatte. Das war also vom Tisch. Vielleicht sollte ich in meine Gemächer zurückkehren. Es wurde langsam spät, und ...

Ein seltsames Gefühl nahm von mir Besitz. Es begann mit einem Kribbeln im Nacken und wurde von Sekunde zu Sekunde stärker.

Es kam mir vor als ... als würde mich jemand beobachten.

Ich sah mich um, aber niemand schenkte mir Beachtung. Dabei fühlte es sich an, als würde jemand direkt neben mir stehen. Unbehagen breitete sich in mir aus. Ich wandte mich gerade dem Ausgang zu, als die sanften, langgezogenen Töne eines Saiteninstrumentes mich innehalten ließen. Mein Blick wanderte zu den durchscheinenden blutroten Vorhängen, die durch die Bewegungen der anderen Gäste sanft hin und her wogten.

Ich blieb stehen und lauschte den schneller und wieder langsamer werdenden Tönen, zu denen sich schon bald schwere Trommelschläge gesellten. Ich vergaß das Gefühl, beobachtet zu werden. Ich vergaß so einiges. Diese Musik war ... anders als alles, was ich bis jetzt gehört hatte. Sie war eindringlicher, intensiver. Sie wurde langsam, dann nahm sie wieder Fahrt auf. Es war beinahe ... sinnlich. Was hatte Britta noch gleich über das Tanzen im *Red Pearl* erzählt? Sie hatte die Stimme gesenkt, als sie darüber gesprochen hatte, und die zweite Dienstbotin hatte sie empört angesehen.

Ich trat auf die Vorhänge zu und streckte die Hand aus ...

»Ich glaube nicht, dass du das sehen willst.«

Ich wandte mich überrascht um. Hinter mir stand eine Frau – eine, die im *Red Pearl* arbeitete. Ich erkannte sie. Nicht, weil sie bei einem Kaufmann oder Geschäftsmann gewesen war, als ich angekommen war, sondern weil sie unglaublich schön war.

Ihr dickes, gewelltes Haar war tiefschwarz und ihre Haut von einem satten Braun. Sie trug ein rotes, ärmelloses Kleid mit tiefem Ausschnitt, das sich wie eine zweite Haut an ihren Körper schmiegte.

»Wie bitte?«, fragte ich unsicher und ließ die Hand sinken. »Warum denn nicht? Sie tanzen doch nur.«

»Tanzen?« Ihr Blick wanderte über meine Schulter zu dem Vorhang. »Man sagt, Tanzen sei wie Liebe machen.«

»Das ... das habe ich noch nie gehört.« Ich sah langsam nach hinten. Durch die Vorhänge hindurch konnte ich die Umrisse von Leibern ausmachen, die im Takt der Musik wogten. Ihre Bewegungen waren hypnotisierend und von geschmeidiger Eleganz. Manche tanzten allein, und ihre Silhouetten waren deutlich zu erkennen, während andere ...

Ich atmete scharf ein, und mein Blick huschte zurück zu der Frau vor mir.

Ihre rot geschminkten Lippen verzogen sich zu einem Lächeln. »Du bist das erste Mal hier, nicht wahr?«

Ich wollte widersprechen, doch ich spürte, wie mir die Hitze ins Gesicht stieg. Das allein sagte alles. »Ist es so offensichtlich?«

Sie lachte kehlig. »Für die meisten wohl nicht, aber für mich schon. Ich habe dich noch nie hier gesehen.«

»Woher willst du das wissen?« Ich berührte meine Maske. Sie war doch nicht etwa verrutscht?

»Deine Maske sitzt perfekt.« Da war ein seltsames, wissendes Leuchten in ihren braunen Augen. Eine Spur Gold, das strahlend und warm wirkte. Sie erinnerten mich an jemand anderen, dessen Augen wie Bernstein waren. »Ich erkenne Gesichter, egal ob sie hinter einer Maske versteckt sind oder nicht. Und deines habe ich hier noch nie gesehen. Es ist dein erstes Mal.«

Ich hatte keine Ahnung, wie ich darauf reagieren sollte.

»Und es ist auch das erste Mal für das *Red Pearl.*« Sie lehnte sich näher heran und senkte die Stimme. »Denn noch nie zuvor ist eine Jungfräuliche durch diese Türen getreten.«

Der Schock traf mich wie ein Blitz, und ich umklammerte das Champagnerglas, damit es mir nicht aus der Hand rutschte. »Ich habe keine Ahnung, was du meinst. Ich bin die zweitgeborene Tochter ...«

»Du bist *wie* eine zweitgeborene Tochter, aber nicht auf die Art, wie du es gerne hättest«, unterbrach sie mich und berührte sanft meinen Arm. »Ist schon okay. Du hast nichts zu befürchten. Dein Geheimnis ist bei mir sicher.«

Ich starrte sie eine gefühlte Ewigkeit lang an, bevor ich meine Zunge wieder unter Kontrolle hatte. »Wenn du recht hättest, warum wäre ein Geheimnis dieser Art bei dir sicher?«

»Warum denn nicht?«, entgegnete sie. »Was würde ich gewinnen, wenn ich es jemandem erzähle?«

»Die Gunst des Herzogs und der Herzogin.« Mein Herz raste.

Ihr Lächeln verblasste, und ihr Blick wurde hart. »Ich lege keinen Wert auf die Gunst der Aufgestiegenen.«

Sie klang, als hätte ich ihr das Wohlwollen eines Haufen Drecks in Aussicht gestellt. Ich hätte es ihr beinahe abgenommen, aber niemand im gesamten Königreich ließ sich die Chance entgehen, die Wertschätzung der Aufgestiegenen zu erlangen, es sei denn ...

Es sei denn, sie erkannte Königin Ileana und König Jalara nicht als die wahren, rechtmäßigen Herrscher an.

Es sei denn, sie unterstützte den Mann, der sich Prinz Casteel nannte und seiner Meinung nach der wahre Erbe des Königreiches war.

Obwohl er weder ein Prinz noch ein rechtmäßiger Erbe war. Er war nicht mehr als ein Überbleibsel von Atlantia, dem korrupten und verfluchten Königreich, das am Ende des Krieges der zwei Könige zerfallen war. Ein Monster, das jede Menge Chaos und Verwüstung angerichtet und Blut vergossen hatte. Die Personifizierung des Bösen.

Er war der dunkle Prinz.

Und trotzdem gab es Leute, die ihn und seine Anliegen unterstützten. Die dunklen Nachkommen waren bereits an vielen Aufständen und dem Verschwinden zahlloser Aufgestiegener beteiligt gewesen. Früher hatten sie lediglich durch kleinere Kundgebungen und Protestmärsche Zwietracht gesät, und auch diese waren nur vereinzelt vorgekommen. Denn die Strafen für alle, die in dem Verdacht standen, dunkle Nachkommen zu sein, waren rigoros. Die Gerichtsverhandlungen hatten diesen Namen nicht verdient. Es gab keine zweite Chance. Keine Inhaftierungen. Der Tod war schnell und endgültig.

Doch in letzter Zeit hatte sich die Lage geändert.

Viele glaubten, dass die dunklen Nachkommen für die mysteriösen Todesfälle unter hochrangigen königlichen Wächtern verantwortlich waren. In der Hauptstadt Carsodonien waren mehrere Wächter ohne ersichtlichen Grund von der Mauer gestürzt. In der nicht weit von der Hauptstadt entfernten Stadt Pensdurth an der Küste des Stroud Meeres waren zwei Wächter von Pfeilen in ihre Hinterköpfe getroffen worden, und auch in den kleineren Städten verschwanden immer wieder Wächter spurlos.

Erst vor wenigen Monaten hatte ein gewaltsamer Aufstand in Dreiachen, einer florierenden Handelsstadt auf der anderen Seite des Blutwaldes, in einem Blutvergießen geendet. Die Aufständischen hatten den Adelssitz Gut Wintergold in Brand gesetzt und dem Erdboden gleichgemacht, und mit ihm sämtliche Tempel. Herzog Everton starb gemeinsam mit zahllosen Dienstboten und Wächtern im Feuer, und die Herzogin von Dreiachen konnte nur durch ein Wunder entkommen.

Die dunklen Nachkommen waren allerdings nicht nur ehemalige Atlantianer, die sich unerkannt unter das Volk von Solis mischten. Manche Anhänger des dunklen Prinzen hatten nicht einen Tropfen atlantianisches Blut in ihren Adern.

Ich betrachtete die schöne Frau mit scharfem Blick. War sie eine dunkle Nachkommin? Ich verstand nicht, wie sich jemand dem verfluchten Königreich verschreiben konnte, ganz egal, wie schwer und unglücklich sein Leben war. Immerhin waren die Atlantianer und der dunkle Prinz für den Nebel verantwortlich. Und für alles, was darin schwärte.

Für die Wesen, die höchstwahrscheinlich Finleys Leben auf dem Gewissen hatten – und das Leben zahlloser anderer, einschließlich meiner Mutter und meines Vaters. Die schuld daran waren, dass mein Körper noch immer gezeichnet war von dem Grauen, das im Nebel wohnte.

Ich schob meinen Verdacht einen Moment lang beiseite und öffnete mich, um nachzuspüren, ob sie einen tiefen Schmerz in sich trug. Etwas, das über das Körperliche hinausging und auf Kummer oder Verbitterung schließen ließ. Die Art Schmerz, der Leute dazu bringt, schreckliche Dinge zu tun, um ihre Qualen zu lindern.

Ich empfing nicht den kleinsten Hinweis.

Aber das musste nicht heißen, dass sie keine dunkle Nachkommin war.

Die Frau neigte den Kopf. »Wie schon gesagt, von mir hast du nichts zu befürchten. Bei *ihm* wäre ich mir da allerdings nicht so sicher.«

»Bei ihm?«, wiederholte ich verwirrt.

Die Frau trat einen Schritt zur Seite, und in diesem Moment öffnete sich die Eingangstür, und ein Schwall kalter Luft kündigte das Eintreffen neuer Gäste an. Ein Mann betrat den Raum, und hinter ihm tauchte ein weiterer, etwas älterer Mann mit sandblonden Haaren und einem wettergegerbten, sonnengebräunten Gesicht auf …

Ich riss ungläubig die Augen auf. Vikter Wardwell. Was machte er denn im *Red Pearl*?

Ich dachte an die Frauen in den kurzen Röcken und den beinahe entblößten Brüsten und an den Grund, warum ich hier war. Meine Augen weiteten sich.

Bei den Göttern!

Ich beschloss, nicht länger über den Grund seines Besuches nachzudenken. Vikter war ein erfahrener königlicher Wächter und bereits in den Vierzigern, doch er war mehr als das. Er hatte mir den Dolch geschenkt, den ich am Oberschenkel trug, und er war es gewesen, der sich gegen die Tradition aufgelehnt und mir gezeigt hatte, wie man ihn benutzt. Dank ihm konnte ich ein Schwert führen, ein Ziel aus dem Hinterhalt mit einem Pfeil durchbohren und selbst unbewaffnet einen Mann zu Fall bringen, der doppelt so groß war wie ich.

Vikter war wie ein Vater für mich.

Außerdem war er seit meiner Ankunft in Masadonien mein Leibwächter. Er teilte sich die Aufgabe mit Rylan Keal, der Hannes nachgefolgt war, nachdem dieser vor knapp einem Jahr im Schlaf gestorben war. Es war ein unerwarteter Verlust gewesen, denn Hannes war erst Anfang dreißig gewesen und hatte sich bester Gesundheit erfreut. Die Heiler nahmen an, dass er unter einer unbekannten Herzkrankheit gelitten hatte. Trotzdem war es schwer vorstellbar, dass jemand gesund und munter zu Bett ging und niemals wieder aufwachte.

Rylan hatte keine Ahnung, wie gut ausgebildet ich war, aber er wusste, dass ich mit einem Dolch umgehen konnte. Er hatte noch nicht mitbekommen, wohin Vikter und ich viel zu oft verschwanden, wenn wir die Burg verließen. Er war liebenswürdig und meistens ziemlich entspannt, aber wir standen uns nicht annähernd so nahe wie Vikter und ich. Wenn Rylan hier aufgetaucht wäre, hätte ich unbemerkt verschwinden können.

»Verdammt«, fluchte ich, wandte mich zur Seite und zog mir die Kapuze des Mantels über den Kopf. Meine Haare waren kupferrot und ein ziemlicher Blickfang, aber selbst unter der Kapuze und mit Maske hätte mich Vikter sofort erkannt.

Er hatte diesen sechsten Sinn, der normalerweise Eltern vorbehalten war, wenn ihre Kinder etwas Verbotenes im Schilde führten.

Ich warf einen schnellen Blick in Richtung Eingangstür,

und mein Magen zog sich zusammen. Vikter saß an einem der Tische mit Blick auf die Tür – und damit dem einzigen Ausgang.

Die Götter hassten mich.

Ich bezweifelte keine Sekunde lang, dass Vikter mich entdecken würde. Er würde mich nicht verraten, aber ich wäre lieber in ein Loch voller Kakerlaken und Spinnen gekrochen, als ausgerechnet ihm zu erklären, warum ich im *Red Pearl* war. Außerdem würde es eine Standpauke hageln. Keine ewig lange Rede samt darauffolgender Bestrafung, wie es der Herzog liebte, sondern einen Vortrag, der tief unter die Haut ging, sodass man sich noch tagelang schuldig fühlte.

Vor allem deshalb, weil man wusste, dass man zu Recht bestraft wurde.

Und ehrlich gesagt, wollte ich nicht in Vikters Gesicht blicken, wenn ihm klar wurde, dass ich hier war. Ich riskierte einen weiteren Blick und …

Oh Götter, eine Frau kniete neben ihm, und ihre Hand lag auf seinem Bein!

Ich hätte mir am liebsten die Augen gerieben.

»Das ist Sariah«, erklärte die Frau neben mir. »Sobald er den Raum betritt, weicht sie nicht mehr von seiner Seite. Ich glaube, er gefällt ihr.«

Ich sah sie an. »Kommt er öfter hierher?«

Ein Mundwinkel wanderte nach oben. »Oft genug, um zu wissen, was hinter dem roten Vorhang passiert, und …«

»Das reicht«, unterbrach ich sie. Jetzt hätte ich mir am liebsten das Gehirn gerieben und nicht nur die Augen. »Mehr will ich gar nicht wissen.«

Sie lachte leise. »Du siehst aus wie jemand, der ein Versteck benötigt. Und ja, im *Red Pearl* erkennen wir solche Dinge auf Anhieb.« Sie nahm mir gewandt das Champagnerglas aus der Hand. »Oben sind einige Zimmer nicht besetzt.

Versuch es mit der sechsten Tür auf der linken Seite. Dort ist es sicher. Ich hole dich, wenn die Luft rein ist.«

Ich warf ihr einen misstrauischen Blick zu, doch ich ließ mich von ihr am Arm nehmen und auf die andere Seite des Raumes führen.

»Warum hilfst du mir?«

Sie öffnete die Tür. »Weil jeder das Recht hat, das Leben zu genießen, und sei es nur für ein paar Stunden.«

Sie zwinkerte mir zu und schloss die Tür.

Es konnte eigentlich kein Zufall sein, dass sie wusste, wer ich war. Aber dass sie jetzt auch noch meine Gedanken von vorhin wiederholt hatte? Das war unmöglich.

Ein heiseres Lachen entfuhr mir. Die Frau war vielleicht eine dunkle Nachkommin oder zumindest kein Fan der Aufgestiegenen. Aber sie war möglicherweise auch eine Seherin.

Mir war nicht bewusst gewesen, dass es noch Leute mit diesen Fähigkeiten gab.

Ich konnte immer noch nicht glauben, dass Vikter hier war – und dass er oft genug herkam, dass sich eine der Damen in Rot in ihn verlieben konnte. Keine Ahnung, warum ich so überrascht war. Den königlichen Wächtern war nicht verboten, sich zu amüsieren oder sogar zu heiraten. Viele waren ziemlich ... freizügig, nachdem ihr Leben voller Gefahren und oft viel zu kurz war.

Es war nur so, dass Vikter eine Frau gehabt hatte. Sie und ihr erstes gemeinsames Kind waren bei der Geburt gestorben, lange bevor wir uns kennengelernt hatten, und ich wusste, dass Vikter seine Camilla noch genauso liebte wie damals.

Andererseits hatte das, was er hier fand, nichts mit Liebe zu tun, nicht wahr? Jeder fühlte sich irgendwann einmal einsam, egal ob sein Herz jemandem gehörte, den er nicht mehr länger haben konnte, oder nicht.

Der Gedanke machte mich ein wenig traurig, und ich drehte mich in dem engen, von Ölwandleuchtern erhellten Treppenhaus um und stieß die Luft aus. »Wo habe ich mich da bloß hineinmanövriert?«

Das wussten nur die Götter, und jetzt gab es ohnehin kein Zurück mehr.

Ich ließ die Hand in den Mantel gleiten und hielt sie in der Nähe des Dolches, während ich in den ersten Stock hochstieg. Der Flur war breiter als das Treppenhaus, und es war überraschend ruhig. Keine Ahnung, was ich erwartet hatte, aber ich hatte gedacht, man würde ... Geräusche hören.

Ich schüttelte den Kopf und zählte die Türen, bis ich vor der sechsten Tür links stand. Ich drückte die Klinke nach unten. Sie war unversperrt. Ich wollte gerade die Tür öffnen, als ich innehielt. Was tat ich da? Womöglich wartete etwas oder jemand auf mich. Die Frau im Erdgeschoss ...

Das leise Lachen eines Mannes erklang, und die Tür neben mir öffnete sich. Ich huschte eilig in das Zimmer vor mir und schloss die Tür.

Dann sah ich mich mit pochendem Herzen um. Es gab keine Lampen, bloß einen Kerzenständer auf dem Kaminsims. Vor dem leeren Kamin stand ein breiter Armstuhl, und ich wusste, ohne nachzusehen, dass das einzig andere Möbelstück ein Bett war. Ich atmete tief durch und sog den Geruch der Kerzen ein. Zimt? Aber da war noch etwas anderes. Etwas, das mich an dunkle Gewürze und Kiefernholz erinnerte. Ich drehte mich langsam um und ...

In diesem Moment schlang sich von hinten ein Arm um meine Mitte und zog mich an einen sehr harten, sehr männlichen Körper.

»Das«, murmelte eine tiefe Stimme, »ist aber eine Überraschung.«

2

VOLLKOMMEN ÜBERRUMPELT WANDTE ICH DEN KOPF und sah hoch. Ein Fehler, vor dem mich Vikter bereits unzählige Male gewarnt hatte. Ich hätte nach meinem Dolch greifen sollen, doch stattdessen stand ich regungslos da, während sich der Arm fester um meine Mitte schlang und eine Hand auf meiner Hüfte zum Liegen kam.

»Aber eine willkommene«, fuhr der Mann fort und ließ den Arm sinken.

Ich riss mich aus meiner Starre und wirbelte herum, während meine Hand nach dem Dolch griff. Ich sah erneut hoch ... und dann noch ein Stückchen höher.

Oh Götter.

Ich erstarrte erneut, und der Schock schlug wie eine Welle über mir zusammen und begrub sämtliche Vernunft unter sich, als ich das Gesicht des Mannes im sanften Kerzenschein sah.

Ich kannte ihn, auch wenn ich noch nie mit ihm gesprochen hatte.

Hawke Flynn.

Jeder auf Burg Teerman kannte den Wächter der Mauer, der erst vor Kurzem aus der Hauptstadt Carsodonien zu uns gekommen war. Und ich war da keine Ausnahme.

Ich hätte gerne behauptet, dass es wegen seiner eindrucksvollen Größe war, denn immerhin überragte er mich um mindestens dreißig Zentimeter. Oder dass es an der Tatsache lag, dass er sich mit derselben natürlichen und raubtierhaften Grazie und Geschmeidigkeit bewegte wie die großen grauen Höhlenkatzen, die das Ödland durchstreiften. Als Kind hatte ich eine davon im Palast der Königin gesehen. Das Furcht einflößende, wilde Tier steckte in einem Käfig und wanderte unablässig in seinem viel zu kleinen Gefängnis auf und ab, was mich gleichermaßen faszinierte und entsetzte. Ich hatte Hawke mehr als einmal auf dieselbe Weise auf und ab marschieren gesehen, als säße er ebenfalls in der Falle.

Es könnte auch die Autorität sein, die aus jeder seiner Poren strömte, obwohl er nicht viel älter sein konnte als ich – vielleicht im selben Alter wie mein Bruder oder ein, zwei Jahre älter. Oder es war sein geschickter Umgang mit dem Schwert. Eines Morgens hatte ich neben der Herzogin auf einem der vielen Balkone von Burg Teerman gestanden und auf den Trainingsplatz hinuntergesehen, und da hatte sie mir erzählt, dass Hawke mit den besten Empfehlungen aus der Hauptstadt zu uns gekommen und auf dem besten Weg war, einer der jüngsten königlichen Wächter zu werden. Ihr Blick war dabei auf seine schweißbedeckten Arme gerichtet gewesen.

Genau wie meiner.

Seit seiner Ankunft hatte ich mich mehr als ein paarmal in einer dunklen Nische versteckt, um ihn beim Training mit den anderen Wächtern zu beobachten. Abgesehen von den wöchentlichen Treffen des Stadtrates im großen Saal war das die einzige Gelegenheit, ihn zu sehen.

Mein Interesse konnte aber auch daher kommen, weil Hawke ... na ja, er war wunderschön.

So etwas sagt man selten über einen Mann, aber mir fiel kein anderes Wort ein, um ihn zu beschreiben. Er hatte dichte, dunkle Haare, die sich im Nacken kräuselten und ihm immer wieder über die dunklen Augenbrauen fielen. Seine scharfen Gesichtszüge erweckten in mir den Wunsch, besser mit Pinsel oder Kohlestift umgehen zu können. Er hatte hohe Wangenknochen, und seine Nase war für einen Wächter ungewöhnlich gerade, denn die meisten hatten sich zumindest einmal die Nase gebrochen. Sein Kinn war kantig und stark, sein Mund wohlgeformt. Die wenigen Male, an denen ich ihn lächeln gesehen hatte, war sein rechter Mundwinkel nach oben gewandert und ein tiefes Grübchen auf seiner Wange erschienen. Keine Ahnung, ob es auf der linken Seite genauso war. Doch seine Augen waren das Bezauberndste überhaupt.

Sie erinnerten mich an kalten Honig, und ich hatte so einen bemerkenswerten Farbton noch nie zuvor gesehen. Er konnte einen ansehen, als stünde man nackt vor ihm. Das wusste ich so genau, weil ich seine Blicke während des Stadtrates im großen Saal auf mir gespürt hatte, obwohl er noch nie zuvor mein Gesicht oder auch nur meine Augen gesehen hatte. Sein Interesse kam sicher daher, weil ich die erste Jungfräuliche seit mehreren Jahrhunderten war. Alle starrten mich an, wenn ich mich in der Öffentlichkeit blicken ließ, egal ob Wächter, Hofdamen und Hofherren oder das gemeine Volk.

Vielleicht waren seine Blicke aber auch nur ein Produkt meiner Fantasie, die von dem winzigen, verborgenen Wunsch genährt wurde, dass ich in ihm dieselbe Neugierde entfachte wie er in mir. Möglicherweise war es die Mischung aus all diesen Dingen, warum er mein Interesse erweckte, aber es gab auch noch einen weiteren Grund, den ich nur ungern zugab und für den ich mich schämte.

Ich hatte mich einige Male absichtlich geöffnet, wenn ich ihn gesehen hatte. Ich wusste, dass es falsch war, seinen Gefühlen ohne guten Grund nachzuspüren. Dass nichts diesen Eingriff rechtfertigte. Und es gab keine Entschuldigung, außer meiner Neugierde darüber, warum er wie eine gefangene Höhlenkatze auf und ab wanderte.

Hawke befand sich in einem *immerwährenden* Zustand des Schmerzes.

Kein körperlicher Schmerz, sondern eine Qual, die tiefer reichte und sich wie messerscharfe Eissplitter in meine Haut bohrte. Sie war ungefiltert und schien unendlich. Trotzdem folgte sie ihm lediglich wie ein Schatten, der nie von ihm Besitz ergriff. Hätte ich nicht absichtlich danach Ausschau gehalten, hätte ich sie nie gespürt. Er hielt sein Leid in Zaum, und ich kannte niemanden, der so etwas konnte.

Nicht einmal die Aufgestiegenen.

Bei ihnen spürte ich nicht das Geringste, obwohl ich wusste, dass sie körperliche Schmerzen empfinden konnten. Es gab kein zurückgebliebenes Leid in ihnen, und eigentlich hätte ich alleine aus diesem Grund ihre Nähe suchen sollen, doch stattdessen war mir die Sache nicht geheuer.

»Ich habe dich heute Abend nicht erwartet«, meinte Hawke. Er schenkte mir ein kaum merkliches Lächeln, ohne den Mund zu öffnen. Das Grübchen auf der Wange erschien, doch das Lächeln erreichte nicht seine Augen. »Es ist doch erst ein paar Tage her, Süße.«

Süße?

Ich wollte bereits etwas erwidern, doch dann fiel es mir wie Schuppen von den Augen. Ich blinzelte. Er hielt mich für eine andere! Für eine Frau, mit der er sich offensichtlich schon einmal hier getroffen hatte. Mein Blick fiel auf meinen geliehenen Mantel. Er war ziemlich auffällig. Ein sanftes Blau mit weißem Pelz.

Britta.

Hielt er mich etwa für Britta?

Wir waren in etwa gleich groß, etwas kleiner als der Durchschnitt, und ihr Mantel verhüllte meinen Körper, der nicht annähernd so dünn war wie ihrer. Ganz egal, wie viel ich trainierte, ich würde nie so gertenschlank sein wie die Herzogin von Teerman oder einige der Hofdamen.

Unerklärlicherweise war ein kleiner, verborgener Teil von mir beinahe enttäuscht – und vielleicht auch etwas eifersüchtig auf die hübsche Dienstbotin.

Ich musterte Hawke. Er trug dieselbe schwarze Tunika samt dazu passender Hose wie alle Wächter unter ihrer Rüstung. War er direkt nach dem Dienst hierhergekommen? Ich ließ den Blick durch das Zimmer schweifen. Neben dem Sessel stand ein niedriger Tisch mit zwei Gläsern. War Hawke vor meinem Eintreten mit einer anderen zusammen gewesen? Das Bett hinter ihm war gemacht und sah nicht so aus, als hätte jemand ... darin geschlafen.

Was sollte ich tun? Mich umdrehen und davonlaufen? Nein, das wäre seltsam. Er würde Britta sicher darauf ansprechen, aber solange ich ihren Mantel zurückbrachte, ohne dass sie etwas bemerkte, bestand keine Gefahr.

Abgesehen davon, dass Vikter vermutlich noch im Erdgeschoss saß. Und die Frau ebenfalls.

Sie musste einfach eine Seherin sein. Mein Instinkt sagte mir, dass sie gewusst hatte, dass das Zimmer belegt war. Sie hatte mich absichtlich hierhergeschickt. Hatte sie gewusst, dass Hawke hier wartete und mich mit Britta verwechseln würde?

Das schien eher unwahrscheinlich.

»Hat Pence dir verraten, wo du mich findest?«, fragte er.

Mein Atem stockte, und mein Herz trommelte gegen meine Rippen. Ich glaubte, mich zu erinnern, dass Pence ein Wächter der Mauer und etwa in Hawkes Alter war. Wenn ich mich nicht täuschte, war er blond, und ich hatte ihn nicht im Erdgeschoss gesehen. Ich schüttelte den Kopf.

»Dann hast du mich also beobachtet und bist mir gefolgt?«, fragte er mit tadelndem Unterton. »Darüber müssen wir unbedingt reden, nicht wahr?«

Er klang seltsam bedrohlich, als wäre er nicht allzu begeistert von der Vorstellung, dass Britta ihm folgte.

»Aber offensichtlich nicht heute Abend. Du bist ungewohnt schweigsam«, bemerkte er. So, wie ich Britta kannte, hielt sie sich selten zurück.

Aber sobald ich den Mund aufmachte, würde er wissen, dass ich keine Dienstbotin war, und ich ... ich war noch nicht bereit dafür. Ich hatte keine Ahnung, wofür ich bereit war. Meine Hand lag nicht länger auf dem Dolch, und ich war mir nicht sicher, was das bedeutete. Ich wusste nur, dass mein Herz immer noch raste.

»Wir müssen nicht reden.« Er griff nach dem Saum seiner Tunika, und innerhalb eines Wimpernschlages hatte er sie sich über den Kopf gezogen und beiseite geworfen.

Meine Lippen öffneten sich, und meine Augen wurden groß. Ich hatte schon einmal die Brust eines Mannes gesehen, aber seine noch nicht. Die Muskeln, die sich unter den dünnen Hemden der Wächter spannten und zusammenzogen, wenn sie trainierten, befanden sich nun unbedeckt vor mir. Seine breiten Schultern, die geschwellte Brust und die sehnigen Muskeln zeugten von jahrelangem Training. Ein zarter Flaum wanderte von seinem Nabel nach unten und verschwand in seinem Hosenbund. Mein Blick wanderte noch tiefer, und die Hitze kehrte zurück. Doch dieses Mal brachte sie nicht nur meine Haut zum Glühen, sondern auch mein Blut.

Selbst im Kerzenlicht sah ich, wie eng seine Hose war. Sie umschloss seinen Körper und überließ kaum etwas der Fantasie.

Und ich hatte eine gewaltige Vorstellungskraft, nachdem die Hofdamen und Dienstbotinnen sehr mitteilsam waren und ich sie nur allzu gern belauschte.

Ein seltsames Gefühl breitete sich in meinem Bauch aus. Es war nicht unangenehm. Ganz und gar nicht. Es war warm und prickelnd und erinnerte mich an den ersten Schluck aus einem Glas mit frischem Champagner.

Hawke trat auf mich zu, und meine Muskeln spannten sich fluchtbereit an, doch ich zwang mich, ruhig zu bleiben. Natürlich hätte ich zurücktreten sollen. Ich hätte zugeben sollen, dass ich nicht Britta war. Ich hätte sofort gehen sollen. Seine Art, wie er auf mich zukam und mit seinen langen Beinen die Distanz zwischen uns überwand, ließ keinen Zweifel daran, was er vorhatte, selbst wenn er seine Tunika nicht ausgezogen hätte.

Und obwohl ich kaum – schon gut, eigentlich gar keine – Erfahrung mit solchen Dingen hatte, wusste ich instinktiv, dass er mich berühren würde, sobald er nahe genug war. Vielleicht sogar mehr. Vielleicht würde er mich küssen.

Und das war verboten.

Ich war die Jungfräuliche. Die Auserwählte.

Ganz zu schweigen davon, dass er mich für eine andere hielt und offensichtlich nicht allein gewesen war, bevor ich das Zimmer betreten hatte. Das hieß zwar nicht, dass er mit einer anderen zusammen gewesen war, aber es war durchaus möglich.

Doch obwohl mir das alles klar war, rührte ich mich nicht und sagte kein Wort.

Ich wartete, und mein Herz klopfte so schnell, dass ich Angst hatte, in Ohnmacht zu fallen. Meine Hände und Beine zitterten kaum merklich.

Dabei zitterte ich sonst nie.

Was tust du da?, flüsterte die Stimme der Vernunft in meinem Kopf.

Leben, flüsterte ich zurück.

Aber das ist unglaublich dumm, entgegnete die Stimme.

Das war es, aber ich rührte mich trotzdem nicht von der Stelle.

Meine Sinne waren bis aufs Äußerste geschärft, als

Hawke vor mir innehielt, die Hände hob und nach meiner Kapuze griff. Einen Moment lang dachte ich, er würde sie mir vom Kopf ziehen und meine Scharade wäre zu Ende, doch er schob sie lediglich ein paar Zentimeter zurück.

»Ich habe keine Ahnung, was für ein Spiel du heute Abend treibst.« Seine tiefe Stimme klang rau. »Aber ich werde es herausfinden.«

Er schlang einen Arm um meine Mitte, und ich schnappte nach Luft, als er mich an sich zog. Es war ganz anders als die kurzen Umarmungen zwischen Vikter und mir. So hatte mich noch nie zuvor ein Mann gehalten. Es blieb kein Zentimeter zwischen seiner Brust und meiner. Die Berührung setzte meine Nervenenden in Flammen.

Hawke hob mich auf die Zehenspitzen und kurz darauf spürte ich keinen Boden mehr unter den Füßen. Seine Kraft war unglaublich, denn ich war nicht gerade ein Leichtgewicht. Ich legte überrascht die Hände auf seine Schultern, und die Hitze seiner festen Muskeln brannte sich durch meine Handschuhe, den Mantel und das dünne weiße Kleid, in dem ich normalerweise zu Bett ging.

Er neigte den Kopf, und ich spürte seinen warmen Atem auf meinen Lippen. Zitternde Vorfreude packte mich, gepaart mit einer schrecklichen Unsicherheit. Es blieb jedoch keine Zeit, um sich über die widerstreitenden Gefühle klar zu werden, denn Hawke drehte sich mit mir in den Armen um und marschierte mit der vertrauten, katzenhaften Eleganz auf das Bett zu. Nach wenigen taumelnden Herzschlägen ließ er sich mit mir auf das Bett sinken, sein Griff stark und vorsichtig zugleich, als wäre er sich seiner Kraft bewusst. Er legte sich auf mich, die Hand immer noch unter meinem Hinterkopf, und sein Gewicht traf mich wie eine Schockwelle. Er drückte mich auf die Matratze und presste die Lippen auf meine.

Hawke küsste mich.

Doch es war kein süßer, sanfter Kuss, wie ich ihn mir vorgestellt hatte. Er war hart und überwältigend. Fordernd. Und als ich nach Luft schnappte, nutzte Hawke die Gelegenheit und vertiefte ihn.

Seine Zunge berührte meine, und ich zuckte überrascht zusammen. Panik stieg in mir hoch, doch da war auch noch etwas anderes, etwas viel Mächtigeres. Eine Lust, wie ich sie noch nie verspürt hatte. Er schmeckte wie der goldene Likör, den ich einmal heimlich gekostet hatte, und ich spürte die Berührung seiner Zunge in meinem ganzen Körper. In dem Schaudern, das meine Haut überzog, in der unerklärlichen Schwere in meiner Brust, in dem Ziehen unter meinem Nabel und noch weiter unten, wo sich plötzlich ein sanftes Pochen zwischen meinen Beinen ausbreitete. Ich erschauderte, und meine Finger gruben sich in sein Fleisch. Ich wünschte mir mit einem Mal, ich hätte keine Handschuhe getragen. Ich wollte seine Haut spüren, und ich konnte mich nicht annähernd genug darauf konzentrieren, was er gerade fühlte. Er neigte den Kopf, und ich spürte seinen seltsam scharfkantigen ...

Im nächsten Moment beendete er den Kuss ohne Vorwarnung und hob den Kopf. »Wer bist du?«

Meine Gedanken waren seltsam träge, und meine Haut prickelte, als ich blinzelnd die Augen öffnete. Dunkle Haare fielen ihm in die Stirn. Seine Gesichtszüge waren in sanftes, flackerndes Licht getaucht, und seine Lippen sahen genauso geschwollen aus, wie meine sich anfühlten.

Hawke bewegte sich so schnell, dass ich es nicht einmal bemerkte. Er zog meine Kapuze zurück, und Licht fiel auf mein maskiertes Gesicht. Er hob die Augenbrauen, während sich der Nebel in meinem Kopf lichtete. Mittlerweile sprang mir das Herz aus einem anderen Grund beinahe aus Brust, auch wenn meine Lippen immer noch von seinem Kuss prickelten.

Von meinem ersten Kuss.

Hawkes goldene Augen musterten meine Haare, und er zog die Hand hinter meinem Kopf hervor und nahm eine Strähne zwischen die Finger. Ich versteifte mich, als er sie ins Kerzenlicht hielt, sodass sie rotbraun glänzte. Er neigte den Kopf nach links.

»Du bist definitiv nicht diejenige, für die ich dich gehalten habe«, murmelte er.

»Wie bist du darauf gekommen?«, platzte es aus mir heraus.

»Weil mir die Besitzerin dieses Mantels beinahe die Zunge aus dem Mund gesaugt hätte, als ich sie das letzte Mal geküsst habe.«

»Oh«, hauchte ich. Hätte ich das etwa auch tun sollen? Es klang allerdings nicht gerade angenehm.

Er starrte auf mich hinunter und musterte mich, während er immer noch über mir lag. Ich hatte keine Ahnung, wann er eines seiner Beine zwischen meine geschoben hatte. »Hast du schon mal jemanden geküsst?«

Meine Wangen begannen zu glühen. Oh Götter, war es so offensichtlich gewesen? »Klar!«

Ein Mundwinkel schoss nach oben. »Lügst du immer?«

»Nein!«, log ich.

»Lügnerin«, murmelte er beinahe neckend.

Scham stieg in mir hoch und erstickte die Lust, als hätte man sie unter einer kalten, eisigen Schneedecke begraben. Ich drückte seine nackte Brust von mir. »Du solltest runter von mir.«

»Das hatte ich auch vor.«

Meine Augen wurden schmal.

Hawke lachte, und es war ... es war das erste Mal, dass ich ihn lachen hörte. Wenn ich ihn im großen Saal sah, wirkte er ruhig und stoisch wie die meisten Wächter, und beim Training hatte ich nur ein Schmunzeln bemerkt. Aber er hatte noch nie *gelacht*. Und angesichts der Qualen, die unter der Oberfläche brodelten, war ich mir nicht sicher gewesen, ob er überhaupt lachen konnte.

Aber jetzt hatte er es getan, und es war ein echtes, tiefes und schönes Lachen gewesen. Ein Poltern, das bis in meine Zehen drang. Erst jetzt erkannte ich, dass er in meiner Gegenwart noch nie so viel gesprochen hatte. Er hatte einen leichten, melodischen Akzent. Ich konnte ihn nicht einordnen, aber ich hatte mich bis jetzt auch nur in der Hauptstadt und in Masadonien aufgehalten. Außerdem kam es nicht oft vor, dass jemand neben mir redete, wenn er wusste, dass ich anwesend war. Der Akzent konnte also durchaus weit verbreitet sein.

»Du solltest echt runter von mir«, erklärte ich ihm, obwohl mir sein Gewicht auf mir gefiel.

»Ich finde es ganz gemütlich«, erwiderte er.

»Schön. Aber ich nicht.«

»Sagst du mir jetzt, wer du bist, Prinzessin?«

»Prinzessin?«, wiederholte ich. Seit dem Ende von Atlantia gab es keine Prinzessinnen und Prinzen mehr in unserem Königreich. Lediglich der dunkle Sohn bezeichnete sich selbst als Prinz.

»Du wirkst einigermaßen fordernd.« Er zuckte mit den Schultern. »Ich könnte mir vorstellen, dass sich eine Prinzessin so verhält.«

»Ich bin nicht fordernd«, bemerkte ich. »Und jetzt runter von mir!«

Er hob eine Augenbraue. »Wirklich?«

»Dir zu sagen, dass du runtergehen sollst, ist nicht fordernd.«

»Dem muss ich widersprechen.« Er machte eine kurze Pause. »Prinzessin.«

Meine Lippen zuckten, aber ich verkniff mir ein schiefes Grinsen. »Du sollst mich nicht so nennen.«

»Wie denn dann? Hast du vielleicht einen Namen?«

»Ich bin ... niemand«, erklärte ich.

»Niemand? Das ist aber ein seltsamer Name. Tragen Mädchen mit so einem Namen öfter die Kleidung einer anderen?«

»Ich bin kein Mädchen«, fauchte ich.

»Das will ich hoffen.« Seine Mundwinkel zuckten. »Wie alt bist du?«

»Alt genug, um hier zu sein, falls du dir darüber Sorgen machst.«

»Mit anderen Worten, alt genug, um sich als eine andere zu verkleiden. Zuzulassen, dass jemand dich für diese andere Frau hält und dich in ihrem Namen küsst ...«

»Schon gut«, unterbrach ich ihn. »Ja, ich bin alt genug für all das.«

Er hob erneut eine Augenbraue. »Ich sage dir, wer ich bin, obwohl ich das Gefühl habe, dass du das bereits weißt. Ich bin Hawke Flynn.«

»Hi«, hauchte ich dümmlich.

Das Grübchen in seiner rechten Wange wurde tiefer. »Das wäre jetzt der Augenblick, in dem du mir deinen Namen verrätst.«

Meine Lippen blieben versiegelt.

»Dann nenne ich dich eben weiterhin Prinzessin.« Seine Augen waren nun viel wärmer, und ich hätte gerne nachgesehen, ob der Schmerz nachgelassen hatte, aber ich konnte widerstehen. Vielleicht war der Schmerz fort, und wenn dem so war ...

»Du könntest mir wenigstens sagen, warum du mich nicht aufgehalten hast«, meinte er, bevor ich der Neugierde nachgeben und mich öffnen konnte, um seinen Gefühlen nachzuspüren.

Ich hatte keine Ahnung, wie ich diese Frage beantworten sollte, wenn ich es nicht einmal selbst verstand.

Er grinste erneut. »Es steckt sicher mehr dahinter als mein entwaffnend gutes Aussehen.«

Ich zog die Nase kraus. »Natürlich.«

Ein weiteres, überraschtes Lachen entfuhr ihm. »Ich glaube, jetzt hast du mich gerade beleidigt.«

Ich zuckte verärgert zusammen. »So habe ich das nicht gemeint.«

»Du hast mich verletzt, Prinzessin.«

»Das bezweifle ich stark. Ich vermute, du bist dir deines Aussehens mehr als bewusst.«

»Das bin ich. Es hat dazu geführt, dass ein paar Leute überaus fragwürdige Entscheidungen getroffen haben.«

»Warum behauptest du dann, ich hätte dich beleidigt?«, fragte ich, doch im nächsten Moment wurde mir klar, dass er mich bloß neckte, und ich kam mir albern vor, weil es mir nicht früher aufgefallen war. Ich drückte ihn erneut von mir. »Du liegst noch immer auf mir.«

»Ich weiß.«

Ich holte tief Luft. »Es ist unhöflich, einfach liegen zu bleiben, obwohl ich dir klar und deutlich zu verstehen gegeben habe, dass du runtergehen sollst.«

»Es war auch unhöflich von dir, verkleidet in mein Zimmer zu spazieren und dich als meine ...«

»Liebhaberin auszugeben?«

Er hob eine Augenbraue. »So würde ich sie nicht nennen.«

»Wie denn dann?«

Hawke schien nachzudenken und rührte sich immer noch nicht vom Fleck. »Eine ... gute Freundin.«

Ein Teil von mir war erleichtert, dass er nicht eine der abwertenden Bezeichnungen wählte, die ich bei anderen Männern gehört hatte, wenn sie über Frauen sprachen, mit denen sie intim gewesen waren. Aber eine gute Freundin? »Ich wusste gar nicht, dass Freunde solche Dinge tun.«

»Ich möchte wetten, dass du in dieser Hinsicht so einiges nicht weißt.«

Die Wahrheit in seiner Behauptung war nicht zu verleugnen. »Und das weißt du nach nur einem Kuss?«

»Nach nur einem Kuss? Prinzessin, man kann jede Menge aus einem einzigen Kuss herauslesen.«

Ich starrte ihn an und fühlte mich unwillkürlich überaus ... unerfahren. Das Einzige, was ich aus diesem Kuss herauslesen konnte, war, welche Gefühle er in mir ausgelöst hatte. Es war, als hätte Hawke vorgehabt, von mir Besitz zu ergreifen.

»Warum hast du mich nicht davon abgehalten?« Sein Blick wanderte über die Maske und dann tiefer, wo der Mantel auseinanderklaffte und den Blick auf mein viel zu dünnes Kleid und den gewagten Ausschnitt freigab. Was hatte ich mir bloß gedacht, als ich es für diesen Ausflug ausgesucht hatte? Es war beinahe so, als wollte ich vorbereitet sein, falls ... Mir drehte sich der Magen um. Ich hatte mich wohl überschätzt.

Hawke fing meinen Blick auf. »Ich glaube, langsam verstehe ich.«

»Bedeutet das, dass du jetzt endlich von mir runtergehst?«

Warum hast du ihn nicht längst dazu gezwungen?, fragte die verdammte Stimme der Vernunft in meinem Kopf, und es war eine gute Frage. Ich wusste, wie man das Gewicht eines Mannes gegen ihn einsetzte. Und wichtiger noch: Ich hatte meinen Dolch und konnte jederzeit danach greifen. Aber ich hatte es bis jetzt noch nicht getan, und ich hatte auch nicht wirklich versucht, Abstand zwischen uns zu bringen. Was hatte das zu bedeuten? Vermutlich, dass ich ... mich sicher fühlte. Zumindest in diesem Moment. Ich wusste zwar nicht viel über Hawke, aber er war kein Fremder, zumindest fühlte es sich nicht so an. Ich hatte keine Angst vor ihm.

Hawke schüttelte den Kopf. »Ich habe da eine Theorie.«

»Ich warte mit angehaltenem Atem auf ihre Auflösung.«

Das Grübchen in seiner rechten Wange war wieder da. »Ich glaube, du bist mit einer bestimmten Absicht in dieses Zimmer gekommen.«

Da hatte er recht, aber ich bezweifelte, dass er den wirklichen Grund erraten würde.

»Deshalb hast du nichts gesagt und mich auch nicht aufgeklärt, wer du wirklich bist. Vielleicht war die Tatsache, dass du dir ausgerechnet diesen Mantel geliehen hast, auch eine bewusste Entscheidung«, fuhr er fort. »Du bist hierhergekommen, weil du etwas von mir willst.«

Ich wollte widersprechen, doch mir kam kein Laut über die Lippen. Schweigen war weder Widerspruch noch Eingeständnis, trotzdem drehte sich mir erneut der Magen um.

Er rückte kaum merklich zur Seite und legte seine Hand auf meine Wange. »Ich habe recht, nicht wahr, Prinzessin?«

Mein Herz setzte einen Moment lang aus und trommelte dann weiter. Ich versuchte zu schlucken, doch meine Kehle war staubtrocken. »Vielleicht ... vielleicht bin ich hergekommen, um ... um zu reden.«

»Um zu reden?« Er hob schon wieder die Augenbraue. »Worüber denn?«

»Über alles Mögliche.«

Er sah mich ausdruckslos an. »Wie zum Beispiel?«

Mein Kopf war einige Sekunden wie leergefegt, dann platzte ich mit dem Erstbesten heraus, das mir in den Sinn kam. »Warum wolltest du auf der Mauer arbeiten?«

»Du bist hier, um mich das zu fragen?«

Sein Tonfall und sein Blick ließen nicht darauf schließen, dass er mir glaubte, doch ich nickte trotzdem. Es war wieder einmal ein Beispiel dafür, wie schlecht ich im Gespräch mit anderen Leuten war.

Er schwieg einen Moment lang, dann meinte er: »Ich wurde aus demselben Grund Wächter wie die meisten anderen auch.«

»Und der wäre?«, fragte ich, obwohl ich den Großteil der Gründe kannte.

»Mein Vater war Farmer, und ich konnte mir dieses Leben nicht vorstellen. In einem solchen Fall gibt es nicht viele Möglichkeiten, außer der königlichen Armee beizutreten und auf einer der Mauern zu arbeiten, Prinzessin.«

»Du hast recht.«

Seine Augen wurden schmal, und ein überraschter Ausdruck huschte über sein Gesicht. »Wie meinst du das?«

»Kinder haben tatsächlich kaum die Möglichkeit, etwas anderes zu werden, als ihre Eltern waren.«

»Du meinst, es kommt nicht oft vor, dass Kinder irgendwann ein besseres Leben führen als ihre Eltern?«

Ich nickte, so gut ich konnte. »Die ... natürliche Ordnung erlaubt es nicht. Der Sohn eines Farmers wird Farmer, oder ...«

»Oder er wird ein Wächter und riskiert sein Leben für einen sicheren Lohn, auch wenn er vermutlich nicht lange genug leben wird, um das Geld zu genießen«, beendete er den Satz für mich. »Das klingt nach keiner wirklichen Alternative, oder?«

»Nein«, gab ich zu. Dieser Gedanke war mir schon einige Male gekommen. Es gab noch einige andere Berufe, die für Hawke infrage gekommen wären – Händler oder Jäger zum Beispiel –, aber diese Arbeit war ebenfalls gefährlich, denn man war regelmäßig außerhalb der Mauern unterwegs. Wenn auch nicht genauso gefährlich wie der Dienst in der königlichen Armee und auf der Mauer.

Waren die Dinge, die Hawke als Wächter gesehen hatte, schuld an dem Schmerz in seinem Inneren? »Es gibt vielleicht nicht viele Möglichkeiten, aber ich glaube – nein, ich *weiß* –, dass die Arbeit als Wächter ein gewisses Maß an angeborener Stärke und Mut erfordert.«

»So siehst du die Wächter? Als mutige Männer?«

»Ja.«

»Nicht alle Wächter sind gut, Prinzessin.«

Meine Augen wurden schmal. »Schon klar. Mut und Stärke lassen sich nicht mit einem guten Charakter gleichsetzen.«

»Da sind wir einer Meinung.« Sein Blick wanderte zu meinen Lippen, und meine Brust zog sich unerklärlicherweise zusammen.

»Du meintest, dein Vater wäre ein Farmer gewesen. Ist er ... zu den Göttern gegangen?«

Ein seltsamer Ausdruck huschte über sein Gesicht, doch er war zu schnell vorüber, als dass ich ihn hätte deuten können. »Nein. Er ist gesund und munter. Deiner?«

Ich schüttelte kaum merklich den Kopf. »Mein Vater ... meine Eltern sind beide fort.«

»Das tut mir leid«, erklärte er, und es klang ehrlich. »Der Verlust eines Elternteils oder eines Familienmitgliedes lastet noch lange, nachdem sie fortgegangen sind, auf der Seele. Der Schmerz wird weniger, aber er verschwindet nie. Noch Jahre später ertappt man sich bei dem Gedanken, dass man alles tun würde, um sie wiederzubekommen.«

Er hatte recht, und vielleicht war das der Grund für den Schmerz in ihm. »Das klingt, als wüsstest du das aus eigener Erfahrung.«

»Ja.«

Ich dachte an Finley. Hatte Hawke ihn gekannt? Die meisten Wächter standen sich sehr nahe. Es war eine Verbindung, die dicker war als Blut, doch selbst wenn er Finley gekannt hatte, gab es sicher auch noch andere, die er verloren hatte. »Es tut mir leid«, erklärte ich. »Es tut mir leid, um alle, die du verloren hast. Der Tod ist ...«

Der Tod war beharrlich.

Ich sah jede Menge davon. So behütet, wie ich war, sollte ich nichts davon mitbekommen, trotzdem begegnete ich ihm viel zu oft.

Hawke neigte den Kopf, und seine dunklen Locken fielen ihm in die Stirn. »Der Tod ist wie ein alter Freund, der zu Besuch kommt. Manchmal schaut er vorbei, wenn du es am wenigstens erwartest, und manchmal sehnst du ihn herbei. Es ist nicht das erste, und auch nicht das letzte Mal, dass du ihn siehst, aber das macht ihn nicht weniger brutal und gnadenlos.«

Die Traurigkeit drohte, mich zu übermannen und die Wärme in mir zu verschlucken. »Das ist wahr.«

Hawke senkte mit einem Mal den Kopf, und seine Lippen schwebten dicht über meinen. »Ich bezweifle, dass du in dieses Zimmer gekommen bist, um zu reden. Du bist nicht hier, um dich über traurige Dinge zu unterhalten, die niemand ändern kann, Prinzessin.«

Ich wusste, warum ich heute Abend hierhergekommen war, und Hawke hatte wieder einmal recht. Ich war nicht hier, um zu reden. Ich war hier, um zu leben. Erfahrungen zu sammeln. Meine eigenen Entscheidungen zu treffen. Um eine andere zu sein als die, die ich sonst war. Und nichts davon hatte mit Reden zu tun.

Aber ich hatte heute Abend meinen ersten Kuss erlebt. Ich konnte aufhören oder weitermachen und noch viele weitere erste Male erleben – und es war meine Entscheidung.

Zog ich ... zog ich das wirklich in Betracht? Götter, das tat ich! Ein sanftes Schaudern durchfuhr mich. Spürte Hawke es auch? Es machte sich in meinem Bauch breit, der sich vor Vorfreude und Angst zusammenzog.

Ich war die Jungfräuliche. Die Auserwählte. Meine Überzeugung, dass die Götter sich gar nicht wirklich für mich interessierten, schwand dahin. Würden sie mich als unwürdig verstoßen?

Unerklärlicherweise stieg keine Panik in mir hoch.

Stattdessen war da ein Funken Hoffnung, und das beunruhigte mich mehr als alles andere. Er fühlte sich verräterisch und sehr besorgniserregend an. Denn wenn ich mich als unwürdig erwies, zog es eine der schlimmsten Konsequenzen überhaupt nach sich.

Unwürdigen drohte der sichere Tod.

Denn Unwürdige wurden aus dem Königreich verbannt.

3

SOWEIT ICH WUSSTE, GAB ES NUR EINE PERSON, die sich als unwürdig erwiesen hatte, bevor sie aufsteigen sollte. Ihr Name war aus allen Geschichtsbüchern getilgt worden, und es gab keinerlei Aufzeichnungen darüber, wer der Mann oder die Frau war und warum er oder sie ins Exil geschickt worden war. Verbannten war es verboten, unter Sterblichen zu leben, und ohne Familie, Hilfe und Schutz erwartete sie der sichere Tod. Selbst in den Dörfern und auf den Farmen mit den niedrigeren Mauern gab es schwindelerregend hohe Todeszahlen.

Mein Aufstiegsritual unterschied sich zwar von dem der anderen, aber ich konnte mich trotzdem als unwürdig erweisen, und vermutlich würde meine Bestrafung ebenso rigoros ausfallen, auch wenn ich im Moment nicht in der Verfassung war, es mir auszumalen.

Nein.

Das stimmte nicht.

Ich *wollte* es mir nicht ausmalen. Ich hätte es tun sollen, aber ich blieb, wo ich war. Und ich hielt Hawke nicht auf. Ich hatte bereits einen Entschluss gefasst, auch wenn ich nicht verstand, warum er immer noch hier war. Bei mir.

Ich befeuchtete meine Unterlippe mit der Zunge und fühlte mich schwindelig und schwach. Dabei fühlte ich mich sonst nie schwach. Seine unglaublich dicken Wimpern senkten sich, und sein Blick auf meinem Mund war so intensiv, als hätte er mich berührt. Ich erschauderte.

Seine Augen schienen noch leuchtender als vorhin, und seine Finger zeichneten meine Maske nach und wanderten zu dem Satinband, das unter meinen Haaren verschwand. »Darf ich die hier abnehmen?«

Ich brachte kein Wort heraus, sondern schüttelte lediglich den Kopf.

Hawke hielt einen Moment lang inne, dann war das Schmunzeln wieder da, obwohl dieses Mal kein Grübchen zu sehen war. Sein Finger wanderte über mein Gesicht und mein Kinn entlang, meinen Hals hinunter bis hin zur Mantelschnalle. »Wie steht's damit?«

Ich nickte.

Er öffnete die Schnalle mit geschickten Fingern und schob den Mantel beiseite. Anschließend zeichnete er mit der Fingerspitze meinen Ausschnitt nach, unter dem sich meine Brust viel zu schnell hob und senkte. Ein Chaos aus Emotionen folgte seinem Finger, und es waren so viele, dass ich sie nicht alle einordnen konnte.

»Was willst du von mir?«, fragte er leise. »Sag es mir, und ich tue es.«

»Warum?«, platzte es aus mir heraus. »Warum solltest du ... das tun? Du kennst mich nicht und hast mich für eine andere gehalten.«

Ein amüsierter Ausdruck huschte über sein atemberaubend schönes Gesicht. »Ich habe gerade nichts anderes vor und bin fasziniert.«

Ich hob die Augenbrauen. »Du hast gerade nichts anderes vor?«

»Wäre dir ein poetischer Lobgesang auf deine Schönheit lieber, obwohl ich nur die Hälfte deines Gesichtes sehe? Das übrigens – soweit man es erkennen kann – durchaus hübsch ist. Oder soll ich dir vorschwärmen, dass mich deine Augen in den Bann gezogen haben? So viel ich sehen kann, sind sie leuchtend grün.«

Ich runzelte die Stirn. »Hm ... nein. Ich will nicht, dass du lügst.«

»Es wären keine Lügen.« Er senkte den Kopf und ließ seine Lippen über meine streifen. Die sanfte Berührung weckte sämtliche Sinne in mir. »Es ist die reine Wahrheit, Prinzessin. Du faszinierst mich, und das schafft selten jemand.«

»Also?«

»Also ...«, wiederholte er mit einem leisen Lachen, und seine Lippen glitten über mein Kinn. »Du hast dem Abend eine neue Wendung gegeben. Ich wollte in mein Quartier zurückkehren und eine angenehme, wenn auch langweilige Nacht mit Schlafen zubringen. Aber ich habe die Vermutung, dass die Nacht alles andere als langweilig werden wird, wenn ich sie mit dir verbringe.«

Ich nahm einen flachen Atemzug und fühlte mich seltsam geschmeichelt. Trotzdem verstand ich seine Beweggründe nicht. Wäre doch nur jemand hier, den ich fragen könnte – obwohl das irgendwie sonderbar und peinlich gewesen wäre.

Mir kamen die beiden Gläser auf dem Tisch in den Sinn. »Warst du ... warst du vor mir mit einer anderen zusammen?«

Er hob den Kopf und sah auf mich hinab. »Das ist eine seltsame Frage.«

»Auf dem Tisch stehen zwei Gläser«, merkte ich an.

»Eine seltsame und sehr persönliche Frage von jemandem, dessen Namen ich nicht einmal kenne.«

Meine Wangen begannen zu glühen. Da hatte er recht.

Er schwieg so lange, dass Zweifel in mir hochstiegen. Eigentlich konnte es mir egal sein, ob er vorher mit einer anderen zusammen gewesen war, aber es war mir nicht egal – und diese Tatsache bestätigte, dass das hier ein Fehler war. Ich war der Situation nicht gewachsen. Ich wusste gar nichts über ihn, und darüber was ...

»Ja, ich war mit jemandem zusammen«, meinte er

schließlich, und die Enttäuschung wuchs. »Mit einer Person, die nicht die Besitzerin dieses Mantels ist. Ich habe sie lange nicht mehr gesehen, und wir hatten einander viel zu erzählen. Unter vier Augen.«

Die Enttäuschung versiegte, und ich beschloss, ihm zu glauben. Er musste nicht lügen, um mich für sich zu gewinnen, immerhin gab es jede Menge andere, die alles getan hätten, um ihn zu faszinieren.

»Also, Prinzessin, sagst du mir jetzt, was du von mir willst?«

Ich nahm einen weiteren unregelmäßigen Atemzug. »Alles?«

»Alles.« Dann bewegte er seine Hand, umfasste meine Brust und kreiste mit seinem Daumen um die empfindliche Mitte.

Es war eine sanfte Berührung, doch ich schnappte nach Luft, als mich Wogen der Lust durchfuhren. Mein Körper reagierte ohne mein Zutun und drückte sich seiner Berührung entgegen.

»Ich warte«, meinte er und ließ den Daumen erneut kreisen, wodurch er meine ohnehin wirren Gedanken endgültig durcheinanderbrachte. »Sag mir, was dir gefällt, und ich mache es.«

»Ich ...« Ich biss mir auf die Lippe. »Ich weiß es nicht.«

Hawkes Blick huschte zu mir, und das darauffolgende Schweigen dauerte so lange, dass ich mich fragte, ob ich etwas Falsches gesagt hatte.

»Ich sage dir jetzt, was ich möchte.« Sein Daumen kreiste langsam weiter. »Ich will, dass du die Maske abnimmst.«

»Ich ...« Ein gewaltiges, pulsierendes Schaudern durchfuhr mich, gefolgt von einem unglaublichen Staunen. Was ich gerade fühlte ... ich hatte so etwas noch nie gefühlt. Scharf und süß, eine unbekannte Art der Qual. »Warum?«

»Weil ich dich sehen will.«

»Du siehst mich doch.«

»Nein, Prinzessin«, sagte er und senkte den Kopf, bevor er seine Lippen entlang meines Ausschnittes gleiten ließ. »Ich will dich sehen, wenn ich das hier tue, ohne dass sich ein Stück Stoff zwischen dir und meinem Mund befindet.«

Bevor ich fragen konnte, was er damit meinte, spürte ich seine feuchte, warme Zunge durch das dünne Seidenkleid. Ich schnappte nach Luft, schockiert von dem, was er tat, und von der flüssigen Hitze, die es mit sich brachte. Er sah zu mir hoch und unsere Blicke trafen sich, während er seine Lippen um meine Brustwarze schloss und fest daran saugte. Das Keuchen verwandelte sich in einen Schrei, für den ich mich nachher sicher schämen würde.

»Nimm die Maske ab.« Er hob den Kopf, und seine Hand wanderte zu meiner Hüfte. »Bitte.«

Er würde mich nicht erkennen, wenn ich sie abnahm. Hawke konnte unmöglich wissen, wer ich war, egal ob mit oder ohne Maske, aber ...

Würde er womöglich dasselbe denken wie der Herzog, wenn ich sie abnahm? Nämlich, dass ich ein Meisterstück und eine Tragödie zugleich war? Und wenn er die unebene Haut auf meinem Bauch und meinen Schenkeln spürte, würde er entsetzt die Hand zurückziehen?

Mir wurde kalt.

Ich hatte das nicht durchdacht.

Absolut nicht.

Die herrliche, belebende Hitze in mir verebbte. Hawke war kein Aufgestiegener, aber er war genauso makellos wie sie. Ich hatte mich noch nie für meine Narben geschämt. Sie waren ein Beweis für den Schrecken, den ich überlebt hatte, aber wenn er ...

Hawkes Hand glitt meinen rechten äußeren Oberschenkel entlang bis zu der Stelle, an der sich das Kleid teilte. Er stockte direkt über dem Griff des Dolches. »Was zum ...?«

Innerhalb eines Atemzuges hatte er den Dolch herausgezogen, und seine Finger kamen meinen Narben dabei gefährlich nahe. Ich setzte mich auf, doch er war schneller und fuhr zurück.

Das Kerzenlicht fiel auf die leuchtend rote Klinge. »Blutstein und Wolfsknochen.«

»Gib das wieder her«, verlangte ich und stemmte mich auf die Knie.

Sein Blick wanderte von dem Dolch zu mir. »Das ist eine ungewöhnliche Waffe.«

»Ich weiß.« Meine Haare fielen nach vorne und über meine Schultern.

»Und nicht gerade preisgünstig«, fuhr er fort. »Warum besitzt du so einen Dolch, Prinzessin?«

»Er war ein Geschenk.« Was sogar stimmte. »Und es wäre dumm, unbewaffnet an einem Ort wie diesem aufzutauchen.«

Er starrte mich einen Moment lang an, dann konzentrierte er sich wieder auf den Dolch. »Es ist sinnlos, eine Waffe zu tragen, wenn man keine Ahnung hat, wie man sie benutzt.«

Der Ärger, der in mir hochstieg, war genauso feurig wie die Lust, die Hawke noch vor wenigen Augenblicken entfacht hatte. »Wie kommst du darauf, dass ich das nicht weiß? Weil ich eine Frau bin?«

»Das sollte dich doch kaum überraschen. Es ist in Solis nicht üblich, dass Frauen den Umgang mit dem Dolch erlernen.«

»Du hast recht.« Und das hatte er tatsächlich. Es war nicht angemessen, dass Frauen wussten, wie man eine Waffe handhabt oder sich selbst verteidigt, was mich schon immer beunruhigt hatte. Hätte meine Mutter gewusst, wie man sich zur Wehr setzt, wäre sie vielleicht noch hier. »Aber ich kann damit umgehen.«

Sein rechter Mundwinkel wanderte nach oben. »Jetzt bin ich wirklich fasziniert.«

Er bewegte sich unglaublich schnell und rammte den Dolch in die Matratze. Ich schnappte nach Luft und fragte mich, was die Besitzer des *Red Pearl* wohl davon halten würden. Doch im nächsten Moment stürzte er sich auf mich, drückte mich aufs Bett zurück und war erneut über mir. Sehr interessante Stellen pressten sich aufeinander, und seine Lippen näherten sich meinem Mund ...

Eine Faust hämmerte gegen die Tür, und er erstarrte. »Hawke?«, rief eine männliche Stimme. »Bist du da drin?«

Er versteifte sich über mir, und sein warmer Atem glitt über meine Lippen, während er die Augen schloss.

»Ich bin's, Kieran«, fuhr der Mann fort. Der Name sagte mir nichts.

»Ja, das ist mir klar«, murmelte Hawke leise, und ich kicherte. Er öffnete die Augen, und das Schmunzeln war wieder da.

»Hawke?« Kieran trommelte erneut gegen die Tür.

»Ich glaube, du solltest antworten«, flüsterte ich.

»Verdammt noch mal«, fluchte Hawke und rief über seine Schulter: »Ich bin im Moment schwer und sehr angenehm beschäftigt.«

»Tut mir leid«, erwiderte Kieran, während Hawke sich wieder auf mich konzentrierte. »Aber die Störung ist unerlässlich.«

»Das einzige Unerlässliche ist deine gebrochene Hand, wenn du nicht sofort aufhörst, gegen die Tür zu hämmern«, warnte Hawke, und ich riss die Augen auf. »Was denn, Prinzessin?« Er senkte die Stimme. »Ich sagte doch, dass du mich wirklich faszinierst.«

»Das muss ich dann wohl riskieren«, antwortete Kieran.

Hawke stieß ein frustriertes Knurren aus, das seltsam animalisch klang. Ich bekam eine Gänsehaut.

»Der ... Bote ist da.«

Schatten krochen über Hawkes Gesicht. Seine Lippen bewegten sich, als ob er etwas murmeln würde, aber die Worte waren zu leise, als dass ich sie hätte verstehen können.

Kälte löschte einen Teil der Hitze in mir. »Ein ... Bote?«

Er nickte. »Die Vorräte, auf die wir gewartet haben«, erklärte er. »Ich muss gehen.«

Ich nickte ebenfalls und griff nach dem Mantel zwischen uns.

Einen Augenblick lang rührte Hawke sich nicht, doch dann erhob er sich. Er rief Kieran zu, dass er gleich kommen würde, und hob seine Tunika vom Boden. Ich zog den vergessenen Dolch aus der Matratze und steckte ihn schnell in das Futteral, während er sich die Tunika über den Kopf zog und ein Wehrgehänge über die Schultern warf, das er mit einem Gürtel um die Mitte fixierte. Es hatte Platz für zwei Waffen – Waffen, die mir bis jetzt nicht aufgefallen waren.

Hawke nahm zwei kurze Schwerter von der Truhe neben der Tür, und ich dachte bei mir, dass ich der Umgebung mehr Beachtung schenken musste, wenn ich das nächste Mal in einen fremden Raum platzte.

Die Klingen liefen zu einer bösartigen, tödlichen Spitze zusammen, die für den Nahkampf gedacht war, und beide Seiten waren gezahnt, um sowohl Fleisch als auch Muskeln zu durchtrennen.

Ich behielt für mich, dass ich auch mit diesen Waffen umgehen konnte.

»Ich komme zurück, so schnell ich kann.« Er steckte die beiden Schwerter an ihren Platz. »Ich schwöre es.«

Ich nickte erneut.

Hawke starrte mich an. »Versprich mir, dass du auf mich wartest, Prinzessin.«

Mein Herz machte einen Satz. »Ja.«

Er wandte sich ab, ging auf die Tür zu und blieb davor stehen, um sich noch einmal umzudrehen. »Ich freue mich bereits darauf.«

Ich schwieg, während er aus dem Zimmer schlüpfte, und die Tür dabei gerade weit genug öffnete, um hindurchzutreten. Als sie sich hinter ihm schloss, stieß ich die Luft aus. Ich sah an meinem Kleid hinunter. Der Stoff auf meiner Brust war immer noch feucht und beinahe durchsichtig. Meine Wangen brannten, als ich eilig aus dem Bett stieg. Meine Knie waren überraschend weich.

Mein Blick wanderte zur Tür, und ich schloss die Augen. Ich wusste nicht, ob ich enttäuscht oder erleichtert über die Unterbrechung war. Es war wohl eine Mischung aus beidem, denn ich hatte Hawke angelogen.

Ich würde nicht mehr hier sein, wenn er zurückkam.

»Was hast du letzte Nacht getrieben?«

Die Frage riss mich aus meinen Gedanken, und ich wandte meine Aufmerksamkeit von meinem Plätzchen ab und der Hofdame zu, die mir gegenübersaß.

Tawny Lyon war die zweite Tochter eines erfolgreichen Kaufmannes und dem königlichen Hof im Alter von dreizehn Jahren während des Auswahlrituals übergeben worden. Sie war groß und schlank, hatte tiefbraune Haut und schöne braune Augen, und ich beneidete sie um ihr Aussehen.

Einige Hofdamen und Hofherren erhielten außer der Vorbereitung auf ihr Leben als Aufgestiegene auch noch andere Aufgaben, und nachdem wir im selben Alter waren, war Tawny kurz nach dem Ritual zu meiner Gefährtin ernannt worden. Sie leistete mir Gesellschaft, half mir beim Baden und kleidete mich an, wenn ich es wünschte.

Tawny gehörte zu den wenigen Leuten, die mich mit den albernsten Dingen zum Lachen bringen konnten. Tatsächlich war sie eine der wenigen, die überhaupt mit mir reden durften. Sie kam der Vorstellung einer Freundin ziemlich nahe, und sie bedeutete mir viel.

Ich glaubte, dass auch ich ihr etwas bedeutete. Zumindest schien sie mich zu mögen, obwohl es natürlich ihre Pflicht war, mir Gesellschaft zu leisten, bis ich sie am Abend aus ihren Diensten entließ. Hätte sie nicht die Aufgabe erhalten, meine Gefährtin zu sein, wären wir nie ins Gespräch gekommen. Was allerdings nichts mit Tawny als Person zu tun hatte, sondern lediglich damit, dass es ihr – wie allen anderen – verboten gewesen wäre, sich mit mir zu unterhalten, und sie mir lediglich mit Argwohn gegenübergetreten wäre.

Dieses Wissen lastete oft schwer auf mir – ein weiterer Eisklumpen auf meiner Seele –, doch obwohl ich wusste, dass unsere Freundschaft auf ihrer Verpflichtung basierte, vertraute ich ihr.

Zumindest bis zu einem gewissen Grad.

Sie wusste, dass ich mit Vikter trainierte, aber sie hatte keine Ahnung, wobei ich ihm manchmal zur Hand ging, und sie war sich meiner Fähigkeiten nicht bewusst. Ich behielt diese Dinge für mich, weil sie entweder Tawny oder andere in Gefahr gebracht hätten.

»Ich war hier.« Ich wischte mir die buttrigen Krümel von den Fingern und deutete auf mein ziemlich kärgliches Zimmer. Wir saßen in den beiden Lehnstühlen vor dem Kamin; außerdem gab es noch einen Schrank und eine Truhe, ein Bett, einen Nachttisch und den schweren Fellteppich unter unseren Füßen. Andere hatten mehr Annehmlichkeiten. Tawny besaß eine hübsche Chaiselongue und jede Menge flauschige Teppiche, und ich wusste, dass in den Zimmern der anderen Hofdamen und Hofherren Schreib- oder Frisiertische standen. Es gab Wände voller Bücherregale und teilweise sogar Strom.

Im Laufe der Jahre hatte ich diese Privilegien aufgrund verschiedener Vergehen nach und nach eingebüßt.

»Du warst nicht in deinem Zimmer«, sagte Tawny. Sie hatte die Haare zu einem einfachen Dutt hochgesteckt, der sie jedoch nicht in Zaum halten konnte. Zahlreiche braune und goldene Locken fielen in ihr Gesicht und umschmeichelten ihre Wangen. »Ich habe kurz nach Mitternacht nachgesehen, und du warst nicht da.«

Mein Herz setzte einen Moment lang aus. Hatten der Herzog oder die Herzogin Tawny zu mir geschickt? Falls ja, hätte sie die beiden niemals belogen. Andererseits hätte ich bereits mitbekommen, wenn etwas in der Art passiert wäre.

Man hätte mich sofort in das private Büro des Herzogs zitiert.

»Warum hast du nach mir gesehen?«, fragte ich.

»Ich dachte, ich hätte gehört, wie deine Tür auf und zu ging, also habe ich beschlossen, nachzusehen, aber es war niemand da.« Sie hielt kurz inne. »Niemand. Du auch nicht.«

Sie konnte mich auf keinen Fall gehört haben. Ich benutzte den alten Dienstbotenzugang, und obwohl die Tür ziemlich quietschte, lag Tawnys Zimmer an der gegenüberliegenden Wand. Der Dienstbotenzugang war einer der Gründe, warum ich noch nie um einen Umzug in den neueren, renovierten Teil der Burg gebeten hatte. Dank ihr gelangte ich fast überallhin und konnte kommen und gehen, ohne gesehen zu werden.

Sie machte sogar das Fehlen eines Stromanschlusses und die eisige Zugluft wett, die ständig zu den Fenstern hereinströmte, ganz egal, wie sonnig es draußen war.

Meine Handflächen wurden feucht, während mein Blick zur Zimmertür wanderte. War noch jemand hier gewesen, um nach mir zu sehen? Aber auch das hätte ich mittlerweile erfahren – es war also wahrscheinlich, dass Tawny sich das Geräusch nur eingebildet hatte.

Aus Erfahrung wusste ich, dass sie nicht kleinbeigeben würde, wenn ich ihr nicht irgendeine Erklärung lieferte. »Ich konnte nicht schlafen.«

»Albträume?«

Ich nickte und fühlte mich schuldig, als ich das Mitgefühl in ihren Augen sah.

»Das passiert in letzter Zeit häufig.« Sie lehnte sich in ihrem Stuhl zurück. »Willst du nicht einmal den Schlaftrunk versuchen, den der Heiler für dich gemischt hat?«

»Nein. Mir gefällt die Vorstellung nicht, dass ich ...«

»Dass du nicht mehr Herrin deiner Sinne bist?«, beendete sie den Satz für mich. »So schlimm ist es nicht, Poppy. Du würdest einfach sehr tief schlafen, und ehrlich gesagt wäre es bei deinem geringen Schlafpensum einen Versuch wert.«

Der bloße Gedanke, etwas zu schlucken, das mich so tief schlafen ließ, dass ich nicht einmal bemerken würde, wenn eine Armee durch mein Zimmer marschierte, trieb mir den Schweiß aus den Poren. Ich hätte niemals zugelassen, derart hilflos zu sein.

»Also, was hast du getan?« Es folgte eine erneute Pause. »Oder sollte ich besser fragen, wo bist du hingegangen?« Ihre Augen wurden schmal, während ich eingehend die zarte Bordüre meiner Stoffserviette betrachtete. »Du hast dich rausgeschlichen, oder?«

Damit bewies Tawny, dass sie mich genauso gut kannte, wie ich sie. »Wie kommst du denn da drauf?«

»Weil du so etwas andauernd machst.« Sie lachte, als ich zu ihr aufsah. »Komm schon, erzähl mir davon. Es war sicher spannender als mein Abend. Ich war bei Herrin Cambria, die sich stundenlang über das unangebrachte Verhalten mancher Hofdamen und Hofherren ausließ. Ich habe eine schlimme Magenverstimmung vorgetäuscht, um endlich verschwinden zu können.«

Ich kicherte, denn ich wusste, dass Tawny nicht übertrieb. »Die Herrinnen können ziemlich schwierig sein.«

»Das ist noch nett ausgedrückt.«

Ich griff grinsend nach dem Kaffee mit Sahne. Die Herrinnen waren die Dienerinnen der Herzogin, halfen ihr bei der Haushaltsführung und behielten die Hofdamen und Hofherren im Auge. Herrin Cambria war ein Drache und jagte sogar mir Angst ein.

»Ich habe mich tatsächlich rausgeschlichen«, gab ich zu.

»Wo bist du ohne mich hin?«

»Du wärst entsetzt, wenn ich es dir sage.«

»Vermutlich.«

Ich warf ihr einen Blick zu. »Ich war im *Red Pearl*.«

Ihre Augen wurden so groß wie die Untertassen auf dem Servierwagen zwischen uns. »Im Ernst?«

Ich nickte.

»Ich kann es nicht ...« Sie holte tief Luft. »Aber wie?«

»Ich habe mir den Mantel einer Dienstbotin geliehen und eine Maske getragen, die ich vor einiger Zeit im Garten gefunden habe.«

»Du ... hinterhältige Diebin.«

»Ich habe den Mantel heute Morgen zurückgebracht. Ich bin also keine Diebin.«

»Wen interessiert, ob du ihn zurückgebracht hast?« Sie lehnte sich nach vorne. »Wie war es?«

»Interessant«, antwortete ich, und als sie um Einzelheiten bettelte, erzählte ich ihr, was ich gesehen hatte. Sie war wie verzaubert und hing an meinen Lippen, als hätte ich ihr vom Aufstiegsritual erzählt.

»Ich kann nicht glauben, dass du mich nicht mitgenommen hast!« Sie lehnte sich schmollend zurück, fuhr aber sofort wieder hoch. »Hast du ein bekanntes Gesicht gesehen? Loren behauptet, dass sie fast jeden Abend dort ist.«

Loren, eine weitere Hofdame, behauptete vieles. »Nein, Loren habe ich nicht gesehen, aber …« Ich brach ab. Sollte ich ihr von Hawke erzählen?

Ich hatte das Zimmer keine zehn Minuten nach Hawke verlassen und erleichtert festgestellt, das Vikter nirgendwo zu sehen war. Genauso wenig wie die seltsame Frau, die mehr wusste, als sie sollte. Ich hatte mit aller Macht versucht, nicht an das zu denken, was in dem Zimmer passiert war.

Doch sobald ich in meinem Bett gelegen hatte, war alles vergebens gewesen. Ich hatte so lange wach gelegen, bis ich vor Erschöpfung eingeschlafen war, und hatte immer wieder durchgespielt, was Hawke gesagt hatte. Was er getan hatte. Als ich wieder aufgewacht war, hatte sich eine seltsame Verdrossenheit in mir breitgemacht, die ich als dumpfen Schmerz in meiner Brust und meinem Bauch verspürt hatte.

»Aber was?«, fragte Tawny.

Ich wollte es ihr erzählen. Bei den Göttern, ich wollte das, was mit Hawke geschehen war, unbedingt mit jemandem teilen. Mir brannten Hunderte Fragen auf der Zunge, doch die letzte Nacht war anders als alles davor gewesen. Ich hatte eine Grenze überschritten, und obwohl ich nicht das Gefühl hatte, ich hätte mich herabgewürdigt oder etwas Falsches getan, war mir klar, dass meine Vormünder das anders sehen würden. Genauso wie die Priester und Priesterinnen.

Der Besuch im *Red Pearl* war eine Sache. Die Tatsache, dass ich mich einer anderen Person derart genähert hatte, war etwas vollkommen anderes. Das Wissen darüber war eine mächtige Waffe.

Ich vertraute Tawny, aber wie ich schon sagte: Nur bis zu einem gewissen Grad.

Und auch wenn sich mein Magen beim bloßen Gedanken an Hawke zusammenzog, würde es sich nicht wiederholen. Wenn ich ihn beim Stadtrat sah, würde er nicht ahnen, dass ich die Frau gewesen war, die er *Prinzessin* genannt hatte. Er würde keine Ahnung haben, dass er der erste Mann war, der mich geküsst hatte.

Was wir getan hatten ... gehörte nur mir allein.

Und so musste es auch bleiben.

Ich atmete langsam aus und ignorierte den plötzlichen Kloß im Hals. »Aber viele Gäste trugen Masken. Vielleicht war sie da, und ich habe sie nicht erkannt. Das trifft so ziemlich auf jeden zu.«

»Wenn du jemals wieder ohne mich ins *Red Pearl* gehst, schneide ich dir Löcher in die Schuhsohlen«, warnte Tawny und spielte mit den weißen Perlen am Ausschnitt ihres roséfarbenen Kleides.

Ich stieß ein schockiertes Lachen aus. »Wow.«

Sie kicherte.

»Ehrlich gesagt bin ich froh, dass du nicht dabei warst.« Als sie die Stirn runzelte, fügte ich eilig hinzu. »Und ich wäre besser auch nicht hingegangen.«

»Ja, das *Red Pearl* ist verboten. Genauso verboten wie dein Training mit dem Dolch und dem Schwert, als wärst du eine Wächterin der Mauer.«

Es gab Dinge, die konnte ich nicht vor Tawny verbergen, und sie hatte nie jemandem davon erzählt, was einer der Gründe war, warum ich ihr bis zu einem bestimmten Punkt vertraute. »Ja, aber ...«

»Oder das eine Mal, als du dich hinausgeschlichen hast, um eine Kampfarena zu besuchen. Oder als du mich zu dem Bad im See überredet hast ...«

»Das war *deine* Idee«, korrigierte ich sie. Ihre Bereitschaft, verbotene Dinge mit mir zu erleben, war ein weiterer Grund, warum sie beinahe mein gesamtes Vertrauen genoss. »Und es war auch deine Idee, die Kleider auszuziehen.«

»Wer badet schon in seinen Klamotten?«, fragte sie mit unschuldigem Blick. »Und die Idee stammte von uns beiden, das weißt du genau. Ich glaube, wir sollten es schleunigst wiederholen, bevor es zu kalt ist, um überhaupt noch einen Fuß nach draußen zu setzen. Außerdem könnte ich den ganzen Vormittag Dinge aufzählen, die du gemacht hast, obwohl sie entweder der Herzog oder die Herzogin verboten haben oder sie der Jungfräulichen im Allgemeinen nicht gestattet sind. Und bis jetzt ist nichts passiert. Die Götter sind nicht erschienen und haben dich als unwürdig verstoßen.«

»Das ist wahr«, gab ich zu und strich eine Falte aus meinem Rock.

»Klar ist es das.« Sie schob sich ein kleines, rundes Plätzchen in den Mund. Irgendwie schaffte sie es, kein einziges Zuckerkörnchen abzubekommen. Wenn ich mich auch nur in die Richtung der süßen Bäckereien wandte, gelangte der Zucker an die unmöglichsten Körperstellen. »Also, wann gehst du wieder hin?«

»Ich ... Es sollte sich lieber nicht wiederholen.«

»Willst du nicht?«

Ich machte den Mund auf und schloss ihn gleich wieder. Das Problem war, dass ich es wollte.

Wenn ich letzte Nacht nicht gerade an die Zeit mit Hawke zurückgedacht und das rasiermesserscharfe Verlangen und die Aufregung noch einmal durchlebt hatte, die sein Kuss in mir hervorgerufen hatte, hatte ich darüber nachgegrübelt, ob er wie versprochen zurückgekommen war und ob es richtig gewesen war zu verschwinden.

In den Augen meiner Vormünder und der Götter war es das natürlich gewesen, aber was war mit mir selbst? Hätte ich bleiben und noch unglaublich viel mehr erleben sollen, wozu sich vielleicht nie mehr die Möglichkeit ergeben würde?

Ich sah zum Fenster hinaus auf den Westteil der Mauer. Lediglich die dunklen Schatten der Wächter, die auf der Mauer patrouillierten, bewegten sich. War Hawke dort draußen? Warum machte ich mir darüber überhaupt Gedanken?

Weil sich mehr als nur ein kleiner Teil von mir wünschte, ich wäre geblieben, und es würde noch sehr lange dauern, bis ich mir keine Gedanken mehr darüber machen würde, was in diesem Fall passiert wäre. Hätte er wirklich genau das getan, was ich mir gewünscht hätte?

Dabei wusste ich nicht einmal genau, was das gewesen wäre. Ich hatte Vorstellungen davon. Ich hatte andere Leute über ihre Erfahrungen reden hören, aber ich hatte nichts davon selbst erlebt. Meine Vorstellungen waren lediglich körperlose, nichtssagende Kopien der Wirklichkeit.

Wenn ich ins *Red Pearl* zurückkehrte, dann in der Hoffnung, Hawke wiederzusehen. Und genau deshalb war es besser, es bleiben zu lassen.

Mein Blick fiel auf den weißen Schleier mit den feinen Goldfäden in meinem Schrank, und mein Herz wurde schwer. Ich spürte sein unglaubliches Gewicht, obwohl er aus feinster Seide bestand. Als man ihn mir mit acht Jahren zum ersten Mal über den Kopf gelegt hatte, war ich in Panik geraten. Jetzt, nach zehn Jahren, hatte ich zwar nicht mehr das Gefühl, nicht atmen und nichts sehen zu können, wenn ich ihn trug, aber er fühlte sich immer noch schwer an.

Neben dem Schleier hing das einzige farbige Kleid in meinem Schrank. Ein Spritzer Rot in einem Meer aus Weiß. Es war ein Abendkleid, das eigens für das bevorstehende Auswahlritual geschneidert worden war. Das Kleid war am Vortag angekommen, aber ich hatte es noch nicht anprobiert.

Es würde das erste Mal sein, dass ich bei einem Auswahlritual anwesend sein durfte. Das erste Mal, dass mir eine andere Farbe außer Weiß erlaubt war und dass ich mich ohne meinen Schleier zeigen durfte. Natürlich würde ich eine Maske tragen. Genau wie alle anderen.

Es gab nur einen einzigen Grund, warum ich dem Ritual beiwohnen durfte, obwohl es normalerweise streng verboten war. Es war die letzte Möglichkeit vor meinem Aufstiegsritual.

Jegliche Aufregung, die ich verspürte, wurde von dem Gedanken an das geschmälert, was mir bevorstand.

Tawny erhob sich und trat ans Fenster. »Es gab schon länger keinen Nebel mehr.«

Tawny sprang gerne von einem Thema zum nächsten, doch das war wirklich ein riesiger Sprung. »Wie kommst du darauf?«

»Ich weiß nicht.« Sie steckte sich eine lose Strähne hinters Ohr. »Nein, eigentlich weiß ich es doch. Ich habe Dafina und Loren gestern Abend reden gehört«, erklärte sie. »Offenbar hat einer der Jäger erzählt, dass der Nebel auf der anderen Seite des Blutwaldes zunimmt.«

»Das ist mir neu.« Mein Magen drehte sich, als ich an Finley dachte. Hätte ich vorhin bloß nicht so viel Speck verdrückt.

»Ich hätte besser nicht davon angefangen.« Sie wandte sich vom Fenster ab. »Es ist nur, weil ... es ist schon Jahrzehnte her, seit der Nebel der Hauptstadt nahe gekommen ist. Darüber hatten wir uns nie Sorgen machen müssen.«

Es war egal, wo man sich aufhielt, man musste sich immer Sorgen über den Nebel machen. Bloß, weil er Jahrzehnte lang nicht in der Nähe gesehen worden war, bedeutete das nicht, dass er nicht jederzeit auftauchen konnte, aber das behielt ich für mich.

Tawny trat auf mich zu und kniete sich neben mich. »Darf ich einen Augenblick lang ehrlich sein?«

Ich hob die Augenbrauen. »Bist du das nicht immer?«

»Na ja, ja. Aber das ist etwas anderes.«

Ich war mehr als neugierig, was ihr auf dem Herzen lag, und nickte ihr zu, damit sie fortfuhr.

Tawny holte tief Luft. »Ich weiß, dass unsere Leben unterschiedlich sind. Das war in der Vergangenheit so, und das wird auch in Zukunft so sein. Aber du wirkst, als käme das Aufstiegsritual einer Hinrichtung gleich, wo es doch das genaue Gegenteil ist. Es bedeutet Leben. Es ist ein Neuanfang. Ein Segen ...«

»Du klingst langsam wie die Herzogin«, neckte ich sie.

»Aber es stimmt doch.« Sie griff nach meiner Hand. »Du wirst nicht sterben, Poppy. Du lebst und bist nicht mehr länger all den Regeln unterworfen. Du kommst in die Hauptstadt.«

»Ich werde den Göttern übergeben«, korrigierte ich sie.

»Und ist das nicht aufregend? Du wirst etwas erleben, das nur sehr wenigen Leuten vergönnt ist. Ich weiß ... ich weiß, du hast Angst, dass du von ihnen nicht wiederkehren wirst, aber du bist die Jungfräuliche, der Liebling der Königin.«

»Ich bin ihre einzige Jungfräuliche.«

Sie verdrehte die Augen. »Du weißt, dass das nichts damit zu tun hat.«

Das stimmte.

Die Königin hatte mehr für mich getan, als jemals von ihr verlangt worden war, aber das änderte nichts daran, dass mein Ritual nicht mit Tawnys vergleichbar war.

»Und wenn du als Aufgestiegene zurückkehrst, werde ich an deiner Seite stehen. Denk nur an den Unfug, den wir dann zusammen anstellen können.« Tawny drückte meine Hand, und ich sah, dass sie wirklich daran glaubte.

Es war ja auch durchaus möglich, dass es so kam.

Aber es gab keine Garantie. Ich hatte keine Ahnung, was

es bedeutete, den Göttern übergeben zu werden. Normalerweise schien jedes kleinste Detail in der Geschichte des Königreiches niedergeschrieben zu sein, trotzdem gab es auch einige Dinge, über die keine Aufzeichnungen zu finden waren. Ich hatte zum Beispiel nie herausgefunden, was mit den vorherigen Jungfräulichen passiert war, und ich hatte Priesterin Analia unendlich oft gefragt, was es bedeutete, den Göttern übergeben zu werden, doch ihre Antwort war stets dieselbe geblieben:

Die Jungfräuliche stellt die Pläne der Götter nicht infrage. Sie vertraut in sie, ohne sie zu kennen.

Vielleicht war ich wirklich unwürdig, denn es fiel mir schwer, in etwas zu vertrauen, worüber ich nichts wusste.

Tawny wusste, was sie erwartete. Genauso wie Vikter und Rylan, und buchstäblich jeder, den ich kannte. Sogar Ian.

Aber keiner von ihnen war den Göttern übergeben worden.

Ich sah Tawny in die Augen und suchte nach der kleinsten Spur von Furcht. »Du hast keine Angst davor, oder?«

»Vor dem Ritual?« Sie stand auf und verschränkte die Finger vor sich. »Nervös? Ja. Angst? Nein. Ich freue mich darauf, ein neues Kapitel aufzuschlagen.«

Ein Leben anzufangen, das ihr selbst gehörte. In dem sie aufwachen und essen konnte, wann immer sie wollte. In dem sie ihre Tage nach ihren Wünschen und mit jeder beliebigen Gesellschaft verbringen konnte, anstatt als mein immerwährender Schatten zu existieren.

Natürlich hatte sie keine Angst. Und obwohl es mir ganz anders ging, hatte ich kein einziges Mal in Erwägung gezogen, was das für sie bedeutete.

Im Grunde war Tawny mehr als bereit, bei jedem Abenteuer mitzumachen, das ich mir ausdachte, und sie machte oft genug eigene Vorschläge. Aber wenn die Götter uns wirklich beobachteten – vor allem so knapp vor dem Ritual –, verstießen sie Tawny aufgrund dessen womöglich ebenfalls. Dieser Gedanke war mir zwar nicht erst jetzt gekommen, aber es war mir noch nie derart bewusst gewesen, dass meine missmutige Einstellung womöglich ihre Freude trübte.

Schlechtes Gewissen stieg in mir hoch, und ich schmeckte bittere Galle. »Ich bin so selbstsüchtig.«

Tawny blinzelte verwirrt. »Warum sagst du so etwas?«

»Weil ich dir durch meine Schwarzmalerei deine ganze Aufregung verderbe«, erklärte ich. »Es ist mir gar nicht in den Sinn gekommen, wie sehr du dich darauf freust.«

»Na ja, wenn du es so sagst...«, meinte sie, und ihr Lachen klang sanft und warm. »Ehrlich, Poppy, du hast nichts verdorben. Deine Gefühle haben keinen Einfluss auf meine.«

»Freut mich, das zu hören, aber trotzdem sollte ich mich mehr für dich freuen. Das macht man als ...« Ich holte Luft. »Das macht man als Freundin.«

»Freust du dich denn für mich, Poppy? Bist du glücklich über das Schicksal, das mich erwartet?«, fragte sie. »Obwohl du dir Sorgen um dein eigenes Schicksal machst?«

Ich nickte. »Natürlich.«

»Dann bist du eine echte Freundin.«

Vielleicht stimmte das, aber ich schwor mir trotzdem, mich zu bessern, und ich würde damit beginnen, dass ich ihren Aufstieg nicht mehr in Gefahr brachte, indem ich sie in meine Eskapaden hineinzog. Ich konnte mit den Konsequenzen leben, falls man mich verstieß, denn in diesem Fall hätten mein Leben und meine eigenen Entscheidungen dazu geführt, aber Tawny würde ich das niemals antun.

Damit würde ich nicht leben können.

Nachdem ich in meinem Zimmer zu Abend gegessen hatte, klopfte Vikter an meine Tür. Als ich ihm ins Gesicht sah, das von einem Leben auf der Mauer und Jahren in der Sonne gezeichnet war, dachte ich nicht daran, wo er am Vorabend gewesen war und wie seltsam es sich angefühlt hatte. Ich sah ihn an und wusste, dass etwas passiert war.

»Was ist los?«, hauchte ich.

»Wir wurden gerufen«, erwiderte er, und mein Herz setzte einen Moment aus. Es gab nur zwei Gründe, warum man uns rief. Einer war der Herzog, und der andere war genauso schrecklich, wenn auch aus anderen Gründen.

»Der Fluch ist in der Stadt.«

4

WIR ZÖGERTEN KEINE SEKUNDE und verließen mein Zimmer und die Burg durch den alten Dienstbotengang. Draußen angekommen bewegten wir uns wie Geister durch die Straßen und fanden uns schließlich vor einer alten, ramponierten Tür wieder.

Das weiße Taschentuch an der Türklinke war der einzige Unterschied zu den anderen gedrungenen, schmalen Häusern, die sich im unteren Teil der Stadt aneinanderdrängten.

Vikter warf einen schnellen Blick über die Schulter auf zwei Nachtwächter, die sich im gelben Schein einer Straßenlaterne unterhielten, zog eilig das Taschentuch von der Tür und ließ es in der Innentasche seines dunklen Mantels verschwinden. Das kleine weiße Tuch war das Symbol eines Netzwerks von Leuten, die der Meinung waren, dass der Tod – ganz egal, wie grausam und zerstörerisch er auch sein mochte – eine gewisse Würde verdiente.

Es war allerdings auch ein Beweis für Hochverrat und der Illoyalität gegenüber der Krone.

Ich war fünfzehn gewesen, als ich zufällig herausgefunden hatte, was Vikter tat. Er war eines Vormittags überstürzt von einer unserer Trainingseinheiten aufgebrochen, und nachdem ich den seelischen Schmerz des Boten gespürt hatte, war ich ihm gefolgt.

Natürlich war Vikter nicht gerade begeistert gewesen. Immerhin machte er sich des Hochverrats schuldig, und geschnappt zu werden, war nicht die einzige Gefahr. Nachdem es mich allerdings schon immer beunruhigt hatte, wie diese Dinge normalerweise gehandhabt wurden, hatte ich verlangt, dass er mich helfen ließ. Er hatte abgelehnt – vermutlich mehr als hundert Mal –, doch ich hatte nicht aufgegeben. Außerdem war ich besser als jeder andere geeignet, Hilfestellung zu leisten. Vikter wusste, wozu ich fähig war, und sein Mitgefühl gegenüber anderen hatte schließlich dazu geführt, dass mein Wunsch erfüllt wurde.

Mittlerweile zogen wir seit drei Jahren gemeinsam los.

Wir waren nicht die Einzigen. Es gab noch mehr. Einige waren Wächter, andere waren normale Bürger. Ich hatte noch nie einen von ihnen getroffen. Vielleicht gehörte auch Hawke dazu.

Mein Magen zog sich zusammen, doch ich schob sämtliche Gedanken an Hawke beiseite.

Vikter klopfte leise und legte seine behandschuhte Hand danach sofort wieder auf den Griff seines Säbels. Wenige Sekunden später öffnete sich die alte, ramponierte Tür quietschend und knarrend, und das blasse, runde Gesicht einer Frau erschien. Ihre Augen waren rot und geschwollen. Sie war Ende zwanzig, doch die Falten auf ihrer Stirn und um ihren Mund ließen sie Jahrzehnte älter wirken. Der Grund für ihre Erschöpfung war ein Schmerz, der tiefer ging als körperliche Qualen und von dem Geruch ausgelöst wurde, der aus dem Haus hinter ihr drang. Unter dem intensiven, süßlichen Geruch des Weihrauches vernahm ich den unverkennbar sauren und ekelerregenden Gestank von Fäulnis und Verwesung.

Den Gestank des Fluches.

»Brauchst du Hilfe?«, fragte Vikter leise.

Die Frau fummelte an den Knöpfen ihrer zerknitterten Bluse herum, und ihr erschöpfter Blick huschte zwischen Vikter und mir hin und her.

Ich öffnete mich für ihren Schmerz. Er war unendlich tief

und breitete sich in Wellen aus, die ich zwar nicht sehen, aber spüren konnte. Er war so schwer, dass er beinahe einer greifbaren Rüstung gleichkam, die sie umgab. Ich spürte, wie er durch meinen Mantel und meine Kleider schnitt und wie ein rostiger, eiskalter Nagel über meine Haut kratzte. Die Frau fühlte sich an wie jemand, der im Sterben lag, obwohl sie unter keinerlei Verletzungen oder Krankheiten litt. So ungefiltert und mächtig war ihr Schmerz.

Ich kämpfte gegen den Drang zurückzutreten und erschauderte trotz meines schweren Mantels. Meine Instinkte riefen mir zu, so schnell wie möglich zu verschwinden. Ihr Kummer legte sich wie eine eiserne Faust um meine Knöchel und um meinen Hals und zog mich nach unten. Trauer stieg in mir hoch und schmeckte wie bittere Verzweiflung und Hoffnungslosigkeit.

Ich verschloss eilig mein Inneres, doch ich hatte mich ihr zu lange geöffnet. Ihre Qualen waren zu meinen geworden.

»Wer seid ihr?«, meinte sie mit vom Weinen rauer Stimme.

»Leute, die dir helfen können«, antwortete Vikter in einem ruhigen Tonfall, den ich nur allzu gut kannte. Er verwendete ihn immer, wenn ich kurz davor stand, etwas Gefährliches und Leichtsinniges zu tun – was seiner Meinung nach viel zu oft der Fall war. »Bitte. Lass uns eintreten.«

Die Finger am obersten Knopf ihrer Bluse hielten inne, dann nickte sie knapp und trat einen Schritt zurück. Ich folgte Vikter ins Haus und sah mich in dem spärlich beleuchteten Zimmer um, das Küche und Wohnraum in einem war. Es gab keinen elektrischen Strom, nur Öllampen und einige dicke Kerzen. Es überraschte mich nicht, obwohl der untere Teil der Stadt durchaus ans Stromnetz angeschlossen worden war, um die Straßen und einige Läden zu beleuchten. Doch nur die reicheren Bürger hatten auch in ihren Privathäusern Strom, und solche fand man hier in der

Gegend nicht. Sie lebten im Zentrum von Masadonien, in der Nähe von Burg Teerman, so weit von der Mauer entfernt wie nur irgendwie möglich.

Hier hingegen erhob sich die Mauer drohend über unseren Köpfen.

Ich atmete flach und versuchte, nicht darauf zu achten, dass die Trauer der Frau die Wände und den Boden in ein öliges Schwarz tauchte. Ihr Schmerz sammelte sich zwischen dem Krimskrams, den Tontellern, den zerschlissenen Steppdecken und den alten Möbeln. Ich umklammerte meine Hände unter dem Mantel, holte dieses Mal tiefer Luft und sah mich um.

Auf dem Holztisch stand eine Laterne neben mehreren brennenden Räucherstäbchen. Um die gemauerte Feuerstelle standen einige Stühle. Mein Blick richtete sich auf die geschlossene Tür auf der anderen Seite. Ich neigte den Kopf, und meine Augen wurden schmal. Auf dem Mauersims neben der Tür lag eine schmale Klinge, die im Dämmerlicht rot leuchtete.

Blutstein.

Die Frau war bereit gewesen, die Sache selbst in die Hand zu nehmen. Und angesichts dessen, wie sie sich fühlte, hätte es katastrophal geendet.

»Wie heißt du?«, fragte Vikter und schlug seine Kapuze zurück. Das machte er immer. Er zeigte der Familie oder den Freunden sein Gesicht, um sie zu beruhigen. Eine blonde Locke fiel ihm in die Stirn.

Ich gab mich nicht zu erkennen.

»A-Agnes«, antwortete sie und versuchte zu schlucken. »Ich ... ich habe von dem weißen Taschentuch gehört, aber ich ... ich war mir nicht sicher, ob jemand kommen würde. Ich dachte, es wäre bloß ein Mythos. Oder ein Trick.«

»Kein Trick.« Vikter mochte der tödlichste Wächter in der Stadt und womöglich im gesamten Königreich sein, doch ich wusste, dass Agnes nichts als Güte in seinen blauen Augen sah. »Wen hat es erwischt?«

Agnes schluckte erneut und presste die Augen zusammen. »Meinen Mann Marlowe. Er ist ein Jäger und … er ist vor zwei Tagen nach Hause gekommen …« Sie stockte und stieß die Luft aus. »Er war monatelang unterwegs. Ich war so glücklich, ihn zu sehen. Ich habe ihn schrecklich vermisst und mit jedem Tag wuchs die Furcht, dass er auf dem Weg den Tod gefunden hatte. Aber er ist zurückgekommen.«

Mein Herz fühlte sich an wie in einem Schraubstock. Ich dachte an Finley. War er ebenfalls Jäger gewesen und hatte zu der Gruppe um Marlowe gehört?

»Er schien etwas durch den Wind, aber das ist nicht ungewöhnlich. Die Arbeit ist anstrengend«, fuhr sie fort. »Aber am Abend nach seiner Ankunft zeigte er … er zeigte erste Anzeichen.«

»Am Abend nach seiner Ankunft?« Ich hörte eine Spur von Sorge in Vikters Stimme, und meine Augen weiteten sich bestürzt. »Und du hast bis jetzt gewartet?«

»Wir haben gehofft, dass es etwas anderes ist. Eine Erkältung, oder die Grippe.« Ihre Hand wanderte wieder zu ihrer Bluse, und langsam lösten sich Fäden aus dem Holzknopf. »Mir … mir ist erst letzte Nacht klar geworden, dass es mehr ist. Er wollte nicht, dass ich es erfahre. Marlowe ist ein guter Mann, versteht ihr? Er wollte es nicht geheim halten. Er … er wollte sich selbst darum kümmern, aber …«

»Aber der Fluch lässt es nicht zu«, beendete Vikter den Satz für sie, und die Frau nickte.

Ich warf einen Blick auf die Tür. Der Fluch verhielt sich jedes Mal anders. Manche überwältigte er innerhalb weniger Stunden, bei anderen dauerte es einen oder zwei Tage. Aber ich hatte noch nie gehört, dass es länger als drei Tage gedauert hätte. Es war also nur noch eine Frage der Zeit, bis Marlowe sich geschlagen geben musste. Stunden vielleicht ... oder Minuten.

»Ist schon in Ordnung«, versicherte Vikter der Frau, obwohl es nicht in Ordnung war. »Wo ist er jetzt?«

Sie presste sich eine Hand auf den Mund und deutete mit dem Kopf auf die geschlossene Tür. Der Ärmel ihrer Bluse war mit einer dunklen Flüssigkeit getränkt. »Er ist immer noch er selbst.« Ihre Worte klangen gedämpft. »Er ist ... er ist noch da drin. So will er vor die Götter treten. Als er selbst.«

»Ist sonst noch jemand hier?«

Sie schüttelte den Kopf und stieß zitternd die Luft aus.

»Habt ihr euch verabschiedet?«, fragte ich.

Die Frau fuhr herum, als sie meine Stimme hörte, und ihre Augen weiteten sich. Mein Mantel war ziemlich unförmig, und sie war anscheinend überrascht, dass ich eine Frau war. Eine Frau war das Letzte, was man in einer Situation wie dieser erwartete.

»Ihr!«, hauchte sie.

Ich erstarrte.

Vikter nicht.

Aus dem Augenwinkel sah ich, wie er die Hand erneut auf den Griff des Säbels legte.

Im nächsten Moment trat Agnes auf mich zu, und Vikter zog seine Waffe, doch bevor einer von uns reagieren konnte, ging sie vor mir in die Knie. Sie senkte den Kopf und faltete die Hände unter ihrem Kinn, als wollte sie beten.

Ich riss die Augen auf und sah Vikter an.

Er hob eine Augenbraue.

»Sie haben von Euch erzählt«, flüsterte sie und wippte ruckartig vor und zurück. Mein Herz setzte aus. »Sie sagen, Ihr wärt das Kind der Götter.«

Ich blinzelte einmal und dann noch einmal und bekam eine Gänsehaut. Ich hatte echte Eltern aus Fleisch und Blut gehabt. Ich war ganz sicher nicht das Kind der Götter, aber ich wusste, dass viele Leute in Solis die Jungfräuliche so bezeichneten.

»Wer sagt so etwas?«, fragte Vikter und warf mir einen Blick zu. Wir würden später darüber reden.

Agnes erhob sich mit tränenüberströmtem Gesicht und schüttelte den Kopf. »Ich will niemanden in Schwierigkeiten bringen. Bitte. Es ging nicht darum, Gerüchte zu verbreiten oder Böses zu tun.« Sie sah mich an, und ihre Stimme war kaum mehr als ein Flüstern. »Man sagt, Ihr hättet die *Gabe*.«

Irgendjemand hatte ganz offensichtlich geredet. Ein Schaudern lief mir über den Rücken, doch ich ignorierte es, denn ich spürte, wie der Schmerz der Frau pulsierte und wuchs. »Ich habe keine Bedeutung.«

Vikter zog geräuschvoll die Luft ein.

»Agnes. Bitte.« Ich schlüpfte unter dem Mantel aus meinen Handschuhen und steckte sie in die Innentasche, dann schob ich eine Hand zwischen den schweren Falten hindurch und streckte sie ihr nach einem schnellen Blick auf Vikter entgegen.

Seine Augen wurden schmal.

Auch darüber würden wir später reden, doch das hier war jede Standpauke wert.

Agnes blickte auf meine Hand hinunter, hob langsam den Arm und legte schließlich ihre Handfläche auf meine. Sie erhob sich, und ich verschränkte meine Finger mit ihrer kalten Hand und dachte an den goldenen, glitzernden Strand am Stroud Meer, die Wärme, das Lachen. Ich sah meine Eltern, deren Gesichter nicht mehr klar, sondern im Laufe der Zeit verschwommen und undeutlich geworden waren. Ich spürte die warme, feuchte Brise in meinen Haaren und den Sand unter meinen Füßen.

Es war die letzte glückliche Erinnerung an meine Eltern.

Agnes' Hand zitterte, und sie schnappte nach Luft. »Was …?« Ihre Stimme versagte, und ihre Schultern sackten nach unten. Die erstickende Trauer zog sich zurück und fiel in sich zusammen wie ein Kartenhaus im Wind. Ihre feuchten Wimpern blinzelten rasch hintereinander, und die Farbe kehrte in ihre Wangen zurück.

Als ich ihre Hand losließ, fühlte sich das Zimmer offener, heller und frischer an. Der Schmerz lauerte immer noch in den Schatten, aber er war kontrollierbar für sie.

Und für mich.

»Ich weiß nicht …« Agnes zog die Augenbrauen zusammen, während sie ihre rechte Hand betrachtete. Dann sah sie mir beinahe zögerlich in die Augen. »Ich kann wieder atmen.« Verständnis huschte über ihr Gesicht, gefolgt von einem Staunen in ihren Augen. »Die Gabe.«

Ich ließ die Hand wieder unter meinen Mantel gleiten und spürte die Spannung, die in mir brodelte.

Agnes zitterte. Einen Moment lang befürchtete ich, sie würde wieder auf die Knie sinken, doch sie tat nichts dergleichen. »Danke. Ich danke Euch so sehr. Bei den Göttern, danke …«

»Es gibt nichts zu danken«, unterbrach ich sie. »Habt ihr euch verabschiedet?«, fragte ich noch einmal. Die Zeit zerrann uns zwischen den Fingern. Zeit, die wir nicht hatten.

Sie nickte, und Tränen glitzerten in ihren Augen, trotzdem war die Trauer nicht mehr so stark wie vorhin. Das, was ich getan hatte, würde nicht von Dauer sein. Der Schmerz würde wiederkommen. Hoffentlich konnte sie bis dahin damit umgehen. Wenn nicht, würde ihr der Kummer überallhin folgen und sie jeden wachen Moment ihres Lebens begleiten, bis sie nichts anderes mehr kannte.

»Wir gehen jetzt zu ihm«, verkündete Vikter. »Am besten, du bleibst hier draußen.«

Agnes schloss die Augen und nickte.

Vikter berührte meinen Arm, während er sich abwandte, und ich folgte ihm. Mein Blick fiel auf einen abgewetzten Armstuhl neben der Feuerstelle. Unter einem der Kissen lugte eine Stoffpuppe mit hängendem Kopf und Haaren aus gelbem Garn hervor. Eine Gänsehaut überzog meine Arme, und mein Magen krampfte sich sorgenvoll zusammen.

»Werdet Ihr …?«, rief Agnes uns nach. »Werdet Ihr ihm das Gehen leichter machen?«

»Natürlich«, sagte ich. Ich legte eine Hand auf Vikters Rücken und wartete, bis er mir sein Ohr zuwandte. »Hier ist irgendwo ein Kind.«

Vikter hielt mit der Hand auf der Tür inne, und ich deutete mit dem Kopf zum Armstuhl. Sein Blick folgte mir. Ich konnte nicht spüren, ob jemand in der Nähe war. Ich vernahm den Schmerz nur, wenn ich die Person sah. Falls es tatsächlich ein Kind gab, hatte Agnes es versteckt, und es ahnte nichts von dem, was hier vor sich ging.

Aber warum hatte Agnes nicht zugegeben, dass sie ein Kind hatte?

Mein Unbehagen wuchs, und mir kam die schlimmste aller Möglichkeiten in den Sinn. »Ich kümmere mich um Marlowe«, sagte ich zu Vikter. »Übernimm du die andere Sache.«

Vikter zögerte, und seine blauen Augen wirkten skeptisch.

»Ich kann allein auf mich aufpassen«, erinnerte ich ihn, obwohl er das natürlich wusste. Immerhin war es einzig auf seine Anstrengungen zurückzuführen.

Er stieß ein schweres Seufzen aus und murmelte: »Das bedeutet aber nicht, dass du es immer allein schaffen musst.« Doch dann machte er einen Schritt zurück und wandte sich an Agnes. »Wäre es zu viel verlangt, dich um ein warmes Getränk zu bitten?«

»Aber nein, natürlich nicht«, antwortete Agnes. »Ich könnte Tee oder Kaffee kochen.«

»Hast du vielleicht Schokoladenmilch?«, fragte Vikter, und ich musste schmunzeln. Nachdem vermutlich vor allem Eltern Schokolade im Haus hatten, würde ihre Antwort uns einen weiteren Hinweis dafür liefern, ob es ein Kind gab. Außerdem war Schokolade Vikters größte Schwäche.

»Ja.« Agnes räusperte sich, und ich hörte, wie sie einen Küchenschrank öffnete.

Vikter nickte mir zu, und ich legte die Hand auf die Tür und drückte sie auf.

Wäre ich nicht auf den viel zu süßen, aber gleichzeitig bitteren und sauren Geruch vorbereitet gewesen, hätte er mich zurückgeworfen. Mein Würgereflex meldete sich zu Wort, während sich meine Augen an das schwache Kerzenlicht gewöhnten. Ich würde einfach ... weniger oft atmen.

Das klang nach einem guten Plan.

Ich sah mich eilig um. Abgesehen von dem Bett, einem hohen Kleiderschrank und zwei wackeligen Nachttischen war das Zimmer leer. Es brannten noch mehr Weihrauch-Räucherstäbchen, doch sie konnten den Gestank nicht überdecken. Ich richtete meine Aufmerksamkeit wieder auf das Bett und die unheimlich leblose Gestalt in der Mitte. Ich schloss die Tür hinter mir und machte einen Schritt nach vorne, während ich meine rechte Hand erneut unter den Mantel schob und meine Finger sich um den kalten Griff meines Dolches schlossen. Dann konzentrierte ich mich auf den Mann. Oder auf das, was von ihm übrig war.

Er war jung und hatte hellbraune Haare. Seine breiten Schultern zitterten. Seine Haut war gräulich und die Wangen waren eingesunken, als hätte er seit Wochen nicht mehr richtig gegessen. Er hatte dunkle Ringe unter den geschlossenen Lidern, die immer wieder zuckten. Seine Lippen waren eher blau als rosa. Ich holte Luft und öffnete mich erneut.

Er hatte große Schmerzen, sowohl körperlich als auch

seelisch. Es waren nicht dieselben Qualen wie bei Agnes, aber sie waren nicht weniger mächtig und schwer. Die Pein ließ keinen Platz für den kleinsten Funken Licht und erstickte alles um sich herum. Sie klammerte sich in dem Wissen an ihn, dass es keinen Ausweg gab.

Ich zwang mich zitternd, mich neben ihn zu setzen. Anschließend zog ich den Dolch, hielt ihn jedoch unter meinem Mantel versteckt, während ich mit der linken Hand vorsichtig das Laken zurückschlug. Sein Oberkörper war nackt, und als die kühle Luft über seine wächserne Haut strich, zitterte er noch stärker. Mein Blick wanderte über seinen eingefallenen Bauch.

Und dann sah ich die Wunde, die er vor seiner Frau versteckt hatte.

Über seiner rechten Hüfte verliefen vier ausgefranste Risse. Zwei nebeneinander, und ein paar Zentimeter darunter zwei identische Wunden.

Er war gebissen worden.

Jemand, der es nicht besser wusste, hätte wohl angenommen, ein wildes Tier wäre über ihn hergefallen. Aber die Wunden stammten nicht von einem Tier. Aus den Rissen sickerte Blut und etwas Dunkleres, Öligeres. Zarte, rötlich blaue Linien zogen sich von den Bissspuren über seinen Unterbauch und verschwanden unter dem Laken.

Ein grauenhaftes Seufzen erklang, und ich sah hoch. Marlowe hatte die Lippen zurückgezogen, und man sah deutlich, wie nahe er bereits einem Schicksal war, das schlimmer war als der Tod. Sein Zahnfleisch blutete, und darüber glänzten rötliche Zähne, die bereits zu wachsen begonnen hatten.

Die vier Eckzähne waren sichtbar länger als üblich, und ich warf einen Blick auf die Hand neben meinem Bein. Die Fingernägel waren ebenfalls gewachsen und wirkten beinahe animalisch. Innerhalb der nächsten Stunde würden die Zähne und Nägel so stark und hart werden, dass sie Haut und Muskeln zerreißen konnten.

Marlowe würde sich in einen von *ihnen* verwandeln.

In einen Hungernden.

Getrieben von einem unstillbaren Durst nach Blut würde er alle töten, die sich ihm in den Weg stellten. Und jeder, der den Angriff überlebte, würde irgendwann werden wie er.

Na ja, nicht jeder.

Ich zum Beispiel nicht.

Er würde sich in eines der Wesen verwandeln, die außerhalb der Mauer in dem dichten, unnatürlichen Nebel lebten. In der Fäulnis, mit der das gefallene Königreich Atlantia unser Land überzogen hatte. Über vierhundert Jahre nach dem Ende des Krieges der zwei Könige waren sie immer noch eine Plage.

Die Hungernden waren eine Schöpfung Atlantias. Ein Produkt des vergifteten Kusses, der ähnlich einer Infektion unschuldige Männer, Frauen und Kinder in Kreaturen verwandelte, deren Körper und Seelen von einem unablässigen Hunger verdorben wurden und langsam verfaulten.

Obwohl die Atlantianer fast bis zu ihrer Auslöschung gejagt worden waren, gab es immer noch mehr als genug, und es war nur ein Einziger notwendig, um Dutzende Hungernde zu erschaffen. Sie folgten ausschließlich ihren Instinkten, und es gab nur einen, der sie kontrollieren konnte. Der dunkle Sohn.

Dieser Mann hatte sich gegen den Angriff gewehrt und überlebt, aber er musste gewusst haben, was der Biss bedeutete. Wir alle wussten es von Geburt an. Es war ein Teil der blutdurchtränkten Geschichte unseres Königreiches.

Marlowe war verflucht, und niemand konnte etwas dagegen tun. War er zurückgekommen, um sich von seiner Frau zu verabschieden? Von seinem Kind? Oder hatte er gedacht, er wäre anders? Von den Göttern gesegnet?

Auserwählt?

Es spielte keine Rolle.

Ich zog seufzend das Laken hoch, ließ den oberen Teil seiner Brust jedoch unbedeckt. Ich versuchte, nicht zu tief zu atmen, als ich meine Handfläche auf seine Brust legte. Die Haut fühlte sich ... falsch an. Wie kaltes Leder. Ich dachte an die Strände von Carsodonien und an das herrlich blaue Meer. Ich erinnerte mich an die weißen flauschigen Wolken. Alles war so friedlich gewesen. Und ich dachte an die königlichen Gärten von Burg Teerman, wo ich einfach ich sein konnte, ohne an etwas zu denken und ohne etwas zu fühlen. Wo alles ruhig war. Sogar meine Gedanken.

Ich dachte an die Wärme, die die viel zu kurzen Augenblicke mit Hawke mir geschenkt hatten.

Marlowes Zittern verebbte, und seine zuckenden Augenlider regten sich nicht mehr. Die Falten um seine Augen wirkten weniger tief.

»Marlowe?«, fragte ich und ignorierte den dumpfen Schmerz hinter meinen Augen. Schon bald würden die Kopfschmerzen einsetzen. Das taten sie immer, wenn ich mich zu oft hintereinander öffnete oder meine Gabe einsetzte.

Die Brust unter meiner Hand hob und senkte sich deutlicher, und die verklebten Wimpern bebten. Er öffnete die Augen, und ich spannte die Muskeln an. Sie waren blau. Im Großen und Ganzen. Einige rote Blitze durchzogen die Iris. Schon bald würde das Blau fort sein, und Marlowes Augen würden blutrot leuchten.

Er öffnete die trockenen Lippen. »Bist du ... bist du Rhain? Bist du gekommen, um mich zu holen?«

Er hielt mich für den Gott des einfachen Mannes und des Abschlusses. Für den Gott des Todes.

»Nein.« Nachdem ich wusste, dass sein Schmerz lange genug versiegt sein würde, um es zu beenden, hob ich meine linke Hand und tat etwas, das mir eigentlich ausdrücklich verboten war. Nicht nur von dem Herzog und der Herzogin von Masadonien und von der Königin, sondern auch von den Göttern.

Ich tat, worum Hawke mich gebeten, und was ich ihm verwehrt hatte. Ich schlug die Kapuze zurück und nahm die weiße Augenmaske ab, die ich trug, falls mein Mantel verrutschte und mein Gesicht offenbarte.

Marlowes blutunterlaufener Blick wanderte über mein Gesicht, beginnend bei meinen rotbraunen Haaren, die mir in die Stirn fielen, über die rechte und schließlich die linke Gesichtshälfte. Er blieb an dem Beweis hängen, was die Klauen eines Hungernden anrichten konnten. Dachte er dasselbe wie der Herzog?

Es ist eine Schande.

Das war der Lieblingssatz des Herzogs. Gleich nach: *Du hast mich enttäuscht.*

»Wer bist du?«, krächzte Marlowe.

»Mein Name ist Penellaphe, aber mein Bruder und ein paar andere nennen mich Poppy.«

»Poppy?«, flüsterte er.

Ich nickte. »Ein seltsamer Spitzname, ich weiß. Aber meine Mutter nannte mich so, und er ist mir geblieben.«

Marlowe blinzelte langsam. »Warum ...?« Seine Mundwinkel platzten auf. Blut und Dunkelheit sickerte daraus hervor. »Warum bist du hier?«

Ich rang mir ein Lächeln ab, umfasste den Griff meines Dolches noch fester und tat noch etwas, wofür mich die Götter sofort in den Tempel berufen müssten. Dennoch wusste ich, dass nichts passieren würde, denn es war nicht das erste Mal, dass ich mich vor einem Sterbenden zu erkennen gab. »Ich bin die Jungfräuliche.«

Er zog scharf die Luft ein und schloss die Augen. Ein Zittern ging durch seinen Körper.

»Du bist die Auserwählte. *Geboren unter dem Schleier der Götter, beschützt seit dem Mutterleib, verschleiert seit ihrer Geburt.«*

Ja, das war dann wohl ich.

»Du ... du bist wegen mir hier.« Er öffnete die Augen, und ich sah, dass sich das Rot ausgebreitet hatte und nur noch eine Spur Blau übrig war. »Du wirst ... mir meine Würde zurückgeben.«

Ich nickte.

Leute, die von dem Biss eines Hungernden verflucht worden waren, starben für gewöhnlich nicht ruhig und friedlich in ihren Betten. Sie erfuhren solche Güte und solches Mitleid nicht. Stattdessen zerrte man sie auf den Stadtplatz, wo man sie vor einer großen Zuschauermenge bei lebendigem Leib verbrannte. Es spielte keine Rolle, dass die meisten von ihnen verflucht worden waren, während sie all jene beschützt hatten, die ihren schrecklichen Tod bejubelten, oder während sie für ein besseres Königreich geschuftet hatten.

Marlowes Blick huschte zu der geschlossenen Tür hinter mir. »Sie ist ... sie ist eine gute Frau.«

»Sie meinte, du wärst ein guter Mann.«

Seine unheimlichen Augen fixierten mich. »Ich werde bald ...« Seine Oberlippe kräuselte sich und offenbarte seine mörderisch scharfen Zähne. »Ich werde bald kein guter Mann mehr sein.«

»Nein, das wirst du nicht.«

»Ich ... ich habe versucht, mich selbst darum zu kümmern, aber ...«

»Ist schon in Ordnung.« Ich zog langsam den Dolch unter meinem Mantel hervor. Die Kerze neben dem Bett ließ die Klinge tiefrot leuchten.

»Blutstein.«

Bevor er Anzeichen des Fluches zeigte, konnte man

Sterbliche auf viele Arten töten, aber sobald die ersten Symptome auftraten, war nur noch Feuer oder Blutstein dazu fähig. Und ein vollständig verwandelter Hungernder konnte überhaupt nur noch mittels Blutstein oder eines aus dem Holz des Blutwaldes geschnitzten Pfahls getötet werden.

»Ich wollte nur ... ich wollte mich nur verabschieden.« Er erschauderte. »Mehr nicht.«

»Ich verstehe«, erklärte ich, obwohl ich mir wünschte, er wäre nicht in die Stadt zurückgekehrt. Aber ich musste nicht mit seinen Taten einverstanden sein, um sie zu verstehen. Sein Schmerz kam wieder und brach in Wellen über ihn herein. »Bist du bereit, Marlowe?«

Er blickte noch einmal zur Tür, dann schloss er die Augen und nickte.

Mein Herz wurde schwer, und ich war mir nicht sicher, ob es meine Trauer oder Marlowes Qualen waren, die auf mir lasteten. Ich rutschte ein wenig beiseite. Es gab zwei Arten einen Hungernden oder eine verfluchte Person zu töten, wenn man über eine Blutsteinklinge oder einen Pfahl aus dem Blutwald verfügte. Man konnte das Herz durchbohren oder das Gehirn. Ersteres führte nicht unmittelbar zum Tod. Es dauerte oft Minuten, bis das Blut zu fließen aufhörte. Es war schmerzhaft ... und unschön.

Ich legte meine linke Hand auf seine viel zu kalte Wange und beugte mich über ihn ...

»Ich war ... ich war nicht der Einzige«, flüsterte er.

Mein Herz setzte aus. »Wie bitte?«

»Ridley ... er wurde ... er wurde auch gebissen.« Ein Keuchen entfuhr ihm. »Er wollte sich von seinem Vater verabschieden. Ich weiß ... ich weiß nicht, ob er es danach selbst geregelt hat oder nicht.«

Wenn dieser Ridley gewartet hatte, bis die ersten Anzeichen erkennbar waren, war das unmöglich. Irgendein Bestandteil im Blut der Hungernden – und auch der Atlantianer – löste eine Art Urinstinkt aus, sich selbst zu retten.

Bei den Göttern!

»Wo wohnt sein Vater?«

»Zwei Straßen weiter. Das dritte Haus. Blau ... ich glaube, die Fensterläden sind blau. Aber Ridley ... er wohnt in den Unterkünften mit ... den anderen.«

Oh Götter, das klang gar nicht gut.

»Du hast das Richtige getan«, versicherte ich ihm und wünschte, er hätte es früher getan. »Danke.«

Marlowe verzog das Gesicht und öffnete erneut die Augen. Das Blau war verschwunden. Er stand kurz davor. Es blieben nur noch wenige Sekunden. »Ich habe nicht ...«

Ich schlug so schnell zu wie die schwarzen Vipern, die sich in den Tälern versteckten, die zu den Tempeln führten. Die Spitze des Dolches versank in der weichen Stelle an seiner Schädelbasis und fuhr zwischen die Wirbel, wo die Klinge den Hirnstamm durchtrennte.

Marlowe zuckte.

Dann war es vorbei. Er hatte den letzten Atemzug getan, ohne es zu ahnen. Der Tod war so unmittelbar wie nur möglich eingetreten.

Ich zog das Messer heraus und erhob mich. Marlowes Augen waren geschlossen, und das war ... ein kleiner Trost. Agnes würde nicht sehen, wie nahe er der Verwandlung bereits gewesen war.

»Möge Rhain dich ins Paradies geleiten«, flüsterte ich und wischte mit einem kleinen Tuch, das auf dem Nachttisch lag, das Blut von meinem Dolch. »Und mögest du dort zusammen mit allen, die vor dir gingen, Frieden finden.«

Ich wandte mich vom Bett ab, steckte den Dolch zurück, setzte die Maske auf und zog mir die Kapuze über den Kopf.

Ridley.

Ich trat auf die Tür zu.

Wenn Ridley noch am Leben war, blieben uns vermutlich nur noch Minuten bis zur Verwandlung. Es war Nacht geworden, und wenn er in der Unterkunft war, wo die anderen Wächter schliefen …

Ich erschauderte.

Ganz egal, wie gut sie ausgebildet waren, im Schlaf waren sie genauso verwundbar wie alle anderen.

Ein Massaker war womöglich nur wenige Minuten entfernt.

Und schlimmer noch: Der Fluch würde sich ausbreiten, und ich wusste besser als jeder andere, wie schnell er eine Stadt heimsuchen konnte, bis nur noch Blut durch die Straßen rann.

5

WIR LIESSEN AGNES IM SCHLAFZIMMER ZURÜCK, wo sie sich die schlaffe Hand ihres Mannes an die Brust drückte und ihm sanft die Haare aus der Stirn strich.

Es war ein Bild, das ich sehr lange nicht vergessen würde.

Aber ich durfte mich jetzt nicht damit aufhalten. Vikter hatte herausgefunden, dass die beiden eine Tochter hatten, die glücklicherweise bei Freunden untergekommen war und dachte, ihr Vater wäre krank. Vikter sah keinen Grund, Agnes nicht zu glauben, und ich war erleichtert, dass sich meine größte Sorge als unbegründet erwiesen hatte. Offenbar war das Kind nicht verflucht.

Sobald jemand gebissen worden war, konnte sein Biss den Fluch weitergeben, und auch wenn Marlowe sich noch nicht verwandelt hatte, war er nach dem Biss anfällig für unkontrollierte Wutanfälle und unstillbaren Durst gewesen.

Doch nun stand ich vor einem weiteren winzigen Haus, im Schatten einer engen, schmutzigen Seitengasse, während ich einer weiteren Tragödie lauschte. Nachdem ich Vikter von Ridley erzählt hatte, waren wir sofort zum Haus des Vaters aufgebrochen, denn es lag näher als die Unterkünfte der Wächter. Ich war mehr als froh, dass ich den Mann nicht sehen konnte, denn ich hörte den Schmerz in seiner Stimme, während er Vikter erzählte, was passiert war, und mich plagten mittlerweile pochende Kopfschmerzen. Hätte ich den armen Vater gesehen, hätte ich das Bedürfnis gehabt, seinen Schmerz zu lindern. Der alte Mann wusste genau, warum Vikter gekommen war und ihn nach seinem Sohn fragte.

Ridley hatte die Sache nicht selbst in die Hand genommen.

Das hatte sein Vater übernommen.

Er zeigte Vikter, wo er seinen Sohn im Garten hinter dem Haus unter einem Birnbaum begraben hatte. Er hatte dem Leben seines Sohnes am Vortag ein Ende bereitet.

Ich dachte immer noch darüber nach, als Vikter und ich schließlich den unteren Teil der Stadt verließen und durch das kleine, dichte Wäldchen vor der Festung huschten, um den Nachtwächtern zu entgehen. Vor vielen Jahren hatten hier im Wunschwäldchen Rehe, Hirsche und Wildschweine gelebt, doch nach jahrelanger Bejagung waren nur noch Kleintiere und einige große Raubvögel übrig. Mittlerweile diente es vor allem als Grenze zwischen den wohlhabenden und den weniger wohlhabenden Bürgern. Hinter den dichten Bäumen waren die beengten Wohnverhältnisse des Großteils der Bewohner von Masadonien schlichtweg nicht zu sehen, und die Bürgen in den Häusern, die drei Mal so groß waren wie die Unterkunft, in der Agnes gerade trauerte, wurden nicht belästigt.

In der Nähe des Stadtzentrums hatte man einen Teil des Wäldchens gerodet, und es war ein Park entstanden, in dem Jahrmärkte und Feste stattfanden, Leute ihre Pferde bewegten, Waren verkauften und an wärmeren Tagen picknickten. Das Wunschwäldchen zog sich bis in die innersten Mauern von Burg Teerman.

In das bewaldete Gebiet selbst trauten sich nur wenige, denn es wurde erzählt, dass die Geister aller, die hier den Tod gefunden hatten, immer noch herumspukten. Oder waren es die Geister der Wächter? Oder die Geister der gejagten Tiere? Ich war mir nicht sicher. Es gab so viele Versionen. Wie auch immer, uns war es recht, denn wir konnten dadurch ganz einfach in den königlichen Garten und von dort aus zwischen die Bäume innerhalb der Burgmauern schlüpfen, ohne gesehen zu werden, und mussten lediglich auf die patrouillierenden Wächter achtgeben. Vom Wunschwäldchen aus gelangte man überallhin.

»Wir sollten darüber reden, was in diesem Haus passiert ist«, meinte Vikter, während wir im Mondlicht über den Waldboden stapften. »Die Leute reden über dich.«

Ich wusste, dass das kommen würde.

»Und dass du deine Gabe angewandt hast, hat es nicht besser gemacht«, fügte er leise hinzu, obwohl es sehr unwahrscheinlich war, dass uns abgesehen von einem Waschbären oder einem Opossum jemand belauschte. »Du hast mehr oder weniger bestätigt, wer du bist.«

»Falls die Leute reden, haben sie noch nichts weitererzählt«, sagte ich. »Und ich musste etwas tun. Der Schmerz der Frau war ... unerträglich für sie. Sie brauchte eine Auszeit.«

»Und am Ende wurde er unerträglich für dich?«, vermutete er. Als ich nichts darauf erwiderte, meinte er noch: »Du hast wieder Kopfschmerzen, nicht wahr?«

»Das ist nichts«, winkte ich ab.

»Nichts«, knurrte er. »Ich verstehe, warum du helfen willst. Und ich respektiere es. Aber es ist ein Risiko, Poppy. Bis jetzt hat noch niemand etwas gesagt. Vielleicht haben sie das Gefühl, dir etwas schuldig zu sein. Aber das kann sich jederzeit ändern. Du musst vorsichtiger sein.«

»Ich bin vorsichtig«, versprach ich. Vikter hatte sich ebenfalls die Kapuze über den Kopf gezogen, aber ich spürte, wie er mir einen zweifelnden Blick zuwarf. Ich grinste, doch es verblasste schnell wieder. »Ich weiß, welche Risiken ich eingehe ...«

»Und bist du auch bereit für die Konsequenzen, falls der

Herzog jemals herausfindet, was du tust?«, fragte er herausfordernd.

Mein Magen zog sich zusammen, und ich spielte mit einem losen Faden an meinem Mantel. »Ja.«

Vikter fluchte leise, und in jeder anderen Situation hätte ich gekichert. »Du bist genauso tapfer wie die Wächter der Mauer.«

Ich nahm es als großes Kompliment und lächelte. »Danke.«

»Und genauso dumm wie die Rekruten.«

Mein Lächeln verschwand. »Ich nehme das Danke zurück.«

»Ich hätte dir niemals erlauben dürfen, mich zu begleiten.« Er griff nach einem herunterhängenden Ast und schob ihn beiseite. »Die Gefahr, dass du entdeckt wirst, ist viel zu groß.«

Ich duckte mich unter dem Ast hindurch. »Du hast es mir nicht erlaubt«, erinnerte ich ihn. »Du konntest mich nur nicht davon abhalten.«

Er blieb stehen, griff nach meinem Arm und drehte mich zu sich herum. »Ich verstehe, warum du helfen willst. Du konntest es nicht, als deine Mutter und dein Vater im Sterben lagen.«

Ich zuckte zusammen. »Das hat nichts mit ihnen zu tun.«

»Das ist nicht wahr, und das weißt du genau. Du versuchst, wiedergutzumachen, wozu dir als Kind die Fähigkeiten fehlten.« Seine Stimme war so leise, dass ich sie über den Wind, der in die Blätter über uns fuhr, kaum hören konnte. »Aber es ist mehr als das.«

»Und zwar?«

»Ich glaube, du willst erwischt werden.«

»Wie bitte? Glaubst du das wirklich?« Ich trat einen Schritt zurück und riss mich von ihm los. »Du weißt, was der Herzog machen wird, wenn er es herausfindet.«

»Glaub mir, ich weiß es. Unwahrscheinlich, dass ich auch nur ein einziges Mal, wenn ich dir danach zurück in dein Zimmer helfen musste, vergessen werde.« Seine Stimme wurde hart, und meine Wangen glühten.

Ich hasste das.

Ich hasste, wie ich mich wegen dem fühlte, was man mir angetan hatte. Ich hasste die Scham, die mir beinahe den Atem raubte.

»Du gehst zu viele Risiken ein, Poppy. Obwohl du weißt, dass du dich am Ende nicht nur vor dem Herzog oder vor der Königin rechtfertigen musst«, fuhr er fort. »Manchmal frage ich mich, ob du willst, dass sie dich als unwürdig verstoßen.«

Ärger stieg in mir hoch, vor allem deshalb, weil Vikter an alten Wunden kratzte und einer verborgenen Wahrheit nahekam, mit der ich mich nicht näher beschäftigen wollte. »Ganz egal, ob ich ertappt werde oder nicht, die Götter wissen doch ohnehin, was ich tue! Es gibt keinen Grund, ein zusätzliches Risiko einzugehen, wenn sie doch sowieso alles sehen.«

»Es gibt keinen Grund, *überhaupt* ein Risiko einzugehen.«

»Warum hast du dann fünf Jahre damit verbracht, mich zu trainieren?«

»Weil ich weiß, warum du das Gefühl brauchst, dich selbst verteidigen zu können«, schoss er zurück. »Nach allem, was du erlitten hast und womit du leben musst, kann ich verstehen, dass du deinen Schutz in die eigenen Hände nehmen willst. Aber wenn ich geahnt hätte, dass du dich dadurch in Situationen begibst, in denen du entdeckt werden könntest, hätte ich dich niemals trainiert.«

»Diese Einsicht kommt reichlich spät.«

»Ja.« Er seufzte. »Und ich kann nicht mehr rückgängig machen, was ich gesagt habe.«

»Was meinst du?«, fragte ich gespielt nichtsahnend.

»Das weißt du genau.«

Ich schüttelte den Kopf und setzte mich wieder in Bewegung. »Ich helfe diesen Leuten nicht, weil ich will, dass mich die Götter als unwürdig verstoßen. Ich habe Agnes nicht geholfen, weil ich hoffte, sie würde jemandem davon erzählen und alles käme heraus. Ich helfe, weil diese Leute auch so schon eine Tragödie erleben, die nicht dadurch verschlimmert werden sollte, dass sie Familienmitglieder und Freunde bei lebendigem Leib verbrennen sehen.« Ich stieg über einen zu Boden gefallenen Ast, und meine Kopfschmerzen wurden stärker. Was allerdings nichts mit meiner Gabe, sondern viel mehr mit diesem Gespräch zu tun hatte. »Tut mir leid, dass ich deine Vermutung nicht bestätigen kann. Ich bin keine Sadistin.«

»Nein«, erklang Vikters Stimme hinter mir. »Das bist du nicht. Du hast einfach Angst.«

Ich wirbelte herum und sah ihn mit offenem Mund an. »Angst?«

»Vor dem Aufstiegsritual. Ja. Du hast Angst. Es ist keine Schande, das zuzugeben.« Er nahm vor mir Aufstellung. »Zumindest nicht mir gegenüber.«

Meinen Vormunden oder den Priesterinnen gegenüber hätte ich so etwas nie zugeben dürfen. Sie hätten die Angst als Sakrileg betrachtet, denn man durfte nur vor etwas Schrecklichem Angst haben, und nicht vor der Tatsache, dass ich nicht wusste, was während des Rituals mit mir passieren würde.

Ob ich überleben würde.

Oder sterben.

Ich schloss die Augen.

»Ich verstehe dich«, wiederholte Vikter. »Du hast keine Ahnung, was passieren wird. Aber egal, ob du absichtlich unnötige Risiken eingehst oder nicht. Egal, ob du Angst hast oder nicht. Das Ergebnis bleibt dasselbe. Du handelst dir damit bloß den Zorn des Herzogs ein. Mehr nicht.«

Ich öffnete die Augen und sah nichts als Dunkelheit.

»Denn egal, was du tust, du wirst dich nicht als unwürdig erweisen«, fuhr Vikter fort. »Das Ritual wird stattfinden.«

Vikters Worte hielten mich beinahe die ganze Nacht wach, und am nächsten Morgen schwänzte ich unsere Trainingseinheit im verlassenen Teil der Burg. Wenig überraschend kam Vikter nicht, um mich zu holen.

Was ein weiterer Beweis dafür war, wie gut er mich kannte.

Ich war nicht wütend auf ihn. Er machte mich oft wahnsinnig, und ich ärgerte mich manchmal über ihn. Aber richtig wütend war ich nie. Ich nahm auch nicht an, dass er es glaubte. Er hatte am Vorabend bloß einen Nerv getroffen, und das wusste er.

Ich hatte Angst vor dem Ritual. Das war mir klar. Und Vikter ebenfalls. Wer hätte keine Angst davor gehabt? Auch wenn Tawny davon ausging, dass ich als Aufgestiegene zurückkam, wusste das niemand so genau. Ian war nicht wie ich. Er musste keine Regeln befolgen, während wir in der Hauptstadt waren oder hier in der Burg. Er war aufgestiegen, weil er der Bruder der Jungfräulichen, der Auserwählten war, und weil die Königin um eine Ausnahme gebeten hatte.

Also ja, ich hatte Angst.

Aber ging ich deshalb absichtlich Risiken ein und überschritt sämtliche Grenzen in der Hoffnung, mich als unwürdig zu erweisen und meine Stellung zu verlieren?

Das wäre absurd gewesen.

Allerdings verhielt ich mich manchmal durchaus absurd.

Wenn ich zum Beispiel eine Spinne sah, tat ich, als hätte sie die Größe eines Pferdes und das Kalkül eines Mörders.

Das war absurd. Aber wenn ich mich als unwürdig erwies, würde man mich ins Exil schicken, und das kam einem Todesurteil gleich. Ich hatte zwar Angst, während des Rituals zu sterben, aber die Alternative war auch nicht besser.

Außerdem steckte mehr hinter meiner Skepsis gegenüber dem Ritual.

Es ging auch darum, dass ich mich nicht freiwillig dazu entschlossen hatte.

Ich war in dieses Schicksal hineingeboren worden, genauso wie alle zweitgeborenen Söhne und Töchter. Auch wenn keiner von ihnen Angst vor der Zukunft zu haben schien, hatten sie die Entscheidung auch nicht selbst getroffen.

Ich hatte nicht gelogen oder eine geheime Strategie verfolgt, als ich Agnes geholfen und mich Marlowe zu erkennen gegeben hatte. Ich hatte es getan, weil ich es konnte – weil es *meine* Entscheidung gewesen war. Ich lernte den Umgang mit dem Schwert und dem Bogen, weil es meine Entscheidung war.

Aber was war der wahre Grund, warum ich mich aus der Burg schlich, um Kämpfe zu beobachten oder nackt im Teich zu schwimmen? Warum besuchte ich Spielhöllen und versteckte mich in Teilen der Burg, die mir verboten waren, um Gespräche zu belauschen, die mich nichts angingen? Warum verließ ich mein Zimmer ohne Vikter oder Rylan und schlich mich in den großen Saal, um die anderen beim Tanzen zu beobachten? Warum stellte ich Leuten nach, die sich im Wäldchen trafen? Und was war mit dem *Red Pearl*? Warum hatte ich zugelassen, dass Hawke mich küsste? Mich berührte?

All diese Dinge hatte ich getan, weil es *meine* Entscheidung war, aber …

Konnte es auch sein, dass Vikter mit seinen Andeutungen recht hatte?

Was, wenn ich – tief drin – nicht nur versuchte, zu leben und vor dem Aufstiegsritual so viele Erfahrungen wie möglich zu sammeln? Was, wenn ich unbewusst sicherstellen wollte, dass es nie zu diesem Ritual kam?

Diese Gedanken beschäftigten mich den ganzen Tag, und ausnahmsweise fühlte ich mich in den engen Mauern nicht gefangen. Zumindest nicht, bis draußen langsam die Sonne unterging. Ich hatte Tawny schon Stunden zuvor weggeschickt, weil es keinen Sinn hatte, dass sie tatenlos neben mir saß, während ich missmutig aus dem Fenster starrte, und mit einem Mal war ich mir selbst überdrüssig. Ich trat zur Tür und riss sie auf.

Auf der anderen Seite des Flures stand Rylan.

Ich fuhr zurück.

»Hast du was Bestimmtes vor, Pen?«, fragte er.

Pen.

Rylan war der Einzige, der mich so nannte, und es gefiel mir. Ich ließ die Tür los, und sie schloss sich langsam und prallte gegen meine Schulter. »Keine Ahnung.«

Er fuhr sich grinsend durch die hellbraunen Haare. »Es wird langsam Zeit, oder?«

Ich warf einen Blick über die Schulter und durch die Fenster. Die Dämmerung brach bereits herein, und ich stellte überrascht fest, dass ich den ganzen Tag in Selbstreflexion verbracht hatte.

Priesterin Analia wäre begeistert gewesen, obwohl ihr der Grund meiner Grübelei wohl nicht gefallen hätte. So oder so hätte ich mich am liebsten geohrfeigt.

Aber es wurde wirklich Zeit. Ich nickte und trat aus dem Zimmer ...

»Ich glaube, du hast da was vergessen«, sagte Rylan und tippte sich mit dem Finger auf die bärtige Wange.

Mein Schleier.

Bei den Göttern, ich wäre beinahe ohne meinen Schleier

in den Flur getreten! Abgesehen vom Herzog, der Herzogin und Tawny durften mich nur Vikter und Rylan ohne Schleier zu Gesicht bekommen. Gut, die Königin und der König durften es auch, und Ian hatte man ebenfalls die Erlaubnis erteilt, aber die drei waren nicht hier. Wäre sonst jemand im Flur gewesen, wäre er vor Schreck in Ohnmacht gefallen.

»Bin gleich wieder da!«

Sein Grinsen wurde breiter, während ich herumfuhr und ins Zimmer zurückeilte. Ich zog mir den Schleier über den Kopf und brauchte einige Minuten, bis sämtliche Kettchen und Ösen an der richtigen Stelle waren und er richtig saß. Tawny war um einiges schneller als ich.

Ich trat erneut hinaus …

»Deine Schuhe, Pen. Du solltest noch Schuhe anziehen.«

Ich sah an mir herunter und stieß ein wenig damenhaftes Stöhnen aus. »Götter! Einen Moment.«

Rylan lachte leise.

Ich schlüpfte zerstreut in meine ausgetragenen Schuhe – bei denen es sich im Grunde bloß um einen Satinstrumpf mit einer dünnen Ledersohle handelte – und öffnete die Tür erneut.

»Schlechter Tag?«, fragte Rylan, während er zu mir ins Zimmer trat.

»Seltsamer Tag«, erwiderte ich und machte mich auf den Weg zu dem alten Dienstbotengang. »Und ein vergesslicher obendrein.«

»Sieht so aus, wenn du nicht einmal bemerkt hast, wie spät es ist.«

Rylan hatte recht. Wenn nicht irgendetwas Außergewöhnliches dazwischenkam, warteten er oder Vikter jeden Tag kurz nach Sonnenuntergang im Flur auf mich.

Wir eilten mit schnellen Schritten das enge, staubige Treppenhaus nach unten. Es führte in einen Nebenraum der Küche, und auch wenn wir den alten Weg nahmen, um von so wenigen Leuten wie möglich gesehen zu werden, ließ es sich nicht ganz vermeiden. Die Küchengehilfen verharrten mitten in der Bewegung, als Rylan und ich an ihnen vorbeihuschten. Sie waren aufgrund ihrer braunen Kleider und der weißen Kappen kaum voneinander zu unterscheiden. Ich hörte, wie ein Korb Kartoffeln zu Boden fiel, gefolgt von einer scharfen Zurechtweisung. Aus dem Augenwinkel sah ich verschwommene Gesichter, die ihre Köpfe wie zum Gebet senkten.

Ich verkniff mir ein Stöhnen, während Rylan wie immer so tat, als wäre ihr Verhalten nichts Außergewöhnliches.

Du bist das Kind der Götter.

Ich hörte Agnes' Worte. Dabei hielten sie mich bloß wegen des Schleiers und der Gemälde und Skulpturen der Jungfräulichen dafür.

Und natürlich aufgrund der Tatsache, dass sie mich so selten zu Gesicht bekamen.

Wir schritten in Richtung Bankettsaal, um von dort ins Foyer und schließlich in den königlichen Garten zu gelangen. Hier waren zwar noch mehr Dienstboten unterwegs, aber es gab keinen anderen Weg, wenn man nicht über eine Mauer klettern wollte. Wir hatten die Hälfte des langen Tisches hinter uns gebracht, als sich eine der vielen Türen zu beiden Seiten öffnete.

»Jungfräuliche«, erklang eine Stimme hinter uns.

Vor Abscheu bekam ich eine Gänsehaut am ganzen Körper. Ich kannte die Stimme, und ich wäre am liebsten weitergegangen und hätte so getan, als hätte ich nichts gehört.

Doch Rylan hatte bereits angehalten.

Wenn ich jetzt einfach weiterging, würde es nicht gut für mich enden.

Ich atmete tief ein und wandte mich zu Lord Brandole Mazeen herum. Ich sah in ihm nicht, was die meisten sahen, nämlich einen dunkelhaarigen, gut aussehenden, großgewachsenen Mann in den Zwanzigern. Ich sah einen Tyrannen.

Einen grausamen Mann, der vor langer Zeit vergessen hatte, wie es war, sterblich zu sein.

Im Gegensatz zum Herzog, der mich aus keinem ersichtlichen Grund hasste, wusste ich ganz genau, warum es Lord Mazeen so große Freude bereitete, mich zu schikanieren.

Ian.

Der Grund war unheimlich eitel und vollkommen belanglos. Ein Jahr, bevor mein Bruder aufstieg, besiegte er Lord Mazeen beim Kartenspiel, und der Lord bezichtigte ihn des Betrugs. Ich – die vermutlich nicht einmal anwesend hätte sein sollen – lachte auf. Vor allem deshalb, weil der Lord ein unglaublich schlechter Kartenspieler war. Doch seit diesem Moment versuchte Mazeen, Ian und mich sooft es ging zu drangsalieren, und nach Ians Aufstieg war es noch schlimmer geworden. Vor allem, seit Lord Mazeen dem Herzog bei seinen *Lektionen* zur Seite stand.

Ich verschränkte die Hände und schwieg, während er auf mich zukam. Seine langen Beine steckten in schwarzen Hosen, dazu trug er ein schwarzes Anzughemd. Die dunkle Kleidung bildete einen bemerkenswerten Kontrast zu seiner blassen Haut und den beerenroten Lippen. Seine Augen ...

Ich sah ungern in seine Augen. Sie schienen unergründlich und leer.

Wie bei allen Aufgestiegenen waren sie so schwarz, dass die Pupillen nicht zu erkennen waren. Ich fragte mich, welche Farbe seine Augen als Sterblicher gehabt hatten und ob er sich überhaupt daran erinnern konnte. Er sah vielleicht aus, als wäre er in den Zwanzigern, aber ich wusste, dass er nach dem Krieg der zwei Könige gemeinsam mit dem Herzog und der Herzogin aufgestiegen war. Lord Mazeen war also mehrere Hundert Jahre alt.

Er lächelte verkniffen, als ich nicht reagierte. »Ich bin überrascht, dich hier zu sehen.«

»Sie macht ihren Abendspaziergang«, sagte Rylan knapp. »Wie es ihr gestattet ist.«

Die schwarzen Augen bohrten sich in den Wächter. »Dich habe ich nicht gefragt.«

»Ich mache meinen Spaziergang«, wiederholte ich schnell, bevor Rylan noch etwas sagen konnte.

Der nervtötende, unergründliche Blick richtete sich auf mich. »Du bist also unterwegs in den Garten.« Ein Mundwinkel zuckte, als er sah, wie überrascht ich war. »Genau wie jeden Abend, nicht wahr?«

Das stimmte.

Und es war mehr als beunruhigend, dass der Lord darüber Bescheid wusste.

Ich nickte.

»Sie muss jetzt weiter«, mischte Rylan sich ein. »Wie Ihr wisst, ist der Jungfräulichen jegliches Verweilen untersagt.«

Mit anderen Worten war es mir nicht erlaubt, Kontakt zu anderen zu pflegen, nicht einmal zu den Aufgestiegenen. Das wusste Lord Mazeen.

Aber es war ihm egal. »Die Jungfräuliche sollte aber auch angemessenen Respekt zeigen. Ich möchte mit ihr sprechen, und der Herzog wäre sicher über die Maßen enttäuscht, wenn er erfährt, dass sie diesem Wunsch nicht nachgekommen ist.«

Ich drückte den Rücken durch, während eine Welle der Wut über mir hereinbrach. Ich hätte beinahe nach dem Dolch an meinem Oberschenkel gegriffen. Meine Reaktion schockierte mich. Was hätte ich denn getan, wenn ich nicht rechtzeitig zur Vernunft gekommen wäre? Ihn erstochen? Ich hätte beinahe laut aufgelacht.

Dabei war die Situation alles andere als witzig.

Seine kaum verhohlene Drohung, mit dem Herzog zu

sprechen, hatte Wirkung gezeigt. Damit hatte er Rylan und mich in die Ecke gedrängt, denn auch wenn ich nicht mit anderen verkehren durfte, unterwarf der Herzog Lord Mazeen nicht denselben Regeln, die für andere galten. Wenn ich jetzt ging, würde man mich bestrafen. Und Rylan ebenfalls. Meine Bestrafung war zwar nichts, was man auf die leichte Schulter nehmen sollte, aber es war nichts im Vergleich dazu, was Rylan drohte.

Man würde ihn aus der königlichen Wache werfen, und der Herzog würde sicherstellen, dass alle erfuhren, dass er seine Gunst verloren hatte. Rylan würde keine Arbeit mehr finden und zum Ehrlosen werden. Es war zwar nicht dasselbe, wie verbannt zu werden, aber es machte das Leben wesentlich schwieriger.

Ich drückte die Schultern nach hinten. »Ich täte nichts lieber, als mich mit Euch zu unterhalten.«

Ein selbstgefälliger Ausdruck huschte über Lord Mazeens attraktive Züge, und ich hätte ihm am liebsten ins Gesicht getreten. »Komm.« Er streckte den Arm aus und legte ihn mir um die Schultern. »Ich wünsche ein Gespräch unter vier Augen.«

Rylan trat nach vorne.

»Ist schon gut«, versicherte ich ihm, obwohl das Gegenteil der Fall war. Ich sah ihn an und hoffte, dass er verstand. »Wirklich. Schon gut.«

Rylan biss die Zähne aufeinander und bedachte den Lord mit einem finsteren Blick, und ich merkte, dass er ganz und gar nicht glücklich mit der Situation war, doch er nickte knapp. »Ich warte hier.«

»So ist es brav«, erwiderte der Lord.

Bei den Göttern!

Nicht alle Aufgestiegenen waren wie der Lord, der seine Macht und Position wie ein giftversetztes Schwert kreisen ließ. Dabei war er nicht einmal der Schlimmste.

Er führte mich nach links und brachte beinahe eine Dienstbotin dazu, ihren Korb fallen zu lassen, doch er bemerkte sie nicht einmal und ging einfach weiter. Ich hatte gehofft, dass er nur ein paar Schritte gehen würde, doch die Hoffnung erlosch, als er in eine der dunklen Nischen zwischen zwei Türen trat.

Ich hätte es wissen sollen.

Er schob einen dicken weißen Vorhang beiseite und zog mich in den engen Raum, der nur von einem kleinen Wandleuchter über einer gepolsterten Chaiselongue erhellt wurde. Ich hatte keine Ahnung, welchen Zweck diese verborgenen Nischen hatten, aber man hatte mich hier schon mehr als einmal in die Enge getrieben.

Ich trat einen Schritt zurück, einigermaßen überrascht, dass der Lord es gestattete. Er beobachtete mich, und das Grinsen kehrte zurück, als ich mich in der Nähe der Vorhänge in Position brachte. Er setzte sich auf die Chaiselongue, streckte die Beine aus und verschränkte die Arme vor der Brust.

Mein Herz raste, und ich wählte meine Worte mit Bedacht.

»Ich darf wirklich nicht verweilen. Wenn mich jemand sieht, bekomme ich Ärger mit Priesterin Analia.«

»Und was passiert, wenn die gute Priesterin hört, dass du verweilt hast?«, fragte er. Er wirkte entspannt, aber ich wusste, dass der Schein trog. Die Aufgestiegenen konnten sehr schnell sein, wenn sie wollten, und wenn sie sich bewegten, sah man oft nicht mehr als einen verschwommenen Schatten.

»Würde sie ein derartiges Fehlverhalten dem Herzog melden?«, fuhr er fort. »Ich genieße seine Lektionen jedes Mal.«

Grauen stieg in mir hoch. Natürlich genoss er die Lektionen. »Ich bin mir nicht sicher, was sie tun würde.«

»Es wäre nett, es herauszufinden«, überlegte er müßig. »Zumindest für mich.«

Meine Finger krümmten sich. »Ich möchte den Herzog und die Priesterin nicht verärgern.«

Er senkte den Blick. »Natürlich nicht.«

Ein scharfer, brennender Schmerz breitete sich auf meinen Handflächen aus, während sich meine Nägel immer tiefer ins Fleisch gruben. »Worüber wollt Ihr mit mir sprechen?«

»Du hast die Frage nicht richtig gestellt.«

Ich bemühte mich um Zurückhaltung und Ruhe und war dankbar für den Schleier. Hätte er mein Gesicht gesehen, hätte er sofort gewusst, was ich fühlte.

Brennend heißen Hass.

Keine Ahnung, warum er so große Freude daran hatte, mich zu schikanieren. Warum es ihm Spaß machte, mir Unbehagen zu bereiten. Aber das ging schon die letzten Jahre so, und gegenüber den Dienstbotinnen und Dienstboten war es noch schlimmer. Ich hatte gehört, wie man die Neulinge leise vor ihm warnte. Sie sollten um jeden Preis vermeiden, seine Aufmerksamkeit zu erregen und seinen Zorn auf sich zu ziehen. Was mich betraf, gab es immerhin Grenzen, wie weit er gehen durfte. Doch bei den Dienstbotinnen und Dienstboten gab es nicht einmal das.

Ich hob das Kinn. »Was wolltet Ihr mit mir besprechen, *Lord* Mazeen?«

Ein kaum merkliches, eisiges Lächeln erschien. »Mir ist aufgefallen, dass ich dich schon lange nicht mehr zu Gesicht bekommen habe.«

Es waren sechzehn Tage vergangen, seit er mich zum letzten Mal in die Enge getrieben hatte. Und das war nicht annähernd lange genug.

»Ich habe dich vermisst«, fuhr er fort.

Das bezweifelte ich.

»Mein Herr, ich muss weiter ...« Ich zog die Luft ein, als er sich erhob. Eben noch hatte er ausgestreckt auf der Chaiselongue gesessen, nun stand er direkt vor mir.

»Jetzt bin ich aber gekränkt«, meinte er, »ich gestehe dir, dass ich dich vermisst habe, und du erwiderst lediglich, dass du gehen musst? Du hast mich verletzt.«

Die Tatsache, dass er beinahe dieselben Worte benutzte wie Hawke vor zwei Nächten, entging mir nicht. Genauso wenig wie meine vollkommen unterschiedlichen Reaktionen darauf. Während Hawke mich geneckt hatte, klangen Lord Mazeens Worte wie eine Drohung. Ich war nicht verzaubert, es stieß mich ab.

»Das war nicht meine Absicht«, presste ich hervor.

»Sicher?«, fragte er, und ich spürte seinen Finger an meinem Kinn, bevor ich merkte, dass er sich überhaupt bewegt hatte. »Ich habe das bestimmte Gefühl, dass es ganz genau deine Absicht war.«

»Nein, war es nicht.« Ich lehnte mich zurück ...

Seine Finger umfassten mein Kinn und fixierten meinen Kopf. Als ich das nächste Mal einatmete, fiel mir auf, dass seine Finger dufteten wie ... eine Blume. Moschusartig und süß. »Du solltest versuchen, überzeugender zu sein, wenn du willst, dass ich dir glaube.«

»Es tut mir leid, wenn ich nicht so überzeugend bin, wie ich sollte.« Es kostete enorme Mühe, ruhig zu klingen. »Ihr solltet mich nicht berühren.«

Er grinste hämisch, und sein eisiger Daumen glitt über meine Unterlippe. Es war, als würden Tausende Insekten über meine Haut krabbeln. »Und warum nicht?«

Er wusste genau warum.

»Ich bin die Jungfräuliche«, erwiderte ich dennoch.

»Ja, das bist du.« Seine Finger strichen über mein Kinn und über den kratzigen Spitzenstoff, der meinen Hals bedeckte, bis zu meinem Schlüsselbein.

Meine Handfläche brannte, so sehr wünschte ich mir,

nach dem Dolch zu greifen, und meine Muskeln spannten sich an. Ich hatte das Wissen und das Geschick, um ihm Einhalt zu gebieten. Ein Zittern durchfuhr mich, während ich gegen das Verlangen ankämpfte, mich zu wehren.

Das war es nicht wert, und das betete ich mir in einem fort vor, während sein Finger über mein Kleid nach unten glitt. Es war nicht nur die Angst vor Bestrafung. Wenn ich zeigte, wozu ich fähig war, würde der Herzog erfahren, dass man mich trainiert hatte, und es würde nicht lange dauern, bis er Vikter als Verantwortlichen erkannte. Und auch in diesem Fall war meine Strafe nicht mit dem zu vergleichen, was Vikter drohte.

Trotzdem gab es eine Grenze dessen, was ich über mich ergehen ließ.

Ich trat einen Schritt zurück.

Lord Mazeen neigte den Kopf und lachte leise. Ich versuchte instinktiv, durch den Vorhang nach draußen zu schlüpfen, doch ich war zu langsam. Er packte mich an der Hüfte und drehte mich herum. Es blieb nicht einmal eine Sekunde, um zu reagieren, da hatte er bereits den Arm um meine Mitte geschlungen und mich nach hinten und an sich gezogen. Seine andere Hand blieb dort, wo sie war. Zwischen meinen Brüsten. Die Berührung seines Körpers und das Gefühl, ihn so nahe zu spüren, ließen Ekel in mir hochsteigen.

»Erinnerst du dich an die letzte Lektion?« Sein kalter Atem glitt über die Haut unter dem Schleier. »Ich kann mir nicht vorstellen, dass du es vergessen hast.«

Ich hatte keine einzige davon vergessen.

»Du hast keinen Laut von dir gegeben, dabei weiß ich, dass es wehgetan hat.« Der Griff um meine Mitte wurde stärker, und auch wenn ich kaum Erfahrung hatte, wusste ich, was sich gegen mich drückte. »Ich muss zugeben, ich war beeindruckt.«

»Freut mich zu hören«, presste ich hervor.

»Ah, da ist er ja«, murmelte er. »Dieser Ton, der so gar nicht zu der Jungfräulichen passen will, und der dich schon ein- oder zweimal in Schwierigkeiten gebracht hat. Oder ein Dutzend Mal vielleicht? Ich habe mich schon gefragt, wann er auftauchen würde. Du weißt sicher noch, was beim letzten Mal passiert ist.«

Natürlich erinnerte ich mich auch daran.

Meine Wut hatte die Oberhand gewonnen, und ich hatte dem Herzog widersprochen. Der darauffolgende Schlag war so kräftig gewesen, dass ich das Bewusstsein verloren hatte. Als ich wieder zu mir gekommen war, hatte ich mich gefühlt, als hätte mich ein Pferd überrannt. Der Herzog und der Lord hatten auf der Chaiselongue gesessen und eine ganze Flasche Whiskey geleert, während ich vor ihnen auf dem Boden gelegen hatte. Ich hatte mich tagelang nicht erholt, vermutlich hatte ich eine Gehirnerschütterung davongetragen.

Trotzdem war es den Schock in dem sonst so emotionslosen Gesicht des Herzogs wert gewesen.

»Vielleicht werde ich mit dem Herzog sprechen«, überlegte Lord Mazeen. »Und ihm erzählen, wie respektlos du warst.«

Wut brannte in mir, und ich richtete den Blick auf die graue Steinmauer. »Lasst mich los, Lord Mazeen.«

»Du hast nicht nett genug gefragt.« Er drückte die Hüften gegen mich, und meine Wangen glühten vor Zorn. »Du hast nicht bitte gesagt.«

Ich würde ihn unter keinen Umständen bitten. Ganz egal, welche Konsequenzen es hatte, es reichte. Ich war nicht sein Spielzeug. Ich war die Jungfräuliche, und obwohl er unheimlich viel schneller und stärker war als ich, konnte ich ihm wehtun. Ich hatte das Überraschungsmoment auf meiner Seite, und meine Beine waren frei. Ich bemühte mich um einen festeren Stand, da spürte ich plötzlich etwas Feuchtes auf meiner Wange …

In diesem Moment hallte ein Schrei durch die Nische und überraschte den Lord derart, dass er seinen Griff lockerte. Ich riss mich los und fuhr zu ihm herum. Meine Brust hob und senkte sich keuchend, während meine Hand unter mein Kleid glitt und nach dem Dolch griff.

Der Lord murmelte etwas vor sich hin, da erklangen erneut Schreie. Gellend und angsterfüllt.

Ich nutzte die Ablenkung und stürzte hinter dem Vorhang hervor, anstatt den Dolch zu ziehen und dem Lord seinen vermutlich wertvollsten Besitz abzuschneiden.

Mazeen riss die Vorhänge beiseite und stürmte davon, doch die Schreie ließen auch andere in den Bankettsaal eilen. Dienstboten. Königliche Wächter. Er konnte nichts mehr ausrichten.

Unsere Blicke trafen sich durch meinen Schleier. Ich wusste es. Seine Nasenflügel bebten. Er wusste es ebenfalls.

Die Schreie erklangen erneut. Sie kamen aus einem der angrenzenden Zimmer. Zwei Türen weiter stand eine Tür offen.

Rylan trat neben mich. »Pen …«

Ich wich seiner Hand aus und rannte den Schreien entgegen. Die Ereignisse in der Nische traten in den Hintergrund, während sich meine Finger um den Griff meines Dolches schlossen. Schreie waren nie ein gutes Zeichen.

Eine Frau kam aus dem Zimmer. Es war die Dienstbotin mit dem Korb. Sämtliche Farbe war aus ihrem Gesicht gewichen, und ihre Hand öffnete und schloss sich um ihre Kehle, während sie kopfschüttelnd zurückwich.

Ich trat im selben Moment vor die Tür wie Rylan und warf einen Blick in das Zimmer.

Ich sah sie sofort.

Sie lag auf einem elfenbeinfarbigen Sitzmöbel, und ihr blassblaues Kleid bauschte sich um ihre Hüften. Ein Arm hing schlaff nach unten, ihre Haut war kalkweiß. Ich musste mich nicht öffnen, um zu spüren, dass sie keine Schmerzen hatte.

Sie würde nie wieder etwas fühlen.

Mein Blick wanderte nach oben. Ihr Kopf lag auf einem Kissen, der Hals war in einem seltsamen Winkel verdreht, und ...

»Du solltest dir das nicht ansehen.« Rylan griff nach mir, und dieses Mal riss ich mich nicht los. Ich wehrte mich nicht, als er mich von der Tür wegdrehte.

Ich hatte die beiden tiefen Einstichwunden bereits gesehen.

6

RYLAN BEGLEITETE MICH EILIG ZURÜCK auf mein Zimmer, während Lord Mazeen flankiert von einigen anderen in der Tür stehen blieb und den Blick nicht von der toten jungen Frau abwenden konnte. Ich hätte am liebsten alle beiseitegeschoben und die Tür geschlossen. Selbst wenn die Tote nicht derart entblößt gewesen wäre, war es grauenvoll, wie die morbide Neugierde dieser Personen ihr sämtliche Würde raubte.

Sie war ein lebendiges Wesen, und obwohl nichts anderes als die Hülle übrig geblieben war, war sie für andere Leute eine Tochter, Schwester und Freundin gewesen. Es würde auch so schon genug Gerede darüber geben, dass ihr Rock nach oben geschoben und ihr Korsett nach unten gerissen gewesen war, als man sie gefunden hatte. Es musste nicht von derart vielen Leuten bezeugt werden.

Doch ich hatte keine Gelegenheit, etwas zu unternehmen.

Kurz darauf wurde Burg Teerman praktisch abgeriegelt und jeder Winkel in den über hundert Räumen nach dem Schuldigen oder weiteren Opfern durchkämmt.

Tawny wanderte vor dem Kamin auf und ab und spielte nervös mit den winzigen Perlenknöpfen an ihrem Korsett. »Das war ein Hungernder«, meinte sie, und ihr tiefvioletter Rock raschelte. »Es muss ein Hungernder gewesen sein.«

Ich warf einen Blick auf Rylan, der mit verschränkten

Armen an der Wand lehnte. Normalerweise hielt er sich nicht im Zimmer auf, aber heute Abend war alles anders. Vikter half bei der Suche, aber ich schätzte, dass er bald zurück sein würde.

Ich hatte meinen Schleier abgenommen und sah Rylan in die Augen. Er hatte die junge Frau gesehen. »Glaubst du auch, dass es ein Hungernder war?«

Rylan schwieg.

»Was soll es denn sonst gewesen sein?« Tawny wandte sich zu dem Stuhl herum, in dem ich saß. »Du hast selbst gesagt, dass sie gebissen ...«

»Ich habe gesagt, dass es aussah wie ein Biss, aber nicht ... aber nicht wie der Biss eines Hungernden.«

»Ich weiß, du hast mit eigenen Augen gesehen, was Hungernde anrichten.« Sie nahm mir gegenüber Platz und nestelte immer noch an einer Perle herum, wie Agnes an dem Knopf ihrer Bluse. »Aber wie kannst du dir da so sicher sein?«

»Die Hungernden haben vier lange Eckzähne«, erklärte ich, und sie nickte. Das war allgemein bekannt. »Aber die Tote hatte bloß zwei sichtbare Wunden, als ob ...«

»Als ob sich zwei scharfe Fangzähne in ihren Hals gebohrt hätten«, beendete Rylan den Satz. Tawnys Kopf fuhr zu ihm herum.

»Vielleicht ist der Täter verflucht und die Verwandlung noch nicht abgeschlossen?«, überlegte sie.

»Dann hätte es wie eine normale Bisswunde oder wie der Biss eines Hungernden ausgesehen.« Rylan starrte kopfschüttelnd aus dem Fenster und zur Mauer hinüber. »Ich habe so etwas noch nie erlebt.«

Da musste ich ihm zustimmen. »Sie ... sie war so blass. Aber es war nicht bloß der Totenschleier. Es sah aus, als hätte sie keinen Tropfen Blut im Körper. Und selbst wenn es Hungernde mit lediglich zwei Eckzähnen geben sollte ...«, ich zog die Nase kraus, »... wäre es sicher unschöner und nicht so präzise abgelaufen. Sie sah aus, als ob ...«

»Als ob was?«

Ich betrachtete meine Hände und sah die junge Frau erneut vor mir. Sie war mit jemandem zusammen gewesen, ob freiwillig oder nicht, und, soweit ich wusste, interessierten sich die Hungernden für nichts außer Blut. »Es sah aus, als wäre jemand bei ihr im Zimmer gewesen.«

Tawny lehnte sich zurück. »Wenn es kein Hungernder war, wer macht dann so etwas?«

In der Burg gab es viele Leute. Dienstboten, Wächter, Besucher ... die Aufgestiegenen. Aber das ergab auch keinen Sinn. »Die Wunde war direkt über ihrer Halsschlagader. Es hätte alles voller Blut sein sollen, aber es war kein einziger Tropfen zu sehen.«

»Das ist ... mehr als seltsam.«

Ich nickte. »Außerdem war ihr Genick gebrochen. Ich kenne keinen Hungernden, der so etwas tun würde.«

Tawny schlang die Arme um ihren Oberkörper. »Und ich möchte niemanden kennen, der zu so etwas fähig wäre.«

Ich genauso wenig, aber wir wussten alle, dass die Leute zu allerlei Gräueltaten imstande waren, und die Aufgestiegenen waren da keine Ausnahme. Immerhin waren sie früher ebenfalls sterblich gewesen, und die Fähigkeit zur Grausamkeit schien eines der wenigen Dinge, die das Ritual überstanden.

Ich dachte an Lord Mazeen. Er war grausam, ein Tyrann, und nach unserer letzten Begegnung ging ich davon aus, dass er noch eine weitaus schlimmere Seite hatte. Aber war er zu einer solchen Tat fähig? Ich erschauderte. Selbst wenn, warum hätte er es tun sollen? Und wie? Darauf wusste ich keine Antwort.

Es gab nur ein Wesen, dem ich so etwas zutraute, aber das war kaum vorstellbar.

»Hast du … kanntest du sie?«, fragte Tawny leise.

»Nein, aber dem Kleid nach war sie entweder eine Hofdame oder eine Besucherin«, sagte ich.

Tawny nickte und wandte sich erneut der Perle auf ihrem Korsett zu. Schweigen senkte sich über uns, und kurze Zeit später kehrte Vikter zurück. Er trat zu Rylan und unterhielt sich leise mit ihm, bevor er sich seufzend auf den Rand der Truhe sinken ließ, die am Fußende meines Bettes stand. Ich rutschte auf meinem Stuhl nach vorne.

»Wir haben jeden Zentimeter der Burg durchsucht, aber wir haben keine weiteren Opfer oder den Hungernden gefunden«, berichtete er und senkte den Kopf. »Kommandant Jansen geht davon aus, dass die Burg sicher ist.« Er hielt inne und sah blinzelnd auf. »Relativ gesehen zumindest.«

»Hast du … hast du sie gesehen?«, fragte ich, und er nickte. »Glaubst du wirklich, dass es ein Hungernder war?«

»Ich habe so etwas noch nie erlebt«, erwiderte er und wiederholte damit Rylans Worte.

»Was hat das alles zu bedeuten?«

»Keine Ahnung«, gab er zu und rieb sich mit der Hand über die Stirn.

Ich betrachtete ihn eingehender. Er massierte sich die Haut über den Augenbrauen und kniff die Augen zusammen, wenn er zu uns herübersah und ins Licht der Öllampen blicken musste. Manchmal hatte Vikter Kopfschmerzen. Nicht so wie ich, wenn ich mich zu lange geöffnet und meine Gabe angewandt hatte, sondern stärker. So stark, dass Licht und Geräusche Übelkeit hervorriefen und seinen Kopf beinahe zum Explodieren brachten.

Ich öffnete mich und spürte sofort den stechenden Schmerz hinter seinen Augen. Ich trennte eilig die Verbindung, als würde ich ein unsichtbares Band zwischen uns durchschneiden. Ich konnte keine weiteren Kopfschmerzen gebrauchen, die mich die ganze Nacht wach hielten.

»Wenn es kein Hungernder war, gibt es dann andere Verdächtige?«, fragte Tawny.

»Der Herzog vermutet, dass es ein dunkler Nachkomme war.«

»Wie bitte?« Ich erhob mich.

»Hier? In der Burg?«, rief Tawny.

»Das glaubt er zumindest.« Vikter sah mich misstrauisch an, während ich auf ihn zutrat.

»Und was glaubst du?«, fragte Rylan von seinem Platz neben der Tür. »Ich kann mir nämlich nicht vorstellen, dass ein dunkler Nachkomme derartige Wunden hinterlässt, ohne einen Tropfen Blut zu vergießen.«

»Das ist wahr«, murmelte Vikter, ohne mich aus den Augen zu lassen. »Es ist unmöglich, nach einer Tat wie dieser so gründlich sauber zu machen, vor allem, nachdem das Opfer eine Stunde zuvor noch gesehen wurde.«

»Warum geht der Herzog dann davon aus, dass es ein dunkler Nachkomme war?«, hakte Tawny nach. »Er ist nicht dumm. Das muss er doch auch erkannt haben.«

Ich griff nach einer kleinen Felldecke und legte die andere Hand währenddessen beiläufig auf Vikters Nacken. Seine Haut war warm und trocken, und ich dachte an helle Strände und Mutters Lachen. Er machte einen tiefen, zitternden Atemzug, und ich wusste, dass der Schmerz nachgelassen hatte.

»Keine Ahnung, warum der Herzog das glaubt, aber er hat sicher seine Gründe.« Vikter sah mich dankbar an, während ich die Hand zurückzog. Ich ging zurück zu meinem Stuhl und breitete die Decke über meinen Schoß.

Tawny warf mir einen Blick zu, dann holte sie Luft und wandte sich wieder an Vikter. »Weißt du, wer das Opfer war?«

Er saß nun gerader, und seine Augen wirkten klarer. »Eine der Dienstbotinnen hat sie identifiziert. Die junge Frau hieß Malessa Axton.«

Der Name sagte mir nichts, doch Tawny stieß ein leises »Oh!« aus.

»Kanntest du sie?«

»Nicht gut. Nur vom Sehen.« Sie schüttelte den Kopf, und mehrere Locken schlüpften aus ihrem Dutt. »Sie kam etwa zur selben Zeit an den Hof wie ich. Aber sie war oft mit einer der Ladys aus dem strahlenden Viertel unterwegs. Lady Isherwood glaube ich.«

Das strahlende Viertel war unsere Bezeichnung für die Häuser in unmittelbarer Nähe der Burg und des Wunschwäldchens. Viele der opulenten Unterkünfte wurden von Aufgestiegenen bewohnt.

»Sie war so jung.« Tawny legte ihre Hand in den Schoß. »Und sie hatte noch so viel vor sich.«

Ich öffnete mich und spürte, dass ihre Traurigkeit meiner eigenen ähnelte. Es war nicht der tiefe Schmerz des Verlustes, wenn man jemanden verlor, den man kannte, sondern jene Trauer, die jeden Tod begleitete, vor allem wenn er derart sinnlos war.

Rylan bat Vikter einen Moment nach draußen, und kurz darauf kehrte Tawny in ihr eigenes Zimmer zurück. Ich hätte sie gerne berührt, doch ich hielt mich zurück. Hätte ich es getan, hätte ich ihr ihren Schmerz nehmen können, wie ich es schon einige Male getan hatte, ohne dass sie etwas bemerkt hatte. Stattdessen trat ich vors Fenster und starrte hinaus auf das beständige Leuchten der Fackeln hinter der Mauer.

Ich stand immer noch dort, als Vikter zurückkam.

»Danke«, sagte er und gesellte sich zu mir. »Die Kopfschmerzen haben mich langsam wahnsinnig gemacht.«

»Schön, dass ich helfen konnte.«

»Das hättest du nicht tun müssen. Der Heiler hat mir ein Pulver gegeben.«

»Ich weiß, aber meine Gabe hat dir sicher schneller Linderung verschafft, und zwar ohne Schwindelgefühl und Schläfrigkeit.« Und das waren nur zwei der zahlreichen Nebenwirkungen des bräunlich weißen Pulvers.

»Das ist wahr.« Vikter schwieg einen Moment, und ich wusste, dass er genauso besorgt war wie ich.

Es war schwer zu glauben, dass der Mörder ein dunkler Nachkomme gewesen war, obwohl ich mir vorstellen konnte, dass eine Art Eispickel derartige Wunden verursachen konnte. Egal wie, es war jedenfalls seltsam, dass die Verletzung der Halsschlagader nicht zu einem Blutbad geführt hatte, und noch eigenartiger war das Motiv. Diese beiden Wunden konnten kaum dem Anliegen der dunklen Nachkommen dienen. Denn das Einzige, was meines Wissens nach solche Wunden verursachen konnte, stand gegen alles, woran die dunklen Nachkommen glaubten.

»Rylan hat mit mir gesprochen.«

Ich sah Vikter mit erhobenen Augenbrauen an. »Ja?«

Seine meerblauen Augen musterten mich. »Er hat mir von Lord Mazeen erzählt.«

Mein Magen zog sich zusammen, und ich wandte den Blick ab. Ich hatte meine Begegnung mit dem Lord nicht vergessen, sie war nur nicht das dringlichste Problem, das mich in den letzten paar Stunden beschäftigt hatte. »Hat er dir etwas angetan, Poppy?«, fragte Vikter.

Eine brennende Hitze stieg in mein Gesicht und raubte mir beinahe den Atem. Ich presste die Wange gegen den Fensterrahmen. Ich wollte nicht daran denken. Das wollte ich nie. Mir wurde übel, und da war auch wieder diese ... diese seltsame Scham, die ein klebriges, schmutziges Gefühl auf meiner Haut hinterließ. Ich verstand nicht, warum sie immer wieder kam. Ich wusste, dass ich nichts getan hatte, um die Aufmerksamkeit des Lords zu erregen, und selbst wenn, wäre er trotzdem im Unrecht gewesen. Aber wenn ich daran dachte, dass er sich für mächtig genug hielt, um mich berühren zu dürfen, hätte ich mir am liebsten die Haut abgezogen.

Außerdem wollte ich nicht daran denken, wie dankbar ich über die Schreie der Dienstbotin gewesen war, bevor ich erkannt hatte, was der Grund dafür gewesen war.

Ich schob all diese Gedanken beiseite. Ich würde mich später damit auseinandersetzen – vermutlich, wenn ich eigentlich schlafen wollte. »Er hat mich wieder einmal drangsaliert, mehr nicht.«

»Wirklich?«

Ich nickte, auch wenn es nicht der Wahrheit entsprach. Trotzdem hatte ich kein schlechtes Gewissen. Was hätte Vikter mit der Wahrheit anfangen sollen? Nichts. Und er war schlau genug, um das ebenfalls zu erkennen.

Sein Kiefermuskel zuckte. »Er muss dich endlich in Frieden lassen.«

»Stimmt, aber ich komme schon mit ihm klar.«

Gerade mal so.

Ich wollte nicht daran denken, wie kurz davor ich gestanden hatte, etwas Unverzeihliches zu tun. Wenn ich den Dolch gezogen und ihn benutzt hätte, wäre ich verloren gewesen. Aber – bei den Göttern – ich hätte nicht einen Funken Reue verspürt.

»Das solltest du aber nicht müssen«, sagte Vikter. »Und er sollte es besser wissen.«

»Das sollte er, und ich glaube, das tut er auch. Aber es ist ihm egal«, gab ich zu und wandte mich um, sodass ich mich auf das Fensterbrett lehnen konnte. »Weißt du, ich habe die junge Frau gesehen. Ich habe gesehen, wie sie ... zurückgelassen wurde. Ich würde sagen, sie war mit jemandem zusammen. Freiwillig oder nicht.«

Vikter nickte. »Der Heiler, der sich die Leiche angesehen hat, denkt auch, dass sie vor ihrem Tod körperlichen Kontakt mit jemandem hatte, aber er fand keine Kampfspuren.

Kein getrocknetes Blut oder Hautfetzen unter ihren Fingernägeln. Trotzdem kann man nie wissen.«

Ich presste die Lippen aufeinander. »Ich halte es für unwahrscheinlich, dass ein dunkler Nachkomme derartige Wunden hinterlässt, abgesehen davon, dass er es nicht geschafft hätte, ohne ein Blutbad anzurichten. Aber was sagt uns das? Denn es gibt nur ein Wesen, das zu dem fähig ist, was der jungen Frau angetan wurde ...«

Unsere Blicke trafen sich. »Ein Atlantianer«, meinte Vikter.

Ich nickte und war erleichtert, dass er es ausgesprochen hatte und nicht ich. »Das muss der Herzog doch wissen. Jeder, der die Wunden sieht, weiß das und muss sich fragen, warum ein dunkler Nachkomme ein Verbrechen imitiert, das von einem Atlantianer begangen worden sein könnte.«

»Genau deshalb glaube ich nicht, dass es ein dunkler Nachkomme war«, erklärte Vikter, und eine schwere Last legte sich auf meine Brust. »Ich glaube, es war ein Atlantianer.«

Ein dunkler Nachkomme, der sich frei durch Burg Teerman bewegte, war schon besorgniserregend genug, aber die Möglichkeit, dass sich ein Atlantianer unbemerkt Zutritt verschafft hatte, war schlichtweg Furcht einflößend.

Ich wollte einen Beweis finden, dass Vikter und ich lediglich überängstlich waren, also schlich ich mich im Morgengrauen durch den Dienstbotengang nach unten und durch die unheimlich leere Küche, während Rylan vor dem Zimmer Wache hielt. Zu dieser Zeit war es in der Burg am ruhigsten, und sobald die Sonne aufgegangen war, brauchte ich keine Angst mehr zu haben, Lord Mazeen oder einem anderen Aufgestiegenen in die Arme zu laufen.

Ich steuerte auf den Bankettsaal zu. Mein Ziel war der zweite Raum auf der linken Seite, wo ich mich oft mit Priesterin Analia für meine wöchentlichen Unterweisungen traf. Doch bevor ich eintrat, wanderte mein Blick den schwach beleuchteten Flur entlang zu dem Zimmer, in dem man Malessa gefunden hatte.

Die Tür war geschlossen.

Ich riss mich davon los, zog leise die Tür hinter mir zu und eilte zu dem schmucklosen Holzstuhl, auf dem ein Buch lag, von dem ich niemals gedacht hätte, dass ich es einmal freiwillig zur Hand nehmen würde.

Vor allem, weil ich *Die Geschichte des Krieges der zwei Könige und das Königreich von Solis* bereits eine gefühlte Million Mal gelesen hatte. Ich trug das Buch zu dem einzigen Fenster im Raum, schlug es eilig auf, hielt es in die ersten schwachen Sonnenstrahlen und blätterte vorsichtig darin. Wenn ich eine der Seiten beschädigte, würde Priesterin Analia äußerst erzürnt sein. Kurz darauf hatte ich den gesuchten Abschnitt gefunden. Hier wurden in wenigen Absätzen das Aussehen, die Merkmale und die Fähigkeiten der Atlantianer beschrieben.

Leider wurde alles bestätigt, was ich bereits gewusst hatte.

Ich hatte noch nie einen Atlantianer gesehen – zumindest nicht bewusst, und genau das war das Problem. Atlantianer sahen aus wie Sterbliche. Selbst die ausgestorbenen Wölfischen, die Seite an Seite mit ihnen in Atlantia gelebt hatten, waren leicht mit Sterblichen zu verwechseln gewesen. Die Atlantianer konnten sich unerkannt unter das Volk mischen, das sie unterwerfen und jagen wollten, was sie zu versierten, todbringenden Jägern machte. Nicht einmal die Aufgestiegenen hätten einen Atlantianer erkannt, selbst wenn er ihnen direkt gegenübergestanden hätte. Aber aus irgendeinem Grund hatten die Götter das alles nicht in Betracht gezogen, als sie den Segen das erste Mal ausgesprochen hatten.

Ich überflog den Text, und dabei stach mir ein Wort besonders ins Auge und führte dazu, dass sich mein Magen zusammenzog. *Fangzähne*. Obwohl ich bereits wusste, was hier stand, las ich den Absatz trotzdem:

Zwischen neunzehn und einundzwanzig Jahren verlassen Wesen atlantianischer Herkunft das schutzlose Stadium der Unreife, und das Böse in ihrem Blut erwacht. In dieser Zeit kommt es zu einer besorgniserregenden Kraftzunahme, und im weiteren Reifeprozess entwickeln Atlantianer die Fähigkeit, sich von den meisten tödlichen Verletzungen zu erholen. Bekannt ist weiter, dass vor dem Krieg der Zwei Könige und der Ausrottung der Wölfischen ein Ritual zwischen jeweils einem Atlantianer einer bestimmten Klasse und einem Wölfischen stattfand, das in einer tieferen Verbindung der beiden endete. Über die Verbindung selbst ist kaum etwas bekannt, es wird allerdings angenommen, dass es die Pflicht des Wölfischen war, den Atlantianer zu beschützen.

Bei Atlantianern bilden sich die beiden oberen Eckzähne zu längeren, schärferen Fangzähnen aus, die für das ungeschulte Auge jedoch kaum zu erkennen sind.

Ich dachte an die beiden Einstichstellen an Malessas Hals. Die Fangzähne der Atlantianer waren nicht so ausgeprägt und deutlich erkennbar wie die Zähne der Hungernden, aber der Herzog konnte eine Überprüfung der Zähne sämtlicher Leute in der Burg anordnen.

Was zugegeben einen ziemlichen Eingriff in die Privatsphäre bedeutet hätte.

Ich las weiter.

Nach dem Erscheinen der Fangzähne treten Atlantianer in die nächste Phase des Reifeprozesses über, und der

Durst setzt ein. Solange ihre widernatürlichen Gelüste befriedigt werden, wird der Alterungsprozess drastisch verlangsamt. Es wird davon ausgegangen, dass ein Jahr für einen Sterblichen etwa drei Dekaden im Leben eines Atlantianers ausmacht. Cillian Da'Lahon war mit zweitausendsiebenhundertzwei Kalenderjahren der älteste bekannte Atlantianer.

Das bedeutete, dass ein Atlantianer aussehen konnte wie ein Zwanzigjähriger, obwohl er schon einhundert Jahre oder noch älter war. Dennoch wurde der Alterungsprozess nicht ganz ausgeschaltet – im Gegensatz zu den Aufgestiegenen, die den Segen der Götter empfingen und ab diesen Moment in ihrem jeweiligen Alter verharrten. Nur die allerältesten der Aufgestiegenen wirkten älter als dreißig, und sie konnten tatsächlich ewig leben.

Doch auch die Atlantianer und die normalen Aufgestiegenen wurden unglaublich alt und kamen der Unsterblichkeit – und den Göttern – sehr nahe.

Ich konnte kaum begreifen, was es bedeutete, so lange zu leben. Ich schüttelte den Kopf und las weiter.

Ab diesem Stadium können Atlantianer das Böse in ihrem Blut an Sterbliche weitergeben, wodurch eine brutale und zerstörerische Kreatur entsteht, die als Hungernder bezeichnet wird und einige der körperlichen Merkmale ihres Schöpfers übernimmt. Der Fluch wird durch einen vergifteten Kuss weitergegeben ...

Der vergiftete Kuss bedeutete jedoch nicht, dass zwei fremde Lippen aufeinandertrafen. Die Atlantianer taten dasselbe wie die Hungernden, auch wenn es bei ihnen nicht so unschön vonstattenging. Atlantianer bissen Sterbliche und tranken ihr Blut, um zu überleben.

Sie erlangten ihr unglaubliches Alter, ihre Kraft und ihre Selbstheilungskräfte, indem sie sich an Sterblichen nährten, die ihre Hauptnahrungsquelle darstellten. Ich erschauderte.

Malessa musste von einem Atlantianer gebissen und ausgesaugt worden sein. Es erklärte, warum kein Tropfen Blut zu sehen und Malessa so unglaublich blass gewesen war.

Unklar war nur, warum der Atlantianer ihr das Genick gebrochen und sie getötet hatte, bevor sie den Fluch weiterverbreiten konnte. Warum hatte er ihr nicht erlaubt, sich zu verwandeln? Andererseits war der Biss nicht gerade an einer versteckten Stelle gewesen. Er war vielmehr eine Warnung an alle, die ihn sahen.

Ein Atlantianer befand sich in unserer Mitte.

Ich schloss das Buch und legte es vorsichtig zurück auf den Stuhl, während meine Gedanken zum Aufstiegsritual an meinem neunzehnten Geburtstag wanderten. Ich würde dann in demselben Alter sein, in dem auch der Reifeprozess der Atlantianer begann. Es war nicht wirklich überraschend. Immerhin waren unsere Götter irgendwann einmal auch ihre gewesen.

Bevor sie ihren Segen verloren hatten.

Ich verließ das Zimmer und machte mich auf den Weg zurück in die Küche, wobei mein Blick wieder auf der Tür landete, hinter der Malessa gefunden worden war. Ich musste in meinem Zimmer sein, bevor die Bediensteten ihre Arbeit aufnahmen, aber ich zögerte.

Schließlich trat ich vor die Tür und drehte am Knauf. Sie war unverschlossen. Ich schlüpfte ins Zimmer, bevor ich es mir anders überlegen konnte. Glücklicherweise wurde es von einigen Wandleuchten in sanftes Licht getaucht.

Der Platz, an dem das Sitzmöbel gestanden hatte, war leer. Die gepolsterten Stühle und ein runder, niedriger Tisch mit einem Blumenarrangement in der Mitte standen allerdings noch an Ort und Stelle. Ich tappte weiter und wusste nicht einmal genau, wonach ich eigentlich suchte und ob ich es überhaupt erkennen würde, wenn ich es fand.

Abgesehen von dem fehlenden Möbelstück schien nichts außergewöhnlich, obwohl es seltsam kalt war, als hätte ein Fenster offen gestanden. Dabei gab es auf dieser Seite des Bankettsaales keine Fenster.

Was hatte Malessa hier gemacht? Hatte sie ein Buch gelesen oder auf eine andere Hofdame gewartet? Oder vielleicht auf Lady Isherwood? Oder war sie mit einer anderen Person, der sie vertraute, ins Zimmer geschlüpft? Hatte der Angreifer sie überrumpelt?

Ein Schaudern durchfuhr mich. Ich war mir nicht sicher, was schlimmer war – verraten oder überrumpelt zu werden.

Nein, eigentlich wusste ich es. Verrat war schlimmer.

Ich machte noch einen Schritt nach vorne und hielt abrupt inne. Hinter einem der Stuhlbeine lag etwas. Ich ging in die Hocke und hob es auf. Ich neigte den Kopf und glitt mit dem Daumen über die weiße Oberfläche, die sich glatt und weich anfühlte.

Es war ... ein Blütenblatt.

Ich runzelte die Stirn, als mir der Geruch in die Nase stieg. Jasmin. Aus irgendeinem Grund wurde mir übel, was seltsam war, denn normalerweise mochte ich den Duft.

Ich richtete mich wieder auf und betrachtete das Blumenarrangement. Es enthielt mehrere weiße Lilien, aber keinen Jasmin. Ich studierte das Blütenblatt stirnrunzelnd. Woher kam es? Ich schüttelte den Kopf, trat neben das Arrangement und legte das Blütenblatt zu den anderen Blumen, bevor ich mich ein letztes Mal umsah. Es war kein einziger Tropfen Blut auf dem cremefarbenen Teppich zu sehen, der sicher Flecken abbekommen hätte, wenn hier Blut geflossen wäre.

Im Grunde hatte ich keine Ahnung, was ich hier eigentlich tat. Falls Beweise gefunden worden waren, hatte man sie entfernt, und selbst wenn noch etwas da war, hatte ich keinerlei Erfahrung mit solchen Dingen. Ich wollte lediglich irgendetwas tun oder finden, das unsere schlimmsten Befürchtungen widerlegte.

Aber hier gab es weder etwas zu tun noch zu finden. Außer der Wahrheit. Und was war mein Leitsatz, wenn es um die Wahrheit ging? Natürlich machte die Wahrheit oft Angst, aber mit ihr kam auch die Macht.

Und ich hatte mich noch nie vor der Wahrheit versteckt.

Ich schaffte es ohne Zwischenfälle zurück in mein Zimmer und blieb den ganzen Tag dort – also im Grunde wie an allen anderen Tagen auch.

Tawny schaute kurz vorbei, bis sie von einer der Herrinnen gerufen wurde. Niemand wurde gefangen genommen, aber vielleicht verzögerte der Vorfall zumindest die Vorbereitungen auf das Auswahlritual.

Nein, das war ein alberner Gedanke. Nicht einmal ein Erdbeben wäre dem Ritual in die Quere gekommen.

Ich dachte lange darüber nach, was mit Malessa passiert war, und je länger ich grübelte, desto mehr ergab die Lüge des Herzogs Sinn, dass es sich bei dem Angreifer um einen dunklen Nachkommen gehandelt haben musste. Es war wie bei Phillips, dem Wächter der Mauer, der nicht über Finleys Tod sprechen wollte, um keine Panik zu verursachen.

Allerdings erklärte das nicht, warum der Herzog nicht wenigstens zur königlichen Wache ehrlich war. Wenn ein Atlantianer unter uns war, mussten die Wächter darauf vorbereitet sein.

Die Aufgestiegenen waren zwar mächtig und stark, aber das waren die Atlantianer ebenfalls, wenn nicht sogar noch mehr.

Kurz vor Sonnenuntergang klopfte Rylan an meine Tür.

»Willst du einen Spaziergang wagen? Ich dachte, ich frage mal nach.«

»Ich weiß nicht.« Ich sah zum Fenster hinaus. »Meinst du, es wäre in Ordnung?«

Rylan nickte. »Ja.«

Ich konnte tatsächlich ein wenig frische Luft und eine Auszeit von meinen Gedanken vertragen. Es war nur ... keine Ahnung. Es waren noch nicht einmal vierundzwanzig Stunden vergangen, seit Malessa ermordet worden war, trotzdem war es wie jeder andere Abend auch.

»Du musst nicht hier drinnen herumsitzen«, meinte Rylan, und ich warf ihm einen Blick zu. »Es sei denn, du willst es so. Das, was gestern Abend mit der armen jungen Frau und mit dem Lord geschehen ist, hat nichts mit dem zu tun, was dir Freude bereitet.«

Ein kaum merkliches Lächeln umspielte meine Lippen. »Außerdem hast du es satt, draußen im Flur herumzustehen.«

Rylan lachte leise. »Vielleicht.«

Ich grinste. »Ich hole nur noch meinen Schleier.«

Es dauerte einige Minuten, bis ich den Schleier übergestülpt und mich fertiggemacht hatte. Dieses Mal gelangten wir ohne Unterbrechungen in den Garten, obwohl auch hier einige Dienstbotinnen und Dienstboten stehen blieben und mich anstarrten.

Der Garten war einer meiner Lieblingsorte im Umkreis der Burg, und wie jedes Mal fielen meine Sorgen und nie enden wollenden Gedanken von mir ab, je weiter ich den Pfad entlangschritt. Wenn ich hier unterwegs war, beruhigte sich mein Geist, und alles, was mich beschäftigte, verblasste.

Ich dachte weder an Malessa noch an den Atlantianer, der sich Zugang zur Burg verschafft hatte. Ich wurde nicht von dem Bild verfolgt, wie Agnes die schlaffe Hand ihres Mannes gehalten hatte, oder davon, was im *Red Pearl* mit Hawke passiert war. Ich dachte nicht einmal an das bevorstehende Aufstiegsritual oder daran, was Vikter gesagt hatte.

Im königlichen Garten existierte ich einfach. Ich existierte in der Gegenwart, anstatt in der Vergangenheit und zukünftigen Was-Wäre-Wenns gefangen zu sein.

Ich war mir nicht sicher, warum der Park als königlicher Garten bezeichnet wurde. Soweit ich wusste, war die Königin schon seit langer Zeit nicht mehr in Masadonien gewesen. Aber vermutlich hatten der Herzog und die Herzogin den Namen als Hommage gewählt.

In der ganzen Zeit, die ich bei der Königin verbracht hatte, hatte sie kein einziges Mal einen Fuß in die üppigen Gärten der Hauptstadt gesetzt.

Ich sah zu Rylan hinüber. Normalerweise war ein unerwarteter Regenschauer die einzige Gefahr, der wir uns hier gegenübersahen, doch heute Abend war er aufmerksamer, als ich ihn jemals im Garten erlebt hatte. Sein Blick huschte in einem fort die zahllosen Wege entlang. Ich hatte immer angenommen, dass ihn diese Ausflüge langweilten, aber er hatte sich nie beschwert. Im Gegensatz zu Vikter, der ständig brummend aufzählte, was wir statt des Spazierganges sonst hätten machen können.

Jetzt, wo ich so darüber nachdachte, genoss Rylan die Spaziergänge vielleicht sogar, und nicht nur deshalb, weil er dann nicht mehr im Flur vor meinem Zimmer herumstehen musste.

Ein kühler Wind strich durch den Garten, wirbelte die Blätter auf und zerrte am Saum meines Schleiers. Hätte ich ihn bloß abnehmen können. Er war durchsichtig genug, um etwas zu erkennen, aber er machte das Spazierengehen in der Dämmerung durch einen schwach beleuchteten Park einigermaßen schwierig.

Ich ging an einem großen Springbrunnen vorbei, in dem eine Marmor- und Kalksteinstatue der verschleierten Jungfräulichen stand. Aus dem Krug in ihrer Hand ergoss sich Wasser in einem unablässigen Schwall, und das Geräusch erinnerte mich an das Rauschen der Wellen am Stroud Meer. Unzählige Münzen schimmerten im Wasser. Eine Gabe an die Götter in der Hoffnung, dass sie die Wünsche der Gläubigen erfüllten.

Ich näherte mich dem äußersten Teil des Gartens, wo eine kleine, aber dichte Gruppe aus Palisanderbäumen die innere Mauer verdeckte, die Burg Teerman vom Rest der Stadt trennte. Die Bäume ragten beinahe zwanzig Meter in den Himmel, und in Masadonien trugen sie das ganze Jahr über dicke lavendelfarbige, trompetenförmige Blüten. Nur in den kältesten Monaten, wenn Schnee drohte, ließen sie schließlich die Blätter fallen, die sich wie eine violette Decke über den Boden breiteten. Sie waren atemberaubend, aber ich mochte sie nicht nur wegen ihrer Schönheit.

Die Palisanderbäume verdeckten den teilweise eingestürzten Mauerteil, über den Vikter und ich des Öfteren aus dem Burgareal in das Wunschwäldchen dahinter stiegen.

Ich hielt vor einem hölzernen Rankgerüst inne, das sich über beinahe zwanzig Meter erstreckte und von einer Vielzahl von ineinander verschlungenen Rosensträuchern überwuchert wurde. Ich sah hinauf in den immer dunkler werdenden Himmel, dann richtete ich den Blick wieder geradeaus.

Rylan trat hinter mich. »Wir haben es rechtzeitig geschafft.«

Ich warf ihm ein Lächeln zu, doch es verblasste schnell wieder. »Ja, heute Abend schon.«

Wenige Augenblicke vergingen, dann gab sich die Sonne dem Mond geschlagen. Die letzten Sonnenstrahlen verschwanden vom Rankgerüst, und Hunderte Knospen begannen zu zittern und öffneten sich langsam in üppige nachtschwarze Blüten.

Nachtblühende Rosen.

Ich schloss die Augen und atmete den süßlichen Geruch ein, der kurz nach dem Öffnen und vor der Morgendämmerung am stärksten war.

»Sie sind eigentlich echt schön«, meinte Rylan. »Sie erinnern mich an ...« Der Satz endete in einem erstickten Röcheln.

Ich riss die Augen auf und fuhr herum. Ein entsetzter Schrei blieb mir im Hals stecken, als ich sah, wie Rylan nach hinten taumelte. In seiner Brust steckte ein Pfeil. Ein überraschter Ausdruck huschte über sein Gesicht, als er das Kinn hob.

»Lauf«, keuchte er, und Blut tropfte aus seinem Mund. *»Lauf.«*

7

»RYLAN!« ICH LIEF ZU IHM UND LEGTE EINEN ARM um ihn, doch in diesem Moment gaben seine Beine unter ihm nach. Er war zu schwer, und als er fiel, ging ich mit ihm zu Boden und schlug mir die Knie auf. Ich merkte es nicht einmal, sondern presste die Hände auf seine Wunde, um das Blut zu stoppen. Ich öffnete mich seinem Schmerz. »Rylan ...«

Doch die Worte blieben mir im Hals stecken, und ich schmeckte Asche.

Ich ... ich spürte *nichts*. Das war nicht richtig. Er musste doch unter starken Schmerzen leiden, und dagegen konnte ich etwas tun. Ich konnte ihm den Schmerz nehmen, aber da war *nichts*, und als ich ihm ins Gesicht sah, hätte ich mich am liebsten wieder abgewandt. Seine Augen standen offen, und er starrte blicklos in den Himmel. Ich schüttelte den Kopf, doch sein Brustkorb unter meinen Händen bewegte sich nicht.

»Nein«, hauchte ich, und mein Blut gefror zu Eis. »Rylan!«

Es kam keine Antwort, keinerlei Reaktion. Die Blutlache unter ihm breitete sich aus, die rote Flüssigkeit sickerte in die Symbole auf den Steinplatten. Kreise, deren Mitte von einem Pfeil durchbohrt wurde. Unendlichkeit. Macht. Das königliche Wappen. Ich presste meine zitternden, blutüberströmten Hände weiter auf Rylans Brust. Ich weigerte mich, es anzuerkennen ...

Schritte erklangen hinter mir, so laut wie ein Donnerhall.

Ich wandte mich um. Vor mir stand ein Mann mit einem Bogen. Die Kapuze seines Mantels warf einen Schatten auf sein Gesicht.

»Du tust, was ich dir sage, Jungfräuliche.« Seine Stimme klang wie aneinander reibender Kiesel. »Dann passiert niemandem etwas.«

»Niemandem?«, keuchte ich.

»Na ja, außer deinem Leibwächter«, verbesserte er sich.

Ich starrte zu dem Mann hoch, und ... Rylans Brustkorb bewegte sich immer noch nicht. Tief in mir wusste ich, dass er sich nie wieder bewegen würde. Rylan war bereits tot gewesen, bevor er auf dem Boden aufgeschlagen war. Er war fort.

Ein scharfer, ungefilterter Schmerz durchfuhr mich. Hitze breitete sich in meinen Adern und meiner Brust aus und füllte die Leere. Meine Hände hörten auf zu zittern. Die Panik und der Schock wurden von blanker Wut abgelöst.

»Aufstehen«, befahl der Mann.

Ich erhob mich langsam. Mein Kleid war von Rylans Blut durchtränkt und klebte an der dünnen Hose, die ich darunter trug. Mein Herzschlag verlangsamte sich, während meine Hand in den Schlitz auf der Seite des Kleides glitt. War das hier Malessas Mörder? Wenn ja, dann war er Atlantianer, und ich musste schnell sein, wenn ich überhaupt eine Chance haben wollte.

»Wir verschwinden jetzt von hier«, erklärte er. »Du gibst keinen Mucks von dir, und du machst mir keine Schwierigkeiten, verstanden?«

Meine Finger schlossen sich um den glatten, kalten Griff des Dolches. Ich nickte.

»Gut.« Er trat einen Schritt auf mich zu. »Ich will dir nicht wehtun, aber wenn du mir einen Grund gibst, werde ich nicht zögern.«

Ich stand vollkommen regungslos vor ihm, während die Wut in meinem Inneren immer stärker wurde und an die Oberfläche drängte. Rylan war zwar mein Leibwächter gewesen und kannte die Gefahren, aber er war wegen mir gestorben. Weil dieser Mann dachte, er könnte mich entführen. Malessa war höchstwahrscheinlich vergewaltigt und ermordet worden, und wozu?

Wenn er ein Atlantianer oder ein dunkler Nachkomme war, würde er kein Lösegeld für mich verlangen. Er würde mich benutzen, um eine Nachricht zu übermitteln. Genau wie bei den drei Aufgestiegenen, die einmal in Dreiachen entführt worden waren und in blutigen Einzelteilen zurückgekehrt waren.

Doch im Moment war es mir egal, was der Mann plante. Jetzt zählte nur, dass er Rylan umgebracht hatte, der die nachtblühenden Rosen genauso wunderschön gefunden hatte wie ich. Und möglicherweise hatte er auch Malessa getötet und ihre Leiche auf rücksichtslose, respektlose Art zur Schau gestellt.

»Du benimmst dich. Das ist schlau«, spottete er.

Doch als er die Hand nach mir ausstreckte, zog ich den Dolch, stürzte nach vorne und duckte mich unter seinem Arm hindurch.

»Was zum ...?«

Ich sprang hinter ihn, packte die Rückseite seines Mantels und richtete den Dolch aus, wie Vikter es mir gezeigt hatte.

Auf das Herz.

Obwohl er überrascht war, reagierte er schnell und wich zur Seite, doch er war nicht schnell genug, um dem Dolch auszuweichen. Blut schoss hervor, als die Klinge tief in seine Seite drang und das Herz nur um wenige Zentimeter verfehlte.

Sein schmerzerfülltes Jaulen erinnerte mich an einen

Hund. Als ich den Dolch herauszog, stieß er ein tiefes Knurren aus, das meine Haare zu Berge stehen ließ und meine Instinkte in höchste Alarmbereitschaft versetzte.

Es klang so ... *unmenschlich*.

Ich umfasste den Griff des Dolches noch fester und wollte ihn dem Angreifer erneut in den Rücken rammen, doch er fuhr herum, und ich sah seine Faust nicht kommen. Ich spürte lediglich einen explosionsartigen Schmerz an meinem Kinn, was sich auf meine Zielsicherheit auswirkte. Ich schmeckte etwas Metallisches. Blut. Mein Dolch hatte einen tiefen Schnitt hinterlassen, aber nicht tief genug.

»Miststück«, grunzte der Mann und schlug mir erneut mit der Faust ins Gesicht.

Der Schlag traf mich mit überraschender Wucht. Ich taumelte zurück, und Sterne tanzten vor meinen Augen, bevor langsam alles schwarz wurde. Ich wäre beinahe in die Knie gegangen, aber ich zwang mich, es nicht zu tun. Wenn ich jetzt zu Boden ging, würde ich nie wieder aufstehen. Das hatte ich ebenfalls von Vikter gelernt.

Ich blinzelte hastig und versuchte, die Sterne zu vertreiben, während der Mann zu mir herumwirbelte. Seine Kapuze war ihm vom Kopf gerutscht. Er war jung, vermutlich nur wenige Jahre älter als ich, und hatte zottelige dunkle Haare. Er presste sich die Hand auf die Seite, und Blut sickerte zwischen seinen Fingern hervor. Ich musste etwas Wichtiges erwischt haben.

Gut.

Er fletschte die Zähne wie ein wildes Tier, und ich sah seine Augen im Mondlicht. Sie hatten die Farbe von gefrorenem Wasser. Ein helles, leuchtendes Blau.

»Das wirst du büßen«, knurrte er noch rauer als zuvor.

Ich spannte sämtliche Muskeln an. Wenn ich jetzt losrannte, würde er mir wie ein Raubtier folgen. Doch wenn ich ihm noch einmal nahe kam, musste ich zusehen, dass ich das Ziel dieses Mal traf. »Einen Schritt näher, und ich verfehle dein Herz nicht auch noch ein drittes Mal.«

Er lachte, und mir wurde eiskalt. Das Lachen klang zu tief, zu *andersartig*. »Ich werde dir die Haut von deinen dünnen, zerbrechlichen Knochen reißen. Mir doch egal, was er mit dir vorhat. Ich werde in deinem Blut baden und mich an deinen Innereien laben.«

Die Angst drohte mich zu überwältigen, aber ich gab ihr nicht nach. »Klingt herrlich.«

»Oh, das wird es.« Er machte grinsend einen Schritt auf mich zu. Seine Zähne waren voller Blut. »Deine Schreie ...«

Ein scharfes, durchdringendes Pfeifen erklang irgendwo tief in den Bäumen, und er hielt inne, seine Nasenflügel bebten. Das Pfeifen erklang erneut, und er schien vor Wut zu zittern. Die Haut um seinen Mund wurde blass, während er einen Schritt zurück machte.

Ich hielt den Dolch immer noch fest umklammert, aber meine Beine begannen allmählich zu zittern. Ich ließ ihn nicht aus den Augen und bemühte mich, nicht zu blinzeln.

Er hob den zu Boden gefallenen Bogen auf und zuckte zusammen, als er sich aufrichtete. Unsere Blicke trafen sich erneut. »Wir werden uns schon sehr bald wiedersehen.«

»Ich kann's kaum erwarten«, presste ich hervor.

Er grinste höhnisch. »Ich werde dir dein freches Mundwerk schon noch stopfen, versprochen.«

Er ging rückwärts, bis er hinter den Rosen stand, dann fuhr er herum, lief leichten Schrittes davon und war im nächsten Augenblick in den dunklen Schatten unter den Bäumen verschwunden. Mein Atem ging schnell und abgehackt, doch ich rührte mich nicht von der Stelle. Womöglich war es ein Trick, und er wartete bloß darauf, dass ich mich abwandte.

Ich war mir nicht sicher, wie lange ich regungslos da-stand, doch das Zittern hatte sich bis zu meinen Händen ausgebreitet, als mir langsam klar wurde, dass er nicht wiederkommen würde.

Ich senkte langsam den Dolch. Mein Blick blieb an dem Blutfleck hängen, den der Angreifer am Boden hinterlassen hatte. Ich sah hinüber zu den Rosen, und ein weiteres Keuchen entfuhr mir. Blutstropfen glitzerten auf den onyxfarbenen Blütenblättern.

Ein Schaudern durchfuhr meinen ganzen Körper.

Ich zwang mich, mich abzuwenden.

Rylan lag noch dort, wo er zu Boden gegangen war. Die Arme schlaff neben sich, der Blick leer. Ich öffnete den Mund, um etwas zu sagen, aber fand keine Worte.

Ich sah hinunter auf meinen Dolch und spürte, wie ein Schrei in mir hochstieg.

Reiß dich zusammen!

Ich musste jemanden holen. Rylan durfte nicht so liegen bleiben, und ich durfte nicht mit dem blutigen Dolch gesehen werden. Niemand durfte wissen, dass ich den Angreifer in die Flucht geschlagen hatte. Ich presste die Lippen aufeinander.

Reiß dich zusammen!

Es war, als hätte jemand einen Hebel umgelegt. Das Zittern verschwand, mein Herzschlag beruhigte sich. Ich konnte immer noch nicht richtig atmen, aber ich schaffte es, nach vorne zu treten und den Dolch an Rylans Hose abzuwischen. »Es tut mir leid«, flüsterte ich, und das schlechte Gewissen war beinahe übermächtig. Trotzdem musste es getan werden. Mein Kopf dröhnte, als ich den Dolch zurück ins Futteral steckte. »Ich hole jemanden, der sich um dich kümmert.«

Ich bekam keine Antwort. Ich würde nie wieder eine Antwort von ihm bekommen.

Ich stolperte den Weg entlang, ohne wirklich zu wissen,

was ich tat. Eine Taubheit umschloss meinen Körper, sickerte durch sämtliche Poren und nahm von meinen Muskeln Besitz. Die Lichter in den Burgfenstern wiesen mir den Weg um den Springbrunnen herum, wo ich abrupt innehielt. Vor mir erklangen Schritte. Meine Hand fand erneut den Dolch, meine Finger schlossen sich …

»Jungfräuliche? Wir haben Schreie gehört«, rief eine Stimme. Es war ein königlicher Wächter, der üblicherweise für die Hofdamen und Hofherren abgestellt war. Seine Augen wurden groß, als er mich sah. »Ist das … bei den Göttern, was ist passiert?«

Ich wollte antworten, aber ich brachte noch immer kein Wort über die Lippen. Ein weiterer Wächter fluchte, und dann schob sich ein größerer Mann mit goldenen Haaren an den beiden vorbei. Sein wettergegerbtes Gesicht war ausdruckslos. *Vikter.* Sein Blick glitt über mich und blieb einen Moment an meinen Knien und Händen und schließlich an dem unverschleierten Teil meines Gesichts hängen.

»Bist du verletzt?« Er packte mich sanft an den Schultern. »Poppy, bis du verletzt?«

»Es ist … Rylan. Er ist …« Ich sah zu Vikter hoch und dachte daran, was Hawke gesagt hatte. Dass der Tod manchmal ohne Vorwarnung vorbeikommt. Ich hatte es zwar gewusst, aber es hatte mich trotzdem hart getroffen.

Der Tod ist wie ein alter Freund, der zu Besuch kommt. Manchmal schaut er vorbei, wenn du es am wenigsten erwartest, und manchmal sehnst du ihn herbei.

Dieses Mal war der Besuch wirklich unerwartet gekommen.

»Wie konnte das passieren?«, wollte die Herzogin von Teerman wissen. Die juwelenbesetzte Blume, die ihr braunes Haar zurückhielt, glitzerte unter dem Kronenleuchter, während sie in dem Zimmer auf und ab schritt, in dem sie normalerweise Gäste empfing. »Wie konnte jemand in den Garten eindringen und ihr so nahe kommen?«

Vermutlich auf demselben Weg, auf dem jemand am Vortag in die Burg gekommen war und die Hofdame getötet hatte.

»Die Wächter kundschaften gerade die Burgmauern aus«, erwiderte Vikter. Er stand hinter mir, während ich auf der Kante des samtbezogenen Sitzmöbels balancierte, aus Angst, ich könnte die goldenen Kissen mit Blut beschmutzen. »Aber ich könnte mir vorstellen, dass der Täter über den Teil der Mauer kam, den die Palisanderbäume zum Einsturz gebracht haben.«

Also über jenen Teil, den Vikter und ich benutzten, um unbemerkt aus der Burg zu verschwinden.

Die dunklen Augen der Herzogin funkelten wütend. »Ich will, dass man sie fällt«, befahl sie.

Ich schnappte nach Luft.

»Entschuldigt«, murmelte der Heiler, der mir mit einem feuchten Tuch die Lippen und das Kinn abtupfte. Er reichte es Tawny, die ihm daraufhin ein sauberes Tuch gab. Man hatte sie gerufen, sobald man mich zur Herzogin gebracht hatte.

»Schon gut«, versicherte ich dem grauhaarigen Mann. Meine Reaktion hatte nichts mit seiner Behandlung zu tun, auch wenn die Tinktur brannte. Sie war dem Befehl der Herzogin geschuldet. »Die Bäume sind Hunderte Jahre alt …«

»Und sie hatten ein langes, gesundes Leben.« Die Herzogin sah mich an. »Du nicht, Penellaphe.« Sie schritt auf mich zu, und der Rock ihres tiefroten Kleides bauschte sich um ihre Knöchel. Es erinnerte mich an die Blutlache unter Rylan. Ich hätte mich am liebsten abgewandt, aber ich wollte sie nicht verärgern. »Hätte dieser Mann nicht vorzeitig die Flucht ergriffen, hätte er dich mitgenommen, und dann wären die Bäume das Letzte gewesen, worüber du dir Gedanken gemacht hättest.«

Da hatte sie recht.

Nur Vikter wusste, was wirklich passiert war. Niemand durfte erfahren, dass ich den Mann verwunden konnte, bevor er zurückgepfiffen wurde. Vikter hatte allerdings sämtliche Heiler in der Stadt gebeten, nach einem Mann mit Stichverletzungen Ausschau zu halten.

Aber die Bäume ...

Vermutlich waren sie tatsächlich schuld am Einsturz der Mauer, aber dieser Teil war schon baufällig, solange ich denken konnte, und der Herzog und die Herzogin hatten sicher davon gewusst und schlichtweg auf die Reparatur verzichtet.

»Wie schwer sind die Verletzungen?«, fragte die Herzogin den Heiler.

»Es sind lediglich oberflächliche Wunden, Euer Gnaden. Sie hat einige Schrammen, und das ist unangenehm, aber nichts Bleibendes.« Die Gelenke des alten Heilers knackten, als er sich aufrichtete, und sein langer, dunkler Mantel hing an seinen gebeugten Schultern. »Ihr hattet unglaubliches Glück, Jungfräuliche.«

Das hatte nichts mit Glück zu tun.

Sondern mit der richtigen Vorbereitung.

Sie war der Grund, warum ich vor ihm saß und nur Kopfschmerzen und eine aufgeplatzte Lippe zu beklagen hatte. Ich nickte trotzdem. »Danke für Eure Hilfe.«

»Könntest du ihr etwas gegen die Schmerzen geben?«, fragte die Herzogin.

»Ja. Natürlich.« Er schlurfte zu seiner Ledertasche, die er auf einem kleinen Tisch abgestellt hatte. »Ich habe das perfekte Mittel.« Er wühlte darin herum und zog ein Fläschchen mit einem weiß-rosa Pulver hervor. »Das hilft gegen die Schmerzen und beruhigt.«

Obwohl ich das Pulver auf keinen Fall nehmen würde, griff ich danach und reichte es Tawny, die es in die Tasche ihres Kleides gleiten ließ.

Sobald der Heiler gegangen war, wandte sich die Herzogin an mich. »Lass mich dein Gesicht sehen.«

Ich stieß müde die Luft aus und griff nach meinem Schleier, doch Tawny war bereits zur Stelle. »Lass mich das machen«, murmelte sie.

Ich wollte ihr widersprechen, doch dann fiel mein Blick auf meine Hände. Man hatte sie abgewischt, aber unter den Fingernägeln war immer noch Blut.

Lag Rylan noch draußen bei den Rosen?

Malessas Leiche war erst nach Stunden aus dem Zimmer entfernt worden. Hatte man sie ihrer Familie übergeben oder vorsorglich verbrannt?

Tawny löste den Schleier und nahm ihn vorsichtig ab, sodass er nicht an den Haarsträhnen hängen blieb, die aus meinem Knoten gerutscht waren.

Herzogin Teerman kniete vor mir nieder, und ihre kalten Finger glitten über die Haut unter meiner Lippe und über meine rechte Schläfe. »Was hast du dort draußen im Garten gemacht?«

»Ich habe mir die Rosen angesehen. Wie beinahe jeden Abend.« Ich hob den Blick. »Rylan war immer dabei. Er hat ...« Ich räusperte mich. »Er hat den Angreifer nicht gesehen. Der Pfeil durchbohrte seine Brust, bevor er überhaupt merkte, dass jemand da war.«

Ihre unergründlichen Augen musterten mich. »Das klingt, als wäre er nicht so wachsam gewesen, wie es von ihm erwartet wurde. Er hätte sich niemals überraschen lassen dürfen.«

»Rylan war sehr gut ausgebildet«, entgegnete ich. »Der Mann hatte sich versteckt ...«

»Ein gut ausgebildeter Leibwächter, der von einem Pfeil

niedergestreckt wird?«, fragte sie sanft. »War dieser Mann zur Hälfte ein Geist, dass er sich derart lautlos fortbewegen und ohne Vorwarnung zuschlagen konnte?

Meine Muskeln spannten sich an, als ich an das animalische Geräusch dachte, das der Mann von sich gegeben hatte. »Rylan war sehr wachsam, Euer Gnaden …«

»Was habe ich dir gesagt?«, unterbrach sie mich und hob die zarten Augenbrauen.

Ich bemühte mich, ruhig zu bleiben, und nahm einen flachen Atemzug. »Rylan war wachsam, Jacinda«, korrigierte ich mich. Sie bestand ab und zu darauf, dass ich sie beim Vornamen nannte, und ich wusste vorab nie, ob ich ihn verwenden sollte oder nicht. »Der Mann … er war sehr leise, und Rylan …«

»War nicht vorbereitet«, beendete Vikter den Satz für mich.

Ich fuhr ungläubig mit dem Kopf herum, und ein brennender Schmerz durchzuckte mich.

Vikters blaue Augen blickten in meine. »Er hat eure Abendspaziergänge im Garten genossen. Er ist davon ausgegangen, dass dort keine Gefahr droht, und wurde leider zu selbstgefällig. Nach den gestrigen Ereignissen hätte er es besser wissen sollen.«

Aber er *hatte* es besser gewusst. Er hatte die Umgebung nicht aus den Augen gelassen. Ich ließ die Schultern sinken, und im nächsten Augenblick kam mir ein ganz anderer Gedanke.

Ian.

»Bitte sagt meinem Bruder nichts davon.« Mein Blick huschte zwischen der Herzogin und Vikter hin und her. »Ich will nicht, dass er sich Sorgen macht. Denn das wird er, auch wenn mir nichts passiert ist.«

»Ich muss die Königin informieren, Penellaphe. Das ist dir sicher klar«, sagte die Herzogin. »Und ich habe keinen

Einfluss darauf, mit wem sie darüber redet. Wenn sie das Gefühl hat, Ian sollte es wissen, wird sie es ihm erzählen.«

Ich sank noch weiter in mich zusammen.

Ihre kühlen Fingerspitzen berührten meine Wange. Dieses Mal die linke. Ich sah sie an. »Ist dir eigentlich klar, wie wichtig du bist, Penellaphe? Du bist die Jungfräuliche. Du wurdest auserwählt von den Göttern. Der Aufstieg Hunderter Hofdamen und Hofherren im ganzen Königreich ist direkt mit deinem Schicksal verbunden. Es wird das größte Ritual seit der ersten Segnung. Rylan und die anderen königlichen Wächter wissen, was auf dem Spiel steht, wenn dir etwas zustoßen sollte.«

Ich mochte die Herzogin. Im Gegensatz zu ihrem Mann war sie stets gütig, und einen kurzen Moment lang dachte ich, sie würde sich tatsächlich um mich als Person sorgen, aber es ging um das, was ich verkörperte. Das, was verloren gehen würde, wenn mir etwas zustieß. Es ging nicht nur um mein Leben, sondern um die Zukunft Hunderter, die bald aufsteigen würden.

Das Schlimmste war die Traurigkeit, die ich in diesem Augenblick verspürte, obwohl ich es besser hätte wissen sollen.

»Es wäre ein gewaltiger Triumph für die dunklen Nachkommen, wenn es ihnen gelingt, das Aufstiegsritual zu sabotieren.« Sie erhob sich und strich ihr Kleid glatt. »Und es wäre ein schrecklicher Schlag für unsere Königin, den König und die Götter.«

»Dann glaubt Ihr also, dass es ein dunkler Nachkomme war?«, fragte Tawny. »Dass er sie nicht entführen wollte, um Lösegeld zu erpressen?«

»Der Pfeil, mit dem Rylan getötet wurde, trug ein Zeichen«, antwortete Vikter. »Das Versprechen des dunklen Sohnes.«

Sein Versprechen.

Mir schnürte es die Kehle zu, während mein Blick zu Tawny glitt. Ich wusste, was das bedeutete.

Aus Blut und Asche
werden wir auferstehen.

Es war das Versprechen des dunklen Sohnes an sein Volk und seine Unterstützer, die über das ganze Königreich verteilt waren. Ein Versprechen, das zerstörte Geschäfte in allen Städten zierte und in die steinerne Hülle gemeißelt worden war, die von Gut Wintergold übrig geblieben war.

»Ich will ehrlich sein«, meinte die Herzogin mit einem schnellen Blick auf Tawny. »Aber dazu muss ich euch vertrauen können. Das, was ich gleich sagen werde, soll nicht als Geflüster durch die Burg getragen werden.«

»Natürlich nicht«, versprach Tawny, und ich nickte.

»Es gibt ... es gibt Grund zu der Annahme, dass der Angreifer von letzter Nacht ein Atlantianer war«, erklärte sie, und Tawny schnappte nach Luft. Ich zeigte keinerlei Reaktion, denn das hatten Vikter und ich schon besprochen. »Wir wollen nicht, dass zu viele Bescheid wissen. Es würde eine Panik auslösen, die ... nun ja, die uns keine große Hilfe wäre.«

»Glaubt Ihr, dass es derselbe Mann war, dem ich heute begegnet bin? Derselbe, der für Malessas Tod verantwortlich war?«

»Ich kann nicht sagen, ob es derselbe war, aber wir glauben, dass der Mann, der für die schandbare Tat verantwortlich war, die unserer Hofdame das Leben kostete, Teil einer Gruppe war, die gestern die Burg besucht hat«, erklärte die Herzogin und ging zu der Kommode an der Rückwand des Zimmers, wo sie sich eine klare Flüssigkeit aus einem Dekanter eingoss. »Wir gehen davon aus, dass der Täter die Burg verlassen hat, bevor wir sie nach Fremden durchsuchen konnten, und dass er das Verbrechen nur begangen hat, um uns zu zeigen, wie leicht sie sich Zutritt verschaffen können. Wir dachten, die unmittelbare Bedrohung wäre vorbei.«

Sie trank, und ihre Lippen zuckten, als sie schluckte. »Offensichtlich haben wir uns geirrt. Sie sind vielleicht nicht mehr in der Burg, aber sie sind ganz sicher noch in der Stadt.« Ihre alabasterweiße Haut wirkte noch blasser. »Der dunkle Sohn war hier, um dich zu holen, Penellaphe.«

Ich erschauderte, und mein Herz setzte einen Moment lang aus.

»Wir werden dich beschützen«, fuhr sie fort. »Aber ich wäre nicht überrascht, wenn der König und die Königin weitere Schritte zu deiner Sicherheit vornehmen würden. Man könnte dich in die Hauptstadt holen.«

8

»ICH GLAUBE NICHT, DASS DER MANN im Garten der dunkle Sohn war«, sagte ich Vikter auf dem Rückweg in mein Zimmer, während wir unter den riesigen weißen Bannern mit dem goldenen königlichen Wappen hindurchschritten. »Er drohte, ein Festessen mit meinen Innereien zu veranstalten, und dabei meinte er, es wäre ihm egal, was *er* für mich geplant hätte. Falls der dunkle Sohn dahintersteckt, dann ist dieser *Er* wohl derjenige mit den Plänen.«

»Ich gehe davon aus, dass der Mann im Garten ein dunkler Nachkomme war«, gestand Vikter. Seine Hand lag auf dem Schwert, und er ließ den Blick in einem fort durch die Halle schweifen, als könnte der Feind hinter jeder Blume und jeder Statue lauern.

Mehrere Hofdamen standen beisammen und verstummten, als wir vorbeigingen. Einige schlugen sich die Hand vor den Mund. Falls sie noch nichts von den Ereignissen gehört hatten, wussten sie spätestens beim Anblick meines blutverschmierten Kleides, dass etwas nicht stimmte.

»Wir hätten den verborgenen Gang nehmen sollen«, murmelte ich. Es kam selten vor, dass mich die Hofdamen zu Gesicht bekamen, und mein derzeitiger Zustand würde sicher einige Zeit für Gesprächsstoff sorgen.

»Achte nicht auf sie.« Tawny trat ein wenig zur Seite, um mich vor weiteren Blicken abzuschirmen. Sie hatte immer noch das Fläschchen mit dem Pulver bei sich, obwohl sie wusste, dass ich es nicht nehmen würde.

»Vielleicht ist es ganz gut, dass sie es sehen«, meinte Vikter nach einem Moment des Schweigens. »Die Ereignisse gestern und heute sind eine Erinnerung, dass wir eine Zeit des Aufruhrs durchleben. Wir sollten alle vorsichtig sein. Niemand ist wirklich sicher.«

Ein Schaudern durchfuhr mich. Mein Körper war immer noch taub, und es fühlte sich alles so surreal an – bis ich an Rylan dachte. Mein Herz schmerzte mehr als mein geprellter Kiefer und die Schläfe. »Wann wird … wann wird Rylan seine letzte Ruhe finden?«

»Vermutlich morgen früh.« Vikter sah auf mich hinab. »Du weißt, dass du nicht hingehen kannst.«

Es war nicht vorgesehen, dass die Aufgestiegenen oder die Hofdamen und Hofherren der Bestattung eines Wächters beiwohnten. Es war einfach nicht angemessen. »Er war mein Leibwächter, und er war … er war ein Freund. Es ist mir egal, ob es angemessen ist oder nicht. Ich war nicht bei Hannes' Bestattung, weil es das Protokoll nicht erlaubte – obwohl ich hingehen wollte.« Das schlechte Gewissen nagte immer noch an mir. Meistens um drei Uhr morgens, wenn ich eigentlich schlafen sollte. »Ich will für Rylan da sein.«

Tawny war anzusehen, dass sie etwas sagen wollte, aber sie wusste, dass es keinen Sinn hatte. Vikter seufzte. »Dir ist doch klar, dass Seine Gnaden nicht begeistert sein wird?«

»Das ist er doch nie. So kann er wenigstens noch einen Punkt zu der Liste hinzufügen, wie sehr ich ihn enttäuscht habe.«

»Poppy«, warnte Vikter und biss wie bei unserer Diskussion am Vorabend die Zähne aufeinander. »Du kannst gerne weiterhin so tun, als wäre es keine große Sache, die Wut des Herzogs anzufachen, aber sie wird dadurch nur weiter wachsen.«

Ja, aber das änderte nichts. Ich war mehr als bereit, mich den Konsequenzen zu stellen. Ebenso wie ich weiter Leuten helfen würde, die von einem Hungernden infiziert wurden. »Das ist mir egal. Rylan ist direkt vor meinen Augen gestorben, und ich konnte nichts dagegen tun. Ich habe ...« Meine Stimme brach. »Ich habe meinen Dolch an seinen Kleidern sauber gewischt.«

Vikter hielt inne, bevor wir in die Eingangshalle traten, und legte eine Hand auf meine Schulter. »Du hast getan, was du konntest.« Er drückte sie sanft. »Du hast getan, was getan werden musste. Du trägst keine Schuld an seinem Tod. Er hat seine Pflicht erfüllt, Poppy. Ich könnte genauso sterben, um dich zu beschützen.«

Mein Herz setzte aus. »Sag das nicht. Sag das nie wieder. Du wirst nicht sterben.«

»Natürlich werde ich eines Tages sterben. Wenn ich Glück habe, holt Rhain mich im Schlaf. Vielleicht geschieht es aber auch durch ein Schwert oder einen Pfeil.« Er sah mich an, und trotz des Schleiers zwischen uns hatte ich mit einem Mal einen Kloß im Hals. »Ganz egal, wie und wann es passiert, es wird nicht deine Schuld sein, Poppy. Und du wirst keinen Moment mit solchen Gedanken vergeuden.«

Sein Gesicht verschwamm hinter Tränen. Es war undenkbar, Vikter ebenfalls zu verlieren. Es war bei Hannes und Rylan schon schlimm genug gewesen, und die beiden hatten mir nicht so nahegestanden wie Vikter. Er war neben Tawny der Einzige, der wusste, was mich nachts wach hielt und warum ich das Gefühl brauchte, mich selbst verteidigen zu können. Er wusste mehr als mein eigener Bruder. Sein Tod wäre, als würde ich erneut meine Eltern verlieren, nur schlimmer, denn die Erinnerungen an meine Mutter und meinen Vater, an ihre Gesichter und Stimmen, waren mit der Zeit verblasst. Die beiden steckten in der Vergangenheit fest und waren bloß noch Abbilder dessen, was sie einst gewesen waren, während Vikter im Hier und Jetzt existierte und lebendig vor mir stand.

»Sag mir, dass du das verstanden hast«, verlangte er sanft.

Ich hatte es nicht verstanden, aber ich nickte trotzdem, weil er genau das sehen wollte.

»Rylan war ein guter Mann.« Seine Stimme wurde schwer, und einen Moment lang sah ich die Trauer in seinen Augen. Ein Beweis, dass ihn Rylans Tod nicht kaltließ. Er war bloß zu professionell, um es sich anmerken zu lassen. »Ich weiß, dass es vorhin bei Ihrer Gnaden nicht so klang, und ich stehe dazu, was ich gesagt habe. Rylan war zu selbstgefällig, aber das kann den Besten unter uns passieren. Er war ein guter Wächter, und er mochte dich. Er würde nicht wollen, dass du dich schuldig fühlst.« Er drückte erneut meine Schulter. »Komm. Du solltest dich sauber machen.«

Sobald wir durch meine Tür getreten waren, durchsuchte Vikter mein Zimmer und stellte sicher, dass der Zugang zum alten Dienstbotengang versperrt war. Es war mehr als beängstigend, dass er das Gefühl hatte, so etwas wäre notwendig, aber ich ging davon aus, dass er nach dem Motto »Besser Vorsicht als Nachsicht« handelte.

Bevor er ging, fiel mit etwas ein, das die Herzogin gesagt hatte. »Die Besuchergruppe, von der die Herzogin sprach ... weißt du, um wen es sich gehandelt hat?«

»Ich wusste nichts von irgendwelchen Besuchern.« Vikter warf einen Blick auf Tawny, die einen Stapel frische Handtücher in die Badekammer trug. Er sprach zwar häufig offen vor ihr, aber heute ... heute fühlte sich alles so anders an. »Aber ich werde nicht über sämtliche Gäste auf dem Laufenden gehalten, also kommt das nicht wirklich überraschend.«

»Dann wollte der Herzog also bloß Panik vermeiden«, mutmaßte ich.

»Die Herzogin war immer schon entgegenkommender als er, aber ich könnte mir vorstellen, dass er zumindest den Kommandanten davon in Kenntnis gesetzt hat.« Sein Mund wurde hart. »Ich hätte sofort davon erfahren sollen.«

Das stimmte, und es spielte keine Rolle, dass er die Wahrheit bereits geahnt hatte.

»Versuch, dich etwas auszuruhen.« Er legte eine Hand auf meine Schulter. »Ich bin gleich vor der Tür, falls du etwas brauchst.«

Ich nickte.

Tawny ließ heißes Wasser für die Wanne kommen, die direkt vor dem Kamin stand, und nahm anschließend meine verschmutzten Kleider mit nach draußen. Ich wollte sie nie wiedersehen. Ich sank ins dampfende Wasser und schrubbte Hände und Arme, bis sie rosig waren.

Ohne Vorwarnung sah ich plötzlich Rylan vor mir, wie er schockiert auf den Pfeil in seiner Brust hinuntersah.

Ich presste die Augen zusammen und ließ mich mit dem Kopf unter Wasser gleiten. Ich blieb dort, bis meine Lunge brannte und Rylan verschwunden war. Erst dann erlaubte ich mir, wieder aufzutauchen. Ich zog die aufgeschlagenen Knie an die Brust und blieb sitzen, bis meine Haut schrumpelig und das Wasser kalt war.

Ich stieg aus der Wanne, schlüpfte in den dicken Bademantel, den Tawny auf den Stuhl gelegt hatte, und tappte barfuß über die vom Feuer gewärmten Steine zum Spiegel. Ich befreite ihn vom Dampf und starrte in meine grünen Augen. Ian und ich hatten die Augen meines Vaters geerbt, meine Mutter hatte braune Augen gehabt. Daran konnte ich mich noch erinnern. Die Königin hatte mir einmal erzählt, dass ich bis auf die Augenfarbe das genaue Ebenbild meiner Mutter in diesem Alter war. Ich hatte ihre markante Stirn und das ovale Gesicht mit den kantigen Wangenknochen und den vollen Lippen.

Ich neigte den Kopf. Die Haut an der Schläfe und am Mundwinkel war kaum noch gerötet. Was auch immer der Heiler darauf verteilt hatte, hatte den Heilungsprozess enorm beschleunigt.

Es musste dieselbe Mixtur sein, die ich für die Striemen auf meinem Rücken verwendete.

Ich verbannte sämtliche Gedanken daran und betrachtete meine linke Wange. Auch diese Wunden waren verheilt, doch die Narben waren immer noch sichtbar.

Ich sah sie mir nicht oft an, aber jetzt tat ich es. Ich musterte den gezackten Streifen, der etwas heller war als die übrige Haut und unter dem Haaransatz begann. Von dort verlief er über meine Stirn, verfehlte mein linkes Auge nur knapp und endete an der Nase. Eine zweite, etwas kürzere Narbe zog sich über meine Stirn und durch meine linke Augenbraue.

Ich hob die feuchten Finger und legte sie auf die längere Narbe. Ich hatte immer gedacht, dass meine Augen und mein Mund zu groß für mein Gesicht wären, doch die Königin hatte mir erzählt, dass meine Mutter als große Schönheit gegolten hatte.

Königin Ileana sprach immer mit einer schmerzlichen Innigkeit über meine Mutter. Sie hatten sich sehr nahegestanden, und ich wusste, dass sie es bereute, meiner Mutter den einzigen Gefallen gewährt zu haben, um den sie die Königin jemals gebeten hatte.

Die Erlaubnis, nicht an dem Aufstiegsritual teilzunehmen.

Meine Mutter war eine Hofdame gewesen und dem Hof im Zuge des Auswahlrituals übergeben worden, doch mein Vater war kein Hofherr gewesen. Sie hatte ihn über den Segen der Götter gestellt, und diese Art Liebe ... es war ... na ja, ich hatte keine Erfahrung damit und würde es vermutlich niemals haben. Ich bezweifelte, dass viele Leute verstanden, was es bedeutete, ganz egal, was ihre Zukunft für sie bereithielt. Was meine Mutter getan hatte, war noch nie zuvor geschehen. Sie war die Erste gewesen – und auch die Letzte.

Königin Ileana hatte mehr als einmal darauf hingewiesen, dass meine Mutter jene Nacht überlebt hätte, wenn sie wie vorgesehen aufgestiegen wäre, aber diese Nacht wäre vielleicht nie gekommen. Ich würde nicht existieren. Genauso wenig wie Ian. Sie hätte unseren Vater nicht geheiratet, und als Aufgestiegene hätte sie niemals Kinder bekommen.

Es war völlig unwichtig, was die Königin dachte.

Doch wenn meine Eltern in jener Nacht, als der Nebel hereingebrochen war, gewusst hätten, wie man sich selbst verteidigt, wären sie vielleicht beide noch am Leben. Deshalb stand ich jetzt hier und war nicht von einem Mann entführt worden, der die Aufgestiegenen zu Fall bringen wollte und mehr als bereit war, dafür Blut zu vergießen. Hätte Malessa gewusst, wie man sich verteidigt, wäre sie vielleicht trotzdem demselben Schicksal erlegen, aber sie hätte zumindest eine Chance gehabt.

Ich sah meinem Spiegelbild erneut in die Augen. Der dunkle Sohn würde mich nicht bekommen. Das war ein Schwur, für den ich töten und sterben würde.

Ich ließ die Hand sinken und wandte mich langsam ab. Ich zog ein neues Kleid an und ließ die Lampe neben der Tür brennen, bevor ich ins Bett schlüpfte. Keine zwanzig Minuten später klopfte jemand leise an die Verbindungstür, und ich hörte Tawnys Stimme.

Ich rollte mich in Richtung Tür. »Ich bin wach.«

Tawny schlüpfte ins Zimmer und schloss die Tür hinter sich. »Ich ... ich konnte nicht schlafen.«

»Ich habe es noch gar nicht versucht«, gab ich zu.

»Ich kann zurück in mein Zimmer, falls du müde bist«, bot sie an.

»Du weißt, dass ich noch lange nicht schlafen werde.« Ich klopfte auf das Bett.

Sie eilte die paar Schritte auf mich zu, hob die Decke und schlüpfte darunter. Dann drehte sie sich auf die Seite und sah mich an. »Ich denke ständig daran, was passiert ist, dabei war ich noch nicht einmal dabei. Ich will mir gar nicht vorstellen, was in deinem Kopf vor sich geht.« Sie hielt kurz inne. »Wobei es vermutlich etwas mit blutiger Rache zu tun hat.«

Ich grinste trotz allem, was heute passiert war. »Das ist nicht ganz unrichtig.«

»Ich bin schockiert«, erwiderte sie grinsend, doch sie wurde rasch wieder ernst. »Es fühlt sich alles so unwirklich an. Zuerst Malessa und jetzt Rylan. Ich habe ihn nach dem Abendessen gesehen. Er war am Leben, und es ging ihm gut. Und gestern Morgen bin ich Malessa begegnet. Sie lächelte und sah glücklich aus. Sie hatte einen Blumenstrauß dabei. Es ist ... ich kann nicht begreifen, dass sie fort sind. Einen Moment sind sie da, und im nächsten – ohne Vorwarnung – nicht mehr.«

Tawny war eine der wenigen, die dem Tod noch nie persönlich begegnet waren. Ihre Eltern, ihr älterer Bruder und ihre Schwester lebten noch. Außer Hannes hatte sie niemanden verloren, den sie gut gekannt oder oft gesehen hatte.

Doch obwohl ich nur allzu vertraut damit war, war der Tod auch für mich ein Schock. Es war, wie Hawke gesagt hatte: Er war deshalb nicht weniger brutal und gnadenlos.

Ich schluckte. »Ich weiß nicht, wie es für Malessa war.« Obwohl ich wusste, dass sie schreckliche Angst gehabt haben musste, aber diese Erkenntnis war nun nicht gerade hilfreich. »Was Rylan anbelangt, ging es sehr schnell. Zwanzig oder dreißig Sekunden, und er war fort. Er hatte keine großen Schmerzen, und das, was er spürte, war schnell vorüber.«

Sie atmete tief ein und schloss die Augen. »Ich mochte ihn. Er war nicht so unnachgiebig wie Vikter oder so unnahbar wie die anderen. Man konnte mit ihm reden.«

»Ich weiß«, flüsterte ich, und meine Kehle brannte.

Tawny schwieg eine Zeit lang, dann meinte sie: »Der dunkle Sohn.« Sie öffnete die Augen. »Er erschien mir immer wie eine ...«

»Eine Legende?«

Sie nickte. »Nicht, dass ich nicht an ihn geglaubt hätte. Aber es klang immer, als würden sie von einem Märchenungeheuer erzählen.« Sie kuschelte sich ins Kissen und zog die Decke bis zum Kinn hoch. »Was, wenn es doch der dunkle Sohn war, und du hast ihn verwundet?«

»Das wäre ... ziemlich unglaublich, und ich würde bis in alle Ewigkeit vor dir und Vikter damit angeben. Aber – wie schon gesagt – ich glaube nicht, dass er es war.«

»Den Göttern sei Dank, dass du wusstest, was zu tun war.« Sie griff nach meiner Hand und drückte sie. »Wenn nicht ...«

»Ich weiß.« In Momenten wie diesem war es schwer zu glauben, dass Tawnys Pflicht uns zusammengeführt und unser Band geschmiedet hatte. Ich drückte ihre Hand ebenfalls. »Ich bin nur froh, dass du nicht bei mir warst.«

»Ich würde gerne sagen, dass ich mir wünsche, ich wäre dabei gewesen, um dir beizustehen, aber ehrlich gesagt bin ich froh, dass es nicht so war«, gab sie zu. »Ich hätte dich mit meinem Gekreische nur abgelenkt.«

»Stimmt doch gar nicht. Ich habe dir gezeigt, wie man einen Dolch benutzt ...«

»Es ist ein Unterschied, ob dir jemand die Grundlagen erklärt oder ob du mit einem Messer auf ein anderes lebendes, atmendes Wesen losgehst.« Sie zog die Hand zurück.

»Ich hätte ganz sicher nur schreiend danebengestanden. Dafür schäme ich mich kein bisschen, und meine Schreie hätten dazu geführt, dass die Wächter früher aufmerksam geworden wären.«

»Du hättest dich verteidigt.« Das glaubte ich ganz sicher. »Ich habe gesehen, wie du zur Furie wirst, wenn nur noch ein Stück Kuchen übrig ist.«

Die Haut um ihre Augen kräuselte sich, als sie loslachte. »Das ist es ja. *Kuchen.* Ich würde die Herzogin vom Balkon schubsen, um das letzte Stück zu bekommen.«

Ein kurzes Lachen entfuhr mir.

Wieder ernst zog sie an einem losen Faden. »Glaubst du, dass dich der König und die Königin in die Hauptstadt rufen werden?«

Meine Nackenmuskeln spannten sich an. »Keine Ahnung.«

Das stimmte nicht.

Wenn die beiden befürchteten, dass ich in Masadonien nicht mehr sicher war, würde ich in die Hauptstadt zurückkehren, auch wenn mein Aufstiegsritual erst in einem Jahr geplant war.

Aber das war nicht der Hauptgrund, warum die Kälte erneut von mir Besitz nahm. Die Herzogin hatte vorhin selbst gesagt, dass es von größter Wichtigkeit war, dass das Ritual stattfand. Und es gab nur einen Weg, das zu garantieren.

Die Königin konnte die Götter um Erlaubnis bitten, das Ritual vorzuverlegen.

Es war kurz nach Sonnenaufgang. Die Sonne strahlte so hell, wie ich es an einem Spätherbsttag noch nie erlebt hatte, und ich stand neben Vikter am Fuß der Unvergänglichen Hügel, unter den Tempeln von Rhahar, dem Ewigen Gott, und Ione, der Göttin der Wiedergeburt. Die Tempel blickten drohend auf uns herab, gebaut aus tiefschwarzem Stein aus dem Fernen Osten und ebenso groß wie Burg Teerman. Sie warfen ihre Schatten auf das halbe Tal, doch nicht auf uns. Es war, als wollten uns die Götter in strahlendes Licht tauchen.

Wir sahen schweigend zu, wie Rylan Keals in Leinen gewickelter Körper auf den Scheiterhaufen gehoben wurde.

Vikter hatte mich resigniert angesehen, als ich nach dem Aufstehen zu ihm gekommen war. Nicht in meinen Trainingsklamotten, sondern in Weiß und mit Schleier. Er wusste, dass er es mir nicht ausreden konnte, und hatte auf dem ganzen Weg geschwiegen.

An diesem Ort wurden alle Bestattungen der Bürger Masadoniens durchgeführt. Meine Anwesenheit hatte zu einigen schockierten Blicken geführt, doch niemand hatte eine Erklärung verlangt, und selbst wenn jemand etwas gesagt hätte, hätte es nichts an meiner Entscheidung geändert. Ich schuldete es Rylan, dass ich heute hier war.

Wir standen am hinteren Rand der kleinen Gruppe, umgeben von Mitgliedern der königlichen Wache und Wächtern der Mauer. Ich hielt mich aus Respekt vor den Wächtern etwas im Hintergrund. Rylan war mein Leibwächter und ein guter Freund gewesen, aber für sie war er wie ein Bruder gewesen, und sein Tod berührte sie anders als mich.

Während der Hohepriester in seinen weißen Gewändern von Rylans Stärke und Mut erzählte, von dem Ruhm, den er im Kreise der Götter erfahren würde, und von dem ewigen Leben, das ihn erwartete, wuchs der eisige Schmerz in meiner Brust.

Rylan wirkte schrecklich klein, als wäre er geschrumpft. Der Priester besprenkelte ihn mit Öl und Salz, und ein süßlicher Duft erfüllte die Luft.

Griffith Jansen, der Kommandant der königlichen Wache, trat vor, und sein weißer Umhang bauschte sich im Wind.

Er hielt eine Fackel in der Hand. Als er sich mit erwartungsvollem Blick zu uns umdrehte, brauchte ich einen Moment, bis ich den Grund dafür erkannte.

Vikter.

Er hatte am engsten mit Rylan zusammengearbeitet, weshalb es seine Aufgabe war, den Scheiterhaufen zu entzünden. Vikter machte einen Schritt nach vorne, doch dann hielt er inne und sah mich an. Er wollte nicht von meiner Seite weichen, obwohl wir von Dutzenden Wächtern umgeben waren und es sehr unwahrscheinlich war, dass mir etwas passierte.

In diesem Moment wurde mir klar, dass meine Anwesenheit ihn in seinem Wunsch behinderte, seinem Kollegen Respekt zu zollen. Ich wäre nicht einmal ansatzweise auf die Idee gekommen, dass er deshalb nicht wollte, dass ich mitkam.

Ich fühlte mich wie eine selbstsüchtige Göre und wollte ihm bereits versichern, dass mir nichts passieren würde, während er Rylan auf seinen letzten Weg brachte, als hinter mir eine tiefe, viel zu vertraute Stimme erklang.

»Ich übernehme sie.«

Mein Magen zog sich zusammen, als stünde ich kurz vor dem Sprung über eine steile Klippe, während mein Herz gleichzeitig zu rasen begann. Ich musste mich nicht umdrehen, um zu wissen, wer gesprochen hatte.

Hawke Flynn.

Oh Götter.

Nach allem, was passiert war, hatte ich Hawke beinahe vergessen. Wobei die Betonung auf beinahe liegt. Erst heute Morgen war ich aufgewacht und hatte mir gewünscht, ich hätte an dem Abend im *Red Pearl* auf ihn gewartet.

Die Gefahr, dass ich entführt wurde und meine Feinde alle möglichen schrecklichen Dinge mit mir anstellten, bevor ich die Möglichkeit gehabt hatte, das zu erleben, worüber sich die Leute nur flüsternd unterhielten, war viel zu real geworden.

Vikters stahlblaue Augen blickten über meine Schulter hinweg. Ein langer, angespannter Moment verging, während unzählige Wächter uns anstarrten. »Tatsächlich?«

»Mit meinem Schwert und meinem Leben«, erwiderte Hawke und trat neben mich.

Mein Magen meldete sich erneut, als ich seinen Schwur hörte. Obwohl ihn sämtliche Wächter sprachen, egal ob sie Dienst auf der Mauer taten oder die Aufgestiegenen beschützten.

»Der Kommandant meinte, du wärst einer der besten Wächter auf der Mauer.« Vikters Gesicht war hart, und er sprach so leise, dass nur Hawke und ich ihn hören konnten. »Er meinte, er hätte solche Fähigkeiten mit dem Bogen und dem Schwert schon seit Jahren nicht mehr gesehen.«

»Ich bin gut in dem, was ich tue.«

»Und das wäre?«, fragte Vikter herausfordernd.

»Töten.«

Die einfache, kurze Antwort aus dem Mund zu hören, der sich so weich und gleichzeitig so unerschütterlich angefühlt hatte, war ein Schock. Obwohl mir das Wort selbst keine Angst machte. Es hatte eher den gegenteiligen Effekt, und das hätte mich vermutlich beunruhigen oder mir zumindest zu denken geben sollen.

»Sie ist die Zukunft dieses Königreiches«, warnte Vikter, und ich wand mich in einer seltsamen Mischung aus Scham und Zuneigung. Es waren dieselben Worte, die alle verwendeten – von der Herzogin bis hin zur Königin –, doch ich wusste, dass Vikter davon sprach, *wer* ich war, und nicht davon, was ich symbolisierte. »Und du stehst direkt neben ihr.«

»Ich weiß, neben wem ich stehe«, sagte Hawke.

Ein hysterisches Kichern stieg in mir hoch. Er hatte absolut keine Ahnung, neben wem er stand. Ich schaffte es, das Lachen zu unterdrücken.

»Bei mir ist sie sicher«, fuhr Hawke fort.

Das war ich.

Und gleichzeitig auch wieder nicht.

Vikter sah mich an, und ich konnte bloß nicken. Wenn ich etwas sagte, erkannte Hawke womöglich meine Stimme wieder, und dann ... Bei den Göttern, ich konnte mir nicht ansatzweise vorstellen, was dann passierte.

Vikter warf einen letzten warnenden Blick in Hawkes Richtung, dann machte er auf dem Absatz kehrt und schritt auf Kommandant Jansen und die Fackel zu.

Mein Herz klopfte immer noch wie verrückt, als ich einen kurzen Blick in Hawkes Richtung wagte.

Und sofort wünschte, ich hätte es nicht getan.

Er stand im hellen Sonnenlicht des frühen Morgens und hatte die blauschwarzen Haare aus dem Gesicht gekämmt, wodurch sein Gesicht härter, rauer und irgendwie noch attraktiver aussah. Seine Lippen waren zu einer unerschütterlichen Linie aufeinandergepresst, und kein Grübchen war zu sehen. Er trug dieselben schwarzen Kleider wie an dem Abend im *Red Pearl*, bloß, dass er heute darüber die aus Leder und Eisen gefertigte Rüstung der Wächter der Mauer mit dem traditionellen Säbel trug, dessen Blutsteinklinge tiefrot glänzte.

Warum war er vorgetreten, um meinen Schutz zu übernehmen? Es waren zahllose königliche Wächter hier, die statt ihm handeln hätten sollen. Ich ließ meinen Blick über die Männer schweifen. Keiner sah mehr als einen kurzen Augenblick in meine Richtung. Vielleicht, weil sie mich so selten zu Gesicht bekamen, oder weil sie den Zorn des Herzogs oder der Götter fürchteten, wenn sie mich ansahen.

Es war ihre Pflicht, ihr Leben für jemanden zu geben, den sie ohne Erlaubnis nicht zu lange ansehen und dem sie sich nicht nähern durften. Die verstörende Ironie lastete schwer auf meinen Schultern.

Doch Hawke war anders.

Er konnte unmöglich wissen, dass ich mit ihm in dem Zimmer des *Red Pearls* gewesen war. Er hatte mich noch nie sprechen gehört, und ich bezweifelte, dass mein Kinn und mein Mund derart außergewöhnlich waren.

Die Herzogin hatte erzählt, dass er mit exzellenten Empfehlungen aus der Hauptstadt zu uns gekommen war und vermutlich einer der jüngsten königlichen Wächter werden würde. Wenn das sein Ziel war, war sein freiwilliges Einspringen sicher hilfreich. Immerhin hatte sich unerwartet und von einem Moment auf den anderen eine freie Stelle in der königlichen Wache ergeben.

Aber das waren bloß böse Mutmaßungen.

Ein zuckender Muskel an seinem Kiefer zog mich einen Moment lang in den Bann, doch dann erinnerte ich mich, warum ich hier war, und dazu gehörte nicht, Hawke unter meinem Schleier hervor anzustarren. Ich sah zu Vikter, der gerade auf den Scheiterhaufen zuging.

Ich atmete flach und hätte am liebsten den Blick abgewandt oder die Augen geschlossen, als er die Fackel senkte. Doch ich tat nichts dergleichen. Mein Magen verkrampfte sich, als der Scheiterhaufen Feuer fing und sich die Flammen in Windeseile über Rylans Körper ausbreiteten, während Vikter auf ein Knie sank und den Kopf senkte.

»Ihr erweist ihm mit Eurer Anwesenheit eine große Ehre«, meinte Hawke leise, und ich zuckte überrascht zusammen. Mein Kopf fuhr in seine Richtung. Er sah auf mich herab, und seine Augen leuchteten so hell, als hätten die Götter den Bernstein eigenhändig auf Hochglanz poliert. »Ihr erweist uns allen eine große Ehre.«

Ich öffnete den Mund, um ihm zu sagen, dass Rylan und die Wächter sehr viel mehr verdient hatten als die Ehre meiner Anwesenheit, doch ich riss mich zusammen. Ich durfte es nicht riskieren.

Hawkes Blick glitt über mein Kinn und blieb an meinem Mundwinkel hängen, der immer noch leicht gerötet war.

»Ihr wurdet verletzt.« Es war keine Frage, sondern eine Feststellung, und seine Stimme war hart wie Granit. »Ich versichere Euch, dass das nie wieder passieren wird.«

9

MEINE HAUT WAR FEUCHT VOM SCHWEISS, und mein dicker Zopf wirbelte herum, als ich mich duckte, herumfuhr und Vikter gegen das Schienbein trat. Ich traf ihn vollkommen unvorbereitet, und er taumelte zur Seite, während ich neben ihm hochschoss. Er wollte gerade zum Gegenschlag ausholen, doch dann erstarrte er plötzlich. Sein Blick wanderte zu dem Dolch, den ich ihm an die Kehle hielt.

Seine Mundwinkel wanderten nach unten.

Ich lächelte. »Gewonnen.«

»Es geht nicht ums Gewinnen, Poppy.«

»Nicht?« Ich senkte den Dolch und trat einen Schritt zurück.

»Es geht ums Überleben.«

»Hat man in diesem Fall denn nicht gewonnen?«

Er warf mir einen missmutigen Blick zu, während er sich mit dem Arm über die Stirn fuhr. »Ich schätze, so kann man es auch sehen, aber es ist niemals ein Spiel.«

»Das weiß ich doch.« Ich steckte den Dolch zurück und tappte über den Steinboden zu einem alten Holztisch, um etwas Wasser zu trinken. Ich trug dicke, enge Hosen und eine von Vikters alten Tuniken. Es wäre herrlich gewesen, jeden Tag so herumzulaufen. »Aber wenn es ein Spiel gewesen wäre, hätte ich gewonnen.«

»Du hattest nur zweimal die Oberhand, Poppy, vergiss das nicht«, belehrte er mich.

»Ja, aber ich hätte dir beide Male die Kehle durchschneiden können. Du hattest dreimal die Oberhand, aber die hätte bloß zu Fleischwunden geführt.«

»Fleischwunden?« Er stieß ein kurzes, seltenes Lachen aus. »Nur, wenn du einen Bauchschnitt als lumpige Fleischwunde bezeichnest. Du bist eine grottenschlechte Verliererin.«

»Ich dachte, das wäre kein Spiel?«

Er warf mir einen vernichtenden Blick zu.

Ich zuckte grinsend mit den Schultern. Staubkörner tanzten im Sonnenlicht, das durch die offenen Fenster fiel. Das Glas war schon vor langer Zeit entfernt worden, und im Winter zog es und war bitterkalt, während es im Sommer unerträglich heiß werden konnte. Aber niemand suchte hier nach uns, weshalb die extremen Temperaturen in Ordnung waren.

Es war der Morgen nach Rylans Verabschiedung, und in der Burg war alles ruhig. Fast alle Bediensteten hielten sich an den Tagesablauf der Aufgestiegenen, ebenso wie die anderen Burgbewohner. Der Herzog und die Herzogin dachten, ich wäre noch im Bett, und nur Tawny wusste, wo ich war. Nicht einmal Rylan hatte etwas geahnt, denn die Morgenschicht wurde immer von Vikter übernommen.

»Wie geht es deinem Kopf?«, fragte er.

»Gut.«

Er hob eine blonde Augenbraue. »Wirklich?«

Es war nur noch eine blasse blauviolette Färbung auf meiner Schläfe zu sehen, und auch die Haut um meinen Mund war nicht mehr gerötet. Ich hatte noch einen kleinen, offenen Schnitt an der Innenseite der Wange, der jedes Mal brannte, wenn ich etwas Salziges aß, aber abgesehen davon ging es mir gut. Ich hätte es zwar nie zugegeben, aber Vikters gestriger Vorschlag, es langsam anzugehen und mich auszuruhen, hatte vermutlich einiges dazu beigetragen.

Nach der Bestattung hatte ich den ganzen Tag auf meinem Zimmer verbracht und eines der Bücher gelesen, die Tawny mir besorgt hatte. Eine Geschichte über zwei Liebende, deren Beziehung unter einem schlechten Stern stand, die das Schicksal aber trotzdem zusammenführte. Es gehörte zur Kategorie »Bücher, die Penellaphe nicht lesen darf«, wobei diese im Prinzip alles umfasste, was nichts mit Bildung oder der Lehre der Götter zu tun hatte. Ich hatte das Buch bereits am Abend fertig gelesen und fragte mich, ob Tawny mir noch eines besorgen könnte.

Vermutlich nicht. Die Vorbereitungen für das bevorstehende Ritual nahmen fast ihre gesamte Freizeit in Anspruch. Wenn Tawny mir kein Buch bringen konnte, musste ich selbst ins Athenäum schleichen und mir eines holen. Außerdem gefiel es mir nicht, wenn sie nach der versuchten Entführung und Malessas Tod allein dort draußen herumstreifte.

Das traf natürlich auch auf mich zu, aber das Athenäum war nicht allzu weit entfernt. Es lag bloß ein paar Straßen hinter der Burg und war durch das Wunschwäldchen einfach zu erreichen. Wenn ich mich verhüllte, würde niemand ahnen, dass ich die Jungfräuliche war, trotzdem war es zu riskant und irgendwie bescheuert, so kurz nach dem Angriff loszuziehen.

»Gestern Abend hat es ein wenig wehgetan, aber heute seit dem Aufwachen nicht mehr.« Ich hielt kurz inne. »Der Kerl hatte einen schwachen Schlag.«

Vikter steckte schnaubend sein Schwert fort und trat auf mich zu. »Hast du gut geschlafen?«

Ich überlegte, ob ich lügen sollte. »Sehe ich so aus, als hätte ich nicht gut geschlafen?«

Er blieb vor mir stehen. »Du schläfst selten gut, und ich schätze, das, was mit Rylan passiert ist, macht die Sache auch nicht besser.«

»Machst du dir etwa Sorgen um mich?«, neckte ich ihn. »Du bist ein toller Vater.«

Er sah mich ausdruckslos an. »Hör auf abzulenken, Poppy.«

»Warum? Das kann ich doch so gut.«

»Nein, eigentlich nicht.«

Ich seufzte und verdrehte die Augen. »Es hat eine Weile gedauert, bis ich eingeschlafen bin, aber ich hatte schon länger keinen Albtraum mehr.«

Vikter musterte mich, als wollte er herausfinden, ob ich log – und vermutlich konnte er es sogar. Dabei log ich nicht ... zumindest nicht wirklich. Seit meinem Besuch im *Red Pearl* war ich kein einziges Mal schweißgebadet aufgewacht, und ich war mir nicht sicher, was das bedeutete.

Vielleicht lenkte die Tatsache, dass ich vor dem Einschlafen immer daran dachte, was an jenem Abend passiert war, mein Gehirn in andere Bahnen und fort von vergangenem Schmerz. Falls ja, wollte ich dem geschenkten Gaul keinesfalls ins Maul schauen.

»Was glaubst du, wer Rylans Platz einnehmen wird?« Ich wechselte das Thema, bevor er noch mehr Fragen in diese Richtung stellen konnte.

»Ich weiß nicht genau, aber ich denke, es wird bald entschieden werden.«

Meine Gedanken waren sofort bei Hawke, obwohl er eigentlich nicht im Rennen um den Posten sein konnte. Es gab zahllose andere Wächter, die schon sehr viel länger Dienst taten. Trotzdem platzte die Frage aus mir heraus. »Glaubst du, es wird einer von denen, die vor Kurzem aus der Hauptstadt gekommen sind? Der Wächter, der bei der Beisetzung neben mir stand, vielleicht?«

Der Wächter, der mir versichert hatte, dass mir nie wieder jemand wehtun würde.

»Meinst du Hawke?«, fragte Vikter und steckte sein zweites Schwert fort.

»Ach, so heißt er?«

Er sah mich an. »Du bist eine schreckliche Lügnerin.«

»Bin ich nicht!« Ich runzelte die Stirn. »Und worüber hätte ich lügen sollen?«

»Du wusstest nicht, wie er heißt?«

Ich betete inständig, dass mich meine glühenden Wangen nicht verrieten, und verschränkte die Arme vor der Brust. »Warum sollte ich?«

»Jede Frau in dieser Stadt kennt ihn.«

»Und was hat das mit mir zu tun?«

Seine Lippen zuckten, als würde er ein Lächeln unterdrücken. »Er ist ein sehr gut aussehender junger Mann – zumindest wurde mir das gesagt –, und es ist nicht verkehrt, dass er dir aufgefallen ist.« Er wandte den Blick ab. »Solange es dabei bleibt.«

Nun fingen meine Wangen erst recht Feuer, denn es war bereits sehr viel mehr passiert. »Ich hätte doch gar nicht die Möglichkeit dazu. Selbst dass er mir auffällt, ist streng verboten.«

Vikter lachte erneut, und ich runzelte noch heftiger die Stirn. »Seit wann lässt du dich von Verboten aufhalten?«

»Das ist etwas anderes«, erwiderte ich und fürchtete, dass die Götter mich gleich mit einem Blitz erschlagen würden, weil ich so schamlos log.

»Ich bin eigentlich ganz froh, dass du das Thema ansprichst. Deine kleinen Ausflüge müssen ein Ende haben.«

Mir wurde übel. »Wovon redest du?«

Er ignorierte meine Frage. »Ich habe in der Vergangenheit nicht viel dazu gesagt, dass du dich mit Tawny davongeschlichen hast, aber nach den Ereignissen im Garten geht das nicht mehr.«

Ich presste die Lippen aufeinander.

»Du dachtest, ich hätte nichts davon gewusst.« Er lächelte milde und gleichzeitig selbstgefällig. »Ich behalte dich im Auge, auch wenn du denkst, ich täte es nicht.«

»Also das ist ... gruselig.« Ich wollte gar nicht wissen, ob er von dem Ausflug ins *Red Pearl* wusste.

»Gruselig hin oder her, denk einfach daran, wenn du dich das nächste Mal mitten in der Nacht davonschleichst.« Bevor ich etwas erwidern konnte, fuhr er fort: »Und was Hawke betrifft: Aufgrund seines Alters ist es eher unwahrscheinlich, dass er zu deinem Leibwächter ernannt wird ...«

»Aber?« Mein Herz begann zu rasen, und ich merkte nur am Rand, wie Vikter mir das Glas abnahm.

»Aber er ist außergewöhnlich talentiert, mehr als die anderen königlichen Wächter, die gerade Dienst tun. Ich habe das gestern nicht gesagt, um sein Ego zu streicheln. Er kam mit äußerst guten Empfehlung aus der Hauptstadt, und er scheint Kommandant Jansen nahezustehen.« Er trank mein Glas leer. »Ich wäre also nicht überrascht, wenn man ihn tatsächlich vorziehen würde.«

Mein Herz trommelte wie verrückt. »Aber ... macht man ihn deshalb gleich zu meinem Leibwächter? Wäre nicht jemand, der die Stadt kennt, besser geeignet?«

»Im Grunde wäre ein Neuling, der weniger selbstgefällig ist, sogar besser«, sagte Vikter. »Er sieht die Dinge anders als wir, die schon jahrelang hier leben. Schwächen und Gefahren, die wir aufgrund der Monotonie vielleicht übersehen. Und er hat gestern deutlich gemacht, dass er kein Problem damit hat, nach vorne zu treten, während andere bloß auf ihren Posten verharren.«

Das klang alles nachvollziehbar, aber ... aber Hawke durfte nicht mein Leibwächter werden. Wenn er es wurde, musste ich irgendwann mit ihm reden, und er würde mich wiedererkennen.

Und was dann?

Wenn er dem Kommandanten tatsächlich nahestand und vorhatte, sich ganz nach oben zu arbeiten, würde er mich sicher melden. Immerhin waren die königlichen Wächter, die den Herzog und die Herzogin von Masadonien bewachten, die Einzigen, die eine wirkliche Chance hatten, lange genug zu leben, um ihren Ruhestand und das verdiente Geld zu genießen.

Tagsüber, wenn die Sonne hoch am Himmel stand, war der große Saal, in dem der wöchentliche Stadtrat und die größeren Feierlichkeiten abgehalten wurden, einer der schönsten Orte in der ganzen Burg.

Alle sechs Meter fiel das warme Sonnenlicht durch eines der riesigen Fenster, die höher waren als die meisten Häuser der Stadt, und tauchte die glänzenden Kalksteinwände und Böden in helles Licht. Die Fenster gewährten einen herrlichen Blick auf den Garten und die Tempel auf den Unvergänglichen Hügeln, und zwischen ihnen hingen schwere weiße Wandteppiche, in deren Mitte das königliche Wappen in Gold prangte. Cremeweiße, mit Silber und Gold gesprenkelte Säulen stützten den langen, breiten Saal, und aus silbernen Töpfen wuchs weißer und roter Jasmin, der einen süßen, erdigen Duft verströmte.

Das Deckengemälde war jedoch das eigentliche Meisterstück des großen Saales. Die Götter schwebten über allem und blickten auf uns herab.

Ione und Rhahar. Aios, die Göttin der Liebe, der Fruchtbarkeit und der Schönheit mit ihren flammend roten Haaren. Saion, der dunkelhäutige Gott des Himmels und der irdischen Welt, der über Erde, Wind und Wasser herrschte. Und neben ihm Theon, der Gott der Übereinkunft und des Krieges, und seine Zwillingsschwester Lailah, die Göttin des Friedens und der Rache. Bele, die dunkelhaarige Göttin der Jagd, die ihren Bogen in den Händen hielt, und Perus, der blasse, weißhaarige Gott der Riten und des Reichtums. Daneben Rhain, der Gott des einfachen Mannes und des Abschlusses, und schließlich meine Namenspatronin Penellaphe, die Göttin der Weisheit, der Loyalität und der Pflicht – was ich ziemlich paradox fand. Alle Gesichter waren unglaublich lebhaft und detailgetreu dargestellt, bis auf Nyktos, dem König der Götter, der den ersten Segen verliehen hatte. Sein Gesicht und auch der restliche Körper waren in leuchtendes Mondlicht gehüllt.

Doch als ich nun auf einem kleinen Podium neben der sitzenden Herzogin stand, fiel kein einziger Sonnenstrahl durch die Fenster, denn draußen herrschte tiefste Nacht. Zahllose Wandleuchten und Öllampen tauchten den Saal in einen goldenen Schein.

Die Götter wandelten nicht im Sonnenlicht.

Also vermieden es die Aufgestiegenen ebenso.

Wie hatte Ian es nur geschafft, sich damit abzufinden? Wenn die Sonne schien, hatte man ihn früher immer draußen angetroffen, wo er seine Tagebücher füllte und all die Geschichten aufschrieb, die ihm in den Sinn kamen. Schrieb er mittlerweile im Mondlicht? Falls ich tatsächlich schon bald in die Hauptstadt zitiert wurde, würde ich es früher oder später herausfinden.

Angst stieg in mir hoch, doch ich schob sie beiseite, bevor sie sich ausbreiten konnte. Ich ließ den Blick über die Bürger schweifen, die in den großen Saal geströmt waren, und versuchte vergeblich, so zu tun, als würde ich nicht nach einem ganz bestimmten Gesicht Ausschau halten.

Ich wusste, dass Hawke ebenfalls hier sein würde, aber ich hatte ihn noch nicht gesehen.

Ich rang nervös die Hände, während jemand – ein Bankkaufmann – den Herzog und die Herzogin mit Lob überhäufte.

»Alles in Ordnung?«, fragte Vikter so leise, dass nur ich ihn hören konnte.

Ich wandte mich kaum merklich nach links und nickte. »Warum fragst du?«

»Weil du seit Beginn der Veranstaltung herumzappelst, als wäre dein Kleid voller Spinnen.«

Spinnen?

In diesem Fall hätte ich nicht herumgezappelt. Ich hätte geschrien und mir die Kleider vom Leib gerissen, ganz egal, wer dabei zusah.

Ich war mir selbst nicht sicher, warum ich so unglaublich ruhelos war. Wenn man bedachte, was in letzter Zeit passiert war, gab es zwar eine Vielzahl an Gründen, aber es schien ... mehr dahinterzustecken.

Es hatte nach dem Training als leichte Kopfschmerzen begonnen, die ich dem Schlag auf den Kopf und meinem übermäßigen Ehrgeiz zugeschrieben hatte, was ich natürlich niemals zugegeben hätte. Doch nach dem Mittagessen waren die Schmerzen fort gewesen und von einer unerschöpflichen, nervösen Energie abgelöst worden. Es erinnerte mich an den Kaffee, den Ian mir aus der Hauptstadt geschickt hatte. Tawny und ich hatten jeweils nur eine halbe Tasse getrunken, waren danach aber so aufgekratzt gewesen, dass wir einen ganzen Tag lang nicht still sitzen konnten.

Ich bemühte mich bewusster, ruhig zu stehen, und sah hinaus in den dunklen Garten, wo ich früher immer Frieden gefunden hatte. Mein Herz wurde schwer. Ich war gestern Nacht und auch heute nicht im Garten gewesen. Man hatte es mir zwar nicht verboten, aber ich wusste, dass ich sofort von Wächtern umringt sein würde, wenn ich einen Fuß vor die Tür setzte.

Ich wollte mir gar nicht vorstellen, wie streng das bevorstehende Auswahlritual bewacht werden würde.

Und eigentlich war ich mir nicht sicher, ob ich jemals wieder in den Garten gehen würde. Ganz egal, wie sehr ich ihn und die Rosen liebte. Sogar jetzt, wo nur die schattigen Umrisse auszumachen waren, sah ich Rylans blicklose Augen vor mir.

Ich nahm einen flachen Atemzug, dann riss ich mich vom Garten los und richtete meine Aufmerksamkeit auf die Leute im Saal. Der Hofstaat der Aufgestiegenen flankierte das Podium des Herzogs und der Herzogin, danach kamen die Hofdamen und Hofherren, unter die sich königliche Wächter mit dem königlichen Wappen auf den weißen Umhängen gemischt hatten. Der restliche Saal wurde von Kaufleuten und Geschäftstreibenden, von Arbeitern und anderen Stadtbewohnern bevölkert, die ein Ansuchen vorbringen, ihren Beschwerden Gehör verschaffen oder um die Gunst des Herzogs und der Herzogin bitten wollten.

Viele sahen mit großen Augen und offenen Mündern zu uns hoch. Manche sahen zum ersten Mal die wunderschöne, braunhaarige Herzogin und den kühl wirkenden, attraktiven Herzog, dessen Haare so blond waren, dass sie beinahe weiß wirkten, und waren den Aufgestiegenen noch nie so nahe gekommen.

Sie wirkten, als wären sie in Gesellschaft der Götter, und auf gewisse Weise waren sie das auch. Die Aufgestiegenen waren die Nachkommen der Götter. Zwar nicht von Geburt an, aber dank des Blutes in ihren Adern.

Und dann war da noch ... ich.

Nur wenige der gewöhnlichen Bürger im Saal hatten die Jungfräuliche schon einmal zu Gesicht bekommen. Allein deshalb erntete ich viele neugierige Blicke. Außerdem hatten sich die Gerüchte um Malessas Tod und meine mutmaßliche Entführung sicher zu der Neugierde und der ängstlichen Energie beigetragen, die im Saal zu spüren waren.

Nur Tawny schien unbeeindruckt. Sie stand mit schläfrigem Blick neben mir, und ich biss mir auf die Innenseite meiner Wange, als sie ein Gähnen unterdrückte. Wir standen bereits seit fast zwei Stunden hier herum, und ich fragte mich, ob die Hinterteile des Herzogs und der Herzogin genauso schmerzten wie meine Füße.

Vermutlich nicht. Beide sahen aus, als würden sie sich mächtig wohlfühlen. Die Herzogin trug ein Kleid aus gelber Seide, und sogar ich musste zugeben, dass der Herzog in der schwarzen Hose und dem Frack umwerfend aussah.

Er erinnerte mich immer an die blasse Schlange, über die ich als kleines Mädchen am Strand gestolpert war. Herrlich anzusehen, aber ihr Biss gefährlich und oft sogar tödlich.

Ich schluckte ein Seufzen hinunter, als der Bankkaufmann die großartige Führungskraft der beiden lobte, und richtete den Blick auf die hell erleuchteten Tempel ...

Und da sah ich ihn.

Hawke.

Mein Herz machte einen seltsamen kleinen Sprung. Er stand zwischen zwei Säulen, die Arme vor der breiten Brust verschränkt. Wie gestern war kein neckendes Schmunzeln auf seinem Gesicht zu sehen, und er hätte äußerst streng gewirkt, wenn nicht eine Strähne seiner tiefschwarzen Haare in seine Stirn gefallen wäre und sein Gesicht aufgelockert hätte.

Ein Schaudern lief über meinen Rücken, und ich bekam am ganzen Körper Gänsehaut, als Hawke den Blick hob und zum Podium sah. Obwohl er sich auf der anderen Seite des Saales aufhielt und ich einen Schleier trug, hätte ich schwören können, dass sich unsere Blicke trafen. Sämtliche Luft wich aus meiner Lunge, und alles um mich verblasste und verstummte, während wir einander ansahen.

Mein Herz pochte, und meine Hände öffneten und schlossen sich unbewusst. Er starrte mich an, aber das taten viele andere auch. Sogar die Aufgestiegenen konnten den Blick kaum abwenden.

Ich war eine Kuriosität. Ein Bonus, der jede Woche präsentiert wurde, um daran zu erinnern, dass die Götter aktiv in das Leben der Gläubigen eingriffen.

Trotzdem fühlten sich meine Beine seltsam an, und mein

Herz raste, als hätte ich eine Stunde Kampftraining mit Vikter hinter mir.

Magnus, der Haushofmeister, kündigte die nächste Audienz an und riss mich damit aus meinen Gedanken. »Mr. und Mrs. Tulis bitten um ein Wort, Eure Gnaden.«

Ein blondhaariges Paar trat aus einer Gruppe, die im hinteren Teil des Saales wartete. Sie trugen einfache, aber saubere Kleider, und der Mann hatte seinen Arm um die Schulter seiner etwas kleineren Frau gelegt und zog sie näher an sich heran. Sie hatte die Haare aus dem blassen Gesicht gebunden und trug keinen Schmuck, dafür aber ein kleines, in Decken gehülltes Bündel im Arm. Das Bündel bewegte sich, als sie vor das Podium traten, und kleine Ärmchen und Beinchen ragten aus der hellblauen Decke hervor. Beide Erwachsenen hielten den Blick auf den Boden gerichtet und die Köpfe gesenkt. Sie sahen erst auf, als ihnen die Herzogin die Erlaubnis erteilte.

»Ihr dürft sprechen«, erklärte sie mit betörend weiblicher und unendlich sanfter Stimme. Sie klang wie jemand, der noch nie die Stimme oder die Hand erhoben hatte. Beides stimmte, und ich fragte mich zum hundertsten Mal, was sie und den Herzog verband. Ich konnte mich nicht erinnern, dass sich die beiden in meiner Gegenwart einmal berührt hatten – wobei das bei den Aufgestiegenen keine Voraussetzung für eine Eheschließung war.

Im Gegensatz dazu empfanden Mr. und Mrs. Tulis offensichtlich etwas füreinander. Man sah es an der Art, wie er sie an sich drückte, und daran, wie sie zuerst zu ihm und anschließend zur Herzogin sah.

»Ich danke Euch.« Ihr nervöser Blick schoss zum Herzog. »Euer Gnaden.«

Herzog Teerman nickte anerkennend. »Es ist uns eine Freude«, erklärte er. »Was können wir für dich und deine Familie tun?«

»Wir sind hier, um Euch unseren Sohn vorzustellen«, erklärte die Frau und drehte das Bündel, sodass es in Richtung Podium blickte. Das kleine Gesichtchen war noch faltig und rot, und der Junge sah blinzelnd und mit großen Augen zu uns hoch.

Die Herzogin beugte sich nach vorne, behielt die Hände allerdings im Schoß verschränkt. »Er ist entzückend. Wie heißt er?«

»Tobias«, antwortete der Vater. »Er kommt nach meiner Frau und ist genauso zuckersüß wie sie, wenn ich das so sagen darf, Euer Gnaden.«

Ich grinste.

»Das ist wahr.« Die Herzogin nickte. »Ich hoffe sehr, dass mit deiner Frau und dem Kind alles in Ordnung ist?«

»Ja. Ich bin gesund, und er auch. Er ist eine große Freude. Ein wahrer Segen.« Mrs. Tulis drückte den Rücken durch und presste das Neugeborene an ihre Brust. »Wir lieben ihn sehr.«

»Ist er euer erster Sohn?«, fragte der Herzog.

Mr. Tulis' Adamsapfel hüpfte, als er schluckte. »Nein, Euer Gnaden. Er ist der dritte Sohn.«

Die Herzogin klatschte in die Hände. »Dann ist Tobias ein wahrer Segen, denn ihm wird die Ehre zuteil, den Göttern zu dienen.«

»Deshalb sind wir hier, Euer Gnaden.« Der Mann nahm seinen Arm von den Schultern seiner Frau. »Unser erster Sohn – unser geliebter Jamie – ist ... er ist vor drei Monaten gestorben.« Mr. Tulis räusperte sich. »Die Heiler meinten, sein Blut sei krank gewesen. Es ging sehr schnell, wisst Ihr. An einem Tag ging es ihm gut, er rannte herum und geriet in alle möglichen Schwierigkeiten – doch am nächsten Morgen wachte er nicht mehr auf. Er blieb noch einige Tage bei uns, aber dann ging er fort.«

»Das tut mir unendlich leid.« Die Stimme der Herzogin

war von Trauer erfüllt, als sie sich zurücklehnte. »Und euer zweiter Sohn?«

»Wir haben ihn an dieselbe Krankheit verloren wie unseren Jamie.« Die Mutter begann zu zittern. »Er war kaum ein Jahr alt.«

Sie hatten zwei Söhne verloren? Ich litt mit den beiden. Ich selbst hatte bereits so viel verloren, aber ich konnte mir trotzdem nicht ansatzweise vorstellen, welchen Kummer es Eltern bereitete, wenn ein Kind starb. Ganz zu schweigen von zweien. Doch wenn ich mich ihrem Leid jetzt hingab, dann wollte ich auch etwas dagegen tun können, und das konnte ich nicht. Nicht hier. Also verschloss ich meine Gabe tief in meinem Inneren.

»Das ist eine große Tragödie. Ich hoffe, ihr findet Trost in dem Wissen, dass euer geliebter Jamie und euer zweiter Sohn nun bei den Göttern weilen.«

»Ja, dieser Gedanke hat uns sehr geholfen.« Mrs. Tulis wiegte sanft den Säugling in ihren Armen. »Wir sind heute hier, weil wir Euch bitten wollen ...« Sie verstummte und brachte kein Wort mehr über die Lippen.

Ihr Mann übernahm für sie. »Wir sind heute hier, um euch zu bitten, unseren Sohn von dem Auswahlritual auszuschließen.«

Ein Raunen ging durch die Menge.

Mr. Tulis Schultern versteiften sich, doch er fuhr tapfer fort: »Ich weiß, das ist viel verlangt. Von Euch und von den Göttern. Er ist unser dritter Sohn, aber wir haben die ersten beiden verloren, und obwohl meine Frau noch mehr Kinder möchte, kann sie laut den Heilern keine mehr bekommen. Er ist unser einziges verbliebenes Kind. Und er wird das letzte sein.«

»Er ist dennoch euer drittgeborener Sohn«, erwiderte der Herzog, und eine Leere machte sich in mir breit. »Der Tod eures Erstgeborenen ändert nichts daran, dass euer zweiter und nun euer dritter Sohn dazu bestimmt ist, den Göttern zu dienen.«

»Aber wir haben nur noch dieses eine Kind, Euer Gnaden.« Mrs. Tulis' Unterlippe zitterte, und ihre Brust hob und senkte sich. »Wenn ich noch einmal schwanger werde, sterbe ich. Wir ...«

»Das verstehe ich.« Der Tonfall des Herzogs blieb unverändert. »Und ihr versteht sicher auch, dass uns die Götter zwar große Macht verliehen haben, wir aber trotzdem keinerlei Einfluss auf die Riten haben.«

»Aber Ihr könnt mit den Göttern sprechen.« Mr. Tulis machte einen Schritt nach vorne, hielt aber abrupt inne, als mehrere Wächter auf sie zutraten.

Ein leises Murmeln drang aus dem Publikum. Ich sah zu Hawke hinüber. Er stand da und beobachtete die Tragödie mit steinernem Blick. Hatte er ebenfalls einen zweitgeborenen oder drittgeborenen Bruder oder eine Schwester, die dem Hof und den Göttern übergeben worden waren? Die dem Hof dienen und den Segen empfangen würden und die er nie wiedersehen würde?

»Ihr könnt die Götter um Gnade für unsere Familie bitten, nicht wahr?«, fragte Mr. Tulis mit rauer Stimme. »Wir sind gute Leute.«

»Bitte.« Tränen liefen über das Gesicht der Mutter, und meine Finger zuckten. Ich hätte so gerne die Hand nach ihr ausgestreckt und ihr etwas von dem Schmerz genommen. »Wir flehen Euch an, es wenigstens zu versuchen. Wir wissen, dass die Götter gnädig sind. Wir beten jeden Morgen und jeden Abend zu Aios und Nyktos. Wir bitten Euch lediglich ...«

»Eurer Bitte kann nicht nachgekommen werden. Tobias ist euer dritter Sohn, und das ist der natürliche Lauf der Dinge«, erklärte die Herzogin, und ein durchdringendes Seufzen entfuhr der Frau. »Ich weiß, es ist schwer, und es tut weh, aber euer Sohn ist ein Geschenk an die Götter. Nicht ein Geschenk an euch. Deshalb würden wir sie nie darum bitten.«

Warum nicht? Was konnte es schaden, sie wenigstens zu fragen? Es gab doch sicher genug Männer im Dienste der Götter, sodass ein kleiner Junge nicht die natürliche Ordnung durcheinanderbringen würde.

Außerdem hatte es schon in der Vergangenheit Ausnahmen gegeben. Meinen Bruder zum Beispiel.

Zahllose Anwesende schienen schockiert und konnten die Dreistigkeit der Bitte nicht fassen. Doch es gab auch andere, die Mitleid und auch Ärger zeigten. Ihre Blicke waren auf das Podium gerichtet. Auf den Herzog, die Herzogin – und auf mich.

»Bitte. Ich flehe Euch an. Bitte.« Der Vater fiel auf die Knie und faltete die Hände zum Gebet.

Ich schnappte nach Luft, und meine Brust zog sich zusammen. Ich hatte keine Ahnung, wie es dazu kam und warum, aber meine Sinne öffneten sich von allein. Ich atmete scharf ein, als der Schmerz wie eisige Wellen über mich hereinbrach. Seine Wucht ließ meine Knie erzittern, und ich rang nach Atem.

In diesem Moment spürte ich Vikters Hand in meinem Nacken, und mir wurde klar, dass er mich zurückhalten würde, falls ich auf das Ehepaar zustürzte. Es erforderte all meine Kraft, stehen zu bleiben und nichts zu tun.

Ich riss den Blick von Mr. Tulis los und zwang mich, ruhig und tief zu atmen. Meine geweiteten Augen glitten über die Menge, während ich mir eine Wand vorstellte. So mächtig wie die Mauer. So hoch und dick, dass kein Schmerz der Welt sie überwinden konnte. Das hatte in der Vergangenheit immer funktioniert, und es funktionierte auch heute. Die Klauen, die mich gefangen hielten, lockerten ihren Griff, aber ...

Mein Blick schoss zu einem blonden Mann. Er stand einige Reihen weiter hinten und hielt den Kopf gesenkt. Der Großteil seines Gesichtes verschwand unter seinen Haaren. Bei seinem Anblick brannte sich etwas durch die Mauer, die ich errichtet hatte, aber es war kein richtiger Schmerz. Es fühlte sich heiß an, als litte er körperlich, aber gleichzeitig schmeckte es bitter, als hätte ich Säure geschluckt. Er hatte offenbar Schmerzen, aber ...

Ich schloss entnervt die Augen und baute die Mauer wieder auf, bis ich nur noch das Klopfen meines eigenen Herzens spürte. Nach ein paar Sekunden konnte ich tiefer atmen, und schließlich verschwand das seltsame Gefühl, und ich öffnete die Augen.

»Bitte, wir lieben unseren Sohn«, flehte der Vater immer noch. »Wir werden ihn zu einem guten Mann großziehen, der ...«

»Er wird in den Tempeln von Rhahar und Ione großgezogen, wo für ihn gesorgt wird, während er den Göttern dient. So wie es seit dem ersten Segen passiert.« Der Tonfall des Herzogs duldete keinen Widerspruch, und das Schluchzen der Frau wurde lauter. »Durch uns beschützen die Götter jeden Einzelnen von euch vor den Schrecken, die außerhalb der Mauer lauern. Vor allem vor den Wesen aus dem Nebel. Und wir alle müssen ihnen unseren Dienst erweisen. Wollt ihr die Götter erzürnen, indem ihr euer Kind zu Hause behaltet, wo es alt wird oder vielleicht sogar krank, um schließlich zu sterben?«

Mr. Tulis schüttelte den Kopf, und sämtliche Farbe wich aus seinem Gesicht. »Nein, Euer Gnaden, das würden wir niemals wollen, aber er ist unser Sohn ...«

»Aber genau darum bittet ihr uns«, unterbrach ihn der Herzog. »Einen Monat nach seiner Geburt werdet ihr ihn den Priestern übergeben, und es wird euch eine Ehre sein.«

Ich ertrug den Anblick ihrer tränenüberströmten Gesichter nicht länger. Also schloss ich die Augen und wünschte, ich hätte auch ihr herzzerreißendes Schluchzen nicht mehr gehört. Doch selbst wenn, hätte ich es niemals vergessen können. Und durfte ich es auch nicht. Ich musste ihren Schmerz bezeugen und mich für immer daran erinnern.

Den Göttern in den Tempeln zu dienen war eine Ehre, aber es war trotzdem ein Verlust.

»Wischt euch die Tränen von den Wangen«, befahl die Herzogin. »Ihr wisst, dass es das Richtige ist. Es ist der Wunsch der Götter.«

Aber es fühlte sich nicht richtig an. Was schadete es, dieses eine Kind zu Hause bei seinen Eltern zu lassen? Wo es wachsen, leben und zu einem wertvollen Mitglied der Gesellschaft werden konnte?

Doch weder der Herzog noch die Herzogin würden dieser einfachen Bitte nachgeben, und ich fragte mich, wie das Flehen der Mutter, ihre Schreie und die verzweifelte Hoffnungslosigkeit des Vaters einen Sterblichen derart kalt lassen konnten.

Doch ich kannte die Antwort bereits.

Die Aufgestiegenen waren keine Sterblichen mehr.

10

ICH UNTERDRÜCKTE EIN GÄHNEN, während Tawny meinen Schleier feststeckte. Ich fühlte mich, als hätte ich keine Sekunde geschlafen.

Meine Gedanken hatten letzte Nacht einfach keine Ruhe gefunden. Ich hatte ständig an Malessa und Rylan gedacht. An die Bedrohung durch den dunklen Sohn und an das, was der Familie Tulis widerfahren war. Die allumfassende Hoffnungslosigkeit im Gesicht der Mutter, als ihr Mann sie aus dem Saal geführt hatte, verfolgte mich noch immer. Genau wie der Anblick der Leute im Saal, die auseinandergetreten waren, um die Eltern durchzulassen. Als hätten die beiden sich durch ihre Bitte mit einer ansteckenden Krankheit infiziert. Nachdem sie mit ihrem Kleinen den Saal verlassen hatten, war ihr Schmerz als beinahe greifbares, nicht verebben wollendes Gefühl zurückgeblieben.

Aber das war nur ein Teil dessen, warum mich die Angelegenheit nicht losließ.

Immer wieder drängte auch der Ausdruck auf Hawkes Gesicht, als er dem gebrochenen Ehepaar nachgesehen hatte, an die Oberfläche. Der Wächter hatte vor Wut die Zähne zusammengebissen und die Lippen zu einer unnachgiebigen, dünnen Linie aufeinandergepresst. Und er war nicht der Einzige gewesen, der angesichts der Entscheidung offensichtlichen Groll empfunden hatte. Ich dachte an den blonden Mann und daran, was ich bei ihm gespürt hatte. Es musste sich um eine Art Schmerz handeln, denn das hatte ich als Einziges bei anderen gefühlt. Aber es hatte mich an die Wut in Hawkes Gesicht und in den Zügen einiger weiterer erinnert.

Männer und Frauen aus den unterschiedlichsten Klassen, die nicht die Familie Tulis mit Abscheu ansahen, sondern missmutige und verbitterte Blicke auf das Podium richteten. Waren sie ebenfalls gezwungen gewesen, ihre drittgeborenen Söhne oder Töchter den Priestern zu übergeben? Oder würden sie bald zusehen müssen, wie ihre Zweitgeborenen nach dem Auswahlritual an den Hof geschickt wurden?

Hatten der Herzog und die Herzogin die Blicke bemerkt? Ich bezweifelte es – aber den Wächtern waren sie sicher nicht entgangen.

Es war, wie Vikter gesagt hatte: Wir erlebten eine Zeit der Unruhe, und sie breitete sich aus. Wobei ich nicht glaubte, dass die dunklen Nachkommen die alleinige Schuld daran trugen. Es hatte sicher auch etwas mit »der natürlichen Ordnung der Dinge« zu tun. Mit dem Ritual, das sich kaum noch natürlich anfühlte, wenn mildernde Umstände wie im Fall der Familie Tulis nicht anerkannt wurden.

Aber konnte man daran etwas ändern? Gab es eine Möglichkeit, die Dinge anders zu regeln? Das war eine weitere Sache, die mich wachgehalten hatte. Die Götter hatten doch sicher genug Söhne und Töchter, die ihnen dienten. Sie hatten das gesamte Königreich, und vielleicht könnte man von Fall zu Fall entscheiden, wer den Göttern dienen sollte und wer nicht. Für viele Eltern war es eine Ehre, dass ihre Kinder diese Möglichkeit bekamen, und für einige war das Leben im Dienste der Götter sehr viel besser als das Leben, das sie zu Hause erwartet hätte.

Könnte ich etwas daran ändern, wenn ich noch vor meinem Aufstiegsritual in die Hauptstadt zurückkehrte? Hatte ich diese Macht? Ich hatte sicher mehr zu sagen als die

Hofdamen und Hofherren, denn immerhin war ich die Jungfräuliche. Ich könnte bei der Königin für die Familie Tulis eintreten, und wenn ich als Aufgestiegene von den Göttern zurückkehrte, könnte ich weiter für Veränderungen kämpfen.

Zumindest könnte ich es versuchen, was immerhin mehr war, als der Herzog und die Herzogin taten. Das war mein Entschluss, bevor ich schließlich doch einschlief, nur um wenige Stunden später von Tawny geweckt zu werden. Vikter würde bald da sein.

»Du siehst aus, als solltest du ein wenig schlafen«, meinte Tawny, während sie das letzte Kettchen am Schleier fixierte.

»Wenn ich nur schlafen könnte.« Ich seufzte.

»Keine Ahnung, warum du dich nicht mal untertags hinlegst.« Sie trat neben mich und zupfte den Schleier zurecht, sodass er über meinen Rücken nach unten fiel. »Setz mich in einen gemütlichen Stuhl, und ich ...«

»Du bist in wenigen Minuten eingeschlafen. Das macht mich echt eifersüchtig.« Ich schlüpfte in die Schuhe mit den viel zu dünnen Sohlen. »Sobald die Sonne aufgeht, kann ich nicht mehr schlafen.«

»Weil du es nicht aushältst, einmal nichts zu tun«, sagte sie. »Schlaf erfordert nun mal ein gewisses Maß an Müßiggang, was mir natürlich besonders gut liegt.«

Ich lachte. »So hat jeder sein eigenes Talent.«

Sie warf mir einen bösen Blick zu, und im nächsten Moment erklangen ein scharfes Klopfen und kurz darauf Vikters Stimme.

Ich trat stöhnend auf die Tür zu, auch wenn ich seine Ankunft bereits erwartet hatte. Ich sollte mich mit Priesterin Analia zum Gebet treffen, wobei sie die Zeit meist nur dafür benutzte, um mich zu kritisieren, angefangen bei meiner Körperhaltung bis hin zu den Falten in meinem Kleid.

»Falls du türmen willst, sage ich Vikter, du wärst aus dem Fenster gesprungen«, schlug Tawny vor.

Ich schnaubte. »Das würde mir maximal fünf Sekunden Vorsprung verschaffen.«

»Stimmt.« Tawny kam vor mir bei der Tür an und riss sie auf. Als ich Vikters Gesicht sah, blieb ich wie angewurzelt stehen. Angespannte Falten umgaben seinen Mund.

»Was ist passiert?«, fragte ich.

»Du wurdest zum Herzog und zur Herzogin beordert«, verkündete er, und mein Magen zog sich zusammen.

Tawny warf mir einen schnellen, nervösen Blick zu. »Weshalb?«

»Ich glaube, es hat mit Rylans Nachfolger zu tun«, antwortete Vikter.

Ich merkte, wie Tawny sich erleichtert entspannte, doch ich spürte nichts dergleichen. Mein Unbehagen wuchs sogar noch.

»Weißt du, wer es ist?« Ich folgte ihm in den Flur.

Er schüttelte den Kopf, und eine blonde Strähne fiel ihm in die Stirn. »Ich wurde nicht informiert.«

Das war zwar nicht ungewöhnlich, aber ich hätte trotzdem gedacht, dass Vikter es als einer der Ersten erfahren würde, da er mit Rylans Nachfolger zusammenarbeiten würde.

»Was ist mit Priesterin Analia?«, fragte ich und ignorierte Tawnys erhobene Augenbrauen, die neben mir her schritt. Ich war genauso überrascht von meiner Frage, denn gerade noch wäre ich lieber aus dem Fenster gesprungen, als mir anzuhören, was alles nicht mit mir stimmte. Doch ein dunkles Gefühl und Angst hatten Besitz von mir ergriffen.

»Ihr wurde gesagt, dass diese Woche keine Treffen stattfinden«, antwortete Vikter. »Was sicher überaus enttäuschend für dich ist.«

Tawny unterdrückte ein Kichern, während ich Vikters Rücken die Zunge herausstreckte. Wir gingen den Flur entlang, ohne jemanden zu sehen, und traten in den schmäleren Verbindungsgang, der zur Haupttreppe führte. Die breiten Steinstufen führten in die große Eingangshalle, wo Dienstbotinnen die Statuen von Penellaphe und Rhain vom Staub befreiten. Die beinahe drei Meter hohen Kalksteinfiguren standen in der Mitte des kreisrunden Raumes und wurden jeden Nachmittag gereinigt. Keine Ahnung, ob sich je ein Staubkorn auf sie verirrte.

Von der Eingangshalle kam man in den vorderen Teil der Burg, wo sich der große Saal, die Empfangszimmer und das Atrium befanden.

Vikter führte uns jedoch rechts an den Statuen vorbei und durch einen mit üppigen grünen Girlanden geschmückten Bogengang. Der große Tisch im Bankettsaal war leer, bis auf eine goldene Vase in der Mitte, in der mehrere langstielige nachtblühende Rosen steckten.

Ich warf einen Blick darauf, und meine Kehle war mit einem Mal wie zugeschnürt, während wir weiter auf eine Tür auf der rechten Seite zugingen, die offenstand.

Der Anblick der Blumen. Der Duft.

Ich konnte das Blut beinahe riechen.

Tawny berührte mich sanft an der Schulter. Ich stieß die Luft aus und rang mir ein Lächeln ab. Sie sah mich immer noch besorgt an, während Vikter die Tür zu einem der vielen Arbeitszimmer öffnete, die der Herzog und die Herzogin für weniger vertrauliche Besprechungen nutzten. Ich trat ein, sah mich um, und mein Herzschlag setzte aus.

Der Grund war nicht der Herzog, der hinter einem schwarzen Schreibtisch saß und das blasse Gesicht über irgendwelche Unterlagen gebeugt hatte. Oder die Herzogin, die rechts daneben stand und sich mit Kommandant Jansen unterhielt. Schuld war einzig und allein der junge, dunkelhaarige Mann neben dem Kommandanten, der schwarze Kleider und eine Rüstung aus Leder und Eisen trug.

Meine Lippen öffneten sich, und mein Herz sank, während Tawny wie angewurzelt stehen blieb und hektisch blinzelte, als wäre einer der Götter in dieses Arbeitszimmer herabgestiegen. Sie sah mich an, und ihre Mundwinkel wanderten nach oben. Sie wirkte neugierig und vergnügt, und ich war froh, dass sie mein Gesicht nicht sehen konnte. Ich sah vermutlich so aus, als wollte ich jeden Moment die Flucht ergreifen.

In diesem Moment wünschte ich mir von Herzen, ich hätte ihr von Hawke und der Begegnung im *Red Pearl* erzählt.

Ich konnte mir zwar keinen anderen Grund vorstellen, warum Hawke mit dem Kommandanten zum Herzogpaar geladen worden war, aber ich klammerte mich verzweifelt an die Hoffnung, dass Vikter sich geirrt hatte und es keinen Zusammenhang mit Rylans Nachfolge gab.

Aber welchen Grund konnte es sonst haben?

Panik stieg in mir hoch. Was, wenn Hawke erkannt hatte, dass ich die Frau im *Red Pearl* gewesen war? Bei den Göttern! Es war zwar unwahrscheinlich, aber das war Hawkes Ernennung zu meinem neuen Leibwächter auch. Mein Herzschlag setzte wieder ein und legte gleich ein Höllentempo an den Tag.

Der Herzog hob den Blick von seinen Unterlagen, und in seinem kühlen, attraktiven Gesicht lag kein Hinweis darauf, was nun geschehen würde. »Bitte, Vikter, schließ die Tür.«

Vikter folgte dem Befehl, und ich sah mich erneut um. Auf der weißen Marmorwand hinter dem Herzog prangte das goldene königliche Wappen, und die ansonsten kahlen Wände bildeten einen starken Kontrast zu den schwarzen Sockelleisten. Neben dem Stuhl, in dem der Herzog saß, gab es lediglich einen üppig gepolsterten cremefarbenen Ohrensessel und Bänke aus poliertem Kalkstein in drei säuberlichen Reihen.

Der Raum war so kalt wie der Herzog, aber er war trotzdem besser als die Kammer, die er sonst bevorzugte, und in die ich schon viel zu oft gerufen worden war.

»Danke.« Teerman nickte Vikter zu und lächelte schmallippig. Seine schwarzen, unergründlichen Augen huschten zu mir, und er presste die Lippen noch fester aufeinander. Ich stand immer noch an der Tür. Er winkte mich vor. »Bitte setz dich, Penellaphe.«

Ich zwang meine seltsam wackeligen Beine, die kurze Strecke zu überwinden, und war mir vollkommen bewusst, dass Hawke jeden Schritt beobachtete. Ich musste nicht einmal hinsehen. Sein Blick war wie immer intensiv. Ich setzte mich auf die Kante der mittleren Bank und faltete die Hände im Schoß. Tawny ließ sich hinter mir nieder, und Vikter stellte sich neben mich, sodass er zwischen mir und Hawke stand.

»Ich hoffe, es geht dir gut, Penellaphe?«, meinte die Herzogin.

Ich nickte in der Hoffnung, dass man mir nur einfache Fragen stellen würde, die mit Ja und Nein beantwortet werden konnten.

»Welche Erleichterung, das zu hören. Ich hatte mir schon Sorgen gemacht, weil du so kurz nach dem Angriff schon wieder an einem Stadtrat teilnehmen musstest.«

Ich war zur Abwechslung einmal froh über meinen Schleier. Sonst hätte sie es mir am Gesicht angesehen, wie lächerlich ich ihre Besorgnis fand. Abgesehen von ein paar Blutergüssen war ich nicht schwer verletzt worden. In meiner Brust hatte kein Pfeil gesteckt wie bei Rylan. Mir würde es bald wieder gut gehen – mir ging es jetzt schon gut. Rylan hingegen würde es nie wieder gut gehen.

»Die Geschehnisse im Garten sind der Grund, warum wir uns heute hier treffen«, übernahm der Herzog, und meine Muskeln im Nacken und Rücken spannten sich an. »Nach dem Tod von ...« Kaum zu glauben, aber er runzelte tatsächlich die Stirn. »Wie war noch mal sein Name?«, fragte er die Herzogin, die ihn ratlos ansah. »Wie hieß der Wächter?«

»Rylan Keal, Euer Gnaden«, antwortete Vikter, bevor ich damit herausplatzen konnte.

Der Herzog schnippte mit den Fingern. »Ja, genau. Ryan. Seit Ryans Tod hast du nur noch einen Leibwächter.«

Ich ballte die Hände zu Fäusten. Rylan. Sein Name war Rylan. Nicht Ryan.

Doch niemand sagte etwas.

»Wieder einmal«, fügte der Herzog nach einer kurzen Pause hinzu, und seine Lippen verzogen sich zu einem spöttischen Lächeln. »Zwei Wächter in einem Jahr, ich hoffe, das wird nicht zur Gewohnheit.«

Er tat, als wäre es meine Schuld gewesen.

»Wie auch immer, das Auswahlritual steht kurz bevor, ebenso wie dein eigenes – da kann Vikter dich nicht allein im Auge behalten«, fuhr Teerman fort. »Wir brauchen einen Ersatz für Ryan.«

Ich biss mir auf die Innenseite der Wange.

»Was – wie du vielleicht schon erkannt hast – die Anwesenheit von Kommandant Jansen und Wächter Flynn erklärt.«

Möglicherweise hatte ich bereits zu atmen aufgehört.

»Wächter Flynn wird mit sofortiger Wirkung Ryans Platz einnehmen«, erklärte der Herzog und bestätigte damit, was ich schon vermutet hatte. Wobei es etwas vollkommen anderes war, wenn er es laut aussprach. »Das kommt sicher überraschend, nachdem er neu in der Stadt und für einen königlichen Wächter noch ziemlich jung ist.«

Genau das hatte ich mir gedacht, und der Herzog klang ebenfalls, als würde er die Entscheidung infrage stellen.

»Es gibt mehrere Wächter der Mauer, denen eine Beförderung versprochen wurde, und Hawkes Berufung soll keine Geringschätzung ihnen gegenüber darstellen.« Der Herzog lehnte sich zurück und schlug die Beine übereinander. »Aber der Kommandant hat uns darauf hingewiesen, dass Hawke für die Aufgabe von allen Kandidaten am besten geeignet ist.«

Kaum zu glauben, dass das gerade wirklich passierte.

»Wächter Flynn mag neu in der Stadt sein, aber das ist kein Nachteil. Er sieht mögliche Hinweise vielleicht mit anderen Augen«, meldete sich Kommandant Jansen zu Wort und wiederholte mehr oder weniger, was Vikter schon gesagt hatte. »Unzählige Wächter haben nicht erkannt, dass es im Garten Sicherheitslücken gab. Nicht, weil sie unfähig wären ...«

»Darüber lässt sich streiten«, murmelte der Herzog.

Der Kommandant ging schlauerweise nicht auf den Zwischenruf ein und fuhr fort: »Sondern, weil sie schon zu lange in dieser Stadt leben und von einem falschen Gefühl der Sicherheit und Selbstgefälligkeit beseelt sind. Hawke ist dieser Gewöhnungseffekt fremd.«

»Außerdem hat er erst vor Kurzem Erfahrungen mit den Gefahren außerhalb der Mauer gemacht«, meldete sich die Herzogin zu Wort, und mein Blick sprang zu ihr. »Dein Ritual wird in weniger als einem Jahr stattfinden, spätestens dann wirst du in die Hauptstadt reisen, es sei denn, du wirst früher dorthin beordert. In diesem Fall ist es unbezahlbar, jemanden mit derartigen Erfahrungen zur Hand zu haben. So müssen wir uns nicht auf die Jägerschaft verlassen, wenn es darum geht, deine Reise so sicher wie möglich zu machen. Die dunklen Nachkommen und der dunkle Sohn sind nicht die Einzigen dort draußen, vor denen man Angst haben sollte, wie du sehr wohl weißt.«

Ja, das wusste ich.

Und was sie sagte, ergab Sinn. Es gab immer weniger Jäger, und viele Wächter waren nicht für eine Reise außerhalb der Mauer geeignet. Männer, die draußen unterwegs waren, mussten vor allem eines beherrschen.

Töten.

Und hatte Hawke nicht gesagt, dass er darin besonders gut war?

»Die Möglichkeit, dass Ihr unvorhergesehen in die Hauptstadt gerufen werden könntet, spielte eine große Rolle bei der Entscheidung«, erklärte Jansen. »Wir planen Reisen nach draußen mindestens sechs Monate im Voraus, und falls die Königin Euch unerwartet zu sich ruft, müssten wir eventuell einige Zeit warten, bis die Jäger zurückkehren. Mit Hawke als Eurem Leibwächter können wir derartige Situationen vermeiden.«

Die Götter hassten mich.

Was eigentlich nicht verwunderlich war, wenn man bedachte, wie viele ihrer Verbote ich bisher missachtet hatte. Vielleicht hatten sie es doch gesehen, und das war meine Bestrafung. Denn warum um alles in der Welt fiel dem Kommandanten kein einziger Wächter ein, der qualifizierter war als Hawke?

War er wirklich so gut?

Ich drehte unbewusst den Kopf und sah hinüber zu Hawke, der den Blick auf mich gerichtet hatte. Ein Schaudern durchlief mich. Er senkte ergeben den Kopf, und ich hätte schwören können, ein kaum merkliches Leuchten in seinen bernsteinfarbenen Augen gesehen zu haben, als würde ihn die Angelegenheit amüsieren. Aber ich war sicher nur paranoid.

»Für den Leibwächter der Jungfräulichen können sich Situationen ergeben, in denen sie sich ohne Schleier zeigt.« Die Stimme der Herzogin klang sanft und ein wenig mitfühlend, und in diesem Moment wurde mir klar, was jetzt passieren würde. »Es kann eine große Ablenkung sein, das Gesicht der Auserwählten zum ersten Mal zu sehen, und womöglich beeinträchtigt es die Fähigkeit ihrer Wächter, sie zu beschützen. Deshalb erlauben die Götter eine Ausnahme.«

Ich hatte bis jetzt so große Angst davor gehabt, enttarnt zu werden, dass ich vergessen hatte, was geschehen war, als Rylan zu meinem Leibwächter ernannt worden war.

»Kommandant Jansen, würden Sie bitte den Raum verlassen?«, bat der Herzog, und mein Blick schoss zu ihm. Sein Lächeln wirkte überaus zufrieden und nicht ansatzweise erzwungen oder spröde.

Ich merkte erst, dass der Kommandant seiner Bitte nachgekommen war, als ich das Klicken der Tür hörte, die hinter ihm ins Schloss fiel.

»Wächter Flynn wird nun Zeuge einer Offenbarung, die nur wenige Auserwählte erleben. Die unverschleierte Jungfräuliche«, kündigte der Herzog an, während sein Blick auf mich gerichtet blieb.

Die Hände in meinem Schoß zitterten, und ein breites Lächeln erschien auf seinem Gesicht. Mir wurde übel.

»Penellaphe, bitte zeige dich.«

II

ES GAB EINE HANDVOLL AUGENBLICKE in meinem Leben, in denen sich die Realität eher wie ein Traum angefühlt hatte.

Die Nacht, in denen ich die Schreie meiner Mutter und das Brüllen meines Vaters hörte, der ihr zurief, sie solle fortlaufen, war einer davon. Es hatte sich angefühlt wie in einem dichten Nebel, als hätte ich die Geschehnisse von außen beobachtet. Die grausame Ermordung meiner Eltern war natürlich sehr viel ernster und traumatisierender als das, was gerade geschah. Aber immerhin stand ich knapp davor, enttarnt zu werden. Und wenn Hawke dem Herzog erzählte, wo ich gewesen war …

Mein Mund war staubtrocken, und mein Brustkorb steckte in einem Schraubstock.

Vielleicht lag doch etwas Wahres in Vikters Vermutung, dass ich es darauf anlegte, mich als unwürdig zu erweisen. Aber selbst wenn, hoffte ich, dass der Herzog nicht unmittelbar anwesend war, wenn es dazu kam.

Hawke hatte an dem Abend im *Red Pearl* zwar nicht mein ganzes Gesicht gesehen, aber es war genug gewesen, um mich vielleicht wiederzuerkennen. Außerdem würde er ohnehin bald herausfinden, dass wir uns kannten. Spätestens dann, wenn er meine Stimme hörte. Trotzdem hätte ich nicht gedacht, dass es ausgerechnet in Anwesenheit des Herzogs und der Herzogin dazu kommen würde.

»Penellaphe.« Die Stimme des Herzogs hatte einen drohenden Unterton angenommen. Ich hatte zu lange gezögert. »Wir haben nicht den ganzen Tag Zeit.«

»Gib ihr einen Moment, Dorian«, bat die Herzogin ihren Mann. »Du weißt, warum sie zögert. Wir haben Zeit.«

Doch ich zögerte nicht aus dem Grund, den sie vermutete – und aus dem der Herzog derart genussvoll grinste. Natürlich war es mir unangenehm, Hawke mein Gesicht – und vor allem meine *Narben* – zu zeigen. Aber ehrlich gesagt war das im Moment meine geringste Sorge, obwohl der Herzog innerlich wohl vor Freude jubelte.

Dieser Mann hasste mich abgrundtief.

Nach außen hin behandelte mich Dorian Teerman als Wunder, als die Auserwählte, für die seine Frau mich hielt, doch ich wusste es besser. Die Dinge, die ich in seinem anderen *Arbeitszimmer* erlebt hatte, bewiesen, was er wirklich von mir hielt.

Ich war mir nicht sicher, warum er mich derart hasste, aber es musste irgendeinen Grund geben. Soweit ich wusste, verhielt er sich den Hofdamen und Hofherren gegenüber einigermaßen angemessen. Aber bei mir? Er liebte es, mich in unangenehme Situationen zu bringen und diese dann auf die Spitze zu treiben. Wenn ich ihm den Tag versüßen wollte, musste ich ihn lediglich enttäuschen und ihm einen Grund geben, mir eine *Lektion* zu erteilen.

Mein Gesicht brannte wie Feuer – nicht so sehr vor Scham, sondern eher aus Wut und Frustration –, als ich nach den Ösen des Schleiers griff und die Kettchen beinahe entzweiriss, weil ich so ungeschickt war. Tawny erhob sich, und bevor sich der Schleier lösen und zu Boden fallen konnte, fing sie ihn auf und half mir, ihn nach oben zu heben.

Kalte Luft streichelte meine Wangen und meinen Nacken, während ich den Blick direkt auf den Herzog gerichtet hielt. Ich weiß nicht, was er in meinem Gesicht sah, doch sein Lächeln verblasste, und seine Augen blitzten wie Dolche aus schwarzem Stein. Er presste die Lippen aufeinander, und ich wusste, dass ich es nicht tun durfte, aber ich konnte nicht anders ...

Ich lächelte.

Es war bloß ein kaum merkliches Grinsen, und vermutlich sah es niemand sonst, aber ich wusste, dass der Herzog es gesehen hatte.

Ich würde mit Sicherheit noch dafür bezahlen, aber das war mir egal.

Jemand trat an meine rechte Seite, beendete das Kräftemessen mit dem Herzog und erinnerte mich daran, dass wir nicht die Einzigen im Zimmer waren. Und Teerman war nicht der Einzige, der mich ansah.

Noch sah Hawke lediglich die rechte Seite meines Gesichts. Die Seite, die der Herzog als wunderschön bezeichnete. Die Seite, die dem Gesicht meiner Mutter ähnelte.

Ich nahm einen flachen Atemzug und drehte mich so, dass ich Hawke direkt ins Gesicht sah. Kein Profil. Keine Maske, die die beiden Narben verdeckte. Meine Haare waren zu einem Zopf geflochten und zu einem Knoten gedreht und lieferten ebenfalls keinen Schutz. Er sah alles, was im *Red Pearl* verborgen geblieben war, und noch mehr. Er sah die Narben. Ich wappnete mich innerlich. Genauso, wie es der Herzog vermutete, denn auch wenn er nicht wusste, warum, war ihm offenbar klar, dass mir Hawkes Reaktion etwas bedeutete.

Sie würde mich mehr verletzen, als sie sollte.

Aber ich würde es mir um nichts auf der Welt anmerken lassen.

Ich hob das Kinn und wartete auf den schockierten, angeekelten Blick. Oder schlimmer noch: auf das offensichtliche Mitleid. Etwas anderes durfte und konnte ich nicht erwarten. Schönheit war heiß begehrt und wurde von allen angebetet. Makellosigkeit sogar noch mehr.

Denn Schönheit und Makellosigkeit waren göttliche Tugenden.

Hawkes goldene Augen musterten mein Gesicht, und sein Blick war so eindringlich, als würde er meine Narben und anschließend meine Lippen liebkosen. Ein Schaudern durchfuhr mich, als er mir in die Augen sah. Unsere Blicke trafen sich. Hielten einander fest. Sämtliche Luft schien aus dem Raum zu weichen, und mein Gesicht wurde warm, als hätte ich zu lange in der Sonne gesessen.

Ich konnte den Ausdruck in seinen Augen nicht einordnen, aber da war kein Entsetzen, keine Abscheu und vor allem kein Mitleid. Allerdings war sein Gesicht auch nicht ausdruckslos. Da war irgendetwas in seinen Augen und in der Art, wie er die Lippen zusammenpresste, aber ich hatte keine Ahnung was.

Im nächsten Moment erklang die Stimme des Herzogs, die trügerisch freundlich klang. »Sie ist wirklich einzigartig, nicht wahr?«

Ich erstarrte.

»Die Hälfte des Gesichtes ist ein Meisterwerk«, murmelte er, und mir wurde zuerst eiskalt und dann wieder heiß, während sich mein Magen zusammenzog, »die andere eine Tragödie.«

Ein Zittern durchlief meine Arme, aber ich hielt das Kinn hoch erhoben und widerstand dem Drang, mir irgendeinen Gegenstand zu schnappen und ihn dem Herzog ins Gesicht zu schleudern.

Die Herzogin meldete sich zu Wort, doch ich bekam nichts davon mit. Hawke sah mir immer noch tief in die Augen, während er nach vorne trat. »Beide Hälften sind als Einheit wunderschön.«

Ich zog scharf die Luft ein. Ich traute mich nicht nachzusehen, wie der Herzog darauf reagierte, aber er war mit Sicherheit nicht glücklich.

Hawke legte eine Hand auf sein Schwert und verbeugte sich, ohne den Blick von mir abzuwenden. »Ich schwöre, Euch, o Penellaphe, mit meinem Schwert und meinem Leben zu beschützen,«, sagte er mit tiefer, wohlklingender Stimme, die mich an vollmundige dunkle Schokolade erinnerte. »Ich gehöre Euch, von diesem Moment an bis zu meinem Tod.«

Ich schloss meine Zimmertür, lehnte mich mit dem Rücken dagegen und stieß keuchend die Luft aus. Er hatte meinen Namen verwendet, als er den Schwur der Wächter geleistet hatte. Er hatte ihn mir geleistet und nicht dem, was ich repräsentierte, und das war ...

Das war nicht üblich.

Ich schwöre, Euch, o Jungfräuliche, o Auserwählte, mit meinem Schwert und meinem Leben zu beschützen. Ich gehöre Euch, von diesem Moment an bis zu meinem Tod.

So hatte Vikter mir die Treue geschworen, und Hannes und Rylan ebenfalls.

Hatte der Kommandant vergessen, Hawke den richtigen Wortlaut mitzuteilen? Kaum vorstellbar. Der Blick des Herzogs, als Hawke sich wieder aufgerichtet hatte, hätte jedenfalls ausgereicht, um Feuer auf nassem Gras zu entfachen.

Tawny, die vor mir eingetreten war und nun so rasch zu mir herumfuhr, dass ihr blassblaues Kleid raschelte, quietschte: »Hawke Flynn ist dein Leibwächter, Poppy.«

»Ich weiß.«

»Poppy!«, wiederholte sie, nun viel zu laut. »Das ...« – sie deutete Richtung Flur – »... ist dein neuer Leibwächter!«

Mein Herz machte einen Sprung. »Leise!« Ich nahm ihre Hand und zog sie quer durch das Zimmer zum Fenster. »Vermutlich steht er direkt vor der Tür.«

»Als dein Leibwächter!«, erklärte sie mir zum dritten Mal.

»Ich weiß«, sagte ich mit klopfendem Herzen.

»Und ich weiß, dass das jetzt echt grauenvoll klingt, aber ich muss es trotzdem sagen. Ich kann nicht anders.« Tawnys Augen waren vor Aufregung geweitet. »Das ist ein unglaublicher Fortschritt.«

»Tawny!«, rief ich und zog meine Hand zurück.

»Ich weiß, es ist schrecklich, aber es musste raus.« Sie presste sich eine Hand auf die Brust und warf einen Blick zur Tür. »Er ist ziemlich ... nett anzusehen.«

Was sie nicht sagte.

»Und er ist offensichtlich versessen darauf, sich nach oben zu arbeiten.«

Sie sah mich stirnrunzelnd an. »Warum sagst du das?«

Ich erwiderte ihren Blick und fragte mich, ob sie dem, was der Herzog gesagt hatte, überhaupt Beachtung geschenkt hatte. »Hast du jemals von einem so jungen königlichen Wächter gehört?«

Tawny zog die Nase kraus.

»Nein, hast du nicht. Den Posten bekommt man nur, wenn man sich mit dem Kommandanten der königlichen Wache gutstellt«, erklärte ich. »Ich kann mir nicht vorstellen, dass es keinen einzigen königlichen Wächter gab, der besser geeignet gewesen wäre.«

Tawny machte den Mund auf, schloss ihn aber gleich darauf wieder. Ihre Augen wurden schmal. »Du reagierst sehr seltsam und unerwartet.«

Ich verschränkte die Arme vor der Brust. »Keine Ahnung, was du meinst.«

»Nicht? Du hast ihn beim Training im Innenhof beobachtet.«

»Habe ich nicht!«

Doch, hatte ich.

Tawny neigte den Kopf. »Ich war schon öfter mit dir am Balkon und habe den Wächtern zugesehen, und du hattest nur Augen für einen. Für ihn.«

Ich wollte etwas erwidern, schwieg dann aber.

»Du scheinst beinahe wütend, weil er zu deinem neuen Leibwächter ernannt wurde, und ich habe keine Ahnung warum. Es sei denn, es gibt etwas, das du mir nicht erzählt hast.«

Es gab einiges, was ich ihr nicht erzählt hatte.

Ihr Blick wurde immer misstrauischer. »Was verschweigst du mir? Hat er etwas gesagt?«

»Wann hätte er denn dazu die Gelegenheit haben sollen?«, fragte ich schwach.

»Du treibst dich doch ständig in der Burg herum, da gibt es sicher einiges zu hören, ohne dass jemand direkt etwas zu dir sagen müsste«, meinte sie und trat einen Schritt vor. Sie senkte die Stimme. »Hast du gehört, dass er etwas Schlimmes gesagt hat?«

Ich schüttelte den Kopf.

»Poppy ...«

Sie durfte auf keinen Fall denken, Hawke hätte etwas falsch gemacht. Deshalb platzte ich damit heraus. Vielleicht war es aber auch, weil ich irgendetwas sagen musste. »Ich habe ihn geküsst.«

Ihre Augen weiteten sich. »Was?«

»Oder besser gesagt: Er hat mich geküsst«, korrigierte ich. »Also, wir haben einander geküsst. Wir waren beide einverstanden und ...«

»Jetzt verstehe ich!«, kreischte sie und holte dramatisch Luft. »Wann ist das passiert? Wie ist das passiert? Und warum erfahre ich erst jetzt davon?«

Ich ging zum Kamin und ließ mich in den Lehnstuhl sinken. »Es war ... an dem Abend im *Red Pearl*.«

»Ich wusste es!« Tawny stampfte mit dem Fuß auf und folgte mir dann. »Ich wusste, dass irgendetwas Außergewöhnliches passiert war. Du warst so seltsam – viel zu besorgt, dass du in Schwierigkeiten geraten könntest. Oh!

Ich würde dir am liebsten etwas an den Kopf werfen. Ich kann nicht glauben, dass du nichts gesagt hast! Ich würde so was laut vom höchsten Turm herunterbrüllen.«

»Ja, weil du es kannst. Dir würde nichts passieren. Aber mir?«

»Ich weiß, ich weiß. Es ist verboten und so.« Sie eilte zu dem zweiten Stuhl, setzte sich und beugte sich zu mir. »Aber ich bin deine Freundin. Freundinnen erzählen sich solche Dinge.«

Freundinnen.

Ich wollte so gerne glauben, dass wir das tatsächlich waren – dass wir es auch wären, wenn sie nicht durch ihre Pflicht an mich gebunden wäre. »Es tut mir leid, dass ich nichts gesagt habe. Es ist bloß ... ich habe eine Menge verbotene Dinge getan, aber das ... das ist etwas anderes. Ich dachte, wenn ich nichts sage, dann ... ich weiß auch nicht.«

»Dann kommst du damit davon? Und die Götter erfahren nichts?« Tawny schüttelte den Kopf. »Wenn die Götter es jetzt wissen, wussten sie es damals auch schon, Poppy.«

»Ich weiß«, flüsterte ich und fühlte mich schrecklich. Aber ich konnte ihr nicht sagen, warum ich es für mich behalten hatte. Ich wollte sie nicht verletzen, und mit einem solchen Geständnis hätte ich genau das getan. Ich brauchte keine besondere Gabe, um das zu wissen.

»Ich vergebe dir, wenn du mir alles haarklein erzählst«, meinte sie.

Ich musste grinsen – und dann erzählte ich ihr alles. Na ja, fast alles. Ich löste langsam meinen Schleier, legte ihn in meinen Schoß und berichtete Tawny, warum ich mit Hawke in einem Zimmer gelandet war und wie er mich für Britta gehalten hatte. Wie er angeboten hatte, alles zu tun, was ich mir wünschte, nachdem er erkannt hatte, dass ich doch nicht Britta war. Und wie er mich gebeten hatte, auf ihn zu warten. Aber ich erzählte ihr nicht, dass er mich auch anderswo geküsst hatte.

Tawny sah mich sogar noch ehrfurchtsvoller an als Agnes, nachdem sie die Jungfräuliche in mir erkannt hatte. »Oh Götter, Poppy.«

Ich nickte langsam.

»Ich wünschte so sehr, du wärst geblieben.«

»Tawny.« Ich seufzte.

»Was? Willst du behaupten, dass du es dir nicht wünscht? Nicht das kleinste bisschen?«

Nein, das behauptete ich nicht.

»Ich wette, du wärst die längste Zeit die Jungfräuliche gewesen, wenn du geblieben wärst.«

»Tawny!«

»Was denn?« Sie lachte. »War doch nur ein Scherz. Aber ich wette, es wäre ziemlich knapp geworden. Sag schon, hast du ... hat es dir gefallen? Das Küssen?«

Ich biss mir auf die Lippen und hätte gerne gelogen. »Ja. Das hat es.«

»Warum bist du dann so aufgebracht, weil er zu deinem neuen Leibwächter ernannt wurde?«

»Warum? Deine Hormone verhindern wohl gerade jeden vernünftigen Gedanken.«

»Das ist jetzt aber nichts Neues.«

Ich schnaubte. »Er wird mich wiedererkennen. Das ist unumgänglich, wenn er mich reden hört, glaubst du nicht?«

»Schätze schon.«

»Was, wenn er dem Herzog erzählt, dass ich im *Red Pearl* war? Dass ich ... ihm erlaubt habe, mich zu küssen?« Und noch mehr, aber im Moment war der Kuss schon schlimm genug. »Er ist vermutlich einer der jüngsten königlichen Wächter, wenn nicht sogar der Jüngste. Er ist also offensichtlich darauf aus, Karriere zu machen, und was eignet sich dafür besser, als sich die Gunst des Herzogs zu sichern? Du weißt, wie die Leibwächter und die persönlichen Angestellten des Herzogs behandelt werden. Sie führen ein besseres Leben als die Leute am Hof.«

»Ich glaube nicht, dass er darauf aus ist, die Gunst Eurer Gnaden zu erlangen«, widersprach sie. »Er hat gesagt, dass du schön bist.«

»Er wollte sicher nur nett sein.«

Sie sah mich ungläubig an. »Also erstens bist du wirklich schön. Das weißt du ...«

»Ich habe das nicht gesagt, damit du mir Komplimente machst.«

»Ich weiß, aber ich hatte das dringende Bedürfnis, dich daran zu erinnern.« Sie schenkte mir ein schnelles, breites Lächeln. »Außerdem hätte er gar nicht darauf reagieren müssen, als sich der Herzog wieder einmal wie ein totaler Arsch benommen hat.«

Meine Mundwinkel zuckten.

»Er hätte es einfach ignorieren und mit dem Schwur weitermachen können, der – nebenbei bemerkt – geklungen hat, als wollte er dich verführen.«

»Ja«, räumte ich ein und musste zugeben, dass mir das vor dem Abend im *Red Pearl* nicht aufgefallen wäre. »Ja, das stimmt.«

»Ich musste mir beinahe Luft zufächern, nur damit du es weißt. Aber zurück zu wichtigeren Dingen: Glaubst du, er hat dich bereits wiedererkannt?«

»Keine Ahnung.« Ich lehnte den Kopf zurück. »Ich habe eine Maske getragen, und er hat sie mir nicht abgenommen. Aber ich glaube, ich würde jemanden auch mit Maske wiedererkennen.«

Sie nickte. »Ich glaube, ich auch. Und ein königlicher Wächter sollte es auf jeden Fall können.«

»Das bedeutet, dass er beschlossen hat, nichts zu sagen.« Und er hatte auch nichts gesagt, als Vikter und er uns auf mein Zimmer begleitet hatten. »Oder er hat mich doch nicht erkannt. Es war immerhin ziemlich dunkel in dem Zimmer.«

»Falls er wirklich ahnungslos ist, dann wird er es merken, sobald du den Mund aufmachst. Du kannst nicht die ganze Zeit schweigen, wenn er dabei ist«, gab Tawny zu bedenken. »Das wäre zu auffällig.«

»Ja.«

»Und seltsam.«

»Stimmt.« Ich spielte mit den Kettchen an meinem Schleier. »Ich weiß auch nicht. Entweder hat er mich nicht erkannt, oder er weiß es und hat nichts gesagt. Vielleicht will er mich erpressen oder so.«

Sie runzelte die Stirn. »Du bist eine schrecklich misstrauische Person.«

Ich wollte widersprechen, aber ich konnte nicht. Also redete ich lieber weiter. »Wahrscheinlich hat er mich einfach nicht erkannt.« Eine seltsame Mischung aus Erleichterung, Enttäuschung und Aufregung machte sich in mir breit. »Weißt du was?«

»Was?«

»Ich weiß nicht einmal, ob ich erleichtert oder enttäuscht sein soll, dass er mich nicht erkannt hat. Oder ob ich aufgeregt bin, weil er es vielleicht doch getan hat.« Ich schüttelte lachend den Kopf. »Ich habe echt keine Ahnung, aber es spielt im Grunde keine Rolle. Was ... was zwischen uns passiert ist, war eine einmalige Sache. Es war bloß ... dieses eine Mal. Er darf nicht wieder passieren.«

»Klar«, murmelte Tawny.

»Nicht, dass ich glaube, dass er es wiederholen *will*. Vor allem jetzt, wo er weiß, wer ich bin. Falls er es weiß ...«

»Mhm.«

»Was ich eigentlich sagen will ist, dass ich nicht weiter darüber nachdenken werde. Wichtig ist nur, was er mit seinem Wissen anfangen wird, wenn er mich erkennt.« Ich beendete meine Ausführungen mit einem Nicken.

Tawny sah aus, als wollte sie mir im nächsten Augenblick applaudieren. »Weißt du, was ich glaube?«

»Ich traue mich fast nicht zu fragen.«

Ihre braunen Augen leuchteten. »Ich glaube, dass es in nächster Zeit hier richtig spannend werden wird.«

12

AM FOLGENDEN TAG FAND ICH MICH am frühen Nachmittag mit Tawny und nicht bloß einer, sondern gleich zwei Hofdamen im luftigen, sonnendurchfluteten Atrium wieder und fragte mich, wie ich in diese Situation geraten war.

Meine Ausflüge in die Burg wurden immer minutiös geplant, vor allem, wenn ich ins Atrium wollte, denn außer mir sollte niemand anwesend sein. Und als wir vor einer halben Stunde angekommen waren, war das auch der Fall gewesen.

Doch das hatte sich innerhalb weniger Minuten geändert. Kurz, nachdem wir uns gesetzt und uns über die Brötchen hergemacht hatten, die Tawny irgendwo aufgetrieben hatte, waren Loren und Dafina aufgetaucht. Und obwohl ich dasaß, wie ich es gelernt hatte – die Hände im Schoß, die Knöchel übereinandergeschlagen, die Füße unter den elfenbeinfarbenen Saum meines Kleides gezogen –, durfte ich im Grunde nicht hier sein.

Vor allem nicht in Gegenwart der Hofdamen, die auch noch ziemlich nahe an unseren Tisch herangerückt waren. Es erweckte zu sehr den Anschein, als wollte ich mich mit den beiden austauschen, was zu den zahllosen Dingen gehörte, die mir die Priester und Priesterinnen ausdrücklich verboten hatten. Sich mit jemandem auszutauschen, war – ihren Worten zufolge – zu vertraulich.

Dabei tauschte ich mich gar nicht mit ihnen aus, sondern war meiner Meinung nach ein Musterbeispiel wohlerzogener

Gelassenheit. Man konnte mich ohne Weiteres mit einer der Statuen der verschleierten Jungfräulichen verwechseln. Wobei ich nur nach außen hin gefasst wirkte. In Wahrheit war ich ein erschöpftes Nervenbündel. Was zum Teil damit zu tun hatte, dass ich auch in dieser Nacht kaum Schlaf gefunden hatte. Dazu kam das Wissen, dass man mich für Dafinas und Lorens Anwesenheit verantwortlich machen würde. Ich wusste nicht einmal, ob es mir offiziell erlaubt war, mich im Atrium aufzuhalten. Es war noch nie zur Sprache gekommen, bisher aber auch noch nie ein Problem gewesen. Keine einzige Dienstbotin hatte sich jemals hierher verirrt, wenn ich anwesend war.

Was allerdings immer noch nicht der Hauptgrund war, warum ich von einer nervösen Energie erfüllt war.

Dieser stand mir schräg gegenüber, die Hand auf dem Schwert, die Augen wachsam.

Hawke.

Es war seltsam, ihn dort zu sehen. Und nicht nur deshalb, weil normalerweise Rylan ein Auge auf die nachmittägliche Teestunde hatte, die Tawny und ich ab und zu im Atrium verbrachten. Es war anders, mit Hawke hier zu sein. Rylan hatte in den Garten hinausgestarrt oder sich mit den anderen königlichen Wächtern unterhalten, die immer wieder vorbeikamen, wenn er am Eingang herumstand.

Hawke hingegen hatte die einzige Stelle im Zimmer gewählt, von der man den ganzen, lichtdurchfluteten Raum und auch den Garten im Blick hatte.

Glücklicherweise waren die Rosen von hier aus nicht zu sehen.

Unglücklicherweise hatte ich stattdessen gute Sicht auf den Springbrunnen mit der verschleierten Jungfräulichen.

Innerhalb eines Tages war mir schmerzhaft bewusst geworden, wie nachlässig Rylan in Sicherheitsfragen geworden war. Zwar hatte es nie eine wirkliche Bedrohung gegeben, aber er hatte tatsächlich nachgelassen, auch wenn ich es ungern zugab. Allein der Gedanke fühlte sich wie ein Verrat an.

Hawkes Aufmerksamkeit war aber nicht der einzige Grund, warum heute alles anders war.

Die Anwesenheit der beiden Hofdamen überraschte mich um einiges mehr. Ich konnte mir durchaus vorstellen, dass sie sich seit ihrer Ankunft auf Burg Teerman zum ersten Mal im Atrium aufhielten.

Dafina, die zweitgeborene Tochter eines reichen Kaufmanns, ließ ihren lilafarbenen Seidenfächer hin und her schnellen, als wollte sie eine Mücke erschlagen, die nur sie sehen konnte. Obwohl die Sonne durch die Fenster fiel, war es im Atrium relativ kühl, und ich bezweifelte, dass sie ins Schwitzen geriet, während sie an den belegten Brötchen knabberte und an ihrem Tee nippte.

Loren war die zweitgeborene Tochter eines erfolgreichen Händlers, und hatte sich nach ihrer Ankunft darangemacht, winzige Schmucksteine auf ihre Maske zu nähen, die sie bei dem bevorstehenden Auswahlritual tragen würde. Mittlerweile hatte sie die Tätigkeit jedoch aufgegeben und widmete sich voll und ganz der Beobachtung sämtlicher Regungen des dunkelhaarigen königlichen Wächters. Sie wusste vermutlich sogar, wie oft Hawke in der letzten Minute Luft geholt hatte.

Tief im Inneren wusste ich, warum ich nicht aufgestanden war und das Atrium verlassen hatte, wie es von mir erwartet wurde. Warum ich bereitwillig eine Strafe in Kauf nahm, obwohl ich im Grunde bloß dasaß und mich nicht einmischte.

Die Possen der beiden Hofdamen *faszinierten* mich.

Loren hatte bereits mehrere Versuche gestartet, Hawkes Aufmerksamkeit zu erregen. Sie hatte den Beutel mit den Schmucksteinen fallen gelassen, weil sie angeblich von einem blauen Vogel in den Bäumen vor dem Fenster in den Bann gezogen worden war, und Hawke hatte ihr ritterlich geholfen, alles einzusammeln. Woraufhin Dafina eine Ohnmacht vorgetäuscht hatte, deren Grund mir immer noch schleierhaft war. Außerdem war ihr Ausschnitt mittlerweile so tief nach unten gerutscht, dass ich mich wunderte, wieso sie nicht aus dem Kleid fiel.

Ich würde das nicht einmal schaffen, stünde mein Kleid in Flammen.

Mein Kleid hatte weite, fließende Ärmel, war mit winzigen Perlen bestickt, und das Oberteil reichte mir beinahe bis zum Hals. Es war viel zu dünn und zart, um einen Dolch darunter zu verstecken, aber sobald ich mich umgezogen hatte, würde er an seinen angestammten Platz zurückkehren.

Hawke hatte auf den Ohnmachtsanfall wie ein Ehrenmann reagiert, Dafina zu der Chaiselongue geführt und ihr ein Glas Minzwasser gebracht. Nachdem Loren ihrer Begleiterin um nichts nachstehen wollte, hatte sie über plötzliche, unerklärliche Kopfschmerzen geklagt, von denen sie sich allerdings wie durch ein Wunder erholt hatte, nachdem Hawke ihr ein Lächeln samt Grübchen in der rechten Wange geschenkt hatte.

Es gab keine Kopfschmerzen, genauso wie es keinen Ohnmachtsanfall gegeben hatte. Ich öffnete mich den beiden gegenüber aus reiner Neugierde, doch ich spürte keinen Schmerz und keine Qualen, abgesehen von einer kaum merklichen Traurigkeit. Möglicherweise war Malessas Tod daran schuld, auch wenn keine der beiden sie erwähnte.

»Wisst ihr, was ich gehört habe?« Dafina klappte den Fächer zu und fuhr sich mit den Zähnen über die Unterlippe. Ihr Blick huschte zu Hawke. »Ein gewisser Jemand ...« – sie senkte die Stimme noch weiter – »... ist offenbar regelmäßig zu Gast in einem dieser ...« Sie warf mir einen schnellen Blick zu. »In einem dieser Etablissements in der Stadt.«

»Etablissements?«, fragte Tawny und konnte nicht mehr länger so tun, als wären die beiden nicht da. Was ich ihr nicht verübelte. Sie war mit den beiden befreundet und schien sich nebenbei genauso über ihre Possen zu amüsieren wie ich.

Dafina warf ihr einen vielsagenden Blick zu. »Du weißt schon, diese Orte, in denen sich Männer und Frauen treffen, um Karten zu spielen ... unter anderem.«

Tawny hob die Augenbrauen. »Meinst du das *Red Pearl*?«

»Ich wollte bloß taktvoll sein.« Dafina seufzte und deutete verstohlen mit dem Kopf in meine Richtung. »Aber ja.«

Ich hätte beinahe laut aufgelacht, weil Dafina so offensichtlich versuchte, mich vor dem Wissen über solche Orte zu bewahren. Was hätte sie wohl getan, wenn sie gewusst hätte, dass ich sogar schon einmal dort gewesen war?

»Und was tut er da so?«, fragte Tawny und stieß mich unter dem Tisch mit dem Fuß an. »Karten spielen, nehme ich an. Oder glaubst du ...« Sie presste sich eine Hand auf die Brust und sank seufzend in ihrem Stuhl zurück. Eine Locke löste sich aus ihrem Haarknoten. »Oder glaubst du, er vergnügt sich mit anderen, weniger legalen ... Spielen?«

Tawny wusste genau, was Hawke im *Red Pearl* tat.

Ich hätte ihr am liebsten einen Tritt verpasst ... einen der Jungfräulichen angemessenen Tritt natürlich.

»Ich kann mir nicht vorstellen, dass er bloß Karten spielt.« Loren hob eine Augenbraue und drückte ihren rotgelben Fächer an ihr leuchtend blaues Kleid. Der Kontrast zwischen Fächer und Kleid war ... grässlich, aber auch interessant. Mein Blick fiel auf ihre Maske. Sie hatte sie bereits mit Steinen in allen möglichen Farben bestickt, und wenn sie fertig war, würde es vermutlich aussehen, als hätte sich ein Regenbogen direkt auf ihr Gesicht übergeben. »Alles andere wäre eine ... Enttäuschung.«

»Ich schätze, er tut das, was alle anderen auch tun«, meinte Tawny mit süßlicher Stimme. »Er sucht sich jemanden, mit dem er ... eine schöne Zeit verbringen kann.« Sie warf mir einen verschmitzten Blick zu.

Ich würde den Zucker, den sie so gerne in ihren Kaffee gab, durch Salz ersetzen.

Sie wusste, dass ich nichts sagen würde. Dass ich nichts sagen konnte. Ich durfte nicht mit den Hofdamen reden, und ich hatte immer noch nicht in Hawkes Gegenwart gesprochen. Und abgesehen davon, dass er mich gestern Abend nach dem Abendessen gefragt hatte, ob ich noch einen Spaziergang machen wolle – worauf ich mit einem Kopfschütteln geantwortet hatte –, hatte er auch noch nicht mit mir geredet.

Wobei ich auch in diesem Fall nicht wusste, ob ich erleichtert oder enttäuscht sein sollte.

»So etwas solltest du in dieser Gesellschaft nicht andeuten«, rügte Dafina.

Tawny verschluckte sich an ihrem Tee, und ich verdrehte unter dem Schleier die Augen.

»Wenn Miss Willa noch am Leben wäre, hätte sie sicher ihr Netz um ihn gesponnen«, meinte Loren, und ich horchte auf. Sprach sie etwa von *der* Willa Colyns? »Und anschließend in ihrem Tagebuch über ihn geschrieben.«

Ja, das tat sie.

Miss Willa Colyns hatte vor etwa zweihundert Jahren in Masadonien gelebt und offenbar ein sehr ... abwechslungsreiches Liebesleben genossen. Sie hatte ihre skandalösen Affären einigermaßen detailgetreu in ihrem Tagebuch beschrieben, das sich als eine Art historischer Beleg im Athenäum der Stadt befand. Ich nahm mir vor, Tawny beim nächsten Mal darum zu bitten.

»Ich habe gehört, dass sie nur über die talentiertesten … *Partner* geschrieben hat«, flüsterte Dafina und kicherte. »Wenn er es also in das Buch geschafft hätte, wüsstet ihr, was das bedeutet.«

Ich wusste tatsächlich, was das bedeutete.

Von Hawke höchstpersönlich.

Mein Blick wanderte zu ihm. Seine schwarze Hose und die Tunika umschlossen seinen Körper wie eine zweite Haut, und ich konnte es Dafina und Loren nicht verübeln, dass sie ständig zu ihm hinübersahen. Er war groß, schlank und muskulös, und seine beiden Schwerter machten deutlich, dass er auf größere Zwischenfälle als in Ohnmacht fallende Hofdamen vorbereitet war. Der weiße Umhang der königlichen Wächter war neu dazugekommen.

Hawke erfüllte den Raum mit einer gewissen unbestimmbaren Spannung, die jeder, der in seine Nähe kam, unwillkürlich bemerkte.

Mein Blick glitt über seine Brust, und die Erinnerung, wie hart sie sich sogar ohne die Rüstung angefühlt hatte, trieb mir die Hitze in die Wangen. Eine neuerdings vertraute Schwere machte sich in meiner Brust breit, und selbst mein Seidenkleid fühlte sich auf meiner überempfindlichen, geröteten Haut rau an.

Vielleicht waren diese dämlichen Fächer doch nicht so schlecht.

Ich unterdrückte ein Stöhnen und hätte mir am liebsten eine Ohrfeige verpasst. Aber da das wohl kaum infrage kam, nahm ich einen Schluck Tee gegen die unerklärliche Trockenheit in meinem Mund und konzentrierte mich wieder auf Dafina und Loren. Sie redeten über das Ritual, und ihre Begeisterung war beinahe greifbar. Die Feierlichkeiten würden bereits in einer Woche beim nächsten Vollmond stattfinden.

Ihre Vorfreude war ansteckend. Es war mein erstes Auswahlritual, und ich würde Rot statt Weiß tragen und statt des Schleiers eine Maske. Kaum jemand würde ahnen, wer ich war. Natürlich würden mich meine zwei Leibwächter überallhin begleiten, und jeder, der darauf achtete, würde die richtigen Schlüsse ziehen. Trotzdem blickte ich den Feierlichkeiten erwartungsvoll, wenn auch ein wenig unsicher entgegen.

Ich ließ den Blick erneut zu Hawke wandern, doch im nächsten Moment zog sich mein Magen zusammen.

Würde er mich wiedererkennen, sobald er mich mit der Maske sah? Und spielte es überhaupt eine Rolle? Zu diesem Zeitpunkt hatte er es vermutlich ohnehin schon herausgefunden. Wenn er es nicht sowieso schon längst wusste.

Seine Beine standen schulterbreit auseinander, und sein Blick war auf uns gerichtet. Die Sonnenstrahlen schienen von ihm wie in den Bann gezogen und liebkosten seine Wangenknochen und die Stirn. Sein Gesicht war makellos und sein Kinn so akkurat gemeißelt wie die Statuen im Garten und in der Eingangshalle.

»Das muss bedeuten, dass Prinz Casteel ganz in der Nähe ist«, meinte Loren gerade.

Ich fuhr erschrocken zu ihr herum. Ich hatte keine Ahnung, wovon sie redete und wie die Sprache auf den dunklen Sohn gekommen war, aber ich konnte kaum glauben, dass sie seinen Namen laut ausgesprochen hatte. Nur die dunklen Nachkommen wagten es, ihn beim Namen zu nennen, und nicht einmal sie wären innerhalb der Burgmauern so weit gegangen. Es glich einem Hochverrat, ihn Prinz zu nennen. Er würde für immer und ewig der dunkle Sohn bleiben.

Dafina runzelte die Stirn. »Du meinst, wegen des ...« Sie warf mir einen schnellen Blick zu. »Wegen des Angriffs?«

Erst jetzt wurde mir klar, dass sie über die versuchte Entführung sprachen, während ich ...

Na ja, ich hatte dasselbe getan wie die beiden vorhin. Ich hatte Hawke angestarrt und mich meinen Tagträumen hingegeben.

»Ja«, erwiderte Loren und nähte einen blutroten Stein auf ihre Maske. »Außerdem habe ich heute Morgen gehört, wie Britta darüber gesprochen hat.«

»Die Dienstbotin?«, schnaubte Dafina.

»Ja, die Dienstbotin.« Die dunkelhaarige Hofdame hob trotzig das Kinn. »Die wissen alles.«

Dafina lachte. »Alles?«

Loren nickte und senkte die Stimme. »Die Leute reden einfach weiter, obwohl sie da sind. Nichts ist zu intim oder privat. Sie sind wie Geister. Es gibt nichts, was ihnen nicht früher oder später zu Ohren kommt.«

Loren hatte recht. Ich hatte es sogar schon einmal beim Herzog und der Herzogin beobachtet.

»Was hat Britta denn gesagt?« Tawny stellte ihre Tasse ab.

Lorens dunkle Augen huschten zu mir, dann wieder zu Tawny. »Sie meinte, man hätte Prinz Casteel in Dreiachen gesehen. Angeblich hat er das Feuer gelegt, in dem Herzog Everton ums Leben kam.«

»Wie kann irgendjemand so etwas behaupten?«, wollte Tawny wissen. »Niemand, der den dunklen Sohn in letzter Zeit zu Gesicht bekommen hat, wird offen darüber sprechen. Und die anderen haben nicht lange genug überlebt, um davon zu berichten.«

»Das weißt du doch gar nicht«, widersprach Dafina. »Ramsey hat gesagt, dass er keine Haare und spitze Ohren hat. Und dass er blass ist, so wie ... ihr wisst schon.«

Ich unterdrückte ein Schnauben. Atlantianer sahen aus wie wir.

»Ramsey? Meinst du den Kammerdiener des Herzogs?« Tawny hob die Augenbraue. »Ich hätte wohl besser gesagt:

Wie kann irgendjemand Glaubwürdiges so etwas behaupten?«

»Die wenigen, die Prinz Casteel kennengelernt haben, haben berichtet, dass er echt gut aussieht. Meinte Britta«, fügte Loren hinzu.

»Ach, wirklich?«, überlegte Dafina.

Loren nickte und verknotete den Faden, mit dem sie den Stein auf die Maske genäht hatte. »So hat er Zugang zu Gut Wintergold erlangt.« Ihre Stimme war nur noch ein Flüstern. »Herzogin Everton ging ein körperliches Verhältnis mit ihm ein, ohne zu wissen, wer er war, und dadurch konnte er sich in der gesamten Stadt frei bewegen.«

»Britta redet ganz schön viel, oder?«

»Bis jetzt hat sich fast alles als wahr herausgestellt.« Loren zuckte mit den Schultern und befestigte einen smaragdgrünen Stein neben dem roten. »Also kann sie auch recht haben, was Prinz Casteel betrifft.«

»Du solltest aufhören, ihn so zu nennen«, riet Tawny. »Wenn das jemand hört, bist du schneller in den Tempeln, als du dich erklären kannst.«

Loren lachte unbekümmert. »Ich habe keine Angst. Ich sage so etwas doch nicht, wenn irgendjemand zuhört. Und ich bezweifle, dass eine der Anwesenden mich verpetzen wird.« Sie warf mir einen kurzen, wissenden Blick zu. Sie wusste genau, dass ich nichts sagen konnte, denn dann hätte ich erklären müssen, warum ich überhaupt an diesem Gespräch teilgenommen hatte.

Was – nebenbei bemerkt – gar nicht stimmte.

Ich saß bloß daneben.

»Was, wenn er tatsächlich hier ist?« Loren erschauderte. »Jetzt. Hier in der Stadt. Was, wenn er sich Zutritt zur Burg verschafft hat?« Ihre Augen funkelten. »Um sich mit jemandem anzufreunden. Vielleicht sogar mit der armen Malessa.«

»Du klingst nicht wirklich besorgt.« Tawny griff nach ihrer Tasse. »Eher aufgeregt, um ehrlich zu sein.«

»Aufgeregt? Nein. Fasziniert? Vielleicht.« Sie senkte seufzend ihre Maske. »Manchmal ist es so schrecklich langweilig hier.«

Das Entsetzen über ihre Aussage ließ mich vergessen, wer ich war. Ich schaffte es gerade noch, nicht die Stimme zu erheben, als ich erwiderte: »Und eine gute alte Rebellion würde endlich etwas Schwung in dein Leben bringen? Tote Männer, Frauen und Kinder zur Belustigung?«

Überraschung machte sich auf den Gesichtern der beiden Hofdamen breit. Es war vermutlich das erste Mal, dass sie mich sprechen hörten.

Loren schluckte. »Ich ... ich schätze, ich habe mich falsch ausgedrückt, Jungfräuliche. Bitte entschuldigt.«

Ich schwieg.

»Bitte achtet nicht auf Loren«, bat Dafina. »Sie redet manchmal, ohne nachzudenken, und meint es nicht so.«

Loren nickte eifrig, doch ich bezweifelte nicht, dass sie es genau so gemeint hatte. Eine Rebellion würde der Monotonie ein Ende setzen, und sie hatte nicht an die Leute gedacht, deren Leben dadurch beeinflusst oder sogar genommen wurden, denn es war ihr schlichtweg egal.

In diesem Moment geschah es. Mein Körper fuhr ohne Vorwarnung nach vorne, und mein Rücken drückte sich durch. Meine Gabe verselbstständigte sich, und ehe ich wusste, wie mir geschah, hatte sich ein unsichtbares Band zwischen Loren und mir gebildet. Das Gefühl, das sich in mir ausdehnte, fühlte sich an wie kühle Luft an einem warmen Tag, und schließlich mischte sich auch etwas Bitteres darunter. Ich konzentrierte mich darauf, während mein Herz pochte. Es war wie eine Mischung aus ... Aufregung und Furcht, als Loren mich anstarrte, als wollte sie noch etwas hinzufügen.

Aber das konnte nicht sein. Es ergab keinen Sinn. Diese Gefühle konnten nicht von ihr stammen, sie mussten von mir kommen und irgendwie meine Gabe beeinflussen.

Dafina griff nach dem Arm ihrer Freundin. »Komm, wir sollten gehen.«

Loren blieb kaum eine andere Wahl, denn Dafina zog sie hoch, führte sie eilig hinaus und flüsterte ihr dabei aufgebracht ins Ohr.

»Ich glaube, du hast ihnen Angst eingejagt«, meinte Tawny.

Ich hob zitternd die Hand und nahm einen Schluck von dem süßen Zitronengetränk. Ich hatte keine Ahnung, was gerade passiert war.

»Poppy.« Tawny berührte sanft meinen Arm. »Alles in Ordnung?«

Ich nickte und stellte die Tasse vorsichtig ab. »Ja, ich bin nur ...« Wie sollte ich ihr das erklären? Selbst wenn Tawny von meiner Gabe gewusst hätte, hatte ich keine Ahnung, wie ich es in Worte fassen sollte. Ich wusste nicht einmal, ob tatsächlich irgendetwas passiert war.

Ich sah sie an und öffnete mich. Ich spürte dieselbe, kaum merkliche Traurigkeit wie bei Dafina und Lorena. Aber keinen tiefen Schmerz oder etwas, das ich nicht fühlen sollte.

Mein Herzschlag beruhigte sich, und die Anspannung ließ nach. Ich lehnte mich zurück und fragte mich, ob der Stress der letzten Tage dazu geführt hatte, dass meine Gabe verrücktspielte.

Tawny musterte mich besorgt.

»Alles in Ordnung«, versicherte ich ihr leise. »Ich kann bloß immer noch nicht glauben, was Loren gesagt hat.«

»Ich auch nicht. Aber sie war schon immer ... begeistert von den makabersten Dingen. Es stimmt, was Dafina gesagt hat. Sie meint es nicht so.«

Ich nickte, aber im Grunde spielte es keine Rolle, ob Loren es so gemeint hatte oder nicht. Ich nahm noch einen Schluck von dem Getränk und stellte erleichtert fest, dass meine Hand nicht mehr zitterte. Ich fühlte mich besser und schob die seltsamen Empfindungen auf den Stress und die Übermüdung. Meine Gedanken wanderten zu dem dunklen Sohn. Es war möglich, dass er hinter den Angriffen steckte und vielleicht auch hinter mir her war, aber das bedeutete nicht, dass er tatsächlich in der Stadt war. Falls es allerdings so war ...

Ich dachte an die Vorkommnisse auf Gut Wintergold, und Unbehagen machte sich in mir breit. Es konnte durchaus sein, dass so etwas auch bei uns passierte, vor allem wenn man bedachte, dass bereits ein Atlantianer und ein dunkler Nachkomme die Burg infiltriert hatten.

»Was wirst du jetzt tun?«, flüsterte Tawny.

»Du meinst, wegen des dunklen Sohnes?«, fragte ich verwirrt.

»Was? Nein.« Sie drückte meinen Arm. »Wegen ihm.«

»Ihm?« Ich sah zu Hawke hinüber.

»Ja, wegen ihm.« Sie ließ seufzend meinen Arm los. »Es sei denn, es gibt noch einen anderen Kerl, mit dem du maskiert im *Red Pearl* herumgemacht hast.«

»Ja, da gibt es einige. Sie haben einen Club gegründet«, sagte ich trocken, und Tawny verdrehte die Augen. »Da gibt es nichts zu tun.«

»Hast du schon mit ihm gesprochen?«, fragte sie und tippte sich ans Kinn.

»Nein.«

Sie neigte den Kopf. »Dir ist aber schon klar, dass du nicht auf immer und ewig schweigen kannst, wenn er in der Nähe ist, oder?«

»Ich spreche doch jetzt«, warf ich ein, obwohl ich wusste, dass sie etwas anderes meinte.

Ihre Augen wurden schmal. »Du flüsterst, Poppy. Sogar ich kann dich nur schwer verstehen.«

»Du verstehst mich ganz gut.«

Sie sah mich an, als hätte sie mir am liebsten einen Tritt verpasst. »Ich weiß echt nicht, warum du ihn noch nicht darauf angesprochen hast. Ich verstehe, dass es ein Risiko ist, aber ich würde wissen wollen, ob er mich wiedererkennt. Und falls ja, warum hat er dann noch nichts gesagt?«

»Es ist ja nicht so, dass ich es nicht wissen will.« Ich sah erneut zu Hawke hinüber. »Aber ...«

Ich erstarrte, als sich unsere Blicke plötzlich trafen. Er sah mir direkt in die Augen. Natürlich konnte er sie eigentlich gar nicht sehen, aber ich hatte trotzdem das Gefühl. Es war ausgeschlossen, dass er Tawny und mich gehört hatte, dafür stand er zu weit entfernt, und ich hatte zu leise geredet, aber sein Blick war so durchdringend, als könnte er nicht nur durch den Schleier, sondern auch in mich hinein sehen.

Ich versuchte, das Gefühl zu verdrängen, doch je länger er meinen Blick festhielt, desto stärker wurde es. Es musste die Farbe seiner Augen sein. Dieses seltsame, atemberaubende Gold. Es löste alle möglichen Gedanken aus, während man in diese Augen sah.

Er brach den Kontakt ab, indem er sich zur Tür drehte. Ich stieß keuchend die Luft aus, und mein Herz hämmerte, als wäre ich gerannt.

»Das war ... heftig«, murmelte Tawny.

Ich blinzelte und schüttelte eilig den Kopf, bevor ich mich zu ihr umwandte. »Was?«

»Das.« Sie hob die Augenbrauen. »Du und Hawke. Wie ihr einander in Grund und Boden gestarrt habt. Und nein, ich kann deine Augen nicht sehen, aber ich weiß, dass da gerade ein hitziger Austausch stattgefunden hat.«

Meine Wangen brannten. »Er macht bloß seine Arbeit, und ich ... ich habe vergessen, was ich sagen wollte.«

»Tatsächlich?«

»Ja.« Ich strich mein Kleid glatt.

»Also hat er nur sichergestellt, dass du noch am Leben bist und ...«

»Atmest?«, schlug Hawke vor, und wir zuckten beide zusammen. Er stand nur einen halben Meter entfernt. Offenbar hatte er sich uns mit dem Geschick eines ausgebildeten Wächters und mit der Stille eines Geistes genähert. »Nachdem ich dafür verantwortlich bin, dass sie am Leben bleibt, sollte ich auch dafür Sorge tragen, dass sie atmet.«

Meine Schultern versteiften sich. Wie viel hatte er gehört?

Tawny versuchte vergeblich, ihr Kichern mit einer Serviette zu ersticken. »Schön, das zu hören.«

»Alles andere wäre eine Verletzung meiner Pflichten, nicht wahr?«

»Ah, ja, deine Pflichten.« Sie senkte die Serviette. »Du beschützt Poppy mit deinem Leben und sammelst nebenbei zu Boden gefallene Schmucksteine auf. Du bist echt schwer beschäftigt.«

»Du vergisst, dass ich auch schwache Hofdamen zum nächstgelegenen Stuhl begleiten muss, bevor sie in Ohnmacht fallen«, erinnerte er sie, und seine seltsamen, faszinierenden Augen blitzten verschmitzt auf. Ich wurde ... genauso von ihm in den Bann gezogen wie die beiden Hofdamen. Das war der Hawke, mit dem ich im *Red Pearl* zusammen gewesen war. Ein tiefer Schmerz, versteckt hinter einer neckischen, charmanten Persönlichkeit. »Ich bin ein Mann mit vielen Talenten.«

»Da bin ich mir sicher«, erwiderte Tawny mit einem Grinsen, während ich gegen den Drang ankämpfte, seinen Gefühlen nachzuspüren.

Er sah Tawny an, und das Grübchen auf der rechten Wange erschien. »Dein Vertrauen in meine Fähigkeiten erwärmt mein Herz«, meinte er, ehe er sich an mich wandte. »Poppy?«

Ich riss die Augen auf, die glücklicherweise hinter dem Schleier versteckt waren, und presste die Lippen aufeinander.

Tawny seufzte. »Das ist ihr Spitzname. Nur Freunde nennen sie so. Und ihr Bruder.«

»Ah, er lebt in der Hauptstadt, nicht wahr?«, fragte er und sah mich immer noch an.

Ich nickte.

»Poppy.« Es klang, als hätte er den Namen in Schokolade getaucht und ließe ihn sich nun auf der Zunge zergehen. »Das gefällt mir.«

Ich schenkte ihm ein kurzes, verkniffenes Lächeln und spürte ein Kribbeln im Unterbauch.

»Gibt es noch irgendwo verstreute Schmucksteine, die zur Gefahr werden könnten, oder brauchst du etwas Bestimmtes, Hawke?«, fragte Tawny.

»Es gibt da so einiges, was ich brauche«, sagte er, und sein Blick wanderte erneut zu mir. Tawny lehnte sich neugierig vor, als könnte sie es nicht erwarten, davon zu erfahren. »Aber das müssen wir leider auf später verschieben. Du wurdest zum Herzog beordert, Penellaphe. Ich soll dich sofort zu ihm bringen.«

Tawny war mit einem Mal so still, dass ich mir nicht einmal sicher war, ob sie noch atmete. Mein Inneres gefror zu Eis. Ich musste zum Herzog, obwohl ich erst gestern bei ihm gewesen war? Mir war klar, dass es sich nicht um ein gemütliches Gespräch handeln würde. Hatte Lord Mazeen seine Drohung wahr gemacht und mich beim Herzog angeschwärzt? Oder war es, weil ich ihm gestern so ungeniert ins Gesicht gestarrt und ihn dann auch noch angegrinst hatte? Hatte er herausgefunden, dass ich den Mann, der mich entführen wollte, mit einem Dolch verletzt hatte? Die meisten wären in diesem Fall froh gewesen, dass ich Schlimmeres verhindern konnte, doch Herzog Teerman würde sich nur darauf versteifen, dass ich verbotenerweise einen Dolch bei mir gehabt hatte. Hatte mich jemand im Atrium gesehen und mein Vergehen bereits gemeldet? Hatte er von dem Abend im *Red Pearl* erfahren? Mein Magen zog sich zusammen, und ich sah zu Hawke hoch. Hatte er mich verraten?

Die Möglichkeiten waren vielfältig, und keine davon war berauschend.

Mein Magen rebellierte, als hätte ich ein Glas saure Milch getrunken, doch ich schaffte es, ein Lächeln auf mein Gesicht zu kleistern, während ich mich erhob.

»Ich warte in deinem Zimmer auf dich«, meinte Tawny, und ich nickte.

Hawke wartete, bis ich an ihm vorbeigetreten war, und schritt dann hinter mir her. So konnte er sowohl auf Gefahren von vorne als auch von hinten reagieren. Ich trat in den Flur mit den leuchtend weißen und goldenen Wandteppichen, durch den Dienstboten in braunen Kleidern und Tuniken eilten, um all die Arbeiten zu erledigen, die einen derart großen Haushalt am Laufen hielten.

Hawke führte mich nicht zum Bankettsaal, sondern steuerte auf die Treppe zu, und mir wurde noch kälter.

Wir durchquerten die Eingangshalle und waren beinahe an der Treppe angekommen, als er fragte: »Ist alles in Ordnung?«

Ich nickte.

»Du und deine Kammerzofe wirktet einigermaßen verstört.«

»Tawny ist nicht meine Kammerzofe«, platzte es aus mir heraus, und im nächsten Moment drehte sich alles. Mein selbst auferlegtes Schweigen war albern gewesen, aber es wäre besser gewesen, mit der ersten Wortmeldung zu warten, bis wir uns nicht mehr in der Eingangshalle unter zahllosen Leuten befanden.

Außerdem hätte ich gerne noch einen Tag mehr Zeit gehabt.

Ich machte mich auf alles gefasst, als ich zu ihm hochsah.

Er sah mich mit undurchdringlicher Miene an. Falls er meine Stimme wiedererkannt hatte, ließ er sich nichts anmerken.

Da war wieder diese seltsame Mischung aus Erleichterung und Enttäuschung. Wusste er ehrlich nicht, dass ich mit ihm in diesem Zimmer gewesen war? Und warum überraschte mich das eigentlich? Er hatte mich anfangs für Britta gehalten, und nachdem er seinen Irrtum erkannt hatte, hatte er trotzdem weitergemacht. Wer weiß, wie viele Frauen er wahllos ...

»Nicht?«, fragte er. »Sie ist zwar eine Hofdame, aber mir wurde gesagt, dass es ihre Pflicht ist, dir zu dienen und Gesellschaft zu leisten.«

»Schon, aber sie ist nicht ...« Ich sah, dass eine Hand wie immer auf seinem Schwert ruhte. »Sie ist ...« Es war tatsächlich Tawnys Pflicht, mir Gesellschaft zu leisten. »Egal. Es ist jedenfalls alles in Ordnung.«

Er sah zu mir herüber – na ja, eigentlich sah er auf mich herunter, obwohl ich eine Stufe höher stand. Er war trotzdem größer, was wirklich ungerecht war. Er hob fragend die Augenbraue.

»Was?«, fragte ich, und mein Herz schlug erneut schneller. Ich hob den Fuß, aber nicht hoch genug. Ich stolperte über die nächste Stufe, doch Hawke reagierte schnell, umfasste meinen Ellbogen und hielt mich fest.

»Danke«, murmelte ich betreten.

»Ein unaufrichtiger Dank wird nicht erwartet und ist auch nicht notwendig. Es ist meine Pflicht, für deine Sicherheit zu sorgen.« Er hielt kurz inne. »Auch bei Angriffen hinterhältiger Treppenstufen.«

Ich atmete tief ein. »Mein Dank war nicht unaufrichtig.«

»In diesem Fall bitte ich um Entschuldigung.«

Ich musste ihn nicht ansehen. Ich wusste auch so, dass er grinste, und ich konnte mir vorstellen, dass auch das alberne Grübchen die Welt mit seiner Anwesenheit beehrte. Er verfiel wieder in Schweigen, und wir redeten kein Wort, bis wir im dritten Stock angekommen waren. Der rechte Flur führte in den alten Flügel – zu meinem Zimmer und den Unterkünften der Hausbediensteten. Nach links ging es in den neueren Teil der Burg. Unzählige kleine Bleikügelchen bildeten sich in meinem Magen, als ich nach links bog. Meine Gedanken waren so auf das fixiert, was vor mir lag, dass ich nicht mehr darüber nachdachte, warum Hawke mich offenbar nicht wiedererkannte. Oder was es zu bedeuten hatte, wenn er es doch tat, sich aber nichts anmerken ließ.

Hawke trat vor eine breite, doppelflügelige Holztür am Ende des Flurs, und sein Arm berührte meine Schulter, als er sie öffnete. Er wartete, bis ich auf die enge Wendeltreppe getreten war. Sonnenlicht strömte durch die ovalen Fenster. »Pass lieber auf. Wenn du hier stolperst und fällst, reißt du mich mit nach unten.«

Ich schnaubte. »Ich stolpere nicht.«

»Aber vorhin hast du es getan.«

»Das war eine Ausnahme.«

»In diesem Fall fühle ich mich geehrt, dass ich dabei sein durfte.«

Ich war froh, dass er mein Gesicht nicht sehen konnte. Nicht, weil ich Angst hatte, dass er mich erkannte, sondern weil ich meine Augen so weit aufriss, dass sie vermutlich die obere Hälfte meines Gesichts einnahmen. Er sprach mit mir, wie kein königlicher Wächter es jemals wagen würde – außer Vikter. Nicht einmal mit Rylan war es so ... vertraut gewesen. Es war, als würden wir einander schon seit Jahren kennen und nicht erst seit ein paar Stunden – oder Tagen. Egal. Der ungezwungene Tonfall irritierte mich jedenfalls.

Er schob sich an mir vorbei und griff nach der Tür, die in den vierten Stock führte. »Ich habe dich schon einmal gesehen, weißt du?«

Mein Atem stockte, und ich schaffte es nur mit Müh und Not, nicht noch einmal zu stolpern.

»Auf einem der Balkone.« Er hielt die Tür auf und winkte mich hindurch. »Du hast mich beim Trainieren beobachtet.«

Meine Wangen brannten. Das war absolut nicht das, was ich erwartet hatte. »Ich habe dich nicht beobachtet. Ich habe …«

»Die frische Luft genossen? Auf deine Kammerzofe gewartet, die nicht deine Kammerzofe ist?« Hawke packte meinen Arm, als ich an ihm vorbeiging, und hielt mich zurück. Er senkte den Kopf, bis seine Lippen nur wenige Zentimeter von meinem mit dem Schleier bedeckten Ohr entfernt waren, und flüsterte: »Aber vielleicht irre ich mich, und du warst es gar nicht.«

Sein erdiger, holziger Geruch stieg mir in die Nase. Wir waren einander nicht annähernd so nahe wie im *Red Pearl*, aber wenn ich meinen Kopf nur ein wenig nach links gedreht hätte, hätten sich unsere Lippen berührt. Das Kribbeln kam wieder, dieses Mal noch weiter unten. »Du irrst dich.«

Er ließ meinen Arm los, und als ich zu ihm aufsah, grinste er. Mein Herz machte seltsame Dinge in meiner Brust, als ich in den luftigen Flur trat, und mein Puls raste.

Vor den privaten Gemächern des Herzogs und der Herzogin waren zwei königliche Wächter postiert. Auf diesem Stockwerk befanden sich mehrere Räumlichkeiten, in denen verschiedenste Mitglieder des Hofstaates und der höheren Bediensteten empfangen wurden. Das Herzogpaar hatte getrennte Wohn- und Arbeitsbereiche, die in den beiden Schlafzimmern zusammenliefen. Doch den Wächtern nach zu schließen befand sich der Herzog in seinem Arbeitszimmer.

Mein Unbehagen kehrte zurück und kroch wie eine Schlange durch meine Adern. Ich hatte tatsächlich einen Augenblick lang vergessen, warum ich hier war.

»Penellaphe?«, fragte Hawke hinter mir.

Und mir wurden zwei Dinge klar. Erstens stand ich wie angewurzelt mitten im Flur, und das kam ihm vermutlich seltsam vor. Und zweitens hatte er mich gerade zum zweiten Mal nicht als »Jungfräuliche« angesprochen, sondern mit meinem Namen. Er war nicht Vikter und auch nicht Tawny, die mich beide mit meinem Namen ansprachen, wenn wir allein waren.

Ich hätte ihn korrigieren sollen, aber ich konnte nicht. Ich wollte es nicht, und das machte mir genauso viel Angst wie das, was mich im Arbeitszimmer des Herzogs erwartete.

Ich holte tief Luft, verschränkte die Hände, drückte die Schultern durch und machte mich auf den Weg.

Die beiden Wächter vermieden jeglichen Augenkontakt, als sie sich verbeugten. Der dunkelhäutige Wächter trat beiseite, legte eine Hand auf die Tür und drückte sie langsam auf.

Aus irgendeinem Grund sah ich zurück zu Hawke. Keine Ahnung warum.

»Ich warte hier auf dich«, versicherte er mir.

Ich nickte, wandte mich ab und zwang mich, einen Fuß vor den anderen zu setzen. Ich machte mir sicher unnötig Gedanken.

Das Erste, was mir auffiel, war, dass die Vorhänge zugezogen waren. Der sanfte Schein mehrerer Öllampen wurde von der dunklen Holzvertäfelung und den Mahagonimöbeln mit den blutroten Samtbezügen beinahe verschluckt. Es gab einen großen Schreibtisch und ein Regal mit Flaschen verschiedenster Größen, die eine bernsteinfarbene Flüssigkeit enthielten.

Und dann sah ich ihn.

Der Herzog saß auf der Sitzbank, einen Stiefel auf den niedrigen Tisch vor sich gelegt und ein Glas in der Hand. Eisige Kälte durchfuhr mich, als er mich ansah. Seine Augen waren so schwarz, dass die Pupillen kaum zu sehen waren.

Mir kam der Gedanke, dass Ians Augen bei unserem nächsten Treffen nicht mehr so grün sein würden wie meine. Sie würden wie die Augen des Herzogs sein. Tiefschwarz. Unergründlich. Aber würden sie genauso Furcht einflößend sein?

Da erst bemerkte ich, dass der Herzog nicht allein war.

Ihm gegenüber hatte es sich Lord Mazeen in arroganter Manier bequem gemacht. Er hatte keinen Drink in der Hand, seine Finger trommelten stattdessen müßig auf sein angezogenes Knie. Seine wohlgeformten Lippen waren zu einem höhnischen Grinsen verzogen, und mein Instinkt brüllte mir zu, die Beine in die Hände zu nehmen und zu laufen, denn es gab keinen Ausweg aus dem, was mich erwartete.

Die Tür fiel hinter mir ins Schloss, und ich zuckte kaum merklich zusammen. Ich hasste mich für diese unbewusste Reaktion und hoffte, dass es der Herzog nicht bemerkt hatte. Doch als ich sah, wie er lächelte, war sämtliche Hoffnung dahin.

Teerman erhob sich in einer fließenden Bewegung. »Penellaphe, du hast mich unglaublich enttäuscht.«

13

MIR WURDE KALT BIS INS MARK, doch ich holte tief und kontrolliert Luft, während er einen Schluck aus seinem Glas nahm. Ich musste meine Worte mit Bedacht wählen. Es würde zwar nichts daran ändern, was mir bevorstand, aber es konnte die Schwere der Strafe beeinflussen. »Es tut mir leid, wenn ich Euch enttäuscht habe«, begann ich. »Ich ...«

»Weißt du überhaupt, womit du mich enttäuscht hast?«

Meine Schultermuskeln versteiften sich, und mein Blick huschte vom schweigenden Lord Mazeen in eine der Zimmerecken, wo mehrere schmale Stöcke aus rotbraunem Holz an einem Bücherregal lehnten. Sie wurden aus einem Baum gefertigt, der im Blutwald wuchs. Als mein Blick zu Lord Mazeen zurückkehrte, lächelte er. Ich war inzwischen fast überzeugt, dass er mich beim Herzog angeschwärzt hatte, aber wenn ich mich irrte, halste ich mir nur noch mehr Probleme auf.

Und das wusste Lord Mazeen genau. Er ließ sich nicht anmerken, welche Rolle er in diesem Spiel übernommen hatte. Vielleicht war er nur als Zuschauer gekommen. Er sprach selten während der Lektionen des Herzogs. Doch während sein Schweigen normalerweise eine Erleichterung war, steigerte es dieses Mal meine Angst.

Ich zwang mich zu den nächsten Worten, auch wenn sie so abgrundtief falsch waren. »Ich weiß es nicht, aber ich bin mir sicher, dass es allein meine Schuld ist. Ihr seid niemals grundlos von mir enttäuscht.«

Das stimmte nicht.

Es gab Zeiten, da war selbst die Art, wie ich ging oder mein Essen schnitt, eine Enttäuschung für den Herzog. Und womöglich stellte auch die Anzahl meiner Atemzüge pro Minute ein schweres Vergehen dar.

»Du hast recht. Ich wäre niemals grundlos von dir enttäuscht«, stimmte er mir zu. »Aber dieses Mal war ich entsetzt, was mir zugetragen wurde.«

Mein Magen krampfte sich zusammen, und Schweiß trat auf meine Stirn. Hatte er tatsächlich von dem Abend im *Red Pearl* erfahren?

Ich hatte befürchtet, dass Hawke mich verraten würde, die Gedanken darüber hatten mich gequält. Aber ein Teil von mir hatte es offenbar trotzdem nicht für möglich gehalten, denn das Gefühl, verraten worden zu sein, stieg wie bittere Galle in mir hoch. Hawke hatte vermutlich keine Ahnung, was in diesem Zimmer passierte, aber er musste doch gewusst haben, dass mir Konsequenzen drohten. Wahrscheinlich glaubte er, man würde mir lediglich eine kräftige Standpauke halten. Immerhin war ich die Jungfräuliche. Die Auserwählte.

Hawke ahnte nicht, dass die *Lektionen* des Herzogs nicht ... normal waren.

Teerman trat einen Schritt auf mich zu, und ich erstarrte. »Nimm den Schleier ab, Penellaphe.«

Ich zögerte einen Sekundenbruchteil, obwohl es nicht ungewöhnlich war, dass der Herzog oder die Herzogin danach verlangten. Sie sprachen ungern nur mit meiner unteren Gesichtshälfte, und ich konnte es ihnen nicht verübeln. Aber normalerweise wollte der Herzog, dass ich den Schleier anbehielt, wenn Lord Mazeen anwesend war.

»Du willst doch nicht etwa meine Geduld auf die Probe stellen.« Er umfasste sein Glas fester.

»Es tut mir leid. Es ist nur, weil wir ... wir sind nicht allein, und die Götter verbieten es mir, mein Gesicht zu zeigen«, erklärte ich und wusste nur zu gut, dass ich mich schon öfter gezeigt hatte, wenn auch in gänzlich anderen Situationen.

»Die Götter werden an der heutigen Vorgehensweise keinen Grund zur Beanstandung finden«, unterbrach mich der Herzog.

Nein, natürlich nicht.

Ich zwang mich, die Hände ruhig zu halten, und öffnete die Spangen an den Ohren. Ich hielt den Blick gesenkt, wie es von mir erwartet wurde, und zog den Schleier über meine Haare, die im Nacken zu einem einfachen Knoten zusammengefasst waren. Meine entblößten Wangen und meine Stirn prickelten. Teerman trat vor, nahm mir den Schleier ab und legte ihn beiseite. Ich wartete mit verschränkten Händen und gesenktem Blick.

Ich hasste es.

Aber ich wartete.

»Sieh mich an«, verlangte er sanft, und ich folgte seinen Anweisungen. Seine ebenholzfarbigen Augen glitten Zentimeter für Zentimeter über mein Gesicht und ließen nichts unbeachtet, nicht einmal die rotbraune Haarsträhne, die ich an meiner Schläfe spürte. Seine Prüfung dauerte eine Ewigkeit. »Du wirst von Mal zu Mal schöner.«

»Danke, Euer Gnaden«, murmelte ich, und Übelkeit machte sich in mir breit. Ich wusste, was als Nächstes kam.

Er griff nach meinem Kinn und drehte meinen Kopf nach links und dann nach rechts.

Er schnalzte mit der Zunge. »So eine Tragödie.«

Und schon ging es los.

Ich schwieg und konzentrierte mich auf das große Ölgemälde der Tempel, auf dem verschleierte Frauen vor einem Wesen standen, das so hell leuchtete wie der Mond.

»Was meinst du, Bran?«, fragte er den Lord.

»Wie du sagst. Eine Tragödie.«

Es scherte mich einen Dreck, was Lord Mazeen dachte.

»Die anderen Narben sind leicht zu verbergen, aber das hier?« Der Herzog seufzte und klang beinahe mitfühlend. »Es wird eine Zeit kommen, wenn es keinen Schleier mehr gibt, hinter dem man diesen bedauernswerten Makel verstecken kann.«

Ich schluckte und widerstand dem Drang zurückzuweichen, als seine Finger über die beiden ausgefransten Narben glitten, die auf meiner linken Schläfe begannen und um mein Auge herum bis zu meiner Nase führten.

»Weißt du, was ihr neuer Leibwächter gesagt hat?«

Der Lord sagte nichts, aber ich vermutete, dass er den Kopf schüttelte.

»Er bezeichnete sie als *schön*«, fuhr der Herzog fort. »Die eine Hälfte ist wirklich atemberaubend.« Er machte eine kurze Pause. »Du siehst aus wie deine Mutter.«

Ich sah ihn schockiert an. Er hatte meine Mutter gekannt? Das hatte er noch nie erwähnt. »Ihr kanntet sie?«

Unsere Blicke trafen sich, und es war schwer, in diese unendliche Schwärze zu schauen. »Ja. Sie war ... etwas Besonderes.«

Bevor ich eine weitere Frage stellen konnte, fuhr er bereits fort. »Dir ist doch klar, dass der Wächter nichts anderes sagen konnte, oder? Er hätte niemals die Wahrheit zugegeben.«

Ein Loch tat sich in meinem Inneren auf, und ich zuckte unwillkürlich zurück.

Der Herzog, der meine Reaktion beobachtete hatte, grinste. »Es ist ein schwacher Trost, aber der Schaden an deinem Gesicht hätte noch viel schlimmer ausfallen können.«

Ich hätte mein Auge verlieren können. Oder mein Leben.

Aber ich sagte nichts dergleichen.

Ich richtete den Blick wieder auf das Gemälde und fragte

mich, warum mich seine Worte nach all den Jahren immer noch verletzten. Als ich jünger gewesen war, hatten sie schrecklich wehgetan und mich tief getroffen. Doch in den letzten Jahren hatte ich resigniert. Mir war klar geworden, dass ich nichts an meinen Narben ändern konnte.

Heute trafen mich seine Gemeinheiten allerdings genauso wie damals als Dreizehnjährige.

»Du hast wunderschöne Augen.« Er presste einen Finger auf meine Unterlippe. »Und einen wohlgeformten Mund.« Er hielt inne, und ich spürte, wie sein Blick tiefer glitt. »Die meisten würden auch an deinem Körper Gefallen finden.«

Ich schmeckte Galle und hatte das Gefühl, als würden Tausende Spinnen über meine Haut krabbeln. Es gelang mir nur durch äußerste Willenskraft, mich nicht zu rühren.

»Manchen Männern reicht so etwas.« Teerman strich mit dem Finger über meine Unterlippe, dann ließ er die Hand sinken. »Priesterin Analia war heute Morgen bei mir.«

Mein Herz setzte vor Verwirrung einen Moment lang aus. Die Priesterin? Was hatte sie gewollt?

»Möchtest du etwas dazu sagen?«, fragte Teerman und hob eine Augenbraue.

»Nein. Es tut mir leid.« Ich schüttelte den Kopf. »Ich weiß nicht, weshalb Priesterin Analia bei Euch war. Ich habe sie vor einer Woche zum letzten Mal gesehen, und da schien alles in Ordnung.«

»Natürlich, du warst ja auch nur eine halbe Stunde dort und bist dann unerwartet fort«, erwiderte er. »Mir wurde gesagt, dass du weder dein Stickzeug zur Hand genommen noch das Gespräch mit der Priesterin gesucht hast.«

Wut brodelte in mir, aber ich würde dem Gefühl nicht nachgeben. Wenn er wirklich bloß darüber erbost war, war es um einiges besser, als ich befürchtet hatte.

»Ich war in Gedanken bei dem bevorstehenden Ritual«, log ich. In Wahrheit kam ich mit der Priesterin nicht ins

Gespräch, weil sie ständig die Hofdamen schlechtmachte und sich darüber ausließ, dass sie den Segen der Götter gar nicht verdient hatten. »Ich war nicht bei der Sache.«

»Ich kann mir vorstellen, dass du wegen des Rituals schon sehr aufgeregt bist, und wenn es nur dieser eine Vorfall gewesen wäre, hätte ich über dein schlechtes Benehmen hinweggesehen.«

Das war gelogen. Der Herzog sah niemals über mein angeblich schlechtes Benehmen hinweg.

»Aber gerade vorhin musste ich erfahren, dass du im Atrium warst«, fuhr er fort, und meine Schultern sackten nach unten.

»Ja. Ich wusste nicht, dass ich nicht dorthin darf«, sagte ich, und es war nicht einmal gelogen. »Ich bin nicht oft dort, aber ...«

»Der Zutritt zum Atrium ist verboten, und du bist klug genug, um das zu wissen. Tu nicht so unschuldig.«

Ich öffnete den Mund, schloss ihn jedoch sofort wieder.

»Du hast dich mit zwei Hofdamen unterhalten. Das ist ebenfalls nicht gestattet.«

Nachdem mir klar war, was kommen würde, schwieg ich. Ich hätte nicht gedacht, dass er mich so schnell erwischen würde. Jemand musste mich beobachtet haben. Sein Haushofmeister vielleicht, oder einer der königlichen Wächter.

»Hast du nichts darauf zu sagen?«, fragte er.

Ich senkte den Blick und starrte zu Boden. Ich konnte es mit der Wahrheit versuchen. Dass ich nicht mehr als einen Satz mit den beiden Hofdamen gesprochen hatte, und dass sie, soweit ich wusste, zum ersten Mal im Atrium gewesen waren. Aber das spielte keine Rolle. Die Wahrheit war dem Herzog egal.

»Eine wahrhaft sittsame Jungfräuliche«, murmelte der Lord.

Widerworte brannten mir auf der Zunge, doch ich bemühte mich, so ruhig wie möglich zu klingen. »Es tut mir leid. Ich hätte gehen sollen, als sie eintraten, aber ich habe es nicht getan.«

»Und warum nicht?«

»Ich war ... neugierig. Sie sprachen über das bevorstehende Ritual«, erklärte ich und hob den Blick.

»Das überrascht mich nicht. Du warst ein sehr lebhaftes und neugieriges Kind, das nie lange bei einer Sache blieb, und ich habe die Herzogin damals schon gewarnt, dass du dieses Verhalten nicht so einfach ablegen würdest«, fuhr er fort und sah mich höhnisch an. Seine Augen blitzten erwartungsvoll. »Priesterin Analia hat mir berichtet, dass dein Verhältnis zu deiner Kammerzofe viel zu vertraut geworden ist.«

Mein Körper versteifte sich, als er sich abwandte und den Schleier glattstrich, den er über einen Stuhl gebreitet hatte. Mein Hinterkopf prickelte, als ich antwortete: »Tawny ist mir eine wunderbare Kammerzofe, und falls meine Freundlichkeit und Dankbarkeit ihr gegenüber zu falschen Mutmaßungen geführt haben sollten, entschuldige ich mich dafür.«

Er betrachtete mich eindringlich. »Ich kann mir vorstellen, dass es schwer ist, die Grenzen zu wahren, wenn man so viel Zeit mit jemandem verbringt, aber die Jungfräuliche sucht keine freundschaftlichen Verbindungen mit jenen, die ihr dienen, und auch nicht mit den Mitgliedern des Hofstaates. Du darfst nie vergessen, dass du anders bist als sie. Du wurdest schon bei deiner Geburt auserwählt, während sie erst im Rahmen des Rituals ihre Bestimmung erfahren wird. Ihr werdet niemals gleichgestellt sein. Ihr werdet niemals Freundinnen sein.«

»Ich verstehe«, presste ich hervor.

Teerman goss sich ein weiteres Glas ein.

Wie viel hatte er bereits getrunken? Mein Herzschlag

verdreifachte sich. Einmal hatte mich der Herzog zu einer *Lektion* gerufen, nachdem er und Lord Mazeen viel zu viel rotes Teufelswasser getrunken hatten, ein hochprozentiges Gebräu, das an den Frostklippen hergestellt wurde. Er hatte mir ins Gesicht geschlagen, und es hatte Tage gedauert, bis ich wieder mit Vikter trainieren konnte.

»Das glaube ich kaum.« Sein Tonfall wurde härter. »Du wurdest schon bei deiner Geburt auserwählt, Penellaphe. Nur einer einzigen Frau vor dir wurde diese Ehre der Götter zuteil. Deshalb hat der dunkle Sohn die Hungernden zu deiner Familie geschickt. Deshalb wurden deine Eltern abgeschlachtet.«

Ich zuckte erneut zusammen, und das Loch in meinem Inneren wuchs.

»Das tut weh, nicht wahr? Aber es ist die Wahrheit. Diese eine Lektion hätte genug sein sollen.« Er stellte sein Glas ab und wandte sich zu mir um, während der Lord seine Beine ausstreckte. »Stattdessen brichst du ständig die Regeln, lässt Priesterin Analia links liegen, hast offensichtlich keine Ahnung, was von dir erwartet wird, und ...« Er zog das Wort in die Länge und genoss jede Sekunde. »Und gestern bist du mir überaus respektlos gegenübergetreten. Dachtest du etwa, ich würde nicht darauf zu sprechen kommen, wie du dich benommen hast, als wir Ryans Nachfolger ernannten?«

Ich atmete ein, doch die Luft schaffte es nicht bis in meine Lunge. Das war nicht sein Name.

»Du hast mich angestarrt, als wolltest du über mich herfallen.« Er lachte leise und schien sich über Vorstellung, ich könnte ihm körperliche Schmerzen zufügen, zu amüsieren. »Das Treffen wäre anders verlaufen, wenn die anderen nicht anwesend gewesen wären und wir nicht Hawke als Ryans Nachfolger ...«

»Rylan«, zischte ich. »Sein Name war *Rylan*. Nicht Ryan.«

»Da ist er ja, dieser Tonfall« Lord Mazeen wiederholte die Worte, die er an dem Abend zu mir gesagt hatte, als Malessa getötet worden war. »Von sittsam keine Spur.«

Ich ignorierte ihn.

Teerman neigte den Kopf. »Sein Name war Rylan?«

Ich konnte immer noch kaum atmen.

»Spielt das denn eine Rolle? Er war bloß ein königlicher Wächter. Er hätte sich geehrt gefühlt, wenn er wüsste, dass ich überhaupt über ihn spreche.«

Nun hätte ich ihm tatsächlich am liebsten körperliche Schmerzen zugefügt.

»Wie auch immer, du hast gerade bewiesen, dass ich meine Anstrengungen verdoppeln muss, um dich auf dein Aufstiegsritual vorzubereiten. Offenbar war ich zu nachsichtig mit dir.« Das Leuchten in seinen Augen wurde intensiver. »Leider bedeutet das, dass du eine weitere Lektion brauchst. Hoffentlich wird es die letzte sein, obwohl ich das bezweifle.«

Meine Hände zuckten. Die Wut kochte in mir hoch, und es überraschte mich, dass keine Flamme aus meinem Mund schoss, als ich die Luft ausstieß. Das war das Letzte, worauf Teerman hoffte. Wenn er einmal längere Zeit keinen Grund für eine weitere Lektion fand, verlor er beinahe den Verstand.

»Ja«, presste ich hervor. Ich hatte mich kaum noch unter Kontrolle. »Hoffentlich.«

Er warf mir einen scharfen Blick zu, und es folgte ein langer, angespannter Moment, dann meinte er: »Ich denke, vier Hiebe sollten reichen.«

Bevor ich mir in Erinnerung rufen konnte, wer ich war und was Teerman war, übernahm meine Wut die Kontrolle. Nichts von dem, was er mir vorgeworfen hatte, war von Belang. Nichts hatte mit den dunklen Nachkommen, dem dunklen Sohn, meiner versuchten Entführung und Rylans

Tod zu tun. Die Götter hatten die Aufgestiegenen mit einem beinahe unendlichen Leben und unglaublicher Stärke gesegnet, doch alles, was sie interessierte war, mit wem ich mich unterhielt. Ich konnte mich nicht zurückhalten. »Seid Ihr sicher, dass das reicht? Ich möchte nicht, dass Ihr am Ende denkt, Ihr hättet nicht genug getan.«

Er starrte mich an. »Wie klingt sieben?«

Angst flackerte in mir auf, doch ich hatte schon einmal zehn ertragen.

»Wie ich sehe, bist du einverstanden«, meinte der Herzog. »Was denkst du, Bran?«

»Ich finde, das wäre angemessen.« Der Eifer in der Stimme des Lords war nicht zu überhören.

Der Herzog sah mich erneut an. »Gut, dann los.«

Es kostete mich einiges an Selbstbeherrschung, ihm mit erhobenem Kopf zu folgen und ihn nicht niederzustrecken. Das war jedes Mal das Schlimmste, wenn wir uns auf den Weg zu dem glänzenden, leeren Schreibtisch machten. Die Aufgestiegenen hatten mehr Kraft als die trainiertesten Wächter, doch weder Teerman noch Mazeen hatten seit dem Krieg der zwei Könige an einem Kampf teilgenommen, und ich hätte beide ohne Probleme außer Gefecht setzen können.

Aber was dann?

Es hätte bloß zu weiteren Lektionen geführt, und auch Königin Ileana hätte davon erfahren. Sie wäre enttäuscht gewesen, und ganz anders als beim Herzog war es mir wichtig, was die Königin über mich dachte. Nicht, weil ich ihre Auserwählte war, sondern weil sie sich um mich gekümmert hatte, als ich noch ein verwundetes, verängstigtes Kind gewesen war. Sie hatte meine Verbände gewechselt und mich im Arm gehalten, wenn ich gebrüllt und um meine Mutter und meinen Vater geweint hatte. Sie hatte an meinem Bett gesessen, wenn ich nicht schlafen konnte, weil ich

Angst vor der Dunkelheit hatte. Sie hatte Dinge getan, die keine Königin tun muss. Sie hatte für mich gesorgt, wie es meine eigene Mutter getan hätte. Ohne sie wäre ich verloren gewesen und hätte vielleicht nie wieder den Weg zurück gefunden.

Ich hielt vor dem Tisch inne, und meine Hände zitterten vor kaum in Zaum gehaltener Wut. Hätte Königin Ileana gewusst, was der Herzog in diesem Zimmer trieb, hätte es wohl nicht gut für ihn ausgesehen.

Aus dem Augenwinkel sah ich, wie der Lord sich nach vorne beugte, während Teerman nach einem der roten, schmalen Stäbe griff und seine Hand darüber gleiten ließ.

Aber die Königin wusste es nicht.

Meine Briefe in die Hauptstadt wurden kontrolliert, und ich würde sie erst wiedersehen, wenn ich dorthin zurückgekehrt war. Und dann? Dann würde ich ihr alles erzählen.

Denn wenn er mich so behandelte, tat er sicher auch anderen dasselbe an, auch wenn niemand darüber sprach.

Er trat neben mich, und seine Augen leuchteten begierig. »Du bist noch nicht bereit, Penellaphe. Das solltest du mittlerweile wissen.«

Ich presste die Lippen aufeinander und wandte den Blick ab, während ich meine Hand zu den Knöpfen an meinem Oberteil führte. Sie zitterte ein einziges Mal, dann war sie ruhig und öffnete die Knöpfe. Mir war durchaus klar, dass Mazeen seinen Sitzplatz in dem Wissen gewählt hatte, was passieren würde. So hatte er einen ungehinderten Blick auf mich.

Der Herzog stand immer noch neben mir und sah zu, wie das Oberteil auseinanderfiel und mein viel zu dünnes Unterkleid offenbarte. Ich schob beides über die Schultern, und es bauschte sich um meine Mitte. Kühle Luft strich über meinen Rücken und meine Brust, und ich wünschte, ich würde dort stehen, als machte es mir absolut nichts aus.

Als wäre ich stark, mutig und unbeeindruckt. Ich wollte nicht, dass sie sahen, wie demütigend es war, so gesehen zu werden. Und zwar nicht von jemandem, den ich mir ausgesucht hatte. Von jemandem, der es wert war.

Aber ich schaffte es nicht.

Meine Wangen und Augen brannten, während ich einen Arm um meine Brüste schlang.

»Es ist zu deinem Besten«, erklärte Teerman mit dunkler, rauer Stimme und trat hinter mich. »Es ist notwendig, Penellaphe, um sicherzugehen, dass du die Vorbereitungen ernst nimmst und den Göttern keine Schande bereitest.«

Er klang beinahe, als würde er glauben, was er sagte, und als würde er die *Lektionen* nicht nur deshalb veranstalten, weil es ihm Spaß machte, anderen Schmerzen zuzufügen. Aber ich wusste es besser. Ich wusste, was Mazeen getan hätte, wenn er gekonnt hätte, und ich hatte den Blick auch in den Augen des Herzogs gesehen – jedes Mal, wenn ich den Fehler gemacht hatte, ihn anzusehen.

Wenn ich nicht ausgerechnet die Jungfräuliche gewesen wäre, hätte er mir noch ganz andere Schmerzen zugefügt. Genau wie Mazeen. Ich konnte das Schaudern nicht unterdrücken, das dieser Gedanke in mir auslöste.

Einen Augenblick legte er seine Hand auf meine nackte Schulter, und alles in mir zog sich zusammen. Es war nicht nur das Gefühl seiner viel zu kalten Haut auf meiner, es war auch das, was ich *nicht* spürte.

Ich spürte gar nichts.

Nicht einmal die Spur eines Schmerzes, den alle Leute mit sich trugen, ganz egal, wie weit das auslösende Ereignis bereits in der Vergangenheit lag. Es gab keinen Schmerz, egal welcher Art. Und so war es bei allen Aufgestiegenen. Es hätte eigentlich eine Erleichterung für mich sein sollen, doch es verstärkte mein Unbehagen nur noch.

»Mach dich bereit, Penellaphe.«

Ich legte eine Handfläche auf den Tisch.

Im Zimmer war es abgesehen von den tiefen Atemzügen des Lords totenstill, und dann hörte ich das leise Pfeifen des Stockes, der die Luft durchschnitt und einen Sekundenbruchteil später auf meinen unteren Rücken knallte. Ein Zucken durchfuhr meinen Körper, und ein feuriger Schmerz breitete sich aus. Der erste Schlag war jedes Mal ein Schock, ganz egal, wie oft ich es bereits erlebt hatte und wie sehr ich mich darauf vorbereitete. Ein weiterer Schlag landete auf meinen Schultern und presste mir die Luft aus der Lunge, bevor sie Feuer fing.

Noch fünf.

Ein weiterer Schlag, und mein Körper begann zu zittern, während ich den Blick hob.

Ich werde keinen Laut von mir geben. Ich werde keinen Laut von mir geben.

Beim nächsten Schlag prallten meine Hüften gegen die Tischkante.

Die Sitzbank quietschte, als sich Lord Mazeen erhob.

Meine Haut brannte, und ich biss mir auf die Unterlippe, bis ich Blut schmeckte. Ich starrte durch die Tränen hindurch auf das Gemälde der verschleierten Gläubigen und fragte mich, wie schrecklich die Atlantianer wohl gewesen waren, dass die Götter sogar Männern wie dem Herzog von Masadonien und Lord Mazeen ihren Segen zuteilwerden hatten lassen und sie zu Aufgestiegenen gemacht hatten.

14

DIE GÖTTER ERWIESEN MIR ZUMINDEST einen kleinen Gefallen, denn als ich aus dem Arbeitszimmer des Herzogs trat, war Hawke nirgends zu sehen. Ich hätte nicht gewusst, wie ich vor ihm hätte verbergen sollen, was gerade passiert war.

Stattdessen wartete Vikter schweigend neben den beiden königlichen Wächtern. Keiner der beiden sah in meine Richtung, als ich blass und schweißbedeckt in den Flur trat.

Wussten sie, was geschehen war? Ich hatte keinen Laut von mir gegeben. Nicht einmal, als Lord Mazeen zu mir getreten war und meinen Arm von meinen Brüsten gezogen hatte, um auch meine zweite Hand auf die Tischplatte zu legen. Nicht einmal, als der sechste und siebte Schlag wie ein Blitz durch meinen Körper geschossen waren und Mazeen mich dabei mit gierigen Blicken verschlungen hatte.

Wenn die Wächter etwas wussten, konnte ich nichts dagegen tun. Genauso wenig wie gegen die bittere Schmach, die sogar noch mehr brannte als mein Rücken.

Vikter hingegen wusste Bescheid. Das verrieten die tiefen Falten um seinen Mund, als wir auf das Treppenhaus zugingen und jeder einzelne Schritt meine wunde Haut erneut in Flammen setzte. Er wartete, bis sich die Tür hinter uns geschlossen hatte, dann hielt er an und sah auf mich herab. Die Sorge in seinen hellblauen Augen war nicht zu übersehen.

»Wie schlimm ist es?«

Meine Hände zitterten, und ich presste sie auf den Rock meines Kleides. »Es ist alles in Ordnung. Ich muss mich nur ausruhen.«

»Alles in Ordnung?« Seine sonnengebräunten Wangen bekamen rote Flecken. »Du atmest viel zu schnell und bewegst dich, als wäre jeder Schritt eine Qual. Mir musst du nichts vormachen.«

Das tat ich nicht. Ich hatte nur das Gefühl, als würde ich Teerman genau das geben, was er wollte, wenn ich zugab, wie es mir ging. »Es hätte schlimmer sein können.«

Vikters Nasenflügel bebten. »Es sollte gar nicht sein.«

Dagegen konnte ich nichts einwenden.

»Blutest du?«, fragte er.

»Nein, es sind nur Striemen.«

»Nur Striemen.« Sein Lachen klang bitter. »Du tust, als wären es nichts weiter als ein paar Kratzer. Wofür hat er dich dieses Mal bestraft?«

»Braucht er denn einen Grund?« Mein Lächeln war müde und fühlte sich spröde an, als könnte mein ganzes Gesicht daran zerbrechen. »Er war enttäuscht von meiner fehlenden Hingabe im Umgang mit den Priesterinnen. Außerdem war ich heute im Atrium, und plötzlich tauchten zwei Hofdamen auf. Das hat ihm gar nicht gefallen.«

»Inwiefern ist das deine Schuld?«

»Muss es denn meine Schuld sein?«

Vikter sah mich einen Augenblick lang schweigend an. »Deshalb hat er dich mit dem Stock verprügelt?«

Ich nickte und sah durch eines der ovalen Fenster nach draußen. Die Sonne war weitergezogen, und das Treppenhaus war nicht mehr so lichtdurchflutet wie bei meiner Ankunft. »Außerdem hat ihm mein Verhalten bei unserem gestrigen Treffen nicht gefallen. Er hatte schon unbedeutendere Gründe.«

»Genau deshalb sage ich dir immer wieder, dass du vorsichtiger sein musst, Poppy. Wenn er den Stock in die Hand nimmt, weil du dich in einem Zimmer aufgehalten hast, als andere eintraten, was glaubst du, wird er mit dir anstellen, wenn er von deinen kleinen Abenteuern erfährt?«

»Oder wenn er erfährt, dass ich seit Jahren dasselbe Training erhalte wie die Wächter?« Meine Schultern versteiften sich, und die gespannte Haut brannte. »Er würde mich den Stock spüren lassen. Vermutlich mehr als siebenmal.«

Vikters gebräuntes Gesicht wurde blass.

»Vielleicht bittet er die Königin, mich als unwürdig zu verstoßen, und vielleicht haben das die Götter bereits. Aber wie du schon sagtest: Mein Aufstiegsritual wird stattfinden, ganz egal, was ich tue. Aber was ist mit dir, Vikter? Was passiert, wenn er herausfindet, dass du mich ausgebildet hast?«

Er zögerte keine Sekunde. »Das spielt keine Rolle. Das Wissen, dass du dich verteidigen kannst, ist das Risiko wert. Ich würde sofort jede Strafe annehmen, die mir dafür droht, und es keine Sekunde lang bereuen.«

Ich sah ihn an. »Und die Fähigkeit, mein Zuhause, mein Leben und die Leute, die ich liebe, zu beschützen, ist das Risiko ebenfalls wert.«

Er schwieg einen Moment lang, dann schloss er die Augen. Vielleicht sprach er ein Gebet, um seine innere Ruhe wiederzufinden. Ich wusste, dass er das manchmal tat.

Der Gedanke zauberte ein weiteres leises Lächeln auf meine Lippen. »Ich bin vorsichtig, Vikter.«

»Das spielt offenbar gar keine Rolle.« Er öffnete die Augen. »Die Königin sollte dich besser früher als später in die Hauptstadt beordern.«

Ich erschauderte und stieg langsam die Treppe hinunter. »Weil ich dann nicht mehr den *Lektionen* des Herzogs ausgesetzt wäre?«

»Ganz genau.«

Das war tatsächlich etwas, worauf man sich freuen konnte. Vor allem, weil ich vorhatte, der Königin alles zu erzählen.

»War er allein? Ich habe die Wächter gefragt, aber sie taten, als hätten sie keine Ahnung.«

Die Wächter wussten immer, wer gerade beim Herzog war. Sie wollten bloß nicht, dass Vikter es erfuhr, und ich ... ich wollte es ebenso wenig. »Er war allein.«

Vikter sagte nichts. Vielleicht glaubte er mir, vielleicht auch nicht. Ich beschloss, dass es Zeit wurde, das Thema zu wechseln. »Woher wusstest du, wo ich bin?«

Vikter war nur einen Schritt hinter mir. »Hawke hat einen Boten nach mir geschickt. Er hat ... er hat sich Sorgen um dich gemacht.«

Mein Herz setzte einen Schlag lang aus. »Weshalb?«

»Er meinte, du und Tawny hättet beunruhigt gewirkt, als der Herzog dich rufen ließ«, erklärte Vikter. »Er dachte, ich könnte es ihm vielleicht erklären.«

»Und hast du es ihm erklärt?«

»Ich habe ihm gesagt, dass er sich keine Gedanken machen soll und ich deinen Schutz für den Rest des Tages übernehmen würde.« Vikter runzelte die Stirn und griff wie selbstverständlich nach meinem Arm, um mich zu stützen. »Er war nicht begeistert von meiner Antwort, also musste ich ihn daran erinnern, dass ich einen höheren Rang bekleide als er.«

Meine Lippen zuckten. »Das ist sicher hervorragend angekommen.«

»Das kannst du laut sagen.«

Wir brachten das nächste Stockwerk hinter uns, und das Wissen, dass ich meinem Bett mit jedem Schritt näherkam, trieb mich voran, während ich darüber nachdachte, was Hawke getan hatte. »Er ist ... ziemlich aufmerksam, nicht wahr? Er spürt gewisse Dinge.«

»Ja.« Vikter seufzte, und es klang nicht gerade erfreut. »Ja, das tut er.«

Drei Dutzend Fackeln brannten hinter der Mauer. Ihre Flammen durchschnitten die unendliche Dunkelheit wie Leuchtfeuer und gaben der schlummernden Stadt ein Versprechen der Sicherheit.

Ich warf einen sehnsüchtigen Blick auf mein Bett und seufzte müde. Albträume von einer anderen Nacht hatten mich aus dem Schlaf gerissen. Meine Haut war von einer kalten Schweißschicht überzogen, und mein Herz raste.

Glücklicherweise hatte ich Tawny nicht mit meinen Schreien geweckt. Sie war die letzten beiden Abende spät zu Bett gegangen. Am ersten Abend hatten wir unser Möglichstes getan, damit die Striemen besser heilten, und am Vorabend war sie zur Herrin gerufen worden, um bei den Vorbereitungen für das Ritual zu helfen.

Tawny hatte eine Tinktur auf meine Wunden aufgetragen, auf die die Heiler schworen und die die Wächter für ihre zahllosen Verletzungen verwendeten. Es war eine Mischung aus nach Kiefern und Salbei riechendem Arnika und Honig, und der Heiler hatte sie auch nach der missglückten Entführung verwendet. Die Arznei kühlte die wunde Haut und linderte den Schmerz beinahe unmittelbar. Allerdings wussten wir von früheren Anwendungen, dass sie jede Stunde neu aufgetragen werden musste, um den gewünschten Effekt zu erzielen. Und sie hatte tatsächlich gewirkt. Gestern Abend hatte ich kaum noch Schmerzen gehabt, obwohl die Haut noch immer ein wenig gerötet war.

Ich hatte nichts heruntergespielt, als ich Vikter und Tawny versichert hatte, dass es schlimmer hätte kommen können. Ich hatte Glück, dass mein Körper so schnell heilte, und noch viel mehr, dass Teerman an dem Abend kein rotes Teufelswasser getrunken hatte.

Der Herzog hatte also meine Mutter gekannt. Aber woher? Soweit ich wusste, war sie nie in Masadonien gewesen, was bedeuten musste, dass sie sich in der Hauptstadt kennengelernt hatten. Die Aufgestiegenen reisten selten, vor allem nicht so weite Strecken, aber sie waren sich offensichtlich begegnet.

Es hatte ein seltsamer Ausdruck auf Teermans Gesicht gelegen, als er von ihr gesprochen hatte. Nostalgie, gemischt mit ... Zorn vielleicht? Enttäuschung? Waren die Begegnungen mit ihr Schuld an seinem Hass auf mich?

Ich wusste nicht viel über das Leben, aber mir war klar, dass es nicht immer einen Grund geben musste. Eine Person – egal ob Aufgestiegener oder nicht – war manchmal einfach das, was sie war, und es gab keine Erklärung.

Ich verlagerte seufzend das Gewicht von einem Bein auf das andere. Ich hatte mich die letzten beiden Tage in meinem Zimmer eingesperrt. Hauptsächlich, weil nur viel Ruhe garantierte, dass die Tinktur rasch wirkte, aber auch, weil ich ... niemandem begegnen wollte.

Und vor allem nicht Hawke.

Ich hatte ihn nicht mehr gesehen, seit er mich zum Arbeitszimmer des Herzogs gebracht hatte. Er hatte gespürt, dass irgendetwas nicht stimmte, und das löste ein Gefühl der Angst und der Scham in mir aus, auch wenn Teermans Verhalten nicht meine Schuld gewesen war. Ich wollte nicht, dass Hawke herausfand, dass er recht gehabt hatte, und er war aufmerksam genug, um dahinterzukommen.

Natürlich wirkte die Tatsache, dass ich mich zwei Tage versteckt hielt, genauso verdächtig, aber wenigstens hatte er so nicht gesehen, wie vorsichtig ich mich bewegen musste, bis mein Rücken verheilt war.

Hawke sollte mich nicht derart schwach erleben, obwohl er von der Jungfräulichen vermutlich genau diese Schwäche erwartete.

Vielleicht hatte es aber auch etwas mit der seltsamen Mischung aus Erleichterung und Enttäuschung darüber zu tun, dass er mich nicht wiedererkannt hatte.

Ich wandte mich vom Bett ab und sah erneut hinaus zu den Fackeln hinter der Mauer. Die Flammen waren ruhig, wie schon die Nächte zuvor. Doch wenn sie wie von verrückten Geistern besessen und von den Winden der Dämmerung getrieben zu tanzen begannen, bedeutete das, dass der dicke weiße Nebel nah war. Und mit ihm der alles verschlingende, schreckliche Tod, der in ihm wohnte.

Ich steckte gedankenverloren die Hand unter den dünnen Stoff meines Morgenmantels und umfasste den knöchernen Griff des Dolches an meinem Oberschenkel. Meine Finger schlossen sich um die kalte Oberfläche. Sie war eine Erinnerung daran, dass ich bereit sein würde, falls und wenn die Mauer jemals fiel.

Genauso, wie ich bereit sein würde, wenn der dunkle Sohn noch einmal versuchte, mich in die Finger zu bekommen.

Meine Hand glitt von dem Griff auf meinen Oberschenkel und über die unebene Haut an der Innenseite. Hawke war kurz davor gewesen, die Narbe zu berühren. Was hätte er getan, wenn es dazu gekommen wäre? Hätte er die Hand zurückgezogen? Oder hätte er so getan, als hätte er nichts bemerkt?

Ich zog die Hand fort. Darüber wollte ich jetzt nicht nachdenken. Meine Hand ballte sich zur Faust. Es gab keinen Grund, diesen Weg einzuschlagen. Es machte alles nur noch schlimmer.

Es spielte keine Rolle, ob er mich wiedererkannte oder nicht, und ob ich womöglich nur eine von vielen Frauen gewesen war, die er in dämmrigen Zimmern küsste. Genauso wenig, wie die Frage, ob er wie versprochen zurückgekommen war ...

Ich schüttelte den Kopf, als könnte ich dadurch die Gedanken vertreiben, doch es funktionierte nicht.

Eines hatte ich in den zwei Tagen beinahe vollständiger Isolation gelernt: Ich konnte mir immer und immer wieder einreden, dass es keine Rolle spielte. Aber es stimmte einfach nicht.

Hawke war der erste Mann, den ich geküsst hatte, auch wenn er das nicht wusste.

Silbernes Mondlicht fiel ins Zimmer, während ich leise zu den westlichen Fenstern tappte. Ich legte meine Finger auf das kühle Glas und zählte die Fackeln. Zwölf auf der Mauer, vierundzwanzig darunter. Alle hell erleuchtet.

Gut.

Das war gut.

Ich legte die Stirn auf das dünne Glas, das die Kälte so gut es ging davon abhielt, in die Burg zu dringen. Carsodonien lag im Westen zwischen dem Stroud Meer und den Felber-Ebenen, in einer Ecke, in der es nur Frühling und Sommer gab und wo keine Fenster notwendig waren. Hier in Masadonien herrschten hingegen die meiste Zeit Herbst oder Winter.

Es war eines der Dinge, auf die ich mich freute, wenn ich an die Hauptstadt dachte. Ich freute mich auf die Wärme. Den Sonnenschein. Den Duft nach Salz und Meer und die glitzernden Strände und Buchten.

Tawny hatte noch nie das Meer gesehen, und sie würde es lieben. Ein müdes Lächeln umspielte meine Lippen. Als Tawny zur Herrin gerufen worden war, hatte sie mir einen Blick zugeworfen, als hätte sie lieber das Badezimmer geschrubbt, als einen weiteren Abend damit zu verbringen, Leute zufriedenzustellen, die man nicht zufriedenstellen konnte.

Dasselbe Gefühl hatte ich, wenn ein Treffen mit der Priesterin bevorstand. Ich riss mir lieber stundenlang an sehr empfindlichen Stellen die Haare aus, als Zeit mit diesem Drachen zu verbringen.

Ich nahm mir vor, meine Gefühle in Zukunft besser zu verbergen, wenn ich mich in Gegenwart der Priesterinnen befand.

Ich konnte immer noch nicht glauben, dass Analia zum Herzog gelaufen war, nur weil ich nicht einen halben Tag meines Lebens damit verbringen wollte, ihr beim Jammern zuzuhören.

Ich schlang die Arme um den Körper und wünschte zum etwa hundertsten Mal, Ian wäre in Masadonien gewesen. Mein Bruder hatte ebenfalls Albträume, und wenn er jetzt hier gewesen wäre, hätte er mich mit seinen albernen Fantasiegeschichten abgelenkt.

Hatte er nach dem Aufstieg immer noch Albträume? Wenn nicht, dann war das doch auch etwas, worauf ich mich freuen konnte, oder nicht?

Mein Blick wanderte die Mauer entlang und blieb an einem auf und ab schreitenden Wächter hängen.

Ich wäre lieber dort draußen als hier in meinem Zimmer.

Die Aufgestiegenen wären entsetzt, so etwas zu hören, und die meisten anderen auch. Allein der Gedanke, dass ich – die Jungfräuliche, die Auserwählte, die zu den Göttern emporsteigen würde – den Platz mit einem einfachen Mann, einem Wächter, tauschen wollte, wäre nicht nur ein Affront gegenüber den Aufgestiegenen, sondern auch gegenüber den Göttern. Im ganzen Königreich würden die Leute alles tun, um zu den Göttern zu gelangen. Ich war …

Ich war privilegiert, ganz egal, was ich erlitten hatte, aber dort draußen auf der Mauer hätte ich wenigstens etwas Produktives geleistet. Ich hätte die Stadt beschützt und damit jene, die mir ein derart bequemes Leben ermöglichten. Stattdessen stand ich hier in der Burg und erreichte ein neues Level an Selbstmitleid, obwohl mein Aufsteigen in

Wirklichkeit sehr viel mehr bewirken würde, als bloß eine einzige Stadt zu retten.

Es würde die Zukunft des Königreiches sichern.

War das nicht auch etwas wert?

Ich war mir nicht sicher, und ich wollte nichts lieber, als die Augen schließen und endlich einschlafen, aber ich wusste, dass das nicht passieren würde. Nicht in den nächsten Stunden.

In Nächten wie dieser, wenn ich wusste, dass ich keinen Schlaf finden würde, war das Verlangen groß, mich aus der Burg zu schleichen und die leise, schlafende Stadt zu erkunden, bis ich an Orte wie dem *Red Pearl* gelangte, die ebenfalls nicht schliefen. Leider wäre das nach dem Entführungsversuch an Dummheit nicht zu überbieten, und nicht einmal ich war derart leichtsinnig und …

Eine Flamme hinter der Mauer begann zu tanzen, und ich schnellte nach vorne. Ich presste beide Hände auf die Fensterscheibe und starrte nach draußen. »Es ist nichts«, erklärte ich dem leeren Zimmer hinter mir. »Bloß ein Windstoß …«

Eine weitere Flamme bewegte sich, und dann noch eine und noch eine, bis die ganze Reihe hinter der Mauer wild tanzte und Funken sprühten, während der Wind immer stärker wurde. Ich holte tief Luft, doch es gelangte kein Sauerstoff in meine Lunge.

Die Fackel in der Mitte erlosch zuerst, und mein Herz trommelte gegen meine Rippen. Die anderen folgten innerhalb von Sekunden, und das Land hinter der Mauer versank in Dunkelheit.

Ich trat einen Schritt vom Fenster zurück.

Dutzende brennender Pfeile schossen durch die Luft, beschrieben einen hohen Bogen über die Mauer und zischten nach unten in die mit Zunder gefüllten Gräben entlang der Festung. Eine Feuerwand erhob sich wie aus dem Nichts, doch die Flammen waren kein Schutz vor dem Nebel und dem, was er mit sich brachte.

Das Feuer machte das, was im Nebel lauerte, lediglich sichtbar.

Ich kehrte ans Fenster zurück und öffnete es. Kalte Luft und eine unheimliche Stille drangen ins Zimmer. Ich umklammerte den steinernen Sims und lehnte mich mit zusammengekniffenen Augen hinaus.

Rauch stieg auf, schlängelte sich durch die Flammen und sank zu Boden.

Rauch bewegte sich nicht auf diese Art.

Rauch kroch nicht unter dem Zunder hindurch. Ein dichtes, trübes Weiß in tiefschwarzer Nacht. Rauch legte sich nicht über Flammen und erstickte sie, bis sie erloschen und nur noch ein schwerer, unnatürlicher Nebel übrig blieb.

Ein Nebel, der etwas mit sich brachte.

Verzerrte Umrisse, die einmal sterblich gewesen waren.

Hörner erklangen in allen vier Ecken der Mauer, und ihr Dröhnen zerriss die Stille. Die wenigen Lichter, die durch die Fenster nach draußen drangen, erloschen innerhalb weniger Sekunden. Ein zweiter Warnton erklang, und die Burg schien zu erzittern.

Ich erwachte aus meiner Starre, packte das Fenster und schloss es, bevor ich herumwirbelte. Ich hatte etwa drei Minuten, bevor alle Ausgänge versiegelt waren. Vermutlich eher weniger. Ich setzte mich in Bewegung ...

In diesem Moment schwang die Verbindungstür auf, und Tawny stürzte ins Zimmer. Ihr weißes Nachthemd bauschte sich, und ihre üppigen goldbraunen Locken ergossen sich über ihre Schultern.

»Nein!« Tawny kam stolpernd zum Stehen, und das Weiß in ihren Augen bildete einen starken Kontrast zu ihrer braunen Haut. »Nein, Poppy.«

Ich ignorierte sie, rannte zu meiner Truhe, hob den

schweren Deckel und wühlte darin herum, bis ich meinen Bogen gefunden hatte. Ich richtete mich auf und warf ihn aufs Bett.

»Du hast doch nicht vor, nach draußen zu gehen, oder?«, rief Tawny.

»Doch.«

»Poppy!«

»Mir wird nichts passieren.« Ich schwang mir den Köcher über die Schulter.

»Nichts passieren?« Sie sah mich entsetzt an. »Ich kann nicht glauben, dass ich das sagen muss, wo es doch so offensichtlich ist: *Du bist die Jungfräuliche*. Die Auserwählte. Du kannst da nicht raus! Selbst wenn du überlebst, wird dich der Herzog umbringen, wenn er dich erwischt.«

»Er wird mich nicht erwischen.« Ich schlüpfte in meinen schwarzen Kapuzenmantel und schloss ihn am Hals und an der Brust. »Der Herzog versteckt sich in seinem Zimmer hinter einem Dutzend königlicher Wächter, genau wie die Herzogin.«

»Dann erwischen dich eben die königlichen Wächter.«

Ich griff nach dem Bogen. »Vikter ist sicher sofort auf die Mauer, als die Hörner erklangen.«

»Und Hawke? Es ist seine Pflicht, dich zu beschützen.«

»Vikter weiß, dass ich auf mich selbst aufpassen kann, und Hawke wird nicht einmal merken, dass ich das Zimmer verlassen habe. Er weiß nichts von dem Dienstbotengang.«

»Du bist verletzt, Poppy. Dein Rücken ...«

»Mein Rücken ist so gut wie neu. Das weißt du genau.«

»Und was ist mit dem dunklen Sohn? Was, wenn es eine Falle ist ...?«

»Das ist keine Falle, Tawny. Ich habe sie im Nebel gesehen«, erklärte ich, und ihr Gesicht wurde grau. »Und wenn der dunkle Sohn kommt, dann werde ich auch auf ihn vorbereitet sein.«

Sie folgte mir, als ich auf die Tür zueilte. »Penellaphe Balfour, stehen bleiben!«

Ich fuhr überrascht herum. Sie stand direkt hinter mir. »Ich habe nicht einmal mehr zwei Minuten, Tawny. Dann sitze ich hier in der Falle ...«

»Und bist in Sicherheit«, unterbrach sie mich.

Ich griff mit der freien Hand nach ihrer Schulter. »Wenn sie die Mauern überwinden, nehmen sie die ganze Stadt ein und werden auch einen Weg in die Burg finden. Dann kann sie nichts und niemand mehr aufhalten. Das weiß ich mit Sicherheit. Sie sind über meine Familie hergefallen. Und über mich. Ich werde nicht rumsitzen und darauf warten, dass es wieder passiert.«

Sie sah mich verzweifelt an. »Aber damals hattet ihr keine Mauer zu eurem Schutz.«

Das stimmte, aber ... »Nichts ist unfehlbar, Tawny. Nicht einmal die Mauer.«

»Und du genauso wenig«, flüsterte sie, und ihre Unterlippe zitterte.

»Ich weiß.«

Sie holte tief Luft, und ihre Schulter sackte unter meiner Hand nach unten. »Na gut. Wenn jemand kommt, sage ich, du wärst außer dir vor Angst gewesen und hättest dich im Bad eingeschlossen.«

Ich verdrehte die Augen. »Ja, mach das.« Ich ließ ihre Schulter los. »In der Truhe liegen mehrere Blutsteindolche, und unter den Kissen ist ein Schwert ...«

»Sag jetzt bitte nicht, dass du jede Nacht auf einem Schwert schläfst«, meinte Tawny ungläubig. »Kein Wunder, dass du Albträume hast. Ein Schwert unter dem Kissen bringt Unglück und ...«

»Tawny«, unterbrach ich sie, bevor sie richtig in Fahrt kam. »Wenn die Burg überrannt wird, nimm die Waffen. Du weißt, wie man sie benutzt.«

»Ja.« Und zwar nur, weil ich es ihr heimlich gezeigt hatte, genau wie Vikter es mir beigebracht hatte. »Ich ziele auf den Kopf oder das Herz.«

Ich nickte.

»Pass auf dich auf, Poppy. Bitte. Ich wäre maßlos enttäuscht, wenn ich in Zukunft der Herzogin dienen müsste. Oder noch schlimmer: den Göttern in den Tempeln. Nicht, dass es keine Ehre wäre ...« Sie legte sich eine Hand auf die Brust. »Aber diese Sache mit dem Zölibat ...«

Ich musste grinsen. »Ich komme wieder.«

»Das will ich dir auch geraten haben, Poppy.«

»Versprochen.« Ich drückte ihr einen schnellen Kuss auf die Wange, dann fuhr ich herum und hastete auf die Tür zu. Die alten Gänge dahinter waren weitverzweigt und führten auch zur Steinbrücke, die wiederum Zugang zum südlichen Teil der Mauer bot. Sie erlaubten mir nicht nur, mich ungesehen in der Burg zu bewegen, sondern ermöglichten – wenn nötig – auch eine schnelle Flucht.

Die Tür öffnete sich knarrend.

»Poppy«, rief Tawny, und ich hielt erneut inne. »Dein Gesicht.«

Ich sah sie einen Moment verwirrt an, dann wurde mir klar, dass mein Gesicht unverhüllt war.

»Ach ja.« Ich zog mir die schwere Kapuze über den Kopf und schlüpfte hinaus auf die enge Wendeltreppe.

Ich hörte, wie sich die schweren Eisentore langsam schlossen und Metall über Stein schrammte, während ich die aufgesprungenen, unebenen Steinstufen nach unten lief. Meine Hausschuhe waren nicht gerade das geeignete Schuhwerk, aber ich hatte keine Zeit mehr gehabt, meine Stiefel aus ihrem Versteck zu holen. Sie steckten hinter dem Kopfende des Bettes, verborgen vor den Blicken der Dienstbotinnen, die sicher sofort zu reden begonnen hätten, wenn sie sie entdeckt hätten. Und wenn die Dienstboten redeten, gelangten die Gerüchte irgendwann immer bis zum Herzog.

Mir blieb weniger als eine Minute, um die Burg zu verlassen.

Staub und kleinere Steine fielen auf mich herab, als die Burgmauern erneut bebten, und Mondlicht fiel durch die gesprungenen, staubigen Fenster. Ich nahm die letzte Biegung, kam ins Rutschen und stolperte hinaus in die leere Speisekammer. Die ruckartige Bewegung verursachte nur noch einen kaum merklichen, dumpfen Schmerz an den Stellen, wo die Striemen gewesen waren.

Ich steckte den Bogen unter meinen Mantel und stürzte hinaus in die Küche, wo das reinste Durcheinander herrschte. Dienstboten stritten um den Zugang zu den geschützten Räumen, die normalerweise als Lebensmittellager dienten. Wächter hetzten zum Haupteingang, wo innerhalb weniger Sekunden der größte Schutzschild der Burg aufgefahren worden war. Niemand beachtete mich, als ich zum Hinterausgang rannte, wo eine der Eisentüren bereits den halben Weg nach unten zurückgelegt hatte.

Ich stieß einen Fluch aus, der Vikter die Schamesröte ins Gesicht getrieben hätte, während Rylan ... nun ja, Rylan hätte gelacht, wenn er noch hier gewesen wäre. Ich beschleunigte und duckte mich. Meine Seidenschuhe waren mir dieses Mal sogar eine Hilfe. Ich schlitterte unter dem Tor hindurch und hätte beinahe das Gleichgewicht verloren, bevor ich draußen in der kühlen Nachtluft zum Stehen kam. Hinter mir knallte das schwere Tor auf den Steinboden. Ich wich zurück und wandte mich um. Meine Lippen verzogen sich zu einem breiten Lächeln, das Tawny nicht nur besorgniserregend, sondern auch verstörend gefunden hätte.

Ich hatte es auf die Brücke geschafft.

Ich verschwendete keine Zeit, sondern eilte den schmalen Weg entlang, der über die Häuser und Läden führte. Es gab kein Geländer, und ich wagte es nicht, nach unten zu sehen. Ein falscher Schritt und die Gestalten im Nebel waren meine geringste Sorge.

Kurz darauf war ich an der Mauer angekommen. Ich warf den Bogen nach oben und zog mich hoch. Die Haut auf meinem Rücken spannte sich, und ich zuckte zusammen. Der Mantel und das Kleid darunter teilten sich, sodass beinahe mein ganzes nacktes Bein zu sehen war. Eine dünne Hose wäre von Vorteil gewesen, aber auch dafür war nicht mehr genug Zeit geblieben.

Ich schnappte mir den Bogen und machte mich auf den Weg zum westlichen Teil der Mauer. Der Nebel schien sich bereits zu verdichten, und es roch nach Metall und Verwesung. Vor mir warteten die Bogenschützen in ihren Steinnestern wie Raubvögel auf die Eindringlinge, die Bogen gespannt, die Pfeile eingelegt. Ich durfte nicht zu weit heran, denn man hätte mich sicher bemerkt und Fragen gestellt. Und obwohl Tawny mit der Angst, dass man mich als Strafe töten würde, übertrieben hatte, würde mich in diesem Fall eine weitere *Lektion* des Herzogs erwarten.

Ich sah mich eilig um. In der Stadt war alles dunkel und still, nur in den Tempeln brannten noch Fackeln. Ihre Flammen erloschen nie. Ich wandte den Blick ab und ignorierte das verstörende Gefühl, das mich bei ihrem Anblick oft überkam. Stattdessen sah ich mich nach einer leeren Zinne um und hatte auch bald eine gefunden. Wenn sie einem bestimmten Wächter zugeteilt gewesen wäre, hätte er bereits dort gesessen.

Ich hielt mich im Schatten entlang den Wänden und schob mich in den Vorsprung. Ich musste erneut lächeln, als ich einige Köcher entdeckte, die neben der kurzen Leiter lehnten. Perfekt. Pfeile aus dem Holz des Blutwaldes und mit einer Spitze aus Blutstein waren nicht leicht zu bekommen, wenn man die Jungfräuliche war und eigentlich keine Verwendung dafür haben sollte. Ich schnappte mir mehrere Köcher und kletterte flink die Leiter hoch.

Oben angekommen, stellte ich die Köcher neben mir ab und zog einen Pfeil heraus. Im nächsten Moment erklang ein Geräusch, das sämtliche Haare auf meinem Körper zu Berge stehen ließ.

Es begann als leises Heulen, das an einen Windstoß im tiefsten Winter erinnerte, doch kurz darauf ging das Stöhnen in schrille Schreie über. Eine Gänsehaut überzog meine Arme, und mein Magen zog sich vor Übelkeit zusammen, während ich den Pfeil spannte. Ich würde diese Geräusche nie vergessen. Sie suchten mich in meinen Träumen heim und rissen mich Nacht für Nacht aus dem Schlaf.

Ein Brüllen drang von unten empor. Der Befehl zum Angriff. Ich sah ehrfürchtig zu, wie der Himmel von brennenden Pfeilen erhellt wurde. Sie durchschnitten den herannahenden Nebel, und auch die Feuer entlang der Mauer erwachten erneut. Ein silbernes Dämmerlicht verdrängte die pechschwarze Nacht.

Wächter warteten am Fuß der Mauer. Sie waren dank ihrer schwarzen Rüstungen kaum auszumachen. Ich suchte die Reihen nach dem vertrauten weißen Umhang der königlichen Wächter ab. Da! Die blassblonden Haare, das verwitterte Gesicht. Mein Herz setzte einen Augenblick lang aus. In der Mitte der Reihe stand Vikter. Ich hatte damit gerechnet, ihn an vorderster Front im Kampf gegen den Tod zu sehen, aber meine Brust schnürte sich trotzdem vor Angst zusammen.

Vikter war der mutigste Mann, den ich kannte.

Und was war mit Hawke? Ich hatte keine Ahnung, ob er noch in der Burg war und vor meiner Tür Wache hielt, weil er glaubte, ich wäre in meinem Zimmer, oder ob er auf der Mauer Dienst tat. Vielleicht war er auch unten bei Vikter.

Meine Angst wuchs, aber ich durfte nicht zulassen, dass sie mich nach unten zog.

Ich behielt Vikter im Auge, während sich meine Finger um die Sehne schlossen, und spannte den Bogen, während er den Helm aufsetzte.

Eine weitere Salve Pfeile stieg in die Luft, und dieses Mal flogen sie weiter. Als sie im Nebel versanken, erklang das Geschrei erneut.

Und dann sah ich sie.

Die blassen milchweißen Körper. Die eingesunkenen, leeren Gesichter. Die Augen wie brennende Kohlen, die Münder weit aufgerissen, die scharfen, gezackten Zähne gefletscht. Ihre Finger waren zu Klauen verkommen, mit denen sie genauso wie mit ihren Reißzähnen Fleisch wie weiche Butter aufreißen konnten.

Meine Narben bewiesen es.

Das war, was aus Marlowe und Ridley geworden wäre, wenn niemand ihrem Leben ein Ende gesetzt hätte, bevor es zu spät war.

Sie strömten aus dem Nebel. Die Quelle meiner Albträume. Die Kreaturen, die der dunkle Sohn vor über zehn Jahren ausgeschickt hatte, um meinen Bruder und mir in einem blutigen Massaker die Eltern zu rauben. Das abgrundtief Böse, das mich noch vor meinem sechsten Geburtstag beinahe umgebracht hätte und sich mit Zähnen und Klauen in einem einzigen Blutrausch über mich hergemacht hatte.

Die Hungernden waren gekommen.

15

SIE STÜRZTEN AUF DIE WÄCHTER ZU und überrollten sie wie eine Flutwelle aus Leibern, die keine Angst vor dem Tod hatten. Schmerz- und angsterfüllte Schreie durchschnitten die Nacht, und mir stockte der Atem. Innerhalb weniger Sekunden hatte ich Vikter aus den Augen verloren.

»Nein«, flüsterte ich, und meine Finger an der Sehne begannen zu zittern. Wo war er? Er konnte doch nicht gefallen sein. Nicht so schnell. Nicht Vikter ...

Da war er. Er hielt die Stellung und schwang das Schwert, das einem Hungernden den Kopf abtrennte, während sich bereits ein anderer auf ihn stürzte. Vikter fuhr herum und entging nur knapp dem Hieb der Klauen, die seinen Brustpanzer durchschlagen hätten.

Es blieb keine Zeit für Erleichterung. Mein Blick folgte dem Pfeil eines Bogenschützen, der sich kurz darauf in den Kopf eines Hungernden bohrte, sodass dieser nach hinten fiel. Dunkles, öliges Blut schoss aus seinem Schädel. Ich konzentrierte mich auf einen weiteren Angreifer und bemühte mich, tief und ruhig zu atmen, wie Vikter es mir beigebracht hatte. Das jahrelange Training und die Erfahrung ließen meine Hände ruhig werden. Es war nicht das erste Mal, dass ich den Wächtern auf der Mauer zu Hilfe kam.

Sobald sich deine Finger um die Sehne schließen, hört alles um dich herum auf zu existieren, hörte ich Vikters Anweisungen. *Es zählen nur du, die gespannte Sehne und dein Ziel. Sonst nichts.*

Und genauso war es.

Ich zielte und ließ den Pfeil los. Er zischte durch die Luft und traf einen Hungernden ins Herz. Ich griff nach dem nächsten Pfeil, bevor die Kreatur, die früher einmal jemandes Kind oder Elternteil gewesen war, auf dem Boden aufschlug. Ich entdeckte einen Hungernden, der über einem Wächter kniete und an seiner Rüstung zerrte. Ich ließ den Pfeil los und lächelte, als er in den Kopf des Hungernden drang.

Gerade als ich den nächsten Pfeil einlegte, sah ich Vikter. Er versenkte sein mit dunklem Blut überzogenes Schwert im Bauch eines Hungernden und zog es mit einem Schrei nach oben ...

In diesem Moment stürzte sich ein weiterer Hungernder auf ihn. Ich schoss den Pfeil ab, und er bohrte sich in den Hinterkopf der Kreatur. Sie fiel nach vorne und war tot, bevor sie auf dem Boden aufschlug.

Vikters Kopf fuhr herum, und ich hätte schwören können, dass er mich sah. Dass er genau wusste, wer den Pfeil abgeschossen hatte. Und auch wenn ich sein Gesicht nicht sehen konnte, sah ich die Mischung aus Stolz und Wut trotzdem vor mir.

Ich grinste, griff nach einem weiteren Pfeil und ... und verlor mich eine kleine Ewigkeit im Gemetzel. Ich tötete einen Hungernden nach dem anderen und hatte bereits zwei Köcher verschossen, als einer der Angreifer die Reihen der Wächter durchbrach. Er prallte gegen die Mauer, grub seine Klauen in den Stein und hielt sich daran fest.

Einen kurzen Moment lang sah ich wie gebannt zu, wie er seine Klauen löste und ein Stück weiter oben erneut in die Mauer schlug, um sich daran hochzuziehen.

»Bei den Göttern«, flüsterte ich.

Der Hungernde kreischte auf und riss mich aus meiner Starre. Ich zielte, und der Pfeil bohrte sich in seinen Kopf. Der Aufprall ließ ihn von der Wand stürzen und ...

Ein Schrei erklang, und ich riss den Kopf herum. Ein Bogenschütze fiel nach vorne, und sein Bogen glitt ihm aus den Händen, während ein Hungernder ihn an den Schultern packte und seine scharfen Zähne in seinen Hals schlug.

Sie waren auf der Mauer!

Ich fuhr herum, legte einen Pfeil ein und schoss. Der Pfeil traf den Hungernden nicht tödlich, aber er ließ den Wächter los, stolperte nach hinten und fiel von der Mauer. Leider war er nicht der Einzige. Der Wächter taumelte ebenfalls und fiel. Ich schluckte einen Schrei hinunter und hoffte, dass er bereits tot war, als ein lautes, fleischiges Klatschen erklang und ich reflexartig die Augen zusammenkniff.

Die Gehirne der Hungernden mochten verfault sein, doch sie hatten noch genug Verstand, um sich zuerst über die Bogenschützen herzumachen. Vikter hatte einmal gesagt, dass ihr Hunger nach Blut nur von ihrem Selbsterhaltungstrieb übertroffen wurde.

Ein schriller Schrei ließ mich zusammenfahren. Zu meiner Rechten hatte ein weiterer Hungernder die Mauer erklommen und wollte sich auf einen Bogenschützen stürzen. Der Wächter ließ den Bogen fallen, umarmte den Hungernden und drängte ihn an den Rand der Mauer. Er fiel mit dem Hungernden nach unten und kam krachend auf.

Eine weitere Salve Pfeile schoss in die Luft und erhob sich hoch über die Maier. Die Geschosse trafen sowohl Hungernde als auch Wächter. Über das unheimliche Heulen und die Schreie hinweg war das Trommeln von Hufen zu hören, doch ich starrte immer noch auf die Stelle, an der der Bogenschütze aufgekommen war. Sein Körper wurde von Hungernden umschwärmt.

Der Wächter hatte sich selbst geopfert. Dieser unbekannte Mann hatte seinen eigenen Tod in Kauf genommen, um einen Hungernden daran zu hindern, über die Mauer zu gelangen.

Ich blinzelte die plötzlich aufsteigenden Tränen zurück und schüttelte wortlos den Kopf, als ein weiterer Kampfschrei ertönte. Ich hob den Kopf gerade genug, um über die Kante zu sehen und beobachtete, wie berittene Wächter mit Sichelmessern aus dem Haupttor strömten. Sie teilten sich in zwei Gruppen und versuchten, den Angreifern den Zugang zur Mauer abzuschneiden. Sobald sie durch das Tor waren, schloss es sich.

Ein Hungernder sprang wie ein Panther auf einen Wächter zu und riss ihn vom Pferd. Sie landeten beide auf dem Boden.

»Verdammt«, zischte ich und zielte auf einen Hungernden, der bereits die Hälfte der Mauer bezwungen hatte.

Ich traf ihn am Kopf, und er fiel rücklings nach unten. Ich legte eilig einen neuen Pfeil ein und suchte nach weiteren Angreifern auf der Mauer. Sie waren die wirkliche Gefahr.

Es war offensichtlich, dass diese Monster anders waren. Sie waren ... weniger schrecklich. Ihr Aussehen entsprach zwar trotzdem noch meinen schlimmsten Albträumen, aber ihre Gesichter waren nicht so leer, ihre Körper wirkten voller. Hatten sie sich erst vor Kurzem verwandelt? Vielleicht.

Der Kampf am Fuße der Mauer ließ nach, Leichen stapelten sich übereinander. Ich entdeckte Vikter, der sein Schwert in den Kopf eines gefallenen Angreifers stieß.

Es war nur noch eine Handvoll Hungernder übrig, von denen die Hälfte gerade ihre Zähne in die verwundeten Wächter schlug und sie in Stücke riss, ohne zu bemerken, was um sie herum vor sich ging. Ich legte einen weiteren Pfeil ein und richtete ihn auf einen Hungernden, der die Rüstung eines Wächters und dessen Bauch aufgerissen hatte und dessen Gedärme in den Klauen hielt. Bittere Galle stieg meine Kehle hoch. Der Wächter war bereits tot, aber ich konnte nicht zulassen, dass der Hungernde den Gefallenen weiter schändete.

Ich zielte auf das blutverschmierte Maul der Kreatur und schoss. Der Aufprall ließ den Hungernden zurücktaumeln. Die Genugtuung, die ich in mir spürte, wurde von Schmerz verdrängt. Der Nebel lichtete sich und enthüllte das volle Ausmaß des Blutbades.

So viele waren gefallen.

Zu viele.

Die Kälte des Steins, auf dem ich kniete, drang bis in mein Inneres, als ich nach einem weiteren Pfeil griff und mich auf die Suche nach einem neuen Ziel machte.

»Es ist, als wären die Göttinnen Bele und Lailah in eine sterbliche Hülle gefahren«, meinte plötzlich eine tiefe Stimme hinter mir.

Ich zog scharf die Luft ein, drehte mich auf dem Knie herum, und mein Mantel bauschte sich um meine Beine. Ich hatte den Bogen bereits gespannt und zielte auf …

Hawke.

Oh Götter.

Mein Magen drehte sich vor Erleichterung und Entsetzen, als ich auf ihn hinunterstarrte. Das Mondlicht fiel auf ihn, als hätten die Götter selbst ihn mit ewigem Licht gesegnet. Öliges Blut bedeckte seine breiten, hohen Wangenknochen und sein kantiges Kinn. Seine vollen Lippen waren leicht geöffnet, als bekäme er kaum Luft, und die seltsamen, wunderschönen Augen schienen zu leuchten.

Sein Schwert war blutverschmiert, und auf seiner Rüstung waren Klauenspuren zu sehen, die deutlich machten, wie nahe er dem Tod gekommen war.

Hawke hatte wie Vikter am Fuß der Mauer gekämpft, obwohl die königlichen Wächter nicht dazu verpflichtet waren. Trotzdem waren beide dort draußen gewesen. Respekt stieg in mir hoch und wärmte mich, und ich öffnete mich unbewusst und spürte nach, ob er verletzt war.

Ich fühlte nur noch eine Spur der altbekannten Qualen,

die ihn nicht losließen. Der Kampf hatte sie gelindert und ihm dieselbe Erleichterung verschafft, wie es meine Berührung tun würde. Sie ging vorüber, war aber trotzdem effektiv. Er war nicht verletzt.

»Du bist …« Er sah mich durchdringend und ohne zu blinzeln an, während er sein Schwert wegsteckte. »Du bist überwältigend. Wunderschön.«

Ich zuckte schockiert zusammen. Er hatte mich schon einmal als schön bezeichnet. Damals, als er mein Gesicht zum ersten Mal gesehen hatte, und es hatte geklungen, als hätte er es ernst gemeint. Aber jetzt? Es waren Worte, die zu oft gesagt wurden und zu selten etwas bedeuteten. Und er hatte sie auf eine Art gesagt, die zu einem Ziehen und Kribbeln in meinem Bauch geführt hatte, obwohl er keine Ahnung hatte, mit wem er gerade sprach. Ich trug immer noch meine schwere Kapuze.

Ich musste hier weg.

Ich warf einen Blick an ihm vorbei und suchte nach dem einfachsten Ausweg. Ich schluckte schwer. Hawke mochte noch nicht erkannt haben, dass ich die Frau aus dem *Red Pearl* war, aber es war ausgeschlossen, dass ich mich ihm jetzt zu erkennen gab. Ich hatte keine Vorstellung davon, was er tun würde, wenn ihm klar wurde, wer auf der Mauer gekämpft hatte.

»Ich hätte nie gedacht, hier oben auf einer der Zinnen auf eine vermummte Frau mit einem Talent im Bogenschießen zu treffen.« Das Grübchen auf seiner rechten Wange war wieder da, und ich spürte erneut ein Ziehen im Bauch.

Warum musste er … so umwerfend lächeln? Es war ein Lächeln, auf das zweifellos schon zahllose andere hereingefallen waren.

Wobei ich mir nicht vorstellen konnte, dass eine von ihnen es bereut hatte.

Ich jedenfalls nicht.

Er streckte mir seine behandschuhte Hand entgegen. »Darf ich behilflich sein?«

Ich schluckte ein Schnauben hinunter, senkte den Bogen und nahm ihn in eine Hand. Ich beschloss, lieber nichts zu sagen, damit er meine Stimme nicht erkannte, und bedeutete ihm lediglich, zurückzutreten. Er hob die dunkle Augenbraue, presste sich die mir dargebotene Hand aufs Herz und trat einen Schritt zurück.

Und dann verbeugte er sich.

Er *verbeugte* sich tatsächlich, und zwar so übertrieben formvollendet, dass ein Lachen in mir hochstieg. Ich schluckte es hinunter, legte den Bogen auf die untere Mauer und kletterte die Leiter hinunter, ohne ihn dabei aus den Augen zu lassen.

Der Kampflärm war beinahe vollständig versiegt, und es wurde Zeit, in mein Zimmer zurückzukehren, aber ich konnte nicht denselben Weg nehmen wie vorhin, solange Hawke hier war. Es wäre zu auffällig gewesen. Ich schob den Bogen unter meinen Mantel und über meinen Rücken und zuckte zusammen, als er über die doch noch nicht vollständig verheilten Striemen schrammte.

»Du bist eine …« Er verstummte, und ein seltsamer Ausdruck machte sich auf seinem Gesicht breit. Ich konnte ihn nicht recht einordnen. Misstrauen? Verwirrung? Etwas anderes? Seine Augen wurden schmal.

Unter uns öffneten sich ächzend die schweren Tore, um die Toten und Verwundeten in die Burg zu bringen. Die Hungernden würde man draußen vor der Mauer verbrennen. Ich versuchte, an Hawke vorbeizutreten …

Doch er schnitt mir mit einer fließenden Bewegung den Weg ab. Mein Herz begann zu rasen, und ich ballte unbewusst die Hände zu Fäusten. Ich zwang mich, sie wieder zu öffnen. Das fröhliche Funkeln in seinen Augen war verschwunden. »Was machst du hier oben?«

Welche abwartende Wirkung seine Neugierde bisher gehabt hatte, sie war verschwunden, und ich schob mich an ihm vorbei. Ich musste nach unten und versuchen, ihn in der Menge der Leute abzuhängen, die bereits aus ihren Häusern strömten, um mit der Bestandsaufnahme der Verluste zu beginnen.

Ich kam nicht weit.

Hawke packte mich am Arm. »Ich glaube ...«

Mein Instinkt übernahm das Kommando, und ich fuhr herum, drehte mich unter dem Arm hindurch, der mich festhielt, und ignorierte das Brennen auf meinem Rücken. Hawkes schockiertes Gesicht zauberte mir ein Lächeln auf die Lippen. Ich richtete mich hinter ihm auf und trat ihm die Beine weg. Er ließ meinen Arm los, um sich mit beiden Händen abzufangen.

Ich hörte ihn fluchen, doch ich raste bereits los. Runter von der Festungsmauer und auf den Mauervorsprung dahinter. Die nächstgelegene Treppe war nur wenige Meter ...

Etwas packte mich am Mantel, und ich wurde herumgewirbelt und fand mich mit dem Rücken zur Mauer wieder. Ich wollte weiterlaufen, doch etwas hielt mich zurück. Als ich nach unten sah, entdeckte ich einen Dolch, der meinen Mantel an die Steinmauer genagelt hatte. Ich riss erstaunt die Augen auf.

Hawke kam mit großen Schritten und gesenktem Kopf auf mich zu. »Das war aber nicht nett.«

Nun, dann würde er das Folgende auch nicht nett finden.

Ich packte den Dolch und zog ihn aus der Mauer, dann drehte ich ihn herum, sodass ich die Klinge in der Hand hielt, hob den Arm und ...

»Nicht!«, warnte er und blieb stehen.

Ich zielte mit dem Dolch direkt auf sein nervtötend attraktives Gesicht, und er wirbelte wie erwartet herum.

Doch im nächsten Augenblick schlossen sich seine Finger um den Griff des Dolches, und er fing ihn mühelos aus der Luft auf. Es war ... beeindruckend. Und ich platzte vor Neid. Das hätte ich niemals geschafft. Vermutlich wäre nicht einmal Vikter dazu in der Lage gewesen.

Hawkes Augen funkelten wie pures Gold. Er stieß ein ungläubiges Schnauben aus und kam erneut auf mich zu.

Ich stieß mich von der Wand ab und begann zu laufen. Ich sah die Treppe bereits. Wenn ich es bis dorthin schaffte ...

Etwas Dunkles landete vor mir. Meine Füße gerieten ins Rutschen, und ich verlor das Gleichgewicht. Diese verdammten Hausschuhe mit ihren weichen Sohlen! Ich knallte auf die Hüfte und schluckte einen Schrei hinunter, als der Schmerz in meinen Rücken fuhr. Wenigstens war ich nicht direkt auf dem Rücken gelandet.

Hawke richtete sich auf, den Dolch dicht an seiner Hüfte. »Und das war erst recht nicht nett.«

Wie war er ...? Mein Blick huschte zu der schmalen Oberkante der Mauer über uns. Sie war kaum zehn Zentimeter breit. War er tatsächlich dort oben entlanggelaufen?

Das war verrückt.

»Mir ist klar, dass meine Haare wieder einmal geschnitten werden müssen, aber deine Zielgenauigkeit lässt zu wünschen übrig«, meinte er. »Daran solltest du echt arbeiten. Ich lege nämlich ziemlich viel Wert auf mein Gesicht, und du hättest es beinahe erwischt.«

An meiner Treffsicherheit gab es nichts auszusetzen.

Ich knurrte leise und wartete, bis er nahe genug war. Dann trat ich aus und traf ihn am Unterschenkel. Er stöhnte auf, und ich sprang hoch und achtete nicht weiter auf den Schmerz in der Hüfte und am Hintern. Ich wirbelte nach rechts, und er fuhr hoch, um mir den Weg zu versperren, doch da war ich schon nach links ausgewichen. Er stürzte mir nach, und ich trat erneut aus ...

Hawke packte meinen Knöchel. Ich holte keuchend Luft und ruderte mit den Armen, bis ich das Gleichgewicht wiedergefunden hatte. Ich starrte ihn mit großen Augen an. Sein Blick wanderte mein nacktes Bein entlang. »Unerhört«, murmelte er.

Mir entfuhr ein genervtes Knurren, und er lachte.

»Und dazu diese anmutigen Schühchen. Satin und Seide? Sie sind genauso wohlgeformt wie dein Bein. Obwohl Wächter normalerweise keine solchen Schuhe tragen.«

Wie scharfsinnig von ihm.

»Es sei denn, sie haben einen anderen Ausstatter als ich.« Hawke ließ meinen Knöchel los, doch bevor ich davonlaufen konnte, packte er meinen Arm und zog mich an sich. Im nächsten Moment stand ich auf Zehenspitzen und an ihn gepresst vor ihm.

Mir stockte der Atem, als ich ihn so nahe spürte. Meine Brüste drückten gegen das harte Leder und das Eisen an seinem Bauch. Die Wärme seines Körpers schien durch seine Rüstung und meinen Mantel bis auf meine Haut zu dringen. Hitze breitete sich in mir aus, und ich holte tief Luft. Über den Gestank des Blutes der Hungernden hinweg nahm ich seinen würzigen, rauchigen Duft wahr. Meine Wangen glühten.

Seine Nasenflügel bebten, und so verrückt es klingen mag, die Farbe seiner Augen wurde noch intensiver. »Weißt du, was ich glaube …«

Der Dolch an seinem Hals ließ ihn abrupt verstummen. Er presste die Lippen aufeinander und starrte auf mich hinunter. Er bewegte sich nicht und ließ mich auch nicht los, also drückte ich die Klinge gerade fest genug in sein Fleisch, sodass sich ein kleiner Blutstropfen bildete.

»Nein warte, ich fange noch mal an«, sagte er, und dann lachte er, während das Blut seinen Hals nach unten lief. Es war kein schroffes oder gönnerhaftes Lachen. Er klang *amüsiert.* »Du bist ein wirklich faszinierendes, mörderisches kleines Ding.« Er sah an sich hinab. »Hübscher Dolch übrigens. Blutstein und Wolfskochen. Sehr interessant.« Er blickte mir in die Augen. *»Prinzessin.«*

16

DER DOLCH. VERDAMMT! Ich hatte nicht daran gedacht, dass Hawke ihn im *Red Pearl* gesehen hatte. Götter, wie konnte ich das bloß vergessen? Ich zog das Messer zurück, doch es war zu spät.

Und es war auch ein Fehler.

Hawkes Hand bewegte sich blitzschnell und umfasste mein Handgelenk. »Du und ich haben einiges zu besprechen.«

»Ich wüsste nicht was«, fauchte ich.

Ich war wütend auf mich selbst, denn ich hatte nicht nur einen oder zwei, sondern gleich drei unglaublich dumme Fehler gemacht.

Und ich war wütend auf Hawke, weil er wieder die Oberhand hatte.

»Sie spricht!« Seine Augen weiteten sich in gespieltem Entsetzen, und er senkte den Kopf, sodass ich mich versteifte. »Ich dachte, du redest gerne, Prinzessin.« Er hielt kurz inne. »Oder gilt das nur im *Red Pearl*?«

Ich schwieg.

»Du tust jetzt aber nicht so, als hättest du keine Ahnung, wovon ich spreche, oder?«, fragte er. »Als wärst du nicht sie?«

Ich stemmte mich gegen ihn. »Lass mich los.«

»Kommt nicht infrage«, sagte er scharf, und plötzlich drückten sich mein Rücken und der Bogen gegen die Steinmauer. Ein heißer Schmerz breitete sich von den verheilenden Striemen aus, doch Hawke drängte mich weiter nach hinten und hielt mich mit seinem Körper gefangen. Es waren nur noch wenige Zentimeter zwischen uns. »Nach allem, was wir erlebt haben, zielst du mit einem Dolch auf mein Gesicht?«

»*Nach allem, was wir erlebt haben?* Du meinst die paar Minuten und den einen oder anderen Kuss?«, erwiderte ich, und die Wahrheit traf mich mit voller Wucht. Es war tatsächlich nicht mehr gewesen. Götter, ich war so *weltfremd!* Aufgrund meiner eingeschränkten Erfahrungen hatte mir das alles so viel mehr bedeutet, als es eigentlich gewesen war. Die Erkenntnis, dass es tatsächlich nur ein paar Küsse gewesen waren, war niederschmetternd.

»Es war mehr als der eine oder andere Kuss.« Hawke senkte die Stimme. »Und falls du es vergessen hast, rufe ich es dir sehr gerne wieder in Erinnerung.«

Ein Ziehen breitete sich in meinem Bauch aus. Ein Teil von mir wollte an das erinnert werden, was ich mit Sicherheit niemals vergessen würde, aber glücklicherweise behielt die Vernunft die Oberhand. »Es gibt nichts, was es wert wäre, daran erinnert zu werden.«

»Zuerst wirfst du einen Dolch nach mir, und dann beleidigst du mich auch noch? Du brichst mein zartes Herz.«

»Dein zartes Herz?«, schnaubte ich. »Jetzt übertreib mal nicht.«

»Das ist schwer, immerhin hast du einen Dolch nach mir geworfen«, zischte er, doch sein Griff blieb im Gegensatz zu seinem feindseligen Ton überraschend sanft.

»Ich wusste, dass du ausweichen würdest.«

»Tatsächlich? Und deshalb hast du anschließend versucht, mir die Kehle aufzuschlitzen?« Seine goldenen Augen blitzten feurig unter den schweren Wimpern hervor.

»Ich habe die Haut *angeritzt*«, korrigierte ich. »Weil du mich festgehalten hast und nicht loslassen wolltest. Offenbar hast du nichts daraus gelernt.«

»Ich habe sogar einiges gelernt, Prinzessin. Deshalb sind deine Hände und dein Dolch im Moment nicht ansatzweise in der Nähe meines Halses.« Zur Demonstration glitt sein Daumen über mein Handgelenk, und meine Finger krampften sich um den Griff meiner Waffe. »Aber wenn du den Dolch loslässt, dürfen mich deine Hände gerne überall berühren, wo du möchtest.«

Ich verschluckte mich beinahe. War ihm nicht klar, mit wem er sprach? War meine Stimme so gewöhnlich, dass er keine Ahnung hatte, wer ich war? Andererseits war ich immer noch im Vorteil, falls er tatsächlich nicht wusste, wer ihm gegenüberstand. Die Chance war zwar klein, aber immerhin. »Wie großzügig von dir.«

»Wenn du mich erst einmal besser kennst, wirst du feststellen, dass ich *ziemlich* wohlwollend sein kann.«

»Ich habe nicht vor, dich besser kennenzulernen.«

»Dann schleichst du dich also regelmäßig in die Zimmer junger Männer und verführst sie, um dich anschließend aus dem Staub zu machen?«

»Was?«, keuchte ich. »Ich soll Männer verführen?«

»Hast du nicht genau das mit mir getan, Prinzessin?« Sein Daumen strich erneut über die Innenseite meines Handgelenks.

»Du bist verrückt«, zischte ich.

»Nein, ich bin *fasziniert*.«

Ich stöhnte und versuchte noch einmal, mich loszureißen, doch er lachte nur leise. »Warum musst du mich unbedingt festhalten?«

»Abgesehen von den Dingen, die wir bereits besprochen haben – du weißt schon, die Sache mit meinem Gesicht und meinem Hals –, hältst du dich an einem Ort auf, an dem du nichts verloren hast. Ich erfülle meine Pflicht, indem ich dich festhalte und befrage.«

»Befragst du alle dir unbekannten Wächter auf diese

Art?«, forderte ich ihn heraus. »Eine ziemlich ungewöhnliche Befragungstaktik.«

»Nein, nur hübsche Frauen mit wohlgeformten, nackten Beinen.« Er lehnte sich noch näher heran, und als ich das nächste Mal einatmete, berührten sich unsere Brustkörbe. »Was hast du hier draußen während eines Angriffs verloren?«

»Ich habe einen entspannenden Abendspaziergang genossen«, fauchte ich.

Sein Mundwinkel wanderte nach oben, aber da war kein Grübchen. »Was hast du hier verloren, Prinzessin?«, wiederholte er.

»Wonach sah es denn aus?«

»Es sah aus, als wärst du unglaublich dumm und leichtsinnig.«

»Wie bitte?«, fragte ich erstaunt. »Was ist daran leichtsinnig, Hungernde zu töten und ...«

»Gibt es neuerdings Bedarf an halb bekleideten Frauen, die auf der Mauer Dienst tun?«, fragte er. »Brauchen wir so dringend Hilfe, dass wir derart verzweifelte Maßnahmen ergreifen müssen?«

Wut breitete sich wie ein Buschfeuer in mir aus. »Verzweifelt? Warum ist meine Anwesenheit auf der Mauer ein Zeichen von Verzweiflung, obwohl du gesehen hast, dass ich mit dem Bogen umgehen kann? Oh, warte! Es ist, weil ich Brüste habe, oder?«

»Ich kannte Frauen mit sehr viel weniger ansehnlichen Brüsten, die einen Mann niederstechen konnten, ohne mit der Wimper zu zucken«, erwiderte er. »Aber nicht hier in Masadonien.«

Ich hätte gerne gewusst, wo diese faszinierenden Frauen lebten ... aber Moment! *Sehr viel weniger ansehnliche Brüste?*

»Du bist unheimlich geschickt«, fuhr er fort und riss mich

aus meinen Gedanken. »Nicht nur mit dem Bogen. Wer hat dir das Kämpfen und den Umgang mit dem Dolch beigebracht?«

Ich presste die Lippen aufeinander.

»Ich könnte wetten, dass es dieselbe Person war, von der du den Dolch bekommen hast.« Er brach ab. »Zu schade, dass er dir nicht beigebracht hat, wie du dich einer Gefangennahme entziehen kannst. Na ja, zumindest schade für dich.«

Die Wut begann erneut zu brodeln und kochte schließlich über. Mein Knie schoss nach oben und zielte auf eine sehr empfindliche Stelle – jene Stelle, die ihn seiner Meinung nach zu einem besseren Kämpfer machte, als ich es war.

Doch Hawke spürte die Bewegung und blockierte mein Knie mit seinem Oberschenkel. »Du bist echt brutal«, meinte er. »Das gefällt mir.«

»Lass mich los!«, knurrte ich.

»Damit du mich treten oder gleich abstechen kannst?« Er schob seine Beine zwischen meine, sodass kein weiterer Tritt möglich war. »Das haben wir doch bereits besprochen, Prinzessin. Mehr als einmal.«

Ich stieß mich mit den Hüften von der Mauer ab, um ihn aus dem Gleichgewicht zu bringen, doch ich erreichte nur, dass sich ein sehr sensibler Teil meines Körpers gegen seinen harten Oberschenkel presste. Die Reibung führte dazu, dass ich von einer Sekunde auf die andere in Flammen stand, als hätte mich ein Blitz getroffen. Ich zog überrascht die Luft ein und erstarrte.

Hawke ging es nicht anders, sein ganzer Körper schien sich zu versteifen. Seine Brust drückte sich an meine, während sie sich hob und senkte.

Was ... was passierte hier gerade?

Mir war heiß, obwohl wir hoch oben auf der Mauer standen und die kalte Nachtluft uns umgab. Meine Haut summte, und meine Nervenenden standen in Flammen. Eine pulsierende Wärme umhüllte mich und vertrieb die Kälte aus meinen Gliedern.

Es vergingen einige endlose Momente, dann meinte Hawke: »Ich bin an dem Abend zurückgekommen.«

Die Geräusche unter uns beruhigten sich langsam. Es konnte jeden Moment jemand zu uns heraufkommen, aber ich war tatsächlich unglaublich dumm und leichtsinnig, denn ich schloss die Augen und ließ seine Worte wirken.

Er war zurückgekommen.

»So, wie ich es gesagt habe. Ich bin zurückgekommen, aber du warst nicht mehr da«, fuhr er fort. »Du hattest es versprochen, Prinzessin.«

Ein kaum merkliches schlechtes Gewissen packte mich, und ich war mir nicht sicher, ob es war, weil ich ihn angelogen oder weil ich vorhin den Dolch nach ihm geworfen hatte. Vermutlich beides. »Ich ... ich konnte nicht.«

»Du konntest nicht?« Er senkte erneut die Stimme, die jetzt tiefer und belegter klang. »Ich habe das Gefühl, dass dich nichts aufhalten kann, wenn du etwas wirklich willst.«

Mir entfuhr ein raues, verbittertes Lachen. »Du hast keine Ahnung.«

»Vielleicht.« Er ließ meinen Arm los, und bevor ich wusste, wie mir geschah, schob er seine Hand unter meine Kapuze. Seine kalten Finger umfassten meine unverletzte rechte Wange. Ich schnappte nach Luft und wollte zurückweichen, doch die Mauer hinter mir ließ mir keinen Platz. »Vielleicht weiß ich aber auch mehr, als dir bewusst ist.«

Meine Haut prickelte vor Unbehagen.

Hawke senkte den Kopf und drückte seine Wange gegen die linke Seite der Kapuze. »Glaubst du wirklich, ich wüsste nicht, wer du bist?«

Mein ganzer Körper versteifte sich, und mein Mund war staubtrocken.

»Na, hast du nichts darauf zu sagen?« Er hielt einen Moment lang inne, und als er weitersprach, war seine Stimme nur noch ein Flüstern. *»Penellaphe?«*

Verdammt!

Ich stieß geräuschvoll die Luft aus und war mir nicht sicher, ob ich erleichtert sein sollte, dass ich mir keine Gedanken mehr machen musste, ob er mich erkannt hatte oder nicht, oder ob ich Angst haben sollte. Die Verwirrung trieb meine Wut in ungeahnte Höhen. »Und das ist dir erst jetzt aufgefallen? Denn falls das so wäre, habe ich schwerste Bedenken, ob du der geeignete Leibwächter für mich bist.«

Er lachte leise und hätte mich ärgerlicherweise beinahe damit angesteckt. »Ich wusste es in dem Moment, als du im Arbeitszimmer des Herzogs den Schleier abgenommen hast.«

Ich sah ihn erstaunt an. »Aber warum ... warum hast du nichts gesagt?«

»Zu dir?«, fragte er. »Oder zum Herzog?«

»Zu uns beiden«, hauchte ich.

»Ich wollte abwarten, ob du es ansprichst. Aber du hast lieber so getan, als würdest du nicht im *Red Pearl* ein und aus gehen.«

»Ich gehe nicht im *Red Pearl* ein und aus«, korrigierte ich ihn. »Das bist wohl eher du, wie man hört.«

»Du hast dich nach mir erkundigt? Ich fühle mich geehrt.«

»Nein, hab ich nicht.«

»Ich bin mir nicht sicher, ob ich dir das glauben soll. Du hast mir schon einige Lügen aufgetischt, Prinzessin.«

»Nenn mich nicht so«, verlangte ich.

»Mir gefällt es aber besser als der Titel, mit dem ich dich ansprechen soll. Jungfräuliche. Als hättest du keinen eigenen Namen.«

»Ich habe dich nicht gefragt, was dir gefällt«, erklärte ich, obwohl ich dieselbe Abneigung gegen den mir verliehenen Titel empfand.

»Aber du hast gefragt, warum ich dem Herzog nichts von deinen kleinen Ausflügen erzählt habe«, entgegnete er. »Warum sollte ich das tun? Ich bin dein Leibwächter. Wenn ich dich hintergehe, misstraust du mir in Zukunft, und das würde es um einiges schwieriger machen, auf dich aufzupassen – was immerhin meine Pflicht ist.«

Seine vollkommen logische Begründung dafür, warum er mich nicht verraten hatte, enttäuschte mich, und ich wollte nicht einmal ansatzweise über den Grund dafür nachdenken. »Wie du gesehen hast, kann ich auf mich selbst aufpassen.«

»Ja, das habe ich gesehen.« Er wich mit gerunzelter Stirn zurück, und dann weiteten sich seine Augen, als wäre ihm gerade etwas klar geworden.

»Hawke!«, rief eine Stimme von unten, und mein Herz setzte einen Augenblick lang aus. »Alles in Ordnung da oben?«

Er musterte mich einen Augenblick, obwohl mein Gesicht im Schatten der Kapuze nicht zu sehen war, dann rief er über die Schulter: »Ja, alles gut.«

»Du musst mich loslassen«, flüsterte ich. »Wenn jemand hochkommt ...«

»Und dich stellt? Dich zwingt, dich zu offenbaren?« Seine bernsteinfarbenen Augen bohrten sich in meine. »Vielleicht wäre das gar nicht so schlecht.«

Ich zog scharf die Luft ein. »Du hast gesagt, du würdest mich nicht verraten ...«

»Ich habe gesagt, dass ich dich nicht verraten habe, aber das war, bevor ich wusste, was du so treibst.«

Mir wurde eiskalt.

»Meine Aufgabe wäre sehr viel einfacher, wenn ich keine Angst haben müsste, dass du dich hinausschleichst, um gegen Hungernde zu kämpfen ... oder dich mit irgendwelchen

Männern an Orten wie dem *Red Pearl* zu treffen«, fuhr er fort. »Wer weiß, was du sonst noch treibst, während dich alle in der Sicherheit deines Zimmers vermuten.«

»Ich ...«

»Wenn ich dem Herzog und der Herzogin davon berichte, bräuchte ich mir in Zukunft wohl keine Gedanken mehr darüber zu machen, ob du gerade mit Pfeil und Bogen bewaffnet auf die Mauer kletterst.«

Meine Brust zog sich panisch zusammen. »Du hast keine Ahnung, was er tun würde, wenn du zu ihm gehst«, platzte ich heraus. »Er würde ...« Ich riss mich zusammen und verstummte.

»Was würde er?«

Ich holte langsam und ruhig Luft und hob das Kinn. »Das spielt keine Rolle. Tu, was du willst.«

Hawke starrte eine gefühlte Ewigkeit auf mich hinunter, dann ließ er mich endgültig los und trat zurück. Kalte Luft drang zwischen uns. »Du kehrst jetzt besser ganz schnell in dein Zimmer zurück, Prinzessin. Wir reden später weiter.«

Einen Moment lang hielt mich die Verwirrung gefangen, doch dann drückte ich mich von der Mauer ab und rannte davon. Und obwohl ich kein einziges Mal zurückblickte, wusste ich, dass er mich keine Sekunde aus den Augen ließ.

Als ich durch die Dienstbotentür schlüpfte, saß Tawny immer noch in meinem Zimmer und wartete auf mich, was mich nicht wirklich überraschte, obwohl es fast eine Stunde gedauert hatte, bis sich die Tore wieder geöffnet hatten und ich mich zurück in die Burg schleichen konnte.

Sie schnappte nach Luft, als sie mich sah. »Ich dachte schon, du kommst nicht mehr.«

Ich schloss die knarrende Tür hinter mir, wandte mich zu ihr um und zog langsam die Kapuze vom Kopf.

Tawny zuckte zurück. »Ist ... ist alles in Ordnung?« Unsere Blicke trafen sich, und ich sah, wie sie kaum merklich zitterte. »War es schlimm?«

Ich öffnete den Mund, aber ich hatte keine Ahnung, was ich sagen sollte. Ich lehnte mich an die Tür. Mein Herz pochte nach dem Zusammentreffen mit Hawke immer noch. Ich konnte keinen klaren Gedanken fassen, und mein Magen zog sich zusammen, wenn ich daran dachte, dass die Hungernden es bis auf die Mauer geschafft hatten.

»Poppy?«, hauchte Tawny.

Ich beschloss, mit dem Wichtigsten zu beginnen. »Es waren so viele. Dutzende.«

Sie zog die Luft ein. »Und?«

Ich war mir nicht sicher, ob sie es wirklich wissen wollte, aber im Dunkeln zu tappen war viel gefährlicher, als Angst vor der Wirklichkeit zu haben. »Einige sind bis auf die Mauer vorgedrungen.«

Tawny riss die Augen auf. »Bei den Göttern!« Sie presste sich eine Hand auf die Brust. »Aber man hat die Schilder hochgefahren ...«

»Wir konnten sie aufhalten, aber viele ... viele Wächter haben es nicht geschafft.« Ich trat von der Tür fort und öffnete meinen Mantel mit eiskalten Fingern. Ich ließ ihn zu Boden fallen und stellte mich vor den Kamin, damit die Wärme einen Teil der Kälte vertreiben konnte. »Es waren so viele, dass sie die ersten Reihen mehr oder weniger überrannt haben. Wenn es noch mehr gewesen wären ...«

»Dann hätten sie die Mauer eingenommen?«

»Ja, vermutlich.« Ich trat vom Feuer zurück, nahm den Bogen ab und legte ihn vorsichtig in die Truhe, bevor ich den Deckel schloss. »Die Burg hat Reiter ausgeschickt, aber da hatten es schon mindestens zwei Hungernde auf die Mauer geschafft. Wenn sie das nächste Mal auch so lange warten, könnte es zu spät sein. Aber ich glaube ... ich glaube, sie haben nicht erwartet, dass es die Hungernden so weit schaffen würden.«

Tawny setzte sich auf die Bettkante. »Hast du ... hast du welche getötet?«

Ich schlüpfte aus meinen Schuhen. »Natürlich.«

»Gut.« Ihr Blick wanderte zum Fenster. Die Dunkelheit wurde nun wieder von Fackeln erhellt. »Morgen werden jede Menge schwarze Fahnen gehisst werden.«

Das stimmte. Jede Familie, die einen Sohn, einen Vater, einen Ehemann oder einen Freund verloren hatte, würde ihm zu Ehren eine Flagge hissen. Kommandant Jansen würde sie im Laufe der nächsten Tage alle besuchen. Unzählige Scheiterhaufen würden brennen.

Und ich befürchtete, dass einige, die sich den Hungernden tapfer entgegengestellt hatten, heute Nacht gebissen in ihre Häuser oder Unterkünfte zurückkehren würden. Das war jedes Mal nach einem Angriff der Fall.

Ich ließ mich aufs Bett sinken und roch den Rauch in meinen Haaren. Bevor ich noch etwas sagen konnte, klopfte es.

»Ich gehe schon.« Tawny erhob sich, und ich hielt sie nicht auf. Wahrscheinlich war es Vikter oder ein anderer königlicher Wächter, der nach uns sehen sollte. Während sie zur Tür ging, griff ich nach meinem Zopf und öffnete ihn. Ich hörte, wie Tawny die Tür öffnete.

»Die Jungfräuliche schläft ...«, begann sie, wurde aber rüde unterbrochen.

»Das bezweifle ich.«

Mein Herz klopfte bis zum Hals, als ich vom Bett sprang. Ich wirbelte herum und sah, wie Hawke durch die Tür trat. Ich starrte ihn mit offenem Mund an, und Tawny erging es nicht anders.

Hawke trat die Tür hinter sich zu. »Es wird Zeit für eine kleine Unterhaltung, *Prinzessin*.«

17

HAWKE HATTE SICH DAS BLUT VOM GESICHT GEWASCHEN, und seine dunklen Haare waren feucht und fielen ihm in Locken in die Stirn. Er hatte seinen Säbel abgelegt, trug allerdings immer noch die beiden Kurzschwerter an der Hüfte. Wie er so breitbeinig mit schweren Stiefeln und verbissenem Gesicht in meinem Zimmer stand, erinnerte er mich an Theon, den Gott der Übereinkunft und des Krieges.

Er wirkte genauso gefährlich wie zuvor auf der Mauer, und das Feuer in seinen bernsteinfarbenen Augen ließ vermuten, dass er nicht hier war, um Frieden zu schließen.

Er wandte sich an Tawny, die genauso regungslos und schweigend vor ihm stand wie ich. »Deine Dienste werden heute Abend nicht mehr benötigt.«

Tawnys Augen weiteten sich.

Ich riss mich aus meiner Starre. »Du hast nicht das Recht, sie fortzuschicken.«

»Nicht?« Er hob eine Augenbraue. »Als dein Leibwächter habe ich die Befugnis, sämtliche Gefährdungen auszuschalten.«

»Gefährdungen?« Tawny runzelte die Stirn. »Ich bin doch keine *Gefährdung*.«

»Doch, denn du findest Entschuldigungen und lügst für Penellaphe. Gerade hast du behauptet, dass sie schläft, obwohl ich mit Sicherheit weiß, dass sie bis eben noch auf der Mauer war«, entgegnete er, und Tawny klappte den Mund zu.

Sie wandte sich zu mir um. »Kann es sein, dass mir etwas Wichtiges entgangen ist?«

»Ich hatte noch keine Gelegenheit, es dir zu erzählen«, erklärte ich. »Und so wichtig ist es nun auch wieder nicht.«

Tawny hob die Augenbrauen, und Hawke schnaubte.

»Ich bin mir sicher, dass es eines der wichtigsten Dinge war, die du seit langer Zeit erlebt hast.«

Meine Augen wurden schmal. »Du hast eine ziemlich überhöhte Vorstellung davon, welche Rolle du in meinem Leben spielst, wenn du das wirklich glaubst.«

»Ich glaube, ich weiß sehr gut, welchen Platz ich in deinem Leben einnehme.«

»Das bezweifle ich.«

»Ich frage mich, ob du deinen eigenen Lügen tatsächlich glaubst.«

Tawnys Blick sprang zwischen uns hin und her.

»Ich lüge doch gar nicht.«

Er grinste, und das Grübchen war wieder da. »Wie du meinst, Prinzessin.«

»Nenn mich nicht so!« Ich stampfte mit dem Fuß auf.

Hawke hob eine Augenbraue. »Fühlst du dich jetzt besser?«

»Ja! Denn die andere Option wäre gewesen, dir einen Tritt in den Hintern zu verpassen.«

»So brutal«, lachte er leise.

Oh, bei den Göttern.

Ich ballte die Hände zu Fäusten. »Du solltest nicht hier sein.«

»Ich bin dein Leibwächter«, erwiderte er. »Ich darf überallhin, wenn ich das Gefühl habe, dass es unerlässlich für deine Sicherheit ist.«

»Und wovor willst du mich hier in meinem eigenen Zimmer beschützen?«, wollte ich wissen und sah mich um. »Vor dem ungezogenen Bettpfosten, an dem ich mir womöglich den Zeh stoßen könnte? Oh, warte! Hast du Angst, dass ich in Ohnmacht falle? Ich weiß ja, wie schnell du in solchen Notfällen reagierst.«

»Du siehst wirklich etwas blass aus«, entgegnete er. »Meine Fähigkeit, zarte, schwache Frauen aufzufangen, könnte hier durchaus hilfreich sein.«

Ich zog die Luft ein.

»Aber soweit ich das beurteilen kann, bist du – abgesehen von dem einen oder anderen Entführungsversuch – für dich selbst die größte Gefahr, Prinzessin.«

»Na ja«, begann Tawny, und ich warf ihr einen Blick zu, der sie sofort in die Flucht hätte schlagen sollen, doch sie zuckte bloß mit den Schultern. »Da hat er schon recht.«

»Du bist echt keine Hilfe.«

»Penellaphe und ich müssen uns wirklich unterhalten«, meinte Hawke zu Tawny, ohne mich eine Sekunde aus den Augen zu lassen. »Ich versichere dir, dass sie bei mir sicher ist, und ich gehe davon aus, dass sie dir später alles haarklein erzählen wird.«

Tawny verschränkte die Arme. »Ja, klar, aber das ist nicht annähernd so amüsant, wie euch zuzuhören.«

Ich seufzte. »Schon in Ordnung, Tawny. Wir sehen uns morgen früh.«

Sie sah mich an. »Echt?«

»Wirklich«, bestätigte ich. »Wenn du nicht gehst, steht er bloß weiter hier herum und verbraucht wertvollen Sauerstoff …«

»Während ich außergewöhnlich gut dabei aussehe«, fügte er hinzu. »Das musst du schon auch erwähnen.«

Tawny entfuhr ein kurzes Kichern.

Ich ignorierte Hawkes Kommentar. »Und ich würde mich gerne vor dem Morgengrauen noch etwas ausruhen.«

Tawny seufzte. »Na gut.« Sie warf einen Blick auf Hawke. »Prinzessin.«

»Bei den Göttern!«, murmelte ich und bekam langsam Kopfschmerzen.

Hawke sah Tawny nach, bis sie durch die Verbindungstür verschwunden war, dann meinte er: »Ich mag sie.«

»Gut zu wissen«, erwiderte ich. »Also, was ist so wichtig, dass es nicht bis morgen warten kann?«

Er sah mich an. »Du hast wunderschöne Haare.«

Ich blinzelte. Meine Haare waren offen, und auch wenn ich sie nicht sehen konnte, wusste ich, dass es ein Durcheinander aus wilden Locken war. Ich widerstand dem Drang, danach zu greifen. »Darüber wolltest du mit mir reden?«

»Nicht unbedingt.« Sein Blick wanderte langsam weiter, über meine Schultern und bis hinunter zu meinen Zehen. Es fühlte sich beinahe an wie eine Berührung, und Hitze stieg in meine Wangen.

Im nächsten Augenblick wurde mir klar, dass nicht nur mein Gesicht unverschleiert war, sondern dass ich nur ein sehr dünnes Nachtkleid trug, das im Schein des Kaminfeuers und der Öllampen kaum etwas der Vorstellung überließ. Meine Wangen wurden röter, und ich griff eilig nach dem Morgenmantel am Fußende des Bettes.

Ein wissendes Lächeln umspielte Hawkes Lippen, und Ärger macht sich in mir breit.

Ich hielt inne, fing seinen Blick auf und sah ihm in die Augen. Hawke mochte nicht alle dunkleren Stellen unter dem hauchdünnen Kleid gesehen haben, aber er hatte bereits einige davon mit seinen Händen berührt. Ein kleiner Teil von mir wollte die Haare ins Gesicht fallen lassen, damit er die Narben nicht sah, aber andererseits kannte er sie bereits, und ich schämte mich nicht dafür. Ich würde das, was der Herzog über Hawkes Kompliment bei seiner Ernennung gesagt hatte, sicher nicht an mich herankommen lassen.

Es war sinnlos, mich oder mein Gesicht vor ihm zu verstecken, aber viel wichtiger war der herausfordernde Ausdruck in seinen Augen. Als würde er genau das von mir erwarten.

Weshalb ich es aus Prinzip nicht tat.

Nach einem Moment angespannten Schweigens meinte er: »War das alles, was du unter deinem Mantel anhattest?«

»Das geht dich gar nichts an«, erklärte ich und stemmte die Hände in die Hüften.

Der Ausdruck, der über sein Gesicht huschte, erinnerte mich an Vikters Blick, wenn ich ihn im Kampf besiegte, aber er war zu schnell fort, um es sicher sagen zu können. »Ich habe aber das Gefühl, als sollte es mich etwas angehen«, meinte er.

Seine raue Stimme bescherte mir eine Gänsehaut. »Das ist dein Problem, nicht meines.«

Er sah mich erneut mit dieser seltsamen Mischung aus Belustigung und Neugierde an. »Du bist ... ganz anders, als ich erwartet hatte.«

Er klang ehrlich, und meine Wut verebbte langsam. »Meinst du meine Fähigkeiten mit Pfeil, Bogen und Dolch? Oder die Tatsache, dass ich dich zu Boden geworfen habe?«

»Du hättest mich *beinahe* zu Boden geworfen«, korrigierte er. Er senkte das Kinn und blickte nach unten, sodass seine außergewöhnlichen Augen von seinen Wimpern verdeckt wurden. »Alles zusammen. Und du hast das *Red Pearl* vergessen. Ich hätte nie gedacht, die Jungfräuliche dort zu treffen.«

Ich schnaubte. »Nein, vermutlich nicht.«

Er hob den Blick, und ich sah eine Million Fragen in seinen Augen. Und dieses Mal würde ich nicht herumkommen, sie zu beantworten.

Ich war mit einem Mal zu erschöpft, um herumzustehen und mich zu streiten, also ging ich zu einem der beiden

Stühle vor dem Feuer, wobei ich mir durchaus bewusst war, dass mein Nachtkleid auseinanderklaffte und erneut den Blick auf mein Bein freigab.

Und natürlich war ich mir ebenso bewusst, dass Hawke jeden meiner Schritte genau verfolgte.

»Ich war an dem Abend zum ersten Mal im *Red Pearl*«, erklärte ich und legte die Hände in den Schoß. »Und ich bin nur nach oben in den ersten Stock, weil Vikter plötzlich durch die Tür trat.« Ich zog die Nase kraus. »Er hätte mich trotz Maske erkannt. Eine Frau sagte mir, dass das Zimmer leer sei, also bin ich hinauf.« Ich hatte immer noch das Gefühl, dass sie mich absichtlich hinters Licht geführt hatte, aber das tat jetzt nichts zur Sache. »Ich erzähle dir das nicht, weil ich das Gefühl habe, ich müsste mich rechtfertigen. Es ist nur ... die Wahrheit. Ich wusste nicht, dass du in dem Zimmer warst.«

Er rührte sich nicht vom Fleck. »Aber du wusstest, wer ich war«, meinte er, und es war keine Frage.

»Natürlich.« Ich sah ins Feuer. »Nach deiner Ankunft gab es einiges an Gerede.«

»Wie schmeichelhaft«, murmelte er.

Meine Lippen zuckten, während ich zusah, wie die Flammen über die dicken Holzscheite tanzten. »Der Grund, warum ich nicht sofort wieder gegangen bin, steht nicht zur Diskussion.«

»Ich weiß, warum du geblieben bist«, erklärte er.

»Tatsächlich?«

»Ja. Jetzt ergibt es einen Sinn.«

Ich dachte an den Abend zurück und erinnerte mich daran, was er gesagt hatte. Er schien gespürt zu haben, dass ich dort war, um Erfahrungen zu machen. Um zu leben. Und jetzt, wo er wusste, wer ich war, war es tatsächlich nachvollziehbar.

Trotzdem wollte ich nicht darüber reden. »Wirst du

irgendjemandem erzählen, dass ich heute auf der Mauer war?«

Er antwortete eine lange Zeit nicht, dann kam er mit großen, fließend eleganten Schritten auf mich zu. »Darf ich?« Er deutete auf den leeren Stuhl.

Ich nickte.

Er setzte sich mir gegenüber, lehnte sich vor und stützte die Ellbogen auf den Knien ab. »Du hast das alles von Vikter gelernt, nicht wahr?«

Mein Herz machte einen Sprung, doch mein Gesicht blieb regungslos.

»Es muss so sein. Ihr zwei steht euch nahe, und er dient dir seit deiner Ankunft in Masadonien.«

»Du hast dich umgehört.«

»Es wäre dumm, nicht alles über die Person in Erfahrung zu bringen, die ich mit meinem Leben beschützen soll.«

Gutes Argument. »Ich beantworte deine Frage trotzdem nicht.«

»Weil du Angst hast, dass ich zum Herzog gehe, obwohl ich es bis jetzt noch nicht getan habe?«

»Du hast auf der Mauer gesagt, dass du mit ihm sprechen solltest«, erinnerte ich ihn. »Dass es deine Arbeit einfacher machen würde. Ich werde niemanden mit in den Abgrund reißen.«

Er neigte den Kopf. »Ich sagte, ich *sollte* mit ihm reden, nicht dass ich es tun werde.«

»Gibt es da einen Unterschied?«

»Natürlich.« Sein Blick huschte über mein Gesicht. »Was würde Euer Gnaden denn tun, wenn ich zu ihm gehe?«

Meine Finger verkrampften sich. »Das spielt keine Rolle.«

»Warum hast du dann gesagt, ich hätte keine Ahnung, was er tun würde? Es klang, als wolltest du noch mehr sagen, hättest dich dann aber dagegen entschieden.«

Ich starrte ins Feuer. »Ich wollte nichts sagen.«

Hawke schwieg einen Moment. »Du und Tawny wart sehr seltsam, nachdem du zum Herzog gerufen wurdest.«

»Wir hatten einfach nicht damit gerechnet.« Die Lüge kam mir ohne Probleme über die Lippen.

Es folgte eine weitere Pause. »Warum hast du zwei Tage nach der Besprechung dein Zimmer nicht verlassen?«

Meine Fingernägel gruben sich in meine Handfläche, und ein stechender Schmerz breitete sich aus. Die Flammen im Kamin erstarben langsam und flackerten nur noch sanft.

»Was hat er getan?«, fragte Hawke, und seine Stimme klang viel zu sanft.

Ich bekam vor Scham kaum noch Luft und schmeckte bittere Galle. »Warum interessiert dich das überhaupt?«

»Warum sollte es mich nicht interessieren?«, fragte er und klang erneut unglaublich aufrichtig.

Ich sah ihn an, bevor mir bewusst wurde, was ich hier gerade tat. Er hatte sich zurückgelehnt, seine Arme lagen auf den Armlehnen des Lehnstuhls. »Du kennst mich nicht ...«

»Ich kenne dich besser als die meisten anderen.«

Meine Wangen wurden heiß. »Das bedeutet nicht, dass du mich kennst, Hawke. Nicht genug, um dich wirklich für mich zu interessieren.«

»Ich weiß, dass du nicht wie die anderen Mitglieder des Hofes bist.«

»Ich bin kein Mitglied des Hofes«, merkte ich an.

»Du bist die Jungfräuliche. Die Allgemeinheit sieht in dir ein Kind der Götter. Für sie stehst du über den Aufgestiegenen, aber ich weiß, dass du Mitgefühl empfinden kannst. An dem Abend im *Red Pearl*, als wir über den Tod geredet haben, hast du ehrlich mit mir um die Leute getrauert, die ich verloren habe. Es war nicht gespielt.«

»Woher willst du das wissen?«

»Ich kann Leute gut einschätzen«, erklärte er. »Und du hast in meiner Gegenwart kein Wort gesagt, weil du Angst hattest, erkannt zu werden. Bis ich Tawny als deine Zofe bezeichnet habe. Du hast sie verteidigt, obwohl du damit ein Risiko eingegangen bist.« Er schwieg einen Augenblick. »Und ich habe dich gesehen.«

»Was hast du gesehen?«

Er lehnte sich erneut nach vorne und senkte die Stimme. »Ich habe dich während des Stadtrates gesehen. Du warst nicht einverstanden mit der Entscheidung der Herzogin und des Herzogs. Ich konnte dein Gesicht nicht sehen, aber ich merkte, dass du dich unwohl gefühlt hast. Du hattest Mitleid mit der Familie.«

»Genau wie Tawny.«

»Nichts für ungut, aber deine Freundin sah die ganze Zeit aus, als würde sie gleich einschlafen. Ich bezweifle, dass sie überhaupt etwas mitbekommen hat.«

Das stimmte, aber das, was er gesehen hatte, war der Augenblick gewesen, in dem ich kurz die Kontrolle über meine Gabe verloren hatte. Obwohl das nichts daran änderte, dass ich mit dem Schicksal der Familie Tulis nicht einverstanden war.

»Und du weißt, wie man kämpft – du kämpfst sogar sehr gut. Außerdem bist du offensichtlich sehr mutig. Es gibt viele Männer – zum Kampf *ausgebildete* Männer –, die bei einem Angriff niemals freiwillig auf die Mauer gehen würden, wenn es nicht ihre Pflicht wäre. Die Aufgestiegenen lassen sich nie draußen blicken, obwohl sie bessere Überlebenschancen hätten. Sie machen es trotzdem nicht – du aber schon.«

Ich schüttelte den Kopf. »Das sind alles Oberflächlichkeiten. Es bedeutet nicht, dass du mich gut genug kennst, um dich wirklich dafür zu interessieren, was mit mir passiert und was nicht.«

Er sah mir in die Augen. »Interessiert dich, was mit mir passiert?«

»Na ja, schon.« Ich runzelte die Stirn. »Ich würde ...«

»Aber du kennst mich nicht.«

Ich klappte den Mund zu. Verdammt.

»Du bist eine anständige Person, Prinzessin.« Er lehnte sich zurück. »Deshalb interessiert es dich.«

»Und du? Bist du nicht anständig?«

Hawke senkte den Blick. »Ich bin vieles. Aber anständig eher selten.«

Ich hatte keine Ahnung, wie ich auf diese spontane Ehrlichkeit reagieren sollte.

»Du wirst mir nicht erzählen, was der Herzog getan hat, oder?« Er seufzte. »Du weißt, dass ich es früher oder später herausfinden werde.«

Ich hätte beinahe aufgelacht. Ich war mir sicher, dass das eines der wenigen Dinge war, über die nie jemand ein Wort verlieren würde. »Wenn du meinst.«

»Ich *weiß* es«, sagte er und schwieg einen Moment, bevor er meinte: »Es ist seltsam, oder?«

»Was?«

Unsere Blicke trafen sich, und meine Brust zog sich zusammen. Ich konnte nicht wegsehen. Ich fühlte mich ... gefangen. »Ich habe das Gefühl, als würde ich dich schon sehr viel länger kennen. Und du spürst es auch.«

Ich wollte es abstreiten, aber er hatte recht, und es war tatsächlich seltsam. Trotzdem sagte ich nichts, denn das hätte bedeutet, dass ich meine Gefühle anerkannte. Was sich wiederum wie der Beginn einer Reise entlang eines Weges angefühlt hätte, den ich nicht entlanggehen durfte. Dieses Wissen machte mein Herz unendlich schwer – aber das war ebenfalls etwas, das ich nicht anerkennen wollte.

Denn diese Schwere hatte sehr viel mit Enttäuschung zu

tun, und bedeutete das nicht, dass ich einen Teil des Weges bereits gegangen war?

Ich senkte den Blick auf meine Hände.

»Warum warst du auf der Mauer?«, fragte er und wechselte das Thema.

»War das nicht offensichtlich?«

»Deine Motivation dahinter war es nicht. Sag mir zumindest so viel. Sag mir, was dich dazu getrieben hat, auf die Mauer zu steigen und zu kämpfen.«

Ich ließ die Finger unter den rechten Ärmel und über die Haut gleiten, bis ich die zwei gezackten Narben spürte. Es gab noch mehr davon – auf meinem Bauch und meinen Schenkeln.

Es wäre einfach gewesen, ihn anzulügen und mir eine Erklärung aus den Fingern zu saugen. Aber was schadete es, wenn ich es ihm erzählte? War es ein großer Unterschied, wenn nicht nur zwei Leute, sondern drei die Wahrheit kannten? Vermutlich nicht.

»Die Narben auf meinem Gesicht. Weißt du, woher sie stammen?«

»Deine Familie wurde von Hungernden angegriffen, als du noch ein Kind warst«, antwortete er. »Vikter ...«

»Er hat dir davon erzählt?« Ein kaum merkliches, müdes Lächeln legte sich auf meine Lippen. »Es sind nicht die einzigen Narben.«

Er hörte schweigend zu, und ich zog die Hand unter dem Ärmel hervor.

»Ich war sechs, als meine Eltern beschlossen, die Hauptstadt zu verlassen und ins Nieltal zu ziehen. Sie wollten ein ruhigeres Leben führen – das sagten sie zumindest meinem Bruder und mir. Ich erinnere mich kaum noch an die Reise, außer daran, dass meine Eltern unglaublich angespannt waren. Ian und ich waren noch klein und wussten nicht viel über die Hungernden, also hatten wir auch keine Angst, und es machte uns nichts aus, draußen unterwegs zu sein. Wir machten in einem Dorf halt, das – wie ich später erfuhr – schon seit Jahrzehnten keinen Angriff erlebt hatte. Es gab nur eine niedrige Mauer, wie in den meisten Dörfern und kleineren Städten, und wir blieben nur eine Nacht in der Herberge. Es roch nach Zimt und Nelken, das weiß ich noch.«

Ich schloss die Augen. »Sie kamen in der Nacht, im Nebel. Uns blieb keine Zeit. Mein Vater ... er lief auf die Straße, um sie zurückzuschlagen, während meine Mutter zurückblieb, um uns zu verstecken. Doch sie kamen zur Tür und zu den Fenstern herein, bevor sie auch nur einen Schritt aus dem Zimmer machen konnte.«

Die Erinnerung an die Schreie meiner Mutter ließ mich die Augen aufschlagen. Ich schluckte.

»Eine Frau, die auch in der Herberge übernachtete, schaffte es, Ian zu packen und in einen Verschlag zu ziehen, aber ich wollte Mom nicht allein lassen und ...«

Dunkle, unzusammenhängende Bilder jener Nacht blitzten auf. Blut auf dem Boden, an den Wänden, auf den Armen meiner Mutter. Ihre glitschige Hand, die meiner entglitt. Hände, die mich packten. Schnappende Zähne. Klauen. Ein unendlicher, feuriger Schmerz, der meine Seele zerriss. Und dann nichts mehr.

»Als ich Tage später erwachte, war ich wieder in der Hauptstadt, und Königin Ileana saß an meinem Bett. Sie erzählte mir, was passiert war. Dass unsere Eltern fort wären.«

»Es tut mir leid«, sagte Hawke, und ich nickte. »Wirklich. Es ist ein Wunder, dass du überlebt hast.«

»Die Götter haben mich beschützt. Das hat die Königin mir gesagt. Weil ich die Auserwählte war. Ich habe erst später erfahren, dass das einer der Gründe war, warum die Königin meine Mutter und meinen Vater angefleht hatte, die Sicherheit der Hauptstadt nicht zu verlassen. Denn wenn ... wenn der dunkle Sohn mitbekommen würde, dass die Jungfräuliche schutzlos auf den Straßen unterwegs ist, würde er die Hungernden nach mir schicken. Damals wollte er mich töten, aber offensichtlich hat sich das geändert. Jetzt will er mich lebend.«

Ich lachte, und es tat ein bisschen weh.

»Das, was deiner Familie zugestoßen ist, ist nicht deine Schuld, und es gibt sicher eine Menge Gründe, warum die Hungernden in dieser Nacht ausgerechnet diese Stadt überfallen haben.« Hawke fuhr sich mit der Hand durch die Haare und wischte sich die mittlerweile getrockneten Strähnen aus der Stirn. »Woran erinnerst du dich noch?«

»Keiner ... keiner in der Herberge wusste, wie man sich verteidigt. Weder meine Eltern noch die anderen Frauen, nicht einmal die Männer. Sie verließen sich auf eine Handvoll Wächter.« Ich rieb die Finger aneinander. »Wenn meine Eltern gewusst hätten, wie man kämpft, hätten sie vielleicht überlebt. Die Chancen waren gering, aber es gab sie.«

Verständnis machte sich auf Hawkes Gesicht breit. »Und du willst diese Chance für dich.«

Ich nickte. »Ich werde nicht ... Ich will nicht hilflos sein.«

»Das sollte niemand sein.«

Ich stieß die Luft aus und zwang meine Finger zum Stillhalten. »Du hast ja gesehen, was heute Nacht passiert ist. Sie waren auf der Mauer. Wenn es einer schafft, kommen immer mehr. Keine Mauer ist uneinnehmbar, und selbst wenn, kehren immer wieder Sterbliche mit dem Fluch in die Stadt zurück. Das passiert häufiger, als die Leute es ahnen. Der Fluch kann sich jeden Augenblick in der ganzen Stadt ausbreiten. Wenn ich sterbe ...«

»Stirbst du im Kampf«, beendete er den Satz für mich.

Ich nickte.

»Wie gesagt, du bist sehr mutig.«

»Ich glaube, das hat nichts mit Mut zu tun.« Ich betrachtete erneut meine Hände. »Eher mit ... Angst.«

»Mut und Angst sind oft ein und dasselbe, und man wird entweder zum Krieger oder zum Feigling. Der einzige Unterschied ist die Person, die Mut und Angst empfindet.«

Ich hob erstaunt den Blick und brauchte einen Moment für meine Antwort. »Du klingst um einiges älter, als du aussiehst.«

»Nur manchmal«, erwiderte er. »Du hast heute Nacht Leben gerettet, Prinzessin.«

Ich ignorierte den Spitznamen. »Aber es sind auch viele gestorben.«

»Zu viele«, stimmte er mir zu. »Die Hungernden sind eine nie enden wollende Plage.«

Ich lehnte den Kopf zurück und streckte die Zehen in Richtung Feuer. »Solange es Atlantianer gibt, wird es auch Hungernde geben.«

»Wird zumindest behauptet«, murmelte er, und als ich ihn ansah, starrte er mit zuckendem Kiefer ins Feuer. »Du hast vorhin gemeint, es kämen mehr Leute mit dem Fluch in die Stadt zurück, als den Leuten klar ist. Woher weißt du das?«

Mein Mund klappte auf. Verdammt. Woher *wusste* ich das?

»Gerüchte.«

Scheiße.

Er sah mich an. »Über diese Dinge wird nicht oft gesprochen, und wenn, dann nur sehr leise.«

Unbehagen stieg in mir hoch. »Das musst du genauer erklären.«

»Ich habe gehört, dass das Kind der Götter jenen hilft, die verflucht wurden«, sagte er, und ich erstarrte. »Dass es ihnen einen würdevollen Tod bereitet.«

Ich war irgendwie erleichtert, dass das alles war und er

nicht von meiner Gabe erfahren hatte. Trotzdem war die Tatsache, dass jemand wie er, der erst seit Kurzem in der Stadt war, solche Gerüchte aufgeschnappt hatte, nicht unbedingt beruhigend.

Wenn Vikter davon erfuhr, würde er nicht begeistert sein. Andererseits bezweifelte ich nach dem letzten Mal ohnehin, dass Vikter mich noch einmal mitnehmen würde.

»Wer sagt solche Dinge?«, fragte ich.

»Ein paar Wächter«, antwortete er, und mein Unbehagen wuchs noch mehr. »Am Anfang habe ich ihnen ehrlich gesagt nicht geglaubt.«

Ich bemühte mich um ein ausdrucksloses Gesicht. »Dann solltest du bei deiner ursprünglichen Einschätzung bleiben. Sie irren sich, wenn sie glauben, dass ich einen derart unverhohlenen Verrat an der Krone begehe.«

Er musterte mich. »Habe ich dir vorhin nicht gesagt, dass ich Leute gut einschätzen kann?«

»Und?«

»Und deshalb weiß ich, dass du lügst«, erwiderte er. Ich fragte mich, was genau ihn auf die Idee gebracht hatte, dass die Wächter über *mich* gesprochen hatten. »Und ich verstehe es. Aber diese Männer sprechen mit so großer Ehrfurcht von dir, dass ich anfangs beinahe tatsächlich glaubte, du wärest ein Kind der Götter. Sie würden dich niemals verraten.«

»Mag sein, aber du hast gehört, wie sie darüber gesprochen haben, und andere könnten es ebenfalls hören.«

»Vielleicht hätte ich es klarer formulieren sollen. Es waren keine Gerüchte, es war ein Gespräch zwischen den Wächtern und mir«, erklärte er. »Ich selbst verhelfe den Verfluchten ebenfalls zu einem würdigen Tod. Das habe ich bereits in der Hauptstadt getan, und das setze ich auch hier fort.«

Meine Augen weiteten sich erstaunt. Mein Magen hatte

sich mittlerweile beruhigt, doch mein Herz schlug Saltos in meiner Brust.

»Diejenigen, die verflucht zurückkehren, haben bereits ihr Leben für das Königreich geopfert. Sie sollten wie Helden gefeiert und nicht öffentlich hingerichtet werden. Und auch ihre Familien sollten so etwas auf keinen Fall mitansehen müssen.«

Ich starrte ihn sprachlos an. Er sprach aus, was ich dachte. Ich wusste natürlich, dass es noch andere gab, die genauso dachten, aber dass er eine Anklage wegen Hochverrats riskierte, um das Richtige zu tun ...

»Gut, jetzt habe ich dich lange genug wach gehalten«, meinte er unvermittelt, und ich hob eine Augenbraue.

»Mehr sagst du nicht zu meiner Anwesenheit auf der Mauer?«

»Ich bitte dich nur um eine Sache.« Er erhob sich, und ich ging davon aus, dass er mir auftragen würde, mich in Zukunft von der Mauer fernzuhalten.

Ich würde so tun, als wollte ich seiner Bitte nachgeben, auch wenn ich es natürlich nicht vorhatte. Und vermutlich hätte er es mir auch nicht geglaubt.

»Das nächste Mal, wenn du draußen unterwegs bist, ziehst du bessere Schuhe und wärmere Kleider an. Die Hausschuhe sind noch mal dein Tod. Und dieses Kleid ... ist dann wohl meines.«

18

HAWKE HATTE ZWAR NICHT DEM HERZOG von meiner Anwesenheit auf der Mauer berichtet – aber einer anderen Person.

Das erkannte ich am nächsten Morgen kurz nach dem Aufstehen. Nachdem er gegangen war, hatte ich nur wenig Schlaf gefunden, doch ich machte mich trotzdem auf den Weg in den verlassenen Teil der Burg, um mit Vikter zu trainieren. Ich war nicht überrascht, dass er bereits auf mich wartete, mehr als bereit, sofort loszulegen. Aber vorher wollte ich mit ihm darüber sprechen, dass die Hungernden die Mauer erklommen hatten.

Vikter hingegen schien darüber reden zu wollen, was Hawke ihm erzählt hatte. Offenbar war er direkt von mir zu Vikter gegangen. Ich war nicht wirklich wütend deswegen, es störte mich aber, dass Hawke das Gefühl hatte, er müsste Vikter in alles einweihen. Andererseits bestätigte es, dass Hawke davon ausging, dass Vikter von meiner Anwesenheit gewusst hatte oder zumindest nicht überrascht oder wütend darüber sein würde.

Die Sache mit der Wut hatte Hawke allerdings falsch eingeschätzt.

Vikter runzelte die Stirn, als er um mich herumging und meine Kampfposition musterte. Er prüfte, ob meine Beine angespannt waren und schulterbreit auseinanderstanden. »Du hättest nicht auf der Mauer sein sollen.«

»War ich aber.«

»Und du wurdest erwischt.« Vikter blieb vor mir stehen.

»Was hättest du getan, wenn es ein anderer Wächter gewesen wäre?«

»Wenn es ein anderer gewesen wäre, hätte er mich nicht erwischt.«

»Das ist kein Scherz, Poppy.«

»Das war auch nicht scherzhaft gemeint«, sagte ich. »Ehrlich. Hawke ist ... er ist schnell und sehr gut ausgebildet.«

»Deshalb trainiere ich dich ja im Nahkampf.«

Ich presste die Lippen aufeinander. »Ich bin doch ganz gut im Nahkampf.«

»Wenn es so wäre, hätte Hawke dich nicht erwischt. Und jetzt los!«, befahl Vikter.

Ich hielt das Kinn gesenkt und versuchte, einen Schlag anzubringen, doch er blockte ihn mit dem Unterarm. Ich machte einen kleinen Schritt zurück und suchte nach einer Öffnung in seiner Verteidigung. Als ich keine fand, beschloss ich, mir eine zu schaffen. Ich verlagerte das Gewicht, als wollte ich mit dem Fuß nach ihm treten, und er ließ die Arme einen Sekundenbruchteil lang sinken. Da war die Öffnung, und im nächsten Moment rammte ich Vikter die Faust in den Bauch.

Er grunzte leise. »Netter Zug.«

Ich lächelte. »Ja, nicht wahr?«

Vikter grinste, doch er wurde schnell wieder ernst. »Du kannst das wahrscheinlich schon nicht mehr hören«, begann er. »Aber ich sage es trotzdem noch einmal: Du musst vorsichtiger sein! Außerdem kam dein Schlag aus dem Arm, nicht aus dem Bauch.«

Das konnte ich wirklich nicht mehr hören. »Ich bin vorsichtig. Und ich schlage so, wie du es mir gezeigt hast.«

»Dein Schlag war schwach. Schlaff. So habe ich dir das nicht beigebracht.« Er nahm meinen Arm und schüttelte ihn wie eine feuchte Nudel. »Du hast zu wenig Kraft im Oberkörper. Deine Kraft liegt hier.« Er legte eine Hand auf meinen Bauch. »So richtest du mehr Schaden an. Wenn zu zuschlägst, müssen dein Oberkörper und die Hüften mitgehen.«

Ich nickte und folgte seinen Anweisungen. Ich verfehlte ihn, aber ich spürte den Unterschied. »Hawke wird mich nicht beim Herzog anschwärzen.«

»Das glaubst du wirklich?« Er blockte auch den nächsten Schlag. »Schön.«

»Wenn er mich verraten wollte, hätte er es sofort getan.«

»Es gibt Hunderte Gründe, warum er noch nicht damit herausgerückt ist.«

Vor ein paar Tagen hätte ich ihm zugestimmt, aber jetzt nicht mehr. Nicht nach Hawkes Geständnis letzte Nacht. »Ich glaube nicht, dass er etwas sagen wird, Vikter. Ich muss mir keine Sorgen machen, und du auch nicht. Ich habe ihm nicht gesagt, wer mich trainiert.«

»Poppy«, erwiderte Vikter und klang wie damals, als ich ihn gefragt hatte, ob ich einen Säbel unter meinem Schleier verstecken konnte. Ich glaubte noch immer, dass es möglich war. Man musste ihn nur geschickt positionieren. »Du kennst ihn nicht.«

Ich verschränkte die Arme. »Du kennst ihn genauso wenig.«

»Du weißt nicht, warum er schweigt.«

Ich wusste, was Hawke über unsere Begegnung im *Red Pearl* gesagt hatte, und ich war mir sicher, dass es auch auf die Mauer zutraf. Aber es war mehr als das. Die Tatsache, dass Hawke bereit war, des Hochverrats angeklagt zu werden, um jenen zu helfen, die mit dem Fluch gestraft waren, sagte sehr viel darüber aus, was für eine Person er war. Trotzdem erzählte ich Vikter nichts davon. Es gab einen Grund, warum sich die Mitglieder des Netzwerkes untereinander nicht kannten.

Stattdessen entschied ich mich für: »Er meinte, wenn er

mich verrät, vertraue ich ihm nicht mehr, und das erschwert seine Arbeit. Du musst zugeben, dass er recht hat.«

»Ja, hat er, aber das heißt nicht, dass du nicht trotzdem vorsichtig sein solltest.« Vikter hielt einen Moment inne. »Und ich verstehe es. Wirklich.«

»Was verstehst du?«

»Wie schon gesagt, er ist ein attraktiver junger Bursche und ...«

»Das hat absolut nichts damit zu tun ...«

»Und du bist ständig nur von alten Männern wie mir umgeben ...«

»So alt bist du nun auch wieder nicht.«

Er blinzelte. »Danke.« Kurzes Schweigen. »Glaube ich jedenfalls.«

»Das hat nichts mit seinem Aussehen zu tun. Ich will damit nicht sagen, dass er nicht attraktiv ist. Das ist er. Aber das ist nicht der Grund, warum ich ihm vertraue.« Und das stimmte. Mein Vertrauen lag nicht an Hawkes Aussehen. »So dumm bin ich nicht.«

»Das wollte ich damit auch nicht andeuten.« Er fuhr sich mit den Fingern durch die Haare. »Dann vertraust du ihm also?«

»Ich ... ich habe ihm erzählt, warum es mich auf die Mauer gezogen hat. Von der Nacht, als meine Familie überfallen wurde. Weißt du, wie er reagiert hat? Obwohl er zuerst der Meinung war, dass ich dort draußen nichts verloren hätte, hat er sich meine Begründung angehört, und am Ende meinte er nur, dass ich bessere Schuhe brauchen würde.« Den Teil mit dem Kleid behielt ich lieber für mich. »Ich vertraue ihm, Vikter. Gibt es denn einen Grund für das Gegenteil?«

Vikter wandte sich seufzend ab. »Er hat uns keinen Grund gegeben, ihm zu misstrauen. Das ist mir klar. Es ist nur so, dass wir ihn nicht kennen, und du bedeutest mir viel, Poppy. Nicht, weil du die Jungfräuliche bist, sondern weil du ... du bist.«

Meine Gefühle überwältigten mich, und Tränen stiegen mir in die Augen. Ehe er sichs versah, stürzte ich auf ihn zu, schlang die Arme um seinen Hals und umarmte ihn innig. »Danke«, murmelte ich und schmiegte mich an seine Brust.

Zuerst war Vikter so steif wie ein Wächter, der zum ersten Mal Dienst auf der Mauer tut, doch dann tätschelte er mir sanft den Rücken.

Ich lächelte.

»Ich kann dir deinen Vater nicht ersetzen und will es auch gar nicht versuchen, trotzdem bist du wie eine Tochter für mich. Ich mache mir Sorgen um dich. Zum Teil, weil es meine Pflicht ist, aber vor allem, weil du mir wichtig bist.«

»Du bist mir auch wichtig«, meinte ich, und meine Worte wurden von seiner Brust gedämpft. »Auch wenn du behauptest, meine Schläge wären lahm.«

Er kicherte mit rauer Stimme und legte sein Kinn auf meinen Scheitel. »Deine Schläge sind lahm, wenn du sie nicht korrekt ausführst.« Er löste sich von mir und legte die Hände auf meine Wangen. »Aber deine Zielsicherheit ist tödlich, vergiss das nie.«

»Die Götter haben uns nicht vergessen. Die Aufgestiegenen haben euch nicht vergessen.« Die Stimme des Herzogs hallte vom Balkon aus in den Burghof, wo sich an diesem Abend Hunderte Leute eingefunden hatten. Im Schein der Öllampen und Fackeln sah ich viele in Schwarz gekleidete Gestalten. Dazwischen drängten sich Wächter auf ihren Pferden und ließen die unruhige Menge nicht aus den Augen.

Ich hatte noch nie erlebt, dass sich der Herzog auf diese Weise an sein Volk wandte. Er und die Herzogin sprachen nie vor so vielen Zuhörern, nicht einmal beim Stadtrat oder während des Rituals. Ich war also einigermaßen erstaunt gewesen, als Vikter und Hawke mich nach dem Abendessen abgeholt und zum Balkon geleitet hatten.

Andererseits hatte es seit vielen Jahren keinen so schweren Angriff auf unsere Mauer gegeben.

Über zu vielen Häusern wehten schwarze Fahnen, und im Morgengrauen hatten zu viele Scheiterhaufen gebrannt. Die Luft war immer noch schwer von der Asche und dem Duft des Weihrauchs.

»Der Segen der Götter«, fuhr Teerman fort, »hat gestern Nacht den Fall der Mauer verhindert.«

Ich fragte mich, wie genau der Segen der Götter verhindert hatte, dass die Mauer fiel. In Wahrheit hatten die Wächter dafür gesorgt. Männer wie der Bogenschütze, der lieber seinen Tod in Kauf genommen hatte, als zuzulassen, dass die Hungernden die Stadt stürmten.

»Sie haben es auf die Mauer geschafft!«, rief ein Mann. »Sie hätten sie beinahe überwunden. Sind wir hier noch sicher?«

»Wenn es wieder passiert, meinst du?«, antwortete die Herzogin. Ihre sanfte Stimme brachte alles Murren zum Verstummen. »Denn es *wird* wieder passieren.«

Ich hob die Augenbrauen, was dank des Schleiers niemand sehen konnte. Hawke, der rechts hinter mir stand, murmelte trocken: »Das beruhigt die Leute sicher ungemein.«

Meine Lippen zuckten.

»Die Wahrheit ist nicht dazu da, jemanden zu beruhigen«, sagte Vikter.

»Deshalb lügen wir die Leute an?«, schoss Hawke zurück, und ich presste die Lippen aufeinander.

So ging es bereits, seit die beiden Tawny und mich abgeholt hatten. Einer sagte etwas – irgendetwas –, und der andere widersprach, nur damit der Erste am Ende das letzte Wort hatte. Es begann mit Hawke, der mir riet, den ungewöhnlich warmen Abend zu genießen, woraufhin Vikter erklärte, dass die Temperatur dafür viel zu schnell fallen würde. Was Hawke zu der Frage führte, ob Vikter denn ein Wetterprophet sei.

Mittlerweile versuchten sie seit über einer Stunde, einander zu übertrumpfen.

Hawke hatte mindestens die letzten drei Durchgänge gewonnen.

Obwohl ich Hawke Vikter gegenüber verteidigt hatte – und ich hatte nicht gelogen, ich vertraute ihm tatsächlich –, konnte ich immer noch nicht recht glauben, dass er nach unserem nächtlichen Gespräch nicht von mir verlangt hatte, in Zukunft in meinem Zimmer zu bleiben und mich von der Mauer fernzuhalten. Er hatte mich lediglich gebeten, in Zukunft bessere Schuhe anzuziehen.

Und wärmere Kleidung.

Letzteres ärgerte und freute mich gleichermaßen, was äußerst verwirrend war. Und dieses Thema hatte ich heute Morgen definitiv nicht mit Vikter erörtert.

Die Herzogin trat vor. »Die Götter haben euch nicht vergessen«, wiederholte sie die Worte des Herzogs und legte die Hände neben seine auf das hüfthohe Geländer. »Wir haben euch nicht vergessen. Aber die Götter sind unzufrieden. Deshalb haben es die Hungernden bis auf die Mauer geschafft.«

Bestürztes Murmeln fegte wie ein Regenschauer über die Menge hinweg.

»Wir haben mit ihnen gesprochen. Sie sind nicht erfreut über die jüngsten Ereignisse. Hier, und in unseren Nachbarstädten«, erklärte sie und ließ den Blick über die immer blasser werdenden Gesichter schweifen. »Sie fürchten, dass das Volk von Solis das Vertrauen in ihre Entscheidungen verliert und sich jenen zuwendet, die die Zukunft dieses wunderbaren Königreiches bedrohen.«

Das Geflüster verdichtete sich zu Protestrufen. Als die Pferde scheuten, versuchten die Wächter eilig, sie zu beruhigen.

»Was dachtet ihr, dass passieren würde, wenn jene, die sich mit dem dunklen Sohn verbünden, in diesem Moment unter euch stehen?«, fragte der Herzog. »Während ich hier zu euch spreche, starren mir dunkle Nachkommen entgegen und ergötzen sich daran, dass die Hungernden gestern Nacht so viele Leben genommen haben. Unter euch gibt es Leute, die für die Rückkehr des dunklen Sohnes beten. Leute, die das Massaker in Dreiachen und auf Gut Wintergold feiern. Schaut euch um, und ihr seht womöglich jemanden, der an der versuchten Entführung der Jungfräulichen beteiligt war.«

Ich trat verlegen von einem Bein aufs andere, als Hunderte Blicke zu mir huschten. Dann begannen die Zuhörer einer nach dem anderen, die Köpfe zu wenden; sie musterten ihre Nachbarn und Familie, als sähen sie deren Gesichter zum ersten Mal.

»Die Götter hören und wissen alles. Selbst das, was nicht gesagt, sondern nur im Herzen gefühlt wird«, fuhr der Herzog fort, und mein Magen zog sich zusammen. »Was erwarten wir, wenn diejenigen, für deren Schutz die Götter jahrelang gesorgt haben, vor uns treten und das Ritual infrage stellen?«

Ich erstarrte und sah Mr. und Mrs. Tulis vor mir. Der Herzog hatte ihre Namen nicht genannt, aber er hätte sie genauso gut vom höchsten Turm der Burg brüllen können. Ich konnte die beiden nirgends entdecken, aber das bedeutete nicht, dass sie nicht da waren.

»Was erwarten wir, wenn sich in unserer Mitte Menschen befinden, die unseren Tod wünschen?«, fragte Teerman und hob die Hände. »Obwohl wir die Vertreter der Götter auf Erden sind und die einzige Macht, die sich zwischen euch und den dunklen Sohn stellt. Zwischen euch und den Fluch, den seine Anhänger über dieses Land gebracht haben.«

Dennoch hatte kein einziger Aufgestiegener die Hand erhoben, um die Mauer zu verteidigen. Genauso wenig wie der Herzog und die Herzogin. Obwohl sie allesamt schneller und stärker waren als jeder Wächter. Sie hätten vermutlich die doppelte Anzahl von Hungernden erwischt, als ich mit meinem Bogen treffen konnte, und Hawke hatte recht gehabt, als er gesagt hatte, dass für die Aufgestiegenen auch die Wahrscheinlichkeit höher war, den Angriff lebend zu überstehen.

»Was glaubt ihr, wäre passiert, wenn die Hungernden die Mauer überwunden hätten?« Teerman senkte die Hände. »Viele von euch wurden innerhalb dieser Mauer geboren und mussten noch nie den Schrecken eines Angriffs miterleben. Doch einige von euch wissen Bescheid. Sie kommen aus Städten, die weniger geschützt sind, oder wurden unterwegs angegriffen. Ihr wisst, was passiert wäre, wenn es auch nur eine Handvoll Hungernder an den Wächtern vorbei geschafft hätte. Wenn die Götter den Einwohnern von Solis den Rücken gekehrt hätten. Sie hätten Hunderte abgeschlachtet. Männer. Frauen. Kinder. Viele von euch würden heute nicht hier stehen.« Er hielt inne, und die Menge schien anzuschwellen ...

Da passierte es erneut.

Ich spürte, wie meine Sinne auf die Reise gingen. Es war nicht überraschend – mit einer Menge wie dieser vor mir war es schwer, mich zurückzuhalten, aber ich ... ich spürte nicht nur Schmerz.

Die Empfindung stieg meine Kehle hoch und erinnerte mich an das Gefühl im Atrium, als ich mich mit Loren verbunden hatte.

Grauen.

Ich spürte, wie es immer stärker wurde. Es stürzte von

allen Seiten auf mich ein, während mein Blick von Gesicht zu Gesicht wanderte. Im nächsten Moment traf mich ein weiteres Gefühl. Es war kein körperlicher Schmerz, aber genauso heiß und ätzend.

Wut.

Mein Herz raste.

Es ergab keinen Sinn, aber ich merkte, wie sich die Wut wie heißes Eisen an meine Haut presste. Mein Hals war staubtrocken, als ich schluckte. Die Menschen falteten die Hände unter dem Kinn und beteten zu den Göttern. Manche starrten zu uns nach oben, die Gesichter verhärmt. Ich trat einen Schritt zurück.

Vikter legte eine Hand auf meine Schulter. »Ist alles in Ordnung?«, murmelte er.

Ja?

Nein?

Ich war nicht sicher.

Das Adrenalin schoss durch meine Adern, während eisige Finger über meinen Nacken strichen. Meine Brust war wie eingeschnürt, und ich wollte davonlaufen. Ich musste so schnell und so weit wie möglich fort von diesen Leuten.

Aber ich konnte nicht.

Ich schloss die Augen und konzentrierte mich auf meine Atmung, während ich versuchte, meine innere Mauer wieder aufzubauen. Ich atmete bewusst ein und aus, ein und aus. So tief und ruhig, wie ich konnte.

»Wenn ihr Glück habt, stürzen sie sich auf eure Kehle, und es geht ganz schnell«, rief der Herzog. »Aber den meisten von euch wird das Schicksal nicht so gnädig begegnen. Sie werden euch in Stücke reißen und sich an eurem Blut laben, während ihr nach den Göttern schreit, in die ihr das Vertrauen verloren habt.«

»Das ist die am wenigsten beruhigende Rede nach einem Angriff, die ich jemals gehört habe«, murmelte Hawke.

Sein Kommentar riss mich aus meiner Panikattacke, und seine trockenen Worte durchtrennten das Band zwischen mir und den Zuhörern. Meine Sinne zogen sich zurück, als ob jemand eine Tür zugeknallt und eilig versperrt hätte.

Ich spürte ... ich spürte nichts, außer meinem klopfenden Herzen und dem Schweiß auf meiner Stirn. Hawke hatte nicht nur den Griff gelöst, mit dem das Grauen der Leute mich gefangen gehalten hatte, er hatte es auch aus meinem Inneren vertrieben. Es war so schnell und endgültig verschwunden, dass ich mich fragte, ob mir mein Verstand einen Streich gespielt hatte.

Als ich wieder klar sehen konnte, blickte ich erneut in die Gesichter vor mir und konzentrierte mich auf jene, die keine Gefühle erahnen ließen. Ihre Ausdruckslosigkeit verunsicherte mich, und Unbehagen kroch meine Wirbelsäule hinab. Ich richtete den Blick auf einen Mann. Er war jung, und seine blonden Haare fielen ihm bis auf die Schultern. Er war zu weit weg, als dass ich seine Augenfarbe hätte erkennen können, doch während die Leute um ihn herum entsetzte Blicke wechselten, starrte er mit aufeinandergepressten Lippen zum Herzogpaar hinauf.

Ich kannte ihn.

Er war beim Stadtrat gewesen. Sein Gesicht hatte auch damals diesen Ausdruck gehabt, und dann war diese Sache passiert – eine seltsame Flut an Gefühlen, die ich nicht hätte fühlen sollen.

Oder besser gesagt: Von denen ich nicht gewusst hatte, dass ich sie fühlen konnte.

Ich musterte die Menge erneut, und mir stachen sofort ein Dutzend Leute ins Auge, die genauso regungslos dastanden wie er.

Mein Blick huschte zurück zu dem blonden Mann, und ich dachte an das Gefühl, das ich bei Loren gehabt hatte. Jetzt ergab es Sinn. Sie hatte die Möglichkeit, dass der dunkle Sohn ganz in der Nähe war, aufregend gefunden, so verstörend das auch war. Und sie hatte aus gutem Grund Angst gehabt, dass ich es melden würde. Das Gesicht dieses Mannes zeigte keinerlei Gefühle, aber wenn er mit dem Schicksal der Familie Tulis nicht einverstanden gewesen war, dann war es auch nicht verwunderlich, dass er jetzt verärgert reagierte.

Vielleicht passierte das alles aber auch nur in meinem Kopf. Vielleicht veränderte sich meine Gabe. Entwickelte sie sich weiter, sodass ich auch andere Gefühle spüren konnte, nicht nur Schmerz? Ich hatte keine Ahnung, und ich würde es herausfinden müssen, aber jetzt musste ich vor allem Vikter warnen. Nur für den Fall.

»Siehst du den Mann mit den blonden Haaren und dem stoischen Gesichtsausdruck«, flüsterte ich ihm zu.

»Ja.« Vikter trat näher an mich heran.

»Da sind noch mehr wie er«, meinte ich mit Blick ins Publikum.

»Ich sehe sie«, erwiderte er. »Sei auf der Hut, Hawke. Es könnte ...«

»... Ärger geben?«, unterbrach ihn Hawke. »Ich beobachte den Blonden schon einige Zeit. Er arbeitet sich langsam nach vorne. Drei weitere Männer sind ebenfalls näher gerückt.«

Ich hob die Augenbrauen. Ihm entging wirklich nichts.

»Sind wir sicher?«, fragte Tawny, ohne die Menge aus den Augen zu lassen.

»Natürlich«, murmelte Hawke.

Ich nickte, als sie einen Moment lang in meine Richtung sah, und hoffte, dass ich sie beruhigen konnte. Meine Hand glitt über meinen Schenkel. Unter der weißen, bodenlangen Tunika versteckte sich mein Dolch. Das Gefühl des knöchernen Griffs dämpfte die Panik in mir.

Der Herzog zog die Menge immer noch mit Geschichten

über blutige Gedärme und andere Schrecken in seinen Bann, während ich den blonden Mann nicht aus den Augen ließ. Er trug einen schwarzen Mantel über den breiten Schultern, unter dem sich jede Menge Waffen verbergen konnten.

Das wusste ich aus Erfahrung.

»Aber wir haben bei den Göttern ein gutes Wort für euch eingelegt«, erklang die Stimme der Herzogin. »Wir haben ihnen erklärt, dass das Volk von Solis, und vor allem die Bewohner Masadoniens, ihrer Gnade würdig sind. Sie haben euch noch nicht aufgegeben. Dafür haben wir gesorgt.«

Jubel erklang, und die Stimmung der Menge änderte sich schlagartig, doch der blonde Mann zeigte immer noch keine Reaktion.

»Wir werden ihrem Vertrauen in das Volk von Solis die Ehre erweisen, indem wir jene, die ihr als Anhänger des dunklen Sohnes erachtet und die nichts als Zerstörung und Tod ersehnen, nicht länger schützen«, fuhr sie fort. »Ihr werdet reich belohnt werden. In diesem Leben, und auch im nächsten. Das versprechen wir euch.«

Es folgte weiterer Jubel, und jemand brüllte: »Und wir werden die Götter während des Rituals ehren!«

»Das werden wir!«, rief die Herzogin und trat vom Geländer zurück. »Es gibt keinen besseren Weg, um ihnen unsere Dankbarkeit zu zeigen.«

Der Herzog und die Herzogin machten gemeinsam einen weiteren Schritt nach hinten und berührten sich dabei beinahe, aber nicht ganz. Sie hoben die Hände, winkten und ...

»Lügner!«, drang eine laute Stimme aus der Menge. Es war der blonde Mann. *»Ihr verdammten Lügner!«*

Die Zeit schien stillzustehen, und sämtliche Anwesenden erstarrten.

»Ihr versteckt euch in euren Burgen und hinter euren Wächtern und tut nichts! Nichts, außer im Namen falscher

Götter unsere Kinder zu stehlen!«, brüllte er. »Wo sind die dritt- und viertgeborenen Söhne und Töchter? Wo sind sie wirklich?«

Die Menge hielt die Luft an. Ebenso wie ich.

Der Mantel des Mannes teilte sich. Ein warnender Schrei erklang, und ein berittener Wächter wendete, so schnell er konnte, aber nicht flink genug. Der Blonde zog den Arm zurück und ...

»Ergreift ihn«, brüllte Kommandant Jansen.

Der Mann warf etwas. Es war kein Dolch, und auch kein Stein, dazu war es zu seltsam geformt. Der Gegenstand flog auf den Herzog zu, nicht viel mehr als ein flüchtiger Schatten. Vikter postierte sich vor mir. Hawke legte den Arm um meine Hüften und zog mich an sich, kurz bevor das Geschoss an uns vorbeizischte, hinter uns gegen die Wand prallte und zu Boden fiel.

Es war ... es war eine Hand.

Vikter hob sie auf. »Was in aller Welt soll das?«, murmelte er zwischen zusammengebissenen Zähnen.

Es war nicht *irgendeine* Hand. Es war die gräuliche, zu Klauen geformte Hand eines Hungernden.

Ich blickte zu dem blonden Mann nach unten. Ein königlicher Wächter hatte ihn in die Knie gezwungen und die Arme auf dem Rücken fixiert. Blut rann aus seinem Mund.

»Aus Blut und Asche werden wir auferstehen«, brüllte er, selbst als der Wächter seinen Kopf an den Haaren nach hinten zog. »Wir werden auferstehen. Aus Blut und Asche werden wir auferstehen!« Er schrie und schrie, während ihn die Wächter davonzerrten.

Der Herzog wandte sich erneut an die Menge und stieß ein kaltes, humorloses Lachen aus. »Und schon haben die Götter einen von euch enttarnt, nicht wahr?«

19

HAWKE BRACHTE TAWNY UND MICH ZURÜCK IN DIE BURG, während sich Vikter auf den Weg zum Kommandanten machte.

»Wo um alles in der Welt hat dieser Mann die Hand eines Hungernden aufgetrieben?«, fragte Tawny, während wir am großen Saal vorbei und unter den Bannern hindurchgingen.

»Vielleicht war er außerhalb der Mauer und hat sie einem Hungernden abgetrennt, der letzte Nacht getötet wurde«, erwiderte Hawke.

»Das ist …« Tawny legte sich eine Hand auf die Brust. »Dafür finde ich keine Worte.«

Ich auch nicht, allerdings war mir bereits der Gedanke gekommen, dass die Hand von einem Verfluchten stammen könnte, der sich innerhalb der Mauern verwandelt hatte. Ich behielt ihn jedoch lieber für mich, da wir gerade an einer Gruppe Dienstboten vorbeikamen. »Ich kann nicht glauben, was er über die Kinder gesagt hat, die dritt- und viertgeborenen Söhne und Töchter.«

»Ich auch nicht«, stimmte Tawny mir zu.

Es war eine grauenhafte Behauptung gewesen. Die Kinder, von denen er gesprochen hatte und von denen viele bereits erwachsen waren, lebten in den Tempeln, um den Göttern zu dienen. Ich war zwar nicht damit einverstanden, dass es bei der Ernennung keine Ausnahmen gab, aber die Unterstellung, dass man sie gestohlen hatte, war ungeheuerlich. Es hatte geklungen, als wäre etwas Schändliches im Gange. In solchen Fällen waren oft nur ein paar Worte notwendig, die sich wie ein Lauffeuer verbreiteten und sich in den Köpfen der Leute festsetzten. Ich wollte mir gar nicht vorstellen, was gerade in den Eltern dieser Kinder vorging.

»Es würde mich nicht überraschen, wenn mehr Leute so denken würden«, bemerkte Hawke, der einen Schritt hinter mir ging, und Tawny und ich wandten uns erstaunt zu ihm um. Er hob die Augenbrauen. »Keines der Kinder wurde jemals wiedergesehen.«

»Doch. Von den Priestern, den Priesterinnen und den Aufgestiegenen«, widersprach Tawny.

»Aber nicht von ihren Familien.« Sein Blick glitt über die Statuen, während wir weiter auf die Treppe zusteuerten. »Wenn es den Menschen erlaubt wäre, ihre Kinder ab und an zu besuchen, könnte man solche Gerüchte sofort zerschlagen und die Ängste ausräumen.«

Das stimmte, aber ...

»Trotzdem sollte niemand derartige Anschuldigungen ohne stichhaltige Beweise erheben«, merkte ich an. »Es verursacht unnötige Angst und Panik. Panik, die die dunklen Nachkommen schüren und ausnutzen.«

»Das stimmt.« Er sah einen Augenblick zu Boden »Pass auf, wo du hintrittst. Wir wollen deine neue Angewohnheit doch nicht weiter fördern, Prinzessin.«

»Einmal stolpern ist noch lange keine Angewohnheit«, zischte ich. »Und wenn meine Behauptung stimmt, warum sagst du dann, dass es dich nicht überraschen würde, wenn noch mehr dieser Meinung wären?«

»Nur, weil ich deiner Meinung bin, bedeutet das nicht, dass ich nicht verstehe, warum manche Leute so denken«, erwiderte er, und ich klappte den Mund zu. »Wenn die Aufgestiegenen tatsächlich besorgt wären, dass das Volk solche Dinge glaubt, müssten sie ihm lediglich erlauben, einen

Blick auf die Kinder zu werfen. Ich glaube nicht, dass es ihre Hingabe zu den Göttern abträglich wäre.«

Nein.

Das glaubte ich auch nicht.

Ich warf einen schnellen Blick auf Tawny und sah, dass sie Hawke anstarrte, während wir mit großen Schritten den Flur im zweiten Stock entlang in Richtung des älteren Teils der Burg gingen.

»Was denkst du gerade?«, fragte ich.

Tawny sah blinzelnd zu mir. »Ich denke, dass ihr beide dasselbe sagt.«

Hawke grinste kaum merklich, und ich schwieg auf dem Weg die Treppe nach oben. Kurz darauf hielt Hawke vor Tawnys Tür. »Wenn es dir nichts ausmacht, würde ich gerne einen Augenblick mit Penellaphe allein sprechen.«

Ich hob die hinter dem Schleier verborgenen Augenbrauen, während Tawnys Blick zwischen uns hin und her huschte und ihre Mundwinkel zuckten. Schließlich sah sie mich fragend an.

»Ist schon gut«, erklärte ich ihr.

Tawny nickte, öffnete ihre Zimmertür und meinte: »Wenn du mich brauchst, klopf einfach.« Sie hielt kurz inne. *»Prinzessin.«*

Ich stöhnte genervt.

Hawke kicherte. »Ich mag sie.«

»Das freut sie sicher ungemein.«

»Würde es dich auch freuen, wenn ich sage, dass ich dich mag?«, fragte er.

Mein Herz setzte einen Moment lang aus, aber ich ignorierte das alberne Ding. »Wärst du traurig, wenn ich Nein sage?«

»Ich wäre am Boden zerstört.«

Ich schnaubte. »Sicher.« Wir waren vor meiner Tür angekommen. »Also, worüber willst du mit mir sprechen?«

Er deutete auf die Tür, und ich nahm an, dass er nicht belauscht werden wollte, also griff ich nach der Klinke …

»Ich gehe zuerst, Prinzessin«, meinte er und trat an mir vorbei.

»Warum?«, fragte ich stirnrunzelnd. »Glaubst du, mir könnte jemand auflauern?«

»Der dunkle Sohn hat es schon einmal versucht, und er wird es wieder tun.«

Ein Schaudern lief mir über den Rücken, während Hawke mein Zimmer betrat. Neben der Tür und dem Bett brannten Öllampen, und man hatte frisches Holz ins Feuer gelegt, sodass der Raum in einen sanften, warmen Schein gehüllt war. Ich wollte nicht zu lange aufs Bett starren, was dazu führte, dass ich Hawkes breiten Rücken betrachtete, während er sich umsah. Die Haarspitzen berührten den Kragen seiner Tunika, und seine Locken sahen so … weich aus. Ich hatte damals im *Red Pearl* keine Gelegenheit gehabt, seine Haare zu berühren, und wünschte, ich hätte es getan.

Ich brauchte dringend Hilfe.

»Darf ich eintreten?«, fragte ich und verschränkte die Hände. »Oder soll ich warten, während du unter dem Bett nach Staubmäusen suchst?«

Hawke warf einen Blick über die Schulter. »Staubmäuse sind nicht das Problem. Fußabdrücke schon eher.«

»Oh Göttern …«

»Der dunkle Sohn wird so oft wiederkommen, bis er hat, was er will«, erklärte er und wandte sich ab. Ich erschauderte. »Dein Zimmer sollte jedes Mal überprüft werden, bevor du es betrittst.«

Ich verschränkte die Arme vor der Brust, und mir war trotz des lodernden Feuers kalt. Ich sah zu, wie er in einem Kreis zur Tür zurückkehrte und sie leise schloss.

Hawke drehte sich mit der Hand auf dem Griff seines Schwertes um, und mein Herz schlug noch schneller. Er war so makellos, dass er für die Gemälde im Athenäum hätte Modell stehen können.

»Geht es dir gut?«, fragte er.

»Ja. Warum fragst du?«

»Weil während der Rede des Herzogs etwas mit dir passiert ist.«

Ich durfte in Zukunft nicht vergessen, wie schrecklich aufmerksam Hawke war. »Es ist ...« Ich wollte bereits sagen, dass alles in Ordnung war, aber ich wusste, dass er mir nicht glauben würde. »Mir war ein wenig schwindelig. Ich habe heute noch nicht genug gegessen.«

Er musterte das, was er von meinem Gesicht sehen konnte, und selbst mit dem Schleier fühlte ich mich auf unerträgliche Weise entblößt, wenn er mich mit diesem Blick ansah. »Ich hasse das.«

»Was?«, fragte ich verwirrt.

»Mit dem Schleier zu reden.«

»Oh.« Ich griff nach dem Stoff, der meine Haare bedeckte. »Ich schätze, die meisten Leute mögen den Schleier nicht sonderlich.«

»Ich schätze, du magst ihn auch nicht.«

»Stimmt«, gab ich zu und sah mich eilig um, als könnte Priesterin Analia irgendwo lauern. »Es wäre mir lieber, wenn die Leute mich sehen könnten.«

Er neigte den Kopf. »Wie fühlt es sich an?«

Mir blieb die Luft weg. Noch nie hatte mich jemand danach gefragt. Und obwohl ich mir oft Gedanken über den Schleier machte, war ich mir nicht sicher, wie ich es in Worte fassen sollte, auch wenn ich Hawke vertraute.

Manche Dinge entwickeln ein Eigenleben, wenn sie erst einmal ausgesprochen sind.

Ich trat zu einem der Stühle, setzte mich auf die Kante und überlegte. Am Ende platzte das Einzige aus mir heraus, das mir in den Sinn kam: »Der Schleier erstickt mich.«

Hawke rückte näher. »Warum trägst du ihn dann?«

»Mir war nicht klar, dass ich eine Wahl habe.« Ich sah zu ihm hoch.

»Du hast jetzt die Wahl.« Er kniete vor mir nieder. »In diesem Zimmer sind nur wir, die Wände und eine mitleiderregend geringe Anzahl an Möbeln.«

Meine Lippen zuckten.

»Trägst du ihn, wenn du mit Tawny zusammen bist?«, fragte er.

Ich schüttelte den Kopf.

»Warum trägst du ihn dann jetzt?«

»Weil ... weil es mir offiziell erlaubt ist, mich Tawny ohne Schleier zu nähern.«

»Mir wurde gesagt, dass du dich immer verschleiern musst, selbst in Gegenwart derer, die dich sehen dürfen.«

Da hatte er recht. Natürlich.

Hawke hob eine Augenbraue.

Ich seufzte. »Ich trage den Schleier nicht, wenn ich in meinem Zimmer bin, und ich gehe nicht davon aus, dass außer Tawny noch jemand hier hereinkommt. Ich lege ihn dann ab, weil ich das Gefühl habe ... mehr Kontrolle zu haben. Als hätte ich ...«

»... die Wahl«, beendete er meinen Satz.

Ich nickte und war überrascht, dass er den Nagel auf den Kopf getroffen hatte.

»Jetzt hast du ebenfalls die Wahl.«

»Ja.« Wie sollte ich ihm erklären, dass der Schleier auch eine Art Schutzschild war? Er erinnerte mich daran, was ich war und was für eine wichtige Rolle ich spielte. Ohne ihn war es, nun, es war einfach ... zu *wollen*.

Hawkes Blick glitt über den Schleier, und er schwieg lange, dann nickte er und erhob sich. »Ich bin draußen, falls du etwas brauchst.«

Ein seltsamer Kloß bildete sich in meinem Hals, und ich

brachte kein Wort heraus. Ich blieb sitzen, während er das Zimmer verließ, und starrte auf die Tür, die hinter ihm ins Schloss gefallen war. Ich bewegte mich nicht und nahm auch den Schleier nicht ab. Sehr lange Zeit nicht.

Ich erlaubte es mir erst, als ich nicht mehr länger *wollte*.

Am darauffolgenden Abend stand ich vor dem Empfangszimmer der Herzogin im zweiten Stock. Es befand sich im selben Flur wie das Arbeitszimmer des Herzogs, allerdings am gegenüberliegenden Ende des Korridors. Ich drehte der Tür des Herzogs bewusst den Rücken zu. Ich wollte sie nicht sehen und schon gar nicht daran denken.

Zwei königliche Wächter standen vor Jacindas Zimmer, und neben mir stand Vikter. Ich hatte ihm am Morgen nach der Rede erzählt, was ich gespürt hatte, auch wenn ich immer noch unsicher war, ob tatsächlich etwas da gewesen war. Er hatte vorgeschlagen, mit der Herzogin darüber zu sprechen, nachdem mir die Priesterinnen in diesem Fall sicher keine große Hilfe sein würden. Die Herzogin war – abhängig von ihrem Gemütszustand – offener.

Ich hoffte, dass sie heute in Redelaune sein würde.

Vikter und ich sprachen nicht miteinander, während wir warteten, aber ich wusste, dass er sich Sorgen machte.

Vielleicht entwickelte sich meine Gabe weiter, vielleicht war es aber auch nur mein Verstand.

»Nach allem, was in letzter Zeit passiert ist, könnte es auch der Stress sein«, hatte er gemeint. »Vielleicht ist es besser, wir warten, bis du dir sicher bist, bevor wir jemanden einweihen.«

Vikter hatte Angst, dass man es mir zur Last legen würde, falls mein Verstand verrücktspielte, aber ich wollte nicht warten, bis es wieder passierte. Ich wollte wissen, ob es etwas mit der Gabe zu tun hatte, damit ich beim nächsten Mal besser reagieren konnte.

Die Tür ging auf, und eine weitere königliche Wache trat heraus. »Euer Gnaden wird Euch nun empfangen.«

Vikter blieb im Flur, denn eigentlich durften nur der Herzog, die Herzogin und der Klerus von meiner Gabe wissen.

Ich hatte schon so viele Regeln gebrochen, weshalb es kein Wunder war, dass Hawke überrascht reagiert hatte, dass ich gestern Abend den Schleier nicht abnehmen wollte.

Rasch verdrängte ich den Gedanken daran, trat ins Zimmer und sah mich um.

Ich mochte den Raum mit den elfenbeinfarbenen Wänden und den hellgrauen Möbeln. Er hatte etwas Friedliches an sich und wirkte warm und einladend, obwohl es keine Fenster gab. Vermutlich waren die hellen Kronenleuchter der Grund dafür. Die Herzogin saß an einem kleinen runden Tisch und nippte an einer winzigen Tasse. Sie trug ein blassgelbes Kleid, das mich an den Frühling in der Hauptstadt erinnerte.

Sie sah auf, und ein kaum merkliches Lächeln huschte über ihr altersloses Gesicht. »Penellaphe. Setz dich.«

Ich trat auf sie zu und nahm ihr gegenüber Platz. Auf dem Tisch stand ein Teller mit süßen Plätzchen. Es waren nur noch die mit Nüssen übrig. Die Schokoladenplätzchen waren immer zuerst aus. Die Herzogin hatte dieselbe Schwäche wie Vikter.

»Du wolltest mit mir sprechen?« Sie stellte die zierliche, mit Blumen bemalte Tasse auf die dazu passende Untertasse.

Ich nickte. »Ja. Ich weiß, Ihr seid sehr beschäftigt, aber ich hatte gehofft, dass Ihr mir in einer Sache helfen könnt.«

Sie neigte den Kopf, und ihre weichen rostbraunen Locken fielen über ihre Schulter. »Nun bin ich erst recht neugierig. Ich kann mich nicht erinnern, wann du mich das letzte Mal um Hilfe gebeten hast.«

Ich schon. Damals hatte ich sie gebeten, mein Zimmer im älteren Teil der Burg behalten zu dürfen, und ich war mir immer noch sicher, dass sie den Grund dafür nicht verstanden hatte. »Ich wollte ...« Ich atmete tief durch. »Ich wollte mit Euch über meine Gabe sprechen.«

Ihre pechschwarzen Augen weiteten sich kaum merklich. »Das hätte ich nicht erwartet. Hat jemand davon erfahren?«

»Nein, Euer Gnaden. Das ist es nicht.«

Sie griff nach der Serviette auf ihrem Schoß und wischte sich die Finger sauber. »Was ist es dann? Bitte spann mich nicht auf die Folter.«

»Ich glaube, es passiert etwas damit«, erklärte ich. »Es gab einige Situationen, in denen ich ... in denen ich noch etwas anderes außer Schmerz gespürt habe.«

Sie legte die Serviette langsam zurück auf den Tisch. »Du hast deine Gabe verwendet? Du weißt, dass die Götter es dir verboten haben. So lange, bis du dich als ihrer würdig erwiesen hast.«

»Ich weiß. Ich habe sie nicht absichtlich benutzt.« Die Lüge kam mir problemlos über die Lippen. Vielleicht etwas zu problemlos. »Aber manchmal passiert es ohne mein Zutun. Wenn viele Leute um mich sind, fällt es mir schwer, sie zu kontrollieren.«

»Hast du mit den Priesterinnen darüber gesprochen?«

Gute Götter, nein!

»So oft passiert es nicht. Das schwöre ich. Und es hat auch erst vor Kurzem angefangen. Ich werde mich in Zukunft noch mehr bemühen, die Gabe unter Verschluss zu halten. Aber als es passierte, habe ich ... mehr als nur Schmerz gespürt.«

Die Herzogin betrachtete mich eine halbe Ewigkeit lang, ohne ein einziges Mal zu blinzeln. Dann erhob sie sich. Ich beobachtete leicht beunruhigt, wie sie zu einer weißen Vitrine an der Wand ging. »Was glaubst du, was es war?«

»Wut«, antwortete ich. »Es passierte während des Stadtrates und gestern Abend erneut.« Loren erwähnte ich nicht. »Es ging von dem Mann aus, der …«

»Von dem dunklen Nachkommen?«

»Ja. Das glaube ich zumindest«, relativierte ich. »Ich glaube, ich habe seine Wut gespürt.«

Sie nahm einen Dekanter und füllte ein Glas. »Hast du sonst noch etwas gespürt, das dir ungewöhnlich erschien?«

»Ich … ich glaube, ich habe auch Angst gespürt. Als der Herzog über den Angriff der Hungernden sprach. Angst ist Schmerz sehr ähnlich, aber sie fühlt sich anders an. Und möglicherweise habe ich auch etwas wie … Aufregung gespürt. Oder Vorfreude vielleicht.« Ich runzelte die Stirn. »Was vermutlich dasselbe ist, zumindest wenn …«

»Spürst du jetzt auch etwas?« Sie wandte sich mit dem Glas in der Hand zu mir um. Vermutlich war es Sherry.

Ich blinzelte hinter meinem Schleier. »Ihr wollt, dass ich meine Gabe an Euch ausprobiere?«

Sie nickte.

»Aber ich dachte …«

»Es spielt keine Rolle, was du denkst«, unterbrach sie mich schroff, und ich erstarrte. »Ich will, dass du deine Gabe einsetzt und mir sagst, was du spürst.«

Obwohl ihr Befehl seltsam war, befolgte ich ihn. Ich öffnete mich und spürte, wie sich eine Verbindung zu ihr aufbaute, doch da war … nichts außer einer unendlichen Leere. Ein Schaudern durchfuhr mich.

»Spürst du etwas, Penellaphe?«

Ich trennte die Verbindung und schüttelte den Kopf. »Nichts, Euer Gnaden …«

Die Herzogin stieß die Luft aus und stürzte den Sherry in einem Schluck hinunter.

Meine Augen weiteten sich. Es war beinahe so, als hätte sie … erwartet, dass ich etwas spürte, obwohl ich das nicht konnte. Ich wusste nicht einmal, dass es überhaupt möglich war.

»Gut«, hauchte sie, und ihr Rock raschelte, als sie sich zur Vitrine umdrehte und ihr Glas abstellte.

»Ich habe mich gefragt, ob ich tatsächlich etwas spüre, oder ob ...« Ich verstummte, als sie sich zu mir umdrehte.

»Ich glaube, deine Gabe ... befindet sich in einem Reifeprozess«, erklärte sie und trat auf mich zu. Das helle Licht, das von der Decke fiel, ließ den Obsidian an ihrem Ring funkeln, als sie die Stuhllehne umfasste. »Das ergibt Sinn, nachdem dein Aufstiegsritual immer näher rückt.«

»Dann ist das also ... normal?«

Sie schnalzte mit der Zunge, und es wirkte einen Moment so, als wollte sie etwas sagen, doch dann änderte sie ihre Meinung. »Ja, ich denke schon ... aber ich würde ... ich würde dem Herzog nichts davon erzählen.«

Meine Schultern spannten sich an, als ich die nur oberflächlich verborgene Warnung hörte. Ich war mir nie sicher, ob die Herzogin von den ... Vorlieben ihres Mannes wusste. Ich konnte mir nicht vorstellen, dass sie vollkommen ahnungslos war, aber ein Teil von mir wünschte es sich. Denn wenn sie es wusste und nichts unternahm, machte sie sich dann nicht genauso schuldig wie er? Oder war das ungerecht? Nur weil sie eine Aufgestiegene war, bedeutete das nicht, dass sie die Kontrolle über ihren Mann hatte.

»Es würde ihn ... an die erste Jungfräuliche erinnern«, flüsterte sie.

Ich sah sie schockiert an. Ich hatte nicht erwartet, dass sie jemals die Sprache auf die erste Jungfräuliche bringen würde. Jene, die vor mir gekommen war, und die einzige, von der ich wusste. »Ist das ... ist das mit der vorherigen Jungfräulichen denn auch passiert?«

Ihre Fingerknöchel wurden weiß. »Was weißt du über die erste Jungfräuliche?«

»Nichts«, gab ich zu. »Ich kenne weder ihren Namen, noch weiß ich, woher sie kam.« Oder was nach dem Ritual mit ihr geschehen war.

Oder warum es von Bedeutung war, ob meine wachsende Gabe den Herzog an sie erinnerte.

»Dafür gibt es einen guten Grund.«

Wirklich? Priesterin Analia hatte nie etwas gesagt. Sie ignorierte sämtliche Fragen zu der anderen Jungfräulichen und meinem Aufstiegsritual.

»Wir sprechen nicht über die erste Jungfräuliche, Penellaphe«, erklärte die Herzogin. »Aber nicht, weil wir uns dazu entschlossen haben. Sondern weil wir nicht können.«

»Haben es ... die Götter untersagt?«, fragte ich.

Sie nickte, und ihr Blick schien durch meinen Schleier zu dringen. »Aber ich werde die Regeln dieses eine Mal brechen, die Götter mögen mir verzeihen. Ich erzähle es dir, weil ich hoffe, dass du nicht so enden wirst wie deine Vorgängerin.«

Ich hatte ein ungutes Gefühl bei der Sache.

»Wir sprechen nicht von ihr. Niemals. Ihr Name ist unseres Mundes nicht würdig. Wenn es möglich wäre, würde ich ihn und ihre Geschichte ein für alle Mal auslöschen.« Der Stuhl knarrte unter den Händen der Herzogin, und ich zuckte zusammen.

Mein Herz setzte einen Moment lang aus. »Wurde sie als unwürdig verstoßen?«

»Nein, wie durch ein Wunder blieb ihr das erspart, aber das bedeutet nicht, dass sie würdig war.«

Wenn sie nicht unwürdig gewesen war, warum sprach dann niemand über sie? Sie konnte doch gar nicht so unmöglich gewesen sein, wenn sie nicht verstoßen worden war.

»Am Ende spielte es keine Rolle, ob sie würdig war oder nicht.« Herzogin Teerman hob die Hände. Das Holz des

Stuhles war aufgebrochen und zersplittert. »Ihre Taten führten sie auf einen Weg, der ihr letztlich den Tod brachte. Der dunkle Sohn hat sie ermordet.«

20

»›NACH JAHREN DER ZERSTÖRUNG, in denen ganze Städte dahingerafft, Dörfer in Trümmer gelegt und Tausende Leben vernichtet wurden, stand die Welt am Rande des Chaos‹, als am Abend der Schlacht der Gebrochenen Gebeine Jalara Solis von den Vodina Inseln seine Truppen vor Pompaji, der letzten Hochburg Atlantias versammelte.‹« Ich räusperte mich und fühlte mich schrecklich unwohl. Das war nicht nur der längste Satz seit Anbeginn aller Zeit gewesen, ich hasste es auch aus tiefstem Herzen, etwas laut vorlesen zu müssen. Und ganz besonders dann, wenn Hawke zuhörte. Ich hatte zwar kein einziges Mal zu ihm hinübergesehen, aber ich war mir sicher, dass er alles ihm Mögliche tat, um nicht im Stehen einzuschlafen. *»›Dort, am Fuße der Skotos Berge …‹«*

»Nicht Skotos«, unterbrach mich Priesterin Analia. »Es wird Skot*is* ausgesprochen, und das weißt du genau, Jungfräuliche.«

Meine Finger gruben sich in den Ledereinband. Die *Geschichte des Krieges der zwei Könige und das Königreich von Solis* hatte über tausend Seiten, und ich musste jede Woche mehrere Kapitel daraus vorlesen. Vermutlich hatte ich den ganzen Wälzer schon ein Dutzend Mal laut aufgesagt, und jedes Mal verlangte die Priesterin, dass ich *Skotos* anders aussprach.

Aber ich sagte nichts. Stattdessen nahm ich einen tiefen, langen Atemzug und kämpfte gegen das beinahe überwältigende Verlangen an, ihr das Buch an den Kopf zu werfen. Es hätte sicher einigen Schaden angerichtet und ihr vermutlich sogar die Nase gebrochen. Die Vorstellung, wie sie die Hand auf ihr blutiges Gesicht presste, erheiterte mich auf verstörende Art und Weise.

Ich unterdrückte ein Gähnen und konzentrierte mich wieder auf den Text. Ich hatte fast die ganze Nacht wach gelegen und darüber nachgedacht, was die Herzogin mir erzählt hatte.

Ich hatte Vikter bereits berichtet, dass ich nur wenige Antworten bekommen hatte. Zumindest war es eine Erleichterung gewesen, dass die Ereignisse der letzten Zeit nicht darauf hindeuteten, dass ich den Verstand verlor. Meine Gabe reifte heran, was auch immer das bedeutete. Die Herzogin wollte nicht näher darauf eingehen. Neben der Gewissheit, dass das, was ich durchmachte, normal war, hatte ich erfahren, dass die erste Jungfräuliche etwas getan hatte, das am Ende zu einer tödlichen Begegnung mit dem dunklen Sohn geführt hatte.

Das war nicht gerade beruhigend.

Genauso wenig wie die Erkenntnis, dass die erste Jungfräuliche etwas mit dem Herzog zu schaffen gehabt hatte. Behandelte er mich deshalb so? Vielleicht hatte es gar nichts mit meiner Mutter zu tun.

Ich holte noch einmal kurz Luft. *»›Dort, am Fuße der Skotis Berge …‹«*

»Eigentlich spricht man es Sko*tos* aus«, unterbrach mich eine Stimme aus der Zimmerecke.

Meine hinter dem Schleier verborgenen Augen weiteten sich, als ich zu Hawke hinübersah. Sein Gesicht war vollkommen ausdruckslos. Ich warf einen schnellen Blick auf die Priesterin, die wie ich auf einem der beiden harten Holzstühle Platz genommen hatte.

Ich hatte keine Ahnung, wie alt die Priesterin war. Sie

war nicht geschminkt, und ihre Haut war glatt, aber ich schätzte sie trotzdem auf etwa vierzig. Es waren keine grauen Strähnen in ihren Haaren zu erkennen, die sie streng nach hinten frisiert und im Nacken zu einem Knoten zusammengefasst hatte, sodass mich ihr Gesicht an die Falken erinnerte, die man manchmal im königlichen Garten sah. Sie trug ein formloses rotes Kleid, das ihr bis zum Hals reichte und dessen Ärmel nur die Hände freiließen.

Ich hatte sie noch nie lächeln gesehen.

Und sie lächelte auch nicht, als sie sich über die Schulter hinweg an Hawke wandte. »Woher will er das wissen?« Ihre Stimme triefte vor Hohn.

»Meine Familie bestellte die Ackerflächen unweit von Pompaji, bevor alles zerstört wurde und zu Ödland verkam«, erklärte Hawke. »Wir sprechen den Namen der Berge so aus wie die Jungfräuliche zu Beginn.« Er hielt kurz inne. »Die Sprache und der Akzent der Leute aus dem fernen Westen können ... schwierig sein. Die Jungfräuliche scheint damit allerdings keine Probleme zu haben.«

Es war eine offene Beleidigung, und ich biss mir auf die Lippe, um nicht zu grinsen.

Die verkrampften Schultern der Priesterin versteiften sich noch mehr, während sie Hawke anstarrte. Man konnte förmlich den Rauch aus ihren Ohren aufsteigen sehen. »Mir war nicht bewusst, dass ich ihn um seine Meinung gebeten habe«, meinte sie, und ihre Stimme war genauso vernichtend wie ihr Blick.

»Ich bitte um Entschuldigung.« Hawke senkte ergeben den Kopf, doch es war eine kaum verhohlene Posse, denn seine bernsteinfarbenen Augen funkelten amüsiert.

Sie nickte. »Entschuldigung ...«

»Ich wollte lediglich verhindern, dass die Jungfräuliche ungebildet erscheint, sollte sie jemals auf die Skotos Berge angesprochen werden«, fuhr er fort.

Oh, bei den Göttern ...

»Aber ich werde von nun an den Mund halten«, versprach er. »Bitte, Jungfräuliche, fahrt fort. Ihr habt eine so liebliche Stimme, dass sogar ich wie gebannt von der Geschichte des Königreiches von Solis bin.«

Ich hätte am liebsten laut gelacht. Es stieg meine Kehle hoch und drohte, sich selbstständig zu machen, aber das durfte ich nicht zulassen. Meine Finger lösten sich vom Bucheinband. »›*Dort, am Fuße der Skotos Berge trafen die Götter eine Entscheidung.*‹« Die Priesterin schwieg, also las ich weiter. »›*Nyktos, der König der Götter, und sein Sohn Theon, der Gott des Krieges, erschienen Jalara und seiner Armee. Sie misstrauten dem Volk Atlantias und seinem unnatürlichen Durst nach Blut und Macht und hatten beschlossen, der Grausamkeit und Unterdrückung, die das Land unter der Herrschaft Atlantias heimsuchten, ein Ende zu bereiten.*‹« Ich holte Luft.

»›*Jalara Solis und seine Soldaten waren tapfere Männer, doch Nyktos erkannte in seiner Weisheit, dass sie die Atlantianer nicht besiegen konnten, denn diese hatten durch das Blut Unschuldiger gottähnliche Kräfte erlangt ...*‹«

»Sie haben im Laufe ihrer Herrschaft Tausenden das Leben genommen. *Durch das Blut Unschuldiger* ... Das klingt harmlos, doch sie haben Unschuldige zu Tode gebissen und ihr Blut getrunken«, führte Priesterin Analia aus, und ein seltsames Leuchten trat in ihre braunen Augen. »Sie tranken ihr Blut und wurden trunken vor Macht. Stark und beinahe unsterblich. Und all jene, die sie nicht töteten, wurden zu der Plage, die wir heute als die Hungernden kennen. Das ist das Volk, dem sich unser geliebter König und seine Königin tapfer entgegenstellten und für dessen Untergang sie sogar den eigenen Tod in Kauf genommen hätten.« Die Finger der Priesterin wurden langsam rot, so fest umklammerte sie ihre Hände in ihrem Schoß. »Fahre fort.«

Ich wagte es nicht, in Hawkes Richtung zu sehen. »*›Nyktos ertrug den Gedanken nicht, dass Jalara am Ende unterliegen könnte, und so gab er Jalara und seinen Männern den ersten Segen und teilte das Blut der Götter mit ihnen.‹*« Ein Schaudern überlief mich. Sie hatten das Blut der Götter getrunken. »*›Ermutigt durch ihre neu gefundene Stärke und Macht konnten Jalara und seine Männer die Atlantianer in der Schlacht der Gebrochenen Gebeine besiegen und die Herrschaft des korrupten und verfluchten Königreiches beenden.‹*«

Ich wollte umblättern. Im nächsten Kapitel ging es um den Aufstieg der Königin und den Bau der ersten Mauer.

»Warum?«, wollte die Priesterin wissen.

Ich sah sie verwirrt an. »Warum was?«

»Warum dieses Schaudern, als du den Teil über den Segen gelesen hast?«

Mir war nicht klar gewesen, dass es so auffällig gewesen war. »Ich ...« Ich wusste nicht, was ich sagen sollte, um die Priesterin nicht zu verärgern.

»Du wirktest verstört«, merkte sie an, und ihre Stimme wurde weicher. Ich würde mich hüten, darauf hereinzufallen. »Was an dem Segen hat dich derart berührt?«

»Ich bin nicht verstört. Der Segen ist eine Ehre ...«

»Aber du bist erschaudert«, beharrte sie. »Und das bedeutet, dass dich der Gedanke daran verstört. Oder erachtest du den Segensakt im Gegenteil sogar als genussvoll?«

Genussvoll?

Meine Wangen wurden knallrot, und ich war dankbar für den Schleier. »Es ist nur ... der Segen scheint mir dem ähnlich zu sein, wodurch die Atlantianer so große Macht gewannen. Sie tranken das Blut Unschuldiger, die Aufgestiegenen trinken das Blut der Götter ...«

»Wie kannst du es wagen, den göttlichen Segen mit dem zu vergleichen, was die Atlantianer getan haben?« Die

Priesterin schoss nach vorne und packte mein Kinn. »Es ist nicht dasselbe! Hast du den Stock so liebgewonnen, dass du nicht nur mich absichtlich enttäuschst, sondern auch den Herzog?«

Sobald ich ihre Finger spürte, verschloss ich mich innerlich. Ich wollte nicht spüren, ob sie Schmerz empfand oder etwas anderes.

»Das habe ich nicht gesagt«, erklärte ich und merkte, wie Hawke nach vorne trat. Ich schluckte. »Nur, dass es mich daran erinnert, wie ...«

»Dass du diese beiden Dinge in einem Atemzug nennst, beunruhigt mich zutiefst, Jungfräuliche. Die Atlantianer nahmen, ohne zu fragen. Die Götter bieten ihr Blut während des Rituals freiwillig dar.« Ihr Griff wurde fester und tat schon fast weh, und meine Sinne wehrten sich gegen ihre Fesseln, als wollten sie, dass ich meine Gabe einsetzte. »Das sollte ich der Jungfräulichen – der Zukunft des Königreiches und der Erbin der Aufgestiegenen – eigentlich nicht erklären müssen.«

Solange ich denken konnte, wurde ich als Zukunft des Königreiches bezeichnet – sogar von Vikter –, und es lastete wie ein riesiger Felsbrocken auf meinen Schultern. »Der Fortbestand des Königreiches hängt davon ab, ob ich an meinem neunzehnten Geburtstag den Göttern übergeben werde?«

Die Priesterin presste die Lippen so fest aufeinander, dass sie kaum noch zu sehen waren.

»Was passiert, wenn ich nicht an dem Ritual teilnehme?«, wollte ich wissen und dachte an die erste Jungfräuliche. Es hatte nicht so geklungen, als wäre sie aufgestiegen, und trotzdem waren noch alle da. »Inwiefern soll das die anderen daran hindern aufzusteigen? Würden die Götter ihr Blut in diesem Fall nicht mehr freiwillig herausrücken ...«

Ich schnappte nach Luft, als die Priesterin ausholte. Es

wäre nicht das erste Mal, dass sie mir eine Ohrfeige gab, doch dieses Mal blieb der Schlag aus.

Hawke war so schnell nach vorne getreten, dass ich es gar nicht mitbekommen hatte. Trotzdem hielt er nun das Handgelenk der Priesterin umklammert. »Lasst die Jungfräuliche los. Sofort.«

Priesterin Analia starrte mit großen Augen zu ihm hoch. »Wie kann er es wagen, mich zu berühren?«

»Wie könnt Ihr es wagen, Euch an der Jungfräulichen zu vergreifen?« Sein Kiefer zuckte, während er mit bösem Blick auf die Priesterin hinuntersah. »Vielleicht habe ich mich nicht klar ausgedrückt. Lasst sie sofort los, oder ich werde auf Euren Angriff reagieren, wie es meine Pflicht ist. Und glaubt mir, die Tatsache, dass ich Euch angefasst habe, wird dann Euer geringstes Problem sein.«

Ich sah den beiden atemlos zu. Niemand war je dazwischengegangen, wenn die Priesterin in Rage geraten war. Tawny konnte nicht, denn wenn sie etwas sagte, drohte ihr ein schlimmeres Schicksal als mir, und das wollte ich nicht. Rylan hatte sich meist abgewandt, genau wie Hannes. Selbst Vikter war nie so kühn gewesen. Er fand normalerweise einen Weg, um die Priesterin abzulenken, bevor die Situation eskalierte. Aber sie hatte mich schon einige Male vor seinen Augen geschlagen, und er hatte nichts dagegen unternommen.

Doch Hawke war tatsächlich zwischen uns getreten und schien bereit, seine Drohung wahr zu machen. Obwohl ich wusste, dass ich später für das hier bezahlen würde – und er ebenso –, wäre ich ihm am liebsten um den Hals gefallen. Nicht, weil er mich vor der Ohrfeige bewahrt hatte – ich hatte im Wunschwäldchen bereits Äste ins Gesicht bekommen, die schmerzhaftere Schäden hinterlassen hatten –, sondern aus einem weitaus unbedeutenderen Grund.

Der Augenblick, in dem die Selbstgefälligkeit der Priesterin aus ihrem Gesicht verschwand und Entsetzen Platz machte, und die Art, wie sich ihr Mund öffnete und ihre Wangen plötzlich von roten Punkten übersät waren, waren beinahe genauso befriedigend wie die Vorstellung, ihr das Buch ins Gesicht zu schleudern.

Sie bebte vor Zorn, doch sie ließ mich los, und ich konnte mich zurücklehnen. Hawke gab ihr Handgelenk frei, rührte sich allerdings nicht vom Fleck. Ihre Brust hob und senkte sich unter ihrem Kleid, während sie beide Hände flach auf die Oberschenkel legte.

Sie wandte sich zu mir. »Dass du über solche Dinge sprichst, zeigt, dass du keinen Respekt vor der Ehre hast, die dir zuteilwurde. Aber wenn du vor die Götter trittst, werden sie dich mit demselben Respekt behandeln, den du mir heute entgegengebracht hast.«

»Was soll das heißen?«, fragte ich.

»Unser Treffen ist beendet«, meinte sie statt einer Antwort und erhob sich. »In zwei Tagen findet das Auswahlritual statt, und ich habe viel zu tun. Ich habe nicht die Zeit, um sie mit unwürdigen Individuen wie dir zu verschwenden.«

Ich merkte, wie Hawkes Augen schmal wurden, und erhob mich ebenfalls. Ich legte das Buch auf den Sessel und sprach, bevor Hawke es konnte. »Ich möchte zurück in mein Zimmer«, erklärte ich ihm und nickte der Priesterin zu. »Guten Tag.«

Sie antwortete nicht, und ich trat auf die Tür zu und merkte erleichtert, dass Hawke mir folgte. Ich wartete, bis wir den Bankettsaal zur Hälfte durchquert hatten, bevor ich etwas sagte.

»Das hättest du nicht tun sollen.«

»Ich hätte zulassen sollen, dass sie dich schlägt? In was für einer Welt wäre das akzeptabel?«

»In einer Welt, in der du bestraft werden wirst, obwohl die Ohrfeige nicht einmal wehgetan hätte.«

»Es ist mir egal, ob sie zuschlägt wie ein Floh, diese Welt ist krank, wenn so etwas in Ordnung ist!«

Ich blieb stehen und sah ihn mit großen Augen an. »Du willst dafür wirklich deine Position gefährden und womöglich sogar verbannt werden?«

Er starrte auf mich hinunter. »Dass du mir diese Frage überhaupt stellst, zeigt mir, dass du mich nicht kennst.«

»Ich kenne dich ja wirklich kaum«, flüsterte ich und ärgerte mich über den Stich, den mir seine Worte versetzten.

»Zumindest weißt du jetzt, dass ich niemals nur danebenstehen und zusehen werde, wie du – oder sonst jemand – geschlagen wirst«, fauchte er.

Ich wollte ihm sagen, dass das albern war und er nicht verstand, worum es ging, aber das stimmte nicht. Die Welt, in der wir lebten, war tatsächlich krank, und die Götter wussten, dass mir dieser Gedanke nicht zum ersten Mal gekommen war. Trotzdem hatte ich es noch nie mit solcher Klarheit gesehen.

Ich wandte mich ab und ging weiter, und Hawke folgte mir schweigend. »Es ist ja nicht so, dass ich es in Ordnung finde, wie sie mich behandelt«, meinte ich schließlich. »Ich hätte ihr gerne das Buch ins Gesicht geschleudert.«

»Ich wünschte, du hättest es getan.«

Ich hätte beinahe aufgelacht. »Sie hätte es sofort gemeldet. Und dich wird sie wohl auch verpfeifen.«

»Dem Herzog? Soll sie doch.« Er zuckte mit den Schultern. »Ich kann mir nicht vorstellen, dass er es in Ordnung findet, wenn sie die Jungfräuliche schlägt.«

Ich schnaubte. »Da kennst du ihn schlecht.«

»Wie meinst du das?«

»Er würde ihr vermutlich applaudieren«, erwiderte ich. »Er hat sich genauso wenig im Griff wie sie.«

»Er hat dich geschlagen«, stellte Hawke fest. »Hat sie das

gemeint, als sie sagte, du habest den Stock liebgewonnen?« Er packte mich am Arm und drehte mich zu sich herum. »Hat er dich verprügelt?«

Die Fassungslosigkeit und die Wut in seinen goldenen Augen ließen Übelkeit in mir hochsteigen. Oh Götter. Als ich erkannte, was ich mehr oder weniger gerade zugegeben hatte, wich sämtliches Blut aus meinem Gesicht, und im nächsten Moment stieg eine Hitzewelle in mir hoch. Ich zog an meinem Arm, und er ließ mich los. »Das habe ich nicht gesagt.«

Er sah geradeaus, und sein Kiefermuskel zuckte. »Was hast du dann gesagt?«

»B-Bloß, dass der Herzog eher dich bestrafen wird als die Priesterin. Ich habe keine Ahnung, was sie mit dem Stock gemeint hat«, fügte ich eilig hinzu. »Manchmal sagt sie Dinge, die keinen Sinn ergeben.«

Hawke blickte auf mich hinab. »Dann habe ich dich wohl falsch verstanden.«

Ich nickte erleichtert. »Ja. Ich will nur nicht, dass du Schwierigkeiten bekommst.«

»Und was ist mit dir?«

»Ich komme zurecht«, sagte ich schnell und setzte mich wieder in Bewegung. Ich war mir vollkommen bewusst, dass die vorbeigehenden Dienstboten uns seltsame Blicke zuwarfen. »Der Herzog wird mir ... einen Vortrag halten, aber dir steht sehr viel Schlimmeres bevor ...«

»Mir steht gar nichts bevor«, erklärte Hawke, aber da war ich mir nicht so sicher. »Ist sie immer so?«

Ich seufzte. »Ja.«

»Die Priesterin ist ein ...« Er brach ab, und ich sah ihn erwartungsvoll an. Er spitzte die Lippen. »Ein Miststück. Ich sage das nicht oft, aber heute schon. Mit Nachdruck.«

Ich verschluckte mich beinahe an dem aufsteigenden Lachen und wandte eilig den Blick ab. »Sie ist ... speziell.

Und sie ist jedes Mal enttäuscht von meiner ... Hingabe an die Rolle der Jungfräulichen.«

»Wie sollte denn diese Hingabe aussehen?«, fragte er. »Oder besser noch: Wofür genau sollst du Hingabe zeigen?«

In diesem Moment hätte ich ihn am liebsten umarmt. Doch ich tat es nicht, denn es wäre höchst unangemessen gewesen. Stattdessen nickte ich bloß bedächtig. »Ich bin mir nicht sicher. Es ist ja nicht so, als würde ich versuchen, vor meinem Aufstiegsritual davonzulaufen oder so.«

»Würdest du das gerne?«

»Seltsame Frage«, murmelte ich. Mein Herz klopfte immer noch zu schnell, weil ich mich beinahe verraten hätte.

»Sie war aber ernst gemeint.«

Ich blieb mitten in dem schmalen, kurzen Verbindungsgang stehen und trat an ein Fenster, das in den Burghof hinausführte. Ich musterte Hawke. Alles deutete darauf hin, dass die Frage wirklich ernst gemeint gewesen war. »Ich kann nicht glauben, dass du mich das wirklich fragst.«

»Warum?«, wollte er wissen und trat hinter mich.

»Weil ich das nicht tun kann«, erklärte ich ihm. »Und nie tun würde.«

»Mir scheint, als würde die *Ehre*, die dir zuteilwurde, ziemlich wenige Vorteile mit sich bringen. Du darfst dein Gesicht nicht zeigen und das Burggelände nicht verlassen. Außerdem warst du nicht sonderlich überrascht, als die Priesterin dich schlagen wollte, was mich zu dem Schluss bringt, dass so etwas öfter vorkommt«, meinte er. »Du darfst mit kaum jemandem reden, und niemand darf dich ansprechen. Du sitzt den Großteil des Tages in deinem Zimmer wie in einem Käfig und genießt keinerlei Freiheiten. Die Rechte, die andere haben, sind Privilegien für dich. Belohnungen, die du niemals erlangen wirst.«

Ich öffnete den Mund, wusste aber nicht, was ich sagen

sollte. Er hatte mir schmerzhaft bewusst gemacht, was mir in meinem Leben alles fehlte. Ich wandte den Blick ab.

»Ich wäre also nicht überrascht, wenn du schon einmal versucht hättest, dieser *Ehre* zu entkommen«, schloss er.

»Würdest du mich aufhalten, wenn ich es täte?«, fragte ich.

»Würde Vikter es tun?«

Ich runzelte die Stirn und war mir nicht sicher, ob ich wissen wollte, warum er das fragte. Doch ich antwortete trotzdem: »Vikter ist wie ... er ist, wie mein Vater vermutlich gewesen wäre, wenn er noch leben würde. Und ich bin wie Vikters Tochter, die niemals sehenden Auges das Licht der Welt erblickte. Trotzdem würde er mich aufhalten.«

Hawke schwieg.

»Und du?«

»Ich wäre wohl zu neugierig, wie deine Flucht aussehen würde, um dich aufzuhalten.«

Ich stieß ein heiseres Lachen aus. »Weißt du was? Das glaube ich dir sogar.«

»Wird die Priesterin dein Verhalten dem Herzog melden?«, fragte Hawke später.

Meine Brust zog sich zusammen, und ich wandte mich zu ihm um. Er starrte aus dem Fenster. »Warum fragst du?«

»Wird sie es melden?«, wiederholte er.

»Vermutlich nicht«, antwortete ich, und die Lüge kam mir erneut viel zu problemlos über die Lippen. Wahrscheinlich war die Priesterin gleich nach unserem Treffen zum Herzog gerannt. »Sie ist zu beschäftigt mit dem bevorstehenden Ritual. Wie alle anderen auch.«

Hoffentlich galt das auch für den Herzog, denn dann hatte ich vielleicht Glück und bekam einen kleinen Aufschub, bevor ich unweigerlich erneut zu ihm zitiert wurde. Und hoffentlich hatte Hawke ebensolches Glück. Wenn er seinen Posten verlor, würde ich ihn wohl nie wiedersehen.

Die Traurigkeit, die diese Vorstellung in mir auslöste, war ein Zeichen dafür, dass es höchste Zeit wurde, das Thema zu wechseln. »Ich war noch nie bei einem Auswahlritual dabei.«

»Nicht einmal heimlich?«

Ich senkte den Blick. »Es verletzt mich, dass du mir so etwas zutraust.«

Er kicherte. »Ja, es ist wirklich vermessen, so über dich zu denken, wo du doch nie verbotene Dinge tust.«

Ich musste grinsen.

»Ehrlich gesagt hast du nicht viel versäumt. Es wird viel geredet, viel geweint und viel zu viel getrunken.« Er warf mir einen schnellen Blick zu. »Wirklich interessant wird es erst nach dem Ritual. Du weißt ja, wie das so ist ...«

»Nein, weiß ich nicht«, erinnerte ich ihn, obwohl ich ahnte, wovon er sprach. Tawny hatte mir erzählt, dass sich die Gruppen nach Vollendung des Rituals teilten. Die Herrinnen verschwanden mit den neuen Hofdamen und Hofherren, die Priester und Priesterinnen nahmen die drittgeborenen Söhne und Töchter unter ihre Fittiche, und die anderen setzten die Feierlichkeiten fort. Es wurde ... ausgelassener und zügelloser. Zumindest hatte Tawny das angedeutet, obwohl ich mir nicht vorstellen konnte, dass die Aufgestiegenen zu so einem Verhalten fähig waren. Sie wirkten immer so ... kühl.

»Aber du weißt, wie leicht es ist, man selbst zu sein, wenn man eine Maske trägt.« Hawkes Stimme wurde leise, und er hielt meinen Blick fest. »Wie alles, was man sich wünscht, plötzlich in greifbare Nähe rückt, wenn einen niemand erkennt.«

Meine Wangen glühten. Ja, das wusste ich, und es war wirklich *nett* von ihm, mich daran zu erinnern. »Du solltest lieber nicht darüber sprechen.«

Er neigte den Kopf. »Es ist niemand da, der mich hören könnte.«

»Das spielt keine Rolle. Du ... wir sollten nicht darüber reden.«

»Nie mehr?«

Ich wollte bereits Ja sagen, aber irgendetwas hielt mich zurück. Ich riss meinen Blick von ihm los und sah aus dem Fenster. Die violetten Fliederbüsche tanzten sanft im Wind.

Hawke schwieg einen Moment, dann fragte er: »Willst du zurück auf dein Zimmer?«

Ich schüttelte den Kopf. »Nicht wirklich.«

»Würdest du lieber rausgehen?«

»Glaubst du, es wäre sicher?«

»In Anbetracht dessen, wozu wir beide fähig sind? Natürlich.«

Ich lächelte. Es war schön, dass er mich miteinbezog und anerkannte, dass ich mich selbst verteidigen konnte. »Ich habe den Garten immer geliebt. Es war der einzige Ort, an dem meine Gedanken Ruhe fanden. Ich habe mir keine Gedanken und keine Sorgen gemacht. Es war so friedlich.«

»Aber jetzt nicht mehr?«

»Nein«, flüsterte ich. »Jetzt nicht mehr. Es ist seltsam, dass niemand mehr von Rylan und Malessa spricht. Beinahe so, als hätten sie nie existiert.«

»Sich an die Toten zu erinnern bedeutet auch, sich seine eigene Sterblichkeit bewusst zu machen«, erklärte er.

»Glaubst du wirklich, dass der Tod den Aufgestiegenen Angst macht?«, fragte ich.

»Ja«, erwiderte er. »Sie mögen gottgleich sein, aber sie können getötet werden. Sie können sterben.«

Wir standen eine Weile schweigend vor dem Fenster, während zahllose Dienstboten und Angehörige des Hofstaates hinter uns vorbeigingen. Mehrere Hofdamen hielten vor dem benachbarten Fenster inne, gaben vor, den Garten zu bewundern, und unterhielten sich über das bevorstehende Ritual, obwohl ich wusste, dass sie aus einem ganz anderen Grund hier waren. Nicht wegen der bezaubernden Blumen und des herrlichen Grüns vor dem Fenster, und auch nicht, weil sie mich so selten zu Gesicht bekamen, sondern einzig und allein wegen des attraktiven Mannes neben mir.

Hawke schien sie nicht zu bemerken, und obwohl ich aus dem Fenster sah, spürte ich seine Blicke auf mir. Irgendwann kam eine Herrin des Weges und scheuchte die Hofdamen weiter, sodass wir wieder allein waren.

»Freust du dich auf das Ritual?«

»Ich bin neugierig«, gab ich zu.

»Und ich bin neugierig darauf, dich dort zu sehen.«

Ich schnappte nach Luft und wagte nicht, ihn anzusehen. Wenn ich es tat, machte ich wömöglich etwas unglaublich Dummes. Etwas, das vielleicht auch die erste Jungfräuliche getan hatte und weshalb die Herzogin sie als unwürdig bezeichnet hatte.

»Du wirst keinen Schleier tragen.«

»Ja.« Außerdem musste ich kein Weiß tragen. Es würde fast so sein wie im *Red Pearl*, denn ich konnte mich unter die Menge mischen, und niemand würde wissen, wer ich war – *was* ich war. »Aber ich werde eine Maske tragen.«

»Diese Version von dir gefällt mir am besten«, erklärte er.

»Die maskierte meinst du?«, fragte ich und nahm an, dass er an unseren Abend im *Red Pearl* dachte.

»Soll ich ehrlich sein?« Seine Stimme klang näher, und als ich Luft holte, stieg mir der Geruch von Leder und Kiefernholz in die Nase. »Am liebsten ist mir die Version, die weder Maske noch Schleier trägt.«

Ich öffnete den Mund, doch wie so oft, wenn es um Hawke ging, wusste ich auch dieses Mal nicht, was ich erwidern sollte. Ich hatte das Gefühl, als müsste ich solchen Aussagen entgegentreten, aber das gelang mir nicht.

Also tat ich das Einzige, was mir einfiel. Ich wechselte

Er blinzelte erneut, dann lachte er leise. »Ja. Es ist nur ... ich hatte gerade ein sehr seltsames Gefühl.«

»Wirklich?« Ich betrachtete ihn eingehend.

Er nickte und fuhr sich mit der Hand über die Brust. »Ich weiß gar nicht, wie ich es erklären soll.«

Plötzlich hatte ich Angst, dass ich noch etwas anderes getan hatte, als ihn von seinem Schmerz zu befreien. Ich war mir zwar nicht sicher, was das gewesen sein könnte, aber meine Gabe entwickelte sich weiter, und alles war möglich. Ich öffnete mich noch einmal und spürte bloß tiefe Wärme. »Fühlst du dich unwohl? Sollen wir zu einem Heiler gehen?«

»Nein, überhaupt nicht.« Er lachte wieder und klang bereits weniger unsicher. Seine Augen hatten erneut die Farbe warmen Honigs angenommen, als er mich ansah. »Mein Bruder ist übrigens nicht tot. Es gibt also keinen Grund, Mitleid zu haben.«

Nun musste ich blinzeln. »Ich dachte nur, weil ...« Ich brach ab.

»Bist du dir sicher, dass du nicht in den Garten willst?«

Es wurde höchste Zeit, dass ich mich in meinem Zimmer einsperrte, sonst kam ich noch auf weitere dumme Gedanken. Ich schüttelte den Kopf. »Ich glaube, ich möchte zurück
f mein Zimmer.«

r zögerte einen Moment, dann nickte er. Keiner von uns
h ein Wort, während wir die Burg durchquerten.
versuchte vermutlich zu ergründen, warum er sich
her und freier fühlte. Und ich fragte mich, was ge-
einem Bruder geschehen war, um eine derartige
szulösen, vor allem, wenn sein Bruder noch am

21

ES DAUERTE KEINE VIERUNDZWANZIG STUNDEN, bevor ich – wieder einmal – etwas wahnsinnig Leichtsinniges tat. Und dieses Mal könnte es sogar gut sein, dass ich es am Ende tatsächlich bereute. Es gab viele Möglichkeiten zu sterben, aber ich hätte nie gedacht, dass es passieren würde, während ich mir ein Buch aus dem Athenäum auslieh.

Ich hatte in meinen achtzehn Lebensjahren schon gefährlichere Dinge getan, in denen mein Tod wahrscheinlicher gewesen wäre. Dazu kamen noch die vielen Male, in denen ich überrascht gewesen war, dass ich am Ende noch alle Arme und Beine gehabt hatte. Trotzdem stand ich jetzt hier, nur einen Schritt vom Tod entfernt und umklammerte das Tagebuch von Miss Willa Colyns, von dem Loren und Dafina im Atrium gesprochen hatten. Natürlich hätte Priesterin Analia mir strikt verboten, es zu lesen, und wenn ich damit erwischt worden wäre, hätte sie einen weiteren Grund gehabt zu behaupten, dass ich meiner Rolle als Jungfräuliche keinen Respekt entgegenbrachte.

Also *musste* ich es natürlich lesen. Außerdem hatte ich mich den ganzen Tag über schrecklich gelangweilt.

Ich hatte das Buch, das Tawny für mich in die Burg geschmuggelt hatte, bereits drei Mal gelesen und würde es kein viertes Mal schaffen. Tawny wurde auch heute von der Herzogin und den Herrinnen in Beschlag genommen, und ich würde sie wohl auch morgen nicht zu Gesicht bekommen. Es lag also ein weiterer Tag vor mir, an dem ich –

abgesehen vom Training mit Vikter – die Wände in meinem Zimmer anstarrte. Und je länger ich ohne Beschäftigung herumhockte, desto öfter dachte ich darüber nach, was Hawke gesagt hatte. Darüber, welche Rechte mir genommen worden waren.

Natürlich hatte ich das schon vorher gewusst, aber es war noch nie vorgekommen, dass andere Leute davon Kenntnis genommen hatten. Vielleicht deshalb, weil etwa Tawny und Vikter ständig in meiner Nähe waren und es für sie zur Normalität geworden war. Hawke hingegen war neu, und für ihn war es alles andere als normal.

Das war also der Grund, warum ich allein durch das Wäldchen zum Athenäum gehuscht war, während Hawke vor meiner Tür stand und dachte, ich wäre immer noch in meinem Zimmer. Vikter war ... ich hatte keine Ahnung, wo er war. Aber angesichts dessen, wie müde und bedrückt er heute beim Training gewirkt hatte, nahm ich an, dass er sich in der vergangenen Nacht um einen Verfluchten kümmern musste und mich nicht mitgenommen hatte.

Vermutlich würde er mich auch in Zukunft nicht mehr mitnehmen, und das machte mich wütend. Ich musste so bald wie möglich mit ihm darüber reden. Ich ließ mich nicht ausschließen, wenn ich Leuten helfen konnte. Damit musste er sich abfinden.

Aber im Moment musste ich mich darauf konzentrieren, nicht zu sterben oder – schlimmer noch – erwischt zu werden.

Kalte Luft umfing mich, und ich presste den Rücken an die Steinmauer hinter mir und betete, dass der schmale Mauersims, auf dem ich balancierte, nicht unter meinem Gewicht nachgeben würde. Als er gebaut wurde, hatte niemand damit gerechnet, dass einmal eine verrückt gewordene Jungfräuliche darauf stehen würde.

Warum war bloß alles so unglaublich schiefgelaufen?

Mich ins Athenäum zu schleichen war leicht gewesen. Ich trug meinen formlosen weiten Mantel, meine Maske und die Kapuze, und ich bezweifelte, dass die Leute auf den Straßen überhaupt erkannt hatten, ob ich ein Mann oder eine Frau war. Ganz zu schweigen davon, dass ich die Jungfräuliche war. Ich eilte zum Hintereingang der Bibliothek und schlich mich ungesehen durch das Labyrinth aus Fluren und schmalen Treppenhäusern.

Wenn nötig, war ich so lautlos wie ein Geist.

Die Probleme begannen, als ich das in Leder gebundene Tagebuch von Miss Colyns in den Händen hielt. Anstatt vernünftig zu sein, zu verschwinden und zurück zur Burg zu eilen, schlüpfte ich in ein leeres Zimmer.

Es war einfach so, dass ... dass mich meine vier Wände in der Burg langsam in den Wahnsinn trieben und ich Angst hatte, dorthin zurückzukehren. Außerdem wirkte der dickgepolsterte Sessel sehr verlockend. Der gut ausgestattete Barschrank überraschte mich zwar, denn so etwas hätte ich in einer Bibliothek nicht erwartet, aber ich setzte mich trotzdem an das große Fenster mit Blick auf die Stadt und öffnete das abgegriffene Buch. Am Ende der ersten Seite glühten meine Wangen, denn ich hatte soeben erfahren, was passierte, wenn ein Mann eine Frau nicht nur auf den Mund oder die Brust küsste, wie ... wie Hawke, sondern an sehr viel intimeren Stellen.

Ich konnte nicht aufhören zu lesen und verschlang die cremefarbenen Seiten.

Miss Willa Colyns hatte ihr überaus interessantes Leben mit sehr vielen faszinierenden Leuten geteilt. Ich war gerade bei dem Teil, in dem sie ihre kurze Affäre mit dem König beschrieb, als ich Stimmen vor dem Zimmer hörte. Und eine davon gehörte jemandem, den ich nie im Athenäum vermutet hätte.

Dem Herzog.

Was bedeutete, dass ich so fasziniert von dem Tagebuch gewesen war, dass ich nicht einmal bemerkt hatte, wie die Sonne untergegangen war.

Der Herzog hatte mich weder gestern Abend noch heute zu sich gerufen. Die Vorbereitungen auf das Ritual hatten mir einen Aufschub verschafft, und vermutlich traf das auch auf Hawke zu, denn er war immer noch mein Leibwächter. Doch dieser Aufschub würde schnell vorbei sein, wenn mich der Herzog hier erwischte.

Deshalb stand ich nun auf dem Mauersims neben dem Fenster des Raumes, der sich als das Studierzimmer des Herzogs entpuppt hatte. Der einzige Lichtblick war, dass das Fenster, aus dem ich geklettert war, nicht an die Straße, sondern an das benachbarte Wunschwäldchen grenzte.

Hier konnten mich nur die Falken sehen – und meinen Sturz bezeugen.

Eiswürfel fielen klimpernd in ein Glas, und ich unterdrückte ein Stöhnen. Der Herzog befand sich mittlerweile seit gut einer halben Stunde in dem Raum und war bereits bei seinem zweiten Glas Whiskey. Ich hatte keine Ahnung, was er tat. Das Ritual stand kurz bevor, und ich hätte gedacht, dass er mit den neuen Hofdamen und Hofherren beschäftigt war oder mit den Eltern, die ihre drittgeborenen Söhne und Töchter den Tempeln übergeben würden. Stattdessen saß er dort drinnen und trank Whiskey …

Jemand klopfte an die Tür. Ich schloss die Augen und schlug leicht mit dem Kopf gegen die Mauer hinter mir. Er erwartete Besuch?

Vielleicht hatten mich die Götter doch die ganze Zeit über beobachtet, und das war ihre Strafe.

»Tritt ein«, rief der Herzog, und einen Moment später fiel die Tür ins Schloss. »Du bist spät dran.«

Ich kannte den kalten, ausdruckslosen Tonfall. Der Herzog war verärgert.

»Ich bitte um Entschuldigung, Euer Gnaden. Ich bin gekommen, so schnell ich konnte«, kam die Antwort. Es war die Stimme eines Mannes, die ich nicht sofort erkannte, was bedeutete, dass einige Leute infrage kamen. Aufgestiegene, Hofmeister, Kaufmänner, Wächter.

»Nicht schnell genug«, erwiderte der Herzog und warf dem Besucher zweifellos einen sehr missbilligenden Blick zu. »Ich hoffe, du hast etwas für mich. Falls ja, bekommst du die Möglichkeit, mein Vertrauen in dich wiederherzustellen.«

»Ja, das habe ich, Euer Gnaden. Aber es dauerte eine Weile, denn wie Ihr wisst, war der Mann nicht gerade gesprächig.«

»Nein, das sind sie nie, sobald man sie dem öffentlichen Interesse entzieht und sie mit ihren Worten keine Unruhe mehr stiften können«, merkte der Herzog an. »Ich schätze, du musstest einigermaßen überzeugend sein, um ihn zum Reden zu bringen.«

»Ja.« Der Besucher stieß ein raues Lachen aus. »Er ist kein Atlantianer, so viel steht fest.«

»Schade«, meinte der Herzog, und ich runzelte die Stirn. Warum waren das schlechte Nachrichten?

»Sein Name ist Lev Barron, er ist der erste Sohn von Alexander und Maggie Barron. Er hatte zwei Brüder. Der zweitgeborene Sohn starb vor dem Auswahlritual an ... einer Krankheit. Der drittgeborene Sohn wurde vor drei Jahren den Tempeln übergeben. Lev Barron war uns vor den Vorfällen nicht bekannt, und es gab keinen Anlass, sein Verhalten während der Versammlung vorauszuahnen.«

Sie sprachen über den dunklen Nachkommen, der die Hand eines Hungernden auf den Herzog und die Herzogin geworfen hatte, als sie sich nach dem nächtlichen Angriff an das Volk gewandt hatten.

»Hast du seine Familie überprüft?«, fragte der Herzog.

»Ja. Sein Vater ist tot, und seine Mutter lebt allein im

unteren Teil der Stadt. Sie erwies sich als nützlich, um ihn zum Reden zu bringen.«

Der Herzog lachte leise, und mein Magen drehte sich. »Was hast du noch herausgefunden?«

»Ich bezweifle, dass er gute Kontakte zu anderen dunklen Nachkommen hat. Er behauptet, er hätte den dunklen Sohn nie persönlich gesehen, und er glaubt auch nicht, dass er sich in der Stadt aufhält.«

Erleichterung stieg in mir hoch, auch wenn der Wind gerade an meinem Mantel zerrte.

»Und du glaubst ihm?«, fragte der Herzog.

»Ich habe ihm genug Gründe gegeben, nicht zu lügen«, sagte der Mann, den ich mittlerweile für einen Wächter hielt.

Ich dachte an die Mutter des Gefangenen. Falls sie einer der Gründe gewesen war, warum der Mann ausgepackt hatte, war das schrecklich. Natürlich durfte man den dunklen Nachkommen nicht zu milde gegenübertreten, aber dass ihre Familien benutzt wurden, um an Informationen zu gelangen, fand ich grausam.

»Hat er etwas zu der Behauptung gesagt, die er aufgestellt hat? Über die drittgeborenen Söhne und Töchter?«

»Er meinte lediglich, dass er die Wahrheit kenne. Dass sie nicht den Göttern dienen und dass das Volk sehr bald alles erfahren würde.«

»Hat er gesagt, was seiner Meinung nach mit den Drittgeborenen passiert?«

Ich drehte den Kopf zum Fenster und hielt den Atem an. Das hätte ich auch gerne erfahren.

»Nein, Euer Gnaden. Das Einzige, was ich noch aus ihm herausbekommen habe, ist, wie er zu der Hand des Hungernden kam«, erwiderte der Wächter. Dieser Punkt war ebenfalls interessant.

»Er hat sie von der Leiche eines Wächters abgetrennt, der mit dem Fluch infiziert in die Stadt zurückgekehrt ist.

Er hat der Familie geholfen, den Wächter zu töten, nachdem er sich verwandelt hatte.«

»Ein würdevoller Tod«, spottete der Herzog, und meine Augen weiteten sich. Er ... er wusste davon? Von uns? »Diese gefühlsduseligen Narren werden noch der Untergang der ganzen Stadt sein.«

Das war zwar ein wenig übertrieben, aber ich hätte nie gedacht, dass auch dunkle Nachkommen zum Netzwerk zählten.

»Hat er dir zufällig gesagt, wer noch anwesend war, als er den frisch verwandelten Hungernden getötet hatte?«, fragte der Herzog.

»Nein.«

»Das ist ebenfalls schade. Ich hätte gerne gewusst, wer uns nicht informieren wollte und warum nicht.« Der Herzog seufzte, als gäbe es nichts Schlimmeres. »Hast du sonst noch etwas zu berichten?«

»Nein, Euer Gnaden.«

Der Herzog schwieg einen Augenblick, dann fragte er: »Atmet der dunkle Nachkomme noch?«

»Fürs Erste.«

»Gut.« Es klang, als würde sich der Herzog erheben, und ich hoffte, dass er sich zum Gehen bereit machte. Bitte, ihr Götter, macht, dass er endlich verschwindet. »Ich werde ihm selbst einen Besuch abstatten.«

Ich hob überrascht die Augenbrauen.

»Wie Ihr wünscht.« Es folgte eine kurze Pause. »Sollen Vorbereitungen für einen Prozess getroffen werden?«

Beinahe hätte ich laut aufgelacht. Dunkle Nachkommen bekamen keinen richtigen Prozess. Sie wurden dem Volk vorgeführt, die Anklagepunkte wurden verlesen, und dann wurden sie hingerichtet.

»Das wird nicht nötig sein, nachdem ich bei ihm war«, antwortete der Herzog, und meine Augen weiteten sich.

Es war klar, was er damit meinte. Wenn es keinen Prozess gab, würde es auch keine öffentliche Hinrichtung geben, und der einzige Grund dafür wäre, wenn der dunkle Nachkomme bereits tot wäre. Das war schon einige Male der Fall gewesen. Man war immer davon ausgegangen, dass sie ihrem Leben selbst ein Ende bereitet hatten oder einer der Wächter zu übereifrig gewesen war. Konnte es sein, dass der Herzog die Gerechtigkeit selbst in die Hand nehmen wollte? Derselbe Aufgestiegene, von dem ich gedacht hatte, dass seit dem Krieg der zwei Könige kein Tropfen Blut seine Hände berührt hatte?

Aber warum überraschte mich das überhaupt? Der Herzog versteckte seine Grausamkeit hinter der Maske eines zivilisierten Mannes.

Im Grunde sollte ich auch kein Problem damit haben, wenn ein dunkler Nachkomme ohne Schauprozess getötet wurde. Sie unterstützten den dunklen Sohn, und auch wenn einige von ihnen nie selbst an Unruhen beteiligt gewesen waren, hatten ihre Worte oft genug den Samen gelegt und zu Blutvergießen geführt.

Was mich allerdings störte, war die Vorstellung, dass jemand in einer dunklen, feuchten Zelle durch die Hände eines Aufgestiegenen sterben sollte, der kaum besser war als die Atlantianer.

Im nächsten Moment hörte ich endlich, wie die Tür ins Schloss fiel. Stille breitete sich aus. Ich lauschte angestrengt. Nichts. Ich fragte mich, warum der Herzog sich hier mit dem Wächter getroffen hatte, und war immer noch überrascht, dass er so gut über unser Netzwerk informiert war. Ich rutschte den Sims entlang zum Fenster und presste das Tagebuch mit tauben Fingern an meine Brust.

Aus dem Zimmer erklang ein Klicken, und ich erstarrte. Hatte jemand die Tür versperrt? Dann müsste ich sie aufbrechen, und ... Moment, die Tür konnte nur von *innen* abgeschlossen werden. Hieß das, dass eine andere Person das Zimmer betreten hatte? Oder war der Herzog zurückgekommen? Er konnte doch unmöglich wissen, dass ich hier war, es sei denn, er konnte neuerdings durch Wände sehen.

Aber wer war es dann?

»Bist du noch da, Prinzessin oder bist du schon in den Tod gestürzt?«

Ich riss erstaunt die Augen auf, als ich die Stimme hörte. Ich konnte es kaum glauben. *Hawke.* Hinter mir im Privatzimmer des Herzogs. Kurz überlegte ich, ob ich springen sollte.

»Ich hoffe nicht, denn das hätte sicher schlimme Konsequenzen für mich. Immerhin dachte ich, du würdest in deinem Zimmer sitzen.« Eine kurze Pause. »Und dich benehmen, anstatt mehrere Meter über dem Boden auf einem Mauersims zu balancieren, und zwar aus Gründen, die ich nicht verstehe, die ich aber gerne erfahren würde.«

»Verdammt«, murmelte ich und sah mich nach einer anderen Fluchtmöglichkeit um. Was dumm war. Wenn mir nicht in den nächsten Sekunden Flügel wuchsen, führte der einzige Weg durch das Zimmer hinter mir.

Einen Augenblick später streckte Hawke den Kopf zum Fenster heraus und sah zu mir hoch. Der Schein einer Lampe fiel ihm ins Gesicht, als er eine Augenbraue hob.

»Hallo?«, krächzte ich.

Er seufzte so schwer, dass die Wände zitterten, und streckte mir die Hand entgegen. »Komm rein! Sofort!«

»Du könntest ruhig *bitte* sagen«, murmelte ich.

Seine Augen wurden schmal. »Es gibt eine Menge Dinge, die ich sagen könnte, und du solltest dankbar sein, dass ich sie für mich behalte.«

»Schon gut«, murrte ich. »Geh vom Fenster weg.«

Er wartete, doch als er merkte, dass ich nicht nach seiner Hand greifen würde, trat er zurück und murrte leise: »Wenn du runterfällst, bekommst du jede Menge Schwierigkeiten.«

»Wenn ich falle, bin ich tot, und dann sind mir die Schwierigkeiten egal.«

»Poppy!«, fauchte er, und ich musste grinsen.

Das war das erste Mal, dass er mich so nannte.

Ich schob mich vorsichtig einen Zentimeter nach dem anderen vor, griff nach dem oberen Fensterrahmen und schwang mich ins Zimmer. Hawke stand vor dem Sessel, doch als er mich sah, sprang er unglaublich schnell auf mich zu. Ich zuckte überrascht zurück, doch ich fiel nicht. Er hatte mir einen Arm um die Taille geschlungen. Eine Sekunde später hatte ich wieder festen Boden unter den Füßen, und das Tagebuch klemmte zwischen seiner Brust und meiner. Trotzdem gab es genug Stellen, an denen sich unsere Körper berührten. Mein Bauch und meine Beine pressten sich an seine, und wenn ich Luft holte, schmeckte ich beinahe den würzigen, holzigen Geruch, den er verströmte.

Ehe ich etwas sagen konnte, streckte er die Hand aus und griff nach meiner Kapuze.

»Nicht ...«, protestierte ich, doch es war zu spät.

Er schlug sie zurück.

»Eine Maske. Das weckt alte Erinnerungen.« Er musterte mich, und sein Blick blieb an der Haarsträhne hängen, die aus meinem Zopf entwischt war und mir auf die Wange fiel.

Ich wurde rot und versuchte, mich von ihm zu lösen. Er ließ mich nicht los. »Du bist wahrscheinlich wütend ...«

»Wahrscheinlich?« Er lachte.

»Na gut, du *bist* wütend«, gab ich zu. »Aber ich kann es erklären.«

»Das hoffe ich, denn ich habe ein paar Fragen.« Seine goldenen Augen starrten mich an. »Zuerst würde ich gerne wissen, wie du aus deinem Zimmer fliehen konntest. Und wie im Namen der Götter bist du auf diesem Mauersims gelandet?«

Ich wollte ihm auf keinen Fall von dem alten Dienstbotengang erzählen. Ich versuchte erneut, mich von ihm zu loszumachen. »Du kannst mich jetzt loslassen.«

»Das könnte ich, aber ich bin mir nicht sicher, ob ich es *sollte*. Vielleicht machst du dann noch etwas Verrückteres, als auf diesen Sims zu klettern, der kaum einen Fuß breit ist.«

Meine Augen wurden schmal. »Ich bin schließlich nicht runtergefallen.«

»Und das macht die Situation besser?«

»Das habe ich nicht gesagt. Ich wollte nur anmerken, dass ich alles unter Kontrolle hatte.«

Hawke blinzelte, und dann begann er zu lachen. Sein Lachen brachte meinen ganzen Körper zum Vibrieren und sandte ein heißes Schaudern über meinen Rücken. Glücklicherweise merkte er es nicht. »Du hattest alles unter Kontrolle? Ich möchte gar nicht wissen, wie es aussieht, wenn du die Kontrolle verlierst.«

Ich sagte nichts, denn damit hätte ich mir sicher keinen Gefallen getan. Ebenso wenig tat das die körperliche Nähe zwischen uns. Die Tatsache, dass er mich so an sich drückte, erinnerte mich an das *Red Pearl*, und das war nicht hilfreich. Ich konnte nicht mehr klar denken, wenn er mir so nahe war. Ich wand mich hin und her und versuchte, aus seiner Umklammerung zu rutschen, doch es führte nur dazu, dass sich unsere Unterkörper noch intensiver aneinander rieben.

Hawkes Arme umfassten mich fester, und dann hielt er mich nicht länger fest, sondern umarmte mich. Mein Magen zog sich zusammen, als ich langsam den Blick hob.

Er starrte mit zusammengepressten Lippen auf mich hinunter, und das Schweigen wurde immer länger. Ich wusste, dass ich meine Forderung wiederholen und verlangen sollte, dass er mich losließ. Oder noch besser: Ich sollte ihn dazu zwingen. Ich wusste, wie man so einer Umklammerung entkam, aber ich ... ich rührte mich nicht.

Nicht einmal, als er die zweite Hand hob und seine Finger direkt unter der Maske auf mein Gesicht legte. Vor ihm zu stehen, ihm das zu erlauben, war die süßeste Folter, die ich mir je auferlegt hatte. Er zögerte, und ich fragte mich, ob er darauf wartete, was ich tun oder sagen würde.

Als ich nicht reagierte, fing sein Blick Feuer. Seine Finger glitten von der Maske und über meinen Wangenknochen.

Meine Haut prickelte, während sein Blick dem Weg seines Fingers folgte und schließlich nach unten bis hin zu meinen geöffneten Lippen wanderte. Ich zog scharf die Luft ein, und meine Brust war wie zusammengeschnürt.

Ich neigte den Kopf, und es verschlug mir den Atem, als er es mir gleichtat. Jeder Muskel in meinem Körper spannte sich an, und eine Mischung aus Panik und Vorfreude breitete sich in mir aus. Er lehnte sich vor, und ich wusste, was das bedeutete.

Er würde mich küssen. Mein Herz schlug Salti, als seine Lippen über meine Wange glitten und eine brennende Spur darauf hinterließen. Ich wusste, was ich zu tun hatte, aber ich tat es nicht.

Vielleicht hatte Hawke recht gehabt, als er meinte, dass man alles haben konnte, was man wollte, wenn man eine Maske trug und niemand ahnte, wer man wirklich war.

Denn ich schloss meine Augen und bewegte mich nicht. Hawke hatte mich zwar schon einmal geküsst, doch wenn er es jetzt tat, würde es mehr sein. Es würde unser erster *richtiger* Kuss sein.

Denn mittlerweile hatte er mich unverschleiert gesehen. Er wusste, wer ich war.

Genau das wollte ich.

Und ich wollte *ihn*.

22

MEIN HERZ KLOPFTE WIE VERRÜCKT, als sich seine Finger um mein Kinn schlossen. Er drückte meinen Kopf sanft nach hinten, und ich hatte das Gefühl, als würde ich fallen. Sein Mund wanderte zu meinem Ohr, und sein warmer Atem sandte ein heißes Schaudern durch meinen Körper.

»Poppy«, hauchte er mit rauer Stimme.

»Ja?«, murmelte ich und erkannte meine Stimme kaum wieder.

Seine Finger glitten über meinen Hals nach unten. »Wie bist du aus deinem Zimmer gekommen, ohne dass ich es bemerkt habe?«

Meine Augen klappten auf. »Was?«

»Wie bist du aus deinem Zimmer gekommen?«, wiederholte er.

Ich brauchte einen Moment, um zu erkennen, dass er mich nicht küssen wollte. Er wollte mich bloß *ablenken*. Ich war so dämlich. Ich fluchte und versuchte, mich loszureißen, und dieses Mal ließ er es zu.

Meine Wangen brannten wie Feuer. Ich machte mehrere Schritte rückwärts und ließ das Tagebuch sinken, während ich tief einatmete.

Ich war so unglaublich ... dumm.

Ich versuchte verzweifelt, mir nicht anmerken zu lassen, dass ich gedacht hatte, dass er mich küssen wollte. Dass ich es zugelassen hätte. Trotzig hob ich das Kinn, doch ich fühlte mich immer noch nackt und verletzlich.

»Vielleicht bin ich ja direkt an dir vorbeispaziert.«

»Bist du nicht. Und du bist auch nicht aus dem Fenster geklettert, denn das ist unmöglich«, meinte er. »Also, wie hast du es angestellt?«

Ich drehte mich frustriert zum Fenster um und genoss die kühle Luft, die von draußen hereinströmte. Ich war vielleicht dumm genug, mich erwischen zu lassen, aber ich wusste genau, dass ich nicht aus dieser Situation herauskommen würde, ohne die Wahrheit zu sagen.

»In meinem Zimmer gibt es einen alten Dienstboteneingang.« Ich umklammerte das Tagebuch noch fester. »Von dort gelangt man ungesehen bis in den Hauptteil der Burg.«

»Interessant. Und wo genau endet dieser Gang?«

Ich wandte mich schnaubend zu ihm um. »Das musst du schon selbst herausfinden.«

Er hob die Augenbraue. »Gut.«

Ich hielt seinem Blick stand, musste aber leider einsehen, dass ich mich immer noch nicht besser fühlte. Die Enttäuschung, war zu groß. Ich musste mich langsam wirklich am Riemen reißen.

»So hast du es auch unbemerkt auf die Mauer geschafft«, vermutete er, und ich zuckte mit den Schultern. »Ich schätze, Vikter weiß davon. Und Rylan?«

»Spielt das eine Rolle?«

Er legte den Kopf schief. »Wie viele Leute wissen von diesem Eingang?«

»Warum fragst du?«

Hawke machte einen Schritt auf mich zu. »Weil es hier um deine Sicherheit geht, Prinzessin. Falls du es vergessen hast: Der dunkle Sohn ist hinter dir her. Eine junge Frau wurde bereits ermordet, und man hat versucht dich zu entführen. Die Information, wie man sich unbemerkt durch die Burg bewegt und am Ende direkt in deinem Zimmer steht, ist sicher von großem Wert für ihn.«

Ein Schaudern durchlief mich. »Einige der Dienstboten, die schon lange auf Burg Teerman arbeiten, wissen davon. Aber die meisten haben keine Ahnung. Es gibt keinen Grund zur Sorge. Die Tür lässt sich von innen verschließen. Wenn jemand zu mir will, muss er sie aufbrechen. Und falls es so weit kommt, bin ich bereit.«

»Ja, das bist du mit Sicherheit«, murmelte Hawke.

»Ich habe ich nicht vergessen, was mit Malessa passiert ist. Genauso wenig wie die versuchte Entführung.«

»Nicht? Dann hast du es wohl einfach nicht miteinberechnet, als du dich entschlossen hast, durch die Stadt zu flanieren und in der Bibliothek vorbeizuschauen.«

»Ich bin nicht *herumflaniert*. Ich bin durch das Wäldchen gegangen und war vielleicht eine Minute lang auf der Straße«, erwiderte ich. »Ich hatte die Kapuze und eine Maske auf. Niemand hat mein Gesicht gesehen. Und auch wenn ich keine Angst hatte, dass man mich entführen könnte, war ich natürlich vorbereitet.«

»Du hast deinen treuen kleinen Dolch dabei?« Das Grübchen war wieder da.

»Ja, ich habe meinen *treuen kleinen Dolch* dabei«, fauchte ich und hätte ihm das Ding am liebsten ins Gesicht geschleudert. Wieder einmal. »Er hat mich noch nie enttäuscht.«

»So hast du also in der Nacht, als Rylan starb, deine Entführung verhindert«, vermutete er. »Der Eindringling wurde nicht von den Wächtern vertrieben.«

Ich stieß die Luft aus. Es hatte keinen Sinn, ihn anzulügen. »Ich habe ihn mit dem Messer erwischt. Zweimal. Er war verwundet, als er zurückgepfiffen wurde. Ich hoffe, er ist mittlerweile tot.«

»Du bist so brutal«, seufzte Hawke.

»Das sagst du andauernd, dabei stimmte es gar nicht.«

Hawke lachte erneut. Es war ein tiefes, ehrliches Lachen. »Du kennst dich selbst nicht wirklich gut, oder?«

»Wie auch immer«, murmelte ich. »Wie bist du überhaupt dahintergekommen, dass ich fort bin?«

»Ich habe nach dir gesehen«, sagte er und ließ eine Hand über die Sessellehne gleiten. »Ich dachte, du brauchst vielleicht Gesellschaft, und es kam mir albern vor, dass ich mich draußen am Flur zu Tode langweile, während es dir in deinem Zimmer ähnlich ergeht. Was offensichtlich der Fall war, sonst wärst du nicht abgehauen.«

Seine Antwort ließ mich stutzen. »Wirklich?«

Er hob die Augenbrauen.

»Ich meine: Hast du wirklich nach mir gesehen und wolltest fragen, ob ich ... Gesellschaft brauche?«

Hawke nickte. »Warum denn nicht?«

»Ich ...« Ich wusste nicht, wie ich ihm erklären sollte, dass nicht einmal Vikter nach mir sah, wenn er Dienst hatte. Der Herzog gestattete meinen Leibwächtern solche Dinge nicht, damit kein Vertrauensverhältnis entstand. Natürlich kam nie jemand in den alten Teil der Burg, um nachzusehen. Trotzdem blieb Vikter vor der Tür, und ich hockte auf der anderen Seite.

Doch Hawke war anders. Das hatte er von Beginn an bewiesen. Ich schüttelte den Kopf. »Egal.«

Hawke schwieg, und als ich kurz den Blick hob, erkannte ich, dass er näher gekommen war. »Wie bist du dort oben auf dem Sims gelandet?«

»Na ja, das ist eine witzige Geschichte.«

»Das kann ich mir vorstellen. Schieß los ...« Er verschränkte die Arme.

Ich seufzte. »Ich habe mir etwas zu lesen besorgt und dabei dieses Zimmer entdeckt. Ich ... ich wollte noch nicht zurück, und mir ist gar nicht aufgefallen, dass ich hier in einem besonderen Raum gelandet bin.« Ich warf einen Blick auf den Barschrank. Er allein hätte Warnung genug sein sollen. »Ich habe gelesen, als ich plötzlich die Stimme des Herzogs im Flur gehört habe. Der Mauersims war eine weitaus bessere Option, als mich von ihm erwischen zu lassen.«

»Was wäre passiert, wenn er dich erwischt hätte?«

Ich zuckte erneut mit den Schultern. »Das hat er nicht, und das ist das Wichtigste.« Ich fuhr eilig fort: »Er hat sich mit einem Wächter aus dem Gefängnis getroffen. Zumindest glaube ich, dass es sich um einen Wächter gehandelt hat. Sie haben über den dunklen Nachkommen gesprochen, der die Hand des Hungernden auf den Balkon geworfen hat. Der Wächter hat ihn zum Reden gebracht. Angeblich ist der dunkle Sohn nicht in der Stadt.«

»Das sind gute Neuigkeiten.«

Sein Tonfall ließ mich aufsehen. Ich musterte ihn. »Glaubst du ihm nicht?«

»Ich glaube nicht, dass der dunkle Sohn so lange überlebt hätte, wenn ständig alle gewusst hätten, wo er sich aufhält. Das gilt sogar für seine glühendsten Anhänger.«

Da hatte er leider recht. »Ich glaube ... ich glaube, der Herzog will den dunklen Nachkommen eigenhändig töten.«

Er neigte den Kopf. »Belastet dich das?«

»Ich weiß es nicht.«

»Ich glaube, du weißt es sehr wohl. Du willst es mir nur nicht sagen.«

Es war so verdammt nervig, dass er ständig recht hatte. »Mir gefällt die Vorstellung nicht, dass jemand in einem Verlies sein Leben lässt.«

»Ist dir eine öffentliche Hinrichtung lieber?«

Ich sah ihn an. »Nicht wirklich, aber es geschieht wenigstens auf eine Art, die ...«

»Die was?«

Ich atmete tief ein. »Es fühlt sich wenigstens nicht so an, als müsste etwas verborgen werden.«

Hawke musterte mich beinahe neugierig. »Interessant.«

»Was ist interessant?«

»Du.«

»Ich?«

Er nickte, und im nächsten Moment schoss seine Hand nach vorne. Ehe ich mich versah, schlossen sich seine Finger um das Buch.

»Nicht!« Ich war vollkommen unvorbereitet, und meine Finger glitten von dem Ledereinband. Bei den Göttern! Er hatte das Tagebuch, und das war schlimmer, als in den Tod zu stürzen. Wenn er sah, worum es in dem Buch ging ...

»*Das Tagebuch von Miss Willa Colyns*?« Er runzelte die Stirn und drehte das Buch hin und her. »Der Name kommt mir bekannt vor.«

»Gib es zurück!« Ich griff danach, doch Hawke wich geschickt aus. »Gib es sofort wieder her!«

»Gerne. Wenn du mir daraus vorliest. Es ist sicher interessanter als die Geschichte des Königreiches.« Er schlug das Buch auf.

Vielleicht konnte er nicht lesen.

Bitte.

Sein Lächeln verblasste langsam.

Natürlich konnte er lesen. Warum war das Leben bloß so ungerecht?

Hawkes dunkle Augenbrauen wanderten immer weiter nach oben, während er weiterblätterte. Ich wusste, was auf der ersten Seite stand. Miss Willa Colyns beschrieb den *intimen Kuss* überaus detailliert. »Interessanter Lesestoff.«

Meine Wangen brannten wie tausend Sonnen, und ich überlegte, ob Hawke wütend sein würde, wenn ich meinen Dolch nach ihm warf.

Wieder einmal.

Das Grinsen kehrte zurück, und auch das Grübchen gesellte sich dazu. *»Penellaphe.«* Er klang derart schockiert, dass ich die Augen verdreht hätte, wenn es nicht so schrecklich unangenehm gewesen wäre. »Das ist ... eine wahrhaft skandalöse Lektüre für die Jungfräuliche.«

»Halt die Klappe.«

»Wie unanständig«, säuselte er und schüttelte den Kopf.

Meine Wut stieg ins Unermessliche, und ich hob trotzig das Kinn. »Es ist doch nichts dabei, über die Liebe zu lesen.«

»Das habe ich nicht gesagt.« Hawke sah mich an. »Aber ich glaube nicht, dass das hier mit Liebe zu tun hat.«

»Oh, dann bist du also ein Experte auf diesem Gebiet?«

»Mehr, als du dir vorstellen kannst.«

Ich klappte den Mund zu. Seine Worte versetzten mir einen Stich, und ich ging zum Angriff über. »Das stimmt. Deine Ausflüge ins *Red Pearl* sorgen unter den Dienstbotinnen und Hofdamen für einigen Gesprächsstoff. Ich nehme also an, dass du tonnenweise Erfahrungen vorweisen kannst.«

»Da klingt jemand eifersüchtig.«

»Eifersüchtig?«, ich lachte und verdrehte die Augen. »Wie schon gesagt: Du überschätzt deine Rolle in meinem Leben maßlos.«

Er schnaubte und blätterte weiter.

Ich wandte mich verärgert zur Hausbar um. Das benutzte Glas des Herzogs stand herum. »Bloß, weil du mehr Erfahrung mit ... den Dingen hast, die im *Red Pearl* passieren, als ich, bedeutet das nicht, dass ich nicht weiß, was Liebe ist.«

»Warst du denn schon mal verliebt?«, fragte er. »Hat dir ein Kammerdiener des Herzogs den Kopf verdreht? Oder einer der Hofherren? Ein tapferer Wächter vielleicht?«

Ich schüttelte den Kopf. »Nein.«

»Woher willst du dann darüber Bescheid wissen?«

»Ich weiß, dass meine Eltern einander sehr geliebt haben.« Ich spielte mit dem diamantenbesetzten Verschluss des Dekanters. »Was ist mit dir? Warst du jemals verliebt, Hawke?«

Er schwieg eine Weile. Als er schließlich antwortete, überraschte er mich. »Ja.«

Ein seltsames Gefühl breitete sich in meiner Brust aus. Ein Gefühl, das ich nicht verstand. Ich warf ihm über die Schulter einen Blick zu und erkannte, dass die schmerzhafte Kälte in mir verschwunden war. Ich hatte keine Ahnung, wie er das immer anstellte. Vermutlich war es die Tatsache, dass er mich so oft in den Wahnsinn trieb. »Jemand aus deiner alten Heimat?«

Liebst du sie noch immer? Die zweite Frage stieg in mir hoch, doch ich schaffte es, den Göttern sei Dank, sie hinunterzuschlucken.

»Ja, das war sie.« Er hatte den Blick immer noch auf das Buch gesenkt. »Aber das ist schon lange her.«

»Schon lange? Wann soll das denn gewesen sein? Als du noch ein Kind warst?«, fragte ich. Er war sicher nur ein paar Jahre älter als ich, aber er klang, als wäre die Sache schon Ewigkeiten her.

Er lachte leise. Das zu seinem Lächeln gehörende Grübchen brachte meine Gefühle noch weiter durcheinander. »Wie viel davon hast du schon gelesen?«

»Das geht dich nichts an.«

»Vermutlich nicht, aber ich muss wissen, ob du schon an dieser Stelle warst.« Er räusperte sich.

Moment!

Würde er mir etwa aus dem Buch vorlesen?

Nein!

Bitte nicht!

»Ich habe bloß das erste Kapitel gelesen«, erklärte ich eilig. »Und du bist etwa bei der Hälfte, also ...«

»Gut. Dann ist das hier neu für dich. Mal sehen, wo war

ich?« Er fuhr mit dem Finger über die Seite und tippte etwa in die Mitte. »Ah, ja. Hier. ›*Fulton versprach mir, dass ich den ganzen Tag nicht würde gehen können, wenn er erst mal mit mir fertig war, und er sollte recht behalten.*‹ Hmmm. Beeindruckend.«

Meine Augen weiteten sich.

»›*Die Dinge, die dieser Mann mit seiner Zunge und seinen Fingern anstellt, werden nur noch übertroffen von seiner schockierend großen, herrlich dekadenten, bösartig pulsierenden*‹ ...« Hawke kicherte. »Diese Frau hatte ein Faible für Ausschmückungen, was?«

»Du kannst jetzt aufhören.«

»›... Männlichkeit‹.«

»Was?«, keuchte ich.

»Das ist das Ende des Satzes«, erklärte Hawke, und als er aufsah, war mir mit einem Mal klar, dass mich alles, was er jetzt sagte, an Ort und Stelle in Flammen aufgehen lassen würde. »Oh, du weißt vielleicht nicht, was sie damit meint. Sie spricht von seinem Penis. Seinem Schwanz. Seinem besten Stück. Seinem ...«

»Oh Götter«, murmelte ich.

»Seinem unglaublich großen, herrlichen, pulsierenden ...«

»Schon klar! Ich hab's verstanden.«

»Ich wollte bloß sichergehen. Nicht, dass du dich zu sehr schämst, um nachzufragen, und dann vielleicht denkst, dass sie von seiner Liebe zu ihr redet oder so.«

»Ich hasse dich.«

»Nein, tust du nicht.«

»Und ich ersteche dich gleich«, warnte ich. »Auf brutale Art und Weise.«

Er ließ mit besorgtem Gesicht das Buch sinken. »Das glaube ich schon eher.«

»Gib mir das Buch zurück.«

»Aber natürlich.« Er hielt es mir entgegen, und ich riss es

ihm aus der Hand und presste es an meine Brust. »Du hättest doch nur fragen brauchen.«

»Was?« Ich sah ihn ungläubig an. »Ich habe doch gefragt.«

»Tut mir leid«, meinte er und klang absolut nicht so. »Ich höre ab und zu nicht so gut.«

»Du bist ... unmöglich.«

»Du hast da was vergessen«, meinte er, während er an mir vorbeitrat und mir gönnerhaft den Kopf tätschelte. Ich schlug nach ihm, verfehlte ihn allerdings knapp. »Du wolltest sagen: Es ist unmöglich, mir zu widerstehen.«

»Nein, wollte ich nicht.«

»Jetzt komm. Ich muss dich zurückbringen, bevor dich etwas anderes als deine eigene Dummheit in Gefahr bringen kann.« Er hielt an der Tür inne. »Und vergiss das Buch nicht. Ich erwarte bis morgen eine ausführliche Zusammenfassung.«

Wir würden sicher nie wieder über dieses Tagebuch sprechen.

Trotzdem nahm ich es mit, als ich ihm zur Tür folgte. Erst als er nach der Klinke griff, fiel mir etwas auf. »Woher wusstest du, wo du mich findest?«

Hawke sah mich an, und ein leises Lächeln umspielte seine Lippen. »Ich habe eine außergewöhnliche Beobachtungsgabe, Prinzessin.«

»Ich habe eine außergewöhnliche Beobachtungsgabe«, murmelte ich am darauffolgenden Nachmittag leise vor mich hin.

»Was?« Tawny wandte sich stirnrunzelnd zu mir um.

»Nichts. Ich führe bloß Selbstgespräche«, erwiderte ich, holte tief Luft und verdrängte Hawke aus meinen Gedanken. »Du bist wunderschön.«

Und das stimmte.

Tawnys Haare waren in Locken gelegt und umrahmten ihr Gesicht, und die Farbe ihrer Lippen war auf das leuchtende Rot ihrer Maske und ihres ärmellosen Kleides abgestimmt, dessen Stoff sich wie eine zweite Haut an ihren geschmeidigen Körper schmiegte. Sie war nicht nur wunderschön, sie strotzte vor Selbstvertrauen und war in Einklang mit ihrem Körper und sich selbst, und ich hatte unglaublichen Respekt vor ihr.

Sie trat neben mich vor den Kamin. »Danke.« Sie strich das Kleid an den Schultern glatt und ließ die Hand sinken. »Du siehst umwerfend aus, Poppy.«

Ein Flattern breitete sich von meiner Brust bis in meinen Bauch aus. »Wirklich?«

»Aber ja! Hast du noch gar nicht in den Spiegel geschaut?«

Ich schüttelte den Kopf.

Tawny starrte mich an. »Dann hast du also dieses Kleid – dieses herrliche, maßgeschneiderte Kleid – angezogen, ohne dich ein einziges Mal anzusehen? Und du hast mich einfach so deine Haare frisieren lassen? Was, wenn sie jetzt aussehen wie ein Vogelnest?«

Ich kicherte nervös. »Hoffentlich nicht.«

Sie schüttelte den Kopf. »Du bist manchmal echt ... seltsam.«

Das war ich. Zugegebenermaßen. Aber es kam so selten vor, dass ich etwas anderes trug als Weiß, und wenn ich mich im Mantel aus der Burg schlich, schaute ich nicht vorher noch schnell in den Spiegel. Außerdem war es heute anders, denn heute durfte ich mich anders kleiden als sonst. Und mich würden Leute sehen, die wussten, wer ich war.

Hawke zum Beispiel.

Das Flattern in meinem Bauch kam von den zahllosen Raubvögeln, die in meinem Inneren auf Beutezug gingen. Ich war schrecklich nervös.

»Komm.« Tawny griff nach meiner Hand und zog mich

ins Bad, wo der einzige Spiegel in meinem Zimmer stand. Sie stellte mich direkt davor. »Sieh dich an.«

Ich hätte beinahe die Augen zugekniffen, doch am Ende starrte ich mein Spiegelbild an und erkannte mich selbst kaum wieder. Was allerdings nichts mit dem Fehlen des Schleiers und der roten Augenmaske zu tun hatte, die mit dem Kleid geliefert worden war.

»Was meinst du?«, fragte Tawny und tauchte hinter mir im Spiegel auf.

Ich fühlte mich ... nackt.

Das Kleid war wunderschön, das stand außer Frage. Die blutroten, hauchdünnen Ärmel waren gerade dunkel genug, um die Narben an den Innenseiten meiner Oberarme zu verdecken, und endeten in zarten Spitzenbündchen. An der Brust und über den Oberschenkeln war der dünne Stoff blickdicht. Das Kleid betonte meine Kurven, verdeckte sie aber auch gleichzeitig. Der Rock war weit und fließend, und sein etwas dickerer Stoff war raffiniert geschnitten und schien in Stufen nach unten zu fallen. Der Rest des Kleides war genauso durchsichtig wie mein Nachthemd.

Ich hätte es vorher anprobieren sollen. Es hing schon ewig in meinem Schrank, und ich hatte keine Ahnung, warum ich es nicht einmal herausgeholt hatte.

Nein, das stimmte nicht.

Ich hatte gewusst, dass ich es vermutlich zurückschicken würde, wenn ich es erst einmal anprobiert hatte.

Tawny hatte mich überzeugt, den Großteil der Haare offen zu tragen. Sie hatte sie lediglich an den Seiten zurückgekämmt und mit winzigen Nadeln festgesteckt. Der Rest fiel in sanften Wellen über meinen Rücken.

Hawke würde mich in diesem Kleid sehen.

»Vielleicht kann ich die Haare als Cape verwenden?«, schlug ich vor, teilte sie in zwei Hälften und ließ sie über die Schultern nach vorne fallen.

»Auf keinen Fall!« Tawny lachte und schob mir die dicken Strähnen wieder zurück auf den Rücken. »Dann siehst du ja gar nichts.«

»Ich weiß, aber ...« Ich presste die kalten Hände auf meine glühenden Wangen.

»Du durftest noch nie so etwas tragen«, beendete Tawny den Satz für mich. »Ich verstehe schon. Es ist in Ordnung, wenn du nervös bist.« Sie trat zurück und wühlte in einer kleinen Tasche herum, die sie mitgebracht hatte. »Aber du bist wunderschön, Poppy.«

»Danke«, murmelte ich und beäugte mein Spiegelbild. Natürlich fühlte ich mich schön in diesem Kleid. Jeder hätte sich so gefühlt.

Tawny trat mit einem Tiegel und einem dünnen Pinsel neben mich. »Mach den Mund ein Stück auf und halt still.«

Sie schminkte meine Lippen in der Farbe meines Kleides. Als sie zur Seite trat, betrachtete ich mich erneut im Spiegel. Meine Lippen ... leuchteten.

Ich hatte noch nie Farbe auf den Lippen und den Augen getragen, denn das war mir natürlich nicht erlaubt. Anscheinend sollte meine Haut genauso rein sein wie mein Herz, oder so. Keine Ahnung. Die Herzogin hatte es mir zwar einmal erklärt, aber ich hatte wohl nicht richtig zugehört.

»Perfekt«, murmelte Tawny und steckte den Tiegel und den Pinsel zurück in ihre Tasche. »Bist du bereit?«

Nein.

Ganz und gar nicht.

Aber mir blieb keine andere Wahl. Das Ritual würde mit der Dämmerung beginnen, und die Sonne stand schon tief.

Mein Herz pochte, als ich nickte. Tawny lächelte mir zu, und ich glaube, ich lächelte zurück. Zumindest hoffte ich das. Sie verließ das Bad, und ich folgte ihr. Als sie nach dem Türknauf griff, drehte sich mein Kopf. Draußen würde Hawke auf uns warten. Zusammen mit Vikter. Ich wäre am liebsten fortgelaufen, auch wenn ich keine Ahnung hatte, wohin. Vielleicht zurück ins Bett, um mir die Decke über den Kopf zu ...

Vikter war allein.

Ich spähte den Flur hinauf und hinunter, doch Hawke war nicht da.

»Ihr beide seht bezaubernd aus«, meinte Vikter. Es war seltsam, ihn ohne die schwarze Kleidung und die Rüstung der königlichen Wächter zu sehen. Heute trug er dem Anlass entsprechend eine blutrote ärmellose Tunika und eine dazu passende Hose.

»Danke«, erwiderte Tawny und hakte sich bei mir unter, während ich mich ebenfalls murmelnd bedankte.

Vikters Mundwinkel zuckten, als er sich an mich wandte. »Bist du bereit, Poppy?«

»Ja, ist sie«, antwortete Tawny und tätschelte meinen Arm.

»Ja, bin ich«, erklärte auch ich, denn ich wusste, dass Vikter sich sonst nicht vom Fleck gerührt hätte.

Er nickte, und wir machten uns auf den Weg den Flur entlang. Arbeitete Hawke heute nicht? Ich war davon ausgegangen, dass mich beide Leibwächter zum Ritual begleiten würden, aber vielleicht hatte ich mich getäuscht? Andererseits hatte Hawke gesagt, dass er neugierig sei, wie ich aussehen werde. Hieß das, dass er trotzdem dort sein würde, auch wenn er nicht im Dienst war?

Mein Herz pochte, als wir die Treppe in den zweiten Stock hinunterstiegen. Im Grunde spielte es keine Rolle, ob er hier war oder nicht. Ich hatte mich nicht für ihn herausgeputzt.

Aber wo war er?

Ich befahl mir, nicht nachzufragen. Ich ermahnte mich immer und immer wieder, doch irgendwann platzte es trotzdem aus mir heraus: »Wo ist Hawke?«

»Er musste zum Kommandanten und stößt später zu uns.«

Erleichterung stieg in mir hoch, begleitet von einer plötzlichen Vorfreude. Ich stieß die Luft aus. Falls meine Frage oder Reaktion Vikter seltsam vorkamen, ließ er sich nichts anmerken. Tawny drückte meinen Arm und grinste, als ich zu ihr hinübersah. Sie trug eine Maske, aber ich war mir sicher, dass ihre Augenbrauen nach oben gewandert waren.

Wir betraten die Eingangshalle, in der sich bereits unzählige Leute eingefunden hatten – gewöhnliche Bürger, Hofdamen und Hofherren, Aufgestiegene und Bedienstete. Sie alle bildeten gemeinsam ein blutrotes Meer aus Körpern. Es roch nach Rasierwasser und Parfüm, und überall wurde geredet und gelacht.

Es war ... sehr viel auf einmal. Ich verschloss meine Gabe tief in mir und festigte die Verteidigungsmauern, doch mein Herz schlug immer noch zu schnell, als wir in den Flur mit den Bannern traten. Der hell erleuchtete Torbogen in dem großen Saal ragte vor uns auf.

Ich bekam kaum Luft, als wir den Saal betraten.

Bei den Göttern!

So viele Menschen. Hunderte standen vor dem Podium, zwischen den Säulen und in den Nischen vor den Fenstern. Normalerweise befand ich mich auf dem Podium, getrennt vom Publikum, doch heute war alles anders. Ich wunderte mich immer noch, dass der Herzog und die Herzogin nicht darauf bestanden hatten, dass ich bei ihnen war, andererseits wäre nicht genug Platz auf dem Podium gewesen. Immerhin mussten heute auch ein halbes Dutzend Priesterinnen und Priester – darunter auch Analia – und genauso viele königliche Wächter darauf Platz finden.

Ich sah mich um und versuchte, ruhiger zu atmen. Die weiß-goldenen Banner, die normalerweise zwischen den

Fenstern und hinter dem Podium hingen, waren durch blutrote Banner ersetzt worden, auf denen das königliche Wappen prangte. Aus den Vasen quollen tiefrote Blüten, unzählige Rosen und andere gleichfarbige Blumen.

Auf dem Podium stach eine Gruppe weiß gekleideter Gäste aus dem Rot hervor, und ausnahmsweise gehörte ich nicht dazu. Es waren die zweitgeborenen Söhne und Töchter, die mit ihren Familien gekommen waren. Hinter ihnen hatten die Eltern der drittgeborenen Söhne und Töchter Aufstellung genommen und hielten ihre Kinder in den Armen. Alle – auch die Eltern – trugen mit roten Rosen geschmückte Kränze in den Haaren.

»Ich kann keine Rosen mehr sehen«, merkte Tawny an, als sie meinem Blick folgte. »Du hast keine Ahnung, wie viele Dornen ich mir aus den Fingern ziehen musste, während wir die Kränze gebunden haben.«

»Sie sind aber sehr schön geworden«, erwiderte ich, während Vikter den Blick über die weiter in den Saal strömenden Gäste schweifen ließ.

Die meisten beachteten mich nicht. Nur wenige zuckten kurz zusammen, sobald sie entweder Tawny oder Vikter erkannten und daraus schlossen, wer die Frau in ihrer Mitte war. Meine Wangen brannten, doch dann wurde mir klar, dass ich für die meisten hier eine von ihnen war. Ich gehörte zu ihnen. Ich war nichts Besonderes.

Der Druck auf meiner Brust ließ nach, und mein Herzschlag normalisierte sich. Ich bekam wieder leichter Luft, und die Mauer, die meine Gabe fest verschlossen hielt, war nicht mehr kurz vor dem Zusammenbrechen.

An diesem Abend war ich nicht die Jungfräuliche.

Ich war Poppy.

Ich schloss einen Moment lang die Augen und entspannte mich. Das war genau das, worauf ich mich so gefreut hatte. Der Moment, in dem ich einfach ich sein konnte.

Und das machte diesen Moment, diese Nacht beinahe magisch.

Ich öffnete die Augen und sah erneut zum Podium, wobei ich den linken Teil, wo Priesterin Analia stand, absichtlich ignorierte. Ich entdeckte die Herzogin, die mit einem der königlichen Wächter sprach. Der Mann stand normalerweise vor dem Arbeitszimmer des Herzogs. Der Herzog selbst war nirgends zu sehen.

Gerade als ich mich fragte, wo er steckte, trat einer der Priester zur Herzogin und dem Wächter. Mein Blick wanderte zu den Zuschauern vor dem Podium, und meine Vorfreude ließ schlagartig nach, als ich an die Familie Tulis dachte. Sie waren dort oben und bereiteten sich auf den Abschied von einem weiteren Kind vor. Die beiden hatten heute Abend keinen Grund zum Feiern, nicht ...

»Jungfräuliche.«

Die Haare in meinem Nacken richteten sich auf, als ich einen Blick über die Schulter warf, denn ich wusste, wen ich dort sehen würde.

Lord Brandole Mazeen.

23

ABGESEHEN VOM HERZOG UND DEM DUNKLEN SOHN war Lord Mazeen der Letzte, den ich treffen wollte. Er trug die gleiche ärmellose Tunika wie Vikter, und seine schwarzen Augen leuchteten hinter der Maske hervor. Ich schaffte es, ruhig zu klingen, als ich ihn begrüßte. »Eure Lordschaft.«

Seine Lippen verzogen sich zu einem hämischen Grinsen, während sein Blick so langsam und gemächlich über meinen Körper wanderte, dass ich mir wünschte, ich hätte einen Kartoffelsack getragen. Endlich wandte er sich ab und nickte Tawny und Vikter zu, bevor er seine Aufmerksamkeit wieder auf mich richtete. »Wie ich hörte, ist eine bestimmte Priesterin sehr enttäuscht von dir.«

Die Anspannung kehrte zurück und versenkte ihre Klauen in mir, während ich zu ihm hochstarrte.

Der Lord trat näher – viel zu nahe, um noch als angemessen zu gelten. »Da wird wohl bald wieder eine Lektion fällig sein, meine Liebe.«

Ich zog scharf die Luft ein und wurde beinahe von dem schweren, moschusartigen Duft seines Rasierwassers überwältigt. Ich starrte ihn an, während der Geruch eine Erinnerung an die Oberfläche brachte. An dem Abend, als er mich in der Nische in die Enge getrieben hatte und an dem Malessas Leiche entdeckt worden war, hatte er nicht nach Rasierwasser gerochen.

Es war ein anderer, süßerer Geruch gewesen.

Jasmin.

Er hatte nach Jasmin gerochen.

Ich sah die Blüte vor mir, die ich unter dem Stuhl in dem Zimmer entdeckt hatte, in dem Malessa gelegen hatte. Ich hatte keinen Jasmin gesehen, es sei denn, er war durch Lilien ersetzt worden. Aber hatte Tawny nicht ...?

»Entschuldigt, Mylord.« Vikter legte eine Hand auf meinen Arm. »Wir müssen ...«

»Kein Grund, die Flucht zu ergreifen.« Mazeens Augen fixierten mich noch immer. »Ich muss ohnehin los. Viel Vergnügen.« Und damit schlüpfte er an uns vorbei und verschwand in der Menge.

»Was war das denn gerade?«, fragte Vikter leise.

»Nichts.« Meine Gedanken rasten, als ich mich wieder an Tawny wandte. »Du hast doch gesagt, dass du Malessa am Morgen vor ihrem Tod gesehen hast, oder?«

Tawny biss sich auf die Lippe. »Ja.«

»Hatte sie Blumen dabei? Und erinnerst du dich, welche es waren?«

Sie blinzelte. »Ich ... ich weiß es nicht. Sie waren weiß, glaube ich.«

Bei der Blüte im Zimmer hatte es sich definitiv um weißen Jasmin gehandelt. Mein Magen zog sich zusammen.

Sie sah mich forschend an. »Warum?«

»Das ist eine gute Frage«, meinte auch Vikter.

»Ich weiß nicht ...« Ich ließ den Blick über die Menge schweifen, konnte Mazeen aber nirgends entdecken. Ich erinnerte mich, wie er regungslos in der Tür gestanden hatte, als Rylan mich auf mein Zimmer gebracht hatte. Und er war aus einem der Zimmer gekommen, wobei ich mir nicht sicher war, aus welchem. Was hatte das alles zu bedeuten?

Vielleicht war Mazeen mit Malessa zusammen gewesen, bevor sie starb, vielleicht war es Zufall. Der Mörder war Atlantianer gewesen, so viel war sicher. Niemand sonst hätte einem Opfer so eine Wunde zufügen können, ohne ein Blutbad anzurichten.

»Poppy.« Vikter berührte sanft meinen Arm, während der Priester langsam auf die Mitte des Podiums zuging. »Ist alles in Ordnung?«

Ich nickte. Ich würde später mit ihm reden, zuerst musste ich meine Gedanken ordnen.

»Wo ist der Herzog?«, flüsterte Tawny. »Das Ritual beginnt gleich.«

Die Herzogin hatte sich auf den Weg zum linken Rand des Podiums gemacht, wo sich der hintere Aufgang befand.

»Wir haben uns heute Abend hier versammelt, um den Göttern Ehre zu erweisen«, begann der Priester und brachte die Menge mit seinen Worten zum Schweigen. »Den Göttern und ihrem Ritual.«

»Entschuldigt«, meinte eine leise Stimme hinter uns.

Vikter und ich drehten uns gleichzeitig um, und ich erlitt einen weiteren Schock, als ich die Frau erkannte.

Agnes.

Bei den Göttern!

Meine Augen weiteten sich, während ihr Blick nervös zwischen Vikter und mir hin und her sprang. Sie trug Rot, genau wie alle anderen, und hatte ihren Rock und ihre Bluse offenbar selbst gefärbt. Sie sah besser aus als beim letzten Mal, aber die dunklen Ringe unter den Augen verrieten, dass es nicht einfach für sie gewesen war.

»Es tut mir leid, wenn ich störe«, sagte sie und hielt den Blick gesenkt. »Ich habe Euch gesehen, und ich ... musste einfach zu Euch kommen.«

»Schon gut.« Vikter warf mir einen Blick zu. »Würdest du gerne unter vier Augen mit mir reden?«

Sie nickte, ohne aufzusehen, und ich glaubte keine Sekunde lang, dass sie nicht wusste, wer ich war.

»Ich bin gleich zurück«, meinte Vikter zu mir.

»Ehrlich gesagt, würde ich gerne mit der Jungfräulichen sprechen«, erklärte Agnes, während der Priester zu beten begann. »Wenn es in Ordnung ist. Nur einen kurzen Moment.«

Vikter wollte bereits ablehnen, doch wir erregten bereits Aufmerksamkeit, und die Leute warfen tadelnde Blicke in unsere Richtung. »In Ordnung«, sagte ich schnell. »Gehen wir kurz hinaus.«

»Wer ist das?«, meinte Tawny leise, und ich zwang mich zu einem beiläufigen Schulterzucken. »Ich warte hier«, meinte sie schließlich.

Vikter führte Agnes eilig hinaus in den fast leeren Flur. Lediglich ein paar Nachzügler hasteten in Richtung Saal. Er brachte uns in eine Nische in der Nähe der Türen, die in den Garten hinausführten. »Es war unklug von dir, einfach so auf uns zuzugehen«, meinte er, sobald wir allein waren.

»Ich weiß. Es tut mir leid, aber ich ...« Sie warf mir einen schnellen Blick zu, und ihre Augen weiteten sich kaum merklich. »Ich hätte nicht gedacht, dass Ihr hier seid.«

»Woher wusstest du, wer ich bin?«, fragte ich.

Vikters Kopf fuhr zu mir herum, und er sah mich ungläubig an. Ich wollte trotzdem wissen, wie sie mich erkannt hatte, obwohl sie mein Gesicht nicht gesehen hatte.

»Ich wusste es nicht. Aber dann ist dieser Aufgestiegene – der Lord, meine ich – zu Euch getreten und hat mit Euch gesprochen«, erklärte sie.

»Verdammt«, murmelte Vikter leise.

Das war ein weiterer Grund, um Lord Mazeen zu hassen. Nicht, dass ich unbedingt noch einen gebraucht hätte.

»Worüber willst du mit ihr sprechen?«, fragte Vikter.

Agnes schluckte. »Wenn ich mit ihr alleine reden könnte ...«

»Nein.« Alles Sanfte war aus Vikters Stimme verschwunden.

Ein ängstlicher Ausdruck machte sich auf dem geröteten Gesicht der Frau breit.

»Was auch immer du zu sagen hast, kannst du auch vor Vikter sagen«, meinte ich.

Agnes umklammerte ihre Hände. »Ihr ... ich wollte nur ... ich wollte Euch danken. Für alles, was Ihr getan habt.« Sie sah sich verstohlen um, bevor sie weitersprach. »Für meinen Mann und für mich.«

»Du brauchst mir nicht zu danken«, erwiderte ich und fragte mich, warum sie deshalb mit mir allein sprechen wollte.

Vikter fragte sich offenbar dasselbe, denn er beäugte sie misstrauisch.

»Ich weiß. Ihr wart so gütig. Ihr beide. Ich glaube nicht ... nein, ich weiß, dass ich es alleine nicht geschafft hätte. Ich wollte nur ...« Sie verstummte und presste die Lippen aufeinander.

Jubelrufe drangen aus dem Saal, und ich warf einen Blick auf den Eingang. Die ersten Namen wurden aufgerufen. Neue Hofdamen und Hofherren, die dem Hof übergeben wurden.

»Was wolltest du?«, fragte Vikter.

»Es ist nur so, dass ...« Sie holte tief Luft. »Ich habe gehört, was Euch passiert ist. Was hier auf der Burg passiert ist. Mit dieser ... armen jungen Frau. Und dass jemand versucht hat, Euch zu entführen. Es gibt Gerüchte.«

»Welche Gerüchte?«, wollte Vikter wissen.

Agnes befeuchtete die Lippen. »Die Leute sagen, der dunkle Sohn wäre hinter Euch her.«

Das war zwar nicht wirklich neu, dennoch bekam ich eine Gänsehaut.

»Ich weiß nicht, was mit der armen jungen Frau geschehen ist«, fuhr Agnes fort. »Ich hätte nur ... ich hätte nur nicht erwartet, dass Ihr heute Abend hier seid. Als ich Euch sah, hatte ich das Gefühl, ich müsste Euch sagen, was ich gehört habe.«

»Danke«, erklärte ich, während weiterer Jubel aus dem Saal drang. »Das weiß ich zu schätzen.«

»Ich wollte nur dafür sorgen, dass Ihr in Sicherheit seid.«

»Genau wie ich.« Vikter richtete sich zur vollen Größe auf.

»Vor allem unter so vielen Leuten«, fuhr Agnes fort. Die Menge ist riesig, und wenn er ... wenn er es einmal in die Burg geschafft hat, kann er es wieder schaffen. Und andere auch.«

»Er war schon zweimal hier«, sagte ich. »Oder zumindest zwei seiner Unterstützer.«

Sie öffnete den Mund, schloss ihn allerdings gleich wieder.

»Dir ist in der Zwischenzeit wohl klar geworden, dass ich ihr Leibwächter bin«, meinte Vikter, und Agnes nickte. »Es ist meine Pflicht, ihre Sicherheit zu garantieren. Ich weiß es zu schätzen, dass du mir erzählt hast, was du gehört hast.«

Agnes nickte erneut.

»Wir stünden für immer in deiner Schuld, wenn du uns *alles* erzählen würdest, was du weißt«, fuhr er fort. »Denn ich habe das Gefühl, dass es da noch mehr gibt.«

Ich warf ihm einen scharfen Blick zu.

»Ich bin mir nicht sicher, was Ihr meint.«

»Nicht?«, fragte er sanft.

»Ich habe schon zu viel Eurer Zeit in Anspruch genommen. Ich sollte jetzt gehen.« Agnes wich zurück. »Es tut mir leid. Aber ... Seid bitte vorsichtig.«

Agnes wandte sich ab und eilte davon. Vikter wollte ihr folgen, hielt dann allerdings inne.

»Verdammt«, knurrte er. »Wo ist Hawke?«

»Keine Ahnung.« Ich sah mich um, und mein Blick blieb

an einem der Ausgänge in den Garten hängen. Dahinter war nichts als Dunkelheit. »Was glaubst du, was sie uns sagen wollte?«

»Ich bin mir nicht sicher.« Er fuhr sich mit der Hand durch die Haare. »Es ist nur so ein Gefühl. Vielleicht bin ich paranoid. Komm.« Er legte eine Hand auf meinen unteren Rücken. »Wahrscheinlich steckt nichts dahinter.«

Ich bezweifelte, dass er sich selbst glaubte, doch ich ließ mich zurück in den großen Saal und zu Tawny führen.

»Ist alles in Ordnung?«, fragte sie.

»Ja.« Zumindest hoffte ich das. Ich hatte keine Ahnung, was Agnes' Auftritt zu bedeuten hatte.

Tawny warf einen Blick auf Vikter, dann meinte sie: »Sie sind beinahe mit den drittgeborenen Söhnen und Töchtern durch.«

Ich sah zum Podium hinüber. »Ist der Herzog noch immer nicht da?«

»Nein«, flüsterte Tawny. »Seltsam, oder?«

Ja, sehr seltsam. War ihm etwas zugestoßen, als er am vergangenen Abend den dunklen Nachkommen aufgesucht hatte? Aber in diesem Fall hätte es wohl eine Verlautbarung gegeben. Ich war so beschäftigt mit dem verschwundenen Herzog, meinem Verdacht gegenüber Lord Mazeen und Agnes' unerwartetem Auftauchen, dass ich nichts von der Zeremonie mitbekam. Ehrlich gesagt klang es, als würde der Priester eine fremde Sprache sprechen, und vielleicht tat er das sogar. Ich konnte mich nicht konzentrieren, und das war schade, weil ich immer schon neugierig gewesen war, wie ...

Plötzlich kribbelte mein Nacken, und sämtliche Sinne waren geschärft. Ich konnte es mir nicht erklären, aber ich wusste, wen ich sehen würde, wenn ich jetzt einen Blick über die Schulter warf.

Hawke.

Und ich hatte recht.

Sein Anblick verschlug mir den Atem. Er trug eine blutrote Hose und eine rote Tunika, die gerade noch den Blick auf seine Kehle freigab. Über seinem kantigen Kinn und den vollen Lippen wurde sein Gesicht von einer roten Maske verdeckt, die seine Wangenknochen betonte. Eine dunkle Strähne fiel ihm in die Stirn und auf den roten Stoff.

Er war ...

Er sah aus, wie ich mir die Götter in den Tempeln vorstellte. Eindrucksvoll, unerreichbar und auf beängstigende Art anziehend.

Mir war klar, dass er mich genauso eingehend musterte wie ich ihn. Sein Blick fühlte sich an wie eine Liebkosung. Ein Schaudern durchfuhr mich, und jeder Zentimeter meiner Haut – bedeckt oder unbedeckt – war mit einem Mal überdeutlich spürbar.

»Hallo«, hauchte ich und wünschte sofort, ich hätte den Mund gehalten.

Ein Mundwinkel schoss in die Höhe, und sein Grübchen erschien. »Du siehst ... sehr hübsch aus«, erklärte er, und die Schmetterlinge in meinem Bauch flatterten. Er wandte sich an Tawny. »Genau wie du.«

Tawny lächelte. »Danke.«

Er warf einen Blick auf Vikter. »Und du natürlich auch.«

Vikter schnaubte, und ich musste grinsen. Tawny kicherte. »Du siehst heute Abend ebenfalls außerordentlich gut aus«, meinte sie, und ich hätte schwören können, dass Vikters Wangen rot zu glühen begannen.

Ich wandte mich wieder zum Podium herum.

»Tut mir leid, dass ich zu spät bin«, entschuldigte sich Hawke, während er hinter mich trat.

»Ist alles in Ordnung?«, fragte ich mit Blick auf das Podium. Nachdem Lord Mazeen von dem Vorfall mit Priesterin Analia wusste, war sie definitiv beim Herzog gewesen, und ich bezweifelte, dass sie Hawke dabei aus dem Spiel gelassen hatte.

»Klar«, sagte er. »Ich wurde für die Routinesicherung der Burg herangezogen, und es hat länger gedauert als angenommen.«

Ich hätte gerne gefragt, ob jemand etwas über den Vorfall mit der Priesterin gesagt hatte, aber wenn ich es vor Vikter zur Sprache brachte, würde er nachbohren, und ich wollte nicht, dass er sich Sorgen machte.

Während die Zweit- und Drittgeborenen, die an den Hof und die Priester übergeben worden waren, den Saal verließen, stieg die Herzogin vom Podium, um sich mit den Familien und dem Hofstaat zu unterhalten. Die Musiker neben dem Podium begannen zu spielen, und Dienstboten traten mit Champagnergläsern in den Saal. Die Aufgestiegenen und die Höflinge teilten sich in kleinere Gruppen, und Kaufleute und andere Bürger mischten sich unter sie.

Vikter blickte sich suchend um. »Ich muss mit dem Kommandanten sprechen«, erklärte er und wandte sich mit fragendem Blick an Hawke.

»Ich übernehme sie«, bestätigte Hawke, bevor Vikter etwas sagen konnte, und da war wieder dieses alberne, seltsame Flattern in meinem Bauch.

Ich hätte erwartet, dass Vikter Hawkes vorschnelle Antwort kommentieren würde, doch er akzeptierte sie überraschenderweise. Fing er etwa an, Hawke zu mögen? Ihm zu vertrauen? Oder wollte er bloß zum Kommandanten, bevor er ihn aus den Augen verlor?

Vermutlich Letzteres.

»Habe ich etwas verpasst?« Hawke positionierte sich einen Schritt hinter mir.

»Nein«, antwortete Tawny. »Es sei denn, du stehst auf ewig lange Gebete und tränenreiche Abschiede.«

»Nicht unbedingt«, erwiderte er trocken.

Das erinnerte mich an etwas. Ich wandte mich an Tawny. »Wurde die Familie Tulis aufgerufen?«

Sie runzelte die Stirn. »Nein, ich glaube nicht.«

Hieß das, dass sie nicht gekommen waren? Falls ja, wäre das Hochverrat. Wächter würden in ihr Haus einfallen, das Kind käme trotzdem in die Tempel, und Mr. und Mrs. Tulis ins Gefängnis.

Der einzige Ausweg war, die Stadt zu verlassen, doch das konnte niemand, ohne dass das Herzogpaar davon erfuhr. Man brauchte unglaublich gute Beziehungen, um so etwas überhaupt zu versuchen, und selbst wenn sie es geschafft hätten, wohin wollten sie? Man würde sämtliche Städte und Dörfer der Umgebung informieren und ihre Bewohner bitten, die Augen offen zu halten.

Obwohl ich all das wusste, konnte ich verstehen, warum sie es möglicherweise riskiert hatten. Es ging um ihr einziges Kind.

In diesem Moment sah ich, dass die Herzogin auf mich zukam. Sie wurde von mehreren Wächtern begleitet, die wie Vikter und Hawke ihre weiße Rüstung und die schwarzen Kleider abgelegt hatten.

»Penellaphe«, begrüßte sie mich mit dem geübten Lächeln.

»Euer Gnaden«, murmelte ich so sittsam wie möglich.

Sie nickte Tawny und Hawke zu, wobei ihr Blick einige Sekunden an ihm hängen blieb. Ich biss mir auf die Innenseite der Wange, um nicht zu grinsen. »Genießt du das Ritual?«

In Anbetracht dessen, dass ich nur wenige Minuten davon mitbekommen hatte, nickte ich. »Ist Seine Gnaden nicht anwesend?«

»Er verspätet sich«, antwortete sie ungerührt, doch ihre Lippen wirkten angespannt. Sie trat näher und senkte die Stimme. »Denk daran, wer du bist, Penellaphe. Du sollst mit niemanden Umgang haben und dich nicht unter die Gäste mischen.«

»Ich weiß«, versicherte ich ihr.

Ihre schwarzen Augen drangen einen Moment lang in meine, dann machte sie sich so eilig wie ein juwelenbehangener Kolibri auf den Weg von einer Gruppe zur nächsten. Ich hörte Gelächter und sah Loren und Dafina.

»Ich hätte da eine Frage«, meinte Hawke.

Ich neigte den Kopf. »Ja?«

»Wenn du dich nicht unter die Gäste mischen und mit niemandem Umgang haben sollst – was nebenbei bemerkt dasselbe ist –«, begann er, und ich grinste, »warum darfst du dann überhaupt hier sein?«

Mein Grinsen verblasste.

»Das ist tatsächlich eine gute Frage«, merkte Tawny an.

»Ich bin mir auch nicht sicher, was ich hier soll«, gab ich zu.

Es vergingen einige Minuten, in denen keiner von uns etwas sagte. Ich hatte die Herzogin aus den Augen verloren, und der Herzog war immer noch nicht aufgetaucht.

Tawny beobachtete wehmütig die Paare, die sich zu einem Walzer zusammengefunden hatten, den ich vermutlich nicht hinbekommen hätte, selbst wenn es mir erlaubt gewesen wäre zu tanzen. Tawnys Blicke folgten den Bewegungen der Tanzpaare, und ich war mir sicher, dass sie jeden einzelnen Schritt kannte. Sie sah heute Abend wirklich wunderschön aus, und das Rot ihres Kleides betonte das Braun ihrer Haut. Warum war sie hier, anstatt mit den anderen zu tanzen?

Ich kannte die Antwort natürlich, und das schlechte Gewissen lastete schwer auf mir. »Tawny, du musst nicht hier herumstehen. Geh und amüsier dich.«

»Wie bitte?« Sie zog die Nase kraus. »Ich amüsiere mich doch. Du etwa nicht?«

»Natürlich, aber du musst nicht die ganze Zeit bei mir bleiben. Du solltest dort sein.« Ich deutete auf die Tanzpaare und die Grüppchen aus drei oder vier Leuten, die zusammenstanden und sich unterhielten. »Ist schon in Ordnung.«

»Nein, kein Problem.« Sie setzte ein Lächeln auf, und mein Herz wurde schwer. »Ich stehe lieber hier bei dir als dort drüben ohne dich.«

»Du bist die Beste«, erklärte ich und wünschte, es wäre mir erlaubt gewesen, sie zu umarmen. Stattdessen streckte ich die Hand aus und drückte ihren Arm. »Wirklich. Aber du musst heute Abend nicht mein Schatten sein. Ich habe schon zwei davon.«

Tawny sah über meine Schulter. »Eigentlich nur einen. Vikter ist noch beim Kommandanten.«

»Ich brauche nicht mehr als einen.« Ich drückte erneut ihren Arm. »Geh, Tawny. Bitte.«

Sie sah mich forschend an, und ich spürte, dass sie schwankte. Bevor sie eine falsche Entscheidung treffen konnte, log ich: »Außerdem bin ich ziemlich müde. Ich habe gestern Nacht schlecht geschlafen und bleibe sicher nicht mehr lange.«

»Bist du sicher?«

Ich nickte.

Tawnys ganzer Körper zitterte, so sehr bemühte sie sich, mir nicht um den Hals zu fallen. Am Ende brachte sie ein kurzes Nicken zustande, und ich ließ ihre Hand los. Sie warf mir einen letzten Blick zu, dann machte sie sich auf den Weg zu Dafina und Loren, die sich mit drei Hofherren unterhielten.

Ich lächelte. Hoffentlich würde sie sich heute Abend amüsieren, doch um das zu erreichen, musste ich verschwinden. Wenn ich noch länger hier zwischen den roten Geranien herumstand, würde sie früher oder später zurückkommen.

Hawke trat näher an mich heran, und bevor er etwas sagen konnte, überfuhr mich ein warmer Schauer. Ich wandte den Kopf nach rechts. Er stand nur noch wenige Zentimeter hinter mir.

»Das war sehr nett von dir«, erklärte er und ließ dabei den Saal nicht aus den Augen.

»Nicht wirklich. Warum sollte sie hier herumstehen, nur weil ich nichts anderes tun kann?«

»Kannst du wirklich nicht?«

»Du warst doch dabei, als Ihre Gnaden mich daran erinnert hat, dass ich mich nicht unter die Gäste mischen und mit niemandem ...«

»... reden soll.«

»Sie sagte, ich solle *mit niemandem Umgang haben*«, korrigierte ich ihn.

»Aber du musst nicht hier herumstehen.«

»Nein, muss ich nicht.« Ich sah hinüber zur Tanzfläche und unterdrückte ein Seufzen. Ich sollte wirklich verschwinden. Die Vorstellung, in mein Zimmer zurückzukehren, war zwar nicht gerade verlockend, aber ich wollte nicht, dass Tawny zurückkam. »Ich würde gerne in mein Zimmer gehen.«

»Sicher?«

Nein. »Natürlich.«

»Nach dir, Prinzessin.«

Ich wandte mich um, und meine Augen wurden schmal. »Hör auf, mich so zu nennen.«

»Es gefällt mir aber.«

Ich schob mich an ihm vorbei. »Aber mir nicht.«

»Du lügst.«

Kopfschüttelnd bahnte ich mir einen Weg durch die lächelnden, maskierten Menschen. Niemand sah in meine Richtung, und die meisten hatten wohl vergessen, dass die Herzogin vorhin mit mir geredet hatte.

Draußen im Flur war es kühler als im großen Saal, auch dank der frischen Luft, die durch die offenen Ausgänge in den Garten hereinströmte. Ich warf einen kurzen Blick in Richtung Garten, bevor ich weiterging.

»Wohin willst du?«, fragte Hawke.

Ich wandte mich verwirrt zu ihm um. »Zurück auf mein Zimmer, wie ich ...« Ich verstummte.

Hawkes bernsteinfarbene Augen musterten mich eingehend und blieben einen Moment lang an meinen Haaren hängen, die über meine Schultern fielen. Dann wanderten sie weiter über die zarte Spitze an meinem Dekolleté, das nicht annähernd so tief war wie die Ausschnitte einiger Hofdamen. Allerdings sah man die obere Wölbung meiner Brüste, und das war außergewöhnlich für mich, denn meine normalen Kleider reichten mir bis zum Hals.

»Ich habe gelogen, als ich sagte, du würdest hübsch aussehen«, meinte er.

»Wie bitte?«

»Du siehst wunderschön aus, Poppy. Absolut umwerfend«, murmelte er und schüttelte kaum merklich den Kopf. »Das wollte ich dir nur sagen.«

Seine Worte lösten ein derart starkes Gefühl in mir aus, dass ich einen Moment lang die Kontrolle über meine Gabe verlor. Meine Sinne öffneten sich, bevor ich etwas dagegen unternehmen konnte. Ich spürte keinen Schmerz, nur eine sanfte Traurigkeit. Mein Blick huschte zu seinem Gesicht, und dann spürte ich ... noch etwas. Es waren zwei verschiedene Gemütsregungen. Die eine erinnerte mich an den säuerlichen Geschmack einer Zitrone, die andere war schwerer ... würzig und ein wenig rauchig. Die erste Regung war vermutlich Verwirrung oder Unsicherheit, als wäre er sich einer Sache nicht ganz gewiss. Die andere ...

Bei den Göttern!

Er dauerte einige Augenblicke, bis ich erkannte, was es

war. Es fühlte sich heiß an und ... schmerzhaft. Es fühlte sich an wie ... Erregung.

»Ich habe eine Idee«, sagte er und löste seinen Blick langsam von mir.

»Tatsächlich?« Ich fühlte mich seltsam atemlos, während ich versuchte, meine Gabe wieder unter Kontrolle zu bringen.

Er nickte. »Sie beinhaltet allerdings nicht, dass ich dich auf dein Zimmer bringe.«

Vorfreude stieg in mir hoch, aber ...«Ich bin mir sicher, dass ich sofort auf mein Zimmer zurückkehren muss, wenn ich dem Ritual nicht länger beiwohnen will.«

»Du trägst eine Maske, genau wie ich. Du bist nach außen hin nicht als die Jungfräuliche erkennbar. Und um auf deine eigenen Worte zurückzukommen: Niemand wird wissen, wer wir beide sind.«

»Ja, aber ...«

»Es sei denn, du möchtest zurück auf dein Zimmer. Vielleicht bist du so fasziniert von diesem Buch ...«

Meine Wangen glühten. »Ich bin nicht fasziniert von diesem Buch.«

»Du willst dich also nicht wieder in deinem Zimmer einschließen?«

Ich öffnete den Mund, doch er ließ mich nicht zu Wort kommen. »Es gibt keinen Grund, warum du mich anlügen solltest.«

»Ich ...« Ich konnte nicht lügen. Niemand hätte mir geglaubt. »Und wohin soll ich deiner Meinung nach gehen?«

»Du meinst, wohin *wir* gehen?« Das Licht der Wandleuchten fiel auf seine Maske, als er mit dem Kopf in Richtung Garten deutete.

Mein Herz setzte einen Schlag lang aus, dann wurde es schwer. »Ich weiß nicht. Es ...«

»Der Garten war früher dein Zufluchtsort«, unterbrach

er mich. »Jetzt verursacht er dir Albträume. Aber das ist nur so, weil du es zulässt.«

»Weil ich es *zulasse*? Ich kann doch nichts daran ändern, dass Rylan dort draußen getötet wurde.«

»Musst du auch nicht.«

Ich starrte ihn an. »Ich kann dir nicht folgen.«

Er trat näher heran. »Du kannst nicht ändern, was dort draußen passiert ist. Genauso, wie du nichts daran ändern kannst, dass der Garten dir früher immer Ruhe geschenkt hat. Du brauchst nur die letzte Erinnerung – die schlechte – durch eine neue – eine gute – zu ersetzen, und das so oft, bis die Summe der guten Erinnerungen die schlechten überwiegt.«

Ich wollte etwas erwidern, doch dann dachte ich noch einmal darüber nach, was er gesagt hatte. Ich blickte in die Dunkelheit hinaus. Seine Sichtweise ergab durchaus Sinn. »Bei dir klingt das alles so einfach.«

»Das ist es aber nicht. Es ist hart und unbequem, aber es funktioniert.« Er streckte mir die Hand entgegen, und ich starrte sie an, als säße ein gefährliches Tier darauf. »Außerdem bist du nicht allein. Ich bin bei dir, und nicht nur, um auf dich aufzupassen.«

Ich bin bei dir, und nicht nur, um auf dich aufzupassen.

Ich sah ihn überrascht an. Seine Worte brachten eine Saite zum Klingen, die ich tunlichst zu ignorieren versuchte. Götter, ich hatte mich so oft einsam gefühlt, seit Ian fort war, auch wenn ich selten wirklich allein gewesen war. Aber die Menschen, mit denen ich zusammen war, taten nur ihre Pflicht. Selbst Tawny und Vikter. Das änderte zwar nichts daran, dass ich ihnen etwas bedeutete und sie mir, aber trotzdem waren sie häufig nicht richtig anwesend, wenn sie bei mir waren. Natürlich war es möglich, dass ich mir vieles davon einbildete. Aber da war dieser kleine, sehr unsichere Teil von mir, der befürchtete, dass unsere Freundschaft nicht existieren würde, wenn Tawny nicht zu meiner Zofe ernannt worden wäre. Vielleicht wäre sie dann genauso wie Dafina, Loren und die anderen Hofdamen.

Aber woher wusste Hawke das? Oder *wusste* er es gar nicht? Ich hätte ihn gerne gefragt, andererseits wollte ich nicht darüber sprechen. Die Einsamkeit brachte Scham und Verlegenheit mit sich.

Mit Hawke war es anders. Ich kannte ihn erst seit Kurzem, aber ich hatte mich mit ihm noch nie allein gefühlt. War es lediglich sein Auftreten, das ihn sofort zum Mittelpunkt jedes Raumes machte, den er betrat? Oder war es mehr? Ich konnte nicht leugnen, dass ich mich zu ihm hingezogen fühlte, egal ob es mir nun verboten war oder nicht.

Und ich wollte nicht zurück auf mein Zimmer, um erneut verwirrenden Grübeleien nachzuhängen, gegen die ich nichts unternehmen konnte. Ich wollte keine weitere Nacht darüber nachdenken, wie ich gerne mein Leben verbringen würde, statt einfach zu *leben*.

War es vernünftig, mit ihm zu gehen, wenn ich wusste, was ich für ihn empfand? Hatte ich die Willensstärke, mich daran zu erinnern, wer ich war? Allein schon darüber nachzudenken war gefährlich.

Aber ich ... ich wollte es.

Ich holte Luft, die nicht bis in meine Lunge drang, und streckte die Hand nach seiner aus, hielt allerdings im letzten Moment inne. »Wenn jemand mich sieht ... oder dich ...«

»Uns beide, meinst du? Wie wir uns an den Händen halten? Gute Götter, was für ein Skandal!« Ein Lächeln huschte über sein Gesicht. »Es ist doch niemand da.« Er sah sich um. »Es sei denn, du siehst Leute, die ich nicht sehe?«

»Ja, die Geister derjenigen, die schlechte Entscheidungen getroffen haben«, erwiderte ich trocken.

Er lachte leise. »Ich bezweifle, dass uns dort draußen jemand erkennt. Wir tragen beide Masken, und der Garten wird lediglich vom Mond und ein paar Lampen erhellt.« Er wackelte mit den Fingern. »Außerdem habe ich so das Gefühl, dass die Leute da draußen viel zu beschäftigt sein werden, um auf uns zu achten.«

Meine Fantasie ging mit mir durch, als ich mir vorstellte, was andere dort draußen machten.

»Du hast einen schlechten Einfluss auf mich«, murmelte ich, als ich meine Hand in seine legte.

Hawke schloss seine Finger um meine. Das Gewicht und die Wärme seiner Hand waren ein angenehmer Schock. »Nur die Schlechten kann man beeinflussen, Prinzessin.«

24

»DAS IST EINE ZIEMLICH FEHLERHAFTE LOGIK«, meinte ich.

Er lachte leise, während wir uns auf den Weg zum Ausgang machten. »Meine Logik ist nie fehlerhaft.«

»Das ist wohl eines der Dinge, die man selbst nicht merkt«, vermutete ich und lächelte.

Die kühle Nachtluft schlug uns entgegen, als wir ins Freie traten, und mein Herz machte einen Sprung, als ich den vertrauten, süßlichen Geruch nach Blumen und satter, feuchter Erde vernahm.

Mein Blick huschte von einer Seite zur anderen, auf der Suche nach einer Unregelmäßigkeit. Etwas, das sich seit meinem letzten Besuch verändert hatte. Irgendetwas musste doch anders sein. Den Hauptweg entlang standen Öllaternen, doch die Seitenwege lagen im Dunkeln, das nicht einmal das Mondlicht erhellen konnte. Meine Schritte wurden langsamer, als eine sanfte Brise in die Büsche und meine Haare fuhr.

»Der Ort, an dem ich meinen Bruder zum letzten Mal gesehen habe, war früher mein Lieblingsplatz.«

Hawke riss mich aus meinen Gedanken, und ich hörte auf, jeden Busch zu beäugen, an dem wir vorbeikamen, wobei ich ohnehin nicht wusste, wonach ich suchte. Vielleicht erwartete ich, verwelkte Blüten zu entdecken, von denen Blut tropfte. Oder den Herzog, der aus dem Schatten sprang.

Die Trauer, die ich bei unserem letzten Gespräch über seinen Bruder gespürt hatte, hatte in mir den Eindruck erweckt, dass Hawke nicht über ihn reden wollte, weshalb mich das Thema einigermaßen überraschte.

»Bei mir zu Hause gibt es versteckte Höhlen, von denen nur wenige Leute wissen«, fuhr er fort und hielt meine Hand dabei immer noch fest in seiner. »Da ist dieser eine Tunnel, in den man ziemlich weit vordringen muss. Er ist dunkel und eng, und nur wenige sind bereit, ihm zu folgen und zu entdecken, was sich am Ende befindet.«

»Aber du und dein Bruder habt es getan.«

»Mein Bruder, ein Freund und ich. Als wir noch jung waren und mehr Mut als Verstand besaßen. Ich bin froh darüber, denn am Ende des Tunnels befindet sich eine riesige Höhle voll mit herrlich blauem, sprudelndem Wasser.«

»Eine heiße Quelle?« Leises Gemurmel drang aus den Schatten und verstummte, als wir vorbeigingen.

»Ja und nein. Das Wasser zu Hause ist ... einzigartig.«

»Woher ...?« Mein Blick huschte in die Richtung, aus der die Geräusche gekommen waren. Ich schluckte und wandte mich eilig ab. Plötzlich wurde mir das Gefühl von Hawkes Hand in meiner noch bewusster. Die harten Schwielen an seinen Händen, die Kraft seiner Finger. Ich dachte an das schwere, würzige, rauchige Gefühl, das ich vorhin gespürt hatte. »Woher kommst du?«

»Aus einem kleinen Dorf, von dem du sicher noch nie gehört hast«, antwortete er und drückte meine Hand. »Wir schlichen uns davon, sooft es ging, und machten uns auf den Weg zur Höhle. Nur wir drei. Es war unsere kleine Welt, während in der echten Welt Dinge geschahen, die nur die Erwachsenen begriffen. Wir brauchten diesen Ort, wo wir uns keine Gedanken darüber machen mussten, was unsere Eltern bedrückte. Wo uns die geflüsterten Unterhaltungen, die wir nicht wirklich verstanden, keine Sorgen bereiteten. Obwohl wir jung waren, wussten wir genug, um zu erkennen, dass etwas Schlimmes bevorstand. Die Höhle war unsere Zuflucht.« Er hielt an und sah auf mich hinunter. »So wie dieser Garten für dich.«

Der Springbrunnen mit der verschleierten Jungfräulichen befand sich nur noch wenige Meter entfernt, und das Plätschern des Wassers umgab uns.

»Ich habe sie beide verloren«, erklärte er, und ein Schatten legte sich über sein Gesicht, während sein Blick nichts an Kraft einbüßte. »Meinen Bruder, als wir noch ziemlich jung waren, und meinen besten Freund einige Jahre später. Die Höhle, die einmal voller Freude und Abenteuer gewesen war, war zu einem Friedhof der Erinnerungen verkommen. Ich konnte mir nicht vorstellen, jemals ohne sie dorthin zurückzukehren. Beinahe so, als wäre dieser Ort verflucht.«

Ich musste mich nicht öffnen, um zu wissen, dass der Schmerz in ihm schwärte, und es war keine gute Idee, meine Gabe zweimal bei ihm anzuwenden, vor allem jetzt, wo sie sich weiterentwickelte. Andererseits hielten wir uns ohnehin an den Händen, also rief ich mir einige glückliche Erinnerungen ins Gedächtnis, von denen es ohnehin nicht viele gab, und ließ ihn einen Moment daran teilhaben.

Ich spürte, wie seine Hand kaum merklich zitterte, und sagte: »Ich verstehe, was du meinst. Ich schaue mich andauernd um, weil ich das Gefühl habe, es müsste hier ganz anders aussehen. Dass es eine Veränderung geben müsste, die zeigt, wie ich mich fühle.«

Hawke räusperte sich. »Aber es ist noch dasselbe, nicht wahr?«

Ich nickte.

»Ich habe lange gebraucht, bis ich genug Mut gefasst hatte, um in die Höhle zurückzukehren, und mir ging es damals ganz ähnlich. Ich hatte erwartet, dass das Wasser in meiner Abwesenheit schlammig geworden war. Schmutzig und kalt. Aber es war immer noch so ruhig, blau und warm wie immer.«

»Hast du deine traurigen Erinnerungen mit glücklichen überschrieben?«, fragte ich.

Ein leises Lächeln machte sich auf seinem Gesicht breit, das von einem Streifen Mondlicht erhellt wurde. Er schüttelte den Kopf, und die Sorgenfalten verschwanden. »Ich hatte noch nicht die Gelegenheit dazu, aber ich habe es vor.«

»Ich hoffe, es gelingt dir«, erwiderte ich, obwohl ich wusste, dass er als königlicher Wächter wohl noch Jahre auf die passende Möglichkeit warten musste. Der sanfte Wind strich durch meine Haare. »Es tut mir leid, was mit deinem Bruder und deinem Freund passiert ist.«

»Danke.« Er richtete den Blick in den Sternenhimmel und meinte: »Ich weiß, dass es nicht vergleichbar ist mit dem, was mit Rylan passiert ist, aber ich verstehe, wie du dich fühlst.«

Meine Hand lag steif in seiner, und die Finger standen nach vorne, anstatt sich um seine zu schließen. Dabei hätte ich es gerne getan. »Manchmal denke ich ... ich denke, es war ein Segen, dass ich noch so jung war, als Ian und ich unsere Eltern verloren. Meine Erinnerungen an sie sind nur noch sehr vage, und deshalb kann ich ... ich weiß auch nicht ... ich kann es mit einem gewissen Abstand betrachten. So falsch es klingen mag, ich hatte Glück. Es macht den Umgang mit dem Verlust einfacher, weil es sich so anfühlt, als wären sie nicht real gewesen. Bei Ian ist das anders. Er kann sich um einiges besser erinnern als ich.«

»Daran ist nichts Falsches, Prinzessin. Herz und Gehirn arbeiten nun mal auf diese Weise«, sagte Hawke. »Du hast deinen Bruder also nicht mehr gesehen, seit er in die Hauptstadt aufgebrochen ist?«

Ich schüttelte den Kopf. »Er schreibt, sooft er kann, aber gesehen habe ich ihn am Morgen seiner Abreise zum letzten Mal.« Ich presste die Lippen aufeinander, und meine Finger schlossen sich um seine. Mein Magen zog sich zusammen. Hawke führte mich nicht länger an der Hand. Wir hielten Händchen. Für viele Leute war das keine große Sache, einige mochten es sogar albern finden. Aber für mich war es ein riesiger Schritt. Und ich genoss es.

»Ich vermisse ihn.« Ich hob den Blick und erkannte, dass Hawke mich noch immer ansah. »Ich bin mir sicher, dass du deinen Bruder auch vermisst, und ich hoffe ... ich hoffe, du siehst ihn eines Tages wieder.«

Er neigte den Kopf und öffnete den Mund, als wollte er etwas sagen, doch dann entschied er sich anders. Ein Augenblick verging, dann hob er seine freie Hand und griff nach einer meiner Haarsträhnen. Ich schnappte nach Luft, und ein Schaudern durchfuhr mich, als seine Fingerknöchel meine Wange berührten. Es ging bis in meinen Bauch und noch tiefer.

Meine Wangen glühten, als ich seine Hand losließ, einen Schritt zurücktrat und mich abwandte. Mein Herz pochte, und ich verschränkte meine Finger ineinander.

War eine derart starke Reaktion auf eine einzige Berührung normal? Ich war mir nicht sicher, aber ich konnte es mir nicht vorstellen.

»Ich ... Mein Lieblingsplatz im Garten war die Bank vor den nachtblühenden Rosen«, plapperte ich los. »Ich war fast jeden Abend dort, um ihnen beim Öffnen der Blüten zuzusehen. Sie waren meine Lieblingsblumen, aber jetzt kann ich kaum noch hinsehen, wenn ich sie in der Burg in einer Vase entdecke.«

»Willst du hingehen?«, fragte Hawke, der nur wenige Zentimeter hinter mir war.

Ich dachte an die seidig schwarzen Blütenblätter und die tiefvioletten Blüten der Palisanderbäume ... an das Blut, das sich auf dem Weg gesammelt hatte. Wie es in die Ritzen zwischen den Steinen gedrungen war und mich an eine andere Nacht meines Lebens erinnert hatte. »Ich ... ich glaube nicht.«

»Willst du meinen Lieblingsplatz sehen?«

»Du hast hier einen Lieblingsplatz?«

»Ja.« Er streckte mir erneut die Hand entgegen. »Willst du ihn sehen?«

Ich wusste, ich sollte Nein sagen, aber ich konnte nicht. Ich legte meine Hand in seine.

Hawke führte mich schweigend um den Springbrunnen herum und den Hauptweg entlang. Erst als er nach links abbog und ein milder, süßer Lavendelduft die Luft erfüllte, wusste ich, wohin er wollte.

Zur Weide.

Am südlichsten Rand des königlichen Gartens stand eine große, mehrere Hundert Jahre alte Trauerweide. Ihre Äste reichten beinahe bis zum Boden und bildeten einen blickdichten Baldachin. Wenn die Luft wärmer wurde, sprossen winzige weiße Blüten zwischen den Blättern.

»Die Trauerweide ist dein Lieblingsplatz?«, fragte ich. Um den Baum herum hingen mehrere brennende Laternen an Holzpfählen.

Er nickte. »Bevor ich hierherkam, hatte ich noch nie eine gesehen.«

Ich war nicht überrascht, dass er in der Hauptstadt keine gesehen hatte, aber ich fragte mich, aus welchem Dorf er wohl stammte, wenn es dort Farmer und Höhlen, aber keine Trauerweiden gegeben hatte. »Ian und ich haben oft unter den Ästen gespielt. Dort, wo niemand uns sehen konnte.«

»Gespielt? Oder habt ihr euch versteckt?«, fragte er. »Denn das hätte ich getan.«

Ich musste grinsen. »Na ja. Ich habe mich versteckt, und Ian hat mitgemacht, wie es brave große Brüder eben tun.« Ich sah ihn an. »Warst du schon einmal unter den Ästen?

Dort sind einige Bänke verborgen.« Ich runzelte die Stirn. »Im Grunde könnte sich jeder hier verstecken, und wir würden es nicht bemerken.«

»Da ist niemand.«

Ich hob die Augenbrauen. »Woher willst du das wissen?«

»Ich weiß es einfach. Komm mit.« Er zog mich mit sich. »Pass auf, wo du hintrittst.«

Ich fragte mich, ob seine Überzeugung etwas mit seiner außerordentlichen Beobachtungsgabe zu tun hatte. Ich überwand ohne Probleme die niedrige Steinmauer, und wir gingen an einer Laterne vorbei auf den Baum zu. Hawke schob mit der freien Hand die Äste beiseite, und ich trat ins Innere. Wenige Augenblicke später sperrte das dichte Blattwerk das Mondlicht aus, und nur der schwache Schein der nächstgelegenen Laterne war noch auszumachen.

Ich sah mich um und erkannte gerade noch den Umriss des Stammes. »Bei den Göttern, ich habe vergessen, wie dunkel es hier nachts ist.«

»Wie in einer vollkommen anderen Welt«, meinte Hawke. »Als wären wir durch einen Schleier an einen verzauberten Ort gelangt.«

Ich grinste, denn seine Worte erinnerten mich an Ian. »Du solltest es sehen, wenn es wärmer ist. Wenn die Weide blüht. Oh! Und wenn es schneit. Die Schneeflocken landen auf den Blättern und auf dem Boden, aber kaum eine schafft es ins Innere.«

»Vielleicht erleben wir es einmal gemeinsam.«

»Glaubst du?«

»Warum nicht?«, fragte er, und ich merkte, wie er sich mir zuwandte. Als er weitersprach, spürte ich seinen Atem auf meiner Stirn. »Es wird doch bald schneien, nicht wahr? Dann schleichen wir uns in der Dämmerung davon und kommen hierher.«

Ich befeuchtete meine Lippen und war mir vollkommen

bewusst, wie nahe er mir inzwischen gekommen war. »Aber werden wir dann noch hier sein? Vielleicht ruft mich die Königin noch vor dem ersten Schnee zu sich in die Hauptstadt«, meinte ich und sprach einen Gedanken laut aus, den ich bis jetzt verdrängt hatte.

»Möglich. Falls ja, müssen wir uns eben andere Abenteuer überlegen«, erwiderte er. »Oder sollte ich besser sagen: andere Gelegenheiten, uns ins Unglück zu stürzen?«

Ich lachte. »Es wird vermutlich schwer werden, mich davonzuschleichen, wenn wir erst in der Hauptstadt sind. Nicht, wenn ... wenn mein Aufstiegsritual näher rückt.«

»Du solltest mehr Vertrauen in mich haben. Ich versichere dir, ich finde einen Weg, um davonzuschleichen. Und was auch immer wir tun, wir müssen am Ende nicht aus dem Fenster klettern und auf einem Mauersims stehen.«

Ich hatte das Gefühl, dass seine Fingerspitzen über meine Wange glitten, aber es war zu dunkel und die Berührung war zu sanft und kurz, sodass ich mir nicht sicher sein konnte. »Immerhin sind wir in der Nacht des Rituals hier draußen und verstecken uns unter einer Trauerweide.«

»Das war ja nicht allzu schwer.«

»Aber nur, weil ich dich geführt habe.«

Ich lachte erneut. »Ja, sicher.«

»Deine Zweifel tun weh.« Er wandte sich ab und zog mich an der Hand mit sich. »Du meintest vorhin, es gäbe hier einige Sitzbänke? Warte. Ich sehe sie.«

Ich starrte auf den schattenhaften Umriss, der vermutlich sein Hinterkopf war. »Wie um alles in der Welt kannst du die Bänke sehen?«

»Siehst du sie etwa nicht?«

»Ähm, nein.« Ich blinzelte in die Dunkelheit.

»Dann habe ich wohl bessere Augen als du.«

Ich schnaufte. »Du behauptest sicher nur, dass du sie siehst, aber in Wahrheit fällst du jeden Moment über ...«

»Da sind sie!« Hawke hielt inne und ließ sich nieder, als würde er tatsächlich ganz genau sehen, wo die Bank war.

Ich starrte ihn mit offenen Mund an, doch dann wurde mir klar, dass er mein dämliches Gesicht wahrscheinlich ebenfalls sah, und ich presste die Lippen aufeinander.

»Setzt du dich zu mir?«, fragte er.

»Würde ich ja gerne, aber im Gegensatz zu dir kann ich nichts ...« Ich schnappte nach Luft, als er mich an der Hand nach unten zog. Ehe ich michs versah, saß ich auf seinem Schoß.

»Bequem so?«, fragte er, und es klang, als würde er lächeln.

Ich war sprachlos. Er hielt immer noch meine Hand, und ich saß *auf seinem Schoß*! Ich dachte an Willa Colyns Tagebuch. Dort beschrieb sie, wie sie einmal auf dem Schoß eines Mannes gesessen hatte. Allerdings mit wesentlich weniger Stoff dazwischen.

»Das kann nicht bequem sein.« Er legte einen Arm um meinen Rücken und zog mich näher heran. »So. Das muss doch viel besser sein.«

Das war es.

Und gleichzeitig auch wieder nicht.

»Ich will ja nicht, dass du frierst«, fügte er hinzu, und sein warmer Atem strich über meine Schläfe. Er war so viel größer als ich. Selbst im Sitzen reichte ich ihm kaum bis zum Kinn. »Das ist meine Pflicht als dein Leibwächter.«

»Dass du mich auf deinen Schoß ziehst, damit mir nicht kalt wird?«

»Ganz genau.« Seine Hand lag auf meiner Taille, und ich spürte ihre Wärme durch mein Kleid.

Ich starrte in die Richtung, in der sich vermutlich sein Hals befand. »Das ist unglaublich unpassend.«

»Unpassender als der Schweinkram, den du liest?«

»Ja«, behauptete ich mit glühenden Wangen.

»Das glaube ich kaum.« Sein leises Lachen ließ meinen Körper vibrieren. »Aber ich muss es zugeben: Das hier *ist* unangemessen.«

»Warum tust du es dann?«

»Warum?« Sein Kinn berührte meinen Scheitel. »Weil ich es will.«

Ich blinzelte. »Und was, wenn ich es nicht will?«

Ein weiteres leises Lachen, das ein Schaudern durch meinen Körper sandte. »Prinzessin, wenn ich etwas tun würde, das du nicht willst, würde ich zweifellos einen Wimpernschlag später mit einem Messer an der Kehle auf dem Rücken liegen. Selbst, wenn du keinen Zentimeter weit sehen kannst.«

Na ja ...

»Du hast deinen Dolch doch dabei, oder?«

Ich seufzte. »Ja.«

»Ich wusste es.« Er ließ meine Hand los, und ich legte sie in meinen Schoß. »Niemand kann uns sehen. Niemand weiß, dass wir hier sind. Alle glauben, du bist auf deinem Zimmer.«

»Es ist unverantwortlich, und zwar aus vielerlei Gründen. Wenn jemand kommt ...«

»Höre ich ihn, bevor er uns bemerkt«, unterbrach er mich. Ich wollte gerade anmerken, dass sein Gehör unmöglich so gut sein konnte wie seine Sehkraft, da sprach er weiter: »Und selbst wenn uns jemand entdeckt, hat dieser Jemand keine Ahnung, wer wir sind.«

Ich lehnte mich ein wenig zurück, um etwas Platz zwischen unseren Oberkörpern zu schaffen. »Hast du mich deshalb hierhergeführt?«

»Deshalb?«

»Um ... unangemessen zu sein.«

»Aber warum sollte ich das tun, Prinzessin?«, fragte er leise und berührte meinen Arm.

»Warum? Das ist doch offensichtlich, Hawke. Ich sitze auf deinem Schoß. Und ich bezweifle, dass du oft auf diese Art unschuldige Gespräche mit Leuten führst.«

»Ich führe sehr selten unschuldige Gespräche, Prinzessin.«

»Wie schockierend«, murmelte ich.

»Du behauptest also, ich hätte dich hierher anstatt in ein Zimmer mit einer verschließbaren Tür und einem Bett geführt« – seine Fingerspitzen glitten über meinen rechten Arm – »um etwas Unangemessenes anzustellen?«

»Genau das behaupte ich.« Mein Herz klopfte bereits wie verrückt, seit er mich auf seinen Schoß gezogen hatte, doch nun sprang es mir beinahe aus der Brust.

»Und wenn ich dir sage, dass das nicht stimmt?«

»Ich ...« Mein Magen zog sich zusammen, als seine Finger auf meine Hüfte glitten. »Ich würde dir nicht glauben.«

»Was, wenn ich dir erkläre, dass ich das hier nicht geplant habe?« Sein Daumen strich über meine Hüfte. »Aber dann war da der Mond, und da warst du mit den offenen Haaren und in diesem Kleid, und dann kam mir die Idee, dass das hier der perfekte Ort wäre, um sich vollkommen unangemessen zu verhalten.«

»Das ... das klingt wahrscheinlicher.«

Seine Hand strich über den dünnen Stoff meines Kleides. »Dann wird es so gewesen sein.«

»Wenigstens bist du ehrlich.« Ich biss mir auf die Lippe, als das Ziehen in meinem Bauch stärker wurde. Das hier war gefährlich. Selbst wenn uns niemand entdeckte, fühlte ich mich, als würde ich das Wohlwollen der Götter auf die Probe stellen. Ein paar heimliche Küsse waren vielleicht verzeihlich. Aber das hier?

Nur, wenn die Götter etwas dagegen gehabt hätten, wären sie dann nicht schon längst eingeschritten? Tawny hatte einmal gesagt, dass sie sich nicht sicher war, ob sämtliche mir auferlegten Regeln tatsächlich von den Göttern stammten.

Und wenn ich das, was die Herzogin über die erste Jungfräuliche erzählt hatte, richtig deutete, hatte sie sehr viele verbotene Dinge getan.

Trotzdem hatte man sie nicht als unwürdig verstoßen.

Hawke riss mich aus meinen Gedanken. »Weißt du was? Treffen wir eine Vereinbarung.«

»Eine Vereinbarung?«

»Wenn ich etwas mache, das dir nicht gefällt ...«, seine Hand glitt meinen Oberschenkel hinunter, und es verschlug mir einen Moment lang den Atem, »... darfst du zustechen.«

»Wäre das nicht übertrieben?«

»Ich hoffe natürlich, dass du mir nur eine klitzekleine Fleischwunde verpasst«, fügte er hinzu. »Aber ich gehe das Risiko gerne ein.«

Ich grinste. »Du hast wirklich einen schlechten Einfluss auf mich.«

»Ich dachte, wir hätten schon besprochen, dass nur die Schlechten beeinflusst werden können.«

»Und ich dachte, ich hätte dir bereits gesagt, dass deine Logik fehlerhaft ist«, entgegnete ich und schloss die Augen, als seine Finger über den Dolch an meinem Schenkel strichen.

Ein heißes Schaudern überfuhr meinen Rücken, und ich hatte das plötzliche Bedürfnis, die Beine zusammenzudrücken. Ich schaffte es, dem Verlangen nicht nachzugeben.

Ich widerstand Hawke, obwohl ich am Vorabend noch bereit gewesen war, mich von ihm küssen zu lassen.

»Ich bin die Jungfräuliche, Hawke«, erinnerte ich ihn – oder mich selbst, ich war mir nicht sicher.

»Das ist mir egal.«

Ich riss schockiert die Augen auf. »Ich kann nicht glauben, dass du das gerade gesagt hast.«

»Ich wiederhole es gerne: Es ist mir egal, was du bist.« Hawke nahm die Hand von meinem Rücken, und einen Augenblick später spürte ich sie auf meiner Wange. »Mir ist nur wichtig, *wer* du bist.«

Oh.

Meine Brust schwoll so schnell an, dass es einem Wunder gleichkam, dass ich nicht aus seinem Schoß abhob und in die Krone der Weide emporschwebte. Das, was er gerade gesagt hatte ...

... war das Süßeste und Perfekteste, das jemals jemand gesagt hatte.

»Warum?«, wollte ich wissen und wünschte beinahe, er hätte nichts gesagt. »Warum sagst du das?«

»Ist die Frage ernst gemeint?«

»Ja. Das ist seltsam.«

»*Du* bist seltsam.«

Ich schlug ihm auf die Schulter – oder die Brust. Es war jedenfalls eine sehr harte Stelle.

Hawke grunzte. »Aua.«

»Das hältst du schon aus. So fest war es nun auch wieder nicht.«

»Das gibt sicher einen blauen Fleck.«

»Du bist albern«, widersprach ich. »Und wenn hier einer seltsam ist, dann bist das du.«

»Ich sitze hier und bin ehrlich zu dir, während du mich verprügelst. Inwiefern bin *ich* seltsam?«

»Weil das Ganze hier keinen Sinn ergibt.« Ich wollte frustriert aufspringen, doch er hielt mich zurück. Oder ich ließ mich zurückhalten. Ich war mir nicht sicher. Und das machte mich noch wütender. »Du könntest mit jeder zusammen sein, Hawke. Es gibt eine Menge Frauen, mit denen du dich nicht unter einer Trauerweide verstecken müsstest.«

»Trotzdem bin ich hier bei dir. Und falls du denkst, ich erfülle nur meine Pflicht als dein Leibwächter – damit hat das nichts zu tun. Als dein Leibwächter hätte ich dich auf dein Zimmer begleitet und vor der Tür Aufstellung genommen.«

»Genau das meine ich. Es ergibt keinen Sinn. Es gibt viele Frauen, die mit dir ... machen, was auch immer hier passiert. Für die es keine große Sache wäre.« Mir fiel die hübsche Britta ein. Ich war mir sicher, dass er mit ihr zusammen gewesen war. »Aber mich kannst du nicht haben. Ich bin ... ähm ... un-hab-bar.«

»Ich bin mir ziemlich sicher, dass es dieses Wort gar nicht gibt.«

»Darum geht es nicht. Es ist mir nicht gestattet. Nichts von alldem. Auch nicht, was ich im *Red Pearl* getan habe«, fuhr ich fort. »Egal, ob ich will ...«

»Oh, du willst es.« Sein Atem tanzte über meine Wange. »Du willst mich.«

»Das spielt keine Rolle«, sagte ich.

»Das, was du willst, sollte immer eine Rolle spielen.«

Ein kurzes, trockenes Lachen entfuhr mir. »Das tut es aber nicht. Und das ist eine weitere Sache, die hier nicht wichtig ist. Du könntest ...«

»Ich habe dich schon beim ersten Mal verstanden, Prinzessin. Du hast recht. Ich könnte mir jemanden suchen, mit dem es unkomplizierter wäre.« Sein Finger glitt von meinem rechten Ohr über den Rand meiner Maske und über meine Wange. Ich hatte keine Ahnung, wie er mich so gut sehen konnte. »Hofdamen und Hofherren, denen keine Regeln aufgebürdet wurden. Die nicht die Jungfräuliche sind, die zu beschützen ich einen Schwur geleistet habe. Es gäbe eine Menge Dinge, die ich mit meiner Zeit anstellen könnte. Und dazu gehört nicht, in sämtlichen Einzelheiten zu erklären, warum ich genau dort sein will, wo ich gerade bin, und zwar mit der Person, die ich mir ausgesucht habe.«

Meine Mundwinkel wanderten nach unten.

»Das Problem ist«, fuhr er fort, »dass mich niemand so sehr fasziniert wie du.«

Du faszinierst mich.

»Ist es so einfach für dich?«, fragte ich. Ich wollte ihm glauben – aber andererseits auch wieder nicht.

Er legte seine Stirn gegen meine, und ich zuckte überrascht zusammen. »Nichts ist jemals einfach. Und wenn es einfach ist, ist es oft nichts wert.«

»Aber warum dann?«

»Langsam glaube ich, dass das deine Lieblingsfrage ist.«

»Vielleicht. Es ist nur ... Götter, es gibt so viele Gründe, warum ich nicht verstehe, was dich so fasziniert. Du hast mich *gesehen*.« Mein Gesicht brannte, und ich hoffte inständig, dass er es nicht bemerkte. Ich sagte es nicht gerne, aber es war nun mal die Wahrheit.

»Ja, das habe ich. Und ich denke, du weißt bereits, was ich von deinem Aussehen halte. Ich habe es dir gesagt. Vor dem Herzog, vorhin vor dem großen Saal ...«

»Ich weiß, was du gesagt hast, und ich habe es nicht angesprochen, um Komplimente einzukassieren. Es ist nur ...« Ach, hätte ich bloß nichts gesagt! Ich schüttelte den Kopf. »Egal. Vergiss es.«

»Das kann ich nicht, und das werde ich nicht.«

»Toll«, murmelte ich.

»Du bist nur Arschlöcher wie den Herzog gewöhnt«, knurrte er. »Er mag ein Aufgestiegener sein, aber er ist ein Versager.«

Mein Herz setzte aus. »Das solltest du nicht sagen, Hawke. Du ...«

»Ich habe keine Angst davor, die Wahrheit auszusprechen. Er mag Macht besitzen, trotzdem ist er ein Schwächling, der glaubt seine Stärke zeigen zu müssen, indem er Leute demütigt, die mächtiger sind als er. Jemand wie du, mit deiner Macht? Er fühlt sich in deiner Gegenwart unzulänglich – und das ist er auch. Und deine Narben? Sie sind ein Beweis, wie stark du bist. Ein Beweis dafür, was du überlebt hast. Etwas, das Leute nicht überlebt haben, die doppelt so alt waren wie du. Deine Narben sind nicht hässlich. Ganz im Gegenteil. Sie sind wunderschön, Poppy.«

Poppy.

»Das ist das dritte Mal, dass du mich so nennst.«

»Das vierte Mal«, stellte er richtig, und ich blinzelte überrascht. »Wir sind doch Freunde, oder? Nur deine Freunde und dein Bruder nennen dich so. Du magst die Jungfräuliche sein und ich dein Leibwächter, aber alles in allem hoffe ich, dass wir Freunde sind.«

»Das sind wir.« Und das waren wir wirklich.

Er legte eine Hand auf meine Wange, und ein plötzliches Schaudern durchfuhr ihn. »Trotzdem bin ich ... ich bin im Moment nicht dein Freund und auch nicht dein Leibwächter. Ich bin nicht ...« Seine Hand glitt in meinen Nacken und hielt mich einen Moment lang fest, bevor er sie zurückzog. »Ich sollte dich jetzt auf dein Zimmer begleiten. Es ist spät.«

Ich stieß zitternd die Luft aus. »Ja, das ist es.«

Er würde mich zurück auf mein Zimmer bringen, wo ich wieder die Jungfräuliche, die Auserwählte sein würde. Zurück an einen Ort, an dem ich nicht Poppy war, sondern der Schatten einer Frau, der keine Erfahrungen, keine Wünsche, kein Leben und kein Verlangen gestattet waren. Ich würde nicht mehr länger die sein, die Hawke in mir sah.

»Hawke?«, flüsterte ich, und mein Herz pochte. »Küss mich, bitte.«

25

HAWKE WAR SO STILL, DASS ICH MICH FRAGTE, ob er noch atmete. Meine Bitte hatte ihn schockiert – und mich auch.

Ich glaube, ich hatte zwischendurch ebenfalls zu atmen aufgehört.

»Götter«, hauchte er und legte die Hand erneut auf meine Wange. »Das musst du mich nicht zweimal fragen, Prinzessin.«

Ehe ich etwas erwidern konnte, berührten sich unsere Lippen. Ich schnappte nach Luft und spürte, wie er lächelte. Ich wünschte, ich hätte es gesehen, denn ich war mir sicher, dass seine Mundwinkel ganz nach oben gewandert und beide Grübchen zu sehen waren. Er begann, seinen Mund über meinen zu bewegen. Schmerzhaft langsam, als würde er meine Lippen kartografieren. Ich hielt vollkommen still, und mein Herz klopfte wie verrückt. Winzige Schauer überliefen meinen ganzen Körper, und ich schloss zitternd die Finger um die Vorderseite seiner Tunika, was zweifellos Falten in dem zarten Stoff hinterlassen würde.

Die Berührung konnte kaum als Kuss bezeichnet werden, aber sie war so zärtlich und süß, dass sie mich bis tief ins Innere erschütterte.

Hawke neigte seinen Kopf, steigerte den Druck, und der Kuss wurde intensiver. Plötzlich war alles anders. Die Leidenschaft raubte mir den Atem, und als wir uns voneinander lösten, keuchten wir beide, und unser Brustkorb hob und senkte sich. Ich konnte seine Augen in der Dunkelheit nicht sehen, aber ich spürte seinen durchdringenden Blick.

Ich dachte nicht daran, was ich war. Ich dachte nicht daran, was recht und unrecht war. Ich dachte ehrlich gesagt überhaupt nicht, und ich hatte keine Ahnung, wer sich zuerst bewegte. Hawke? Oder ich? Beide zu selben Zeit? Unsere Lippen berührten sich erneut, und dieses Mal gab es kein Zögern. Da waren nur noch dieses unbändige Verlangen und tausend andere mächtige und verbotene Gefühle, die mich überschwemmten. Seine Lippen setzten meinen Mund in Flammen, brachten mein Blut zum Kochen und meine Sinne zum Glühen. Seine Hände strichen über meine Schultern und meine Arme. Hawke erschauderte, und ein Geräusch drang aus seiner Kehle. Es war eine Mischung aus Knurren und Stöhnen und ließ zarte Blitze der Lust und der Panik durch meinen Körper zucken, als er meine Lippen öffnete. Der Hunger in unserem Kuss hätte mir Angst machen sollen – und vielleicht tat er das auch, denn es war zu viel und zu wenig zugleich.

Ich stöhnte, als seine Hände über meine Seite glitten, und mein Körper sprühte Funken, fing Feuer ...

Er umfasste meine Mitte, hob mich hoch und setzte mich rittlings auf ihn. Seine Hose und mein Rock waren keine wirkliche Barriere. Ich spürte ihn und erschauderte, als ein scharfer, pulsierender Schmerz mich durchfuhr. Seine Antwort war ein tiefes, raues Stöhnen, das sämtliche Zurückhaltung fortwischte. Ich legte meine Hände auf seine Brust und genoss, wie sein Körper sich mir entgegendrückte, als ich sie über die Schultern und in seinen Nacken gleiten ließ.

Ich tat, was ich mir schon im *Red Pearl* gewünscht hatte und fuhr mit den Fingern durch seine Haare, die genauso weich waren, wie ich es erwartet hatte. Tatsächlich waren die Haare das einzig Weiche an seinem Körper, alles andere war hart wie Stahl.

Hawke schlang die Arme um mich und zog mich so nahe an sich, dass kaum noch Luft zwischen uns blieb. Er küsste mich erneut und küsste immer leidenschaftlicher, und ich wusste, dass es mehr als ein Kuss war. Es ging viel weiter. Weit darüber hinaus, was er fühlte und was er in mir auslöste.

Seine Worte hatten mich tief in meinem Inneren berührt, und es war überwältigend. Ich fühlte mich *lebendig*. Als wäre ich endlich aufgewacht.

Und ich wollte, dass es niemals endete.

Eine Vielzahl an Gefühlen durchfuhr mich, und mir wurde klar, dass ich die Kontrolle über meine Gabe verloren hatte. Meine Schutzschilde waren weit geöffnet, und ich konnte nicht mehr unterscheiden, welche Gefühle ihm und welche mir gehörten und was wir gemeinsam empfanden.

Ich bewegte meinen Körper instinktiv, drückte die Hüften nach vorne und rieb mich an ihn. Er erschauderte erneut und biss mir in die Unterlippe. Seine Faust umschloss den Rock meines Kleides, und er schob ihn hoch, bis seine Hände meine Waden berührten. Ich erzitterte, als hätte mich der Blitz getroffen.

»Denk daran«, murmelte er, und seine Hand wanderte weiter zu meinen Knien. »Wenn du etwas nicht möchtest, sag es, und ich höre auf.«

Ich nickte und suchte in der Dunkelheit nach seinem Mund. Als ich ihn fand, fragte ich mich, wie ich es so lange ausgehalten hatte, ohne ihn zu küssen.

Und wie ich weiterleben sollte, ohne es immer wieder zu tun.

Der Gedanke drohte, die Hitze zu ersticken, doch dann bewegten sich seine Hände erneut, strichen über meine Haut und sandten ein heißes Schaudern durch meinen Körper. Ich rückte nach vorne, bis unsere Hüften miteinander verschmolzen. Ich bewegte mich. Wir bewegten uns.

Ich hauchte seinen Namen, bevor ich ihn erneut küsste. Meine Zunge glitt zwischen seine Lippen ...

Hawkes Kopf fuhr zurück, denn legte er keuchend seine Stirn auf meine.

»Poppy«, sagte er, und es klang wie ein Gebet und ein Fluch zugleich.

»Ja?« Meine Finger kneteten seine seidig weichen Haare.

»Das war das fünfte Mal, dass ich deinen Namen benutzt habe, falls du mitschreiben willst.«

Ich grinste. »Na klar.«

»Gut.« Er zog seine Hände unter meinem Kleid hervor und legte eine Hand auf meine Wange. Er folgte den Umrissen meiner Maske und überraschte mich erneut mit seiner Sehkraft. »Ich glaube, ich war vorhin nicht ganz ehrlich.«

»Was meinst du?« Ich löste die Finger aus seinen Haaren und legte ihm die Hände auf die Schultern.

»Die Sache mit dem Aufhören«, gab er leise zu und streichelte meine Wange. »Ich würde aufhören, wenn du es sagst, aber du würdest nichts sagen.«

»Ich bin mir nicht sicher, was du meinst.« Ich schloss die Augen. Seine Worte verwirrten mich, und es missfiel mir, dass wir uns nicht küssten, trotzdem war es schön, wie nahe wir uns waren und wie sich seine Stirn an meiner anfühlte.

Seine Fingerspitzen wanderten meinen Nacken nach unten. »Soll ich ehrlich sein?«

»Immer.«

Meine Sinne waren immer noch geöffnet, denn ich spürte mit einem Mal ein fremdartiges Gefühl. Doch es war zu schnell vorbei, und ich konnte es nicht einordnen.

Er küsste meine Schläfe, und ich dachte an das seltsame, aschenartige Gefühl in meiner Kehle. »Ich war kurz davor, dich auf den Boden zu zerren und ein sehr, sehr ungezogener Leibwächter zu sein.«

Ich schnappte nach Luft, und ein heißer Blitz durchfuhr mich. Ich hatte kaum Erfahrung, aber ich wusste, was er meinte. »Wirklich?«

»Wirklich«, erwiderte er mit ernster Stimme.

Ich hätte erleichtert sein sollen, dass er sich zurückgehalten hatte, und das war ich auch. Andererseits auch wieder nicht. Es war alles so verwirrend. Ich wusste nur eines.

»Ich glaube nicht, dass ich dich aufgehalten hätte«, flüsterte ich. Ich hätte mich von ihm auf den Boden zerren lassen und alles genossen, was danach passiert wäre. Ungeachtet der Konsequenzen.

Hawke stöhnte auf. »Du bist keine große Hilfe.«

»Ich bin eine ungezogene Jungfräuliche.«

»Nein.« Er küsste meine andere Schläfe. »Du bist eine ganz normale junge Frau. Was man von dir erwartet, ist unerhört.« Er hielt einen Moment inne. »Und ja, du bist eine sehr ungezogene Jungfräuliche.«

Ich war nicht beleidigt – denn selbst wenn man heute Nacht nicht mitzählte, musste ich zugeben, dass er recht hatte. Ich lachte, und er legte den Arm um mich, zog mich erneut an sich und umfasste meinen Nacken mit der Hand. Ich legte die Wange auf seine Schulter, und er begann, mir sanft den Nacken zu massieren.

Ich weiß nicht, wie lange wir so eng umschlungen dasaßen, schweigend und versteckt unter den Ästen der Weide. Irgendwann ließ die Hitze nach, und mein Herzschlag beruhigte sich. Doch ich rührte mich nicht, und Hawke auch nicht. Mir kam der Gedanke, dass es vielleicht genauso schön war, sich so innig und fest in den Armen zu liegen, als sich zu küssen und zu berühren.

Vielleicht war es sogar besser, aber auf andere Art.

Doch es wurde immer später, und wenig überraschend war Hawke der Vernünftigere von uns beiden. Er drückte mir einen Kuss auf den Scheitel, und mein Herz zog sich zusammen. Es war eine so schöne Geste, dass es beinahe wehtat.

»Ich muss dich zurückbringen, Prinzessin.«

»Ich weiß.« Trotzdem ließ ich ihn nicht los.

Er lachte leise, und ich grinste in seine Schulter hinein. »Du musst mich loslassen.«

»Ich weiß.« Ich seufzte, doch ich rührte mich immer noch nicht. Sobald wir unter der Weide hervortraten, waren wir wieder in der echten Welt und nicht länger in einem sicheren Hafen, in dem ich Poppy war. In dem es etwas zählte, *wer* ich war. »Aber ich will nicht.«

Er schwieg so lange, dass ich Angst hatte, ich hätte etwas Falsches gesagt, doch dann nahm er mich noch einmal fest in die Arme. Als er sprach, klang seine Stimme seltsam rau. »Ich auch nicht.«

Ich hätte beinahe gefragt, warum wir es dann taten, aber ich hielt mich zurück. Hawke erhob sich und zog mich mit sich, und ich setzte widerstrebend die Füße auf den Boden. Wir standen einen letzten, viel zu kurzen Augenblick lang eng umschlungen da.

Dann holte ich tief Luft, öffnete die Augen und machte einen Schritt zurück. Ich konnte ihn nicht sehen, doch es überraschte mich nicht, dass er zielsicher nach meiner Hand griff und mich zu den herunterhängenden Ästen führte.

Er blieb stehen. »Bereit?«

Absolut nicht, aber ich nickte trotzdem, und wir traten unter der Weide hervor. Eine Schwere sank auf mich nieder, doch ich weigerte mich, sie anzuerkennen. Zumindest nicht jetzt. Ich hatte noch die ganze Nacht, um aus allem, was ich gefühlt hatte, eine Erinnerung zu machen.

Ich hatte unzählige Nächte dafür.

Wir traten zurück auf den von den Öllampen erhellten Hauptweg. Alles war ruhig, und es waren nur der Wind und unsere Schritte zu hören. Ich warf einen Blick in die dunklen Seitenwege und fragte mich, was aus den leisen Unterhaltungen und sanften Seufzern geworden war. Wir bogen um die Ecke und näherten uns dem Springbrunnen ...

... und plötzlich stand Vikter vor uns.

Mein Herz machte einen Sprung, und ich taumelte einen Schritt zurück. Hawke wollte mich auffangen, doch ich fand rechtzeitig das Gleichgewicht wieder.

»Bei den Göttern«, flüsterte ich und sah zu Vikter auf, der seine Maske mittlerweile abgenommen hatte. »Ich hätte beinahe einen Herzinfarkt bekommen!«

Er sah mich lange an, dann wandte er sich an Hawke. Sein Kiefermuskel zuckte, als sein Blick nach unten glitt. Hawke hielt immer noch meine Hand.

Scheiße.

Vikter hob langsam den Blick, während ich versuchte, meine Hand zu befreien. Hawke hielt sie noch einen Moment lang fest, dann ließ er los. Ich umklammerte meine Hände, und meine Augen hinter der Maske weiteten sich.

»Es wird Zeit, dass du in dein Zimmer zurückkehrst, *Jungfräuliche*«, zischte Vikter.

Sein Tonfall ließ mich zusammenzucken.

»Ich wollte *Penellaphe* gerade zurückbringen«, erklärte Hawke.

Vikter fuhr zu ihm herum. »Ich weiß ganz genau, was du gerade tun wolltest.«

Ich riss die Augen auf.

»Das bezweifle ich«, murmelte Hawke.

Was natürlich alles nur noch schlimmer machte.

»Du glaubst, ich hätte keine Ahnung?« Vikter trat vor Hawke, und obwohl dieser einige Zentimeter größer war, standen sie sich Auge in Auge gegenüber. »Man muss euch beide doch nur ansehen.«

Man musste *uns beide* nur ansehen? Ich legte blinzelnd die Hand auf meine Lippen, die immer noch prickelten und sich geschwollen anfühlten. Dann warf ich einen Blick auf Hawkes Mund. Auch seine Lippen waren angeschwollen.

Hawke blieb unbeeindruckt und hielt Vikters Blicken stand. »Es ist nichts passiert, Vikter.«

Na ja.

»Nichts?«, fauchte Vikter. »Mein Junge, ich bin doch nicht von gestern.«

Ich blinzelte.

»Vielleicht nicht«, sagte Hawke. »Aber du gehst trotzdem zu weit.«

»*Ich* gehe zu weit?« Vikter lachte trocken. »Du weißt aber schon, was sie ist?« Seine Stimme war so leise, dass man ihn kaum verstand. »Hast du eine Ahnung, was los gewesen wäre, wenn euch jemand anders entdeckt hätte?«

Ich machte einen Schritt nach vorne. »Vikter ...«

»Ich weiß, *wer* sie ist«, versetzte Hawke. »Nicht *was* sie ist. Du hast vielleicht vergessen, dass sie kein verdammter seelenloser Gegenstand ist, der einzig und allein dem Königreich dient, aber ich nicht.«

»Hawke!« Ich fuhr zu ihm herum.

»Ja, klar, und das aus deinem Mund. Was ist sie denn für dich, Hawke?« Vikter trat noch einen Schritt näher, und plötzlich waren sie sich so nahe, wie Hawke und ich eben unter der Weide. »Eine weitere Kerbe in deinem Bettpfosten?«

Ich schnappte nach Luft. »Vikter!«

»Ist sie die ultimative Herausforderung?«, fuhr Vikter fort, und ich riss die Augen auf.

Hawke senkte den Blick. »Ich verstehe, dass du dir Sorgen um sie machst. Wirklich. Aber ich sage es dir jetzt zum letzten Mal: Du gehst zu weit.«

»Ich verspreche dir eines ... Ich werde nie wieder zulassen, dass du mit ihr allein bist. Eher sterbe ich.«

Hawke lächelte, doch von den Grübchen war nichts zu

sehen. Das Mondlicht fiel auf sein Gesicht, das plötzlich sehr viel schärfer wirkte, und zeichnete Schatten unter seine Augen und die Wangenknochen.

»Du bist wie ein Vater für sie«, meinte er, und seine Stimme klang so sanft, dass mir ein kalter Schauer über den Rücken lief. »Es würde sie verletzen, wenn dir etwas zustieße.«

»Drohst du mir etwa?«, fragte Vikter und hob die Augenbrauen.

»Ich sage nur, dass das der einzige Grund ist, warum ich dein Versprechen nicht hier und jetzt wahr werden lasse«, warnte Hawke. »Trotzdem solltest du mir jetzt aus dem Weg gehen, denn wenn du es nicht tust, wird jemand verletzt, und das bin sicher nicht ich. Dann wird Poppy traurig ...« Er wandte sich an mich: »Fürs Protokoll: Das ist jetzt das *sechste* Mal, dass ich ihn benutze«, warf er ein, und ich konnte ihn bloß ungläubig anstarren. »Und ich will nicht, dass sie traurig ist. Also. Geh. Mir. Aus. Dem. Weg.«

»Hört jetzt sofort auf damit. Beide!«, zischte ich und packte Vikters Arm, doch er rührte sich nicht. »Ehrlich. Die Sache eskaliert, dabei ist nichts passiert. Bitte.«

Sie ließen einander nicht aus den Augen, und es war beinahe so, als wäre ich gar nicht da gewesen. Schließlich trat Vikter zurück. Ich weiß nicht, ob es der Ausdruck in Hawkes Gesicht war oder die Tatsache, dass ich ihn in einem fort am Ärmel zog, doch er machte auch noch einen zweiten Schritt, und sein Gesicht wirkte ungewöhnlich blass.

»Ich übernehme den Rest der Schicht«, erklärte Vikter. »Du darfst gehen.«

Hawke grinste höhnisch, und ich warf ihm einen bösen Blick zu, den er nicht einmal zu bemerken schien. Er sagte nichts, als Vikter mich am Arm nahm und sich abwandte. Ich ging neben ihm her und sah erst nach wenigen Schritten über die Schulter.

Hawke war verschwunden.

Ich sah mich eilig um, doch er war nirgends zu sehen. Wohin war er …?

»Ich weiß nicht, was ich sagen soll«, meinte Vikter. »Nach dem Gespräch mit dem Kommandanten konnte ich dich nicht finden, aber dann lief mir Tawny über den Weg. Sie meinte, du wärst auf dein Zimmer gegangen. Ich sah nach, und als du nicht dort warst, dachte ich mir, ich versuche es im Garten. Aber ich hätte nicht gedacht, dass ich *so etwas* vorfinden würde.«

Er wusste scheinbar ganz genau, was zu sagen war.

»Verflucht, Poppy, du solltest es besser wissen. Dir ist klar, was auf dem Spiel steht. Und ich rede jetzt nicht von dem verdammten Königreich.«

Er fluchte so selten, dass ich stutzte. Er lief weiter und zog mich mit sich.

»Wenn dich jemand mit ihm gesehen hätte, wäre es meine geringste Sorge gewesen, dass du ein paar Tage nicht zum Training erscheinen kannst«, fuhr er fort, und mein Magen zog sich zusammen. »Und Hawke sollte es auch besser wissen. Verdammt, er hätte nie Hand an dich …«

»Es ist nichts passiert, Vikter.«

»Blödsinn, Poppy. Ihr habt ausgesehen, als hättet ihr heftig geschmust. Ich hoffe, das war alles.«

»Bei den Göttern!«, rief ich, und mein Gesicht brannte.

»Lüg mich nicht an!«

»Wir wollten gerade zurück in mein Zimmer …«

Vikter hielt an und sah mit großen Augen und erhobenen Augenbrauen auf mich hinab.

»Nicht so, wie du denkst«, beharrte ich, und es stimmte ja auch. »Bitte. Lass mich dir erklären, was passiert ist«, fuhr ich fort und versuchte verzweifelt, die Lage unter Kontrolle zu bringen.

»Ich glaube, das will ich gar nicht so genau wissen.«

Ich ignorierte ihn. »Nachdem du zum Kommandanten gegangen bist, ging es mir nicht gut, weil Tawny nicht von meiner Seite wich. Ich wusste, dass sie sich verpflichtet fühlte, mir Gesellschaft zu leisten, solange ich dem Ritual beiwohnte. Also habe ich ihr gesagt, dass ich auf mein Zimmer gehe und sie sich amüsieren soll.«

»Das erklärt aber nicht, wie du am Ende mit Hawke im Garten gelandet bist.«

»Dazu wäre ich schon noch gekommen«, erwiderte ich, bemüht geduldig. »Hawke war klar, dass ich eigentlich noch gar nicht zurückwollte, und er wusste, wie sehr ich den Garten früher geliebt habe. Also hat er mich hinausbegleitet, damit ich ... damit ich über das hinwegkommen kann, was mit Rylan passiert ist. Deshalb waren wir hier draußen.«

»Ich habe das Gefühl, dass du jede Menge auslässt.«

Ich erkannte, dass ich nicht weiter lügen konnte – zumindest nicht, was den Großteil des Abends betraf. »Wir sind herumspaziert, und Hawke zeigte mir seinen Lieblingsplatz. Da habe ich ihn ... ich habe ihn gebeten, mich zu küssen.«

Vikter wandte den Blick ab und biss die Zähne aufeinander.

»Wir haben uns geküsst, in Ordnung? Es ist passiert, aber das war alles. Er hat aufgehört, bevor wir zu weit gegangen wären«, erklärte ich ihm. »Ich weiß, ich hätte ihn nicht darum bitten sollen ...«

»Er hätte deiner Bitte nicht nachkommen dürfen.«

»Darum geht es nicht.«

»Doch, genau darum geht es, Poppy.«

»Nein.« Ich riss meinen Arm los und ballte die Hände zu Fäusten, bevor ich mir womöglich irgendetwas schnappte und ihn damit bewarf. »Es geht hier nicht um ihn, verdammt!«

Er sah mich entsetzt an.

Ich bemühte mich, leiser zu sprechen. »Es geht um diese

ganze verdammte Sache. Es geht darum, dass ich *nichts* tun kann. Dass ich nicht einen einzigen Abend lang normal sein darf. Dass ich nichts erleben kann, ohne daran erinnert zu werden, was ich bin. Dass ich kein einziges der Privilegien habe, die du genießt. Und Tawny. Und alle anderen Menschen auch.« Meine Stimme brach, und meine Kehle brannte. »Ich habe *nichts*.«

Sein Blick wurde sanfter. »Poppy ...«

»Nein!« Ich trat einen Schritt zurück, und er verschwamm vor meinen Augen. »Du verstehst das nicht. Ich darf meinen Geburtstag nicht feiern, weil es gottlos ist. Ich darf nicht zu den Picknicks im Wunschwäldchen oder mit den anderen zu Abend essen, weil ich die Jungfräuliche bin. Ich darf mich nicht selbst verteidigen, denn das ziemt sich nicht. Ich darf nicht reiten. Fast alle Bücher sind mir verboten. Ich darf mich nicht unter Leute mischen oder Freundschaften schließen, denn mein einziger Zweck ist es, dem Königreich zu dienen, indem ich zu den Göttern gehe – wobei mir das niemand näher erklären kann. Ich habe keine Ahnung, was auf mich zukommt.«

Ich atmete schwer und versuchte, meine Gefühle wieder unter Kontrolle zu bringen, doch es gelang mir nicht. In mir war ein Damm gebrochen, und ich konnte ihn nicht reparieren. »Ich weiß nicht einmal, ob ich nach dem Ritual eine Zukunft habe. In nicht einmal einem Jahr – oder vielleicht sogar schon früher – werde ich vielleicht jede Möglichkeit verlieren, das zu tun, was alle anderen als selbstverständlich erachten. Ich habe kein Leben, Vikter.«

»Poppy«, flüsterte er.

»Mir wurde alles genommen. Mein freier Wille, meine Zukunft. Und trotzdem muss ich die Lektionen des Herzogs ertragen«, zischte ich und erschauderte. »Ich muss trotz allem dort stehen und mich verprügeln lassen. Zulassen, dass er mich ansieht. Mich berührt! Dass er alles tun kann, was er oder Mazeen wünschen ...« Ich nahm einen tiefen, qualvollen Atemzug und raufte mir die Haare, während Vikter die Augen schloss. »Ich darf weder schreien noch weinen. Ich darf *nichts* tun. Es tut mir leid, dass ich dich, das Königreich, die Götter und alle anderen enttäuscht habe, weil ich einmal etwas getan habe, das ich wollte. Worin liegt die Ehre, die Jungfräuliche zu sein? Worauf genau soll ich stolz sein? Wer würde so ein Leben führen wollen? Zeig mir diese Person, und ich tausche gerne meinen Platz mit ihr. Ich wäre lieber unwürdig.«

Sobald ich die Worte ausgesprochen hatte, schlug ich mir eine Hand vor den Mund. Vikter riss die Augen auf, und wir starrten einander einen Moment lang an. Die Wahrheit hing wie ein zweischneidiges Schwert zwischen uns.

»Poppy, beruhige dich.« Vikter sah sich um und streckte dann die Arme nach mir aus. »Es wird alles gut.«

Ich wich vor ihm zurück. Nichts würde gut werden. Ich hatte die Wahrheit ausgesprochen. Mein Herz pochte, und mein Magen drehte sich, als ich mich abwandte und auf die Burg zustapfte. Gleich würde ich mich übergeben müssen. »Ich will zurück auf mein Zimmer«, murmelte ich. »Bitte. Ich will einfach nur auf mein Zimmer.«

Vikter sagte glücklicherweise nichts, doch er folgte mir. Ich konzentrierte mich darauf, einen Fuß vor den anderen zu setzen. Wenn ich es nicht tat, würde das wütende, gewalttätige, verwirrte Chaos in mir explodieren. *Ich* würde explodieren. Genau so fühlte ich mich. Als würde ich in einem Feuerwerk aus Blitzen und Flammen explodieren.

Es war mir egal, welches Bild ich abgab, als ich in den Flur trat, und was die Leute sahen, als das Licht auf mich fiel.

Mein ganzer Körper zitterte vor Anstrengung, damit ich nicht ...

Ein lautes, knackendes Geräusch, das mich an splitterndes Holz erinnerte, ließ Vikter und mich abrupt innehalten. Wir wandten uns zum Eingang in den großen Saal um, aus dem ein Brüllen drang, das von Schreien begleitet wurde. Durchdringende Schreie, einer nach dem anderen. Mein Herz setzte aus.

Eine Hofdame stolperte rückwärts aus dem Saal, und ihr rotes Kleid bauschte sich um ihre Beine. Sie presste sich eine Hand auf den Mund.

Vikter trat auf den Eingang zu, hielt dann aber inne. Er wandte sich zu mir um, und ich wusste, dass er mich auf mein Zimmer bringen wollte, doch das Geschrei hörte nicht auf.

Eine weitere Hofdame stürzte aus dem Saal, und noch eine, gefolgt von einem Dienstboten mit einem leeren Tablett. Er wandte sich ab und übergab sich.

»Was ist passiert?«, fragte ich, doch niemand antwortete. Die Schreie waren so ohrenbetäubend, dass niemand mich hörte. Ich sah Vikter entsetzt an. »Tawny ist da drin!«

Seine zusammengebissenen Zähne verrieten, dass ihm das im Moment herzlich egal war. Er wollte mich packen, doch ich war zu schnell. Er hatte mir beigebracht, flink zu sein, wenn es darauf ankam. Ich wich seinem Griff aus und rannte auf den Eingang zu. Er fluchte.

Die Gäste strömten aus dem Saal und schubsten mich zur Seite. Maskierte Gesichter kamen von allen Seiten auf mich zu. Ich wurde gerempelt und gestoßen, und beinahe wäre ich ausgerutscht, doch ich drängte mich weiter vorwärts.

Tawny war in diesem Saal.

Das war alles, woran ich denken konnte.

Sobald ich den Fuß über die Schwelle gesetzt hatte, blieb ich wie angewurzelt stehen und starrte zum Podium. Oder besser gesagt auf das, was *hinter* dem Podium war.

»Bei den Göttern », hauchte ich.

Nun sah ich, was das knackende Geräusch verursacht hatte. Eine der Stangen, an denen die schweren Banner befestigt waren, war gebrochen. Das Banner war zu Boden gefallen und lag auf dem Podium, doch die Wand dahinter war immer noch blutrot.

An der Wand hing ein Mann.

Die Arme nach links und rechts gestreckt, die blasse Haut voller roter Striemen. Ich kannte den Mann. Ich wusste, warum die Herzogin mit schlaff herabhängenden Armen mitten im Saal stand, während um sie herum Chaos herrschte.

Die Haare des Toten waren so blond, dass sie beinahe weiß aussahen.

Der Herzog.

Selbst aus der Entfernung sah ich, was sein Herz durchbohrt hatte. Ich hätte es überall wiedererkannt.

Es war der Stock, mit dem er mich geschlagen hatte.

Und über ihm prangte in roter Farbe – in *Blut* – das Zeichen des dunklen Sohnes.

Aus Blut und Asche ...

Werden wir auferstehen.

26

DER HERZOG VON MASADONIEN WAR TOT.

Ermordet.

Ich konnte meinen Blick nicht von ihm losreißen, nicht einmal, als Vikter neben mich trat. Er sagte etwas, doch mein Herz klopfte so laut, dass ich nichts verstand.

Der Herzog war gepfählt worden. Durch die Brust, und auf dieselbe Art, wie man einen Verfluchten oder einen Hungernden tötete. Mit Holz aus dem Blutwald.

Mit dem Stock, den er stets so zärtlich gestreichelt hatte, bevor er ihn durch die Luft zischen ließ. Mit dem er meinen Rücken mit Striemen überzog.

Ich fragte mich, wie jemand es geschafft hatte, ihm den Stock in die Brust zu rammen. Die Enden waren nicht scharf, sondern glatt und abgerundet. Es war sicher jede Menge Kraft nötig gewesen ... ganz zu schweigen davon, dass sich der Herzog wohl auch gewehrt hatte. Es sei denn, man hatte ihn vorher bereits ausgeschaltet.

Was nur ein Atlantianer geschafft hätte.

Vikter berührte meinen Arm, und ich wandte mich langsam von den Leiche des Herzogs ab.

»Er ist tot«, sagte ich. »Er ist wirklich tot.«

Ein Kichern stieg in mir hoch, und ich presste die Lippen zusammen und drehte mich wieder zu dem gepfählten Herzog um.

Ich hasste diesen Mann mit jeder Faser meines Körpers, aber sein Tod bedeutete, dass erneut ein Atlantianer in die

Burg eingedrungen war, und das machte mir Angst. Deshalb war die Sache ganz und gar nicht witzig.

Aber traurig war sie auch nicht.

Oh Götter, ich war tatsächlich unwürdig und eine schreckliche Person, aber ich seufzte trotzdem erleichtert auf. Keine *Lektionen* mehr. Keine anzüglichen Blicke und Berührungen. Keine Schmerzen. Keine klebrige Scham.

Mein Blick fiel auf den großen dunkelhaarigen Aufgestiegenen neben der Herzogin. Kein Lord Mazeen mehr.

Ohne den Herzog hatte er keinen Einfluss mehr auf mich, und ich hätte am liebsten schon wieder gelächelt.

Eine Bewegung zu meiner Linken erregte meine Aufmerksamkeit, und ich sah Tawny, die sich durch eine Gruppe von Aufgestiegenen, Hofdamen und Hofherren drängte. Sie eilte mit aufgerissenen Augen auf mich zu.

Ihre Locken wippten hin und her, als sie den Kopf schüttelte. »Ich kann das nicht glauben.« Sie umfasste meine Hände und sah in Richtung Podium. Sie erschauderte, dann wandte sie sich wieder an mich. »Dass das wirklich passiert ist.«

»Doch, es ist wirklich passiert.« Ich sah noch einmal zum Podium. Wächter versuchten, den Herzog herunterzuholen, doch er hing zu weit oben an der Mauer. »Glaubst du, dass er die ganze Zeit dort oben war? Während des gesamten Rituals?«

»Ich weiß nicht, was ich glauben oder denken soll.« Sie wandte dem Podium den Rücken zu. »Überhaupt nicht.«

»Wenigstens wissen wir jetzt, warum er gefehlt hat«, meinte ich.

»Poppy!«, zischte sie leise.

»Entschuldige.« Ich beobachtete, wie sich die Herzogin an Lord Mazeen wandte und auf ihn einredete. »Die Herzogin wirkt nicht gerade am Boden zerstört, oder?«

In diesem Moment trat Vikter zwischen uns. »Ich sollte dich jetzt wirklich auf dein Zimmer bringen.«

Ja, das war wohl das Beste. Ich nickte und wandte mich dem Ausgang zu ...

Glas klirrte, und ich fuhr herum. Scherben flogen durch die Luft. Eines der Fenster mit Blick auf den Garten war zerbrochen. Tawny umfasste meinen Arm ein wenig fester. Ein weiteres Fenster zerbarst, dieses Mal zu unserer Linken, und wir wirbelten herum. Die Scherben prasselten auf die Gruppe, die vor dem Fenster stand und der Tawny noch vor wenigen Minuten angehört hatte. Erschrockenes Geschrei verwandelte sich in schmerzerfülltes Heulen. Ein Mädchen stolperte zwischen den anderen hervor, die in alle Richtungen davonstoben, und hob die zitternden Hände an das blutüberströmte Gesicht. Zahllose kleine Schnitte überzogen Wangen und Stirn. Es war Loren. Sie schrie auf, als sich die blonde junge Frau vor ihr langsam umdrehte.

Eine Scherbe steckte in ihrem Auge, und Blut rann über ihr Gesicht. Sie sackte wie ein nasser Sack zusammen.

»Dafina!«, schrie Tawny, ließ meinen Arm los und stürzte auf ihre Freundin zu.

Ich riss mich aus meiner Starre, trat nach vorne und packte gerade Tawnys Arm, als ein Hofherr plötzlich in die Knie ging und nach vorne fiel. Hatte er auch eine Glasscherbe abbekommen? Ich war mir nicht sicher. Tawnys Kopf fuhr zu mir herum. »Was tust du da? Ich muss zu ihr! Sie braucht Hilfe.«

»Nein.« Ich zog sie zurück, während Loren neben Dafina trat und versuchte, ihr aufzuhelfen. Doch sie rührte sich nicht mehr. Ein weiteres Fenster explodierte. »Du darfst nicht in die Nähe der Fenster. Es tut mir leid. Du *darfst* nicht.«

Tawnys Augen glänzten. »Aber ...«

Etwas zischte durch die Luft und traf einen Lord. Die Wucht des Geschosses ließ ihn herumwirbeln, und Tawny schrie auf. Ein Pfeil steckte in seinem Auge. Er war ein Aufgestiegener, doch er war tot, noch bevor er auf dem Boden aufkam. Eine Blutlache breitete sich unter ihm aus.

Aufgestiegene konnten sterben.

Ihr Kopf und das Herz waren genauso verwundbar wie bei einem Sterblichen, und wer auch immer den Pfeil abgeschossen hatte, wusste das.

Vikter zog sein Schwert und schob Tawny und mich hinter sich, während die Herzogin, die von unzähligen königlichen Wächtern umgeben war, brüllte: »Raus hier! Alle! Sofort! Verschwindet ...«

Ein Pfeil durchbohrte den Wächter, der direkt vor der Herzogin stand. Blut schoss aus seinem Hals. Er griff danach, und sein Mund öffnete und schloss sich lautlos.

Oh Götter ...

Ich stolperte beinahe über Tawny, als Vikter uns auf den Ausgang zuschob. Ich griff nach dem Dolch an meinem Oberschenkel ...

Doch die Schreie, die aus dem Flur drangen, ließen mich innehalten.

Schmerz.

Angst.

Tod.

Im nächsten Augenblick strömte eine Meute in den Saal. Aufgestiegene und Sterbliche, Leute aus dem Volk und Leute aus dem Hofstaat.

Und sie alle rannten auf uns zu.

Das Rot ihrer Kleider und Tuniken wirkte satter, ihre Gesichter waren entweder kalkweiß oder mit Blut bespritzt. Einige gingen zu Boden, während sie liefen. Pfeile und ... Messer ragten aus ihren Rücken. Andere stolperten vor Panik.

Gleich würden wir überrannt werden.

Ich ließ meinen Dolch, wo er war. Ich würde nicht gegen diese Leute kämpfen. Sie waren nicht der Feind.

»Scheiße«, knurrte Vikter und drehte sich zu mir um, während Tawny wie erstarrt neben mir stand. Unsere Blicke trafen sich, und ich wusste, was gleich passieren würde. Mein Herz zog sich zusammen.

»Schützt die Jungfräuliche!«, brüllte er.

Ich packte Tawny, zog sie an mich und umklammerte sie mit beiden Armen. Vikter schloss seinerseits die Arme um mich, und weitere Wächter taten es ihm nach. Nachdem ich Tawny immer noch festhielt, mussten sie einen Schutzwall um uns beide bilden.

»Ich habe Angst«, flüsterte Tawny.

»Es wird alles wieder gut«, log ich und zwang mich, die Augen offen zu halten, auch wenn ich sie am liebsten geschlossen hätte. Mein Herz trommelte gegen meine Rippen. Einen kurzen Augenblick lang betete ich zu den Göttern, dass Hawke nicht hier im Saal war. Dass er verschwunden war, um Dampf abzulassen und sich irgendwo in der Stadt aufhielt.

Aus allen Richtungen prallten Körper gegen die Wächter und drückten sie noch enger an Tawny und mich. Schwertgriffe brachen Rippen und andere Knochen. Ellbogen stießen in weiches Fleisch. Vasen zerbrachen. Leute *zerbrachen*.

Der Druck der Menge, die vorhin aus dem Saal geflohen war und nun wiederkehrte, war zu viel.

Es war wie eine riesige Flutwelle, die durch den Saal brandete und einen Wächter nach dem anderen mit sich riss, bis ich schließlich spürte, wie Vikters Griff sich löste. Im nächsten Moment war er fort, und etwas – jemand – traf mich mit voller Wucht und krachte in Tawny und mich. Sie wurde von der Welle der schreienden, kreischenden Leute fortgespült, die vor einer unbekannten Gefahr flohen.

Das war mein letzter Gedanke, bevor sich der Saal plötzlich um mich drehte. Meine Füße hoben vom Boden ab, und einen Moment lang fühlte ich mich schwerelos. Ich sah die gemalten Gesichter der Götter an der Decke und schließlich die angstverzerrten, blutüberströmten Gesichter der Leute unter und vor mir. Ich krachte mit den Knien auf den Boden und riss sie mir auf.

Ich versuchte, mich hochzustemmen, denn ich wusste, dass ich auf keinen Fall unten bleiben durfte.

»Tawny!«, brüllte ich und sah mich um. Doch ich sah nur Rot. Es war überall.

Ein Knie traf meine Rippen und presste sämtliche Luft aus meiner Lunge. Ein bestiefelter Fuß trat auf meinen Rücken und drückte mich nach unten. Ein brennender Schmerz durchfuhr mich. Ich krabbelte blindlings über zu Boden gefallenes Essen, zertrampelte Rosen und – oh Götter – über feuchte, warme Körper, während ich immer wieder versuchte, mich aufzurichten. Etwas packte meinen Rock, und ich stürzte nach vorne.

Unter mir lag Dafina, und die Zeit schien einen Moment stillzustehen, als ich in ihr verbliebenes blaues Auge sah, das mir blicklos entgegenstarrte. Ihre Maske war genauso kitschig bunt gewesen wie Lorens, doch jetzt war sie blutrot. Ich streckte die Hand aus und wollte das Blut von den Schmucksteinen wischen ...

Da sah ich Loren, die hinter Dafina kauerte und sich die Arme über den Kopf geschlagen hatte. Ich stolperte zu ihr und packte ihren Arm. Ihr Kopf fuhr hoch. Sie lebte noch!

»Steh auf«, befahl ich und zerrte an ihr, während ich ebenfalls versuchte, mich aufzurichten. Doch irgendetwas hielt mich zurück. Ich warf einen Blick über die Schulter und wünschte sofort, ich hätte es nicht getan. Es war eine Leiche, die auf meinen Rock gefallen war. Ich zog daran, und er zerriss.

Ich wandte mich wieder zu Loren herum, als ich einen

schwachen, aber dennoch beißenden Schwefelgeruch wahrnahm. Mir drehte sich der Magen um. »Steh auf! Mach schon!«

»Ich kann nicht«, schluchzte sie. »Ich kann nicht.«

Ich stieß einen Schrei aus, als jemand über mich stolperte, packte Lorens Kleid, ihren Arm, ihre Haare – alles, was ich zu fassen bekam, und zog sie über Dafina.

Meine Sinne begaben sich auf die Reise, und von überallher spürte ich Angst und Schmerz. Ich kam auf die Beine und zog Loren hoch. Ich entdeckte eine Säule und machte mich auf den Weg.

»Siehst du die Säule dort?«, rief ich Loren zu. »Dort können wir erst einmal bleiben. Wir können uns daran festhalten.«

»Mein Arm«, keuchte sie. »Ich glaube, er ist gebrochen.«

»Tut mir leid.« Ich ließ ihn los und griff stattdessen nach ihrer Hüfte.

»Ich muss Dafina holen«, erklärte sie. »Ich muss zu ihr. Sie kann nicht einfach dort liegen bleiben. Ich muss sie holen.«

Ich spürte einen Kloß im Hals, als ich Loren weiterzog. Ich durfte nicht an Dafina, ihre Maske und das verbliebene Auge denken. Nicht an die Leichen denken, über die ich gekrochen war. Ich durfte nicht. »Wir sind fast da.«

In diesem Moment zuckte Loren zusammen, und etwas Warmes, Feuchtes traf mein Gesicht und meinen Hals. Ihr Griff wurde schwächer, und ich fing sie auf.

»Halte durch«, erklärte ich ihr. »Wir sind fast da!«

Ich sah zu ihr, doch sie rutschte mir aus den Händen und ging zu Boden.

Ich konnte nicht glauben, was ich sah, während mich vorbeilaufende Leute von einer Seite zur anderen schubsten. Aus ihrem Hinterkopf ragte ein Pfeil, dessen Federn kaum merklich zitterten.

»Wir sind fast da«, flüsterte ich.

Ein durchdringendes Pfeifen erklang, und dann noch eines und noch eines. Ich hob langsam den Kopf und starrte hinaus zu den Schatten im Garten, von denen einige dunkler und greifbarer wirkten als andere. Sie kamen näher.

Ich war gerade erst mit Hawke dort draußen gewesen. Hatte er es rechtzeitig geschafft? Oder war er überrascht worden und ...

Ich durfte nicht so denken. Er musste es geschafft haben.

Jemand packte meinen Arm und wirbelte mich herum.

»Der Seiteneingang.« Kommandant Jansens Gesicht tauchte vor mir auf. »Wir müssen zum Seiteneingang, Jungfräuliche.«

Ich blinzelte benommen. »Vikter, Tawny ...«

»... spielen jetzt keine Rolle. Ich muss Euch hier rausschaffen, verdammt«, fluchte er, während ich mich abwandte und die Menge verzweifelt nach den beiden Leuten absuchte, die mir wirklich etwas bedeuteten. Jansen wollte mich packen, doch mein Arm war zu glitschig. Er verlor den Halt, und ich schoss davon.

»Tawny!«, brüllte ich und schob mich an einem älteren Mann vorbei. »Vikter! Tawny!«

»Poppy!« Jemand berührte meinen Rücken, und ich fuhr herum. Es war Tawny. Die Maske war verschwunden, die Haare hingen wirr herab. »Oh, Poppy!«

Ich hielt sie fest, und als ich aufsah, starrten mir Lord Mazeens eiskalte Augen entgegen. »Wie schön, dass du noch am Leben bist«, meinte er.

Bevor ich etwas erwidern konnte, schob sich Vikter durch die Menge und zog mich von Tawny fort. »Bist du verletzt?«, rief er und versuchte, mir das Blut vom Gesicht zu wischen. »Ist dir etwas passiert?«

Meine Augen weiteten sich. Ich sah die Herzogin, umgeben von Wächtern. Und hinter ihr sah ich den Herzog.

Flammen krochen seine Beine empor, verschlangen seinen Oberkörper und breiteten sich über die Arme aus.

»Bei den Göttern«, hauchte Tawny. Ich dachte, sie würde dasselbe meinen wie ich, doch dann erkannte ich, dass ihr Blick auf den Saaleingang gerichtet war.

Sie standen zu Dutzenden vor dem Tor und den zerbrochenen Fenstern, waren dem Ritual entsprechend gekleidet und trugen silberfarbene Masken, die sie dank stilisierter Ohren, Schnauzen und Fangzähne zu Wölfischen machten. Die Eindringlinge am Ausgang waren mit Dolchen und Streitäxten bewaffnet, während diejenigen vor den Fenstern die Pfeile abgeschossen hatten. Es waren dunkle Nachkommen und vermutlich sogar Atlantianer unter den Maskierten.

Sie waren den ganzen Abend unter uns gewesen.

Ich dachte an Agnes. Daran, was sie gesagt hatte, und wie nervös sie gewesen war. Daran, dass Vikter und ich das Gefühl gehabt hatten, sie hätte uns nicht alles erzählt.

Hatte sie von dem Angriff gewusst und versucht, mich zu warnen? Mich und nicht die Wächter und die gewöhnlichen Bürger, die verletzt oder tot auf dem Boden lagen. Nicht die Aufgestiegenen, die gefallen waren. Nicht Loren und Dafina, die nie jemandem etwas zuleide getan hatten.

Ich ballte die Hände zu Fäusten.

»Aus Blut und Asche …«, schrie einer der Eindringlinge.

»… werden wir auferstehen!«, brüllte ein anderer.

»Aus Blut und Asche …«, skandierten sie alle zusammen, während sie in den Saal vorrückten, »… werden wir auferstehen!«

Vikter packte mich, und ich griff nach Tawnys Hand. »Wir müssen uns beeilen«, sagte er und nickte dem Kommandanten zu, der neben Lord Mazeen stand.

Die königlichen Wächter umringten die Herzogin und uns und drängten sich durch die Menge. Mir wurde übel, als sie uns zu einer offenen Tür führten, an der weitere Wachen die Massen zurückdrängten. Wir flohen, während die anderen weiter festgehalten wurden.

»Das ist nicht richtig!«, protestierte ich und brüllte es noch einmal laut hinaus, als man mich durch die Tür schob. »Man wird alle niedermetzeln.«

Der Kopf der Herzogin fuhr zu mir herum, und ihre schwarzen Augen bohrten sich in meine. »Die Aufgestiegenen werden sich darum kümmern.«

Die Aufgestiegenen? Die Lords und Ladys, die nie auch nur einen Finger krumm machten, würden sich um die Eindringlinge kümmern? Normalerweise hätte ich darüber gelacht, doch da war ein Leuchten in den Augen der Herzogin. Ihre Pupillen erinnerten mich an glühende Kohlen.

Als wir in den Flur traten, drängten sich Leute an uns vorbei in den Saal. Keine Wächter, sondern Aufgestiegene. Lords und Ladys, deren Augen in demselben unseligen Licht leuchteten wie die der Herzogin.

Wir liefen weiter, und ich warf einen Blick über die Schulter, als die letzte Auserwählte in den Saal schlüpfte. Ihr blutroter Rock wehte wie ein Umhang hinter ihr her. Der königliche Wächter verschloss die Tür hinter ihr, lehnte sich mit dem Rücken dagegen und überkreuzte seine Säbel vor der Brust.

Weitere Wächter strömten an uns vorbei, während wir durch die Eingangshalle eilten, und ich betrachtete die einzelnen Gesichter und hoffte, dass Hawke nicht unter ihnen war. Doch keiner der Männer war mir bekannt.

Im nächsten Moment verstummten die Schreie im Saal.

Ich geriet ins Stocken, und auch Tawny sah zurück. Die Schreie hatten ... aufgehört.

»Komm, Poppy«, drängte Vikter.

Wir traten in den Bankettsaal. Ein Wächter rannte auf uns zu. Sein Gesicht und die Arme waren voller Blut. »Sie sind am Hintereingang und haben die ganze verdammte

Burg umstellt. Der einzige Weg hinaus ist durch sie hindurch.«

»Nein«, beschloss die Herzogin. »Wir sitzen es aus. Hier. Dieses Zimmer dort reicht aus. Sie werden es nicht bis zu uns schaffen.«

»Euer Gnaden ...«, begann Vikter.

»Nein.« Die Herzogin sah ihn an, und in ihren Augen loderte immer noch dieses seltsame Feuer. »Sie werden es nicht bis zu uns schaffen.« Ihr Blick schoss zu mir. »Und Penellaphe kommt ebenfalls mit.«

Vikter biss die Zähne aufeinander, und wir sahen uns an. Er schüttelte den Kopf. Ich hielt Tawnys Hand fest umklammert, als wir den Saal durchquerten und in eines der Empfangszimmer traten. Wenigstens war es nicht das Zimmer, in dem Malessa ermordet worden war.

Denn es bestand durchaus die Möglichkeit, dass wir alle in diesem Zimmer sterben würden.

Der Kommandant blieb mit gezogenem Schwert vor der Tür stehen und würde vermutlich in den großen Saal zurückkehren, sobald wir im Zimmer waren. Der Dolch an meinem Schenkel brannte beinahe ein Loch in meine Haut.

Nachdem der Kommandant die Tür hinter uns geschlossen hatte, ließ ich Tawnys Hand los und sah mich um. Es gab nur ein Fenster, aber das war zu klein, um hindurchzuklettern.

Die Herzogin ließ sich auf die Chaiselongue fallen und hatte die Lippen zu einer dünnen Linie aufeinandergepresst. Lord Mazeen setzte sich neben sie, und ich sah, dass mehrere königliche Wächter im Zimmer geblieben waren.

»Mein liebes Kind, du siehst aus, als würdest du vor Angst gleich in Ohnmacht fallen«, meinte die Herzogin zu Tawny. »Wir sind hier in Sicherheit. Das verspreche ich dir. Komm, setz dich zu mir.« Sie klopfte auf den Platz neben sich. »Setz dich zu mir.«

Tawny warf mir einen schnellen Blick zu, und ich nickte kaum merklich. Sie zog die Luft ein und gesellte sich zur Herzogin, die sich an den Lord wandte. »Bran, schenk uns doch einen Whiskey ein.«

Der Lord erhob sich, und ich wandte mich an Vikter und murmelte: »Das ist unglaublich dumm.«

Sein Kiefer mahlte.

»Wenn sie es bis in den Bankettsaal schaffen, sitzen wir hier wie auf dem Präsentierteller«, fuhr ich leise fort. »Falls uns die Flammen des Herzogs nicht vorher erreichen.«

Vikter nickte. »Bist du bewaffnet?«

»Ja.«

»Gut.« Er ließ die Tür nicht aus den Augen. »Falls es jemand hier hereinschafft, zögere nicht und tu alles, was ich dir beigebracht habe.«

Ich sah ihn fragend an.

»Ganz egal, wer dich sieht«, flüsterte er. »Du musst dich verteidigen.«

Ich stieß langsam die Luft aus und nickte. Das Klirren der Gläser erklang, dann war alles still. Die Wächter konzentrierten sich auf die Tür, und ich blieb neben Vikter und warf ab und zu einen Blick auf Tawny. Sie starrte geradeaus und hatte das Glas in ihrer Hand vollkommen vergessen. Jedes Mal, wenn ich zum Lord sah, starrte er zurück.

Es war so unfair, dass er noch lebte, während so viele andere den Tod gefunden hatten.

Es war mir egal, wie unwürdig dieser Gedanke war. Ich meinte es ernst. Es war schwer zu sagen, wie viel Zeit bereits vergangen war, doch schließlich wanderten meine Gedanken zu Hawke, und mein Blut gefror zu Eis.

Ich berührte sanft Vikters Rücken und wartete, bis er mich ansah. »Meinst du, dass es Hawke gut geht?«, flüsterte ich.

»Er versteht sich aufs Töten«, antwortete er und wandte

sich wieder der Tür zu. »Ich bin mir sicher, dass alles in Ordnung ist.«

Viele der gefallenen Wächter hatten sich ebenfalls aufs Töten verstanden. Selbst das größte Talent im Königreich war wertlos, wenn ein Pfeil wie aus dem Nichts kam.

Ich zwang mich, tief und langsam zu atmen. Der Herzog war tot. Masadonien war das nächste Gut Wintergold, aber Tawny ging es gut. Genau wie Vikter. Und Hawke hoffentlich auch. Es ... es würde nicht so enden wie in jener Nacht, als die Hungernden gekommen waren. Als meine Mutter ...

Etwas prallte gegen die Tür, und Tawny keuchte. Dann schlug sie sich die Hand vor den Mund.

Vikter legte sich einen Finger auf die Lippen, und ich hielt den Atem an. Es konnte alles Mögliche gewesen sein. Kein Grund zur Panik. Natürlich waren wir ein leichtes Ziel, aber wir ...

Die Tür zitterte in den Angeln. Tawny und die Herzogin erhoben sich. Die Wächter traten vor die Tür und zogen ihre Schwerter.

Holz splitterte, als die Klinge einer Streitaxt durch die Tür brach.

»Was meintet Ihr vorhin, Euer Gnaden?«, fragte Lord Mazeen seufzend. »Dass sie es nicht bis zu uns schaffen würden?«

»Seid still«, zischte die Herzogin. »Alles wird gut.«

Ein Stück Holz brach aus der Tür. Es würde nicht alles gut werden.

Vikter sah über die Schulter, und unsere Blicke trafen sich. Ich stieß die Luft aus, die ich unbewusst angehalten hatte. Ich wandte mich ab, stellte den Fuß auf einen leeren Stuhl, hob den Rock und ...

»Penellaphe«, keuchte die Herzogin. »Was hast du mit dem Dolch vor? Und noch dazu unter deinem Rock. War er da die ganze Zeit über?«

Ein schrilles Kichern drang unter Tawnys Hand hervor, die sie sich immer noch auf den Mund presste, und sie riss die Augen auf. »Es tut mir leid. Es tut mir leid.«

Herzogin Teerman schüttelte den Kopf. »Was hast du vor, Penellaphe?«

»Ich versuche, nicht zu sterben«, sagte ich, und ihre Augen weiteten sich.

Nachdem ich wusste, dass wir auch später darüber reden konnten – und es würde ein Später geben –, wandte ich mich der Tür zu. Im Bankettsaal war es totenstill, und durch den Spalt im Holz waren keine Bewegungen auszumachen. Ein königlicher Wächter trat vorsichtig vor und bückte sich, um hinauszuspähen.

Er neigte den Kopf. »Scheiße!«, rief er und fuhr herum. »Zurücktreten!«

Vikter und ich sprangen zurück, doch zwei der Wächter waren nicht schnell genug. Die Tür wurde aus den Angeln gerissen und fiel direkt auf sie. Einer wurde darunter begraben, während der andere von dem Rammbock in die Brust getroffen wurde. Ich hörte ein grauenhaftes Knirschen.

Vikter schwang sein Schwert, und es durchschnitt Fleisch und Knochen. Der Rammbock fiel zu Boden, und mit ihm der Arm des Angreifers, der ihn gehalten hatte. Der Mann schrie und taumelte rückwärts, während das Blut rhythmisch aus seinem Stumpf schoss. Er fiel zur Seite, und im nächsten Moment schwärmten die Angreifer ins Zimmer und verschluckten Vikter und die Wächter. Für Panik blieb keine Zeit, denn der erste dunkle Nachkomme kam bereits mit seiner Streitaxt auf mich zu.

Ich hatte keine Ahnung, ob sie hier waren, um Blut zu vergießen, oder ob sie wegen mir ins Zimmer gestürmt kamen. Immerhin trug ich eine Maske und ein rotes Kleid, und es war nicht auf den ersten Blick ersichtlich, dass ich die Jungfräuliche war.

Der Mann hinter der Wolfsmaske kicherte. »Hübsches Messer.«

Er ahnte nicht, dass ich auch damit umgehen konnte.

Er hob die Axt, und ich glaubte, die Herzogin schreien zu hören. Vielleicht war es aber auch Tawny. Ich war mir nicht sicher, denn die Schreie traten in den Hintergrund, als meine Instinkte das Ruder übernahmen.

Ich wartete, bis die Axt nach unten zischte, dann schoss ich nach vorne, duckte mich unter seinem Arm hindurch und tauchte hinter ihm auf, als er sich gerade zu mir umdrehen wollte. Ich stieß ihm den Dolch in den Nacken, genau an der Stelle, an der man auch den Verfluchten ein Ende bereitete.

Er war tot, ehe er begriffen hatte, was mit ihm geschah.

Als er nach vorne fiel, tauchte hinter ihm die Herzogin auf, die mich mit offenem Mund anstarrte.

»Hinter dir«, schrie Tawny.

Ich wirbelte herum und ließ mich zu Boden fallen, als eine weitere Axt durch die Luft zischte. Ich trat die Beine des Angreifers unter ihm fort, und er fiel genau in dem Moment, als Vikter sich drehte und mit dem Schwert ausholte. Ich sprang hoch, als ein dunkler Nachkomme sich auf ihn stürzte, um ihm seinen Dolch in den Rücken zu rammen.

Ich stieß einen warnenden Schrei aus, und Vikter riss den Ellbogen hoch, traf den Mann unterm Kinn und brach ihm das Genick.

Ein weiterer Nachkomme lief Axt schwingend auf mich zu, und ich wich nach links aus, als ich hörte, wie etwas – ein Glas – auf seiner Metallmaske zerschellte. Ich warf einen Blick über die Schulter und sah, dass Tawny ihr Glas nicht mehr in der Hand hielt. Doch sie blieb nicht lange unbewaffnet. Sie packte den Dekanter und hielt ihn wie ein Schwert von sich gestreckt.

Ich schoss nach vorne und stieß dem Nachkommen meinen Dolch in die Brust. Er ging zu Boden und riss mich mit sich. Grunzend landete ich auf ihm und wollte mich gerade wieder aufrichten, als ein Stiefel meine Hand traf. Der Schmerz raubte mir den Atem, und der Dolch fiel mir aus der Hand. Ich versuchte aufzustehen, doch ich landete auf dem Hintern. Als ich rückwärtskrabbelte, schrammte meine verletzte Hand über den Griff einer Axt.

Der Nachkomme ragte über mir auf, das Schwert hoch erhoben, und holte zum Stoß aus. Mein Herz machte einen Satz.

»Sie ist die Jungfräuliche!«, kreischte die Herzogin. »Sie ist die Auserwählte!«

Was zum ...?

Der Nachkomme zögerte.

Meine Hand schloss sich um den Griff der Axt, und ich sprang auf. Die schwere Waffe zischte durch die Luft. Der Angreifer versuchte zurückzuweichen, doch die Klinge der Axt drang in den Bauch ein. Er schrie auf, und Blut spritzte. Er ließ sein Schwert fallen, um die Hände auf den Bauch zu pressen, wo seine ...

Bittere Galle stieg in mir hoch, während ich die Axt noch einmal hob und auf seinen Hals zielte. Es war ein schneller Tod und kein Vergleich dazu, ausgeweidet zu werden.

Ich umklammerte die Axt mit schmerzender Hand, als ein Nachkomme einen Wächter niederstach und auf Tawny zustapfte. Von seinem Schwert tropfte Blut. Ich hob die Axt über den Kopf und tat, was Vikter mir beigebracht hatte. Ich stellte sicher, dass sie vollkommen gerade ausgerichtet war, hob sie noch ein Stück weiter und schleuderte sie nach vorne. Sie schoss durch die Luft und traf den Rücken des Nachkommen. Er stolperte vorwärts, und sein Schwert fiel zu Boden.

»Götter«, stieß Lord Mazeen hervor und betrachtete mich mit großen Augen.

»Erinnert Euch gut daran«, warnte ich ihn und griff nach dem zu Boden gefallenen Schwert. »Und *daran*«, zischte ich, bevor ich dem nächsten Nachkommen die Kehle aufschlitzte.

Schwer atmend wandte ich mich zur Tür um, gerade als Vikter sein Schwert in den letzten Nachkommen rammte. Nur ein Wächter hatte es überlebt. Ich ließ meine Waffe sinken, und meine Brust hob und senkte sich, während ich über die Leichen stieg. »War das alles?«

Vikter sah hinaus in den Bankettsaal. »Ich glaube schon, trotzdem sollten wir verschwinden.«

Ich würde auf keinen Fall auch nur eine Sekunde länger als nötig in diesem Zimmer bleiben. Die Herzogin und Lord Mazeen konnten tun, was sie wollten. Ich wandte mich an Tawny.

»Wie …?«, begann die Herzogin. Ihre Hände und Kleider waren vom Blut verschont geblieben, während ich praktisch darin schwamm. »Wie ist das möglich?«, wollte sie wissen und betrachtete das Gemetzel. »Wie?«

»Ich habe sie ausgebildet«, antwortete Vikter zu meinem Entsetzen. »Und ich war noch nie so froh darüber wie in diesem Augenblick.«

»Ich bezweifle, dass sie noch einen Leibwächter braucht«, kommentierte der Lord trocken und rümpfte die Nase, während er sich etwas von der Tunika wischte. »Trotzdem ist dieses Verhalten schrecklich ungebührlich für eine Jungfräuliche.«

Ich stand kurz davor, ihm zu zeigen, *wie* ungebührlich ich sein konnte.

Vikter berührte meinen Arm, um mich abzulenken. *Später*, formte er mit den Lippen, dann sagte er: »Kommt mit.« Er warf einen schnellen Blick auf Tawny. »Hier ist es nicht sicher.«

Er wandte sich erneut an mich, und obwohl auf seinen

Wangen getrocknetes Blut klebte, lächelte er. »Du hast mich sehr stolz gemacht.«

Vorhin im Garten hätte ich ihm gerne etwas an den Kopf geschleudert, doch jetzt hätte ich ihn am liebsten umarmt. Tawny stieß erneut einen Schrei aus.

Die Zeit schien stillzustehen, und doch blieb nicht genug davon, um zu verhindern, was gleich passieren würde.

Vikter drehte den Oberkörper in Richtung Tür, wo ein verwundeter Nachkomme sich aufgerichtet hatte und sein Schwert umklammerte. Glänzend vor Blut zischte die Klinge durch die Luft.

»Nein!«, brüllte ich, doch es war zu spät.

Das Schwert hatte sein Ziel getroffen.

Vikter zuckte zusammen, und sein Rücken wölbte sich, als das Schwert direkt über dem Herzen in seine Brust drang. Er blickte schockiert darauf hinab, und ich erstarrte ebenfalls. Ich konnte nicht begreifen, was hier gerade passierte.

Der Nachkomme riss sein Schwert zurück, und meine eigene Waffe fiel mir aus der Hand, während ich versuchte, Vikter aufzufangen. Er taumelte, als ich die Arme um ihn schlang, und sein Mund öffnete und schloss sich in einem fort.

Seine Beine gaben unter ihm nach, und er sackte zusammen. Ich ging mit ihm zu Boden, presste die Hände auf seine Wunde und wollte nach Hilfe schreien.

In diesem Moment fiel die Hand des Nachkommen plötzlich in die eine Richtung, während sein Körper auf die andere Seite schnellte. Hinter ihm stand Hawke. Die Augen wie brennender Bernstein, die Wangen voller Blut und ... Asche. Hinter ihm strömten noch mehr Wächter in den Raum. Er ließ den Blick durch das Zimmer schweifen, bis er an uns hängen blieb. Ich sah den Ausdruck in seinen Augen, als er sein blutiges Schwert senkte.

»Nein!«, rief ich.

Hawke schloss die Augen.

»Nein! Nein! Nein!« Meine Kehle brannte, während ich weiter die Hand auf Vikters Wunde presste. Blut pumpte rhythmisch gegen meine Handfläche und lief über meinen Arm.

»Nein. Oh, Ihr Götter, ich bitte euch! Helft ihm. Bitte ...«

»Es tut mir leid«, keuchte Vikter und legte seine Hand auf meine.

»Was?« Ich schnappte nach Luft. »Es braucht dir nicht leidzutun. Es wird alles wieder gut. Hawke!« Mein Kopf schoss hoch. »Du musst ihm helfen!«

Hawke kniete sich neben Vikter und legte ihm eine Hand auf die Schulter. »Poppy«, sagte er leise.

»Hilf ihm!«, verlangte ich. Doch Hawke rührte sich nicht. »Bitte! Hol jemanden. Tu etwas!«

Vikter umklammerte meine Hand, und als ich nach unten sah, war sein Gesicht schmerzverzerrt. Ich spürte seine Qualen in mir. Ich war so schockiert, so durcheinander gewesen, dass ich gar nicht an meine Gabe gedacht hatte. Ich versuchte, ihm den Schmerz zu nehmen, doch ich konnte mich nicht konzentrieren und keine glücklichen Erinnerungen in mir finden. Ich war unfähig.

»Nein.« Ich schloss die Augen. Ich hatte die Gabe, um Menschen zu helfen. Ich konnte Vikter seinen Schmerz nehmen. So lange, bis Hilfe kam ...

»Poppy«, röchelte er. »Sieh mich an.«

Ich öffnete die Augen und erschauderte. Blut sickerte aus seinen Mundwinkeln, und seine Lippen waren viel zu blass.

»Es tut mir leid, dass ich ... dich nicht ... beschützen konnte.«

Tränen nahmen mir die Sicht.

»Du hast mich doch beschützt. Und das wirst du auch weiterhin.«

»Nein … ich habe dich im Stich gelassen.« Sein Blick huschte zu Lord Mazeen. »Vergib mir.«

»Es gibt nichts zu vergeben«, weinte ich. »Du hast nichts falsch gemacht.«

Seine trüber werdenden Augen fixierten mich. »Bitte, Poppy …«

»Ich vergebe dir.« Ich legte meine Stirn an seine. »Ich vergebe dir. Wirklich. Ich vergebe dir.«

Vikter erschauderte.

»Bitte verlass mich nicht«, flüsterte ich. »Bitte. Ich kann … ich kann das nicht ohne dich. Bitte.«

Seine Hand glitt von meiner. Ich schnappte nach Luft, gleichzeitig hatte ich das Gefühl zu ersticken. Vikters Augen waren geöffnet, genau wie seine Lippen, doch er sah mich nicht mehr. Er würde nie mehr irgendetwas sehen.

»Vikter?« Ich presste die Hand auf seine Brust, suchte nach seinem Herzschlag. Bloß einen Schlag. Mehr wollte ich gar nicht. Bloß einen einzigen Herzschlag. *Bitte.*

»Poppy?« Jemand flüsterte leise meinen Namen. Es war Hawke. Er nahm meine Hand und hob sie sanft von Vikters Brust. Ich sah zu ihm hoch und schüttelte den Kopf.

»Nein.«

»Es tut mir leid«, sagte er.

»Nein«, wiederholte ich, und mein Atem ging schwer und abgehackt. *»Nein.«*

»Die Jungfräuliche hat wohl auch eine Grenze überschritten, was die Beziehung zu ihren Leibwächtern angeht«, schnarrte Lord Mazeen. »Offenbar waren die Lektionen des Herzogs nicht effektiv genug.«

Eine Welle aus Eis brach über mich herein und verschlang mich, während Hawke sich zu Mazeen umdrehte. Sein Mund bewegte sich, und er sagte etwas, aber ich hörte nichts. Ich hörte nur das Summen in meinen Ohren, als rasende Wut von mir Besitz ergriff.

Vergib mir.

Ich habe dich im Stich gelassen.

Vergib mir.

Ich habe dich im Stich gelassen.

Meine Hand glitt tastend über den Boden und fand Metall. Ich erhob mich aus der Blutlache und drehte mich um. Ich sah Lord Mazeen, der kaum einen Spritzer Blut abbekommen hatte und dessen Haare noch fast perfekt saßen.

Er sah mich an.

Vergib mir.

Er grinste.

Ich habe dich im Stich gelassen.

»An das hier werde ich mich auf jeden Fall sehr lange erinnern«, sagte er und deutete mit dem Kopf auf Vikter.

Vergib mir.

Der Schrei, der in mir hochstieg, war wie eine Vulkanexplosion aus Wut und Schmerz, der so tief reichte, dass etwas in mir unwiederbringlich zerbrach.

Ich bewegte mich schnell – so wie Vikter es mir beigebracht hatte. Ich schwang das Schwert durch die Luft. Lord Mazeen war unvorbereitet, doch er bewegte sich so flink, wie es nur ein Aufgestiegener konnte. Seine Hand schoss nach vorne, um meinen Arm zu packen, doch meine Wut war schneller, stärker, tödlicher.

Mein Zorn hatte eine Macht, der nicht einmal die Götter entkommen konnten, ganz zu schweigen von einem Aufgestiegenen.

Das Schwert trennte seinen Arm über dem Ellenbogen ab, schnitt durch Fleisch, Muskeln und schließlich durch Knochen. Mazeens Arm fiel zu Boden, genauso nutzlos wie der Rest von ihm. Die Befriedigung war überwältigend, als er anfing, wie ein erbärmliches, verwundetes Tier zu heulen. Er starrte auf das Blut, das aus dem Stumpen schoss.

Seine schwarzen Augen weiteten sich. Ich ließ das Schwert erneut nach unten zischen und trennte ihm die andere Hand ab. Die Hand, die meine auf dem Schreibtisch des Herzogs festgehalten und mir den letzten Rest Würde genommen hatte, während der Stock des Herzogs auf meinen Rücken herabgesaust war.

Ich habe dich im Stich gelassen.

Der Lord taumelte zurück und stieß gegen einen Stuhl. Er fletschte die Zähne, und ein seltsamer Laut drang aus seinem Mund. Er klang wie der Wind, wenn der Nebel aufzog.

Ich ließ das Schwert – Vikters Schwert – kreisen, und am Ende fand es sein Ziel.

Vergib mir.

Ich trennte Lord Brandole Mazeens Kopf von seinen Schultern.

Sein Körper glitt zu Boden, und ich hob das Schwert und schlug auf den Leichnam ein. Ich traf seine Schulter, seine Brust, und ich hörte nicht auf. Ich würde erst aufhören, wenn ich ihn in Stücke gehackt hatte. Selbst als die Schreie und das Gebrüll um mich herum immer lauter wurden, hörte ich nicht auf.

Ein Arm schlang sich von hinten um mich und zog mich zurück, während mir das Schwert aus der Hand gerissen wurde. Plötzlich roch es nach Wald und Kiefernholz, und ich wusste, wer mich festhielt und mich von den sterblichen Überresten des Lords fortzog. Ich wehrte mich – kratzte und schlug um mich. Doch Hawkes Griff glich einem Schraubstock.

»Hör auf«, flehte er und presste seine Wange an meine. »Hör auf! Bei den Göttern, hör auf.«

Ich trat aus und traf ihn am Schienbein und dann am Oberschenkel. Ich wand mich, und er geriet ins Stolpern.

Vergib mir.

Hawke schlang erneut die Arme um mich, hob mich hoch und legte mich ab, sodass er meine Beine unter mir fixierte.

»Hör auf. Bitte«, sagte er. »Poppy …«

Ich habe dich im Stich gelassen.

Der Schrei war so laut, dass meine Ohren explodierten. Genau wie mein Kopf, meine ganze Haut. Ein kleiner, noch funktionierender Teil meines Gehirns wusste, dass ich es war, die hier schrie, aber ich konnte nicht aufhören.

Ein Blitz explodierte hinter meinen Augen, und die Bewusstlosigkeit griff nach mir.

Ich fiel ins Nichts.

27

ICH SASS AUF DER FENSTERBANK und starrte hinaus auf die Fackeln hinter der Mauer. Meine Augen schmerzten vor Müdigkeit und dem Druck der Tränen, die nicht fließen wollten.

Ich hätte gerne geweint, doch es schien, als wäre die Verbindung zwischen mir und meinen Gefühlen getrennt worden. Es war nicht so, dass Vikters Tod mir nicht wehtat. Das tat er, und zwar jedes Mal, wenn ich auch nur an seinen Namen dachte. Doch mehr war in den eineinhalb Wochen seit seinem Tod nicht gekommen. Da war dieser stechende Schmerz in meiner Brust. Aber keine Trauer, keine Angst. Nur Schmerz und Wut ... so viel Wut.

Vielleicht, weil ich nicht bei seiner Beisetzung gewesen war. Ich war bei keiner einzigen gewesen, und es waren so viele, dass man oft zehn oder mehr Tote auf einmal auf die Scheiterhaufen gelegt hatte – zumindest hatte Tawny mir das erzählt.

Es war keine bewusste Entscheidung gewesen, nicht hinzugehen. Ich hatte geschlafen. Ganze Tage waren in einer Mischung aus Schlaf und einem benebelten Dämmerzustand verstrichen. Ich erinnerte mich nicht daran, dass Tawny mir geholfen hatte, das Blut abzuwaschen, und auch nicht daran, wie ich ins Bett gekommen war. Ich wusste, dass sie mit mir gesprochen hatte, doch mir war kein einziges Wort im Gedächtnis geblieben.

Ich hatte das seltsame Gefühl, dass ich nicht allein gewesen war, während ich geschlafen hatte. Ich erinnerte mich an schwielige Hände auf meinen Wangen. An Finger, die mir die Haare aus dem Gesicht strichen. Und an Hawke, der mit mir sprach. An ein Flüstern in meinem sonnendurchfluteten Zimmer, das blieb, bis die Nacht hereinbrach. Selbst jetzt spürte ich noch die Berührungen in meinem Gesicht und auf meinen Haaren. Sie waren meine einzige Verbindung zur Wirklichkeit gewesen.

Ich kniff die Augen zu, bis der Schmerz und die Wut in den Hintergrund getreten waren, dann öffnete ich sie wieder.

Ich hatte erst einige Tage nach dem Angriff erfahren, dass Hawke einen Druckpunkt in meinem Nacken aktiviert hatte, der mich ohnmächtig hatte werden lassen. Als ich später in meinem Zimmer aufgewacht war, hatte ich kein Wort herausgebracht. Mein Hals war wund von meinem Gebrüll gewesen. Hawke war bei mir gewesen. Zusammen mit Tawny, der Herzogin und einem Heiler.

Er hatte mir ein Schlafmittel angeboten, und ich hatte es zum ersten Mal in meinem Leben bereitwillig entgegengenommen. Ich hätte es vermutlich immer weiter und weitergenommen, wenn Hawke es nicht vor vier Tagen aus meinem Zimmer entfernt hätte.

An diesem Tag hatte ich auch erfahren, dass der Angriff im großen Saal nicht der einzige an jenem Abend gewesen war. Die dunklen Nachkommen hatten einige der großen Häuser in der strahlenden Gasse in Flammen gesetzt, um die Wächter von der Mauer und aus der Burg zu locken. Auch Hawke war nach seinem überstürzten Aufbruch aus dem Garten dorthin geeilt, was den Ruß auf seinem Gesicht erklärte.

Feuer zu legen war ein schlauer Schachzug gewesen, das musste ich den dunklen Nachkommen zugestehen. Nachdem die Wächter abgelenkt gewesen waren, konnten sich die Angreifer mehr oder weniger frei bewegen und den Rest der Wächter ausschalten, die um die Burg postiert waren, bevor diese bemerkten, dass sie angegriffen wurden. Das Gemetzel war in vollem Gang gewesen, ehe man die Wächter aus der strahlenden Gasse zurückrufen konnte.

Niemand wusste, ob der Angriff eine Botschaft war und ob die Angreifer auf der Suche nach mir gewesen waren. Keiner der Nachkommen konnte lebend gefangen genommen werden, und die, die fliehen konnten, waren in die Schattenwelt zurückgekehrt.

Die Aufgestiegenen hatten getan, was die Herzogin befohlen hatte. Sie hatten sich die Hände schmutzig gemacht, doch es war zu spät gewesen. Der Großteil der im Saal verbliebenen Leute war tot, und die wenigen Überlebenden waren derart traumatisiert, dass sie sich nicht erinnern konnten, was passiert war.

Über hundert Menschen hatten in jener Nacht ihr Leben gelassen.

Da war es doch besser zu schlafen, statt wach zu sein und darüber nachzudenken. Dann sah ich wenigstens nicht den brennenden, aufgespießten Herzog vor mir. Ich sah weder Dafinas gesundes blaues Auge noch Loren, die von einem Pfeil getroffen worden war, als sie zu ihrer Freundin laufen wollte. Ich erinnerte mich nicht daran, wie ich über tote und sterbende Gäste gekrochen war, denen ich nicht mehr hatte helfen können. Weder suchten mich die Wolfmasken heim, noch sah ich Vikters Lächeln oder hörte, wie er sagte, dass er stolz auf mich war.

Im Schlaf dachte ich nicht daran, dass er mich um Vergebung angefleht hatte, weil er mich nicht beschützen konnte. Und auch nicht daran, dass mich meine Gabe im Stich gelassen hatte, als ich sie am dringendsten gebraucht hätte.

Ich wünschte, ich hätte die Worte, die ich Vikter im Garten an den Kopf geworfen hatte, niemals laut ausgesprochen.

Ich wünschte, ich hätte auf das Auswahlritual verzichtet und wäre niemals hinaus in den Garten gegangen. Wäre ich in meinem Zimmer geblieben, wären wir nicht mitten in den Angriff geraten. Er hätte trotzdem stattgefunden, und es wären trotzdem unzählige Menschen gestorben, aber vielleicht wäre Vikter dann noch am Leben.

Auch wenn mir klar war, dass Vikter sofort in den großen Saal gelaufen wäre, sobald er von dem Angriff erfahren hätte. Und ich wäre ihm gefolgt. Der Tod wollte ihn, und er hätte so und so einen Weg gefunden, ihn zu holen.

An den Tagen, die ich im tiefsten Nichts verbracht hatte, konnte ich mir kaum eingestehen, wie ich Lord Mazeen zugerichtet hatte und welche Gefühle das in mir auslöste.

Oder besser gesagt, welche Gefühle es *nicht* auslöste.

Ich spürte keinen Funken Reue.

Meine Nägel gruben sich in meine Handflächen. Ich würde es wieder tun. Bei den Göttern, ich wünschte sogar, ich könnte es noch einmal tun, und dieser Wunsch machte mir Angst.

Nur wenn ich schlief, dachte ich nicht nach, und alles war mir egal.

Doch wenn ich wach war, gab es nur die niemals enden wollenden Gedanken, den Schmerz und die Wut.

Ich wollte jeden einzelnen Nachkommen aufspüren und ihm dasselbe Schicksal bereiten wie Lord Mazeen.

In der zweiten Nacht, in der ich wach war, war ich in meinen Mantel geschlüpft, hatte die Maske aufgesetzt und das Kurzschwert genommen, das Vikter mir vor Jahren geschenkt hatte, nachdem mein Dolch in dem Chaos während des Angriffs verloren gegangen war. Ich wollte Agnes besuchen.

Sie hatte von dem Angriff gewusst, davon war ich überzeugt. Sie hatte es gewusst, und ihr Versuch, mich zu warnen, war gescheitert. Das Blut, das in jener Nacht vergossen worden war, klebte auch an ihren Händen. Vikters Blut. Das Blut meines Lehrers und Freundes, der ihre Schokoladenmilch getrunken und sie getröstet hatte. Sie hätte das alles verhindern können.

Hawke erwischte mich auf halbem Weg durch das Wunschwäldchen und zerrte mich zurück in die Burg. Er ließ meine Truhe mit den Waffen entfernen und den Dienstbotenzugang von außen verriegeln.

Also saß ich in meinem Zimmer. Und wartete.

Wie an jedem Abend, an dem ich bisher wach gewesen war, wartete ich auch an diesem darauf, dass die Herzogin mich zu sich rief, um mich zu bestrafen. Denn was ich getan hatte, ließ meine bisherigen Vergehen wie Nebensächlichkeiten erscheinen.

Ich hatte einen Aufgestiegenen getötet.

Jungfräuliche oder nicht, ich verdiente es, bestraft zu werden. Man würde mich als unwürdig verstoßen.

Es klopfte an der Tür, und ich wandte den Blick vom Fenster ab. Hawke trat in seiner Wächteruniform ein.

Man hatte Vikters Posten noch nicht neu besetzt. Ich hatte keine Ahnung wieso. Vielleicht hatte die Herzogin beschlossen, dass ich nicht mehr so lückenlos bewacht werden musste, nachdem sie gesehen hatte, wozu ich fähig war. Obwohl man mir meine Waffen abgenommen hatte, was es ungleich schwieriger machte, mich zu verteidigen. Vielleicht lag es daran, dass ich innerhalb eines Jahres drei Leibwächter verloren hatte. Oder waren so viele Männer während des Angriffs gefallen, dass es nicht genug Wächter gab?

Meine Muskeln versteiften sich, als Hawke und ich einander anstarrten.

In letzter Zeit war es seltsam zwischen uns gewesen.

Ich war mir nicht sicher, ob es mit den Ereignissen im Garten und dem darauffolgenden Zusammenstoß mit Vikter zu tun hatte, oder damit, was ich nach Vikters Tod getan hatte. Vielleicht war es alles zusammen. Jedenfalls hatte ich keine Ahnung, was er fühlte oder dachte. Ich hielt meine Gabe hinter einer dicken Mauer verborgen, sodass sie sich nicht mehr selbstständig machen konnte.

Hawke stand schweigend vor der Tür, verschränkte die Arme vor der Brust und starrte mich an. Das tat er oft, seit ich wieder wach war. Vielleicht, weil ich ihn ebenfalls bloß anstarrte, wenn er versuchte, ins Gespräch zu kommen.

Was vermutlich auch der Grund war, warum es seltsam zwischen uns war.

Das Schweigen wurde unerträglich, und meine Augen wurden schmal. »Was ist?«

»Nichts.«

»Warum bist du dann hier?«, fragte ich.

»Brauche ich einen Grund?«

»Ja.«

»Nein.«

»Wolltest du nachsehen, ob ich vielleicht einen weiteren Fluchtweg aus meinem Zimmer entdeckt habe?«, meinte ich herausfordernd.

»Ich weiß, dass du nicht mehr aus dem Zimmer rauskommst, Prinzessin.«

»Nenn mich nicht so«, fauchte ich.

»Moment, könnten wir bitte einen Augenblick lang innehalten, um den Fortschritt zu würdigen?«

Ich runzelte die Stirn. »Welchen Fortschritt?«

»Mit dir«, antwortete er. »Du bist zwar nicht gerade nett, aber du redest mit mir. Das ist ein Fortschritt.«

»Ich bin sehr wohl nett«, erwiderte ich barsch. »Ich will nur nicht Prinzessin genannt werden.«

»Mhm«, murmelte er.

»Egal.« Ich riss meinen Blick von ihm los und fühlte mich … keine Ahnung, wie ich mich fühlte. Ich rutschte unbehaglich hin und her.

Ich war nicht wütend auf Hawke. Ich war wütend auf... alles.

»Ich verstehe schon«, sagte er leise.

Ich sah auf. Er war näher gekommen, ohne dass ich es bemerkt hatte. Er stand nur noch wenige Schritte entfernt. »Wirklich?« Ich hob die Augenbrauen. »Du verstehst es?«

Hawke starrte mich an, und einen Moment lang spürte ich etwas anderes als Wut und Schmerz. Die Scham brannte wie Säure in mir. Natürlich verstand Hawke, was in mir vorging. Zumindest zu einem gewissen Grad. Und ganz sicher besser, als viele andere Leute.

»Es tut mir leid.«

»Was?« Die Härte war aus meiner Stimme gewichen.

»Ich habe es dir schon einmal gesagt. Kurz, nachdem alles vorbei war. Aber ich glaube, du hast mich nicht gehört«, erklärte er, und ich dachte an das vage Gefühl, dass er die ganze Zeit über bei mir gewesen war. »Ich hätte es schon früher wiederholen sollen. Es tut mir leid, was passiert ist. Vikter war ein guter Mann. Ungeachtet der letzten Worte, die wir gewechselt haben, habe ich ihn respektiert, und es tut mir leid, dass ich seinen Tod nicht verhindern konnte.«

Mein Körper versteifte sich. »Hawke... Du musst dich nicht entschuldigen.« Ich stieg vom Fensterbrett, die Glieder steif vom langen Sitzen. »Ich gebe dir nicht die Schuld an dem, was passiert ist. Ich bin nicht wütend auf dich.«

»Ich weiß.« Er sah durch das Fenster hinaus zur Mauer. »Aber das ändert nichts daran, dass ich wünschte, ich hätte es verhindern können.«

»Es gibt viele Dinge, die ich lieber anders gemacht hätte«, gab ich zu und starrte auf meine Hände hinunter. »Wenn ich auf mein Zimmer zurückgekehrt wäre ...«

»Wenn du in deinem Zimmer gewesen wärst, wäre es trotzdem so gekommen. Gib dir nicht die Schuld daran.«

Einen Wimpernschlag später spürte ich seine Finger unter meinem Kinn. Er drückte es hoch, damit ich ihn ansah. »Du trägst keine Schuld, Poppy. Absolut nicht. Wenn überhaupt, bin ich ...« Er unterbrach sich selbst mit einem leisen Fluchen. »Nimm keine Schuld auf dich, die andere tragen sollten. Verstanden?«

Ja, aber das änderte nicht das Geringste, also versuchte ich, das Thema zu wechseln: »Zehn.«

Er runzelte die Stirn. »Wie bitte?«

»Jetzt hast du mich bereits zehnmal Poppy genannt.«

Er grinste schief, und der Hauch eines Grübchens erschien. »Der Name gefällt mir, aber *Prinzessin* gefällt mir besser.«

»Wer hätte sich das gedacht?«

Er senkte den Blick. »Es ist in Ordnung, weißt du?«

»Was?«

»Was du im Moment fühlst«, antwortete er. »Und auch das, was du nicht fühlst.«

Meine Brust zog sich zusammen, und ich bekam einen Moment lang keine Luft mehr. Doch es war nicht nur der Schmerz daran schuld. Da war auch etwas Leichteres, Wärmeres. Er wusste Bescheid, und das bewies, dass er selbst einmal in derselben Lage gewesen war.

Ich weiß nicht, wer sich zuerst bewegte, doch plötzlich hatte ich die Arme um ihn geschlungen, und er hielt mich genauso fest umklammert wie ich ihn. Ich presste die Wange an seine Brust, direkt an seinem Herzen, und als er das Kinn auf meinen Scheitel legte, erschauderte ich vor Erleichterung. Die zärtliche Umarmung löste nicht alle Probleme. Der Schmerz und die Wut waren noch immer da. Doch Hawke fühlte sich so warm an, und seine Umarmung war so ... voller Hoffnung. Wie ein Versprechen, dass Schmerz und Wut nicht für immer anhalten würden.

Wir standen eine Weile so da, bevor Hawke einen Schritt

zurücktrat. Er wischte sich die in die Stirn gefallenen Haare aus dem Gesicht, und die Erkenntnis durchfuhr mich wie ein Schaudern. Er war doch aus einem bestimmten Grund hier.

»Ich soll dich abholen«, erklärte er. »Die Herzogin möchte dich sprechen.«

Ich blinzelte. Jetzt war es so weit. »Und das sagst du mir erst jetzt?«

»Ich fand es wichtiger, dass wir beide alle Unklarheiten ausräumen.«

»Das wird die Herzogin anders sehen«, erklärte ich, und sein Gesichtsausdruck verriet mir, dass ihm das ziemlich egal war. »Dann werde ich jetzt also bestraft, für ... für das, was ich dem Lord angetan habe, nicht wahr?«

Hawke sah mich stirnrunzelnd an. »Wenn ich davon ausgehen würde, dass du bestraft wirst, würde ich dich nicht hinbringen.«

Ich sah ihn überrascht an – was bedeutete, dass ich auch zu diesem Gefühl noch fähig war. »Wo würdest du mich stattdessen hinbringen?«

»Fort von hier«, antwortete er, und ich glaubte ihm. Er würde tun, was keiner sonst getan hätte, nicht einmal ... nicht einmal Vikter. »Du sollst zu ihr kommen, weil es Nachrichten aus der Hauptstadt gibt.«

Tawny half mir mit dem Schleier, und es war seltsam, ihn nach alldem, was passiert war, wieder zu tragen. Noch seltsamer war allerdings, dass die Burg genauso aussah wie vor dem Angriff. Lediglich der große Saal war verschlossen, und die zertrümmerte Tür zu dem Zimmer, in dem Vikter gestorben war, war ausgetauscht worden.

Mehr musste ich nicht wissen.

Die Herzogin trug Weiß, genau wie ich. Doch bei ihr war es ein Zeichen der Trauer. Sie saß hinter dem Schreibtisch des Herzogs und beugte sich über seine Unterlagen. Zum Glück waren wir nicht in seinem privaten Arbeitszimmer. Hätten wir uns dort getroffen, hätte ich nicht gewusst, was ich tun sollte.

Ich konnte immer noch nicht glauben, wie der Herzog den Tod gefunden hatte. Die Wahl der Waffe war sicher Zufall gewesen, trotzdem regte sich ein eigenartiges Gefühl in mir.

Die Herzogin hob den Blick, als die Tür hinter uns ins Schloss gefallen war. Sie sah anders aus. Es war nicht das Weiß ihres Kleides oder ihr Haar, das sie zu einem strengen Knoten zusammengefasst hatte. Es war etwas anderes, aber ich konnte es nicht zuordnen. Außer der Herzogin waren noch zwei weitere Personen anwesend. Der Kommandant und ein königlicher Wächter.

Die Herzogin musterte mich. Merkte sie, dass ich die Haare unter dem Schleier offen trug? »Ich hoffe, es geht dir gut.« Sie hielt einen Moment lang inne. »Oder zumindest besser als beim letzten Mal, als ich dich gesehen habe.«

»Es geht mir gut«, erklärte ich, und das war weder eine Lüge noch die Wahrheit.

»Gut. Bitte, nimm Platz.« Sie deutete auf die Bank vor dem Schreibtisch, und ich ließ mich darauf nieder.

Tawny setzte sich neben mich, während sich Hawke zu meiner Linken postierte. Ich bemühte mich nach Kräften, nicht daran zu denken, dass eigentlich Vikter hierhergehört hätte.

»Es ist viel passiert, während du ... dich ausgeruht hast«, begann die Herzogin. »Die Königin und der König wurden über die jüngsten Vorfälle in Kenntnis gesetzt.« Sie tippte mit ihren langen Fingern auf das Pergament am Schreibtisch.

Vermutlich hatte man die Nachricht mithilfe einer Brieftaube in die Hauptstadt geschickt, doch Post vom Königspaar durfte nur von einem Jäger übermittelt werden. Er musste Tag und Nacht geritten sein und zwischendurch das Pferd getauscht haben, um die Strecke so schnell zurückgelegt zu haben. Normalerweise dauerte die Reise mehrere Wochen.

»Nach der versuchten Entführung und dem Angriff während des Rituals, sind die beiden der Meinung, dass du hier nicht mehr sicher bist«, verkündete die Herzogin. »Sie rufen dich zurück nach Carsodonien.«

Ich hatte gewusst, dass es dazu kommen würde. Nachdem man versucht hatte, mich zu entführen, war mir sofort klar gewesen, dass die Wahrscheinlichkeit hoch war, dass die Königin mich zurückbeorderte. Womöglich bedeutete das auch, dass das Aufstiegsritual vorgezogen werden würde.

Das erklärte, warum ich nicht überrascht war. Doch es erklärte nicht, warum ich keinerlei Angst verspürte.

Da war bloß diese ... Akzeptanz. Vielleicht war ich sogar ein wenig erleichtert, denn im Grunde wollte ich nicht mehr länger hier auf der Burg bleiben. Ich dachte nicht darüber nach, was passieren würde, wenn ich erst in der Hauptstadt war. Dass ich Ian bald wiedersehen würde.

Doch da war noch ein Gefühl, dessen ich mir sicher war. Ich war verwirrt.

»Entschuldigt bitte«, platzte ich heraus. »Aber werde ich denn nicht bestraft?«

Hawke wandte sich zu mir um, und ich wusste, ohne nachzusehen, dass er denselben Gesichtsausdruck aufgesetzt hatte, den auch Vikter zur Schau gestellt hätte.

Die Herzogin ließ sich mit ihrer Antwort Zeit, dann meinte sie: »Ich nehme an, du sprichst von Lord Mazeen?«

Ich nickte.

»Hast du denn das Gefühl, du müsstest bestraft werden?«, fragte die Herzogin.

Ich wollte auf dieselbe Art antworten, wie ich es vor zwei Wochen, vor dem Angriff getan hätte. Damals, als ich noch mit aller Macht versucht hatte, etwas zu sein, von dem ich langsam glaubte, dass es doch nicht meine Bestimmung war. »Ich kann diese Frage nicht beantworten.«

»Warum nicht?«, fragte sie und sah mich neugierig an.

»Weil ... es eine Geschichte zu den Vorfällen gibt.« Ich beließ es bei der Andeutung und merkte, wie Tawny näher heranrückte und ihr Bein gegen meines drückte. Ich atmete tief ein. »Es ist mir allerdings bewusst, dass ich bestraft werden *sollte*.«

Als Hawke unauffällig einen Schritt näher trat, spürte ich seine Anspannung.

»Ja, das solltest du«, stimmte die Herzogin mir zu. »Lord Mazeen war ein Aufgestiegener, einer unserer Ältesten, und du hast ihn zerhackt wie ein Metzger ein Stück Fleisch. Aber du hattest sicher deine Gründe.«

Ich riss die Augen auf.

Die Herzogin lehnte sich zurück. »Ich kannte Bran seit vielen, vielen Jahren, und es gibt wenig, was ich über seine ... Persönlichkeit nicht weiß. Ich hatte gehofft, er würde sich in Hinblick auf deine Stellung zurückhalten. Offensichtlich habe ich mich geirrt.«

Ich lehnte mich nach vorne. »Habt Ihr ...?«

»Ich würde diese Frage nicht stellen«, unterbrach sie mich, und ihr starrer Blick bohrte sich in mich. »Meine Antwort würde dir nicht gefallen, und du würdest sie auch nicht verstehen. Manchmal bringt die Wahrheit bloß Zerstörung und Zerfall. Sie macht nicht automatisch frei. Das glauben nur Narren, die ihr ganzes Leben lang mit Lügen gefüttert wurden.«

Meine Brust hob und senkte sich schwer, als ich den Mund wieder schloss. Sie hatte es gewusst. Sie hatte über den Lord und den Herzog Bescheid gewusst. Vielleicht nicht in allen Einzelheiten, aber trotzdem. Meine Finger gruben sich in den Stoff meines Kleides.

»Du bist die Jungfräuliche«, fuhr sie fort. »Deshalb wird man dich nicht bestrafen. Freu dich darüber, und sprich nie wieder davon.« Ein Muskel zuckte unter ihrem Auge. »Und tu dir selbst einen Gefallen. Vergeude keinen einzigen Moment damit, an die beiden zu denken. Ich tue es auch nicht.«

Ich starrte sie an. Sie hatte die Feder in ihrer Hand so fest umklammert, dass ihre Fingerknöchel weiß hervorgetreten waren, doch nun löste sie langsam den Griff. In diesem Moment wurde mir einiges klar.

Der Herzog hatte mir schreckliche Dinge angetan, wieso hätte er seine Frau besser behandeln sollen? Die beiden waren nie liebevoll miteinander umgegangen – und zwar nicht nur, weil sich Aufgestiegene oft außerordentlich kühl verhielten. Ich hatte nie gesehen, dass sie sich berührt hätten. Nur, weil man eine Aufgestiegene war, bedeutete das nicht, dass niemand Hand an einen legte.

Ich senkte den Blick und nickte. »Wann ... wann breche ich auf?«

»Morgen früh«, antwortete sie. »Bei Sonnenaufgang.«

28

»ICH LASSE TAWNY AUF KEINEN FALL ZURÜCK«, erklärte ich und trat Hawke angriffslustig entgegen.

»Sie kommt nicht mit«, beharrte er, und seine bernsteinfarbenen Augen blitzten. »Es tut mir leid. Aber es geht nicht.«

Wir stritten, seit wir das Arbeitszimmer der Herzogin vor etwa einer halben Stunde verlassen hatten und in mein Zimmer zurückgekehrt waren. Und wir hatten Publikum. Tawny war bei uns, und auch Kommandant Jansen war anwesend. Nicht, dass wir sie bemerkt hätten.

»Dann ist es ja gut, dass du hier nicht das Sagen hast«, stellte ich klar und wandte mich an Jansen. »Ich brauche ...«

»Es tut mir leid, Jungfräuliche, aber ich werde Euch nicht begleiten.« Jansen, der bis jetzt an der Tür gewartet hatte, trat ins Zimmer. »Es wird nur eine kleine Gruppe reisen. Und nachdem Hawke Euer Leibwächter ist, wurde ihm die Leitung übertragen.«

»Wie kann man ihm die Leitung übertragen?« Ich schrie beinahe. »Er ist ja noch gar nicht lange mein Leibwächter.«

»Aber er ist Euer einziger Leibwächter.«

Ich wirbelte zu Hawke herum, bevor die Antwort des Kommandanten mich treffen konnte, und tat das Albernste, was mir einfiel. Ich ließ meinen Frust an ihm aus. »Erwartest du wirklich, dass ich sie hier lasse? Wo die dunklen Nachkommen alle niedermetzeln?«

»Erwartest du wirklich, dass ich sie zu einer Reise außerhalb der Mauer mitnehme?«

Tawny trat vor. »Wenn ich auch mal ...«

»Ja, genau das erwarte ich!«, rief ich. »Immerhin nimmst du *mich* mit.«

»Die Burg kann nur eine Handvoll Wächter entbehren, und sie alle werden damit beschäftigt sein, dich zu beschützen. Nicht Tawny.«

»Ich kann ...«

»Ich weiß, dass du dich selbst verteidigen kannst. Das weiß jeder in diesem Zimmer, glaube mir. Aber wir werden außerhalb der Mauer unterwegs sein, Prinzessin. Hast du eine Ahnung, was uns dort erwartet? Wir reisen durch das Ödland und den Blutwald.«

Mein Magen zog sich vor Angst zusammen. »Ich weiß.«

»Außerdem kommen wir durch Gebiete, die von dunklen Nachkommen besiedelt sind. Es wird keine ungefährliche Reise, und ich werde deine Sicherheit auf keinen Fall aufs Spiel setzen«, erklärte er und starrte böse auf mich hinab. Der Mann, der mich vor nicht allzu langer Zeit zärtlich in den Armen gehalten hatte, war fort. An seine Stelle war ein ... königlicher Wächter getreten, auf den Vikter stolz gewesen wäre. Dieses Mal traf mich der Schmerz mitten ins Herz. Hawke war nicht mehr mein Freund oder ... oder was auch immer. Er war ein königlicher Wächter, dessen Pflicht es war, mich gesund und munter dem Königspaar zu übergeben.

Er sah mir in die Augen. »Wenn wir Tawny mitnehmen, können wir sie genauso gut als Lockvogel für die Hungernden vorausschicken.«

»So etwas Absurdes habe ich ja noch nie gehört.«

»Es ist nicht absurder als die Tatsache, dass du hier stehst und mit mir diskutierst, obwohl du das alles selbst schon erlebt hast«, erwiderte er.

Ich warf die Hände hoch. »Das ist ja dann wohl eher dein Problem als meines.«

Er stieß ein kurzes, bellendes Lachen aus, dann wandte er sich an Tawny. »Mir ist klar, dass du sie begleiten willst. Und ich verstehe es auch, aber das wird keine gewöhnliche Reisegesellschaft sein. Wir werden nicht von Dutzenden Wächtern begleitet, und wir übernachten nicht in den besten Herbergen. Wir müssen schnell sein, ohne Rücksicht auf Verluste, und wahrscheinlich war der Angriff auf das Ritual nicht das letzte Gemetzel, das du miterleben wirst.«

Ich drehte mich ebenfalls zu Tawny herum, doch bevor ich etwas sagen konnte, meinte sie: »Das ist mir klar. Und ich verstehe es.« Sie trat nach vorne. »Ich weiß es zu schätzen, dass du mich dabeihaben willst, Poppy, aber ich kann dich nicht begleiten.«

Ich sah sie an – eine Feder hätte mich in diesem Moment umwerfen können. »Du ... du willst nicht mitkommen?« Sie war immer so begeistert von dem Gedanken gewesen, die Hauptstadt zu sehen.

Aber wenn ich nicht mehr da war, stand ihr der Großteil ihrer Zeit zur freien Verfügung. Ich presste die Lippen aufeinander.

Tawny ergriff meine Hände. »Ich will schon. Unbedingt. Aber die Vorstellung, dort draußen unterwegs zu sein, jagt mir schreckliche Angst ein.«

Ich ... ich hätte ihr so gerne geglaubt.

Sie legte sich unsere ineinander verschränkten Hände auf die Brust. »Und es ist nicht nur das. Hawke hat recht. So viele Wächter sind ... fort. Diejenigen, die dich begleiten, dürfen sich nicht mit mir aufhalten. Ich kann nicht kämpfen. Nicht so wie du. Ich könnte nie tun, was du getan hast.«

Was ich getan hatte? Meinte sie, dass ich mich selbst verteidigt hatte, oder das ... was ich mit Mazeen angestellt hatte?

Ich schloss die Augen und stieß zitternd die Luft aus. Sie hatte recht. Und Hawke auch. Es wäre unverantwortlich, Tawny mitzunehmen. Und obwohl ich vorhin gesagt hatte, dass ich sie nicht in einer Stadt voller Unruhen zurücklassen wollte, wollte ich sie vor allem deshalb bei mir haben, weil ich ... weil ...

... weil ich sonst alles Vertraute zurücklassen würde.

So viel war passiert. So viele Verluste. Ich hatte nicht die Kraft, mir über mein bevorstehendes Aufstiegsritual Gedanken zu machen oder darüber, ob mich die Götter als unwürdig abweisen würden.

Alles veränderte sich, und Tawny war alles, was von der Vergangenheit noch übrig war.

Was, wenn ich sie nie wiedersah?

Daran durfte ich nicht denken. Und ich durfte auch Tawny nicht auf solche Gedanken bringen. Ich öffnete die Augen. »Du hast recht.«

Tränen stiegen in ihre Augen. »Ich hasse es, recht zu haben.«

»Den Göttern sei Dank – wenigstens gibt es eine vernünftige Person in diesem Zimmer«, murmelte Hawke.

Ich fuhr zu ihm herum. »Dich hat keiner nach deiner Meinung gefragt.«

Kommandant Jansen stieß einen leisen Pfiff aus.

»Nun, du hast sie dennoch bekommen, Prinzessin.« Hawke grinste, als er zur Tür ging. »Und ich meine sogar noch was: Lass den verdammten Schleier hier. Du wirst ihn nicht brauchen.«

Ich schloss die Augen, reckte das Gesicht der aufgehenden Sonne entgegen und genoss das Gefühl der kalten Morgenluft auf meinen Wangen und der Stirn. Es war bloß eine Kleinigkeit, aber es war *Jahre* her, seit die Sonne und der Wind mein Gesicht berührt hatten. Meine Haut prickelte, und selbst der Grund, warum ich hier vor der schwarzen Mauer stand, tat dem Genuss keinen Abbruch.

Der Schleier hätte mich auf unserer Reise nach Carsodonien zu einem leichten Ziel gemacht. Wenn niemand wüsste, wer ich war, war die Chance geringer, dass die dunklen Nachkommen und der dunkle Sohn auf mich aufmerksam wurden. Deshalb trafen wir uns direkt an der Mauer, und deshalb trug ich einen einfachen braunen Mantel über einer dicken Tunika, und die einzige Hose, die ich besaß, sowie meine Stiefel. Keine Ahnung, was sich die Leute bei meinem Anblick dachten, aber es kam ihnen sicher nicht in den Sinn, dass sie gerade der Jungfräulichen begegneten.

Aus diesem Grund hatte ich mich auch in meinem Zimmer von Tawny verabschiedet. Um diese Zeit waren zwar nur wenige Diener unterwegs, aber es war trotzdem möglich, dass jemand Tawny erkannte, und Hawke wollte kein Risiko eingehen. Die Gefahr, dass es nach wie vor dunkle Nachkommen unter den Bediensteten gab, war zu groß.

Aber das machte den Abschied von Tawny sogar noch schwerer. Sie würde mir zwar später in die Hauptstadt folgen, doch bis dahin konnte alles Mögliche passieren, und ich würde nur davon erfahren, wenn jemand beschloss, es mir zu erzählen. Ich fühlte mich schrecklich hilflos, weil ich nichts gegen all das tun konnte. Ich konnte nur *hoffen*, dass wir uns eines Tages wiedersahen. Ich konnte daran *glauben*.

Aber ich würde nicht beten.

Die Götter hatten meine Gebete noch nie erhört.

Außerdem fühlte es sich nicht richtig an, sie um etwas zu bitten, wo ich doch nicht länger abstreiten konnte, was Vikter mir vorgeworfen hatte.

Dass ich unwürdig sein wollte.

Ich seufzte und konzentrierte mich auf den Wind, der meine Haare um meine Stirn und die Schläfen wehte.

Die Herzogin hatte sich nicht verabschiedet. Das überraschte mich nicht. Und es schmerzte nicht so sehr, wie es das früher getan hätte. Ich war nicht einmal enttäuscht, und ich war mir nicht sicher, ob das gut oder schlecht war.

»Sieht aus, als würdest du es genießen«, meinte Hawke.

Ich öffnete die Augen, drehte mich um und wünschte sofort, ich hätte es nicht getan.

Er stand neben einem großen schwarzen Hengst und sah nicht länger aus wie ein königlicher Wächter. Er trug dunkelbraune Hosen, die sich eng an seine langen Beine schmiegten und seine Muskeln betonten. Seine schwere, langärmelige Tunika war bestens geeignet für kaltes Wetter, genau wie sein mit Pelz besetzter Mantel. Die Sonne ließ seine Haare wie das Gefieder eines Raben glänzen.

Als gewöhnlicher Bürger sah er noch atemberaubender aus, als als Wächter.

Er musterte mich mit erhobenen Augenbrauen, während ich ihn mit offenem Mund anstarrte. Meine Wangen glühten. »Es ist ein schönes Gefühl.«

»Du meinst die Sonne und den Wind auf deinem Gesicht?«, fragte er und erriet genau, wovon ich sprach.

Ich nickte.

»Das kann ich mir vorstellen.« Er betrachtete mich. »Mir gefällt es so auch wesentlich besser.«

Ich biss mir auf die Lippe, streckte die Hand aus und streichelte sanft die Nüstern des Pferdes. »Er ist wunderschön. Hat er auch einen Namen?«

»Soweit ich weiß, heißt er Setti.«

Ich lächelte. »Wie Theons Streitross?« Setti stupste mich an, damit ich ihn weiter streichelte. »Das sind riesige Hufabdrücke, in die er treten muss.«

»Das ist wahr«, sagte Hawke. »Ich nehme an, dass du nicht reiten kannst?«

Ich schüttelte den Kopf. »Ich habe das letzte Mal vor ...«

Mein Lächeln wurde breiter. »Vor drei Jahren auf einem Pferd gesessen. Tawny und ich haben uns in die Stallungen geschlichen und uns eines geschnappt, bevor Vikter es bemerkt hatte.« Mein Lächeln verblasste, und ich trat einen Schritt zurück. »Also nein, ich kann nicht reiten.«

»Das wird eine faszinierende Erfahrung. Und gleichzeitig die reinste Folter, denn in diesem Fall reitest du mit mir auf einem Pferd.«

Mein Herz machte einen Satz. »Warum ist Reiten faszinierend? Und die reinste Folter?«

Er grinste. »Abgesehen davon, dass es mir ermöglicht, dich ganz genau im Auge zu behalten? Lass deine Fantasie spielen, Prinzessin.«

Was nicht allzu schwer war. »Das wäre höchst unangemessen«, erklärte ich ihm.

»Wirklich?« Er senkte den Blick. »Hier draußen bist du nicht die Jungfräuliche. Du bist Poppy, ohne Schleier und ohne Verpflichtungen.«

Ich sah ihn an, und Vorfreude und Erleichterung stiegen in mir hoch, was bewies, dass es unter dem Schmerz und der Wut auch noch andere Emotionen gab. »Und was ist, wenn wir in der Hauptstadt angekommen sind? Dann werde ich wieder zur Jungfräulichen.«

»Aber das wird weder heute noch morgen sein«, erwiderte er und öffnete eine Satteltasche. »Ich habe dir etwas mitgebracht.«

Ich wartete und fragte mich, was es wohl sein würde. Immerhin hatte ich lediglich Unterwäsche und zwei zusätzliche Pullover einpacken dürfen.

Hawke griff in eine der Ledertaschen und holte einen in Stoff eingeschlagenen Gegenstand hervor. Er wickelte ihn aus, während er sich zu mir umdrehte.

Mein Herz setzte einen Moment lang aus und schlug dann umso schneller, als ich sah, was er in der Hand hielt.

Ich kannte den elfenbeinfarbenen Griff und die rot-schwarze Klinge.

»Mein Dolch!« Meine Kehle zog sich zusammen. »Ich dachte ... ich dachte, ich hätte ihn verloren.«

»Ich habe ihn noch am selben Abend gefunden.« Er hatte auch eine neue Scheide mitgebracht. »Ich wollte ihn dir nicht früher geben, weil ich Angst hatte, du würdest dich davonstehlen und ihn benutzen. Aber auf der Reise wirst du ihn brauchen.«

Dass er dafür sorgte, dass ich angemessen ausgerüstet war, um mich zu verteidigen, bedeutete mir sehr viel. Dass er mir den Dolch nicht sofort gegeben hatte, allerdings ...

»Ich weiß nicht, was ich sagen soll.« Ich räusperte mich und schluckte den Kloß im Hals hinunter, als Hawke mir den Dolch überreichte. Meine Finger schlossen sich um den Griff, und ich stieß zitternd die Luft aus. »Vikter hat ihn mir zum sechzehnten Geburtstag geschenkt. Seitdem ist er meine Lieblingswaffe.«

»Er ist wirklich schön.«

Der Kloß verschwand, und ich konnte nur stumm nicken, während ich den Dolch ins Futteral steckte und ihn an meinem rechten Oberschenkel befestigte. Ich hob den Blick und sah eine kleine Gruppe Wächter auf uns zukommen. Zwei unbekannte Männer auf Pferden, und sechs weitere, die ihre Pferde noch am Zügel führten.

Ich kannte zwei der Wächter, wir hatten im *Red Pearl* Karten gespielt. Der eine war Phillips, der andere Airrick. Falls sie mich wiedererkannten, ließen sie es sich nicht anmerken. Sie begrüßten uns mit einem knappen Nicken und vermieden jeglichen Blickkontakt.

Meine Narben prickelten, doch ich widerstand dem Drang, sie zu berühren oder mich abzuwenden, damit die Männer sie nicht sehen konnten.

Ich war überrascht, die Wächter hier zu sehen, denn ich

hatte ausschließlich Jäger erwartet, aber vermutlich standen nicht genug zur Verfügung, und Phillips war auf alle Fälle eine gute Wahl. Er war schon oft Hungernden begegnet und lebte immer noch.

»Die Jagdgesellschaft ist bereit«, murmelte Hawke, bevor er die Stimme hob und mir die Männer vorstellte. Abgesehen von den beiden, die ich kannte, blieb mir kaum einer in Erinnerung. Bis auf den letzten. »Das ist Kieran. Er hat mich aus der Hauptstadt hierherbegleitet und kennt die Strecke daher sehr gut.«

Es war der Wächter, der damals im *Red Pearl* an Hawkes Tür geklopft hatte. Er war etwa so alt wie Hawke, und seine dunklen Haare waren kurz geschoren. Seine Augen strahlten in einem aufsehenerregenden Hellblau, das mich an den Winterhimmel erinnerte und einen überraschenden Kontrast zu seiner warmen hellbraunen Haut bildete, die mich an Tawny erinnerte. Sein Gesicht war scharf geschnitten und sehr nett anzusehen.

»Freut mich, dich kennenzulernen«, erklärte er, bevor er sich auf sein Pferd schwang. Er hatte denselben Akzent wie Hawke, den ich immer noch nicht zuordnen konnte.

»Ebenfalls«, murmelte ich.

Kieran wandte sich an Hawke. »Wir müssen los, wenn wir die Ebene bis zur Dämmerung überquert haben wollen.«

Hawke sah mich an. »Bereit?«

Ich sah nach Westen, zum Herzen Masadoniens. Burg Teerman thronte hoch über der Stadt. Eine weitläufige Festung aus Stein und Glas, in der wunderschöne Erinnerungen und schreckliche Albträume wohnten. Dort oben ging Tawny ihren Aufgaben nach, und die Herzogin regierte über die Stadt. Dort oben wurde meine Gegenwart gerade zu meiner Vergangenheit. Ich wandte mich zur Mauer um.

Und dort draußen wartete meine Zukunft.

29

WIR RITTEN SEIT EINIGEN STUNDEN über die weite Ebene des Ödlandes, und mittlerweile musste ich meine Fantasie nicht mehr bemühen, wenn es darum ging, warum es reinste Folter sein würde, mit Hawke auf einem Pferd zu sitzen.

Es war kaum Platz zwischen unseren Körpern. Am Anfang, als sich die schweren Tore der Mauer geöffnet hatten und wir an den Fackeln vorbeigeritten waren, war das noch anders gewesen. Da die Männer, mit denen wir unterwegs waren, wussten, wer ich war, saß ich kerzengerade auf dem Pferd und versuchte verzweifelt, Hawkes Arm um meine Hüfte zu ignorieren. Doch dann beschleunigten die Reiter. Wir waren zwar nicht auf der Flucht, dennoch legten wir ein gewaltiges Tempo an den Tag. Ich war die Bewegungen des Pferdes unter mir nicht gewöhnt, und mit der Zeit fühlte sich meine steife Haltung unangenehm an. Mit jeder Stunde rückte ich näher an Hawke heran, bis sich mein Rücken schließlich gegen seine Brust presste und meine Oberschenkel zwischen seinen klemmten. Irgendwann war mir die Kapuze vom Kopf gerutscht, und ich setzte sie nicht wieder auf. Zum Teil, weil ich den Wind auf meinem Gesicht immer noch genoss, zum Teil, weil ich so Hawkes warmen Atem auf meiner Wange spürte, wenn er sich vorlehnte und etwas zu mir sagte.

Für eine Jungfräuliche war es vollkommen unangemessen. Zumindest, was die Gefühle betraf, die es in mir auslöste.

Doch nach einiger Zeit entspannte ich mich und genoss

es, in seinen Armen zu sitzen. Wenn wir unser Ziel erst erreicht hatten, würde das alles zu Ende sein, ganz egal, für wie begabt im Davonstehlen Hawke sich hielt.

In der Hauptstadt war alles anders.

Mein Blick wanderte über das Ödland. Früher hatte es hier Farmen und Herbergen gegeben, in denen die Reisenden sich ausruhen konnten. Doch mittlerweile war es nur noch eine endlose, grasbewachsene Ebene mit vereinzelten, knorrigen und verwucherten Bäumen und Ruinen, die sich die Natur langsam zurückeroberte.

Jeder, dem wir begegneten, wirkte seltsam gehetzt.

Die Hungernden hatten die Ebene heimgesucht, den einst fruchtbaren Boden mit Blut getränkt und alle niedergemetzelt, die es gewagt hatten, sich außerhalb der Mauer anzusiedeln.

So nahe am Blutwald.

Ich hielt die Augen offen und bereitete mich auf den ersten Blick auf die blutroten Bäume vor. Ich versuchte, nicht daran zu denken, wie weit die Sonne bereits gewandert war und wo wir uns befinden würden, wenn die Nacht hereinbrach.

Hawke verlagerte sein Gewicht, und irgendwie rutschte sein Arm unter meinen Mantel. Mein Mund war mit einem Mal staubtrocken. Setti wurde langsamer, und ich spürte Hawkes Hand auf meiner Hüfte. Trotz der dicken Tunika und meiner Hose fühlte sie sich brennend heiß an.

»Ist alles in Ordnung?«, fragte er, und sein Atem tanzte über meine Wange.

»Ich spüre meine Beine nicht mehr«, gab ich zu.

Er lachte leise. »Noch ein paar Tage, dann hast du dich daran gewöhnt.«

»Na toll«, erwiderte ich und zog die Luft ein, als er sanft über meine Hüfte strich. Ich umklammerte den Sattelknauf noch ein wenig fester.

»Hast du auch genug gegessen?«

Ich nickte. Wir hatten während des Rittes etwas Käse und Nüsse zu uns genommen, und obwohl ich normalerweise üppigere Mahlzeiten gewöhnt war, brachte ich auf dem wackeligen Pferderücken nicht mehr hinunter.

Kieran und Phillips, die vor uns ritten, waren ebenfalls langsamer geworden. Sie sprachen immer wieder miteinander, doch sie waren zu weit weg, um sie zu verstehen.

»Halten wir an?«, fragte ich.

»Nein.«

Ich runzelte die Stirn. »Warum werden wir dann langsamer?«

»Es liegt am Weg, Ju...«, begann Airrick, doch dann verstummte er abrupt, und ich grinste. Er nannte mich ständig *Jungfräuliche*. Hawke hatte ihm bereits gedroht, ihn vom Pferd zu werfen, wenn er es noch einmal wagte. Glücklicherweise hatte er sich dieses Mal rechtzeitig auf die Zunge gebissen. »Er wird immer unebener, und wir nähern uns einem Wasserlauf, der durch das Dickicht am Boden schwer zu sehen ist.«

»Aber das ist nicht alles«, fügte Hawke hinzu, und sein Daumen auf meiner Hüfte bewegte sich immer noch in langsamen Kreisen.

»Nicht?«

»Siehst du Luddie?«

Er deutete auf den Jäger zu unserer Rechten, der seit unserem Aufbruch kaum ein Wort gesagt hatte. »Er hält nach Barratten Ausschau.«

Ich verzog den Mund. Barratten waren keine gewöhnlichen Nagetiere. Sie waren Wesen aus Albträumen, angeblich so groß wie Wildschweine. »Ich dachte, die wären ausgestorben.«

»Nein, es gibt sie noch. Sie sind das Einzige, was die Hungernden nicht essen.«

Eine weitere Erklärung war nicht notwendig. Ich erschauderte. »Und wie viele sind noch da draußen?«

»Keine Ahnung.« Hawkes Griff um meine Mitte wurde fester, und ich hatte das Gefühl, dass er es sehr genau wusste.

Ich wandte mich an Airrick.

Er bemühte sich nach Kräften, nach vorne zu schauen.

»Weißt du, wie viele es sind, Airrick?«

»Ähm ... na ja. Ich weiß, dass es früher mehr waren«, murmelte er und warf Hawke einen nervösen Blick zu, dann sah er sofort wieder nach vorne. »Früher waren sie eigentlich kein Problem. Zumindest hat mir mein Großvater das erzählt, als ich noch ein kleiner Junge war. Er lebte hier draußen. Er war einer der Letzten.«

»Wirklich?«

Airrick lächelte kaum merklich. »Er baute Getreide, Tomaten, Bohnen und Kartoffeln an. Damals waren die Barratten lästig, aber mehr nicht.«

»Ich kann mir nicht vorstellen, dass über hundert Kilogramm schwere Ratten nur lästig sind.«

»Na ja, sie fraßen ausschließlich Aas und hatten mehr Angst vor den Menschen, als die Menschen vor ihnen«, erklärte Airrick. Ich wäre trotzdem schreiend davongerannt, ganz egal, ob die Barratten die Leute damals in Ruhe gelassen hatten oder nicht. »Aber nachdem alle fort sind, hatten sie ...«

»... nichts mehr zu fressen«, beendete ich den Satz für ihn.

Airrick nickte und ließ den Blick über die Ebene schweifen. »Nun jagen sie alles, was ihnen begegnet.«

»Einschließlich uns.« Ich hoffte inständig, dass Luddie einen scharfen Blick und einen sechsten Sinn besaß, was Barratten anging.

»Du bist faszinierend«, meinte Hawke, während Setti Airricks Pferd überholte.

»Das ist dein Lieblingswort, oder?«, fragte ich.

»Wenn du in der Nähe bist auf alle Fälle.«

Ich grinste, weil niemand mich sah und mir danach war. »Und warum bin ich jetzt gerade faszinierend?«

»Wann bist du *nicht* faszinierend?«, erwiderte er. »Du hast keine Angst vor den dunklen Nachkommen oder den Hungernden, aber du zitterst wie Espenlaub, wenn du das Wort Barratte nur hörst.«

»Hungernde und dunkle Nachkommen huschen nicht auf allen vieren durch die Schatten, und sie haben auch kein Fell.«

»Barratten huschen genauso wenig«, erklärte er. »Sie rennen. Und zwar so schnell wie ein Jagdhund, der Beute wittert.«

Ich erschauderte erneut. »Das ist nicht gerade hilfreich.«

Er lachte. »Weißt du, was ich jetzt gerne tun würde?«

»Nicht mehr über riesige Ratten sprechen, die uns auffressen würden, wenn ihnen danach ist?«

Hawke drückte mich an sich, und mein Brustkorb schnürte sich zusammen. »Abgesehen davon.«

Ich schnaubte.

»Tu mir einen Gefallen und steck die Hand in die Tasche neben deinem linken Bein. Aber vorsichtig. Und halt dich gut fest.«

»Ich falle schon nicht vom Pferd.« Ich umklammerte den Sattelknopf trotzdem, während ich mich nach vorne beugte und die Satteltasche öffnete.

»Ja, klar.«

Ich ignorierte ihn und steckte die Hand in die Tasche. Meine Finger glitten über weiches Leder. Ich griff stirnrunzelnd danach und zog es heraus. Als mein Blick auf das rote Büchlein fiel, steckte ich es eilig zurück.

»Oh, bei den Göttern!« Ich richtete mich mit großen Augen auf.

Hawke lachte lauthals, und Kieran warf uns über die Schulter hinweg einen Blick zu. Sah er, wie rot ich geworden war?

»Ich glaube es nicht.« Ich drehte mich so gut es ging um, und einen Moment lang verlor ich mich in dem Grübchen auf Hawkes rechter Wange. Das linke kam ebenfalls langsam zum Vorschein. Doch dann erinnerte ich mich, was ich gerade in der Hand gehabt hatte. »Wo hast du das Buch gefunden?«

»Du meinst, wo ich Lady Willa Colyns anrüchige Erinnerungen herhabe? Ich kenne Mittel und Wege.«

»Wo?« Ich hatte das Buch unter mein Kopfkissen gesteckt; angesichts dessen, was in den letzten Tagen passiert war, hatte ich keinen Gedanken mehr daran verschwendet.

»Das verrate ich dir nicht«, sagte er, und ich schlug ihm auf den Arm. »Aua, du bist so brutal!«

Ich verdrehte die Augen.

»Dann liest du mir also nicht daraus vor?«

»Nein. Auf keinen Fall.«

»Vielleicht lese ich es dir später vor.«

Das war ja noch schlimmer. »Das ist nicht notwendig.«

»Sicher?«

»Ja.«

Er lachte leise, und sein Atem strich über meinen Nacken. »Wie weit bist du gekommen, Prinzessin?«

Ich presste die Lippen aufeinander, dann seufzte ich. »Ich bin fast durch.«

»Du musst mir unbedingt alles darüber erzählen.«

Das kam gar nicht infrage. Kaum zu glauben, dass er das verdammte Buch nicht nur gefunden, sondern auch noch eingepackt hatte. Von all den Dingen, die er hätte mitnehmen können, musste es unbedingt dieses Tagebuch sein.

Meine Mundwinkel zuckten, und ehe ich michs versah, lächelte ich. Und kurz darauf musste ich lachen. Hawke schlang die Arme fester um mich, und ich lehnte mich entspannt an ihn.

Er war ... faszinierend.

Die Reiter erhöhten wieder das Tempo, und es schien beinahe wie ein Wettlauf gegen die Zeit. Ein Wettlauf, den wir nur verlieren konnten.

Und dann sah ich ihn.

Mein Blut gefror zu Eis, als ich das erste Rot am Horizont ausmachte. Es wurde größer und erhob sich wie eine Mauer vor uns. Bald erstreckte sich vor uns ein dunkelrotes Meer bis zum Horizont.

Wir hatten den Blutwald erreicht.

Die Pferde trugen uns weiter, obwohl alles in mir schrie, sofort umzukehren. Ich konnte den Blick nicht von den Bäumen abwenden, obwohl ich wusste, dass sie mich noch viele, viele Jahre in meinen Albträumen verfolgen würden. Ich hatte den Wald noch nie aus der Nähe gesehen. Als Ian und ich nach Masadonien gereist waren, hatten wir eine andere Route genommen, die einige Tage länger gewesen war als diese.

Der Wald glich einer roten Mauer, durchsetzt von dunkleren Flecken, die an geronnenes Blut erinnerten. Der Boden wurde felsiger und knirschte seltsam unter den Hufen der Pferde. Waren es Zweige? Äste vielleicht? Ich sah nach unten ...

»Nicht«, befahl Hawke. »Nicht hinunterschauen.«

Doch es war zu spät.

Mir drehte sich der Magen um. Der Boden war bedeckt von ausgebleichten Knochen. Schädelknochen von Rehen, Hirschen und kleineren Tieren. Hasen vielleicht?

Aber da waren auch längere Knochen, zu lange ...

Ich zog scharf die Luft ein und wandte mich ab. »Die Knochen ...«, meinte ich und schluckte. »Die stammen nicht nur von Tieren, oder?«

»Nein.«

Ich klammerte mich an Hawkes Arm fest. »Sind es Knochen von Hungernden, die hier gestorben sind?« Wenn die Hungernden nichts zu essen bekamen, verdorrten sie, bis nur noch Gebeine übrig waren.

»Unter anderem.«

Ein Zittern durchfuhr mich.

»Ich habe ja gesagt, dass du nicht hinunterschauen sollst.«

»Ich weiß.«

Aber ich hatte es getan, und jetzt konnte ich den Blick nicht von den Blättern abwenden, die in der untergehenden Sonne blutrot glänzten. Es war ein verstörender Anblick – grauenhaft und schön zugleich.

Die Pferde wurden langsamer. Airricks Tier scheute und schüttelte den Kopf, doch er trieb es weiter. Wir kamen näher und näher, und mein Herz klopfte mir bis zum Hals, als sich uns die ersten Äste entgegenstreckten. Ihre glatten Blätter raschelten leise im Wind, als würden sie uns zu sich rufen.

Sobald wir zwischen den ersten Bäumen hindurchgeritten waren, fiel die Temperatur merklich, und die Sonne drang nicht mehr durch das dichte Blattwerk. Eine Gänsehaut überzog meinen Körper, als ich nach oben sah. Einige der Äste waren so nahe, dass ich nur die Hand hätte ausstrecken müssen, um die Blätter zu berühren, die mich an Ahornblätter erinnerten. Doch ich tat nichts dergleichen.

Wir formierten uns schweigend in einer Zweierreihe und folgten dem Pfad, der sich in den Boden gegraben hatte. Die Wächter blickten sich aufmerksam um. Nachdem ich kein Knirschen mehr vernahm, blickte ich erneut zu Boden.

»Keine Blätter«, erklärte ich.

»Wie bitte?«, fragte Hawke leise und lehnte sich näher heran.

Mein Blick huschte über den immer dunkler werdenden Waldboden. »Da sind keine Blätter am Boden. Nur Gras. Wie ist das möglich?«

»Hier ist nichts so, wie es sein sollte«, antwortete Phillips.

»Und das ist noch untertrieben«, erklärte Airrick und sah sich um.

Hawke lehnte sich zurück. »Wir müssen bald anhalten. Die Pferde brauchen eine Pause.«

Ein schweres Gewicht legte sich auf meine Brust, und ich umklammerte Hawkes Arm noch fester. Meine Fingernägel gruben sich in seinen Mantel, aber ich konnte nichts dagegen tun.

Ich stieß zitternd die Luft aus und sah meinen Atem in der kalten Luft.

Wir ritten noch etwa eine Stunde weiter, als Hawke der Gruppe ein Zeichen gab. Die Pferde verfielen in einen langsameren Trab, bis sie schließlich schwer atmend anhielten.

»Hier sieht es doch ganz nett aus«, meinte Hawke.

Wir würden die Nacht im Blutwald verbringen, wo die Hungernden hausten. Beinahe hätte ich gekichert, auch wenn es alles andere als witzig war.

30

ICH HATTE IN MEINEM GANZEN LEBEN noch nicht so gefroren.

Die dicken Felldecken schützten kaum vor der Kälte, die vom Boden aufstieg, und konnten auch die eisige Luft nicht abwehren. Meine Finger fühlten sich trotz der Handschuhe an wie Eiszapfen.

Es fehlte nur noch, dass es zu schneien begann.

Ich versuchte seit etwa zwanzig Minuten, einzuschlafen, denn wenn ich schlief, musste ich mir keine Gedanken mehr darüber machen, bald zu Eis zu gefrieren. Doch jedes Mal, wenn in der Nähe das Gras knirschte oder der Wind in die Blätter fuhr, schoss meine Hand zu meinem Dolch unter der Tasche, die ich als Kissen benutzte.

Neben der Kälte verhinderten auch der Gedanke an Barratten und die Gefahr eines Angriffs durch die Hungernden, dass der Schlaf in greifbare Nähe rückte. Ich konnte mir nicht vorstellen, dass man hier zur Ruhe kommen konnte. Ich hatte Mühe gehabt, das Abendessen hinunterzuwürgen, das wir schweigend und in größter Eile eingenommen hatten.

Vier Männer schliefen, während die vier anderen jeweils an einer Ecke unseres Lagers Aufstellung genommen hatten und Wache hielten. Hawke löste sich von den Wächtern und kam mit großen Schritten auf mich zu. Ich überlegte, ob ich mich schlafend stellen sollte, aber vermutlich hätte er mich ohnehin durchschaut.

Er kniete sich neben mich. »Dir ist kalt.«

»Geht schon«, murmelte ich mit klappernden Zähnen.

Einen Augenblick später spürte ich seine nackten Finger auf meiner Wange. Ich versteifte mich. »Du bist eiskalt.«

»Mir wird sicher gleich wärmer.« Zumindest hoffte ich das.

»Du bist diese Kälte nicht gewöhnt, Poppy.«

»Aber du schon?«

»Du hast keine Ahnung, woran ich gewöhnt bin.«

Das stimmte. Seine Hände waren rau und schwielig, doch seine Finger waren lang und elegant. Eher die eines Künstlers als die eines Wächters. Eines todbringenden Soldaten.

Hawke erhob sich, und ich nahm an, dass er sich wieder zu den anderen gesellen würde, um Wache zu halten.

Doch ich irrte mich.

Ich schlang die Felle so gut es ging um meinen Körper, während ich zusah, wie er seine Bettrolle aus der Tasche holte und diese auf den Boden fallen ließ. Er stieg schweigend über mich hinweg, als wäre ich nicht viel mehr als ein Ast auf dem Boden, und ehe ich michs versah, lag er hinter mir.

Ich drehte den Kopf so gut es ging zu ihm herum. »Was machst du da?«

»Ich sorge dafür, dass du nicht erfrierst.« Er rollte die schwere Felldecke auf und warf sie sich über die Beine. »Wie es sich für einen guten Leibwächter gehört.«

»Ich erfriere nicht.« Mein Herz schlug schneller und schneller. Er lag so nahe bei mir, dass ich mich nur ein wenig drehen musste, damit unsere Schultern sich berührten.

»Nein, du lockst mit deinem Zähneklappern nur sämtliche Hungernden im Umkreis von fünf Kilometern in unsere Richtung.« Er rollte sich auf die Seite, sodass er dicht an meinem Rücken lag.

»Du kannst nicht neben mir schlafen«, zischte ich.

»Tue ich auch nicht.« Er legte seine Decke *und* seinen Arm über mich. »Ich schlafe *bei* dir.«

Ich war einen Moment sprachlos. Dann meinte ich: »Wo ist da der Unterschied?«

»Da gibt es einen riesigen Unterschied«, erklärte er, und sein warmer Atem strich über meinen Nacken. Mein Herz schlug schneller.

Ich starrte in die Dunkelheit und spürte seinen Arm überdeutlich. »Du kannst nicht bei mir schlafen, Hawke.«

»Aber ich kann auch nicht zulassen, dass du erfrierst oder krank wirst. Ein Feuer ist zu gefährlich, und solange ich keinen anderen finde, der sich zu dir legt, sind unsere Möglichkeiten begrenzt.«

»Ich will nicht, dass sich ein anderer zu mir legt.«

»Das weiß ich doch«, erklärte er ein wenig selbstgefällig.

Meine Wangen glühten. »Ich will nicht, dass irgendjemand bei mir schläft.«

Unsere Blicke trafen sich in der Dunkelheit, und als er das nächste Mal sprach, war seine Stimme noch leiser. »Ich weiß, dass du unter Albträumen leidest, Poppy. Und ich weiß, dass sie ganz schön heftig sein können. Vikter hat mir davon erzählt.«

Trauer stieg in mir hoch und schwemmte die Scham fort, die sich in mir ausbreiten wollte. »Wirklich?«, fragte ich mit erstickter Stimme.

»Ja.«

Ich kniff die Augen zusammen, als der Schmerz beinahe übermächtig wurde. Natürlich hatte Vikter Hawke davon erzählt. Vermutlich sogar noch vor Hawkes erster Schicht. Er hatte es getan, damit Hawke in so einem Fall nicht auf eine Art reagierte, die mir zusätzlichen Stress bereitete oder mich in Verlegenheit brachte.

Vikter war ... Götter, ich vermisste ihn so.

»Ich möchte in deiner Nähe sein, falls du einen Albtraum hast«, fuhr er fort, und ich öffnete die Augen. »Wenn du schreist ...«

Er musste nicht weitersprechen. Wenn ich schrie, würde ich die Hungernden anlocken.

»Also versuch bitte, dich zu entspannen und ein wenig zu schlafen. Wir haben morgen einen anstrengenden Tag vor uns, wenn wir nicht zwei Nächte im Blutwald verbringen wollen.«

Mir fielen hundert Gründe ein, Hawke fortzuschicken, doch mir war tatsächlich kalt, und falls ich einen Albtraum hatte, musste jemand in der Nähe sein, um mich zu beruhigen. Außerdem drang seine Körperwärme bereits durch die Decke und wärmte meine eiskalte Haut.

Und er würde ja nur neben mir schlafen. Oder *bei* mir – wie er es ausgedrückt hatte. Was beides nicht verboten war.

Er hatte schließlich schon andere Dinge getan, gegen die ich tatsächlich Einspruch hätte erheben sollen. Im Vergleich zu der Nacht im *Red Pearl* und dem Abend im Burggarten war das hier überaus züchtig, auch wenn ich mittlerweile nicht mehr vor Kälte, sondern aus einem anderen Grund zitterte.

»Schlaf jetzt, Poppy«, drängte er.

Ich stieß missmutig die Luft aus und legte mich wieder auf das Kissen, bloß um im nächsten Moment zusammenzuzucken. Der Stoff hatte sich empfindlich abgekühlt, während ich den Kopf gehoben hatte. Am Ende starrte ich geradeaus und konzentrierte mich auf den Umriss eines Wächters im Mondlicht.

Ich schloss die Augen, und sofort war meine ganze Konzentration wieder auf Hawkes Körper gerichtet.

Sein Arm lag um meine Hüfte, doch seine Hand berührte mich nicht. Das war überraschend ... zurückhaltend von ihm. Seine Brust drückte sich an meinen Rücken, und jeder Atemzug brachte uns einander näher.

Die einzigen Geräusche waren das Klopfen meines Herzens – das er hoffentlich nicht hörte –, das Rascheln der Blätter im Wind, das klang, als würden Knochen aneinander reiben, und das leise Schnauben der Pferde.

Schlief Hawke etwa schon? Falls ja, hätte es mich schrecklich wütend gemacht.

»Das ist echt total unangemessen«, murmelte ich.

Hawke kicherte, und meine Nerven standen plötzlich in Flammen. »Unangemessener als die Tatsache, dass du dich verkleidet ins *Red Pearl* geschlichen hast?«

Ich biss die Zähne aufeinander.

»Oder als du zugelassen hast, dass ich ...«

»Sei still«, zischte ich.

»Ich bin aber noch nicht fertig«, sagte er, und schmiegte sich noch dichter an mich. »Wie sieht es mit der Tatsache aus, dass du dich aus dem Zimmer geschlichen hast, um auf die Mauer zu steigen und die Hungernden abzuwehren. Oder mit dem Tagebuch, das ...«

»Schon klar, Hawke. Kannst du jetzt damit aufhören?«

»Du hast doch angefangen.«

»Nein, habe ich nicht.«

»Was?« Er lachte leise. »Du sagtest – ich zitiere: Das ist echt total schrecklich, unglaublich und unwiderlegbar ...«

»Willst du mit deinem Wortschatz angeben? Das ist eindeutig nicht das, was ich gesagt habe.«

Hawke seufzte. »Tut mir leid.«

Er klang ganz und gar nicht so, als täte es ihm leid.

»Mir war nicht klar, dass wir wieder einmal so tun, als hätten wir all diese unangemessenen Dinge nicht getan«, erklärte er. »Obwohl es mich nicht überrascht. Immerhin bist du die reine, unantastbare, unberührte Jungfräuliche. Die Auserwählte.«

Oh, bei den Göttern ...

»Du sparst dich für deinen aufgestiegenen Gemahl auf, der – nebenbei bemerkt – alles andere als rein, unantastbar und unberührt sein wird ...«

Ich wollte ihm einen Stoß verpassen, doch ich vergaß, dass ich in eine Decke eingewickelt unter einer weiteren Decke lag, weshalb ich mich lediglich abdeckte und meinen Oberkörper der kalten Luft preisgab.

Hawke lachte.

»Ich hasse dich.« Ich rutschte eilig wieder unter unseren Fellkokon.

»Genau das ist das Problem. Du hasst mich nicht.«

Darauf wusste ich keine Antwort.

»Weißt du, was ich glaube?«

»Nein. Und ich will es auch gar nicht wissen.«

Er ignorierte meinen Einwand. »Du magst mich.«

Ich legte die Stirn in Falten und starrte über die kleine Lichtung hinweg.

»Genug, um dich echt total unangemessen zu verhalten.« Eine kurze Pause. »Und zwar wiederholt.«

»Im Moment würde ich lieber an Ort und Stelle erfrieren.«

»Ach ja, wir tun ja so, als wäre nichts von alldem passiert. Das vergesse ich offenbar andauernd.«

»Bloß, weil ich nicht alle fünf Minuten davon anfange, heißt das nicht, dass ich so tue, als wäre es nicht passiert.«

»Dabei macht es echt Spaß, alle fünf Minuten davon anzufangen.«

Meine Mundwinkel zuckten, und ich zog die Felle über mein Kinn. »Ich tue nicht so, als wäre nichts von alldem passiert«, gab ich leise zu. »Es ist nur ...«

»... dass es nie hätte passieren sollen?«

Ich wollte es nicht aussprechen. Denn wenn ich es tat, konnte ich es nicht mehr zurücknehmen. »Es ist eben nun mal so, dass ich nichts von alldem tun sollte, und das weißt du. Ich bin die Jungfräuliche.«

Hawke schwieg eine Weile, dann meinte er: »Und wie denkst du wirklich darüber, Poppy?«

Ich setzte einige Male zu einer Antwort an, doch dann schloss ich einfach die Augen und antwortete wahrheitsgemäß: »Ich will das alles nicht. Ich will nicht den Göttern übergeben werden und mich danach – falls es überhaupt ein Danach gibt – mit einem Mann vermählen, den ich noch nie zuvor gesehen habe und der vermutlich ...«

»Der vermutlich was?« Seine Stimme war leise und beinahe beruhigend.

Ich schluckte. »Der vermutlich ...« Ich seufzte. »Du weißt, wie die Aufgestiegenen sind. Schönheit liegt im Auge des Betrachters, und Makel werden nicht akzeptiert.« Endlich stieg Hitze in meine Wangen, doch meine Worte schmeckten wie Asche. »Wenn ich als Aufgestiegene ende, wird der Ehemann, den die Königin für mich auswählt, mit Sicherheit ebenfalls ein Aufgestiegener sein.«

Hawke sagte lange Zeit nichts, und ich war ihm so dankbar dafür, dass ich mich beinahe zu ihm umgedreht und ihn umarmt hätte. Nichts, was er hätte sagen können, hätte die Situation und mein Geständnis weniger beschämend gemacht.

»Herzog Teerman war ein Bastard«, meinte er schließlich. »Ich bin froh, dass er tot ist.«

Das schockierte Lachen, das mir entfuhr, war so laut, dass einer der auf und ab laufenden Wächter innehielt. »Oh Götter, das war zu laut.«

»Ist schon gut«, meinte er, und es klang, als würde er lächeln.

Ich grinste in die Decke hinein. »Du hast recht mit dem, was er war, aber ... selbst, wenn ich keine Narben hätte, wäre ich nicht begeistert davon. Ich verstehe nicht, wie Ian es geschafft hat. Er kannte seine Frau kaum, und ich glaube nicht, dass er glücklich mit ihr ist. Er spricht nie über sie, und das ist traurig, denn unsere Eltern haben sich geliebt. Er sollte dasselbe erleben dürfen.«

Und ich auch, Jungfräuliche hin oder her.

»Ich habe gehört, dass deine Mutter nicht aufsteigen wollte.«

»Das stimmt. Mein Vater war ein Erstgeborener. Er war reich, aber er war kein Hofherr«, erzählte ich. »Meine Mutter war bereits am Hof, als sie sich kennenlernten. Es war reiner Zufall. Sein Vater – mein Großvater – stand König Jalara sehr nahe. Mein Vater hat ihn eines Tages in den Palast begleitet und meine Mutter dort gesehen. Es war Liebe auf den ersten Blick.« Mein Lächeln verblasste. »Ich weiß, dass es albern klingt, aber ich glaube daran. Es passiert – zumindest manchmal.«

»Das ist nicht albern. Es passiert wirklich.«

Ich runzelte die Stirn. Er klang irgendwie abwesend. Als hätte er sich auch einmal auf den ersten Blick in jemanden verliebt. Ich dachte daran, wie er mir gestanden hatte, schon einmal eine Frau geliebt zu haben.

Ich spürte ein Brennen in der Brust.

»Warst du deshalb im *Red Pearl*? Weil du auf der Suche nach Liebe warst?«, fragte er.

»Ich glaube nicht, dass jemand deshalb dorthin geht.«

»Man weiß nie, was man dort findet.« Er schwieg einen Moment. »Was hast du dort gesucht, Poppy?« Seine Stimme klang sanft, beinahe verführerisch.

»Ein Leben.«

»Ein Leben?«

Ich schloss erneut die Augen. »Ich wollte etwas erleben, bevor ich aufsteige.« Vor dem Aufstiegsritual, über dessen genauen Ablauf ich rein gar nichts wusste. »Es gibt so vieles, das ich in meinem Leben versäumt habe. Ich war nicht wegen etwas Bestimmtem dort. Ich wollte einfach nur …«

»Leben«, fuhr er fort. »Ich verstehe.«

»Wirklich?« Nicht einmal Tawny hatte das verstanden.

»Ja. Jeder, mit dem du zu tun hast, kann mehr oder weniger tun und lassen, was er will. Nur du wirst von archaischen Regeln in Fesseln gelegt.«

»Bezeichnest du die Welt der Götter als archaisch?«

»Das hast du gesagt, nicht ich.«

Ich zog die Nase kraus. »Ich habe nie verstanden, warum mein Leben so ist, wie es ist. Und alles nur wegen der Art, auf die ich zur Welt kam.«

»Die Götter haben dich auserwählt, bevor du überhaupt geboren wurdest?« Er schien näher gerückt, und wären wir nicht in Decken gehüllt gewesen, hätte ich wohl seinen Atem an meinem Hals gespürt. »›*Geboren unter dem Schleier der Götter, beschützt seit dem Mutterleib, verschleiert seit Geburt.*‹«

»Ja«, flüsterte ich. »Manchmal wünschte ich … ich wünschte, ich wäre …«

»Was?«

Eine andere. Nicht die Jungfräuliche. Das zu denken war eine Sache, es auszusprechen eine ganz andere. Ich hatte kurz davorgestanden, es Vikter gegenüber zuzugeben, aber weiter würde ich ganz sicher nicht gehen.

Es wurde allerhöchste Zeit, das Thema zu wechseln. »Und ich schlafe schlecht. Das war ein weiterer Grund, warum ich im *Red Pearl* war.«

»Die Albträume?«

»Manchmal. Und manchmal kommen meine Gedanken nicht zur Ruhe. Sie drehen sich in einem fort im Kreis«, erklärte ich, während das Zittern langsam nachließ.

»Worum kreisen sie denn?«, fragte er.

Die Frage traf mich unvorbereitet. Niemand hatte mich

je danach gefragt. Ian hätte es getan, wenn er noch da gewesen wäre. »In letzter Zeit vor allem um das Aufstiegsritual.«

»Du bist sicher aufgeregt, weil du bald den Göttern gegenüberstehen wirst.«

Ich schnaubte. »Ganz im Gegenteil. Es macht mir Angst …« Ich zog scharf die Luft ein, entsetzt, dass ich es so bereitwillig zugegeben und laut ausgesprochen hatte.

»Das ist verständlich«, meinte Hawke. Er schien meine Fassungslosigkeit zu spüren. »Ich weiß nicht viel über das Aufstiegsritual und die Götter, aber ich hätte auch Angst, ihnen gegenüberzutreten.«

Meine Fassungslosigkeit stieg ins Unermessliche. »Du hättest Angst?«

»Ob du es glaubst oder nicht, es gibt durchaus Dinge, die mir Angst machen. Das Geheimnis um das Aufstiegsritual ist eines davon. Du hattest recht mit dem, was du zu Priesterin Analie gesagt hat. Das Aufstiegsritual stoppt den Alterungsprozess und verhindert Krankheiten für eine lange Zeit, die uns Sterblichen wie eine Ewigkeit erscheint, aber ist es wirklich so viel anders als das, was die Hungernden tun?«

»Es ist der Segen der Götter. Sie zeigen sich den Anwesenden während des Rituals, und allein ihr Anblick verändert dich«, erklärte ich, doch meine Worte klangen schrecklich hohl.

»Der Anblick ist sicher unvergesslich«, sagte er, und während ich leer geklungen hatte, klang er furchtbar trocken. »Ich bin überrascht.«

»Worüber?«

»Über dich.« Seine Brust berührte meinen Rücken, als er tief einatmete. »Du bist ganz anders, als ich erwartet habe.«

Das war ich nicht.

Die meisten freuten sich darauf, den Göttern gegenüberzustehen und zu Aufgestiegenen zu werden. Ian hatte sich gefreut, genau wie Tawny und die anderen Hofdamen und Hofherren. Doch meine Mutter hatte es nicht gewollt, und ich wollte es ebenso wenig, und das machte uns weder einzigartig oder besonders, sondern nur anders. Und das erschwerte es uns, das zu sein, was wir waren.

Ich schüttelte den Kopf. »Ich sollte jetzt schlafen. Und du auch.«

»Die Sonne wird früher aufgehen, als du denkst, aber du wirst trotzdem noch lange keinen Schlaf finden. Dafür bist du viel zu aufgewühlt.«

»Na ja, der Boden unter mir ist hart und kalt, wir befinden uns mitten im Blutwald, und ich warte nur darauf, dass ein Hungernder mir die Kehle aufreißt oder eine Barratte sich über mein Gesicht hermacht. Das alles ist nicht gerade förderlich.«

»Du brauchst keine Angst vor den Hungernden zu haben. Und vor den Barratten auch nicht.«

»Ich weiß. Mein Dolch liegt gleich unter der Tasche unter meinem Kopf.«

»Wusste ich's doch.«

Ich lächelte in die Dunkelheit hinein.

»Ich wette, dass ich es schaffe, dass du dich so entspannst, dass du schläfst wie auf einer sonnenbeschienenen Wolke.«

Ich schnaubte erneut und verdrehte die Augen.

»Glaubst du mir etwa nicht?«

»Es ist definitiv unmöglich, dass ich mich so entspanne.«

»Es gibt vieles, wovon du keine Ahnung hast.«

Meine Augen wurden schmal. »Das stimmt vielleicht, aber in dieser Hinsicht bin ich mir sicher.«

»Du irrst dich, und ich kann es dir beweisen.«

»Ja, ja.« Ich seufzte.

»Wirklich. Und wenn ich fertig bin und du kurz davor

bist, mit einem Lächeln auf den Lippen in den Schlaf zu gleiten, wirst du mir sagen, dass ich recht hatte.«

»Das bezweifle ich«, erwiderte ich und wünschte ...

Die Hand, die bis eben noch vor mir gebaumelt hatte, lag nun flach auf meinem Bauch.

Ich zuckte zusammen und fuhr mit dem Kopf herum. »Was tust du da?«

»Ich sorge dafür, dass du dich entspannst«, sagte er, und ich merkte, dass sein Kopf noch näher war als zuvor.

Ich wollte protestieren, doch in diesem Moment begann er, mit seiner Hand, langsame kleine Kreise zu zeichnen, und ich klappte den Mund zu. Irgendwie hatte er es unter meine Decke, den Mantel und den Pullover geschafft, und zwischen seiner Haut und meiner befand sich lediglich ein dünnes Unterhemd.

Die Kreise wurden größer und größer, sodass seine Finger bis unter meinen Nabel und oben bis an meinen Brustansatz gelangten. Im Prinzip massierte er mir den Bauch, aber es fühlte sich so neu und anders an, und so, als wäre es ... mehr als das. Ein warmes Schaudern durchfuhr mich.

»Ich glaube nicht, dass mich das entspannt.«

»Das würde es, wenn du endlich aufhören würdest, dir den Hals zu verrenken.« Er neigte den Kopf, und seine Lippen berührten meine Wange. »Leg dich wieder hin, Poppy.«

Ich folgte seiner Anweisung, aber nur, weil sein Mund so nahe an meinem gewesen war.

»Wenn du tust, was ich dir sage, fühlt es sich an, als würden die Sterne vom Himmel fallen.« Er legte sich ebenfalls wieder nieder, sodass sich seine Lippen knapp über meinem Ohr befanden. »Ich wünschte, ich könnte den Augenblick irgendwie festhalten.«

»Jetzt hast du es geschafft, dass ich mich am liebsten wieder zu dir umdrehen möchte.«

»Warum überrascht mich das nicht?« Seine Hand rutschte tiefer. »Aber wenn du das tust, wirst du nie herausfinden, was ich vorhabe. Und wenn ich etwas über dich weiß, dann, dass du schrecklich neugierig bist.«

Die Wärme, die seine Hand aussandte, reichte immer tiefer. Ich warf einen nervösen Blick in Richtung der Wächter. »Ich … ich glaube, du solltest das lassen.«

»*Was* sollte ich lassen?« Seine Finger glitten über den Saum meiner Unterhose, und ich zuckte zusammen. »Warte, ich habe noch eine bessere Frage. Warum warst du im *Red Pearl*, Poppy? Warum hast du zugelassen, dass ich dich unter der Weide küsse?«

Ich wollte etwas sagen, doch seine Lippen berührten erneut sanft meine Wange, und es verschlug mir die Sprache.

»Du warst dort, um zu leben. Du wolltest erfahren, wie sich das echte Leben anfühlt. Du hast zugelassen, dass ich dich küsse, weil du etwas spüren wolltest. Daran ist nichts falsch, gar nichts.« Ein weiteres Schaudern durchfuhr mich. »Warum kann es heute Nacht nicht dasselbe sein?«

Ich schloss einen Moment lang die Augen, dann starrte ich wieder zu dem Wächter hinüber.

»Lass mich dir einen Bruchteil dessen zeigen, was du verpasst hast, weil du an jenem Abend nicht auf mich gewartet hast.«

»Die Wächter«, flüsterte ich, und es entging mir nicht, dass die anderen Männer in unserem Lager meine größte Sorge waren. Nicht die Götter. Nicht die Regeln. Nicht das, was ich war.

»Die werden nichts mitbekommen.« Seine Hand glitt zwischen meine Schenkel. Ich schnappte nach Luft, als er sie über meine Unterhose legte, deren Stoff sich ganz und gar nicht mehr dick anfühlte. »Aber wir wissen, dass sie da sind«, flüsterte ich.

Ich bekam kaum noch Luft und spürte ein heftiges, beinahe schmerzhaftes Ziehen in meinem Bauch und in meiner Brust.

»Sie haben keine Ahnung, was hier vor sich geht. Nicht den blassesten Schimmer, dass meine Hand zwischen den Schenkeln der Jungfräulichen liegt.« Seine Stimme war ein heißes Flüstern, während er mich an sich zog und sich an mich schmiegte. Ein weiterer Atemstoß entfuhr mir. Mein Hintern lag zwischen seinen Hüftknochen, und er stieß ein dumpfes Knurren aus, das eine Hitzewelle über mich hinwegbranden ließ. »Sie haben keine Ahnung, wo ich dich gerade berühre.«

Und das tat er tatsächlich. Er *berührte* mich.

Er ließ zwei Finger am Saum meiner Unterhose entlang und schließlich zwischen meine Beine gleiten. Hitze durchflutete mich. Ich sah nach unten und erwartete beinahe zu sehen, was seine Hand unter der Decke machte.

Aber ich sah nichts außer Dunkelheit.

Dafür spürte ich umso mehr.

Wie war es so weit gekommen? Ich wusste es nicht, und ich war mir nicht sicher, ob ich es wissen wollte.

Ich hatte im *Red Pearl* und unter der Weide nur einen kleinen Vorgeschmack auf die Gefühle bekommen, die mich jetzt durchfluteten, und es war nur gerecht, dass ich es jetzt auskosten konnte.

War es nicht genau das, was das Leben ausmachte? Dass man sich mehr nahm als ab und zu einen kleinen Bissen oder einen kleinen Schluck? Ging es nicht darum, so viel von allem mitzunehmen wie nur irgendwie möglich?

Ich wollte *alles* spüren – vor allem, nachdem ich so lange nichts außer Schmerz und Wut empfunden hatte.

Bald schon würde ich in der Hauptstadt sein, und es war durchaus möglich, dass das Aufstiegsritual früher als erwartet stattfinden würde. Außerdem war ich mir sicher, dass der Mann, den ich heiraten würde, niemals dieselben

Gefühle in mir auslösen würde wie Hawke. Egal ob Wut und Genervtheit, Albernheit und Freude oder wie jetzt diesen alles auslöschenden Genuss.

Seine Finger spielten mit der Naht meiner Unterhose und drückten sie gerade fest genug, dass ich die Berührung bis in die Zehenspitzen spürte. Meine Nerven waren zum Zerreißen gespannt.

Wie sollte mir das beim Einschlafen helfen?

Ich war hellwach, mein Herz pochte, und er berührte und massierte mich auf eine Art, die meine Hüften zucken ließ.

Er zog seine Hand über meine Unterhose hinweg und berührte die nackte Haut auf meinem Unterbauch. Dann legte er seine langen Finger auf meine pulsierende Mitte und bewegte sie in langsamen Kreisen. »Ich wette, du bist bereits feucht und bereit für mich.« Seine Stimme war ein leises Knurren in meinem Ohr. »Soll ich nachsehen?«

Ich erschauderte und hatte Angst, dass er es tatsächlich tun würde.

Aber auch, dass er es nicht tun würde.

»Würde dir das gefallen?«, fragte er, und ich drückte mich seiner Berührung instinktiv entgegen. Er stieß erneut dieses Geräusch aus. Ein anerkennendes, animalisches Knurren. »Ich würde sogar noch mehr tun.«

Ich öffnete die Augen einen Spaltbreit und sah nach der nicht allzu weit entfernten Silhouette des Wächters, der entlang der Nordseite unseres Lagers patrouillierte. Mein ganzer Körper stand in Flammen. Ich bewegte erneut die Hüften, und dieses Mal war es keine instinktive Reaktion, die ich nicht kontrollieren konnte. Ich drückte sie absichtlich gegen Hawkes langsam kreisende Finger, und ich genoss die schmerzhafte Lust, die mich durchfuhr.

Ich durfte das nicht zulassen. Nicht in der Abgeschiedenheit eines Zimmers, und ganz sicher nicht im Freien vor einem Wächter, der sich jederzeit umdrehen konnte. Und der vermutlich sofort erkannt hätte, was hier gerade passierte, wenn er uns ein wenig Beachtung geschenkt hätte. Ich war mir fast sicher, dass der Wächter auf der Nordseite Kieran war, und der war genauso aufmerksam wie Hawke.

Das hier war falsch.

Aber warum fühlte es sich dann so richtig an? So gut? Ich schmolz dahin und zerfloss in warme Lava, und alles nur wegen dieser zwei langen, eleganten Finger.

»Spürst du, was ich tue, Poppy?«

Ich nickte.

»Stell dir vor, da wäre kein Stoff zwischen dir und meinen Fingern.«

Ich erschauderte erneut.

»Ich würde das hier tun.« Seine Finger drückten sich etwas fester gegen mich, und meine Beine zuckten. »Ich würde in dich dringen, Poppy. Dich schmecken. Ich wette, du schmeckst so süß wie Honigtau.«

Oh ...

Ich biss mir auf die Lippe und löste die Hand von der Decke, die ich umklammert hielt. Ich ließ sie nach unten gleiten und legte sie auf seinen Unterarm. Er hielt inne und wartete.

Ich hob wortlos die Hüften, und meine Finger gruben sich in seine Haut. Das Ziehen wurde unerträglich.

»Ja«, hauchte er. »Das würde dir gefallen, nicht wahr?«

»Ja«, presste ich leise hervor.

Seine Finger bewegten sich erneut, und ich hätte beinahe laut aufgeschrien. »Ich würde noch einen Finger dazunehmen. Du wärst eng, aber auch bereit für mehr.«

Mein Atem ging schnell und flach, während sich die Sehnen seines Armes unter meinen Fingern spannten und meine Hüften sich im Rhythmus seiner Hand bewegten.

»Ich würde meine Finger hinein- und hinausgleiten lassen.« Seine Lippen strichen über die Haut direkt über meinem Ohr. »Und du würdest auf ihnen reiten, wie du gerade auf meiner Hand reitest.«

Genau das tat ich, und zwar ohne die geringste Scham. Ich packte seinen Arm und drückte mich immer wieder gegen seine Hand, während sich eine unglaubliche Spannung in mir aufbaute.

»Aber nicht heute Nacht. Heute Nacht dürfen wir nicht. Denn wenn ich mit den Fingern in dich eindringe, will ich auch mit etwas anderem in dir versinken, und wenn es so weit ist, will ich noch das kleinste Geräusch hören, das du dabei von dir gibst.«

Bevor die Enttäuschung in mir hochsteigen konnte und ich begriff, was er mir gerade versprochen hatte, glitt seine Hand noch tiefer, und seine Finger drückten sich in mich, während sein Daumen über meiner pulsierenden Mitte kreiste. Seine Bewegungen waren nicht mehr langsam und gemächlich. Er wusste genau, was er mit der unerträglichen Spannung anstellen musste. Er rutschte ein wenig zur Seite, schob seinen zweiten Arm unter meine Schultern und zog mich noch näher an seine Brust.

Ich drückte mich nicht länger gegen seine Hand, sondern gegen seinen Körper, und meine Bewegungen wurden ruckartiger und fahriger. Ein leises Stöhnen entfuhr mir. Ich fühlte mich auf herrliche Art zwischen seiner Hand und seinem steinharten, unnachgiebigen Körper gefangen.

Und dann passierte es. Das, worauf mir seine Küsse und die flüchtigen Berührungen einen Vorgeschmack gegeben hatten. Mein Körper spannte sich an wie ein Pfeilbogen kurz vor dem Schuss, und meine Lippen öffneten sich eine Sekunde, bevor Hawke die Hand auf meinen Mund presste und das Stöhnen erstickte, das ich unmöglich zurückhalten konnte. Ich spürte seinen heißen Mund an meinem Hals. Seine Lippen, seine Zähne ...

Und ich zerbrach. Die Lust durchzuckte mich wie ein

Blitz, intensiv und von einer Sekunde auf die andere. Es war, als würde ich am Abgrund stehen und nach unten geschubst werden. Pulsierende, pochende Wellen der Lust brandeten über mich hinweg, und ich fiel und fiel immer weiter.

So lange, bis die Bewegungen der Hand zwischen meinen Beinen langsamer wurden und schließlich aufhörten.

Ich hatte keine Ahnung, wie viel Zeit vergangen war. Wann Hawke die Hand von meinem Mund genommen und die andere zwischen meinen Beinen hervorgezogen hatte. Mein Herzschlag wurde bereits ruhiger, da bemerkte ich erst, dass seine Hand auf meinem Bauch lag und sein Arm um meine Schultern mich immer noch fest an seine Brust drückte.

Ich überlegte, ob ich etwas sagen sollte. Aber was? *Danke* schien unpassend. Außerdem war es ungerecht, dass er mir so viel und ich ihm im Gegenzug gar nichts geschenkt hatte. Und vielleicht hätte es nicht geschadet nachzusehen, ob Kieran oder ein anderer Wächter bemerkt hatte, was Hawke getan hatte – was *wir* unter der Decke getan hatten. Doch ich konnte die Augen kaum offen halten, und ich brachte kein Wort über die Lippen.

»Ich weiß, du würdest es nie zugeben«, meinte Hawke mit leiser Stimme. »Aber wir wissen beide, dass ich recht hatte.«

Meine Lippen formten sich zu einem sanften, müden Lächeln.

Er *hatte* recht gehabt.

Wieder einmal.

31

ICH ERWACHTE KURZ VOR DEM MORGENGRAUEN und konnte kaum glauben, wie gut ich geschlafen hatte. Als hätte ich die Nacht in einem herrlich weichen Bett verbracht.

Ich wäre wohl nicht von allein aufgewacht, hätten mich nicht gedämpfte Stimmen ganz in meiner Nähe geweckt.

»Wir sind weiter gekommen, als ich gedacht hatte«, erklärte Hawke mit leiser Stimme. »Wir sollten noch vor der Abenddämmerung in Dreiachen ankommen.«

»Dort können wir aber unmöglich bleiben«, erwiderte eine Stimme, die ich als Kierans wiedererkannte. »Das weißt du genau.«

In Dreiachen gab es jede Menge dunkler Nachkommen, also war sein Einwand durchaus gerechtfertigt. Ich öffnete blinzelnd die Augen und sah die beiden im Dämmerlicht nur wenige Meter von mir entfernt. Meine Wangen begannen zu glühen, als mein Blick auf Hawke fiel und ich daran dachte, was letzte Nacht passiert war.

»Ich weiß.« Hawke hatte die Arme verschränkt. »Wenn wir auf halbem Weg eine Pause einlegen, können wir die Nacht durchreiten und sind am nächsten Morgen in Neuanfurt.«

»Das heißt, du bist dazu bereit?«, fragte Kieran, und ich runzelte die Stirn.

»Warum nicht?«

»Glaubst du, ich habe nicht bemerkt, was hier vor sich geht?«

Mein Herz pochte, und ich sah mit einem Mal vor mir, wie Kieran am Rand des Lagers auf und ab geschritten war, während Hawke mir Unanständigkeiten ins Ohr geflüstert hatte. Hatte Kieran uns gesehen?

Oh Götter. Meine Haut prickelte und brannte, doch trotz der Scham, die mich überkam, spürte ich seltsamerweise keinen Funken Reue.

Hawke antwortete nicht, und ich malte mir sofort das Allerschlimmste aus. Bereute er es vielleicht? Was wir getan hatten, war nicht nur mir verboten. Ich kannte zwar die genauen Vorgaben der königlichen Wächter nicht, aber ich war mir ziemlich sicher, dass Jansen nicht darüber hinwegsehen würde, wenn er es erfuhr.

Was Hawke natürlich wusste.

Genau wie ich.

Trotzdem hatte ich mich darauf eingelassen.

»Denk an deine Aufgabe«, mahnte Kieran.

»Ich habe sie keine einzige Sekunde vergessen«, meinte Hawke mit fester Stimme. »Keine einzige.«

»Gut zu wissen.«

Hawke wandte sich zu mir um, und ich schloss eilig die Augen. Er sollte nicht merken, dass ich gelauscht hatte. Ich spürte, wie er neben mir innehielt, und einen Moment später berührte er meine Wange.

Ich öffnete die Augen und sah zu ihm hoch. Ich hatte keine Ahnung, was ich sagen sollte. Meine Gedanken gerieten vollkommen durcheinander, als sein Daumen über meine Wange und anschließend über meine Unterlippe glitt und mir ein Schaudern über den Rücken jagte.

»Guten Morgen, Prinzessin.«

»Guten Morgen«, murmelte ich.

»Hast du gut geschlafen?«

»Ja.«

»Hab ich es dir nicht gesagt?«

Ich grinste, obwohl meine Wangen erneut brannten, und trotz des Gesprächs, das ich gerade mitangehört hatte. »Du hattest recht.«

»Ich habe immer recht.«

»Das bezweifle ich.«

»Soll ich es dir noch einmal beweisen?«, fragte er.

Mein Körper erwachte endgültig und war sofort Feuer und Flamme. Mein Gehirn war allerdings ebenfalls hellwach. »Das wird nicht nötig sein.«

»Schade«, murmelte er. »Aber wir müssen ohnehin los.«

»Gut.« Ich setzte mich auf und zuckte zusammen, als ich spürte, wie steif meine Knochen waren. »Ich brauche nur noch ein paar Minuten.«

Ich schälte mich aus der Decke, und Hawke streckte mir die Hand entgegen. Er half mir hoch und zog meine Tunika zurecht, wobei seine Hände einen Augenblick lang auf vertraute Weise auf meinen Hüften verweilten. Meine Brust zog sich zusammen, und ich sah zu ihm hoch. Selbst in den Schatten des Blutwaldes fesselte mich der intensive Blick, mit dem er mich bedachte.

»Danke für letzte Nacht«, meinte er so leise, dass nur ich es hören konnte.

Ich sah ihn überrascht an. »Ich habe eher das Gefühl, ich müsste mich bedanken.«

»Obwohl es mein Ego streichelt, wenn du das sagst, musst du es nicht tun.« Er verschränkte seine Finger mit meinen. »Du hast mir letzte Nacht dein Vertrauen geschenkt. Aber viel wichtiger ist die Tatsache, dass wir damit ein großes Risiko eingegangen sind.«

Das waren wir.

Er trat näher, und ich roch seinen holzigen, würzigen Duft. »Und es ist eine große Ehre, dass du dieses Risiko ausgerechnet mit mir geteilt hast, Poppy. Danke.«

Eine Süße breitete sich in mir aus, auch wenn seine

Worte seltsam schwermütig klangen. Wir hielten uns immer noch an den Händen, als ich meine Sinne aus ihrem Gefängnis entließ. Zum ersten Mal seit dem Abend des Angriffs.

Ich spürte die mittlerweile vertraute, rasiermesserscharfe Traurigkeit, aber da war auch noch etwas anderes. Es war keine Reue, aber es schmeckte irgendwie säuerlich. Ich konzentrierte mich, bis seine Gefühle zu meinen wurden und ich sie zerlegen konnte. Bis ich verstand, was sie bedeuteten. *Verwirrung*. Das war es. Verwirrung und Widersprüche, was nicht überraschend war. Ich spürte vieles davon ebenfalls.

»Ist alles in Ordnung?«, fragte Hawke.

Ich trennte die Verbindung, nickte und ließ seine Hand los. »Ich sollte mich fertig machen.«

Ich spürte seinen Blick auf mir, als ich mich abwandte. Ich sah hinauf in den Himmel. Das erste Grau des Morgens brach bereits durch die dichten Blätter. Ich wandte mich in Kierans Richtung, und unsere Blicke trafen sich.

Er hatte uns die ganze Zeit beobachtet, und er wirkte ganz und gar nicht glücklich.

Sondern besorgt.

Meine Befürchtung, dass das Gespräch mit Kieran Hawkes Verhalten mir gegenüber beeinflussen könnte, war unbegründet, und die Erleichterung, die ich verspürte, hätte Warnung genug sein sollen, dass die Dinge außer Kontrolle gerieten.

Nein, sie waren bereits außer Kontrolle geraten.

Es hätte mich nicht beruhigen dürfen, dass Hawke sich verhielt wie immer. Wir brauchten beide dringend jemanden, der uns an unsere Pflichten erinnerte. Trotzdem war ich nicht nur erleichtert, sondern aufgeregt und voller Hoffnung.

Aber Hoffnung worauf? Es gab keine Zukunft für uns

beide. Ich mochte im Moment vielleicht Poppy sein, aber ich war immer noch die Jungfräuliche, und selbst wenn mich die Götter während des Rituals als unwürdig verstoßen würden, bedeutete das nicht, dass ich mit Hawke bis an mein Lebensende glücklich sein durfte. Man würde mich ins Exil schicken, und ich hätte niemals eine andere Person in dieses Schicksal mithineingezogen.

Ich ging nicht davon aus, dass das, was Hawke und ich einander bedeuteten, sich zu einer Sache entwickelt hatte, für die Hawke bereit war, mit mir ins Exil zu gehen. Das war albern. Das war ...

Es war die Art von monumentaler Liebe, die meine Mutter für meinen Vater empfunden hatte.

Trotzdem hatte sich die letzte Nacht wie ein Traum angefühlt. Das war die einzige Art, es zu beschreiben. Und ich würde mir die Erinnerung daran nicht von Was-Wäre-Wenns und Gedanken an die Konsequenzen ruinieren lassen. Das würde ich erst dann zulassen, wenn die Zeit dafür gekommen war.

Im Moment hatte ich genug damit zu tun, nicht vom Pferd zu fallen.

Meine Wangen brannten vom eisigen Wind, und die roten Ahornblätter und rot-schwarzen Baumstämme schossen an uns vorbei.

Wir waren mittlerweile tief in den Wald vorgedrungen. Die Bäume waren hier weniger dicht, und immer wieder brachen Sonnenstrahlen durch, die die Luft jedoch nicht erwärmen konnten. Ganz im Gegenteil. Es wurde immer kälter, je weiter wir kamen, und die Bäume wurden immer seltsamer.

Die Stämme und Äste waren seltsam verwachsen und drehten sich spiralförmig nach oben, während die Zweige sich im Wind nach unten bogen. Die Bäume selbst blieben reglos, und die Rinde glänzte *feucht*.

Nach einigen Stunden tanzten die ersten Schneeflocken vom Himmel und landeten auf dem üppigen, leuchtend grünen Gras zu beiden Seite des ausgetretenen Weges. Ich schlüpfte erneut in meine Handschuhe und band die Kapuze fest, doch sie konnte mein Gesicht auch nur bis zu einem gewissen Grad vor dem Wind schützen, und ich hatte keine Ahnung, wie lange der Ritt noch dauern würde. Der Wald erschien endlos.

Wir wurden langsamer, als dicke, knorrige Wurzeln aus dem Boden brachen und sich über den Weg ausbreiteten, als wollten sie ihn wieder in Besitz nehmen.

Ich umklammerte den Sattelknopf nicht mehr ganz so fest und sah beinahe ehrfürchtig nach unten zu den starken Wurzeln, während die Pferde sie vorsichtig überwanden. Ein Gebilde am Boden erregte meine Aufmerksamkeit. Mein Blick wanderte nach rechts und über Airricks Pferd hinweg. Neben einem Baum befand sich ein Steinhaufen, der so ordentlich aussah, dass er unmöglich auf natürliche Art entstanden sein konnte. Ein paar Schritte weiter lagen weitere Steine, doch dieses Mal waren sie nicht aufgetürmt, sondern zu einem Muster angeordnet. Und auch zu meiner Linken sah ich einen makellosen Steinkreis, dem noch einige weitere folgten. Manche hatten einen großen Stein in der Mitte, andere waren leer, und in einigen waren die Steine so ausgelegt, dass es aussah, als würde ein Pfeil den Kreis durchbohren.

Wie im königlichen Wappen.

Unbehagen breitete sich in mir aus. Es war ausgeschlossen, dass hier die Natur am Werk gewesen war. Ich wollte Hawke darauf aufmerksam machen, als Kierans Pferd plötzlich hochstieg und beinahe seinen Reiter aus dem Sattel geworfen hätte.

Er klammerte sich an die Zügel und tätschelte seinem Pferd beruhigend den Hals.

»Was ist los?«, fragte Noah, einer der Jäger, nachdem wir schließlich alle angehalten hatten.

Phillips hob einen Finger und brachte die ganze Gruppe zum Schweigen. Ich hielt den Atem an und sah mich um. Ich hörte und sah nichts, doch ich spürte, wie Settis Muskeln unter meinen Beinen zuckten. Ich legte ihm beruhigend eine Hand auf den Hals, während Hawke die Zügel kürzer nahm. Die anderen Pferde tänzelten nervös.

Hawke tippte schweigend auf den Dolch an meinem Oberschenkel, und ich nickte. Ich griff unter meinen Mantel, zog die Klinge heraus und hielt sie fest umklammert. Mein Blick wanderte die Bäume entlang, doch alles war ruhig ...

Das rot-schwarze Geschoss kam aus dem Nichts und krachte seitlich in Noah. Sein Pferd stieg hoch, und Noah wurde zu Boden geschleudert. Im nächsten Augenblick stürzte sich das Ding auf ihn und schnappte mit spitzen Zähnen nach seinem Gesicht.

Eine Barratte.

Ich schluckte einen Schrei hinunter. Das Vieh war größer als ein Wildschwein. Glattes, ölig glänzendes Fell bedeckte seinen krummen Rücken. Die Ohren standen nach oben, und die Schnauze war etwa halb so lang wie mein Arm. Es grub die Klauen in den Boden und riss die Erde auf, während es versuchte, Noah zu packen.

Phillips sandte einen Pfeil durch die Luft, der die Kreatur, im Nacken traf. Sie kreischte auf, und das gab Noah die Gelegenheit, sie von sich herunterzustoßen. Die Beine der Barratte zuckten wie wild, während sie über den Boden rollte und versuchte, den Pfeil abzustreifen.

Noah rappelte sich auf und zog sein Schwert. Ein Sonnenstrahl fiel durch die Blätter, und der Blutstein blitzte auf, als er die Waffe niederfahren ließ und die Kreatur zum Schweigen brachte.

»Götter!«, grunzte er und wischte sich das Blut von der Stirn. Dann wandte er sich an Phillips, der immer noch den Bogen in der Hand hielt und einen neuen Pfeil eingelegt hatte. »Danke, Mann.«

»Keine Ursache.«

»Wo eine ist, ist meist eine ganze Sippe«, erklärte Hawke. »Wir müssen ...«

Plötzlich schien der Wald um uns herum zum Leben zu erwachen. Ich zuckte zurück und drängte mich so nahe wie möglich an Hawke, als die Barratten schließlich aus dem Wald brachen. Noah fluchte und zog sich an einem tief hängenden Ast hoch, während die Ungeheuer zwischen den Bäumen hervorschossen.

Doch sie griffen nicht an.

Sie rannten an uns *vorbei* und zwischen den aufgeregten Pferden hindurch. Es waren Dutzende, die fiepend und grunzend über Wurzeln sprangen und auf der anderen Seite des Weges wieder zwischen den Büschen und Bäumen verschwanden.

Meine Erleichterung war nur von kurzer Dauer, denn es war offensichtlich, dass sie vor etwas *davonliefen*.

Als ich den Blick senkte, sah ich, wie sich dicker Nebel über dem Boden ausbreitete. Sämtliche Haare auf meinem Körper richteten sich auf. Da war dieser Geruch ...

... nach Tod.

»Weg hier!«, brüllte Kieran. »Sofort!«

Noah sprang von seinem Ast, und seine Füße verschwanden im Nebel, der schnell dichter wurde. Mein Herz schlug bis zum Hals, während ich mich nach vorne beugte und den Sattelknopf umklammerte. Ich spürte, wie Setti sich unter mir versteifte. Noah sprintete zu seinem Pferd, packte die Zügel mit einer Hand und das Schwert mit der anderen.

Er riss es nach oben, doch der Hungernde, der im nächsten Moment aus dem Wald stürzte, war zu schnell. Seine zerrissenen Kleider flatterten hinter ihm her, als er sich auf Noah stürzte und seine Klauen in der Brust des Jägers versenkte. Das Blut färbte Noahs Mantel rot, und er stürzte schreiend nach hinten. Sein Schwert fiel zu Boden, sein Pferd ging durch und galoppierte davon.

Der Hungernde stieß ein Heulen aus, und mein Blut gefror zu Eis, als kurz darauf eine Antwort erklang. Und noch eine und noch eine.

»Scheiße«, knurrte Hawke, während Luddie herumfuhr und dem Hungernden, der Noah niedergerissen hatte, seinen Speer in den Kopf rammte.

»Wir werden nicht weit kommen, wenn wir zu fliehen versuchen.« Luddie zog die Waffe aus dem Kopf des Hungernden. »Die Wurzeln behindern uns zu sehr.«

Mein Herz zersprang beinahe. Ich wusste, was das bedeutete. Wir würden kämpfen müssen. Der Nebel reichte uns bereits bis zu den Knien. Das Glück hatte uns verlassen.

»Du weißt, was zu tun ist«, meinte Hawke zu mir. »Also tu es.«

Ich nickte knapp, und er schwang sich von Setti, während ich auf der anderen Seite abstieg und darauf achtete, nicht zwischen den knorrigen Wurzeln hängen zu bleiben. Die anderen taten es uns gleich. Airrick hob die Augenbrauen, als er den Dolch in meiner Hand sah.

»Ich kann damit umgehen«, erklärte ich.

Er grinste spitzbübisch. »Überrascht mich nicht.«

»Sie sind hier«, sagte Kieran und hob sein Schwert.

Er hatte recht.

Sie sprangen von den Bäumen, eine Masse aus grauem, eingesunkenem Fleisch und vermoderten Kleidern. Es blieb keine Zeit für Panik. Obwohl sie nur aus Haut und Knochen bestanden, waren sie erschreckend schnell.

»Seht zu, dass sie es nicht zu den Pferden schaffen«,

schrie einer der Wächter, während Hawke schon sein Schwert in die Brust eines Hungernden rammte.

Ich spannte die Muskeln an und sah nichts als blutgetränkte Fangzähne. Im nächsten Moment stürzte sich ein Hungernder auf mich. Ich rammte die Faust in seine Schulter und ignorierte das seltsame Gefühl, als seine Haut und die Knochen nachgaben. Dann stach ich ihm den Dolch in die Brust. Verdorbenes Blut schoss hervor, als ich ihn wieder herauszog. Der Hungernde ging zu Boden, und ich packte das zerrissene Hemd eines weiteren Angreifers, der sich gerade über Setti hermachen wollte. Ich stach den Dolch in seinen Hinterkopf und verzog das Gesicht, als ich ihn wieder herauszog.

Ich sah auf und Hawke direkt in die Augen. Er lächelte knapp, und da war sogar eine Andeutung des Grübchens zu sehen. »Ich hätte nicht gedacht, dass ein Kampf gegen die Hungernden so sexy sein kann.« Er schwang das Schwert und köpfte den Hungernden, der neben ihm auftauchte. »Aber es ist unglaublich erregend, dir zuzusehen.«

»Das ist vollkommen unangebracht«, sagte ich und ließ den Hungernden los, während ich dem Angriff des nächsten auswich und den Dolch in seiner Brust versenkte. Der Hungernde ging zu Boden und hätte mich beinahe mit sich gerissen.

Meine Waffe war effektiv, jedoch nur für den Nahkampf geeignet. Ich sah mich eilig um und entdeckte Kieran, der sich mit der Anmut eines Tänzers durch die Hungernden bewegte und einen nach dem anderen mit dem Schwert niederstreckte. Luddie machte dasselbe mit seinem Speer, und Phillips mit dem Bogen. Airrick blieb dicht bei mir. Der Nebel reichte uns inzwischen bis zu den Oberschenkeln.

Ein weiterer Hungernder schoss kreischend auf mich zu. Ich umklammerte den Dolch fester und wartete, bis er nahe genug war. Dann sprang ich nach links und rammte die Blutsteinklinge von unten in sein Kinn. Beinahe hätte ich mich übergeben. Dieser Gestank …

»Hier, Prinzessin, ich habe eine bessere Waffe für dich.« Hawke warf mir Noahs Schwert zu, und ich fing es aus der Luft.

»Danke.« Ich schob den Dolch zurück ins Futteral, fuhr herum und schwang das Schwert, das dem nächsten Hungernden die Kehle aufschlitzte.

Ich liebte meinen Dolch, aber Noahs leichtes Blutsteinschwert war in Situationen wie dieser deutlich effizienter, weil ich nicht mehr so nahe an meinen Gegner heranmusste. Ich brachte einen weiteren Hungernden zu Fall, während mir das Herz beinahe aus der Brust sprang.

Als ich einen Schritt zurücktrat, stieß ich gegen etwas Hartes. Ich fuhr nach rechts herum und stampfte mit dem Fuß auf. Mein Stiefel rutschte unter eine Wurzel, während ich ausholte und dem nächsten Hungernden das Schwert in die Brust rammte. Ich hatte allerdings nicht sauber genug gezielt und sein Herz verfehlt. Ich riss das Schwert aus seinem Körper und zielte dieses Mal auf seinen Hals.

Doch ich hatte die Wurzeln vergessen.

Mein Fuß blieb hängen, und ich stürzte nach vorne. Ich versuchte verzweifelt, mich zu fangen, doch ich ging zu Boden. Jemand krachte in mich, und mein Fuß rutschte unter den Wurzeln hervor. Es war Airrick. Er hatte sich auf den Hungernden gestürzt und ging mit ihm zu Boden. Im nächsten Moment waren sie beide im Nebel verschwunden.

Ich steckte den Kopf in den Nebel und sah einen Moment bloß eine weiße Wand. Panik stieg in mir hoch. Meine freie Hand berührte den Boden, der sich grauenhaft glitschig anfühlte. Im nächsten Augenblick war ich wieder ein kleines, verängstigtes Mädchen, das sich verzweifelt an seine Mutter klammerte. Doch ihre Hand entglitt mir, und …

... ich hörte Vikters Stimme in meinem Kopf. Es war ein Ratschlag, den er mir schon am Beginn unseres Trainings gegeben hatte: *Lass nicht zu, dass die Panik von dir Besitz ergreift. Wenn du das zulässt, stirbst du.*

Er hatte recht gehabt. Angst schärfte die Sinne, doch Panik machte einen langsam.

Ich war kein Kind mehr.

Ich war nicht mehr klein und hilflos.

Ich wusste, wie man kämpfte.

Ich riss mich mit einem lauten Schrei von den Erinnerungen los und stemmte mich in dem Moment hoch, als der haarlose Hungernde nach mir griff. Ich rammte ihm das Schwert direkt ins Herz. Er gab keinen Laut von sich, als seine seelenlosen Augen in meine blickten. Er erschauderte bloß und fiel nach hinten. Ich sah mich nach Airrick um. Der Nebel zog sich langsam zurück und wurde dünner. Das war ein gutes Zeichen.

Ich eilte zu einem verwundeten Hungernden, der auf allen vieren auf eines der Pferde zukrabbelte. Ich setzte meinen Stiefel auf seinen Rücken und trat zu. Er heulte auf, und ich brachte ihn mit dem Schwert zum Schweigen. Der Nebel hatte sich beinahe zur Gänze aufgelöst.

Ich sah mich schwer atmend um. Hawke rammte einem der noch verbliebenen Hungernden das Schwert in die Brust. Kieran und Luddie beugten sich über einen Jäger, der es nicht geschafft hatte. Mein Blick fiel auf Noah, dessen Schwert mir gute Dienste geleistet hatte. Ich hatte bereits in dem Moment, als der Hungernde seine Zähne in Noahs Hals versenkt hatte, gewusst, dass er es nicht schaffen würde. Ich wandte mich zu Phillips herum, der neben einem Airrick kniete.

Nein!

Airrick lag auf dem Rücken, und sowohl seine eigenen als auch Phillips' Hände pressten sich auf seinen Bauch.

Seine Haut war so weiß, dass seine Haare sehr viel dunkler wirkten, und da war so viel Blut. Ich schlängelte mich zwischen den toten Hungernden zu den beiden hindurch.

»Ist … sie … geht es … ihr gut?«, stammelte Airrick. Blut rann aus seinem Mund, während er zu Phillips hochstarrte. »Der Ju…«

Phillips warf mir einen schnellen Blick zu. Seine braune Haut hatte einen Graustich bekommen. Dann nickte er ernst. »Ja, ihr ist nichts passiert.«

»Gut.« Airrick stieß keuchend die Luft aus. »Das ist … gut.«

Das Herz wurde mir schwer, als ich mich neben ihm auf die Knie sinken ließ. »Du hast mir das Leben gerettet.«

Sein Blick huschte zu mir, und er lachte schwach und gurgelnd. »Ich glaube … nicht … dass du … gerettet werden musst.«

»Doch«, erklärte ich. »Du warst für mich da. Du hast mir das Leben gerettet, Airrick.«

Ich unterdrückte ein Schaudern, während Hawke zu uns trat und neben Phillips in die Knie ging. Unsere Blicke trafen sich. Er schüttelte den Kopf, doch natürlich wusste ich es auch so. Die Klauen des Hungernden hatten sich tief in Airricks Bauch gegraben. Zu tief. Seine Eingeweide waren nicht mehr länger in seiner Bauchhöhle, und er litt große Schmerzen. Ich brauchte keine Gabe, um das zu spüren, dennoch öffnete ich mich und erzitterte unter den gewaltigen Qualen, die ich mit einem Mal empfand.

Ich konzentrierte mich auf Airrick, während ich seine Hand nahm. Ich konnte ihn nicht retten, aber ich konnte es ihm leichter machen. Es war nicht klug, es vor Zeugen zu tun, schließlich war es verboten, aber das war mir egal. Ich konnte nicht hier sitzen und nichts tun. So wie bei Vikter.

Also dachte ich an die Strände zu Hause und daran, wie Hawke mich zum Lachen brachte. Wie er mir das Gefühl gab, lebendig zu sein. Diese Wärme und das Glück schickte zu Airrick.

Ich merkte genau, als es bei ihm eintraf. Sein Gesicht entspannte sich, und er hörte auf zu zittern.

Mit großen Augen sah er mich an. Er war noch so schrecklich jung. »Es ... es tut nicht mehr weh.«

»Nicht?« Ich zwang mich zu einem Lächeln und behielt die Verbindung aufrecht. Ich schickte ihm noch mehr Licht und Wärme, um auch den letzten Schmerz zu vertreiben.

»Nein.« Staunen machte sich auf seinem Gesicht breit. »Ich fühle mich ... gut.«

»Das freut mich.«

Er starrte mich an, und mir war klar, dass Phillips und Hawke uns beobachteten. Sie wussten natürlich, dass die plötzliche Erleichterung nichts damit zu tun hatte, dass Airrick bald sterben würde. Mit solchen Wunden schlief niemand friedlich ein.

»Ich kenne dich«, erklärte Airrick, und seine Brust hob und senkte sich langsam. »Ich ... ich sollte nichts sagen, aber ... wir haben uns schon einmal gesehen.« Noch mehr Blut quoll aus seinem Mund. »Wir haben Karten gespielt.«

Ich sah ihn überrascht an, und mein Lächeln war nicht mehr erzwungen, sondern echt. »Ja, das stimmt. Woran hast du mich wiedererkannt?«

»Deine Augen«, antwortete er, und diesmal dauerte es viel zu lange, bis sich seine Brust gesenkt hatte und sich erneut hob. »Du hast verloren.«

»Das habe ich.« Ich lehnte mich nach vorne, um seine Schmerzen besser unter Kontrolle zu halten. »Mein Bruder hat mir das Kartenspielen beigebracht, und normalerweise gewinne ich. Ich hatte ein schlechtes Blatt.«

Er lachte erneut, doch es klang noch schwächer als zuvor. »Ja, das hattest du. Dank ...« Sein Blick wanderte über meine Schulter. Was auch immer er hinter mir sah, es war ein schöner Anblick. Seine Lippen zitterten, und er lächelte.

»Momma?«

Er atmete ein, die Lippen noch immer zu einem Lächeln verzogen, doch seine Brust senkte sich nicht mehr. Seine Augen waren glänzend, aber blicklos.

Er war tot.

Ich wusste nicht, ob er wirklich seine Mutter gesehen hatte, aber ich hoffte es für ihn. Ich wünschte mir, dass seine Mutter ihn abgeholt hatte und nicht Rhain, der Gott des Todes. Es war eine schöne Vorstellung, dass die Leute, die man einst geliebt hatte, einen am Tor zu einer anderen Welt begrüßten. Ich wollte daran glauben, dass Vikters Frau und ihr Kind auf ihn gewartet hatten.

Ich ließ Airricks Hand sinken und legte sie auf seine Brust. Als ich aufsah, starrten Phillips und Hawke mich ungläubig an.

»Was hast du getan?«, fragte Hawke und musterte mich prüfend.

Ich antwortete nicht.

Das war nicht notwendig, denn Phillips sagte: »Dann stimmen die Gerüchte also. Ich habe schon davon gehört, aber ich konnte es nicht glauben. Du hast die Gabe.«

32

WIR RITTEN IN GNADENLOSEM TEMPO über holprige Wege. Wir hatten drei unserer Gefährten verloren. Einige Stunden später fanden wir Noahs Pferd grasend entlang der Strecke, und sobald es an Luddies Pferd gebunden worden war, ging es weiter.

Wir machten außerhalb von Dreiachen halt, damit die Pferde rasten konnten, und ritten anschließend die ganze Nacht hindurch.

Mein Herz war schwer, meine Beine taub, mein Hintern wund, und ich machte mir Sorgen.

Phillips hatte kein Wort mehr über meine Gabe verloren, nachdem die anderen zu uns getreten waren, doch er warf mir immer wieder verstohlene Blicke zu. Er sah mich an, als wäre er sich nicht sicher, ob ich real war, und das erinnerte mich an die Dienstboten, wenn ich verschleiert an ihnen vorbeigegangen war.

Ich fühlte mich unbehaglich, aber es war nichts im Vergleich zu Hawkes Reaktion auf meine Gabe.

Er hatte mich über Airricks Körper hinweg angestarrt, als wäre ich ein Puzzle, bei dem sämtliche Randteile fehlten. Ich konnte ihm nicht verübeln, dass er überrascht war, und ich nahm an, dass er jede Menge Fragen haben würde. Doch als ich während unserer Rast außerhalb von Dreiachen versuchte, mit ihm darüber zu reden, schüttelte er nur den Kopf, murmelte etwas von »später« und befahl mir, mich ein wenig auszuruhen. Ich weigerte mich zu schlafen, was lediglich dazu führte, dass er neben mir einschlief – oder sich zumindest schlafend stellte.

Ich wusste nicht, ob er wütend, verstört oder enttäuscht war, dass ich ihm nichts erzählt hatte, dennoch bereute ich nicht, Airrick den Tod leichter gemacht zu haben. Außerdem würden Hawke und ich früher oder später darüber reden – vielleicht sogar früher, als ihm lieb war.

Trotzdem widerstand ich dem Drang, meine Gabe zu nutzen und nachzuspüren, wie er sich fühlte. Ich würde ihn nicht hintergehen.

Als wir Neuanfurt, ein Städtchen inmitten eines stark bewaldeten Gebiets, erreichten, brach bereits der nächste Abend herein. Wir passierten die kleine Mauer ohne Probleme. Hawke stieg vom Pferd und wechselte ein paar Worte mit einem der Männer, bevor er wieder aufstieg.

Kieran hatte Airricks Platz eingenommen und ritt neben uns über das Kopfsteinpflaster. Wir kamen an Läden vorbei, die bereits für die Nacht geschlossen hatten, bevor wir die ersten Wohnhäuser entdeckten. Sie waren so klein wie die Unterkünfte im unteren Teil von Masadonien, standen aber nicht annähernd so dicht gedrängt. Außerdem waren sie in besserem Zustand. Die kleine Handelsstadt war offenbar wirtschaftlich erfolgreich, und die Aufgestiegenen, die hier herrschten, kümmerten sich besser um ihre Untertanen als die Teermans.

Wir hatten bereits einige Häuser hinter uns gelassen, als sich eine Tür öffnete und ein älterer, dunkelhäutiger Mann heraustrat. Er nickte Kieran und Hawke schweigend zu, als wir vorbeiritten. Hinter ihm schlüpfte ein Junge heraus und rannte zum Nachbarhaus. Er klopfte wild an die Tür, und die Fensterläden wurden geöffnet. Phillips legte die Hand auf sein Schwert, als das Gesicht eines weiteren Jungen auftauchte.

»Mein Papa ist ...« Er verstummte, als er unsere kleine

Reisegesellschaft sah. Er stieß einen freudigen Schrei aus, grinste über beide Ohren und verschwand im Haus, um seinen Vater zu rufen.

Der Junge aus dem ersten Haus rannte zwei Türen weiter und holte ein Mädchen heraus, dessen Haare von einem noch leuchtenderen Rot waren als meine. Ihre Augen wurden groß wie Untertassen, als sie uns sah.

Auf der gegenüberliegenden Straßenseite trat eine Frau mittleren Alters mit einem Kleinkind aus dem Haus. Sie grinste, und das Kind winkte. Ich hob die Hand und winkte zurück. Der erste Junge hatte bereits eine ansehnliche Gruppe um sich versammelt. Die Kinder folgten uns die Straße entlang, und immer mehr Leute kamen aus ihren Häusern. Keiner sagte etwas. Manche winkten, andere lächelten, und einige wenige warfen uns misstrauische Blicke zu.

Ich lehnte mich zurück und flüsterte: »Das ist seltsam, findest du nicht.«

»Ich glaube, hier kommen nicht viele Besucher vorbei«, erwiderte Hawke und drückte mich an sich, woraufhin mein albernes Herz einen Sprung machte.

»Ja, es ist ein aufregender Tag für sie«, witzelte Kieran.

»Wirklich?«, murmelte Hawke.

»Sie tun, als wäre der König persönlich anwesend.«

Hawke schnaubte. »Dann bekommen sie wirklich selten Besuch.«

Kieran sah ihn lange an, doch Hawke schien sich langsam zu entspannen, und das nahm ich als gutes Zeichen.

»Warst du schon mal hier?«, fragte ich.

»Nur kurz.«

Ich wandte mich an Kieran. »Und du?«

»Ein- oder zweimal. Auf der Durchreise.«

Ich hob eine Augenbraue, und im nächsten Moment sah ich die grüngrauen Mauern von Burg Anfurt. Sie erhob sich am Rande der Siedlung in der Nähe der Wälder, und anders als Burg Teerman war sie nicht von einem zweiten Wall umgeben. Allerdings war sie auch deutlich kleiner und sah aus, als hätte sie eine lange vergangene Epoche überlebt.

Gerade mal so.

Wir ritten weiter, als etwas Kaltes meine Nase berührte. Es hatte zu schneien begonnen. Wir überquerten den Vorplatz der Burg in Richtung Stallungen. Mehrere schwarz gekleidete Wächter begrüßten uns, als wir den großen, luftigen Raum erreichten, in dem es nach Pferden und Heu roch.

Ich stieß die Luft aus und schloss einen Moment die Augen, während ich meinen Griff um den Sattelknopf lockerte. Die Reise durch das Königreich war noch lange nicht vorbei, aber zumindest würden wir diese Nacht ein Bett, vier Wände und ein Dach über dem Kopf haben.

Hawke sprang vom Pferd, wandte sich um und streckte mir die Arme entgegen. Ich hob eine Augenbraue und glitt auf der anderen Seite nach unten.

Hawke seufzte.

Grinsend tätschelte ich Settis Hals und hoffte, dass er sich eine Weile den Bauch mit dem allerbesten Heu vollschlagen und sich danach ausgiebig erholen konnte. Er hatte es sich verdient.

Hawke warf sich die Satteltasche über die Schulter und trat neben mich. »Bleib in meiner Nähe.«

»Natürlich.«

Er sah mich prüfend an und vertraute meiner schnellen Unterwürfigkeit offenbar nicht ganz. Sobald die anderen ebenfalls abgestiegen waren, verließen wir die Stallungen. Der Schneefall war stärker geworden, und der Boden wurde langsam weiß. Ich schlang gerade den Mantel enger um mich, als das Eingangstor geöffnet wurde und ein weiterer Wächter erschien. Er war groß, blond und hatte blasse winterblaue Augen.

Kieran begrüßte den Wächter per Handschlag. »Schön, dich zu sehen«, erklärte dieser und musterte Hawke und anschließend mich. Sein Blick blieb einen Augenblick an meiner linken Gesichtshälfte hängen, dann wandte er sich wieder an Kieran. »Schön, euch alle zu sehen.«

»Ebenfalls, Delano«, antwortete Kieran, und Hawke legte mir eine Hand auf den unteren Rücken. »Es ist schon viel zu lange her.«

»Nicht lange genug«, dröhnte eine tiefe Stimme aus dem Inneren der Burg.

Wir traten in einen großen Raum, in dem zahllose Öllampen brannten. Ein hochgewachsener Mann mit dunklem Bart und breiten Schultern stand in einer riesigen Doppelflügeltür. Er trug dunkle Hosen, eine schwere Tunika und ein Schwert an seiner Hüfte, obwohl er nicht aussah wie ein Wächter.

Kieran lächelte, und ich blinzelte überrascht. Es war das erste Mal, dass ich ihn lächeln sah, und sein kühles, aber dennoch attraktives Gesicht wirkte mit einem Mal atemberaubend schön. »Elijah, du hast mich doch von allen am meisten vermisst.«

Elijah umarmte Kieran so kraftvoll, dass er von den Füßen gehoben wurde. Er grinste, als er den jüngeren Mann wieder losließ. Oder besser gesagt, fallen ließ. Kieran stolperte, ehe er kopfschüttelnd das Gleichgewicht wiederfand.

»Wen haben wir denn da?«, fragte Elijah an Hawke und mich gewandt.

»Wir brauchen Schutz für eine Nacht«, antwortete Hawke.

Elijah warf den Kopf zurück und lachte. »Schutz haben wir hier genug.«

»Gut zu wissen.« Hawkes Hand blieb auf meinem Rücken, während ich mich verwirrt umsah.

Mehrere Männer und Frauen waren in die Halle gekommen. Wie die Leute draußen auf der Straße trugen sie eine Vielzahl von Gesichtsausdrücken zur Schau. Die meisten lächelten, doch der starre Blick einiger weniger erinnerte mich an den blonden Nachkommen, der die Hand des Hungernden nach dem Herzogpaar geworfen hatte.

Wo waren der Lord und die Lady, die Neuanfurt vorstanden? Die Sonne war zwar noch nicht untergegangen, aber in der Halle gab es keine Fenster, es wäre also kein Affront gegenüber den Göttern gewesen, sich zu zeigen. Ich sah überhaupt keine Aufgestiegenen unter den Anwesenden. Vielleicht war dieser Mann der Hofmeister, und der Lord war andernorts beschäftigt? Mir fiel auf, dass Kieran sich mit zusammengekniffenen Augen umsah. Vielleicht dachte er dasselbe wie ich.

»Es gibt ... eine Menge zu erzählen«, meinte Elijah und schlug Kieran fest auf die Schulter.

Eine schwarzhaarige Frau in einer waldgrünen, knielangen Tunika und dazu passenden Hosen kam auf uns zu. Sie hatte einen schweren cremefarbenen Schal um die Schultern geschlungen, doch mein Blick wurde sofort von ihrem Schuhwerk angezogen.

Sie trug Stiefel.

Als sie näher kam, sah ich, dass sie dieselbe Augenfarbe hatte wie Elijah. Waren die beiden verwandt? Sie musste mindestens zehn Jahre jünger sein, eher in Hawkes und meinem Alter. Eine Nichte vielleicht? Sie lächelte verkniffen, und wie vorhin bei Delano blieb auch ihr Blick an meinen Narben hängen. Doch ich sah kein Mitleid, sondern nur ... Neugierde. Und das war um einiges besser.

»Ich muss noch mit ein paar Leuten reden, aber Magda wird dir dein Zimmer zeigen«, sagte Hawke, bevor er sich an die dunkelhaarige Frau wandte. »Gib ihr ein Zimmer mit Bad und etwas Warmes zu essen.«

»Ja …« Magda schien sich verbeugen zu wollen, hielt dann aber auf halbem Weg inne. Ihre Wangen nahmen eine attraktive Röte an. »Entschuldigung, ich gerate manchmal ein wenig aus dem Gleichgewicht.« Sie tätschelte ihren leicht gewölbten Bauch. »Ich gebe meinem zweiten Kleinen die Schuld daran.«

»Gratulation«, sagte ich und hoffte, dass es eine angemessene Erwiderung war. »Hawke …«

»Später«, unterbrach er mich, bevor er sich abwandte und zu Kieran und Elijah trat. Phillips hatte sich inzwischen ebenfalls zu ihnen gesellt und sah sich aufmerksam um.

»Komm.« Magda berührte sanft meinen Arm. »Ich lasse heißes Wasser holen, dann kannst du baden, während der Koch dein Abendessen zubereitet.«

Nachdem ich nicht wusste, was ich sonst hätte tun sollen, folgte ich Magda durch eine Seitentür ins Treppenhaus. Es überraschte mich, dass Hawke mich allein ließ. Er wusste natürlich, dass ich mich selbst verteidigen konnte, aber es war trotzdem seltsam. Es sei denn, er war sich sicher, dass keine dunklen Nachkommen in der Burg lauerten.

Was allerdings nicht erklärte, warum er den Namen dieser Frau kannte, obwohl er angeblich nur einmal kurz hier gewesen und sie uns nicht vorgestellt worden war.

Magda führte mich in ein Zimmer im zweiten Stock, das überraschend groß und hell war, obwohl es nur ein kleines Fenster gab, das in den Innenhof hinausführte. Ich mochte die freiliegenden Holzbalken an der Decke, und noch nie war mir ein Bett einladender erschienen.

Nachdem mein Mantel und meine Kleider voller Blut, Schmutz und Schweiß waren, traute ich mich allerdings nicht in seine Nähe. Ich breitete den Mantel über den schweren Holzstuhl und achtete darauf, dass meine Tunika meinen Dolch verbarg.

Im Kamin brannte ein Feuer, und ein würziger Rindereintopf wurde mir noch vor dem heißen Wasser gebracht. Ich verschlang den Eintopf bis zum letzten Bissen und außerdem das dazu gereichte Gebäck und hätte wohl auch die Schüssel ausgeschleckt, wenn mir nicht Magda und ihre kleine Armee an Dienstboten zugesehen hätten.

Die Badewanne wurde mit heißem Wasser gefüllt, und Magda hängte einen hellblauen Bademantel an den Haken an der Wand. Ich starrte ihn an, und meine Kehle war mit einem Mal wie zugeschnürt.

Er war nicht weiß.

Ich schloss die Augen.

»Poppy, ist alles in Ordnung«, fragte Magda. »Ist alles in Ordnung?«

»Ja.« Ich blinzelte. »Es war nur ... eine anstrengende Reise.«

»Das kann ich mir vorstellen«, sagte sie, obwohl ich es bezweifelte. »Lass deine Kleider neben der Tür liegen, ich sorge dafür, dass sie heute noch gewaschen werden.«

»Danke.«

Sie lächelte. »Seife und frische Badetücher findest du neben der Wanne. Brauchst du sonst noch etwas?«

Ich wollte sie fragen, wo Hawke war, aber vermutlich wusste sie es nicht. Ich schüttelte den Kopf, und sie machte sich auf den Weg zur Tür. Da fielen mir die Aufgestiegenen wieder ein. »Magda?«, rief ich ihr nach. »Wo sind der Lord und seine Lady?«

»Lord Halverston ist mit einigen Männern auf die Jagd gegangen«, erwiderte sie. »Er hätte euch gerne begrüßt, aber die Dämmerung brach herein, und sie standen kurz vor dem Aufbruch.«

»Oh.« Der Lord ging mit den Männern auf die Jagd? Diese Leute waren ... seltsam.

»Kann ich sonst noch etwas für dich tun?«

Ich schüttelte erneut den Kopf, und Magda verließ das Zimmer. Ich zog mich aus und legte meine Kleider neben der Tür ab, bevor ich mit dem Dolch in der Hand über den kalten Boden, den das Feuer noch nicht erwärmt hatte, ins Badezimmer tappte.

Die große Wanne war ein weiterer Lichtblick.

Das heiße Wasser war eine Wohltat für meine überanstrengten Muskeln, und ich schrubbte mich mit einer nach Flieder duftenden Seife sauber und wusch mir zweimal die Haare. Ich blieb länger liegen als nötig, doch irgendwann bekam ich Angst, dass ich aussehen würde wie eine Dörrpflaume. Ich trocknete mich ab und schlüpfte in den weichen Bademantel, dann tappte ich barfuß zu einem kleinen Frisiertisch, auf dem wunderbarerweise ein Kamm lag. Ich ging damit ins Schlafzimmer, kämmte mir gemächlich die Knoten aus den Haaren und legte den Dolch auf den Nachttisch. Danach blieb nichts anderes zu tun, als zu warten.

Ich setzte mich auf die Bettkante und überlegte, was Tawny wohl gerade machte. Freundete sie sich mit den anderen Höflingen an? Traurigkeit machte sich in mir breit, und ich hieß sie mit offenen Armen willkommen. Sie war besser, als ständig nur Wut und Schmerz zu spüren. Trotzdem vermisste ich Tawny.

Und Vikter.

Meine Kehle war wie zugeschnürt, als ich mit der Hand über das weiche blaue Bettlaken strich. Meine Augen brannten, doch die Tränen wollten auch dieses Mal nicht kommen, dabei wünschte ich sie mittlerweile beinahe herbei. Ich seufzte und betrachtete das Bett. Es gab zwei Kopfkissen, als wäre das Bett für zwei Leute gemacht, und ...

Ein Klopfen an der Tür ließ mich zusammenzucken. Ich sprang auf und wollte mich gerade auf den Weg machen, als die Tür aufging. Ich schnappte meinen Dolch und fuhr herum.

»Hawke«, keuchte ich.

Er hob die Augenbrauen. »Ich dachte, du schläfst.«

»Platzt du deshalb einfach so hier herein?«

»Nachdem ich geklopft habe, bin ich wohl kaum hineingeplatzt.« Er schloss die Tür hinter sich und sah mich an. Er hatte ebenfalls gebadet und sich umgezogen, und seine feuchten Haare kräuselten sich. »Aber ich bin froh, dass du vorbereitet warst. Es hätte ja jemand sein können, den du nicht sehen willst.«

»Was, wenn du auch zu den Leuten gehörst, die ich nicht sehen will?«

»Wir wissen beide, dass das nicht der Fall ist.« Sein Blick glitt über meinen Körper. »Ganz im Gegenteil.«

»Dein Ego verwundert mich immer wieder.« Ich legte den Dolch zurück auf die Kommode. Außer dem Bett gab es nur noch den unbequemen Stuhl als Sitzmöglichkeit, also entschied ich mich für die Bettkante.

»Ich verwundere dich doch immer.«

Ich lächelte. »Womit du meine Theorie auch gleich bewiesen hast.«

Er trat grinsend auf mich zu. »Hast du gegessen?«

Ich nickte. »Und du?«

»Während ich gebadet habe.«

»Ein Mann, der mehrere Dinge gleichzeitig erledigen kann.«

»Ja, ich bin sehr begabt.« Er blieb ein Stück vor der Bettkante stehen. »Warum schläfst du nicht? Du bist doch sicher todmüde.«

»Ich weiß, dass der Morgen eher, als mir lieb ist, kommen wird, und dann sind wir wieder unterwegs. Aber ich kann nicht schlafen. Noch nicht. Ich habe auf dich gewartet.« Plötzlich war ich nervös und spielte mit dem Gürtel meines Bademantels. »Hier ist alles so ... anders, nicht wahr?«

»Ich kann mir vorstellen, dass es dir so vorkommt. Immerhin kennst du nur die Hauptstadt und Masadonien«, entgegnete er. »Hier ist das Leben weniger pompös und weniger umständlich. Schlichter.«

»Das ist mir bereits aufgefallen. Ich habe kein einziges königliches Wappen gesehen.«

Er neigte den Kopf. »Du hast auf mich gewartet, um mit mir über fehlende königliche Wappen zu sprechen?«

»Nein.« Ich seufzte und ließ den Gürtel los. »Ich wollte über das reden, was ich mit Airrick getan habe.«

Hawke musterte mich schweigend.

Meine Nervosität machte aufsteigendem Ärger Platz. »Was? Passt es schon wieder nicht in deinen Zeitplan?«

Seine Mundwinkel zuckten. »Nein, der Zeitpunkt ist gut, Prinzessin. Wir sind allein, und ich dachte, es wäre besser, so lange zu warten.«

Ich öffnete den Mund, klappte ihn kurz darauf aber wieder zu. Verdammt. Deshalb hatte er das Gespräch hinausgeschoben? Falls ja, ergab es durchaus Sinn.

»Warum hast du nie erwähnt, dass du diese Gabe besitzt? Und Vikter auch nicht?«

»Es ist der Grund, warum manche in mir das Kind der Götter sehen. Es wundert mich, dass du, der immer alles sieht und weiß, nichts davon mitbekommen hast.«

»Ich weiß tatsächlich so einiges, aber nein – davon habe ich noch nie gehört«, sagte er. »Und ich habe auch noch nie gesehen, dass jemand etwas Ähnliches getan hätte.«

Ich sah ihn an und glaubte ihm. »Es ist ein Geschenk der Götter. Der Grund, warum ich die Auserwählte bin.« Na ja, zumindest *einer* der Gründe. »Die Königin selbst hat mir verboten über meine Gabe zu sprechen oder sie anzuwenden, bevor ich mich ihrer würdig erweise. Und meistens habe ich mich auch daran gehalten.«

»Meistens?«

»Vikter wusste Bescheid, aber Tawny nicht. Genauso

wenig wie Rylan und Hannes. Die Herzogin weiß es, und der Herzog wusste es auch, aber das sind auch schon alle«, erklärte ich. »Und ich verwende die Gabe nicht oft ...«

»Worum genau handelt es sich dabei eigentlich?«

Ich stieß die Luft aus. »Ich kann den Schmerz anderer Menschen, sowohl den körperlichen als auch den seelischen, spüren. Zumindest hat es so angefangen. Offenbar entwickelt sich die Gabe weiter, je näher mein Aufstiegsritual rückt. Mittlerweile kann ich sämtliche Gefühle anderer Leute spüren.« Ich zupfte an der Bettdecke. »Ich muss sie dazu nicht berühren. Ich muss sie nur ansehen, und ... mich ihnen gegenüber öffnen. Normalerweise habe ich es unter Kontrolle, aber es gibt Situationen, da wird es schwierig.«

»Wenn viele Leute anwesend sind zum Beispiel?«

Er dachte an den Abend, an dem sich der Herzog an das Volk gewandt hatte. Ich nickte. »Ja. Oder wenn jemand seinen Schmerz auf andere projiziert, ohne es zu bemerken. Aber das kommt selten vor. Ich sehe nicht mehr als du oder jeder andere, ich fühle nur, was sie fühlen.«

»Du ... fühlst, was sie fühlen?«

Ich sah zu ihm hoch.

Er starrte mich mit großen Augen an. »Dann hast du also Airricks Schmerz gespürt, nachdem er verwundet wurde?«

Ich nickte.

Hawke blinzelte. »Das muss doch ...«

»... eine Qual sein?«, half ich aus. »Schon, aber es war nicht das Schlimmste, das ich erleben musste. Körperlicher Schmerz ist heiß und heftig, aber der seelische Schmerz ist ... als würde man an einem kalten Wintertag in einem eisigen See baden. Diese Qualen sind viel schlimmer.«

Hawke ließ sich neben mir aufs Bett sinken. »Und spürst du auch andere Gefühle? Glück und Hass zum Beispiel? Erleichterung oder ... Schuld?«

»Ja, aber erst seit Kurzem. Und ich bin mir oft nicht

sicher, was ich fühle. Ich muss mich darauf verlassen, was ich weiß, und ...« Ich zuckte mit den Schultern. »Aber die Antwort auf deine Frage ist Ja.«

Hawke war zum ersten Mal, seit ich ihn kannte, sprachlos.

»Und das ist aber nicht alles, was ich kann«, fügte ich hinzu.

»Das dachte ich mir schon.«

Ich ignorierte seinen trockenen Tonfall. »Ich kann den Schmerz anderer Leute lindern, indem ich sie berühre. Normalerweise bemerkt es derjenige nicht einmal, es sei denn, er leidet unter großen, offensichtlichen Schmerzen.«

»Wie funktioniert das?«

»Ich denke an glückliche Zeiten und schicke sie durch die Verbindung, die aufgrund meiner Gabe zu meinem Gegenüber besteht«, erklärte ich.

Hawke starrte mich erneut an. »Du denkst an etwas Schönes, und das war's dann?«

»Im Prinzip ja.«

Ein seltsamer Ausdruck huschte über sein Gesicht, dann fragte er: »Hast du meine Gefühle auch schon einmal gespürt?«

Ich wollte lügen, aber ich tat es nicht. »Ja.«

Er lehnte sich zurück.

»Nicht absichtlich – na ja, okay, am Anfang schon. Aber nur, weil du ... ich weiß auch nicht. Du wirktest wie ein gefangenes Tier, wenn ich dich in der Burg sah, und ich wollte wissen warum. Mir ist klar, dass ich das nicht hätte tun sollen, und es ist auch nicht oft vorgekommen. Ich habe mich gezwungen, damit aufzuhören«, murmelte ich, und seine Augenbrauen wanderten noch weiter nach oben »Meistens jedenfalls. Aber manchmal kann ich nichts dagegen tun. Es ist, als würde ich meine Natur verleugnen, wenn ich ...«

Wenn ich die Gabe, mit der ich geboren wurde, nicht benutzte.

Deshalb war es manchmal schwer, die Gabe zu kontrollieren. Natürlich war ich auch ein wenig neugierig, aber ich hatte das Gefühl, dass es gegen die Natur war, die Gabe zu verbergen und sie unter Verschluss zu halten. Es erstickte mich.

Genau wie der Schleier und all die Regeln und Erwartungen – und die Zukunft, die ich mir nicht ausgesucht hatte.

Warum fühlte sich mein ganzes Leben falsch an?

»Was spürst du von mir?«

Ich riss mich aus meinen Gedanken und sah ihn an. »Traurigkeit.«

Ein schockierter Ausdruck machte sich auf seinem Gesicht breit.

»Kummer und Sorge.« Ich senkte den Blick. »Das Gefühl ist immer da, selbst wenn du mich aufziehst oder lächelst. Ich habe keine Ahnung, wie du das schaffst. Ich schätze, es hat größtenteils mit deinem Bruder und deinem Freund zu tun.« Hawke schwieg, und ich hatte Angst, zu viel gesagt zu haben. »Es tut mir leid. Ich hätte meine Gabe nicht verwenden dürfen. Und vermutlich hätte ich jetzt lügen sollen ...«

»Hast du meinen Schmerz schon einmal gelindert?«

Ich legte die Hände auf die Oberschenkel. »Ja.«

»Zweimal, oder? Einmal nach dem Streit mit Priesterin Analie und einmal am Abend des Rituals.«

Ich nickte.

»Jetzt verstehe ich wenigstens, warum ich mich damals leichter gefühlt habe. Das erste Mal dauerte es noch eine ganze Weile an. Ich habe so gut geschlafen wie schon lange nicht mehr.« Er stieß ein kurzes, verhaltenes Lachen aus, und ich sah zu ihm hinüber. »Schade, dass man es nicht in Flaschen abfüllen und verkaufen kann.«

Ich wusste nicht, was ich darauf sagen sollte.

»Aber warum?«, wollte er wissen. »Warum hast du mir den Schmerz genommen? Ja, ich bin wirklich traurig. Ich vermisse meinen Bruder mit jedem Atemzug, und seine Abwesenheit verfolgt mich, aber ich ertrage es.«

»Ich weiß. Du lässt dein Leben nicht davon beeinflussen, aber ich ... mir gefiel der Gedanke nicht, dass es dir nicht gut ging«, gab ich zu. »Und ich konnte dir helfen, zumindest vorübergehend. Ich will doch nur ...«

»Was?«

»Ich will helfen. Ich möchte meine Gabe nutzen, um Menschen zu helfen.«

»Hast du das denn schon mal getan? Mal abgesehen von mir und Airrick?«

»Ich habe den Verfluchten geholfen und ihre Schmerzen gelindert. Und Vikter hatte manchmal schreckliche Kopfschmerzen. Manchmal habe ich auch Tawny geholfen, aber sie hat nie etwas bemerkt.«

»So haben die Gerüchte also begonnen. Weil du den Verfluchten ihr Schicksal erleichtert hast.«

»Manchmal auch ihren Familien. Ihr Kummer war oft so groß, dass ich es tun musste.«

»Obwohl es dir verboten ist.«

»Das ist so schrecklich albern.« Ich warf die Hände hoch. »Ich darf die Gabe nicht nutzen, aber die Begründung ergibt keinen Sinn. Die Götter haben mir dieses Geschenk gemacht, heißt das nicht, dass sie mich bereits dessen würdig erachtet haben?«

»Ja, das möchte man meinen.« Er überlegte. »Hat dein Bruder dieselbe Gabe? Oder jemand anders in deiner Familie?«

»Nein. Nur ich. Und die letzte Jungfräuliche. Wir wurden beide unter dem Schleier der Götter geboren«, antwortete ich. »Meine Mutter bemerkte es, als ich etwa drei oder vier Jahre alt war.«

Hawke runzelte die Stirn und betrachtete mich gedankenverloren.

»Was?«

Er schüttelte den Kopf, und der Ausdruck auf seinem Gesicht verschwand. »Liest du mich jetzt?«

»Nein. Ich versuche, es zu vermeiden, selbst wenn ich es gerne tun würde. Es fühlt sich an wie Verrat, wenn es um jemanden geht, der mir ...« Ich verstummte. Ich wollte sagen: *Wenn es um jemanden geht, der mir etwas bedeutet.*

Mein Magen zog sich zusammen. Hawke bedeutete mir etwas. Sehr viel sogar. Aber nicht wie Tawny oder Vikter. Es war anders.

Oh Götter.

Das war vermutlich nicht gut, aber es fühlte sich auch nicht schlecht an. Da waren Vorfreude, Hoffnung, Aufregung und Hunderte anderer Dinge, die nicht schlecht waren.

»Ich wünschte, ich hätte deine Gabe, denn ich würde liebend gerne wissen, was du gerade fühlst.«

»Ich spüre nichts, wenn ich einem Aufgestiegenen gegenüberstehe«, platzte es aus mir heraus, um von meinen Gefühlen abzulenken. »Absolut nichts, obwohl ich weiß, dass sie Schmerzen erleiden können.«

»Das ist ...«

»Seltsam, oder?«

»Ich wollte verstörend sagen, aber seltsam ist es sicher auch.«

Ich lehnte mich näher zu ihm und senkte die Stimme. »Es hat mich immer schon gestört, dass ich nichts spüre. Ich hätte erleichtert sein sollen, aber da ist nur diese ... Kälte.«

»Das verstehe ich.« Er rückte ebenfalls näher und sprach deutlich leiser. »Ich sollte dir danken.«

»Wofür?«

»Dass du meinen Schmerz gelindert hast.«

»Dafür musst du mir nicht danken.«

»Ich weiß, aber ich will es«, sagte er, und sein Mund war meinem so unglaublich nahe. »Danke.«

»Keine Ursache.« Meine Augen fielen beinahe zu. Er roch nach Kiefernholz und Seife, und sein Atem strich warm über meine Lippen.

»Ich hatte recht.«

»Womit?«

»Damit, dass du mutig und stark bist«, antwortet er. »Du riskierst viel, wenn du deine Gabe einsetzt.«

»Ich habe nicht genug riskiert«, gab ich zu. »Ich wollte Vikter helfen, aber ich konnte nicht. Ich war zu ... überwältigt. Vielleicht hätte ich ihm wenigstens etwas von seinem Schmerz nehmen können, wenn ich mich nicht so gegen die Tatsache gewehrt hätte, dass er im Sterben lag.«

»Aber Airrick hast du den Schmerz genommen. Ihm hast du geholfen.« Hawke neigte den Kopf, und seine Stirn berührte meine. »Du bist ganz und gar nicht das, was ich mir erwartet hatte.«

»Das sagst du andauernd. Was hast du dir denn erwartet?«

»Ich weiß es ehrlich gesagt nicht mehr.«

Ich schloss die Augen und genoss seine Nähe. Es gefiel mir, von ihm berührt zu werden.

»Poppy?«

Es gefiel mir auch, wie er meinen Namen sagte. »Ja?«

Er strich über meine Wange. »Ganz egal, was andere Leute sagen, ich kenne niemanden, der dieser Gabe würdiger wäre als du. Ich hoffe, du weißt das.«

Mein Herz schwoll an. »Dann hast du noch nicht genügend Leute getroffen.«

»Ich habe schon viel zu viele getroffen.« Er hauchte mir einen Kuss auf die Stirn, dann ließ er seinen Daumen über mein Kinn gleiten. »Du verdienst so viel mehr als das, was dich erwartet.«

Ja.

Ich öffnete die Augen.

Ja, wirklich.

Ich war kein schlechter Mensch. Unter meinem Schleier und trotz meines Titels und meiner Gabe war ich so wie alle anderen auch. Aber ich wurde nicht so behandelt. Hawke hatte einmal gesagt, dass die Privilegien der anderen etwas waren, das ich mir nicht einmal verdienen konnte. Und ich ...

Ich hatte es so verdammt satt.

»Danke, dass du dich mir anvertraut hast«, sagte Hawke.

Ich konnte nicht antworten. Ich war zu beschäftigt damit, was in mir vorging. Etwas verschob sich. Veränderte sich. Etwas Riesiges, das doch so winzig klein war. Mein Herz klopfte, als hätte ich gerade um mein Leben gekämpft, und genau das tat ich im Prinzip auch. Jetzt, in diesem Moment. Allerdings kämpfte ich nicht um mein Leben, sondern um die Möglichkeit, es zu leben. Die Puzzleteile fanden endlich an ihren Platz.

Jungfräuliche oder nicht, gut oder böse, auserwählt oder unwürdig. Ich verdiente es zu leben – und zwar ohne diese Regeln, mit denen ich mich niemals einverstanden erklärt hatte.

Ich sah Hawke an. Ich sah ihn wirklich und wahrhaftig, und es war mehr als sein körperliches Abbild. Er hatte mich von Anfang an anders behandelt und nie versucht, mich aufzuhalten. Er beschützte mich nicht nur, er glaubte an mich und respektierte meinen Wunsch, mich selbst zu verteidigen.

Ich hatte erneut das Gefühl, als würden wir uns schon seit Ewigkeiten kennen. Er verstand mich, und mir kam es vor, als würde ich ihn auch verstehen. Er war mutig und stark, und seine Gefühle und Gedanken gingen unglaublich tief. Er hatte Verluste erlitten und überlebt und machte trotz des Schmerzes weiter.

Er akzeptierte mich.

Und ich hätte ihm mein Leben anvertraut.

Ich hätte ihm *alles* anvertraut.

»Du solltest mich nicht so ansehen.« Seine Stimme klang rauer.

»Wie denn?«

»Das weißt du genau.« Er schloss die Augen. »Nein, vermutlich weißt du es nicht. Und deshalb sollte ich jetzt gehen.«

»Wie sehe ich dich denn an, Hawke?«

Er öffnete die Augen. »So, wie ich es nicht verdient habe, angesehen zu werden. Zumindest nicht von dir.«

»Das stimmt nicht.«

»Ich wünschte, es wäre so. Bei den Göttern, das wünschte ich wirklich. Ich muss jetzt gehen.« Er wich zurück und stand auf, doch sein Blick ruhte immer noch auf mir. Ich glaubte nicht, dass er wirklich gehen wollte. Er holte tief Luft. »Gute Nacht, Poppy.«

Ich sah zu, wie er auf die Tür zuging, und sein Name lag mir auf der Zunge. Ich wollte nicht, dass er ging. Ich wollte die Nacht nicht allein verbringen. Ich wollte nicht, dass er glaubte, er hätte mich nicht verdient.

Ich wollte leben.

Ich wollte ihn.

»Hawke?«

Er blieb stehen, drehte sich aber nicht um.

Mein Herz begann erneut zu rasen. »Würdest du ... würdest du heute Nacht bei mir bleiben?«

33

HAWKE REAGIERTE NICHT, und ich war mir nicht sicher, ob er überhaupt noch atmete. Erinnerungen an die Nacht des Rituals und unsere Zeit unter der Weide wurden wach, doch dieses Mal versetzten sie mir nicht den vertrauten, schmerzhaften Stich.

Dann holte er Luft. »Nichts lieber als das, aber ich glaube, dir ist nicht bewusst, was passieren wird, wenn ich bleibe.«

Mir wurde leicht schwindelig. »Was wird denn passieren?«

Er wandte sich um und sah mich mit durchdringendem Blick an. »Wenn ich mich zu dir in dieses Bett lege, kann ich mich unmöglich zurückhalten. Vielleicht schaffen wir es erst gar nicht bis ins Bett. Ich kenne meine Grenzen. Ich habe keine reine Seele und werde mich nicht rechtzeitig an meine Pflichten erinnern. Und an deine. Oder an die Tatsache, dass ich deiner so unwürdig bin, dass es einer Sünde gleichkommen würde. Ich weiß das, aber es ändert nichts daran, dass ich dir den Bademantel vom Körper reißen und genau das tun würde, wovon ich im Wald gesprochen habe.«

Mir wurde heiß. »Ich weiß.«

Er zog die Luft ein. »Wirklich?«

Ich nickte.

Hawke machte einen Schritt von der Tür weg. »Ich werde dich nicht nur im Arm halten. Ich werde mich nicht damit begnügen, dich zu küssen. Meine Finger werden nicht das Einzige sein, das in dir ist. Dafür ist mein Verlangen nach dir viel zu groß, Poppy. Wenn ich bleibe, bist du die längste Zeit die Jungfräuliche gewesen.«

Die Schonungslosigkeit seiner Worte ließ mich erschaudern. Dabei waren es nicht die Worte, die mich schockierten, sondern sein Verlangen nach mir. Ich hatte mich nie als Frau gesehen, die so eine Leidenschaft entfachen konnte. So eine Frau hatte ich niemals sein dürfen.

»Ich weiß«, wiederholte ich.

Er machte einen weiteren Schritt auf mich zu. »Wirklich, Poppy?«

Ja.

Es war seltsam, dass ich mich mittlerweile so gut kannte und mir so sicher war, obwohl ich so lange Zeit nicht gewusst hatte, wer ich war. Es war mir nie erlaubt gewesen, mich selbst kennenzulernen. Herauszufinden, was ich mochte und was nicht. Was ich wollte und was ich brauchte.

Aber jetzt wusste ich es.

Ich wusste es seit dem Moment, als ich ihn gebeten hatte, bei mir zu bleiben. Ich wusste, welche Konsequenzen es haben würde. Ich wusste, was ich war und was von mir erwartet wurde, aber ich wusste auch, dass das nicht das war, was ich mir vom Leben wünschte. Doch es hatte nie in meiner Hand gelegen.

Aber das hier ... das war meine Entscheidung.

Ich wollte Hawke.

Ich holte mir mein Leben zurück und hatte schon lange vor ihm damit angefangen. Ich hatte darauf bestanden, kämpfen zu lernen, und ich hatte Vikter dazu gebracht, mich mitzunehmen, wenn er die Verfluchten erlöste. Das alles waren wichtige Schritte gewesen, aber es hatte auch viele kleine Schritte gegeben, die auf ihre Art vielleicht sogar noch mehr Einfluss gehabt hatten. Ich hatte mich verändert, mich weiterentwickelt. Genau wie meine Gabe, die ich nicht nutzen durfte, es aber trotzdem tat. Jedes Abenteuer und jedes Risiko, das ich eingegangen war, hatte dazu beigetragen. Und auch mein Wunsch, Dinge zu erleben, die mir verboten waren.

Deshalb war ich im *Red Pearl* gewesen und hatte das Zimmer nicht sofort verlassen, nachdem ich Hawke entdeckt hatte.

Deshalb hatte ich dem Herzog grinsend in die Augen geblickt, als er mich gezwungen hatte, den Schleier abzunehmen.

Deshalb hatte ich mit Loren gesprochen und war hinaus auf die Mauer gegangen.

Meine Weiterentwicklung hatte dazu geführt, dass ich die Lektionen des Herzogs still ertragen konnte, und als ich schließlich Lord Mazeens Kopf abtrennte, hatte ich die Ketten durchschnitten, die ich niemals tragen wollte. Es war mir nur nicht bewusst gewesen.

Aber eines wusste ich mit Sicherheit: Hawke war nicht der Auslöser gewesen. Er war die Belohnung.

Ich griff mit überraschend ruhigen Händen nach dem Gürtel meines Bademantels und sah Hawke in die Augen, während ich den Knoten öffnete und sich der Mantel teilte. Ich ließ ihn von den Schultern gleiten, und er fiel zu Boden.

Hawke wandte keine Sekunde lang den Blick von mir ab. Er blinzelte nicht einmal. Dann wanderte sein Blick langsam über meinen Körper. Es war hell genug, um alles zu sehen. Die Dellen und Wölbungen, die verborgenen Stellen im Schatten, die Narben. Die ausgefransten Risse, die meine Arme entlang und über meinen Bauch verliefen, die Wundmale an meinen Beinen, die aussahen wie Hiebe scharfer Krallen, aber auch der Beweis dafür waren, dass ich von den Göttern auserwählt worden war.

Denn die Wunden an meinen Beinen stammten nicht von Klauen, sondern von Eckzähnen, die in meine Haut gedrungen waren. Ich war in jener Nacht gebissen worden.

Aber ich war nicht verflucht.

Hawke wusste nichts über diese Narben. Zwei, die Bescheid gewusst hatten, waren mittlerweile tot, und nun waren nur noch die Königin, der König, die Herzogin und mein Bruder eingeweiht. Zum ersten Mal in meinem Leben wollte ich jemandem die Wahrheit anvertrauen. Ich wollte Hawke davon erzählen.

Aber jetzt war nicht der richtige Zeitpunkt dafür.

Nicht, während sein Blick langsam wieder nach oben wanderte. Nicht, während er aussah, als würde er jeden Zentimeter meines Körpers in sich aufsaugen.

Ich erschauderte unwillkürlich, als sich unsere Blicke schließlich erneut trafen.

»Du bist so verdammt schön«, flüsterte er mit rauer Stimme. »Und so verdammt unvorhersehbar.«

Er trat so schnell auf mich zu, dass es schwer vorstellbar war, dass er kein Aufgestiegener sein sollte. Innerhalb eines Wimpernschlages lag ich in seinen Armen, und unsere Lippen berührten sich. Da war nichts Langsames, Süßes an der Art, wie er mich küsste. Es war, als wollte er mich verschlingen, und ich wollte verschlungen werden. Ich erwiderte seinen Kuss und drückte ihn an mich, und gerade als ich seine Zunge an meiner spürte, löste er sich von mir.

Dann ging alles sehr schnell. Ich half ihm aus der Tunika, aus den Schuhen und aus der Hose und erschauderte, als mein Blick zum ersten Mal auf seinen nackten Körper fiel.

Er war wunderschön.

Seine Haut war sonnengebräunt, die Muskeln lang und sehnig. Seine Brust und der Bauch waren von dem jahrelangen Training geformt, und seine Stärke war ihm deutlich anzusehen. Doch das Leben hatte auch an ihm Spuren hinterlassen. Kleine Narben und längere Schnitte, die zeigten, dass er ein Kämpfer war wie ich.

Auch er trug Beweise dafür auf der Haut, was er überlebt

hatte. Eine tiefe rote Narbe verlief von seiner Hüfte über seinen Oberschenkel und verriet, dass er seine eigenen Albträume erlebt hatte. Es sah aus wie ein Brandmal. Als hätte sich etwas Heißes, Schmerzhaftes in seine Haut gebrannt.

»Die Narbe an deinem Oberschenkel«, fragte ich. »Woher hast du die?«

»Vor vielen Jahren war ich einmal dumm genug, mich erwischen zu lassen«, antwortete er.

Es war so seltsam, dass er manchmal klang, als wäre er schon viel länger auf der Welt, als er tatsächlich war. Andererseits wusste ich, dass sich ein Jahr manchmal wie ein ganzes Leben anfühlen konnte. Mein Blick wanderte weiter, und meine Augen weiteten sich.

Bei den Göttern.

Ich biss mir auf die Lippe, und mir war klar, dass ich ihn nicht so anstarren sollte. Es schien unanständig, aber ich wollte es.

»Wenn du mich weiter so ansiehst, ist das hier vorbei, bevor es überhaupt angefangen hat.«

Meine Wangen brannten, als ich den Blick abwandte. »Du ... bist perfekt.«

Sein Gesicht wurde ernst. »Nein, bin ich nicht. Du hättest jemanden verdient, der es ist, aber ich bin ein zu großer Mistkerl, um das zuzulassen.«

Ich schüttelte den Kopf. Warum dachte er immer, er hätte mich nicht verdient? »Dem muss ich widersprechen.«

»Wer hätte das gedacht«, meinte er neckend und schlang den Arm um mich.

Im nächsten Augenblick lag ich auf dem Bett, und er war über mir. Die rauen Haare an seinen Beinen rieben sich auf überraschend angenehme Weise an mir. Doch der Druck auf meiner Hüfte ließ mich nervös schlucken und erinnerte mich daran, dass das hier sehr ernste Konsequenzen haben konnte.

»Bist du …?«

»Geschützt?«, fragte er, denn er hatte offenbar denselben Gedanken gehabt wie ich. »Ich nehme jeden Monat die Medizin.«

Er sprach von einem Kraut, das Männer und Frauen vorübergehend unfruchtbar machte, und das getrunken oder gekaut werden konnte. Ich hatte gehört, dass es wie saure Milch schmeckte.

»Ich schätze, du nicht, oder?«

Ich schnaubte.

»Das wäre ein riesiger Skandal, nicht wahr?«, fragte er und strich mit der Hand über meinen Arm.

»Ja.« Ich grinste. »Aber das hier …«

Unsere Blicke trafen sich. »Das hier ändert alles.«

Das tat es.

Wirklich.

Und ich war bereit dafür.

Hawke küsste mich, und ich dachte an nichts mehr, sondern genoss nur noch die berauschende Wirkung seiner Lippen. Wir küssten uns, bis mein Herz trommelte und meine Haut vor Lust prickelte. Erst als ich atemlos unter ihm lag, begann er mit seiner Erkundung.

Seine Finger glitten über jeden Zentimeter meines Körpers, und als seine Hand zwischen meine Beine fuhr, schrie ich auf. Das, was er im Blutwald durch meine Unterhose hindurch getan hatte, war nichts im Vergleich dazu, seine Haut auf meiner zu spüren.

Er arbeitete sich mit dem Mund nach unten und folgte dem Weg, den seine Finger bereits beschritten hatten. Er hielt an besonders empfindlichen Stellen inne und entlockte mir Laute, die in mir die Frage aufwarfen, wie dick die Wände meines Zimmers waren. Danach verweilte er an den Narben auf meinem Bauch, küsste und liebkoste sie, bis ich mir sicher war, dass er keinerlei Abscheu empfand.

Er bewegte sich noch weiter nach unten, an meinem Nabel vorbei.

Mein Herz setzte aus, als ich seinen Atem an der Stelle spürte, an der das Ziehen am stärksten war. Ich öffnete die Augen und sah ihn zwischen meinen Beinen. Seine goldenen Augen blickten direkt in meine.

»Hawke«, hauchte ich.

Sein Mund verzog sich zu einem verruchten Lächeln. »Erinnerst du dich an die erste Seite von Miss Willas Tagebuch?«

»Ja.« Diese Seite würde ich nie vergessen.

Er zwinkerte mir zu, dann senkte er den Kopf.

Ich drückte den Rücken durch, als ich seine Lippen spürte, und meine Finger gruben sich in das Bettlaken, als seine Zunge über mich strich. Ich dachte, mein Herz würde aufhören zu schlagen, und vielleicht hatte es das schon getan. Die Fülle an Gefühlen, die er mir entlockte, schien unbegreiflich. Es war beinahe zu viel, und ich konnte nicht stillhalten. Ich hob die Hüften, und das anerkennende Knurren, das er ausstieß, war beinahe so gut wie das, was er tat.

Götter ...

Mein Kopf fiel auf die Matratze, und ich merkte, wie ich mich unkontrolliert unter ihm wand und hin und her rutschte. Das Ziehen in mir wurde stärker und stärker, bis es sich explosionsartig auflöste und mir den Atem raubte.

Vielleicht schrie ich seinen Namen. Vielleicht waren es nur unzusammenhängende Laute. Ich weiß es nicht, aber es dauerte eine kleine Ewigkeit, bis ich die Augen wieder öffnen konnte.

Hawke hob den Kopf, und seine geschwollenen Lippen glänzten im Kerzenlicht. Sein Blick glitt über mich und setzte meine Haut in Flammen, bis er mir schließlich in die Augen sah. Er war sichtlich stolz auf sich, und seine Zunge glitt über seine Lippen. »Honigtau«, knurrte er. »Dachte ich's mir doch.«

Es verschlug mir den Atem, und ich erschauderte. Er rutschte nach oben, und ich sah ihm dabei zu, während ich seinen starken Körper auf meinem spürte und die Haare auf seinen Beinen meine empfindliche Haut streiften.

»Poppy«, hauchte er, und unsere Lippen berührten sich. Er küsste mich, und meine Haut glühte, als ich mich selbst auf seinen Lippen schmeckte und seine seltsam scharfen Zähne spürte. Meine Gefühle gerieten erneut außer Kontrolle, als er sich zwischen meine Beine schob und sich sanft an mich drückte. »Mach die Augen auf.«

Waren sie etwa geschlossen? Ja. Das waren sie. Ich öffnete sie und sah, dass er lächelte, doch nicht auf die übliche, herausfordernde Art. Er blickte schweigend auf mich herab, seine Hüften und sein ganzer Körper waren regungslos. »Was?«

»Ich will, dass deine Augen geöffnet sind.«

»Warum?«

Er lachte leise, und ich schnappte nach Luft, als ich die Vibrationen genau an der Stelle spürte, die immer noch vor Lust pochte. »Immer diese Fragen.«

»Ich glaube, du wärst enttäuscht, wenn ich keine hätte.«

»Stimmt«, murmelte er und ließ seine Hand über meinen Hals und noch tiefer wandern, bevor er meine Brust umfasste.

»Also, warum?«, beharrte ich.

»Weil ich will, dass du mich berührst«, antwortete er. »Und ich will, dass du genau siehst, was du mit mir anstellst, wenn du es tust.«

Ein Zittern ging durch meinen Körper. »Wie ... wie soll ich dich berühren?«

»Wie auch immer du willst, Prinzessin. Du kannst nichts falsch machen«, flüsterte er heiser.

Ich löste meine Finger vom Laken, hob die Hand und berührte seine Wange. Er ließ mich nicht aus den Augen, während mein Finger sein Kinn entlang über seine weichen Lippen und schließlich seinen Hals nach unten glitt. Meine Fingerspitzen wanderten über seine Brust, die sich bei jedem Atemzug gegen meine Hand drückte, und ich setzte meine Erkundung fort. Ich genoss das Gefühl der harten Bauchmuskeln und der weichen Haare unter seinem Nabel, bevor ich tiefer rückte. Meine Finger spürten seidenweiche Härte, und sein ganzer Körper versteifte sich. Ich zögerte.

»Bitte. Nicht aufhören«, keuchte er, biss die Zähne zusammen und umklammerte meine Brust noch fester. »Bei den Göttern, bitte nicht aufhören.«

Ich konzentrierte mich auf sein Gesicht, während ich ihn berührte. Sein ganzer Körper reagierte auf mich. Sein Kiefer entspannte sich, die Lippen öffneten sich kaum merklich. Die Linien in seinem Gesicht wurden schärfer, und die Sehnen an seinem Hals traten hervor, als ich die Hand um ihn schloss. Er streckte den Kopf nach hinten, und sein starker Körper erzitterte. Sein Atem wurde schneller, als ich die Hand weiter nach vorne gleiten ließ, wo sich unsere Körper beinahe vereinten. Ich war überwältigt von den Auswirkungen, die meine Berührung auf ihn hatte. Ich umfasste ihn fester und gewann an Selbstvertrauen.

Er stöhnte knurrend.

»Ist das in Ordnung so?«

»Alles, was du tust, ist in Ordnung.« Seine Stimme wurde noch rauer. »Aber vor allem das hier. Vor allem das.«

Ich lachte leise und ließ die Hand erneut an ihm auf- und abgleiten. Seine Hüften bewegten sich und drückten sich an mich, wie sich meine vorhin an ihn gedrückt hatten. Er stieß ein tiefes, dunkles Knurren aus, das eine Welle der Lust über mich hereinbrechen ließ.

»Siehst du, was du mit mir anstellst?«, fragte er und bewegte die Hüften im Rhythmus meiner Hand.

»Ja«, flüsterte ich.

»Es bringt mich um.« Er sah auf mich hinunter, und seine Augen … sie wirkten einen Moment lang beinahe so, als würden sie leuchten, bevor er die dichten Wimpern senkte und ich sie nicht mehr sah. »Es bringt mich auf eine Art um, die du vermutlich nie verstehen wirst.«

Ich musterte ihn. »Aber auf gute Art?«

Sein Gesicht wurde weich, und er umfasste meine Wange. »Auf eine Art, wie ich es noch nie zuvor erlebt habe.«

»Oh.«

Er küsste mich, während er sich auf den linken Arm stützte. Seine Hand glitt über meinen Körper nach unten und zwischen uns. »Bist du bereit?«

Seine Frage verschlug mir einen Augenblick lang den Atem, dann nickte ich.

»Ich will, dass du es sagst.«

Ich lächelte. »Ja.«

»Gut, denn wenn du jetzt Nein gesagt hättest, wäre ich vermutlich tot umgefallen.«

Ich kicherte, und das fröhliche Geräusch in einem derart angespannten, wichtigen Moment überraschte mich.

»Du glaubst, ich mache Witze, aber du hast keine Ahnung«, neckte er mich und küsste mich erneut, bevor er sich ein wenig nach vorne schob. Er hielt inne und machte erneut dieses Geräusch. »Oh ja, du bist so was von bereit.«

Mein ganzer Körper stand in Flammen.

Hawke sah mir erneut in die Augen. »Du verwunderst mich.«

»Warum?«, flüsterte ich verwirrt. Ich hatte kaum etwas getan, während er mich mit Küssen um den Verstand gebracht hatte, von denen ich bis jetzt nur gelesen hatte.

»Du stellst dich furchtlos den Hungernden entgegen.« Seine Lippen glitten über meine. »Aber du wirst rot und zitterst, wenn ich sage, wie herrlich feucht und wunderbar du dich anfühlst.«

Meine Wangen wurden noch röter. »Du bist so unanständig.«

»Jetzt wird es erst richtig unanständig«, versprach er. »Aber zuerst kann es wehtun.«

Ich hatte genug gehört, um Bescheid zu wissen. »Ich weiß.«

»Hast du mal wieder ein schmutziges Buch gelesen?«

Ein Flattern breitete sich von meinem Bauch im ganzen Körper aus. »Wäre möglich.«

Er kicherte, doch es verwandelte sich in ein Stöhnen, als er sich bewegte.

Ich spürte einen Druck und glaubte einen Moment lang, dass es nicht mehr weiter ging, doch dann war da ein scharfes Stechen, das mir den Atem raubte. Ich kniff die Augen zusammen, und meine Finger gruben sich in seine Schultern, während ich mich versteifte. Ich hatte gewusst, dass es etwas wehtun würde, trotzdem war die herrliche Wärme in mir mit einem Mal zu Eis gefroren.

Hawke hielt schwer atmend inne. »Es tut mir leid.« Seine Lippen berührten meine Nase, meine Augenlider, meine Wangen. »Es tut mir leid.«

»Es ist alles gut.«

Er küsste mich sanft und legte anschließend die Stirn auf meine. Ich machte einen flachen Atemzug. Das war es also. Ich hatte die letzte Grenze überschritten. Aber da war kein Schock und keine plötzliche Panik. Denn ehrlich gesagt hatte ich die Grenze bereits überschritten, als Hawke mich im *Red Pearl* geküsst hatte, ohne zu wissen, wer ich war. Und alles, was seitdem geschehen war, hatte mich an diesen Punkt geführt und die Grenze gehoben, bis sie nicht mehr existierte.

Seit jener Nacht hatte es kein Zurück mehr gegeben, und das hier ... es fühlte sich viel zu richtig an, um es nicht zu tun. So, als wäre es mein Schicksal. Als wäre es mir bestimmt, genau hier zu sein, in diesem Moment, mit Hawke. Wo es keine Rolle spielte, wer ich war oder *was* ich war. Es spielte keine Rolle, ob mich die Götter als unwürdig verstoßen würden, denn ich war dem hier würdig – dem Lachen, der Aufregung, dem Glück, der Vorfreude, der Sicherheit, der Akzeptanz, der Lust und der Erfahrung. All dem, was Hawke mich fühlen ließ. Und er war es ebenfalls wert, egal, welche Konsequenzen es nach sich zog, denn hier ging es nicht nur um ihn. Das wusste ich seit dem Moment, an dem ich ihn gebeten hatte, bei mir zu bleiben.

Es ging um mich.

Darum, was *ich* wollte.

Um meine Entscheidung.

Ich atmete tief durch, und das Brennen ließ nach. Hawke wartete reglos. Ich hob vorsichtig die Hüften. Es stach ein wenig, aber nicht so stark wie vorhin. Ich versuchte es erneut. Hawke erschauderte, bewegte sich allerdings noch immer nicht. Er hielt still, bis sich mein Griff um seine Schultern lockerte und es mir aus einem vollkommen anderen Grund den Atem verschlug. Ich spürte ein Stechen, aber dieses Mal war es anders. Die Muskeln in meinem Bauch spannten sich, und eine Welle der Lust brach über mich herein.

Erst jetzt begann Hawke, sich ebenfalls zu bewegen, und er tat es so vorsichtig, dass mir die Tränen in die Augen stiegen. Ich schloss sie und schlang die Arme um seinen Hals, während ich erneut in den Wahnsinn tauchte und zuließ, dass die Gefühle stärker und stärker wurden. Ein animalischer Instinkt übernahm das Kommando, und ich bewegte meine Hüften im selben Rhythmus wie seine. Wir wurden zu einer Einheit, und es waren nur meine leisen Seufzer und sein tiefes Stöhnen zu hören. Das herrliche, beinahe schmerzhafte Ziehen begann erneut. Meine Beine hoben sich wie von selbst und schlangen sich um seine Hüften. Der Druck wurde größer und größer und war dieses Mal noch stärker.

Hawke schob einen Arm unter meinen Kopf und umfasste mit der einen Hand meine Schulter und mit der anderen meine Hüfte. Er bewegte sich schneller, und seine Stöße wurden tiefer und kräftiger. Ich klammerte mich an ihn, und unsere Lippen fanden sich, während er eine Hand zwischen uns schob. Sein Daumen fand meine empfindlichste Stelle, und als seine Hüften gegen meine schlugen, entlud sich der Druck in mir erneut. Ich schrie auf, als die Welle der Lust über mich hinwegbrandete, noch intensiver und beißender als zuvor. Die Befriedigung, die er mir vorhin verschafft hatte, fühlte sich im Vergleich hierzu beinahe unbedeutend an. Ich zerfiel in tausend Stücke, und erst als die letzte Welle verebbt war, bemerkte ich, dass seine goldenen Augen auf mein Gesicht gerichtet waren. Er hatte mich die ganze Zeit angesehen.

Ein atemloses Stöhnen entfuhr mir, und ich legte eine Hand auf seine Wange. »Hawke«, flüsterte ich und hätte so gerne in Worte gefasst, was ich gerade gefühlt hatte – was ich immer noch fühlte.

Sein Gesicht verzog sich, und er biss die Zähne aufeinander, und dann ... dann verlor er jegliche Kontrolle, die er noch über sich hatte. Sein Körper stieß in meinen, und wir rutschten über das Bett. Seine Muskeln unter meinen Händen spannten sich und schließlich warf er den Kopf zurück und stieß einen zitternden Schrei aus.

Sein Kopf sank auf meinen, und seine Lippen berührten meinen Hals. Mein Puls raste, während seine Hüften langsamer wurden und innehielten. Ich spürte seine Zähne auf meinem Hals, und ein Schaudern durchfuhr mich. Dann küsste er meinen Hals erneut.

Ich weiß nicht, wie lange wir so dalagen, während unsere feuchte Haut langsam abkühlte und unser Atem sich beruhigte. Ich fuhr mit den Fingern durch seine Haare. Seine Muskeln waren weich, und er stützte sich mit den Ellbogen ab, doch ich spürte trotzdem die Spannung in ihm. Es war meine Gabe, die sich langsam durch den Rausch der Gefühle nach oben kämpfte.

Hawkes Lippen glitten über meine Wange, dann küsste er mich sanft. »Vergiss das nie.«

Ich legte eine Hand auf seine Wange. »Ich glaube nicht, dass ich das jemals vergessen könnte.«

»Versprich es mir«, meinte er, während er den Kopf hob. Offenbar hatte er mich nicht gehört. Er sah mir tief in die Augen. »Versprich mir, dass du das hier nicht vergisst, Poppy. Egal, was morgen passiert. Oder übermorgen. Oder nächste Woche. Versprich, dass du es nicht vergisst – vergiss nicht, dass es real war.«

Ich konnte den Blick nicht abwenden. »Ich verspreche es. Ich werde es nie vergessen.«

34

EINIGE STUNDEN SPÄTER WURDE ICH von einem Klopfen an der Tür geweckt. Ich lag auf der Seite, und ein großgewachsener, warmer Körper schmiegte sich an mich. Ein Bein steckte zwischen meinen Oberschenkeln, und Arme hielten mich umklammert. Selbst im Halbschlaf war ich mir des ungewohnten Gefühls bewusst, von jemandem gehalten zu werden. Fremde Haut auf meiner zu spüren, die kurzen, stacheligen Haare, den Bizeps unter meinem Kopf und den warmen Atem an meiner Wange. Alles war so wunderschön und neu. Und auch wenn mein Kopf noch vom Schlaf vernebelt war, wusste ich, dass es schwer werden würde, dieses Gefühl hinter mir zu lassen.

Das Letzte, woran ich mich erinnerte, war, dass Hawke mit meinen Haaren gespielt hatte, während er mir von der Herkunft seiner kleineren Narben erzählte. Die meisten stammten aus verschiedenen Kämpfen, aber einige hatte er auch seiner waghalsigen, abenteuerlustigen Kindheit zu verdanken. Ich hatte ihm die Wahrheit über meine Narben erzählen wollen, war zuvor aber wohl eingeschlafen.

Hawke regte sich und hob den Kopf, als es erneut an der Tür klopfte. Er zog sein Bein vorsichtig zwischen meinen hervor, hielt einen Moment inne und strich dann mit den Fingerspitzen über meinen Arm. Seine Hand glitt über meine Hüfte zur Decke, die er bis zu meiner Brust hochzog, während er sich von mir löste. Er steckte das Kissen statt seines Arms unter meinem Kopf, und ein verschlafenes, glückliches Lächeln breitete sich auf meinem Gesicht aus.

Die Matratze bewegte sich, als er aufstand, und ich hörte, wie er am Fußende innehielt. Ich öffnete blinzelnd die Augen. Eine der Öllampen brannte immer noch und tauchte das Zimmer in sanftes gelbes Licht. Vor dem Fenster war es stockdunkel, doch Hawke schlüpfte trotzdem in seine Hose, ließ die Knöpfe allerdings offen. Anschließend trat er halb nackt zur Tür. Wer auch immer davorstand, würde sofort wissen, was los war.

Ich wartete darauf, dass die Panik einsetzte. Die Sorge und Angst, in einer sehr kompromittierenden Situation ertappt zu werden.

Doch nichts geschah.

Vielleicht war ich noch immer nicht richtig wach. Vielleicht hatte die Trägheit in meinen Muskeln auf mein Gehirn übergegriffen und meinen Verstand benebelt.

Vielleicht war es mir aber auch egal, ob man uns erwischte.

Hawke öffnete die Tür, doch wer auch immer geklopft hatte, sprach zu leise, um ihn zu verstehen. Ich hörte ebenso wenig, was Hawke antwortete, aber ich sah, dass er etwas entgegennahm. Schon nach wenigen Sekunden schloss er die Tür und legte den Gegenstand auf den Stuhl.

Als er sah, dass ich wach war, trat er neben das Bett. Er griff wortlos nach einer Haarsträhne und strich sie mir aus dem Gesicht.

»Hallo«, flüsterte ich, schloss die Augen und drückte die Wange gegen seine Hand. »Ist es schon Zeit zum Aufstehen?«

»Nein.«

»Ist alles in Ordnung?«

»Ja, alles in Ordnung. Ich muss mich nur um eine dringende Angelegenheit kümmern«, antwortete er. Ich öffnete

- Geschenk Theresa
- Zahnbürste Flori
- Bikini
- Einschulung
- Haarwäsche Kinder
- Duschbad
- Sonnencreme

die Augen. Er sah auf mich hinab, während er den Daumen über meine Wange gleiten ließ, direkt unter der Narbe entlang. »Du musst noch nicht aufstehen.«

»Bist du sicher?«, gähnte ich.

Das leise Lächeln war wieder da. »Ja, Prinzessin. Schlaf noch ein wenig.« Er steckte die Decke um mich fest. »Ich komme so schnell wie möglich zurück.«

Ich wollte noch etwas sagen. Das, was zwischen uns gewesen war, anerkennen. Ihm sagen, was es mir bedeutete. Aber ich war mir nicht sicher, wie ich es in Worte fassen sollte, und die Augen fielen mir wieder zu.

Ich glitt wieder in den Schlaf, doch es dauerte nicht lange, bis ich erneut aufwachte. Die Lampe brannte immer noch, und das Bett neben mir war leer.

Ich streckte mich und presste die Lippen aufeinander, als ich den dumpfen Schmerz zwischen meinen Beinen spürte. Als wäre eine Erinnerung an letzte Nacht notwendig gewesen. Ich sah mich im Zimmer um, und mein Blick fiel auf den Stuhl und meine gefalteten Kleider, die darauf lagen. War Magda an der Tür gewesen? Oder jemand anders? Egal, wer es gewesen war, die Tatsache, dass Hawke halb nackt die Tür geöffnet hatte, hatte demjenigen sicher alles gesagt.

Ich biss mir auf die Lippe und starrte aus dem kleinen Fenster. Wie vorhin verspürte ich auch jetzt keine Panik oder Angst. Die Leute redeten. So oder so würde das, was passiert war, weitergetragen werden. Früher oder später würde die Königin erfahren, und falls es wie durch ein Wunder nicht dazu kam, würden die Götter wissen, dass ich keine Jungfrau mehr war.

Ich konnte nicht mehr in dieses Leben zurück.

Einen Moment stieg Angst in mir hoch, doch das war in Ordnung, denn eine Welle der Entschlossenheit begrub sie sofort unter sich.

Ich würde nicht in ein Leben ohne Rechte zurückkehren, in dem ich meine Gabe verstecken musste und den Menschen nicht helfen durfte. In dem ich anderen erlaubte, über mich zu bestimmen, weil ich keinen freien Willen hatte. In dem ich alles akzeptieren musste, weil ich Angst hatte. Denn auch wenn ich wusste, dass mich die Königin nie schlecht behandeln würde, erwartete sie trotzdem von mir, dass ich meine Gabe versteckte, dass ich ruhig und unauffällig war, freundlich und sanft. Was meiner Persönlichkeit zutiefst widersprach.

Ich konnte nicht aufsteigen.

Und das bedeutete, dass mir nur zwei Möglichkeiten blieben. Ich konnte fliehen und mich verstecken – das Leben hinter dem Schleier hatte zumindest den Vorteil, dass nur wenige wussten, wie ich aussah. Allerdings gab es Menschen, die eine Beschreibung abgeben konnten, und man würde sicher in jeder Stadt und jeder Siedlung bekannt machen, dass die Leute nach mir Ausschau halten sollten.

Aber wo sollte ich hin? Wie sollte ich überleben? Und was würde mit Hawke passieren, wenn ich verschwand, obwohl er auf mich aufpassen sollte?

Ich ging nicht davon aus, dass Hawke ein Teil dieser ungewissen und unsicheren Zukunft sein würde. Trotzdem war da dieses Flattern in meiner Brust. Was wir letzte Nacht erlebt hatten, war mehr als körperliche Befriedigung gewesen. Die konnte er überall haben, aber er hatte sich *mich* ausgesucht.

Und ich mir ihn.

Es musste eine Bedeutung haben, die über letzte Nacht hinausging – und ich hätte nie für möglich gehalten, dass ich einmal die Chance erhalten würde, so etwas zu erleben.

Doch egal, ob Hawke ein Teil meines Lebens sein würde oder nicht, die einzige Alternative zur Flucht war, der Königin die Wahrheit zu sagen. Und das machte mir tatsächlich Angst, weil ich ... ich wollte sie nicht enttäuschen.

Vielleicht würde sie es sogar verstehen. Sie hatte es schließlich bei meiner Mutter verstanden, und sie mochte mich. Sie musste einsehen, dass ich dieses Leben nicht führen konnte. Und wenn sie es nicht tat, musste ich sie dazu bringen.

Ich setzte mich auf und wickelte mir die Decke um den Körper.

Ich wusste, dass ich das Schicksal, das mir auferlegt worden war, nicht erfüllen konnte, aber ich wusste nicht, was das für die Zukunft des Königreiches und für meine eigene Zukunft bedeutete. Ich würde mit Hawke darüber reden, und ich würde nicht damit warten. Er musste es wissen, und ich wollte erfahren, wie er darüber dachte.

Vor dem Fenster wurde es langsam hell. Bald würde der Morgen anbrechen, also stand ich auf und machte mich fertig.

Ich wusch mich eilig mit dem übrig gebliebenen Wasser. Es war kalt, aber nachdem ich nicht wusste, wann ich wieder Zugang zu frischem bekommen würde, beschwerte ich mich nicht. Ich schlüpfte in meine herrlich duftenden Kleider und befestigte den Dolch an meinem Oberschenkel. Ich hatte gerade meine Haare zu einem Zopf geflochten, als es an der Tür klopfte.

Hawke wäre vermutlich einfach reingekommen, also ging ich vorsichtig auf die Tür zu. »Ja?«

»Hier ist Phillips«, sagte eine vertraute Stimme.

Ich öffnete, und er stürmte herein, drängte mich zurück und schloss eilig die Tür hinter sich. Sein Mantel teilte sich, und ich sah, dass seine Hand auf seinem Schwertknauf lag.

Sämtliche Alarmglocken läuteten, als ich einen Schritt zurücktrat.

»Seid Ihr allein?«, fragte er, und sein Blick huschte zum Badezimmer.

»Ja.« Mein Herz pochte. »Ist etwas passiert?«

»Wo ist Hawke?«

»Ich ... ich weiß es nicht. Was ist denn los?«

»Hier stimmt etwas nicht.«

Ich hob eine Augenbraue.

»Irgendwas ist hier faul. Hätte ich bloß auf meinen Instinkt gehört! Er hat mich die bisher nie getrogen, aber dieses Mal habe ich ihn ignoriert«, redete er hektisch weiter, während er auf meine Satteltasche zuging. »Ich habe mich ein wenig umgesehen und keinen einzigen Aufgestiegenen entdeckt. Und Lord Halverston? Wie vom Erdboden verschluckt.«

»Ich habe Magda gestern Abend nach ihm gefragt«, beruhigte ich ihn. »Er ist mit seinen Männern auf der Jagd.«

Phillips drehte sich mit der Satteltasche in der Hand zu mir um. »Wie viele Aufgestiegene kennt Ihr, die auf die Jagd gehen?«

»Keinen, aber ich kenne ja auch nicht alle Aufgestiegenen ...«

»Wisst Ihr, wen wir auch nicht kennen? Kieran. Wir wissen nichts über ihn.«

Nachdem ich ahnte, worauf er hinauswollte, schüttelte ich verwirrt den Kopf. »Ich kenne im Prinzip keinen von euch.«

Außer Hawke. Den kannte ich.

»Ihr versteht nicht, worauf ich hinauswill. Ich habe Kieran an dem Morgen, als wir losgeritten sind, zum ersten Mal gesehen. Und ich habe nichts aus ihm herausbekommen, außer dass er in der Hauptstadt gedient hat. Er blieb kurz angebunden und vage.«

Ich erinnerte mich, dass sie sich während unserer Reise öfter unterhalten hatten. Aber Kierans Zurückhaltung musste nichts bedeuten. »Es gibt viele Wächter auf der Mauer. Kennst du wirklich jeden einzelnen von ihnen?«

»Ich bin lange genug dabei, um es seltsam zu finden, dass ein neuer Wächter ausgewählt wird, um die Jungfräuliche auf einer gefährlichen Reise zu begleiten«, erwiderte er. »Aber Hawke hat ihn persönlich angefordert. Ein weiterer Neuling, der innerhalb weniger Monate zu einem der wichtigsten Männer der königlichen Wache aufgestiegen ist.«

Ich zog scharf die Luft ein. »Wovon redest du?«

»Davon, dass wir auch über Hawke kaum etwas wissen. Und davon, dass Ihr, seit er wie aus dem Nichts aufgetaucht ist, nicht nur einen, sondern gleich zwei Leibwächter verloren habt.«

Ich sah ihn entsetzt an. »Ich war dabei, als Rylan und Vikter getötet wurden ...«

»Außerdem kaum ein Mann. Findet Ihr es normal, dass erfahrene Wächter übergangen wurden, um einen Jungen zu Eurem Leibwächter zu machen«, unterbrach er mich. »Mir ist egal, mit welchen Referenzen er nach Masadonien gekommen ist und was Jansen über ihn sagt. Hawke hat Kieran angefordert, und nun sitzen wir hier, in einer Burg, in der kein einziger Aufgestiegener zu finden ist.«

»Was willst du damit sagen, Phillips?«

»Dass das hier eine Falle ist. Wir sind ihnen bereitwillig hierhergefolgt. Direkt hinein in eine gottverdammte Falle.«

»Ihnen?«, hauchte ich.

»Kieran«, antwortete er. »Und Hawke.«

Ich starrte ihn sprachlos an.

»Ich weiß, dass Ihr das nicht hören wollt. Ihr und Hawke ... steht euch offenbar nahe. Aber ich sage Euch eines, Jungfräuliche, etwas an diesem Ort und an den beiden ist faul, und ...«

»Und was?«

»Und Evans und Warren sind verschwunden!« Er warf

einen Blick zur Tür. »Luddie und ich haben sie etwa eine Stunde nach unserer Ankunft zuletzt gesehen. Sie haben ihre Zimmer bezogen, und jetzt sind sie wie vom Erdboden verschluckt. Ihre Betten wurden nicht benutzt, und wir haben die ganze Gegend nach ihnen abgesucht.«

Wenn das stimmte, war das gar nicht gut. Trotzdem konnte ich nicht glauben, was er da andeutete. Ich kannte Kieran nicht, aber ich kannte Hawke, und wenn er Kieran vertraute, tat ich es auch. Andererseits, welchen Nutzen hätte Phillips von solchen Anschuldigungen?

Mir wurde kalt, als mir die einzig mögliche Erklärung in den Sinn kam. Phillips war ein dunkler Nachkomme. Ich wollte es nicht glauben, aber ich erinnerte mich daran, dass sich die Nachkommen während des Rituals unter die Gäste gemischt hatten. Es war durchaus möglich.

Alles war möglich.

Falls Phillips tatsächlich ein dunkler Nachkomme war, war das eine Katastrophe. Er war gut ausgebildet, und, schlimmer noch, er wusste, dass ich eine Waffe trug und damit umgehen konnte. Außerdem gefiel es mir nicht, hier in diesem Zimmer mit ihm allein zu sein, vor allem nicht, wenn ich keine Ahnung hatte, wer möglicherweise vor der Tür wartete.

Ich musste wieder unter Leute.

»Gut, Phillips. Du dienst schon lange in Masadonien, und Vikter hat immer nur gut über dich gesprochen«, meinte ich. Vikter hatte Phillips nie erwähnt, aber es war wichtig, dass er mir vertraute. Ich öffnete mich gegenüber seinen Gefühlen, dann fragte ich: »Was soll ich deiner Meinung nach tun?«

Er warf erneut einen Blick zur Tür, während seine Gefühle mich durchströmten. Ich brauchte einen Moment, bis ich sie einordnen konnte. Ich spürte keinen nennenswerten Schmerz, aber ich schmeckte ... Furcht.

»Den Göttern sei Dank, dass Ihr so vernünftig seid«, sagte er. »Ich hatte schon Angst, ich müsste Euch aus dem Zimmer schleifen. Wir müssen von hier verschwinden, und zwar schnell.«

»Und was dann?«

»Kommt.« Die Hand immer noch auf seinem Schwert, winkte er mich zur Tür, öffnete sie einen Spaltbreit und sah in den Flur hinaus, doch er wandte mir nicht lange genug den Rücken zu, dass ich einen Angriff hätte wagen können. »Die Luft ist rein.« Unsere Blicke trafen sich. »Ich würde gerne glauben, dass Ihr wisst, dass ich die Wahrheit sage, aber ich bin nicht dumm. Ich weiß, dass Ihr bewaffnet seid und Euch wehren könnt. Deshalb muss ich von nun an immer Eure Hände sehen. Ich will Euch nicht wehtun, aber ich werde Euch außer Gefecht setzen, wenn es notwendig ist. So lange, bis ich Euch hier rausgeschafft habe und wir in Sicherheit sind.«

Seine Drohung klang nicht gerade so, als wäre ich bei ihm in Sicherheit, aber ich wusste, dass er Angst hatte.

Schreckliche Angst. Das spürte ich, als er einen Schritt zur Seite machte, um mir den Vortritt zu lassen. Ich hätte zu gerne meinen Dolch gezogen. Wovor hatte er solche Angst? Davor, erwischt zu werden?

»Luddie und Bryant warten in den Stallungen mit den Pferden auf uns.«

Ich nickte und trat in den Flur, als am andern Ende Kieran auftauchte und kalte Luft hereinströmte.

Ohne meinen Mantel würde ich es nicht weit schaffen. Hatte Phillips nicht daran gedacht? Oder spielte es ohnehin keine Rolle?

Kieran hielt mit erhobenen Augenbrauen inne. »Was macht ihr beide hier?«

Bevor ich antworten konnte, zog Phillips sein Schwert. Mein Herz klopfte.

»Die Frage ist, was du hier machst?«, wollte Phillips wissen. »Es ist noch Zeit bis zum Aufbruch.«

Kieran machte einen Schritt auf uns zu. »Ich wollte auf mein Zimmer.« Sein Blick huschte zu mir. Ich glaube nicht, dass er gemerkt hatte, dass Phillips sein Schwert gezogen hatte. »Und du hast meine Frage nicht beantwortet.«

Phillips stand hinter mir, ich musste also vorsichtig sein. Er brauchte mich vermutlich lebend, aber auch mein Tod würde eine wichtige Nachricht aussenden. Wenn ich jetzt nach meinem Dolch griff, würde er mir womöglich sein Schwert in den Rücken rammen, bevor ich die Waffe überhaupt berührt hatte.

Ich fixierte Kieran und hoffte, dass er spürte, was ich ihm sagen wollte.

Er kam noch näher und legte misstrauisch die Hand auf seinen Schwertknauf. »Was ist hier los?«

Phillips packte meinen Arm und zog mich nach hinten, dann schoss er mit gezogenem Schwert nach vorne. Er war schnell, aber das war Kieran auch. Er parierte den Schlag, doch die Klinge erwischte ihn trotzdem. Ich schrie auf, und Kieran blickte an sich hinab.

Das Geräusch, das er ausstieß, als er schließlich nach hinten taumelte, ließ sämtliche Haare auf meinem Körper zu Berge stehen, und ich erstarrte. Es begann als leises Grollen, das nicht annähernd sterblich klang, und ich hatte es schon einmal gehört. Damals, in der Nacht, als Rylan starb. Der dunkle Nachkomme hatte dasselbe Geräusch gemacht.

Kierans Grollen wurde lauter und verwandelte sich in ein finsteres Knurren, das mir den Atem raubte. Als er den Kopf hob, setzte mein Herzschlag aus.

Seine blassblauen Augen leuchteten im Dämmerlicht des Flurs.

»Das hättest du nicht tun sollen.« Seine Stimme klang

seltsam, als hätte er den Mund voller Kieselsteine. Er warf sein Schwert beiseite, und es landete klappernd auf dem Boden. Zuerst verstand ich nicht, warum er seine Waffe fortwarf, doch dann sah ich es.

Er hatte sich *verändert*.

Seine Haut war dünner und dunkler geworden, sein Kiefer und seine Nase wurden länger, Knochen knackten, und seine Tunika riss an der Brust auf, genau wie seine Hose, als er in die Knie ging. Beigefarbenes Fell überzog seinen Körper. Seine Finger wurden länger, und anstelle seiner Nägel traten Krallen. Er öffnete den Mund und stieß ein kaltes, brutales Knurren aus. Er fletschte die Zähne, und seine Hände – seine *Pfoten* – klatschten auf den Boden.

Innerhalb weniger Sekunden war aus dem Mann, der uns gegenübergestanden hatte, eine gewaltige Kreatur geworden, die beinahe so groß war wie Phillips. Ein Muskelberg mit glänzendem Fell.

Was ich dort sah, hätte es eigentlich gar nicht mehr geben dürfen.

Sie waren seit Jahrhunderten ausgestorben, ausgelöscht während des Krieges der Zwei Könige.

Die *Wölfischen*.

»Lauft!«, brüllte Phillips, und das musste er mir nicht zweimal sagen.

Phillips täuschte sich, was Hawke betraf, aber in Kierans Fall hatte er recht gehabt.

Dessen Krallen kratzten über das Holz, als er sich auf uns stürzte. Ich lief schneller als je zuvor in meinem Leben, und während Phillips die Tür am Ende des Flurs aufriss, machte ich den Fehler, einen Blick über die Schulter zu werfen. Der Wolf hinter uns sprang hoch, drehte sich in der Luft und landete an der *Wand*. Seine scharfen Krallen gruben sich in den Stein, dann stieß er sich ab und war wieder auf dem Boden.

Phillips zog mich in das Treppenhaus hinter der Tür.

Es war dunkel, und der Weg war kaum zu sehen. Meine Stiefel rutschten über die Steine. Ich klammerte mich an das Geländer, als ich nach unten sprang, und wäre beinahe gefallen. Doch ich hielt nicht an.

Wir hasteten die letzten Stufen hinunter und stürzten zur Tür hinaus, als mein Gehirn sich endlich wieder mit einem vernünftigen Gedanken meldete und mich daran erinnerte, dass ich eine Waffe trug. Eine Blutsteinklinge. Damit konnte man auch einen Wolf töten, wenn man sein Herz oder den Kopf traf.

Meine Füße trommelten auf den gefrorenen Boden, während ich den Dolch zog.

»Zu den Stallungen«, rief Phillips. Sein Mantel bauschte sich hinter ihm auf wie eine schwarze Welle.

Hawke.

Hatte Kieran Hawke etwas angetan? Mein Herz setzte aus.

Ein Heulen, das mir das Blut in den Adern gefrieren ließ, durchschnitt die morgendliche Stille. Als ich den Kopf herumriss, sah ich, wie der Wolf über das Treppengeländer sprang.

Eine Antwort erklang, aber ich hatte keine Ahnung, ob sie aus der Burg oder aus den Wäldern gekommen war. Panik stieg in mir hoch.

Es gab mehr als einen.

»Bei den Göttern«, keuchte ich und legte noch einmal an Tempo zu. Ich würde hier auf keinen Fall ohne Hawke fortgehen, aber zuerst musste ich so weit wie möglich weg von diesem Ding. Ich durfte mich jetzt nicht ablenken lassen, denn wenn ich auch nur eine Sekunde langsamer wurde, würde sich der Wolf auf mich stürzen.

Wir rannten um die Ecke, und Phillips rutschte aus, fing sich aber gleich wieder. Nirgends waren Wächter zu sehen, und das war äußerst bedenklich. Um diese Zeit hatten Wächter Wache zu stehen.

Ich entdeckte Luddie und Bryant.

»Macht die Türen zu«, brüllte Phillips, während wir in den Stall stürzten. Die bereits gesattelten Pferde schreckten hoch.

Die beiden Männer drehten sich um, als ich schlingernd zum Stehen kam.

»Verdammter Mist!«, murmelte Bryant, und das Blut wich aus seinem Gesicht, als er den Wolf entdeckte.

Kieran schloss immer weiter auf.

Ich schoss nach vorne, und da erwachten auch Luddie und Bryant aus ihrer Starre. Ich packte gemeinsam mit Luddie einen Flügel der Tür und warf ihn zu, gerade als Bryant und Phillips die andere Seite schlossen.

»Versperrt sie«, schrie Luddie, und die anderen packten den schweren Holzriegel und klappten ihn nach unten.

Ich wich keuchend von der Tür zurück. Der Griff des Dolches presste sich in meine Handfläche. Ich sah auf den Wolfsknochen hinunter ...

Ich zuckte zusammen, als Kieran gegen die Tür krachte und diese erzitterte.

»Ist es das, was ich glaube?«, fragte Bryant. »Ein Wölfischer?«

»Wenn du nicht noch andere riesige, wolfsähnliche Kreaturen kennst, dann ja«, sagte Phillips, während die Tür unter Kierans nächsten Angriff erzitterte. »Lange wird ihn das nicht aufhalten. Gibt es einen anderen Ausgang?«

»Ja, eine Hintertür«, erklärte Luddie. »Aber da passen die Pferde niemals durch.«

»Scheiß auf die Pferde.« Bryant griff nach seinem Schwert. »Das Wichtigste ist jetzt, dass wir hier rauskommen.«

»Hat einer von euch Hawke gesehen? Er wurde mitten in

der Nacht fortgerufen«, fragte ich. Die drei Wächter sahen mich an, doch es war mir egal, was sie über mich dachten. »Hat ihn jemand gesehen?«

Das Holz der Tür splitterte, und eine fellige Pranke fuhr hindurch. Kieran packte das Brett und riss es heraus.

»Wir haben keine Zeit mehr«, rief Phillips und wollte mich mit sich ziehen.

»Ich gehe nicht weg, bevor Hawke ...«

»Seid Ihr blind, oder was?«, fragte Phillips, und seine Nasenflügel bebten. »Ihr habt doch gesagt, Ihr glaubt mir. Hawke ist einer von ihnen!«

»Hawke ist kein Wölfischer«, widersprach ich. »Er gehört sicher nicht zu dem da. Du hattest recht, was Kieran betrifft, aber bei Hawke irrst du dich. Hat ihn denn wirklich keiner von euch gesehen?«

»Doch, ich.«

Mein Kopf fuhr herum. Im Schatten hinter mir stand ein Mann.

Als er ins Licht trat, erkannte ich zottelige braune Haare. Der Hauch eines Bartes, winterblaue Augen.

Das war er.

Die drei Wächter richteten ihre Schwerter auf ihn, und der Mann, der Rylan getötet hatte, grinste mich an. »Ich hab ja gesagt, dass wir uns wiedersehen«, meinte er und hob den linken Arm, der kurz vor dem Handgelenk endete.

»Du hast offensichtlich deine Hand verloren. Schade, dass ich das nicht war.«

»Es gibt Schlimmeres.« Er musterte mich aus seinen unheimlich blassen Augen, während Kieran hinter uns plötzlich aufhörte zu wüten. Hoffentlich bedeutete das, dass unsere Chancen, hier lebend rauszukommen, gerade gestiegen waren. »Erinnerst du dich an mein Versprechen?«

»Dass du in meinem Blut baden und dich an meinen Eingeweiden laben wirst?«, fragte ich. »Ja, ich erinnere mich.«

»Gut«, knurrte er und trat einen Schritt vor. »Denn ich werde es jetzt einlösen.«

»Zurückbleiben!«, befahl Phillips.

»Er ist auch ein Wölfischer«, warnte ich. Was bedeutete, dass es mindestens drei von ihnen in dieser Burg gab.

»Schlaues Mädchen«, meinte der Mann.

Phillips rührte sich nicht. »Mir ist egal, was für eine unwürdige Kreatur du bist. Einen Schritt weiter, und es war dein letzter.«

»Unwürdig?« Er legte den Kopf in den Nacken und lachte. »Wir wurden nach dem Abbild der Götter erschaffen. *Wir* sind hier nicht die Unwürdigen.«

»Wenn du dich dadurch besser fühlst«, erwiderte ich und umfasste meinen Dolch noch ein wenig fester. »Den Kopf oder das Herz, stimmt's Phillips?«

»Stimmt.« Phillips ging in Kampfposition. »Beides wird ...«

Er verstummte, als die Tür hinter uns aufgerissen wurde und gegen die Wand krachte. Die Pferde scheuten, blieben jedoch, wo sie waren. Ich drehte mich seitwärts, behielt den Dolch aber auf den Mann vor mir gerichtet, während ich nach Kieran Ausschau hielt, der zweifellos gleich angesprungen kam.

Was ich sah, ließ mich beinahe in die Knie gehen.

»Hawke! Den Göttern sei Dank, es geht dir gut«, rief ich und war so erleichtert, dass ich mich nicht einmal dafür schämte.

Ich wollte auf ihn zulaufen, doch Phillips packte meinen Arm. »Bleibt zurück!«

Ich wollte mich losreißen, doch dann erkannte ich, dass Hawke etwas in der Hand hielt. Es sah aus wie ein Bogen, doch er steckte auf einer Art Griff und war bereits gespannt, obwohl seine Hand die Sehne nicht berührte. Egal. »Töte ihn«, schrie ich und wand mich aus Phillips' Griff. »Er war ...«

Kierans massiger Wolfskörper tauchte hinter Hawke auf. Mein Herz setzte aus. »Hawke, hinter dir!«, schrie ich.

Phillips schlang einen Arm um meine Mitte und zog mich zurück, als Hawke seinen seltsamen Bogen hob. Kieran hatte ihn beinahe erreicht, doch ich sah keine Blutsteinspitze. Hawkes Pfeil würde den Wolf nicht töten.

Unsere Blicke trafen sich. »Es ist alles gut«, murmelte Hawke.

Im nächsten Moment wurde Phillips ohne Vorwarnung nach hinten gerissen, und ich fiel nach vorne auf die Knie. Mein Zopf rutschte über meine Schulter, als ich mich umdrehte. Ich nahm an, dass der Wölfische aus dem Garten Phillips geschnappt hatte.

Doch Rylans Mörder hatte sich nicht vom Fleck gerührt, während Phillips ...

Phillips lehnte an der Holzwand einer Pferdebox, und sein Schwert lag neben ihm im Stroh. Moment. Erst jetzt sah ich, dass seine Füße den Boden nicht berührten und dass etwas Dunkles auf das Stroh tropfte. Mein Blick wanderte nach oben ...

Der Schrei blieb mir im Hals stecken. Hawke hatte Phillips erschossen. Der Pfeil hatte sich durch Phillips' Mund gebohrt und ihn an der Holzwand festgenagelt.

Ein Zittern durchfuhr mich, und ich hörte Luddie brüllen. Ich riss den Blick von Phillips los und sah wieder zu Hawke.

Kieran trat an Hawke vorbei, die Schnauze schnüffelnd am Boden. Luddie stürzte sich auf ihn, doch er verlor das Gleichgewicht und fiel nach vorne.

Ich schnappte nach Luft, die mir sofort wieder entwich, als ich erkannte, dass Luddie nicht gestolpert war.

Ein schwarzer Pfeil hatte ihn in den Rücken getroffen. Delano, der Wächter, der uns am Vortag begrüßt hatte, trat hinter den Pferden hervor. Er hatte ebenfalls blassblaue

Augen. Dieselben Augen wie alle Wölfischen, wie ich mittlerweile wusste. Er senkte seinen Bogen.

Bryant fuhr herum und versuchte zu fliehen, doch er kam nicht weit. Kieran duckte sich und sprang in die Luft. Er bewegte sich so elegant und schnell wie ein Pfeil und genauso präzise. Er landete auf Bryants Rücken, der daraufhin ins Stroh fiel. Der Wächter hatte nicht einmal Zeit, um zu schreien. Der Wolf fletschte die Zähne und ...

Ich wandte so schnell wie möglich den Blick ab, doch das feuchte Knirschen hörte ich trotzdem.

Im nächsten Augenblick herrschte Stille.

Der Mann, der Rylan auf dem Gewissen hatte, schlenderte entspannt auf mich zu. »Ich bin so froh, dass ich diesen Moment miterleben darf«, grinste er.

»Halt die Klappe, Jericho«, befahl Hawke mit ausdrucksloser Stimme.

Ich wandte mich langsam zu ihm um. Er hatte sich nicht vom Fleck gerührt. Er sah aus wie vorhin, als er mitten in der Nacht mein Zimmer verlassen hatte. Genau wie Stunden zuvor, als er mich geküsst, mich berührt, mich in den Armen gehalten hatte.

Allerdings stand jetzt ein Wolf mit blutverschmierter Schnauze neben ihm.

»Hawke«, hauchte ich, und meine freie Hand krallte sich in das feuchte Stroh unter mir.

Er starrte mich an, und meine Gabe entfaltete sich. Die unsichtbare Verbindung baute sich auf, und ich spürte ... nichts. Keinen Schmerz. Keine Traurigkeit. *Nichts*.

Ich wich schwer atmend zurück. Mit meiner Gabe stimmte wohl etwas nicht. Nur die Aufgestiegenen zeigten keine Emotionen. Nicht die Sterblichen. Nicht Hawke. Dennoch war es, als wäre meine Gabe gegen eine Wand so dick wie die Mauer um Masadonien gekracht.

Und diese Mauer war ebenso stark wie jene, die ich

errichtete, wenn ich nicht wollte, dass sich meine Gabe verselbstständigte. Blockierte er mich etwa? War das überhaupt möglich?

»Bitte sag, dass ich sie töten darf«, sagte Jericho. »Ich weiß genau, welche Teile ich abschneiden und der Königin schicken werde.«

»Wenn du sie anfasst, verlierst du mehr als eine Hand. Wir brauchen sie lebend«, erklärte Hawke, ohne den Blick von mir abzuwenden.

Die Kälte in seiner Stimme drang bis in meine tiefste Seele.

35

ICH KNIETE AUF DEM BODEN und starrte zu Hawke hoch. Ich hörte, was er sagte, und sah, was passierte, aber mein Gehirn konnte sich keinen Reim darauf machen.

Oder vielleicht doch. Vielleicht war es mein Herz, das es nicht wahrhaben wollte.

Wir brauchen sie.

Lebend.

Wir!

»Du bist ein alter Spielverderber«, murmelte Jericho. »Hab ich dir das schon mal gesagt?«

»Ein- oder zweimal«, erwiderte Hawke, und sah sich im Stall um. »Das Chaos hier muss beseitigt werden.«

Kieran schüttelte sich wie ein nasser Hund, dann stellte er sich auf die Hinterbeine und verwandelte sich zurück. Sein Fell verschwand und machte menschlicher Haut Platz. Die Beine wurden gerade, die Finger schrumpften, die Schnauze wurde kürzer. Seine Tunika war offenbar verloren gegangen, denn am Ende stand er bloß in seiner zerrissenen Hose vor mir. Die Wunde, die Phillips' Klinge hinterlassen hatte, war kaum noch zu sehen.

Ich setzte mich nach hinten ins Stroh.

Kieran drehte den Kopf von links nach rechts, und seine Halswirbel knackten. »Das ist nicht das einzige Chaos, das beseitigt werden muss.«

Hawkes Kiefer mahlte, als er auf mich hinuntersah. »Wir müssen reden.«

»Reden?« Mir entfuhr ein hysterisches Lachen.

»Du hast sicher jede Menge Fragen«, sagte er, und da war wieder eine Spur des neckischen Tonfalls, den ich kannte.

»Wo sind Evans und Warren?«, wollte ich wissen.

»Tot«, antwortete er, ohne zu zögern, und schulterte seinen Bogen. »Es war leider unvermeidlich.«

Ich bin gut in dem, was ich tue.

Und das wäre?

Töten.

Nun wusste ich, was er gemacht hatte, nachdem er das Zimmer verlassen hatte. Ein Summen ertönte in meinen Ohren, als ich den Rest unserer Truppe betrachtete, die Körper reglos im Licht der Morgensonne.

Hawke trat einen Schritt auf mich zu. »Komm. Wir ...«

»Nein.« Ich sprang hoch, und meine Beine waren überraschend standfest. »Du erklärst mir sofort, was hier los ist!«

Hawke hielt inne. Und als er sprach, klang seine Stimme eine Spur sanfter. »Du weißt, was hier los ist.«

Der nächste Atemzug brannte wie Feuer in meinem Hals und meiner Lunge, denn ich wusste es *tatsächlich*. Oh Götter, ich wusste es ganz genau. Das Summen wurde lauter, als ich Elijah vor dem Stall stehen sah, die Arme vor der breiten Brust verschränkt. Und Magda, die schützend eine Hand auf ihren gewölbten Bauch legte, das Gesicht voller Bedauern und ... *Mitleid*.

Du verdienst so viel mehr als das, was dich erwartet.

Genau das hatte Hawke letzte Nacht zu mir gesagt. Und ich – ich albernes Ding – hatte gedacht, er würde von meinem Aufstiegsritual sprechen. Ich hatte mich geirrt. Er hatte von dem hier gesprochen.

Magda wandte sich ab und drängte sich an Elijah vorbei, bevor sie in die Burg zurückkehrte.

»Phillips hatte recht«, meinte ich mit zitternder Stimme.

»Hatte er das?«, fragte Hawke und reichte den seltsamen Bogen an einen der Männer weiter, die hinter ihm standen.

»Ich glaube, Phillips hat den Braten gerochen«, antwortete Kieran und betrachtete seinen Bauch. Die Wunde war nun vollständig verschwunden. »Sie kamen aus ihrem Zimmer, als ich nach ihr sehen wollte. Sie schien ihm aber nicht wirklich zu glauben.«

Nein, ich hatte Phillips nicht geglaubt.

Ich hatte ihm nicht geglaubt, weil ich *Hawke* vertraut hatte.

Der Schmerz in meiner Brust war mit einem Mal so stark, als hätte man mir einen Dolch ins Herz gerammt. Ich sah an mir hinunter, weil es sich so real anfühlte, doch da war kein Messer und auch keine blutende Wunde, die die Qualen erklärt hätte. Als ich wieder aufsah, mahlte Hawkes Kiefer erneut.

»Na ja, jetzt riecht er auf alle Fälle nichts mehr«, kicherte Jericho. Er packte den Pfeil und riss ihn heraus. Phillips fiel zu Boden, und Jericho trat ihn mit dem Stiefel in die Seite. »So viel steht fest.«

Ich wandte mich an Hawke und hatte das Gefühl, als würde sich die Erde unter mir auftun.

»Du bist ein dunkler Nachkomme.«

»Ein dunkler Nachkomme?« Elijah lachte dröhnend, und ich zuckte erneut zusammen.

Kieran lächelte.

»Und ich dachte, sie wäre schlau«, sagte Jericho.

Ich ignorierte sie. »Du arbeitest gegen die Aufgestiegenen.«

Hawke nickte.

Mein Herz erhielt einen weiteren Riss. »Du ... du kennst dieses ... dieses Ding, das Rylan auf dem Gewissen hat.«

»Dieses Ding«, schnaubte Jericho. »Jetzt bin ich aber beleidigt.«

Hawke schwieg.

»Ich hatte geglaubt, die Wölfischen wären ausgestorben?«

Hawke zuckte mit den Schultern. »Es gibt viele Dinge, die du geglaubt hast, die aber in Wirklichkeit ganz anders sind. Die Wölfischen sind nicht ausgestorben, aber es gibt nur noch sehr wenige von ihnen.«

»Wusstest du, dass er Rylan getötet hat?«, rief ich aufgebracht.

»Ich dachte eben, ich könnte die Sache etwas beschleunigen und dich gleich mitnehmen, aber wir wissen ja, wie das ausging«, mischte Jericho sich ein.

Ich fuhr zu ihm herum. »Zumindest wissen wir, wie es *für dich* ausging.«

Seine Oberlippe kräuselte sich, und er stieß ein warnendes Knurren aus, das mir eine Gänsehaut bescherte.

»Ich wusste, dass er dafür sorgen würde, dass eine Stelle frei wird«, sagte Hawke.

»Die Stelle als mein Leibwächter?«

»Ich musste näher an dich heran.«

Ich atmete zitternd ein, und mein Herz drohte zu zerspringen. »Na, das ist dir ja gelungen, nicht wahr?«

Sein Kiefer mahlte erneut. »Das, was du offenbar denkst, könnte nicht weiter von der Wahrheit entfernt sein.«

»Du hast keine Ahnung, was ich denke«, fauchte ich, und meine Hand schloss sich schmerzhaft fest um den Griff meines Dolches. »War das alles nur ... was? Ein Trick? Hat man dich geschickt, um dich an mich ranzumachen?«

Kieran hob die Augenbrauen. »Geschickt ...«

Hawke brachte ihn mit einem scharfen Blick zum Schweigen, und Kieran verdrehte die Augen.

Ich wusste auch so, was er sagen wollte. »Der dunkle Sohn hat dich geschickt.«

»Ich hatte ein bestimmtes Ziel, als ich nach Masadonien kam«, sagte Hawke. »Und das warst du.«

Ich erschauderte. »Warum? Wie ...?«

»Du wärst überrascht, wie viele Menschen Atlantia unterstützen und wollen, dass das Königreich wieder aufersteht. Sie haben mir den Weg geebnet.«

»Kommandant Jansen?«, vermutete ich.

»Ich hab euch ja gesagt, dass sie schlau ist«, sagte Hawke zu den anderen.

Tränen brannten in meinen Augen, und meine Brust drohte zu zerspringen. »Hast du jemals in der Hauptstadt gearbeitet?«, fragte ich, doch dann fiel mein Blick auf Kieran, und mir ging ein Licht auf. »An diesem Abend im ...« Ich konnte den Namen *Red Pearl* nicht aussprechen. »Du wusstest von Anfang an, wer ich war.«

»Ich hatte genauso lange ein Auge auf dich, wie du auf mich«, antwortete Hawke leise. »Oder noch länger.«

Damit brachte er mich beinahe zu Fall. Es war, als hätte er mein Herz in tausend Stücke zerschlagen. Ich wandte mich ab, doch dann sah ich Jericho, der ein wenig zurückgetreten war, damit Hawke in Ruhe mit mir reden konnte.

Die Wahrheit wurde mit einem Mal so greifbar, dass ich beinahe den Dolch fallen gelassen hätte. »Du ... du hast das schon eine ganze Weile geplant.«

»Ja, schon sehr, sehr lange Zeit.«

»Hannes«, sagte ich mit belegter Stimme. »Er ist nicht an einer Herzkrankheit gestorben, oder?«

»Ich glaube schon, dass ihn sein Herz am Ende im Stich gelassen hat«, sagte Hawke. »Aber das Gift in dem Bier, das er an jenem Abend im *Red Pearl* getrunken hat, hatte sicher auch etwas damit zu tun.«

Das Summen wurde beinahe zu viel. »Wurde das Bier von einer bestimmten Frau serviert?«, fragte ich. »Von derselben, die mich nach oben in das Zimmer geschickt hat?«

Hawke schwieg, doch Delano meinte: »Ich habe das Gefühl, ich habe ich einiges verpasst.«

»Ich erzähle es dir später«, versprach Kieran.

Ich zitterte, während die Wände des Stalls näher und näher zu kommen schienen. Ich war so unglaublich naiv gewesen. »Vikter?«

Hawke schüttelte den Kopf.

»Lüg mich nicht an!«, schrie ich. »Wusstest du, dass Burg Teerman am Abend des Rituals angegriffen werden würde? Bist du deshalb verschwunden? Wo warst du, als Vikter getötet wurde?«

Seine Wangenknochen traten noch stärker hervor als sonst. »Du bist aufgewühlt. Das kann ich dir nicht verübeln, aber ich weiß auch, was passiert, wenn du richtig wütend bist«, sagte er und trat mit erhobenen Händen einen Schritt auf mich zu. »Ich muss dir einiges erklären, und …«

Wie an dem Abend, an dem ich mich auf Lord Mazeen gestürzt hatte, verlor ich die Kontrolle, und meine Instinkte übernahmen. Ich zog den Arm zurück und warf meinen Dolch nach ihm.

Hawke trat fluchend zur Seite und fing den Dolch aus der Luft. Jemand hinter ihm stieß einen leisen Pfiff aus, während Hawke zu mir herumwirbelte. Der ungläubige Blick auf seinem Gesicht war beinahe komisch. Ich hatte gewusst, dass er ihn fangen würde. Ich hatte ihn nur ablenken wollen, damit ich Phillips' Schwert aufheben konnte. Ich schwang es durch die Luft und zielte auf den Bastard, der Rylan auf dem Gewissen hatte. Jericho sprang zurück, doch er war nicht schnell genug. Ich traf ihn erneut, dieses Mal war der Bauch an der Reihe.

»Miststück«, fluchte Jericho und presste sich seine verbliebene Hand auf die Wunde, aus der bereits Blut schoss.

Ich fuhr herum, als jemand gegen mich prallte. Mein Arm wurde nach hinten gerissen, und ich spürte einen brennenden Schmerz im Bauchbereich. Ich ließ mich nach hinten fallen und benutzte das Gewicht des Angreifers gegen ihn.

Er fiel, umklammerte mich aber immer noch. Ich stieß den Kopf zurück, und mein Hinterkopf knallte gegen sein Gesicht. Er stieß einen überraschten Schrei aus und lockerte seinen Griff, sodass ich mich losreißen konnte. Ich hob das Schwert aus dem Stroh und stach blindlings zu. Entsetzen machte sich in den braunen Augen des jungen Mannes breit, der nicht viel älter war als ich, und er starrte auf das Schwert hinunter. Ich riss es aus seiner Brust und wirbelte herum, bloß um im nächsten Moment Hawke gegenüberzustehen.

Ich zögerte.

Wie eine Vollidiotin, obwohl ich wusste, dass er ein dunkler Nachkomme war. Wegen ihm waren viele Unschuldige gestorben. Hannes. Rylan. Loren. Dafina. Malessa – mein Gott, hatte er vielleicht auch Malessa getötet?

Und Vikter?

Mühelos entwand Hawke mir das Schwert. »Das war wirklich sehr ungezogen. Du bist so schrecklich brutal.« Er senkte den Blick und flüsterte. »Und das macht mich heiß.«

Ich stieß einen wütenden Schrei aus und rammte ihm meinen Ellbogen in sein Gesicht, sodass sein Kopf zurückschnellte.

»Verdammt«, sagte er hustend – nein, lachend. Er *lachte*. »Das ändert allerdings nichts an dem, was ich gerade gesagt habe.«

Ich rannte los und auf die Tür zu, kam allerdings schlitternd zum Stehen, als Elijah plötzlich vor mir auftauchte. Er schüttelte langsam den Kopf und stieß einen missbilligenden Ton aus.

Ich wandte mich zur Seite und sah Kieran, der ziemlich gelangweilt aussah, doch zwischen zwei Säulen war eine Lücke, und ... Ich rannte los.

Zwei starke Arme schlangen sich um meine Mitte, und ich hätte den Geruch überall erkannt. Kiefern. Dunkle Gewürze. *Hawke*. Der harte Stallboden raste von unten auf mich zu. Gleich würde es wehtun. Sehr weh.

Doch ich kam nie auf dem Boden auf.

Hawke schob sich so geschmeidig wie eine Katze unter mich, sodass er die volle Wucht des Aufpralles abbekam, und mich durchfuhr lediglich ein kleiner Ruck. Einen Moment lang konnte ich mich nicht bewegen.

»Gern geschehen«, grunzte Hawke.

Ich schrie erneut auf und trat ihm gegen das Schienbein. Er schnappte schmerzerfüllt nach Luft, und ich grinste. Irgendwie schaffte ich es, mich aus seiner Umklammerung zu befreien, und setze mich rittlings auf ihn.

Hawke sah grinsend zu mir hoch, und selbst das Grübchen in seiner Wange war wieder da. »Langsam gefällt mir, wo das hinführt.«

Ich schlug ihm ins Gesicht, direkt auf sein verdammtes Grübchen. Ein heftiger Schmerz durchfuhr meine Hand, doch ich holte erneut aus.

Hawke packte mein Handgelenk und zog mich nach unten, bis ich flach auf ihm lag. »Sieht aus, als wärst du wütend auf mich.«

Ich wollte mein Knie zwischen seine Beine rammen, doch er sah auch diesen Schachzug voraus, und ich traf nur seinen Oberschenkel.

»Das hätte ziemlichen Schaden angerichtet«, meinte er.

»Gut so«, knurrte ich.

»Na, na. Und später bist du dann enttäuscht, wenn nichts mehr geht.«

Ich konnte kaum glauben, dass er das tatsächlich gesagt hatte. »Am liebsten würde ich ihn dir abschneiden.«

»Lügnerin«, flüsterte er.

Das Geräusch, das in mir hochstieg, hätte mir Angst gemacht, wenn es von jemand anderem gekommen wäre. Ich sprang auf, und er musste mich loslassen. Ich zielte mit dem Fuß auf seine Kehle, doch Hawke packte mein Bein und zog. Ich fiel und landete auf der Hüfte. Ein Schmerz durchfuhr mich, doch ich ignorierte ihn und rammte meine Faust in seine Rippen.

»Verdammt«, rief Kieran aus.

»Sollen wir eingreifen?«, fragte Delano besorgt.

»Auf keinen Fall«, lachte Elijah. »Das ist das Beste, was ich seit Langem zu sehen bekommen habe. Wer hätte gedacht, dass die Jungfräuliche ihm so zusetzen kann?«

»Deshalb sollte man nie Arbeit und Vergnügen vermischen«, meinte Kieran.

»Ist das so?« Elijah stieß einen Pfiff aus. »In diesem Fall tippe ich auf sie.«

»Verräter«, keuchte Hawke und rollte sich über mich. Ich wollte ihm wieder ins Gesicht schlagen, doch er packte mich erneut am Handgelenk. »Hör auf.«

Ich versuchte, die Hüften hochzustemmen, und als das nicht funktionierte, schnellte ich mit dem Oberkörper nach oben. Es kostete mich alle meine verbliebene Kraft, doch er drückte meine Arme einfach ins Stroh.

»Runter von mir!«

»Hör auf«, wiederholte er. »Poppy. Hör ...«

»Ich hasse dich!«, brüllte ich, als ich meinen Namen aus seinem Mund hörte, riss meine Hand los und rammte ihm die Faust ins Gesicht. »Ich hasse dich.«

Hawke umfasste mein Handgelenk und presste es erneut auf den Boden. Seine blutigen Lippen kräuselten sich. »Hör auf damit!«

Und ich ergab mich.

Ich starrte reglos zu ihm hoch und war so entsetzt, dass ich nichts sagen konnte. Ich sah ihn – ich sah ihn so, wie er wirklich war.

Er war nicht bloß ein dunkler Nachkomme, der sich dem dunklen Sohn verschrieben hatte.

»Deshalb hast du nie wirklich gelächelt«, hauchte ich.

Denn dann hätte jeder seine Zähne gesehen.

Seine beiden *Eckzähne*.

Ich erinnerte mich, als sie meine Lippen und meinen Hals berührt hatte. Wie seltsam scharf sie sich angefühlt hatten.

Oh, bei den Göttern!

Nun verstand ich, warum er sich so schnell bewegen konnte und so viel besser hören und sehen konnte als ich. Und warum er manchmal klang, als hätte er schon viele Jahre länger gelebt, als es der Fall sein konnte. Deshalb hatte er jeden Kuss sofort beendet, bei dem die Gefahr bestanden hatte, dass ich seine Eckzähne spürte.

Ich war so blind gewesen.

Er war kein Sterblicher.

Er war kein Wölfischer.

Hawke war ein Atlantianer.

Etwas in mir starb. »Du bist ein Ungeheuer.«

Hawkes Augen sahen aus wie flammendes Gold, und sie waren nicht normal. Das waren sie nie gewesen. »Jetzt siehst du mich endlich wie ich wirklich bin.«

Er war ein Albtraum, der sich als Traum in mein Leben geschlichen hatte, und ich war auf ihn hereingefallen, nur um am Ende schrecklich hart auf dem Boden aufzukommen.

Ich wehrte mich nicht mehr.

Es war schon schlimm genug gewesen, als ich ihn für einen dunklen Nachkommen gehalten hatte. Aber ein Atlantianer? Sein Volk hatte die Kreaturen erschaffen, die mir meine Mutter und meinen Vater genommen und mich beinahe umgebracht hatten.

Hawke schien es zu spüren, denn er zog mich eilig hoch. »Delano«, rief er. »Übernimm sie.«

Ich wurde wie ein Sack Kartoffeln weitergereicht, und Delano fixierte meine Hände an den Seiten.

»Wo soll ich sie hinbringen?«

Hawkes Atem ging schwer. »Irgendwohin, wo sie nicht entkommen und sich auch nicht selbst verletzen kann.« Er hielt einen Moment inne. »Oder jemand anderen, was noch wahrscheinlicher ist.«

»Wir nehmen sie gefangen?«, fragte jemand. »Wir lassen die da am Leben, füttern sie durch und lassen sie unter unserem Dach schlafen?«

Die da.

Als wäre ich das Ungeheuer. Als wäre *ich* diejenige, die den dunklen Prinzen unterstützte und die Hungernden erschaffen hatte. Diese Leute waren unglaublich.

»Sie ist die Jungfräuliche«, rief ein anderer. »Sie muss sterben!«

Zustimmendes Murmeln erklang, und jemand meinte: »Schicken wir sie zurück zu ihrer falschen Königin und dem falschen König. Aber nur ihren Kopf, damit sie wissen, was auf sie zukommt.«

»Aus Blut und Asche ...«, rief ein Junge, der sich bis in die erste Reihe vorgeschoben hatte. Er war bei unserer Ankunft von Tür zu Tür gerannt.

Meine Knie wurden weich.

Zahllose Stimmen antworteten ihm. »Werden wir auferstehen!«

»Keiner von euch rührt sie an.« Hawke ließ den Blick über die Anwesenden schweifen und brachte sie damit zum Schweigen. »Niemand«, wiederholte er. »Außer mir.«

Als ich die feuchten, düsteren Zellen der Burg sah und mein Blick nach oben zu den weißen Knochen fiel, mit denen die Decke über die gesamte Länge hinweg gepflastert war, erwachte mein Kampfgeist von Neuem. Ich würde mich auf keinen Fall an einem Ort einsperren lassen, den andere Gefangene offensichtlich nicht mehr verlassen hatten. Nicht einmal nachdem sie gestorben waren.

Delano war nicht vorbereitet.

Ich riss mich los und rannte bis zum Ende des Ganges, bloß um zu erkennen, dass der Eingang auch der einzige Ausgang war. Ich stellte mich ihm entgegen, doch er trieb mich in die Ecke, und nachdem er Verstärkung von zwei Männern bekommen hatte, deren Augen so golden glänzten wie Hawkes, wurde ich in eine Zelle mit einer dünnen Strohmatratze geschubst und in Ketten gelegt, deren kaltes Eisen sich um meine Handgelenke schloss.

Dann war ich allein.

Ich drehte mich im Kreis, doch es gab keinen Ausweg. Die Gitterstäbe standen zu eng beieinander, und wenn ich an den Ketten zog, gab der Haken in der Wand keinen Millimeter nach.

Panik stieg in mir hoch. Gerade eben hatte ich mich noch auf eine Zukunft gefreut, die ganz allein mir gehörte und in der ich selbst bestimmen konnte, was ich tat. Und jetzt war ich in einer Zelle angekettet und von Leuten umgeben, die mich in Stücke hacken wollten. Wie war es bloß so weit gekommen?

Leider kannte ich die Antwort auf diese Frage.

Hawke.

Der qualvolle Stich in meiner Brust überdeckte selbst die Schmerzen, die mir meine Bauchwunde bereitete. Meine Kehle und meine Augen brannten. Hawke ... er war nicht einmal sterblich. Er war ein Atlantianer. Sein Volk hatte die Hungernden erschaffen und eine schreckliche Plage über das Land gebracht. Diese Kreaturen hatten meine Eltern ermordet und mich beinahe umgebracht. Er stand auf der Seite des dunklen Prinzen, der die letzte Jungfräuliche getötet hatte und nun hinter mir her war. Hawke und die Wölfischen verkörperten all das, wogegen sich die Götter und mein Volk gestellt hatten. Sie waren der Grund, warum die Aufgestiegenen den Segen der Götter empfangen hatten.

Warum hatte ich seine wahre Natur nicht erkannt? Wie hatte ich so dumm sein können? Oder war er einfach so schlau?

Vielleicht war es eine Mischung aus beidem.

Denn Hawke war wirklich gut gewesen. Ich war so verzweifelt auf der Suche nach einer echten Verbindung mit jemandem gewesen, so versessen darauf, Erfahrungen zu machen und mich lebendig zu fühlen, und Hawke hatte genau die richtigen Dinge gesagt und getan. Ich war zum Äußersten entschlossen gewesen, sodass ich alle Warnungen schlichtweg ignoriert hatte.

Hawke war mit dem Auftrag nach Masadonien gekommen, meine Nähe zu suchen, und das hatte er geschafft. Er hatte meine Freundschaft gewonnen, mein Vertrauen, meine ...

Wut, aber auch Trauer durchfuhr mich. Ich hätte gerne geschrien, doch der Schrei kam nicht an dem Kloß in meinem Hals vorbei.

Alles, was Hawke gesagt und getan hatte, war eine schlaue List gewesen. Seine Aufmerksamkeit hatte nichts mit seinen Pflichten als Wächter zu tun gehabt, sondern mit seinen Befehlen. Und ich war darauf hereingefallen. Ich hatte ihm geglaubt. Als er mir gesagt hatte, wie tapfer und stark ich war. Wie wunderschön.

War irgendetwas davon wahr gewesen?

Sein Schmerz war es.

Das wusste ich mit Sicherheit. Aber der Grund dafür? Da konnte ich mir nicht länger sicher sein.

Ich hob die zitternden Hände an mein Gesicht und steckte die Haare hinter die Ohren, die aus meinem Zopf geschlüpft waren. Aber warum war er so weit gegangen? Warum hatte er sich in mein Herz gestohlen? Ich hatte ihm nicht nur vertraut. Ich hatte ihm alles gegeben, was ich besessen hatte.

Dabei war alles eine große Lüge gewesen.

Hawke hatte von Anfang an gewusst, wer ich war, und ich hatte ihm so viel von mir anvertraut, ohne etwas zu ahnen.

Ich trat in die Ecke der Zelle, ließ mich auf die Matratze sinken und lehnte mich gegen die Wand. Ich atmete langsam und bewusst, als ein feuriger Schmerz meinen Bauch durchfuhr. Ich warf einen Blick auf meine rechte Hand. Die Knöchel waren aufgeschlagen und angeschwollen. Ich grinste, doch meine Freude verblasste schnell. Ich bezweifelte, dass Hawke Verletzungen davongetragen hatte. Er war ein Atlantianer.

Ich konnte es immer noch nicht glauben. Er hatte so ... sterblich gewirkt. Aber warum überraschte mich das? Atlantianer konnten sich als Sterbliche ausgeben, genauso wie die Wölfischen.

Ich hatte einen Atlantianer geküsst.

Ich hatte mit einem Atlantianer *geschlafen*.

Ich kniff die Augen zu und schmeckte bittere Galle. Daran durfte ich jetzt nicht denken. Ich musste mich konzentrieren.

Was sollte ich bloß tun?

Ganz Neuanfurt war voller dunkler Nachkommen und Atlantianern, die mich tot sehen wollten, und ich war unendlich dankbar, dass Tawny nicht hier war. Bestimmt würde man mich hier festhalten, bis der dunkle Sohn kam oder weitere Befehle schickte. Er hatte die letzte Jungfräuliche getötet, und hier saß ich nun. In einer Zelle, bereit für seine Ankunft. Ich musste hier weg, ich wusste nicht wie.

Zitternd sah ich nach oben. Die seltsamen Knochen an der Decke erinnerten mich an die Wurzeln im Blutwald. Sie kletterten übereinander und überlappten sich. Rippenbögen, Oberschenkelknochen, Wirbelsäulen, Schädel. Jeder Gefangene in dieser Zelle hatte zu diesen Gebeinen hochgeschaut. Sie waren eine Mahnung an das, was mit den ehemaligen Gefangenen geschehen war. Aber wer tat so etwas? Und wie sollte man bei klarem Verstand bleiben, wenn man Tag und Nacht nichts anderes sah?

Ich wusste nicht, wie viel Zeit vergangen war, als die Tür zum Kerker aufging und ich Schritte hörte. Ich versteifte mich, entspannte mich aber ein wenig, als ich Delano erkannte.

Er trat vor die Gitterstäbe und hielt mir einen kleinen Beutel entgegen. »Hast du Hunger?«

Ja. Aber ich antwortete nicht.

Er warf den Beutel in die Zelle, wo er vor meinen Füßen landete. Ich starrte darauf hinunter.

»Käse und Brot«, erklärte Delano. »Ich hätte dir auch Eintopf gebracht, aber ich hatte Angst, du würdest ihn mir ins Gesicht schleudern, und dafür wäre er zu schade.«

Ich sah ihn an.

»Das Essen ist nicht vergiftet, falls du das denkst.«

»Warum sollte ich dir glauben?«

»Er hat gesagt, dass dich niemand anrühren darf.« Er lehnte sich gegen die Gitterstäbe. »Was logischerweise bedeutet, dass dir auch sonst nichts zustoßen soll.«

Meine Lippen kräuselten sich. »Der dunkle Sohn wird mich früher oder später ohnehin töten. Warum also warten?«

Seine blassblauen Augen blickten in meine. »Wenn der Prinz dich töten wollte, hätte er es längst getan. Du solltest etwas essen.«

Der Prinz. Nur weil die dunklen Nachkommen Casteel für den rechtmäßigen Erben hielten, musste er es noch lange nicht sein.

Mein Blick fiel auf den Beutel. Ich war hungrig, und ich musste bei Kräften bleiben. Vermutlich würde auch ein Heiler notwendig sein, denn auch wenn meine Wunde aufgehört hatte zu bluten, bekam ich an diesem Ort womöglich eine Infektion.

Ich griff zögernd nach dem Beutel. »Willst du hier rumstehen und mir beim Essen zusehen?«

»Ich will nicht, dass du dich verschluckst und erstickst.«

Ich hätte beinahe aufgelacht, doch stattdessen verzehrte ich den Käse und das Brot. Beides lag mir wie ein Stein im Magen.

Delano sagte kein Wort mehr, und ich schwieg ebenfalls und lehnte mich zurück an die Wand.

Einige Zeit später wurde die Tür erneut geöffnet, und ich hob unwillkürlich den Blick. Der große, in Schwarz gekleidete Mann, der eintrat, erinnerte mich viel zu sehr an ... an den Wächter, der mich wegen *Miss Willa Colyns Tagebuch* aufgezogen hatte. Es war, als würde sich eine Faust um mein Herz schließen und es zermalmen.

Hawke blieb vor der Gittertür stehen, sein wunderschönes Gesicht gleichzeitig vertraut und vollkommen fremd.

»Verschwinde«, befahl Hawke, und Delano zögerte nur einen Moment, ehe er sich mit einem knappen Nicken zurückzog. Schließlich waren nur wir beide übrig, getrennt durch Gitterstäbe.

»Poppy«, seufzte Hawke, und ich erschauderte. »Was soll ich bloß mit dir machen?«

36

ALS OB ER DAS NICHT SCHON LÄNGST WÜSSTE.

»Nenn mich nicht so!« Ich stemmte mich hoch, und die Ketten schlugen gegen die Steinmauer. Ich ignorierte das Ziehen an meiner Wunde. Aufrechtstehen war schmerzhaft, aber ich würde es mir auf keinen Fall anmerken lassen.

»Aber ich dachte, es gefällt dir?«

»Da hast du dich geirrt«, sagte ich, und er grinste. »Was willst du?«

Er schwieg einen Herzschlag lang, dann meinte er: »Ich will mehr, als du dir jemals vorstellen könntest.«

Ich hatte keine Ahnung, was er meinte, und es war mir auch egal. Vollkommen egal. »Bist du hier, um mich zu töten?«

»Warum sollte ich das tun?«, fragte er.

Ich hob die Hände und klimperte mit den Ketten. »Du hast mich in Ketten legen lassen.«

»Ja.«

Wut stieg in mir hoch, als ich seine gleichgültige Antwort hörte. »Die da draußen wollen mich tot sehen.«

»Das stimmt.«

»Und du bist ein Atlantianer«, zischte ich. »Das tut dein Volk nun mal. Ihr mordet. Ihr zerstört. Ihr verflucht.«

Er schnaubte. »Und das von einer Frau, die ihr ganzes Leben lang von Aufgestiegenen umgeben war.«

»Aufgestiegene töten keine Unschuldigen. Sie verwandeln Leute nicht in Ungeheuer ...«

»Nein«, unterbrach er mich. »Sie verprügeln bloß junge Frauen, die Minderwertigkeitskomplexe in ihnen auslösen, mit dem Stock und tun ihnen auch sonst noch alles Mögliche an. Ja, Prinzessin, die Aufgestiegenen sind wahrlich Musterbeispiele dessen, was in dieser Welt gut und gerecht ist.«

Ich zog scharf die Luft ein. *Nein.* Ein Zittern durchfuhr mich. Das war unmöglich.

»Dachtest du, ich wüsste nicht, worin die Lektionen des Herzogs bestanden?«

Die Demütigung, dass er davon wusste, brannte schlimmer, als die Schläge des Herzogs es jemals getan hatten.

»Der Stock war aus Holz aus dem Blutwald gefertigt, und du musstest dich halb nackt ausziehen.« Er packte die Gitterstäbe, während mir beinahe das Herz aus der Brust sprang. »Er hat dir eingeredet, dass du es verdient hast. Dass es zu deinem Besten war. Obwohl er damit nur sein krankes Bedürfnis stillte, anderen Schmerzen zuzufügen.«

»Woher weißt du das?«, hauchte ich.

Ein Mundwinkel wanderte nach oben. »Ich kann sehr überzeugend sein.«

Ich wandte den Blick ab, und dann sah ich plötzlich den Herzog vor mir. Die Arme zu beiden Seiten ausgestreckt, den Stock in seinem Herzen. Ein Zittern durchfuhr mich, als ich Hawke erneut ansah. »Du hast ihn umgebracht.«

Hawke lächelte, und es war ein Lächeln, das ich noch nie zuvor gesehen hatte. Er presste nicht mehr die Lippen aufeinander, und selbst aus der Entfernung sah ich seine Eckzähne aufblitzen.

»Ja«, antwortete er. »Und ich habe es noch nie so genossen, dabei zuzusehen, wie das Leben aus den Augen weicht.«

Ich starrte ihn an.

»Er hatte es verdient, und glaube mir: Sein langsamer

und überaus schmerzvoller Tod hatte nichts damit zu tun, dass er ein Aufgestiegener war. Lord Mazeen hätte ich auch noch erwischt«, fuhr er fort. »Aber um den kranken Bastard hast du dich ja selbst gekümmert.«

Ich wusste nicht, was ich von alldem halten sollte. Er hatte den Herzog umgebracht und hätte auch den Lord getötet, weil ...

Ich zwang mich, nicht weiter darüber nachzudenken, und schüttelte abwehrend den Kopf. Ich hatte nicht den blassesten Schimmer, warum er das Gefühl gehabt hatte, er müsste die beiden umbringen, vor allem nicht im Hinblick auf unsere derzeitige Situation. Doch es spielte keine Rolle. Genauso wenig wie die Tatsache, dass ich mich tief, tief in meinen Inneren freute, dass das Verhalten des Herzogs mir gegenüber sein Schicksal letzten Endes besiegelt hatte.

»Dass der Herzog und der Lord böse waren, macht dich noch lange nicht zu einem von den Guten«, erklärte ich ihm. »Und es macht nicht alle Aufgestiegenen zu Schuldigen.«

»Du weißt nicht das Geringste, Poppy.«

Ich ballte die Hände zu Fäusten und hätte am liebsten laut geschrien, doch in dem Moment öffnete Hawke die Zellentür. Mein ganzer Körper verkrampfte sich.

Ich starrte ihn an, während er eintrat, und wünschte, ich hätte meinen Dolch zur Hand gehabt. Obwohl ich auch bis an die Zähne bewaffnet keine Chance gegen ihn gehabt hätte. Er war schneller, stärker und konnte mich mit einer leichten Armbewegung zu Boden schleudern.

Kampflos aufgeben würde ich trotzdem nicht.

»Wir müssen reden«, sagte er und schloss die Tür hinter sich.

»Nein, müssen wir nicht.«

»Na ja, ich würde sagen, du hast keine andere Wahl, oder?« Er warf einen Blick auf die Eisenmanschetten um meine Handgelenke und machte einen weiteren Schritt auf mich zu, bevor er abrupt innehielt. Seine Nasenflügel bebten, und seine Pupillen weiteten sich. »Du bist verletzt.«

Mein Blut. Er roch mein Blut. Mein Mund wurde staubtrocken, und ich wich noch weiter zurück. »Schon gut.«

»Nein, das ist es nicht.« Er richtete den Blick auf meinen Bauch. »Du blutest.«

»Nicht stark.«

Innerhalb eines Wimpernschlages stand er direkt vor mir. Ich schnappte nach Luft und taumelte gegen die Wand. Wie hatte er diese Geschwindigkeit bisher verbergen können? Er griff nach dem Bund meiner Tunika, und ich geriet in Panik.

»Fass mich nicht an!« Ich wich zur Seite aus und zuckte zusammen, als mich ein stechender Schmerz durchfuhr.

Er hob eine Augenbraue. »Gestern hattest du kein Problem damit, von mir berührt zu werden.«

Meine Lippen verzogen sich. »Das war ein Fehler.«

»Wirklich?«

»Ja«, zischte ich. »Ich wünschte, es wäre nie passiert.«

Bei den Göttern, das war die Wahrheit. Ich wollte vergessen, was wir getan hatten und wie herrlich es sich angefühlt hatte. Wie richtig.

Ich war so dumm gewesen.

Hawke biss die Zähne aufeinander und schwieg einen Moment, dann meinte er: »Wie auch immer, du bist trotzdem verletzt, Prinzessin, und du wirst mir jetzt erlauben, mir die Wunde anzusehen.«

Ich reckte schwer atmend das Kinn nach vorne. »Und wenn nicht?«

Sein Lachen erinnerte mich an früher, doch nun glaubte ich eine Spur Hohn darin zu erkennen. »Als ob du mich aufhalten könntest«, sagte er, und die Wahrheit seiner Worte traf mich bis ins Mark. »Du kannst entweder zulassen, dass ich dir helfe, oder …«

Meine Finger prickelten, so fest ballte ich die Hände zu Fäusten. »Oder du zwingst mich?«

Hawke schwieg.

Ich hasste ihn, und ich hasste mich selbst, weil ich mir geschworen hatte, dass ich mich nie wieder so hilflos fühlen würde.

Ich konnte mich weigern und es ihm schwer machen, aber was würde das ändern? Er war stärker als ich, und ich würde mich womöglich nur noch mehr verletzen. Wütend genug war ich, aber nicht dumm.

Ich wandte den Blick ab und stieß die Luft aus. »Was kümmert es dich überhaupt, ob ich hier verblute?«

»Warum glaubst du ständig, dass ich dich tot sehen will?, fragte er, und mein Kopf fuhr zu ihm herum. »Wenn es so wäre, hätte ich dich vorhin Jericho überlassen können. Tot bringst du mir nichts.«

»Dann hältst du mich also gefangen, bis der dunkle Sohn eintrifft? Ihr wollt mich benutzen, um den König und die Königin zu stürzen.«

»Schlaues Mädchen«, murmelte er. »Immerhin bist du der Liebling der Königin.«

Ich wusste nicht, warum, und ich wollte es auch nicht, aber die Tatsache, dass er sich lediglich um meine Wunde kümmern wollte, weil er mich noch brauchte, schmerzte sehr.

»Lässt du mich jetzt nachsehen?«

Ich antwortete nicht, aber es war ja auch nicht wirklich eine Frage gewesen. Ich hatte keine andere Wahl. Er schien zufrieden damit, dass ich das verstanden hatte, denn er streckte die Hand aus, und dieses Mal wich ich nicht zurück.

Hawke schob meine Tunika nach oben, und ich biss mir auf die Wange, als seine Fingerknöchel meinen Bauch und die Hüfte streiften. Hatte er das absichtlich gemacht? Ich starrte auf seine glänzenden schwarzen Locken hinunter, während er die Tunika weiter nach oben zog. Er hielt ein kleines Stück unter meinen Brüsten inne und betrachtete die Wunde, die vermutlich eine neue Narbe hinterlassen würde.

Falls ich lange genug am Leben blieb.

Denn wenn ich erst einmal meinen Zweck erfüllt hatte, würde man mich vermutlich nicht freilassen.

Hawke sah die immer noch leicht blutende Wunde viel zu lange an. Mein Herz schlug schneller, und ich erinnerte mich, wie sich seine Zähne – seine *Fangzähne* – auf meiner Haut angefühlt hatten. Ich erschauderte. Verspürte ich Ekel? Angst? Oder ein Überrest der Lust, entfacht von der Erinnerung an letzte Nacht?

»Bei den Göttern«, sagte er mit tiefer Stimme und sah zu mir hoch. Seine Wangenknochen wirkten aufgrund der Schatten noch schärfer. »Man hätte dich beinahe ausgeweidet.«

»Du konntest immer schon gut beobachten.«

Er ignorierte mich und sah mich an, als wäre ich bloß ein albernes junges Ding. »Warum hast du nichts gesagt? Die Wunde könnte sich entzünden.«

Es kostete mich einige Kraft, nicht die Arme hochzureißen. »Na ja, es blieb nicht viel Zeit. Ich war damit beschäftigt, mich von dir hintergehen zu lassen.«

Seine Augen wurden schmal. »Das ist keine Entschuldigung.«

Ich stieß ein heiseres Lachen aus und fragte mich, ob ich bereits fieberte. »Natürlich nicht. Wie dumm von mir, dass ich dachte, es würde dich nicht weiter interessieren, ob ich verletzt bin oder nicht. Immerhin hattest du bei der Ermordung einiger Leute, die mir viel bedeuteten, die Finger im Spiel. Du hast mich verraten und Pläne mit dem dunklen Sohn geschmiedet, der meine Familie auf dem Gewissen hat und mich für seine schändlichen Vorhaben missbrauchen will.«

Hawkes bernsteinfarbene Augen begannen zu leuchten und brannten golden. Seine Gesichtszüge wurden hart und bescherten mir eine Gänsehaut. Erneut wurde mir bewusst, dass er nicht das war, wofür ich ihn gehalten hatte. Er war kein Sterblicher. Am liebsten wäre ich davongelaufen, doch ich weigerte mich, zurückzuweichen.

»Tapfer wie immer«, murmelte er, dann ließ er meine Tunika los, wandte sich ab und rief nach Delano, der offenbar nicht allzu weit entfernt gewesen war, denn er stand innerhalb eines Wimpernschlages vor uns.

Ich lehnte mich gegen die Wand, während Hawke Delano erklärte, was er brauchte. Die Tatsache, dass er mir dabei so lange den Rücken zudrehte, zeigte mir, für wie ungefährlich er mich hielt.

Delano kam mit einem Korb zurück, und ich fragte mich, aus welchem Grund solche Dinge hier bereitstanden. Ich sah mich in der Zelle um. War es üblich, Gefangene so lange wie möglich am Leben zu erhalten? Und waren hier auch die Aufgestiegenen und der Lord gelandet, die früher in der Burg gewohnt hatten?

Als Hawke sich zu mir umdrehte, waren wir erneut allein. »Warum legst du dich nicht …« Er ließ den Blick durch die Zelle schweifen und blieb an der durchgesessenen Matratze hängen, als wäre ihm erst jetzt klar geworden, dass es hier kein Bett gab. »Warum legst du dich nicht hin?«

»Ich stehe lieber, danke.«

Seine Ungeduld war spürbar. »Soll ich vielleicht vor dir niederknien?«

Ein bösartiges Grinsen breitete sich auf meinem Gesicht aus, und ich wollte schon zustimmen …

»Soll mir recht sein.« Er senkte den Blick und biss sich auf die Unterlippe. »Dann wäre ich genau in der richtigen

Position, um etwas zu tun, dass du mit Sicherheit sehr genießen würdest. Für etwas Honigtau würde ich alles tun.«

Mir blieb vor Schreck die Luft weg, doch die Wut schwemmte sofort alles andere beiseite. Ich löste mich von der Wand und trat auf die Matratze zu. Das Hinsetzen dauerte eine Weile, während der ich ihn mit eisigen Blicken bedachte. »Du bist widerlich.«

Er kicherte und ging neben der Matratze in die Knie. »Wenn du meinst.«

»Ich *weiß* es.«

Er stellte lächelnd den Korb ab, und ich sah, dass er hauptsächlich Verbände und kleine Tiegel enthielt. Nichts, das man als Waffe hätte benutzen können. Er bedeutete mir, mich hinzulegen, und ich fluchte leise vor mich hin, während ich seinem Befehl folgte.

»Achte auf deine Ausdrucksweise«, sagte er und griff erneut nach meiner Tunika. Ich hob den Oberkörper ein wenig an. »Danke.«

Ich biss die Zähne zusammen.

Er lächelte kaum merklich, dann griff er nach einer durchsichtigen Flasche und öffnete sie. Ein scharfer, bitterer Geruch erfüllte die muffige Luft.

»Ich erzähle dir jetzt eine Geschichte«, sagte er und untersuchte meine Wunde.

»Ich bin nicht in der Stimmung für Geschichten ...« Ich schnappte nach Luft, als er nach dem Unterhemd griff, und packte seine Handgelenke, ohne auf die kalten Manschetten und die Kette zu achten. »Was hast du vor?«

»Das Schwert hätte beinahe deinen Brustkorb aufgeschnitten«, erklärte er, und das ruchlose Leuchten trat erneut in seine Augen. »Die Wunde verläuft über die Rippen nach oben.«

Die Wunde sah nicht schlimm aus, aber sie war tatsächlich lang.

»Ich schätze, dass es passierte, als man dir das Schwert abnehmen wollte, oder?«, fragte er.

Ich antwortete nicht und umklammerte seine Handgelenke noch immer. Doch anstatt sich loszureißen, seufzte er. »Ob du es glaubst oder nicht, ich will deine Situation nicht auszunutzen. Ich bin nicht hier, um dich zu verführen, Prinzessin.«

Seine Worte hätten mich beruhigen sollen, doch sie bewirkten das Gegenteil. Das Brennen in meiner Brust stieg meine Kehle hoch und bildete einen Kloß, der mich kaum noch atmen ließ. Natürlich wollte er mich nicht verführen. Das hatte er ja schon längst geschafft. Ich hatte ihm vertraut. Ich hatte mich ihm gegenüber geöffnet, meine Träume und meine Angst vor der Rückkehr in die Hauptstadt mit ihm geteilt und ihm von meiner Gabe erzählt. Ich hatte ihn in mein Zimmer gelassen, in mein Bett und in mich. Er hatte mir zugeflüstert, dass er sich nach meinen Berührungen verzehrte. Er hatte meinen Körper und meine Narben voller Bewunderung liebkost. Er hatte gesagt, sie würden mich noch schöner machen, und ich ...

... ich hatte ihn gemocht.

Mehr als das.

Oh Götter, ich hatte mich in ihn verliebt, obwohl es verboten war. Und tief im Inneren war mir klar, dass das mit ein Grund war, warum ich auf den Aufstieg verzichten wollte. Meine Finger zitterten, als das Brennen in meiner Kehle in meine Augen stieg.

»Hast du mir das alles nur vorgespielt?« Meine Stimme war so heiser, dass ich sie kaum wiedererkannte. Doch sobald die Worte ausgesprochen waren, hätte ich sie am liebsten zurückgenommen, denn ich kannte die Antwort bereits.

Hawke ragte regungslos wie eine Statue über mir empor, und ich ließ seine Handgelenke los. Ein Muskel an seinem

Kiefer zuckte, während er die Lippen fest aufeinanderpresste.

Ein zitterndes Schluchzen stieg in mir hoch, und ich brauchte meine ganze Kraft, um es nicht auszustoßen. Es machte die Scham in mir noch schlimmer.

Ich werde nicht weinen. Ich werde nicht weinen.

Ich ertrug es nicht länger, ihn anzusehen, also schloss ich die Augen, doch auch das half nichts, denn im nächsten Augenblick sah ich ihn mit geschwollenen, feuchten Lippen vor mir. Wut und Scham und ein so tiefer Schmerz, wie ich ihn noch nie erlebt hatte, brannten hinter meinen Augenlidern.

Ich spürte, wie er vorsichtig Tunika und Unterhemd nach oben schob. Dieses Mal berührten seine Fingerknöchel meine Haut nicht. Als ich schließlich mit nacktem Oberkörper vor ihm lag, hielt er kurz inne. Mir war klar, dass die helleren Striemen, die meinen Bauch überzogen, auch in dem dämmrigen Licht der Zelle gut sichtbar waren. Vor allem für einen Atlantianer. Letzte Nacht hatte ich zugelassen, dass er mich ansah. Ich hatte geglaubt, was er gesagt hatte. Er war so überzeugend gewesen, und mein Magen zog sich zusammen, als mir klar wurde, was er vermutlich bei meinem Anblick wirklich gedacht hatte.

Was er wirklich gefühlt hatte, als er meine Narben berührt und geküsst hatte.

Als er etwas sagte, zuckte ich überrascht zusammen. »Das brennt jetzt etwas.«

Seine Stimme klang mürrisch. Er beugte sich über mich und träufelte eine lauwarme Flüssigkeit über meine Wunde. Der bittere Geruch wurde stärker, als die Flüssigkeit blubbernd in die Wunde eindrang. Ich stieß zischend die Luft zwischen den Zähnen hervor, als ein brennender Schmerz meine rechte Bauchhälfte erfasste und bis zu den Rippen emporflammte, doch ich hieß den Schmerz willkommen, denn er überdeckte den pochenden Kummer in meiner Brust.

Ich legte den Kopf zurück und behielt die Augen geschlossen, während Hawke noch mehr Flüssigkeit über die Wunde goss. Ich spürte, dass der Schaum mehr wurde, und mein Bauch erzitterte erneut unter den heftigen Schmerzen.

»Tut mir leid«, sagte er leise, und ich hätte ihm beinahe geglaubt. »Es muss eine Weile einwirken, bis die mögliche Infektion ausgebrannt ist.«

Na toll.

Am besten verbrannte die Tinktur mein albernes Herz gleich mit.

Schweigen senkte sich über uns, doch es hielt nicht lange an. »Die Hungernden waren unsere Schuld«, erklärte er. »Ihre Erschaffung, meine ich. Alles. Die Ungeheuer im Nebel. Der Krieg. Was aus diesem Land geworden ist. Aus euch. Aus uns. Es hat alles mit einem wahnwitzigen Akt der Liebe begonnen. Viele, viele Jahrhunderte vor dem Krieg der Zwei Könige.«

»Ich weiß«, erwiderte ich und räusperte mich. »Ich kenne die Geschichte.«

»Aber kennst du auch die *wahre* Geschichte?«

»Ich kenne die *einzige* Geschichte.« Ich öffnete die Augen und bemühte mich, nicht auf die Ketten um meine Handgelenke und die Knochen an der Decke zu achten.

»Du weißt das, was die Aufgestiegenen euch weisgemacht haben, aber es ist nicht die Wahrheit.« Er machte eine kurze Pause, bevor er fortfuhr: »Mein Volk lebte Tausende von Jahren in Harmonie mit den Sterblichen, doch dann hat König O'Meer Malec ...«

»... die Hungernden erschaffen«, unterbrach ich ihn. »Wie ich schon sagte, ich kenne die Geschichte.«

»Du irrst dich.« Er setzte sich auf den Boden, zog ein Bein an und legte den Arm übers Knie. »König Malec verliebte sich hoffnungslos in eine Sterbliche. Ihr Name war Lisbeth. Manche behaupten, Königin Eloana habe sie vergiftet. Andere vermuten, dass eine frühere Geliebte des Königs sie erstochen hat, da er offenbar gerne und oft untreu gewesen war. Jedenfalls lag sie im Sterben, und Malec war verzweifelt. Er hätte alles dafür getan, sie zu retten, und so ließ er ihr verbotenerweise den Segen zuteilwerden. Das, was ihr das Aufstiegsritual nennt.«

Mein Herz schlug mir bis zum Hals, ganz in der Nähe des Kloßes, der immer noch in meiner Kehle steckte.

Hawke sah mich an. »Lisbeth war die erste Aufgestiegene. Nicht euer falscher König und die Königin. Lisbeth war der erste Vampyr.«

Das war eine Lüge. Eine schreckliche, unglaubliche Lüge.

»Malec trank von ihrem Blut und hörte erst auf, als er merkte, dass ihr Herz langsam zu schwach wurde. Dann teilte er sein eigenes Blut mit ihr.« Hawke neigte den Kopf, und die goldenen Augen funkelten. »Mir ist klar, dass der genaue Ablauf des Aufstiegsrituals bei euch streng geheim gehalten wird, sonst würdest du jetzt nicht so überrascht gucken.«

Ich wollte mich aufrichten, doch dann erinnerte ich mich an meine Wunde und die schäumende Tinktur. »Der Aufstieg ist ein Segen der Götter.«

Hawke grinste. »Weit gefehlt. Es ist ein Akt, der einen beinahe unsterblich werden, oder die schlimmsten Albträume wahr werden lässt. Wir Atlantianer sind die ersten Jahre unseres Lebens mehr oder weniger sterblich, das ändert sich erst während der Auslese.«

»Auslese?«, fragte ich, ehe ich mich davon abhalten konnte.

»Das ist die Zeit, in der wir uns verändern.« Er zog die Oberlippe zurück und berührte mit der Zungenspitze seinen spitzen Eckzahn. Ich wusste, was er meinte. Es stand in unseren Geschichtsbüchern. »Die Reißzähne kommen hervor, werden aber nur länger, wenn wir uns nähren. Und wir verändern uns auch auf ... andere Art.«

»Wie?« Ich war neugierig, und außerdem konnte mir alles, was ich hier erfuhr, nützlich sein, falls mir die Flucht gelang.

»Das ist nicht von Belang.« Er griff nach einem Tuch. »Wir sind noch schwerer zu töten als die Aufgestiegenen, aber es ist möglich«, fuhr er fort. Das wusste ich ebenfalls. Atlantianer konnten auf dieselbe Weise getötet werden wie die Hungernden. »Wir altern langsamer, und wenn wir gut auf uns achtgeben, können wir Tausende von Jahren alt werden.«

Ich wollte anmerken, dass hier alles von Belang war, vor allem, wenn es um die Veränderungen der Atlantianer ging, doch die Neugierde war stärker. »Wie ... wie alt bist du?«

»Älter als ich aussehe.«

»Hunderte Jahre älter?«

»Ich wurde nach dem Krieg geboren«, antwortete er. »Ich habe zwei Jahrhunderte vorbeiziehen gesehen.«

Zwei Jahrhunderte?

Oh Götter!

»König Malec erschuf also den ersten Vampyr. Sie ähneln uns in manchen Dingen, in einigen unterscheiden wir uns voneinander. Tageslicht macht uns nichts aus, den Vampyren allerdings sehr wohl. Wie viele Aufgestiegene hast du bei Tageslicht gesehen?«

»Sie wandeln nicht in der Sonne, weil es die Götter auch nicht tun«, antwortete ich. »Sie zollen ihnen damit Respekt.«

»Wie praktisch.« Hawke grinste höhnisch. »Vampyre sind beinahe unsterblich, genau wie wir, doch ihre Haut verwest bei Tageslicht. Du willst einen Aufgestiegenen töten, ohne dir die Hände schmutzig zu machen? Dann musst du ihn nur in den Garten sperren und dafür sorgen, dass er keinen Unterschlupf findet. Ein paar Stunden später ist er tot.«

Das konnte nicht wahr sein! Die Aufgestiegenen mieden die Sonne *freiwillig*.

»Außerdem müssen sie sich regelmäßig nähren, und damit meine ich, dass sie Blut trinken müssen. Nur so können sie überleben und sich vor Wunden und Krankheiten schützen, die sie vor ihrem Aufstieg erlitten haben, ansonsten kommen diese wieder. Sie können sich nicht fortpflanzen, und häufig verfallen sie in einen überwältigenden Blutrausch, wenn sie sich nähren, und töten den Sterblichen, von dem sie trinken.«

Er tupfte vorsichtig mit dem Tuch die eingetrocknete Flüssigkeit von der Wunde. »Atlantianer nähren sich nicht an Sterblichen ...«

»Und das soll ich dir glauben?« fauchte ich.

Er sah mich an. »Das Blut der Sterblichen hat keinen Wert für uns, weil wir selbst nie sterblich waren, Prinzessin. Wir nähren uns nur, wenn es notwendig ist, und dann auch nur an anderen Atlantianern. Die Wölfischen müssen sich überhaupt nicht nähren.«

Ich schüttelte den Kopf. Wie konnte er nur davon ausgehen, dass ich ihm das glaubte? Die Tatsache, dass sie die Sterblichen wie Vieh behandelt hatten, hatte dazu geführt, dass sie von den Göttern verstoßen worden waren und dass die Sterblichen den Aufstand geprobt hatten.

»Wir können mit unserem Blut Sterbliche heilen, ohne sie zu verwandeln, was einem Vampyr unmöglich ist. Aber der wichtigste Unterschied sind die Hungernden. Kein einziger Atlantianer hat je einen Hungernden erschaffen. Das waren die Vampyre – die du unter dem Namen *Aufgestiegene* kennst.«

»Du lügst«, rief ich und ballte die Hände zu Fäusten.

»Nein, es ist die Wahrheit.« Er konzentrierte sich auf die

Wunde und sah mich erst wieder an, nachdem er das Tuch beiseitegelegt hatte. »Ein Vampyr kann keinen anderen Vampyr erschaffen. Sie können das Aufstiegsritual nicht vollziehen. Wenn sie einem Sterblichen zu viel Blut entziehen, wird der zu einem Hungernden.«

»Das ergibt doch alles keinen Sinn.«

»Warum nicht?«

»Du sagst, die Aufgestiegenen sind Vampyre und können das Aufstiegsritual nicht durchführen.« Die Wut brannte in meiner Brust und schmerzte mehr als die Flüssigkeit, mit der er die Wunde gereinigt hatte. »Aber wie entstehen dann die Aufgestiegenen? Wie zum Beispiel mein Bruder?«

Hawkes Gesicht wurde hart, die Augen eiskalt. »Nicht die Aufgestiegenen geben das Geschenk des ewigen Lebens weiter. Sie benutzen einen Atlantianer dafür.«

Ich stieß ein heiseres Lachen aus. »Die Aufgestiegenen würden niemals mit einem Atlantianer zusammenarbeiten.«

»Hast du mir nicht zugehört? Ich sagte nicht zusammenarbeiten, sondern *benutzen*.« Er nahm einen Tiegel und schraubte den Deckel ab. »Nachdem König Malecs Gefolgschaft herausgefunden hatte, was er getan hatte, hob er die Gesetze auf, die das Weitergeben des atlantianischen Blutes untersagten. Es wurden immer mehr Vampyre erschaffen, und viele von ihnen konnten den Blutrausch nicht kontrollieren. Sie töteten ihrer Opfer und erschufen so die Hungernden, die sich wie eine Plage über das ganze Königreich ausbreiteten. Königin Eloana versuchte, dem Einhalt zu gebieten. Sie verbot das Weitergeben des Blutes erneut und befahl, die Vampyre zu töten, um die Sterblichen zu beschützen.«

Er tunkte seine Hand in den Tiegel und holte eine dicke milchig weiße Salbe hervor. Ich kannte den Geruch. Es war dasselbe Heilmittel, das ich auf Burg Teerman auf meine Wunden geschmiert hatte. »Schafgarbe?«

Er nickte. »Und noch ein paar andere Kräuter. Es beschleunigt den Heilungsprozess.«

»Ich kann ...« Ich zuckte zusammen, als die kalte Salbe meine Haut berührte. Hawke verteilte sie auf meinem Bauch, und seine Hand wärmte die Mixtur, meine Haut – und schließlich mich.

Ich ballte die Fäuste, sodass meine Fingerknöchel schmerzten, als mich ein unerwünschtes Schaudern durchlief.

Er hat dich betrogen, rief ich mir in Erinnerung. *Er hat mit dir gespielt.*

Ich hasste ihn. Wirklich. Trotz der Hitze, die mich durchflutete, wurde der Kloß in meinem Hals immer größer.

Hawke war so auf seine Aufgabe konzentriert, dass er nicht mitbekam, welche Auswirkung seine Berührung auf mich hatte. »Die Vampyre rebellierten«, erklärte er, nachdem er noch mehr Salbe aus dem Tiegel geholt hatte. »Und diese Rebellion führte schließlich zum Krieg der Zwei Könige. Es waren nicht die Sterblichen, die gegen die grausamen Atlantianer kämpften, sondern die Vampyre, die zurückschlugen.«

Mein Blick sprang von seiner Hand zu seinem Gesicht. Das, was er sagte, hörte sich vertraut an, auch wenn es eine verworrenere, dunklere Version war, als die, die ich gelernt hatte.

»Der Krieg forderte viele Leben – dieser Teil der Geschichte ist leider wahr. Tatsächlich glaubt man, dass die Zahlen der Opfer sogar noch viel höher waren. Aber wir wurden nicht besiegt, Prinzessin. König Malec wurde gestürzt und ins Exil geschickt, die Königin ließ sich scheiden. Eloana heiratete erneut, und der neue König Da'Neer rief die Streitkräfte zurück, holte die Soldaten nach Hause und setzte dem Krieg, der ansonsten unsere ganze Welt zerstört hätte, ein Ende.«

»Und was ist mit Malec und Lisbeth passiert?«, fragte ich, auch wenn ich immer noch nicht glaubte, was er mir gerade erzählt hatte.

»In euren Aufzeichnungen steht, dass Malec im Kampf besiegt wurde, aber die Wahrheit kennt niemand so genau. Er und seine Geliebte sind verschwunden«, sagte Hawke und schloss den Tiegel. »Die Vampyre haben die Kontrolle über das freie Land an sich gerissen, Jalara und Ileana zum Königspaar ernannt und das Königreich Solis getauft. Sie nannten sich *Die Aufgestiegenen* und benutzten unsere Götter, die sich vor langer Zeit schlafen gelegt hatten, als Begründung für ihre Existenz. Sie schafften es, die Wahrheit aus den Geschichtsbüchern zu löschen. Nämlich, dass die Sterblichen damals an der Seite der Atlantianer gegen die Vampyre gekämpft hatten.«

Ich sagte eine ganze Weile nichts, dann meinte ich: »Das klingt alles sehr unglaubwürdig.«

»Es ist sicher hart, wenn man erfährt, dass man zu einer Gesellschaft mörderischer Ungeheuer gehört, die die drittgeborenen Söhne und Töchter aus ihren Familien reißen, um sich an ihnen zu nähren. Und wenn sie kein Blut mehr in sich haben, werden sie ...«

»Was?«, keuchte ich, und meine Ungläubigkeit verwandelte sich in Wut. »Du erzählst mir schon die ganze Zeit nichts als Lügen, aber nun gehst du zu weit!«

Er legte eine saubere Wundauflage auf meinen Bauch und drückte sie fest, sodass sie auf der Haut klebte. »Ich sage nichts als die Wahrheit, genauso wie der Mann, der die Hand des Hungernden auf Herzog Teerman geworfen hat.«

Ich setzte mich auf und zog mein Unterhemd nach unten. »Du behauptest also, dass die Menschen, die den Göttern dienen, am Ende zu Hungernden werden?«

»Warum glaubst du, dass außer den Aufgestiegenen und

den Priesterinnen und Priestern niemand in die Tempel darf?«

»Weil die Tempel heilige Orte sind, die auch viele der Aufgestiegenen niemals betreten.«

»Hast du je eines der Kinder wiedergesehen, die dem Tempel übergeben wurden? Nur eines, Prinzessin? Kennst du jemanden außer den Priesterinnen und Priestern und den Aufgestiegenen, der je eines gesehen hat? Du bist eine kluge Frau. Du weißt, dass es niemanden gibt«, machte er mir klar. »Und zwar deshalb, weil die meisten tot sind, bevor sie überhaupt sprechen lernen.«

Meine Augen weiteten sich.

»Die Vampyre brauchen Nahrung, Prinzessin, und sie wollen keine Aufmerksamkeit erregen. Was wäre da besser, als ein ganzes Königreich zu überzeugen, ihre Kinder der Obhut der Götter zu übergeben und ihnen damit Ehre zu erweisen? Sie haben eine Religion daraus gemacht, die so mächtig ist, dass sich Brüder gegen Brüder wenden, wenn einer sich weigert, sein Kind abzugeben. Sie haben ein ganzes Königreich dazu gebracht, sich vor einer Gefahr zu fürchten, die sie selbst heraufbeschworen haben. Hast du dich nie gefragt, warum so viele Menschen über Nacht an einer seltsamen Blutkrankheit sterben? Denk mal an die Söhne der Familie Tulis. Nicht jeder Aufgestiegene hält sich an einen strengen Ernährungsplan. Sie verlieren zu oft die Kontrolle, das ist ein allgemein bekanntes Problem. Sie schleichen wie Diebe durch die Nacht und stehlen Männer, Frauen und Kinder.«

»Erwartest du wirklich, dass ich dir glaube? Dass die Atlantianer unschuldig sind, und alles, was ich gelernt habe, eine Lüge ist?«

»Nein, das tue ich nicht, aber ich musste es zumindest versuchen. Auch wir haben uns zahlloser Verbrechen schuldig gemacht ...«

»Wie Mord und Entführung, zum Beispiel?«, fauchte ich.

»Unter anderem. Aber du *willst* nicht glauben, was ich dir gerade erzählt habe. Nicht nur, weil es unvorstellbar klingt, sondern weil es Dinge gibt, die du dadurch infrage stellen müsstest. Und weil es bedeutet, dass dein geliebter Bruder sich am Blut Unschuldiger nährt …«

»Nein!«

»… und sie in Ungeheuer verwandelt.«

»Halt den Mund«, knurrte ich und sprang auf. Die ruckartige Bewegung tat kaum noch weh.

Hawke erhob sich in einer einzigen fließenden Bewegung und sah auf mich herab. »Du willst nicht akzeptieren, was ich sage, denn das bedeutet, dass dein Bruder einer von ihnen ist, und dass die Königin, die für dich gesorgt hat, Tausende von Menschen auf dem Gewissen hat.«

Ich war wütend, und ich hatte Angst, denn er hatte recht. Das, was er erzählt hatte, warf Fragen auf. Warum sah man keine Aufgestiegenen, solange es hell war? Und warum durfte niemand außer den Aufgestiegenen und den Priesterinnen und Priestern die Tempel betreten?

Am allerschlimmsten war allerdings die Frage, aus welchem Grund Hawke sich das alles hätte ausdenken sollen. Was hatte es für einen Sinn, mir eine so ausgeklügelte Lüge aufzutischen, wenn er doch wusste, dass ich ihm nicht glauben würde?

Doch an all das dachte ich nicht. Ich reagierte einfach.

Meine Ketten schabten über den Boden, als ich mich mit geballten Fäusten auf ihn stürzte.

Hawke packte mich am Handgelenk, ehe ich ihm einen Fausthieb verpassen konnte. Bei den Göttern, war er schnell! Er verdrehte meinen Arm, wirbelte mich herum und drückte mich mit dem Rücken an seine harte Brust, wobei er den Arm vorne um mich schlang und mit dem anderen meine andere Hand packte.

Ich stieß einen frustrierten Schrei aus, hob mein Bein und …

»Nicht,« flüsterte mir Hawke warnend ins Ohr, und ein Schaudern überlief mich.

Ich hörte nicht auf ihn.

Er stöhnte, als mein Fuß sein Schienbein traf. Ich trat noch einmal nach ihm.

Im nächsten Augenblick wurde ich mit dem Bauch gegen die Wand gepresst, Hawke dicht hinter mir. Ich wehrte mich, doch es hatte keinen Sinn. Zwischen ihm, mir und der feuchten Mauer war kein Platz.

»Ich sagte: Nicht!« Sein warmer Atem strich über meine Schläfe. »Und das habe ich ernst gemeint, Prinzessin. Ich will dir nicht wehtun.«

»Ach? Das hast du aber …« Ich presste die Lippen aufeinander.

»Was?« Er drückte beide Hände neben meinem Kopf gegen die Wand.

Ich würde ihm auf keinen Fall sagen, wie sehr er mich bereits verletzt hatte. Das zuzugeben, hätte Schwäche bedeutet, und er hatte schon genug gegen mich in der Hand.

»Du weißt, dass du mir keinen Schaden zufügen kannst«, sagte er und legte die Wange auf meine.

Ich erstarrte. »Warum bin ich dann angekettet?«

»Weil es trotzdem nicht angenehm ist, getreten, geschlagen und gekratzt zu werden«, erwiderte er. »Und obwohl ich den anderen befohlen habe, dich nicht anzurühren, heißt das nicht, dass sie genauso tolerant sind wie ich.«

»Tolerant?« Ich versuchte erfolglos, mich zu befreien. »Das nennst du tolerant?«

»Ja, das würde ich tatsächlich so nennen. Und ein ›Danke‹ wäre übrigens auch nett – in Anbetracht dessen, dass ich gerade deine Wunde versorgt habe.«

»Ich habe dich nicht darum gebeten«, zischte ich wütend.

»Nein, du wärst lieber an Wundbrand gestorben, als um Hilfe zu bitten«, sagte er. »Bist du zu stolz oder einfach nur dumm?«

Als Antwort riss ich den Kopf zurück, doch er sah auch diesen Angriff kommen, und mein Angriff ging ins Leere. Stattdessen presste Hawke mich mit der Wange gegen die Wand. Ich wand mich und versuchte, mich zu befreien.

»Du hast echt Übung darin, dich ungehorsam zu verhalten«, knurrte er. »Genau wie darin, mich in den Wahnsinn zu treiben.«

»Du hast meine dritte Fähigkeit vergessen.«

»Tatsächlich?«

»Ja«, presste ich hervor. »Ich bin geübt darin, Hungernde zu töten. Und ich schätze, bei Atlantianern funktioniert es ähnlich.«

Hawke kicherte, und ich spürte die Vibration an meinem Rücken. »Wir werden nicht von unseren Bedürfnissen getrieben und lassen uns demnach auch nicht so leicht ablenken wie die Hungernden.«

»Trotzdem kann man euch töten.«

»Ist das eine Drohung?«

»Das kannst du sehen, wie du willst.«

Er schwieg einen Moment. »Du hast viel durchgemacht. Und ich weiß, dass ich dir gerade jede Menge Neuigkeiten erzählt habe, aber ich habe die Wahrheit gesagt, Poppy.«

»Hör auf, mich so zu nennen!«, schrie ich und versuchte erneut, freizukommen.

»Und du solltest *damit* aufhören«, meinte er, und seine Stimme klang rauer und tiefer. »Oder nein, mach weiter. Es ist die perfekte Folter.«

Einen Moment lang wusste ich nicht, was er meinte, doch dann spürte ich ihn hinter mir, und es verschlug mir den Atem. »Du bist so krank.«

»Und verdorben. Pervers. Finster.« Seine Bartstoppeln

kratzten über meine Wange, und mein Rücken wölbte sich. Er schien mir noch näher zu kommen, als sich seine Finger über meine spreizten. »Ich bin viele Dinge ...«

»Ein Mörder zum Beispiel?«, flüsterte ich und war mir nicht sicher, ob ich ihn daran erinnerte oder mich selbst. »Du hast Vikter getötet. Und die anderen.«

Er erstarrte, und seine Brust drückte sich gegen mich, als er das nächste Mal Luft holte. »Ja, ich habe getötet. Genau wie Delano und Kieran. Und ich und derjenige, den du den dunklen Sohn nennst, hatten unsere Finger bei Hannes' und Rylans Tod im Spiel. Aber mit der armen jungen Frau hatten wir nichts zu tun. Das war ein Aufgestiegener, der vermutlich dem Blutrausch erlegen ist. Und ich gehe jede Wette ein, dass es entweder der Herzog oder Mazeen war.«

Lord Mazeen.

Der nach den Blumen gerochen hatte, die Malessa kurz vor ihrem Tod bei sich gehabt hatte.

»Außerdem hatten wir nicht das Geringste mit dem Angriff auf das Ritual und Vikters Tod zu tun.«

Ich hätte ihm so gerne geglaubt. Ich *musste* daran glauben, dass ich nicht mit einem Mann im Bett gewesen war, der eine Rolle bei Vikters Ermordung gespielt hatte. »Wer war es dann?«

»Die Leute, die du als dunkle Nachkommen bezeichnest. Unsere Anhänger«, erklärte er, und seine Stimme war kaum noch ein Flüstern. »Es gab jedoch keinen Befehl zum Angriff.«

»Ich soll dir wirklich glauben, dass diese *Kreatur*, der die Nachkommen anführt, den Angriff nicht befohlen hat?«

»Nur, weil sie dem dunklen Sohn folgen, heißt das nicht, dass sie von ihm angeführt werden«, antwortete er. »Viele dunkle Nachkommen handeln auf eigene Faust. Sie kennen die Wahrheit und wollen nicht länger, dass ihre Kinder gestohlen und ausgesaugt oder in Monster verwandelt werden. Ich hatte nichts mit Vikters Tod zu tun.«

Ich erschauderte. Ich glaubte ihm, auch wenn ich keine Ahnung hatte, wieso. Und im Grunde war es auch egal, ob der dunkle Sohn es den Nachkommen befohlen hatte oder nicht, er war trotzdem an Vikters Tod schuld. Sie hatten in seinem Namen gehandelt.

»Aber die anderen hast du getötet.«

»Es war unvermeidlich.« Er hob das Kinn von meiner Wange. »Genauso, wie du verstehen musst, dass es keinen Ausweg gibt. Du gehörst mir.«

Mein Herz setzte einen Moment lang aus. »Du meinst, ich gehöre dem dunklen Sohn?«

»Ich meine, was ich gesagt habe, Prinzessin.«

»Ich gehöre niemandem.«

»Wenn du das glaubst, bist du tatsächlich eine Närrin«, spottete er und drückte seinen Kopf gegen meinen, bevor ich ihn erneut nach hinten reißen konnte. »Oder du belügst dich selbst. Bisher hast du der Königin und dem König, den Aufgestiegenen gehört. Und das hast du an deinem Leben gehasst. Sie haben dich in einem Käfig gefangen gehalten.«

Ich hätte ihm niemals davon erzählen sollen. »Er war zumindest komfortabler als diese Zelle hier.«

»Stimmt«, murmelte er. »Aber du warst nie frei.«

»Egal, ob du recht hast oder nicht ...« – er hatte recht, und es tat schrecklich weh – »... ich höre deswegen noch lange nicht auf, mich gegen dich zu wehren. Ich werde mich niemals unterwerfen.«

»Ich weiß.« Er klang beinahe ... bewundernd. Und auch das ergab keinen Sinn.

»Und du bist ein Ungeheuer.«

»Das bin ich, aber ich wurde nicht so geboren. Ich wurde dazu *gemacht*. Du hast mich nach der Narbe an meinem

Oberschenkel gefragt. Hast du sie dir genauer angesehen, oder warst du zu abgelenkt von meinem Schw...«

»Halt die Klappe!«, schrie ich.

»Wenn du genauer hingeschaut hättest, hättest du gesehen, dass mir das königliche Wappen in die Haut gebrannt wurde«, fuhr er fort, und ich schnappte nach Luft. »Weißt du, warum ich so genau weiß, was bei eurem verdammten Aufstiegsritual passiert, Poppy? Warum ich etwas weiß, von dem du keine Ahnung hast? Weil ich fünf Jahrzehnte in einem eurer Tempel gefangen gehalten wurde. Ich wurde geschnitten und aufgeschlitzt. Mein Blut floss in goldene Kelche, und die zweitgeborenen Söhne und Töchter tranken es, nachdem die Königin, der König oder ein anderer Aufgestiegener sie ausgesaugt hatten. Ich wurde gehalten wie ein verdammtes Stück Vieh.«

Nein.

Das war unmöglich.

»Und sie haben nicht nur mein Blut genommen, sondern mich auch für alle möglichen Arten der Unterhaltung missbraucht. Ich weiß genau, wie es sich anfühlt, wenn man keine Wahl hat«, fuhr er fort. »Deine Königin hat mir das Brandzeichen verpasst, und hätte nicht ein anderer törichten Mut bewiesen, wäre ich noch immer ihr Gefangener.«

Ohne Vorwarnung ließ er mich los und trat zurück. Ich blieb zitternd stehen und rührte mich nicht. Als ich mich schließlich umdrehte, hatte er die Zelle bereits verlassen.

Wenn das, was er sagte, stimmte ...

Nein. Das konnte nicht sein. Bei den Göttern, es konnte nicht wahr sein.

Mir wurde mit einem Mal unbeschreiblich kalt, und ich verschränkte trotz der Ketten die Arme vor der Brust.

Hawke starrte durch die Gitterstäbe zu mir herein. »Der Prinz und ich wollen nicht, dass dir etwas zustößt. Wie schon gesagt, wir brauchen dich lebend.«

»Warum?«, flüsterte ich. »Warum bin ich so wichtig für euch?«

»Weil das Königspaar den wahren Erben des Reiches gefangen hält. Er wurde festgesetzt, als er mich befreite.«

Ich hatte gedacht, der dunkle Sohn wäre der einzige Erbe des atlantianischen Throns. Wenn es stimmte, was Hawke sagte, konnte das nur bedeuten, dass ... »Der dunkle Sohn hat einen Bruder?«

Er nickte. »Du bist der Liebling der Königin. Du bist wichtig für sie und für das Königreich. Ich weiß nicht warum, vielleicht hat es etwas mit deiner Gabe zu tun, vielleicht auch nicht. Aber wir werden dich ihnen übergeben, wenn sie dafür Prinz Malik freilassen.«

Langsam verstand ich. »Ihr wollt mich gegen ihn austauschen.«

»Besser, als dich in Einzelteile zerhackt zurückzuschicken, oder?«

Die Fassungslosigkeit zwang mich beinahe in die Knie, und in meiner Brust breitete sich pulsierender Schmerz aus. »Du erzählst mir die ganze Zeit, dass die Königin, die Aufgestiegenen und mein Bruder bösartige Vampyre sind, die das Blut Sterblicher trinken, und dann willst du mich zu ihnen zurückschicken, sobald ihr den Bruder des dunklen Sohnes befreit habt?«

Hawke schwieg.

Ein tränenerstícktes Lachen entfuhr mir. Sein Schweigen bestätigte das ohnehin Offensichtliche.

Er sorgte sich nicht um meine Sicherheit und mein Wohlergehen, er sorgte nur dafür, dass ich bei der Übergabe noch am Leben war.

Ich legte die Hand auf die Brust, um das Pochen abzuschwächen, während ein weiteres Lachen in mir hochstieg.

Hawkes Kiefer zuckte. »Ich sorge dafür, dass du ein bequemeres Lager bekommst.«

Ich hatte keine Ahnung, was ich darauf erwidern sollte, aber bedanken würde ich mich ganz sicher nicht.

Er reckte das Kinn nach vorne. »Du musst mir nicht glauben, aber es wäre besser, damit das, was ich jetzt sage, kein allzu großer Schock ist. Ich werde bald abreisen, um mich mit König Da'Neer von Atlantia zu treffen und ihm zu sagen, dass ich dich in Gewahrsam habe.«

Ich hob ruckartig den Kopf.

»Ja. Der König lebt. Genau wie Königin Eloana. Die Eltern von Prinz Malik und dem Mann, den du den dunklen Sohn nennst.«

Ich war so schockiert, dass ich mich nicht rühren konnte, als er sich abwandte. Doch dann hielt er noch einmal inne.

Hawke sah nicht zurück, als er meinte: »Und nein, ich habe dir nicht alles vorgespielt, Poppy. Nicht alles.«

37

ICH HABE DIR NICHT ALLES VORGESPIELT.

Aber welcher Teil stimmte, und was war gelogen?

Die Geschichte über Hawkes Bruder? Oder über den Rest der Familie? Dass sie Farmer gewesen waren und er in seiner Kindheit Höhlen erkundet hatte? Dass er geliebt und diese Liebe wieder verloren hatte?

Oder meinte er die Dinge, die er über mich gesagt hatte?

Im Grunde spielte es keine Rolle. Zumindest sollte es keine Rolle spielen, trotzdem lief ich in der Zelle auf und ab, soweit es meine Ketten erlaubten – was nicht allzu weit war –, und dachte nach.

Nachdem Hawke gegangen war, hatte ich mich auf die Matratze gesetzt und versucht, Wahrheit und Lüge zu trennen, was sich als unmöglich erwiesen hatte. Und so unwahrscheinlich es auch schien, schließlich war ich eingeschlafen. Meine Gedanken kreisten unaufhaltsam, doch mein Körper konnte nicht mehr. Ich schlief, bis die Albträume mich auffahren ließen und meine Schreie von den Steinwänden widerhallten.

Es war lange her, seit ich von der Nacht geträumt hatte, in der meine Eltern ermordet worden waren. Dass die Erinnerung mich ausgerechnet hier heimgesucht hatte, überraschte mich nicht.

Ich strich mir eine Haarsträhne aus dem Gesicht und drehte mich um, wobei ich darauf achtete, mich nicht in den Ketten zu verheddern.

Vielleicht waren die Aufgestiegenen tatsächlich Vampyre, die irrtümlich von den Atlantianern erschaffen worden waren. Das war durchaus möglich. Und es war auch möglich, dass Lord Mazeen für Malessas Tod verantwortlich gewesen war. Er war zu so einer Gräueltat fähig gewesen.

Und, oh Götter, ich glaubte Hawke die Geschichte, wie er zu dem Brandzeichen auf seinem Schenkel gekommen war. Vielleicht nicht, dass die Königin persönlich es ihm zugefügt hatte, und auch nicht den Grund, *warum* er festgehalten worden war, aber der Schmerz und die Verzweiflung in seiner Stimme konnten nicht gespielt gewesen sein. Sie hatten ihn gegen seinen Willen festgehalten und auf Arten missbraucht, die nicht einmal ich begreifen konnte.

Was allerdings nicht bedeutete, dass auch der Rest seiner Geschichte der Wahrheit entsprach. Zum Beispiel, dass sich die Aufgestiegenen von Sterblichen nährten, sie in Tempeln gefangen hielten und sie mitten in der Nacht aus ihren Häusern entführten, um diejenigen in Hungernde zu verwandeln, die sie nicht ganz leer tranken. Wie um alles in der Welt konnten sie so etwas Schreckliches geheim halten? Davon hätte man doch sicher etwas mitbekommen müssen.

Aber vielleicht *hatten* es die Leute auch schon längst mitbekommen.

Hatte dieses Wissen die dunklen Nachkommen veranlasst, das gefallene Königreich Atlantia zu unterstützen?

Ich schüttelte den Kopf.

Das würde bedeuten, dass jeder Aufgestiegene Bescheid wusste. Dass kein Einziger das Ritual verweigert hatte, nachdem er oder sie herausgefunden hatte, welcher Preis zu zahlen war. Nicht einmal mein Bruder!

Nur unsere Mutter hatte sich geweigert.

Mein Herz setzte einen Augenblick lang aus.

Sie hatte sich geweigert, weil sie meinen Vater geliebt

hatte. Nicht, weil sie die Wahrheit erfahren hatte. Sie hatte sich aus Liebe geweigert, aber der dunkle Sohn hatte sie trotzdem getötet.

Es sei denn ... es sei denn, Herzogin Teerman hatte mich angelogen. Aber warum? Warum hätte sie lügen sollen? Der dunkle Sohn, Prinz Casteel, hatte die Hungernden zu uns geschickt.

Wobei es nicht so wirkte, als würden sich die Hungernden von etwas anderem kontrollieren lassen, als von ihren Trieben, und ich hatte nie erlebt, dass sie sich mitten im Kampf zurückgezogen oder überlegt gehandelt hätten.

Aber wenn die Hungernden nicht vom dunklen Sohn beherrscht wurden, bedeutete das dann, dass die Aufgestiegenen sie benutzten, um das Volk zu unterdrücken? Um die Leute davon abzuhalten, zu viele Fragen zu stellen, und sie dazu zu bringen, ihnen ihre Kinder zu überlassen, damit die Götter nicht ungehalten wurden und die Stadt einem Angriff der Hungernden aussetzten?

Ich befürchtete, allein für diesen Gedanken vom Blitz getroffen zu werden. Hawke hatte recht gehabt. Der Glaube an das, was die Aufgestiegenen erzählten, war tatsächlich eine Religion.

Ich lief wieder auf und ab.

Warum waren die Hungernden in eine Stadt eingefallen, die seit Jahrzehnten keinen Angriff mehr erlebt hatte, und dies ausgerechnet in der Nacht, in der ich mit meiner Familie dort haltgemacht hatte, wenn sie nicht der dunkle Sohn geschickt hatte?

Das alles ergab keinen Sinn, und ich bekam langsam Kopfschmerzen von dem Hin und Her. Selbst wenn einiges von dem stimmte, was Hawke gesagt hatte, änderte das nichts daran, dass er und sein Gefolge unzählige Menschen auf dem Gewissen hatten.

Und alles konnte nicht wahr sein, denn mein sanfter, liebenswürdiger Bruder hätte niemals an dem Ritual teilgenommen, wenn er gewusst hätte, was dabei passierte. Das war vollkommen ausgeschlossen.

Hawke spielte bloß mit meinem Verstand, machte mich schwach und unsicher. Ich traute ihm alles zu.

Ich hielt inne und starrte auf meine Hände hinunter. Er wollte mich den Leuten ausliefern, die ihn angeblich missbraucht hatten. Wie schrecklich war das denn?

Meine Augen wurden feucht, und ich atmete tief ein. Ich würde nicht weinen. Ich würde keine einzige Träne für Hawke vergießen. Darüber, was ihm angeblich angetan worden war. Darüber, was er mir angetan hatte. Ich würde nicht zulassen, dass es mich zerstörte. Es reichte, dass es mir das Herz gebrochen hatte.

Delano tauchte vor meiner Zellentür auf, begleitet von einem Mann mit tiefbrauner Haut. Er hatte die gleichen goldbraunen Augen wie die anderen.

Ein Atlantianer.

»Schön, dass du wach bist«, sagte Delano. »Ich wollte dich vorhin nicht wecken.«

Ich dachte lieber nicht darüber nach, dass er hier gewesen war, während ich geschlafen hatte.

»Ich öffne jetzt die Tür, und anschließend bringen Naill und ich dich in eine etwas bequemere Unterkunft«, erklärte er. »Und du wirst nichts Dummes anstellen, richtig?«

»Richtig«, sagte ich, und Hoffnung keimte auf.

Delano lächelte. »Das klang nicht sehr überzeugend.«

»Nein, absolut nicht«, stimmte Naill ihm zu. »Wobei ich es ihr nicht verübeln kann. An ihrer Stelle, würde ich auch denken, dass es eine gute Möglichkeit zur Flucht wäre.«

Meine Hoffnung schwand.

Genau wie Delanos Lächeln. »Du musst eines wissen, Jungfräuliche. Ich bin ein Wölfischer.«

»Das dachte ich mir bereits.«

»Gut. Außerdem sollte dir klar sein, dass es nur einen Grund gibt, warum Kieran dich gestern nicht erwischt hat. Er *wollte* dich nicht erwischen. Ich hingegen will es.«

Ein Schaudern durchfuhr mich.

»Meine Nase ist tadellos. Ich würde dich überall finden«, fuhr Delano fort.

»Die Wahrheit ist«, warf Naill ein, und mein Blick fiel auf seine hohen, scharfen Wangenknochen. »Ich bin sogar noch schneller als er, und keiner von uns beiden darf dir wehtun. Was unweigerlich passieren wird, wenn du versuchst abzuhauen. Denn ich nehme an, dass du wie aus dem Nichts eine Waffe herbeizaubern würdest, und in diesem Fall müssten wir uns verteidigen.«

Meine Nasenflügel bebten, als ich zitternd ausatmete.

»Er würde uns in der großen Halle an die Wand nageln. Und wir beide hängen an unserem Leben und verlieren ungern Teile unseres Körpers, also sei bitte artig«, sagte Delano und öffnete die Tür. »Denn auch wenn es ein schrecklicher Gedanke ist, eine Hand zu verlieren oder zu sterben, den Gedanken, eine Frau zu schlagen, hasse ich noch mehr.« Er trat in die Zelle. »Selbst wenn sie so gefährlich ist wie du.«

Ich lächelte, und es war kein nettes Lächeln. Ich war bloß froh, dass sie wussten, wie gefährlich ich war.

Aber ich war auch nicht dumm. Ich würde nicht vor ihnen davonlaufen können. Das war mir klar. Es hatte keinen Sinn, mich in Gefahr zu bringen und alles noch komplizierter zu machen.

Also hob ich die Hände und rasselte mit den Ketten.

Delano ließ mich nicht aus den Augen, während er einen Schlüssel aus der Tasche seiner Tunika holte und die Eisenmanschetten öffnete. Sie fielen klappernd auf den harten Boden.

Naill wandte sich zuerst ab und duckte sich zur Tür hinaus, dann folgte Delano. Im nächsten Moment stand ich hinter ihm und konnte den Blick nicht von dem Schwert an seiner Hüfte losreißen.

»Scheiße«, meinte Naill plötzlich, und ich sah auf. Mein Atem stockte, als eine hochgewachsene Gestalt aus dem Schatten trat.

Delano stieß ein warnendes Knurren aus. »Verdammt noch mal, was machst du hier unten?«

»Mir die Füße vertreten«, erwiderte Jericho.

»Schwachsinn«, fauchte Naill. »Du bist wegen ihr hier.«

Ich erstarrte, als Jerichos Blick auf mich fiel. »Du hast recht.«

Dann waren Schritte zu hören, und Delano fluchte erneut.

»Ihr seid verdammte Narren«, erklärte Naill und stellte sich schützend vor die Zellentür, als sich sechs weitere Männer in den Schatten um Jericho versammelten.

Dieser starrte durch die Gitterstäbe zu mir herein. »Vielleicht.«

»Ich weiß, dass du Rache nehmen willst. Sie hat dich im Kampf verwundet.«

»Zweimal«, mischte ich mich ein.

Delano warf mir einen vernichtenden Blick zu.

Jericho grinste höhnisch. »Vergiss die Hand nicht.« Er hob den linken Arm.

»Das hast du dir selbst zuzuschreiben«, sagte Delano. »Sie trifft keine Schuld.«

»Ja, klar. Geben wir doch dem Prinzen die Schuld, was meinst du?«, spottete Jericho, und ich runzelte die Stirn. Ich dachte, Hawke hätte ihm die Hand abgehackt.

»Dir ist doch klar, dass als Nächstes dein Kopf an der Reihe ist, wenn du ihr etwas antust? Das ist euch allen klar, nicht wahr?«, fuhr Delano fort. »Er sagte, dass *keiner* sie anrühren darf. Wenn ihr das versucht, werdet ihr sterben.

Wollt ihr das wirklich, Rolf? Ivan? Er wird das als Hochverrat ansehen, aber noch habt ihr die Chance, mit eurem Leben davonzukommen. Das ändert sich, sobald ihr auch nur einen Schritt nach vorne macht.«

Keiner der Männer wandte sich ab und verschwand.

Ein älterer Mann mit braunen Augen trat ans Gitter. »Sie ist die verdammte Jungfräuliche, Delano! Sie wurde wie eine Aufgestiegene erzogen, mehr oder weniger von der Königin selbst. Die Aufgestiegenen haben meinen Sohn gestohlen. Mitten in der Nacht.«

»Nicht *sie* hat deinen Sohn gestohlen«, widersprach Naill.

»Ich verstehe, dass der Prinz sie gegen seinen Bruder austauschen will, aber wir wissen alle, dass Malik wahrscheinlich tot ist«, fauchte Jericho. »Und wenn nicht, ist es nicht zu seinem Besten. Er ist vermutlich so kaputt, dass er nicht einmal mehr weiß, wie er heißt.«

»Aber wenn wir sie in Stücken zum blutsaugenden König und seiner Königin schicken, wäre das eine klare Botschaft«, meinte ein anderer. »Es würde sie bis ins Mark erschüttern, und diesen Vorteil können wir nutzen.«

»Und wir wollen es«, meinte der Mann, den Delano Rolf genannt hatte. »Du doch sicher auch, Delano. Diese Mistkerle haben dein ganzes Rudel ermordet. Deine Mutter, deinen Vater. Nur deine Schwestern hatten nicht so großes Glück. Sie waren noch eine Weile am Leben, bis sie endlich sterben durften ...«

»Ich weiß sehr gut, was sie meiner Familie angetan haben«, knurrte Delano. »Trotzdem lasse ich nicht zu, dass ihr euch an ihr vergreift.«

»Sie stand neben dem Herzog und der Herzogin von Teerman«, erklang eine weitere Stimme, und mir wurde eiskalt. »Sie stand da, während sie meiner Frau und mir den Sohn wegnehmen wollten. Sie stand da, und hat *nichts* getan!«

Ich stolperte einen Schritt nach hinten, als der Mann aus dem Schatten trat. Es war Mr. Tulis. Ich war so entsetzt, dass ich ihn bloß anstarren konnte.

Er sah mich mit hasserfüllten Augen an. »Du kannst mir nicht weismachen, dass du nicht weißt, was sie tun. Dass du keine Ahnung hast, was mit unseren Kindern passiert!«, schrie er. »Was mit den Leuten passiert ist, die abends zu Bett gehen und nie wieder aufwachen. Du musst davon gewusst haben.«

Ich öffnete den Mund, doch mir kam nur eine einzige Frage über die Lippen: »Ist dein Sohn inzwischen bei ihnen?«

»Die Aufgestiegenen werden ihn niemals in die Finger bekommen«, schwor er. »Wir werden nicht noch ein Kind an sie verlieren.«

Meine Gabe erwachte zum Leben, und ich geriet derart aus der Fassung, dass ich kaum mitbekam, was Delano entgegnete: »Und du würdest den Prinzen verraten, obwohl er deiner Familie zur Flucht verholfen hat? Obwohl er dafür gesorgt hat, dass dein Kind wachsen und gedeihen wird?«

Mr. Tulis ließ mich nicht aus den Augen. »Ich würde alles tun, um das Blut einer Aufgestiegenen auf meinen Händen zu spüren.«

»Ich bin keine Aufgestiegene«, flüsterte ich.

»Nein«, zischte er und streckte mir sein Messer entgegen. »Aber du bist ihre einzige Hoffnung auf eine Zukunft.«

Ich wollte ihm sagen, dass ich vorgehabt hatte, bei der Königin ein gutes Wort für seine Familie einzulegen, aber ich bekam nicht die Gelegenheit dazu. Und es hätte ohnehin keinen Unterschied gemacht. Es war zu viel Hass in ihm.

»Tu das nicht«, warnte Delano und zog sein Schwert.

»Er wird darüber hinwegkommen«, sagte Jericho. »Und wenn wir euch beide töten müssen, damit er es nie erfährt, soll es eben so sein. Es ist euer Grab, nicht meines.«

Dann geschah alles sehr schnell.

Rolf schubste Mr. Tulis nach hinten, als Naill wie eine Viper auf ihn zuschoss. Er packte den größeren Mann am Kragen und versenkte die Zähne in seinem Hals. Er zog und zerrte und ...

Ein weiterer Mann krachte seitlich in Naill und zog ihn von Rolf herunter, der gegen die Gitterstäbe taumelte. Blut spritzte, und Rolf lachte. »Du hast mich gebissen.« Er warf die Arme hoch, während sein Rücken sich durchbog. »Du hast mich tatsächlich gebissen«, sagte er noch einmal, und seine Worte klangen, als hätte er Kieselsteine im Mund. Seine Knie knickten ein, und er sank knurrend auf alle viere.

Naill befreite sich von dem Mann, der Rolf geholfen hatte, und fletschte die Zähne. Sein Knurren klang wie das eines Raubtiers, und ich dachte zurück an die Höhlenkatze, die ich vor vielen Jahren im Palast der Königin gesehen hatte, und an die Hawke mich immer erinnert hatte.

Im nächsten Moment stürzte sich Naill auf den Mann und riss ihn zu Boden, während Delano sich zu mir umdrehte. »Töte jeden, der dir zu nahe kommt.« Er warf mir sein Schwert zu, und ich fing es überrascht aus der Luft, während er sich den Männern am Zelleneingang zuwandte.

Delanos Tunika riss auf, und er sank ebenfalls auf alle viere, während weißes Fell überall aus seinem massigen Körper spross.

Einen Augenblick später stand ein riesiger Wolf neben mir und sah zu, wie weitere Männer in den Flur traten.

»Jetzt geht es erst richtig los«, lachte Jericho, und meine Hoffnung, dass uns die Neuankömmlinge zu Hilfe kamen, war dahin. Er zwinkerte mir zu. »Du bist nun mal berühmt.«

»Und ich habe *zwei* Hände«, erwiderte ich.

Sein Grinsen erstarb.

Rolf stürzte durch die Zellentür, doch Delano sprang ihm

entgegen. Ineinander verkeilt rollten sie durch die Zelle, ein Ball aus braunem und weißem Fell. Delano gewann die Oberhand und schnappte nach Rolf.

Naill fing einen der Männer ab, die auf mich zuliefen. Er schleuderte ihn mit so einer Wucht gegen die Gitterstäbe, dass das Eisen brach. Der Mann ging zu Boden und stand nicht mehr auf.

Der Atlantianer wandte sich um und packte den Nächsten, der in die Zelle geschlüpft war. Ein schneller Blick in die Augen meines eigenen Gegenübers – weder blassblau noch bernsteinfarben – verriet mir, dass ich einem Sterblichen gegenüberstand. Es war der ältere Mann, der zuerst das Wort erhoben hatte.

»Ich will dir nicht wehtun«, sagte ich.

»Schon in Ordnung«, sagte er und bedrohte mich mit einem gefährlichen, sichelförmigen Messer. »Aber ich will *dir* wehtun.«

Er stürzte sich mit einem Schrei auf mich, und es war viel zu leicht, ihm auszuweichen. Ich wirbelte herum und schlug ihm mit dem Griff des Schwertes auf den Hinterkopf, sodass er ohnmächtig zusammenbrach. Vielleicht würde er aber auch nie wieder aufstehen.

Der Nächste, der durch die Zellentür kam, war kein Sterblicher, sondern ein riesiger, gescheckter Wolf. Er fletschte knurrend die Zähne.

»Scheiße«, murmelte ich.

Der Wolf stürzte sich auf mich, und ich sprang zurück und schwang das Schwert. Ich erwischte die Kreatur an der Seite, bevor sie hinter mir gegen die Wand krachte. Allerdings sprang sie schon im nächsten Augenblick wieder auf mich zu. Ich wirbelte panisch herum und holte erneut aus. Dieses Mal versenkte ich das Schwert im Bauch des riesigen Tieres. Ich zog und zerrte daran, doch es bewegte sich nicht. Der Wolf jaulte und schlug mit der Pranke nach mir. Ich ließ das Schwert los, doch ich war nicht schnell genug: Seine Krallen erwischten mich knapp unter dem Hals. Meine Tunika riss auf, und ich spürte einen brennenden Schmerz.

Ich taumelte zurück und sah an mir herunter. Die Tunika klaffte auf, und meine Haut war blutrot.

Naill rannte auf mich zu. »Das Sichelschwert!«, brüllte er. »Hol dir ...«

Ein Mann schlug ihm mit einer Art Knüppel auf den Hinterkopf, und Naills ganzer Körper bebte. Er verdrehte die Augen und ging zu Boden, während ich mich auf das Sichelschwert stürzte.

Ich hörte ein Jaulen, als ich mich wieder aufrichtete. Es war Delano. Sein weißes Fell war voller Blut, und ich hoffte, dass es von Rolf stammte.

Doch als Delano zur Seite taumelte, wurde mir schlagartig klar, dass es sein eigenes Blut war. Sein Bein knickte unter ihm weg, und er ging zu Boden, während Rolf auf ihn zukam und mit dem riesigen Kopf wackelte.

Ich weiß nicht, was ich in diesem Moment dachte. Ich hätte mich eigentlich auf die Männer konzentrieren sollen, die mich töten wollten, doch das war mir egal. Ich schoss nach vorne, schwang das Sichelschwert und schlitzte den Nacken des Wolfes auf. Die Klinge war so scharf, dass sie Sehnen und Knochen wie Butter durchschnitt.

Rolf blieb nicht einmal mehr die Zeit zu jaulen.

Aber auch mir blieb keine Zeit, dem Schlag auszuweichen, der mich am Rücken traf und zu Boden schleuderte. Mein Körper *brannte*, doch ich klammerte mich an mein Schwert und atmete durch das Feuer, das sich überall in mir auszubreiten schien ...

Ich schrie auf, als sich scharfe Krallen in meine Schulter bohrten. Blitzartig drehte ich mich um und wollte den Wolf mit dem Sichelschwert aufschlitzen. Knurrend wich er zurück, und ich rollte mich wieder auf den Bauch.

Mir wurde einen Moment lang schwarz vor Augen, als ich mich auf die Knie hochstemmte.

Wie aus dem Nichts traf mich ein Stiefel von hinten.

Ein scharfer Schmerz explodierte entlang meiner Rippen, und sämtliche Luft entwich meiner Lunge. Ich fiel zur Seite, und ein weiterer Schmerz breitete sich in meinem linken Arm aus. Ich robbte rückwärts und hob den Blick.

Jericho kam drohend auf mich zu. »Na, was habe ich dir versprochen?«

»Dass du in meinem Blut badest«, keuchte ich. Ich hatte mir vermutlich ein paar Rippen gebrochen. »Und dich an meinen Eingeweiden labst.«

»Ganz genau.« Er kniete nieder. »Ich ...«

Ich ließ das Schwert nach vorne schnellen, und Jericho wich so schnell aus, dass er auf den Hintern fiel. Er schrie auf und krümmte sich.

»Du Miststück«, fauchte er und hob den Kopf. Ich hatte ihn an der Wange und der Stirn erwischt.

Und am Auge.

»Ich werde dich in Stücke reißen.«

»Wächst dir dann die Hand wieder nach?«, fragte ich und stemmte mich hoch. Götter, tat das weh. »Oder das Auge?« Ich machte einen großen Bogen um ihn. Ich wandte mich ab und ... stand Mr. Tulis gegenüber. Unsere Blicke trafen sich, und dann passierte etwas Seltsames. Mein nächster Atemzug ging in einer qualvollen Explosion unter. Ein unglaublicher Schmerz breitete sich in meinem Bauch aus und überlagerte alles andere. Ich ließ das Schwert fallen und krümmte mich zusammen.

In meinem Bauch steckte ein Dolch. Ich hob den Kopf. »Ich ... ich war ... froh, als ich dich und deinen Sohn nicht beim Auswahlritual gesehen habe.«

Mr. Tulis' Augen weiteten sich, während ich den Dolch mit einem Schrei aus meinem Bauch zog. Ich machte einen

Schritt zurück und versuchte, Luft zu holen. Blut rann meine Beine hinunter, und ich wandte mich um, als ich hörte, wie Jericho sich hochstemmte. Seine verbliebene Hand war nicht mehr länger die eines Sterblichen, und als er ausholte, konnte ich nicht mehr schnell genug ausweichen. Seine Krallen gruben sich in mein Fleisch, und ich rutschte auf meinem eigenen Blut aus.

Meine Beine gaben unter mir nach, und ich fiel hin. Ich versuchte noch, mich mit den Händen abzufangen, doch sie reagierten nicht schnell genug auf die Befehle meines Gehirns. Ich spürte den Aufprall kaum.

Jemand lachte.

Steh auf.

Ich versuchte es. Ich hielt immer noch den Dolch in der Hand.

Da ... da erklang Gejubel. Jemand *jubelte.*

Steh auf.

Mein Körper reagierte nicht.

Ich erschauderte, als ich den metallischen Geschmack in meinem Mund bemerkte. Ich wusste, was das bedeutete. Ich wusste, was es bedeutete, dass ich meine Arme nicht mehr bewegen und nicht mehr aufstehen konnte.

Jerichos blutüberströmtes Gesicht tauchte über mir auf, auch seine zotteligen Haare waren voller Blut. »Weißt du, womit ich beginnen werde? Mit deiner Hand.« Er hob meinen Arm. »Ich glaube, die behalte ich mir als Andenken.« Eine Klinge blitzte auf. »Ich weiß genau, wozu ich sie benutzen werde. Was meint ihr?«, fragte er in die Runde.

Die anderen grölten und lachten, und einer machte weitere Vorschläge, was Jericho für sich behalten sollte. Dinge, die noch mehr Gelächter hervorriefen.

Ich lag im Sterben.

Ich konnte nur hoffen, dass ich ohnmächtig würde und nicht mehr spürte, was gleich passieren würde.

»Dann fangen wir lieber mal an!«, lachte Jericho und ließ die Klinge nach unten zischen.

Doch der Hieb fand sein Ziel nicht.

Zuerst dachte ich, mein Arm wäre bereits zu taub, um etwas zu spüren, doch dann merkte ich, dass Jericho nicht mehr über mir stand. Ich hörte Geräusche. Gebrüll. Knurren. Jaulen. Dann spürte ich warmen Atem auf meiner Wange. Ich drehte meinen Kopf und sah blassblaue Augen und schneeweißes Fell. Ein Wolf stupste mit seiner feuchten Schnauze gegen meine Wange, dann legte er den Kopf in den Nacken und jaulte.

Ich blinzelte, und im nächsten Moment fiel ein Schatten auf mich. Es war Kieran.

»Scheiße«, sagte er. »Holt den Prinzen. *Sofort.*«

38

KIERANS GESICHT VERSCHWAMM, und ich hörte ein Summen in meinen Ohren. Ich spürte keinen Schmerz mehr, dann wurde alles um mich herum schwarz. Ich blieb in der Dunkelheit, bis ich hörte, wie jemand nach mir rief.

Hawke.

»Mach die Augen auf, Poppy! Komm schon!«, drängte er, und ich spürte, wie er den Dolch aus meiner Hand schälte. Er fiel neben mir zu Boden. Seine Hand umfasste mein Kinn. »Mach die Augen auf. Bitte.«

Bitte.

Ich hatte ihn noch nie auf diese Weise um etwas bitten hören. Mein träges Herz schlug schneller, und langsam gelangte ich wieder zu Bewusstsein. Es brachte einen brennenden, alles umfassenden Schmerz mit sich. Ich zwang mich, die Augen zu öffnen.

»Da ist sie ja.« Er lächelte, doch es wirkte gezwungen. Da waren keine Grübchen, keine Wärme und auch kein Leuchten in seinen goldenen Augen.

Ich weiß nicht, ob mir die Kraft fehlte, um dagegen anzukämpfen, oder ob ich einfach dumm war, aber ich tat etwas, das ich nicht mehr getan hatte, seit ich die Wahrheit über ihn erfahren hatte. Ich schickte meine immer schwächer werdenden Sinne aus und spürte den Kummer in ihm. Die Qualen reichten tiefer als je zuvor und fühlten sich nicht mehr wie Eissplitter auf meiner Haut an, sondern wie Dolche.

Wie Krallen.

Ich holte Luft und schmeckte Metall. »Es tut so weh.«

»Ich weiß«, sagte er, obwohl er nicht wusste, was ich meinte. Er sah mir in die Augen. »Ich bringe es wieder in Ordnung. Ich sorge dafür, dass der Schmerz verschwindet. Dass alles verschwindet. Du wirst keine einzige weitere Narbe davontragen.«

Verwirrung machte sich in mir breit. Wie wollte er das anstellen? Es waren zu viele Wunden. Ich hatte zu viel Blut verloren. Ich spürte bereits, wie die Kälte meine Beine hochstieg.

Ich würde sterben.

»Nein, wirst du nicht«, widersprach er, und ich merkte erst jetzt, dass ich es laut ausgesprochen hatte. »Das erlaube ich nicht.«

Er hob seinen Arm an seinen Mund, und ich sah ungläubig zu, wie sich seine scharfen Zähne, die ich bereits an meinem Hals gespürt hatte, in sein Handgelenk gruben. Ich schrie auf und hob die Hand, um sie auf die Wunde zu drücken.

Er hatte mich entführt. Er hatte getötet, um an mich heranzukommen. Er hatte mich verraten. Er war mein Feind, und wegen ihm fühlte ich mich wieder so hilflos wie als Kind.

Ich lag im Sterben.

Es sollte mich nicht kümmern, dass er blutete.

Aber das tat es.

Ich war eine Närrin.

»Ich sterbe als Idiotin«, murmelte ich.

Er runzelte die Stirn. »Du stirbst nicht«, wiederholte er und presste die Lippen aufeinander. »Und mir geht es gut. Du musst nur trinken.«

Trinken? Mein Blick fiel auf sein Handgelenk. Er meinte doch nicht …

»Casteel, meinst du wirklich ...?«, fragte Kieran zweifelnd.

Casteel?

»Ich weiß, was ich tue, und ich will weder deine Meinung noch deinen Rat.« Dunkelrotes Blut lief Hawkes Arm hinab.

Kieran schwieg, während ich entsetzt und fasziniert zugleich auf Hawkes Arm starrte. Er führte sein aufgerissenes Handgelenk an meinen Mund.

»Nein.« Ich wich zurück, kam aber nicht weit, denn sein Arm hielt mich fest umklammert. »Nein.«

»Du musst. Sonst stirbst du.«

»Lieber ... sterbe ich, als mich in ein Ungeheuer zu verwandeln.«

»Ein Ungeheuer?« Er lachte heiser. »Poppy, ich habe dir doch schon erklärt, wie die Hungernden entstehen. Das hier sorgt nur dafür, dass es dir besser geht.«

Ich glaubte ihm nicht. Ich konnte nicht. Denn wenn ich es tat, bedeutete das, dass er auch die Wahrheit gesagt hatte, was alles andere betraf, und dass die Aufgestiegenen die Bösen in dem Spiel waren. Dass Ian ...

»Du musst trinken«, wiederholte er. »Und du wirst trinken. Du wirst leben. Triff diese Entscheidung alleine, Prinzessin. Zwing mich nicht, sie für dich zu treffen.«

Ich wandte mich ab und atmete tief ein. Ein seltsamer Geruch stieg mir in die Nase. Es roch nicht nach Blut, nicht so wie die Hungernden. Es erinnerte mich an eiskalte Zitronenlimonade, frisch und säuerlich. Wie konnte Blut so riechen?

»Penellaphe«, drängte Hawke, und seine Stimme klang mit einem Mal anders. Weicher und tiefer, als hätte sie einen Nachhall. »Sieh mich an.«

Unsere Blicke trafen sich. Seine Augen ... der Honig schien sich wie ein Strudel zu drehen, und leuchtend goldene Flecken tanzten darin. Meine Lippen öffneten sich. Ich konnte den Blick nicht abwenden. Was machte er mit mir?

»Trink«, flüsterte er. Vielleicht brüllte er aber auch. Ich

war mir nicht sicher. Seine Stimme war überall. Um mich herum und tief in mir. Und seine Augen ... ich war wie gefesselt. Seine Pupillen wurden größer und größer. »Trink von mir.«

Ein Tropfen Blut fiel auf meine Lippen und sickerte in meinen Mund. Ein säuerlicher, aber dennoch süßer Geschmack breitete sich auf meiner Zunge aus. Mein Mund kribbelte. Hawke legte sein Handgelenk auf meine Lippen. Sein Blut rann in meinen Mund und ergoss sich dickflüssig und warm in meine Kehle.

Ein weit entfernter Teil meines Gehirns warnte mich, dies nicht zuzulassen. Es war falsch. Es würde ein Ungeheuer aus mir machen.

Doch der Geschmack ... er war mit nichts vergleichbar, was ich bis jetzt gekostet hatte. Es war wie eine Offenbarung. Ich schluckte und verlangte nach mehr.

»So ist es gut.« Hawkes Stimme klang noch tiefer und volltönender. »Trink.«

Und ich trank.

Ich trank, während sein Blick weiter auf mich gerichtet blieb und alles in sich aufnahm. Ich trank, und meine Haut begann zu summen. Ich trank und umklammerte seinen blutüberströmten Arm, bevor mir klar wurde, was ich tat. Sein Blut ... es war die pure Sünde, dekadent und üppig. Mit jedem Schluck nahm der Schmerz ab, und mein Herz beruhigte sich und schlug langsamer und gleichmäßiger.

Ich trank, bis mir die Augen zufielen. Bis ich von einem Kaleidoskop aus leuchtend blauen Farben umgeben war. Farben, die mich an das Stroud Meer erinnerten. Sie waren so klar wie der unberührte Ozean.

Aber das hier war kein Meer. Ich spürte den kalten, harten Felsen unter meinen Füßen, und Schatten drückten sich an meine Haut. Leises Lachen lenkte meinen Blick vom Wasser auf einen dunkelhaarigen ...

»Genug«, presste Hawke hervor. »Das reicht.«

Doch es war nicht genug. Noch nicht. Ich klammerte mich an sein Handgelenk und saugte gierig weiter. Es war, als wäre ich am Verhungern. Als hätte mir das hier mein ganzes Leben lang gefehlt.

»Poppy«, stöhnte Hawke und entzog mir seine aufgerissene Hand.

Ich folgte ihr mit dem Mund, denn ich wollte mehr, doch meine Muskeln waren weich wie Butter. Ich sank in seine Umarmung, und es war, als würde ich schweben. Meine Haut summte noch immer, und Wärme breitete sich in meiner Brust aus. Ich hatte keine Ahnung, wie viel Zeit vergangen war, seit Hawke meinen Namen gerufen hatte. Vielleicht nur Minuten, vielleicht auch Stunden.

Ich öffnete blinzelnd die Augen, und er starrte auf mich herab. Sein Gesicht war noch ein wenig verschwommen. Er hatte den Kopf zurück an die Wand gelegt und wirkte vollkommen entspannt, als hätte ich nicht gerade ein Wunder erlebt, sondern er.

»Wie fühlst du dich?«, fragte er.

Ich war mir nicht sicher, was ich darauf antworten sollte. Brannte mein Körper immer noch, als würde er in Flammen stehen? Stach und pulsierte er? Nein. »Mir ist nicht mehr kalt.«

»So sollte es sein.«

Er verstand nicht. »Ich fühle mich ... anders.«

Ein leises Lächeln huschte über sein Gesicht. »Gut.«

»Ich habe das Gefühl, als würde ... mein Körper nicht zu mir gehören.«

»Das vergeht nach ein paar Minuten. Entspann dich und genieße es.«

»Es tut nicht mehr weh.« Ich versuchte, meine Gedanken zu ordnen, doch sie schwirrten weiter durch meinen Kopf. »Ich verstehe das nicht.«

»Das liegt an meinem Blut.« Er hob die Hand und strich mir eine Strähne aus dem Gesicht. Ich erschauderte, und es gefiel mir. Mir gefielen die Gefühle, die er in mir auslöste. Das war schon immer so gewesen, aber jetzt sollte es nicht mehr so sein. »Das Blut der Atlantianer hat eine heilende Wirkung. Das habe ich dir doch schon erzählt.«

»Das ist unglaublich«, flüsterte ich.

»Ist es das?« Er griff nach meinem Arm und hob ihn hoch. »Hier wurdest du doch verletzt, oder?«

Mein Blick glitt über die Innenseite meines Unterarms. Ich sah getrocknetes Blut und Schmutz, aber die Krallen hatten die Haut nicht aufgerissen. Sie war vollkommen glatt.

»Und hier?«, fragte er, und sein Daumen strich über meinen Oberarm, direkt unter meiner Schulter. »Hatte dich hier nicht eine Pranke erwischt?«

Ich betrachtete die blasse Narbe, die mir die Hungernden als Kind zugefügt hatten, dann sah ich hoch zu seinem Daumen, der sanfte Kreise zeichnete. Es gab keine frischen Kratzer, keine klaffenden Wunden. Ich starrte ihn erstaunt an. »Da sind ... keine neuen Narben.«

»Du wirst keine Narben mehr dazubekommen«, sagte er. »Das habe ich dir doch versprochen.«

Das hatte er. »Dein Blut ist faszinierend.«

Das war es tatsächlich. Ich dachte an all die Möglichkeiten. Die Wunden, die geheilt, und die Leben, die gerettet werden konnten. Natürlich würden sich die meisten Leute weigern, Blut zu trinken, aber ...

Moment!

»Du hast mich dazu gebracht, dein Blut zu trinken.«

»Ja.«

»Wie?«

»Das ist eines der Dinge, die sich im Reifeprozess entwickeln. Aber nicht alle Atlantianer können ... so überzeugend sein.«

»Hast du das schon einmal getan? Mit mir?«

»Du würdest wohl nur zu gerne unsere bisherigen Begegnungen darauf schieben, aber ich muss dich enttäuschen, Poppy. Das hätte ich niemals getan, und es war auch nicht notwendig.«

»Aber jetzt hast du es getan.«

»Ja.«

»Du klingst nicht so, als täte es dir leid.«

»Tut es auch nicht«, erwiderte er, und ein herausforderndes Lächeln umspielte seine Lippen. »Ich habe dir gesagt, dass ich nicht zulassen werde, dass du stirbst. Und du wärst gestorben, Prinzessin. Ich habe dir das Leben gerettet. Ein *Danke* wäre also eine angemessene Reaktion.«

»Ich habe dich nicht darum gebeten.«

»Aber dankbar bist du trotzdem, nicht wahr?«

Ich presste die Lippen aufeinander, denn er hatte recht.

»Nur du würdest in so einer Situation auch noch widersprechen.«

Ich wollte nicht sterben – aber ich wollte mich auch nicht in eine Hungernde verwandeln. »Dann werde ich also kein ...«

»Nein.« Er seufzte und legte meinen Arm wieder zurück auf meinen Bauch. »Ich habe nicht gelogen, Poppy. Die Atlantianer haben die Hungernden nicht erschaffen. Das waren die Aufgestiegenen.«

Mein Herz machte einen Sprung, als mein Blick auf die freiliegenden Deckenbalken aus Holz fiel. Wir befanden uns nicht in der Zelle. Als ich mich umsah, entdeckte ich ein rustikales Bett mit dicken Decken und einem kleinen Tisch daneben. »Wir sind in einem Burgzimmer.«

»Wir brauchten ein wenig Privatsphäre.«

Ich erinnerte mich an Kierans Stimme, doch jetzt war er nirgends zu sehen. »Warum wollte Kieran nicht, dass du mich rettest?«

»Weil es verboten ist.«

Ich brauchte einen Moment, um mich zu erinnern, was er mir erzählt hatte. Mein Magen zog sich zusammen. »Werde ich jetzt zum Vampyr?«

Er lachte.

»Was ist daran so witzig?«

»Nichts.« Er grinste. »Ich weiß, dass du dich noch immer weigerst, mir zu glauben, aber tief im Inneren tust du es trotzdem. Sonst hättest du mir diese Frage nicht gestellt.«

Er hatte irgendwie recht, aber ich war geistig nicht klar genug, um mir darüber Gedanken zu machen.

»Um dich zu verwandeln, brauchst du viel mehr Blut als das.« Er lehnte den Kopf erneut gegen die Wand. »Und ich müsste mich aktiver beteiligen.«

Die Muskeln in meinem Unterbauch zogen sich zusammen, was bewies, dass sie doch nicht weich wie Butter waren. »Und ... wie würde das aussehen?«

Hawkes Lächeln wurde genauso sündig wie sein Blut. »Soll ich es dir zeigen?«

Meine Haut brannte. »Nein.«

»Lügnerin«, flüsterte er und schloss die Augen.

Die Wärme auf meiner Haut breitete sich aus, und ich fühlte mich nicht mehr, als würde ich schweben, sondern eher ... geerdet. Ich versuchte, nicht weiter darauf zu achten. »Geht es Naill und Delano gut?«

»Das wird schon wieder, und sie freuen sich sicher, dass du nach ihnen gefragt hast.«

Das bezweifelte ich.

Mein Körper fühlte sich noch immer nicht an, als würde er mir gehören. Nicht bei dieser Hitze, die in meine Muskeln sickerte, meine Haut zum Glühen brachte und bis in mein Innerstes drang. Vermutlich war es Hawke – sein Blut, das sich langsam in meinem Körper ausbreitete.

Er war in mir.

Ich hatte das Gefühl, die Kontrolle zu verlieren. So wie in der Nacht im Blutwald und in dem Zimmer über dem *Red Pearl*.

Meine Brust schmerzte, als läge ein schweres Gewicht auf mir, aber das lag nicht an meinen Verletzungen, mangelnder Luft oder Kälte. Nein. Es war wie in der Nacht, als Hawke mich berührt hatte. Als er mich ausgezogen und geküsst hatte. Überall. Ich begann zu schweben. Mein Inneres bebte, meine Haut summte. Rasiermesserscharfe Lust durchfuhr mich, und ein dunkles Verlangen brannte plötzlich in mir.

Hawkes Nasenflügel bebten, und seine Brust hob und senkte sich einen Augenblick lang nicht mehr. Sein Gesicht war noch immer verschwommen, aber je länger ich ihn ansah, desto heißer wurde mir.

»Poppy«, stieß er hervor.

»Was?« Meine Stimme klang süß wie Honig.

»Hör auf zu denken, was du gerade denkst.«

»Woher weißt du, woran ich gerade denke?«

Sein Blick fühlte sich an wie eine Liebkosung. »Ich weiß es.«

Ich drehte die Hüfte, und Hawkes Arm umfasste mich fester. »Nein, weißt du nicht.«

Er antwortete nicht, und ich fragte mich, ob er die glühende Lava in meinen Adern spürte. Die feuchte Hitze in meinem Inneren.

Ich biss mir auf die Lippe und schmeckte sein Blut. Ich schloss stöhnend die Augen. »Hawke?«

Er gab ein Geräusch von sich, und vielleicht sagte er auch etwas, aber ich konnte ihn nicht verstehen.

Ich streckte mich und atmete schnell und flach. Sein raues Hemd und die Hose berührten meine Haut und die harten, empfindlichen Spitzen meiner Brüste.

»Hawke«, keuchte ich.

»Nicht«, sagte er und versteifte sich. »Nenn mich nicht so.«

»Warum nicht?«

Es gab eine ganze Menge Dinge, die ich tun oder sagen sollte, aber ich konnte mich nur auf meinen brennenden Körper konzentrieren, der vor Verlangen pulsierte. Meine Hand glitt meinen Bauch hinauf, über die zerrissene Tunika hoch zu meiner Brust. Ich ließ mich von meinem Instinkt leiten, schloss die Finger darum und massierte sie. Ein fast schon schmerzhaftes Schaudern durchfuhr mich.

»Poppy«, presste Hawke hervor. »Was tust du da?«

»Ich weiß es nicht«, flüsterte ich und drückte den Rücken durch, während ich mich selbst streichelte. »Ich stehe in Flammen.«

»Das ist nur das Blut«, meinte er mit erstickter Stimme, und ich wusste, dass er mir zusah, was mich nur noch heißer machte. »Es vergeht. Aber du musst ... du musst mit dem aufhören, was du gerade tust.«

Doch ich konnte nicht. Mein Daumen kreiste um meine Brustwarze, und ich zog die Luft ein. Das hier erinnerte mich daran, was Hawke getan hatte, aber er hatte mehr benutzt als seine Hände. Ich wollte, dass er es wieder tat. Ein intensiver, pulsierender Schmerz breitete sich zwischen meinen Beinen aus. Ich presste die Oberschenkel zusammen, aber es wurde nur noch schlimmer. »Hawke?«

»Poppy, bei allen Göttern ...«

Mein Herz raste, als ich die Augen öffnete. Ich hatte recht gehabt. Er starrte mich an. Sein Blick war auf meine andere Hand gerichtet, die plötzlich einen eigenen Willen hatte und meinen Bauch hinab nach unten glitt.

»Küss mich!«

Er biss die Zähne aufeinander. »Das willst du nicht.«

»Doch.« Meine Finger waren an meinem Hosenbund angelangt. »Ich brauche es.«

»Das glaubst du nur jetzt gerade.« Seine Gesichtszüge verhärteten sich, und ich wusste, was das bedeutete. »Es ist nur das Blut.«

»Das ist mir egal.« Meine Fingerspitzen berührten die nackte Haut unter meinem Nabel. »Berührst du mich? Bitte?«

Hawke stieß ein tiefes Knurren aus. »Du glaubst, du hasst mich gerade? Wenn ich tue, worum du mich bittest, wirst du mich so sehr hassen, dass du mich am liebsten umbringen würdest.« Er brach ab, und seine Mundwinkel wanderten nach oben. »Na ja, zumindest noch mehr, als ohnehin schon. Du hast dich gerade selbst nicht unter Kontrolle.«

Was er sagte, ergab Sinn – und dann auch wieder nicht. »Nein.«

»Nein?« Er hob die Augenbrauen, doch sein Blick blieb auf meine Hand gerichtet.

»Ich hasse dich nicht«, erklärte ich ihm, und der Schmerz in meinem Herzen sagte mir, dass es stimmte. Was mich nicht so irritierte, wie es sollte.

Hawke knurrte erneut und schloss die Hand um mein Handgelenk. Ich hätte beinahe vor Freude geweint. Er würde mich berühren.

Doch er hielt mich lediglich fest.

»Hawke?«

»Ich habe Intrigen gesponnen, um dir alles zu nehmen, was du kanntest, und genau das habe ich am Ende auch getan. Aber das ist nicht das Schlimmste meiner Verbrechen. Ich habe Leute umgebracht, Poppy. An meinen Händen klebt so viel Blut, dass sie nie wieder sauber werden. Ich werde die Königin stürzen, die sich deiner angenommen hat, und dabei werden noch viele ihr Leben verlieren. Ich bin kein guter Mann.« Er schluckte. »Aber jetzt, in diesem Moment, versuche ich, einer zu sein.«

Ich spürte ein Flattern in meinem Bauch. Seine Worte

hätten mich wütend machen sollen, aber ich wollte ihn, und mein Denken war … na ja, ich tat sonst den ganzen Tag nichts anderes außer zu denken, und jetzt wollte ich das nicht länger.

»Ich will nicht, dass du ein guter Mann bist.« Ich packte ihn an seiner Tunika. »Ich will dich.«

Hawke schüttelte den Kopf, doch als ich meine Hand von seiner befreien wollte, beugte er sich über mich. Ich packte seine Tunika fester, als er nur wenige Zentimeter über mir innehielt. »In ein paar Minuten ist es vorüber, und dann wirst du mich wieder aus tiefster Seele hassen – und zwar aus gutem Grund. Du wirst es hassen, dass du mich gebeten hast, dich zu küssen und dich zu berühren. Aber selbst ohne mein Blut in dir weiß ich, dass du nie aufgehört hast, mich zu begehren. Und wenn ich wieder tief in dir bin – und das werde ich sein –, wirst du das Verlangen in dir nicht auf mein Blut schieben können.«

Ich starrte ihn an, und langsam lichtete sich der Nebel der Lust. Er hob meine Hand und brachte sie an seine Lippen. Er hauchte mir einen Kuss auf die Handfläche, und ich sah ihn überrascht an. Es war eine so zärtliche Geste, wie sie nur Liebende teilten.

Ich entzog ihm meine Hand, und er ließ los. Ich legte sie auf meine Brust. Das Kribbeln wurde weniger, doch das unerfüllte Verlangen pochte noch immer in mir. Es war beinahe so allumfassend wie vor wenigen Minuten, doch der Teil in mir, der langsam wieder zu sich kam, wusste, dass Hawke recht hatte. Was ich für ihn fühlte, hatte nichts mit seinem Blut in meinen Adern zu tun.

Meine Gefühle für ihn waren verwirrend und roh. Ich hasste ihn – und ich hasste ihn nicht. Er bedeutete mir etwas, so idiotisch das auch war. Und ich wollte ihn – seine Küsse, seine Berührungen.

Aber ich wollte ihm auch wehtun.

Wir waren keine Liebenden.

Wir waren Feinde, und wir würden nie etwas anderes sein. Ich war von Leuten umgeben, die mich hassten.

»Ich hätte nicht fortgehen sollen«, sagte er. »Ich hätte wissen sollen, dass so etwas passieren würde, aber ich hatte ihr Verlangen nach Rache unterschätzt.«

»Sie wollten mich umbringen.«

»Und dafür werden sie bezahlen.«

Das Gefühl zu schweben ließ immer mehr nach. Ich fuhr mit der Hand über mein Bein und war immer noch überrascht, dass ich keinen Schmerz verspürte. »Was hast du vor? Wirst du sie umbringen?«

»Ja«, sagte er, und meine Augen weiteten sich. »Und alle, die glauben, sie müssten vollenden, was sie angefangen haben.«

Ich starrte ihn an und bezweifelte keine Sekunde, dass er es ernst meinte. Doch er konnte nicht alle seine Unterstützer infrage stellen. Ich war hier nicht sicher. »Und ich? Was passiert mit mir?«

Er wandte den Blick ab, und sein Kiefer zuckte. »Was ich dir bereits gesagt habe. Ich biete dich der Königin im Tausch gegen Prinz Malik an, und ich schwöre, dass dir dabei kein Haar gekrümmt wird.«

Ich wollte etwas erwidern, doch dann erinnerte ich mich, wie Kieran ihn genannt hatte. Mein ganzer Körper versteifte sich, als ich in seine wunderschönen Augen sah. »Casteel?«

Er erstarrte.

»Kieran hat dich Casteel genannt.« Mein Blick wanderte über sein außergewöhnliches Gesicht, und mir kamen Lorens Worte in den Sinn. Sie hatte gehört, dass der dunkle Sohn sehr gut aussehend war. Dass er sich mit seinem Aussehen Zugang zu Gut Wintergold verschafft und Lady Everton verführt hatte ...

Und dann fielen mir Hawkes eigene Worte im *Red Pearl* wieder ein.

Mein Aussehen hat dazu geführt, dass ein paar Leute überaus fragwürdige Entscheidungen getroffen haben.

Mein Herz raste. Endlich passte alles zusammen. Unbedeutende kleine Andeutungen, die er hier und da fallen gelassen hatte, und größere Begebenheiten, wie etwa, als er mich in der Nacht, in der wir uns geliebt hatten, zum Schweigen gebracht hatte, als ich seinen Namen rufen wollte. Die Tatsache, dass alle seinen Befehlen folgten und sogar Jericho ihm gehorcht hatte, weil er sich nicht mit ihm anlegen wollte – obwohl ihn das am Ende nicht aufgehalten hatte. Die Art, wie Kieran und die anderen ihn Hawke nannten, als wäre der Name ein Witz.

Weil Hawke gar nicht sein Name war.

Und wir hatten uns nicht geliebt. Er hatte mich einfach genommen.

»Oh Götter.« Mir drehte sich der Magen um, und ich presste eine Hand auf den Mund. »Du bist er.«

Er schwieg.

Ich hatte Angst, mich zu übergeben, und umklammerte meine aufgerissene Tunika mit der Faust. »Das ist also mit deinem Bruder passiert. Deshalb diese Traurigkeit, wenn du an ihn denkst. Dein Bruder ist Malik, und dein Name ist nicht Hawke Flynn. Du bist der dunkle Sohn!«

»Ich bevorzuge den Namen Casteel oder Cas«, erwiderte er, und seine Stimme klang hart und abweisend. »Wenn du mich nicht so nennen willst, kannst du mich auch Prinz Casteel Da'Neer nennen, zweiter Sohn von König Valyn Da'Neer.«

Ich erschauderte.

»Aber nenn mich *niemals* dunkler Sohn. Das ist *nicht* mein Name.«

Entsetzen packte mich. Warum war mir das nicht früher

klar geworden? Die Zeichen waren da gewesen. Ich war so furchtbar dumm gewesen. Und das nicht nur einmal. Ich hatte es nicht einmal durchschaut, als ich erfahren hatte, dass er Atlantianer war. Ich hatte nicht erkannt, was sich direkt vor meiner Nase abgespielt hatte.

Es war tatsächlich *alles* eine Lüge gewesen.

Ich reagierte, ohne nachzudenken, und rammte meine Faust gegen seine Brust. Ich schlug ihn. Meine Hand schmerzte, als ich auf seine Wange einboxte, doch er ließ es geschehen. Er ließ es geschehen, als ich ihn an den Schultern packte und ihn anbrüllte, während mir die Tränen in die Augen stiegen. Ich schlug ihn weiter und immer weiter …

… bis er mich an den Schultern packte, mich an seine Brust zog und die Arme um mich schlang. »Hör auf, Poppy.«

»Lass mich los«, wimmerte ich, und meine Kehle brannte.

Mein Herz wurde von Qualen heimgesucht, die ich nur von anderen gekannt hatte. Beinahe hätte ich nachgespürt, ob sie von ihm kamen oder von mir, aber ich hielt inne.

Ich werde dich benutzen.

Der Schmerz gehörte mir. Er hatte mich nicht gerettet, weil ich ihm etwas bedeutete. Er hatte mir nicht versprochen, dass mir kein Haar gekrümmt werden würde, weil er sich um mich sorgte. Warum vergaß ich das ständig? Hawke …

Hawke war nicht einmal sein richtiger Name. Er hieß *Casteel.*

Und er verfolgte einen Plan. All unsere Gespräche, jeder Kuss, jede Berührung, jeder Moment, in dem er mir gesagt hatte, ich wäre tapfer und stark, ich würde ihn faszinieren, ich wäre anders als alle, die er bis jetzt kennengelernt hatte – er hatte das alles unter falschem Namen und als vollkommen anderer Mann getan, um mein Vertrauen zu erschleichen. Um mich dazu zu bringen, meine Deckung aufzugeben, damit ich Masadonien verließ und zusammen mit ihm in ein Schlangennest ritt, wo man mich entweder als die Jungfräuliche – als die Auserwählte, den Liebling der Königin – benutzen, oder mich aus demselben Grund umbringen wollte.

Ich kniff die Augen zusammen.

Er war schlimmer als Jericho und die anderen, die mich hatten umbringen wollen. Sie hatten wenigstens offen zugegeben, wonach ihnen der Sinn stand.

An Haw... nein, an Casteel war alles eine Lüge gewesen. Von seinem Namen und unserer ersten Begegnung im *Red Pearl* angefangen, hatte er alles nur getan, um mein Vertrauen zu erschleichen.

Es war ihm gelungen, und um welchen Preis?

Rylan war tot.

Phillips und Airrick und die anderen Wächter und Jäger waren tot.

Vikter war tot.

Meine Eltern waren tot.

Er hatte mir alle genommen, die mir etwas bedeutet hatten.

Und zu allem Überfluss hatte er mir auch noch mein Herz gestohlen.

Er hatte dafür gesorgt, dass ich mich in den dunklen Sohn verliebt hatte.

Und alles nur, damit er seinen Bruder retten konnte – was ich sogar nachvollziehen konnte.

Er hatte mich angelogen, auch wenn alles andere, was er erzählt hatte, offenbar der Wahrheit entsprach. Auch wenn die Geschichte, die man mich gelehrt hatte, ebenfalls eine Lüge war. Auch wenn die Aufgestiegenen Vampyre waren, die die Hungernden erschaffen hatten und verantwortlich dafür waren, was meinen Eltern und mir zugestoßen war. Auch wenn mein Bruder einer von ihnen war.

»Poppy?«

Ich rollte mich zur Seite, und meine Augen brannten. Ich brauchte Platz zum Atmen. Ich musste weg von hier, von ihm. Ich war hier nicht sicher. Nicht vor den anderen in der Burg. Und ganz sicher nicht vor ihm.

Denn je länger er mich hierbehielt, desto schwerer würde es mir fallen, mich an die Wahrheit zu erinnern. Desto verzweifelter würde ich glauben wollen, dass ich etwas Besonderes für ihn war, weil ich für *irgendjemanden* etwas Besonderes sein wollte. Egal für wen. Weil ich mehr sein wollte als eine Schachfigur. Je länger ich bei ihm war, desto eher würde ich vergessen, wie viel Blut an seinen Händen klebte.

Und dass er mir gerade zum zweiten Mal das Herz brach, denn genau das passierte gerade. Obwohl er mich schon einmal verraten hatte, bedeutete er mir noch immer etwas. Obwohl ich ihn hassen wollte. Ich *musste* ihn hassen, aber ich konnte es nicht. Das wusste ich, weil es sich so anfühlte, als würde ich gerade einen weiteren Tod sterben.

Wie hatte ich nur so dumm sein können?

Ich durfte nicht zulassen, dass es noch einmal passierte. Das durfte ich auf keinen Fall vergessen.

Panik erfasste mich, und ich zwang mich, die Augen zu öffnen. Mein Blick huschte durch das Zimmer. »Lass mich los.«

»Poppy«, wiederholte er und legte seine Finger in meinen Nacken. Ich versteifte mich, bis ich merkte, dass er meinen Puls maß. »Dein Herz klopft viel zu schnell.«

Das war mir egal. Es war mir egal, ob mein Herz in meiner Brust explodierte. »Lass mich los!«, brüllte ich.

Er lockerte seinen Griff weit genug, dass ich mich von ihm lösen und mich aufsetzen konnte. Sein Arm lag noch immer um meine Mitte. Ich legte eine Hand auf den Boden, um nicht das Gleichgewicht zu verlieren, da spürte ich den Dolch.

Den Dolch, mit dem Mr. Tulis auf mich eingestochen hatte. Die Klinge bestand aus Blutstein.

Mein Herz wurde schwer, als ich einen Blick darauf warf. Traurigkeit stieg in mir hoch und schnürte mir die Kehle zu. Ich konnte kaum atmen. Ich liebte einen Mann, der so vielen den Tod gebracht hatte.

Der mich hier alleine bei diesen Leuten – bei *seinen* Leuten – gelassen hatte, die mich umbringen wollten.

Der mich die ganze Zeit nur belogen hatte, einschließlich darüber, wer er wirklich war.

Mein Herz brach, und eine Eiseskälte breitete sich in mir aus. Ich würde nie wieder etwas anderes als diese Kälte spüren. Bis zu meinem Tod.

»Poppy ...«

Ich handelte nur noch instinktiv. Ich spürte den kalten Griff des Dolches nicht, als ich die Hand darum schloss, aber ich spürte, wie das Messer in seine Brust drang. Ich spürte sein warmes Blut auf meiner Hand.

Dann hob ich langsam den Blick und sah ihn an.

Seine bernsteinfarbenen Augen weiteten sich vor Überraschung, und er sah mir einen Moment in die Augen, bevor er nach unten blickte.

Dorthin, wo das Messer aus seiner Brust ragte.

Aus seinem Herzen.

39

ICH LIESS DEN DOLCH LOS, rutschte von Hawke herunter und robbte rückwärts. Ich konnte den Blick nicht von seinem schockierten Gesicht abwenden.

»Es tut mir leid«, flüsterte ich, und ich war mir nicht sicher, warum ich mich entschuldigte. Und warum sich meine Wangen feucht anfühlten. War es Blut?

Er hob den Blick von dem Dolch und sah mich an. »Du weinst.« Ein dünner Blutfaden rann aus seinem Mundwinkel.

Ich weinte tatsächlich. Ich hatte seit Vikters Tod nicht mehr geweint, doch jetzt strömten die Tränen über meine Wangen. Ich stemmte mich hoch und trat auf wackeligen Beinen einen Schritt zur Seite. Ich hatte keine Ahnung, was ich vorhatte oder wo ich hinwollte, aber ich schaffte es bis zur Tür. Sie war unversperrt.

»Es tut mir leid«, sagte ich erneut und zitterte am ganzen Körper.

Ein ersticktes Lachen entfuhr ihm, als er sich vorbeugte und sich mit einer Hand auf dem Boden abstützte. »Nein«, keuchte er. »Tut es nicht.«

Doch da irrte er sich.

Ich wandte mich ab, stolperte blindlings auf den leeren Flur. Kalte, feuchte Luft drang durch die Ritzen in der Mauer, aber ich spürte es kaum. Ich hatte keine Ahnung, wie man aus dieser Burg herauskam. Also ging ich einfach weiter.

Auf halbem Weg durch den Flur verschwanden Entsetzen und Trauer mit einem Mal, und der Instinkt übernahm das Kommando. Ich riss schwer atmend die Tür auf und rannte die enge Treppe hinunter und durch die offene Tür hinaus in ...

... den Schnee.

Einen Moment lang nahm mich die Schönheit der dicken Flocken gefangen. Eine dünne Schicht bedeckte bereits den Boden und die kahlen Bäume. Es war unheimlich still, und alles wirkte sauber und unberührt.

Eine Stimme aus dem Inneren der Burg riss mich aus meinen Gedanken. Ich lief über das schneebedeckte Gras in Richtung Wald. Ich wusste, dass ich keine Chance hatte zu fliehen. Ich war zu dünn angezogen, selbst wenn meine Kleider nicht zerrissen gewesen wären, und ich hatte keine Ahnung, wo ich hingehen sollte. Vermutlich lauerten im Wald Hungernde, und ganz sicher gab es hier zahllose dunkle Nachkommen. Ganz zu schweigen von den Wölfen, die sofort meine Fährte aufnehmen würden. Trotzdem rannte ich los. Ich rannte, und die dünnen Sohlen meiner Stiefel schlitterten über den schneebedeckten Waldboden. Ich rannte, weil ...

... ich ihn erstochen hatte.

Ich ihm einen Dolch ins Herz gerammt hatte.

Er war mittlerweile sicher tot.

Ich hatte ihn getötet.

Ein heiseres Schluchzen entfuhr mir, während sich Schneeflocken mit meinen Tränen mischten. Bei den Göttern, ich hatte es tun müssen. Alles an ihm – und an uns – war eine Lüge gewesen. Ich hatte es tun müssen. Ich hatte ...

Es gab keine Vorwarnung – kein Geräusch, kein gar nichts.

Plötzlich schlang sich ein Arm um meine Hüfte und fing mich ab. Ich kreischte, als meine Beine unter mir fortgerissen wurden, doch ich fiel nicht. Ich wurde zurückgeschleudert und krachte gegen eine harte, warme Brust. Meine Füße strampelten gute zwanzig Zentimeter über dem Boden.

Der Schock verschlug mir den Atem. Ich wusste, wer mich umklammerte, noch bevor er etwas sagte. Es war der Geruch nach Gewürzen und Kiefernholz. Es war die plötzliche, wutverzerrte Qual, die meinem eigenen Schmerz entsprach und durch meine Verbindung zu ihm nun zu mir herüberströmte, nachdem ich vergessen hatte, sie zu sichern. Zum ersten Mal, seit wir uns kannten, wurde er von seinen Gefühlen überwältigt. Und ich mit ihm.

Das hier war nicht Hawke, zu dem ich viel zu schnell Vertrauen gefasst hatte.

Es war nicht der Wächter, der geschworen hatte, mich mit seinem Leben zu beschützen, der nun mit der Faust nach meinen Haaren griff und meinen Kopf zurückzog.

Es war nicht Hawkes heißer Atem, der über meinen nackten Hals strich.

Es war Prinz Casteel Da'Neer von Atlantia.

Der dunkle Sohn.

»Im Gegensatz zu den Wölfischen und den Aufgestiegenen kann man einen Atlantianer nicht durch einen Stich ins Herz töten«, knurrte er und riss meinen Kopf noch weiter zurück. »Wenn du mich töten willst, solltest du das nächste Mal auf den Kopf zielen, Prinzessin. Aber viel schlimmer ist, dass du es vergessen hast.«

»Was habe ich vergessen?«

»Dass es *echt* war.«

Und dann biss er zu.

Zwei nebeneinanderliegende Einstiche sandten einen feurigen Schmerz von meinem Hals durch meinen ganzen Körper, und ich zuckte zusammen. Der Schmerz war atemberaubend. Ich konnte mich nicht bewegen, ich konnte nicht einmal schreien.

Sein Arm um meine Hüfte glich einem Schraubstock, als er an der Wunde zu saugen begann, die seine Eckzähne hinterlassen hatten. Ich zitterte, und meine Augen weiteten sich, während sich meine Hand um seinen Arm schloss. Ich grub die Nägel in sein Fleisch. Das Brennen und das überwältigende Ziehen an meinem Hals, während mein Blut ungehindert in ihn rann, brachte alles zum Erliegen. Ein Schrei stieg in mir hoch und drängte sich an dem Schmerz vorbei ...

Und dann veränderte sich plötzlich alles. Es geschah nur wenige Sekunden, nachdem er seine Zähne in meinem Hals versenkt hatte.

Der Schmerz verwandelte sich in etwas anderes, das genauso überwältigend war, wenn auch auf andere Art. Ein neuer Schmerz erwachte in mir und sandte eine Hitze aus, bis mein Körper wie flüssige Lava brannte.

Ich konnte nichts mehr sehen, während sich die Hitze in meiner Brust, meinem Bauch und schließlich zwischen meinen Schenkeln ausbreitete. Er saugte ein letztes Mal an mir, und dieses Mal ging das Gefühl bis in mein tiefstes Inneres. Mein Körper zuckte, und die Erregung schwemmte mich mit sich fort.

Er stöhnte, sein Griff wurde noch fester, und ich spürte ihn, hart und prall an meinem Rücken. Ich packte seinen Arm, als die Spannung in mir immer größer und größer wurde.

Im nächsten Augenblick ließ er ohne Vorwarnung von mir ab. Ich stolperte nach vorne und wäre beinahe gefallen. Ich wandte mich zitternd vor Verwirrung und Lust zu ihm um.

Er stand einige Meter entfernt, und seine Brust hob und senkte sich keuchend. Seine Augen waren geweitet. Seine Lippen blutverschmiert.

Ich presste mir eine Hand auf den Hals, und meine Fingerspitzen spürten feuchte Wärme. Ich machte einen Schritt zurück.

»Ich kann es nicht glauben«, sagte er und leckte sich mit der Zunge über die Unterlippe. Er schloss einen Moment lang die Augen und erschauderte, dann stieß er ein Knurren aus, das mich an die Wölfe erinnerte. Seine Lider hoben sich, und seine Pupillen waren nur noch als dünner Strich in dem Bernstein zu erkennen. »Dabei hätte ich es wissen müssen.«

Bevor ich darüber nachdenken konnte, was er damit meinte oder was als Nächstes passieren würde, stürzte er sich auf mich. Er war so schnell, dass ich ihn nicht einmal gesehen hatte.

Seine Lippen pressten sich auf meine, während eine Hand erneut nach meinen Haaren griff. Ich wurde nicht geküsst.

Ich wurde *verschlungen*. Ich schmeckte mein Blut auf seinen Lippen, auf seiner Zunge. Ich schmeckte ihn.

Ich wusste nicht, wann genau ich begann, seinen Kuss zu erwidern. War es erst nach ein paar Sekunden oder von dem Moment an, als sich unsere Lippen berührt hatten? Ich wusste nur, dass ich mich nach ihm verzehrte. Egal, ob richtig oder falsch, ich wollte ihn.

Deshalb wehrte ich mich nicht, als er mich auf dem Boden ablegte. Der Gegensatz zwischen dem kalten Schnee unter meinem Rücken und dem heißen Körper, der sich auf mich presste, ließ mich aufstöhnen. Was er vermutlich nicht einmal hörte, weil er so in seinen hungrigen Küssen aufging. In diesem Moment wurde mir klar, wie sehr er sich bis jetzt zurückgehalten hatte, wenn er mich geküsst hatte. Jetzt musste er nicht mehr verstecken, wer er war.

Er schmiegte sich an mich, während seine Hand über meine Mitte zu meiner Hüfte glitt. Wir rieben uns keuchend aneinander. Seine Zähne knabberten an meiner Unterlippe.

Ich spürte einen kurzen Stich, und er erschauderte, als der metallische Geschmack erneut unsere Münder füllte.

Er ließ von mir ab und hob den Kopf, um auf mich hinunterzusehen. »Sag mir, dass du es willst.« Seine Hüften rieben sich immer noch an meinen. »Sag, dass du mehr brauchst.«

»Mehr«, flüsterte ich, bevor ich überhaupt nachdenken konnte, was er da tat. Wer er war.

»Verdammt! Danke!«, knurrte er. Seine Hand glitt zwischen uns und riss so fest an meiner Hose, dass meine Hüften nach oben gezogen wurden. Knöpfe sprangen in den Schnee.

»Götter«, murmelte ich.

Er stieß ein kurzes, raues Lachen aus und schob meine Hose nach unten, bis sie nur noch an einem Knöchel hing. »Dir ist klar, dass deine Tunika hinüber ist, oder?«

»Wies ...?«

Stoff riss, und das erklärte wohl alles. Ich senkte den Blick und sah meine nackten Brüste. Er starrte ebenfalls hinunter, während er an seiner eigenen Hose zerrte. Sein Blick wanderte über das getrocknete Blut auf meinem Bauch zurück zu meinen Brüsten, deren Spitzen hart wurden.

»Ich bringe sie um«, flüsterte er. »Ich bringe sie alle um, verdammt noch mal.«

Ich dachte nicht, dass er von meinen alten Narben sprach.

Und dann dachte ich gar nichts mehr.

Er küsste mich und drängte sich zwischen meine Beine, und dann ... begann die Welt um mich, sich zu drehen.

Dieses Mal gab es kein langsames Vorspiel, keine langen Küsse oder Zärtlichkeiten. Ich spürte einen kurzen Schmerz, der jedoch sofort von einem pulsierenden Verlangen abgelöst wurde, und im nächsten Augenblick gab es nichts mehr in meinem Körper, meinem Geist oder zwischen uns, außer dem, was wir fühlten. Es gab bloß ihn und mich, den Geschmack meines Blutes auf unseren Lippen und sein Verlangen, das ich nicht wirklich verstand.

Der Schnee fiel dichter und bedeckte seinen Rücken und seine Haare, während wir uns aneinanderklammerten. Nur unsere Küsse, unsere Körper, die aufeinandertrafen, und unser leises Stöhnen war zu hören.

Schließlich wanderte sein Mund zu meinem Kinn und weiter hinab, bis seine Lippen und seine scharfen Zähne über meinen Hals glitten. Ein Schaudern durchfuhr mich, als er innehielt. Würde er mich erneut beißen? Anstelle von Angst durchflutete mich eine dunkle Hitze. Der Schmerz hatte nur kurz angedauert, und was danach gekommen war ...

Ich krallte mich an seine Schultern. Zu verloren in unserem Tun, um zu überlegen, ob ich es wirklich wollte. Zu verloren, um an die Konsequenzen zu denken.

Ich spürte seine Zunge auf meiner Haut, die über das empfindliche Mal strich, das er hinterlassen hatte. Dann hob er den Kopf. Ich sah seine Augen gerade lange genug, um zu erkennen, dass seine Pupillen kaum noch zu sehen waren, bevor er den Kopf wieder senkte und seine Lippen erneut auf meine trafen.

Und dann bewegte er sich von Neuem.

Seine Hüften zogen sich zurück und stießen nach vorne. Kreisten und rieben, während seine Finger mit meiner Brust spielten. Er bewegte sich langsam, und die Spannung wurde mehr und mehr. Ich erschauderte unter ihm, und ich vergrub die Finger in seinen schneefeuchten Haaren.

Das Ziehen wurde stärker und stärker, bis ich seine langsamen, bedächtigen Bewegungen nicht mehr aushielt. Sein herausforderndes Kreisen. Ich hob ihm die Hüften entgegen, um ihn dazu zu bringen, sich schneller zu bewegen, tiefer in mich zu dringen, doch er reagierte nicht, bis ich einen Schrei ausstieß und an seinen Haaren riss.

Er stieß ein Geräusch aus zwischen Lachen und Knurren und hob den Kopf. »Ich weiß, was du willst, nur …«

Mein Herz pochte wie verrückt. »Nur was?«

»Ich will, dass du meinen Namen sagst.«

»Wie bitte?«

Er bewegte sich weiter in unerträglich langsamen Kreisen. »Ich will, dass du meinen richtigen Namen aussprichst.«

Ich schnappte nach Luft.

Er hielt erneut inne, und seine Augen leuchteten. »Mehr verlange ich nicht.«

Mehr verlangte er nicht? Das war mehr als genug.

»Es geht um das Bekenntnis«, erklärte er. »Du sollst zugeben, dass du ganz genau weißt, wer in dir ist und wen du begehrst, obwohl dir klar ist, dass du es nicht tun solltest. Obwohl du dir nichts mehr wünschst, als nicht zu fühlen, was du fühlst. Ich will, dass du meinen richtigen Namen sagst.«

»Du Bastard«, flüsterte ich.

Ein Mundwinkel wanderte nach oben. »So werde ich ab und zu genannt, aber das ist nicht der Name, den ich hören will, Prinzessin.«

Ich hätte ihm so gerne widerstanden.

»Wie sehr willst du es, Poppy?«, fragte er.

Ich packte seine Haare fester und zog seinen Kopf zu mir nach unten. Seine leuchtenden Augen blitzten überrascht auf. »Sehr«, knurrte ich. »Eure *Hoheit*.«

Er öffnete den Mund, doch ich hob die Beine, schlang meine Hüften um ihn und nutzte das Überraschungsmoment und meine Wut auf ihn. Ich rollte ihn auf den Rücken und hatte wirklich vorgehabt, aufzustehen und ihn liegen zu lassen, aber ich hatte unterschätzt, welche Auswirkungen es hatte, wenn ich mich nach hinten lehnte und …

Mein Schrei ging in seinem Stöhnen unter, als ich meine

Hände auf seine Brust presste. *Götter*. Dieses Ausgefülltsein war beinahe zu viel.

»Oh«, flüsterte ich und atmete keuchend ein.

Seine Brust hob und senkte sich genauso ruckartig. »Hör zu.«

»Was?« Ich krümmte die Zehen in meinen Stiefeln.

»Du musst meinen Namen nicht sagen«, sagte er mit halb geschlossenen Augen. »Ich will nur, dass du das noch einmal machst, denn wenn du dich jetzt nicht bewegst, kann es sein, dass du mich tatsächlich umbringst.«

Ich stieß ein überraschtes Kichern aus. »Ich ... ich weiß nicht, was ich tun soll.«

Sein Gesicht wurde einen Augenblick weicher, auch wenn dunkles Verlangen aus seinen halb geschlossenen Augen blitzte. »Beweg dich.« Er legte die Hände auf meine Hüften. Er hob mich einige Zentimeter hoch und ließ mich wieder nach unten sinken, dann stieß er ein tiefes Brummen aus. »So. Du kannst nichts falsch machen. Wie kommt es, dass du das immer noch nicht weißt?«

Ich war mir nicht sicher, was er damit meinte, aber ich tat, was er mir gesagt hatte, und bewegte mich auf und ab, während der Schnee auf sein Hemd fiel. Meine Hand glitt nach vorne, und mein Becken bewegte sich mit. Er traf einen empfindlichen Punkt tief in mir, der eine Welle der Lust durch meinen Körper sandte.

»So?«, hauchte ich.

Seine Hände umklammerten meine Hüften. »Genau so.«

Bei jeder Bewegung meiner Hüften traf er den Punkt erneut, und weitere Wellen durchbrandeten mich. Ich bewegte mich schneller und schneller, und ich wusste, dass er mich mit halb geschlossenen Augen beobachtete. Ich legte den Kopf in den Nacken und spürte seinen Blick auf meinen Brüsten und dort, wo wir eins wurden, und das Wissen darum war zu viel.

Die Spannung entlud sich und zerriss mich in tausend Stücke. Ich schrie auf, während mein ganzer Körper bebte und die Lust mich fortschwemmte.

Er rollte sich erneut auf mich und schob die Hüften nach vorne. Sein Mund nahm von meinem Mund Besitz, und sein Körper tat dasselbe. Er stieß in mich, bis die Spannung erneut wuchs. Die Wucht, als er die Kontrolle verlor, war gigantisch. Sein gewaltiger Körper bäumte sich über mir auf und drang in mich, sein Schrei ging in unseren Küssen unter, und schließlich erschauderte er.

Ich weiß nicht, wie lange wir so dalagen, während der Schnee auf uns herabfiel. Unsere Herzen schlugen wieder langsamer, der Atem wurde ruhiger, doch ich hielt seine Schultern immer noch umklammert, und er presste die Stirn gegen meine. Schließlich spürte ich, wie sein Daumen zärtlich meine Hüfte liebkoste.

Die Hitze der Leidenschaft war verebbt, und ich fühlte weder Reue noch Scham. Bloß ... Verwirrung.

»Ich ... ich verstehe das nicht«, flüsterte ich mit heiserer Stimme.

»Was verstehst du nicht?«, fragte er.

»Das alles. Wie ist es überhaupt so weit gekommen?« Ich zuckte zusammen, als er langsam aus mir herausglitt.

Er hielt inne und runzelte die Stirn. »Geht es dir gut?«

»Ja.« Ich schloss die Augen, und er verharrte noch einen Moment, bevor er sich neben mich legte.

»Bist du sicher?«

Ich nickte.

»Sieh mich an und sag mir, dass du keine Schmerzen hast.«

Ich öffnete die Augen und sah ihn an. Er stützte sich auf den Ellbogen und schien den Schnee gar nicht zu bemerken.

»Es geht mir gut.«

»Du bist zusammengezuckt. Ich habe es gesehen.«

Ich schüttelte ungläubig den Kopf. Meine Gabe war vollkommen nutzlos, denn ich fühlte so viel, dass ich mich nicht konzentrieren konnte. Ich konnte ihm nichts vormachen. »Genau das verstehe ich nicht. Es sei denn, ich hätte mir die letzten Tage nur eingebildet.«

»Du hast dir nichts eingebildet.« Er musterte mein Gesicht, und ich blinzelte den Schnee von meinen Wimpern. »Wünschst du dir, das hier wäre nie passiert?«

Ich konnte lügen, aber ich tat es nicht. »Nein. Du?«

»Nein, Poppy. Ich hasse es, dass du mich so etwas überhaupt fragen musst.« Er wandte den Blick ab, und sein Kiefer zuckte. »Als wir uns zum ersten Mal begegnet sind, war es ... ich weiß auch nicht. Ich fühlte mich zu dir hingezogen. Ich hätte dich damals schon mitnehmen können. Es hätte uns so manches erspart, aber ich ... ich habe einiges aus den Augen verloren. Immer, wenn ich in deiner Nähe war, hatte ich das Gefühl, als würde ich dich kennen. Und ich glaube, dass ich jetzt den Grund dafür weiß.«

Er tat, als wäre das die Antwort auf die Frage, wie wir von der Tatsache, dass ich ihm einen Dolch ins Herz gerammt hatte, dazu gekommen waren, uns die Kleider vom Leib zu reißen. Ich erschauderte in der kalten, feuchten Luft, als ich erneut den Kopf schüttelte.

Dass wir uns zueinander hingezogen fühlten erklärte gar nichts.

»Dir ist kalt.« Er stand in einer einzigen, fließenden Bewegung auf und schloss seine Hose mit dem einzigen Knopf, der noch übrig war, bevor er mir die Hand entgegenstreckte. »Wir müssen raus aus dem Schnee.«

Das mussten wir. Na ja, zumindest ich. Er vermutlich nicht, wenn man bedachte, dass ich ihn erstochen hatte und es ihm nur Minuten später schon wieder gut ging.

Ich reichte ihm meine Hand und hatte das Bedürfnis, ihn

daran zu erinnern, was passiert war. »Ich habe versucht, dich umzubringen.«

»Ich weiß.« Er zog mich hoch. »Und ich kann es dir nicht verübeln.«

Ich starrte ihn verwirrt an. Er kniete nieder und zog im Aufstehen meine Hose hoch. »Nicht?«

»Nein. Ich habe dich belogen. Ich habe dich hintergangen und war nicht ganz unbeteiligt an dem Tod einiger Leute, die du sehr gerne hattest«, erklärte er, und es klang, als würde er eine Liste herunterbeten. »Ich bin überrascht, dass du es nicht schon früher versucht hast.«

Ich starrte ihn immer noch an.

»Und ich bezweifle, dass es das letzte Mal war.« Er verzog das Gesicht, als er versuchte, die Hose zu schließen und merkte, dass die Knöpfe im Schnee verloren gegangen waren. »Verdammt«, murmelte er und griff nach meiner Tunika. Sie war in der Mitte auseinandergerissen. Er hielt die beiden Teile zusammen, als würden sie wie von Zauberhand zusammenwachsen, fluchte erneut und gab auf. Dann zog er sich seine Tunika über den Kopf. »Hier.«

Ich stand wie erstarrt vor ihm und fragte mich, ob ich unter dem Blutverlust litt, oder ob es die Trägheit nach dem Orgasmus war. Vielleicht war es eine Mischung aus beidem, jedenfalls verstand ich gar nichts mehr. »Bist du nicht wütend?«

Er hob eine Augenbraue. »Bist du denn nicht mehr wütend auf mich?«

Darüber musste ich nicht lange nachdenken. »Doch, ich bin noch immer wütend.«

»Und ich bin ebenfalls wütend, weil du mir einen Dolch in die Brust gerammt hast.« Er trat auf mich zu. »Und jetzt heb die Arme hoch.«

Ich hob die Arme.

»Du hast übrigens direkt ins Schwarze getroffen«, fuhr er

fort und zog mir seine Tunika über. »Deshalb habe ich eine Minute gebraucht, bis ich bei dir war.«

»Es war länger als eine Minute.« Meine Stimme drang unter der Tunika hervor, bevor mein Kopf durch den Kragen stieß.

Sein Mundwinkel wanderte nach oben, während er die Ärmel nach unten zog. »Es hat *einige* Minuten gedauert.«

Ich betrachtete das ausgefranste Loch auf der Vorderseite der Tunika. Es befand sich nicht auf Höhe meiner Brust, sondern über meinem Bauch. Mein Blick wanderte zu seiner nackten Brust und fiel auf eine rosafarbene, gezackte Wunde. Mir drehte sich der Magen um, und ich schüttelte den Kopf. »Wird es verheilen?«

»In ein paar Stunden ist nichts mehr zu sehen. Vermutlich sogar früher.«

»Atlantianisches Blut«, flüsterte ich und schluckte.

»Mein Körper beginnt sofort nach einer nicht tödlichen Verletzung mit der Selbstheilung«, erklärte er. »Und ich habe getrunken, das hilft ebenfalls.«

Ich habe getrunken.

Meine Hand schoss zu meinem Hals und den beiden winzigen Punkten, die ebenfalls bereits verheilten. Ein kurzer Lustblitz durchzuckte mich. Ich senkte eilig die Hand. »Passiert irgendetwas mit mir, weil du ... getrunken hast?«

»Nein, Poppy. Dafür habe ich nicht genug genommen, genau wie du vorhin nicht genug von mir genommen hast. Vermutlich wirst du später müde sein, aber das ist alles.«

Ich betrachtete erneut seine Wunde. »Tut es weh?«

»Ein wenig«, murmelte er.

Ich glaubte ihm nicht, also legte ich eine Hand neben die Wunde auf seiner Brust und rief meine Gabe. Ich spürte, wie ich mich öffnete, und schickte meine Sinne aus. Er rührte sich nicht. Der Schmerz, den ich immer in ihm spürte, war noch da und war sogar noch stärker geworden, aber er hatte ihn wieder unter Kontrolle gebracht. Doch da war noch ein anderer Schmerz. Er war heiß. Körperlich. Die Wunde mochte heilen, aber es tat weh, und zwar mehr als nur *ein wenig*.

Ich handelte, ohne nachzudenken. Ich nahm ihm den Schmerz – beide, den kalten und den heißen –, doch dieses Mal dachte ich nicht an die Strände am Strout Meer. Ich dachte daran, wie ich mich gefühlt hatte, als er in mir war. Als er sich in mir bewegt hatte.

Und das verwirrte mich noch mehr.

Er legte seine Hand auf meine, und als ich aufsah, erkannte ich, dass die verhärmten Linien um seinen Mund verschwunden waren. Staunen lag in seinem Blick. »Ich hätte es damals schon wissen müssen.« Er brachte meine von seinem und meinem Blut bedeckte Hand an seine Lippen und küsste meine Fingerknöchel.

»Was hättest du wissen müssen?«, fragte ich und versuchte, das Gefühl zu ignorieren, das diese zärtliche Geste in mir auslöste.

»Ich hätte wissen müssen, warum sie dich unbedingt zur Jungfräulichen machen wollten.«

Ich konnte ihm nicht recht folgen, aber vermutlich war mein Gehirn zu benebelt.

»Komm.« Er zog mich mit sich.

»Wohin gehen wir?«

»Jetzt? Zurück in die Burg, damit wir uns waschen können und ...« Er verstummte und seufzte, als er sah, dass ich verzweifelt versuchte, meine Hose hochzuziehen. Ehe ich mich versah, hatte er mich hochgehoben, und ich lag in seinen Armen. Gerade so, als würde ich nicht mehr wiegen als ein verschrecktes Kätzchen. »Damit du dir eine neue Hose anziehen kannst.«

»Die hier war meine einzige.«

»Ich besorge dir eine neue.« Er ging mit großen Schritten weiter. »Ich finde sicher ein Kind, das sich für ein paar Münzen von seiner Hose trennt.«

Ich runzelte die Stirn.

Ein kaum merkliches Grinsen umspielte seine Lippen, als er um einen heruntergefallenen Ast herumging.

»Und dann?«, fragte ich.

»Dann bringe ich dich nach Hause.«

Mein Herz setzte zum hundertsten Mal an diesem Tag aus. »Nach Hause?« Das hatte ich nicht erwartet. »Meinst du nach Masadonien? Oder Carsodonien?«

»Weder noch.« Er sah mich an, und seine Augen glichen einem Meer aus Geheimnissen. Sein Mund verzog sich zu einem breiten Lächeln, das mir den Atem raubte. »Ich bringe dich nach Atlantia.«

40

ICH KAM IN DASSELBE ZIMMER, in dem er mir sein Blut zu trinken gegeben und ich ihn anschließend erstochen hatte. *Ihn*. Ich starrte auf den feuchten, dunklen Fleck auf dem Holzboden hinunter, wo das Blut bereits fortgewischt worden war.

Ihn.

Ich musste aufhören, so zu tun, als hätte er keinen Namen. Denn er *hatte* einen Namen. Einen richtigen Namen. Ich musste ihn nicht laut aussprechen – vor allem nicht, wenn er es verlangte –, aber ich musste aufhören, so zu tun, als sei er ein Namenloser. Oder Hawke.

Sein Name war Casteel. Cas.

Und hier in diesem Zimmer hatte er mir das Leben gerettet, und ich hatte versucht, ihm seines zu nehmen.

Er hatte Erfolg gehabt.

Ich nicht.

Mein Blick huschte zu Kieran, der neben der Tür stand und mich ansah, als könnte ich jeden Moment aus dem Fenster springen. Er hob eine Augenbraue, und ich wandte mich ab.

Er war gegangen – um etwas zu erledigen, die Götter mochten wissen, was – und hatte Kieran als meinen Wächter abgestellt. Nachdem er fort war, war eine Schar Dienstboten ins Zimmer geeilt. Sie hatten die Badewanne mit dampfendem Wasser gefüllt und eine schwarze Hose und eine frische Tunika auf das Bett gelegt.

Ich war fast ein wenig überrascht, dass er mich hierhergebracht hatte und nicht in eine Zelle. Ich war mir nicht sicher, was das bedeutete, oder ob das, was es vielleicht bedeutete, überhaupt von Bedeutung war.

Meine Gedanken versanken immer noch im Chaos. Ich hatte keine Ahnung, was hier los war, und er hatte keine einzige der Fragen beantwortet, die auf dem Rückweg aus mir herausgesprudelt waren. Zum Beispiel die Frage danach, ob Atlantia überhaupt noch existierte.

Denn bisher war ich der Meinung gewesen, dass es während des Krieges dem Erdboden gleichgemacht worden war.

Andererseits hatte sich vieles, was ich zu wissen geglaubt hatte, als falsch herausgestellt.

Ich rieb mit der Hand über meine Wange und warf einen weiteren Blick in Kierans Richtung. »Existiert Atlantia wirklich noch?«

Falls meine Frage ihn überraschte, ließ er es sich nicht anmerken. »Warum sollte es nicht?«

»Mir wurde erzählt, dass das Ödland ...«

»... einmal Atlantia war?«, unterbrach er mich. »Die Ebene war ein Außenposten, aber das Königreich ist viel größer.«

»Dann existiert es also noch?«

»Warst du schon einmal hinter den Skotos Bergen?«

Ich verzog den Mund. »Beantwortest du eine Frage immer mit einer Gegenfrage?«

»Tue ich das?«

Ich warf ihm einen amüsierten Blick zu.

Ein leises Lächeln erschien, war aber gleich wieder verschwunden.

»Niemand war jemals hinter den Skotos Bergen«, erklärte ich ihm. »Dort gibt es nur noch mehr Berge.«

»Berge, die so hoch sind, dass ihre Gipfel im tiefsten

Nebel verschwinden? Dieser Teil stimmt, aber die Berge reichen nicht bis in die Unendlichkeit, Penellaphe, und im Nebel dort verstecken sich vielleicht keine Hungernden, aber er ist trotzdem nicht von der Natur gegeben«, sagte er, und ich erschauderte. »Der Nebel ist als Schutz gedacht.«

»Inwiefern?«

»Er ist so dicht, dass man absolut nichts sehen kann. Und dann sieht man plötzlich *alles*.« Ein seltsames Licht schien in seinen blassblauen Augen. »Alle, die den Nebel betreten, würden am liebsten sofort wieder umkehren.«

»Und die, die nicht umkehren?«

»Die schaffen es nicht auf die andere Seite.«

»Weil sich dort Atlantia befindet?«

»Was denkst du denn?«

Ich dachte, dass eine Unterhaltung mit Kieran einiges an Geduld erforderte, die ich im Moment nicht hatte.

»Willst du denn nicht baden?«, fragte er.

Natürlich wollte ich das. Ich war nicht nur voller Schmutz und Blut, mir war auch kalt bis auf die Knochen, und ich trug immer noch *seine* blutverschmierte Tunika.

Aber ich wollte es ihnen auch nicht zu leicht machen, weil ich so verdammt verwirrt und außerdem auch unglaublich müde war. Wovor *er* mich immerhin gewarnt hatte. »Was, wenn nicht?«

»Das ist deine Entscheidung«, sagte Kieran. »Aber du riechst nach Casteel.«

Ich zuckte zusammen, als ich seinen Namen hörte. Seinen richtigen Namen. »Ich trage seine Tunika.«

»Das meine ich nicht.«

Es dauerte eine Sekunde, bis ich verstand, was er meinte. Ich sah ihn ungläubig an. »Du kannst riechen, dass ...«

Kierans Grinsen konnte man nur als wölfisch bezeichnen.

»Ich nehme ein Bad.«

Er kicherte.

»Halt die Klappe«, fauchte ich, schnappte die frischen Kleider und eilte ins Badezimmer. Als ich die Tür hinter mir schloss, stellte ich genervt fest, dass man nicht abschließen konnte.

Ich fluchte leise und sah mich um. An der Wand gab es mehrere Haken, auf die ich die Tunika und die Hose hängte, dann zog ich mich rasch aus und stieg in die Wanne.

Ich ignorierte den stechenden Schmerz an einer sehr intimen Stelle und sank in das nach Lavendel duftende Wasser. Ich erlaubte mir keinen einzigen Gedanken, während ich mir das Blut von der Haut schrubbte. Meines und seines. Mein Magen zog sich zusammen. Ich griff nach der Seife, wusch mir die Haare und tauchte anschließend den Kopf ins Wasser.

Ich blieb so lange unter Wasser, bis meine Lunge brannte und weiße Punkte hinter meinen geschlossenen Lidern tanzten. Erst dann durchbrach ich die Oberfläche und schnappte keuchend nach Luft.

Was sollte ich bloß tun? Mit ihm? Mit allem.

Ein wieherndes Lachen entfuhr mir. Ich hatte keine Ahnung, wo ich anfangen sollte. Ich hatte gerade erfahren, dass das Königreich von Atlantia immer noch existierte, und das schien noch das am wenigsten Verrückte der letzten Stunden zu sein. Oh Götter, ich hatte immer noch keine Ahnung, wie ich freiwillig in seine Arme sinken konnte, nachdem ich herausgefunden hatte, wer er wirklich war – und ihm einen Dolch in die Brust gerammt hatte.

Ich kniff die Augen zusammen und fuhr mir mit den Händen übers Gesicht. Ich durfte es nicht auf den Biss schieben, auch wenn er mich erregt hatte. Genau wie sein Blut.

Wer hätte gedacht, dass sich das so gut anfühlen würde?

Aber genau das hatte es verdammt noch mal getan.

Ich erschauderte, als sich ein Ziehen in meinem Bauch ausbreitete.

Das war das Letzte, woran ich im Moment denken durfte, wenn ich auch nur annähernd zu einer Lösung kommen wollte.

Und ich musste mir schnell einen Plan zurechtlegen, denn auch wenn er mir den Mordversuch offenbar nicht zur Last legte, war ich hier nicht sicher. Ich würde unter seinesgleichen niemals sicher sein. Sie hassten mich, und wenn nur die Hälfte dessen stimmte, was er und Kieran mir über die Aufgestiegenen erzählt hatten, dann konnte ich es ihnen nicht verübeln. Auch wenn ich selbst keine Aufgestiegene war, ich repräsentierte ihre Lebensart.

Es fiel mir immer noch schwer zu glauben, dass die Atlantianer die Unschuldigen waren und die Aufgestiegenen die grausamen Tyrannen, die es geschafft hatten, dem gesamten Königreich die Wahrheit vorzuenthalten.

Aber ...

Aber ich hatte tatsächlich noch keines der dritt- oder viertgeborenen Kinder wiedergesehen, die den Göttern übergeben worden waren.

Ich hatte nie verstanden, wodurch sich Leute wie der Herzog Teerman und Lord Mazeen den Segen der Götter verdient hatten.

Ich hatte nie gesehen, dass einer der Aufgestiegenen auch nur einen Finger im Kampf gegen die Hungernden gerührt hatte, obwohl das Volk von Solis sie noch mehr fürchtete als den Tod.

Die Leute hätten alles getan und alles geglaubt, um vor ihnen sicher zu sein.

Er hatte behauptet, dass die Aufgestiegenen die Hungernden benutzten, um das Volk in Schach zu halten, und falls das stimmte, funktionierte es prächtig. Die Leute gaben sogar ihre Kinder für den Schutz vor den Ungeheuern auf.

Es musste wahr sein.

Schlimmer war nur, dass auch andere daran beteiligt sein mussten. Die Priester und Priesterinnen. Enge Vertraute des Hofes, die selbst nicht zu den Aufgestiegenen zählten.

Wie meine Eltern zum Beispiel.

Götter, ich konnte mir nicht länger selbst etwas vormachen.

Was mit *ihm* passiert war, war Beweis genug. Sein Blut hatte mich geheilt, nicht verwandelt. Seine Küsse hatten mich nicht mit einem Fluch belegt. Und soweit ich das beurteilen konnte, traf das auch auf seinen Biss zu.

Die Aufgestiegenen waren Vampyre – sie waren der Fluch, der dieses Land gefangen hielt. Sie benutzten die Angst der Menschen, um sie zu kontrollieren. Sie waren das Böse, das sich direkt vor unserer Nase versteckt hielt und sich von denen nährte, die zu beschützen es geschworen hatte.

Und mein Bruder war einer von ihnen.

Ich zog die Knie an die Brust und schlang die Arme um meine Beine. Ich schloss die Augen, in denen erste Tränen brannten, und legte die Wange auf die Knie. Es war ausgeschlossen, dass Ian so war wie der Herzog. Die Herzogin war nicht so schlimm, und die Königin auch nicht, aber ...

... wenn sie sich von Kindern nährten und Unschuldige aussaugten, um sie in Hungernde zu verwandeln, dann waren sie nicht besser als der Herzog.

Ich presste die Lippen aufeinander und kämpfte gegen die Tränen. Ich hatte heute schon genug geweint, aber Ian ... Ian war sanft und liebenswürdig. Ich konnte mir nicht vorstellen, dass er so schreckliche Dinge tat. Das war unmöglich.

Und dann war da auch noch ich selbst. Wenn alles eine Lüge war, war nie geplant gewesen, mich den Göttern zu übergeben. Aber was hatten sie dann mit mir vorgehabt?

Warum hatten sie mich zur Auserwählten erkoren und alle zukünftigen Aufstiegsrituale von mir abhängig gemacht?

War es wegen meiner Gabe? Mir fiel ein, was *er* gesagt hatte, nachdem ich ihm den Schmerz genommen hatte. Er wusste etwas.

Und er würde es mir erzählen.

Ich war hier nicht sicher, aber bei den Aufgestiegenen war ich es ebenso wenig. Selbst wenn mir die Flucht gelang, konnte ich nicht zu ihnen zurück – jetzt, wo ich Bescheid wusste. Aber ich konnte auch nicht hierbleiben und mit *ihm* nach Atlantia gehen, wo man mich als Sinnbild eines Königreiches sehen würde, das Tausende von Atlantianern und Sterblichen niedergemetzelt und den Prinzen entführt hatte, um ihn für die Erschaffung weiterer Vampyre zu missbrauchen.

Ich konnte nicht bei ihm bleiben.

Egal, was ich für ihn empfand, ich würde ihm niemals vertrauen können. Aber was ich für ihn empfand, konnte ich nicht länger verleugnen.

Ich *liebte* ihn.

Und selbst wenn ich – so unwahrscheinlich es auch war – darüber hinwegsehen konnte, dass er nach Masadonien gekommen war, um mich zu entführen und gegen seinen Bruder auszutauschen, würde ich nie das Blut vergessen, das seinetwegen vergossen worden war. Ich würde nie vergessen, dass Rylan, Vikter, Loren, Dafina und so viele andere gestorben waren. Entweder durch seine Hand, durch seinen Befehl oder aufgrund der Sache, für die er stand.

Ich würde ihm nie vertrauen können, wenn es um uns beide ging.

Und worum ging es bei uns beiden überhaupt?

Er hatte mich in dem Glauben gelassen, er hätte Gefühle für mich. Dass ich mehr war als eine junge Frau, die Hawke, der königliche Wächter, beschützen musste, und auch mehr als ein Gegenstand, den der Prinz von Atlantia für seine Zwecke einsetzen wollte. Er war von Anfang an fasziniert gewesen, weil ich nicht das war, was er sich erwartet hatte, nämlich eine unmoralische, verzogene Unterstützerin der Aufgestiegenen. Er hatte sich teilnahmsvoll und interessiert gezeigt, weil er so viel wie möglich über mich herausfinden wollte, und vielleicht fühlte er sich auch zu mir hingezogen.

Aber was genau bedeutete das?

Was vorhin im Wald passiert war, bewies vielleicht, dass er eine gewisse Anziehung verspürte, die zumindest nicht gespielt gewesen war. Aber Lust war nicht dasselbe wie Liebe, und sie war wesentlich vergänglicher.

Er hatte sich nie dazu geäußert, was zwischen uns war, weder als Hawke noch als Casteel.

Diese Erkenntnis traf mich tief ins Herz und tat schrecklich weh, weil er in mir tatsächlich ein Gefühl der Wärme ausgelöst hatte. Aber so war die Realität, und ich musste damit klarkommen.

Ich überlegte, welche Möglichkeiten ich hatte. Flucht. Meinen Bruder ausfindig machen, um zu sehen, ob er noch der Alte war, und dann ... dann was? Verschwinden?

Abgesehen davon musste ich zunächst einmal herausfinden, wie ich fliehen konnte.

Die Wölfe würden mich aufspüren, und *er* ...

Es würde unmöglich sein, ihm zu entkommen.

Aber ich musste es zumindest versuchen. Es musste einen Weg geben. Vielleicht würde ich wissen, was zu tun war, sobald sich das Chaos in meinem Kopf gelegt hatte.

Ich ließ meine müden Gedanken schweifen und muss wohl eingeschlafen sein, denn ich lag noch immer in der Wanne, als jemand meinen Namen rief.

»Penellaphe?«

Ich riss den Kopf hoch und sah blinzelnd in Kierans Gesicht. »Was zum ...?«

»Gut.« Er kniete neben der Badewanne. Neben der Badewanne, in der ich splitterfasernackt lag. »Ich hatte schon Angst, du wärst tot.«

»Was?« Ich hielt mir eilig eine Hand vor die Brust und presste die Beine so fest wie möglich zusammen. Ich dachte lieber nicht darüber nach, was er unter der Wasseroberfläche erkennen konnte. »Was machst du hier?«

»Ich habe dich gerufen, aber du hast nicht geantwortet«, erwiderte er mit ausdrucksloser Stimme. »Du warst schon eine ganze Weile verschwunden, und ich wollte sichergehen, dass du noch lebst.«

»Klar lebe ich noch. Warum auch nicht?«

Er hob eine Augenbraue. »Weil es hier vor Leuten wimmelt, die dich umbringen wollen, falls du das vergessen hast.«

»Nein, habe ich nicht. Aber ich bezweifle, dass sich einer von ihnen in der Badewanne versteckt hält.«

»Man kann nie wissen.« Er wollte aufstehen und gehen.

Ich starrte ihn an. »Du solltest nicht in diesem Raum sein, und ich sollte dir nicht erklären müssen, warum.«

»Von mir hast du nichts zu befürchten.«

»Warum? Wegen *ihm*?«, fauchte ich.

»Wegen Cas, meinst du?«, fragte er, und ich blinzelte, als ich seinen Spitznamen aus dem Mund eines anderen hörte. »Er wäre außer sich, wenn er mich hier antreffen würde.«

Ich war mir nicht sicher, ob mich das freuen oder noch wütender machen sollte.

Ein kaum merkliches Lächeln umspielte Kierans Lippen. »Aber gleichzeitig wäre er auch ... *fasziniert*.«

Ich sah ihn mit großen Augen an und wollte etwas sagen, doch ich verkniff es mir. Stattdessen dachte ich daran, was ich über die Wölfischen und die Atlantianer gelesen hatte. Zwischen manchen von ihnen bestand eine Verbindung, über die allerdings kaum etwas bekannt war. Aber als Prinz verband er sich sicher mit Wölfen. Ich wollte nachfragen, aber in Anbetracht dessen, dass ich nackt in der Badewanne lag, war es wohl nicht der passende Zeitpunkt dafür.

Kierans Blick glitt meine Arme hinab über meinen Bauch und meine Oberschenkel.

»Für meine Leute sind Narben ein Zeichen der Ehre. Sie werden nicht versteckt.«

Die einzige Narbe, die er sehen konnte, war die an meiner Hüfte. Zumindest hoffte ich das. »Und meine Leute empfinden es als unhöflich, eine nackte Frau in der Badewanne anzustarren«, schnappte ich.

»Klingt, als wären deine Leute entsetzlich langweilig.«

»Raus hier!«

Kieran kicherte und erhob sich geschmeidig. »Der Prinz würde nicht wollen, dass du hier im kalten, schmutzigen Wasser sitzt. Du solltest dein Bad also beenden.«

Meine Finger gruben sich in meine Oberschenkel. »Es kümmert mich nicht, was er will oder nicht will.«

»Das sollte es aber«, sagte Kieran, und ich biss die Zähne aufeinander. »Denn er will dich, obwohl er es besser wissen sollte. Und obwohl ihm klar ist, dass es bloß in einer weiteren Tragödie enden wird.«

41

NACHDEM ICH MICH ABGETROCKNET HATTE und in die sauberen, trockenen Kleider geschlüpft war, versuchte ich nach Kräften, das kurze Gespräch mit Kieran zu vergessen.

Die Hose war ein wenig eng, und ich fragte mich kurz, ob sie tatsächlich einem Kind gehört hatte, aber sie war sauber und weich, und ich beschwerte mich nicht. Die langärmelige Tunika war aus schwerer Wolle und reichte mir bis zu den Knien. Die Schlitze an den Seiten hätten mir einen guten Zugang zu meinem Dolch ermöglicht.

Doch den hatte ich beim Kampf in den Stallungen verloren, und wenn man bedachte, was ich mit der letzten Klinge in der Hand angestellt hatte ...

Ich erschauderte.

Ich bezweifelte, dass ich meinen Dolch so bald wiederbekommen würde, und das machte eine Flucht noch schwieriger. Ich brauchte eine Waffe – irgendeine, aber am liebsten wäre mir der Dolch, den Vikter mir geschenkt hatte.

Ich nahm auch die Beschaffung des Dolchs in meinen Plan auf, der eigentlich gar kein richtiger Plan war. Zumindest noch nicht.

Kieran war verschwunden, kurz nachdem ich aus dem Bad gekommen war, und hatte die Tür hinter sich versperrt. Ich bezweifelte, dass er sich weit entfernt hatte. Vermutlich stand er direkt vor dem Zimmer.

Ich flocht meine noch feuchten Haare zu einem Zopf, doch dann fielen mir die beiden roten Punkte an meinem

Hals ein, und ich öffnete ihn wieder. Anschließend wanderte ich unruhig im Zimmer auf und ab. Eine Flucht war unmöglich, ich passte nicht einmal durchs Fenster. Würde ich hier gefangen sein, bis der Prinz beschloss, dass es Zeit wurde zu gehen?

Seufzend ließ ich mich auf das Bett sinken, das sehr viel weicher und dicker war als die Strohmatratze in der Zelle. Ich drehte mich mit dem Gesicht zur Tür und zog die Beine an die Brust.

Was würde passieren, wenn er wiederkam? Wäre er nun doch wütend, weil ich versucht hatte, ihn umzubringen?

Es war zwar durchaus möglich, dass er die Wahrheit über die Aufgestiegenen gesagt hatte, aber er war trotzdem der dunkle Sohn. Er war trotzdem gefährlich. Er hatte selbst gesagt, dass er jede Menge Blut an den Händen hatte.

Meine Nerven waren zum Zerreißen gespannt, und ich ging nicht davon aus, dass ich erneut einschlafen würde, aber genau das passierte. Es lag wohl immer noch an den Nachwirkungen des Bisses. Denn in einem Moment saß ich hellwach auf dem Bett und starrte zur Tür, und im nächsten glitt ich in einen tiefen, traumlosen Schlaf.

Am Anfang war ich mir nicht sicher, was mich geweckt hatte.

Es war nicht, weil jemand meinen Namen gerufen oder etwas gesagt hatte.

Es war vielmehr eine zärtliche Berührung auf meiner Wange und an meinem Hals, direkt über den Bissspuren. Ich öffnete blinzelnd die Augen. Im Zimmer war es dunkel, abgesehen von den Wandleuchten und der Öllampe am Nachttisch. Trotzdem sah ich ihn.

Er saß auf der Bettkante, und mein Herz setzte wie immer einen Moment lang aus, als mein Blick auf ihn fiel. Vermutlich würde das immer so bleiben, ganz egal, was ich noch über ihn herausfand.

Wenigstens hatte er wieder eine Tunika an.

Und er hatte ebenfalls gebadet, denn seine Haare waren feucht und fielen ihm in Locken in die Stirn und über die Ohren.

Er war ganz in Schwarz gekleidet und gab ein eindrucksvolles Bild ab. Das, was ich hier sah, war kein Wächter. Es war der dunkle Sohn. Der Prinz. Mein Blick glitt über meine eigene dunkle Tunika und zu meiner schwarzen Hose, doch stattdessen fiel er auf eine gewebte Decke, die jemand über meine Beine gebreitet hatte. Ich sah verwirrt zu ihm hoch.

Er sagte nichts, und ich schwieg ebenfalls. So ging es eine ganze Weile, während seine Finger auf meinem Hals ruhten, direkt über dem Biss. Nach einer gefühlten Ewigkeit zog er die Hand zurück und fragte: »Wie fühlst du dich?«

Ich musste unwillkürlich lachen.

Er neigte den Kopf und lächelte kaum merklich. »Was?«

»Ich kann nicht glauben, dass du mich fragst, wie ich mich fühle, obwohl ich dir vor Kurzem einen Dolch ins Herz gerammt habe.«

»Du meinst, du solltest eher *mich* fragen, wie es mir geht?«

Ja? Nein? Vielleicht?

Das Grinsen wurde breiter. »Es freut mich, dass du dir darüber Gedanken machst. Mir geht es blendend.«

»Ich habe mir keine Gedanken gemacht«, murmelte ich und setzte mich auf.

»Lügnerin.«

Und damit hatte er natürlich recht, denn ich hatte bereits unbewusst meine Sinne ausgeschickt, um nachzuspüren, ob er noch Schmerzen hatte. Die körperlichen Schmerzen waren verschwunden, und die Wirkung meiner Gabe hatte nachgelassen, denn ich spürte wieder die Qualen, die dicht unter der Oberfläche lauerten. Aber da war noch etwas anderes. Etwas, das ich schon einmal gespürt hatte. Verwirrung. Widersprüche.

»Du hast meine Frage nicht beantwortet.«

»Mir geht es gut.« Ich trennte die Verbindung und betrachtete die Decke über meinen Beinen. Sie war blassgelb und ziemlich alt. Ich fragte mich, wem sie gehörte.

»Kieran meinte, du wärst in der Badewanne eingeschlafen.«

»Hat er dir auch gesagt, dass er zu mir ins Badezimmer gekommen ist?«

»Ja.«

Ich sah ihn überrascht an.

»Ich vertraue Kieran«, erklärte er. »Du hast mehrere Stunden geschlafen.«

»Ist das nicht normal?«

»Es ist nicht ungewöhnlich. Ich schätze, ich ...« Er runzelte die Stirn, als wäre ihm gerade etwas klar geworden. »Ich schätze, ich habe ein schlechtes Gewissen, weil ich dich gebissen habe.«

»Du schätzt?« Ich hob die Augenbrauen.

Er schien nachzudenken, dann nickte er. »Ja, ich glaube schon.«

»Du *solltest* auch ein schlechtes Gewissen haben!«

»Obwohl du mir einen Dolch in die Brust gerammt und mich zum Sterben zurückgelassen hast?«

Ich presste die Lippen aufeinander, und Übelkeit stieg in mir hoch. »Du bist aber nicht gestorben. Ganz offensichtlich.«

»Ja, offensichtlich.« Ein spöttisches Leuchten lag in seinen Augen. »Es war nicht der Rede wert.«

»Gratuliere«, murmelte ich und verdrehte die Augen.

Er kicherte.

Ich schob genervt die Decke von meinen Beinen und rutschte auf die andere Seite des Bettes. »Warum bist du hier? Willst du mich zurück in die Zelle bringen?«

»Das sollte ich. Wenn jemand außer Kieran erfährt, dass du mich erstechen wolltest, bliebe mir nichts anderes übrig.«

Ich erhob mich. »Warum tust du es dann nicht?«

»Ich will nicht.«

Ich starrte ihn an und öffnete und schloss die Hände zu beiden Seiten, während er sitzen blieb.

»Also, was jetzt? Wie geht es weiter, *Eure Hoheit*?« Ich beobachtete zufrieden, wie er die Zähne zusammenbiss. »Willst du mich hier einsperren, bis du bereit bist weiterzuziehen?«

»Gefällt dir das Zimmer denn nicht?«

»Es ist besser als eine schmutzige Zelle, aber es ist trotzdem ein Gefängnis. Ein Käfig. Ganz egal, wie hübsch die Einrichtung ist.«

Er schwieg einen Moment. »Und du weißt wovon du sprichst, nicht wahr? Immerhin wurdest du seit deiner Kindheit gefangen gehalten. In einem Käfig. Und unter einem Schleier.«

Ich konnte es nicht länger abstreiten. Ich war in angenehmen und weniger angenehmen Gefängnissen gefangen gehalten worden. Die Gründe waren unterschiedlich gewesen, doch das Resultat blieb dasselbe. Ich verschränkte die Arme und sah durch das kleine Fenster hinaus in die Nacht.

»Ich bin hier, um dich zum Essen abzuholen.«

»Um mich zum Essen abzuholen?« Ich sah ihn ungläubig an.

»Gibt es ein Echo in diesem Zimmer? Egal. Ich könnte mir vorstellen, dass du hungrig bist«, meinte er, und wie um ihn zu bestätigen knurrte mein Magen im nächsten Moment laut und vernehmlich. »Danach können wir darüber sprechen, wie es weitergeht.«

»Nein.«

Er hob die Augenbrauen. »Nein?«

Mir war klar, dass ich mich absichtlich so anstellte, obwohl es die Sache im Grunde nicht wert war. So wie vorhin bei Kieran. Trotzdem würde ich nicht sofort springen, wenn jemand es von mir verlangte. Ich war nicht länger die Jungfräuliche, und bloß, weil wir im Wald eine Zeit lang die Kontrolle verloren hatten, war längst nicht alles in Ordnung zwischen uns.

Ich hatte versucht, ihn umzubringen. Er hatte immer noch vor, mich gegen seinen Bruder einzutauschen.

Wir waren Feinde, ganz egal, was wahr und was gelogen war.

Ganz egal, ob ich ihn liebte.

»Du musst doch Hunger haben«, sagte er und legte sich auf die Seite. Er streckte sich auf dem Bett aus und stützte den Kopf mit der Hand ab ... Er wirkte vollkommen entspannt.

Und sehr verführerisch.

Ich schüttelte den Kopf. »Klar habe ich Hunger.«

Er seufzte. »Wo liegt dann das Problem, Prinzessin?«

»Ich will nicht mit dir zusammen essen«, erwiderte ich. »Das ist das Problem.«

»Nun, über dieses Problem wirst du hinwegsehen müssen, denn dir bleibt keine andere Wahl.«

»Da irrst du dich. Ich habe eine Wahl.« Ich drehte mich weg von ihm. »Ich verhungere lieber, als mit Euch zu essen, *Eure Hoheit.*« Ich schrie auf und wäre vor Schreck beinahe in Ohnmacht gefallen, als er urplötzlich vor mir stand. Er hatte sich so schnell und lautlos bewegt, dass ich es nicht einmal mitbekommen hatte. »Bei den Göttern«, murmelte ich und presste die Hand auf mein pochendes Herz.

»Nein, *du* irrst dich, Prinzessin.« Seine Augen loderten wie goldene Flammen, als er auf mich hinabsah. »Du hast keine Wahl, wenn es um dein Wohlergehen geht.«

»Wie bitte?«

»Ich lasse nicht zu, dass du geschwächt bist oder sogar

verhungerst, nur weil du wütend bist. Und ich verstehe dich. Ich verstehe, warum du wütend bist. Warum du dich jeden Tag aufs Neue gegen mich auflehnen wirst.« Er trat einen Schritt auf mich zu, und ich zwang mich, nicht zurückzuweichen. Seine Augen loderten noch heller. »Ich will dich, Prinzessin. Das hier gefällt mir.«

»Du bist krank.«

»Ich habe nie etwas anderes behauptet«, sagte er. »Also lehne dich auf. Kämpfe gegen mich. Vielleicht schaffst du es beim nächsten Mal ja, mich wirklich zu verletzen. Sieh es als Herausforderung.«

Meine Augen weiteten sich. »Was stimmt bloß nicht mit dir?«

»Ich sage es noch einmal, ich lasse nicht zu, dass du dich in unnötige Gefahr bringst.«

»Offenbar hast du vergessen, dass ich sehr gut auf mich selbst aufpassen kann«, entgegnete ich unwirsch.

»Nein, habe ich nicht. Ich würde dich niemals daran hindern, dein Schwert zu erheben, um dich oder jemanden zu verteidigen, den du liebst«, sagte er. »Aber ich lasse nicht zu, dass du dir aus blanker Sturheit das Schwert selbst in die Brust rammst.«

Ein Teil von mir war tief beeindruckt, dass er mich nicht vom Kämpfen abhalten würde. Die andere Hälfte kochte vor Wut, weil er glaubte, er hätte die Kontrolle über mich. Zusammengefasst kam ein kurzer, frustrierter Schrei dabei heraus. »Natürlich lässt du das nicht zu! Tot habe ich ja keinen Wert mehr für dich. Ich schätze, du hast immer noch vor, mich gegen deinen Bruder einzutauschen?«

Sein Kiefer zuckte. »Tot bist du tatsächlich nichts wert.«

Ich schnappte nach Luft, und ein stechender Schmerz durchfuhr mich. Was um alles in der Welt hatte ich erwartet? Dass er nicht wollte, dass ich starb, weil ich ihm etwas bedeutete?

Ich hätte es besser wissen sollen.

»Komm jetzt. Sonst wird das Essen kalt.« Er wartete meine Antwort gar nicht erst ab, sondern packte meine Hand. Er ging los, doch ich stemmte mich dagegen. Er wandte den Kopf zu mir um, der Griff um meine Hand war fest, aber nicht schmerzvoll. »Wehr dich nicht, Poppy. Du musst etwas essen, und meine Leute müssen sehen, dass du meinen Schutz genießt, wenn du nicht die ganze Zeit hier in diesem Zimmer eingesperrt sein willst.«

Das Verlangen, das zu tun, was ihm angeblich so gefiel, und mich erneut gegen ihn aufzulehnen, war groß, doch die Vernunft siegte. Knapp, aber doch. Ich war hungrig, und ich brauchte Kraft, wenn ich fliehen wollte. Außerdem mussten seine Leute tatsächlich sehen, dass sie mich nicht anfassen durften. Und wenn es dafür nötig war, mit ihm zu Abend zu essen, als wären wir die besten Freunde, dann musste ich mich damit abfinden.

Und das tat ich auch.

Ich ließ mich von ihm aus dem Zimmer führen, und es überraschte mich kein bisschen, dass Kieran vor der Tür auf uns wartete. Seinem amüsierten Gesichtsausdruck nach zu schließen, hatte er jedes Wort mitbekommen.

Kieran öffnete den Mund.

»Sag lieber nichts«, warnte *er*.

Kieran kicherte leise und ging dann schweigend hinter uns her. Wir nahmen dieselbe Treppe, die ich vor wenigen Stunden hinuntergerannt war, und ich versuchte, nicht an meine wilde Flucht zu denken. Und daran, was passiert war, nachdem er mich erwischt hatte.

Trotzdem wurde mir mit einem Mal heiß.

Er sah fragend auf mich herab, und ich hoffte, dass er nicht spürte, woran ich gerade gedacht hatte.

Sobald wir den Gemeinschaftsbereich betreten hatten, wurde Kieran langsamer und ging direkt hinter mir her. Mir war sofort klar, dass es keine unbewusste Reaktion war. Die Wand entlang standen unzählige dunkle Nachkommen in einer Reihe. Ihre Gesichter waren blass, während sie miteinander tuschelten, und ihre Blicke folgten uns. Ich erkannte einige, die nach dem Kampf in den Stallungen gewesen waren. Mein Blick fiel auf Magda. In ihren Augen lag kein Mitleid mehr. Nur Spekulation.

Ich hob das Kinn und drückte den Rücken durch. Die Aufgestiegenen waren vielleicht die Inkarnation des Bösen, und unzählige Leute in Solis hatten sich ihrer Vergehen mitschuldig gemacht. Aber diese Leute waren keinen Deut besser.

Wir bogen um die Ecke, und ich hob den Blick ...

»Oh Götter«, flüsterte ich und wich zurück, während ich mir eine Hand auf den Mund presste. Ich knallte direkt in Kieran.

Er legte eine Hand auf meine Schulter, um mich abzufangen, und ich starrte zu den Wänden der großen Halle hinauf. Ich konnte mich nicht bewegen. Ich konnte kaum atmen, so groß war das Entsetzen, das über mich hereinbrach.

Nun verstand ich die blassen Gesichter der Anwesenden. An den Wänden hingen mehrere Männer, die Arme waren zu beiden Seiten ausgestreckt, ihre Hände mit Blutsteinsplittern an die Wände genagelt. Einigen hatte man einen rotbraunen Pfahl durchs Herz getrieben, anderen durch den Kopf. Einige waren Sterbliche, andere waren Atlantianer. Auf jeder Seite der Halle hing ein halbes Dutzend. Ich sah Rolf und den Mann, den ich bewusstlos geschlagen hatte, und dann sah ich ... Mr. Tulis.

Meine Knie wurden weich, als ich zu ihm nach oben starrte. Er war tot, sein Gesicht aschfahl. Er war ein Sterblicher gewesen, dennoch ragte ein Pfahl aus seiner Brust.

Dabei hatte er doch nur seinen Sohn retten wollen. Er

hatte die Möglichkeit bekommen, ihm war die Flucht gelungen, und jetzt hing er tot an einer Wand.

Doch nicht alle an der Wand waren tot.

Einer atmete noch.

Jericho.

Ich errichtete eilig eine Mauer in mir, bevor sich meine Gabe selbstständig machte und ich spüren würde, welche Schmerzen ihn plagten. Sein zotteliger Kopf war nach vorne gesackt, und seine Brust hob und senkte sich keuchend. Seine Hände waren mit Blutstein an die Wand genagelt, doch der Pfahl steckte nicht in seinem Herz, sondern in seinem Hals. Seine nackte Brust war voller Blut, genauso wie seine Hose. Und unter ihm hatte sich eine Lache gebildet.

»Ich habe versprochen, dass sie dafür bezahlen würden.« *Er* klang ganz und gar nicht selbstgefällig und kein bisschen stolz. »Und nun sieht jeder, was passiert, wenn man meine Befehle missachtet und Hand an dich legt.«

Bittere Galle stieg in mir hoch. »Er ... er lebt noch«, hauchte ich und starrte zu dem Wolf hinauf.

»Nur so lange, bis ich bereit bin, seinem Leben ein Ende zu bereiten«, erklärte er und ließ meine Hand los. Ohne einen Blick zurückzuwerfen, ging er weiter. Zwei Männer öffneten die großen Holztüren ins Speisezimmer, er trat ein und schritt zu dem Tisch in der Mitte, auf dem bereits mehrere abgedeckte Teller warteten.

Ich hatte Angst, mich übergeben zu müssen.

Kieran drückte meine Schulter. »Sie haben es nicht besser verdient.«

Wirklich? Ich war mir nicht sicher.

Nicht einmal bei Mr. Tulis, der mich beinahe erstochen hätte.

»Geh«, drängte er, und irgendwie brachte ich meine Beine dazu, sich zu bewegen und an den an die Wand genagelten Männern vorbeizugehen.

Ich war so benommen, dass mir nicht auffiel, dass ich an der rechten Seite des Prinzen Platz nehmen sollte, die gemeinhin als Ehrenplatz galt. Kieran setzte sich neben mich. Ich sah reglos zu, wie die Dienstboten die Teller abdeckten, während der Rest des Gefolges am Tisch Platz nahm. Ich entdeckte Delano und Naill und stellte erleichtert fest, dass es ihnen gut ging. Sie hatten mich verteidigt, auch wenn ihre Gründe dafür fragwürdig waren.

Es wurde ein regelrechtes Festessen aufgetischt. Rindereintopf, gebratene Ente, kalte Fleischspezialitäten und Käse. Bratkartoffeln. Es duftete herrlich.

Trotzdem rebellierte mein Magen, und ich war wie erstarrt. Kieran bot mir etwas von dem Eintopf an, und ich musste Ja gesagt haben, denn plötzlich stand eine gefüllte Schüssel vor mir. Dazu noch Stück Ente und einige Bratkartoffeln. Der Prinz schnitt ein Stück Käse ab und legte es auf meinen Teller, bevor er nach seinem Glas griff. Offenbar erinnerte er sich daran, dass ich eine Schwäche für Käse hatte.

Ich starrte auf meinen Teller hinunter, doch mein Blick ging ins Leere. Stattdessen sah ich die Männer vor mir, die draußen an der Wand hingen. Die Gespräche kamen nur langsam in Gang, doch bald nahmen sie Fahrt auf und entwickelten sich zu einem beständigen Summen im Hintergrund. Gläser und Teller stießen aneinander. Gelächter erklang.

Und an der Wand vor dem Speisezimmer hingen zwölf Männer.

»Poppy.«

Ich sah blinzelnd zu ihm auf. Sein feuriger Blick loderte nur noch schwach, doch sein Kiefer war immer noch angespannt.

»Iss«, befahl er leise.

Ich griff nach der Gabel, hob sie hoch und stach in die

Ente. Ich nahm einen Bissen und kaute langsam. Es schmeckte so gut, wie es roch, aber es lag mir schwer im Magen. Ich nahm einen Bissen von den Kartoffeln.

Nach einigen Augenblicken meinte der Prinz: »Du bist also nicht damit einverstanden, wie ich die Sache geregelt habe?«

Ich sah ihn an und war mir nicht sicher, wie ich diese Frage beantworten sollte. Und ob es überhaupt eine Frage gewesen war.

Er lehnte sich mit dem Glas in der Hand zurück. »Oder bist du so geschockt, dass es dir tatsächlich die Sprache verschlagen hat?«

Ich schluckte den Bissen hinunter und legte die Gabel beiseite. »Ich hatte es nur nicht erwartet.«

»Das kann ich mir vorstellen.« Er hob schmunzelnd das Glas an seine Lippen.

»Wie lange lässt du sie dort oben hängen?«

»So lange mir der Sinn danach steht.«

Meine Brust zog sich zusammen. »Und Jericho?«

»So lange, bis ich sicher bin, dass niemand mehr Hand an dich legen wird.«

Mir war klar, dass mehrere Männer am Tisch uns aufmerksam zuhörten, und ich wählte meine nächsten Worte mit Bedacht. »Ich kenne deine Leute nicht so gut, aber ich glaube, sie haben ihre Lektion gelernt.«

Er nahm einen Schluck. »Was ich getan habe, beunruhigt dich.«

Es war keine Frage. Ich richtete den Blick wieder auf meinen Teller. Beunruhigte es mich? Ja. Das wäre wohl jedem so ergangen. Zumindest hoffte ich es. Die Grausamkeit, zu der der Prinz fähig war, schockierte mich, auch wenn es mich nicht wirklich überraschte. Und sie entfernte ihn noch weiter von dem Wächter, den ich als Hawke kennengelernt hatte.

»Iss«, befahl er erneut und stellte das Glas ab. »Ich weiß, dass du mehr brauchst als ein paar Bissen.«

Ich verkniff mir den Hinweis, dass ich selbst entscheiden konnte, wie viel ich aß. Stattdessen öffnete ich meine Sinne. Die Qualen in ihm hatten sich verändert. Sie schmeckten ... herb, beinahe bitter. Das Verlangen, die Hand nach ihm auszustrecken, war so groß, dass ich sie krampfhaft im Schoß hielt.

Hatte das, was zwischen uns passiert war, diese Veränderung verursacht? Oder das, was er mit seinen Untergebenen getan hatte? Vielleicht war es beides. Ich griff nach meinem Glas und schloss die Augen. Als ich sie wieder öffnete, sah er mich an.

Ich konnte ihm sagen, dass es mich beunruhigte. Ich konnte gar nichts sagen. Ich nahm an, dass er eines von beiden erwartete. Doch ich sagte ihm die Wahrheit. Nicht, weil ich das Gefühl hatte, ich wäre es ihm schuldig, sondern weil ich es mir selbst schuldig war.

»Als ich die Männer an der Wand gesehen habe, war ich einen Moment lang entsetzt. Es war ein schrecklicher Anblick, vor allem bei Mr. Tulis. Was du getan hast, hat mich erstaunt, aber was mich dabei am meisten beunruhigt, ist, dass es ...« Ich holte tief Luft. »Dass es mich nicht so sehr beunruhigt, wie es mich beunruhigen sollte.«

Er bedachte mich mit einem durchdringenden Blick.

»Diese Männer haben gelacht, als Jericho mir die Hand abschneiden wollte. Sie haben gejohlt, als ich sterbend am Boden lag, und machten Vorschläge, was Jericho sonst noch alles abschneiden und für sich behalten sollte«, fuhr ich fort, und die Stille um uns herum war beinahe unerträglich. »Ich hatte die meisten von ihnen noch nie zuvor gesehen, und trotzdem gefiel ihnen die Vorstellung, mich in Stücke zu hacken. Ich habe also kein Mitleid mit ihnen.«

»Und das hätten sie auch nicht verdient«, sagte er leise.

»Ganz genau«, murmelte Kieran.

Ich reckte mein Kinn hoch. »Aber es sind trotzdem Sterbliche, Wölfische oder Atlantianer. Sie verdienen trotz allem einen würdevollen Tod.«

»Sie hätten dir keinen würdevollen Tod gewährt. Ganz im Gegenteil«, stellte er fest.

»Sie haben falsch gehandelt, aber das heißt nicht, dass das dort draußen richtig ist.«

Sein Blick huschte über mein Gesicht. Der Kiefermuskel zuckte nicht mehr. »Iss«, wiederholte er.

»Du scheinst ja wie besessen davon zu sein, dass ich genügend esse.«

Seine Mundwinkel zuckten. »Iss, dann erzähle ich dir, was wir vorhaben.«

Das erregte die Aufmerksamkeit weiterer Gefolgsleute am Tisch. Ich begann zu essen und hoffte inständig, dass mein Magen nicht revoltierte. Ich wagte es nicht, Kieran einen Blick zuzuwerfen, denn er saß genau in Richtung des Durchganges in die große Halle.

»Morgen früh reiten wir los«, erklärte der Prinz, und ich hätte mich beinahe an einem Stück Käse verschluckt. Keiner der Anwesenden schien davon überrascht zu sein.

»Morgen?«, quiekte ich, hin und her gerissen zwischen Panik und Hoffnung. Wenn wir unterwegs waren, war die Chance größer, dass ich entkommen konnte.

Er nickte. »Wie gesagt, wir reiten nach Hause.«

Ich nahm einen großen Schluck von meinem Glas. »Aber Atlantia ist nicht mein Zuhause.«

»Doch, das ist es. Zumindest teilweise.«

»Was soll das bedeuten?«, fragte Delano, der mir gegenübersaß.

»Es bedeutet, dass mir das schon viel früher hätte klar sein sollen. Viele Dinge, die keinen Sinn ergeben haben, sind mir mittlerweile vollkommen klar. Warum man Poppy zur Jungfräulichen erkoren hat. Wie sie den Angriff der Hungernden überlebt hat. Ihre Gabe.« Er senkte seine Stimme, sodass nur ich und die Männer in seiner unmittelbaren Nähe ihn verstehen konnten. »Du bist nicht sterblich, Poppy. Zumindest nicht ganz.«

Ich wollte etwas sagen, doch ich wusste nicht, was, und ich war mir nicht sicher, ob ich ihn richtig verstanden hatte. Ich hatte das Gefühl, als würde etwas in meinem Hals stecken. Ich nahm einen weiteren Schluck Wein, doch das änderte nichts.

Delanos blassblaue Augen sahen den Prinzen scharf an. »Willst du damit sagen, dass sie ...«

»... atlantianisches Blut in sich trägt?«, beendete der Prinz den Satz für Delano. »Ja.«

Meine Hand zitterte so stark, dass Flüssigkeit aus dem Glas schwappte. »Das ist unmöglich«, flüsterte ich.

»Bist du dir sicher?«, fragte Delano den Prinzen. Sein Blick glitt über mich, und der Schock in seinem Gesicht war nicht zu übersehen, als er an meinem Hals angelangt war.

»Ganz sicher.«

»Aber wie?«, fragte ich.

Ein leises Lächeln umspielte die vollen Lippen des Prinzen. Auch sein Blick wanderte zu meinem Hals.

Die Bissspuren waren selbst unter den Haaren gut zu sehen.

Mein Blut.

Er wusste es, weil er mein Blut getrunken hatte?

Delano lehnte sich zurück und starrte mich an, als würde er mich zum ersten Mal sehen. Ich vergaß die Männer in der Halle und sah zu Kieran, der nicht im Geringsten überrascht wirkte. »Es ist sehr selten, aber es kommt vor. Eine Sterbliche trifft auf einen Atlantianer, die Natur nimmt ihren Lauf, und neun Monate später kommt ein sterbliches Kind zur Welt«, sagte er und ließ den Daumen um den Rand seines Glases kreisen. »Ab und zu passiert es, dass das Kind Teile beider Königreiche in sich trägt. Es ist sterblich und gleichzeitig Atlantianer.«

»Nein. Du irrst dich.« Ich wandte mich zum Prinzen um. »Meine Mutter und mein Vater waren beide sterblich ...«

»Wie kannst du dir dessen so sicher sein?«, unterbrach mich Hawke. Nein, nicht Hawke. *Casteel.* Der Prinz. »Du dachtest, ich wäre sterblich.«

Mein Herz setzte einen Moment lang aus. »Aber mein Bruder. Er ist ein Aufgestiegener.«

»Das ist ein guter Einwand«, warf Delano ein.

»Nur, wenn wir davon ausgehen, dass er nicht nur dein Halbbruder ist«, sagte der Prinz, und ich schnappte nach Luft.

»Vielleicht ist er ja nicht aufgestiegen«, warf jemand ein.

Das Glas rutschte langsam aus meinen Fingern ...

Seine Reflexe waren blitzschnell. Er fing es auf, bevor es den Tisch berührte. Er stellte es ab, nahm meine Hand und legte sie auf den Tisch. »Dein Bruder ist am Leben.«

»Woher willst du das wissen?«

»Ich hatte viele Monate ein Auge auf ihn, Poppy. Er war nur nachts anzutreffen, und das bedeutet wohl, dass er ein Aufgestiegener ist.«

Jemand fluchte und spuckte auf den Boden. Ich schloss die Augen. Ich war ... zur Hälfte Atlantianerin? Wenn ich deshalb die Jungfräuliche war und über die Gabe verfügte, hatten der Herzog und die Herzogin dann davon gewusst? Und die Königin? Ich öffnete die Augen. »Warum haben sie mich am Leben gelassen?«

Er presste die Lippen aufeinander. »Warum halten sie meinen Bruder gefangen?«

Ich erstarrte. »Aber das kann ich doch nicht. Oder? Ich meine, ich habe nicht ... äh, die körperlichen Voraussetzungen dafür.«

»Die körperlichen Voraussetzungen?« Kieran hustete. »Was haben die ihr bloß eingeredet?«

Der Prinz warf ihm einen ausdruckslosen Blick zu. »Zähne. Ich glaube, sie meint die Zähne.« Er hob die Oberlippe und ließ die Zunge über seine Eckzähne gleiten. Ich erschauderte in einer Mischung aus Lust und Unbehagen. »Die brauchen sie nicht. Sie brauchen bloß dein Blut, um Sterbliche zu Aufgestiegenen zu machen.«

Hätte ich nicht gesessen, wäre ich vermutlich umgekippt. Ich wollte etwas erwidern, doch mir fiel kein guter Grund ein, warum er lügen sollte. Es brachte ihm keinerlei Vorteile. Ich beugte mich vor und fragte mich, ob ich gerade einen Herzinfarkt erlitt.

»Ich bin neugierig, Cas. Warum müssen wir nach Hause?«, fragte Kieran, und ich hätte schwören können, dass er absichtlich die Stimme erhob. »Wir würden uns damit doch nur noch weiter von dem Ort entfernen, an dem dein Bruder gefangen gehalten wird.«

»Es ist der einzige Ort, an den wir gehen können«, sagte er, und seine goldenen Augen blieben weiterhin auf mich gerichtet. »Wusstest du, dass Atlantianer den Bund der Ehe nur eingehen können, wenn beide Partner auf heimatlichem Boden stehen? Nur so können sie eins werden.«

Ich öffnete den Mund, während sich Schweigen über den Raum senkte. Ich hatte immer noch mit der Tatsache zu kämpfen, dass ich zur Hälfte Atlantianerin war, und konnte kaum glauben, was ich soeben gehört hatte. Meinte er tatsächlich, dass ...?

Das verdammte Grübchen erschien auf seiner rechten Wange und anschließend auf seiner linken, als Casteel Da'Neer, Prinz von Atlantia, übers ganze Gesicht grinste und unsere ineinander verschränkten Hände hob.

»Wir kehren heim, um zu heiraten, meine *Prinzessin*.«

Jennifer L. Armentrouts
große Fantasy-Saga
geht weiter in:

Danksagung

Laura Kaye und ich befanden uns am Flughafen von Cincinnati, als ich ihr 2016 zum ersten Mal von meiner Idee zu *Blood and Ash – Liebe kennt keine Grenzen* erzählte. Sie war die Erste, die mich ermutigte, das Buch zu schreiben. Doch ich tat es nicht. Es handelte sich um High Fantasy, ein Gebiet, auf dem ich bis dahin keinerlei Erfahrung hatte, und ich sagte mir immer wieder, dass ich Zeit brauchte, um zu sehen, ob ich diese verrückte Idee tatsächlich in etwas verwandeln konnte, das Sinn ergab. Doch ich fand die Zeit nicht. Weder 2016 noch 2017 oder 2018. Bis ich im September 2019 mit J.R. Ward über Herzensprojekte sprach – Bücher, die nicht unbedingt das sind, was von uns erwartet wird, aber dennoch geschrieben werden müssen. Unsere Unterhaltung gab mir den Mut, endlich mit dem Schreiben zu beginnen.

Und deshalb bin ich Laura Kaye und J.R. Ward zu tiefstem Dank verpflichtet. Ohne euch beide wäre *Blood and Ash* niemals von einer Idee zu einem vollwertigen Buch herangereift.

Doch auch andere waren daran beteiligt, dieses Buch Realität werden zu lassen. Brigid Kemmerer, deren Begeisterung, als sie von dem Buch erfuhr, mir den Mut gab, weiterzuschreiben, auch wenn es unbekanntes Terrain war. Wendy Higgins, die mir unglaublich nette und inspirierende Grüße schickte, nachdem sie das Buch gelesen hatte. Jen Fisher, die sich in Kapitel drei in Hawke verliebte und mir unermessliches Feedback lieferte. Andrea Joan, die mir seitenlange Nachrichten zu dem Buch schickte, während sie es las. Und alle Mitglieder meiner Facebook-Gruppe JLAnders, die auf das Boot aufsprangen und bereit waren, die Reise mit mir anzutreten.

Ich hatte geplant, das Buch selbst herauszubringen. Dafür gab es eine Menge Gründe, aber zwei davon waren mir am wichtigsten. Erstens wollte ich die Geschichte so schnell wie möglich an die Leserinnen und Leser bringen, und zweitens war es mir wichtig, sie frei von jeglicher Erwartung und ohne Druck zu schreiben. Doch dann hörte ich von Blue Box Press, und nachdem ich gesehen hatte, welch hervorragende Arbeit sie mit ihrer *1001 Dark Nights*-Serie geleistet haben, nahm ich Kontakt mit Liz Berry auf. Ich hatte keine Ahnung, wie sie reagieren würde, wenn ich ihr von meinem Projekt erzählte und wie ich es publizieren wollte. Ich ging davon aus, dass sie sofort ablehnen würde, aber das tat sie nicht. Innerhalb eines Telefonats hatte sie sich nicht nur für das Buch entschieden, sondern sich auch eine Marketingstrategie überlegt, die ganz meinen Vorstellungen entsprach. Und das, bevor sie die Geschichte überhaupt gelesen hatte. Ich wusste sofort, dass *Blood and Ash* bei ihr in hervorragenden Händen sein würde.

Außerdem danke ich MJ, Liz, Jillian und Steve dafür, dass sie mit mir den Sprung ins Unbekannte gewagt haben. Ihre Begeisterung, Liebe, Unterstützung und ihr Feedback waren unbezahlbar, und durch sie konnte ich die Geschichte von Poppy und Hawke fertigstellen und auf die Reise zu den Leserinnen und Lesern schicken. An das gesamte Team hinter diesem Buch – Chelle, Jen Watson und Kim, ich danke euch!

Danke an Sarah J. Maas für deine Unterstützung. Ich werde versuchen, mich bei unserer nächsten Begegnung nicht zu unheimlich zu verhalten und dir über die Haare zu streicheln oder so. Lexi Blake – ohne deinen Rat würden wir wohl immer noch über die Buchrückseite nachdenken.

Danke. Und Hang Lee, du bist so unglaublich talentiert. Ich gebe dir drei Worte: Schwert, Bogen und ein blutender Wald, und du hast das unglaublichste Cover gestaltet, das ich seit Langem gesehen habe. Du bist eine Wucht. Danke an Stephanie Brown, die sich um alles gekümmert hat, und Ernesto Floofington III, der wie ein kleiner Gremlin um meinen Kopf schwirrte, während ich arbeitete.

Danke an alle Rezensentinnen und Rezensenten von JLAnders, die früher als alle anderen von diesem Buch erfuhren. Danke, dass ihr dichtgehalten und wie immer ehrliche Kritiken verfasst habt.

Und schließlich auch danke an euch, liebe Leserinnen und liebe Leser, die ihr dieses Buch ausgewählt und gelesen habt. Ohne euch wäre das alles nicht möglich.

Majdanek

Józef Marszałek

Majdanek

The Concentration Camp in Lublin

Interpress
Warsaw 1986

ISBN 83-223-2138-4

Table of Contents

Introduction

Majdanek, the local name for the area occupied by the concentration camp in Lublin and unknown before the camp's foundation, was coined by Lublin inhabitants in 1941 and derived from the neighbouring district of the town called Majdan Tatarski. It rapidly spread amongst prisoners, becoming a synonym for the martyrdom and heroism of the victims of the Nazi regime.

The *Konzentrationslager der Waffen SS* Lublin — KL Lublin, as its official name read, located on the eastern outskirts of the town, five kilometres from the centre, aroused lively interest in society, and the authorities of the underground Polish state began exposing the crimes perpetrated there from the very moment of the camp's foundation. The articles published in the clandestine and emigré press contributed to the spreading of information, still in wartime, about the "Lublin death factory". What exactly that camp was, and what functions it performed, the world public was to learn in September 1944, after its liberation, from a communiqué of the Polish-Soviet Extraordinary Commission for the investigation of German crimes perpetrated in the annihilation camp in Majdanek, a commission called into being by the Polish Committee for National Liberation (the first Polish government in postwar Poland, formed in July 1944). In the first postwar years, the communiqué, first carried by the Polish and Soviet press, and next reprinted by the western press and published in several languages, was the main source of knowledge about the living conditions, and above all the forms of extermination of prisoners in the camp. A similar role was played by popular works published in 1944-46, which gave further information about the resistance movement in the camp, the plunder of prisoners' property, and the assistance extended to them by Polish charitable organizations.

The first scholarly work dealing with these problems was Zdzisław Łukaszkiewicz's article "The Concentration and Extermination Camp Majdanek", published in the *Biuletyn Głównej Komisji Badania Zbrodni Niemieckich w Polsce* (vol. IV, 1948). In it, the author discussed extensively the main questions of Majdanek's history. By analyzing the transports of prisoners to the camp, the lists of the dead, and the occupancy of the barracks, he established that 360,000 people had perished there.

Research into the history of the Lublin camp began on a wider scale in the early 1960s and was concentrated at the State Museum in Majdanek. The Scientific Council, set up in 1961, of the Majdanek Society, whose plans were closely coordinated with those of the Museum, recognized as its chief aim work on a number of questions in the form of contributions to a future synthesis of the camp's history. These contributions began to be published in *Zeszyty Majdanka,* a periodical that has appeared since 1965. In the 10 volumes of *Zeszyty Majdanka* brought out to date and in other historical publications, the fundamental questions of the functioning of that camp have been discussed. At the same time, over 20 memoirs by prisoners and other materials have been published, including an outline of the camp's history by Zofia and Edward Gryń, entitled *The Majdanek Concentration Camp* and reissued several times in Polish and foreign languages. In recent years, these publications have substantially contributed to the dissemination of knowledge about the Lublin concentration camp. Nonetheless, the Majdanek camp is still awaiting a broader, comprehensive presentation of its history, a monograph showing, in the light of the latest research, the complex mechanism of the camp's operation.

On the basis of research to date and both published and archival source materials, the author — on the initiative of Interpress Publishers — has attempted a comprehensive approach to the history of the camp in Majdanek. The present monograph thus aims to present, in a manner accessible to the public at large, all the problems concerning the Lublin camp, and thus its origin, its organization, its role within the framework of Nazi policy, the prisoner community, its life and work and the forms and methods of extermination. Barbarity, mass murder and the prisoners' martyrdom are but one aspect of Majdanek's history. The other aspect was the resistance offered by people imprisoned behind barbed wire in defence of their dignity, opposition to the regime, and the various forms of aid extended by Polish society to prisoners condemned to death.

As Majdanek performed above all the function of an extermination camp, the author has focused his attention on the mechanism of genocide. At the same time, Majdanek was a concentration camp for men and women. These facts account for some specific features of the Majdanek camp, which are reflected in discussing the various problems. It has not been possible to deal with all questions exhaustively, frequently because of lack of source materials and, at the same time, because of the necessity of selecting facts, due to the popular-scientific character of the monograph. The author will be grateful for any remarks concerning the book.

*

During my work on the book, I availed myself of the friendly aid of many people. I am deeply grateful to the research staff of the State Museum in Majdanek, especially to its Director, Mr. Edward Dziadosz, and to its curators: Dr. Czesław Rajca, Ms. Anna Wiśniewska, Ms. Zofia Murawska-Gryń, Dr. Józef Kasperek, Ms. Zofia Leszczyńska, and Ms. Henryka Telesz. Thanks to their valuable observations and suggestions, the subject matter of the book was enriched, and much of the information contained therein corrected or widened. I also address words of gratitude to the reviewers, Professor Krzysztof Dunin-Wąsowicz and Professor Czesław Pilichowski, for their remarks which provided a stimulus to further reflections. Last but not least, I wish to thank Ms. Wanda Michalak for her extremely careful editing of the book.

Chapter 1

The Foundation and Development of the Camp

1. CONCENTRATION CAMPS AS A TOOL OF EXTERMINATION

The seizure of power in Germany by the Nazi party on 30 January 1933, ushered in a period of ruthless dictatorship. The provocative arson of the Reichstag served as a pretext for granting extraordinary powers to the government and for vesting Hitler with unlimited authority. The Reich President's decree of 28 February 1933 on the protection of the state and nation introduced harsh sanctions for any opposition to the government and the Nazi movement. By virtue of that decree, all prominent activists of the Communist Party of Germany were arrested. Having strengthened their power as a result of the March elections, the Nazis unleashed an orgy of violence.

On the one hand, the government resorted to violence and terror as a method of exercising power; on the other hand, the passions liberated during the "national-socialist revolution", especially among the *Sturmabteilungen* (Storm Detachments, SA), and *Schutzstaffeln* (Elite Guards, SS), led to disposing of adversaries ruthlessly and brutally. The Secret State Police *(Geheime Staatspolizei* or Gestapo) established by Göring in Prussia and the SA and SS squads organized primitive camps, such as the notorious Columbia Haus in Berlin, to which every suspect was hauled to be tortured, held for ransom, or even put to death. Vengeance on "enemies" was practised on a mass scale, its victims being anyone who had ever dared to defy the Nazi movement: communists, socialists, democrats, pacifists, Catholics, and Protestants alike. This is how the first concentration camps came into being. In 1933, there were already 32 such camps. In 1934, some of them were disbanded, while others were subordinated to the Concentration Camps Inspectorate (*Dienststelle des Inspekteurs der KL)*. The latter included Bad Sulza, Columbia Haus, Dachau, Esterwegen, Fuhlsbüttel, Hammerstein, Lichtenburg, Sachsenburg, and Ulm-Kuhberg.

Initially, the concentration camps were administered by the SA. In 1934, they were taken over by the SS, notably the Death's Head Units *(SS-Totenkopfverbände)*, which staffed the camps. Their training school was the concentration camp in Dachau, the model camp (*Musterlager*) for the existing ones and for those that were to be set up. Its commandant, Theodor Eicke, in 1933 was appointed inspector of concentration camps. "It was him," according to Rudolf Höss, commandant of the Auschwitz camp, "who gave the concentration camps their proper character and shape." In Dachau, Eicke created a sort of school for members of the *Totenkopfverbände*, in which he trained them in the spirit of hatred, brutality, and, if need be, dispassionate destruction of "enemies of the state" confined within the camp walls. "Any compassion for enemies of the state," Eicke explained, "is unworthy of an SS member. There is no room for a soft heart within the SS ranks. The SS needs only tough, determined people who blindly obey every order. It is not for nothing that they carry death's heads and arms ready to shoot! They are the only soldiers who also in peacetime are supposed to be alert day and night, facing the enemy behind the wire." [1]

No wonder, then, that as a result of Eicke's constant influence along these lines upon the SS staff of the Dachau camp, "such an attitude spread to all concentration camps, to all SS-men and officers serving there".[2]

Eicke's task as concentration camp inspector was, aside from educating his subordinates in an appropriate spirit, the organization of new camps. Thus in 1936 the KL Sachsenhausen was established near Berlin, followed by the KL Buchenwald in 1937, the KL Mauthausen in 1938, after the incorporation of Austria in the Reich, and the KL Flossenbürg in the same year, after the seizure of the Sudetenland. In 1939, the KL Ravensbrück women's camp was set up, as the Lichtenburg camp had proved too small for the growing number of women prisoners.

The incarceration of a political prisoner in the camp in principle was not a punishment meted out by a court, but protective detention without a fixed time limit called "preventive custody" (*Schutzhaft*). A person subject to preventive imprisonment was called a *Schutzhäftling* and the basis for detention was an "order of preventive custody" (*Schutzhaftbefehl*). Until 1936, the right to apply "preventive custody" was vested in police chiefs and heads of regencies. After Himmler had been appointed chief of the SS and police in 1936, the ordering of imprisonment became the exclusive right of the Gestapo.

An order of incarceration in a camp was usually formulated vaguely, and so "thousands of prisoners have never learnt what they were imprisoned for". [3] Many political prisoners found themselves in the camps because of a nebulous denunciation by a personal enemy or at times of an entirely private vengeance. The number of such cases rose especially after 1936 when the Gestapo, through an expanded network of agents and informers, began searching for "enemies of the state and nation".

The period when only political prisoners were kept in the camps lasted briefly, until December 1933. On the basis of a law on "dangerous habitual prisoners" of 24 November of that year, recidivists who had already served at least two terms started to be sent to the camps. The law introduced the institution of "preventive arrest" *(Sicherheitsverwahrung)*, the aim of which was to eliminate criminals from society, even though they had served their terms already. As in the case of the *Schutzhaft*, it was possible to deprive a person of freedom for an unlimited period of time, not as repression following a definite act, but because a person had been recognized as "an enemy who poses a threat to the nation's security". Hence the so-called professional criminals *(Berufsverbrecher)* sent to the camps on the strength of the law in question included many persons who for years had not been punished by the courts.

The third category of prisoners were so-called asocial persons *(Asoziale)* — people punished by the courts who, however, did not belong to the underworld, or people who were a "burden on society". They included, in particular, vagrants, drunkards, traffic offenders, brawlers, trouble-makers, prostitutes, the mentally ill and homosexuals.

From 1935 onwards, subject to incarceration in the camps were members of the International Bible Students Association, the followers of a religion prohibited because it "undermines the idea of struggle in the nation" by completely rejecting anything connected with war and the army. This religious group was distinguished by its moral posture and friendly solidarity.

The mixing together of various categories of prisoners had definite objectives. One of them was propaganda designed to justify the law on combatting criminality. The Nazi government attempted to convince the public that this law permitted defence of the nation against notorious criminals and asocial individuals. On the other hand, the confinement of criminals in the camp was aimed at splitting the prisoners' community. As is known, most of the prisoners were communists and socialists who formed a compact united group. They were linked together by identical or similar ideologies, acquaintance before imprisonment, and their common fate in the camp. The camp authorities could hardly find an informer or implant an agent among them. They attempted to change this state of affairs by entrusting the functions in the so-called prisoners' self-government — those of barrack leaders, *Kapos*, or labour overseers (*Vorarbeiter*) — to criminal or asocial elements.

According to the regulations, the task of the camps was, apart from isolating political opponents of Nazism and criminals and asocial elements from society, the "education" of prisoners, designed to change their inner attitude and "return them to the nation and motherland, for the benefit of the national community founded on the national-socialist idea".[4]

The fate of the prisoners subjected to "education" was a tragic one. The most severe hardship was uncertainty as to how long they would be imprisoned. The primitive premises in which camps were founded, or even the new barracks specially built for prisoners, were unfit for habitation. Labour, regarded as the fundamental educational factor, in fact provided an opportunity for repression and torture, and was a method of keeping the prisoners under iron discipline and in an atmosphere of constant fear. The emaciating character of labour, chiefly building works, drainage of marshes, etc., precipitated deaths.

Killings of prisoners by members of the SS staff were not infrequent as early as 1933—35. The number of murders rose significantly in the 1938—39 period. The victims were chiefly Jews, who were sent to the camps in large numbers following the pogrom during the "night of broken glass" *(Kristallnacht)* in November 1938, the pretext for which had been provided by the assassination of a secretary of the German embassy in Paris, Ernst vom Rath, by the Polish Jew, Herschel Grynszpan. More than 20,000 Jews were imprisoned in the camps at that time, and a large number of them perished, mainly as a result of executions.

When the war broke out, six state-administered concentration camps existed in the Reich territory. These were Dachau, Sachsenhausen, Buchenwald, Mauthausen, Flossenbürg and Ravensbrück. In 1939—41, on the instructions of *Reichsführer* SS Heinrich Himmler, new camps were established: Stutthof, Auschwitz (Oświęcim), Neuengamme, Gross-Rosen, Natzweiler, Niederhagen, and KL Lublin (Majdanek). The thirteen mentioned concentration camps subordinated to the Inspectorate formed the basic network of camps created by the "SS state". Some new camps were founded in 1943 and 1944, namely KL Herzogenbusch in Holland, Dora-Mittelbau (often called Dora-Nordhausen) and Bergen-Belsen in the Reich, Kloga and Vaivara in Estonia, Riga-Kaiserswald in Latvia, the camp in Kaunas, Lithuania, the camps in Gęsia Street in Warsaw *(Konzentrationslager Warschau)* and in Płaszów near Cracow, in the General Government. The establishment and operation of the latter camps had no significant influence on the functioning of the camp system, especially considering that, except for the first two, none of them survived longer than a year.

What is significant in the development of the camps mentioned is the fact that most of them, including the largest ones, were founded during the first two years of the war. This fact alone somewhat clarifies the tasks which the Nazi authorities set before the camp system beginning in September 1939.

Until 1938, only Germans and German Jews were imprisoned in the camps. Following the first annexations, Austrians and Czechs were added. After the occupation of Poland and next other European states, more and more citizens of those countries began arriving in the camps, and Germans ceased to constitute the majority of the inmates. In terms of the nationality composition of prisoners, the camps assumed an international character, as did the camp system, which was gradually extended to the occupied countries. This was one of the fundamental features distinguishing the camps set up during the first three years of the war from those established between 1933 and 1939.

The mass annihilation of prisoners was the other task of the camp system, especially in the years 1939 to 1943. This was closely connected with the concept of the *Blitzkrieg*. The Wehrmacht's military successes during the aggression against Poland, west European states, the Balkans, and during the first months of the aggression against the USSR, and the subsequent capture of several million war prisoners, as well as the technical and numerical superiority caused the Germans, who did not expect the war to last long, to underrate the mass of presumed or actual enemies of the Reich, incarcerated in concentration camps. Therefore, the "education of enemies of the regime", so strongly emphasized prior to 1939, receded to the background during the war. The "enemies" confined in the camps began to be divided, according to racial and ethnic criteria, into less and more valuable ones. The starvation food rations, the inadequate clothing, the rampant epidemic diseases, the unrestrained persecution of prisoners, and the tremendous congestion in the barracks — all this made the camp a place of destruction where death took a heavy toll.

Beginning from the first years of the war, the "SS state" improved the methods of immediate liquidation of prisoners, termed direct extermination, in the concentration camps. This meant mass execution by shooting, killing with injections, and gassing. Direct extermination embraced various categories of prisoners, notably people recognized as "unnecessary eaters", "undesirable harmful enemies", elements racially and politically of little value, "*Untermenschen*" who should be destroyed. Direct extermination meant, above all, the execution of instructions concerning "special treatment" (*Sonderbehandlung*) of definite groups and communities and the "final solution of the Jewish question" *(Endlösung der Judenfrage)*.

The directives concerning the treatment of prisoners came from the Reich Main Security Office (*Reichssicherheitshauptamt*, RSHA) set up in September 1939 as the central organization of the political and criminal police and the information network of the security service. The RSHA administered all the organizational, personnel, economic, and technical affairs of the Security Police *(Sicherheitspolizei,* Sipo) and the Security Service (*Sicherheitsdienst,* SD). In accordance with these tasks, the Reich Main Security Office was divided into seven departments, the most important of which were: III — internal intelligence in the "German vital areas", IV — Gestapo, V — Criminal Police *(Kriminalpolizei,* Kripo), and VI — external intelligence. Departments IV and V, forming the Security Police, investigated any activities directed against the party and nation. The RSHA was also responsible for the administration of concentration camps as regards their functioning and organization. It decided on "preventive custody", on the fate of camp prisoners, on actions to be taken with respect to prisoners, on extermination methods, on the category (*Stufe*) in which a given camp should be classed. In a word, the RSHA was the centre of the political authority of the camps, while the Concentration Camps Inspectorate, and from March 1942 the SS Economic and Administrative Head Office *(SS-Wirtschafts- und Verwaltungshauptamt,* WVHA), was the camp's administration in the strict meaning of the word.

The WVHA was divided into five groups of offices (*Amtsgruppen*) designated in the official nomenclature by the letters: A, B, C, D, and W. The scope of competence of *Amtsgruppe A (Truppenverwaltung)* included the financial, legal and administrative affairs of the SS. *Amtsgruppe* B *(Truppenwirtschaft)* was concerned with provisions, cantonment, and armaments, *Amtsgruppe C (Bauwesen)* concerned itself with building, *Amtsgruppe D (Konzentrationslager)* administered concentration camps, and *Amtsgruppe W (Wirtschaftliche Unternechmungen)* administered the enterprises subordinated to the SS.

All matters concerning the administration of the camps, and thus the competence of the late Inspectorate, were concentrated in *Amtsgruppe D.* It was headed by Eicke's former collaborator, *SS-Gruppenführer* Richard Glücks, a soulless bureaucrat and a blind executor of Himmler's orders.

This group, like the others, was divided into offices, departments, and sections. Office D I *(Zentralamt)* was initially headed by *SS-Obersturmbannführer* Artur Liebenchenschel, who was also Glücks' deputy. After Liebenhenschel's transfer to the post of commandant of the Auschwitz camp in 1943, he was replaced by *SS-Obersturmbannführer* Rudolf Höss, who came from Auschwitz with rich experience in running the camp. The tasks of that office included settling all matters concerning the prisoners and the SS staff, in particular: receiving reports on the situation in the camps and on the number of prisoners each day, issuing regulations governing internal relations in the camps, save purely administrative, sanitary, and employment matters. Moreover, the office concerned itself with communications, transport, supply of arms and equipment and the training of the SS staff.

Office D II (*Arbeitseinsatz der Häftlinge*) was concerned with the employment of prisoners. It was headed by *SS-Standartenführer* Gerhard Maurer and was responsible for policy in the field of employment of prisoner manpower.

Office D III (*Sanitätswesen und Lagerhygiene*), dealing with sanitary conditions in the camps, was managed by *SS-Standartenführer* Dr. Enno Lolling, an alcoholic and morphine addict who, as Höss writes, "paid no heed to any needs, and never acquainted himself with the state of health, and especially with the general sanitary conditions in the camps".[5] The competence of this office included all questions connected with the camp health service, sick wards, detecting and combating epidemics and supervision over pseudo-medical experiments conducted in the camps.

The last one, Office D IV (*KL Verwaltung*), responsible for the administration of concentration camps and headed by *SS-Sturmbannführer* Willi Burger, concerned itself with the questions of food provision, clothing, quarters, as well as budgeting and accounting.

The head of the WVHA, *SS-Obergruppenführer* Oswald Pohl, was an advocate of a broad and rational utilization of prisoner manpower. Business circles in the Third Reich, notably the big concerns, looked greedily at the cheap labour force assembled in the camps. Having perceived the possibility of winning funds for the SS, Himmler decided to employ prisoners in production on a much wider scale than before. This is how SS enterprises came into being. The profits derived from them and their influence on the Reich's socio-economic life stimulated the development of such enterprises. At the height of the functioning of the camps, in 1944, there were 25 enterprises subordinated to *Amtsgruppe* W of the WVHA.

As remarked earlier, the big concerns were also interested in prisoner manpower. An example is provided by the IG-Farbenindustrie, which in the spring of 1941 started the construction of a synthetic petrol works in Monowice near Oświęcim, expecting to employ prisoners from the nearby concentration camp. The use, from mid-1942, of prisoner labour for war-ends — not without significance here was the failure of the *Blitzkrieg* — contributed to the establishment and development of branches of concentration camps, so-called subcamps, located at industrial plants, far from the main camp. The rapidity of this process is best illustrated by the fact that while the main camps existing in 1941 had only 23 branches, in the years 1944—45 there were already about a thousand such branch camps.

As a result of the involvement of large numbers of prisoners in war production, the prisoners' work, on the one hand, became a means of destruction, and on the other hand, was to serve to increase the war potential of the Third Reich. These two aspects could hardly be reconciled. The clash of the extermination tendencies in the RSHA with the economic considerations which guided the WVHA, led to chaos from which the prisoners were the first to suffer.

Beginning from September 1942, the tasks of the RSHA, and notably of the WVHA, in the occupied territories were carried out by the newly established economic departments of the offices of higher SS and police leaders (*SS-Wirtschafter beim Höheren SS und Polizeiführer.)*. The economic departments were to handle minor affairs on their own and consult the main office on more important matters. In this connection, the structure of the departments was adapted to that of the WVHA. Accordingly, each department was divided into five groups: A — budget, B — supply, C — building, D — concentration camps, and W — SS enterprises. Groups A, B, and W were responsible for financial and supply matters (up to definite sums) and for SS enterprises, while group C handled building questions. Group D performed the functions of a small camps inspectorate as it were. For according to Pohl's order of 23 July 1942, the head of the economic department *(SS-Wirtschafter)* was "competent in all matters concerning concentration camps".[6] The commandants of the camps situated in the area subordinated to the *SS-Wirtschafter* were to report to him, by telephone, all the more important events in the camps, such as group and individual escapes, executions, and suicides by prisoners. He, in turn, immediately transmitted the reports to the higher SS and police leader, the WVHA, the RSHA, and to Himmler's personal staff. The commandant was also bound to notify the department of every large transport of prisoners, for it was the department's exclusive responsibility to distribute prisoner manpower in the area, save highly qualified specialists who were put at the disposal of the WVHA. Also the sanitary conditions, methods of combating epidemics, and experiments by camp physicians were the preserve of the physician's office of the higher SS and police leaders. The economic department was not responsible for the political and police tasks of the concentration camps (deportations, possible releases, general policy of the treatment of prisoners). These questions fell within the competence of the RSHA and the WVHA.

In the concentration camp system, seven camps (Majdanek, Kloga, Vaivara, Riga, Kaunas, Warsaw, and Płaszów) were subordinated organizationally to the *SS-Wirtschafter*. To them, the SS Economic and Administrative Head Office was the second instance, and this in the most important matters.

2. THE POLITICAL AND ECONOMIC REASONS FOR THE FOUNDATION OF THE MAJDANEK CAMP

It was Heinrich Himmler, during his visit to Lublin on 20—21 July 1942, who decided on the foundation of a concentration camp in that town. In an official note, he instructed the higher SS and police leader of the Lublin district, Odilo Globocnik, to establish in Lublin a concentration camp for 25,000 to 50,000 prisoners "with a view to employing them in the workshops and on building sites of the SS and police". [7]

That this very important task of the organization of the camp was entrusted to Globocnik was by no means a coincidence. The extermination plans of the higher SS and police leader of the Lublin district distinguished him from other commanders in the General Government almost from the very moment of his assuming duties in Lublin (1939). As early as 1939, Globocnik began preparations for setting up a reservation for Jews in the Lublin region, carried out a wide-scale and ruthless action of annihilation of the intelligentsia *(Ausserordentliche Befriedungsaktion — Aktion A-B)* in 1940, established a network of labour camps, applied the principle of collective responsibility on a wide scale, and devised far-reaching colonization plans. On 17 July 1941, Himmler appointed him his "plenipotentiary for the organization of SS and police stations in the new eastern territories" as "settlements for the whole families of SS and police functionaries". [8]

Three days later, on 20 July, Himmler arrived in Lublin to discuss in more detail the above-mentioned questions with his plenipotentiary and to acquaint himself with the progress of the work on plans for German colonization in the East. For in the spring of 1941, Globocnik formed in Lublin a special SS unit composed of young German architects and demographers, who were to elaborate plans for a network of special SS and police settlements *(SS und Polizeistützpunkte)* and for the displacement of the Polish population from the Lublin district. Since, however, Globocnik's colonization plans went ahead of the studies conducted by the Race and Settlement Head Office *(Rassen und Siedlungshauptamt SS)* in Berlin, Himmler, who took a lively interest in his subordinate's plans, decided to make use of the results of these studies first in the occupied Soviet territories.

The Research Centre for Settlement in the East *(Forschungsstelle für Ostunterkünfte)*, as the mentioned group of architects was called, was established at a time when "it was clearly decided that the General Government would become a German living area in the future". [9] In the spring of 1941, the occupation authorities proceeded to the Germanization of towns, the elaboration of plans of German districts in towns, and interrupted the resettlement of Volksdeutsche from the General Government to the Reich, initiated in the previous years.

These undertakings embraced also the Lublin district. In Lublin itself, the names of many squares and streets were Germanized, and the abovementioned Research Centre, apart from plans for a German district, drafted a plan for a special SS section of the town. At that time already, Lublin — the easternmost of all major towns in the General Government, with a population of over a hundred thousand, the seat of the civilian and police authorities of a district, regarded by Nazi politicians and historians as an "old German town" — was described as an "intermediary between the West and the East and the final pillar of the great German Reich".[10] Consequently, the interest of the *Reichsführer SS* in Lublin becomes understandable.

In the note of 21 July 1941, Himmler, aside from giving directives for building the camp and granting powers to Globocnik, outlined a programme of an economic-political nature for Lublin. According to the programme, the SS enterprises were to be expanded: the German Supply Works *(Deutsche Ausrüstungswerke DAW)*, existing from 1940 at the labour camp at 7 Lipowa street, and the Clothing Works *(Bekleidungswerke)*, established by Globocnik in 1941. Himmler also included in the programme the building of an SS and police housing district, in which the houses were to be "erected, in accordance with the presented plan, in the area of the former airfield in Lublin".[11] According to Himmler, the district, designed for 60,000 SS-men, would, in more distant perspective, be linked to the "old German town".

The *Reichsführer SS* treated the building of the camp as the most important directive, linking closely the economic objectives of the camps with the presented programme of political and economic development of the town. According to the order cited at the outset, prisoners were to be employed at the construction of the huge SS district, at the building of the Supply and the Clothing Works, and subsequently in those works, and in the workshops that were to be set up in the camp. In this way, the SS command secured for its enterprises in Lublin immense resources of gratuitous labour, creating at the same time a huge military base for the SS and police units taking part in action in the East.

The entrusting by Himmler of the organization of the camp to Globocnik sheds light on other political goals as well. The programme clearly indicates the *Reichsführer's* approval for the plans to Germanize Lublin and to colonize the southern parts of the Lublin region, notably the Zamość area.

The fertile soil and the "discovery" by Globocnik of persons of German extraction in the Zamość region drew the Germans' attention to that area. On 15 June 1941, at a conference of the NSDAP *(Nationalsozialistische*

Deutsche Arbeiterpartei) in Zamość the higher SS and police leader of the Lublin district announced the establishment in the Lublin region of a "purely German settlement area, to which colonizers will be brought from Bulgaria, Yugoslavia, Bessarabia, etc." [12] Globocnik discussed this plan with Himmler during the latter's July visit to Lublin and Zamość. The *Reichsführer SS* approved in full the plan for the colonization of the Lublin region, treating it as "top secret". In the note of 21 July 1941, he wrote: "The action of searching for German blood will be extended to the whole General Government, and a vast settlement area will be set up near the German colonies in the environs of Zamość. In order to give [that area — J.M.] a purely German character as quickly as possible, it is necessary to start early the establishment of farmsteads and the tilling of land". [13]

The view of the higher SS and police leader of the Lublin district as regards the area of the future colonization and the question of the fate of the Polish population inhabiting that region was explained somewhat later by his close collaborator, the Security Police commander, Helmuth Müller, in a report of 15 October 1941, to *SS-Gruppenführer* Otto Hoffmann in Berlin. He wrote: "The *Brigadeführer* [Globocnik — J.M.] intends to settle Germans all over the Lublin district, and later, referring to the Baltic countries settled by Nordic or German population, to establish, through the Lublin district, liaison with Transylvania, with the Germans living there". [14] In this way — according to Müller — Globocnik wanted to encircle the Polish population living between the Warthegau and the Lublin region and gradually "to ruin it economically and biologically". [15]

Evidently, Lublin, as an SS town, and the German colonies near Zamość were to perform the functions of important Germanization centres in the Lublin region, and later in the whole General Government, as clearly stated by Himmler in the quoted note. Meanwhile, the concentration camp, connected with the economic and political programme for Lublin and the Lublin region, and this in turn with plans for "purifying" the General Government of Poles, was to be a centre of terror, of concentration of "undesirables", and next of their extermination. This concerned, above all, the population of the Lublin district and was an essential political reason, though not the only one, for establishing the camp.

After issuing the order to build a concentration camp in Lublin, Himmler immediately instructed *SS-Standartenführer* Karl Otto Koch, previously the commandant of the concentration camp in Buchenwald, to take charge of the organizational affairs of the new camp. After the establishment of the camp management at 12 Ogrodowa street, he started work on building the first section of the camp, according to documentation received from Office II of the Main Budget and Building Office *(Haupt-*

amt Haushalt und Bauten). The camp was located in the immediate vicinity of the DAW in Lipowa street, and even levelling work was begun, done by Polish prisoners of war — soldiers of the Polish army — of Jewish descent, imprisoned in the camp in Lipowa street.

The formal order for building the concentration camp was issued on 22 September 1941, by the head of Office II, Heinz Kammler. In a document on this subject, we read: "On the order of the *Reichsführer SS* it is necessary to set up in Lublin immediately a concentration camp for five thousand prisoners. The camp will be the first building section in an area allocated for a future concentration camp for 50,000 prisoners". [16]

Five days later, Kammler issued a second order in which he wrote: "In Lublin and Auschwitz, camps for prisoners of war will be set up immediately, as of 1 October, with the possibility of accommodating 50,000 prisoners of war each, according to the instructions given in Berlin and the received documentation... Work should start immediately and should proceed at the quickest pace possible". [17]

What did this decision mean? Did it mean the building of a second camp or a change of the character of the camp, from that of a concentration camp to that of a POW camp?

The essential reason behind the building of POW camps in Lublin and Auschwitz (Brzezinka — Birkenau), subordinated to the SS, rested on the striving of those authorities for complete control of the questions of prisoners of war. From the time of the assault on the Soviet Union, the SS command was increasingly interested in the labour force in the *Stammlagern* (camps for enlisted men and NCOs) subordinated to the Wehrmacht. The SS's broad plans concerning the construction of a military base in Lublin and armaments works in Oświęcim required a vast amount of cheap labour. The SS began suggesting to the military authorities the establishment of new POW camps, on the pretext that the *Stammlagern* were overcrowded. The SS's suggestions were accepted. On the strength of an agreement of September 1941, between Himmler and the commander-in-chief of land forces, Gen. Walther von Brauchitsch, the SS was to take charge of a total of 325,000 Soviet prisoners from the *Stammlagern.* [18] In consequence of this agreement the cited order of 27 September was issued, although Office II did not allocate any sums for building purposes. Globocnik, however, by a provisional order of 28 October, advanced for this purpose two million DM from the funds of the SS garrison in Lublin. In taking over the project, the head of Office II, Heinz Kammler, on 1 November 1941, instructed the SS and Police Central Building Board in Lublin *(Zentralbauleitung der Waffen SS und Polizei Lublin)* "to set up a POW camp in Lublin to accommodate 125,000 prisoners of war". As the first allocation for this purpose, he ordered the payment of five million DM out of Office II's account. [19] Five weeks later, on 8 December

1941, he wrote: "You are hereby instructed to extend the building order to include the establishment of a POW camp in Lublin which could accommodate 150,000 prisoners of war or detainees. The indispensable economic facilities and workshops should be planned in the camp, such as a big laundry, a delousing station, a crematorium, and large workshops". [20]

It follows clearly from the latter order that Majdanek was to combine two functions: that of a POW camp subordinated to the SS and that of a concentration camp. This was unequivocally reaffirmed by Himmler in April 1942, in a letter to the Reich vice-minister of transport, Kleinmann, in which he said that "the POW camp in Lublin is to serve at the same time as a concentration camp". [21]

During October and November 1941, the guidelines contained in the July programme were rendered more specific. The detailed and expanded programme of activity in this field was given the name *Programm Heinrich*. It provided for the construction in Lublin of an SS base which would constitute an economic support for SS posts in the occupied Soviet territories. It would consist, next to the SS housing district, of a Supply Works, a Clothing Works, a Supply Storehouse for the higher SS and police leader of South Russia *(Nachschublager des Höhren SS und Polizeiführer Russland Süd)*, a Military Economic Storehouse *(Truppenwirtschaftlager)* as well as large workshops in the planned camp. The buildings for the mentioned facilities were to be erected immediately in order to relieve the industry in the Reich.

3. THE LOCATION OF THE CAMP

In the situation when a huge camp was to be built in a very short time, and not by small stages, the previously proposed site in Lipowa street had to be abandoned. The task of Karl Otto Koch, appointed Majdanek commandant in September 1941, was to find an appropriate site for a large camp. Situating the camp in the vicinity of the DAW was not in the interest of the camp authorities. For a location in the town centre could facilitate prisoners' escapes and contacts with the local population.

The area on the eastern side of Lublin, five kilometres from its centre, beside the road from Lublin to Zamość and farther on to Lvov, was turned over to the SS authorities by the governor of the Lublin district, Ernst Zörner, on the strength of an agreement concluded with Koch on 26 September 1941. On this basis, in late September or early October, the police authorities took possession of a part of the thinly populated urban area of the Lublin district of Kośminek and the adjacent arable land in the village of Dziesiąta and partly in the villages of Abramowice and Kalinówka. Several inhabitants whose homesteads lay within the bounds of the planned camp were resettled. It follows from the detailed plan of the camp drawn up in 1942 that the camp area, including the so-called protective zone, was to amount to 516 hectares. [22]

This vast portion of fertile loess land constitutes mainly a slightly undulating plain. Its southern part gently slopes down toward Abramowice and Dziesiąta, a village situated on the river Czerniejówka, while its western part gradually descends toward the previous boundary line between the village of Dziesiąta and the town, and next rises again, thus forming two small plateaux. The highest elevations within the camp range from 204 to 206 metres, and the lowest does not drop below 170 metres above sea level. The whole area is entirely open. There are no natural obstacles in the form of large rivers or forests.

Because of its location, the camp could be seen from almost all sides. Its northern boundary adjoined the busy Lublin—Chełm—Zamość—Lvov highway; the southern ran just outside the boundary line of the villages of Dziesiąta and Abramowice; the western almost touched the first buildings of Kośminek; only the eastern crossed the fields of the village of Kalinówka. Owing to the short distance from the railway station in Lublin, transports of prisoners could be received and dispatched without crossing the town and without the necessity of building a siding.

The Polish name, Majdanek, appeared in 1941 and derived from the name of the Lublin district of Majdan Tatarski, which adjoined the camp's northern boundary. In the official nomenclature, the name Majdanek was never used. Until 1943, the camp bore the name *Kriegsgefangenenlager der Waffen SS in Lublin* (KGL Lublin) and later *Konzentrationslager der Waffen SS Lublin* (KL Lublin).

4. SS BUILDING AUTHORITIES: THE INVESTOR

Globocnik entrusted the building of the camp to the SS and Police Central Construction Board in Lublin *(Zentralbauleitung der Waffen SS und Polizei Lublin)*, created almost immediately after the *Reichsführer SS's* visit in Lublin at the end of July 1941. The task of this new institution was the coordination and management of all SS building work in the territory of the Lublin district, as provided for in the economic and political programme outlined by Himmler. Thus the Board was the direct investor for the projects planned both by the SS leadership and by the SS commander of the Lublin district. At the same time, it performed the function of a design office which developed technical documentation for the planned projects, and the function of a supervisor of building work, which it entrusted to specialist building enterprises by way of tender. The tasks of the SS Central Construction Board also included management of raw materials, building materials, equipment and means of transport, received from special offices controlling the distribution of industrial products.

Organizationally, the *Zentralbauleitung* in Lublin, just like the identical institutions in Cracow, Dębica, Warsaw and Lvov, was subordinated to the SS and Police Building Inspectorate in the General Government *(Bauinspektion der Waffen SS und Polizei Generalgouvernement)*, with headquarters in Cracow, and from July 1942 to Group C of the economic department at the office of the higher SS and police leader.

The SS building inspectorates, and later Groups C, as the second link in the SS building service, concerned themselves, above all, with programming and organization of work in the territories subordinated to higher SS and police leaders. As regards designing, their competence was confined to checking the documentation received from central construction boards. The documentation of major projects or overhauls was turned over, following verification, to appropriate offices or departments of *Amtsgruppe C* of the SS Economic and Administrative Head Office, which handled all matters connected with SS and police building.

The Lublin *Zentralbauleitung*, headed initially, in 1941, by *SS-Untersturmbannführer* Hautz, in 1942—43 by *SS-Hauptsturfführer* Naumann, and in 1944 by *SS-Untersturmführer* Grothe, was to concern itself mainly with the construction of the Majdanek camp.

After technical documentation had been worked out, and verified by the Cracow Building Inspectorate or the latter Group C, and after it had been approved by *Amtsgruppe C* of the WVHA, the Lublin *Zentralbauleitung* would invite tenders for building a given section. Of the offers submitted, that one was chosen which proposed the lowest price for the whole of specialist work. The work not requiring specialist labour was in principle executed by prisoners. This covered, for example, levelling the ground, extracting sand, building roads, elevations, and drainage ditches, and work in numerous transport sections delivering materials to the building sites. In addition, building enterprises availed themselves on a wide scale of the cheap prisoner labour force.

In case of large projects involving a broad range of jobs the Lublin Central Construction Board called into being construction boards to coordinate and supervise the work. One of them was the Construction Board of the POW Camp *(Bauleitung Kriegsgefangenenlager)*, later the Construction Board of the Concentration Camp in Lublin (*Bauleitung Konzentrationslager Lublin*). The Board, headed until the autumn of 1942 by *SS-Untersturmführer* Fischer and then by *SS-Untersturmführer Müller*, was the actual organizer of work in Majdanek. Its responsibilities included consulting the camp authorities as to the construction work on buildings and installations, submitting requests for labour for the individual sections of the project, and directing the building work done by prisoners. It also allotted materials to the enterprises involved, kept a register and supervised the work of civilian labourers, and exercised investor's supervision over all the sections of the project.

5. BUILDING PLANS

When the Lublin Central Construction Board was called into being, providing blueprints for the concentration camp was the responsibility of Office II of the SS Main Budget and Building Office. The situation altered when Kammler, on 27 September 1941, ordered the immediate construction of a POW camp for 50,000 prisoners. The SS authorities, having secured the area for a future camp, commissioned the Lublin *Zentralbauleitung* to prepare technical documentation for the spatial development of the area allotted for the future POW camp in Lublin. The *Zentralbauleitung* must have started the work on the blueprints rather promptly as they were ready in early October.

The first known plan of Majdanek is dated 7 October 1941. [23] It concerns only the part inhabited by prisoners. The barracks were to be built in ten compounds (five rectangles and five trapezoids) and encircled by a double barbed-wire fence. Around the fence, on its outer side, twenty-five watch towers were planned.

The situation of the barracks in the individual compounds was in principle identical. They were to be arranged in two rows, parallel to the longer side of the rectangle or the trapezoid and square with the fence. The room in the middle was to serve as the *Appelplatz* (a place for roll calls). There were to be two kitchens at one end and lavatories at the other end.

A total of 236 barracks were planned, 207 of which would be occupied by prisoners. Thus the plan conformed with Himmler's recommendations of 21 July 1941, and with Kammler's two building orders, of 22 and 27 September of that year.

The work commenced in October with levelling the ground for the first five rectangular compounds. It was initially executed by a group of Polish prisoners of war of Jewish extraction, brought to the building site each day from the labour camp in Lipowa street. In October, about two thousand Soviet prisoners of war were employed on the site and quartered there, when there were still no barracks whatever. Initially, as was customary with the Nazis, they were kept in the open air, cold and hungry, probably in Compound 1 which had already been marked out. These groups did most of the work on building the fence and assembling the barracks in Compound 1. The pace of work was tremendous, for already on 11 November Kammler reported to the WVHA head, Pohl, that "the construction of the camp has advanced to such a degree that it can already accommodate 10,000 prisoners, while another 10,000 can be received during the next few days." [24]

Together with the construction of the camp facilities, the Lublin Central Construction Board proceeded to the elaboration of the plan of a camp designed for at least 150,000 persons. The final version of this plan was the general plan of the Majdanek camp, approved for implementation by the then camp commandant, Karl Otto Koch, on 23 March 1942. [25]

The prisoners' part was to consist of three huge complexes: the POW camp *(Kriegsgefangenenlager)*, the area allocated for the expansion of the camp (*Erweiterung KGL*), and the SS Clothing Works (*Bekleidungswerke der Waffen SS)*, the smallest of the three.

This plan provided for building the camp in an area of 516 hectares, more than eight times larger than the plan of 7 October 1941, divided into two parts: the prisoners' part and the SS-men's part.

The POW camp, with an area of 120 hectares, was to embrace, according to the general plan, sixteen compounds of barracks. The arrangement of the barracks in the various fields was in principle identical. Each compound housed 24 barracks, including 22 dwelling barracks, one kitchen, and one lavatory barrack. Compounds 8 and 9 were the exceptions, with 16 barracks in each of them.

The centre of the first complex, the POW camp, was to be occupied by large workshops, storehouses, a prison, a hospital, a laundry with a delousing station, and the central *Appelplatz.* It was surrounded with a double barbed-wire fence and a chain of 40 watch towers.

Many of the elements of this plan conformed with the concept of the camp of October 1941. Since work had already begun on the introduction of the initial plan, the arrangement of the compounds and the guard system were maintained. In the complex in question, 336 barracks were to be built each housing 500 persons, which gives a total of over 150,000 prisoners. [26]

The *Erweiterung KGL* comprises barracks arranged symmetrically on both sides of a large, trapezium-shaped *Appelplatz.* They include barracks (irregular in shape) housing economic facilities and dwelling barracks for prisoners, situated on both sides of the *Appelplatz* in the central part of the complex. The complex, designated by the name *Erweiterung KGL,* is the planned concentration camp, designed, in keeping with Himmler's order of 21 July 1941, to accommodate over 50,000 prisoners (128 barracks for 500 persons each).

Expecting the concentration of such an enormous number of POWs and prisoners in two, almost separate camps, the planners provided for the use of prisoner labour. To this end, they located in the vicinity an

SS Clothing Works (*SS-Bekleidungswerke*). It follows from the detailed plan of March 1942 [27] that the works would comprise tailor's, furrier's, hosier's and straw-shoe making workshops, sorting plants, storehouses, administrative buildings, and 80 dwelling barracks designed for about 40,000 prisoners (each barrack for 500 prisoners).

These three complexes in the prisoners' part of the camp, with an average density of 500 inmates for one barrack, were designed to accommodate 250,000 prisoners.

The part of the camp occupied by the SS was to extend between the Lublin—Zamość highway and the camp road (Lagerstrasse), opposite the barracks of the POW camp. Planned in that area were barracks housing the camp command, three groups of buildings for the camp staff, a building materials storehouse, garages, and large economic facilities.

On the basis of the guidelines contained in the general plan of the camp, the SS and Police Central Construction Board in Lublin elaborated, before 1 March 1942, a proposal for the first stage of the building of the POW camp, embracing five compounds of barracks as well as accompanying buildings and facilities. The proposal, along with technical documentation, was sent to the SS Building Inspectorate in Cracow for preliminary approval. In a report of 14 May 1942 deputy head of the Inspectorate, *SS-Obersturmführer* Iukhoff, said that only Compounds 1 to 8 would be built in two phases: five in the first phase and three in the second. He limited the construction of ground installations to these eight compounds, adding that the further realization of the project "is discontinued for the duration of the war". [28]

The decision to discontinue the execution of the general plan of the camp depended not only on the Building Inspectorate in Cracow. It was caused mostly by difficulties in supplying the eastern front, which in turn due to the shortage of rolling stock had an unfavourable effect on supplies of raw and building materials for the camp.

Informed of the plans to build the camp, the Eastern Railway Administration (*Generaldirektion der Ostbahn*) in Cracow asked the Reich ministry of transport to reduce the orders for rolling stock by the SS building service in Lublin.

"The Eastern Railway cannot accept the above-mentioned transport orders, since the single-track railway from Lublin is used by the army to the limits of its capacity. Also the railway station in Lublin is constantly so overburdened due to a standstill in the transport of provisions to the occupied eastern areas that an increase of its handling capacity is impossible for a long time... Moreover, it should be considered that the Lublin district in the General Government is an agricultural surplus region. For this reason, the Lublin station is burdened chiefly by food transports which cannot be carried in any other way or eliminated from transport. In turn, the transport routes in the General Government have been additionally engaged by SS consignments. Hence there is no place at all for already over-stretched economic transports. After the camp, the supply storehouse, and the SS district have been built, the demand will be so great that, given the existing installations, there will arise insurmountable difficulties with the transport of supplies." [29]

Conveying the quoted document on 7 March 1942, vice-minister of transport Kleinmann asked Himmler to cut down "transports in connection with the building project in Lublin, [for] they will cause a considerable disturbance and damage in the dispatch of the most important and most urgent transports... entrusted to the railways, given the existing transport difficulties, especially in the Eastern Railway district". [30]

There also arose divergences of opinion as to the expediency of building the camp between on the one hand *Landkomissar* of the district, Zörner, who represented the civilian administration, and Governor General Hans Frank, who supported him and on the other hand Globocnik, who carried out Himmler's programme. The administration, interested in the maximum exploitation of the region for the needs of the Reich, was opposed to any SS experiments that might have a negative influence on the fulfilment of its tasks, chiefly food supply and providing the required labour force to work in the Reich.

Thus when in January 1942, on the occasion of discussing the question of connecting Majdanek to the municipal sewage and water supply system, the Lublin civilian authorities were informed by representatives of the SS building service of the plans to build a huge camp complex and an SS housing district for 60,000 they vehemently opposed the project. *Landkomissar* Zörner, in a letter to the government of the General Government, explained that "the building of such a huge camp may seriously injure the supply of the town with electricity, coal, and gas and may also raise reservations because of the spread of contagious diseases". [31] What induced Zörner to take such a step was, next to the desire to safeguard the interests of the Germans residing in Lublin, his wounded pride. Most likely, the agreement of 26 September 1941, failed to mention the building of a huge concentration camp, but referred only to allotting areas in the eastern part of the town for a camp for Soviet prisoners of war. What is more, the SS authorities had no intention of presenting the plans of the Majdanek camp to the civilian authorities "to be scrutinized by the building authorities of the General Government". [32]

The dispute was won by the SS, which took advantage of Frank's impaired position following the detention in January 1942 of the Governor of Galicia Dr Karl Lasch, for corrupt practices and the uncovering of malversions in the chancery of the General Government. On 19 March 1942, the Governor General expressed consent to "building in Lublin a

POW camp for 150,000 prisoners",[33] instructing the higher SS and police leader in the General Government, *SS-Obergruppenführer* Friedrich Wilhelm Krüger, to settle all technical and other matters relative to the camp with appropriate offices of the General Government. Although Frank had eventually endorsed the construction of the big camp, the SS and Police Central Construction Board in Lublin encountered serious difficulties in obtaining building materials.

All these difficulties resulted in a temporary limitation of the scope of the project. In response to Vice-Minister Kleinmann's letter of 14 April 1942, Himmler stressed: "In view of the difficulties with materials and transport, the capacity of the camp has been reduced to 50,000 by the middle of this year."[34] This did not thwart the concept of building the camp complex in Lublin, but temporarily halted the realization of the project until the situation on the eastern front had been clarified.

The general plan of construction of the concentration camp in Lublin, now reduced to 20 per cent of the initial assumptions, required certain corrections. They were made by the Central Construction Board in June and July 1942. In architectural terms, these corrections did not undermine the basic concept of the project. In terms of functions, the camp was divided into three parts: the prisoners' part (Compounds 1 to 8), the administrative part (the barracks of the camp command and the SS barracks), and the economic part (workshops, storehouses).[35]

6. BUILDING WORKS IN 1942–44

The Lublin Central Construction Board was obliged to carry out all the work provided for in the programme. The scope of the work, determined by the technical documentation, included jobs entrusted to the Camp Construction Board and done exclusively by prisoners as well as specialist jobs executed by building firms, which also employed prisoner labour.

Thus, the main burden of the work rested on the prisoner labour force. This fact, characteristic of all Nazi camps, ensured to the *Zentralbauleitung* as the direct investor and general executor, and to the camp administration as the future user of the camp, a rapid construction of buildings and facilities and, more important, considerably reduced the cost of labour.

The second group of the labour force were civilian workers hired by building firms, chiefly to execute specialist jobs. It has been established on the basis of incomplete source materials that 35 building firms were engaged in the construction of the Lublin concentration camp between 1941 and 1944. The largest of them included: Berlinische Baugesellschaft,

Polstephan, Ludwig Rechkemmer, Robert Schönbrunn, and Wacker und Schneider. On average about 400 to 500 civilian labourers worked on the building site.

The enterprise to which work was entrusted by tender in a given section of the camp, was in direct contact with the Camp Construction Board, which as a rule provided building materials and installations. Given the supply restrictions in force at that time, only the *Zentralbauleitung* could obtain permission *(Freigabeschein, Bezugschein)* to purchase these articles from appropriate offices *(Bemirtschaftungsstelle)* handling iron and steel, timber, cement, and other materials, these offices being subordinated to the economic department of the General Government.

In view of restrictions as to the use of rolling stock, the Central Construction Board applied to the SS Transport Officer (*Transportoffizier der Waffen SS "Ost" beim Höhren SS und Polizeiführer im GG)* in Cracow for the allocation of railway cars *(Fahrnummern)* to carry goods from the supplier to Lublin.

The stagnation of the economy in the territory of the General Government posed serious difficulties in obtaining many articles. And Majdanek's needs were so great that the investor was forced to seek constantly new producers or trading firms, chiefly in the Reich territory. These producers and firms made up almost a half (48 per cent) of all suppliers with which the *Zentralbauleitung* maintained contacts. This index would doubtless have been higher, had it not been for transport difficulties, which had to be seriously reckoned with.

German firms from the Reich territory, and also from the General Government, were ready to render services to anyone, irrespective of the purpose they were to serve. On 18 September 1941 the Senking firm from Hildesheim sent in an offer, along with estimated costs, to "supply kitchen installations for 5,000 prisoners in the concentration camp under construction in Lublin".[36] Similar tenders were received in the first months of the realization of the project (November and December 1941) from Kori of Berlin, which offered to build a crematorium, and Jahn und Petrlik Holtzbau of Rudolfstadt, which was ready to supply 100,000 shovels and pickaxes as well as bricks and furniture. Also in the later period, the Central Construction Board received many offers of this kind.

The construction of the camp started with setting up a storehouse for building materials. It was located by the Zamość—Lublin highway, and the work continued until mid-1942. In view of the growing needs, the storehouse was expanded in the following year.

The considerations of security compelled the SS authorities to locate concentration camps far from human settlements, as was the case with Gross-Rosen, Ravensbrück, and Stutthof, or to establish security zones *(Interessengebiet)* around them, as exemplified by Auschwitz. The Lublin camp did not have any natural protection. The plan of 7 October 1941 did not provide for a security zone around the Majdanek camp. It was only the general plan that envisaged the creation of empty space in the west and the south, between the camp proper and the town buildings. Consequently, in the autumn of 1942 the western and southern fringes of the Majdanek camp were surrounded with a barbed-wire fence.

Much earlier, in October 1941, a fence started to be erected around Compound 1, then under construction. As new compounds of barracks were constructed throughout 1942, they were encircled with a double barbed-wire-fence.

From mid-1942, white breakstone began to be spilled in between the fence and in the so-called death zone *(Todeszone)* — a five-metre-wide zone between the inner fence line and the barracks. This was to increase the visibility of a human silhouette at night, when the fence and the death zone were lighted. Trespassing upon the zone involved the risk of death, as the signs in German, Polish and Russian warned.

An additional element securing the compounds were 18 watch towers each 8.80 metres high, which afforded an unobstructed view of the assigned sections. They were equipped with revolving spotlights placed on the roof, so the guard could turn the light in any direction. More than 130 lights were placed on the poles of the fence surrounding the five compounds. In 1943 the inner fence was electrified at high voltage.

Another element of security of the camp proper were sentry boxes *(Blockführerstube)* situated at the gate to every compound. The sentries checked the persons entering or leaving the compound. Moreover, eight pillboxes were built in 1944 along the camp's eastern boundary to protect Majdanek against a possible attack by partisans. The roads and paths in the camp were lighted, as were all economic and administrative buildings.

All this — the fence, the towers, the lighting, the high voltage installation — was intended to frustrate the prisoners' hope for freedom and create the conviction that the only way out of the camp was through the chimney of the crematorium.

At the same time the building of the barracks for prisoners continued. The barracks were differentiated in terms of construction. In Compounds 1, 2 and 5 and Compound 6 built in 1943—44, so-called dwelling barracks were erected, their walls and ceilings consisting of two layers of boards, while in Compounds 3 and 4, stable barracks *(Pferdestallbaracke)* of the most primitive type were built. The walls of these barracks were made of thin, not very closely fitting boards, while windows were replaced by skylights in the roof. The roof itself, which was at the same time the ceiling, was made of boards covered with tar paper. It was supported by the external walls and by two rows of pillars dividing the barrack breadthwise into three parts.

The camp, which began to fill rapidly from January 1942, required appropriate storehouses for the looted property and for supplies for prisoners. On the order of the camp commandant, Karl Otto Koch, the Central Construction Board built ten barracks on the western side of the compounds, to serve as storehouses *(Häftlingskammerbaracken)*. In 1943 those storehouses proved insufficient, so another six were constructed. All the buildings in the camp being numbered, the storehouses were denoted by numbers 43 to 61 — this irrespective of signboards. For example, barracks 43 and 44 *(Effektenkammer)* contained sacks with property taken away from prisoners. In barrack 43, also the newly arrived prisoners were received *(Aufnahmebaracke)*. This was where the new arrivals were robbed of their property, registered, and given numbers and signs. Barracks 46 and 47 served as food storehouses *(Verpflegungskammer)*, while nine barracks (48—50 and 56—61) housed clothes storehouses *(Bekleidungskammer)*, in which clothes issued to prisoners were kept.

In the vicinity of the storehouses, repair and production workshops were located, which worked for the needs of the camp and the Lublin SS garrison. They included a carpenter's shop, a smithy, and an electric shop (barracks 53 to 55).

As early as the spring of 1942 the camp's authorities started to organize a farm. A garden farm *(Gärtnerei)* was the first to be set up, between the boundary of Majdanek and the storehouses. As it was necessary to store the potatoes and vegetables cultivated on more than a hundred acres of land, the Construction Board built, by mid-1943, thirty cellars and a hot-house in which early vegetables and flowers were grown.

The empty area on the eastern side of the compounds, where new barracks were to be built in the future, was temporarily allocated by the camp authorities in late 1942 for a camp farm *(Lagergut)*. In the area of more than a hundred acres, grain was grown and animals were raised.

Just as in every Nazi concentration camp, so in Majdanek, aside from indirect extermination, direct killing of prisoners was practised. This end was served by appropiate installations. In the middle of each compound gallows were erected to execute individual prisoners, while during 1942 and 1943 eight hooks were attached to the roof of the so-called old crematorium to hang larger groups of prisoners.

Beginning from the second half of 1942, gas chambers became the largest installation for mass extermination of prisoners. Their construction started in August and was completed in October 1942. They were situated beside Compound 1, across from the bath barrack (No. 41). They were built according to a specific design worked out in August 1942 by the Camp Construction Board as technical documentation for a "delousing station" *(Entlausungsanlage)*.

The gas chambers were built of ceramic brick, covered with a ferroconcrete roof, and provided with a cement floor. The installation comprised three chambers: a large one (10 m x 5.5 m x 2 m) and two smaller ones (4.80 m x 3.60 m x 2 m) as well as a cabin for the SS-man who pumped doses of gas from steel cylinders into the chambers and watched, through a small grated window (25 x 15 cm), the behaviour of the victims. Two chambers, the large one and the southern smaller one, were equipped with devices for the use of carbon monoxide (CO). In the smaller one, there was a metal pipe, 40 mm in diameter, running along the walls above the floor. The gas got into the chamber through holes in the pipe. Cyclone B was poured into a special opening in the concrete roof.

The large chamber also had a metal pipe, 25 mm in diameter, fastened to one of the walls above the floor. As in the smaller chamber, the carbon monoxide from a steel cylinder got in through this pipe. In addition,there were two openings in the western wall, through which hot air (120°C) was blown in by a ventilator from a stove placed on the outside of the chamber, which alone killed the victims and, at the same time, intensified the action of Cyclone B, since the lethal effect of the gas increased at a temperature of over 27°C. The other small chamber, on the southern side, had only an opening in the roof to pour in Cyclone B.

The massive metal doors to the chambers were air-tight, fastened by two bolts and iron bars. They had been supplied by the Berlin firm Auert, while the stoves had been provided by Theodor Klein, Maschinen- und Apparatenbau of Ludwigshafen.

There was one more gas chamber in the bath barrack. It adjoined the shower room and was adapted for the use of Cyclone B, as indicated by two openings in the roof to pour in the gas and openings in the wall through which hot air was blown in. It was a makeshift chamber which presumably had begun functioning before the other three were opened.

The tremondous mortality in the Majdanek camp, both in effect of "natural" deaths caused by emaciation and diseases and a result of planned extermination of prisoners, demanded not only the removal of the bodies, but also the covering up of any traces. To this end, as early as October 1941, the Lublin building authorities ordered from Kori of Berlin a five-furnace crematorium for the planned camp. In the meantime, a two-furnace crematorium was brought from Sachsenhausen and in June 1942, installed in a barrack situated in the afore-mentioned space between the compounds. The barrack, next to the furnaces, housed a room for storing the bodies, the office of the head of the crematorium, *SS-Hauptscharführer* Erich Muhsfeldt, and premises for the *Sonderkomando* (a group of prisoners whose task was to burn the bodies). The crematorium — as Muhsfeldt would later testify — "consisted of two iron furnaces the inside of which lined with chamotte bricks. Each furnace had only one retort... was independent and fuelled by oil. Such a retort could hold two to five corpses. The daily capacity of one furnace was about 100 bodies, with burning going on round the clock. The burning of one load in one furnace lasted about an hour". [37]

The high mortality rate, caused by the opening of gas chambers in the second half of 1942, given the limited burning capacity of the existing furnaces, compelled the camp authorities to resume their efforts to have "a more efficient" crematorium installed. On 21 January 1943, Office C III/3a *(Maschinenbau. Heizungs Lüftung* — Heating and Ventilating Installations) of the WVHA notified the Central Construction Board in Lublin that it would send five furnaces as soon as they had been appropriately adapted. The documentation received from Kori was approved, on 24 June 1943, by group C at the office of the higher SS and police leader in Cracow. In July, Kori started building work, which was completed in late August or early September. The crematorium building, as constructed according to the blueprint, had a high underpinning on which a wooden structure was erected. Inside, there was an office for the head of the crematorium, a hall for corpses, a room with a concrete autopsy table (on which gold teeth were removed from the bodies), a coke storage room, and, in the main hall of the building, furnaces for incinerating the bodies. The five furnaces were connected to a chimney 12 metres high. The furnaces were fuelled by coke. The temperature inside the furnaces reached 700°C. As many bodies were shoved into each furnace as it could contain. The incineration lasted 10 to 15 minutes.

During the organization of the camp, its newly appointed authorities were confronted with the problem of securing appropriate buildings for offices, SS officers' lodgings, and quarters for the camp staff. As mentioned earlier, the camp management moved into the building at 12 Ogrodowa street in Lublin and the guards into the building of the Vetter school at 14 Bernardyńska street (now Dąbrowskiego street). The commissioned and non-commissioned officers took lodgings in buildings near Majdanek, in Żelazna, Reymonta, Krańcowa, and Fabryczna streets.

These were only provisional lodgings, since in September 1942, in accordance with the corrections made in the plans in July of that year, dwelling and office barracks for the SS staff began to be erected within the camp proper. All work was done by prisoners under the supervision of specialists from various building contractors. The barracks were so designed as to protect their inhabitants from cold. All the work, including furnishing, ended in the spring of 1943.

Aside from erecting the barracks, what took a great deal of money and effort, and consequently a toll of human lives, was the building of sewers and water mains and the construction of roads. The question of water had from the camp's foundation posed a burning problem. The two wells existing from May 1942 did not satisfy the growing needs, and the water in them was unfit for drinking.

In May 1942, representatives of the SS Institute of Hygiene from Berlin examined the sanitary state of the sewers and water mains and took water samples to be subjected to chemical-bacteriological analysis. Concluding its report sent to the Lublin Central Construction Board on 29 May, the Institute said that "the camp and its surroundings are threatened by an epidemic" and suggested that: "(1) the camp should be connected to the municipal water mains as soon as possible; (2) the camp's growing demand for water should be met by an expansion of the municipal water mains rather than by building its own".[38]

The danger of a typhoid, dysentery and other epidemics, which had always terrified SS-men, as well as the considerations of a "rational" exploitation of prisoner manpower provided an argument which caused the SS authorities to attempt to create elementary hygienic conditions. On 6 June 1942, Lublin's *Stadthauptmann* Kurt Engländer consented to the camp's being connected to the municipal sewers and water mains. The unskilled work, chiefly excavations for pipes two-, three-, and often five-metres deep, was done by prisoners.

From the spring of 1942 until the autumn of 1943, the basic roads, drainage ditches, concrete passages, paths on the external side, fences around compounds, etc. were constructed. However, the plans to build in Majdanek a giant camp complex failed to materialize in full.

From 1941 through 1944, the following were built in the camp: 280 structures of various kinds, including 227 barracks, over 25,000 running metres of sewers and water mains, 4,050 running metres of paved roads (their total area being 67,969 square metres), and 5,600 running metres of double wire fence. These were constructed almost exclusively by prisoners, while the financial outlay for these purposes, allocated in 1941—44, totalled — according to incomplete data — 22,527,250 DM.[39]

NOTES

1 *Wspomnienia Rudolfa Hössa, komendanta obozu oświęcimskiego* (hereafter: *Wspomnienia Hössa*). Warszawa, p. 74.

2 *Ibid.*, p. 84.

3 J.A. Kamiński, *Hitlerowskie obozy koncentracyjne i ośrodki masowej zagłady w polityce imperializmu niemieckiego*. Poznań 1964, p. 132.

4 Quoted after J.A. Kamiński, op. cit., pp. 138—139.

5 *Wspomnienia Hössa*, p. 349.

6 Archives of the Main Commission for the Investigation of Nazi Crimes in Poland (*Archiwum Głównej Komisji Badania Zbrodni Hitlerowskich w Polsce* — hereafter: AGKBZH). Case IV of the Nuremberg Trials: WVHA (O. Pohl et al) (hereafter: Case IV), vol. XII, p. 19.

7 AGKBZH, Case IV, vol. XI, p. 148. The note concerning Himmler's orders on the question of setting up a concentration camp in Lublin and preparations for resettlement in the Zamość region, of 21 July 1941.

[8] AGKBZH, personal record of Odilo Globocnik, vol. III, sign. 968. Himmler's letter to Globocnik of 17 July 1941.

[9] Hans Frank's statement at a meeting of the General Government on 25 March 1941. Quoted from C. Madajczyk, *Polityka III Rzeszy w okupowanej Polsce*, vol. I. Warszawa 1970, p. 125.

[10] *Führer durch die Stadt Lublin.* Krakau 1942, p. 5.

[11] AGKBZH, case IV, vol. II, p. 149 point 11, notes.

[12] Krakauer Zeitung of 15 July 1941. Quoted from C. Madajczyk, *Generalna Gubernia w planach hitlerowskich. Studia*, Warszawa, 1961, p. 149.

[13] AGKBZH, Case IV, vol. XI, p. 149.

[14] AGKBZH, trial of Jacob Sporrenberg: Material evidence, No. 963 z.

[15] *Ibid.* Cf. C. Madajczyk, *Generalna Gubernia...*, op. cit., p. 115.

[16] Dokumentationszentrum Berlin (hereafter: DZB), *KZ und Haftanstalten. Ghetto Lublin.*

[17] *Ibid.*

[18] Cf. footnote 24 below.

[19] DZB, *KZ und Haftanstalten. Ghetto Lublin.*

[20] *Ibid.*

[21] AGKBZH, *Reichsverkehrministerium PS-22.*

[22] State Voivodship Archives in Lublin (Wojewódzkie Archiwum Państwowe w Lublinie — hereafter: WAPL), *Zentralbauleitung der Waffen SS und Polizei Lublin*, No. 61. The camp's plan of 1942.

[23] WAPL, *Zentralbauleitung...*, No. 58. See the first plan for building a POW camp of 7 October 1941.

[24] Tsentralnyi Gosudarstvennyi Arkhiv Oktiabrskoi Revolutsii SSSR (October Revolution Central State Archives, Moskva hereafter: CGAORM), fond No. 1372, description No. 1 EDChR No. 156. The report of the plenipotentiary for establishing an SS POW camp of the SS and Police Central Building Inspectorate in Lublin.

[25] WAPL, *Zentralbauleitung...*, No. 45. See the general plan for the building of the Majdanek camp of 23 March 1942.

[26] WAPL, *Zentralbauleitung...*, No 93.

[27] Archives of Majdanek State Museum (Archiwum Państwowego Muzeum na Majdanku — hereafter: APMM). The plans of *Bekleidunkswerke*, No. VI 9 c.

[28] WAPL, *Zentralbauleitung...*, No. 93, p. 2.

[29] AGKBZH, *Reichsverkehrministerium PS-22.*

[30] *Ibid.*

[31] AGKBZH, trial of Josef Bühler, state secretary of the General Government, before the Supreme National Tribunal (hereafter: Bühler Trial). vol. III, pp. 149--150.

[32] WAPL, *Zentralbauleitung...*, No. 100. The note of Engineer Dethof of 3 March 1942.

[33] AGKBZH, Hans Frank, *Dziennik (Tagebuch)*, vol. I, p. 200.

[34] AGKBZH, *Reichsverkehrministerium PS-22.*

[35] WAPL, *Zentralbauleitung...*, No. 59.

[36] WAPL, *Zentralbauleitung...*, No. 15, p. 7.

[37] Deposition by the chief of the crematorium, Erich Muhsfeldt, on the subject of the former concentration camp in Lublin (Majdanek), ed. by A. Żmijewska-Wiśniewska. In *Zeszyty Majdanka*, vol. I, p. 140.

[38] WAPL, *Zentralbauleitung...*, No. 101, p. 65.

[39] CGAORM, fond No. 1372, description No. 5 EDChR No. 157; WALP, *Zentralbauleitung...*, No. 25. A comparison of the funds allocated for building the camp.

Chapter 2

The Organization of the Camp

1. THE CAMP AND THE LOCAL POLICE AUTHORITIES

The organizational structure of the system of concentration camps set up by the Nazi state was made uniform as early as 1936. The regulations worked out by the Camp Inspectorate at that time were to remain in force, with only slight modifications, until the end of the war. The rather rigid organizational scheme, however, was not introduced everywhere to the same extent. The role and importance of the individual camp institutions varied, depending on the relations in the camp, its situation, the local SS and police authorities, as well as the tasks which the superior authorities had assigned to the camp.

Majdanek, like other concentration camps, was subordinated to the RSHA and the WVHA — but through the economic department of the higher SS and police leader in Cracow. This specific subordination, different from the subordination of the camps situated in the territory of the Reich, had its consequences. The Lublin camp was more closely bound up with the local police authorities. Odilo Globocnik, the higher SS and police leader for the Lublin district, was the direct superior of the Majdanek camp. This subordination resulted not only from the post he held, but also from his exceptional position amongst Himmler's close associates. Throughout the existence of the Majdanek camp, Globocnik assigned to it tasks resulting from his additional functions and competences: the plenipotentiary for setting up SS and police posts in the East, the chief of the *Aktion Reinhard* *, the manager of the Ostindustrie (Osti) com-

---

* Action of the biological extermination of Jews and plunder of their property began in the spring of 1942 in the General Government. It formed part of the general plan for the "final solution of the Jewish question" (*Endlösung der Judenfrage*).

pany *, and the initiator and organizer of evictions of the Polish population from the Zamość region.

Due to the camp's close subordination to Globocnik, the police services subordinated to him could exert a stronger influence on the camp, as compared with other concentration camps. The Security Police in Lublin had been linked by the RSHA to the camp from its very foundation — not only through the fact of sending there persons detained by the Gestapo or the Kripo. The organizational dependence of the camp was much closer. The section for prisoners' personal affairs — the Political Division — in the camp was subordinated to the Lublin headquarters of the Security Police. More important, the chief of the Lublin Gestapo, and at the same time deputy commander of the Security Police for the Lublin district, Walter Liska, who acted as the RSHA plenipotentiary attached to the commandant of Soviet POW camps in the General Government, Gen. Paul von Wittassie, had special powers enabling him to interfere in the affairs of the Majdanek camp, the more so as from February 1943 the camp bore the official name *Kriegsgefangenenlager*. Moreover, in mid-1943 the Lublin headquarters of the Security Police, acting on Himmler's instructions of 6 January of that year, opened and subordinated to itself a Field Hospital for Soviet-Russian War Invalids *(Lazarett für sowjetisch-russische Kriegsversehrte)*. Situated in Compound 2, it possessed the character of an autonomous camp in relation to the Majdanek authorities — this through the fact of being dependent on the Security Police as regards the organization of the compound, the living conditions, the maintenance of order, and the supplying of prisoners of war. Even the post of compound leader *(Feldführer)* was held by an *SS-Untersturmführer* Sowalsky of the Security Police.

The Majdanek camp was likewise dependent on the *Ordnungspolizei*. In March 1943, in consultation with the camp authorities, it opened in Compound 4 a transit camp *(Auffanglager der Ordnungspolizei)* for hostages *(Geiseln)* detained with a view to terrifying the local population and the inhabitants of the neighbouring villages by the threat of resorting to collective responsibility for failure to fulfil the farm produce quotas, for extending aid to victims of terror, for partisan activities, etc. Like the hospital, that part of the camp possessed an autonomous character.

Because of lack of source materials, it is difficult to define in detail the competence of the Lublin police authorities toward the mentioned parts of the Majdanek camp, which anyway were untypical in the structure of concentration camps.

---

* Established in February 1943 on the initiative of Globocnik in order to concentrate the economic activity of the Lublin camps on the basis of property plundered during the *Aktion Reinhard*.

2. THE COMMANDANTS

Each concentration camp was headed by a commandant appointed by the WVHA. He was responsible for all matters pertaining to the prisoners and the SS staff. According to Rudolf Höss every camp commandant "should constantly instruct his subordinate officers and men what their duties and tasks are, especially in matters of the camp's security and the handling of prisoners. The camp commandant should create appropriate employment possibilities in order to put every prisoner to work; therefore, he should constantly care for employment questions". [1]

The role and responsibility of the Majdanek commandants varied from one period of the camp's history to another.

The first commandant of the Lublin camp was Karl Otto Koch. He assumed his post in September 1941 and held it until August 1942. Having been sent to Lublin to create a giant concentration camp, he could boast considerable experience in camp organization. He was one of the so-called old guard of commandants who made the living conditions of prisoners increasingly harsh. As early as 1935, Koch was the commanding officer of the guards at the concentration camp in Esterwegen; in the same year, he was appointed commandant of that notorious torture-chamber, the Columbia Haus in Berlin and after it was liquidated, he became commandant of Sachsenhausen. On 1 August 1937, Koch, with the rank of an *SS-Standartenführer*, took charge of the concentration camp in Buchenwald, which was built under his direction and whose commandant he remained until mid-1941.

While in Buchenwald, he introduced a system of terror which, even according to the SS legal criteria, could be described as "a despotic and barbarian manner of ruling the camp". [2] Abusing his official post, Koch, assisted by his close associates, embezzled money and property of immense value, naturally to the detriment of prisoners. His accessory in murders and persecutions of prisoners was his wife, Ilse Koch, called "the beast of Buchenwald".

The investigation instituted in 1941 provided evidence that Koch had committed a number of offences of a criminal nature and he was therefore transferred — thanks to Himmler's intercession — to Lublin, where as an experienced concentration camp organizer, he was entrusted with the task of setting up a huge camp. During his year's rule in Majdanek, Koch did not alter his methods of conduct with respect to prisoners. Enjoying a large margin of freedom, he misappropriated vast amounts of valuables and money from the property of murdered Jews, chiefly from Slovakia. As his actions were detrimental to the Reichs Bank, he was recalled from his post, and subsequently arrested and executed.

Koch was succeeded by *SS-Obersturmbannführer* Max Koegel, the organizer and commandant of the camp in Ravensbrück. Koegel was known there for a wide use of terror and Prussian discipline in ruling the camp. As he held the post of commandant of the Lublin camp for less than three months (from 6 August till October 1942), it is difficult to characterize his activity in more detail. One thing is certain: the harsh discipline introduced by Koch remained unchanged. A high mortality rate was recorded at the time, due to the hard living conditions and the opening of gas chambers in which hundreds of prisoners perished.

Majdanek's third commandant, *SS-Sturmbannführer* Hermann Florstedt, had previously been Koch's close associate and adjutant and was later the chief of the prisoner division *(Schutzhaftlagerführer)* in the Buchenwald camp. He ruled in the Lublin camp from November 1942 till September 1943. That period was marked by exceptional terror caused by the commencement of mass extermination of prisoners. Florstedt passed "death sentences on prisoners out of hand. When during a lunch hour it was noticed that a Jewish prisoner had not returned to Compound 3, a search was ordered at the place of work, where he was found sleeping. The prisoner was brought to Compound 3 and immediately hanged in Florstedt's presence... About 20 such executions took place in Compound 3 between March and October 1943. Such executions also occurred in Compounds 2 and 4. I could see this through the wire fence.... He would send [prisoners] without being registered, straight to the gas chamber. This occurred in the spring and summer of 1943, when many Jewish transports arrived in Majdanek. The procedure was the following: after a Jewish transport had arrived, it was isolated in an empty yard surrounded with barbed wire, next to the bath and the gas chamber situated in the same building... There the Jews would spend the first night in the open air. In the morning, Florstedt, assisted by Thumann (head of the prisoner division) and the crematorium's chief Muhsfeldt, started the selection of prisoners. The healthy and young ones were sent to the bath. The old and weak and the children were directed to the other room, seemingly furnished like a bath, which actually was a gas chamber...

"The prisoners from smaller transports, who had not been gassed for various reasons, were assembled in a shed next to the old crematorium, in the so-called *Zwischenfeld* between Compounds 1 and 2. After the evening roll call, when the traffic in the camp subsided, the door to the adjoining room would open and the prisoners were summoned one by one. Two hoodlums holding metal bars were standing behind the door, and struck the incomers on the head. This continued until all were done away with." [3]

It should be added that Florstedt also took part in selecting prisoners unfit for work, who were subsequently exterminated. Just like his Buchenwald superior, he "robbed Jewish transports of jewelry, gold and money. Rumours circulated that he and other SS-men did not send all valuables to Oranienburg, but appropriated a part of them".[4]

The SS Special Court in Kassel, called into being to investigate embezzlement committed by SS-men in concentration camps, took an interest in Florstedt. An investigation of the case, conducted by Judge Dr. Morgen, confirmed the rumours. Florstedt was dismissed from his post and indicted.

SS-Obersturmbannführer Martin Weiss was Majdanek's fourth commandant and held this post from November 1943 until May 1944. The period of his rule was characterized by a certain improvement in the prisoners' living conditions. Beating was prohibited, the length of roll calls reduced, and more food supplies were permitted from families and charitable organizations. Just as in Dachau, where he had previously served as commandant, during his rule the fate of prisoners became more bearable. The changes for the better in both camps, however, did not result from any humanitarian motives. Weiss, the youngest (b. 1905) concentration camp commandant, an engineer, technocrat by profession, comprehended the meaning of Pohl's and later Maurer's in 1942, instructions to economize the prisoners' labour force. He realized that if a prisoner were to replace at the work-bench a German worker called up into the army and if, in the Third Reich's deteriorating economic situation, a considerable part of industrial production were to be shouldered by prisoners, it would be necessary to ensure them at least the elementary conditions of existence. That he correctly understood the meaning of the WVHA's orders in the period of the collapse of the Reich's economy was testified to by his transfer from Majdanek to *Amtsgruppe D*.

Weiss, as commandant of the Lublin camp, is co-responsible for the extermination of several thousand chronically ill prisoners from various camps in the territory of the Reich, deported to Majdanek between December 1943 and February 1944. Those gravely ill people (malaria, phlegmon, T.B.) were accommodated in wintertime, in Compounds 3 and 4, in stable barracks deprived of elementary sanitary installations. They were not given medical aid, and as a result almost all of them died. Also, the number of executions rose during Weiss' rule while the evacuation of the camp in April 1944 resulted in the death of scores of prisoners.

On 18 May, Weiss was replaced by the erstwhile commandant of the Auschwitz camp and former head of Office D I in the WVHA, Artur Liebehenschel, who was the last commandant of the Majdanek camp. Although he formally held his post until 23 July 1944, because of a heart disease he actually spent most of the time outside the camp.

3. THE CAMP COMMAND

Subordinated to the camp commandant were six basic organizational units, called divisions. Also subordinated to him were the heads of sections which, on account of the tasks they were assigned or the specific character of the Lublin camp, constituted some kind of independent units. Moreover, the chiefs of the subcamps subordinated to Majdanek were accountable for their activity to the commandant of the main camp.

The basic divisions included:

I. The Camp Command (*Kommandantur)*
II. The Political Division (*Politische Abteilung)*
III. Supervision of the Prisoner Camp (*Schutzhaftlagersführung)*
IV. Administration (*Verwaltung)*
V. The Camp Doctor (*Lagerarzt)*
IV. The Cultural and Educational Division (*Weltanschaulische Studium).*

The commandant's adjutant was the chief of the camp command and, at the same time, his most trusted associate. He looked after correspondence, concerned himself with SS personnel affairs (promotions, appointments, transfers, penalties), and was responsible for the whole of communications; he was authorized *(auf Befehl* — an order) to sign correspondence in the commandant's stead and took part in the sessions of the SS court.

The camp command was divided into several sections, acting under the direct supervision of the staff sergeant (*Stabscharführer*), who was responsible for the execution of the orders of the commandant or his adjutant.

Connected with the command, though independent, was a large unit concerned with supply, storage, distribution and checking of the weapons and military equipment in the possession of the SS staff *(Waffen und Gerät)*. The car pool *(Fahrbereitschaft)* also functioned as an independent unit, concerning itself with dispatching and repairs of vehicles, supplying the camp with fuel, and obtaining new vehicles and spare parts.

The camp's post office was subordinated directly to the commandant. It received and sent out parcels and letters to and from the SS staff and prisoners. "Each prisoner staying in the camp may write or receive a letter once a fortnight, and recidivists once in three months... The incoming and outgoing correspondence is registered in the post office's files and is subject to censorship".[5] A special unit *(Postzensurstelle)* closely checked prisoners' correspondence. Letters which failed to be cleared were included in the file of a given prisoner. Correspondence had to be written in German, save postcards with thanks for a parcel with a printed Polish text, under which a prisoner put his signature.

Yet another unit subordinated to the commandant was the SS court (*SS-Gericht*), which investigated the cases of infringements of military regulations by SS-men.

The Political Division (*Politische Abteilung*) occupied an exceptional position in the overall structure of each camp. While all the other basic units had their counterparts in the WVHA, the Political Division was linked with the RSHA, and more precisely with its Security Police. Consequently, its chief was appointed by the RSHA. As a functionary of the Security Police, he could exert a substantial influence on relations in the camp and concerned himself with prisoners' personal affairs. The *Politische Abteilung* (Division II) was notified of the incoming prisoner transports and received lists of the names of new arrivals. It kept detailed documentation concerning prisoners, each of whom had his own file which contained all data, from arrest, through notes on his or her behaviour in the camp, transfers, to a possible death sentence. In case a prisoner were transferred to another camp, the file always followed him. The Division also kept alphabetical registers of prisoners staying in the camp, of those deceased, transferred, and released.

Division II decided on the nationality and citizenship of a given prisoner and the category in which he was classified upon arrival. These decisions were in large measure arbitrary. For example, Poles from the eastern territories were classified as USSR citizens, whereas all the Poles from the General Government and the so-called territories incorporated in the Reich were given the red triangle of a political prisoner.

Intelligence was another task of Division II. Attempts were made to penetrate groups of political prisoners, and in particular to reveal their contacts with the outside world. Suspects were subjected to interrogation, during which testimony was extracted by cruel methods. Prisoners were also interrogated on request from the Gestapo unit which arrested a given prisoner or from other authorities (police, judiciary, administration). The Division issued opinions about prisoners. It also handled cases of release, which in the case of political prisoners were very infrequent. Cases of release of hostages were handled by the *Ordnungspolizei* in Lublin.

Division II was notified by the RSHA of the approval of death sentences passed by the Gestapo special courts. Hence, a representative of the Division attended all executions. It also received from the RSHA instructions concerning the treatment of the various categories of prisoners. It was the Division's exclusive right and duty to notify the death of a prisoner to his family, the RSHA, the WVHA, and the Registry Office in Lublin. The latter notified some Catholic parishes in Lublin — but only in case of the death of a Pole. Such a notification was also sent to the police unit which had incarcerated the prisoner in the camp. Notifications of the death of hostages were sent out by the *Ordnungspolizei* in Lublin.

Attached to the Political Division in most concentration camps was a unit called Records Service *(Erkennungsdienst)* the task of which was to photograph every prisoner from two or three angles. Such a service did not exist in Majdanek.

Almost throughout Majdanek's existence (1942—44), Division II was headed by *SS-Hauptscharführer* Otton Kloppmann, a sadist who maltreated prisoners during interrogations. His collaborator, *SS-Rottenführer* Emil Laurich, himself carried out death sentences on individual prisoners in the crematorium building and on groups of prisoners from the Lublin Castle (Lublin headquarters of the Gestapo), brought to the camp by the local Gestapo.

The competence of Division III *(Schutzhaftlagersführung)* comprised maintaining order and security in the camp. The Division was responsible for the living conditions, in particular for housing, hygiene, food, and labour. It was also accountable for the presence of all prisoners, conducted investigations into infringements of camp regulations, and exacted disciplinary penalties.

As the SS-men from Division III were in direct contact with prisoners, they were selected from among people distinguishing themselves in ruthlessness, cruelty, and bestiality. This concerned almost all functionaries without exception, from the Division chief *(Schutzhaftlagerführer),* commonly called *Lagerführer,* to the rank-and-file SS-man in charge of a barrack or a work gang.

The first *Schutzhaftlagerführer* was *SS-Hauptsturmführer* Hermann Heinrich Hackmann (August 1941 to September 1942), Koch's notorious adjutant in Buchenwald, co-organizer of the murder of Soviet prisoners of war in Majdanek and later of Polish Jews and Jews from other countries. He also perpetrated many individual murders. He was recalled from Majdanek for his complicity in the Koch affair.

Hackmann was succeeded by *SS-Haupstcharführer* Westel Wimmer (September 1942 to February 1943), who in turn was replaced by the butcher of the Gross-Rosen concentration camp, *SS-Obersturmführer* Anton Thumann (February 1943 to May 1944). The latter was an exceptional sadist whom all prisoners knew and whom some of them thought to be the camp commandant. "Tall, slim, handsome, with regular features and an acquiline nose, always smartly dressed and wearing gloves, accompanied by the terrible dog Boris; allegedly a barber by profession... he was like a beast. The human language does not have words to describe the crimes which he was always willing and ready to commit." [6]

"Thumann performed his function of butcher without regard for self. As early as 4 a.m., he checked whether everybody rose from bed immediately after the reveille. At 6 a.m. he stood by the gate and checked all the gangs going out to work, searching for double shirts, sweaters, and scarfs; at 7 a.m. he checked civilian workers coming to work in the camp to prevent them from bringing an excessive amount of food to share with prisoners. At 6 p.m. he checked the gangs returning from work to ensure that the prisoners did not bring with them food purchased from civilian labourers. During the day, he searched civilian horse-cart drivers carrying bricks, sand, cement etc., looking for hidden food. The civilian workers and drivers who had too much food were immediately interned for a period of 4 to 8 weeks... Beginning from the first days of May 1943, we were deprived of shoes, jackets, and caps. We were also deprived of bolsters stuffed with wood shavings. The roofs were removed from the latrines so that prisoners could not stay there long during rain. We were not issued fresh linen and we could not take a bath for seven weeks in a row. Prisoners had to have their meals in the open air, whether in rain or strong wind. In the early spring of 1943, we were forced to walk in the barracks barefoot on freshly scrubbed floor. The sick and the dying could not stay in the barracks after the roll call during the day. We were prohibited from using the stools and towels which were in the barracks. Prisoners did not have enough sleep, since the reveille was ordered at 3:15 a.m." [7]

Thumann took part in selections of prisoners for the gas chambers and personally participated in shooting prisoners from the Lublin Castle. After his transfer to Auschwitz his post was assumed by *SS-Obersturmführer* Arnold Strippel, who held it until the end of the camp's existence.

The chancery of Division III was headed by the First *Rapportführer*, who was in charge of the prisoners' files. He was kept informed of the incoming transports, transfers, deaths, and releases of prisoners. He was responsible for the daily reports (*Stärkemeldung*), which had to tally with the number of prisoners established during the roll call in the individual compounds. Such a report, which took into account all changes, stated the number of prisoners staying in the camp on a given day. Moreover, it contained data concerning their categories and nationalities. Appended to the reports were lists of newly arrived prisoners as well as lists of those deceased or released. As regards Jewish or Soviet prisoners, only the total number of deaths was reported. The reports were conveyed to the camp command, which based on them an appropriate report for the WVHA. Similar reports were received by Division II, the post office, the camp doctor, and the provisioning section in Division IV (*Verwaltung*).

Irrespective of his administrative functions, the *Rapportführer* was responsible for the maintenance of order and discipline in the camp.

Throughout the period of Majdanek's existence, this post was held by *SS-Oberscharführer* Ernst Kosial, the right-hand man of every chief of Division III. The two jointly devised and carried out perfidious plans for tormenting the prisoners.

For the sake of security, each of the five compounds constituted a separate administrative unit ruled by the compound leader (*Feldführer*). His tasks included maintaining order, holding roll calls, and running the chancery of a given compound. He was likewise responsible for the number of prisoners present each day within a compound.

In carrying out his tasks, the *Feldführer* was assisted by barrack leaders (*Blockführer*) — private SS-men or low-ranking noncoms. The number of barracks leaders did not always correspond with the number of barracks. At times, one barrack leader was in charge of several barracks. This was especially the case in the last period, in 1944, after subcamps had been established and a part of the staff of the main camp had been assigned to them. The barrack leaders saw to it that the barracks were clean, took part in the morning and evening roll calls, and were informed of any personal changes in their respective barracks. During the day they supervised the work gangs.

The compound and barracks leaders distinguished themselves by exceptional brutality toward prisoners: they beat and maltreated them, took part in individual and mass crimes. The compound leaders, who after some time were transferred from one camp to another, were a terror to the prisoners. For example, *Feldführer* Karl Arthur Gossberg (Compounds 3 and 4) nicknamed "Cow", was famous in the camp for punitive drill, and especially as "a specialist" in killing with the aid of a walking stick, with which he kept striking a prisoner on the head "until blood flooded the victim's eyes; only then did he depart satisfied. If the skin did not crack soon enough, he went on striking until the skull was smashed".[8] In this way he murdered, among others, the Warsaw actor Jerzy Cynkin. *Feldführer* Heinrich Groffmann (Compounds 1, 3 and 4) would knock down a victim with a boxer's blow, most often during the roll call. *Feldführer* Josef Kaps (Compounds 3 and 4) harassed prisoners in various ways, especially by ordering extra work in the compound after the evening roll call. He was implicated in the affair of misappropriating prisoners' property. *Feldführer* Heinz Villain (Compounds 2, 4 and 5) participated in executions of prisoners from Majdanek and the Lublin Castle in the precincts of the camp crematorium.

The *Blockführers*, who had direct contacts with prisoners each day, were predominantly refined murderers or dull executors of the orders of their superiors. Selected from amongst the greatest SS fanatics, they remained faithful followers of the Eicke school. There were a few among them who, in exchange for material benefits (alcohol, money, fat), at times turned a blind eye to infringements of the camp regulations, but one could hardly find a barrack leader who would try to help a prisoner disinterestedly.

Organizationally linked with Division III was the Employment Office *(Arbeitseinsatz)*, which constituted an independent unit within the Division. The Office was in charge of manpower; it provided work gangs for the needs of the camp and also for building firms, institutions, and enterprises. To this end, the Office kept a register of all prisoners, classified according to vocational skills. It was headed by a manager *(Arbeitseinsatzführer)*. Through the Economic Division, it was linked to Office D II of the WVHA, from which it received instructions regarding prisoner employment.

The above-presented structure of Division III in principle concerns the men's compounds, since the situation in the women's compound was different.

The decision to create a concentration camp for 5,000 women was made by Himmler during his visit to Lublin in mid-July 1942. Globocnik notified Glücks of this decision by cable on 14 July. The inspector of camps, while informing the WVHA head of the decision the next day, assured him that he saw no difficulties in incorporating the planned camp in the KGL Lublin. In this connection, the Lublin Central Construction Board prepared appropriate documentation and sent it to the WVHA on 29 August, locating the women's camp *(Frauenkonzentrationslager*, FKL) in Compound 5. The camp was opened in early October, when the first Polish women prisoners from the resettled Lublin districts of Wieniawa and Dziesiąta and Jewish women from the ghettos in Bełżyce and Lublin were incarcerated there. On 6 October 1942, the then commandant of the KGL Lublin, Max Koegel, suggested to Glücks "the establishment of a new women's camp on the premises of the Clothing Works",[9] designed also for 5,000 prisoners. What he had in mind was another women's camp accommodating Jewish women employed in segregating and sending out the property of the murdered Jews. After the necessary buildings had been erected, the women prisoners of Jewish descent were transferred there from Majdanek Compound 5 in November 1942. At the same time, the Polish women prisoners were either taken to other camps or released. However, upon the arrival in Majdanek in January 1943 of large transports of Polish women, two female camps actually came into being, under one management subordinated directly to the commandant. This state of affairs continued until 22 February 1943. As the camp on the premises of the clothing works had become connected with the nascent Osti company, it acquired an independent status. Thenceforth, the FKL was confined to Compound 5 in Majdanek, and from September 1943 until the evacuation of the camp in April 1944, to Compound 1.

The supervision of the women's camp was in the hands of the chief overseer (*Oberaufsehrerin*), who at the same time exercised the powers of the *Schutzhaftlagerführer* and the *Feldführer*. This post was occupied by Elsa Ehrich, an arrogant German woman who ill-treated the prisoners. Many a time she participated in selections of prisoners, sending women unfit for work to the gas chamber. *Rapportführerin* Hermine Braunsteiner, responsible for the presence of prisoners, was in charge of the compound's chancery. The formation of work gangs was the concern of *Arbeitsdienstführerin* Anna Meinel, who was subordinated to the *Arbeitseinsatzführer*, who was responsible for the general policy of prisoner employment in the Majdanek camp.

The tasks of the overseers were the same as those of the *Blockführer* in the men's compounds. Their attitude toward the prisoners varied, but in most cases was characterized by hatred and contempt. A particular sadism was displayed by Hildegard Lächert, nicknamed "Bloody Brigid", who beat prisoners with whatever was at hand, causing serious injuries. In August 1943, there were 25 overseers in the camp.

Division IV (*Verwaltung*) handled all matters connected with accommodation, clothing and supplying prisoners and SS-men with food. It ran the workshops, kitchens, laundries, gardens, farms, crematoria, and gas chambers, to which it supplied the lethal Cyclone B. The special units, *Häftlingsgeldverwaltung* and *Gefangenen-Eigentumverwaltung*, were in charge of prisoners' money deposits and of the property stolen from inmates.

The post of the chief of Division IV was for a long time held by *SS-Hauptsturmführer* Heinrich Worster (1941 to May 1944) and after his departure by *SS-Hauptsturmführer* Michael Guth.

Division V (Camp Doctor) accounted for all matters concerning hygiene in the camp and the prisoners' health. It was headed by an SS physician, who was an adviser to the commandant on medical and sanitary-hygienic questions. His staff included SS physicians and hospital attendants, whether qualified or practical (*Sanitätsdienstgrade*, SDG) as well as imprisoned physicians, and male and female nurses who actually looked after their sick fellow mates.*

Division VI (*Weltanschaulisches Studium*) was concerned with the organization of ideological and professional courses, film shows, and lectures for the camp's SS-men. It also ran the library. The post of education manager was held by *SS-Untersturmführer* Wilhelm Siegmann, who was at the same time the commanding officer of the 2nd guards company.

---

* See pp. 117—124.

4. THE GUARD SYSTEM

The camp garrison constituted an independent unit and was subordinated directly to the commandant. It was the largest unit in the organizational structure of Majdanek; in 1943 it averaged 900 persons. It consisted at that time of seven companies, including two composed of Lithuanian nationalists. Each company, averaging 120 persons, was divided into platoons. The command of the garrison was in the hands of the *SS Totenkopfsturmbannführer*. This post was initially held by *SS-Obersturmführer* Walter Langleist, and after his departure in 1943 by *SS-Hauptsurmführer* Malzer. As it follows from the regulations issued by the commandant in August 1943, the aim of the guard was "to see to the security of the camp, to protect all facilities, together with the materials, equipment and vehicles kept in them, and in particular to oversee the prisoners". According to the regulations, the guard had "the duty of preventing prisoners from attempting to escape, from committing theft or sabotage, of protecting the camp against fire and air-raids, and to check all incoming and outgoing persons and vehicles". [10]

What ensured the realization of these tasks was, next to the afore-mentioned technical installations, a network of permanent and mobile guard posts functioning day and night.

The most important part of the camp — the prisoners' compounds — was encircled with a line of posts functioning round the clock. At night (from 10 p.m. till 5 a.m. in the summer and from 9 p.m. till 6 a.m. in the winter), there was a sentry on top of each of the 18 watch towers. In the years 1943 and 1944, two additional mobile posts were stationed between the towers (the distance being 150 metres); these posts were in constant touch with the sentry in the tower. During the day, when the prisoners were at work, only twelve sentries would remain in the watch towers.

The task of these posts was "to frustrate any attempt at an escape, to prevent by all means any violent desire to leave the camp and also any rebellion by prisoners". [11] To this end, there was a machine gun in every tower, "loaded, at safety, and set to fire continuously". The other weapons were the sentry's rifle and a box of grenades. "In order to prevent a prisoner's escape, the sentry may at any time make use of the machine gun or a grenade". [12]

During the day, a so-called large chain of guards *(Grosse Postenkette)* was deployed along the line separating the camp from the town and the neighbouring villages. The guards would take their positions before the prisoners set out for work and would be withdrawn after the evening roll call — but only if no prisoner was missing during the roll call. Otherwise, the *Postenkette* remained in position until the runaway prisoner was apprehended, or else it was found out that it would be impossible to catch him. The tasks of the *Postenkette* was "to thwart any escape by prisoners working within the camp... [and also] any attempt at contact with civilian workers, even with the use of arms". [13]

The *Postenkette* guards were forbidden to let anybody into the camp, save their direct superiors. All others could enter the camp through one of the three gates, at which they were checked. From 1944, the camp's south-eastern boundary was permanently protected by guards stationed in eight pill-boxes. The staff of every pill-box consisted of four guards: two manning a machine gun and two patrolmen. The guard was mounted at night and had the task of watching any persons and vehicles approaching the camp. In the event of an attack by partisans, it was supposed to hold them back until reinforcements arrived. Such reinforcements would be provided, in the first place, by an emergency guard (*Bereitschaftswache),* consisting of three 10-member groups of guards appropriately equipped with arms and munitions. In such a case, the camp commandant would assume command of the whole defence operation, with the participation of all SS-men — the administrative personnel and the guard crew — who in 1943 totalled 1,228 persons.

Aside from these two chains of guards — around the compounds and along the camp's boundaries — there were permanent guard posts inside the camp by administrative and economic buildings. Sentries were stationed by the barracks housing the commandant's office, the Political Division, the commandant's house, the storehouses, the workshops, and even the camp's farm and gardens.

An additional protection was provided by the guards watching prisoners at work. The system of guard posts, just like the technical installations, was designed not only to thwart escapes, but also to terrify and dispirit the prisoners.

5. THE SUBCAMPS

Within the system of Nazi concentration camps, Majdanek was an exception in terms of the number of subcamps. Whereas Dachau, Buchenwald, Ravensbrück, Auschwitz, Stutthof, Gross-Rosen, and other camps, beginning from 1942, had dozens of subcamps, the Lublin camp had only six — and this only in the final period. Moreover, unlike the other concentration camps, Majdanek did not supply its branches with manpower, since they already had an adequate number of specialists. In May and June 1944, there were many more prisoners in most of the subcamps than in the main camp. This state of affairs was caused by the lack of industry in the vicinity of Majdanek. The large labour camps set up by Globocnik in 1941 and 1942 in Kraśnik, Poniatowa, Trawniki, and in Lublin on the premises of the Clothing Works in Chełmska street and the DAW in Lipowa street, engaged in adapting the property of the murdered Jewish population to the needs of the front and exploited as a labour force prisoners of Jewish descent.

The decree on the "concentration of war production", issued by Hitler on 2 September 1943, announced that as of 1 November the Lublin camps would be subordinated, in terms of production control, to the ministry of munitions and armaments. In order to prevent such a situation, a group of high SS officials, meeting at a conference on 7 September, decided to tie these camps organizationally to Majdanek as its branches, while the other camps in the territory of the General Government would be turned over to *Amtsgruppe D* as concentration camps. The responsibility for supervision and security of the Lublin camps was entrusted to the then commandant of Majdanek, Florstedt, who was also instructed to prepare the remaining Jewish camps in the General Government to be handed over to the WVHA. This did not happen, however, since Florstedt's malversations in Majdanek were revealed at that time.

The growing resistance movement in the camps where Jewish prisoners were staying, and above all the risings in Treblinka on 2 August 1943, and in Sobibór on 14 October of that year, alarmed Governor General Frank and Himmler himself. The latter, upon hearing of the developments in Sobibór, ordered the closing of all camps in the Lublin region. On 3 November 1943 a total of 42,000 prisoners of Jewish extraction were executed in all the Lublin camps save Budzyń.

Following the November massacre which led to the liquidation of Jewish camps in the Lublin district, the problem arose of orders, chiefly from the army, that had not been carried out. For this reason, the WVHA reverted to the concept of subordinating to Majdanek the labour camps situated in the territory of the General Government. Pohl's order of 13 January 1944, transformed into branches of the Lublin camp the labour camps in Budzyń, Radom, Bliżyn and Warsaw, and reactivated the labour camp on Lipowa street in Lublin.

The labour camp on Lipowa street in Lublin, the first in the Lublin district, came into being on Globocnik's initiative in December 1939. After the appropriate buildings had been erected, the SS and police opened there a number of craftsmen's workshops in which skilled Jewish workers were forcibly employed. Initially, these were local craftsmen who lived in their homes and reported for work each day. In mid-1940 about 1,200 workers were incarcerated in the camp, but they were released at the end of the year and replaced, in December 1940 and January 1941, by about 2,500 prisoners — Polish army soldiers of Jewish extraction — brought from POW camps in East Prussia. In that period, the camp also served as a penal camp for the Polish population who failed to fulfil the economic obligations imposed by the Nazi authorities. Thus, in January 1941, next to the POWs, 192 Poles were staying in the camp; these in time were released.

In December 1940, the workshops were taken over by the Deutsche Ausrüstungswerke (DAW) company, which had extended the scope of its activity. The Jewish prisoners incarcerated in the camp in the years 1941 and 1942 and the POWs staying there were additionally trained in building trades. They worked on the expansion of the camp and, as bricklayers, plasterers, etc., at various jobs in the town. In the autumn of 1941, when the SS and police began creating a camp in Majdanek, several hundred POWs were detailed to erect a fence around it. At the same time, the camp in Lipowa street was subordinated to the commandant of the KGL Lublin. Due to disputes over competence between the manager of the company workshops and Koch, in mid-1942 the administration of the camp was taken over by the higher SS and police leader in Lublin.

In 1942, the rapidly developing DAW company opened a tar-paper factory on the premises of the former airstrip in Chełmska street, and the next year it set up shoe repair shops, launched the production of shoe soles and munition boxes. The Lublin branch of the DAW was divided into three establishments located in Lipowa street, in Chełmska street, and in Puławy, where a sawmill was situated. In the autumn of 1943, there were 2,500 prisoners in each of the first two establishments, and 486 prisoners in the third.

After the murder, on 3 November 1943, of all prisoners, the production was discontinued. On the basis of Pohl's order of 13 January 1944, concerning the resumption of production, 500 prisoners, skilled in various trades, were brought from Dachau, Buchenwald, and Sachsenhausen, and 160 from Majdanek. They represented 18 nationalities, mostly Germans, Austrians, Frenchmen, Poles and Dutchmen. Upon the reopening of the camp, it was subordinated — following Pohl's above-mentioned order — to Majdanek as a branch and survived in the capacity until the end, i.e. 22 July 1944, when the prisoners were evacuated to Auschwitz, as the eastern front was approaching Lublin.

The labour camps in Radom and Bliżyn, which until January 1944 had been subordinated to the higher SS and police leader for the Radom district, upon their transformation into Majdanek branches, became closely connected with the DAW company, which took over the workshops operating there.

The Radom camp was set up in August 1942 in the ghetto area. Three thousand prisoners, exclusively of Jewish extraction, were employed there in tailor's, shoemaker's, and watchmaker's workshops and in other SS facilities.

The camp in Bliżyn was established on the site of a Soviet POW camp, in which over 8,000 prisoners had perished between the autumn of 1941 and the spring of 1942. From March 1943, civilian prisoners — Poles and Jews — began to be incarcerated there. A total of 5,000 persons, including 4,000 of Jewish descent, stayed at the camp. They were employed in dress-making, shoe-making, and cabinet-making workshorps and in the nearby quarry.

In April 1943, the Osti company took over the workshops in both camps. After the company had been liquidated, they passed into the hands of the DWA, while the camps were subordinated to Majdanek. The Radom-Bliżyn works of the DAW company specialized in the manufacture of clothing for the army, while the printing works in Radom engaged in forging banknotes, chiefly US dollars.

The transformation of the camps into Majdanek subcamps resulted in having the prisoners wear striped-cloth suits, in giving them the numbers of the Lublin camp, and in detailing an SS staff to guard them. The liquidation of the Radom and Bliżyn camps began toward the end of July 1944. About 6,000 prisoners were taken to Auschwitz at that time, while the small group that was left was put to dismantling the workshops. Formally, the two camps remained Majdanek branches until November 1944.

The labour camp in Budzyń, another Majdanek branch, was established in the autumn of 1942 in the premises of a former munitions factory built in the years 1937—38. Until February 1944, it was subordinated to the Lublin SS and police. The Jewish prisoners — the only ones to be incarcerated there — worked in the workshops of the famous Heinkel aircraft company, located in the former munitions factory.

About 3,000 prisoners were staying in the camp in the spring of 1943, but many of them perished due to the inhuman conditions of existence: hunger, diseases, and maltreatment. An especially sadistic attitude toward the prisoners characterized the second commandant of the camp, *SS-Oberscharführer* Reinhold Feix (December 1942 — August 1943). In February 1944, the camp was organizationally subordinated to Majdanek as a branch. The new commandant, *SS-Obersturmführer* Josef Leipold, was no less sadistic than his predecessor. The SS garrison numbered 74 persons.

The labour camp in Budzyń was one of the five camps in the Lublin district in which the prisoners were spared during the general murder of the Jews on 3 November 1943, since they worked for the requirements of the air force and a stoppage of production would have severed one of the important links of the armaments industry. In the spring of 1944, when the front was approaching Lublin, it was decided to transfer the factory installations and a part of the prisoners to the salt mine in Wieliczka. The remaining prisoners were deported, in May and June, to the camps in Skarżysko-Kamienna, Starachowice, and the main camp in Lublin.

In April 1944, the concentration camp in Warsaw was the last one to be subordinated to Majdanek. The reason probably was that, from the viewpoint of the guidelines for concentration of war production, that camp was not among the most important ones. The idea to set up the camp originated in mid-May 1943, after the uprising in the Warsaw ghetto had been suppressed. At that time, *Obergruppenführer* Jürgen Stroop, responsible for quelling the insurrection, suggested to Himmler that a concentration camp be established there, to utilize prisoner manpower in demolishing the buildings in the former Jewish district and, more important, to recover vast amounts of building materials and scrap iron. The *Reichsführer SS* accepted this proposal on 11 June and in the same month the camp administration was established and the first German prisoners brought to assume the function of *Kapos*, block leaders, work overseers, etc. Subsequently, 3,700 prisoners of Jewish extraction, almost exclusively citizens of west European states, were brought from Auschwitz. They were accommodated in the buildings of the former military prison in Gęsia street (hence the camp's popular name: Gęsiówka) and in several wooden barracks, the number of which was constantly increasing.

When the camp was taken over by the KL Lublin, over 4,600 inmates were held there, while another 2,180 were working at demolition. In May 1944, about 3,000 Hungarian Jews were brought there and also employed in dismantling the buildings and removing the ruins. The prisoners' hard work permitted the recovery of (between 13 February and 10 June 1943) 34 million bricks, 6,004 tons of iron, and 1,300 tons of usable iron, in addition to the removal of 131,000 cubic metres of debris. Other work gangs were engaged in burning the corpses, seeking out bunkers where Jews were hiding, and searching for hidden clothing, valuables, and money. The discovered Jews were executed, while the valuables were shipped to the Reich. The living conditions in the camp were in many instances worse than in Majdanek: parcels were barred, the work was very exhausting, and the discipline exceptionally severe.

The liquidation of the Warsaw branch of the Majdanek camp commenced on 27 July 1944, with the execution of all the persons confined to the camp's hospital and of the 1,800 prisoners who had declared that they were unable to walk. The next day about 4,000 prisoners were led out of the camp and marched to Łowicz, where four days later they were put on a train. Five days later, they arrived in Dachau. The remaining 400 prisoners were freed by the Warsaw insurgents.

The SS Clothing Works *(SS-Bekleidungswerke)* was, next to the DAW the largest branch of the Lublin camp. It was set up on Globocnik's order in the summer of 1941, on the premises of the former Lublin Aircraft Factory in Chełmska street. Initially, women prisoners from the Lublin Castle and Jewish specialists from the Lublin ghetto were employed there. The Works must have developed production on a large scale, since Himmler, in a note of 21 July 1941, instructed the SS storehouses to place their orders there. In effect, the enterprise was subordinated, as of 1 September 1942, to the SS clothing firm as a branch. This situation lasted until March 1942, when the Works was again placed under Globocnik's administration. Thenceforth, the enterprise was to engage in the segregation, disinfection, and shipment to the Reich of the property of murdered Jews. In connection with this reorganization and in order to conceal the true character of the Works, *SS-Hauptsturmführer* Friedrich Opitz was replaced as the works manager by *SS-Hauptsturmführer* Josef Obermeyer, Globocnik's trusted right-hand man. His task was to expand, from the spring of 1942 till the spring of 1943, both the Clothing Works proper and the prisoner barracks. In the newly erected barracks, Jews and Jewesses were accommodated; they replaced the Polish women deported to Ravensbrück. As mentioned earlier, a *Frauenkonzentrationslager* was set up there in the autumn of 1942, as a separate part of the Majdanek camp. In February 1943, following the establishment of the Osti, which employed in its works a considerable part of the prisoners, the camp was again subordinated to Globocnik, as the director of the company, who administered the camp until its liquidation on 3 November 1943.

Among the other, much smaller subcamps, or rather work gangs, mention is due to Trawniki (1942), where a group of 100 prisoners built a bridge over the Wieprz river; Piaski (1943), where prisoners worked in a sawmill; Lublin, where they built a stadium (in Ogródkowa street) and a training ground in Leszczyńskiego street, and worked on the SS farm in Rury (in Żniwna street); and Chełm (1944), where they performed unspecified jobs for the SS Viking Division.

As can be seen from the above presentation, the subcamps were organizationally tied with Majdanek in various ways, as ordered by the central or local authorities. All of these subcamps, however, possessed one common feature: they had been established for the purpose of maximum exploitation of prisoners.

NOTES

1 *Wspomnienia Hössa*, p. 291.

[2] W. Czarnecki and Z. Zonik, *Walczący obóz Buchenwald.* Warszawa 1969, p. 72.

[3] Kwiatkowski, "Oskarżam". In: *Jesteśmy świadkami. Wspomnienia byłych więźniów Majdanka,* edited by C. Rajca, E. Rosiak and A. Wiśniewska. Lublin 1969, pp. 407—410.

[4] *Ibid.*, p. 414.

[5] *Internationaler Suchdienst Arolsen* (hereafter ITS). Regulations in concentration camps in 1942.

[6] F. Siejwa, *Więzień III pola.* Lublin 1964, p. 26.

[7] J. Kwiatkowski, "Oskarżam", op. cit., pp. 418—20.

[8] *Ibid.*

[9] WAPL. *Zentralbauleitung...*, No. 95; Z. Murawska, „Kobiety w obozie koncentracyjnym na Majdanku". In: *Zeszyty Majdanka,* vol. IV, pp. 93 ff.

[10] APM. *Wachvorschriften I f 12. Wachvorschriften für das Konzentrationslager Lublin* — 7 August 1943.

[11] *Ibid.*

[12] *Ibid.*

[13] *Ibid.*

Chapter 3

Prisoners

1. INCOMING TRANSPORTS

The stages in the history of the concentration camp in Lublin were integrally linked with the Nazi policy toward the population in the USSR and Poland, notably in the Lublin region. This policy was reflected in the functions assigned to Majdanek by the superior and local German police authorities. Connected with these tasks and functions were, in turn, the kind, number, and intensity of transports of prisoners coming to the camp. And these determined the national and social composition of the body of prisoners.

Majdanek, opened in October 1941, during the mass liquidation of former Soviet soldiers in the POW camps administered by the Wehrmacht was one of the many camps in the General Government and one of fifteen similar terror and extermination centres existing at that time in the Lublin district and subordinated to the SS. During the first six months of its existence, i.e. from the incarceration in October 1941 of the first 2,000 prisoners, brought there from the POW camp in Chełm, until their total extermination, Majdanek served chiefly as a POW camp. In the next period, from the middle of 1942 until the liberation, no more prisoners of war would be brought there from the front or from Wehrmacht-administered POW camps.

Some of the Soviet prisoners of war staying in Majdanek had been sent there by the Security Police *(Sicherheitspolizei,* Sipo) in Lublin. These were, however, rather small groups, at times runaways from other POW camps, turned over to the Lublin headquarters by the Security Police from other districts of the General Government or from outside its territory. Another, more prolific source of prisoners were transports sent in by Sipo units at POW camps. The largest groups arrived from other concentration camps. One example is a transport of sick prisoners from Flossenbürg, which arrived on 11 March 1944, and comprised many prisoners of war. It has been determined on the basis of fragmentary materials that about 7,500 prisoners of war were brought in 18 transports, 2,500 of them in the first half of 1942. [1]

Polish soldiers of Jewish extraction were another national group treated by the Nazi authorities in contravention of the 1929 Geneva Convention on the treatment of prisoners of war. They were deported to the Lublin district in 1940 within the general operation of releasing Polish prisoners of war from stalags in the Reich and turning them over to the civilian authorities. As already mentioned, a part of the Polish prisoners of war of Jewish descent were incarcerated by the police authorities in the labour camp in Lipowa street in Lublin, which — let us recall — became a branch of the Majdanek camp in November 1941. These prisoners for a long time retained some appearances of their POW status, but beginning from 1942 the camp authorities more and more frequently transferred, by way of punishment, various groups of POWs to the main camp, already as ordinary prisoners. On 3 November 1943, during the massacre of 18,000 Jewish prisoners of Majdanek and its Lublin subcamps, several hundred Polish POWs were executed. It may be assumed that more than a half of the 2,500 POWs initially confined in the camp in Lipowa street passed through the Majdanek camp.

Yet another national group of prisoners of war whom the Nazi authorities had brought to Majdanek for extermination were Italian officers who had fought together with the Germans, but who following the overthrow of Mussolini, refused further participation in the war or offered active resistance. In the autumn of 1943, the High Command of the military ground forces *(Oberkommando des Heeres, OKH)* sent thousands of Italian officers and men to the POW camps in Chełm, Biała Podlaska and Dęblin. In that period also, Italian officers were carried in trucks to the Majdanek crematorium, where they were executed. Because of the lack of appropriate documentation, it is impossible to determine their number.

Another function that the police authorities assigned to Majdanek almost from its very foundation was connected with the economic and nationality policy in the General Government, especially in the Lublin district. In the period 1942—44, Majdanek served as a centre of concentration of civilians interned for failure to meet the economic obligations imposed upon them, for aid extended to victims of terror, or for partisan activities. In this sense, Majdanek was a camp for hostages detained according to plan or accidentally in order to terrorize the local population by the threat of applying collective responsibility for anti-German activities.

Majdanek was also a concentration centre for the population from the resettled or pacified areas of the Zamość region. They were confined in the camp, just as in the camps in Zamość, Zwierzyniec, and Tarnogród, only temporarily, before being shipped to the Reich or other destinations.

The features listed above generally define the character of Majdanek as a kind of transit camp since it contained such categories of prisoners from the Lublin district which in other areas were sent to labour or transit camps where their chances of survival were much greater. In Majdanek, they were condemned to annihilation by living conditions and other forms of direct extermination, and thus they perished in great numbers.

Hostages who had failed to fulfil their economic obligations were sent to Majdanek by the administrative authorities in agreement with the police from early 1942. This was connected with the gradual winding up, in the Lublin district, of labour camps where next to Poles, Jews were incarcerated. The latter, in the course of introduction of the "final solution of the Jewish question" were sent to extermination camps.

The basis of imprisonment of a farmer who failed to fulfil enforced obligations was constituted by previously issued regulations. Particularly harsh sanctions were introduced in harvest time when obligatory contingents were to be supplied in 1942. Governor General Hans Frank, by an instruction of 11 July of that year, announced an emergency state for this period and declared that those evading their duties would be sentenced to death by summary courts *(Standgericht)*. Referring to Frank's instruction, the governor of the Lublin district, Ernst Zörner, issued a regulation on 27 August, which was disseminated through posters. According to this regulation, failure to supply obligatory contingents of agricultural produce would result in "confiscation, without compensation, of all contingents, detention in the labour camp in Lublin, dispossession of the property and in grave cases death penalty". [2]

Following these sanctions, farmers in the Lublin district turned over the quotas they were obliged to supply in 1942. The threat of the death sentence or imprisonment at Majdanek also worked in the following years, the more so since Frank's instruction regarding compulsory deliveries was kept in force in 1943 and 1944. Therefore, the proportion of hostages detained for evading compulsory contingents gradually dropped.

On the other hand in 1942 and 1943 the number of hostages sent to the camp by the Security Police and the military police for resistance activity grew. This category of hostages encompassed persons arrested as a result of applying collective responsibility when in a town or village the organizers or participants of a partisan operation directed against the invaders or their collaborators could not be apprehended. Collective responsibility was also applied following sabotage actions in which economic and administrative facilities were damaged and for aiding Soviet POWs and other persecuted persons.

The number of hostages to be arrested was fixed by the police authorities of the district. In accordance with Globocnik's order of January 1943, if the perpetrators of a sabotage action on the railways were not apprehended, 20 persons living in the vicinity were to be detained. As ordered by the commander of the Lublin *Ordnungspolizei* Hermann Kintrup, on 25 February 1943, these were to be males aged 17 to 40, prominent in the area.

The practice, however, did not accord with these instructions. The number of hostages detained following a partisan operation depended on its character and at times exceeded a hundred persons from various localities. Many of the detainees had not even heard of the event on account of which they were arrested. For example, in July and August 1942, 145 persons in 43 villages of the Hrubieszów county were detained after partisans had killed four Germans and wounded three more. In March 1943, following the killing of the *Landkomissar* Götz in Włodawa, the military police arrested 113 hostages from 13 towns or villages, most of them located many kilometres away from the site of the "crime".

Many more hostages were detained by the SS and Security Police. An example was an anti-partisan operation by the SS and the Wehrmacht on 21 May 1942 in the Chełm and Krasnystaw area, during which 587 persons were apprehended and turned over to the labour camp in Trawniki, and thence to Majdanek, or an operation in the Parczew forest in June 1943, in the area of Ostrów Lubelski, Jamy, and Tyśmienica, as a result of which the Security Police sent about 800 persons to the concentration camp in Lublin.

A smaller number of hostages used to be arrested in revenge for the killing of a traitor, for economic sabotage, for aid rendered to Soviet prisoners of war or partisans. As a rule, in such cases the number of hostages did not exceed 20.

The age limit was a fiction, too. An analysis of the personal details of 2,068 hostages arrested in the years 1942—43 shows that as many as 25.5 per cent of them did not conform with Kintrup's instructions. There were among them children under 17, persons aged 41 to 70, women and even whole families, although the order specifically mentioned one person from a family. [3]

The hostages were confined in jails or prisons, whence they were taken either direct to Majdanek, or first to the labour camps in Trawniki and Poniatowa and later to the Lublin camp. From March 1943 onwards, the hostages were deported exclusively to the Lublin camp, this being closely connected with turning Majdanek from a POW camp into a concentration camp and with the taking over by the SS of the camps in Trawniki and Poniatowa, in which Jews were incarcerated.

In Majdanek, the hostages became prisoners of the transit camp run by the *Ordnungspolizei* as an autonomous part of the concentration camp. They made up a considerable percentage of prisoners there. According to the daily reports for 1943, about a thousand hostages were staying in the camp at a time. On the basis of the lists of transports, the number of hostages who passed through the camp in the years 1942—44 can be estimated at 20,000.[4]

Pursuant to Kintrup's order of 25 February 1943, a hostage was to be released from the camp four weeks from the date of imprisonment, providing no actions against the occupation authorities had been recorded in the area. Of the 198 releases that have been ascertained, only 10 per cent occurred after four weeks, 49 per cent after two to four months, and 41 per cent after more than four months. Of the 1,279 hostages whose fate is known, 68.1 per cent perished, 31 per cent were released, and 0.9 per cent escaped.[5]

An equally tragic role was played by Majdanek during the deportation of the Polish population from the Zamość region, which was to be colonized and turned into a "German protective wall" along the Bug river. The plans of the operation provided for dividing the deported population into four groups, two of which were to be Germanized, one sent for forced labour in the Reich, and one confined in concentration camps. As during the first phase of the resettlement (27 November 1942 to March 1943) Majdanek was still under construction, the transports of the "undesirable element", i.e. persons suspected of being active in the resistance movement, were directed to Auschwitz. Only during the second phase (June and July 1943), combined with a pacification of the Zamość region on the pretext of combating "gangs" *(Aktion Wehrwolf)*, the apprehended population was deported in large numbers to the Lublin camp. Among the detainees were men, women, and children, chiefly from Biłgoraj county, where the resistance movement's activity was particularly intense.

For this category of prisoners, whose number is estimated at 16,000[6], Majdanek, just like Zamość, Zwierzyniec, or Budzyń, was a transit camp *(Auffanglager)* where selections of the prisoners took place. People fit for work, after spending several weeks in Majdanek, were turned over to the transit camp in Krochmalna street in Lublin, whence they were deported for forced labour in the Reich. Thanks to the efforts of the Lublin branch of the Main Welfare Council *(Rada Główna Opiekuńcza, RGO)*, over 2,000 elderly people, women, and children were released in August 1943 in a state of extreme exhaustion. A large part of them, mostly children, had to be admitted to Lublin and Puławy hospitals. The remainder was accommodated in villages near Lublin. It is impossible to determine how many people perished.

During the last month of its functioning, Majdanek once again became the site of temporary concentration of the rural population from the southern districts of the Lublin region. The Wehrmacht, SS, and police units, which between 9 and 30 June 1944, pacified a number of villages as part of the operation code-named *Sturmwind I* and *II*, of combating "gangs" in the Lipsk and Janów forests and in Puszcza Solska, imprisoned several thousand people in the transit camps set up at that time in Biłgoraj and Tarnobrzeg. Similar operations designed to prevent a concentration of partisan units took place on 10 to 15 June 1944, at the point where Chełm, Krasnystaw, Zamość and Hrubieszów counties meet, and about 2,500 persons were arrested; also in the villages in between the Parczew and Włodawa forests *(Vagabundaktion)* on 8 to 22 June. Of the persons detained during the June pacifications, over 2,000 men, women and children, were sent to Majdanek. [7]

The imprisonment of such a large number of peasants was a peculiarity of the Majdanek camp. Although members of this social group were also confined in other camps, they did not constitute such a high percentage of all prisoners. This peculiarity clearly had a bearing on many problems of the life in the camp, the foremost of which was the high mortality rate due to lower ability of adaptation to the conditions in the camp.

Majdanek's functions as a POW camp and a transit camp were of secondary importance, since from its very foundation it had above all characteristics typical of a concentration camp. As such, it became, in the years 1941—44, a place of detention of political opponents, chiefly Poles, and the Jewish population incarcerated for racial reasons. Majdanek, just like the other concentration camps, pursued one fundamental goal: terror and destruction, mainly of Jews and the Slav nations, and above all the Polish nation. Prior to biological extermination, the prisoners were exploited as a labour force, especially from 1942 onwards.

The marked deterioration of the military situation on the eastern front in the autumn of 1942 and the mounting economic difficulties of the Third Reich, notably shortage of manpower, forced the Nazi authorities to modify their depopulation plans. It was proposed to utilize as labour not only POWs, but also the prisoners of concentration camps. Slave labour was to be a more "rational" means of extermination. For by keeping alive for a long time large numbers of cheap labourers, vast economic benefits could be obtained.

An expression of these tendencies, which in effect were to lead to the death of thousands of Polish citizens and the citizens of other states, was Heinrich Himmler's order of 14 December 1942, concerning the deportation of 35,000 people to concentration camps. They were to be persons held in prisons, persons suspected of political activity who should be arrested, or persons apprehended during round-ups as labour for the concentration camps. Himmler recommended such an operation in a letter to the Chief of the Gestapo, Heinrich Müller, of 11 January 1943. The *Reichsführer SS* justified his move by the growing number of "bandit assaults" and the illegal trade conducted by unemployed persons. As an example, he cited Warsaw, where 1,200,000 persons lived, of whom c. 800,000 were employed. He ordered the arrest of all persons in the General Government suspected of participation in the resistance movement, "men and women alike, and shipping [them] to the concentration camps in Lublin and Auschwitz, and also to the Reich". [8]

In keeping with these instructions, the police authorities organized, in early 1943, mass deportations of Poles to, among other places, Majdanek. These were persons who hitherto had been in various prisons in the General Government. The influx of Polish political prisoners was initiated by the so-called Radom transport of 8 January 1943, which included resistance movement fighters from the prisons in Radom, Kielce, Częstochowa and Skarżysko-Kamienna. The next large transports came from the prisons in Warsaw (18 January, 2, 13 and 26 March), Lvov (2, 6 and 26 February, 25 March, 2, 20 and 29 April), Białystok (16 March and 26 April), Lublin (14 January, 6 and 25 February, 6, 18 and 21 March, 29 April), Hrubieszów, Lubartów, Kraśnik, Zamość and Puławy.

In the first four months of 1943, the police authorities sent to Majdanek large transports of persons apprehended during round-ups in the General Government, as ordered by Himmler on 11 January. On 15 to 18 January, thousands of people were rounded up in Warsaw streets, a large proportion of whom were deported to Majdanek. Round-ups also took place in other towns, among them Lublin, Radom, Kielce, Sandomierz, Piotrków, and Częstochowa.

According to findings to date, a total of about 20,000 Polish political prisoners and persons detained during street round-ups were brought to the camp from various parts of the General Government in the first four months of 1943 [9]. During the next months of that year, the police authorities continued to send Polish political prisoners to the camp. These transports, however, were smaller than the transports in the first four months. Thenceforth, as it appears, more persons held in prisons in the General Government were sent to the concentration camps in the Reich, to augment the labour force in branch camps existing at industrial enterprises.

Beginning from the end of December 1943, Majdanek, like Auschwitz, was closed for Polish political prisoners, probably for fear of the approaching eastern front. According to an order of the supreme police authorities of 24 December of that year, all transports of Polish prisoners fit for work were to be directed to Gross-Rosen. The order made an exception for hostages, who continued to be shipped to Majdanek until April 1944.

It has been found so far that at least 40,000 political prisoners of Polish nationality were brought to Majdanek between January and December 1943 [10].

The supreme police authorities of the Third Reich had not planned the Lublin camp exclusively for inhabitants of the General Government, and thus for the Polish population. The prisoners also included Soviet civilians, mainly women and children from the pacified territories of Byelorussia, the Ukraine, and the Russian Federative Republic, suspected of cooperation with the partisan movement. During punitive expeditions to regions controlled by the partisans, during pacifications, arrests, and executions of the civilian population suspected of collaborating with the resistance movement, apart from the Wehrmacht, the Action Groups of the Security Police *(Einsatzgruppen)* were especially ruthless; they were notorious for the use of terror in Poland in 1939 and for mass executions of the Jewish population in the occupied Soviet territories in 1941 and 1942. The four *Einsatzgruppen* (A, B, C, and D) operating there murdered members of the resistance movement, burnt down villages, stole property and detained and turned over to transit camps persons suspected of cooperation with the partisan movement. In accordance with Himmler's order of 6 January 1943, these task forces were obliged to ship "men, women, and children suspected of having connections with the gangs... in collective transports to the camps in Lublin and Auschwitz". [11]

Transports of these people reached Majdanek first in February 1943 and continued to arrive until March 1944. According to accounts by prisoners and the lists of persons sent to Majdanek by *Einsatzgruppe B*, most of the deportees were women and children from rural areas. They were shipped to Majdanek via transit camps or prisons in Vitebsk, Minsk, Borisov, Kovel, Zhitomir, Berdichev, Poltava, Smolensk, Briansk, Novocherkask, Kirovograd, and Grodno. In the transit camps they were held several weeks and subjected to interrogation. All of them were categorized as political prisoners. From February 1943 until March 1944, over 30 transports totalling about 20,000 prisoners in that category arrived in Majdanek from Byelorussia, the Ukraine, and the Russian Federative Republic. [12]

In connection with the pacification operations in the territories of Byelorussia and the Russian Federative Republic, the problem of orphaned children bereft of homes and detained by the police arose. This also concerned children staying with their mothers in transit camps.

This question was raised with Himmler by the special plenipotentiary for combating the partisan movement, *SS-Obergruppenführer* Erich von dem Bach-Zelewski, during, a discussion at the field headquarters on 19 December 1942, of the problem of "children of the bandits from the East". Under his influence the *Reichsführer SS*, in the afore-mentioned order of 6 January 1943, instructed Oswald Pohl to cooperate with the chief of the Security Police and Security Service, Ernst Kaltenbrunner, in "organizing a concentration camp for children and youth". [13] At the same time, Himmler outlined the tasks of such camps. According to his instructions, the children brought to the camp were to be subjected to examinations "from a racial and political point of view". Those fit for Germanization should be turned over to appropriate institutions or German families to be brought up, whereas older children, "worthless from a racial point of view", should be placed as apprentices at the economic units of concentration camps. Himmler also presented his view on the upbringing and education of foreign children from the East, incarcerated in the camps. He wrote: "Their upbringing should consist in teaching them obedience, diligence, unconditional subordination, and honesty to the German lords. They must learn to count up to 100, recognize traffic signs and prepare for work as farm hands, locksmiths, stonecutters, carpenters, etc. The girls should be taught to be farm workers, weavers, spinners, knitters, and the like." [14]

Tasks of this kind in the field of teaching and upbringing were to be realized also by the planned concentration camp in Lublin. Its organizer, Pohl, in a letter of 25 January 1943, informed Himmler that the camp would be located in Compound 5, of the Majdanek camp. He added that "the buildings for conducting educational activities will be appropriately furnished, or else new ones will be erected". [15]

Although difficulties with adapting the buildings in Compound 5 had prevented the creation of an autonomous children's camp in Majdanek, upon the arrival of transports from the East, a makeshift camp was set up. A children's ward was organized in several barracks in the compound, housing, next to Soviet children, also Jewish children.

Jews were the third group of political prisoners whom the police authorities directed to the Majdanek camp, mainly in years 1942—43. They were incarcerated there, as they were in all camps, for racial reasons. In accordance with instructions concerning the use of Jewish manpower, throughout 1942 both the local and superior police authorities were sending to the camp almost exclusively males fit for work. In that period, Majdanek was the largest Jewish labour camp in the Lublin district. Whereas the other camps, subordinated to the district's civilian administration, the Eastern Railway Administration, the building units of the Luftwaffe, and some to the SS, employed the prisoners in productive establishments,

Majdanek was a concentration camp for a Jewish labour force whose main task was to build the camp itself. This state of affairs also continued throughout 1943. The exploitation of manpower was but one of the aims of imprisonment of the Jewish population. The other aim was the theft of the possessions of the prisoners, for according to relevant instructions, the camp was to safeguard the right of the Nazi state to Jewish property. The appropriation of the prisoners' effects, and profiting from their labour constituted the economic aspect of the mass extermination of the Jewish population, carried out in the Polish territories from the spring of 1942 and code-named *Aktion Reinhard,* within the general programme for "the final solution of the Jewish question". The biological extermination of the Jews, which was the political objective of the above-mentioned "operation", was to be achieved not only through the terrible living and working conditions in the camp, but also in direct forms, through murder. Majdanek, which was subordinated to the command of the *Aktion Reinhard* directed by Globocnik, carried out these tasks from the spring of 1942 until November 1943, that is, through the whole period of the "operation". The assumptions of this policy were best illustrated by the character of the transports coming to the camp.

The first groups of Jewish civilians arrived in Majdanek between December 1941 and March 1942. These were men fit for building work, rounded up in the Lublin ghetto or other ghettos in the Lublin district. The eight transports that arrived at that time comprised an estimated 2,000 persons.

From the spring of 1942 onwards, larger groups of Jewish civilians started coming to the camp. They included Jews from Slovakia, deported to Lublin on the strength of an agreement concluded by the Slovak government and the Third Reich toward the end of February 1942.

The Slovak-German behind-the-scenes talks on the deportation to the East of all Slovak citizens of Jewish origin, who numbered 85,000, commenced in October 1941. The Slovak side was represented by Premier Vojtech Tuka and the minister of the interior Sano Mach, while *SS-Hauptsturmführer* Dieter Wisliceny of the Reich Main Security Office represented the German side. On 3 March 1942, Tuka informed the government that the negotiations had come to an end and that the resettlement would occur within a few days and would be effected by the fascist organizations: Hlinkova Garda (Hlinka Guard) and Freiwilligen Schutzstaffeln.

The Jewish population to be deported was concentrated in five camps: in Bratislava, Sered, Novaky, Poprad, and Zilina. The RSHA, which was responsible for "the final solution of the Jewish question", directed some transports to Auschwitz and others to Majdanek. On 24 March, the Inspectorate of Camps notified the commandant of the Lublin camp,

Koch, of 10,000 Slovak Jews having been sent to the KGL Lublin. Between 29 March and 16 June, about 30,000 Slovak citizens of Jewish extraction arrived in the Lublin region. Of that number, following a selection carried out in Lublin, over 10,000 men fit for work were confined in Majdanek. The remainder were sent to various places in the Lublin district, mainly in the counties of Lubartów, Chełm, Lublin, Puławy and Radzyń. These were chiefly elderly people, women, and children. They were located in villages and towns from which the Jewish population had previously been deported for extermination to Bełżec and Sobibór.

At the same time, transports of Jews were arriving in the Lublin region from the Protectorate of Bohemia and Moravia. Just like the Slovak citizens, they, too, were brought with their families, the men being directed, after a selection, to Majdanek. According to the available data, about 14,000 Czechoslovak Jews were brought, in 14 transports, to the KGL Lublin in the period under discussion.[16] In addition, about 2,000 Polish Jews from Biłgoraj, Bełżyce, Międzyrzec, Zamość, and Lublin were imprisoned in the camp in May and June. Several transports of German Jews (about 1,000 persons) also arrived and, on 17 April, a transport of Hungarian Jews.

Upon the commencement of the biological extermination of the Jewish population in Bełżec, Sobibór, and Treblinka in the spring of 1942, the Majdanek camp served as a centre of concentration of Jewish manpower from the Polish territories, chiefly from the Lublin region. During the second quarter of 1942, Jewish prisoners from the ghettos in Lublin, Zamość, Biłgoraj, and Międzyrzec were incarcerated there.

Reichsführer SS Himmler, while visiting the Lublin district in the middle of July discussed with Globocnik the plans for further extermination campaigns. In a secret order issued in Lublin on 19 July 1942, and addressed to the higher SS and police leader in the General Government, General Friedrich Wilhelm Krüger, he ordered that the General Government be "cleared" of Jews by 31 December of that year. Polish citizens of Jewish origin had "a right to stay only in the concentration camps in Warsaw, Cracow, Częstochowa, Radom, and Lublin". The question of concentration in Majdanek of selected Jewish manpower was raised by Himmler in his order of 9 October 1942. The decision was connected with the growing economic difficulties of the Third Reich, resulting from the situation in the eastern front during the autumn and winter campaign of 1942. The *Reichsführer SS* deemed it necessary to retain in Majdanek and Warsaw qualified Jewish labour prior to their final extermination.

In conformity with these tendencies, the police authorities sent to Majdanek, from August till December 1942, the Jewish population from the ghettos in Piaski, Izbica, Bełżyce, Bychawa, and Łęczna and from the Lublin ghetto (in Majdan Tatarski) after its liquidation on 9 November. In August and September several transports of Jews were brought from the Warsaw ghetto.

All in all, over 40,000 Jews fit for work were brought to the Lublin camp in the course of the *Aktion Reinhard* in the years 1941—42. They were employed as construction workers building barracks and other camp facilities.[17]

The acute shortage of labour during the battle of Stalingrad, as manifested by orders concerning additional transports of political prisoners to concentration camps, was also reflected in the policy toward the Jewish population. With the remainder of the selected Jews, the existing industrial installations, and the reserves of raw materials, the police authorities planned to establish in the General Government special labour camps to carry on war production. An expression of these views was Himmler's secret order of 9 January 1943, addressed to the higher SS and police leader, instructing Krüger to liquidate the enterprises in the Warsaw ghetto and transfer them, along with 16,000 Jews, to the Lublin region, to the planned labour camps. The armed resistance in the ghetto in the second half of January prevented this order from being executed. Meanwhile, during February and March, Globocnik, the chief of the *Aktion Reinhard,* was making preparations for setting up labour camps in Budzyń, Poniatowa, and Trawniki and for taking over the means of production and the work force from the Warsaw ghetto. The implementation of these plans was obstructed by the outbreak of an insurrection in the Warsaw ghetto. This, however, did not prevent the deportation to the Lublin district in late April and early May of over 40,000 Warsaw Jews, including, probably, the 16,000 to Majdanek.[18]

Following the liquidation in the Lublin district of the few remaining ghettos and small labour camps in the first half of 1943, small groups of Jews were brought to Majdanek mainly from Hrubieszów, Międzyrzec and Rejowiec. In that period also, transports of foreign Jews were coming to the extermination camps in Sobibór and Auschwitz, and a part of them were directed to the Majdanek camp. About 5,000 French Jews arrived there in March, and 844 Greek Jews in June. Of the 33,000 Dutch Jews brought to Sobibór, small selected groups of prisoners fit for work were sent to Majdanek between March and July. The last transports, arriving in August and September from the Białystok ghetto, numbered about 11,000 persons, which gives a total of about 40,000 persons condemned to death in 1943 behind the barbed wire of the Majdanek camp.[19]

After the completion of the *Aktion Reinhard* in the Lublin region on 3 November 1943, very few transports of Jews arrived in Majdanek.

They came chiefly from Auschwitz and from Majdanek branches in Bliżyn, Radom, and Budzyń. It is estimated that the 16 groups deported to Majdanek in 1944 included about 4,000 persons. [20]

In connection with the completion of the *Aktion Reinhard* and in view of the fact that Polish political prisoners were to be sent to Auschwitz and Gross-Rosen, the Inspectorate of Camps, not expecting the arrival of large transports in Majdanek, decided to set up there a large hospital for convalescents, in which prisoners' emaciated organisms could be strengthened, so that they would again be able to work. Consequently, from December 1943 till April 1944, prisoners in a state of extreme exhaustion and incurables suffering from such diseases as T.B., malaria and phlegmon, were deported to Majdanek from Buchenwald, Dachau, Flossenbürg, Mauthausen, Neuengamme, Auschwitz, Ravensbrück and Sachsenhausen. About 18,000 prisoners of various nationalities were brought in over 20 transports to the KGL Lublin.

From October 1943 to 22 July 1944, the police authorities, complying with a decree of Governor General Frank "concerning the combating of attempts against the German reconstruction effort in the General Government", sent prisoners from the Lublin Castle — hostages detained in revenge for the activity of underground organizations — to the Majdanek camp to be executed there. In the period under discussion, about 10,000 persons were brought to Majdanek in these so-called death transports. *

It is impossible to determine the exact number of the prisoners brought to Majdanek in the years 1941—44. On the eve of the camp's liberation the SS destroyed records of the individual sections of the camp command, especially the prisoners' personal files. In addition, the camp command used a rotational system of numbering prisoners (from 1 to 20,000). Therefore a historian has to rely on the estimated numerical strength of large groups of prisoners, since many of the smaller transports cannot be traced today. On the basis of research conducted to date, fragmentary as it is because of the lack of source materials, one can estimate the number of persons deported there at no less than 250,000. This number included about 100,000 Poles, over 80,000 Jews, about 50,000 persons brought from the East (Soviet prisoners of war, civilians from Byelorussia, the Russian Federative Republic and the Ukraine, Polish civilians), and around 20,000 persons of other nationalities. [21]

---

* See pp. 133—135.

2. OUTGOING TRANSPORTS

It clearly follows from the above presentation of the character and number of transports, in conjunction with the policy of the Nazis, that most of these transports were to satisfy Majdanek's own needs. This was especially evident in 1942, when the Lublin camp was being expanded. The situation altered in the next year. For during the period of the defeat at Stalingrad, the WVHA began expanding the system of concentration camps, creating a network of subcamps, located most often at factories, mines, and other enterprises, in which prisoners were to replace German workers conscripted into the army. Thenceforth, Majdanek, too, though limited in size and deprived of subcamps, was to perform in this system the function of a reserve source of manpower for other camps.

Small wonder that in 1942, on the WVHA's order, only three transports were sent from Majdanek. Two of them (May and June), totalling 1,400 persons, were directed to Auschwitz, and the third one (September) to the labour camp in Pustkowo, which was being expanded at that time. The Auschwitz transports included young, able-bodied Czechoslovak Jews, and the Pustkowo transport comprised farmers from the Lublin region, previously imprisoned in Majdanek as hostages taken in revenge for the activities of the resistance movement.

Throughout 1943 until April 1944, the Lublin concentration camp supplied prisoners to smaller camps in the General Government: to Bliżyn, Radom, Trawniki, and Poniatowa, where they were employed in the local workshops. Those deported to Skarżysko-Kamienna worked in the Hasag armaments factory.

In 1943 the command of Auschwitz asked for an allotment of labour. According to the documents preserved, about 5,000 persons were sent there in five transports in May to July 1943. [22]

Other concentration camps, too, availed themselves of the manpower assembled in Majdanek. On 2 March 1943 the WVHA instructed the Lublin camp commandant to send 2,000 Polish prisoners, fit for work in industrial plants, to camps in the Reich. Consequently, two transports left Majdanek in the last days of March: one headed for Buchenwald and the other for Flossenbürg. Altogether, 2,500 persons in three transports, were shipped to Buchenwald in 1943 and employed in a Junkers factory manufacturing aircraft parts. At the same time, over 3,000 prisoners, in four transports, were sent to Flossenbürg and the same number to Sachsenhausen. Also women were deported to the Reich to work in the armaments industry. In 1943 about 1,300 women prisoners were sent to Ravensbrück, a large number of whom were employed in the armaments works in Velten, Mecklenburg, and in Genthin near Magdeburg.

In June and August 1943, transports of Majdanek prisoners were shipped to the concentration camps in Gross-Rosen and Mauthausen, to work in the ill-famed quarry, where thousands of prisoners perished as a result of the hard, exhausting work.

Aside from the above-mentioned transports, in which over 22,000 prisoners were sent to the Reich to work in German industry, other prisoners were sent there for forced labour in agriculture. In 1943 after spending several weeks in the Majdanek camp, about 6,500 peasants from the Zamość region were deported to farms.

Altogether, close to 30,000 prisoners were deported from the Lublin camp by April 1944. From the last days of March till 19 April, as the front-line was approaching and evacuation was ordered, over 13,000 prisoners were transferred from Majdanek to the camp in Auschwitz, Gross-Rosen, Ravensbrück, Natzweiler, and Płaszów near Cracow. And on the eve of the liberation in July 1944, during the liquidation of the camp, about 2,500 persons were deported to Mauthausen and Auschwitz. According to the available, incomplete data, over 46,000 prisoners of various nationalities were deported from Majdanek to other concentration camps, chiefly as labour for the armaments industry. [23]

3. THE PRISONER COMMUNITY

Who were the people deported to Majdanek in terms of citizenship, nationality, social status, age and category and how long did they stay at the camp? The efforts of the Majdanek State Museum to draw up a list of the names of prisoners on the basis of the extant fragments of the camp documents have made it possible to establish the names of only 47,890 prisoners, including 7,441 women, the personal data on these prisoners being incomplete. [24] The data thus obtained were fed to a computer. The results cannot give the full picture of the character of the prisoner community, since the list was based on incomplete, accidentally preserved sources and the prisoner representation surveyed was too small as compared with the total number of deportees. In spite of these reservations, the statistical data, when confronted with other source materials, offer answers to many questions, among them those raised above.

An analysis of 42,815 personal files which specified citizenship, according to the political geography of the world as of 1938, showed that representatives of the following 28 states passed through the Lublin camp: Albania, Austria, Belgium, Bulgaria, China, Czechoslovakia, Denmark, Estonia, Finland, France, Germany, Great Britain, Greece, Holland, Hungary, Italy, Latvia, Lithuania, Luxembourg, Norway, Poland, Romania, Spain, Sweden, Turkey, the USSR, the United States of America, and Yugoslavia.

Polish citizens accounted for as many as 59.8 per cent of all prisoners and were followed by citizens of the USSR (19,8 per cent), Czechoslovakia (13.3 per cent), Germany and Austria jointly (4 per cent), and France (1.7 per cent). Citizens of the remaining states constituted about one per cent of the total. Generally speaking, this structure corresponds to the character of the above-mentioned groups of persons deported to the camp.

A smaller sample of prisoners was available as regards nationality: only 35,512 persons. An analysis of the files and descriptive source materials demonstrates that representatives of 54 nationalities stayed at the camp. These were: Albanians, Armenians, Austrians, Azerbaijani, Bashkirs, Belgians, Bulgarians, Byelorussians, Chinese, Croats, Chuvashi, Czechs, Danes, Dutch, English, Estonians, Finns, French, Georgians, Germans, Greeks, Gypsies, Hungarians, Ingushes, Italians, Jews, Karelians, Kazahs, Kirghiz, Komi, Latvians, Lithuanians, Luxembourgers, Macedonians, Mari, Norwegians, Ossetians, Poles, Romanians, Russians, Serbs, Slovaks, Slovenes, Spaniards, Swedes, Swiss, Tadzhiks, Tartars, Turks, Turkmen, Ukrainians, Uzbeks, Yakuts and Yugoslavs.

Among the above-mentioned nationalities, citizens of the Soviet Union (25 nationalities) prevailed. These were mostly Soviet prisoners of war among whom almost all union republics were represented. Yugoslavia came second, with four of its nationalities being represented in Majdanek.

The social structure of the prisoner community was ascertained on the basis of 27 per cent of the analyzed personal files (12,941 names). It follows from them that peasants made up 48.5 of the total, workers 40.1 per cent, and the intelligentsia 11.4 per cent. Obviously, these indices cannot be taken as representative of the whole community. Nevertheless, they confirm, on one hand, the clear domination of the rural population and, on the other hand, the low proportion of intellectuals, which, as we have already seen in our discussion of the transports, was a specific feature of the Majdanek camp.

Also characteristic was the age structure of prisoners in the Majdanek camp. As many as 6.2 per cent of the total of 42,525 prisoners surveyed were minors under 15 years of age, while people aged 30 to 39 (26.4 per cent) were the dominant group. This high percentage of juvenile prisoners was significant for Majdanek and resulted from the imprisonment there of children displaced from the Zamość region. This is confirmed by an analysis of the age structure of Polish prisoners alone, among whom the percentage of minors was twice as high and amounted to 13.3 of the total. These data can be compared only with those for Ravensbrück where children under 15 years of age constituted one per cent of all women prisoners.[25]

Poles, Soviet citizens, and Jews dominated in the 30 to 39 age group, this being accounted for by the Nazi policy of genocide toward these nationalities, in effect of which thousands of young people were "liquidated" or detained and imprisoned in various camps, including camps in the Reich prior to the establishment of the Majdanek camp.

The question of the categories of prisoners, important as it is, cannot be clarified sufficiently. The files provide such data only for 34 per cent (16,305 persons) of the total number of prisoners surveyed. On the basis of the extant documentation, the following categories of prisoners can be distinguished:

(1) political prisoners (*Schutzhäftling* — Sch., *politisch* — pol.);
(2) imprisoned during the "Night and Fog" (*Nacht und Nebel* — NN) * campagn *;
(3) imprisoned during the "Sea Foam" Operation *(Meeresschaum);* French and Belgians to be liquidated with no traces left;
(4) Soviet prisoners of war *(Kriegsgefangene* — Kgf);
(5) hostages *(Geiseln* — G);
(6) Bible Students (*Bibelforscher* — Bifo);
(7) deserters from the Wehrmacht (*Sonderaktion der Wehrmacht* — SAW);
(8) "professional criminals" (*Berufverbrecher* — BV);
(9) recidivists (*Sicherungsverwahrte* — SV);
(10) "asocial persons" (*Asoziale* — ASO);
(11) homosexuals (*Homosexuelle* — Homo, or para. 175 of the German penal code).

If we treat the category of a political prisoner more broadly, as a victim of the Nazi regime, and thus extend this notion to embrace the first six categories, and even deserters (desertions occurred in 1943, so there might have been political reasons), we could say that political prisoners

---

* They included members of the resistance movement from the occupied territories, chiefly France and Belgium, arrested on the basis of Hitler's secret order, signed on his behalf on 7 December 1941 by the chief of the *Oberkommando der Wehrmacht*, Field-Marshal Wilhelm von Keitel. According to the order, persons suspected of activity against the Third Reich in the territories of Norway, Holland, the Ukraine, and Byelorussia, and later of Denmark, France, and Belgium, were to be arrested secretly and turned over to special courts in the Reich. Unless the court had sufficient grounds to pass a death sentence, the victim was deported to a concentration camp as a "Nacht und Nebel" prisoner, where he was to sink into oblivion. His family could not be notified of his fate. This new category of prisoners appeared in Majdanek in late 1943 and early 1944, among transports of the sick.

made up 94.2 per cent of all Majdanek prisoners. This percentage comprises chiefly persons from the occupied countries. As regards citizens of the Third Reich, social outcasts constituted the majority. "Asocial persons", homosexuals, professional criminals, and recidivists constituted as many as 68.8 per cent of German prisoners. A similar situation existed in Auschwitz. This was not true, however, of the camps situated in the territory of the Reich, where political prisoners (communists, socialists, democrats), arrested and confined in the camps after 1933, prevailed among the German prisoner community. Criminals were transferred from the camps in the Reich to Majdanek and Auschwitz, where they were assigned functions in the so-called prisoner self-government.

This diverse assemblage of prisoners did not form a compact community. Ruled by terror and violence, it was divided into national and social groups alien to one another. In spite of the existing possibilities, the differences between the various national communities, and even within these communities, could never be obliterated.

What contributed to these differences was the existence, just as in other concentration camps, of the mentioned "prisoner self-government", or prisoners to whom the SS authorities assigned certain functions. These people, degenerate and deprived, lusting for power and striving to survive at all cost, who represented a minority, attempted to rule the majority by the most ruthless of methods. This manner of discharging the functions guaranteed the effectiveness of the apparatus of terror, since it disrupted the unity of prisoner groups and created a situation of constant danger. The functionaries, vested by the SS with executive authority and the right to appoint functionaries at the lower levels, became an extension of the SS rule over the prisoner community.

The "prisoner self-government" was headed by the camp's "senior" *(Lagerältester)*, a prisoner with unlimited powers as regards the imposition of penalties. In contrast to other camps, his competence in Majdanek was restricted to one particular compound. He was directly subordinated to the compound leader *(Feldführer)* and deputized for him, as it were, in maintaining order and carrying out the instructions of the SS. At the same time, he performed the function of head of the compound's chancery *(Schreibstube)*, in which the daily reports were drawn up and the registers were kept of the prisoners staying within the compound and the barrack, of those employed in work gangs *(Arbeitskommando)*, and of the new arrivals.

The function of *Lagerältester* was as a rule entrusted to inmates of German nationality, usually criminals or depraved individuals. None of them, in the men's compounds, is remembered favourably by former inmates. *Lagerältester* Hund, who served in Compound 1 in 1942, was "a beast incarnate in a human body" [26]. No better were August Schmuck

Johann Galbavi, Peter Bürzer, and Teodor Hessel in Compound 3, or Emil Lipinsky, a bandit from Hanover, in Compound 4. Each of them had on his conscience scores of victims drowned, hanged, killed, gassed, or shot to death.

The situation in the women's compound was somewhat different. The first *Lagerälteste*, Zofia Klejnotowa, was a gentle and indulgent woman. After she had been released, her function went to Eugenia Piekarska, nicknamed Zhenia, of Serbian extraction. She initially followed the example of her predecessor, but in time became a terror to prisoners. In spite of her endeavours, however, she did not succeed in introducing as harsh a discipline as in the men's compounds.

Subordinated to the *Lagerältester* were prisoners in charge of the individual barracks, called barrack seniors *(Blockältester)*, who also aided the *Blockführer* in the performance of his functions. The *Blockältester* was responsible for order in the barrack, for maintaining discipline, for the distribution of food, and for the presence of prisoners. They were assisted by room seniors *(Stubendienst)* and by barrack clerks *(Blockschreiber)* who kept the registers of prisoners. In the years 1941—42, these functions were performed by German criminals and by Jews, chiefly Czechoslovak.

In 1943, after large numbers of Poles and USSR citizens had arrived in the camp, the above-mentioned functions, in barracks occupied by the same nationality, were usually entrusted to representatives of the given nationality, while in other barracks these functions were as a rule held by Jews. After the Jews had been murdered in November 1943 and the necessity had arisen to fill these positions, Poles, who were the dominant nationality, were given the posts of barrack seniors, clerks, and room seniors. On the inspiration of the camp resistance movement, attempts were made to have these posts filled by persons of high moral standing who would help the weaker prisoners. Until that time, the management of Division III had assigned these important functions in the prisoner "self-government" to degenerate, brutal, ruthless individuals. These were people who "tried to buy the Germans over by divesting themselves of humanity" [27], individuals who, at the cost of retaining their positions, terrorized the barracks and did their utmost to win, through their ruthlessness, the recognition of the SS-men and of the higher placed prisoner functionaries.

In addition to functions connected with keeping order, there existed another hierarchy within the "self-government" to supervise the prisoners at work. Each work gang had its chief, selected from amongst the prisoners and called the *Kapo*, and his assistants (*Vorarbeiter*). The work section in every compound was headed by the *Lagerkapo*, who was the

Arbeitsdienstführer's assistant in the organization of work. In the camp hospital, the doctors and nurses were subordinate to the *Rewirkapo.*

In Majdanek, just as in every camp, a considerable majority of the *Kapos,* German social outcasts, applied the most brutal of methods in the exercise of their authority. Many of them, though they did not have deaths on their conscience, attempted to consolidate their power by means of the stick. Only a few distinguished themselves by an impeccable attitude throughout the camp's existence.

The *Lagerführer,* the *Kapo,* and the *Blockältester* formed the élite occupying the top rungs in the hierarchy of the prisoner community. They were not a large group. Their number, which increased as the camp expanded, can be estimated at about 500 persons. As a result of the authority granted them by the camp management and of mutual connections, this élite played the leading part in maintaining the harsh discipline imposed by the SS. In exchange, they enjoyed better living conditions and felt more secure. Authority, when vested in worthwhile people of high and firm moral standing, offered the possibility of survival not only to themselves, but also to many of their fellow prisoners. No wonder, then, that a struggle for functions between political prisoners and the depraved element had been going on from the very foundation of the camp.

The middle rungs of the social ladder in Majdanek were occupied by the so-called middle class. These were prisoners whom the conditions they lived in offered a chance for survival. They included lower level functionaries (room seniors, nurses, errand boys) and prisoners working in so-called good work gangs: in offices, workshops, storehouses where the work was lighter, where they were not exposed to bad weather, and where the discipline was less severe, since the camp authorities cared, above all, about good results in their work (e.g. the work of shoemakers, tailors, makers of munition baskets). Moreover, they had some possibilities of obtaining extra food or things which they could exchange for food or clothing.

At the bottom of the social ladder was the camp proletariat. This was the largest group of prisoners, employed in earthworks or in transport. The prisoners in these work gangs were exposed, more than any others, to maltreatment by the *Kapo,* and to hard, exhausting work done not infrequently under bad weather conditions. Deprived of the possibility of winning food and receiving no parcels, they were doomed to physical destruction. In the years 1941 and 1942, the proletariat made up almost all the nationality groups deported to the camp.

The prisoners brought with them various ways of thinking, national aversions and prejudices, current concepts, distrust, moral and political features. The specific conditions in the camp were for every man a trial of his conduct, which in turn was the measure of his moral appraisal by other inmates. There were cases of breakdowns of principled and worthwhile people who under the camp conditions, at the cost of securing a minimum of existence, transgressed moral barriers. This process of differentiation, stimulated by the SS authorities, led to the emergence within the prisoner community, integrated as it might appear, of the afore-mentioned divisions.

In spite of the attempts of the camp authorities to utterly divide the prisoner community, some prisoners, aware of these aims, endeavoured to establish friendly contacts between various groups, to create solidarity in the camp. Much was done in this respect by women prisoners. These contacts, however, save in the women's compound, were not as broad as the prisoners in other camps managed to establish. The action of disintegrating factors in Majdanek was stronger due to the multiple functions the camp performed.

NOTES

1 Z. Leszczyńska, "Transporty więźniów do obozu na Majdanku". In: *Zeszyty Majdanka*, vol. IV, pp. 180 ff.

2 AGKBZH. Collection of posters, No. 117/51.

3 C. Rajca, "Niektóre aspekty stosowania odpowiedzialności zbiorowej w dystrykcie lubelskim". In: *Zeszyty Majdanka*, vol. IV. pp. 105 ff.

4 C. Rajca, "Chłopi w obozie koncentracyjnym na Majdanku". In: *Studia z dziejów ruchu ludowego*, 1971, p. 47.

5 C. Rajca, "Niektóre aspekty...", op. cit., pp. 106 ff.

6 Z. Leszczyńska, "Transporty...", op. cit., p. 198.

7 J. Markiewicz, "Hitlerowskie metody pacyfikacji na Zamojszczyźnie w latach okupacji niemieckiej". In: *Zeszyty Majdanka*, vol. III, p. 148; W. Tuszyński, "Wysiłek zbrojny partyzantki lubelskiej wiosną 1944 r. na tle przeciwpartyzanckich uderzeń okupanta". In: *Wojskowy Przegląd Historyczny*, 1966, No. 3, pp. 81—104.

8 AGKBZH, Bühler's trial, vol. 70, p. 127.

9 Z. Leszczyńska, "Transporty...", op. cit., p. 189 ff.

10 *Ibid.*, pp. 219—229.

11 AGKBZH. Case IV, vol. XII, p. 70.

12 C. Rajca, "Chłopi...", op. cit., p. 48.

13 AGKBZH. Photocopies, No. 632/254 DC.

14 *Ibid.*

15 AGKBZH. Photocopies, No. PS 3/632.

16 Z. Leszczyńska, "Transporty...", op. cit., p. 148; T. Berenstein and A. Rutkowski, "Żydzi w obozie koncentracyjnym Majdanek (1941—1944)". In: *Biuletyn Żydowskiego Instytutu Historycznego*, No. 58, pp. 11—12.

17 T. Berenstein, and A. Rutkowski, "Żydzi...", op. cit., p. 54; Z. Leszczyńska, „Transporty...", op. cit., pp. 186—189.

18 T. Berenstein, "Martyrologia, opór i zagłada ludności żydowskiej w dystrykcie lubelskim". In: *Biuletyn Żydowskiego Instytutu Historycznego*, No. 21, p. 28; A. Eisenbach, *Hitlerowska polityka zagłady Żydów*. Warszawa 1961, p. 512.

[19] Z. Leszczyńska, "Transporty...", op. cit., pp. 189—200.
[20] *Ibid.*, p. 208.
[21] *Ibid.*, pp 209—211.
[22] D. Czech, "Kalendarz wydarzeń w obozie koncentracyjnym Oświęcim-Brzezinka". In: *Zeszyty Oświęcimskie*, No. 4, pp. 115—117.
[23] Z. Leszczyńska, "Transporty więźniów do obozu na Majdanku". In: *Zeszyty Majdanka*, vol. V, p. 131.
[24] C. Rajca, "Analiza danych personalnych więźniów Majdanka". In: *Zeszyty Majdanka*, vol. VII, pp. 38—47.
[25] W. Kiedrzyńska, *Ravensbrück — Kobiecy obóz koncentracyjny*. Warszawa 1965, p. 77.
[26] T. Kosibowicz, "Zdrowych było niewielu". In: *Jesteśmy świadkami. Wspomnienia...*, p. 36.
[27] F. Siejwa, op. cit., p. 105.

Chapter 4

The Living Conditions

1. RECEPTION OF A NEWLY ARRIVED PRISONER

Most prisoners were brought to Majdanek in freight trains in tightly closed, crowded cars deprived of any sanitary facilities, without food or water. The newly arrived were unloaded in the vicinity of the Lublin railway station, on a siding situated on the premises of the SS Fur and Clothing Works, 1.5 kilometres away from the camp. The SS-men, shouting and cursing, pushed and beat the prisoners descending from the train, then arranged them in fives, and marched the column to the camp at a rapid pace.

"Surrounded by a dense cordon of SS-men and military police equipped with machine guns," as Zacheusz Pawlak recollects the arrival in Lublin of a transport from Radom on 8 January 1943, "we had to march quickly. Some of the guards were holding dogs on leashes, the dogs barking furiously and baring their teeth at the prisoners. These were specially trained dogs. If a prisoner dropped out of the column even three steps, they immediately jumped at the victim. The SS-men and the military police terrorized the column by shouting and beating." [1]

Only the larger groups of prisoners deported from prisons, ghettos, and camps arrived at Majdanek in trains. The smaller transports, usually from the Lublin district, were brought in trucks.

As in every concentration camp, the newly arrived were subjected to the ritual of reception *(Aufnahme)*. In consisted in a hasty bath and in issuing identifications of the status of a given prisoner *(Häftling)*. The mode of reception of the various groups in the years 1941 to 1944 differed in some details and in the order of formalities, but the principles remained the same.

After passing through the camp gate, the new arrivals were directed to barrack 44, where they had to surrender all they had with them and on them. Naked — whatever the season of the year or weather conditions — they were rushed, with shouting and beating, to the nearby bathhouse, where all their body hair was removed, most frequently with dull razors which caused acute pain. From there they were taken to the neighbouring room to take a bath. They first underwent disinfection by submerging in concrete tubs filled with a lysol solution. Next came the bath proper, which, according to prisoner's accounts, rarely occurred without various harassments. For example, hot water alternated with cold water, and so on. After such a "purification", the prisoners were issued rags, most often in the wrong size, to replace the clothes worn previously.

Division III, which thenceforth took responsibility for the prisoner, directed him to the assigned compound and barrack. There followed registration, consisting in entering into the records and filling in numerous forms with personal details.

Next each new prisoner received a number and a triangle. The number replaced the prisoner's name and the triangle indicated the cause of imprisonment. The numbering system applied in the Lublin camp was different from those in other concentration camps, where the numbers increased as new prisoners arrived. In Majdanek, the numeration went up to 20,000 and never exceeded that number. The newly arrived received the number of deceased prisoners. There were separate numeration systems, both up to 20,000, for men and for women.

The manner of identification was almost the same as in other concentration camps. Political prisoners received red triangles, Bible Scholars violet triangles, common criminals green triangles, recidivists also green triangles but with the apex up, homosexuals pink triangles, "asocials" black triangles. Jews wore two triangles, red and yellow, superimposed on each other so as to form a six-pointed star. In Majdanek, as is known, there was a large number of hostages who, instead of a triangle, received a red rectangle. Soviet prisoners of war had the letters SU painted on the back of their jackets.

Only prisoners of German nationality and citizens of western states were classified strictly according to the various categories. Poles as a rule were given red triangles, since all were regarded as enemies of the Reich. The same was true of Soviet citizens.

The number and the triangle were worn by the prisoner on his clothes. The number, printed on a piece of white linen 14x4.5 cm, was placed on the left breast of the jacket or the dress and on the left trouser leg above the knee. Besides, the prisoners received round badges, 3.8 cm in diameter, with the number impressed on it, to be worn on a piece of wire around the neck.

Above the number, the prisoners wore the triangles printed on a square piece of linen, with a side of 8 cm. In the middle of the triangle, there was a letter indicating nationality according to the German spelling. Thus the letter P *(Pole)* was for Poles, T for Czechs *(Tscheschen)* and I for Italians *(Italien)*. Germans wore triangles without any letter.

Prisoners suspected of an attempt to escape were additionally marked by so-called *Fluchtpunkte*. These were two round pieces of linen, red and white, of various sizes, superimposed on each other and placed beneath the triangle and on the back.

After fulfilling all the formalities, each new arrival had to undergo a quarantine, during which the functionaries taught him close order drill: forming ranks at the roll call, removing and putting on caps, marching in work gangs, keeping order in the barracks. All these activities were accompanied by various harassments. Also those who, immediately after arriving in the camp had been accommodated in the compounds, underwent a quarantine. Still wearing their own clothes, they were forced to learn close order drill, and only afterwards they were formally admitted. This was the case, for example, with transports arriving in January and February 1943 from Radom, Warsaw, and Lvov.

2. PLUNDER OF PROPERTY

Each new arrival was informed that he must place all his property on deposit, for the possession of money or any valuables was punishable. The looted property was entered into a special register by the unit concerned with the management of p.isoners' property *(Gefangenen-Eigentumverwaltung)* in Division IV.

Clothing was recorded on personal forms entitled *Effekten-Verzeichnis*, money on a money card *(Geldkartet)*, and valuables (watches, wedding rings, jewelry) on a separate form attached to the *Effekten-Verzeichnis*. The deposit of the property was confirmed by the prisoner with his own signature. The property of prisoners of Jewish descent was entered into the register only until January 1943.

The prisoners employed in the *Effektenkammer* packed all these things into special sacks, attaching labels showing the prisoners' numbers. The sacks were stored in barracks No. 43 and 44. When a prisoner was transferred to another camp, his sack followed him, the date of the transport and the name of the camp being entered into the register. In the event of release, the property was returned and the prisoners had to receipt the return in the appropriate blanks on the mentioned cards. When a prisoner died, the deposited property was turned over to his family. If the address was lacking, the deposited belongings became the property of the camp. From 1943 onwards, the money, valuables, and clothing left by deceased prisoners, Poles, Jews and Soviet citizens, passed into possession of the SS Economic and Administrative Head Office.

Such were the general principles of accepting and administering the deposits. In practice, the established rules were more often transgressed than they were respected. This was connected with the institutional plunder of property by the camp authorities in the name and for the benefit of the Third Reich. The plunder assumed unprecedented dimensions in all those camps which performed exclusively (e.g. Treblinka, Bełżec, Sobibór, Chełmno on the Ner) or additionally (e.g. Auschwitz, Majdanek) the functions of centres of immediate extermination.

The plunder was especially ruthless as regards the property of Jewish prisoners. During previous incarceration in camps and ghettos, they had been deluded with hopes of survival, so in the course of deportation to the above-mentioned camps they tried to take with them whatever they still possessed, especially money and valuables. The camp authorities attempted to seize these things right away. Since transports doomed to immediate extermination were not subjected to registration procedures, the SS could easily conceal the plunder. Deceit was often resorted to, as in the case of Czechoslovak Jews, who had been promised good living conditions in the General Government and permitted to take with them money, securities, jewelry, and luggage up to 50 kg per person. In the Lublin camp, all these things were looted by the camp authorities.

The new arrivals, seeing that their property was being plundered, at times tried to conceal small valuable objects in shoe heels, attach them to the skin with adhesive tape, or even hide them in natural orifices. These devices were to little avail, since the SS-men carefully searched every new arrival. While taking a bath in the disinfection tube, prisoners were ordered to make appropriate movements, so that the SS-men could get hold of hidden valuables. Even if a prisoner managed to smuggle some valuable thing or money, the SS-men would find it during searches of barracks or searches of prisoners returning to the camp from work.

The money or valuables found on prisoners were treated as "ownerless" (*herrenlose*) and turned over to the treasury of Division IV. The subcamps were bound to send the valuables, along with vouchers, to Division IV of the main camp. Until the end of 1943, Division IV had shipped the property of prisoners of Jewish descent to the storehouse of the staff of the *Aktion Reinhard (SS-Standortverwaltung Lublin, Altsachenverwaltungsstelle)*, located at 27 Chopin street in Lublin, where all the valuable things left by Jews murdered in all camps and ghettos in the territory of the General Government were deposited. The prisoners' property was disposed of by the WVHA, which deposited money and valuables in a special account at the Reichs Bank, whereas other property, including clothing, was turned over to the Reich ministry of the economy, or to organizations connected with the SS. From the autumn of 1943, following the completion of the *Aktion Reinhard,* the Majdanek camp administration sent all the plundered belongings direct to the WVHA.

Because of lack of source materials, it is impossible to estimate the dimension of plunder or to give any concrete total figures. Some illustration is offered by extant money cards. It has been determined on the basis of 300 cards of prisoners of Jewish origin that the average money deposit was 103 RM. If we multiply this figure only by 80,000 Jews brought to the camp, we will receive a total of 8,240,000 RM. Let us stress once again that we speak here only of the money "deposited" by prisoners upon arrival at the camp. The camp authorities, however, obtained money also by searches of prisoners. For example, the Jews brought to the camp from the Warsaw ghetto on 15 August 1942, deposited 110,883 zlotys (55,441.50 RM), while another 18,241 zlotys was seized during searches. The reports on searches that have been preserved do not give a picture of the whole of the problem. Even if all the pertinent documents were available, it would be impossible to determine the amount of money seized and misappropriated by SS-men.

Showing the extent of the plunder of valuables poses similar difficulties. One can only cite, by way of example, data concerning some transports. In May 1942, two transports of prisoners were robbed of 999 watches, 433 gold welding rings, and one silver locket. The watches filled three coffers. In 1942 fourteen crates were shipped to the storehouse of the *Aktion Reinhard,* including five containing money, four with money and jewelry, and five filled with jewelry alone.

The SS also looted clothing and other personal effects. Some notion of the extent of the plunder of these objects is given by three receipts, according to which on 20 July 1943 3,900 women's mantles, 2,250 men's overcoats, 700 coats, and 1,450 jackets were shipped from Majdanek to Chopin street. The receipts for August show that on the 20th of that month the storehouse of the *Aktion Reinhard* received 1,800 women's overcoats and 2,900 dresses. Six days later, 3,000 items of women's clothing were received, followed by 103.80 square metres of fabric for men's clothes, 73.20 square metres of fabric for women's clothes, and 70 headcarfs on 28 August. [2] These things were looted from the transports of Jews from the Warsaw and Białystok ghettos.

Even the prisoners' hair, cut upon their admission to the camp, possessed utility value to the Third Reich. Oswald Pohl, in a secret order of 6 August 1942, addressed to concentration camp commandants, wrote that "human hair serves to make felt for industrial purposes and to spin yarn. Of women's hair, either removed while combing or cut, hair yarn is produced for socks for submarine crews and for felt stockings for the railways". [3]

In keeping with this order, Majdanek's Division IV, beginning from 15 September 1942, was collecting hair, and on the basis of the WVHA's order of 11 January 1943, established a commercial contact with Paul Reimann's firm at Kostrze near Wrocław (Friedland Bez. Breslau) where it sent the collected hair. According to extant reports, between 15 September 1942 and 26 June 1944, 730 kg of human hair was gathered and shipped to this firm. The proceeds were not big, as a kilogram of human hair earned only 0.50 RM, but the very fact of trading in things originating from the human body (one should also mention here ashes and gold teeth) testifies that everything was looted which could be put to use or turned into money.

The amassing in the Lublin camp, in a very easy and simple manner, of immense quantities of money and valuables encouraged SS-men to make a fortune for themselves. In other words, next to institutional plunder, individual looting developed — a phenomenon common in other camps as well. Rudolf Höss, the commandant of Auschwitz, complained that SS members "were not always strong enought to resist the temptation to grow rich by Jewish valuables. The longest prison terms, and even death sentences, were not a sufficiently strong deterrent". [4]

A considerable part of the Majdanek staff were involved in malversation and corruption. Property was misappropriated by the commandants, Koch and Florstedt; by the chief of Division III, Hackmann; by SS noncoms, Laurich, Gossberg, Kaps, Kostial, Knott and others; by criminals acting as trustees, Peter Bürzer, Theodor Hessel, Peter Wyderko, Julian Lang, and many others.

Similar cases of malversation also occurred in other camps, but plunder by individuals was especially widespread in Majdanek, where even the highest camp officials were involved in it. Although the misappropriation had been disclosed, the SS Special Court in Kassel did not impose excessively harsh punishment on the Lublin SS-men, excepting the commandants. They were covered up for, as it seems, by the chief of the *Aktion Reinhard*, Odilo Globocnik.

3. CLOTHING

From 1938 on, persons arriving at concentration camps were issued special clothes which distinguished each prisoner by their cut and, more important, colour. The complete set of clothes included: shirt, drawers, jacket, trousers, and round cap without a visor. In the winter, the prisoner received additionally an overcoat without lining of any sort. The clothes were made of poor-quality fabric (called by prisoners nettle fabric) with grey and blue stripes, so-called *pasiak*. The women's clothes were made of the same grey-blue fabric and consisted of a long-sleeved dress and a white headscarf. In the winter, women were issued striped jackets and grey stockings. The set was complete with wooden shoes known as Dutch clogs, or leather shoes with a wooden sole.

Beginning from 1942, such clothes were issued in Majdanek only to political and "asocial" prisoners. In 1942, striped clothes were given only to prisoners brought from other camps to assume functions in the so-called self-government and to some groups of Jews. Soviet POWs, the first to have been brought to Majdanek, retained their military uniforms. At that time, too, hostages could retain their own clothes.

The development of the camp system in the years 1939 to 1942 brought about a steep increase of the number of prisoners, which created difficulties for Office B of the WVHA in supplying concentration camps with regulation clothes. Therefore, the Camps Inspectorate, on 26 February 1943, instructed concentration camp commandants that prisoners employed within the bounds of the camp should wear appropriately marked civilian clothes. In keeping with this instruction, prisoners were issued the most worn-out clothes of murdered Jews. On the backs of the jackets were painted in oil the large red letters KL separated by a broad stripe of the same colour. Similar stripes were painted on the trousers.

Such clothes began to be issued to hostages in 1943, and this practice continued until the last days of the camp. They were also issued to those expelled from the Zamość region in 1943 and to the rural population from the pacified villages of the southern counties of the Lublin region deported to Majdanek in June and July 1944. As there were not enough striped clothes for the people brought from prisons, they, too, received civilian clothes.

The children in the Majdanek camp did not wear striped clothes. They could retain their own clothes or received civilian clothes left by adult persons.

The issuing of civilian clothes took place in great haste. It was usually accompanied by harassment on the part of SS-men and prisoner functionaries participating in the operation. A former prisoner recounts:

"The issuing of clothes follows. From one heap they distribute shirts, from another drawers, from still others, socks, trousers, jackets, shoes with wooden soles, and caps. But what a sorry view this is. Where do all those rags come from? The shirts are mostly children's shirts, too tight around the neck, all of them without buttons; many prisoners receive, instead of drawers, women's underwear or bathing trunks. The suits, too, are issued at random, with no time allowed to try them on. We receive odd clogs; some get too small ones to put them on. I get such big ones that they fall off my feet... The trousers, which are too tight,

I must keep up with my hand. They are far too short and have red stripes painted in oil on both sides. The shirt is so tight that I cannot button it over the chest; but, I receive a brand new jacket, alas a summer one, with silk lining, and with only one button. The cap is too small and rests on the top of my head."[5]

The issuing of clothes to women was the same. The overseers distributing the clothes tried to pester the prisoners in an especially malicious manner. They would give the taller and stouter women too short and too tight dresses, while the older women received ball or wedding dresses. They also issued fancy hats instead of headscarfs, and high-heeled shoes instead of clogs.

Not infrequently were the garments stained with blood and bore marks of bullets, which added to the shock experienced by the new arrivals. One's very appearance in such clothes, whether striped or civilian, had a disheartening effect, but this was the least problem. The clothes received did not protect prisoners against cold, rain, or snow. The weather conditions affected especially acutely those who worked in the open air, on building sites.

"The autumn rains were especially nasty. Soaked to the skin, we would go to bed in wet clothes and rise in wet clothes. We dried the clothes with the warmth of our bodies. Thus, every morning we would look at the sky, anxious to see whether it portended good weather or whether we would keep on getting wet."[6]

The wearing of additional clothes, such as a cement paper bag, a sweater, a scarf, gloves, or ear-muffs, was absolutely prohibited. During searches, such items were taken away, and the prisoner who had transgressed the camp regulations would be condemned to additional punishment.

The new prisoners wore the clothes they had been issued until the next bath, which in 1942 occurred very rarely. Also in the first half of 1943, baths and a change of the insect-infested clothes took place every few weeks. In April of that year, the camp command, complying with the WVHA's general instructions, decided to "adapt" the clothes to the season of the year. Consequently, it took away from the prisoners all shoes, coats, jackets, socks, and stockings. An exception was made for prisoners working outside the camp, who were allowed to keep shoes and jackets. Because of the frost and cold which occurred at that time, many of them fell ill with pneumonia, bronchitis, or influenza, which in many instances ended in death. And walking bare-footed on the stones of the roads which prisoners were building led to injured feet and so to infections, swellings, and tetanus.

Some favourable changes were introduced by the camp authorities in November 1943, when the prisoners were issued warmer clothes for the winter: coats or jackets, foot-clouts, socks, and in some cases even sweaters. The underlying intention of the Nazis was to keep prisoners fit for work. At that time, more and more prisoners began to "organize", or illegally acquire, additional clothing.

Prisoner functionaries were in a much more advantageous position. In 1941, 1942 and in early 1943 they wore bizarre uniforms: red trousers and dark blue tunics, black berets, and later striped clothes with appropriate emblems of authority: an arm-band with an inscription. On the whole, they had no difficulties with securing additional clothes or choosing well-fitting ones.

4. THE PRISONER'S DAY

A soon as a prisoner had passed through the gate of his compound, he was immediately subjected to the regime of the camp regulations. His day was filled from the morning till the evening roll call with a maximum amount of activity. He was in constant haste, always fearful of beating and vexations.

In the spring and summer period, i.e. from April till September, the reveille took place at 4 a.m., and in the autumn and winter period at 5 a.m. Some barrack leaders, however, ordered the prisoners up earlier. Upon hearing the signal, the prisoners had to get dressed quickly, make the bunks, go to the latrine, drink the morning coffee, clean the barracks, and then the barrack leader would drive them out into the roll call yard amidst yelling and cursing. Whatever the weather might be, the morning roll call commenced at 5 a.m. in the summer and at 6 a.m. in the winter.

In the roll call yard, the prisoners usually had to stand facing their own barrack. Perfect order had to be maintained while the number of prisoners was being reported. At the command: *Stillgestanden, Mützen ab, Augen links!* (Attention, caps off, eyes left), the whole column had to perform all movements correctly. "If only someone moved, budged, or turned his head, he would be beaten black and blue." [7]

In the initial period, the sick and infirm were helped to stand up and still by their fellow inmates. Later they were laid on the ground, in mud and snow. Only in November 1943 they were allowed to stay in the barracks during the roll call.

The morning roll call for the whole compound lasted, on average, half an hour, but only when the number of prisoners in the various barracks reported by the *Blockführers* to the *Rapportführer* tallied with the figures supplied by the chancery. Otherwise, another roll call was ordered, which lengthened standing in the square by at least half an hour.

At the command: *Arbeitskommando formieren!* the prisoners went running to form work gangs, hurried by the *Kapos* and the work overseers. After the work gangs had left, only the functionaries would stay in the compound, (their task was to tidy the roll call yard) as well as some work gangs employed within the camp and the new arrivals still under quarantine. The latter were most frequently ordered to perform various exercises or were assigned useless jobs.

At 11:45 a.m. a lunch break was ordered. All the gangs working within the camp or a small distance away would come running or quickly marching back to their compounds. The returning prisoners were often searched by SS-men, in which task *Schutzhaftlagerführer* Thumann excelled. There followed a check of the number of prisoners, so-called *Zellappell,* in the roll call yard. If a prisoner was missing, a search would be instituted, which at times could last for several hours, during which the prisoners standing in the roll call yard would not be given a meal. If order had not been disturbed by any unforeseen event, the prisoners received, according to the regulations, lunch consisting of a ladleful of watery soup, this being frequently accompanied by harassment, especially in the men's compounds.

After eating, or, strictly speaking, drinking the soup, the bowl had to be washed and placed in the barrack. Around 1 p.m. the gangs would set out back for work, which in spring and summer lasted till 6 p.m. and in autumn and winter till 4:30 p.m. If there was an urgent job to do, e.g. camping up potatoes, work would be lengthened till 8 p.m.

Fatigued, maltreated, often running and dragging the dead behind them, the work gangs returned to their compounds for the evening roll call. "Now, in the evening, there is a whole night ahead, so instead of 15 minutes the roll call lasts two or three hours, and if there is something wrong, one can stand up the whole night regardless of the weather." [8] Until the autumn of 1943, prisoners say, on some days the roll calls lasted much longer, becoming one more form of torment and one more element of extermination. The roll calls were especially long when a prisoner was missing. Not always was it a real escape. It was a frequent occurrence that a tired, sleepy prisoner would find a hiding place e.g. in a sewage pipe, in the attic of a barrack under construction, or under the floor, and fall asleep there, convinced that he would wake up in time for the roll call. Such a prisoner, found already during the roll call, most often scented out by dogs, beaten until loss of consciousness as an alleged escapee, was brought to the roll call yard in order to be punished. Until the autumn of 1943 such "escapees" were hanged on the gallows in the presence of the prisoners assembled at the roll call.

Another cause of the lengthening of the roll calls was the inflicting of punishment for transgressions of the camp regulations. As noted earlier, some changes for the better occurred in the autumn of 1943, when the roll calls were shortened considerably and the range of punishments and harassments narrowed down in order to exploit prisoner manpower more rationally.

The roll call was followed by supper, and "leisure time" until lights out at 9 p.m. when silence was to prevail in the camp. The reality was entirely different, however. During the construction of the camp, SS-men forced prisoners to do various additional jobs in "leisure time", such as tidying levelling of the compounds, setting up flower beds, and planting trees. It frequently happened that SS-men or prisoners functionaries, while checking the beds, found that they had not been made properly. They then disturbed them and forced prisoners to remake them amidst insults and beating. Other barrack leaders held close order drill during that time.

Even if there were no additional activities and a prisoner could spend the leisure time talking with friends from other barracks, writing letters, or washing, after 9 p.m., in some barracks in the men's compounds, functionaries organized drinking parties for themselves, during which they fought with one another, yelled, searched prisoners, maltreated them, and even murdered them.

All this intensified the atmosphere of awe and fear of persecution. A sleepy, physically and mentally fatigued prisoner, without recovered strength, had to rise early for the morning roll call.

5. HOUSING CONDITIONS

The Lublin concentration camp, one of the last large camps designed, was never completed. The primitive wooden barracks without elementary furnishings were overcrowded, and the constant influx of new prisoners created inhuman living conditions. In 1941 and 1942 the prisoners already staying in the camp (Soviet POWs, Czechoslovak Jews) were waiting for new barracks to be assembled in order to ease the overcrowding of the existing barracks. Those arriving in early 1943 found the barracks in Compounds 3, 4 and 5 erected but unfinished, without doors and windows and without any furnishings.

Due to the large number of transports arriving during 1942 and in early 1943, to the difficulties with supplies and with building the camp, and to the thoughtlessness and malice of the *Feldführers* and the *Blockführers*, some barracks were overcrowded to the maximum extent, while others stood empty. Prisoners' accounts indicate that at that time a barrack housed on average 500 to 800 and even up to a thousand prisoners. According to the original plans of construction the barracks in Compounds 1, 2 and 5, constructionally better and called by prisoners "dwelling barracks", were to house 550 persons each, whereas the stable barracks in Compounds 3 and 4 were to accommodate 521 or 750 persons each. Thus each prisoner was originally assigned 0.5 to 0.7 square metre of floor area. A correction of the building plans due to abandoning the idea of constructing the camp complex resulted in the SS and Police Central Construction Board drawing up, in August 1942, a new blueprint which reduced the number of prisoners per barrack to 250—270, with the floor area per person of 1.2 and 1.6 square metres respectively. Such was the "ideal" which was not achieved until the last phase of the camp's existence, in November 1943, an "ideal" which diminished the overcrowding, but did not eliminate it. Two hundred and fifty hungry, emaciated people continued to live within an area of 300 to 400 square metres.

The congestion in the barracks was at its worst in May to August 1943, when thousands of Jews from the Warsaw and Białystok ghettos and expellees from the Zamość region were brought to the camp. The number of prisoners living in the barracks in Compounds 3, 4 and 5 then exceeded a thousand in each, and for some Jewish groups there was no place at all, and they were lodged in the empty space between Compounds 4 and 5 where coal was heaped.

"In our barrack," writes a woman prisoner brought from the Warsaw ghetto in April 1943, "there were about a thousand women. They all slept on the floor. At night, those going to the latrine or to fetch some water trod on the others... I soon got diarrhoea. I, too, had some mishaps on the way to the toilet... The women I had unintentionally dirtied did not spare me pokes, curses and abuses." [9]

No prisoner could lay down freely on the floor for lack of space. They would lie down, at a command, on one side and, also at a command, turn to the other side. The first transports which arrived at the camp in late 1941 and early 1942 and those arriving in early 1943 occupied unfinished barracks and for a long time slept on the floor. It was only later that the prisoners were issued pallets stuffed with wood chips or rotten straw removed e.g. from potato camps. What distressed the prisoners greatly was the necessity of spreading the flea-infested pallets on the floor each day and next piling them by the walls of the barrack. The pallets littered the barrack and raised clouds of dust, and this necessitated additional cleaning and provided the barrack leaders with a pretext for harassment. Some barrack leaders, overzealous in their concern for cleanliness, ordered the floor to be scrubbed and washed each day. During this operation, the pallets at the bottom of a pile would be soaked with water, but even though they were almost completely wet, the prisoners had to sleep on them.

The situation slightly improved when, at the request of the camp authorities, the Central Construction Board began installing three-tier bunks in the barracks. The new bunks were installed in the first two compounds in 1942, and in the three others in the spring of 1943. In mid-1943, when the overcrowding in the camp was at its highest, the barracks accommodated many more persons than there were bunks. Thus usually two or even three prisoners slept on one bunk. At times, fights flared up for a place on a bunk, as a result of which the losers had to sleep on the floor.

As it was planned to reduce the number of persons per barrack to 250, attempts were made to create in each barrack — after the fashion of the old concentration camps — free space for cleaning and sanitary purposes. The projects of August 1942 envisaged the creation of empty space *(Aufenthalstraum)* to house the mess-room, to hold assemblies etc., at the expense of sleeping space *(Schlafraum)*. The two parts were to be separated by a partition, this even in stable barracks.

The implementation of these plans proceeded very slowly. In the spring of 1943, partitions began to be put up in Compounds 1, 2 and 5, and after the barracks had been connected to a water main in the autumn of that year, the part at the head of the barrack was set aside for sanitary purposes. Most barracks then comprised, apart from sanitary facilities, a sleeping area and a small area for cleaning purposes. In addition, there were in each barrack tables, a closet for the prisoners' files, and some stools. The barrack leader and the clerk had separate bunks, at times separated from the rest by a special partition. In a barrack thus furnished during the period of "luxury" in Majdanek there were 250 bunks. Each bunk was provided with a pallet and a bolster stuffed with straw or wood chips and with a blanket. There was no bed-linen.

The immense overcrowding of the barracks caused living in these conditions to be an inferno for the prisoners. One cannot but agree with the German historian and former prisoner, Eugen Kogon, when he says that "a concentration camp prisoner was most annoyed by his camp mates. One was chained to them, doomed to them... Whoever has been in a concentration camp knows the sentence in various versions: a prisoner is a prisoner's worst enemy. This is not to imply that this was really so, but incessant contact with absolute egoism made one feel that way." [10] Indeed, this state of affairs led to friction, prejudice, at times hostility, albeit neither side was guilty. All of them had to share equitably the overcrowding, the cold in the winter, the foul air in the summer, the excesses of the functionaries, the wants and deficiencies.

Throughout the history of the camp, the individual compounds were allocated for various, changing purposes. Compound 1, set up in late

1941, initially accommodated Soviet prisoners of war and later male civilian prisoners. Still in 1941, a hospital began to be organized there, which in 1942 occupied the whole northern row of ten barracks. The southern part was occupied by prisoners' dwelling barracks, and had a separate chancery. The men staying at the hospitals were subjected to the same regime as the prisoners in Compounds 2, 3 and 4. This state of affairs continued until September 1943, when the men's hospital was moved to Compound 5, whereas the prisoners fit for work were transferred to Compounds 3 and 4. After women prisoners had been accommodated in Compound 1, the situation was on the whole similar to that prior to September 1943. The hospital barracks were occupied by women patients, while the whole southern part housed women prisoners employed in work gangs.

Following the evacuation of both healthy and sick women to Auschwitz and Ravensbrück in April 1944, Compound 1 was again occupied by men. In May of that year, Jewish women brought from Budzyń were accommodated in three barracks, separated from the rest by a barbed-wire fence. Between May and July 1944 this compound, one of the two functioning, accommodated both men and women.

Compound 2, from its establishment in the spring of 1942 until the winding up of the Majdanek camp, was occupied by men. For one year, the inmates included persons of various nationalities, with people of Jewish descent prevailing in 1942.

From the spring of 1943 until the liberation, the compound housed a hospital for former Soviet POWs who had served in Wehrmacht auxiliary units and had been crippled.

Compound 3 was occupied by men throughout the functioning of the camp. The first groups of men were accommodated there in May 1942, when the northern row of barracks was almost ready. These were hostages brought from the transit camp in Trawniki and other detention centres. Until the autumn of that year, this compound had housed almost exclusively persons detained for the operations of partisan detachments. During the summer of 1942, the barracks where hostages were living were surrounded with barbed wire. In spite of the sweltering heat, the prisoners were not allowed to leave the barracks. The lack of water was felt especially acutely.

Beginning from January 1943, Compound 3 began to be filled with political prisoners arriving from various prisons in the General Government. During that year, Jews from the Warsaw and Białystok ghettos were incarcerated there, as were prisoners brought from other concentration camps and numerous transports of peasant families from the pacified villages of the Zamość region. In the autumn of 1943 and early

1944, transports of sick prisoners from Buchenwald, Dachau and Sachsenhausen were housed there. Following the evacuation of the prisoners to Auschwitz and Gross-Rosen in April 1944 the compound remained empty until the liberation.

Compound 4, like Compound 3, was occupied by men. From the autumn of 1942 until the camp ceased to function hostages were accommodated there. Since, as is known, they were charges of the *Ordnungspolizei,* the compound was treated as a transit camp for that police force. During 1943 and 1944, the compound also housed political prisoners brought from prisons and concentration camps as well as Soviet POWs. In 1943, workshops of the Ostindustrie company and the DAW were installed in some barracks there.

Compound 5, the last to have been occupied by prisoners, was opened in October 1942. It accommodated women evicted from the Lublin districts of Wieniawa and Dziesiąta and later Jewesses from the liquidated ghetto in Majdan Tatarski. After a relatively short stay they were transfered to a Majdanek branch, the *SS-Bekleidungswerke* in a former airfield. New transports of women arrived in Compound 5 in early January 1943, in the so-called Radom transport and somewhat later from Pawiak in Warsaw and the Lvov prison. The arrival of these transports marked the beginning of the women's concentration camp *(Frauenkonzentrationslager)* as a separate part of Majdanek. During 1943, the compound was filled with transports of Byelorussian women and children, Jewesses mainly from the ghettos in Warsaw and Białystok, women prisoners from the General Government and Ravensbrück and Auschwitz. In the summer of 1943, the number of inmates in the compound totalled, according to accounts by prisoners, between 6,000 and 8,000 women and children.

When the first transports arrived in January 1943, Compound 5 was still unfinished; it was completed during the first months of that year. In that period, thanks to the efforts of Stefania Perzanowska, a doctor from Radom, one barrack was set aside as a women's hospital. From September 1943 due to rampant diseases, another five barracks were allocated for hospital purposes.

After the women had been transferred to Compound 1, the camp authorities, in September 1943, decided to set up in Compound 5 a men's hospital which in time would occupy in principle all the 22 dwelling barracks in that compound. This state of affairs continued until the evacuation of the camp in April 1944. In July 1944, the compound was occupied by the Wehrmacht, which set up there a transit camp for persons apprehended in the environs of Lublin and forcibly employed in the construction of fortifications around the town.

6. FOOD

Majdanek, which had its own farm and garden where fruit and vegetables were grown, was in large measure self-sufficient as regards the feeding of the prisoners and SS-men. Foods which were not produced by the farm or the garden were received from the Food and Agriculture Department of the Office of the Head of the Lublin District. The question of food provision was the concern of a special section (*Abteilung Verpflegung)* in Division IV. Its chief task was to supply food products to the kitchens in the prisoners' compounds and to the SS mess-hall. The section received from superior authorities, Office B I *(Verpflegungswirtschaft)* of the WVHA general instructions concerning the victualling of prisoners. An influence on the amount and quality of food was also exerted by camp commandants, heads of Division III, cooks, and prisoner functionaries.

Until 1942 the instructions from superior authorities had aimed at the maximum extermination of "enemies of the Third Reich" incarcerated in the concentration camps by way of limiting food supply among other things. The champions of this policy included "old commandants" from the Eicke school, Koch, Koegel, and Florstedt. Their rule in the Lublin concentration camp (from August 1941 till October 1943) was a period of starvation for the prisoners, this in spite of Pohl's instructions of April 1942 and January 1943 concerning an improvement of the living conditions and a reduction of the mortality rate in the concentration camps with a view to a more rational utilization of prisoner manpower. Although from November 1943 food provision began to improve slowly, it was merely sufficient to keep the prisoner alive.

The prisoners ate their starvation rations three times a day, always, except in the winter period, in front of the barrack whatever the weather. For breakfast a prisoner received about half a litre of black ersatz coffee without sugar, or tea brewed from weeds. Once or twice a week, coffee or tea was replaced with a soup surrogate: water with whole meal added, called *berlaj* or *mehlzupa.*

Lunch, which came at 12, consisted of three-quarters of a litre of soup made of turnip, rotten potatoes, kale, dried cabbage leaves, and from the spring of 1942 of weeds growing wild within the camp. These were not so-called fresh vegetables added to the soup, but the products from which the soup was prepared. These soups were the worst. Made from unwashed weeds, without any fat, tasting terrible and, worst of all, not properly boiled, the soups were the main cause of stomach diseases, which in effect led to a rapid deterioration of the prisoner's organism. "Unpalatable, steamed rather than boiled, without fat. You had to be really hungry like we were to eat such soups." [11]

It was only in the autumn of 1943 that soups prepared from weeds were stopped from being served. The prisoners began to receive soups made from turnip, potatoes, beet pulp, carrot, and sometimes cabbage or barley soup. The soups were thicker and small amounts of fat, meat, or horse sausage were added.

Supper, the basic meal, was served after evening roll call. It consisted mostly of coffee or another brew and 5—7 ounces of bread. At times, the brew was replaced with soup and a few unpeeled potatoes. On some days, the prisoners received, as an addition to the bread, a slice of horse sausage (1—2 ounces), a spoonful of marmalade, margarine, or mousetrap cheese.

The bread the prisoners received in the years 1941—42 was baked from flour mixed with sawdust. "One could hardly eat it. After each bite, something hard would remain in the mouth, these were pieces of wood." [12] The quality of bread improved in 1943.

The prisoner's daily diet, deprived of the required amount of protein, fat, sugar, and vitamins, contained less than 1,000 calories, whereas the norm for a hard working person is 4,800 calories and for those labouring less hard, 3,600 calories. However, not all food, whatever it was, reached the prisoners. The SS-men in charge of the food stores and the kitchens stole the better products destined for the prisoners. Thus, already for preparing the meals, smaller amounts of products were issued than the established norms. Next the prisoners' food rations were diminished by various functionaries e.g. while serving the meals. What they had not eaten themselves would be traded. Under the slightest of pretexts, as a punishment for an alleged guilt, functionaries deprived a prisoner e.g. of bread which they later sold to those who could offer some equivalent (money, valuables, clothes, etc.). In Majdanek, bread was a means of payment for a haircut, paper, pencil, for writing a letter in German, etc. That was why the price of bread was very high. In June 1943, for example, a kilogramme of bread in the camp cost 150 zlotys, whereas the price on the market in Lublin was 14 zlotys. The situation changed for the better when in the autumn of 1943 most of the functions were assumed by Polish political prisoners.

Due to the poor food rations, both in terms of quality and quantity, a very large number of prisoners were doomed to total prostration within a short time as a result of hunger disease, unless typhoid or some other disease had ruined their organisms before. A prisoner began to feel the symptoms of disease almost immediately after arriving at the camp. The will to fight for survival began to be accompanied by a desire to win additional food. This was extremely difficult in the years 1941—42 for Soviet POWs, peasant hostages, or Polish and Czechoslovak Jews as the

SS would permit absolutely no form of assistance, even by charitable organizations.

In order to survive, one had to "organize" additional food. The struggle for survival revealed prisoners' attitudes, personalities, and characters. The honest ones attempted to win food through employment in a work gang having to do with food or one which had contact with civilian workers, who frequently gave prisoners their lunch. Others endeavoured to be assigned to a work gang entitled to additional soup and bread on account of hard or specialized work (gangs employed at earthworks, at cleaning work, at car repair shops, etc.). In 1943, after the camp authorities had permitted parcels to be sent to prisoners, the Poles tried to notify their families of where they were, so that they could send them parcels.

But there were also prisoners who stole from their camp mates, most often at night, if the latter had not adequately secured their provisions on the bunk, since there were no lockers to keep the food. The frequent cases of theft forced prisoners to eat immediately whatever they had managed to find or obtain.

A prisoner living on camp food only began to display, after a month or two, a rapid emaciation of the organism, a weakening of the muscles, and a diminished energy of movement. The constant hunger forced him to look for food everywhere and eat whatever could fill his stomach, so as to feel satiated if only for a while. Hence the penetration of refuse heaps. "We ran from one refuse heap to another if only to find mouldy bread or potato peels... I knew all the refuse heaps, and I knew where one could find something to eat," reminisces Pyotr Dimitrovich Kirishchenko from Vitebsk in Byelorussia, 10 years old at that time. [13]

Whether a prisoner ate everything he had found depended on how hungry he was. It happened that hunger drove some to take by force from the weaker inmates the refuse they had found or to rob them of bread or a parcel received. Such cases occurred almost exclusively in the men's compounds, where hunger took the heaviest toll; the struggle for survival at times took on brutal forms there.

A prisoner living only on the camp rations and refuse began to be troubled by diarrhoea. An eminent student of this disease, Professor Władysław Fejkiel, says that "when a starved inmate had lost one third of his normal weight, next to further weight-loss and emaciation, his facial expression began to alter. His look became hazy, his face assumed an indifferent, thoughtless, sad expression. His eyes were misty and hollow. The skin became grey-blue, grew thinner, parchment-like, hardened, and peeled off. It was very susceptible to all kinds of infections, notably to scabies. The hair was coarse, fragile, and became mat. The head took on an elongated form, the contours of the check-bones and eye-sockets became more prominent. The sick breathed slowly, spoke softly, with great effort... In that period, the sick grew dull, became indifferent to whatever was happening around them. They abstained from any contact with the environment. If they could move, they did it at a very slow pace without bending the knees. Due to the lower body temperature, which usually dropped below 36°C, they were shivering with cold". [14]

In Majdanek, prisoners in a state of almost complete inanition were called *gamle*, which in the German Silesian dialect means idiots. In Auschwitz, Dachau, and other concentration camps, emaciated people were compared to praying Arabs and called Muslims, while in Stutthof they were known as *kryple* or cripples.

In the last phase of starvation, prisoners no longer felt hungry, refused to accept any food, were unable to emit any sound. Along with the progressing prostration, their instinct of self-preservation vanished. They were past any help. They perished under the blows of the *Kapo*'s sticks or the SS-men's rifle butts, they died in barracks, in the fields, in the hospitals, in the so-called *Gammelblocke*, where those still giving a sign of life were waiting to be taken to the gas chambers.

7. PENALTIES AND REPRISALS

The regulations issued in the years 1933—34 for the first concentration camps provided for a wide range of penalties to be imposed on prisoners. Depending on the kind of offence, they envisaged such penalties as: confinement, the "pillar" (suspending a prisoner by his hands tied behind his back), penal exercises, whipping and the death penalty. These penalties were also imposed in Majdanek.

The newly arrived prisoners were acquainted with the regulations by the barrack leaders or the *Kapos* immediately after entering a given compound. They were told that they should take off their caps before every SS-man, that while at work they should move fast, that they must not keep their hands in their pockets, wear additional clothes, smoke cigarettes, stay in other barracks, hold assemblies, carry religious cult objects or personal souvenirs, maintain contacts with civilian workers, possess money, or conduct secret correspondence. These were the basic prohibitions. The regulations, however, were never announced in writing, and so the prisoners did not know exactly what was forbidden. "It was only warnings by older, experienced prisoners and personal camp experience, acquired, alas, together with slaps and kicks or strokes of the whip, that taught the new arrivals what was permitted." [15] Judging by the number of prohibitions and injunctions, a prisoner had the impression that everything was forbidden save dying.

In the Lublin concentration camp, fewer types of penalties were applied than in other camps. There was no confinement, no straight cell, the penalty of the "pillar" was rare, there were no penal work gangs. However, the penalties which allegedly conformed with the regulations as well as unofficial reprisals were executed with redoubled zeal.

Whipping by SS-men or trusties was the most frequent penalty. Prisoners were whipped until they lost consciousness for minor offences committed while marching in a work gang, at work, in the barrack, in the compound, for "organizing" food and clothes, for secret messages, and contacts with civilian workers. Whipping was inflicted on both healthy, and sick and dying prisoners. A prisoner's appearance or nationality (e.g. Jews, Gypsies) was frequently the cause of whipping.

Aside from "regular" beating with a whip on the head, back, buttocks, hands, and legs, there took place official whippings conducted on the basis of reports on an offence committed by a given prisoner or group — reports submitted by SS-men or functionaries to the chancery of Division III. For, as is known, it was Division III that decided on the infliction and type of punishment. The punishment was inflicted after the evening roll call. The operation was carried out on a special table officially termed the *Bock*, but called by the prisoners the "grand piano". The top of the table, "made of thick boards, was semicircular. The delinquent put his feet behind a special board at the rear of the table and lay down on his belly, while two SS-men or *Kapos* held his arms twisted back in between the shoulder-blades. Two other SS-men or *Kapos* beat him with whips or sticks". [16] The number of strokes varied from 10 to 200 and more. The "offender" had to count the strokes in German, which to many posed a considerable difficulty and caused additional beating. The consequences of the punishment were always dangerous. It resulted not only in cut skin, but frequently caused internal injuries, e.g. to the kidneys.

From the autumn of 1943, the application of the penalty of whipping was curtailed lest it should render prisoners unable to work.

The cruellest of the SS-men included the afore-mentioned commandant of Compound 3, *SS-Unterscharführer* Groffman, who "during the roll call, walked up and down the compound and searched for victims in the prisoners' ranks. He positioned a prisoner slightly aslant, aimed his hand at the place at which he intended to strike, and next, with a single blow at the stomach, the liver, the heart, or the ear, knocked the prisoner down". [17] Another sadist, SS-man Gossberg, smashed heads, *SS-Unterscharführer* Franz Josef Fritsche killed with a spade, a rifle butt, or whatever was at hand, and the greatest murderer in Majdanek's history, Anton Thumann, would knock down, with a single blow at the face, even the strongest of prisoners. For various offences, he inflicted as many as 300—400 lashes.

Another widely imposed punishment was immersion of prisoners in fire tanks or cesspools in the prisoners' compounds, or in manure pits on the camp's farm. It is difficult to determine to what extent this was a penalty and to what extent a reprisal, since the offences were minor or there was no offence at all. For example, in June 1942, an SS-man immersed in excrement and later shot Eckstein, the chief rabbi from Sered, Slovakia, only because the latter was late for a roll call. Immersing Jews in excrement in all compounds for the sole reason that they were Jews was a frequent occurrence.

The "pillar", widely applied in other camps, was — as has been noted — rather uncommon in Majdanek, and from mid-1943 it was almost totally abondoned. It consisted in tying a prisoner's wrists behind him and raising him on a post to such a height that his feet did not touch the ground. The punishment lasted an hour or more. Thereafter, a prisoner was unable to work for some time.

The death penalty was inflicted for the more serious offences. Jews attempting to escape and caught were, as a rule, hanged on the gallows. Until 1943, this penalty was also inflicted on prisoners of other nationalities, but later they were punished with whipping. Executions by hanging were carried out during the evening roll call in the presence of the camp commandant, the head of Division III, a physician and the SS staff of a given compound. In Compound 3, the hanging was performed by the *Kapos,* Karl Galka and Peter Wyderko. In the women's compounds, the executions were carried out by the crematorium chief, Erich Muhsfeldt.

The system of collective responsibility applied in the occupied countries was also broadly used in the concentration camps. Holding a whole group responsible for the guilt of an individual was designed to contribute toward breaking solidarity and forcing prisoners to spy and inform on one another. Collective punishment, applied, as a rule, for the escape of a prisoner, was inflicted on the whole gang in which the escapee worked and the whole barrack in which he lived. Very often the entire compound was punished by lengthening the roll call for several hours. There were other forms of repression as well. In June 1943, after two prisoners had run away from a work gang employed in a dairy plant in Lublin, their mates were sentenced to 50 lashes each, and the *Kapo* to 100 lashes. In July 1943, in revenge for a successful escape of two prisoners from barrack 16 in Compound 3, all the inhabitants of the barrack were locked up for three days without food.

Various penal exercises ordered on the slightest of pretexts by SS-men or functionaries were yet another manner of maltreating prisoners. Those who allegedly did not march properly or did not work fast enough were ordered to perform exercises, such as jumping in a squatting position, rolling, leaping, or penal marches, not infrequently in mud. After such exercises, several unconscious or dead prisoners would usually remain in the yard. Other common reprisals included transferring a prisoner from compound to compound, from barrack to barrack, quickening the pace of eating meals, or disinfection of barracks at the most inconvenient time.

This wide range of repressive measures led a prisoner not only to physical prostration, but also to mental exhaustion. Like an animal, he had to think constantly of his safety. Some could stand the pressure, others broke down and "ran onto the barbed wire" or were forced to do this by functionaries or SS-men.

NOTES

1 Z. Pawlak, *Przeżyłem.* Warszawa 1969, p. 67.

2 J. Kasperek, "Grabież mienia w obozie na Majdanku". In: *Zeszyty Majdanka,* vol. VI, pp. 67 ff.

3 Quoted from A. Eisenbach, op, cit., p. 400.

4 *Wspomnienia Hössa,* p. 107.

5 J. Kwiatkowski, *485 dni na Mjadanku.* Lublin 1966, p. 8.

6 M. Pych. "Fluchtverdächtig". In: *Jesteśmy świadkami. Wspomnienia...,* p. 269.

7 Z. Pawlak, op. cit., p. 96.

8 APMM. Central Underground Welfare Organization — Opus (hereafter: Opus), XII/10, p. 263. Letter of Jan Zaprawa-Ostromęcki to Wanda Szupenko of 21 November 1943.

9 H. Birenbaum, *Nadzieja umiera ostatnia.* Warszawa 1967, pp. 87—88.

10 E. Kogon, *Der SS-Staat. Das System der deutschen Konzentrationslager.* Frankfurt a/Main 1961, p. 311.

11 APMM. Opus XII/10, p. 85. Letter of Kazimierz Kobus to Wanda Szupenko of 3 October 1943.

12 J. Madej, "Bicie i robota na mrozie". In: *Jesteśmy świadkami. Wspomnienia...,* p. 18.

13 APMM. Reminiscences of Pyotr D. Kirishchenko VII/524.

14 W. Fejkiel, "Głód w Oświęcimiu". In: *Wspomnienia więźniów obozu oświęcimskiego.* Oświęcim 1968, pp. 12—13.

15 J. Kwiatkowski. *485 dni...,* op. cit., p. 65.

16 A. Stanisławski, *Pole śmierci.* Lublin 1969, p. 84.

17 J. Kwiatkowski, "Oskarżam". In: *Jesteśmy świadkami. Wspomnienia...,* p. 433.

Chapter 5

Labour

1. ORGANIZATION OF LABOUR

Prisoners' slave labour, controlled by the SS, was the chief element of the camp life. The assembled human resources were being linked increasingly closely to German industry. In the case of Majdanek, the prisoners' work had been, as we know, one of the reasons for its foundation. The employment of thousands of slave labourers on the construction of a giant camp along with SS quarters and supply base, and the subsequent engagement of this work force in the production of the planned armaments and clothing factories, were intended to contribute to an increase of the Third Reich's war potential. As well as concrete economic results, labour had one more objective: destruction (*Vernichtung durch Arbeit)*. Both aspects, economic and biological, closely interconnected by the extermination tesks of the camp, reflected the general tendencies prevailing in the RSHA and the WVHA. The accumulation of vast manpower reserves and their exploitation over a very long period of time and on a wide scale was a characteristic feature of the Lublin concentration camp, a feature which exerted an influence on the types, conditions, and organization of labour.

There was an established procedure for the allocation of prisoner manpower. Orders for manpower were submitted by those interested to the camp's Employment Office (Division IIIa — *Arbeitseinsatz)*, which, beginning from September 1942, sent the applications to Cracow, to the Economic Department of the Office of the Higher SS and Police Leader in the General Government. The Department, having given its opinion on the applications, turned them over to Office D II at the WVHA, where all enterprises and institutions, including the SS, had to obtain permission for the allotment of an appropriate number of prisoners. In the event of a positive decision, Office D II requested the camp commandant to place at the disposal of the applicant a specified number of skilled and unskilled workers. The camp commandant, bearing "exclusive responsibility for the utilization of manpower", [1] then instructed the Employment Office to fulfil a given order. It was at the Office that contracts with institutions and organizations concerned were signed, workdays computed, and work-time standards determined. The Office, responsible for the organization of work at the camp and for hiring out manpower to institutions and firms, kept appropriate lists and files of skilled workers.

The work gang, called the *Arbeitskommando,* was the basic organizational unit of prisoner labour. In the initial period of the camp's existence, the work gangs were not organized on a permanent basis. It was only from April 1942 onwards, when more prisoners began to arrive and the scope of skilled work had been extended, that permanent work gangs were set up, each of them having a name and number, while the number of prisoners in it depended on the kind of work performed.

The formation of work gangs for jobs requiring no special skills was the concern of the *Kapos* and labour overseers, who were directly responsible for guarding the prisoners at work. As simple but hard jobs were usually involved in such a case, the functionaries compelled prisoners to join these gangs by force.

The work gangs were formed in the prisoners' compounds and set out for work in fives, escorted by SS-men marching at the sides of the column, six metres away from it, their guns ready to shoot. According to the guards' regulations, "prisoners showing disobedience or taking a dangerous attitude during the march should be immediately executed". [2] In case a job required a large gang to be used, the guards received a machine gun and sub-machine guns to secure the site of work, and the sentries were "deployed in such a manner that there should be no danger to colleagues from the SS in case of the use of firearms". [3]

The tasks of the escort included guarding the prisoners during work. The working prisoners, "in the case of rain, must not shelter themselves at the wall or under trees, any contacts with civilian persons are prohibited... The guard must not allow a prisoner to eat, drink, smoke, or receive letters from women during work... In case a prisoner attempts to escape, the rest of the gang must — at the word of command — lie down (at attention) on their faces. Whoever raises his head is to be treated as a fugitive and therefore should be shot down on the spot". [4]

Responsibility for securing the site of work rested with the escort commander (*Kommandoführer*). His tasks also included checking the standard of work completed. After returning to the camp he submitted reports to Division III of offences committed by prisoners, to whom punishment was meted out at the evening roll call.

A prisoner who wanted to change his work gang for a better one had to curry favour with functionaries or persons working at the Employment Office. The usual way of obtaining a better job was to buy it from the *Kapo* for money, cigarettes or food. Such a "tribute" was sometimes several hundred zlotys and was rarely made only once. This practice offered the functionaries considerable possibilities for abuse. At times, however, the decisive considerations in winning more bearable working conditions were non-material: acquaintanceship, friendliness, or understanding on the part of a functionary for the situation of a given prisoner.

The number of prisoners on a work gang was fluid and depended on the kind of work performed. There were gangs of one person only, while others numbered over a thousand prisoners. It is impossible to give the exact number of work gangs in the various periods of the history of the Lublin camp, because of the lack of precise source data. According to findings to date, at least 270 work gangs functioned between 1941 and 1944. [5]

2. THE TYPE OF WORK

The work that the prisoners performed in Majdanek can be divided into work at the building of the camp, work connected with its functioning, and work for institutions and organizations outside the camp.

The gangs that built the camp remained at the disposal of the Construction Board. Between 1941 and 1944 an estimated 70 work gangs were employed at the construction of the camp. [6] They did earthwork, transport, building, and outfitting work.

Earthwork accounted for the bulk of the jobs performed. It included levelling the ground for various buildings, extraction of sand and stone within the camp, building roads, embankments, pillar-boxes, maneges, drainage ditches, wells, and drilling in stone ditches for water mains and sewage.

All these jobs were performed by a large number of gangs. At times, several gangs of the same type worked at a specific job, as was the case e.g. with the building of water and sewage mains, in which, according to available data, at least fifteen gangs were employed. This work performed from mid-1942 until mid-1943, engaged from 1,000 to 2,000 prisoners.

Prisoners were used on a very broad scale as tractive force. In 1942, for example, the transport gangs supplying sand, boards, beams, elements of barracks, etc. to building sites numbered over 300 persons each. Work in the building materials storehouse, consisting in unloading, storing and loading building material, was connected with this and was subsequently taken charge of by transport gangs. This hard work was performed by 1,000 to 1,500 prisoners.

Building work encompassed the construction of barracks, watch towers, fences, facilities for mass extermination, etc. The most numerous among this group were the gangs building the individual compounds, cellars for potatoes, laundries, administrative buildings, and fences. In the period of the greatest intensity of this work, from the autumn of 1941 to the end of 1942, about 1,000 prisoners were engaged in it.

A much smaller number of prisoners, not more than 500, were employed by the Central Construction Board at outfitting work, which required skilled labourers (electricians, stove setters, glaziers, plumbers, etc.), and these were either in short supply, or else there was no need to employ them in larger numbers.

In the first period of the camp's existence, the Central Construction Board employed about 50—60 per cent of all prisoners incarcerated in Majdanek. Assuming that the average number of prisoners in the camp amounted, from April 1942 on, to about 2,000 and in each of the three next quarters of 1942 to 10,000, we arrive at the number of 1,200 and 6,000 persons respectively, whom the Employment Office detailed for building work till the end of 1942. In the first three quarters of 1943, employment averaged 4,000—5,000, which, with an average camp population of 17,000 in that period, amounted to about 25 per cent of the total. It was only from November 1943, as a result of the discharge and deportation of the peasants from the Zamość region, the murder of Jews on 3 November and the completion of all major building projects — that employment dropped below 1,000 persons, or less than 10 per cent of all prisoners. Considering the above figures, throughout the period of the functioning of the camp, prisoners had worked at building jobs a total of about three million work-days. [7]

The work gangs connected with the functioning of the camp, that is, those engaged, whether directly or indirectly, in the operation of the death machinery, can be divided into five groups: clerical staff, cleaning and maintenance teams, those employed in workshops and storehouses, those working on the farm and in the food supply sector, and sanitation and special teams.

The first group included work gangs of four to eight persons employed at the Camp Command, the Political Division, Division III, the Post Office, the Employment Office, in various sections of Division IV, and in the chanceries of the individual compounds. This group also comprised barrack clerks. The prisoners working in these units, mostly educated people with a good command of German, performed basic clerical functions connected with keeping the records, drawing up reports, etc.

About 20 gangs were constantly engaged in cleaning work. Their task was to keep clean the SS and prisoners' premises and the area of the camp. Cleanliness in the barracks was the concern of room seniors, while the offices of the camp command, the apartments of SS officers and women overseers, the watch towers and sentry boxes were cleaned by special groups of several persons each *(Reinigungskommandos)*. These jobs were initially done by men, and in 1943 they were turned over to women, strictly speaking, to a work gang composed of young Polish girls. Other work gangs composed of several persons each supplied coal in the winter to the SS premises, offices, pillar-boxes, and guard-houses.

The cleaning of prisoners' compounds and the removal of snow in the winter were the concern of the *Feldkolonne* (in the women's compound *Hofkolonne)*. These tasks were assigned to emaciated prisoners unfit for any other work.

In 1942 and 1943, there were teams of 15—20 persons in each compound who removed the faeces from cesspools to the camp gardens. As a rule, Jews were employed to do this exceptionally dirty and hard work. Its only advantage was that, because of the stench from the barrels and prisoners' clothes, SS-men and functionaries usually left that group alone, owing to which the members of the *Scheisskommando* — as it was commonly called — avoided beatings.

In the years 1942—44, other work gangs were engaged in removing garbage from the Camp Command, the guards' quarters, and the camp farms, in cleaning the kennels, stables, and so on.

In 1943, upon the completion of a number of camp buildings and facilities, permanent work gangs were set up to carry out regular maintenance tasks. Some of them swept the chimneys, others cleaned out sumps and sewage pipes, still others cleared the camp roads. There were also gangs of roofers, glaziers, stove setters, etc.

Connected with the above-mentioned jobs was work aimed at improving the appearance of the camp, especially popular in 1943, such as planting shrubs and flowers on the lawns and flower-beds and embellishing the barrack compounds with works of art.

The camp, which to a considerable extent was self-sufficient included, almost from the very outset, workshops and storehouses to make its destructive function more efficient. They employed numerous work gangs, notably from the autumn of 1943 onwards, when the first phase of the building and organization of the camp had been completed. The workshops employed about 15 work gangs, mostly specialists in a given craft. The prisoners employed in the carpenter's shop (60—100 persons) manufactured furniture for the camp staff, repaired damaged pieces of furniture, and made alterations in the barracks. The blacksmith's and locksmith's shops rendered services to the Construction Board in the field of metal work connected with the building of the barracks, the sewage and water mains, or the camp horse transport. Those employed in the electric workshop repaired electric wiring as well as loudspeakers, radio sets, and electric stoves brought in by SS-men. Early in 1943, the camp authorities opened a car repair shop, in which a gang of 20 persons engaged in switching petrol and Diesel oil powered wehicles into natural gas powered ones and in replacing worn-out parts. Another gang cleaned vehicles in the garages.

An exceptionally large number of prisoners were employed in tailor's workshops, 270 persons on the average. Initially only men worked there, but from 1943 also women, who soon became a majority. The sewing room repaired chiefly pillaged clothes, as well as prisoners' linen and striped clothes. A group of women knitted earlaps, socks, and gloves for the German army. A gang of men sewed and repaired uniforms for SS-men. Over a hundred persons were employed in the shoemaker's shop, repairing prisoners' and soldiers' shoes and sorting out and repairing footwear to be taken to the Reich.

In the camp storehouses, both men and women prisoners were employed. In the *Effektenkammer,* they received and stored prisoners' belongings; in the several barracks of the *Bekleidungskammer,* they searched the clothes of murdered Jews for money and valuables and sorted out and prepared clothes for shipment; in yet other storehouses, where prisoners' striped or marked clothes were kept, they drew up lists of clothes received and issued.

Another type of work connected with the functioning of the camp was performed by gangs employed on the camp farms and in food supply. The farm gangs worked from the early spring till the late autumn. They engaged in ploughing, sowing, weeding, grass mowing, grain harvesting, root plant lifting, threshing or camping potatoes and vegetables. In the period of intensive agricultural work, about 1,500 prisoners were employed on the farms. They worked very hard, in the open air, regardless of weather, under the supervision of brutal functionaries and SS-men.

The work gangs whose task was to supply prisoners and SS-men with food were organized on a permanent basis. Some of them delivered potatoes and vegetables to the kitchens in the prisoners' compounds, others prepared meals. The carrying of cauldrons with food to the barracks was the job of room seniors.

The last group of jobs connected with the functioning of the camp was performed by about 15 work gangs carrying out sanitation and special tasks. They included gangs working in the bathroom and barber's shop for new arrivals and in the bathroom for those already staying at the camp; there were a disinfection gang which combated insects, and a gang of 200—300 women prisoners working two shifts in the camp laundry. The same jobs in the SS bathroom and laundry were performed by men prisoners.

Especially exhausting, both physically and mentally, was unproductive work. Having an excess of prisoner labour, the camp authorities formed work gangs whose task was to carry sand, stone, turf, or debris from one place to another and back, or to dig and fill up excavations. Due to the rapid pace of work and the awareness of its being senseless, and also because the prisoners were tormented, many members of those work gangs perished within a short period of time.

A separate work gang was set up to remove the bodies of dead prisoners from the hospitals and the individual compounds. Initially they buried the bodies and in the later period took them to the crematorium or piled them up on pyres.

The *Sonderkommando*, in view of the character of its work, was tightly isolated from the others. Its members' job was to remove bodies from the gas chambers and burn them on pyres or in the crematorium ovens. The part of the *Sonderkommando* which burnt dead bodies in the Krępiecki Forest seven kilometres away from Majdanek in 1942—43 was called the *Waldkommando*. The fate of the *Sonderkommando* members was foredoomed. Now and again they were executed as being unwanted witnesses to the greatest crimes.

We can see from the above review that over a hundred work gangs were employed in servicing the Majdanek camp in the various periods of its functioning. Each of them, except the farm and supply gangs, numbered about 30 persons on the average.

In accordance with Pohl's instruction of 12 February 1942, a maximum of 10 per cent of all working prisoners should be employed within the camp. In Majdanek, however, this percentage was different and amounted, from the foundation of the camp till the end of 1942, to about 15—20 per cent. The situation altered only in 1943, when more numerous transports began to arrive. In that period, about 40 per cent of the prisoners were employed at useful and useless jobs, and after the completion of the building work this percentage further increased, to reach, in March 1944, 65 per cent of all those employed. Following the evacuation of the camp in April of that year, the gangs working within the camp were almost the only ones which continued to function.[8]

The aim of both groups of work gangs was either to promptly erect camp buildings and facilities guaranteeing the efficient functioning of the Lublin death factory, or to conduct economic activity ensuring the camp's self-sufficiency. However, according to WVHA instructions, Majdanek like other concentration camps, was to bring profits to the SS through, for example, hiring out prisoners to institutions and organizations from outside the camp. In view of the lack of developed industry in Lublin and region, it was not difficult to meet every order of a firm requesting labour.

The SS institutions had priority in utilizing prisoner manpower. This privilege was exercised most frequently and on the broadest scale by the Deutsche Ausrüstungswerke and Ostindustrie.

The DAW, we should recall, had existed in Lublin since 1941 and employed the prisoners confined in the labour camp in Lipowa street. As the works expanded, some of the prisoners were transferred to a separate labour camp in Chełmska street and some to Puławy. In 1943, a total of 5,500 prisoners worked in these three factories. In addition, in 1942 the DAW opened in Majdanek a ski repair shop (60 persons) and the next year shoemaker's shops employing over 200 persons.

The Ostindustrie opened four workshops in Lublin. They included a brush making and basketry workshop, a brick kiln, a metal works, and a pharmaceutical factory. All of them employed Majdanek prisoners, some 2,000 in 1943, almost exclusively Jews. The first of these workshops, located in a former airfield in the vicinity of Majdanek, launched the production of munition baskets and brushes also in the camp itself. Altogether, close to 1,500 men and women prisoners were employed in the work gangs engaged in the manufacture of baskets and brushes. The metal works, engaging in dismantling weapons dropped from planes, repair of metal equipment, and dissembling gun carriages, employed 240 prisoners, while the small pharmaceutical factory, directed by the SS garrison physician from Lublin, Dr. Sekel, was staffed by 35 Majdanek prisoners, Jewish physicians and pharmacists from Holland.

The SS Fur and Clothing Works (*SS-Bekleidungswerke*), a branch of the Majdanek camp from the autumn of 1942, operated its own labour camp. Before the opening of the camp, 1,200 prisoners were brought from the main camp each day to work on the building site and at sorting out the clothes collected.

The SS and Police Central Construction Board in Lublin used Majdanek prisoner labour during the construction of a supply base for SS units in the occupied Soviet territories. In the years 1942—43, prisoners were employed on the building site of a Supply Storehouse of the Higher SS and Police Leader of Southern Russia and the Caucasus (*Nachschublager des Höheren SS und Polizeiführer Russland Süd und Kaukasien*), in which various military equipment and food were to be stored; a Motor Vehicle Supply Post of the *Ordnungspolizei* in the East (*Nachschubstelle Ost für Kraftfahrgerät der Ordnungspolizei*; and in 1944 they built a Motor Vehicle Park for the Eastern Territories (*SS-Kraftfahrpark Ost*).

In addition to working in SS enterprises, Majdanek prisoners were employed by the Lublin *Zentralbauleitung* at the construction of a Sewage Gas Plant (*Faulgasgewinnungsanlage*), in a sewage treatmet plant which obtained butane to be used as fuel for motor vehicles, and on the building site of a huge stadium for the Majdanek SS-men. A total of about 600 prisoners were employed there.

Prisoners of the Lublin camp were also hired by civilian institutions and organizations in Lublin, such as the Central Agricultural Office *(Landwirtschaftliche Zentralstelle)* which employed about 130 persons, the Tobacco Works *(Tabakwerke)*, and the town laundry, power station, and railways.

Various building firms availed themselves of the cheap prisoner labour. The number of prisoners employed altered frequently, depending on jobs to be done. The average employment for one building enterprise amounted to 45 prisoners.

Pursuant to Pohl's instruction, beginning from the spring of 1942, institutions and organizations from outside the camp used the cheap prisoner labour on a growing scale. According to the price list fixed by the WVHA, civilian firms paid four marks per skilled prisoner work-day and three marks for an unskilled one. Until 1 June 1943, SS enterprises paid only 30 pfennigs per work-day, regardless of a prisoner's skills; from that date onwards, the rates were equal for both SS and other enterprises.

On the basis of the number and numerical strength of work gangs, one can assume that firms from outside the camp, in the last three quarters of 1942 and the first ten months of 1943, employed about 30 per cent of all Majdanek prisoners forced to work. In absolute figures, this amounted to 3,000 to 6,000 prisoners. Following the murder of all Jewish prisoners on 3 November 1943, and, in effect, the closing of some enterprises based on Jewish manpower (Ostindustrie, SS-Bekleidungswerke) and a limitation of production in others (DAW), the percentage of prisoners working outside the camp dropped in late 1943 and early 1944 to 20—25 per cent of all those employed.

It clearly follows from the above data that the human potential assembled in the KL Lublin was not utilized in conformity with the WVHA chief's instructions. Work gangs employed outside the camp, though they enjoyed special priority, did not take in even half of the numer of prisoners employed, unlike concentration camps in the territory of the Reich which hired 80—90 per cent of prisoner labour and constantly suffered a shortage of labour. Under the circumstances, the Lublin camp became a vast manpower reserve for other concentration camps, chiefly those located in the territory of the Reich.

3. WORKING CONDITIONS

Working conditions were one of the instruments of destruction of prisoners. These conditions were influenced by the following factors: work place, tools, working hours regardless of the weather, the system of supervision and treatment. Building work was doubtless the worst kind of work, in which a prisoner was exposed to the negative influence of all these factors. Researchers concerned with Nazi concentration camps unanimously emphasize that work connected with the building of camps was one of the cruellest means of shortening prisoners' lives. This chiefly concerned the stage when preparatory excavation work was being carried out. In Majdanek, this period lasted until October 1943. Most jobs were performed in the open air, and the prisoners had to work regardless of the weather, in rain, wind, snow, heat, chill or frost, which, given the poor clothing, and long working hours, inevitably had a destructive effect on prisoners' health. Starving and brought by the camp system to mental ruin, many of them fought with whatever strength they had to survive a few more hours. The drilling of ditches in stone for sewage and water mains, the transport of building materials, the paving of roads, the digging of drainage ditches — these jobs surpassed a prisoner's strength.

Carrying stone and broken bricks on a handbarrow or in coat skirts was especially hard work. "Running bare-footed on debris spilled on the road, prisoners hurt their feet which were bleeding. They looked terrible; they usually died after several days, no one survived longer doing this work." [9]

In the work gangs building roads, "in addition to the exceptional brutality of the *Kapo* and overseer, the German foremen displayed much sadism, themselves beating prisoners or reporting offences to the *Kapo* and guards, which resulted in beating. There were many cases of accidents with cars which overturned and crushed prisoners or ran into prisoners pushing other cars". [10]

Work done indoors was regarded as somewhat better. The prisoners were protected from unfavourable weather conditions by the walls and roof of the barrack. Especially valued were those work gangs which afforded a possibility of obtaining some extra food or clothes. Therefore, the prisoners working in food supply gangs were generally considered to be privileged; especially advantageous was work in the kitchens in the prisoner's compounds and in the SS kitchen and canteen, since it provided an opportunity to get additional food. "Privileged" prisoners also included those working in clothing storehouses, the tailor's and shoemaker's workshops, and even the laundry. The clothes smuggled out of these places frequently saved the health of those who got them and their colleagues.

Working conditions were determined not only by the place of work. Much depended on the tools, which were often dull, damaged and unfit for use. There were cases when prisoners were issued no tools and were ordered to carry earth, turf, or stones in their hands. In such a situation the work could not be done by a gang or individual prisoners according to instructions, and those allegedly guilty were punished.

The length of working hours contributed to the destruction of the starving, emaciated prisoners. In summer time (from 15 April to 29 September), they worked eleven hours, and in winter time nine hours, without a break for lunch. In many instances, the working day was several hours longer.

The amount of time allowed for meals was limited to the minimum; Sundays and holidays were not days off work; some gangs (laundry, car repair shops, tailor's workshop) worked two shifts.

The supervision and pace of work were two other factors which immediately led to tragic consequences. The pace of work was set by the SS-men, *Kapos,* and *Vorarbeiters,* most of whom are remembered by former inmates as murderers who killed prisoners for the slightest offence. Among those especially sadistic who maltreated and killed prisoners in the course of work, there were Karl Galka, a *Kapo* in work gangs employed at the construction of roads and garages, who killed prisoners with a stick or rod, striking at the base of the skull; and the *Kapo* August Schmuck, a notorious drunkard, a bandit from Hamburg, who maltreated prisoners for small offences "until blood flooded a prisoner, until the rod broke into pieces". [11] No better reputation was enjoyed among prisoners by Edmund Pohlmann, "an arch-murderer who always carried with him a ferruled stick with which he murdered prisoners right and left at random"; [12] or the *Vorarbeiter* Peter Kling, who "beat so terribly that one felt sick at the very sight of it. He usually aimed the first blow at the coccyx, after which a prisoner, roaring with pain, fell to the ground. Jostling the lying prisoner with the stick, he forced him to rise and bend, and he struck again, felling the pain-stricken prisoner to the ground". [13] Other types of this sort included Hans Fischer, Paul Truzel, Hermann Schommer, Włodzimierz Nowakowski, and Fritz Illert. Most of them were German criminals specially sent to Majdanek.

The supervisors who attempted to help prisoners, to create more bearable working conditions for them, were exceptional. They included *Kapos* and *Vorarbeiters* of non-German nationality, chiefly Poles: Stanisław Zelent, Edward Karabanik, Janina Wróblewska, Stefan Wiśniewski, Jerzy Kwiatkowski and Helena Krucyuszowa, who supervised the work of children. Mention is also due to two prisoners of German nationality, the journalist Georg Gröner, a socialist, and Ludwig Einicke, a German communist, as well as to the Czech Ladislav Lukesz, who displayed friendliness towards prisoners throughout his stay at the camp.

The return of the work gangs to the camp after a day's exhausting work was a sad spectacle: "The work gangs returning to the camp drew piles of corpses on sleighs, those still alive were supported on both sides, and left alone beyond the gate they crawled toward the barracks, scratching hands and feet on the frozen ground. Some managed to reach the barrack and tried to rise propping themselves against the wall, but they could not stay long in an upright position" [14]

Under these conditions, work was a hell on earth, a means of annihilation of thousands of human beings.

NOTES

1 Order of the WVHA chief, O. Pohl, to all commandants of concentration camps of 30 April 1942. In: *Buchenwald. Mahnung und Verpflichtung.* Berlin 1960, p. 235.

2 APMM. Wachvorschriften I f 12. Wachvorschrift für das Konzetrationslager — 7 August 1943.

3 *Ibid.*

4 *Ibid.*

5 A. Wiśniewska, "Problem pracy więźniów w obozie koncentracyjnym na Majdanku". In: *Zeszyty Majdanka,* vol. V, p. 67.

6 *Ibid.,* p. 68 ff.

7 J. Marszałek, "Rola Centralnego Zarządu Budowlanego SS i Policji w Lublinie w budowie obozu na Majdanku". In: *Zeszyty Majdanka,* vol. VII, p. 64.

8 A. Wiśniewska, "Problemy pracy...", op. cit., p. 82.

9 Archive of the Jewish Historical Institute (hereafter: AZIH), Natan Żelechower's memoirs.

10 APMM. Z. Filipczuk's memoirs VII/151, pp. 4—5.

11 J. Korcz, "Na Majdanku". In: *Pamiętniki nauczycieli z obozów i więzień hitlerowskich 1939—1945.* Warszawa 1962, p. 657.

12 A. Stanisławski, op. cit., p. 202.

13 J. Korcz, "Na Majdanku". In: *Pamiętniki nauczycieli...,* op. cit., p. 658

14 APMM. Stefan Wiśniewski's memoirs VII/35, p. 18

Chapter 6

Health Conditions and Medical Care

1. SANITARY AND HYGIENIC CONDITIONS

The hopelessness of prisoners' existence was intensified by the lack of elementary sanitary and hygienic conditions. The dirty, at times blood-stained clothes, the swarms of insects, the lack of sanitary facilities and of an adequate amount of water to wash and bathe, the prohibition on possession or use of a comb, toothbrush, handkerchief, or toilet paper — all this had a depressing effect on every new arrival.

Lice were the chief plague harassing prisoners day and night. "They swarmed on us and caused not only itching, but also irritation of the skin and even wounds, which in turn were the source of infections. Lice multiplied even on shortcut hair. So the usual hair adornment in the camp were countless numbers of nits stuck together to form protruding beadlike strands. There were no means and no time to combat them. The only way was to kill them, but given the lack of appropriate light (work during the day) it was the proverbial Sisyphean labour. 'Hunting' took place on Sundays, on which prisoners worked till 12 noon. It was really a peculiar view: prisoners in ragged linen sat on the bunks in various poses and squeezed the abominable insects with their fingernails".[1] One should add to this realistic description that fleas were another insect that plagued the prisoners. Thousands of fleas nested in the prisoners' clothes and pallets.

The camp authorities attempted to fight the vermin through disinsection of the barracks. To this end, the pallets, blankets, and clothes were taken away from the prisoners in the morning. The slits in the walls of the barrack were sealed with adhesive tape, whereafter the content of several cans of Cyclone B was tossed inside. Meanwhile, the half-naked prisoners, freezing, waited for the effect of the disinfection, which as a rule was meagre, for given the inadequate sealing of the barrack it was difficult to attain a concentration of the gas which would kill the insects. And getting rid of the vermin through personal hygiene was impossible.

A second plague aggravating the sanitary conditions and typical of Majdanek until the summer of 1943 was mud, formed from loess clay soaked with water and trampled by thousands of prisoners. "One waded in ankle-high mud, it was difficult to pull one's shoes out of it. When one stood in one place for some time, for example during the roll call, the mud poured into one's shoes over the top".[2] In such conditions, penal exercises were often held: rolling, jumping, crawling. The prisoners' appearance after "gymnastics" was frightening.

The dirty, vermin-infested clothes were rarely changed. Until January 1943, the camp did not have its own laundry, but even when one was open it was not effective. The soiled clothes could not be washed properly: the insects stayed alive.

Initially, neither baths nor daily washing were a regular practice. In 1942 only some groups of prisoners could take a bath outside the camp, and this very seldom; other prisoners, e.g. hostages, could not wash at all and were not issued a change of linen. The bath-house, after it had been opened, chiefly served new arrivals, especially those who might have some valuables which could be plundered by the methods described earlier. Even after the bath-house had been expanded in the second half of 1943, a bath at regular intervals did not become a practice. Some prisoners could not take a bath for as long as three or four months.

The situation was not better as regards getting water to wash the hands and face. Obtaining water from the wells situated next to the kitchens in Compounds 1 and 2 was extremely difficult. In the winter of 1943, prisoners used snow to wash. In July 1943, when the number of transports arriving reached a peak, the then camp commandant, Florstedt, ordered the cutting off of the water supply for several weeks.

The functions of toilets were performed by latrines situated in the centre of each compound. These were deep cesspools with a beam across. The camp authorities posted functionaries there to see to it that no prisoner stayed too long at the latrine. The same functions were performed by the *Blockführers.* Both zealously discharged their duties, beating prisoners and driving them out, or pushing them into the cesspools. Emaciated prisoners who were unable to walk unaided would fall into the cesspool, having lost their balance on the narrow, slippery beam.

The sanitary conditions in the women's compound were by no means better. The women prisoners would initially relieve themselves near the barracks, and during the day the work gang concerned with cleaning the camp removed the faeces. In the spring of 1943, ditches were dug for this purpose along the fence of Compound 2. "We had to stand with naked buttocks, while men were passing nearby, and the guards on the watch towers would sometimes shoot at such a 'target' just to pass time."[3] For the night, when prisoners were not allowed to leave the barracks, "two or three wooden boxes with handles were brought into each barrack to serve as latrines, but they were by no means sufficient for the 600 to 800 inhabitants. So every morning half the passage was covered with faeces, and there was an unbearable stench in the barrack all night".[4]

No wonder, then, that under such conditions and given the tremendous overcrowding of the barracks, epidemics of contagious diseases would break out, which decimated the number of prisoners.

A certain improvement in sanitary conditions occurred in the autumn of 1943, after water had been installed in the sanitary facilities in all barracks, baths and clothes disinfections had become more frequent, the number of prisoners had dropped, and charitable organizations had increased aid to the prisoners. But in spite of this, epidemics continued and some, hitherto unknown diseases appeared.

2. DISEASES AND EPIDEMICS

In Majdanek, just as in other concentration camps, typhus was the most common contagious disease. A typhus epidemic continued, with varying intensity, throughout the period of the camp's existence. Typhus appeared at the moment of the foundation of the camp in 1941. A survey of 1,500 Soviet POWs carried out at the end of November of that year revealed that "half of them were suffering from typhus or were maximally emaciated convalescents after this disease".[5] POWs suspected of suffering from typhus were hanged or shot. In spite of "combating" the disease in this manner, typhus failed to be stamped out. In June 1942, after the camp had been filled with transports of Czechoslovak Jews, the epidemic afflicted tens of prisoners. Unable to contain it, the authorities ordered a selection which resulted in about 200 sick persons being shot in the Krępiecki Forest. Thenceforth, selections in the hospital became regular. The intensity of the epidemic did not abate, however, for little had been done to improve the sanitary conditions.

In the first quarter of 1943, due to the growing congestion caused by transports of prisoners from the General Government, typhus spread to all the compounds. In order to isolate the sick the camp authorities set aside in every compound a hospital barrack for those suffering from typhus. In the months that followed, the epidemic somewhat subsided, but in the summer (June-August) it again grew in intensity, decimating the newly arrived Jews from the Warsaw and Białystok ghettos, the rural population displaced from the Zamość region, and women and children from the Soviet Union.

The last and biggest increase in the number of typhus cases occurred in Compound 3 in late October 1943. It caused the camp authorities to set up three hospital barracks there and announce a month's isolation of the prisoners confined in that compound *(Lagersperre)* which ended with a disinfection of the barracks. In the next period, cases of typhus continued to be recorded, but their number decreased.

It is impossible to determine the exact number of victims of the epidemic due to the lack of source materials. But even if appropriate data were preserved, they would not reflect the reality, since the Polish physicians caring for the sick did not always report the real diagnosis to protect prisoners from selection. Nor were the camp authorities interested in exposing the extent of the epidemic, for this would have had a bearing on leave for SS-men. According to unanimous accounts by former inmates, the epidemic took a heavy toll of lives. Each day ten-odd or even several scores of dead bodies were carried out from the hospital barracks.

The hunger-related disease referred to above was a result of the poor camp diet and other living conditions. As a result of starvation, irreversible changes, both physical and mental, occurred in the organism, leading to inevitable death. The first symptom of hunger disease was hunger-induced diarrhoea *(Durchfall)* bearing the traits of an epidemic. This stopped the digestive functions, emaciated the organism, and caused a decline in body weight to the minimum. In its acute form, hunger diarrhoea decimated prisoners. The *Durchfall* could be cured only through an improvement of the diet.

Avitaminosis, a consequence of the camp diet, reduced the organism's resistance to infections and purulence. Minor wounds became dangerous, many of them causing gangrene or general infection. Phlegmons, furuncles, or abscesses afflicted large numbers of the underfed prisoners.

Scabies was another serious affliction of epidemic proportions. In the unsanitary conditions, this disease caused numerous abscesses and phlegmons. In spite of being combatted, scabies, until the autumn of 1943, plagued the sick in the hospitals as well as prisoners in the barracks, who attempted to get rid of it on their own.

Frequent cases of injury of prisoners by SS-men and functionaries, shot wounds and traumatic accidents at work could not always be treated because of shortage of medicines and dressings, notably in 1941—42.

The lack of warm clothes and the difficult working conditions outdoors were conducive to frost-bite. The largest number of frost-bite was recorded during the hard winters of 1941—42 and 1942—43. Prisoners' hands and feet, noses, and ears, were frost bitten and there were even cases of death by exposure.

The disinfections, the baths in winter, autumn, and early spring, and the bad weather caused an increase in the number of cases of influenza, angina, pneumonia, and colds. Tuberculosis was rampant in the camp. The mortality rate on account of tuberculosis was equal to the number of deaths in the diarrhoea and typhus hospital barracks and rose steeply in late 1943 and early 1944 among the sick brought from other concentration camps. "The terrible emaciation of those people made a frightening impression, death took a heavy toll, there was not a single day on which at least a dozen or so dead bodies would not be removed from such a barrack." [6]

In addition to the mentioned diseases, there were also cases of malaria (among the sick Greek women of Jewish descent, brought from Auschwitz), erysipelas, cardiac and circulatory diseases, chiefly as a consequence of typhus and also cases of mental diseases. Many of the Jews brought to the camp after the uprisings in the Warsaw and Białystok ghettos suffered from burns and shot wounds they had sustained during fires and fighting. In the summer of 1943, after many transports of women and children expelled from the Zamość region and the occupied Soviet territories had arrived at the camp, there occurred epidemics of children's diseases: whooping cough, chicken-pox, measles, mumps. "One's heart bled at the sight of the weak, little darlings expelled from their homes, sitting in a row on a bench in the dispensary, gasping for breath with their parched mouths." [7]

3. THE HOSPITAL AND ITS ORGANIZATION

The immense number of sick POWs at the outset of the camp's existence could not expect any medical aid because of the lack of physicians, medicines, a hospital, or even a dispensary. It is characteristic that the initial plan of the camp of 7 October 1941 did not include any hospital at all, whereas the general plan for a camp for 150,000 POWs envisaged only seven barracks for hospital purposes. This documentation, elaborated in the period of mass extermination of the "undesired" POWs, took into account the needs of the sick only to a minimum extent. The first prisoner physicians were brought from Sachsenhausen toward the end of November 1941, another group arrived from Auschwitz in February 1942. For quite a long time, they were employed at digging mass graves for deceased or murdered POWs; it was only later that they were ordered to occupy themselves with medical work; however, they were not permitted to open even a temporary isolation ward.

The first barrack (No. 1 in Compound 1), which was to house a dispensary, was handed over in February 1942. In April of that year, probably in connection with the influx of numerous transports of prisoners, the raging typhus epidemic, and Pohl's order concerning the rational utilization of prisoner manpower, the camp authorities allocated for hospital purposes three other barracks, later six barracks, but not until 1943 the whole northern part of the compound (10 barracks). Thenceforth, the hospital consisted of a dispensary, a surgery, internal and contagious diseases wards, and a convalescent ward. Each barrack could accommodate 150 to 200 persons, which meant that the hospital could admit an average of from 300 to 1,500 persons in the various periods. As the camp expanded and the typhus epidemic spread, branches of the hospital were set up in every compound in the first quarter of 1943. They were established in Compound 2 (barracks 8 and 9), in Compound 3 (barrack 12) and in Compound 4 (barrack 4). In the spring of 1943, after the epidemic had been temporarily contained, the branches were closed down. In October 1943, when the typhus epidemic had embraced Compound 3, barracks 20 to 22 were set aside for an isolation ward.

The men's hospital, which was transferred to Compound 5 in September 1943, was not overcrowded only for four months. It proved too small, however, when, from December 1943, transports of the sick began to arrive from other concentration camps. Great congestion continued until the evacuation of the camp. From May 1944 until the liberation, there was only one hospital barrack for men (No. 15 in Compound 1).

Another men's hospital, but of a special character, was founded in Compound 2 in mid-1943 for the earlier mentioned group of war cripples. The *Lazarett für sowjetisch-russische Kriegsverseherte* occupied the whole compound and functioned until the liberation.

The women's hospital, organized in the first months of 1943, initially occupied one barrack, and from April four barracks. After the women had been transferred to Compound 1, the women's hospital took over all the barracks of the men's hospital.

The hospitals were supervised by the camp physician *(Lagerarzt)*, who, as head of Division V of the Camp Command, was responsible for medical care in the whole camp and was subordinated, through the Camp Command, to the chief of Office D IIIa of the WVHA, *SS-Obersturmbannführer* Dr. Enno Lolling. The post of camp physician was held successively by *SS-Obersturmführer* Josef Trzebinsky, *SS-Hauptsturmführer* Max Blancke, and *SS-Obersturmführer* Heinrich Rindfleisch. They were assisted by SS physicians, who, however, were not numerous in the Lublin camp.

These people "were hardly concerned with treating their patients; as a rule they did not care about such dull tasks as dispensing to the sick. They were totally occupied with selections, that is with passing death sentences."[8]

There were SS hospital attendants under the doctors who dealt with organizational matters. They were "the worst plague because, as they were officially assigned to the hospital, they fussed about there all the day long. In practice, their whole activity was confined to inventing new reprisals and interfering with our work. They had fits of cleanliness and inventiveness, they ran their fingers over the barrack ceiling looking for dust, they threw out medical equipment onto the floor since they claimed it was wrongly stored, they tore up fever cards because they were allegedly wrongly filled in, they ordered the discharge of patients, regarding them as malingerers, or their removal from one barrack to another. Their inventiveness in devising more and more malicious and senseless ideas seemed inexhaustible". [9]

Two of them, *SS-Oberscharführers* Hans Perschon and Anton Enders, had been trained in the use of Cyclone B, and so their task during the gassing of prisoners was to service the gas chambers, for which they were responsible. Another attendant, Günther Konetzny, carried out selections at the men's hospital and in the women's compound, took part in executions, and murdered sick prisoners with lethal injections.

The proper care for the patients in all hospitals was exercised by prisoners, physicians responsible for the individual barracks, assistant physicians, and attendants. The chief of the prisoner medical personnel was the *Rewirkapo.* Almost throughout the functioning of the men's hospital, this post was held by Ludwik Benden, prisoner No. 1, a waiter from Hamburg. Although he had no idea about medical treatment, he performed amateur surgery which caused permanent crippling. He also took part in selections at the men's hospital and killed gravely ill or disabled prisoners with evipan injections. In contrast, his deputy, Dr. Otto Hett, tried to help the sick. In 1943 he was entrusted with the organization of the *Lazarett* in Compound 2 and became the *Rewirkapo* there. The chief of the women's hospital was Dr. Stefania Perzanowska, who did much good for the sick women, saving their lives by all means available.

On the whole, every hospital barrack was in the charge of a responsible physician, under whom there were: assistant physicians, who performed minor surgery and many auxiliary functions in the care for the sick; medical attendants, whose task was to keep the hospital clean, to dispense food, and to attend to the sick; and a clerk who kept the register of patients.

Every hospital had its own chancery. Its tasks including registering diseases and deaths, questions of food supply, and other administrative matters. Every hospital also had pharmacy in which were stored medicines supplied by the camp authorities, or later also by charitable organizations. The physician Dr. Jan Klonowski was in charge of the pharmacy at the men's hospital, while the pharmacist Józefa Wdowska ran the pharmacy at the women's hospital.

4. WAYS AND POSSIBILITIES OF TREATMENT

Sick prisoners were admitted to the hospitals (except the *Lazarett)* once a day, after the morning roll call, when the work gangs were setting out for work. Candidates for the hospital from the whole compound (in the case of men's compounds) were brought in by an SS-man. Only those whose appearance testified to a grave illness were admitted, and those running a fever of over 38°C, but the main consideration was the fear of an epidemic. Unless a person met these conditions, he or she was considered a malingerer and frequently died in the barrack, somewhere in the compound, or at the place of work.

The sick who had managed to get to the hospital were directed to the appropriate ward, where they were registered, dressed in a short torn shirt, and allotted a place on the bunk. The bunks "had no bed linen, only paper pallets and paper bolsters stuffed with wood chips. On each bunk there was one blanket. The pallets, bolsters, and blankets were neither washed nor disinfected, nor were they changed after those who had died or suffered from contagious diseases; they were indescribably dirty. The same bunks were allotted to the next patients. Only the blankets after typhus patients — thanks to the doctor's intercessions — could be taken to be disinfected. No wonder, then, that prisoners admitted to the hospital with whatever illness as a rule contracted whatever contagious disease was rampant at the moment". [10]

Hospital barracks did not differ much from the barracks in which the prisoners lived. They were overcrowded, stuffy in the summer and chilly in the winter. Swarms of insects intensified the raging epidemics.

Until the middle of 1943, the patients' diet did not differ from that of other prisoners. Under the circumstances, hunger and the will to stay alive led to thefts, to taking food away from unconscious patients. There were cases of concealing deaths of inmates sharing the same bunk. "Lying and sleeping with a dead body on the narrow bunk in order to get more food was not an infrequent occurrence." [11]

Under such conditions, the possibilities of treatment at the hospitals were extremely limited. "The lack of medicines was the tragic complaint of all camp hospitals, a typical example of the refined perfidy and hypocrisy of the camp authorities. Barracks full of gravely ill patients and practically no possibility of active treatment — this was the every day situation and our constant worry... The weekly allotment for several hundred patients included, as antipyretics, a little of the salicylates and sulphamides, among them the then fashionable Protonsil, charcoal and *bolus alba* against diarrhoea, and as regards cardiacs, valerian drops and three ampoules each of cardiamid, coffeine, and camphor. A dozen or so paper bandages, a pack of woodwool, gauze, and some ointment complemented the weekly pharmaceutical supply."[12] The hospitals, apart from medicines, felt an acute shortage of equipment necessary to perform basic surgery.

The limited amount and assortment of medicines forced the physicians to resort to various therapeutic contrivances. In the cases of angina, pneumonia, furuncles and psoriasis, they applied autohemotherapy, or transfusion of one's own blood, which produced good results. Satisfactory results were achieved in the treatment of shank ulcers by applying compresses soaked with diluted insulin. Diarrhoea was treated with roast bread when charcoal was lacking. The latter practice was widely applied by prisoners in all barracks.

Under such circumstances, the doctor's work consisted chiefly in a careful examination upon admission to diagnose the disease and, if possible, in applying the appropriate treatment. Those gravely ill required special care and frequent visits by the doctor, while others had to content themselves with the aid of the attendant. To both, "solicitous care, quiet, a good word, understanding of the sick, and psychic influence were instrumental in treatment".[13] Many patients owed their lives to the prisoner physicians who were doing their utmost to ease the sufferings of the sick. They saved many a prisoner during selections from deportation to another camp or from the gas chamber. Such physicians included, at the men's hospital, the aforementioned Otto Hett; Leonard Dajkowski from Warsaw; Włodzimierz Doktor, a National Health Service doctor from Ostrowiec; Franciszek Gabriel, the doctor of the Polish secondary school in Kwidzyn; Jan Klonowski from Lublin; Stanisław Konopka from Warsaw; Witold Kopczyński, a railway physician from Gdańsk; Tadeusz Kosibowicz, the director of the hospital in Będzin; Jan Kurzątkowski, a Polish Army major; Piotr Metera from Radom; Professor Mieczysław Michałowicz, an eminent Polish pediatrician and rector of Warsaw University; Jan Nowak, his assistant; Edward Nowak, a Polish Army sublieutenant; Roman Pawłowski; Romuald Sztaba from Dąbrowa Górnicza; Henryk Wieliczański from Warsaw; Stanisław Wrona-Merski, the former chairman of the "Wyzwolenie" Polish Peasant Party and deputy chairman of the Peasant Party; the Jewish physicians Friedmann, Landesman, Otto Reich from Slovakia, Otto Weiss from Vienna, Bertmann, Goldberg, Jan Zakrzewski from Poland; the Soviet physicians Abratumov, Vladimir Mikhailovski, Blishch, Murmillo; and the Czech physicians Lt. Col. Rudolf Glückner, Johan Riha, and Zdenko Wiesner.

The small staff of physicians, however, was unable to counteract the indifference, cruelty and impunity of many attendants, some of whom were connected with high camp functionaries. There were cases of beating, cheating patients out of food they received in parcels or putting patients suffering from diarrhoea on the bare boards of the bunk. Conflicts often flared up between patients and the dishonest attendants who had no idea about their work.

The men's hospital, which was under the constant supervision of SS physicians and attendants, lived in fear of a selection. For just like in the whole camp, at the hospital, too, prisoners were segregated into the productive and non-productive. The former were kept alive for a time, while the latter were condemned to immediate extermination. They were murdered either at the hospital or outside. The gravely ill persons having no chances of recovery were "needled", or killed with evipan or phenol injection through the heart. According to accounts and memoirs by former prisoners, this practice was established in the men's camp in 1942 and continued until the autumn of 1943. Those who chiefly gave the lethal injections included the SS physicians and medical attendants and the *Rewirkapo* Benden. Tens of prisoners were killed in this manner, but their exact number is impossible to determine. Although the practice had not assumed such great dimensions as e.g. in Auschwitz, it nevertheless was one of the methods of immediate extermination in Majdanek.

Another method of annihilation of the "unproductive element", one applied on a mass scale, was the killing in gas chambers of persons selected by a special commission *. During a selection, the prisoner physicians practically had no possibilities of intervention; only in rare cases did they manage to rescue individuals.

In contrast to other concentration camps, pseudomedical experiments were not conducted in Majdanek on a mass scale, although there is evidence that SS physicians carried out such experiments on their own.

Because of the constant danger, sick prisoners were very reluctant to seek admission to the hospital. As a rule, mentally disturbed prisoners sought admission, as they did not always realize the danger.

A much calmer atmosphere marked admission to and stay at the women's hospital. The personnel there was less controlled by SS-men and enjoyed more independence. More important, they included almost exclusively Polish political prisoners, who were distinguished by their attitude in the struggle against the camp regime. Among them were the Polish women doctors, Stefania Perzanowska and Aglaida Brudkowska-Jaworska; a medical student of Warsaw University, Hanna Jodko-Narkiewicz; and Wanda Orłoś and Wanda Ossowska, qualified nurses. Over

---

* See pp. 135—140.

100 women involved in the camp resistance movement selflessly fought for the lives of fellow inmates. The Polish personnel was later joined by Jewish women physicians from the Warsaw ghetto, among them Alina Brewda and Maria Marder, and by the Soviet women doctors Lidia Smirtseva and Nadia Pavlenko. Thanks to the relatively numerous and dedicated medical staff and owing to the friendly, warm atmosphere, the conditions of treatment at the women's hospital were, in spite of difficulties, more bearable from the very beginning. What contributed to a better frame of mind of the sick was the smaller number of selections than at the men's hospital.

In connection with a typhus epidemic in late 1942 and early 1943, when 40 SS-men had fallen ill with typhus, some fatally, the alarmed camp command commenced endeavours to obtain from Office C III of the WVHA disinfection and laundry equipment for the hospital. These efforts, however, must have produced no results by 25 February 1943, as *SS-Untersturmführer* Birkigt from the Office mentioned, inspecting the camp from the viewpoint of sanitary conditions, stated: "The barracks for the sick are supplied with linen, food, etc. from the facilities of Compound 1, do not have their own kitchen, laundry, or disinfection facilities. In every barrack, there are 200 sick persons at present. Thus, the barracks are overcrowded, the sick are lying on three-tier bunks, and there is no proper possibility of airing them." [14] Bearing in mind the WVHA's suggestions regarding "the expansion of the camp to accommodate 25,000 persons, to avoid a recurrence of the epidemic, and also in order to create appropriate sanitary conditions for prisoners employed as labour", Birkigt recommended that "the hospital must have sufficient space, and in the case of an epidemic, the possibility to expand this space. It must be separated from the rest of the camp by quarantine zones and have its own supply facilities (kitchen, laundry, disinfection, etc.). Considering that in normal conditions three per cent of the prisoners are sick, the barracks housing the permanent hospital should accommodate 750 persons. In the case of an epidemic, enough barracks should be added to the permanent hospital to accommodate 10 per cent of the prisoners, either in sick barracks or under quarantine, and thus 2,500 persons". [15]

These calculations soon proved unrealistic. At a special conference on 5 May 1943, on the sanitary problems of the camp, attended by the acting camp commandant, *SS-Hauptsturmführer* Walter Langleist, the camp physician Blancke, the representatives of the Central Construction Board, Grothe and Müller and the above-mentioned Birkigt, it was decided that "Compound 1 will be expanded as an enlarged camp hospital or as a quarantine compound with its own laundry and its own delousing station housed in the barrack so far occupied by the laundry. The southern line of barracks, though now occupied by prisoners, can, in case of need, be connected, whether all or only some of them, to the camp hospital. In the north-western corner of the compound, a dispensary barrack will be erected. Thus, a closed hospital will be created, with about 1,600 beds, which is equal to 6.5 per cent, and in the case of an epidemic with 3,700 beds, which is 15 per cent (of the total number of prisoners, i.e. 25,000)". [16]

The decisions were corrected by the camp commandant Florstedt, who decided to situate the men's hospital in Compound 5, in the vicinity of a crematorium under construction. Thus, the above-mentioned decisions were not implemented and remained as plans until September 1943. The transfer of the men's hospital to Compound 5, the opening of its own kitchen, and the erection of a dispensary meant a partial implementation of the decisions of February and May 1943. As can be seen, the camp authorities proceeded very slowly to the improvement of the sanitary conditions at the hospital, as though they did not understand the aims of the policy of exploitation of prisoner manpower imposed by the WVHA. This state of affairs was accounted for, as it seems, by Florstedt's rule, to whom, as an "old commandant", immediate extermination was simpler than the policy of "extermination through labour".

5. MORTALITY

The living conditions in the camp led to the physical and mental prostration of prisoners, many of whom perished. This was what was termed natural mortality, described as indirect extermination.

In the case of Majdanek, it is impossible to describe this form of extermination in figures, for we do not have complete records of those who perished in the camp. True, fragments of three death books have been perserved, but it is not known which chancery they come from, what purpose they served, and whether they contain all the names of those who died or were exterminated in a given period. The first of the books starts in May and ends on 30 September 1942. It comprises 7,000 names, chiefly of Czechoslovak Jews. The second book, originating probably from the camp hospital, includes the names of those who died in November and December 1942. On the basis of the fragments of these two books, the mortality rate in the second half of 1942 can be estimated at 15,000 persons. [17]

In 1943, notably in its first three quarters, when the average number of prisoners rose to 20,000 and a typhus epidemic raged, the mortality rate increased considerably. "Here, at the camp, a great dying is going on endlessly. Of the 1,600 men who had arrived from Warsaw on 18 January 1943, 600 were housed in barrack 10. Within three months, only half of that number remained alive, and there are still cases of typhus and pneumonia... As regards the mortality rate those working at the Infirmary on our compound [3] know it best. There are about 150 patients there, suffering from various diseases, and each day 15 to 20 corpses are removed, which constitutes 10 per cent. In other words, the whole Infirmary dies within ten days." [18]

The extremely high mortality rate in that period was reported by informers of the Office of the Delegate of the Polish-Government-in-Exile in Poland. Beginning from February 1943, their reports frequently contained alarming statements: "mortality has increased steeply", "mortality is rising alarmingly", "a very great mortality in the camp", or "a tremendous mortality in the men's camp". [19]

According to a secret letter from Oswald Pohl to Himmler, of 30 September 1943, the mortality rate in Majdanek was the highest among all concentration camps and in August amounted to 7.47 per cent among men and 4.41 per cent among women. Thus, one can assume that in the first three quarters of 1943, an average 300 persons died each day, which gives a total of about 90,000 deaths throughout that period.

In the fourth quarter of 1943, mortality declined as a result of a decrease in the number of prisoners and a certain improvement of living conditions. However, in the first two months of 1944, it rose again following the arrival in Majdanek of thousands of sick prisoners from other concentration camps. During these two months, between 6,000 and 8,000 prisoners died. According to the extant death book for March 1944, 1,502 persons died at the camp in that month, among them 128 women [20].

Altogether, during the whole period of the camp's existence, about 160,000 prisoners perished as a result of indirect extermination. [21]

One cannot omit here a question to which former inmates devote much attention in their memoirs, namely the question of disrespect for dead bodies. "Just as one was ill-treated during one's lifetime, so one was spurned even more after one's death. Dead bodies were placed in front of the barracks. After the morning roll call, a giant cart rolled into the compound, drawn and pushed by prisoners. These are *Leichenträgers* — corpse carriers. The cart would stop in front of the barracks. The prisoners from the group undressed the dead, the *Vorarbeiter* looked into the mouth of each dead person. He extracted with forceps gold teeth and crowns and dropped them into a small bag attached to his waistband. At his every step or movement, the contents of the bag jingled. The emaciated, excrement-soiled corpses were dragged to where the cart was standing. A *Leichenträger* positioned himself with his back to the corpse, squatted, caught the already stiff legs above the ankles, lifted them under his armpits, rose, and, bending forward, dragged the body. Since every job had to be done running, the head of the dead person bumped against protuberances of the ground, leaving behind a zigzag trail in snow or mud. When the corpses had been brought close to the cart, a *Leichenträger* caught the body by the hands, another by the legs, and, swinging it, they threw it onto the cart like a timber log... When the cart had been filled with corpses, the prisoners summoned up all their strength to push it to the crematorium. At the gate, the dead were struck off the list of prisoners." [22]

NOTES

[1] Z. Pawlak, op. cit., p. 99.
[2] *Ibid.*
[3] H. Birenbaum, op. cit., p. 88.
[4] F. Siejwa, op. cit., p. 28.
[5] T. Kosibowicz, "Zdrowych było niewielu". In: *Jesteśmy świadkami. Wspomnienia...*, op. cit., p. 26.
[6] J. Korcz, "Na Majdanku". In: *Pamiętniki nauczycieli...*, op. cit., p. 675.
[7] Z. Pawłowska, "W rewirze na Majdanku". In: *Przegląd Lekarski*, vol. XXIV, No. 1, 1968, p. 182.
[8] S. Perzanowska, "Szpital obozu kobiecego w Majdanku". In: *Przegląd Lekarski*, vol. XXIV, No. 1, 1968, p. 173.
[9] *Ibid.*
[10] Z. Pawlak, op. cit., p. 134.
[11] H. Marczewski, "W przedsionku krematorium". In: *Jesteśmy świadkami. Wspomnienia...*, op. cit., p. 71.
[12] S. Perzanowska, "Szpital obozu kobiecego...", op. cit., p. 177.
[13] Z. Pawlak, op. cit., p. 114.
[14] CGAORM, file No. 1372, description No. 2 EDChR No 157.
[15] *Ibid.*
[16] *Ibid.*
[17] APMM. *Totenbuch I D 19;* AGKBZH. Files of the District Commission for the Investigation of German Crimes in Lublin, vol. 626 z.
[18] J. Kwiatkowski, *485 dni...*, op. cit., p. 58.
[19] "Obóz koncentracyjny na Majdanku w świetle akt Delegatury Rządu RP na Kraj", eds. K. Marczewska and W. Ważniewski. In: *Zeszyty Majdanka*, vol. VII, pp. 171 ff.
[20] CGAORM, file No. 7011, description No. 107 EDChR No. 9.
[21] Z. Łukaszewicz, "Obóz koncentracyjny i zagłady Majdanek". In *Biuletyn Głównej Komisji Badania Zbrodni Niemieckich w Polsce*, vol. IV, pp. 88 ff.
[22] S. Perzanowska, *Gdy myśli do Majdanka wracają*. Lublin 1970, p. 124.

Chapter 7

Mass Extermination

Ever since its foundation, Majdanek had played the role of a centre of mass and immediate extermination. Linked organizationally with Odilo Globocnik who regarded it as "his" camp, Majdanek had been engaged in the mass murder of the "undesired" Soviet prisoners of war, Poles, representatives of other nationalities, and those who on the basis of the racist Nuremberg laws had been recognized to be of Jewish descent. The forms in which the exterminatory policy was implemented in Majdanek were similar to the genocidal practices of special SS groups in the occupied Soviet territories in 1941 and 1942 as well as the practices applied from the autumn of 1942 in the "death factories" in Birkenau, Chełmno of the Ner, Bełżec, Sobibór, and Treblinka.

Executions were the first and basic form of immediate extermination. They occurred throughout the whole period of Majdanek's existence and encompassed registered prisoners as well as persons who had not been entered into the camp register and, having been selected upon arrival at the camp, were condemned to death as unproductive elements.

Among those executed were: individuals or larger groups of persons sentenced by special courts for anti-Nazi activity (e.g. Polish political prisoners); persons who, according to the camp authorities, had violated the camp regulations (e.g. captured fugitives, or their fellow inmates in revenge for the escape); members of work gangs operating the gas chambers and crematoria; prisoners who had been witness to various malversations by the SS staff. Mass executions involved Soviet POWs, Jews within the framework of *Aktion Reinhard,* and Poles imprisoned as hostages in revenge for the activity of the resistance movement. There periods could be distinguished in the employment of this form of extermination. The first (mass executions) lasted until the opening of the gas chambers, the second (a smaller number of executions) from September

1942 till September 1943, and the third (the murder of 3 November, 1943, and so-called death transports) from October 1943 until the liberation.

1. EXECUTIONS BEFORE OCTOBER 1943

The first to be executed on a mass scale were Soviet prisoners of war. Emaciated and unfit for work, they were murdered in the camp territory, behind the planned Compound 5, or in the Krępiecki Forest. During November and December 1941 and the first quarter of 1942, about a thousand POWs were shot, which constituted about 50 per cent of all Soviet POWs brought to the camp in that period. "This occurred on the order of the higher SS and police leader for the Lublin district, Globocnik, who thereby wanted to stamp out a typhus epidemic in the camp. The selections were carried out by the *Schutzhaftlagerführer, SS-Hauptsturmführer* Hackmann, and the *Feldführer* of Compound 1, *SS-Hauptscharführer* Strohing." [1]

Those of the Soviet POWs who had stayed alive, about 200—300 persons, in order to avoid the fate of the other prisoners, made an attempt at a collective escape from Compound 2 on a certain night in March 1942. In revenge for the escape of a hundred prisoners, several scores of those who had remained in the camp were shot on Koch's order. Also executed were 28 prisoners employed at burning the bodies of murdered POWs in the Krępiecki Forest. In April of that year, 18 prisoners caught during an escape were shot on Koch's order by the SS-men Uhlman and Kirchner.

In early 1942, following the commencement of *Aktion Reinhard*, transports of Jews began to arrive at Majdanek. After a selection, those condemned to death were executed, until the autumn of 1942. The first to have been selected were 3,000 Lublin Jews marched to the camp on 20 April from the ghetto in Majdan Tatarski in the vicinity of the camp. "All those Jews were accommodated, for one night, in three or four stable barracks. The SS-men from the SD and Koch and Hackmann carried out a selection, chose about 200—300 men fit for work and moved them to the camp. All the rest, that is, all children, women, and elderly men or men unfit for work, the Lublin SD took in trucks the next day to a forest situated about 10—12 kilometres from the camp, in the direction of Lvov. In the forest, all those brought there were shot by SS-men from the [illegible]. The bodies of the victims were stripped of clothes and buried." [2]

The transports of Jews from Slovakia and the Protectorate of Bohemia and Moravia also underwent selection. Dr. Jan Nowak in a secret letter from the camp of 14 July 1942, informed Saturnina Malmowa: "The *Rewirkapo* selected those ill with typhus in Compound 1. About 1,500 sick persons were driven in trucks and peasants' carts to the Krępiecki Forest. I learnt in the evening that all of them were murdered and buried in that forest. This is how they combat typhus in Majdanek, a disease which is destroying a transport of 12,000 Slovak Jews; only a few thousand are still alive." [3]

Two weeks later, the camp authorities conducted a large-scale selection. They chose all those ill with typhus (some 2,500 persons) in Compounds 1 and 2 and marched them to Compound 3, where at night they were put into trucks, driven to the Krępiecki Forest and shot. The last of such large-scale selections occurred on 2 September 1942. On that day, about a thousand Jews were marched to the camp from the Lublin ghetto. They were persons who could not present a valid certificate of employment. Of that group, about 500 women and children were murdered in the Krępiecki Forest.

In addition to shooting, the SS-men killed Jewish prisoners with iron crowbars in a special shed in Compound 1, and from June 1942 on, in the building of the so-called old crematorium. Such an execution occurred, for example, on 23 February, when close to 200 persons were murdered, both Jews and prisoners of other nationalities who had accidentally witnessed the murder.

In this period, too (on 18 March 1942), another mass execution took place: 140 Polish prisoners were shot behind Compound 5. They were probably farmers who had failed to supply the required quota of grain.

We do not know the exact number of executions or the number of victims in the period from October 1941 to September 1942. One could presume that about 10,000 prisoners were killed, chiefly those destined for immediate extermination.

In the period when the gas chambers were operating, from September 1942 till September 1943, no cases of mass execution by shooting are known. It follows from the relatively numerous accounts, recollections, and memoirs dating from that period that such executions encompassed a smaller number of prisoners. First of all, undesirable witnesses to crimes were liquidated. As we know, members of the *Sonderkommando* were executed time and again. On 21 September 1943, for example, 23 persons staffing the gas chambers and crematorium were shot.

Also liquidated were witnesses to various malversations by the camp personnel. In mid-1943, there was the case of 20 Jewish prisoners employed at the *Effektenkammer* who knew too much about the way the Jewish population was robbed of gold, jewelry, and money. When the SS court in Kassel instituted an investigation, "the local SS-men decided to hinder the investigation by doing away with the whole work gang. The prisoners were taken to the old crematorium, where they were individually let into a wooden shed and shot one by one". [4]

Many individual killings were the result of the cruelty, impunity and sadism of SS-men, who shot at prisoners in reprisal for minor offences or even without any reason. A frequent practice was to force a prisoner to cross the death zone, which as a rule had tragic consequences for him. There were also other cases of sadism. In the summer of 1943, the SS hospital attendant Konetzny, while receiving a transport from the occupied Soviet territories, shot down 10 persons allegedly for the death of his brother on the eastern front.

In that period, just as was the case earlier, executions of political prisoners sentenced by special courts occurred. After the completion of the new crematorium, the SS-men (Laurich, Villain, Muhsfedt) carried out executions in a special concrete building orginally designed to serve as a storehouse for corpses brought from the area of the camp.

2. THE MURDER OF 3 NOVEMBER 1943

Beginning from the autumn of 1943, executions by shooting were resumed in Majdanek as the basic form of mass extermination. This period was — so to say — "inaugurated" by the execution of 3 November 1943, the largest in the history of Majdanek and other concentration camps, when 18,000 prisoners of Jewish extraction were killed. This murder of the remnants of the Jewish population incarcerated in the camps in the Lublin region was code-named *Erntefest* (harvest festival).

At that time, the largest concentrations of Jewish prisoners included, apart from Majdanek, the labour camps in Poniatowa (18,000) and Trawniki (10,000). In the autumn of 1943, the Nazi authorities were alarmed by the uprisings in the Warsaw and Białystok ghettos, by the activity of the resistance movement in the camps, and by the rebellions in the death camps at Sobibór and Treblinka. The police feared lest the plan to murder the remnants of the Jewish prisoner population be thwarted by the camp resistance movement cooperating with underground organizations outside the camp. Therefore almost immediately after the insurrection at Sobibór (14 October 1943), Himmler ordered the liquidation of Jews in the territory of the Lublin district.

At the Majdanek camp, preparations for this crime had commenced earlier. "One day in late October 1943, ditches began to be dug behind Compounds 5 and 6, some 50 metres away from the new crematorium. About 300 prisoners were employed at this job, working two shifts, day and night, 150 prisoners on each shift, for three days. During these days, three ditches had been dug, over two metres deep and about 100 metres long, running along a zigzag line. During those three days *Sonderkommandos* began to arrive in Majdanek from the Auschwitz concentration camp and from the SS and police commands in Cracow, Warsaw, Radom, Lvov and Lublin. All in all, about 100 SS-men forming the *Sonderkommando* came from the places mentioned."[5]

On the eve of the murder, two trucks equipped with loudspeakers were stationed in the camp. One of them was situated in the vicinity of the ditches, and the other near the camp gate. On the night of 2—3 November, the guards around the camp and on the watch towers were reinforced. The prisoners noticed these changes before the morning roll call, which proceeded routinely. After the conclusion of the roll call, all Jews in Compounds 3 and 4 were ordered to step forward and form a separate column. The sick prisoners of Jewish descent from the three typhus barracks in Compound 3 "were rushed outdoors barefooted and wearing only shirts... some gravely ill persons running a high fever were carried out and brutally dumped onto trucks".[6] Both the trucks and the pedestrian columns of the SS headed toward Compound 5, the men's hospital having earlier been moved to Compound 4. Soon afterwards, machine gun fire could be heard from the direction of the crematorium drowned out by dance music from the loudspeakers mounted on the two trucks.

Simultaneously, the attention of the prisoners left in the compounds was attracted by "a numberless crowd of people which emerged from Lublin and gradually approached Majdanek, until the first ranks finally reached the gate of Compound 4 and passed through it, while the end of the column had not yet left the town".[7] The crowd consisted of over 10,000 Jews marching to their death from the Lublin subcamps of Majdanek and from work gangs employed outside the camp.

It was not "until noon that SS-men darted into Compound 1 and, together with the overseers and the commandant, called out all Jewesses and ordered them to range themselves in fives. The overseers checked the number and names according to lists furnished by the chancery. The SS-men raged in the barracks, dragging out those who had not come out yet or had attempted to hide. Accompanied by wild shouts and invective, the frightened women were led out of our women's compound. Finally, we were ordered to load the sick onto trucks. As they were wearing only underclothes, we covered them with hospital blankets. Ehrich [the chief overseer — J.M.], who personally supervised the loading, furiously stripped the blankets off them; she hit me with a whip across the back reviling me for wasting hospital property".[8]

Of those assembled in Compound 5, groups of 100 prisoners were formed and walked into the L-shaped lavatory barrack. There, all were ordered to strip to the skin, whereupon they were directed to the above-mentioned ditches. "Around 6 o'clock — or perhaps it was already 7 in the morning — the large-scale action commenced. Some of the

Jews assembled in Compound 5 were driven into one of the barracks, where they had to strip naked. Thereafter, *Schutzlagerführer* Thumann cut the wire of the fence between Compound 5 and those ditches, thereby forming a passage. A column of armed policemen was formed between the passage and the ditch. The naked Jews were driven toward the ditches between the columns of police. There, an SS-man from the *Sonderkommando* shoved them into the ditch in groups of ten. Those already in the ditch were driven to its end. There, they had to lie down, and next the SS-men from the *Sonderkommando* standing on the edge of the ditch would shoot them. The next groups were also driven to the end of the ditch, where they had to lie down on those previously shot, so after some time the ditch would be filled, section by section, up to the brim. Men were shot separately, i.e. in separate groups, from women.

"The action continued uninterruptedly until about 5 in the evening. The SS-men carrying out the executions were replaced, and went to have meals in the SS barracks in town, while the action went on without any break. Throughout all this time, music was broadcast by the two loudspeaker trucks. I watched the progress of the action from the new crematorium, where I had a room for myself and the prisoners from the work gang I was in charge of.

"Executed on that day were all the Jews staying at the Majdanek camps and all those detailed to various enterprises, such as the Deutsche Ausrustüngswerke or Bekleidungswerke, and those employed in work gangs outside the camp. Also executed were the Jews imprisoned at the Castle. The whole operation had been organized army fashion; liaison with the security police commander in Lublin [Jakob Sporrenberg — J.M.] and other authorities was maintained by two-way radio. This was used by the SD officer in charge of the operation (I don't remember his name) to report on its progress and give now and then the number of those already executed. I heard that a total of over 17,000 Jews of both sexes were shot on that day." [9]

The Jews assembled in Compound 5 were aware of the fate which was awaiting them. Many of them, realizing the hopelessness of the situation, committed suicide, and others lost their senses. We know only three cases of active resistance — attacking an SS-man with a sharp-pointed tool. Some, still cherishing the illusion of survival, tried to hide in the nooks and corners of the barracks of Compound 5. The next day SS-men found there about 25 living prisoners. The search for prisoners of Jewish extraction in the days that followed embraced the whole camp and its Lublin branches. Prisoners discovered were shot to death in the crematorium.

In the course of the execution carried out on 3 November many outstanding representatives of culture and science from Warsaw, were killed. These included the poets Pola Braun and Josef Kirman; Azjik Samberg, an actor famous in Jewish theatres in Europe and America; Dr. Naftali (Tulo) Nusenblat, historian of the Zionist movement; and Dr. Edmund Stein, student of Judaic literature, lecturer in the Judaic Institute in Warsaw. They also included political activists, among them Aleksander Frydman, a leader of the Agudat party; Luzer Stolar-Rychter of the left wing of the Poale Zion; and Nachum Remba, zionist, who contributed to the campaign of saving people during the deportations of the Warsaw ghetto population to the extermination camp in Treblinka between July and September 1942.

Of the 18,000 prisoners condemned to extermination, only 311 women and 300 men were kept alive to segregate the property left by those murdered. The women prisoners were deported to Auschwitz during the evacuation of the camp. As they had been witnesses to a mass crime, they were immediately exterminated in the gas chambers. The men were gradually taken from Majdanek by *Sonderkommando* 1005, engaged in unearthing mass graves in the Lublin region and burning the corpses. After completing the latter job, they, too, were murdered.

The murder in Majdanek on 3 November 1943, called by prisoners "bloody Wednesday", was not a solitary event. On the same day, groups of SS-men murdered all prisoners of Jewish descent in the labour camps in Poniatowa, Trawniki, * and in other smaller camps in the Lublin di-

---

* In Poniatowa, all members of the command of the Jewish Combat Organization in the camp were killed. They had all previously been active in the underground movement in the Warsaw Ghetto. The camp command was made up of Majlech Fainkind (commander), Meir Etkin and Izrael Hofman of the Bund Jewish Socialist Party, Peir Przedecz, Warsaw councillor, Jechiel Tencer, Kalisz councillor, and two organizers of the campaign to combat starvation in the Warsaw ghetto, Abram Szmidt and Dr. Bertold Gobrin, all representing the left wing of the Poale Zion Party.

Presumably at the instigation of the command of the Jewish Combat Organization, a group of prisoners refused to go to death of their own free will and defended themselves by shooting at the SS-men from the arms they had previously acquired and even set on fire a clothes storehouse. The SS succeeded in putting down the rebellion by setting fire to the barrack where the conspirators defended themselves. All fighters were burnt alive.

In the labour camp at Trawniki the command of the Jewish Combat Organization did not expect the execution and therefore put up no resistance. The command was composed of Dr. Włodzimierz Szifr (commander), David Szulman, a lawyer from Warsaw, Szymon Malinowski, trade union leader from Łódź and member of Bund, and Abram Witelson, friend of the outstanding historian Dr. Emanuel Ringelblum, the founder of the secret archive of the Warsaw ghetto, with whom he cooperated until his imprisonment at Majdanek, (M. Neustadt, *Churbn un cifsztand fun di Jidi in Warsze,* Tel Aviv 1948, p. 180; R. Gicewicz, Obóz pracy w Poniatowej (1941—1943); in: *Zeszyty Majdanka,* vol. X (1980), p. 101.

strict, apart from six camps subordinated to the Luftwaffe. Altogether, 42,000 Jews were executed on that day.

The November murder came as a deep shock to all the prisoners remaining in the camp. According to numerous accounts and recollections, prisoners were overcome by depression, torpor and indifference. The threat of similar executions was hanging over all of them.

3. DEATH TRANSPORTS

The mass executions that later occurred in the camp were anonymous; those executed were brought to Majdanek by the police. These were chiefly prisoners from Lublin Castle, those sentenced to death by police summary courts, partisans and hostages from towns and villages in the Lublin district, detained within the framework of collective responsibility for armed operations, sabotage or subversion by underground organizations. The groups of those people brought to Majdanek were called by the prisoners death transports.

These executions were in close conjunction with the order of Governor General Frank of 2 October 1943. In it, Frank decided that, as of 10 October, "persons who are not Germans and who, intending to hinder or obstruct the German task of reconstruction in the General Government infringe laws, decrees, regulations, or decisions of the authorities, shall be liable to the death penalty". [10]

The action of executing in Majdanek political prisoners from Lublin Castle and other prisons, and victims of police roundups commenced almost the next day after Frank's order had come into force. From the autumn of 1943, prisoners saw more and more frequently grey trucks speeding along the road toward the crematorium. Those working in Compound 6, the physicians and medical staff and the sick at the hospital in Compound 5, though they were forbidden to leave the barracks while the trucks with condemned persons were passing, watched as men, women, and even children, "tied by the hands with wire in groups of five, were removed from the truck, led through the wicket behind a low wall near the crematorium, and killed there with pistol shots". [11]

When the trucks brought a larger group of persons, they were rushed to the execution ditches, from which the corpses of the victims of "bloody Wednesday" had already been removed and burnt. There, SS-men shot them with machine guns.

The number of death transports rose steeply early in 1944. During a week, according to resistance movement documents and accounts by former prisoners, more or less a dozen truckloads arrived. On some days, several score or even several hundred persons perished. On 17 January

85 persons were murdered; four days later four truckloads were brought; on 8 February, several score hostages were executed. In February, too, two large death transports arrived. On the 21st of that month about 600 persons were shot to death, and two days later 130 victims were brought, probably from the Chełm area. All of them were shot near the crematorium. In the nearby compounds the cries of women could be heard. Another mass execution, of 200 persons, occurred on 24 March. On 7 April four trucks again brought a large number of hostages. On 3 June, 50 prisoners from Lublin Castle were killed, most of them inhabitants of Lublin. The town population was notified of their death by announcements posted on the walls, which, however, did not mention the site of the execution. In the last weeks before the liberation, the number of death transports rose steeply once again. "We again can see grey buses going to the crematorium. Each day eight to ten buses, and thus each day 200 to 250 prisoners from the Castle are going to meet their death. Those working in the crematorium say that there are young, handsome, smartly dressed women among them, and so they must have been arrested very recently."[12]

The largest transport arrived in Majdanek on 21 July 1944, on the eve of the evacuation of the prison at Lublin Castle. On the order of the local Gestapo, 700—800 prisoners were executed at that time.[13]

The source materials available to date do not permit us to establish the exact number of victims of the death transports. Considering the frequency of these transports, one could assume that about 10,000 persons were brought to Majdanek to be killed.

In addition to mass executions from October 1943 until the liberation of the camp, prisoners already incarcerated in Majdanek continued to be shot. Just as in the previous periods individuals or groups of persons were executed on the basis of death sentences sent by the RSHA to Division II (*Politische Abteilung*). The first mass execution of this sort occurred in November 1943, when ten Poles from Compound 4 were shot to death in the crematorium. The news of the execution caused grave concern, for the executed had stayed in the camp for over a year. Jerzy Kwiatkowski, who worked at the main camp chancery, says: "Executions are going on uninterruptedly. Since January [till April 1944 — J.M.] there has not been a single week in which five to ten people have not been removed from our roll as 'exekutiert'. It seems that about fifteen women from Compound 1, most of them Polish, have already been executed."[14]

During the three years of the functioning of the Lublin camp, several tens of thousands of people perished in executions.

4. SELECTIONS

After the gas chambers had been opened, gassing became the chief form of immediate extermination of persons unfit for manual work: the sick, the disabled, elderly people, and children. The decision as to who would stay in the camp and who would go to the gas chamber was made by the commission reviewing the prisoners. The commission included the camp commandant Florstedt, the head of the prisoners' camp, Thumann, the physicians Blancke, Bodmann, and Rindfleisch, SS hospital attendants, the crematorium chief Mushfeldt, and the *Rewirkapo* Benden. Those selected for the gas chamber were either killed instantaneously or kept for some time in the so-called *Gamelblock*.

As in the case of executions, the first selection of prisoners of Jewish extraction occurred immediately after their arrival at the camp. It took place in the yard in front of the gas chamber, a yard called the "rose garden" *(Rosengarten, Rosenfeld)*. This romantic name referred, not to flowers which did not grow there, but to persons selected.

Selections of the new arrivals commenced in the autumn of 1942. These were initially Jews brought from the closed ghettos and labour camps in the Lublin district, and later French and Dutch Jews deported to Majdanek in March 1943.

The largest selections embraced the Jewish population brought from the Warsaw and Białystok ghettos. Transports from the Warsaw ghetto arrived daily from April until the middle of May 1943. Because of the inadequate efficiency of the gas chambers, they were temporarily located in the so-called Inter-compound 2, where they stayed several days in open air. From there, they were marched in groups to the "rose garden" or the bath-house where selections were held. "We were rushed, stark naked, to the bath-house" Jerzy Pfefder recollects a selection on 4 May 1943, "where the first selections took place. Elderly people who looked unhealthy or had some visible physical handicap as well as young persons looking unwholesome were immediately set apart. This meant death. My father was among them. He realized he was about to die and bowed his head from a distance to say good-bye to me. This was our last parting."[15]

Halina Birenbaum, then 14 years old, thus recollects the selection of women: "The SS men ranged us in lines of five, counted us, and led us to the camp. Those set apart during the selection — most of them from the Warsaw transport — were taken to the chamber. I came to realize this much later. My mother was amongst the condemned... Our acquaintances from the cell kept reassuring me that my mother had been taken to another camp, to do a lighter work peeling potatoes, and that I should be glad... Maybe they themselves believed this, for at that time none of us knew of the existence of gas chambers and crematoria in Majdanek."[16]

According to information provided by the camp resistance movement, Jews were murdered at that time "in the gas chamber, up to 1,000 persons daily"[17], which means that over 50 per cent of the new arrivals were selected to die.

The spectre of selection did not vanish after the preliminary segregation. Between September 1942 and October 1943, selection commissions appeared in the compounds almost each week, and sometimes even more often, to review prisoners in terms of their fitness for work. The commission condemned to death persons worn out by the living conditions in the camp, emaciated and showing visible symptoms of diseases. In the women's compound, Jewesses were selected for the chambers, whereas in the men's compounds, prisoners of various nationalities were chosen. Such selections occurred during special roll calls. Prisoners were usually ordered to run, which was to demonstrate their physical fitness and decide on life or death.

Even hostages did not escape selection. In September 1942, of the 50 persons brought from the environs of Opole Lubelskie, 48 were sent, after a few days, to the gas chamber. A larger selection occurred on 26 November of that year, when 350 peasant hostages brought to the camp from various localities in the Lublin district were condemned to death. According to information supplied by the resistance movement in May 1943, "240 Polish boys were killed in the gas chamber, allegedly for siding with partisans".[18]

Polish political prisoners were treated in the same manner. In February 1943, the camp authorities deceitfully announced, in Compound 3, registration of "those who felt sick and unable to work. Eighty-six Poles applied, chiefly educated people, who during their four-week stay at the camp had earned the name of 'loafers'. No difficulties were made, and each applicant was duly registered. They were then moved to barrack 15 in the charge of *Blockführer* Janusz Olczyk, where they were supposed to rest; after a brief stay, all of them were taken to the *Gaskammer*."[19]

The number of selections in the compounds rose in the summer of 1943. In a secret letter in May of that year, Dr. Jan Nowak wrote to Saturnina Malmowa: "In the camp, selections of the weaker ones, emaciated, unfit for work are held each day — from the hospital barrack I helplessly watch those unfortunates march to the gas chamber. Late yesterday evening, several score Soviet officers were brought to the camp and gassed."[20]

Nor were Jewish children spared, even those who in May 1943 had been accommodated in Compound 5 together with their mothers. After several weeks, they were walked to the gas chambers and put to death. The same was the case with children staying in Compound 3. In June 1943, SS-men ordered a roll call: "The children, guided by some instinct, instead of assembling, scattered all over the compound. The SS-men, aided by the *Blockführers* and *Stubendiensts,* gave pursuit and caught the children, like dogcatchers catch stray dogs." [21] The 100 or more captured boys were led to the gas chambers.

In the course of selections, extremely emaciated persons unfit for work were often set apart to be confined to special barracks called the *Gamelblock.* Such barracks existed in all the men's compounds, terrifying the prisoners. At the end of 1942, such a function was performed in Compound 1 by barrack 20; in Compound 3 initially by barrack 15 and later by barrack 19, separated by a fence from the rest of the compound; and in Compound 4 by barracks 7 and 8.

Other prisoners were forbidden to enter these barracks while those confined in them either died there or were gassed in the chamber. Feliks Siejwa, who on several occasions managed to have a look into barrack 19 in Compound 3, thus describes the interior: "There was an awful stench and foul air already in the enclourse, to say nothing of the barrack proper. Each prisoner looked like one big wound. A frightening impression was made by the swollen legs resembling huge logs, the dead eyes and fixed stare, the protruding cheek bones, and the sharp outline of the jaws covered with parched skin. And that torpid plodding with slightly raised hands, centimetre after centimetre, to stumble against some minor obstacle, some small stone, and never rise again." [22]

Tadeusz Stabholz, who found himself in a similar barrack in Compound 4, writes that everybody was "resigned and completely emaciated. Most have wounds and ulcers on the legs. They look like skeletons. Their only concern is whether they will get something to eat before death. For everybody realizes that we are going to the gas chamber. Minutes and hours are passing. Darkness sets in. We won't get anything to eat. There is no use wasting food on the condemned. The next day they line us up according to numbers. Those called out pass by an SS-man who checks the number and strikes it off the list. The trucks are standing in front of the barrack".[23] During the loading and deportation of the prisoners to the gas chambers, the camp authorities ordered the so-called *Sperre,* which meant that the other prisoners were locked up in the barracks and prohibited to leave them on pain of death.

Many of the emaciated prisoners died in the barrack before being taken to the gas chamber, and there were also cases of their being clubbed to death or hanged to speed up death. The treatment of the emaciated and sick prisoners in the *Gamelblock* was the most telling example of the criminal conduct and barbarity of the camp authorities.,

Selections were also carried out by special commissions ta the camp hospital. They were conducted most frequently by the SS physicians, Blancke, Bodmann, and Rindfleisch, the SS hospital attendants, and the *Rewirkapo* Ludwig Benden. On the basis of the medical records and, possibly the prisoner's appearance, the commission divided the sick into two groups. One was left at the hospital, while the other was condemned to death. At times, a third group was selected: alleged malingerers who were sent to work, which meant death to the gravely ill.

"On 18 March 1943, an hour after the arrival of new sick persons from the compound at our barrack, there suddenly appeared the SS-man Günther Konetzny, the chief medical attendant, the *Rewirkapo* Benden, and one more SS-man with officer's epaulettes. They summoned the physicians of our barrack and demanded the medical records of all the prisoners We were wearing only shirts which were usually short. Konetzny ordered each prisoner to pull up the shirt and show the abdomen, he checked entries in the disease record, and next he placed the record on one of two piles ... The attendants helped the gravely ill out of the bed. They walked with difficulty, half-naked. Some pretended to be healthy and strong; they knew what the outcome of such a review would be. They even tried to smile, their eyes hollow and their mouth contorted by a deadly grimace...

"Around 4 p.m. the numbers from the first pile of records were read out. The sick bearing these numbers were grouped near the door, and those unable to walk were carried and put on the floor. A cart pulled up. These were the *Leichenträgers* who this time had come to collect living people.

"The gravely sick were placed on the cart, and the others were ranged in threes. The procession slowly started toward the gate; the prisoners were spared the effort of running. They stopped for a while in front of the guard house. The guard carefully counted all prisoners; the command: *Mützen ab,* was not given. The prisoners walked bareheaded. The less seriously ill entered the bath-house, the more gravely ill were carried there by the *Leichenträgers.* No one ever saw those people again. This is how 74 Poles from a Radom transport, from Kielce and Częstochowa, and from the Pawiak prison were gassed. The seventy-fifth was the *Volksdeutsche* Pferd from Radom." [24]

Such selections were held several times a month, depending on the number of the sick. Among the known larger selections, mention is due to a selection held in mid-May 1943, when 84 Jewish prisoners and one Pole were condemned to death. On 10 June of that year, about 130 prisoners, mostly Jews, were taken to the gas chamber. Ten days later, several hundred sick prisoners were selected for gassing. Zacheusz Pawlak, an attendant at the camp hospital, witnessed in July 1943 a selection of Jews by an SS-man who in barrack 2, Compound 1 "selected about 30 prisoners and ranged them in a line, two deep, in front of the barrack. He next did the same in other hospital barracks. He gathered the largest number of prisoners, as many as some 140, in barrack 11... I later found out that only eight sick prisoners were left in barrack 11." [25]

Dr. Jan Nowak, in a secret letter to Saturnina Malmowa, wrote in July 1943 about another selection: "In barrack 3 of the camp hospital, there were a dozen or so young boys, aged 18—20 from Warsaw; they were recovering from typhus. Today, an SS attendant carried out a selection. He chose all those who could not be discharged to go to work and took them to the gas chamber." [26] On 20 July, about 350 persons were killed. They were ordered to undress in Compound 1, and naked marched to the chamber. The last selection at the men's hospital in Compound 1 occurred on 2 September during the transfer of the sick to Compound 5. About 400 prisoners of Jewish descent were chosen for the gas chamber at that time.

Sick Jewish prisoners were the most endangered by selection although prisoners of other nationalities were not spared. In line with the RSHA's instructions concerning the euthanasia of the "unproductive", code-named 14 f 13, gravely ill Poles, Soviet citizens, and people of other nationalities were sent to the gas chamber. There were even cases of choosing convalescents for the gas chambers.

It is not possible to determine the exact number of selections of the new arrivals, in the prisoners' compounds and at the camp hospitals. All we can say is that several tens of thousands of prisoners were selected and put to death in the gas chambers.

5. THE GASSING OF PRISONERS

The concrete gas chambers in Majdanek adapted for the use of Cyclone B, were opened in October 1942. Earlier, however, exploiting Auschwitz experience with the use of that gas for killing Soviet prisoners of war, gassing was begun in a makeshift chamber. Evidence thereof is offered by the efforts of the camp administration to obtain Cyclone B. On 25 July 1942, the administration applied to the Tesch und Stabenow Internationale Gesellschaft für Schädlingsbekämpfung (International Company for Pest Control), abbreviated to Testa and performing the function of an intermediary in supplying camps with poison gas, for the allotment of 1,474 cans of Cyclone B. We should add that the producer of the gas was the Dessauer Werke für Zucker und Chemische Industrie (Sugar and

Chemical Industry Works in Dessau), belonging to the world-renowned chemical concern I.G. Farbenindustrie.

This first order was handed over to a Testa representative by Perschon, an SS medical attendant, who earlier had been trained in the use of Cyclone B. Of the two tons ordered, on 30 July Perschon brought to the camp 540 kg (360 cans of 1,500 g each) as well as protective equipment for the persons to be employed in administering the poison. The gas was used during the month of August 1942, as testified to by follow-up letters sent by the camp administration to Testa in early September, demanding the delivery of another 746 cans. It follows from analysis of the extant correspondence concerning the supply of Cyclone B to the Majdanek camp that a total of 2,211 kg of the gas was imported in 1942, 5,000 kg in 1943 and 500 kg in 1944. All in all, according to the incomplete documentation preserved, Testa supplied at least 7,711 kg of the poison [27].

Cyclon B consisted of crystals of diatomite saturated with liquid hydrocyanic acid with the addition of a stabilizer. "Hydrocyanic acid (HCN), also called prussic acid, is one of strongest poisons for living organisms. It can occur in liquid or volatile form. A dose of 0.06 g of the acid is regarded as lethal for man. A man breathing in air containing 1 per cent of HCN dies instantaneously. The poisonous action of HCN consists in poisoning organic catalysts (enzymes), and this leads to intracellular inhibition and damage of some brain centres. The symptoms vary, depending on the amount of the acid absorbed. Large doses result in instantaneous death, and smaller ones cause: irritation of the mucous membrane of the throat and irritation of the respiratory tracts, photophobia accompanied by lacrimation sialorrhea, headaches, tinnitus, vomiting dyspnoea." [28]

The gas took effect within 5 to 10 minutes, depending on the weather, humidity, temperature, quality of the gas, and the state of health of the condemned.

The technique of killing with the gas is presented below by Perry Broad, an employee of the Political Division of the Auschwitz camp. A similar technique was applied in Majdanek.

"Right after the cans are opened, their content is poured into the holes. Each time the opening is covered immediately... The driver starts the engine [of the truck], whose deafening throb is louder than the deadly screams of the hundreds of people being killed by the gas... Cyclone acts rapidly. It consists of hydrocyanic acid in solid form. When it is poured out of the cans, gas evaporates from the grains. One of the participants in this bestial undertaking decides to lift the cover once again to spit down the hole. After about two minutes, the screams subside and turn into a ruckle. The majority are already unconscious... When after some time the ventilator has removed the vapour of the gas, the prisoners from the work gang employed at the crematorium open the door to the death house. The corpses, their mouths wide open, are leaning one on another; they are specially crowded near the door. In deadly fear, everybody had pressed toward the door to try to burst it open. The completely apathetic and stupefied prisoners employed in the crematorium are doing their job like robots. They find it difficult to pull out the tightly interlocked corpses, since the gas has stiffened the limbs". [29]

The gas chambers in Majdanek were also equipped with installations for the use of volatile gas. An examination carried out by the Polish-Soviet Commission immediately after the liberation of the Majdanek camp showed that carbon monoxide had been used.

The human losses in the Majdanek camp were enormous. According to the findings of Zdzisław Łukaszkiewicz, about 360,000 Poles, Jews, Soviet citizens, and prisoners of other nationalities perished as a result of both forms of extermination, direct and indirect, during the three years of the camp's existence.[30] A considerable part of this number died as a result of the functioning of the camp regime, and some were killed during executions and in the gas chambers. The ratio of 60:40 per cent of those whose death was the result of the conditions existing in the camp and those murdered within the framework of mass-scale, immediate extermination seems to testify to the fact that "Majdanek was the model of a future camp of gradual annihilation combined with a camp of immediate extermination." [31]

6. THE COVERING UP OF THE TRACES OF CRIMES

The bodies of deceased or murdered prisoners were initially buried at the back of Compound 5 and later burnt in the two-oven crematorium opened in June 1942. The buried bodies of the prisoners executed in the Krępiecki Forest and of those earlier gassed were later burnt to cover up all traces of the crimes perpetrated. In February 1943, the camp commandant Florstedt sent Muhsfeldt to Auschwitz so that he could familiarize himself with the technique of incinerating corpses on pyres. "Having had a look, I returned to Lublin the next day. On Florstedt's order, I and the work gang I was in charge of started burning those buried in the forest situated in the direction of Lvov. I first dug a pit there, but since incineration in it did not proceed efficiently enough, I myself constructed the following device for burning corpses: I placed on stones, rather high, some old truck chassis, on which the bodies were piled and then soaked with methanol. Under the chassis, wood was placed and set on fire. In this way, about 100 bodies were burnt at a time. These were bodies taken out of graves as well as fresh corpses brought from the camp.

After such a load had been incinerated, the ash was ground finely and poured into the hole from which the bodies had been extracted. Bones were pounded with the use of an iron plate and an iron pestle. These tools had been provided by an SD officer from the so-called *Kommando 1005,* who checked my work every day. Working in this way by the end of October 1943, I incinerated all the bodies buried in the forest as well as the bodies buried behind Compound 5 in the camp." [32]

At the same time, during the operation of regular gassing of transports of Warsaw Jews, a third pyre was set up, 200 metres to the south east of the gas chambers, on which the bodies of those gassed were burning day and night. Sweet, suffocating smoke rising behind Compound 5 and in the vicinity of the gas chambers signalled to the inhabitants of Lublin that the "death factory" was working in full swing.

To cover up the traces of the murder of 3 November 1943, Muhsfeldt was ordered on the same day "immediately to carry out an action of destroying the bodies of those murdered". He began the incinerating of the corpses on 5 November, acting in the same way as he had in the Krępiecki Forest.

"As the part of the ditch at the end at which the condemned entered was not filled with corpses, I shovelled in some earth to make the ditch shallower to improve the draught; next I placed on the bottom of the ditch a sort of grate of wood on which the prisoners put the corpses from the adjoining part of the ditch. When the pile was ready, I poured on methanol and set fire to it. The next pyres I set up progressively along the ditch in places from which the corpses had been removed and burnt on the previous pyre. When the ash from the pyre had cooled down, the prisoners from my work gang extracted it and ground it into bone meal using a special grinder fuelled by petrol. The meal was next poured into paper bags and carried by trucks to the nearby SS farm. The bone meal was used there to fertilize soil. My work was supervised by an SD officer from Lublin, who saw to it that all bodies were burnt, that no unburnt bodies be left in graves, and that gold teeth and all other valuables were removed from corpses to be incinerated. The retrieved valuables were gathered in cardboard boxes. Every evening after listing everything in a special book, which I kept for the purpose, I turned the money and valuables over to the camp administration (Worster, Etrich, Leipold), and the dental gold to the dentist's station." [33]

The ash from the incineration pyres in the vicinity of Compound 5 and in the crematorium area as well as from the new, five-furnace crematorium opened in September 1943 was used to fertilize the vegetable gardens. At the moment of liberation, 1,350 cubic metres of compost containing fragments of human bones was found in that area.

NOTES

1 "Zeznanie szefa krematorium Ericha Muhsfeldta...", op. cit., p. 138.
2 *Ibid.*, p. 139.
3 *Listy z Majdanka*, ed. Z. Wójcikowska. Lublin 1962, p. 21.
4 J. Kwiatkowski, *485 dni...*, op. cit., pp. 200—201.
5 "Zeznanie szefa krematorium Ericha Muhsfeldta...", op. cit., p. 142.
6 J. Kwiatkowski, *485 dni...*, op. cit., pp. 263—264.
7 S. Chwiejczak, *Kolczasty trakt.* Lublin 1971, p. 191.
8 S. Perzanowska, *Gdy myśli...*, op. cit., p. 117.
9 "Zeznanie szefa krematorium Ericha Muhsfeldta.", op. cit., p. 143.
10 *Okupacja i ruch oporu w dzienniku Hansa Franka*, vol. II. Warszawa 1972, pp. 367—368.
11 Z. Pawlak, op. cit., p. 157.
12 J. Kwiatkowski, *485 dni...*, op. cit., p. 442.
13 R. Moszyński and L. Policha, *Lublin w okresie okupacji.* Lublin 1964, p. 53.
14 J. Kwiatkowski, *485 dni...*, op. cit., p. 341.
15 APMM, J. Pfefer's recollections — VII/23.
16 H. Birenbaum, op. cit., p. 84.
17 "Obóz koncentracyjny na Majdanku w świetle akt Delegatury...", op. cit., p. 194.
18 *Ibid.*, p. 193.
19 J. Kwiatkowski, *485 dni...*, op. cit., p. 58.
20 *Listy z Majdanka...*, op. cit., p. 22.
21 J. Kwiatkowski, *485 dni...*, op. cit., p. 178.
22 F. Siejwa, op. cit., p. 70.
23 T. Stabholz, *Siedem piekieł.* Stuttgart 1947, pp. 51, 57.
24 Z. Pawlak, op. cit., pp. 114—116.
25 *Ibid.*, p. 146.
26 *Listy z Majdanka...*, op. cit., p. 22.
27 "Korespondencja w sprawie dostawy gazu cyklonu B do obozu na Majdanku", ed. A. Toniak. In: *Zeszyty Majdanka*, vol. II, p. 137.
28 *Ibid.*, p. 130.
29 "Wspomnienia Pery Broada SS-mana oddziału politycznego w obozie koncentracyjnym Oświęcim". In: *Zeszyty Oświęcimskie*, No. 9, 1965, pp. 31—33.
30 Z. Łukaszkiewicz, op. cit., p. 91.
31 C. Madajczyk, *Polityka III Rzeszy w okupowanej Polsce*, vol. II. Warszawa 1970, p. 301.
32 "Zeznanie szefa krematorium Ericha Muhsfeldta...", op. cit., pp. 141—142.
33 *Ibid.*

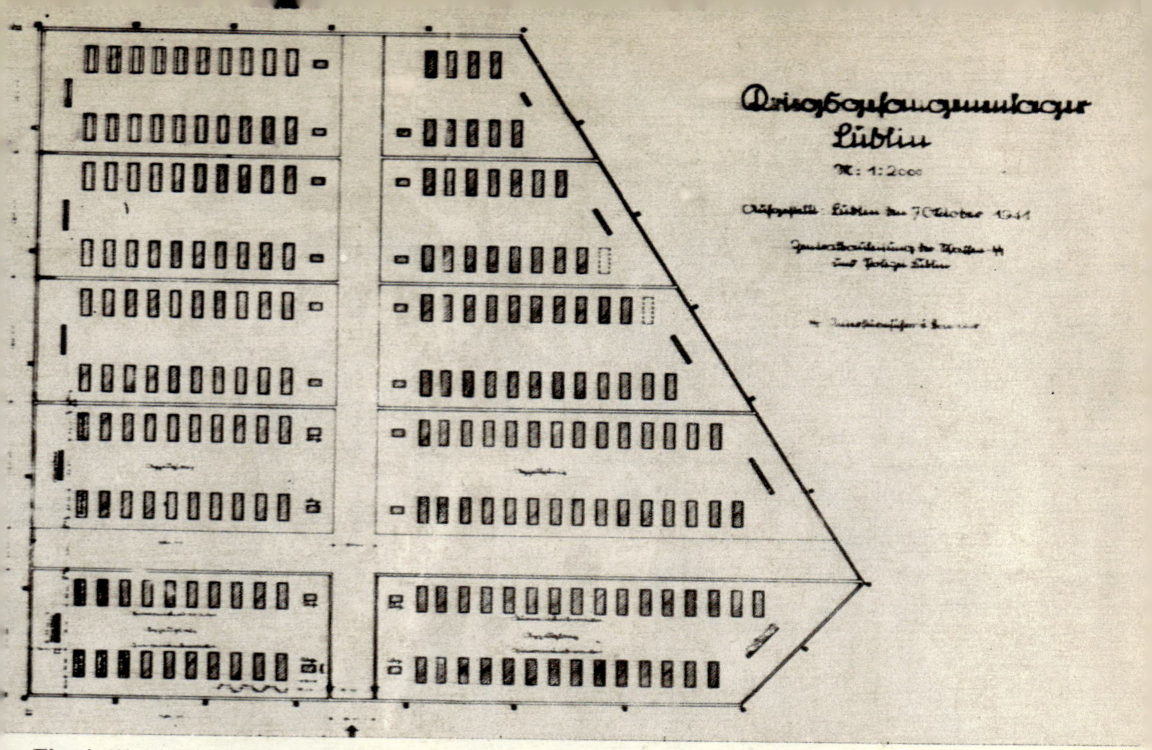

The initial plan of the construction of a POW camp for 50,000 prisoners, 7 October 1941

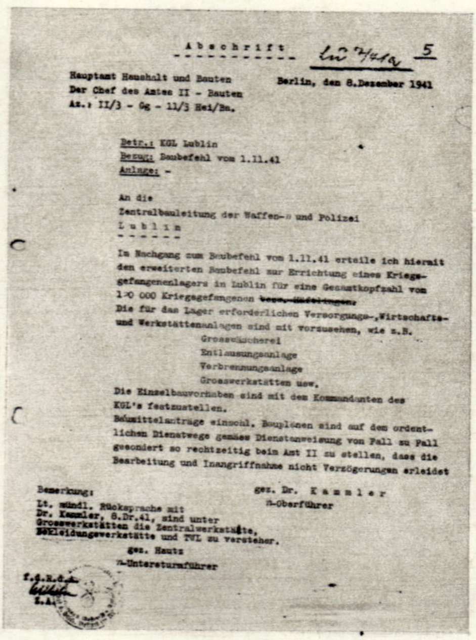

Abschrift

Hauptamt Haushalt und Bauten
Der Chef des Amtes II - Bauten
Az.: II/3 - Gg - 11/3 Hei/Bn.

Berlin, den 8.Dezember 1941

Betr.: KGL Lublin
Bezug: Baubefehl vom 1.11.41
Anlage: -

An die
Zentralbauleitung der Waffen-? und Polizei
Lublin

Im Nachgang zum Baubefehl vom 1.11.41 erteile ich hiermit den erweiterten Baubefehl zur Errichtung eines Kriegsgefangenenlagers in Lublin für eine Gesamtkopfzahl von 150 000 Kriegsgefangenen [illegible]
Die für das Lager erforderlichen Versorgungs-, Wirtschafts- und Werkstättenanlagen sind mit vorzusehen, wie z.B.

Grosswäscherei
Entlausungsanlage
Verbrennungsanlage
Grosswerkstätten usw.

Die Einzelbauvorhaben sind mit dem Kommandanten des KGL's festzustellen.
Baumittelanträge einschl. Bauplänen sind auf dem ordentlichen Dienstwege gemäss Dienstanweisung von Fall zu Fall gesondert so rechtzeitig beim Amt II zu stellen, dass die Bearbeitung und Inangriffnahme nicht Verzögerungen erleidet

gez. Dr. Kammler
?-Oberführer

Bemerkung:
Lt. mündl. Rücksprache mit Dr. Kammler, 8.Dz.41, sind unter Grosswerkstätten die Zentralwerkstätte, Bekleidungswerkstätte und TWL zu verstehen.

gez. Hauts
?-Untersturmführer

f.d.R.d.A.

Order of the chief of Office II at the SS Main Budget and Building Office, Heinz Kammler, dated 8 December 1941, and concerning the construction of a camp for at least 150,000 prisoners of war

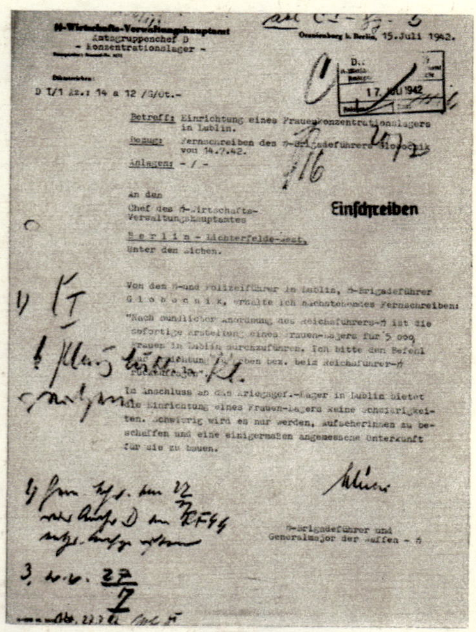

?-Wirtschafts-Verwaltungshauptamt
Amtsgruppenchef D
- Konzentrationslager -

Oranienburg b. Berlin, 15.Juli 1942.

D I/1 Az.: 14 a 12 /G/Ot.-

Betreff: Einrichtung eines Frauenkonzentrationslagers in Lublin.
Bezug: Fernschreiben des ?-Brigadeführers Globocnik vom 14.7.42.
Anlagen: - / -

An den
Chef des ?-Wirtschafts-Verwaltungshauptamtes
Berlin - Lichterfelde-West,
Unter den Eichen.

Einschreiben

Von dem ?-und Polizeiführer in Lublin, ?-Brigadeführer Globocnik, erhalte ich nachstehendes Fernschreiben:
"Nach mündlicher Anordnung des Reichsführers-? ist die sofortige Erstellung eines Frauen-Lagers für 5 000 Frauen in Lublin durchzuführen. Ich bitte den Befehl zur Errichtung [illegible] bzw. beim Reichsführer-? rückzufragen".
Im Anschluss an das Kriegsgef.-Lager in Lublin bietet die Einrichtung eines Frauen-Lagers keine Schwierigkeiten. Schwierig wird es nur werden, Aufseherinnen zu beschaffen und eine einigermaßen angemessene Unterkunft für sie zu bauen.

?-Brigadeführer und
Generalmajor der Waffen - ?

Decision of the Concentration Camps Inspectorate, dated 15 July 1942, on the setting up of a women's camp at KL Lublin

The building of barracks for the SS guards. In the background: Compound I (Majdanek 1943)

Advertisement of the L. Rechkemmer building firm. In the background: barracks for the SS staff

'risoners building roads in the part of the camp set aside for the SS staff (1943

The building of *Lagerstrasse,* a street connecting the prisoners' part of the camp with the part for the SS men. In the background: Compound 1 (1943)

The building of roads (1943)

The building of a road along Compound 1. In the background: SS barracks (1943)

5:

5

Arbeitskommando D.A.W. Lindenstrasse.

r.6827	RD.Sch.	Kubasek Rudolf	6987	RD.BV	Lantsch Karl
6797	poln.Sch.	Majchrzak Stefan	6902	RD.Sch.	Maly Franz
6788	jugosl.Sch.	Menczygar Martin	6819	tschech.Sch.	Mlooch Rudolf
6912	jugosl.Sch.	Mlinaritsch Martin	6918	RD.Sch.	Neissl Johann
6824	tschech.Sch.	Prask Milos	6774	RD.Sch.	Pfi[illegible]ensier Karl
6873	RD.Sch.	Preclik Albert	6876	[illegible].Sch.	[illegible]enberger Hubert
6903	RD.Sch.	Rawalt Paul	6971	RD.Sch.	[illegible]a Rudolf
6952	jugosl.Sch.	Resek Simon	6853	RD.Sch.	[illegible]se Hermann
6794	tschech.Sch.	Rossi Leopold	6978	RD.Sch.	Sauer Baltazar
6850	RD.Sch.	Sequens Karl	6808	tschech.Sch.	Sigmunt Rudolf
6982	tschech.Sch.	Sklar Petrik	6893	RD.Sch.	Skrinar Michael
6904	jugosl.Sch.	Sorko Erich	6871	RD.Sch.	Soswinski Ludwig
6916	griech.Sch.	Sotirios Nikludis	6901	tschech.Sch.	Sperl Wenzel
6877	tschech.Sch.	Svanda Bohumil	6870	RD.BV	Schlapp Franz
6933	RD.Sch.	Schober August	6780	jugosl.Sch.	Schokar Josef
6832	RD.ASO	Schrade Karl	6845	RD.Sch.	Schubert Emil
6776	RD.BV	Stoll Otto	6796	jugosl.Sch.	Ternowschek Walent.
6802	griech.Sch.	Terzjan Petros	6769	russ.Ziv.A.	Tischenkij Iwan
6800	jugosl.Sch.	Tschantsch Josef	6809	jug.Sch.	Tscharmann Adolf
6972	RD Sch	Udouc Walter	6898	RD Sch	Ursinitsch Franz
6889	Tschech.Sch.	Vopalecki Franz	6785	RD ASO	Weide Ludwig
6798	RD Sch	Winterer Georg	6899	RD Sch	Wolf Erich
6947	RD Sch	Wowra Anton	6787	Tschech.Sch.	ZadropilekFranz
6812	RD Sch	Zakrzewski Georg	6977	Schweiz.Sch.	Zanoli Heinrich
6880	RD Sch	Zils Nikolaus	6723	RD Sch.	Zwiefelhofer Leopo
6767	RD Sch	Pitz Ludwig	6737	Tsch.Sch.	Kuhlanek Franz
6746	RD Sch	Reiff Karl	6753	S.A.W.	Lenz Friedrich
6726	RD Sch	Ruppert Johann	6749	Jug.Sch.	Makar Josef
672[illegible]	Tsch.Sch	Sedlaczek Jaroslaw	6731	RD.Sch.	Pfleger Johann
6719	Jug.Sch	Suppan Ludwig	6728	Jug.Sch.	Wodes Edward
6741	Frnaz.Sch.	Uhrig Gustav	6742	Tsch.Sch.	Viktora Rudolf
6897	Jug.Sch.	Adamtschitsch Johann	6347	Slow.Sch.	Andrjascik Stefan
6923	Holl.Sch.	Balk Gerhardus	6959	RD.Sch.Rückf	Bonnewitz Gustaw
6831	Franz.Sch.	Boure Robert	6783	Kroat.Sch.	Bura Franz
6803	Poln.Sch.	Czarnecki Ladislaw	6811	Rotspanier	Colet Jaime
6917	Tsch.Sch.	Dawidek Franz	6814	RD Sch	Dietrich Georg
6773	Tsch.Sch.	Eitrich Anton	6665	RD Sch.	Enders Friedrich
6828	RD BV	Ennes Johann	6890	RD Sch.	Eriautz Karl
6940	RD Sch.	Finndorf Karl	6861	RD Sch.	Fischer Josef
6976	RD Sch.	Flatscher Alois	6863	RD Aso	Florian Max
6830	RD Sch	Frank Josef	6771	RD Sch.	Görne Kurt
[illegible]3	RD Sch.	Goldberger Hans	6988	RD BV	Groh Albert
[illegible]7	RD Homo	Habermeier Friedrich	6979	RD Sch.	Hartmann Karl
6920	RD Sch.	Hahs Franz	6820	Tsch.Sch.	Hermann Ottokar
6805	Jug.Sch.	Herzog Jakob	6993	RD Sch.	Hohnaberger Karl
6745	Tsch.Sch.	Honen Johann	6984	RD Sch.	Hüller Josef
6924	RD ASo	Hugel Hans	6990	Tsch.Sch.	Jirikowski Wladimir
6752	RD Aso	Jönson Waldemar	6724	RD BV	Juszkat Max
6892	RD Aso	Kalbreier Heinrich	6795	RD Aso	Kapeller Karl
6999	RD Sch.	Kellner Herrmann	6768	RD Sch.	Kis Aleksander
6868	Jug.Sch.	Kokole Josef	6834	RD Sch.	Kozak Lambert
6896	Tsch.Sch.	Kozlik Jozef	6998	RD BV	Kraft Paul
6764	Jug.Sch.	Siwetz Josef	6948	Tsch.Sch.	Vopalecki Josef
6943	Belg.Schl	Lefebvre Hubert	6733	Belg.Sch.	van Regaisent[illegible]

Excerpt from the list of prisoners of various nationalities, brought to Majdanek in late January and early February 1944 from Sachsenhausen, Dachau, and Buchenwald

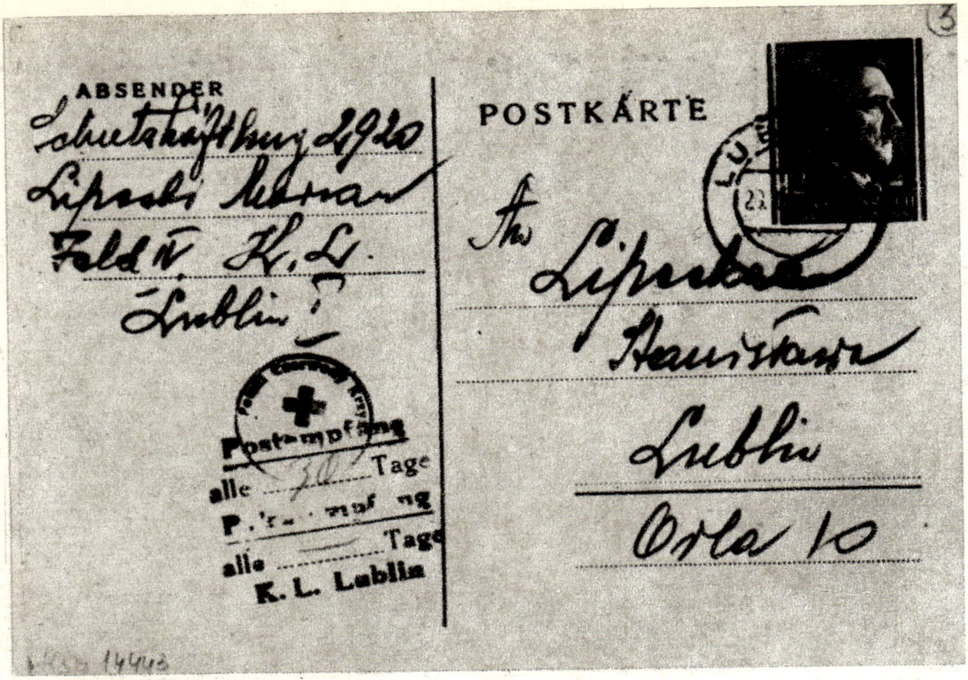

ABSENDER
Schutzhäftling 2920
Lipecki Adrian
Feld IV K.L.
Lublin

Postempfang
alle 30 Tage
alle ... Tage
K.L. Lublin

POSTKARTE

An
Lipecka
Stanisława
Lublin
Orla 10

Official postcard which a prisoner could send from the camp to his family or to the Polish Red Cross after receiving a parcel

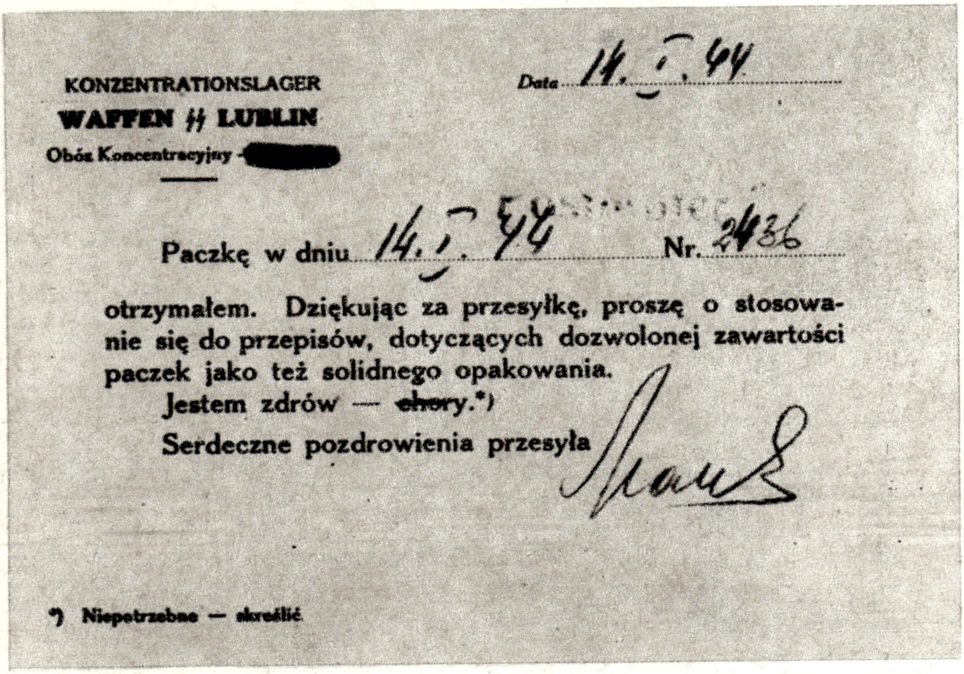

KONZENTRATIONSLAGER
WAFFEN SS LUBLIN
Obóz Koncentracyjny [redacted]

Data 14. V. 44

Paczkę w dniu 14. V. 44 Nr. 2436

otrzymałem. Dziękując za przesyłkę, proszę o stosowanie się do przepisów, dotyczących dozwolonej zawartości paczek jako też solidnego opakowania.
Jestem zdrów — ~~chory~~.*)
Serdeczne pozdrowienia przesyła

*) Niepotrzebne — skreślić

Emaciated Soviet prisoners of war (1941)

The burial of corpses of Soviet POWs who were decimated by typhus. The burying was done by their fellow POWs who were still alive (1941)

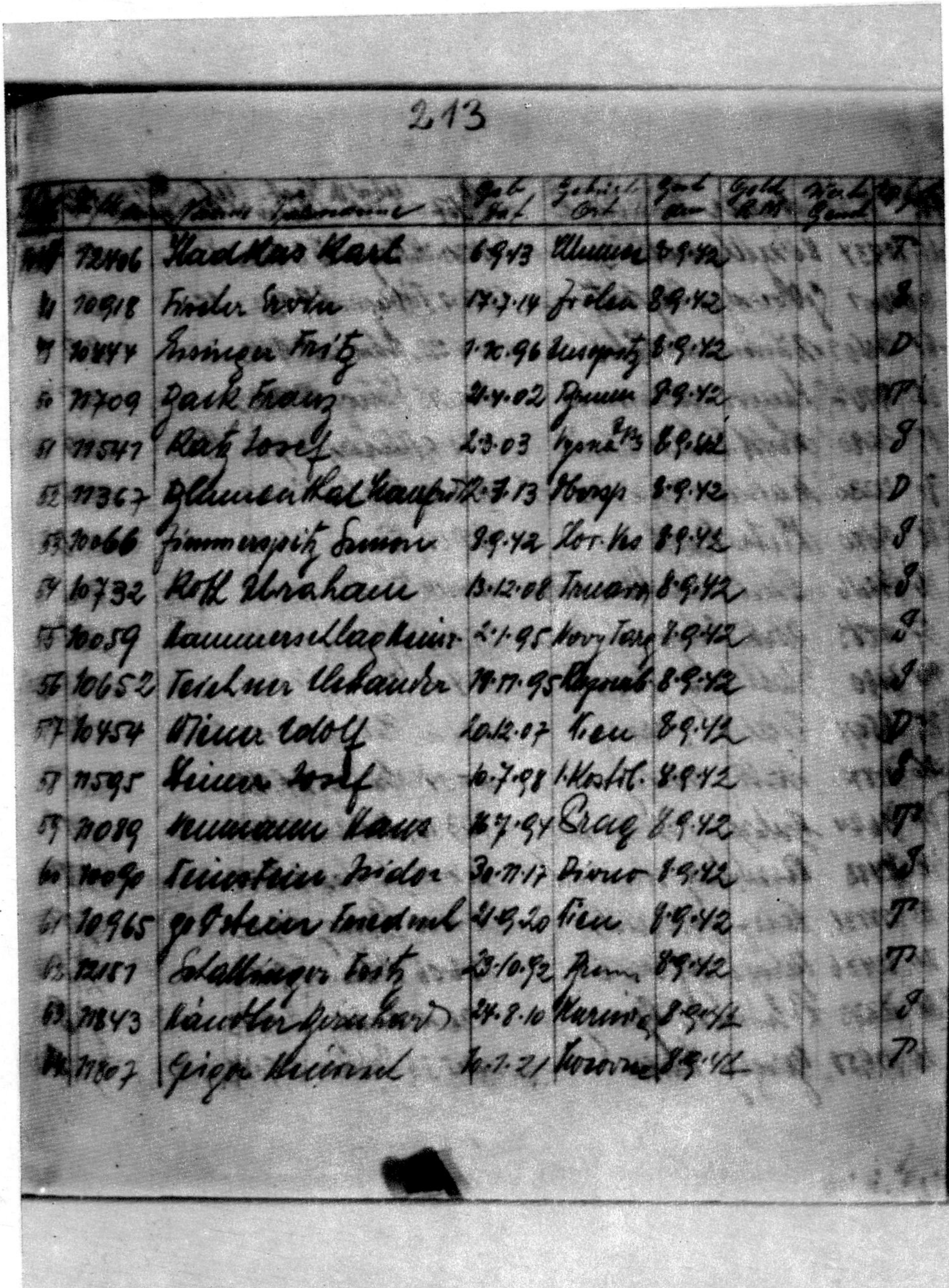

213

No.	Häftl.-Nr.	Name, Vorname	Geb. Dat.	Geburts-Ort	Gest. am	Geld RM	Wertsachen	
[illegible]	12406	[illegible] Karl	6.9.13	[illegible]	8.9.42			T
[illegible]	10918	[illegible]	17.7.14	[illegible]	8.9.42			J
49	10844	[illegible] Fritz	1.10.96	[illegible]	8.9.42			D
50	11709	Zack Franz	21.4.02	[illegible]	8.9.42			T
51	11547	Katz Josef	2.3.03	[illegible]	8.9.42			J
52	11367	[illegible]	12.7.13	[illegible]	8.9.42			D
53	10066	[illegible] Simon	9.9.42	[illegible]	8.9.42			J
54	10732	Roth Abraham	13.12.08	Tarnow	8.9.42			J
55	10059	[illegible]	2.1.95	Nowy Targ	8.9.42			J
56	10652	Teichner Alexander	19.11.95	[illegible]	8.9.42			J
57	10454	Wiener Adolf	10.12.07	Wien	8.9.42			D
58	11595	[illegible] Josef	10.7.98	[illegible]	8.9.42			J
59	11089	Neumann Hans	16.7.94	Prag	8.9.42			T
60	10090	Feinstein Isidor	30.11.17	[illegible]	8.9.42			J
61	10965	[illegible]	21.9.20	Wien	8.9.42			T
62	12157	[illegible] Fritz	23.10.92	[illegible]	8.9.42			T
63	11843	[illegible]	24.8.10	[illegible]	8.9.42			J
64	11807	[illegible]	10.7.21	[illegible]	8.9.42			T

Excerpt from the death book listing those deceased on 8 September 1942

Jan Nosek, an activist of the Peasant Party, deputy to the Seym (parliament), murdered in 1943 by *Kapo* Fritz Illert, a German criminal

Leon Pomirowski, writer and literary critic, died at the camp in 1943

Punishment called "pillar"

Jews being led to execution on 3 November 1943

Geräte-Hauptbuch | Abschnitt Nr. | Blatt 405

Haarmelduug
zum 1.eines jeden Monats

Datum	Lieferer, Empfänger	Beleg-Nr.	Zugang kg.	Abgang kg.	Lager kg.	Ausgegeben kg.	Gesamtbestand kg.
1942/43							
2.10.	Monat Sept. Berlin		30	--	30		30
3.11.	" Okt. Berlin		76	--	106		106
1.12.	" Nov. Berlin		60	--	166		166
4. 1.	" Dez. Berlin		--	--	--		166
1. 2.	" Jan. Berlin		68	--	234		234
[illegible]3.	" Feb. Berlin		6	--	240		240
2.4.	" März Berlin		24	--	264		264
	Ford.Nachw.März Forst	A.G.-	--	180	84	180	84
3.5.	Monat April Berlin		17	--	101		101
1.6.	" Mai Berlin		224	--	325		325
	Ford.Nachw.Juni Forst	A.G.-	--	200	125	200	125
2.7.	Monat Juni Berlin		--	--	125		125
1.8.	Monat Juli Berlin		65	--	190		190
1.9.	Monat August		40	--	230	--	230
1.10.	Moant September Berlin		50	--	280	--	280
	Ford.Nachw.Okt.Forst	A.G.	--	250	30	250	30
	Monat [illegible]ber 43		12	--	42	--	42
	Monat [illegible]		28	--	70	--	70
	Monat [illegible] 43		3	--	73	--	73
	[illegible] Forst	A.G.	--	50	23	50	23
	1.Vierteljahr 1944		27	-	50	--	50
	Ford.Nachw.März Forst		--	50	--	50	--

Form. 324—3000 VI.

Specification of 730 kg human hair collected at the camp and shipped to the firm of Paul Reimann

Einnahme-Schein

Beleg Nr.

Vom Gefang.Eigentumsverwaltung K.L.Lublin sind an Verwaltung K.L. Lublin -Buchungsstelle-

nachstehende Gegenstände überwiesen worden:

Geräte	
Abschn.	Nr.

79.304.-- Zloty in Noten (Neunundsiebzigtausenddreihundertvier oo/1oo Zloty)
117.02 Zloty in Münzen (Einhundertsiebzehn 02/1oo Zl.)
322.-- RM. in Noten (Dreihundertzweiundzwanzig oo/1oo)
27.28 RM. in Münzen (Siebenundzwanzig 28/1oo RM.)
458.-- amer.Dollar in Noten (Vierhundertachtundfünfzig oo/1oo Dollar)
14.648.-- Karbowanez - Noten (Vierzehntausendsechshundertachtundvierzig oo/1oo)
70.-- Cervons - Noten (Siebzig oo/1oo Cervons)
198.-- Rubel in Noten (Hundertachtundneunzig oo/1oo)
245.-- franz.Francs in Noten (zweihundertfünfundvierzig oo/1oo Franc)
21.-- ital. Lire in Noten (Einundzwanzig oo/1oo)
50.-- kroat. Kuna in Noten (Fünfzig oo/1oo Kuna)
7.-- dän. Kronen in Münzen (Sieben oo/1oo Kronen)
12 Stück diverse Silbermünzen (zwölf)
1 Karton diverse Münzen
11 Stück Golddollar Wert je 20 Dollar (elf)
2 Stück Golddollar Wert je 10 Dollar (zwei)
2 Stück Goldrubel Wert je 15 Rubel (zwei)
11 Stück Goldrubel Wert je 10 Rubel (elf)
1 Stück Goldrubel Wert je 7,50 Rubel (ein)
40 Stück Goldrubel Wert je 5 Rubel (vierzig)
3 Stück Goldfranc Wert je 20 Franc (drei)
1 Stück goldene Armbanduhr (ein)
8 Stück Brillantringe (acht)
21 Stück goldene Ringe ohne Stein (einundzwanzig)
6 " goldene Ringe mit Stein (sechs)
9 Paar verschiedene Ohrringe (neun)
6 Stück goldene Ketten (sechs)
4 Stück goldene Armbänder (vier)
1 Stück Armband mit Brillanten (ein)
4 Stück Anhänger mit Stein (vier)
3 Stück lose Steine (drei)
30 Gramm Bruchgold (dreissig)
3 Stück Perlenketten (drei)
4 Gramm Zahngold (vier)

Vorgenannte Gegenstände richtig überwiesen:

Ort, Datum: Lublin,den 6.Juni 1944

Verband: Gefangenen-Eigentumsverwaltung K.L. Lublin

Unterschrift:

Dienstgrad: -Oberscharführer.

Specification of money and valuables taken from prisoners at the concentration camp on Gęsia street in Warsaw (from April 1944, a Majdanek branch) and shipped to the main camp in Lublin

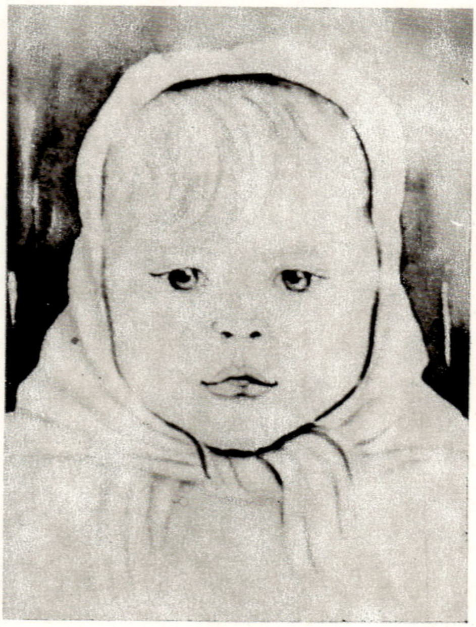

Portraits of Byelorussian children drawn by Helena Kurcyuszowa in 1943 and smuggled out of the camp

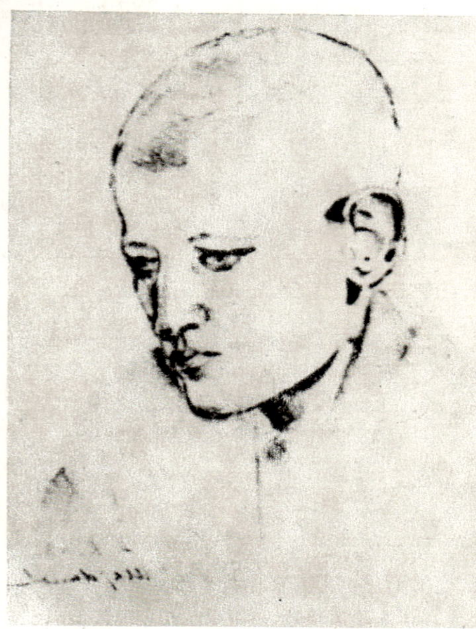

Woodcut secretly executed by prisoner Jan Sowiński in 1943

Three Eagles' Column, a monument erected by prisoners in Majdanek in 1943 on the pretext of decorating Compound 3. The three rising eagles symbolize the imprisoned men, women and children and their faith in victory. The column was erected by Stanisław Zelent's work gang and the capital was sculpted by Albin Maria Boniecki. In the base of the column, ashes of murdered prisoners were secretly buried

Turtle, a sculpture executed by Boniecki in 1943, symbolizing the catchword "go slow"

ORGANIZERS OF AID FOR MAJDANEK PRISONERS

Irena Antoszewska-Rembarzowa, head of the Central Underground Welfare Organization (OPUS)

Cyprian Chromiński, M.D., co-organizer of the committee of Lublin physicians

Ludwik Christians, M. D., chairman of the Polish Red Cross in Lublin

Antonina Grygowa and her daughter Zofia, organizers of individual aid

Elżbieta Krzyżewska, aid organizer on behalf of the Home Army High Command

Antonina Łopatyńska, an employee of the Main Welfare Council in Lublin

Teodor Lipecki, M.D., co-organizer of the committee of Lublin physicians

Witold Łobarzewski, a pharmacist and civic leader

Stanisław Magierski, a pharmacist and civic leader

Saturnina Malmowa, organize of individual aid

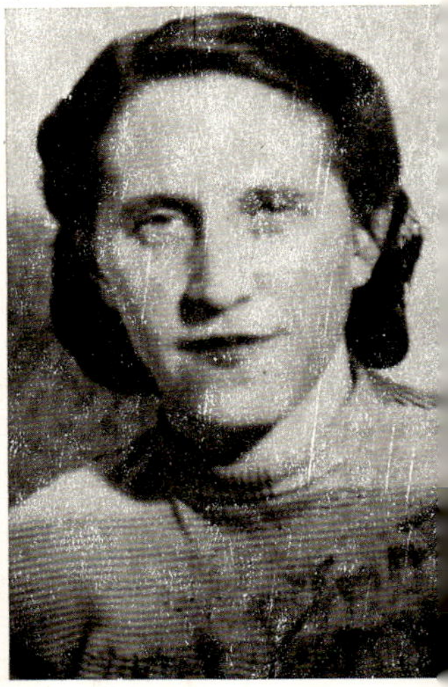

nina Siwińska, organizer of
d on behalf of the Interorga-
zational Prison Agreement
the Department of Internal
ffairs of the Office of the
elegate of the Polish Go-
rnment in Exile

Józef Skrzycki, pharmacist and civic leader

Wanda Szupenko („Elżbieta") a member of OPUS, head of the Majdanek section at Department II of the AK District Command in Lublin

anina Suchodolska, secreta-
y of the Lublin district
ranch of the Main Welfare
ouncil

Zofia Wojciechowska, M.D., a Polish Red Cross employee

Father Ignacy Żyszkiewicz, member of the Board of the Polish Red Cross in Lublin

MEMBERS OF THE CAMP RESISTANCE MOVEMENT

Paweł Dąbek, Polish Workers' Party, one of the leaders of the Eagle Union. He escaped from the camp on the night of 15/16 March 1944

Michał Gancarz, head of the Home Army cell in Compound 4

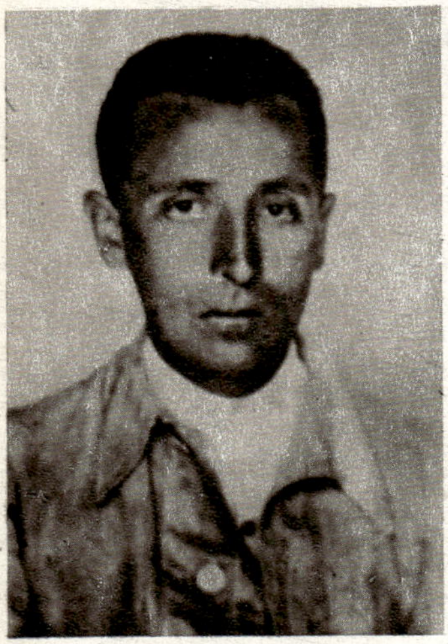

Zygmund Ładkowski, one of the organizers and leaders of the Polish Socialist Party group at the camp

Jan Klonowski, M.D., manager of the camp pharmacy. He helped in the reconnoitring of Majdanek on behalf of the Delegate's Office

Kazimierz Kobus, deput head of the Home Army cel in Compound 3

.zimierz Maliński, one of the aders of the Eagle Union, 10 escaped from the camp the night of 15/16 March 14

Professor Mieczysław Michałowicz, the famous pediatrician, chairman of the Prisoners' Committee

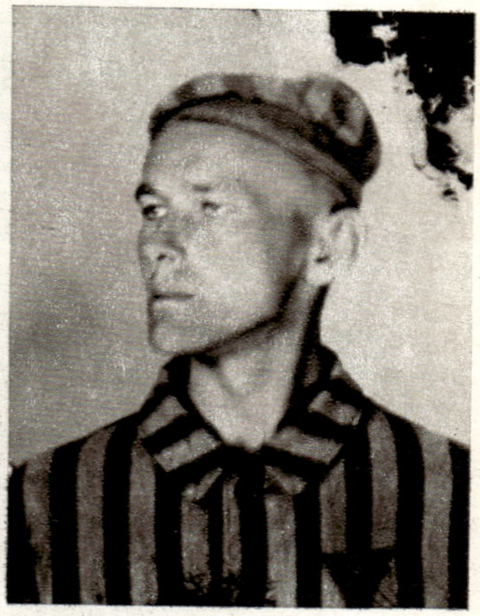

Jan Nowak M.D., co-organizer of the men's hospital, member of the Prisoners' Committee. He conducted intelligence activity on behalf of the Office of the Delegate of the Polish Government in Exile

nryk Wieliczański M.D., : representative in Comınd 5

Roman Pawłowski, M.D., member of the Prisoners' Committee

Stefania Perzanowska, M.D., chief organizer and head of the hospital in the women's compound

Romuald Sztaba, M.D., co-organizer of the prisoners' hospital, member of the Prisoners' Committee. He collaborated in the reconnoitring of Majdanek on behalf of the Delegate's Office

Matylda Woliniewska, activist of the Polish Socialist Party, organizer of self-help in the women's compound

Lt. Jan Zaprawa-Ostromęcki, co-founder of the Home Army organization in the camp and its actual leader

Stanisław Zelent, head of the Home Army cell in Compound III who escaped from the evacuation transport to Auschwitz on 24 July 1944

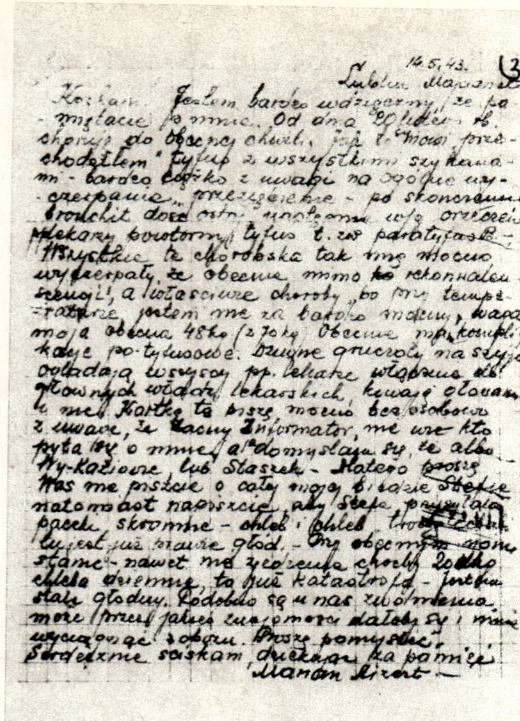

An illicit letter from Marian Ajzert to his family, dated 14 May 1943

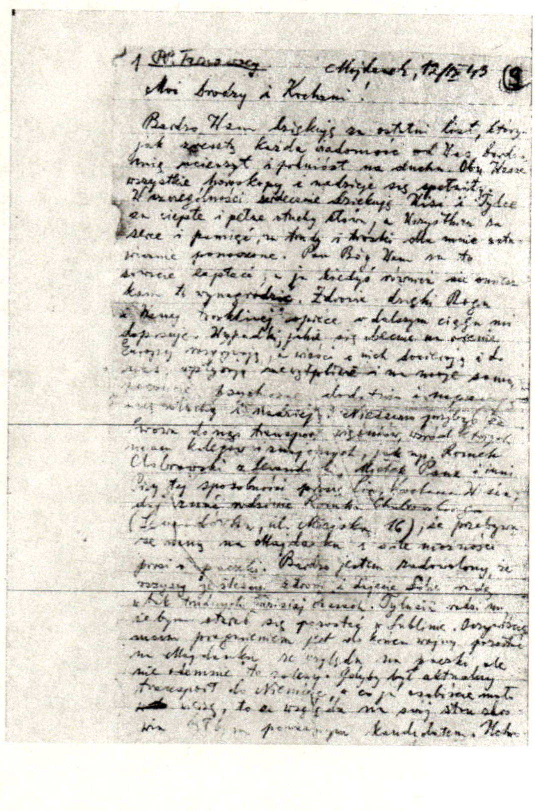

Excerpt from an illicit letter from Dr. Aleksander Tarnawski, a research worker at the Ossolineum Institution in Lvov, to his family, dated 12 September 1943

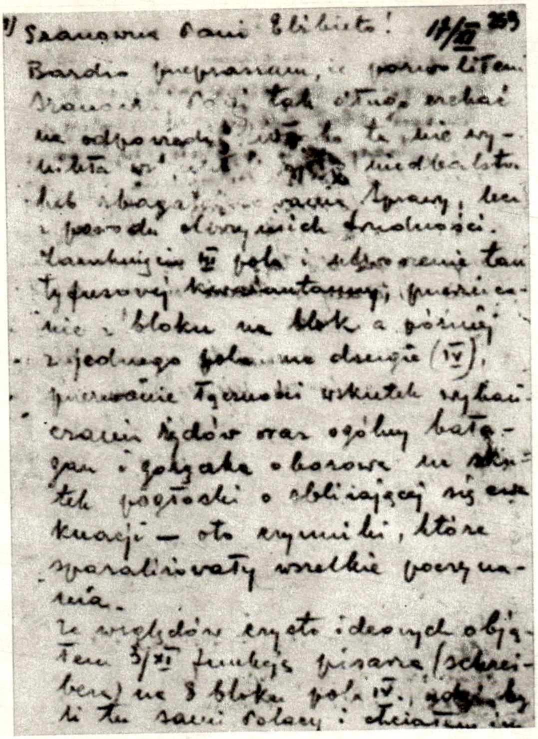

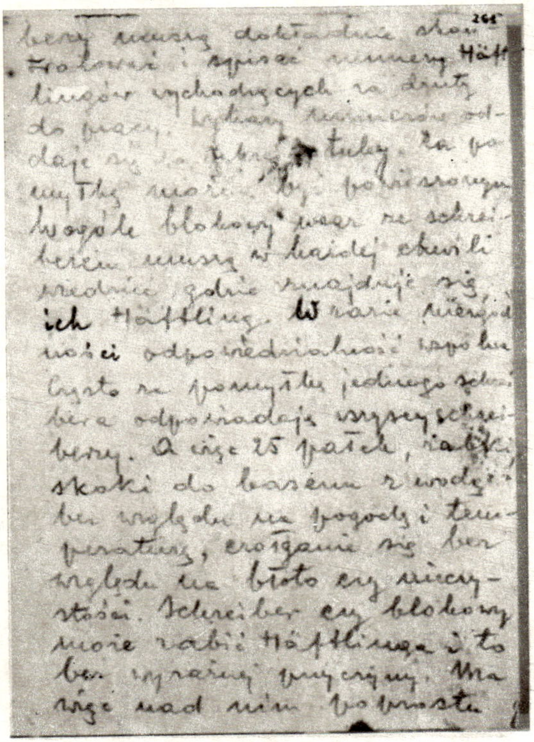

Excerpts from a report on the situation in the camp, drawn up by Jan Zaprawa-Ostromęcki and sent to Wanda Szupenko on 17 November 1943

Chapter 8

The Resistance Movement

The horrible living conditions, the labour beyond endurance, the sophisticated system of punishments and reprisals, the selections, and the sight of mass shootings and gassings were intended by the Nazis to lead to the inevitable death of every prisoner. The existing regime exerted a destructive influence upon the prisoner's psyche, trampled upon his dignity, and paralyzed his power to act. This end was also served by the technical installations existing in the camp. The barbed-wire fence, the watch towers, the spotlights, the guards, the gas chambers, all created the impression that the only way out of Majdanek led through the crematorium chimney towering over the camp.

In spite of all this, the instinct to live, the will for survival, the striving to make public what was happening within the wire fence of the camp caused the prisoner to begin fighting against the order imposed upon him. This struggle assumed various forms, from the simplest and spontaneous, to the more cautious and better organized. Every action aimed at saving the lives of fellow inmates, their physical and mental health, was a form of resistance. Thus, resistance included inmates' self-help, cultural life, religious life, contact with the outside world, political activity, sabotage and escapes. In a word, "everything could constitute resistance since everything was forbidden", according to the Italian researcher on the questions of psychology in concentration camps, Andrea Devoto.[1] Such actions were taken up individually or collectively and were based on solidarity, cooperation, and mutual understanding between social, political, national, and other groups. This was naturally a secret, clandestine resistance, directed against the camp regime. It occurred in various fields of life with varying intensity and produced varying effects. Not infrequently it was anonymous, and other inmates felt only its results, without knowing the organizers or initiators. For political prisoners, it was a continuation of the struggle against the occupying power, though under different conditions.

1. PRISONERS' SELF-HELP

For newly arrived prisoners shocked by the situation in which they had found themselves, friendliness shown at the outset by fellow inmates meant a lot. Sometimes a few words could help: "You've got to set your teeth and grin and bear it for the first three weeks. If you hold on that long, things will work out." [2]

In contacts with fellow prisoners, in the barrack, at the place of work, the important thing was the ability to make and keep acquaintances, and above all to be among friendly people, ready to help. This was not easy, especially in the men's compounds during the hardest years 1941—42, when hunger released the lowest instincts. But even there the prisoner community included people ready to take up mental and physical self-defence. They realized that only mutual help could create the conditions for survival and protection of human dignity, that "by refusing to be overwhelmed by the chaos of shouting and whipping, they could raise a barrier to German hatred." [3]

What influenced the formation of self-help groups were mutual ties resulting from kinship, friendships struck up before or at the camp, work in the same gang, arrival at Majdanek in the same transport, occupancy of the same barrack, national ties, political convictions, similar interests, a common faith, etc.

In the women's compound, where Polish political prisoners from Radom, Kielce, Warsaw, and Lvov creater a good atmosphere, so-called families were formed almost at the very moment of the compound's foundation. "A camp family is a phenomenon which arises already during the first days of the stay at the camp, on the principle of intellectual community, reason, cunning, or liking, but most frequently friendship struck up back at the Pawiak. There are almost no lonely persons, it is not easy to survive the camp singlehanded. A family usually consists of two, three, at times even six women one of whom is in charge of economic matters (an authority on the questions of the joint division of the very scant food). Another member of the family is a smart, provident organizer whom a lot can be forgiven, who is referred to with pride. And sometimes there is — as Mata [Matylda Woliniewska — J.M.] put it — a 'duckling' who is looked after with affection and forebearance." [4] There were many such families in the women's compound, and each of them had a characteristic trait, hence their names, e.g.

"Gypsies" or "Juveniles". Some families were named after their organizers: "Wanda's", "Basia's", "Krysia's", etc.

Families, just like similar groups in the men's compounds, played an important part in enhancing a prisoner's psychic fortitude. Another, and no less essential aspect of the activity of families and groups was to lend material aid. In the families, all extra food was equitably divided from the very beginning. This concerned in equal measure the sneaked turnip or carrots and the food parcels received. In the men's compounds, self-help groups did not grow more active until mid-1943.

When large numbers of transports began to arrive at the camp from Byelorussia, the Warsaw and Białystok ghettos and the Zamość region, the families showed concern not only for their own welfare, but also extended moral and material support to the new arrivals, notably children. Members of the families, just like men from the self-help groups in Compounds 1, 3 and 4, shared with children the food from their parcels, especially in the first days of the children's stay at the camp. This aid continued until the Polish charitable organizations took charge of the children.

Among those who distinguished themselves in this action were the Polish women prisoners, Matylda Woliniewska, Janina Fuchsowa, Maria Paliszewska, Stefania Błońska, Aleksandra Nostitz-Jackowska, Janina and Wanda Ślusarczyk, Janina Stankiewicz, Felicja and Natalia Wierzbicka, Renata Smolińska, Kalina Wojciechowska, Emilia Nejmark and Halina Gołaszewska. Helena Kurcyuszowa took charge of the employment of Byelorussian children. She created a children's work gang to cut the grass and transport turf behind Compound 5, so that "the children could take a rest from whipping and labour beyond the strength of their muscles".[5]

There were other forms of self-help as well. Those working in the clothing storehouses or tailor's shops "organized" for fellow inmates warm underwear, sweaters, socks, etc. The Polish women employed at the sewing room sewed clothes illicitly for children.

In the women's compound, a meaningful role in the action of self-help was played by the barrack and room leaders. Elected by the prisoners themselves, they enjoyed respect and authority. They not only did not combat the sneaking of food and clothing, but supported it. In the discharge of their functions, they tried to guide themselves by the principles of justice, in accordance with the camp song: "Let no resentments divide us, the women prisoners in stripes". A similar situation arose in the men's compounds toward the end of 1943, when the camp functions were assumed by Polish political prisoners. The aid was not limited to an equitable distribution of food and securing clothes.

The barrack leaders cooperated in the care of children, hid sick prisoners with only a moderately high temperature, crippled persons and Jews (especially after 3 November 1943).

The physicians joined the action of aid to prisoners from the very outset. They deserved credit for placing many persons in the hospital, rescuing them from selection, concealing the actual disease and obtaining medicines for those who needed them. They had the support of all attendants in the women's compound and of a large number of the orderlies in the men's hospital. The physicians, who were political prisoners, did their best in the struggle for human life and dignity in the Majdanek inferno.

The prisoners employed at the camp chanceries also offered help, thanks to which many persons avoided shipment from the camp or exhaustive work and many could move to a better barrack.

The action of self-help cannot be measured in quantitative terms. Despite many efforts and sacrifices, it could not satisfy all needs, but it nevertheless facilitated survival, inspired faith, and offered hope for a better tomorrow.

2. CULTURAL LIFE

An important part in a prisoner's psychic self-defence was played by the possibility of satisfying his cultural needs. These needs could be realized in a variety of ways, most of which, however, were prohibited in the camp. Even if the camp authorities officially permitted some forms of cultural life, these forms, greatly limited as they were, served above all propaganda purposes. They were intended to provide arguments for the benefit of foreign countries, especially for any commissions that might visit the camp, that prisoners were allowed to develop intellectually and pursue cultural activity. Permission to conduct cultural activity was frequently the effect of the snobbery of the camp administration, who took pride in employing eminent artists, or resulted from the fact that SS-men derived material benefits from artistic work. At Majdanek, where in the first years the regime was aimed at the maximum exhaustion of prisoners, no forms of cultural activity were permitted until 1943. From 1943, the camp authorities began to tolerate the setting up of song and music ensembles and officially permitted art work.

Notwithstanding the prohibitions, however, individuals or groups attempted secretly to develop cultural and educational activity. For this purpose, a prisoner could devote but a small part of his free time, before the morning and after the evening roll call. It is understandable that under such conditions the effects of this activity must have been limited.

At Majdanek, as in all concentration camps, hunger for the written word was a severe affliction. Many prisoners valued a book or a newspaper more than they valued bread. Hence, they attempted to secure them by all means available. Books and prints were supplied by civilian workers, stolen from storehouses of prisoners' property, or found in double-bottomed parcels from the family. They were smuggled into the camp at the bottom of bread baskets by the employees of the Main Welfare Council, Janina Suchodolska and Hanna Huskowska. They travelled from one barrack to another, passed on in secrecy, so as to prevent their being found by SS-men during searches.

The importance of books at Majdanek is illustrated by prisoners' letters: "Nothing can better alleviate pain and despair and offer forgetfulness as a good book." [6] "I'd like you to send me Krasiński's *Undivine Comedy* and B. Prus' *Pharaoh*. There are no books here at all, and I'd like to engage in sabotage at least in this way." [7]

Those whom books did not reach attempted to find compensation in telling stories to each other after the lights-out. Several persons from neighbouring bunks usually participated in such sessions. The subjects included novels once read, theatrical plays or films seen, or impressions of travels. Poems were recited and historical events recollected. These nocturnal conversations enabled prisoners to detach themselves, if only for a while, from the reality of the camp.

In the barrack where women from the Pawiak prison were staying, beginning from 16 February 1943, Danuta Brzosko, Wiesława Grzegorzewska, Alina Pleszczyńska, Hanna Fularska, Romana Pawłowska and Stefania Błońska every morning and evening related political news and information from the camp, conveyed good wishes to those celebrating namedays, and appealed for help for those who needed it. In doing this, they imitated the voice of a radio announcer. Their "broadcasts", or the so-called Radio Majdanek, aroused lively interest and recognition amongst the residents of the barrack, since they introduced them "into a world detached from beatings and hunger" [8].

Poetry, both imported from outside and written in the camp, provided encouragement in the struggle for survival and was a source of aesthetical experience. Among the best-known camp poets, one should mention three Warsaw women who arrived in Majdanek in 1943, Pola Braun, Zofia Karpińska and Elżbieta Popowska. The first of them, a Jewish actress, wrote poems filled with lyrical reflection and tragedy. She secretly recited them to her closest friends. Worthy of note are two of her poems, *Mother* and *Letter from Warsaw*. Zofia Karpińska was the author of poems and the lyrics of songs sung at the camp. Her *Pasiaki* (Stripes), for example, came to be regarded by women prisoners as the Majdanek anthem. [9] Elżbieta Popowska was a fairly prolific author by Majdanek standards. Her poetry "dealt with questions concerning Majdanek, of interest to every prisoner, but not devoid of reflection. Such an attitude enabled her to retain her sanity. Popowska treated Majdanek and women prisoners as her present place of abode and her family, to which she adapted her personality. So if the aim of her poems was to serve the camp life, to hearten the weaker ones, she succeeded in accomplishing it". [10] The works of the poets were extremely popular in the women's compound; they were memorized and recited at various "performances".

Songs probably appeared in the camp as soon as the first prisoners arrived. The Soviet POWs, and later the Slovak Jews, probably hummed the songs they knew. The latter, after the evening roll call, secretly sang songs in Hebrew. In the spring of 1942, a song about work, the *Judenlied des K.G.L. Lublin,* came into being, and in February 1943 another appeared, written by a Polish Jew and entitled *O yoy Majdanek unsere Leben und Tod,* which expressed the tragedy of the Jewish populations mass-murdered at the camp.

Polish songs appeared with the arrival of the first Poles. In the women's compound, a Warsaw operetta singer, Malina Bielicka, enjoyed a tremendous popularity. She sang joyous songs in the barrack where she lived and sometimes at the hospital. In the men's hospital, too, singing could be heard when no SS-men were in sight.

From 1943, a group of Polish women directed by Helena Konca sang in the women's compound every Sunday afternoon. Greek Jewesses and Byelorussian women also sang in chorus. Participation in collective singing brought prisoners closer together and contributed to the shaping of ties of international solidarity.

Singing, music, and poetry made up the programme of "concerts" or "radio soirées" arranged by Polish political women prisoners. The repertoire included skeets, songs, recitations, dances, and even a puppet theatre directed by Krystyna Pokorska. There were many pieces of a political nature, such as *Alarm for the City of Warsaw, Jailbird's Mazurka,* and others, the performing of which might have painful consequences. In the men's compounds, where the regime was much more severe, this sort of activity was limited.

Among special events, one should mention a satirical show on New Year's Day 1944, and earlier a Nativity play at Christmas, and also, on 16 January 1944, in Compounds 3 and 1, special celebrations of the anniversary of the arrival in Majdanek of the first transport of political prisoners from Warsaw.

Unlike in other camps, in Majdanek educational work included only the study of foreign languages (in Compound 2, Leon Bochenek taught English), lectures for physicians conducted officially by Professor Mieczysław Michałowicz and others in the men's hospital, and the training of medical attendants by Dr. Stefania Perzanowska in the women's compound. Discussions on literary, political, and philosophical problems were held in clandestine groups.

Art work was officially practised at the camp, especially in the men's compounds. Sculpture was the main line of activity. Taking advantage of the weakness of SS-men for adorning "their" compounds, Albin Maria Boniecki persuaded the *Feldführer* of Compound 3 to consent to setting up some sculptures in the compound. In May 1943, Boniecki, assisted by the work gang headed by *Vorarbeiter* Stanisław Zelent, executed a Three Eagles' Column, in the base of which the ashes of deceased prisoners were secretly placed. The column became an unparallelled monument commemorating murdered prisoners. Of Boniecki's other sculptures, noteworthy are those to which the artist imparted a symbolic meaning. The turtle placed at the exit from Compound 3 symbolized the resistance movement's call for slow, unproductive work for the Nazis; the saurian grinning at the sentry box near the gate of Compound 3 identified the SS-men with a reptile for some, while others saw in it a reference to the Saurian Union of 1397 *, a reminder of the existence of the Polish resistance movement fighting against the Nazi invader.

There were other artists at the camp. Józef Iwański, Mieczysław Lurczyński, and Jan Sowiński executed wood and steel engravings, chiefly of a religious character. Small objects of wood and metal were carved by Andrzej Janiszek, who also drew caricatures and camp scenes. The well-known writer, Igor Newerly Abramow, made various useful objects, such as pipes, spoons, or cigarette holders. The scupltors Felicja and Natalia Wierzbicka produced puppets for the 1943 Christmas crêche. Helena Kurcyuszowa painted camp scenes, portraits of fellow inmates and Byelorussian children. In the women's compound, works of art were also produced by Zofia Karpińska, Matylda Woliniewska, Zofia Kijko and others. [11]

The making of sculptures, woodcuts, drawings, water colours, and various small objects, such as rings, playing cards, children's toys, and so on was for their authors a sort of psychotherapy and helped them to survive.

The art produced under camp conditions cannot be appraised according to traditional criteria, since it was born out of human suffering and tragedy and the artists frequently risked their lives. The overwhelming majority of the forms of cultural life discussed here were illicit, inspired and carried out in defiance of the orders of the camp authorities. They

---

* The secret union of the Chełmno Region gentry, formed in 1397, to defend their rights against the Teutonic Order.

were a form of resistance which made the prostrated and lost persons realize that struggle was possible and made sense.

3. RELIGIOUS LIFE

In Majdanek, like in other concentration camps, no religious practices were allowed. The SS-men stripped the new arrivals of all objects of religious cult and not infrequently desecrated these objects in the presence of the prisoners.

The enormity of the crimes perpetrated at the camp caused a crisis which led many believers to begin to doubt in religious ideals, while strengthening the faith in others, who attempted to perform religious practices irrespective of the consequences. Faith gave them the strength to survive the camp nightmare. Thus in spite of prohibitions, some prisoners tried to obtain devotional articles, for their possession eased the constant fear of loss of life. [12]

Religious objects were supplied to the camp by civilian workers or by families in food parcels. Jews smuggled them out of the storehouse of prisoners' deposits. Some articles (crosses, rosaries, images of saints) were made by prisoners themselves.

The constant danger enhanced the need for religious practices. As early as 1942, some barracks began and ended each day with a common prayer and the singing of the morning and evening hymns. In the barracks in which the functionaries did not tolerate religious practices, until the autumn of 1943 prayer was the private affair of every prisoner. In the circumstances of camp life, prayer assumed a special significance. "At times, prayer lasts a long time, it is an unusual prayer. It is contemplation rather than the prayer which the mother taught her child. During the prayer, the mouth is silent, only the heart is speaking. It is the heart alone which can render what we feel." [13]

In Majdanek, unlike in other concentration camps, there were few Catholic priests. Their role in performing some religious functions was at times assumed by prisoners. This concerned chiefly the baptism of newborn babies at the women's hospital and the administration of Holy Communion. The Host was supplied clandestinely by the priests of the Lublin district, especially by the parish priest from the neighbouring village of Dziesiąta, Father Ignacy Żyszkiewicz, who was active in organizing aid for the prisoners.

Common prayers, common celebrations of Christmas and Easter, a common Christmas Eve supper in the various barracks, the sharing of the Christmas wafer and Easter egg — these were the moments which united prisoners of various nationalities, representing different outlooks and interests. There emerged a kind of Christian community which had a positive influence on the elimination of national, social, political and other prejudices. The religious bond was an element of the shaping of prisoners' solidarity in the struggle for human dignity.

4. CONTACTS WITH THE OUTSIDE WORLD

Information about the tragic conditions in which the first groups of prisoners lived in Majdanek reached the inhabitants of Lublin through their relatives and acquaintances employed as civilian workers at the construction of the camp, or else they could see this for themselves, watching the emaciated prisoners employed in work gangs outside the camp. The treatment of Soviet prisoners of war, who were the first to have been incarcerated in Majdanek, evoked compassion and, at the same time, the will to help them. The Polish Red Cross (PCK), whose competence was reduced in 1940 to searching for missing persons and aiding Polish POWs, acquired a strong argument in its endeavours to extend assistance to Soviet POWs when it was found that there were Poles among them. On the basis of articles 77 and 78 of the 1929 Geneva Convention on the treatment of prisoners of war the Lublin Red Cross began making efforts to obtain the release of the Poles and permission to render aid to the remaining prisoners.

In a written reply of 6 February 1942, the command of KGL Lublin flatly denied permission "for Polish Red Cross representatives to care for the POWs incarcerated in Majdanek and to release prisoners of Polish nationality. It was maintained with all cynicism that the prisoners lacked nothing and there were no Poles among the Majdanek prisoners — this in spite of assurances to the contrary on our part." [14]

Further endeavours only ensured that "as a 'token of good will' the Polish Red Cross was several times permitted to take bread to Majdanek, and this was the end of the human care for POWs guaranteed by the international law." [15]

The situation was much worse as regards assistance for prisoners of Jewish extraction. "The Polish Red Cross, due to the German authorities' rigid prohibition, had no contacts with the Jews confined in Majdanek. In spite of an official request, the PCK was not permitted to supply even medicines for sick Jews." [16]

Also, there was no possibility, in 1941 and 1942, to extend aid to Polish prisoners whose fate was of concern, as well as to the PCK, also to the Main Welfare Council *(Rada Główna Opiekuńcza,* RGO), a charitable organization set up in 1940 to extend care to the Polish population in the General Government. The RGO had branches in the districts and welfare committees in the counties. Both the RGO Branch for the Lublin district, headed by Andrzej Skrzyński, and the Lublin Welfare Committee, operating in the town and county of Lublin, were ready to provide aid for the starving Majdanek prisoners. As early as February 1942, the Lublin Welfare Committee, headed by the dedicated Tomasz Dąbrowski, unable to obtain formal consent from the police authorities to extend care to Polish hostages, attempted to reach them through civilian workers. This, however, was not, and could not be, a mass-scale action.

The intercessions of the RGO Central Board with the Nazi police and administrative authorities to secure their consent to providing food for prisoners were ineffective for a long time. It was only on 9 February 1943, that the Population and Welfare Department of the General Government, on the basis of Himmler's order of 22 October 1942, concerning permission for food assistance to prisoners, consented to two-kilogram parcels with food and clothing being supplied once a month by family members and private persons to those imprisoned or under detention. By the same order, the welfare committees obtained a right to lend assistance to prisoners by delivering food to camp administrations. This food was to be shared by all prisoners. The committees, however, were forbidden to send parcels to individual persons.

The above decision was very closely connected with the WVHA's policy to maintain prisoners' productive capacity, by in part improving the living conditions. In effect of the Reich's economic and military difficulties, German workers, who were being sent to the frontline, had to be replaced by prisoners. Consequently, prisoners had to receive better food, but the occupation authorities shifted the responsibility for this onto the families and charitable organizations, which willingly joined in the action, hoping that thanks to their aid many prisoners would be able to survive.

The letter of 9 February 1943 provided the RGO Branch in Lublin with the basis for intercessions with the Gestapo chief, Heinrich Müller, in the question of aid to Majdanek prisoners. After his consent had been secured, the deputy director of the RGO Branch, Henryk Woroniecki, on 25 February 1943, discussed the details of assistance with the camp commandant, Hermann Florstedt. The minutes of the conference stated the following: "The Polish Welfare Committee is permitted to provide food for the Poles staying at the Majdanek camp in the form of supplying such articles as pulses, flour, cereals, potatoes, onions, vegetables, etc. to be shared by prisoners. Besides, it is permitted to supply bread, on which the camp command lays special emphasis. The camp command demands that food deliveries be notified in advance and wishes that it be shipped, if possible, once a week, the best day being Monday. The Polish Welfare Committee is permitted to mediate, together with the

PCK, in the shipment of individually-addressed parcels with food and clothes to the camp." [17] During the conference, Florstedt also agreed that medicines (subject to the consent of the camp physician), straw, and pallets be supplied to the camp and that "the Poles staying in Majdanek be permitted to write and send out two postcards or one letter a month". [18] The statement emphasized once again that "the action of aid of the Polish Welfare Committee for the Poles staying in the Majdanek camp is conducted jointly with the PCK". [19]

The harmonious cooperation of the PCK with the RGO, characteristic of the Lublin district, was the outcome of the fact that the functions of the chairman of the Lublin PCK and of the deputy chairman of the Lublin Welfare Committee were performed by the same person, Dr. Ludwik Christians. Owing to this fact, beginning from May 1944 the Majdanek prisoners could avail themselves of aid from two sources.

The RGO Central Board allocated 200,000 zlotys to the Lublin Branch as a subsidy for assistance to Majdanek prisoners. However, the obtaining of food posed a great problem, especially since the Nazi civilian authorities refused any food allocations. In this situation, the generosity of society was appealed to. For the rural population of the Lublin district, those most heavily burdened by compulsory food supplies (Governor General Hans Frank regarded this area as the "foundation of the food economy in the General Government"), any additional deliveries constituted a serious sacrifice. The food situation in towns was equally disastrous. But in spite of the difficult living conditions, the people of town and country, mobilized by priests and teachers, spared nothing for those imprisoned in Majdanek. Contributions were made in kind and money.

The charitable organizations were greatly assisted by cooperatives, which donated money, food and industrial articles. Especially active in this respect was the manager of the Lublin branch of the Społem Cooperative, Piotr Kosiba.

Beginning from March 1943, the RGO delivered to the camp once a week bread and other foods to be shared by the three to four thousand Polish prisoners. As a result of persistent endeavours of the secretary of the RGO Branch in Lublin, Janina Suchodolska, on 15 October 1943, the camp commandant expressed consent to an extention of the provision of food for the sick. Thenceforth, the Lublin Welfare Committee was to deliver twice a week (on Tuesdays and Thursdays) soup for 830 patients and bread, fats, marmalade, milk, cheese, and artificial honey for the others. The preparation of soup demanded considerable organizational effort, which was superbly accomplished by the head of the food and care section of the Lublin Welfare Committee, Antonina Łopatyńska.

The action of aid was further developed from February 1944, after the camp commandant Weiss expressed consent to supplying soup five days a week, save Sunday and Monday. Thenceforth, meals for about 4,000 persons were regularly delivered at dinner time for two and a half months. During the evacuation of the camp in April 1944, the departing prisoners were provided with dry rations. In June and July, aid was organized for about 1,500 persons. They included whole families expelled from the pacified villages in the southern part of the Lublin district as well as persons apprehended in this area, who were accommodated in Compound 5 and employed at fortification works.

Parcels were another form of assistance for Majdanek prisoners. They were delivered to the camp, through the agency of the PCK, by the Lublin Welfare Committee and clandestine charitable organizations. Also prisoners' families delivered parcels to the PCK, convinced that they stood a better chance of reaching the addressees through official channels. This does not mean, however, that the PCK's role was confined to shipping collected parcels. Appealing to the generosity of the population, the Lublin Red Cross collected money contribution and food articles which not infrequently were the sole basis for the preparation of parcels by the PCK personnel and sending them to prisoners who could expect aid from no other source.

A parcel usually contained a kilogram of bread, half a kilo of fruit and vegetables (onions, garlic), a quarter of a kilo of fat, a quarter of a kilo of sugar, and cigarettes. From March 1943 to July 1944, the Lublin PCK delivered to the camp a total of 89,587 parcels for 10,212 persons, including 2,410 women and 7,802 men.[20] Since parcels were sent not only by the PCK, it is not possible to determine the exact number of parcels that reached the camp.

The Central Underground Welfare Organization (cryptonym OPUS), functioning at the Lublin District Command of the Home Army (AK), looked after Home Army members detained and incarcerated in prisons and camps, and their families. The organization, headed by Matylda Kowalewska ("Iza") and later by Irena Antoszewska-Rembarzowa ("Danuta") made many efforts, beginning from June 1943, to extend aid to those who not long before had actively fought against the occupying forces and now were Majdanek prisoners. The OPUS members (Wanda Szupenko, "Elżbieta", Helena Musiałowa, "Osa", Helena Bogenryter, "Maleńka", Kazimiera Wójcik-Rucińska, "Kazia", Janina and Maria Brzozowska, Ludwika Łowicka-Smagaczowa from Lvov, and others) received money for the purpose from the Home Army High Command. Often they themselves obtained money, food, and industrial products to make parcels. They closely collaborated with the Lublin Welfare Committee and the RGO Branch in this work. From July 1943 to May 1944, the OPUS sent about four thousand parcels to Majdanek.

Still earlier, from the end of 1941, the reconnoitring of Majdanek on behalt of the High Command of the Union of Armed Struggle (ZWZ), and later of the Home Army (AK), was the task of Elżbieta Lauber-Krzyżewska ("Szarotka"), who received from these organizations means for aid to the prisoners. Initially, she conducted this operation through civilian workers, and from 1943 within the framework of the PCK. Thanks to additional assistance from Dr. Teodor Lipecki, Krzyżewska, her mother Waleria Lauber, and her sister-in-law Irena prepared and sent parcels for scores of prisoners, heartened them through secret letters, and acted as intermediaries in contacts with the families.

Other organizations engaged in the action of aid for Majdanek prisoners were the Prison Unit and the Interorganizational Prison Agreement, closely connected with the Office of the Delegate of the Polish Government in Exile. The former had a branch in Lublin and the latter a cell headed by Lucyna Werewska.

Both organizations established contact with Majdanek in 1943 and sent weekly parcels to the persons they cared for. In November of that year, the Agreement had 85 persons and the Unit 20 persons under their care. The coordination and consolidation of the work of the two organizations in December 1943 permitted, in spite of constant financial difficulties, aid to be continued for the prisoners of the Lublin camp until its evacuation.

Apart from charitable organizations, many inhabitants of Lublin and its environs regularly helped prisoners. Mention is due here to Antonina Grygowa and her daughters Anna and Zofia, Julia Chojnowska, Saturnina Malmowa, Jadwiga Modrzejewska, Kazimiera Jarosińska, Michalina Lasocka-Dymowska and her husband Tadeusz, Bożena Pinkiewicz from Piaski, and many others.

This sacrificial action of aid, both organized and spontaneous, did not yield the effects it could have had. Not all the products sent to be shared by prisoners actually reached them, a considerable proportion being appropriated by the SS kitchen. The parcels, before they reached the prisoners, were carefully searched for secret correspondence. SS-men often destroyed their contents and took the better products for themselves (honey, fat, cigarettes). A certain improvement occurred in November 1943, when the new camp commandant, Weiss, interested in the maximum exploitation of prisoner manpower, expressed consent to increasing the assistance. Moreover, the assumption of many functions in the so-called prisoners' self-government by Polish political prisoners offered guarantees that the aid would actually reach the prisoners. Thanks to the initiative of the RGO and the PCK, a Prisoners' Committee was established which supervised the just distribution of food and the proper delivery of parcels. Professor Mieczysław Michałowicz, Stanisław Konopka, Roman Pawłowski, Jan Nowak, and Romuald Sztaba, all doctors, were members of the committee.

Although the assistance was formally meant for Poles only, it was also available to prisoners of other nationalities, especially to women and the sick at the camp hospitals. In the distribution of soup, for example, Polish political prisoners attempted to see to it that no exceptions were made.

The assistance in question not only demanded a great deal of money, time, effort, exceptional devotion, courage and persistence but also exposed those extending it to the danger of being put in prison or concentration camp. However, thanks to the splendid action of Polish society, it was possible to save many lives. A former prisoner recalls: "It was thanks to assistance from the RGO, the PCK, and the families that we could appease hunger and thus gain strength to survive the worst moments that would come later and which could be described as a stage of our life tragedy." [21] The assistance possessed a moral significance as well. The received food, clothes, and above all secret letters raised prisoners' spirits, gave them courage, strengthened their conviction that they were not "left to their own devices, that there are people who sympathize with us and are doing their utmost to make our life more bearable". [22]

A very important form of assistance on the part of society was the supplying of medicines and medical aquipment for the sick prisoners. This aid was directed by the medical section of the Lublin Welfare Committee in conjunction with the PCK. In May 1943, when a typhus epidemic was raging in Majdanek, the section approached the camp command with the proposal to conduct preventive vaccinations of all Poles at the hospital against typhus and dysentery. At the same time, the head of the section, Dr. Tadeusz Krzyszkowski, took up talks with the camp physician, Max Blancke, on the question of medicine supplies. Having secured Blancke's consent, the RGO and the PCK proceeded extremely vigorously to obtaining pharmaceuticals, dressing materials, surgical instruments, etc. To coordinate and control medical assistance from the RGO and the PCK, the camp authorities agreed to the establishment of a commission composed of imprisoned physicians and headed by Professor Michałowicz. This unique commission in the history of Nazi concentration camps obtained the consent of the camp command to discuss every fortnight the needs of the camp hospitals with representatives of the RGO and the PCK. The meetings were held in the presence of SS-men in the headquarters of the Lublin PCK.

Both organizations obtained the necessary medical provisions chiefly through Lublin pharmacists. "There were literally no such medicines which they would not supply, whatever the quantity and time".[23] The pharmacists Witold Łobarzewski, Stanisław Magierski and Józef Skrycki distinguished themselves in supplying medicines. Lublin physicians also joined in this action, among them Doctors Teodor Lipecki, Cyprian Chromiński, Zofia Wojciechowska, Aleksander Wośkowski and many others. Medicines were also supplied for their charges by clandestine charitable organizations, OPUS, Prison Unit, Interorganizational Prison Agreement, and the Rural Union of Women, whose members also collected food and underwear, prepared parcels and sent them to the camp, either directly or through the agency of the PCK.

Essential in supplying medicines was also individual aid on the part of the families, friends, and acquaintances as well as social workers. To appraise this fine action in quantitative terms is almost impossible. According to Dr. Christians, the two official charitable organizations sent to Majdanek "90 boxes and a four-ton truck of medicines and dressing materials... Two hospitals were provided with the necessary surgical instruments and theraupetical equipment".[24]

Thanks to the effort of Polish society, which displayed so much sacrifice and persistence in obtaining medicines, the imprisoned physicians could save the lives of many inmates. The medicines and vaccines supplied in the autumn of 1943 permitted the containing of the typhus epidemic, the alleviation of other epidemics, and medical aid to thousands of sick prisoners brought from other concentration camps. Although the medicaments were officially destined for Poles, they also served prisoners of other nationalities. The medicines and instruments received did not of course meet the tremendous needs, but helped to mitigate them. Moreover, they strengthened the prisoners' faith that their near and dear ones were doing their utmost to help them.

Majdanek prisoners were strictly isolated, deprived of contact with the outside world. The only official way of communication with one's family was a short letter checked by the camp mail censorship (*Postzensurstelle*). The privilege of writing letters did not extend to Soviet POWs, Jews or hostages, peasants evicted from the Zamość region, women from the pacified Soviet territories, and political prisoners detained within the framework of the operations *Nacht und Nebel* and *Meereschaum*. Prisoners in other categories did enjoy this right, but only formally. In reality, not everybody was allowed to write letters even once a month. Under the circumstances, illicit channels were in fact the only source of information. The discovery of any such channel involved tragic consequences for both sides: the person giving the information and the addressee.

The first information about what was happening behind the barbed wire of the Majdanek camp came from inhabitants of the Lublin district of Kośminek, who could see from their windows almost all that was taking place in Compounds 3, 4 and 5 and in the crematorium area, as well as from civilian workers employed on the building site. The information they conveyed was utilized by underground organizations, which joined in the action of aid for prisoners, smuggling food and medicines as well as messages. They carried on this activity until the liberation.

In the life of Majdanek, as in no other concentration camp save Auschwitz, civilian workers played an extremely important part. They smuggled the clandestine press and various messages into the camp and were frequently the prisoners' only source of information about the current military and political situation. Many civilian workers belonged to the resistance movement, for example Franciszek Pniewski who carried reports on the situation in the camp for the office of the Delegate of the Polish Government in Exile; and Bolesław Drwal who conveyed messages from the prisoner Paweł Dąbek to the People's Guard (GL) commander in Lublin, Ryszard Postowicz. Some members of the resistance movement purposely took jobs with building firms to establish direct contact with some of the prisoners or reconnoitre the general conditions in the camp; one of these was for example Leon Rembarz, the deputy liaison chief at the AK District Command. Civilian workers caught by SS-men while carrying secret messages were as a rule incarcerated in the camp. This was, for example, the case with Seweryn Wójcicki, who died in Majdanek in September 1943.

Contact with the outside world could be established by prisoners from work gangs employed away from the camp. Being in touch with the civilian population, they conveyed information about the camp regime, the incoming transports, forms of extermination, and perpetrators of mass murders. The possibility of communication was achieved in various ways, frequently by bribing the SS escort with vodka or other sought-after articles. This was how Lucyna Werewska, on behalf of the Interorganizational Prison Agreement, received reports in Felin (the camp farm) and also carried messages from women prisoners or from their families.

Members of the camp staff were another channel of communication. The names of two SS-men who facilitated prisoners' contacts with their families are known. One of them was Willi Reinartz, who, usually disinterestedly, carried medicines and letters, and sometimes reports on the situation in the camp. On the pretext of bringing some medicines from the PCK to the camp hospital, he led some prisoners to a prearranged meeting with their family. On the other hand, Hans Lück was lavishly remunerated for carrying messages to Janina Siwińska from Warsaw, who maintained contact with Majdanek on behalf of the Interorganizational Prison Agreement. SS-men began to be used as a channel of communication in 1943, when corruption had spread through a considerable part of the camp staff and when many SS-men began to realize the inevitability of the defeat of the Nazi regime and attempt to earn for themselves a better reputation for the future.

The living and working conditions and the exterminations carried out in the camp were described by escapees as well as by released hostages, people detained during street roundups, and peasants from the Zamość region. Although upon release each of them had to sign a pledge that he would not talk about what he had seen and lived through at the camp, the truth about Majdanek nevertheless leaked to society at large. Among those released were also members of the resistance movement, who conveyed to their underground organizations information about the camp. Their written accounts provided material for the clandestine press and were eventually conveyed to the Government in Exile in London. [25]

After the Lublin Security Police and the camp authorities had permitted charitable organizations to provide material aid for Majdanek, the RGO and the PCK became one more important channel of communication with the outside world. The "camp postman", Ludwik Jurek, a very courageous young man who brought parcels from the PCK, used this opportunity to deliver and collect secret messages. Janina Suchodolska ("Stefania"), who on behalf of the RGO, was in charge of the supply of soup to the camp, even in the presence of SS-men could "ask in a whisper what was most urgently needed, whether there was any message to relay... she even managed to convey political news". [26] Suchodolska, together with her companion Anna Huskowska, delivered and collected secret letters in the various compounds. An excellent command of the German language and a knowledge of the German mentality often enabled Suchodolska to extract from SS-men important information, which she passed, along with what she had learnt from prisoners, to the AK District Command.

Contacts with the outside world, aside from heartening prisoners and their families, made it possible to conduct activity in the camp and enabled underground organizations outside the camp to document and expose crimes committed in Majdanek by the SS.

5. POLITICAL LIFE

In spite of easier contacts with the outside world as compared with other concentration camps, the mass of Majdanek prisoners were ignorant of political and military events on the fronts of World War Two. The news which they managed to catch was often distorted, and a prisoner, due to isolation, cherished a deceptive hope for a prompt improvement of his lot, interpreting what he heard according to his desires. Not infrequently prisoners themselves invented political information which enabled them to endure many difficult moments.

In the spring of 1942, rumours circulated among Slovak Jews that "Turkey had declared war..., that the Russians were already in Lvov, it was even said that gun fire could already be heard. At another time, they said the German front in the north had already collapsed and that the Russians were already near Królewiec (Königsberg). Or they said the Hungarians had laid down arms and the Italians had joined them... According to another rumour, which spread for two days, the Germans had asked for peace through the intermediary of the Vatican. The rumour brought us temporary relief, but it, too, was soon denied... There were many such rumours, and each of us would add something to them. Although we readily believed rumours of a political and military nature, we were sceptical about news concerning our life in the camp".[27]

A large number of such "paroles", as untrue news was commonly called, circulated especially in the first period of the camp's existence. As time went by, in 1943 and 1944, the amount of reliable information increased, its chief source being the radio. A possibility to listen to London, Moscow, or New York existed only for work gangs cleaning the SS quarters, for prisoners mending broken radio sets at the electric workshop, and for those working at the Fahrbereitschaft, repairing autos equipped with radio sets. The use of radio sets by prisoners involved the harshest punishment, but in spite of this many took the risk to be able to convey the news to their fellow inmates.

The political news acquired was discussed and commented on; it depressed prisoners in the years 1941—42, but from 1943, as the defeat of the Third Reich was becoming more and more imminent, it roused ever growing hope.

In Majdanek, as in any concentration camp, activists of prewar political parties, members of underground organizations, military men, people who understood the meaning of active political work and of conveying evidence of Nazi crimes to the outside world, associated in formal political groups. These groups were not large, their membership ranging from ten to several score prisoners. The fear of being discovered necessitated a large measure of caution and consideration.

Although the extant sources do not offer any information as to the existence of a clandestine organization among the first arrivals — prisoners of war — the careful preparation of escapes from the camp in March and April 1942, and also later, in 1943—44, seems to indicate the existence of such an organization.

In mid-1942, a clandestine group was formed by Slovak Jews. Its main purposes were mutual material and moral help, maintaining contacts with families and Jewish organizations in Slovakia, and acting for a change of the camp regime. Following a successful getaway, a member of this group reached Slovakia in early June 1942 and informed the Jews threatened with deportation about the situation in the Lublin camp. He also wrote a diary in which he described in detail the prisoners' living and working conditions. Thenceforth, as it seems, the Jewish organizations established contact, through couriers from Nowy Sącz, with the clandestine group at the camp, providing it with money and information about the situation in Slovakia. The Slovak Jewish organizations also attempted to get in touch with the Lublin Episcopal Curia (closed down by the occupying power), to ask it to intercede with the camp authorities for an improvement of the living conditions of Slovak Catholic Jews confined in Majdanek.

The formation of Polish underground groups commenced with the arrival in Majdanek in the first quarter of 1943 of numerous transports of political prisoners. Especially active in this respect were prisoners brought from Warsaw, from Lublin Castle, and from Lvov.

One of the first groups was formed by activists of the Polish Socialist Party (PPS): Piotr Jagodziński, a member of the PPS central authorities; Antoni Purtal, deputy mayor of Łódź; Zygmunt Ładkowski, secretary of the PPS Central Youth Department; Józef Saloch, Tadeusz Koral, Kazimierz and Mieczysław Rurko, all of them activists of the Youth Organization of the Workers' Universities Society; Jerzy Cesarski, editor of the newspaper *Robotnik;* Jerzy Radomski, deputy mayor of Radom; Wojciech Wojewoda, member of the Central Board of the Trade Union of Railwaymen; Henryk Gacki, a lawyer; Piotr Metera, a doctor from Radom, and many others. Deportations to other camps terminated the work of the group in 1943.

A considerable influence on the shaping of a friendly atmosphere in the women's compound was exerted by the following PPS activists: Matylda Woliniewska, an educationist; Maria Rosner, a lawyer; and Zofia Praussowa, an outstanding activist of the Polish labour movement, a member of the PPS Central Council and Central Executive Committee, who enjoyed great prestige amongst women prisoners.

The transports of Polish political prisoners, chiefly those from Warsaw, included a group of women active in the Communist Party of Poland (KPP) and the Polish Workers' Party (PPR), among them Cecylia Trzcińska, Michalina Łęczycka, Helena Konca, Eufemia Nowotkowa (the wife of Marceli Nowotko, First Secretary of the PPR Central Committee), Zofia Karpińska, Ewa Piwińska, and Janina Bartosikowa. They formed a very close-knit group headed by the secretary Cecylia Trzcińska, and after her death Ewa Piwińska. Their activity declined after most of the women had been deported to Ravensbrück in July 1943.

In May 1943, a seven-member PPR cell was formed in Compound 3.

It was headed by two physicians, participants in the uprising in the Warsaw ghetto, Józef Flancman and Goldberg. The group was liquidated in November 1943, during the "bloody Wednesday", when almost all its members were murdered. They had no contacts with a group of German communists and antifascists composed of, among others, Ludwik Einicke, Walter Enke, Karl Bogen and Otto Kiese (they gave considerable aid to Polish prisoners, since they were employed at the workshops and could freely move in the prisoners' compounds).

In the second half of 1943, an organization linked with the National Party was formed by prisoners in Compounds 3 and 4. It included prisoners brought from Lublin Castle, Marian Pasztelan, Wacław Lipski and Tadeusz Kaszubski. The organization functioned until the evacuation of the camp. In 1944 it established close contact with the camp AK.

As well as civilian groups in the resistance movement, there were also organizations of a military character in the camp. The first Polish organization of this type came into being in February 1943. It was founded by Col. Witold Orzechowski, the leader of the Military Organization set up in 1939, which, after it had been broken up by the Gestapo, changed its name to the Security Corps. Orzechowski was brought to Majdanek along with other members of the Military Organization-Security Corps, Lt. Col. Andrzej Janiszek, his deputy; Cpt. Aleksander Sosiński, the intelligence chief; and Julia Rodzik, the liaison chief. The camp group also included Col. Michał Gnoiński, the former Cracow Voivode; Jerzy Nowak, a philologist; Jan Szczepański, Czesław Kulesza and Stanisław Olszański. In March 1944, the group was subordinated to the camp AK organization.

The most efficient organization was the Eagle Union, set up in the second half of 1943 by young commissioned and non-commissioned officers and intellectuals linked with the PPR, such as Paweł Dąbek, the commander of the Lublin district of the People's Guard, and with the National Party, for example Kazimierz Maliński and Mieczysław Osiński. Among the members of the organization, there were many prisoners linked with the AK or without any other affiliation. The chief task of the organization was to liberate the camp with the aid of partisan units and the freeing of prisoners "threatened with murder or deportation to other German camps, from which only few returned". [28]

Due to the constant danger, ideological differences had to recede to the background and be replaced by common action in favour of the prisoner community. The November murder of 18,000 Jews activated the group and contributed to its further development. During November, fighting groups were set up in Compounds 3 and 4, equipped with side arms and grenades furnished by the Lublin garrison of the People's Guard, with which Paweł Dąbek had earlier established contact. The operation was initially planned to take place before Christmas; later it was postponed until New Year's Eve of 1943. The fighting groups were to attack the camp from inside, whereas GL units, over a hundred strong, undertook to render inoperative the Majdanek power supply and assault the camp from the village of Dziesiąta in the south and from the camp farm in the east. The transfer of the freed prisoners to safety was to be the responsibility of the National Party.

Representatives of the camp organization of the Home Army took a critical view of the plan. Definite opposition was expressed by the AK District Command in Lublin. Taking into consideration the deployment of SS, police, and Wehrmacht garrisons in the town and its surroundings, the AK command rightly feared lest prisoners be massacred during the attack. It saw no possibility of evacuating over two thousand sick prisoners from the camp hospitals and also considered possible reprisals by the Nazis on the local population. Eventually the National Party also withdrew from the planned undertaking, while the GL forces were too small to cope with the task. This forced the leaders of the Eagle Union to give up the plan of liberating the camp. Instead, they organized, on 15, 23 and 28 March 1944, three escapes "in order to convince military and political forces at home of the need of military operation at Majdanek". [29]

The reconnoitring of Majdanek, on behalf of Department II (Intelligence) of the AK District Command, was the task of Wanda Szupenko ("Elżbieta"), a teacher at elementary school No. 7 in Lublin. She headed the section for Majdanek affairs, code-named Sahara. Szupenko established regular communication with the camp in June 1943. She first contacted Stanisław Zelent and Kazimierz Kobus imprisoned in Compound 3, and later a group of physicians, through Dr. Henryk Wieliczański, and the women prisoners in Compound 5, Wanda Orłoś, Maria Rosner and Ewa Kryńska.

When in August and September 1943, a large group of political prisoners, members of the AK, among them the chief of the General Organizational Division of the AK District Command in Lublin, Lt. Jan Zaprawa-Ostromęcki, and his colleague, Sec. Lt. Andrzej Szwajcer, had been brought to the camp from the prison at Lublin Castle, the possibility arose of establishing closer ties between the AK and Majdanek. The two officers soon got in touch with the chief of the Kedyw (subversion command), Mj. Jan Nawrat ("Lucjan"), the deputy liaison chief, Lt. Leon Rembarz ("Dołęga"), Irena Antoszewska from the OPUS, and other persons. In the first days of October, they suggested a group escape of political prisoners from the territory of the *Gärtnerei* in the vicinity of Dziesiąta. The proposal was accepted by the AK District Command. In the course of preparations, Szwajcer fell ill with typhus, while Zaprawa-Ostromęcki contracted a lung disease, and both were confined at the camp hospital.

At the same time, Department II of the AK District Command proceeded to establish a camp-wide AK organization. On 20 December compound representatives were formally appointed. These were Wanda Orłoś in Compound 1 with Maria Rosner as her deputy; Stanisław Poniatowski, an eminent ethnologist, a professor at Warsaw University in Compound 2; Stanisław Zelent ("Zet") in Compound 3, with Kazimierz Kobus ("Wróbel") as his deputy; Michał Gancarz ("Miś") in Compound 4; and Henryk Wieliczański ("Zygmunt") in Compound 5. The whole organization was headed by Lt. Col. Władysław Smereczyński ("Patron"), the commander of the AK District in Lvov, who had been brought to Majdanek in August 1943. His deputy was Witold Sopoćko, the manager of a gas mask factory in Warsaw. The actual commander for military affairs was Jan Zaprawa-Ostromęcki. In January 1944, the whole commanding body, which also included Father Witold Kołodko ("Kalew", "Żmigród"), was at the hospital in Compound 5 (Smereczyński, Sopoćko, Zaprawa-Ostromęcki, Szwajcer, and Smereczyński's aide, Marian Smagacz).

The AK District Command assigned the following tasks to the camp organization: "Watching the course of life at the camp, ascertaining the presence of certain persons in Majdanek, keeping the District Command informed of the needs of prisoners, giving instructions and directions, lending material and moral aid to prisoners (sending food parcels, money, correspondence), and bringing together the best element in the camp." [30] As can be seen from the above, it was an important duty of the representatives or their deputies regularly to furnish information about events and sentiments in the camp. In its instructions, the Intelligence Department of the District Command even demanded weekly reports. The chief informer, working on an almost daily basis, was "Patron's" deputy, Witold Sopoćko. In extensive messages, he conveyed much valuable material concerning people and events, in particular, incoming and outgoing transports, death transports, living conditions and the functioning of the AK organization. Detailed reports on the camp were also dispatched by Jan Zaprawa-Ostromęcki, Henryk Wieliczański, Wanda Orłoś, Kazimierz Kobus, Stanisław Poniatowski and Michał Gancarz.

On the basis of these reports, Wanda Szupenko, using similar materials received through other channels, drew up, in collaboration with Father Edmund Idziakowski (the catechist at the school she headed), monthly reports on the situation of Majdanek prisoners and delivered them to the District Command, whence they were sent to the AK High Command.

In the field of charitable work, the AK camp organization supervised the just distribution of supplies from the PCK and the RGO. In this way, thefts of parcels were prevented and the OPUS was informed of Polish prisoners who received no assistance whatever.

From January 1944, the AK District Command sent daily to the camp a radio news digest, called *Biuletyn Informacyjny* and *Wiadomości Informacyjne,* which enabled prisoners to familiarize themselves with the current military situation.

The range of the forms of resistance presented above was insufficient for a group of young officers confined in the camp. Immediately after the "bloody Wednesday", in the atmosphere of danger and recurring rumours about deportation to other camps, they decided to take up the struggle in defence of their freedom. Andrzej Szwajcer, referring to the group escape prepared in October, asked Leon Rembarz in a secret letter dated 18 November 1943: "Will you be able to carry out our idea within a few days and is it still feasible? If a transport takes place earlier, please take care of it, or perhaps some other general decisions will be made before."[31] And Jan Zaprawa-Ostromęcki added: "I think that in the present situation, when events are pressing, only some general concept can solve our problem. The opposite would be wrong. We must act swiftly so as not to be taken by surprise."[32] Szwajcer developed this idea in a message of 3 December 1943: "We are getting ready for steps which on our part will be not only acts of despair, but also self-defence. We have no choice. I know that our authorities are opposed to any unrest, but we are fighting, not for life — as we can easily lose it — but for a better death, not the one they are preparing for us. Therefore, we must consider every promise which various groups present to us here. These promises contain the magic word 'freedom'; if they are paid for with death, it's lucky, too, for not much value can be placed on our miserable existence here. Perhaps the nearest days will force us to act, and perhaps the outside help which we receive will bear such and such a name — but we cannot be condemned for that. If there is no help, our action will, to a certain extent, be a slap in the face".[33]

A group of members of the AK organization, led by Jan Zaprawa-Ostromęcki, pronounced itself in favour of active struggle and freeing the camp. When the plan proved to be unfeasible, the AK conspirers at the camp, pondering over the fate of the camp when the front approached Lublin, reached the unanimous conclusion that freedom could be won by rescuing prisoners from the transports in the course of evacuation. At the same time, Department II of the District Command, urged by the representatives of the various compounds and by "Patron" himself, presented in a message of 19 January 1944, to Lt. Col. Smereczyński, its point of view as regards the fate of prisoners during evacuation. "We do not suspect there exists any plan for the mass liquidation of the camp; this is a possibility which ought to be taken into account in the event of the Germans being taken by surprise by the development of the military situation. This, however, will doubtless be preceded by a period in which the civilian administration in our territories will be replaced by the army, which, in turn, would in no case want to have in the territory it administers such a burden as your camp would be. Consequently, evacuation of the camp has to be reckoned with. The question arises of whether to counteract it. In our opinion, this would be inadvisable, since it might have undesirable consequences both for you and for us. This does not preclude the possibility that we will try to take advantage of the opportunity and rescue at least part of the prisoners. However, we will act only when we have precise information as to whom we will be rescuing and when conditions guarantee the success of the operation to an overwhelming extent. In our opinion, an act of despair on your part would be justified only if it were dictated by naked reality. We do not demand of you any further sacrifices, and the situation does not require such sacrifices." [34]

When in February and March 1944, in effect of developments on the eastern front, the menace of evacuation faced the camp, the AK organizations of all the five compounds demanded the rescue of the outgoing transport, to which the District Command expressed its consent. It was agreed that one transport would be freed, the one "in which the most valuable elements would be", that is, political prisoners.

Meanwhile, Department II of the District Command organized, with tremendous effort and taking a great risk, an intelligence operation at the post office, on the railways, and also inside the camp (Janina Suchodolska), to know every step taken by the camp authorities in connection with evacuation. Precise information was obtained as to the route, composition, guard, and time of departure of various transports. On 7 April, the AK partisan units of "Zapora", "Przepiórka", and "Stryjek" were ordered to stand by. These units, commanded by Hieronim Dekutowski ("Zapora"), operated in the Lublin and Puławy counties. Participation in the operation was proposed to "Ząb's" unit of the National Armed Forces (NSZ). Still earlier, on 23 March, the District Command sent a letter to the AK High Command, asking for consent to include in the operation partisan units from the neighbouring districts of Kielce and Cracow. The consent, dated 5 April, arrived in Lublin five days after the transport had left for Auschwitz.

The miscarriage of such a carefully planned operation met with a vehement protest from the civilian authorities, the Office of the Delegate of the Polish Government in Exile. The Interorganizational Prison Agreement said in its report: "Although the military authorities had decided to liberate Majdanek, absolutely nothing was done; not even a single shot was fired in defence of the liquidated camp or at least of the successively departing transports; this deeply shocked the opinion of the organized society and seriously shook faith in the value and possibilities of our underground military forces... The local Lublin authorities of the Home Army and the National Armed Forces, though they had been notified by us since mid-March about the prepared liquidation of the camp, did not obtain on time the permission and technical assistance from their central authorities. The individual Lublin detachments, which in the nature of things had to be used in this operation, had not been united into a single whole until the last moment." [35]

Thus, the fear of a possible massacre of prisoners because of the shortage of means of transport rapidly to disperse 1,200 prisoners over the area and the lack of coordination of the operation by partisan units were only some of the causes of the failure of the plan to free the evacuation transports.

Also the Office of the Delegate of the Polish Government in Exile took an interest in the concentration camp in Lublin. The Interorganizational Prison Agreement conducted a vigorous activity at its Voivodship Office. There was also a circle of the Prison Unit, closely linked with the Department of Internal Affairs of the Delegate's Office. As well as extending material aid to prisoners, the two organizations engaged in reconnoitring the camp. Information was collected and reports were drawn up on their behalf by Nina Szugajew, Matylda Woliniewska, and Barbara Wójtowicz ("Krystyna Winnicka") in the women's compound; by Jerzy Szczęśniewski and Albin Maria Boniecki in Compound 3; and by Jerzy Bargielski, Jan Klonowski, Jan Nowak, and Romuald Sztaba at the men's hospital. It has not been determined whether these organizations had their own cells in Majdanek, or only a ring of informers. The records of the Delegate's Office [36] provide evidence that they conducted vigorous activity. According to these records, prisoners furnished precise information concerning all problems connected with the camp, especially in the years 1943 and 1944.

As can be seen, the political resistance movement in Majdanek was organized chiefly by Poles. This was the result of the arrival of many Polish political prisoners early in 1943 and the assistance of the local population, which maintained regular contacts with the camp. The movement was fragmented in political and organizational terms, but all philosophical differences receded to the background when common action for the good of prisoners was necessary.

6. ESCAPES

Escapes from the camp were a form of resistance. There were both spontaneous escapes, when a prisoner took advantage of an opportunity that unexpectedly presented itself, and organized ones, chiefly in groups.

Prisoners attempted to escape paying no heed to consequences, guided by the desire to get away from the inhuman conditions of camp life, motivated by longing for their nearest and dearest, by hatred toward the enemy, by the intention of taking up an active struggle and alarming public opinion by showing what Majdanek actually was. Prisoners escaped from the camp itself, from work gangs, from subcamps, and from transports. As the prisoners were very carefully guarded, any escape plan demanded considering all eventualities, and so most escapes were in groups.

The first known escape in the history of Majdanek took place in March 1942. A group of two hundred Soviet POWs, the remnants of the first transport, unwilling to share the lot of their fellow inmates decimated by hunger, typhus, hard labour, and executions, conceived the idea of a collective flight. On a dark night, in the eastern part of Compound 2, when the guards temporarily moved away, the prisoners managed to approach the fence (there was still another line of wire) and throw blankets over it, whereupon they started the escape. The guards, having discovered what was going on, opened heavy fire. Then two officers, the organizers of the flight, attracted the SS-men's attention to themselves by shining their flashlights. In this way, they enabled their comrades to proceed with the escape. After the two had died a heroic death, the guards directed their fire at the remaining escapees. Several score prisoners were killed while going over the fence, several were hit by bullets during pursuit, but 98 persons managed to reach the forest and find refuge there from further chase. [37]

The second escape was organized in April by a group of POWs working probably in the Krępiecki Forest. "The Russians, who had since long contemplated an escape," the Anonymous Jew writes, "stole from the storehouses civilian clothes, money, and gold jewelry. They smuggled these to the forest and there, taking advantage of the guards' lack of attention, hid them near the place they worked. Eventually, the long-desired moment arrived. While at work, twenty-eight prisoners assaulted eighteen guards. Shooting broke out. Six Russians and four guards were killed, and another four guards were wounded. The remaining Russians escaped. Characteristic was the attitude of the other Russians (who remained at the camp, in the barrack) and their sacrifice for the common cause. While they themselves could not flee, they enabled their comrades to escape, even though they knew what was awaiting them: that they would be terribly beaten and might even perish. And so it was. The SS-men beat them up dreadfully, especially the cook who they thought had known about everything. For three days in a row, he received 400 lashes each time." [38]

In 1942 eight prisoners of war from the *Waldkommando*, who were filling the ditches in which 500 Jewesses from Lublin had been shot, attacked the guards and took their weapons. During the fight, four prisoners were killed, while another four managed to flee.[39]

A further POW escape occurred in August 1943. Guarded by SS-men, they were mowing the grass in the *Lagergut*. One day they assaulted the guards, killed them, and escaped. Seven prisoners were killed during pursuit, and the remainder reached partisans.[40]

The escape on Sunday, 9 January 1944, created a sensation. Only two people took part in it: a Soviet captain and another prisoner, a Soviet citizen who probably was not a POW. The two were working at the coal depot in the so-called second inter-compound. It was a foggy day, and the work gangs did not set out for work. On that account, no guards were posted along the boundary of the camp. The SS-man who escorted the two prisoners, who were carrying coal to a pill-box, was unexpectedly attacked by them. The Russians overpowered him, gagged him, stripped him of his uniform, and tied him up. One of them put on the guard's uniform, shouldered his rifle, and, unhampered, marched his colleague toward the forest, where the two vanished.[41]

The last known escape of POWs from Majdanek occurred on 3 July 1944. Vasili Kishov, Alexei Kotov, Viktor Mikhayev, and Stepan Piankov fled the camp in circumstances which remain unexplained.

In the five escapes presented above, at least 200 prisoners of war took part, 132 of whom managed to flee, while several scores were killed.

Jewish prisoners were prompted to escape, above all, by the awareness of imminent death. What helped them was their knowledge of the German language and the money and valuables they had managed to conceal, with which they bribed the guards.

The first successful escape of Jewish prisoners was recorded in early June 1942. A Slovak Jew brought to Majdanek in April of that year, shocked by the tragic circumstances of the camp, decided to flee. Having obtained civilian clothes, he hid amidst building materials in Compound 4. At night (on Saturday), he crawled out of his hiding place, safely passed the guards, and headed west. In the nearest village he received help. The people he had reached fed him, provided him with food, and told him which way to go, how to ask for directions, and whence the danger might come. Heading west all the time, he reached Cracow and later Nowy Targ. All the way he met with friendliness and disinterested aid on the part of the Polish population. From Nowy Targ, he managed to get to Slovakia. While there, he wrote a diary which is the only source of information about the escape.[42]

Another successful escape was made by the German Jew, Robert Eisenstädt, who fled the camp in disguise on 11 July 1942. He reached

Frankfurt, and from there, in February 1943, he managed to gea to Switzerland.[43]

The files of the German gendarmerie in Lublin provide information about two escapes of Slovak Jews. On 30 July 1942, Julius Goldfarb, 48, escaped from a work gang employed at the munition depot. The "search proved fruitless even though police dogs were used in the operation". Also fruitless was the pursuit of Salomon Schlamovitz. He escaped on 23 October of that year from the Majdanek Bekleidungswerke subcamp where he worked at an SS storehouse.

In October 1942, several escapes were organized by Polish Jews. All of them came from Lublin or the surrounding district. According to the gendarmerie files, Salomon Perelman, 28, escaped on 9 October and Abas Sznajder the next day. On 14 October, Józef Gerstenblut, 17, and Izaak Cymerman, 22, fled together. On 20 October, two young prisoners, Chaim Arbus, 21, and Berek Altman, 14, disappeared from the area where potato camps were situated. Neither the detailed circumstances of these flights nor the fate of the escapees are known.[44]

Following the execution on 3 November 1943, "bloody Wednesday", of 18,000 persons of Jewish extraction, 300 Jews and 300 Jewesses were left at the camp to segregate the property of those murdered. Of that group, a prisoner unknown by name escaped in the same month. He was helped by a civilian worker employed at the construction of the camp.

Prisoners of Jewish descent escaped not only from the Majdanek compound, but also from work gangs employed outside the camp and from subcamps. In the spring of 1943, two Jewesses from Germany, Ida Anna Moscher and her 16-year-old daughter Rosa, escaped from a market garden in Lublin. The escape was facilitated by the SS-man Sepp, who took them daily to work. The two women hid until the liberation with the Polish family Maćkowiak in Lublin.[45]

Jerzy Pfefer arrived in Majdanek with his family in May 1943, in a transport of Jews deported following the liquidation of the Warsaw ghetto. After the death of his wife, daughter, and father, who had perished in the gas chamber on 20 May, he attempted to commit suicide. He was dissuaded by the fellow inmates from this intention. Assigned to a work gang at a sawmill in Lublin, he decided to flee. At lunch time on 21 June, hiding among piles of boards, he took off his striped clothes, and, walked through the gate "to lunch". Following country roads, he reached Warsaw, where he stayed with Polish acquaintances until the end of the occupation.[46]

Other Jews who found refuge with Polish families included Symcha Turkieltaub and Julia Goldgraber-Celińska, who escaped on "bloody Wednesday". The latter was offered shelter by the Cytaw family.[47]

In November 1942, Wiesław Dobrowolski escaped from the Majdanek subcamp in the territory of the former airfield in Lublin (Bekleidungswerke). He was employed in cleaning the site of the former ghetto at Majdan Tatarski. Encouraged by Władysław Pirog, a farmer from Dziesiąta, who was driving a cart past the ghetto, he slipped through the fence, took the place by the driver, and in the guise of his assistant, went to the farmer's home, where he found shelter until his departure from Lublin to Warsaw. Another prisoner to have escaped from that subcamp was a young Jewish girl from Lublin by the name of Wolberg. She reached Warsaw and thanks to the help of a Polish railwayman, hid on the "Aryan side" until the liberation.[48] The last known escape from that subcamp took place on 27 October 1943. After the evening roll call, Efraim Nachimowicz, Diament, and Rubinsztajn reported to the guard at the gate, claiming that an SS officer had ordered them to repair the sanitation in his flat. The guard believed them after receiving a large sum of money and a sweater. Having left the camp, the three prisoners fled to Lublin and later to Białystok, where they came from. Two of them hid with Nachimowicz's Polish wife, while the third perished fighting in partisan units.[49]

Escapes from the other Majdanek subcamp, the German Supply Works (Deutsche Ausrüstungswerke) in Lipowa street, were organized by Jewish prisoners of war from the Polish army, employed in various work gangs in the town. Toward the end of the summer of 1942, a committee was set up at the subcamp, the main task of which was to obtain weapons, especially in military hospitals. On 11 November of that year, German drivers, bribed by the prisoners, took to the Nagłowice Forest the assembled weapons and twenty-odd POWs. There were several more escapes from that subcamp. In the spring of 1943, an armed group led by Samuel Jegor fled to the forest. In the autumn (2 October 1943), several POWs fled to the Parczew Forest.[50] The exact number of escapees is difficult to determine. All of these were group escapes, organized in military fashion, which as a rule did not involve clashes with the guards.

One can assume that 40 to 50 prisoners of war escaped from the subcamp in Lipowa street. On the other hand, in the 15 escapes from Majdanek, the outside work gangs, and the Bekleidungswerke, a total of 20 persons got away. Most of these were individual escapes. Altogether, 60 to 70 POWs of Jewish extraction escaped from the main camp and its two subcamps in *Lublin*.

Apart from Soviet POWs, Polish, Slovak and German Jews, German prisoners also escaped from the Lublin camp, but the number of these escapes was very small. Only two cases are known. During the night of 14/15 September, three *Vorarbeitern* ran away from the Bekleidungswerke. They included Willi Gardini, Heinrich Kursch, and, the youngest of them, Otto Jauschke. In March 1944, *Kapo* Arold Georg, a German communist, escaped in a group of 12 Poles from the subcamp in Lipowa street. He was later killed, fighting against Nazi troops.[51]

Poles began to escape from Majdanek in 1942, after the first groups of the Polish population had been confined in the camp, imprisoned as hostages for the activity of the underground movement or for having failed to supply the required amount of farm produce. The series of escapes of Polish hostages was initiated, on 1 October 1942, by Józef Klimiuk from Derewiczna near Biała Podlaska. Two days later, Mikołaj Litwin ran away, followed on 9 October by Aleksander Bondzarewicz from the village of Żuki, Biała Podlaska county, who on a very misty morning, taking advantage of the guards' inattention, slipped before the roll call through the partly open gate of Compound 3. The police reports of October 1942 list more escapes. On the 13th of that month, Jan Sawa from Stężyca escaped from the camp, on 20 October Paweł Bojarski, 35, ran away from the work gang employed at the SS canteen; on the following day, Władysław Zudoł fled from a work gang employed at a brick kiln in Rury Jezuickie in Lublin. The reports mentioned above also list some escapes in early November: Aleksander Bielecki from the settlement of Ludwin near Lublin escaped through a sewer on 4 November; the next day, the brothers Józef and Bogdan Rybarczyk ran away from the camp farm.[52]

In 1943, escapes of Polish political prisoners commenced. On 23 March, Jan Kowalski fled the camp in the same way as Aleksander Bielecki.[53] The most ingenious were doubtless the escapes organized by the Eagle Union in March 1944. The first of them occurred at night on 16 March. The Union leaders, Kazimierz Maliński, Paweł Dąbek, and Mieczysław Osiński, attired in white sheets, slipped out of their barrack in Compound 4. Taking advantage of snow-storm and the darkness of the night, they crawled toward the gate. They made an opening in the fence using a pair of shears, through which they got out of the compound and began creeping toward Dziesiąta. After cutting the wire at the border of the camp and surmounting one more obstacle they were free.[54] A second escape was organized by the Eagle Union a week later (on the night of 22/23 March) from the Majdanek branch in Lipowa street. Several barracks of the subcamp adjoined in the south the wall of the Orthodox cemetery. Several prisoners resolved to take advantage of the location of the barracks. They decided to dig an underground passage from the storehouse barrack to the cemetery wall. They confided the plan to *Kapo* Arold Georg, who facilitated for them the entry to the storehouse barrack. When the passage was ready, all those who knew about the plan ran away. They included Arold Georg, Henryk Bożek, Kazimierz Gąsiorowski. Aleksander Jarosiewicz, Władysław Kisielewicz, Józef Kolek, Włodzimierz Kononowicz, Władysław Król, Szymon Kulikowiec, Joachim Rokicki and Adam Trojnar.[55]

On 28 March, during the evening roll call, the following prisoners were found missing: Mikołaj Caban, Tadeusz Czajka, Stefan Drozd, Władysław Gałasiński, Stefan Iwanek, Wiktor Piątkowski, Jan Sarzyński, Robert Skrzypczak, and Henryk Srebrzycki. They escaped through a sewage conduit extending beyond the territory of the camp. They entered the sewer through a shaft situated in the *Gärtnerei*, where several of them were employed. After lunch time, two prisoners, Mikołaj Caban and Robert Skrzypczak, entered the shaft, the grating of which had been forced in the morning. Creeping through the sewer (60 cm in diameter), they reached the next shaft and proceeded to forcing the grating, using a hammer and a saw, protected on the outside by two of their colleagues working nearby. When the gratings of the first four shafts had been forced, three pairs of escapees entered the sewer. Jan Sarzyński, who directed the operation, was the last to enter. The passage was difficult. Crawling along the narrow conduit filled with faeces, over glass and stones, exhausted the escapees. However, the hope of regaining their long-desired freedom enabled them to reach the ninth shaft, situated 150 metres from the external boundary of the camp. There they took off their stripes and put on civilian clothes prepared while at the camp. When the sound of a siren notified their escape, all were already outside Lublin.[56]

The participants in the escapes organized by the Eagle Union met with a friendly reception on the part of the local population in the villages of Krzczonów and Żuków, where they hid, regaining strength and nursing their wounds. They were cared for solicitously by Irena Antoszewska from the OPUS.

On 16 April 1944, two Polish women, Felicja Bidachowa and Helena Żuk, were taken out of the camp by SS-man Otto Schultz in sacks filled with clothes. The two prisoners had been brought to Majdanek from the prison in Lublin Castle and assigned to a work gang employed at the storehouse supervised by Schultz. Knowing that he was not a supporter of the Nazi regime, they asked him to facilitate escape for them, to which he consented after long consideration.[57]

A month later, in the afternoon of 15 May, a car driven by an SS-man approached the main camp gate from the direction of prisoners' compounds. The guard, without checking the driver's identity, raised the barrier. The car sped toward Zamość never to return to the camp. The "SS-man" was prisoner Mikołaj Stebliński, employed at the car repair shop in Compound 3. Having repaired a fault in the engine, he obtained permission from the SS-man, who was enjoying some vodka, to go on a test ride outside the territory of prisoners' compounds. Behind the gate of Compound 3, he put on an SS uniform which he had prepared earlier. He also managed to take two friends with him, Jan Poniatowski and Michał Nadziejko, who were on their way back from the bath. Hiding on the floor of the car, they successfully rode to freedom.[58]

The last Pole to have escaped from Majdanek was Czesław Gaweł. He worked at the SS kitchen, where he always went before the morning roll call. On 12 July 1944, having put on an SS uniform prepared in advance, he went out unnoticed through the back door of the kitchen and headed toward Dziesiąta. The escape occurred before the chain of guards was deployed after the morning roll call.[59]

A total of 40 Poles ran away during the 15 escapes presented above. This is not an impressive number in comparison with the number of Soviet and Jewish escapees. However, these data are certainly incomplete, since we do not know the exact number of hostages who fled in 1942 nor all the successful escapes of Poles in 1943 and 1944. There were reasons why the Poles did not attempt to escape. In the case of a runaway POW or Jew, the reprisals affected only their fellow inmates, whereas in the case of Poles they extended also to their families, who were punished with incarceration in a concentration camp. The awareness of this fact stopped many Polish prisoners from making such decisions. It was only the evacuation of the camp and the approach of the frontline in 1944 that encouraged prisoners to attempt to escape.

Escapes of Majdanek prisoners during deportation to other camps constitute a separate problem. They were difficult to accomplish because of the safety precautions taken by the camp authorities. The freight cars in which prisoners travelled were sealed; the windows were grated, an escort was detailed, equipped with machine guns; the deportees were shackled. In spite of this, many prisoners decided to risk a jump from the speeding train.

Over 200 prisoners, chiefly Poles, escaped during deportations to other camps. From some transports, as many as several score persons ran away. For example, on 15 September 1942 over 20 persons escaped from a train carrying hostages to the labour camp in Pustków; on 30 March 1943, sixty-five prisoners escaped from a transport to Buchenwald; on 2 April 1944, sixty-seven persons ran away from a transport to Natzweiller; on 24 July 1944, twenty-eight prisoners escaped in Kwaśnik and Ćmielów from a marching column travelling to Auschwitz.

To the 200 escapees from transports departing from the camp, one should add 60 to 100 persons who ran away from a transport travelling from the Pawiak prison to Majdanek on 18 January 1943. Altogether, about 300 persons escaped from transports. Adding to this number the 250 escapees from the camp, we can assume that over 500 prisoners managed to get away from the Majdanek inferno to give evidence of the crimes perpetrated there, to organize aid for their fellow inmates who had stayed in the camp and to join in the struggle against the Nazis.[60]

✶

The development of the camp resistance movement, both spontaneous and organized, was determined by many external and internal factors. It was facilitated by the location of the camp in an environment hostile to the Nazi regime and involved in providing aid for the prisoners; the changes in the situation on the fronts of the war; the influx, from 1943, of political prisoners; and the assumption of most functions by Polish political prisoners. There were negative factors as well, such as the function of the Majdanek camp as a centre of direct extermination and the highly diverse nature of the prisoner community. From 1943 onwards, however, the camp resistance movement steadily grew in strength, embracing an ever increasing number of prisoners. Resistance also manifested itself in sabotage. For example prisoners destroyed, either spontaneously or in an organized manner, raw materials, installations and various objects and slowed down the pace of work (the work gangs of Zelent, Boniecki and Kurcyuszowa).

The resistance movement in Majdanek, just as in other camps, played an important part in the life of the prisoner community. Albeit the effects of this activity were out of proportion to the scope of the crimes, nonetheless, many of those who had survived owed this to their fellow inmates and the care extended by Polish society. The functioning of the resistance movement inspired prisoners' faith in man, shaped the ideals of brotherhood, love, and sacrifice, and promoted international solidarity.

NOTES

[1] A. Devoto, "Aspekty socjopsychologiczne i socjopsychiatryczne obozów koncentracyjnych". In: *Biuletyn Głównej Komisji Badania Zbrodni Hitlerowskich w Polsce*, vol. XVIII, p. 120.

[2] J. Kwiatkowski, *485 dni...*, op. cit., p. 285.

[3] D. Brzesko-Mędryk, *Niebo bez ptaków*. Warszawa 1968, p. 51.

[4] *Ibid.*

[5] D. Brzosko-Mędryk, *Matylda*. Warszawa 1970, p. 27.

[6] APMM. S. Malmowa's secret note IV — 15. R. Pawłowski's secret note of 18 January 1943.

[7] "Korespondencja z Majdanka Henryka Jerzego Szczęśniewskiego VIII 1943 — IV 1944", ed. Z.J. Hirsz. In: *Zeszyty Majdanka*, vol. II, p. 205.

[8] D. Brzosko-Mędryk, *Niebo...*, op. cit., p. 97.

[9] Z. Murawska, "Przejawy życia kulturalnego w obozie koncentracyjnym na Majdanku jako forma samoobrony psychicznej więźniów". In: *Materiały na konferencję*

naukową zorganizowaną przez Instytut Historii PAN, Główną Komisję Historyczną ZG ZBOWiD, Radę Naukową Towarzystwa Opieki nad Majdankiem i Państwowe Muzeum na Majdanku, part I. Lublin 1974, p. 9.

[10] E. Rosiak, "Niektóre formy psychicznej samoobrony więźniów Majdanka". In: *Zeszyty Majdanka,* vol. V, p. 165.

[11] J. Jaworska, "*Nie wszystek umrę. Twórczość plastyczna Polaków w hitlerowskich więzieniach i obozach koncentracyjnych 1939—1945.* Warszawa 1975, pp. 57—58.

[12] B. Fiała, "Życie religijne więźniów w niemieckim obozie koncentracyjnym na Majdanku 1942—1944". In: *Roczniki Humanistyczne. Historia,* vol. XXIV, No. 2, 1976, pp. 222 ff.

[13] APMM. E. Deskur's memoirs VII/367, p. 56.

[14] L. Christians, *Piekło XX wieku. Zbrodnia, hart ducha i miłosierdzie.* Warszawa 1946, pp. 105—106.

[15] *Ibid.*

[16] *Ibid.*

[17] WAPL. Rada Główna Opiekuńcza, No. 50, p. 85.

[18] *Ibid.*

[19] *Ibid.*

[20] A. Wiśniewska, "Organizacyjny i materialny wkład lubelskiej Rady Głównej Opiekuńczej w dzieło pomocy dla Polaków osadzonych na Majdanku". In: *Zeszyty Majdanka,* vol. VIII, p. 17.

[21] H. Nieścior, "Gdyby nie pomoc Polskiego Czerwonego Krzyża". In: *Jesteśmy świadkami. Wspomnienia...,* op. cit., p. 346.

[22] M. Gryta, *Byłem numerem.* Lublin 1962, p. 101.

[23] L. Christians, op. cit., p. 269.

[24] *Ibid.*, p. 258

[25] Cf. "Obóz koncentracyjny na Majdanku w świetle akt Delegatury..." and "Obóz koncentracyjny na Majdanku w świetle "Dziennika Polskiego" i "Dziennika Żołnierza" z lat 1940—1944". In: *Zeszyty Majdanka,* vol. VII, p. 242.

[26] S. Perzanowska, *Gdy myśli...,* op. cit., p. 102.

[27] AZIH. Account by the Anonymous Jew.

[28] APMM. Opus XII/13, p. 3. K. Maliński's report to the AK District Command in Lublin of 23 March 1943, after his escape from the Majdanek camp.

[29] *Ibid.*

[30] APMM. Opus. XII/9, p. 9. Report of Opus concerning prisoners' stay in Majdanek between 1 and 31 December 1943

[31] APMM. Opus XII/10, p. 279.

[32] *Ibid.*

[33] *Ibid.,* p. 324. Andrzej Szwajcer's secret message to Irena Antoszewska.

[34] *Ibid.,* p. 467. Information from Department II of the AK District Command to "Patron" of 19 January 1944.

[35] "Obóz koncentracyjny na Majdanku w świetle akt Delegatury...", op. cit., pp. 238 ff.

[36] *Ibid.,* pp. 167—241; "Raport Komórki Więziennej Delegatury Rządu na Kraj z 1944 o Pawiaku, Oświęcimiu, Majdanku i Ravensbrück". In: *Najnowsze dzieje Polski,* vol. XII/1968.

[37] J. Kowal, "Dwóch za stu". In: *Wolni ludzie,* No. 13 of 15 October 1947.

[38] AZIH. Account by the Anonymous Jew; AGKBZH. Records of the criminal case of Meneng Udo — 960 z/OL.

[39] *Ibid.*

[40] J. Korcz, "Na Majdanku". In: *Pamiętniki nauczycieli...*, op. cit., pp. 656—657; M. Gryta, op. cit., pp. 93—94.

[41] J. Kwiatkowski, *485 dni...*, op. cit., pp. 339—340; J. Michalak, *Nr 3273 miał szesnaście lat.* Warszawa 1969, p. 307.

[42] AZIH. Account by the Anonymous Jew.

[43] K. Dunin-Wąsowicz, "Ucieczki z obozów koncentracyjnych", part II. In: *Dzieje Najnowsze*, vol. IX/1977, No. 4, p. 69.

[44] Central Archive of the Ministry of Internal Affairs (hereafter CAMSW). Lublin Gendarmerie, vol. 13, p. 11; C. Rajca, "Dokumenty dotyczące ścigania zbiegłych więźniów Majdanka". In: *Zeszyty Majdanka*, vol. VIII, pp. 218—219.

[45] AZIH. Deposition No. 6097 by Rosa Moscher.

[46] APMM. Memoirs of J. Pfefer VII/23; J. Kwiatkowski, *485 dni...*, op. cit., pp. 197—198.

[47] T. Berenstein, and A. Rutkowski, "Żydzi w obozie...", op. cit., p. 54.

[48] APMM. W. Dobrowolski, *Pięć lat na muszce* — VII/235.

[49] APMM. Account by E. Nachimowicz concerning his stay at and escape from the camp Bekleidungswerke in Lublin — VII/741.

[50] T. Berenstein, *Martyrologia*, op. cit., pp. 49—50.

[51] CAMSW. Gendarmerie Lublin, vol. 13., p. 15; C. Rajca, *Dokumenty dotyczące ścigania...*, op. cit., p. 217; W. Góra, and S. Okęcki, *Walczyli o nowe Niemcy. Niemieccy antyfaszyści w ruchu oporu na ziemiach polskich.* Warszawa 1972, p. 116.

[52] CAMSW. Gendarmerie Lublin, vol. 13, pp. 6—11; C. Rajca, *Dokumenty dotyczące ścigania...*, op. cit., pp. 218—220.

[53] APMM. Account by J. Kowalski of his escape from Majdanek — VII/141.

[54] APMM, Opus XII/13, p. 3. K. Maliński's report of 22 March 1944; P. Dąbek, "Związek Orzeł w akcji". In: *Kultura i życie*, No. 35, 1958.

[55] APMM. Opus XII/13, pp. 5—7. K. Maliński's report of 4 April 1944; C. Rajca. "Dokumenty dotyczące ścigania...", op. cit., pp. 223—224; J. Zakrzewski, *A my żyjemy dalej.* Lublin 1977, pp. 136 ff.

[56] M. Caban, *Powrót zza rzeki Styks.* Warszawa 1964; T. Czajka, *Czerwone punkty.* Lublin 1962.

[57] APMM. Opus XII/10, p. 731; APMM. F. Bidachowa's reminiscences of her escape from the camp — VII/22.

[58] M. Panz, *Prawo pięści.* Warszawa 1977, pp. 286 ff; APMM. Account by M. Stebliński — VII/534.

[59] C. Gaweł, "Kapo Lukesz". In: *Jesteśmy świadkami. Wspomnienia...*, op. cit., pp. 200 ff; J. Zakrzewski, op. cit., p. 150.

[60] Similar estimates are given by K. Dunin-Wąsowicz, "Ucieczki z obozów...", op. cit., p. 69 and idem *Ruch oporu w obozach koncentracyjnych 1933—1945.* Warszawa 1979, p. 204.

Chapter 9

Evacuation and Liberation

The functions the Lublin concentration camp performed at the height of its activity as well as the plans for its further expansion were interrupted, in early 1944, by the swift Soviet offensive which in mid-March brought the front line to within 150 kilometres of Lublin. The German military authorities ordered a preliminary evacuation of the town and district of Lublin. In this connection, acting on instructions of Office Group C of the WVHA, the Lublin SS and Police Central Construction Board proceeded to dismantle the barracks at the labour camp in Trawniki and the Supply Storehouse of the Higher SS and Police Leader for South Russia, situated in Lublin in the vicinity of Majdanek. The barracks had been unoccupied since the "bloody Wednesday".

The prisoners of the Lublin camps followed these events closely; they listened especially intently for news about the rapid Soviet offensive in the Ukraine. The prisoners realized that retreat of the German troops would entail the liquidation of Majdanek, but no one knew when this might occur. Mindful of the execution of 18,000 Jews on a single day, the prisoners expected the worst. In the last days of December 1943, there was "a certain excitement in the camp, due to the digging of ditches like those dug before the Jews were done away with. According to information already received the ditches connect three pill-boxes situated near the village of Dziesiąta and the crematorium. A similar ditch connects two pill-boxes in the *Lagergut* area. This may have a purely defensive character. But please watch everything carefully for one can expect the worst from our defenders". [1]

Beginning from January 1944, as news about the progress of the Soviet offensive arrived, tension mounted at the camp. "The developments in the world and the approaching frontline have greatly increased the temperature of sentiments in the camp. Everybody is now following more attentively the events taking place and is drawing less or more logical conclusions. Some focus their attention on the general situation, but unfortunately, the majority are only interested in the situation of the camp. The most improbable gossip is circulating, frequently invented or distorted versions, to which everybody pays a great deal of attention."[2]

Thenceforth, the secret messages, sent out from the camp almost daily, contained alarming information: "In connection with the military situation, our problem grows more and more serious each day, and our destinies will doubtless be decided within a very short time"[3], "it is as if we are sitting on a fire, waiting to see what they will do with us"[4], "information has spread that the camp has been ordered to wind up (evacuate) within three weeks' time".[5] Ten days later, the same informer reported: "They say a very quick evacuation will take place before the end of this week... A host of contradictory versions, each of them different, are being spread by our guards."[6]

In mid-March 1944, when it was already known that the camp would definitely be evacuated, some of the prisoners were seized by depression, while others showed moderate optimism resulting from the belief that the transports would be rescued by combined partisan forces. Even if evacuation to other camps situated inside the Reich were considered, distance from loved ones, the loss of the care extended to prisoners by Polish charitable organizations, and above all travel into the unknown intensified the feeling of uncertainty and danger. "Here in Majdanek." an unknown prisoner wrote on 9 April 1944, "though we were at a camp, we felt as if we were among you. Not only your concrete memory of us, not only constant communication with you and your wide-scale material assistance, made us think so; the view of the Lublin houses kept reminding us that our people are around us, that our people are in the forests, and that they will never forget about us."[7]

On 19 March 1944, the Camps Inspectorate ordered the evacuation of the camp. Under these circumstances, the Polish Red Cross made representations to ensure that the sick in the camp and the whole medical personnel composed of prisoners was turned over to its care. At one moment, it even appeared that the camp authorities would consent. A protest came from the Reich Main Security Office, which through its representative at the camp, the chief of Division II, Kloppmann, declared that "the sick must depart from the camp, the more so as they have their own medical personnel..., that German prestige does not permit them to show weakness and ask the Polish Red Cross for help".[8]

On 29 March, the camp authorities placed under Red Cross care only 40 sick prisoners, including 18 in a very serious condition. Moreover, 200 hostages were released and placed at the disposal of the Labour

Office. The remaining 2,400 sick men and 1,200 women were condemned to more suffering.

The real evacuation of the camp commenced on 1 April, when a transport of several hundred children, chiefly Byelorussian, departed for the camp at Dzierżążnia near Łódź. On the same day, a transport numbering 2,000 men and women was dispatched to Auschwitz.

On Sunday, 2 April 1944, 1,200 men were sent to the camps in Natzweiler, Alsace, and Bergen-Belsen, Lower Saxony. The prisoners who were to leave for those camps "at the last moment were ordered to change, in the bath house, into striped clothes and wooden clogs, and all parcels were taken away. Right before leaving, they were searched once again, and then, surrounded by guards and dogs, they marched in groups, out of the camp." [9]

Two large transports were deported to KL Gross-Rosen, the first on 5 April and the second on 7 April. They included only men prisoners, about 3,000 in all. At a railway siding they were put into freight cars. "In each car, both doors were fully open, and grilles of barbed wire were placed in the door openings, on both sides of the empty space in the middle. Each car consisted of two parts, like cages for wild animals, with 25 prisoners in each part, separated by four armed SS tamers." [10]

Next to depart were two transports headed for Auschwitz: the first on 8 April, with 2,700 prisoners, the second on the 13th of that month, numbering 1,625 men and women. All the patients from the camp hospitals were deported in two groups. Before the trucks took them to the railway station, "Thumann established the principle that anybody whose name was on the transport list was to be considered alive, even if he were dead. The dead are to be loaded together with the prisoners and will be regarded as having died during the journey... These human puppets were piled on trucks like sacks, over 80 corpses, riding together with living people and as living people" [11]. A somewhat better treatment was given to the sick women prisoners, who together with the medical staff were deported on 13 April. This transport also included 300 Jewesses with two babies, 300 Jews, and 20 Soviet POWs who had operated the crematorium. After the transport had arrived at Birkenau, the prisoners of Jewish extraction were gassed, and their bodies burnt the next day, most of them having been witnesses to the "bloody Wednesday".

The 480 Jews and 120 Jewesses who had stayed in Majdanek were sent, on 15 April, to the concentration camp in Płaszów near Cracow.

The last transport left Majdanek on 19 April and comprised 800 Polish and Russian women, who were taken to KL Ravensbrück. The Polish Red Cross did its utmost to supply to the railway platform parcels for all prisoners, irrespective of nationality. The PCK employees who helped distribute the parcels, Zofia Orłowska and Leonarda Kiwerska, thus described the prisoners' behaviour before departure: "Many of them are standing silently by the grille, boundless sadness in their eyes — these are mostly the older women. The younger ones show a nervous excitement, they are smiling at us, shouting, humming camp songs. The question comes to mind, which attitude is the best, which will offer strength for survival — whether there is more chance for those who are resigned or for those who are bellicose, who appear to think nothing of the barbed wire, or of the soldiers armed to the teeth." [12]

In ten transports, over 12,000 prisoners — men, women, and children, both healthy and gravely ill — were deported from Majdanek. All of them travelled in freight cars under a heavy SS guard, and "the cars were sealed and provided with the sign reading 'Munition' "[13].

After more than 80 per cent of the prisoners had been deported, 1,500 cripples and Soviet POWs remained in Compound 2. There also remained at the camp 180, mostly political, prisoners, who formed the so-called *Endskommando zum Liquidations des Lagers* and did all kinds of jobs connected with the functioning of the camp. They were transferred from Compound 3 to Compound 1, and thus Compounds 3, 4 and 5 were left empty.

The temporary halting of the Soviet offensive in the south interrupted the complete liquidation of the camp. However, Soviet aircraft, appearing increasingly frequently over Lublin, heralded an early liberation. On 11 May 1944, during a night air-raid on the town, "the aircraft dropped on the camp site 83 bombs along a semicircle surrounding the five dwelling compounds, on the command barracks..., the transformer, the SS jail (solitary cells), the vegetable garden, and the crematorium. Two SS-men were killed. Not even a single bomb fell on the centre of the camp, where the prisoners' dwelling barracks are located. The bombs were aimed very accurately, with an excellent knowledge of the actual plan of the camp." [14]

According to the German strategic plans, in the case of a Soviet offensive, Lublin was to be an important centre for engaging enemy forces and halting them until German troops had retreated to predetermined positions. For this reason, in May 1944, the Germans commenced major fortification works. Air-raid shelters and trenches were built around the town. Each day, hundreds of people, chiefly Lublin inhabitants, were brought to build the fortifications. In addition, many workers were brought from outside Lublin and accommodated in Majdanek, in Compound 5. They were not prisoners of the concentration camp, but forced labourers at the disposal of the Wehrmacht.

In the middle of June, changes occurred at the camp. They were initiated by the arrival of a transport of Jewish prisoners from the labour camp in Budzyń, a Majdanek branch that was being liquidated. Between the middle of June and 22 July, the character of the Lublin concentration camp was determined by the earlier mentioned transports of peasants from the southern part of the Lublin region. While they had a less severe regime, substantial aid from charitable organizations, and the hope of an early release, those people faced the danger of frequent interrogations at the political division of the camp command or at the Gestapo headquarters in Uniwersytecka street in Lublin. Those who had to admit that they had belonged or extended aid to partisan units were taken to the prison at the Castle, from which they never returned.

Meanwhile, Operation "Bagration" which had started on 23 June during which the Soviet troops were to advance from Vitebsk to Warsaw, was developing favourably and led, in early July, to the routing of the main German forces, the "Mittel" Army Group. The successes on the Soviet fronts, the First Baltic and the First, Second and Third Byelorussian, caused grave concern to the German military, police, and administrative authorities.

This situation was reflected at the camp. The Majdanek authorities were ordered to dismantle the camp barracks. Compound 6 was the first to be dismantled. In early July about 200 prisoners were employed at dismantling the bunks in Compound 3 and later in Compound 4. A part of the dismantled bunks was sent west; the rest remained at the camp, since the military authorities, who had assumed control of railway rolling stock, did not consent to transports of this sort to the Reich. In spite of these difficulties and the rapid advance of the front, the SS and Police Central Construction Board in Lublin proceeded to dismantle the barracks in Compound 3. It seems hardly credible that at the moment when the Soviet Brest-Lublin operation was beginning, jobs like piling stones between the fences of the prisoners' compounds, the raising of the bathhouse chimney, or the building of concrete bridges were being done at the camp. All this testified to the fact that the camp authorities did not believe in rapid Soviet success on the First Byelorussian Front. Meanwhile, the Soviet Army, having crossed the Bug on 21 July, was swiftly advancing to the west.

The tightening ring of Soviet troops around Lublin prompted the camp command to order, on 22 July, the liquidation of Majdanek. Evidence of crimes began to be removed hastily. The files of the camp chanceries were set on fire. The crematorium in which prisoners from Lublin Castle had been shot to death in large numbers was burnt down. In the afternoon of that day (around 6 p.m.), a thousand prisoners were led out of the camp, and outside the town were joined by 229 prisoners employed at the German Supply Works in Lipowa street. The route of that marching column led via Kraśnik and Annopol to Ćmielów, where the prisoners were put on a train and taken to Auschwitz. The trail of the marching column of prisoners was marked by the bodies of those who were unable to keep pace and whom SS-men shot down in roadside ditches. Among those killed were two physicians, Franciszek Gabriel and Otto Hett. During the march and the overnight stay in Kraśnik, twenty-eight prisoners ran away. When the transport reached Auschwitz on 28 July it numbered 608 prisoners.

Simultaneously with this column, a truck carrying sick prisoners left the camp. The truck got stuck in Lublin due to the general disorder caused by the flight of the *Volksdeutsches* and the retreat of Wehrmacht units. In this way, the sick prisoners were rescued.

Meanwhile, having captured Chełm, the main forces of Gen. Bogdanov's Second Armoured Army approached Lublin in the night of 22/23 July. The Eighth Armoured Corps under Gen. V. Popov attacked the enemy in the east, while Gen. Viedeniev's Third Armoured Corps and the 1219th Armoured Artillery Regiment struck at the German positions in the west. AK and AL partisan units joined in the battle cooperating with the advancing Soviet troops. After heavy fighting, the units of the Second Armoured Army and of Gen. Chuikov's Eighth Guard forced the German garrison in Lublin to surrender on 24 July.

Majdanek, situated on the eastern side of Lublin, was liberated in the night of 22/23 July 1944. Four hundred and eighty prisoners regained their freedom, mainly crippled Soviet POWs staying in Compound 2 and peasants from the pacified villages in the southern part of the Lublin region accommodated in Compound 1. Klemens Drzewiecki thus describes the last moments at the camp:

"At noon on Saturday [22 July — J.M.], something which had never happened before, an assembly was called, after which they drove us into the barracks with a strict prohibition on leaving them. In the meantime, the SS-men were removing the traces of their crimes, burning the post office, the crematorium, and office documents. The prisoners, wearing striped clothes which we called *pasiaki,* were getting ready for the journey. They left between 5 and 6 p.m. When the prisoners were about 15 metres away from the camp, we heard the drone of aircraft engines. Indeed, the Soviet planes flying over Majdanek downed two German aircraft in the vicinity of the camp. The hope filled us that perhaps we would be rescued and freed. I noticed that after the air-raid the camp guard was withdrawn and we were left unguarded. However, we feared a trap on the part of the Germans and did not leave the barrack. Only in the evening, after we had made sure that no one was guarding us, did we begin to prepare for departure. As it was night, we postponed leaving the camp until the morning, i.e. until Sunday, 23 July 1944. Only then did we leave the camp. We decided to go to the town. The camp was left behind us, but fear made us stay in Lublin cellars until Monday. I remember that when we were leaving the camp there were about a thousand of us. In this way, thanks to the rapid advance of the Red Army, we were freed from the death camp and inferno of Majdanek."[15]

The retreating Nazis did not have time to erase all the traces of their crimes. Many barracks and facilities serving extermination were left in Majdanek, including gas chambers, crematoria and ditches for mass executions with the corpses of shot prisoners. Thousands of shoes, clothes, and other property of prisoners were found. Unburnt documents also survived.

When the gates of Majdanek opened, the Polish Committee of National Liberation immediately appointed a mixed Polish-Soviet commission to investigate the crimes perpetrated at the Lublin camp.

As early as November 1944, the Committee set up a State Museum at Majdanek as a monument to the martyrdom of the Polish and other nations. The task of the Museum is to preserve evidence of the boundless bestiality of the Nazis, to collect documents of the crimes committed at the Lublin death factory, to scientific studies on the history of the camp, and to disseminate knowledge about Nazism and its crimes.

NOTES

[1] APMM. Opus XII/10, p. 413. Jan Zaprawa-Ostromęcki's secret letter to Wanda Szupenko of 31 December 1943.

[2] *Ibid.*, p. 453. Witold Sopoćko's secret letter to Wanda Szupenko of 21 January 1944.

[3] *Ibid.*, p. 497. Jan Zaprawa-Ostromęcki's secret letter to Wanda Szupenko of 10 February 1944.

[4] *Listy z Majdanka...*, op. cit., p. 38. Edward Horwath's secret letter to A. Mazurowa of 14 February 1944.

[5] APMM. Opus XII/10, p. 613. Witold Sopoćko's secret letter to his wife Irena of 19 February 1944.

[6] *Ibid.*, p. 533. Witold Sopoćko's secret letter of 29 February 1944.

[7] "Obóz koncentracyjny na Majdanku w świetle akt Delegatury...", op. cit., p. 235.

[8] L. Christians, op. cit., p. 177.

[9] APMM. Opus XII/10, p. 671. Witold Sopoćko's secret letter of 2 April 1944.

[10] F. Siejwa, op. cit., p. 156.

[11] J. Kwiatkowski, *485 dni...*, op. cit., pp. 394, 398.

[12] L. Christians, op. cit., pp. 183—184.

[13] "Obóz koncentracyjny na Majdanku w świetle akt Delegatury...", op. cit., p. 234.

[14] J. Kwiatkowski, *485 dni...*, op. cit., p. 417.

[15] K. Drzewiecki, "Do oswobodzenia obozu". In: *Jesteśmy świadkami. Wspomnienia...*, op. cit., p. 405.

Conclusion

The literature published immediately after the war, in 1944 to 1946, described Majdanek as an "extermination camp", a "death factory", the "inferno of the 20th century". About 70 per cent of the people imprisoned in Majdanek were annihilated through either direct or indirect extermination. Some of the prisoners were deported to other concentration camps, where hundreds of them perished. Only few, though perhaps more than in other concentration camps, were released. The escapees constituted but a fraction of one per cent. The history of Majdanek is not only a history of the genocide of 360,000 prisoners, of their martyrdom and heroism behind barbed wire. The history of the Lublin concentration camp did not end when a Soviet soldier opened its gate on 23 July 1944. The epilogue has continued to the present day, especially for former prisoners, their families, and the families of those murdered. It is the "bleeding wound of Polish society and other nations".

For prisoners who survived, there were, and still are, many consequences of their concentration camp past. Because of emaciation, diseases, and maltreatment, the death rate among former prisoners is four times higher than the average. Mortality was even higher immediately after the liberation.

Major psycho-physical changes are observed in all living prisoners as they grow older — progressive chronic asthenia, also known as the *KZ-Syndrom*. Many prisoners suffer from a whole complex of post-traumatic illnesses as a result of beating and torture at the camp and during interrogations by the Gestapo.

There are also other consequences of a stay in Majdanek. Camp experiences caused hormone disorders and sterility in many women. This prevented some of them from having a family and led to personal tragedies. The results of recent medical examinations of the offspring of former prisoners indicate worse physical and psychological development.

These are but some elements of the Majdanek epilogue. Another important and very typical problem is the question of the guilt and punishment of the perpetrators of genocide. The question of responsibility for the crimes committed in Majdanek arose relatively early, almost the day after the liberation of the camp. When, after the famous Moscow Declaration of 1 November 1943, the Allies — the USSR, USA, and Great Britain — had drawn up principles governing the prosecution and punishment of Nazi criminals, the Polish Committee of National Liberation issued, on 31 August 1944, a decree which laid down legal rules in the question of responsibility for war crimes and crimes against humanity.

Among the German POWs taken prisoner in Lublin there were some of the Majdanek SS staff, responsible for numerous crimes. They included Anton Thernes, deputy chief of Division IV (Administration); his aide, Wilhelm Gerstenmeier; two guards, Hermann Vogel and Theodor Schöllen; and the *Kapos,* German criminals, Heinz Stalp and Edmund Pohlmann. In November 1944, they were brought to trial before a Special Penal Court in Lublin. All of them were shown to have participated in the maltreatment and murdering of prisoners and were sentenced to death. The execution was public and took place near the Majdanek crematorium on 3 December of that year.

This first trial of Nazi criminals had broader aspects. On the basis of documents from the camp chancery, depositions of prisoners and the accused, the mechanism of the genocidal system of concentration camps was revealed, including methods applied by SS functionaries in Majdanek. With a view to showing society what Majdanek and other camps were, the Foreign Language Literary Publishers published in Moscow in 1945 the verbatim record of the trial entitled *Majdanek: The Trial before the Penal Court in Lublin.*

The criminals whom the Allies apprehended in the occupation zones of Germany and turned over to Poland from 1945 to 1950 also included SS-men from the Majdanek staff. In 1947 forty members of the staff of the Auschwitz camp went on trial before the Supreme National Tribunal in Cracow. Five of them were also charged with crimes committed in the Lublin camp. They included Artur Liebehenschel, the last commandant of the Majdanek camp, and Erich Muhsfeldt, the crematorium chief. Both were sentenced to death for the murders perpetrated in Majdanek and Auschwitz. The women overseers Luise Danz, Hildegard Lächert, and Alice Orlowski received long prison terms.

In 1948, the District Court in Lublin sentenced to death Elsa Ehrich, the chief overseer of the women's compound, for participation in conducting selections, and for beating and maltreating women and children. In the years 1946—48, ninety-five SS-men, chiefly guards, were also tried by that court. Seven of them were sentenced to death for killing and tormenting prisoners. The rest received various prison terms, up to life imprisonment.

Few members of the Majdanek staff were put on trial in other countries. In 1946, death sentences were meted out to the former Majdanek commandants Max Koegel, by a British court in the trial of the staff of KL Ravensbrück, and Martin Weiss, by a US military court in the trial of the personnel of KL Dachau. The two other commandants of the Lublin camp, Karl Otto Koch and Hermann Florstedt, were executed in early 1945 after they had been sentenced by an SS court for the misappropriation of valuables.

The notorious sadist and hangman, Anton Thumann, was tried by a British military court in the trial of the staff of the Neuengamme concentration camp. For the crimes committed in that camp, he received the death penalty, as did Josef Trzebinsky, who in 1941—42 had been the camp physician in Majdanek.

Hermann Hackmann and Arnold Strippel were tried by a US military court together with the personnel of the Buchenwald concentration camp. Both had held the post of chief of Divison III in Majdanek, but in neither case did the court take into consideration the crimes they had perpetrated at the Lublin camp. Hackmann's death sentence was soon commuted to a 25-year jail sentence, and on 25 March 1955 he was released from prison. In November 1975, he again went on trial, together with other SS functionaries from Majdanek, before a court in Düsseldorf. He is accused of crimes committed at KL Lublin, notably for the mass murder of Soviet POWs and Czechoslovak and Polish Jews in the Krępiecki Forest.

Hermine Braunsteiner-Ryan, an overseer at the women's camp in Majdanek, was also brought to trial before the Düsseldorf court. After the liberation, she had married a US officer and left for the United States, concealing her Nazi past. After her Majdanek crimes had been exposed (participation in selections for the gas chamber, murder and maltreatment of women and children), the US Immigration Office deprived her of US citizenship and turned her over to the judicial authorities of the Federal Republic of Germany.

The accused in the Düsseldorf trial included, apart from Hackmann and Braunsteiner-Ryan, the following Majdanek staff members: the *Feldführers* Heinz Villain, Heinz Petrick and Heinrich Groffmann; the camp physician Heinrich Schmidt; and four overseers, including the notorious "bloody Brigide", Hildegard Lächert.

The protracted course of the trial, the aquittal, on 19 April 1979, of the SS doctor Heinrich Schmidt and three overseers, Charlotta Mayer, Hermine Boettcher and Rosy Süss, allegedly "because of insufficient evidence", and above all the verdict of 30 June 1981 by which Braunsteiner-Ryan was sentenced to life imprisonment, Hildegard Lächert to twelve years in prison, Hackmann to ten years, Emil Laurich to eight years, Heinz Villain to six years, Thomas Ellwanger to three years, Arnold Strippel to three years and a half, and Heinz Petrick to four years — all this provoked a wave of sharp and justified protest among the European public opinion, especially former soldiers and concentration camp inmates.

Of concern are the small sentences meted out by West German courts, as exemplified by the 7-year prison term for *Kapo* Karl Galka tried by the district court in Hanover.

So far, the following members of the Majdanek personnel have evaded responsibility for their crimes: the camp physicians Max Blancke, Franz Bodmann, and August Rindfleisch; the medical attendants Anton Enders, Hans Perschon, and Günther Konetzny; the employees of Division II, with their boss Otto Kloppmann; the chief of Division IV, Heinrich Worster, and a group of his collaborators; the *Feldführers* Josef Kaps, Karl Arthur Gossberg, Senf, and Sieberer; *Blockführers*, many membres of the guard crew, and such functionaries as Peter Wyderko, Ludwig Benden, Theodor Hessel, August Schmuck, and Fritz Illert.

The list of unpunished members of the SS camp staff is very long. According to the findings of the Main Commission for Investigation of Nazi Crimes in Poland, only 120 persons have so far gone on trial before Polish courts and courts in other countries. This constitutes 10 per cent of the staff (1,200 persons) at any given moment. The still unsolved problem of punishment of Majdanek criminals must arouse understandable and justified concern, especially among Poles, who were so painfully affected by the consequences of World War Two.

Bibliography

I. Documents, Memoirs

Birenbaum, Halina, *Nadzieja umiera ostatnia.* Warszawa 1967.

Braterska pomoc. Wspomnienia dotyczące pomocy społeczeństwa Lubelszczyzny ofiarom hitlerowskiego terroru. Selected by Ryszard Machuła and Anna Wiśniewska. Lublin 1978.

Brzosko-Mędryk, Danuta, *Niebo bez ptaków.* Warszawa 1968.

Brzosko-Mędryk, Danuta, *Matylda,* Warszawa 1970.

Caban, Mikołaj, *Powrót zza rzeki Styks.* Warszawa 1964.

Chwiejczak, Stanisław, *Kolczasty trakt.* Lublin 1971.

Christians, Ludwik, *Piekło XX wieku. Zbrodnia, hard ducha i miłosierdzie.* Warszawa 1946.

Czajka, Tadeusz, *Czerwone punkty.* Lublin 1962.

Diegtariev, Vladimir Ilyich, *Zwyciężając śmierć.* Lublin 1970.

Garczyński, Tadeusz, *Więzień nr 3873.* Lublin 1961.

Gryta, Marcin, *Byłem numerem.* Lublin 1962.

Jackiewicz, Franciszek, *Byłem więźniem Majdanka.* Lublin 1967.

Jesteśmy świadkami. Wspomnienia byłych więźniów Majdanka. Edited by Czesław Rajca, Elżbieta Rosiak, and Anna Wiśniewska. Lublin 1969.

Komunikat Polsko-Radzieckiej Komisji Nadzwyczajnej do zbadania zbrodni niemieckich dokonanych w obozie unicestwienia na Majdanku. Moskva 1944.

Korcz, Józef, "Na Majdanku". In: *Pamiętniki nauczycieli z obozów i więzień hitlerowskich 1939—1944.* Warszawa 1962.

"Korespondencja w sprawie dostawy gazu cyklonu B do obozu na Majdanku". Edited by A. Toniak. *Zeszyty Majdanka,* vol. II (1967).

Kwiatkowski, Jerzy, *485 dni na Majdanku.* Lublin 1966.

Listy z Majdanka. Edited by Zofia Wójcikowska. Lublin 1962.

Majdanek. Rozprawa przed Sądem Karnym w Lublinie. Moskva 1945.

Michalak, Jan, *Nr 3273 miał szesnaście lat.* Warszawa 1969.

"Obóz koncentracyjny na Majdanku w świetle akt Delegatury Rządu RP na Kraj". Edited by Krystyna Marczewska and Władysław Ważniewski. *Zeszyty Majdanka,* vol. VII (1973).

Panz, Mieczysław, *Prawo pięści.* Warszawa 1977.

Pawlak, Zacheusz. *Przeżyłem.* Warszawa 1969.

Perzanowska, Stefania, *Gdy myśli do Majdanka wracają*. Lublin 1970.
Przeżyli Majdanek. Wspomnienia więźniów. Edited by Czesław Rajca and Anna Wiśniewska. Lublin 1981.
Siejwa, Feliks, *Więzień III pola*. Lublin 1964.
Stabholz, Tadeusz, *Siedem piekieł*. Stuttgart 1947.
Stanisławski Andrzej, *Byłem świadkiem oskarżenia*. Warszawa 1980.
Stanisławski, Andrzej, *Pole śmierci*. Lublin 1969.
Trepiński, Antoni, *Trzy tygodnie na Majdanku*. Otwock (published in Milanówek) 1943.
Zakrzewski, Jan, *A my żyjemy dalej*. Lublin 1977.
"Zeznanie szefa krematorium Ericha Muhsfeldta na temat byłego obozu koncentracyjnego w Lublinie (Majdanek)". Edited by Anna Żmijewska-Wiśniewska. *Zeszyty Majdanka*, vol. I (1965).

II. Studies

Berenstein, Tatiana, and Rutkowski, Adam, "Żydzi w obozie koncentracyjnym Majdanek (1941—1944)". *Biuletyn Żydowskiego Instytutu Historycznego*, No. 58 (1966).
Dziadosz, Edward, *Majdanek*. Lublin 1964; revised 2nd ed. 1980.
Dziadosz, Edward, "Ucieczki z obozu na Majdanku jako forma oporu więźniów". *Zeszyty Majdanka*, vol. X (1980).
Fiała, Bożena, "Życie religijne więźniów w obozie koncentracyjnym na Majdanku 1942—1944". *Roczniki Humanistyczne. Historia*, vol. XXIV, No 2 (1976).
Gryń, Edward, and Murawska-Gryń, Zofia, *Obóz koncentracyjny Majdanek*. Lublin 1975 (also in English, French, German, and Russian).
Kasperek, Józef, "Grabież mienia w obozie na Majdanku". *Zeszyty Majdanka*, vol. VI (1970).
Leszczyńska, Zofia, *Kronika obozu na Majdanku*. Lublin 1980.
Leszczyńska, Zofia, "Stany liczbowe więźniów w obozie na Majdanku". *Zeszyty Majdanka*, vol. VII (1973).
Leszczyńska, Zofia, "Struktura osobowa władz obozu koncentracyjnego na Majdanku". *Zeszyty Majdanka*, vol. II (1967).
Leszczyńska, Zofia, "Transporty więźniów do obozu na Majdanku". *Zeszyty Majdanka*, vol. IV (1969).
Leszczyńska, Zofia, "Transporty więźniów z obozu na Majdanku". *Zeszyty Majdanka*, vol. V (1971).
Lichtenstein, Heiner, *Majdanek. Reportage eines Prozesses*. Frankfurt am Main 1979.
Łukaszewicz, Zdzisław, "Obóz koncentracyjny i zagłady Majdanek". *Biuletyn Głównej Komisji Badania Zbrodni Niemieckich w Polsce*, vol. IV (1948).
Marszałek, Józef, "Budowa obozu koncentracyjnego na Majdanku w latach 1942—1944". *Zeszyty Majdanka*, vol. IV (1969).
Marszałek, Józef, "Geneza i początki budowy obozu koncentracyjnego na Majdanku". *Zeszyty Majdanka*, vol. I (1965).
Marszałek, Józef, "Rola Centralnego Zarządu Budowlanego SS i Policji w Lublinie w budowie obozu na Majdanku". *Zeszyty Majdanka*, vol. VII (1973).
Marszałek, Józef, „[Ruch oporu w obozie] Majdanek". *Zeszyty Majdanka*, vol. VIII (1975).

Marszałek, Józef, "Ucieczka z Majdanka". *Kalendarz Lubelski 1969*. Lublin 1969.

Marszałek, Józef, and Rajca, Czesław, "Stan badań nad dziejami Majdanka i postulaty badawcze". *Zeszyty Majdanka*, vol. V (1071).

Murawska, Zofia, "Dzieci w obozie koncentracyjnym na Majdanku". *Zeszyty Majdanka*, vol. V (1971).

Murawska, Zofia, „Kobiety w obozie koncentracyjnym na Majdanku". *Zeszyty Majdanka*, vol. IV (1969).

Murawska, Zofia, "Przejawy życia kulturalnego w obozie koncentracyjnym na Majdanku jako forma samoobrony psychicznej więźniów". In: *Materiały do konferencję naukową zorganizowaną przez Instytut Historii PAN, Główną Komisję Historyczną ZG ZBoWiD, Radę Naukową Towarzystwa Opieki nad Majdankiem i Państwawe Muzeum na Majdanku*. Parts I and II. Lublin 1974.

Murawska, Zofia, "Warunki egzystencji więźniów w obozie koncentracyjnym na Majdanku". *Zeszyty Majdanka*, vol. IX (1977).

Musioł, Józef, *Świadkowie*. Katowice 1979.

Pawłowska, Zofia, "W rewirze na Majdanku". *Przegląd Lekarski*, vol. XXIV, No. 1 (1968).

Perzanowska, Stefania, "Szpital obozu kobiecego w Majdanku". *Przegląd Lekarski*, vol. XXIV, No. 1 (1968).

Rajca, Czesław, "Analiza danych personalnych więźniów Majdanka". *Zeszyty Majdanka*, vol. VII (1973).

Rajca, Czesław, "Chłopi w obozie koncentracyjnym na Majdanku". In: *Studia z dziejów ruchu ludowego*. Warszawa 1971.

Rajca, Czesław, "Niektóre aspekty stosowania odpowiedzialności zbiorowej w dystrykcie lubelskim". *Zeszyty Majdanka*, vol. VI (1972).

Rajca Czesław, "Osadzanie w obozach jako forma represji za nie oddane kontyngenty". *Zeszyty Majdanka*, vol. X (1980).

Rosiak, Elżbieta, "Niektóre formy samoobrony psychicznej więźniów Majdanka". *Zeszyty Majdanka*, vol. V (1971).

Simonov, Konstantin, *Obóz zagłady*. Moskva 1944.

Sobolewski, Piotr, and Zagórowska, Teresa, *Za drutami obozu zagłady*. Kraków 1945.

Szewczyk, Roman, *Z dziejów Majdanka*. Lublin 1945.

Wiśniewska, Anna, "Organizacyjny i materialny wkład lubelskiej Rady Głównej Opiekuńczej w dzieło pomocy dla Polaków osadzonych na Majdanku". *Zeszyty Majdanka*, vol. VIII (1975).

Wiśniewska, Anna, "Problemy pracy więźniów w obozie koncentracyjnym na Majdanku". *Zeszyty Majdanka*, vol. V (1971).

Translated by
LECH PETROWICZ

Graphic layout by
JERZY KĘPKIEWICZ

Production editor
WIESŁAWA ZIELIŃSKA

Sketches and plans drawn by ANDRZEJ FOKS
and FRANCISZKA RDZAK
according to JÓZEF MARSZAŁEK's concept

Illustrations from the Archives of the State Museum at Majdanek and the author's private collections

This is the two thousand one hundred and thirty-eighth publication of Interpress

This book appears also in Polish and German

Printed in Poland

PRASOWE ZAKŁADY GRAFICZNE RSW „PRASA-KSIĄŻKA-RUCH"
ŁÓDŹ